Les Chasseurs de mammouths

DU MÊME AUTEUR
CHEZ POCKET

Les enfants de la terre

1. Le clan de l'ours des cavernes.
2. La vallée des chevaux.
3. Les chasseurs de mammouths.
4. Le grand voyage.
5. Le retour d'Ayla.

Jean M. Auel

Les Enfants de la Terre

* * *

Les Chasseurs de mammouths

PRESSES DE LA CITÉ

The Mammoth Hunters
1985

Traduit par Renée Tesnière

Édition originale : Crown Publishers Inc., New York

ISBN 2-266-00412-3

Pour Marshall,
qui est devenu un homme
dont on peut être fier.
Pour Beverly,
qui m'a aidée.
Pour Christopher, Brian et Mellissa,
avec tout mon amour.

1

Tremblante de peur, accrochée à l'homme qui la dominait de sa haute taille, Ayla regardait approcher les inconnus. Jondalar l'entoura d'un bras protecteur, mais elle continuait à frémir.

Un géant ! pensa Ayla, bouche bée devant l'homme qui venait en tête du groupe, l'homme à la chevelure et à la barbe couleur de flamme. Elle n'avait jamais vu personne d'aussi imposant. En comparaison, Jondalar lui-même semblait petit. Celui qui s'avançait vers eux était un colosse. Un ours. Son cou était énorme, son torse était deux fois large comme celui d'un homme ordinaire, ses biceps massifs auraient pu rivaliser avec des cuisses normales.

Ayla leva les yeux vers Jondalar et ne vit aucune crainte sur son visage, mais son sourire était réservé. Ces gens étaient des inconnus, et, au cours de ses longues pérégrinations, il avait appris à se méfier des inconnus.

— Je ne me rappelle pas vous avoir déjà vus, déclara le géant, sans préambule. De quel Camp venez-vous ?

Il ne s'exprimait pas dans la langue de Jondalar, remarqua Ayla, mais dans l'une de celles qu'il lui avait enseignées.

— Nous ne venons d'aucun Camp, répondit Jondalar. Nous ne sommes pas des Mamutoï.

Il se détacha d'Ayla, fit un pas en avant, les deux mains tendues, paumes en dehors pour montrer qu'il ne cachait rien, dans le traditionnel geste d'amitié.

— Je suis Jondalar, des Zelandonii.

Ses mains ne furent pas acceptées.

— Zelandonii ? C'est étrange... Attends un peu. N'y avait-il pas deux étrangers chez ce peuple de la rivière qui vit vers le couchant ? Le nom que j'ai entendu ressemblait à celui-ci, il me semble.

— C'est vrai, mon frère et moi, nous avons vécu chez eux, admit Jondalar.

L'homme à la barbe flamboyante demeura un instant pensif, avant de se jeter, dans un élan inattendu, sur Jondalar pour enfermer le grand jeune homme blond dans une étreinte à lui rompre les os. Un large sourire illuminait son visage.

— Alors, nous sommes parents ! s'écria-t-il de sa voix puissante. Tholie est la fille de mon cousin !

Jondalar, un peu ébranlé, retrouva néanmoins son sourire.

— Tholie ! Une femme mamutoï nommée Tholie était la seconde compagne de mon frère ! Elle m'a enseigné ton langage.

— C'est bien ce que je te disais ! Nous sommes parents.

Le géant saisit les mains tendues en signe d'amitié, qu'il avait d'abord dédaignées.

— Je suis Talut, chef du Camp du Lion.

Tout le monde souriait, remarqua Ayla. Talut la gratifia d'une grimace amicale, avant de l'examiner d'un œil connaisseur.

— Tu ne voyages plus avec ton frère, je vois, dit-il à Jondalar.

Celui-ci reprit la jeune femme par la taille. Elle vit une ombre de souffrance assombrir son visage.

— Voici Ayla.

— C'est un nom peu commun. Est-elle du peuple de la rivière ?

La brusque question déconcerta Jondalar, mais il se souvint de Tholie et sourit intérieurement. La petite femme trapue qu'il connaissait ressemblait assez peu à la masse humaine qui se dressait au bord de la rivière, mais ils étaient tous deux taillés dans la même roche : ils avaient les mêmes manières abruptes, la même candeur presque ingénue. Il ne savait que dire. Il allait être difficile d'expliquer qui était Ayla.

— Non. Elle vivait dans une vallée, à quelques jours de marche d'ici.

Talut parut intrigué.

— Je n'ai jamais entendu parler d'une femme de ce

nom qui vivait dans les parages. Tu es sûr qu'elle n'est pas mamutoï ?

— J'en suis sûr.

— Alors, quel est son peuple ? Nous autres, les Chasseurs de Mammouths, nous sommes les seuls à habiter cette région.

— Je n'ai pas de peuple, déclara Ayla.

Elle pointait le menton d'un air de défi.

Talut posa sur elle un regard pénétrant. Elle s'était exprimée dans son langage, mais le timbre de sa voix, sa prononciation étaient bizarres. Pas désagréables, mais bizarres. Jondalar avait un accent étranger. La différence, chez Ayla, allait plus loin que l'accent. Talut sentait son intérêt s'éveiller.

— Eh bien, fit-il, ce n'est pas l'endroit pour parler. Nezzie va faire fondre sur moi toute la colère de la Mère elle-même si je ne vous invite pas à séjourner chez nous. Les visites apportent de l'animation, et nous n'en avons pas eu depuis un certain temps. Le Camp du Lion aimerait vous accueillir, Jondalar des Zelandonii et Ayla de Nulle Part. Voulez-vous m'accompagner ?

— Qu'en dis-tu, Ayla ? Acceptes-tu l'invitation ? demanda Jondalar.

Il s'exprimait en zelandonii, afin de lui permettre de répondre en toute franchise, sans crainte d'offenser ces inconnus.

— Le temps n'est-il pas venu pour toi de rencontrer des gens de ta race ? N'est-ce pas ce qu'Iza t'avait recommandé de faire ? Retrouver les tiens ?

Il ne voulait pas avoir l'air d'insister, mais cette visite le tentait.

Elle fronçait les sourcils d'un air indécis.

— Je n'en sais rien. Que vont-ils penser de moi ? Il voulait savoir qui était mon peuple. Je n'ai plus de peuple. Et si je ne leur plais pas ?

— Tu leur plairas, Ayla, crois-moi, j'en suis sûr. Talut t'a invitée, n'est-ce pas ? Peu lui importe que tu n'aies pas de peuple. Par ailleurs, si tu ne leur en donnes pas l'occasion, tu ne sauras jamais s'ils t'acceptent, ou s'ils te plaisent. C'est parmi des gens comme eux que tu aurais dû grandir, tu le sais. Nous ne sommes pas obligés de rester longtemps. Nous pourrons partir quand nous le voudrons.

— C'est vrai ?

— Mais oui.

Ayla baissa les yeux. Elle s'efforçait de prendre une décision. Elle avait envie d'aller avec eux. Elle se sentait attirée vers ces gens, elle était curieuse d'en savoir plus sur eux, mais la peur lui serrait l'estomac. Elle releva les paupières, vit les deux chevaux des steppes au poil rude qui paissaient l'herbe grasse de la plaine, près de la rivière. Sa peur s'intensifia encore.

— Et Whinney ? Qu'allons-nous faire d'elle ? Et s'ils voulaient la tuer ? Je ne laisserai personne faire du mal à Whinney !

Jondalar n'avait pas songé à Whinney. Qu'allaient penser ces gens ? se demanda-t-il.

— Je ne sais comment ils réagiront, Ayla, mais je ne crois pas qu'ils la tueront si nous leur disons que ce n'est pas une jument comme les autres, et qu'il ne faut pas la manger.

Il se souvenait de sa surprise et de sa crainte respectueuse lorsqu'il avait découvert les relations entre Ayla et la jument. Il serait intéressant de voir les réactions de ces gens.

— J'ai une idée, ajouta-t-il.

Talut ne comprenait pas ce que se disaient Ayla et Jondalar, mais la femme était réticente, il le sentait, et l'homme essayait de la convaincre. Il remarqua aussi qu'elle avait encore un accent étrange, même dans la langue de Jondalar. Sa langue à lui. Pas la sienne, se dit-il.

Il prenait un certain plaisir à réfléchir à l'énigme que présentait cette jeune femme. Il aimait ce qui était nouveau, inhabituel. L'inexplicable était pour lui une provocation. Mais le mystère prit soudain une tout autre dimension. Ayla émit un sifflement aigu, prolongé. Tout à coup, une jument couleur de foin et un poulain d'un brun profond arrivèrent au galop parmi eux, ils filèrent tout droit vers la jeune femme, s'immobilisèrent et se laissèrent flatter ! Le géant réprima un frisson. Le spectacle dépassait tout ce qu'il avait jamais vu !

Etait-elle une Mamut ? se demandait-il avec une appréhension grandissante. Un être doué de pouvoirs particuliers ? Beaucoup de Ceux Qui Servent la Mère prétendaient avoir recours à la magie pour appeler les animaux et conduire la chasse, mais il n'avait jamais connu personne dont l'autorité sur les animaux était assez forte pour qu'ils viennent sur un simple signal. Cette fille avait un talent unique. C'était un peu effrayant... mais il fallait songer au bénéfice que pourrait retirer un Camp d'un tel don. La chasse deviendrait si facile !

Au moment précis où Talut se remettait de ce premier choc, Ayla lui en asséna un second. Elle s'accrocha à la crinière hirsute de la jument et, d'un bond, l'enfourcha. Le géant demeura bouche bée en voyant la femme et la bête se lancer au galop le long de la rivière. Le poulain les suivait. Sans même ralentir, ils gravirent la pente qui menait aux steppes. Dans le regard de Talut se lisait un émerveillement partagé par le reste de la troupe et, particulièrement, par une fillette d'une douzaine d'années. Elle se rapprocha de Celui Qui Ordonne, se pressa contre lui, comme pour trouver un soutien.

— Comment a-t-elle fait, Talut ? demanda-t-elle, d'une petite voix où perçait une pointe d'envie. Ce petit cheval, il était si près de moi. J'aurais presque pu le toucher.

Le visage de Talut s'adoucit.

— Il faudra le lui demander, Latie. Ou peut-être à Jondalar, ajouta-t-il en se tournant vers le grand étranger.

— Je n'en sais trop rien moi-même, répondit celui-ci. Ayla sait s'y prendre avec les animaux. Elle a eu Whinney toute jeune.

— Whinney ?

— C'est le nom qu'elle a donné à la jument. Quand elle le prononce, on croirait entendre hennir un cheval. Le poulain s'appelle Rapide. C'est moi qui l'ai nommé : Ayla me l'a demandé. En zelandonii, le mot s'applique à quelqu'un qui court très vite. La première fois que j'ai vu Ayla, elle aidait la jument à le mettre au monde.

— Ça devait valoir la peine d'être vu ! fit l'un des

compagnons de Talut. Je n'aurais pas cru qu'une jument se laisserait approcher en un pareil moment.

La démonstration d'Ayla produisait l'effet escompté par Jondalar. Il jugea le moment venu de parler de l'inquiétude de la jeune femme.

— Elle aimerait séjourner quelque temps dans votre Camp, je crois, Talut, mais elle craint que vous ne considériez ses chevaux comme tous les autres, comme du gibier. Et, comme les hommes ne leur font pas peur, ils se laisseraient tuer.

— Pour ça, oui. Tu as dû deviner ma pensée. Mais comment faire autrement ?

Talut regardait Ayla revenir vers eux. Elle avait l'air de quelque être étrange, mi-humain, mi-cheval. Il se félicitait de n'être pas tombé sur elle à l'improviste. Le spectacle l'aurait... dérouté. Il se demanda un instant ce qu'il éprouverait sur le dos d'un cheval, et s'il serait aussi impressionnant. Mais, en s'imaginant à califourchon sur l'un de ces chevaux des steppes, solides mais assez petits, comme Whinney, il éclata d'un rire sonore.

— Je serais capable de porter cette jument plus facilement qu'elle ne pourrait me porter ! dit-il.

Jondalar se mit à rire lui aussi. Il n'avait pas eu grand peine à suivre les pensées de Talut. Plusieurs, parmi les assistants, sourirent. Ils devaient tous s'être imaginés à cheval, se dit Jondalar. Cela n'avait rien de surprenant : lui-même avait eu la même idée, la première fois qu'il avait vu Ayla sur le dos de Whinney.

Ayla avait lu la surprise et le bouleversement sur les visages du petit groupe. Si Jondalar ne l'avait pas attendue, elle aurait poursuivi son chemin pour regagner sa vallée. N'avait-elle pas au cours de ses jeunes années, assez souvent subi la désapprobation pour des actions inacceptables ? Et, depuis, au cours de son existence solitaire, elle avait joui d'une liberté assez grande pour n'avoir pas envie de se soumettre aux critiques si elle suivait ses inclinations personnelles. Elle était toute prête à déclarer à Jondalar qu'il pouvait faire un séjour chez ces gens, si bon lui semblait. Quant à elle, elle repartait chez elle.

Mais, lorsqu'elle les rejoignit, elle vit Talut : il riait encore de l'image qu'il s'était faite de lui-même sur le dos d'un cheval. Alors, elle réfléchit. Le rire lui était devenu précieux. On ne lui avait pas permis de rire, du temps où elle vivait avec le Clan : cela rendait les gens nerveux, mal à l'aise. S'il lui était arrivé de rire à haute voix, c'était seulement avec Durc, en secret. Bébé et Whinney lui avaient appris à y prendre plaisir, mais Jondalar était le premier être humain avec qui elle avait pu se laisser aller à rire ouvertement.

Elle contemplait l'homme qui s'esclaffait avec Talut. Il leva les yeux, lui sourit. La magie de ses yeux d'un bleu incroyablement vif vint éveiller au plus profond d'elle-même une chaude vibration, et elle sentit monter une énorme vague d'amour pour lui. La seule pensée de vivre sans lui lui serrait la gorge à l'étrangler et faisait monter à ses yeux la brûlure de larmes retenues.

En revenant vers eux, elle constata que, si Jondalar n'avait pas la stature de l'homme aux cheveux de flamme, il était presque aussi grand et mieux découpé que les trois autres hommes. Non, se reprit-elle, l'un d'eux était encore un adolescent. Et n'y avait-il pas une fillette, avec eux ? Elle se surprit à observer le groupe à la dérobée : elle ne voulait pas les dévisager.

Les mouvements de son corps transmirent à Whinney l'ordre de s'arrêter. Elle passa une jambe par-dessus l'encolure, se laissa glisser au sol. Les deux chevaux réagirent avec nervosité à l'approche de Talut. Elle flatta la jument, passa un bras autour du cou de Rapide. La présence familière la réconfortait, comme les rassurait la sienne.

— Ayla de Nulle Part... commença le chef.

Il ne savait trop si c'était ainsi qu'il devait s'adresser à elle, mais, pour une femme dotée de pouvoirs aussi mystérieux, c'était bien possible.

— Jondalar me dit que tu crains pour la vie de ces chevaux, si tu viens chez nous. Je le déclare ici, aussi longtemps que Talut sera l'Homme Qui Ordonne du Camp du Lion, il n'arrivera aucun mal à cette jument ni à son petit. J'aimerais que tu nous accompagnes avec tes chevaux.

Son sourire s'élargit, devint un rire.

— Autrement, personne ne nous croira !

Elle se sentait maintenant plus détendue, et elle savait que cette visite ferait plaisir à Jondalar. Elle n'avait aucune véritable raison de refuser. Mieux encore, le rire spontané, amical du géant l'attirait.

— Oui, je viens, dit-elle.

Talut hocha la tête en souriant. Il s'interrogeait à son propos : sur son curieux accent, sur son impressionnant pouvoir sur les animaux. Qui donc était Ayla de Nulle Part ?

Après avoir installé leur campement au bord de la rivière au cours torrentueux, Ayla et Jondalar avaient décidé, ce matin-là, avant leur rencontre avec le groupe du Camp du Lion, qu'il était temps de rebrousser chemin. Le cours d'eau était trop large pour être traversé sans difficulté, et l'effort n'en valait pas la peine s'ils devaient revenir sur leurs pas. La région des steppes, à l'est de la vallée où Ayla avait vécu en solitaire trois années durant, était plus accessible. La jeune femme ne s'était pas souvent donné la peine de prendre le chemin plus long et difficile qui menait vers l'ouest. La région ne lui était pas familière. Au départ, ils avaient pris cette direction mais ils n'avaient en tête aucune destination précise. Finalement, ils avaient obliqué vers le nord, puis vers l'est, et ils s'étaient aventurés beaucoup plus loin qu'elle ne l'avait jamais fait au cours de ses chasses.

Jondalar avait insisté pour lui faire entreprendre cette expédition afin de l'habituer à voyager. Il avait l'intention de la ramener chez lui, mais son pays se trouvait bien loin de là, vers le soleil couchant. Elle s'était montrée hésitante, craintive, à l'idée de quitter l'asile de sa vallée pour aller vivre dans des lieux inconnus avec des gens inconnus. Pour sa part, malgré sa hâte de revoir les siens, après tant d'années de pérégrinations, il s'était résigné à passer l'hiver avec elle. Le voyage de retour serait bien long — une année entière, sans doute. Mieux valait, de toute manière, partir à la fin du printemps. Mais, le moment venu, il était convaincu qu'il parviendrait à la décider à l'accompagner. Il se refusait même à envisager une autre possibilité.

Au début de la saison chaude qui vivait maintenant ses derniers jours, Ayla l'avait découvert, cruellement blessé, presque mourant, et elle connaissait la tragédie qu'il avait vécue. Ils s'étaient épris l'un de l'autre pendant que, par ses soins diligents, elle le ramenait à la santé. Il leur avait fallu néanmoins très longtemps pour surmonter les barrières que dressaient entre eux les énormes différences de culture et d'éducation. Ils en étaient encore à apprendre leurs manières et leurs mentalités respectives.

Ayla et Jondalar achevèrent de lever leur camp et, à la vive surprise mêlée d'intérêt de ceux qui les attendaient, ils chargèrent tout leur équipement sur le dos de la jument, au lieu de le répartir dans des hottes ou dans des sacs qu'ils auraient dû porter eux-mêmes. Il leur était arrivé de monter à deux sur le dos du solide animal, mais Ayla pensa que Whinney et son poulain seraient moins nerveux s'ils la voyaient à côté d'eux. Ensemble, ils se mirent en marche derrière le petit groupe de leurs nouveaux compagnons. Jondalar menait Rapide par une longue corde attachée à un licou de son invention. Whinney suivait Ayla en toute liberté.

Ils longèrent la rivière sur une assez longue distance, à travers une large vallée dont les pentes descendaient des plaines herbeuses environnantes. De chaque côté, de hautes tiges chargées d'épis mûrs se gonflaient en vagues dorées au rythme d'un souffle glacial qui venait par instants des massifs glaciers du nord. Sur la vaste étendue des steppes, quelques sapins, quelques bouleaux tordus et rabougris se blottissaient au long des cours d'eau, afin d'y puiser l'humidité qu'absorbaient les vents desséchants. Près de la rivière, roseaux et massettes étaient encore verts, en dépit d'une bise qui faisait crépiter les branches dénudées des arbres à feuilles caduques.

Latie traînait un peu les pieds. Elle lançait de temps à autre un coup d'œil vers les chevaux et vers l'étrangère.

Mais quand plusieurs autres personnes apparurent, après un coude de la rivière, elle s'élança : elle voulait être la première à annoncer l'arrivée de visiteurs. A ses cris, les gens se retournèrent et restèrent bouche bée.

D'autres émergeaient de ce qui apparut aux yeux d'Ayla comme un grand trou ouvert dans la berge de la rivière. Une grotte, peut-être, mais comme elle n'en avait encore jamais vu. Elle semblait émerger de la pente qui descendait vers l'eau, mais sans rien emprunter aux lignes naturelles du rocher ni de la terre. De l'herbe poussait sur son toit, mais l'entrée avait une forme trop régulière qui faisait une étrange impression : c'était une voûte parfaitement symétrique.

Soudain, au plus profond d'elle-même, une idée frappa la jeune femme. Ce n'était pas une grotte, et ces gens n'étaient pas le Clan ! Ils ne ressemblaient pas à Iza, la seule mère dont elle gardât le souvenir. Pas davantage à Creb ou à Brun, petits et musclés, avec leurs grands yeux embusqués sous des orbites saillantes, leur front fuyant, leur mâchoire proéminente dépourvue de menton. C'était à elle qu'ils ressemblaient, ces gens-là. Aux êtres dont elle était née. Sa mère, sa vraie mère, avait sans doute été semblable à l'une de ces femmes. Ces gens-là étaient les Autres ! Ils vivaient dans cet endroit ! La révélation lui apporta tout ensemble une bouffée d'excitation et un frisson de crainte.

Un silence ébahi accueillit les étrangers — et leurs chevaux plus étranges encore — lorsqu'ils parvinrent à ce qui était, en hiver, la résidence permanente du Camp du Lion. Brusquement, tout le monde se mit à parler en même temps.

— Talut ! Que nous apportes-tu, cette fois ? Où as-tu trouvé ces chevaux ? Qu'as-tu bien pu leur faire ? De quel Camp viennent ceux-là, Talut ?

La troupe bruyante se pressait, dans un désir commun de voir, de toucher ces deux êtres humains et leurs bêtes. Ayla était désorientée, affolée. Elle n'était pas habituée à un tel nombre de curieux. Moins encore à des gens qui parlaient à haute voix et tous ensemble. Whinney esquivait, agitait les oreilles. La tête dressée, l'encolure arquée, elle s'efforçait de protéger son poulain effrayé et d'éviter ceux qui l'entouraient de plus en plus près.

Jondalar voyait bien la détresse d'Ayla, la nervosité des chevaux mais il ne pouvait les faire comprendre à Talut et à ses compagnons. Couverte de sueur, la jument battait de la queue, dansait en rond. Soudain, elle n'y tint plus. Avec un hennissement de peur, elle se cabra, lança en avant ses durs sabots. Les curieux reculèrent.

L'attention d'Ayla se porta sur l'agitation de Whinney. Elle l'appela par son nom, dans ce qui ressemblait à un bref hennissement réconfortant, et, par les signes dont elle s'était servi pour communiquer avec Jondalar, avant qu'il lui eût appris à parler, lui adressa un message.

— Talut ! Personne ne doit porter la main sur les chevaux avant qu'Ayla le permette ! Elle seule peut en venir à bout. Ils sont très doux, mais la jument peut devenir dangereuse si on l'irrite, ou si elle croit son poulain menacé, dit Jondalar.

— Reculez ! Vous l'avez entendu, clama Talut, d'une voix tonnante qui fit taire toutes les autres.

Quand bêtes et gens se furent calmés, il reprit d'un ton plus normal :

— La femme s'appelle Ayla. Je lui ai promis qu'il n'arriverait rien aux chevaux si elle venait séjourner chez nous. Je l'ai promis en ma qualité de chef du Camp du Lion. Voici Jondalar, des Zelandonii, mon parent : il est le frère du second époux de Tholie.

Il ajouta, avec un sourire satisfait :

— Talut a amené des visiteurs !

Il y eut des signes d'approbation.

Les gens faisaient cercle. Ils regardaient les nouveaux arrivants avec une franche curiosité mais se tenaient assez loin pour éviter les sabots de la jument. Même si les étrangers étaient partis en cet instant, ils avaient déjà éveillé assez d'intérêt et fourni assez de sujets de conversation pour les années à venir. Lors des Réunions d'Eté, on avait parlé de la présence dans la région de deux étrangers qui vivaient avec le peuple de la rivière, vers le sud-ouest. Les Mamutoï commerçaient avec les Sharamudoï, et, comme Tholie, une parente, avait choisi un homme de la rivière, l'information avait intéressé au premier chef le Camp du Lion. Mais jamais ils ne se seraient attendus à voir l'un de ces étrangers se présenter dans leur Camp, surtout pas en compagnie d'une femme qui exerçait sur les chevaux une sorte de pouvoir magique.

— Tout va bien ? demanda Jondalar à Ayla.

— Ils ont effrayé Whinney, et Rapide aussi. Les gens parlent-ils toujours ensemble ainsi ? Hommes et femmes en même temps ? On ne comprend plus rien. Et ils parlent si fort : comment reconnaître les voix ? Nous aurions peut-être dû retourner à la vallée.

Elle tenait la jument par l'encolure, se serrait contre elle, pour la rassurer et se rassurer en même temps.

Ayla, Jondalar le sentait, éprouvait la même angoisse que les chevaux. En voyant tous ces gens se presser autour d'elle, elle avait reçu un choc. Sans doute ne devraient-ils pas rester trop longtemps. Peut-être vaudrait-il mieux lier d'abord connaissance avec deux ou trois personnes seulement, jusqu'au moment où elle s'accoutumerait de nouveau à cette race qui était la sienne. Mais il se demandait ce qu'il ferait si elle ne s'habituait pas. Enfin, ils étaient là, à présent. Restait à voir ce qui allait se passer.

— Il arrive que les gens parlent très fort tous à la fois, mais, généralement, une seule personne prend la parole à un moment donné. Et ils vont être prudents avec les chevaux, maintenant, je crois, affirma-t-il.

Elle avait entrepris de décharger la jument des paniers assujettis sur ses flancs par un harnais de son invention, fait de lanières de cuir.

Pendant qu'elle s'occupait ainsi, Jondalar prit Talut à part. Ayla et les chevaux, lui dit-il, étaient un peu nerveux. Il leur faudrait quelque temps pour s'habituer à tout ce monde.

— Il vaudrait mieux les laisser seuls un moment, ajouta-t-il.

Talut acquiesça. Il alla de l'un à l'autre des habitants du Camp, leur dit quelques mots à chacun. Ils se dispersèrent, se remirent à leurs tâches quotidiennes : en préparant le repas, en travaillant le cuir, en façonnant des outils, ils pouvaient observer à la dérobée ce qui se passait. Eux aussi, d'ailleurs, étaient un peu mal à l'aise. Voir des étrangers était intéressant, mais une femme dotée d'un tel pouvoir magique pouvait se comporter de manière inattendue.

Seuls demeurèrent quelques enfants, mais leur présence ne troublait pas Ayla. Elle n'avait pas vu d'enfants depuis des années, depuis son départ du Clan, et la curiosité était réciproque. Elle débarrassa la jument de son harnais, le poulain de son licou, les flatta, les caressa tour à tour. Elle venait de gratter longuement Rapide et de le serrer affectueusement contre elle quand, en levant les yeux, elle vit le regard avide de Latie fixé sur le poulain.

— Tu veux toucher cheval ? demanda-t-elle.

— Je peux ?

— Viens. Donne main. Je montre.

Elle prit la main de Latie, la posa sur le rude poil d'hiver du jeune animal. Rapide tourna la tête pour flairer la fillette et lui poser le nez sur l'épaule.

Le sourire de gratitude de Latie fut le plus beau des cadeaux.

— Je lui plais !

— Aime gratter aussi. Comme ça.

Ayla lui montra les endroits où le poulain éprouvait des démangeaisons. Latie était débordante de joie. Rapide était ravi et le montrait clairement. Ayla se détourna pour aider Jondalar et ne prêta pas attention à l'approche d'un autre enfant. Quand elle fit volte-face, elle réprima un cri, sentit le sang se retirer de son visage.

— Tu veux bien que Rydag touche le cheval ? demanda la fillette. Il ne peut pas parler, mais je sais qu'il en a envie.

Latie était accoutumée à la surprise des nouveaux venus devant Rydag.

— Jondalar ! appela Ayla, dans un rauque murmure. Cet enfant, il pourrait être mon fils ! Il ressemble à Durc !

Son compagnon se retourna, ses yeux s'agrandirent de stupeur. C'était un enfant d'esprits mêlés.

Pour la plupart des gens, les Têtes Plates — les êtres qu'Ayla appelait toujours le Clan — étaient des animaux, et beaucoup considéraient les enfants semblables à celui-ci comme des monstres, mi-humains, mi-bêtes. Jondalar avait été atterré lorsqu'il avait compris que la jeune femme avait donné naissance à un être de cette sorte. La mère d'un tel enfant était généralement rejetée. On la chassait, de peur qu'elle n'attirât de nouveau le mauvais esprit animal et n'amenât d'autres femmes à donner naissance à de tels monstres. Certains se refusaient même à admettre leur existence. Découvrir là un de ces enfants, parmi des gens normaux, était plus qu'une surprise. C'était un véritable choc. D'où venait donc ce petit garçon ?

Ayla et l'enfant se dévisageaient. Ils n'avaient plus conscience de ce qui les entourait. Il est bien maigre, pour un petit qui appartient pour moitié au Clan, pensait Ayla. Ils sont le plus souvent bien charpentés et musclés. Durc lui-même était plus solide. Il est malade, lui disait son œil exercé de guérisseuse. Il s'agissait d'un mal de naissance, qui concernait le muscle vigoureux qui battait et palpitait dans la poitrine pour entraîner le sang. Mais elle enregistrait tous ces signes sans y penser. Son attention se concentrait sur le visage de l'enfant, sur la forme de sa tête, afin de découvrir les ressemblances et les différences entre lui et son propre fils.

Les grands yeux bruns, intelligents, étaient pareils à ceux de Durc, ils exprimaient la même antique sagesse, bien au-delà de son âge. Mais ils contenaient aussi une douleur, une souffrance qui n'étaient pas seulement physiques, et que Durc n'avait jamais connues. Ayla avait la gorge serrée, elle était envahie de compassion. Les orbites de cet enfant étaient moins prononcées, décida-t-elle. Même lorsqu'elle était partie, Durc, à trois ans, montrait au-dessus de ses yeux des saillies osseuses déjà très développées. Ces caractéristiques lui venaient du Clan, mais son front ressemblait à celui de cet enfant : ni fuyant ni aplati comme ceux du Clan, mais haut et bombé comme celui d'Ayla.

Ses pensées s'égarèrent. Durc aurait maintenant six

ans, se dit-elle. Il avait l'âge d'accompagner les hommes quand ils s'entraînaient avec leurs armes de chasse. Mais c'était Brun, et pas Broud, qui devait être son professeur. La colère la prenait, au souvenir de Broud. Jamais elle n'oublierait que le fils de la compagne de Brun avait entretenu la haine qu'il ressentait à son égard, jusqu'au jour où, par pure méchanceté, il avait pu lui prendre son enfant et la faire chasser du Clan. Elle ferma les yeux : le souvenir lui était comme un coup de couteau en plein cœur. Elle se refusait à croire qu'elle ne reverrait jamais son fils.

Elle ouvrit les yeux, vit Rydag, reprit longuement son souffle.

Je me demande quel âge a ce petit. Il n'est pas bien grand mais il ne doit pas être beaucoup moins âgé que Durc. Rydag avait le teint clair, ses cheveux étaient sombres et frisés mais plus légers, plus doux que les chevelures crépues qui se rencontraient le plus souvent dans le Clan. La différence essentielle entre cet enfant et son fils résidait dans son menton et son cou. Durc possédait un long cou, comme le sien : il s'étranglait parfois en avalant, ce qui n'arrivait jamais aux jeunes enfants du Clan. Il avait aussi un menton un peu fuyant mais bien formé. Celui-ci avait un cou trop court, et aussi une mâchoire trop saillante. Latie, se rappela-t-elle, avait dit qu'il était incapable de parler.

Tout à coup, dans un éclair de compréhension, elle sut ce que devait être la vie de ce jeune être. Il pouvait être difficile, pour une petite fille de cinq ans qui avait perdu ses parents dans un tremblement de terre et qui avait été recueillie par un clan pour lequel le langage articulé était pratiquement impossible, d'apprendre les signes par lesquels ces gens communiquaient. Mais combien plus difficile encore de vivre parmi des gens qui parlaient, sans posséder la parole. Elle se rappelait la tension qui l'avait habitée les premiers temps, quand elle était incapable de communiquer avec les gens qui l'avaient recueillie. Par la suite, il lui avait été plus douloureux encore de ne pouvoir se faire comprendre de Jondalar avant d'avoir réappris à parler. Mais si elle n'avait pas possédé cette faculté d'apprendre... ?

Elle fit un signe à l'enfant, l'un des simples gestes de salut, parmi les premiers qu'on lui avait enseignés si longtemps auparavant. Elle surprit dans ses yeux une lueur d'intérêt, mais il secoua la tête et parut perplexe. Jamais, comprit-elle, il n'avait appris le langage par signes du Clan, mais il devait avoir en lui les vestiges de la mémoire du Clan. Un bref instant, elle en était sûre, il avait reconnu le signe.

— Rydag peut toucher le petit cheval ? répéta Latie.

— Oui, répondit Ayla.

Elle prit la main du petit garçon. Il est si maigre, si frêle, pensa-t-elle. Elle comprit alors tout le reste. Il ne pouvait pas courir, comme les autres enfants. Il ne pouvait pas se livrer à leurs jeux brutaux. Il ne pouvait que les regarder et les envier.

Avec une tendresse que Jondalar n'avait encore jamais lue sur son visage, Ayla souleva Rydag pour l'asseoir sur le dos de Whinney. Elle fit signe à la jument de la suivre et leur fit faire lentement le tour du Camp. Les conversations s'interrompirent : tout le monde ouvrait de grands yeux au spectacle de Rydag à cheval. Mis à part Talut et les quelques personnes qui avaient rencontré le couple et les animaux près de la rivière, on n'avait encore jamais vu personne monter à cheval. On n'avait jamais même envisagé une telle idée.

Une forte matrone émergea de l'étrange habitation. A la vue de Rydag installé sur le dos de la jument qui s'était cabrée dangereusement près d'elle, elle fut d'abord portée à courir à son aide. Mais, en approchant, elle prit conscience du spectacle silencieux qui se jouait devant elle.

L'enfant avait une expression émerveillée, ravie. Combien de fois avait-il suivi d'un regard d'envie les activités des autres enfants, que sa faiblesse, son aspect physique différent l'empêchaient d'imiter ? Combien de fois avait-il souhaité pouvoir se faire admirer, envier ? Maintenant, pour la première fois, petits et grands le suivaient d'un regard admiratif et jaloux.

La femme voyait tout cela et s'en étonnait. Cette étrangère avait-elle vraiment compris si vite l'enfant ?

L'avait-elle si vite accepté ? Elle surprit le regard d'Ayla fixé sur Rydag et elle sut qu'elle ne se trompait pas.

Ayla saisit ce regard de la matrone, elle la vit lui sourire. Elle lui sourit en retour, s'arrêta près d'elle.

— Tu as rendu Rydag très heureux, dit la femme.

Elle tendait les bras au petit garçon que l'étrangère blonde soulevait.

— C'est peu, dit Ayla.

La femme hocha la tête.

— Je m'appelle Nezzie.

— Mon nom est Ayla.

Toutes deux se dévisagèrent prudemment, sans hostilité, mais comme pour tâter le terrain en vue de relations futures.

Les questions qu'elle avait envie de poser à propos de Rydag se bousculaient dans l'esprit de la jeune femme. Pourtant, elle hésitait. Etait-il convenable de les formuler ? Nezzie était-elle la mère de ce petit ? Dans ce cas, comment avait-elle donné naissance à un enfant d'esprits mêlés ? Le problème qui la tourmentait depuis la naissance de Durc revenait l'assaillir. Comment la vie commençait-elle ? Une femme en reconnaissait la présence uniquement quand son corps changeait, à mesure que grossissait l'enfant. Mais comment s'introduisait-il à l'intérieur d'une femme ?

Creb et Iza croyaient qu'une nouvelle vie commençait quand une femme absorbait les esprits totémiques d'un homme. Jondalar pensait que la Grande Terre Mère mêlait les esprits d'un homme et d'une femme et les introduisait à l'intérieur de la femme lorsqu'elle devenait grosse. Mais Ayla s'était formé sa propre opinion. Elle avait remarqué chez son fils certaines de ses propres caractéristiques et certaines autres du Clan. Elle avait alors compris qu'aucune vie ne s'était développée en elle jusqu'au jour où Broud l'avait pénétrée de force.

Elle frissonna à cet affreux souvenir. Elle en était arrivée à la certitude que, lorsqu'un homme mettait son organe dans l'endoit où les enfants se formaient, quelque chose incitait la vie à commencer à l'intérieur d'une femme. Jondalar, quand elle lui en avait parlé, avait trouvé l'idée étrange. Il avait voulu la convaincre que c'était la Mère qui créait la vie. Elle ne l'avait pas vraiment cru. A présent, elle se posait des questions. Ayla avait grandi au sein du Clan, elle en faisait partie, en dépit de ses différences. Quand Broud l'avait prise, l'acte lui avait fait horreur, mais il n'avait fait qu'exercer ses droits. Mais comment un homme du Clan avait-il pu forcer Nezzie ?

Ses pensées furent interrompues par l'arrivée bruyante d'une petite bande de chasseurs. Un homme s'approcha. Il repoussa son capuchon. Ayla et Jondalar restèrent bouche bée. L'homme était brun foncé ! C'était presque la couleur de la robe de Rapide, déjà inhabituelle chez un cheval. Le jeune couple n'avait jamais vu personne de semblable.

L'homme avait des cheveux noirs et crépus, qui formaient sur sa tête un casque pareil à la fourrure serrée d'un mouflon. Ses yeux étaient noirs, eux aussi, d'un éclat étincelant. Son sourire découvrait des dents blanches et brillantes et une langue rose qui contrastaient avec sa peau sombre. Quand des étrangers le voyaient pour la première fois, il faisait sensation : il le savait et y prenait un certain plaisir.

Par ailleurs, il était parfaitement ordinaire : de taille moyenne — quelques centimètres de plus qu'Ayla — et de corpulence moyenne. Mais une impression de vitalité, une économie de mouvements, une assurance naturelle signalaient un homme résolu et qui savait atteindre un but sans perdre de temps. A la vue d'Ayla, ses prunelles prirent un éclat nouveau.

Jondalar en reconnut la séduction. Il fronça les sourcils, mais ni la jeune femme blonde ni l'homme à la peau foncée ne s'en aperçurent. Captivée par la nouveauté de l'arrivant, Ayla le regardait avec l'émerveillement candide d'un enfant. Lui, pour sa part, se sentait attiré autant par la naïveté innocente de sa réaction que par sa beauté.

Brusquement, Ayla se rendit compte qu'elle le dévisageait. Elle devint écarlate, baissa les yeux. Elle avait appris de Jondalar qu'il était parfaitement convenable, de la part des hommes et des femmes, de se regarder en face, mais, pour les membres du Clan, c'était discourtois et même choquant, surtout chez une femme. Son éducation et les coutumes du Clan, sur lesquelles Creb et Iza ne cessaient d'insister pour les rendre plus acceptables, causaient maintenant l'embarras d'Ayla.

Cette visible détresse ne fit qu'enflammer l'intérêt de l'homme à la peau sombre. Les femmes lui témoignaient souvent une attention exceptionnelle. La surprise qui saluait son apparition semblait éveiller chez elles une insatiable curiosité à propos d'éventuelles autres différences. Il se demandait parfois si chacune des femmes présentes aux Réunions d'Eté se croyait obligée de découvrir par elle-même qu'il était, en fait, un homme pareil aux autres. Certes, il n'y voyait pas d'objection. La réaction d'Ayla l'intriguait, comme la couleur de sa peau étonnait la jeune femme. Il n'avait pas l'habitude de voir une femme adulte, d'une beauté frappante, rougir avec la modestie d'une toute jeune fille.

Talut s'avançait vers eux.

— Ranec, tu as fait la connaissance de nos visiteurs ? cria-t-il.

— Pas encore, mais j'attends... avec impatience.

Au son de sa voix, Ayla releva les yeux. Son regard plongea dans des prunelles noires, profondes, qui exprimaient le désir et un humour subtil. Elles pénétraient en elle, suscitaient des sensations que seul, jusqu'à présent, Jondalar avait éveillées. Un léger gémissement s'étouffa sur ses lèvres, ses yeux gris-bleu s'élargirent. Déjà, l'homme se penchait pour lui prendre les mains, mais, avant toute présentation en bonne et due forme, le grand étranger s'interposa entre eux, le visage sombre, les deux mains en avant.

— Je suis Jondalar des Zelandonii, dit-il. Cette femme avec laquelle je voyage s'appelle Ayla.

Jondalar était mécontent, Ayla en était sûre. Et c'était à cause de cet homme à la peau sombre. Elle était accoutumée à lire la signification d'une attitude, d'un comportement. Elle avait étroitement observé Jondalar pour obtenir des indications sur la conduite à tenir. Mais le langage corporel des gens qui comptaient sur les mots était beaucoup moins expressif que celui du Clan, qui se servait de signes pour communiquer, et elle ne faisait pas encore confiance à ses perceptions. Ces gens-là semblaient à la fois plus faciles et plus difficiles à déchiffrer, témoin ce brusque changement d'attitude chez Jondalar. Il était furieux, elle le sentait, mais elle ne savait pas pourquoi.

L'homme prit les mains de Jondalar, les secoua fermement.

— Je suis Ranec, mon ami, le meilleur, et d'ailleurs le seul, sculpteur du Camp du Lion des Mamutoï, dit-il avec un sourire qui se moquait de lui-même. Si tu voyages avec une compagne aussi belle, tu dois t'attendre à ce qu'elle attire l'attention.

Ce fut au tour de Jondalar de se sentir embarrassé. L'attitude franche et amicale de Ranec lui donnait l'impression de se conduire comme un rustre. Une souffrance familière ramena le souvenir de son frère. Thonolan, lui, avait cette même assurance cordiale. Lorsqu'ils avaient fait des rencontres, au cours de leur voyage, c'était toujours lui qui avait fait les premiers pas. Jondalar avait toujours détesté se conduire sottement, et il lui déplaisait d'entamer une relation nouvelle sur un malentendu. Il avait, pour le moins, fait preuve de manque de courtoisie.

Mais la brutalité de sa colère l'avait pris au dépourvu. Le brûlant coup de poignard de la jalousie lui était inconnu, ou du moins le souvenir en était si lointain qu'il ne s'y attendait plus.

Pourquoi s'irritait-il de voir un inconnu admirer Ayla ? se demandait-il. Ranec avait raison : elle était si belle qu'il aurait dû le prévoir. Et elle était en droit de faire son propre choix. Il était le premier homme de sa race qu'elle eût rencontré. Cela ne signifiait pas qu'il serait à jamais le seul à l'attirer.

Ayla le vit sourire à Ranec mais elle remarqua que la tension, dans la ligne de ses épaules, ne s'était pas atténuée.

— Ranec parle toujours à la légère de ses dons de sculpteur mais il n'est pas homme à faire fi de ses autres talents, dit Talut.

Il montrait le chemin vers l'étrange habitation qui

semblait avoir poussé d'elle-même sur la berge de la rivière.

— Wymez et lui ont au moins ce point de ressemblance. Wymez est aussi réticent sur son talent de façonneur d'outils que l'est le fils de son foyer pour parler de ses sculptures. Parmi tous les Mamutoï, Ranec est le meilleur sculpteur.

— Vous avez parmi vous un tailleur de pierre expérimenté ? demanda Jondalar avec une joyeuse impatience.

Il oubliait cet éclair de brûlante jalousie à l'idée de rencontrer un autre expert dans son propre métier.

— Oui, et c'est le meilleur, lui aussi. Le Camp du Lion est renommé. Nous possédons le meilleur sculpteur, le meilleur façonneur d'outils et le mamut le plus âgé, déclara l'Homme Qui Ordonne.

— Et aussi un Homme Qui Ordonne assez imposant pour être approuvé par tous, de gré ou de force, ajouta Ranec, avec un sourire ironique.

Talut lui sourit en retour : il connaissait la propension de Ranec à détourner les louanges par une plaisanterie. Ce qui n'empêchait d'ailleurs pas Talut de se vanter : il était fier de son Camp et n'hésitait pas à le faire savoir à la ronde.

Ayla observait la subtile relation entre les deux hommes : l'un, le plus âgé, ce géant massif, au poil flamboyant, aux yeux d'un bleu pâle, et l'autre, avec sa peau sombre, plus petit mais râblé. Ils étaient aussi différents que possible l'un de l'autre, mais elle percevait le lien d'affection et de loyauté profondes qui les unissait. Tous deux faisaient partie des Chasseurs de Mammouths, tous deux étaient membres du Camp du Lion des Mamutoï.

Ils se dirigeaient vers le passage voûté qu'Ayla avait remarqué plus tôt. Il semblait donner accès à un tertre — ou, peut-être, à une série de tertres — intégré dans la pente qui faisait face à la large rivière. Ayla avait vu des gens y entrer et en sortir. Il devait s'agir, elle le savait, d'une caverne ou d'un gîte quelconque. Il semblait entièrement fait de terre solidement tassée, et de l'herbe poussait par endroits à la surface, surtout autour de la base et sur les côtés. L'ensemble se fondait si bien dans le paysage que, à part l'entrée, il était difficile de le distinguer de ce qui l'environnait.

En y regardant de plus près, elle distingua plusieurs objets curieux posés sur le sommet arrondi de la butte. Il y en avait un, en particulier, juste au-dessus de l'entrée. Elle retint son souffle.

C'était le crâne d'un lion des cavernes.

2

Blottie dans une minuscule crevasse d'une falaise abrupte, Ayla regardait la patte griffue d'un énorme lion des cavernes s'introduire dans la fissure pour l'atteindre. Elle poussa un hurlement de peur et de souffrance quand la patte trouva sa cuisse nue et la sillonna de quatre estafilades parallèles. L'Esprit même du Grand Lion des Cavernes l'avait choisie et marquée pour montrer qu'il était son totem, lui avait expliqué Creb, après une épreuve bien plus pénible que toutes celles auxquelles un homme lui-même était soumis, alors qu'elle n'était qu'une petite fille de cinq ans. Elle crut sentir la terre trembler sous ses pieds, et sentit monter une nausée.

Elle secoua la tête pour chasser un souvenir trop précis. Jondalar remarqua son malaise.

— Qu'y a-t-il, Ayla ?

Elle tendit le bras vers la décoration, au-dessus de l'entrée.

— J'ai vu ce crâne et je me suis rappelé le jour où j'avais été choisie, le jour où le Lion des Cavernes est devenu mon totem !

— Nous sommes le Camp du Lion, déclara une fois de plus Talut avec orgueil.

Il ne les comprenait pas quand ils s'exprimaient dans le langage de Jondalar mais il voyait l'intérêt qu'ils témoignaient au talisman du camp.

— Le Lion des Cavernes a une profonde signification pour Ayla, expliqua Jondalar. L'esprit du grand fauve, prétend-elle, la guide et la protège.

— Alors tu devrais te sentir bien ici, dit Talut, en la gratifiant d'un sourire satisfait.

Elle vit Nezzie emporter Rydag dans ses bras et songea de nouveau à son fils.

— Oui, je crois, répondit-elle.

Avant d'entrer, la jeune femme examina la voûte. Elle sourit en voyant comment on était arrivé à une aussi parfaite symétrie. C'était simple, mais elle n'y aurait pas pensé. Deux grandes défenses de mammouth, prises sur la même bête ou sur deux bêtes de même taille, avaient été solidement fichées en terre, et les deux pointes se rejoignaient au sommet dans un manchon fait d'un segment de tibia de l'animal.

Un lourd rabat en peau de mammouth couvrait l'entrée, assez haute pour permettre à Talut de pénétrer à l'intérieur sans courber la tête. On accédait alors à un vaste espace à l'extrémité duquel une autre voûte, juste en face de la première, était drapée elle aussi de peau de mammouth. Ils descendirent dans un foyer circulaire dont les épaisses parois s'incurvaient pour former un plafond voûté.

En avançant, Ayla remarqua les murs, apparemment recouverts d'une mosaïque d'os de mammouth, où étaient suspendus des vêtements d'extérieur à des chevilles et des râteliers chargés d'outils et de récipients. Talut releva l'autre tenture et, après être passé lui-même, la retint pour livrer passage à ses invités.

Ayla descendit encore une marche et s'immobilisa, ouvrit des yeux stupéfaits. Elle était submergée par tous ces objets inconnus, ces images insolites, ces couleurs éclatantes. Le spectacle qui se présentait à elle était en grande partie incompréhensible, et elle se raccrocha à ce qu'elle connaissait.

A peu près au centre de l'espace dans lequel ils se trouvaient, une énorme pièce de viande, embrochée sur une longue perche, rôtissait au-dessus d'un vaste foyer. Chaque extrémité de la perche reposait dans la cavité de l'articulation d'un os de jambe de mammouth enfoncé verticalement dans le sol. Un jeune garçon tournait une manivelle faite de bois de cerf. C'était l'un des enfants qui s'étaient attardés pour observer Ayla et

Whinney. La jeune femme le reconnut, lui sourit. Il lui rendit son sourire.

Les yeux d'Ayla s'accoutumaient à la pénombre, et elle s'étonnait de se trouver dans une salle aussi vaste, aussi propre et confortable. Le foyer était le premier d'une série qui s'alignait au long de cette habitation de plus de vingt-cinq mètres sur plus de six mètres.

A la dérobée, Ayla pressa tour à tour ses doigts sur sa cuisse en prononçant mentalement les noms des chiffres que lui avait enseignés Jondalar. Sept foyers.

Il faisait bon, dans ce logis semi-souterrain. Les feux réchauffaient l'atmosphère, plus qu'ils ne le faisaient généralement dans les cavernes auxquelles elle était habituée. Il y faisait même chaud, et elle remarqua, un peu plus loin, des gens très légèrement vêtus.

Curieusement, il ne faisait pas plus sombre vers l'autre extrémité de l'habitation. Le plafond conservait à peu près la même hauteur d'un bout à l'autre, quatre mètres environ, et des trous à fumée, ménagés au-dessus de chaque foyer, laissaient entrer la lumière. A une charpente en os de mammouth étaient accrochés vêtements, outils, provisions, mais la porte centrale de la voûte était faite de nombreux bois de cerf entrelacés.

Brusquement, Ayla prit conscience d'un arôme qui lui fit monter l'eau à la bouche. De la viande de mammouth ! pensa-t-elle. Elle n'avait pas retrouvé le goût de cette tendre et savoureuse chair depuis qu'elle avait quitté la caverne du Clan. D'autres délicieuses odeurs de cuisine montaient aussi autour d'elle, certaines familières, d'autres non. Elles se combinaient pour lui rappeler qu'elle avait faim.

On les guidait maintenant au long d'un passage qui traversait l'habitation sur toute sa longueur. De chaque côté, de larges couches, recouvertes de fourrures amoncelées, s'appuyaient aux parois. Des gens y étaient assis, pour se détendre ou bavarder. Elle sentit leurs regards se fixer sur elle au passage. Elle vit plusieurs arches formées par des défenses de mammouth et se demanda sur quoi elles débouchaient mais elle n'osa pas poser la question.

On dirait une caverne, se disait-elle. Une immense

caverne confortable. Mais les défenses disposées en ogives, les os de mammouth qui servaient de piliers et de supports pour les murs attestaient qu'il ne s'agissait pas d'une caverne découverte par hasard. C'étaient ces gens qui l'avaient construite !

La première salle, où cuisait le rôti, était plus vaste que les autres, tout comme la quatrième dans laquelle Talut les introduisait. Plusieurs couchettes nues, apparemment inoccupées, le long des murs, montraient comment elles avaient été aménagées.

Quand on avait creusé le niveau inférieur, on avait laissé, des deux côtés de l'excavation, de larges plates-formes, tout juste surélevées, soutenues par des os de mammouth habilement disposés. D'autres os renforçaient la surface des plates-formes, et les interstices étaient remplis d'une bourre végétale. Le tout supportait des paillasses de cuir souple emplies de poils de mammouth et d'autres substances moelleuses. Quand on y ajoutait plusieurs épaisseurs de fourrures, les plates-formes devenaient des couchettes, chaudes et confortables.

Jondalar se demandait si le foyer vers lequel on les menait était inoccupé. Il le paraissait, mais, en dépit de toutes les couchettes nues, on y avait une impression de vie. Des braises luisaient dans l'emplacement réservé au feu. Des fourrures, des peaux étaient empilées sur certaines des couches. Des herbes séchées étaient suspendues à des râteliers.

— Les visiteurs sont généralement couchés dans le Foyer du Mammouth, expliqua Talut. A condition que Mamut ne s'y oppose pas. Je vais le lui demander.

— Bien sûr, Talut, ils peuvent loger ici.

La voix venait d'une couche inoccupée. Jondalar fit volte-face, ouvrit de grands yeux en voyant se soulever un tas de fourrure. Deux yeux brillèrent dans un visage tatoué, sur la pommette droite, de chevrons qui se fondaient dans les rides d'un âge incroyable. Ce qu'il avait pris pour le poil d'hiver d'un animal reprit l'aspect d'une barbe blanche. Deux longues jambes maigres, jusque-là croisées, se déplièrent, et les pieds se posèrent sur le sol.

— Ne prends pas cet air surpris, homme des Zelandonii. La femme savait que j'étais là.

La voix forte du vieillard ne trahissait guère son âge avancé.

— C'est vrai, Ayla ? demanda Jondalar.

Elle ne parut pas l'entendre. Son regard et celui du vieil homme s'étaient accrochés, comme si chacun voulait plonger dans l'âme de l'autre. La jeune femme, enfin, se laissa tomber aux pieds du Mamut, croisa les jambes, inclina la tête.

Jondalar se sentit à la fois intrigué et gêné. Elle utilisait le langage par signes dont le Clan, lui avait-elle dit, se servait pour communiquer. Cette posture était l'attitude de déférence et de respect que prenait une femme du Clan lorsqu'elle demandait l'autorisation de s'exprimer.

La seule autre fois où il l'avait vue ainsi, c'était un jour où elle avait voulu lui dire quelque chose de très important, quelque chose qu'elle ne pouvait lui faire savoir autrement, parce que les mots qu'il lui avait enseignés ne suffisaient pas à traduire ses sentiments. Il se demandait encore comment on pouvait s'exprimer plus clairement dans un langage où les gestes, les actions, prenaient le pas sur la parole, mais il avait été plus surpris encore d'apprendre que ces gens possédaient un moyen de communication.

Mais il aurait souhaité qu'elle ne s'exhibât pas ainsi en ces lieux. Il rougissait de la voir utiliser ces signes de Têtes Plates. Il avait envie de s'élancer vers elle, de lui dire de se relever, avant que quelqu'un d'autre ne la vît. De toute manière il se sentait mal à l'aise devant cette posture : c'était comme si elle lui rendait l'hommage révérencieux qui était dû à Doni, la Grande Terre Mère. Les gestes, les signes, elle aurait dû les lui réserver. C'était une chose de les adopter pour lui, quand ils étaient seuls, mais il désirait la voir faire bonne impression sur ces inconnus. Il voulait qu'elle leur plût. Il n'avait pas envie de les voir découvrir d'où elle venait.

Le Mamut posa sur lui un regard pénétrant avant de se retourner vers Ayla. Après l'avoir examinée un moment, il se pencha vers elle, lui tapa sur l'épaule.

Ayla releva la tête, vit deux yeux pleins de sagesse et de bonté, dans un visage sillonné de fines rides et de plis profonds. Le tatouage, sous l'œil droit, lui donna un instant l'impression d'une orbite vide, d'un œil manquant. Le temps d'un battement de cœur, elle crut revoir Creb. Mais le vieillard du Clan qui, avec Iza, l'avait élevée et lui avait prodigué son affection était mort, et Iza l'était aussi. Alors, qui était cet homme qui avait éveillé en elle des émotions aussi fortes ? Pourquoi était-elle à ses pieds à la manière d'une femme du Clan ? Et d'où connaissait-il le signe qui, dans le Clan, répondait à cette attitude ?

— Lève-toi, ma fille. Nous parlerons plus tard, dit le Mamut. Tu dois prendre le temps de te reposer et de manger. Tu vois ici des lits... des endroits où l'on dort, précisa-t-il, comme s'il savait qu'elle avait besoin d'une explication. Tu trouveras là-bas des fourrures et des coussins.

D'un mouvement gracieux, Ayla se releva. Le regard observateur du vieillard vit dans cette grâce des années de pratique. Il ajouta cette indication à tout ce qu'il savait déjà de la jeune femme. Au cours de cette brève rencontre, il en avait déjà plus appris, sur Ayla et Jondalar, qu'aucun autre membre du Camp. Mais il possédait un grand avantage : il en savait plus que personne sur les lieux d'où venait Ayla.

La pièce rôtie de mammouth avait été portée à l'extérieur sur un plat fait d'un grand os du bassin, avec un choix de racines, de légumes et de fruits, afin de pouvoir prendre le repas en profitant du soleil de cette fin d'après-midi. La viande était aussi tendre, aussi savoureuse que dans le souvenir d'Ayla, mais elle avait connu un moment difficile lorsqu'on avait servi les convives. Elle ignorait tout du protocole. En certaines occasions, généralement à l'issue de cérémonies, les femmes du Clan prenaient leur repas à l'écart des hommes. D'ordinaire, cependant, on se groupait par famille, mais, même alors, les hommes étaient servis les premiers.

Ayla ne savait pas que, pour honorer leurs invités, les Mamutoï leur offraient le premier choix du meilleur morceau. La coutume, par ailleurs, exigeait, par déférence envers la mère, qu'une femme commençât de manger la première. Quand on apporta les plats, Ayla resta en arrière et se cacha derrière Jondalar, afin de pouvoir observer les autres à la dérobée. Il y eut un moment de confusion, de piétinements : chacun attendait de la voir prendre l'initiative, tandis qu'elle s'efforçait de passer derrière eux.

Quelques membres du Camp prirent conscience de son manège et, avec des regards malicieux, commencèrent d'en faire un jeu. Mais Ayla ne trouvait là rien de drôle. Elle commettait une erreur, elle le sentait, mais Jondalar ne l'aidait pas : lui aussi essayait de la pousser en avant.

Mamut vint à son aide. Il la prit par le bras, la guida jusqu'au grand plat de rôti coupé en tranches épaisses.

— On attend que tu manges la première, Ayla, lui dit-il.

— Mais je suis une femme ! protesta-t-elle.

— Voilà justement pourquoi tu dois manger la première. C'est notre offrande à la Mère, et il est bon qu'une femme l'accepte à sa place. Prends le meilleur morceau, non pour toi-même, mais pour honorer Mut, expliqua le vieil homme.

Elle le regarda d'abord avec surprise puis avec gratitude. Elle prit une assiette, faite d'une plaque d'ivoire légèrement incurvée détachée d'une défense, et, avec une profonde gravité, choisit la plus belle tranche. Jondalar lui sourit, avec un signe d'approbation, et les autres se pressèrent afin de se servir à leur tour. Quand elle eut fini de manger, Ayla posa l'assiette sur le sol, comme elle l'avait vu faire à ses compagnons.

— Je me demandais si tu voulais nous montrer une danse nouvelle, tout à l'heure, dit une voix derrière elle.

Elle se retourna, vit les yeux sombres de l'homme à la peau foncée. Le mot « danse » lui était inconnu, mais il lui souriait amicalement. Elle lui rendit son sourire.

— Quelqu'un t'a-t-il déjà dit combien tu es belle quand tu souris ? demanda-t-il.

— Belle ? Moi ?

Elle se mit à rire, secoua la tête d'un air incrédule.

Jondalar lui avait dit un jour les mêmes mots ou presque, mais elle ne se considérait pas sous cet aspect. De tout temps, bien avant d'avoir atteint l'âge nubile, elle avait été plus grande et plus mince que les gens qui l'avaient élevée. Elle était si différente d'eux, avec son front bombé et le drôle d'os, sous sa bouche, que Jondalar appelait un menton, qu'elle s'était toujours trouvée laide.

Ranec, intrigué, l'observait. Elle riait avec une spontanéité enfantine, comme si elle pensait sincèrement qu'il venait de dire quelque chose de comique. Il n'avait pas prévu ce genre de réaction. Un sourire de coquetterie, peut-être, ou bien une invite faite d'un air entendu. Mais les yeux gris-bleu d'Ayla étaient d'une totale innocence, il n'y avait rien d'affecté ni d'apprêté dans sa manière de renverser la tête en arrière ou de rejeter ses longs cheveux loin de son visage.

Elle se mouvait avec la grâce naturelle et fluide d'un animal, un cheval, peut-être, ou bien un lion. Il y avait autour d'elle une sorte d'aura, une qualité qu'il était incapable de définir vraiment, mais qui alliait à des éléments de candeur et de franchise un certain mystère. Elle semblait innocente comme un tout jeune enfant, ouverte à tout, mais elle était en même temps une femme, au plein sens du terme, une femme d'une beauté saisissante, totale.

Il la détaillait avec curiosité et intérêt. Sa chevelure, longue, abondante, naturellement ondée, avait le blond doré, brillant d'un champ de hautes herbes balancées par le vent. Ses grands yeux largement espacés étaient frangés de longs cils, un peu plus sombres que ses cheveux. Avec toute la sensibilité d'un sculpteur, il examinait l'élégante pureté de l'ossature de son visage, la grâce musclée de son corps. Quand son regard descendit vers la poitrine pleine, les hanches galbées, il prit une expression qui déconcerta Ayla.

Elle rougit, détourna les yeux. Jondalar lui avait bien dit que c'était parfaitement convenable, mais elle n'était pas bien sûre d'apprécier cette façon de regarder quelqu'un bien en face. Elle se sentait sans défense, vulnérable. Elle lança un coup d'œil vers Jondalar. Il lui tournait le dos, mais elle lut dans son attitude qu'il était furieux. Pourquoi était-il furieux ? Avait-elle fait quelque chose de mal ?

— Talut ! Ranec ! Barzec ! Regardez qui est ici ! appela une voix.

Tout le monde tourna la tête. Plusieurs personnes venaient d'apparaître au haut de la pente. Nezzie et Talut se mirent à la gravir à leur rencontre, au moment où un jeune homme se détachait du groupe pour s'élancer vers eux. Ils se rencontrèrent à mi-chemin, s'étreignirent avec enthousiasme. Ranec, à son tour, se précipita vers un autre des arrivants, et, si les retrouvailles furent moins démonstratives, il n'en serra pas moins contre lui, avec une chaleureuse affection, un homme plus âgé.

Ayla, avec une étrange sensation de vide, regarda les autres membres du Camp déserter les visiteurs, dans leur impatience de retrouver des parents et des amis. Tous parlaient et riaient en même temps. Elle, elle était Ayla de Nulle Part. Elle n'avait aucun lieu où aller, aucun foyer à retrouver, pas de clan pour l'accueillir par des étreintes, des embrassades. Iza et Creb, qui l'avaient aimée, étaient morts, et elle était morte pour ceux qu'elle aimait.

Uba, la fille d'Iza, avait été pour elle une véritable sœur : elles étaient liées par l'affection, sinon par le sang. Mais Uba, si elle revoyait maintenant Ayla, lui fermerait son cœur et son esprit. Elle n'en croirait pas ses yeux, elle ne la verrait même pas. Broud avait lancé contre elle la Malédiction Suprême. Elle était donc morte.

Durc lui-même se souviendrait-il d'elle ? Elle avait dû le laisser au Clan de Brun. Même si elle avait pu l'enlever, ils auraient été isolés tous les deux. S'il était arrivé quelque chose à Ayla, Durc se serait trouvé livré à lui-même. Mieux valait le laisser avec le Clan. Uba l'aimait, elle prendrait soin de lui, le protégerait, lui apprendrait à chasser. Il grandirait, deviendrait fort, brave, il se servirait d'une fronde avec toute l'adresse de sa mère, il serait rapide à la course, il...

Soudain, elle remarqua le seul membre du Camp qui n'avait pas gravi la pente en courant. Près de l'entrée de la caverne, Rydag, appuyé d'une main à une défense, regardait de ses yeux ronds la troupe joyeuse qui revenait. Elle les vit, alors, par ses yeux à lui ; ils se tenaient par la taille, portaient les enfants les plus jeunes tandis que d'autres enfants sautaient autour d'eux pour se faire porter eux aussi. Rydag respirait trop fort, se dit Ayla, la surexcitation ne lui valait rien.

Elle se dirigea vers lui, vit Jondalar prendre la même direction.

— J'allais l'emmener là-haut, dit-il.

Il avait donc remarqué l'enfant, lui aussi, et il avait eu la même idée qu'elle.

— C'est cela, emmène-le, lui dit-elle. Whinney et Rapide peuvent encore prendre peur, avec tous ces gens. Je vais rester près d'eux.

Elle regarda Jondalar soulever l'enfant aux cheveux sombres, le jucher sur ses épaules et grimper la pente, vers les habitants du Camp du Lion. Le jeune homme, presque aussi grand que Jondalar, qui avait été si chaleureusement accueilli par Talut et Nezzie tendit les bras au petit avec un visible plaisir et le plaça sur ses propres épaules pour redescendre vers la caverne. Il est aimé, pensa Ayla. Elle aussi, se rappelait-elle, avait été aimée, en dépit de son aspect différent.

Jondalar croisa son regard et lui sourit. Elle sentit monter en elle un tel élan d'amour pour cet homme attentif et sensible qu'elle s'en voulut de s'être apitoyée sur son propre sort. Elle n'était plus seule. Elle avait Jondalar. Elle aimait jusqu'au son de son nom.

Jondalar. Il était le premier homme de sa connaissance à être plus grand qu'elle. Le premier qui avait ri avec elle. Le premier aussi qu'elle avait vu verser des larmes sur le frère qu'il avait perdu.

Jondalar. L'homme que son totem lui avait envoyé comme un cadeau, elle en était convaincue, dans la vallée où elle s'était installée, après son départ du Clan, quand elle s'était lassée de rechercher les Autres, ceux qui lui ressemblaient.

Jondalar. L'homme qui lui avait réappris la parole, avec des mots, pas des signes, comme le Clan. Jondalar, dont les mains habiles savaient façonner un outil, gratter le dos d'un poulain, soulever un enfant pour le hisser sur ses épaules. Jondalar, qui lui enseignait les joies de leurs deux corps, qui l'aimait, et qu'elle aimait plus qu'elle eût jamais cru possible d'aimer quelqu'un.

Elle se dirigea vers la rivière et longea un méandre au bout duquel Rapide était attaché par une longue corde à un arbre rabougri. Submergée par une émotion encore si nouvelle pour elle, la jeune femme s'essuya les yeux d'un revers de main. Elle prit dans sa paume son amulette, un petit sac de peau attaché par une lanière de cuir autour de son cou. Elle palpa les objets qu'il contenait, adressa une pensée à son totem.

— Esprit du Grand Lion des Cavernes, Creb disait toujours qu'il était difficile de vivre avec un puissant totem. Il avait raison. Les épreuves ont toujours été rudes, mais ma peine n'a jamais été vaine. Cette femme t'est reconnaissante de ta protection et des dons de son puissant totem. Les dons intérieurs, comme les choses qu'elle a apprises, et les autres dons, les êtres à aimer, comme Whinney, Rapide, et, surtout, Jondalar.

Lorsqu'elle s'approcha du poulain, Whinney vint, l'accueillit d'un souffle affectueux. Elle se sentait épuisée. Elle n'avait pas l'habitude de voir tant de monde, tant de mouvement, et les gens qui parlaient un langage articulé étaient si bruyants. Elle avait les tempes battantes, la tête douloureuse, son cou et ses épaules lui faisaient mal. Whinney s'appuya sur elle. Rapide ajouta sa propre pression. Elle se sentait écrasée entre eux mais ne s'en souciait guère.

— Assez ! dit-elle finalement, en assénant une claque sur le flanc du poulain. Tu deviens trop grand, Rapide, pour me serrer ainsi entre vous deux. Regarde-toi ! Tu es presque aussi grand que ta mère !

Elle le gratta un instant, avant de flatter et de frictionner Whinney. Elle remarqua alors la sueur séchée sur le poil.

— C'est dur pour toi aussi, hein ? Tout à l'heure, je te bouchonnerai et je t'étrillerai avec une cardère. Mais quelqu'un vient, et tu vas sans doute être encore le centre de l'attention générale. Quand ils se seront habitués à toi, ce sera moins pénible.

Ayla ne s'apercevait pas qu'elle employait à présent le langage personnel qu'elle s'était créé au cours des années passées en la seule compagnie des animaux. Ce langage se composait à la fois de gestes du Clan, de la formulation de quelques-uns des mots articulés par le Clan, d'imitations animales et des vocables absurdes qu'elle avait commencé d'utiliser avec son fils. Des yeux étrangers n'auraient sans doute pas remarqué les mouvements de ses mains : elle aurait paru simplement murmurer une étrange suite de sons, de grognements et de syllabes répétitives. On n'aurait probablement pas pensé à un langage.

— Peut-être Jondalar, de son côté, bouchonnera-t-il Rapide.

Elle s'interrompit. Une pensée troublante lui venait à l'esprit. Elle reprit son amulette, s'efforça de coordonner ses pensées.

— Grand Lion des Cavernes, Jondalar fait maintenant partie de tes élus, lui aussi. Comme moi, il porte sur sa jambe les cicatrices de ta marque...

Elle revint à la traduction de ses pensées dans l'antique langage silencieux qui s'exprimait par les mains. Le seul langage qui convînt pour s'adresser au monde des esprits.

— Esprit du Grand Lion des Cavernes, cet homme qui a été choisi n'a pas la connaissance des totems. Cet homme ne sait rien des épreuves imposées par un puissant totem, ni de ses dons. Même cette femme qui sait les a trouvés difficiles. Cette femme aimerait supplier l'Esprit du Grand Lion des Cavernes... aimerait le supplier pour cet homme...

Ayla s'interrompit. Elle ne savait pas trop ce qu'elle demandait. Elle ne voulait pas prier l'esprit de ne pas mettre Jondalar à l'épreuve — comment chercher à le priver des bienfaits que lui vaudraient certainement de telles épreuves ? —, elle ne demandait même pas qu'on l'épargnât. Elle avait été elle-même cruellement éprouvée et y avait gagné des dons exceptionnels, et elle en était venue à croire que les bienfaits étaient en proportion de la sévérité des épreuves. Elle rassembla ses pensées, continua :

— Cette femme aimerait prier l'Esprit du Grand Lion des Cavernes d'aider cet homme qui a été choisi à connaître la valeur de son puissant totem, à savoir que, si pénible semble-t-elle, l'épreuve est nécessaire.

Elle acheva, laissa retomber ses mains.

— Ayla ?

Elle se retourna, se trouva devant Latie.

— Oui.

— Tu avais l'air... très occupée. Je ne voulais pas t'interrompre.

— J'ai fini.

— Talut voudrait que tu viennes, avec les chevaux. Il a déjà dit à tout le monde qu'il ne faudrait rien faire qui te déplaise. Ne pas leur faire peur, les énerver... Il a effrayé quelques personnes, je crois bien.

— Je vais venir. Tu veux retourner sur le cheval ?

Le visage de Latie se fendit d'un large sourire.

— Je pourrais ? Vraiment ?

Lorsqu'elle souriait ainsi, elle ressemblait à Talut, se dit Ayla.

— Peut-être gens pas effrayés quand ils voient toi sur le cheval. Viens. Rocher ici. Pour aider à monter.

Quand Ayla reparut de l'autre côté du coude de la rivière suivie d'une jument qui portait la fillette sur son dos et d'un poulain folâtre, les conversations s'interrompirent. Ceux que le spectacle avait déjà emplis de crainte respectueuse prenaient néanmoins plaisir à voir l'expression de stupeur incrédule qui se peignait sur les visages des nouveaux venus.

— Tu vois, Tulie, je te l'avais bien dit ! s'exclama Talut à l'adresse d'une femme brune qui lui ressemblait, sinon par la couleur, du moins par les dimensions.

Elle dominait de haut Barzec, l'homme du dernier foyer, qui se tenait près d'elle, un bras passé autour de sa taille. A côté d'eux se trouvaient les deux garçons de ce foyer et leur sœur de six ans, dont Ayla avait fait récemment la connaissance.

En arrivant devant l'habitation, Ayla prit Latie dans ses bras pour la poser à terre, avant de flatter et de caresser Whinney, dont les naseaux se dilataient de nouveau en saisissant les odeurs de tous ces inconnus. La fillette se précipita vers un garçon roux et dégingandé qui pouvait avoir quatorze ans. Il était presque aussi grand que Talut, et, hormis la différence d'âge et de corpulence, ils se ressemblaient comme deux gouttes d'eau.

— Viens faire la connaissance d'Ayla, lui dit Latie.

Elle l'entraînait vers la femme aux chevaux, et il se laissa faire. Jondalar s'était approché pour faire tenir le poulain tranquille.

— Voici mon frère, Danug, présenta Latie. Il est resté longtemps parti mais il va de nouveau habiter avec nous, maintenant qu'il sait tout sur la façon d'extraire le silex. N'est-ce pas, Danug ?

— Je ne sais pas tout, Latie, fit-il un peu gêné.

Ayla lui sourit.

— Je te salue, dit-elle, les mains tendues.

L'embarras de Danug s'accrut encore. Il était le fils du Foyer du Lion, c'était à lui le premier de saluer la visiteuse, mais il restait sans voix devant la belle étrangère qui exerçait un tel pouvoir sur les animaux. Il prit les deux mains offertes, marmonna une salutation. Whinney choisit cet instant pour s'ébrouer et se mettre à piaffer. Le garçon lâcha les mains d'Ayla : il avait l'impression que son geste n'était pas du goût de la jument.

— Whinney apprendrait plus vite à te connaître si tu la flattais et la laissais te flairer, dit Jondalar qui percevait le malaise de Danug.

Celui-ci était à un âge difficile, plus tout à fait enfant, pas encore homme.

— Tu as appris à extraire le silex ? reprit Jondalar, sur le ton de la conversation.

Il cherchait à rasséréner le jeune homme et lui montrait en même temps comment flatter la jument.

— Je suis tailleur de silex, déclara fièrement le

garçon. Wymez est mon maître depuis l'enfance. C'est le meilleur, mais il voulait aussi m'enseigner d'autres techniques : à estimer la pierre brute, par exemple.

La conversation portait maintenant sur des sujets familiers, et Danug laissait percer son enthousiasme naturel.

Une lueur d'intérêt sincère s'alluma dans les yeux de Jondalar.

— Je suis tailleur de silex, moi aussi, et j'ai appris mon métier d'un homme qui est le meilleur de tous. Quand j'avais à peu près ton âge, je vivais avec lui, près du gisement de silex qu'il avait découvert. J'aurais plaisir à rencontrer un jour ton maître.

— Alors, permets-moi de te le présenter, puisque je suis le fils de son foyer et le premier, sinon le seul, à me servir de ses outils.

Au son de la voix de Ranec, Jondalar se retourna. Il s'aperçut alors que le Camp tout entier faisait cercle autour d'eux. Près de l'homme à la peau brune se tenait celui qu'il avait accueilli si chaleureusement. Tous deux avaient la même taille. Jondalar ne discernait aucune autre ressemblance entre eux. Le plus âgé avait des cheveux plats, châtain clair striés de gris. Ses yeux étaient bleus. Son visage n'avait rien de commun avec les traits de Ranec. La Mère devait avoir choisi l'esprit d'un autre homme, se dit Jondalar, pour créer l'enfant du foyer de Wymez. Mais pourquoi avait-elle donné sa préférence à un homme d'une couleur aussi inhabituelle ?

— Wymez, du Foyer du Renard du Camp du Lion, Maître Tailleur de pierre des Mamutoï, annonça pompeusement Ranec, voici nos visiteurs, Jondalar des Zelandonii, qui est de ton espèce, semble-t-il...

Jondalar crut entendre dans sa voix une nuance d'humour ou de sarcasme ? Il ne savait trop.

— ... et sa belle compagne, Ayla, une femme de Nulle Part mais qui possède beaucoup de charme... et de mystère.

Son sourire, où la blancheur des dents contrastait avec la peau sombre, attira le regard d'Ayla. Une lueur avertie brilla dans les yeux noirs.

— Salut, dit Wymez, aussi simple et direct que Ranec avait été cérémonieux. Tu travailles la pierre ?

— Oui. Je suis tailleur de silex.

— J'ai rapporté de la pierre excellente. Elle vient tout droit de son gisement, elle n'a pas eu le temps de sécher.

— J'ai dans mon sac un percuteur et un bon perçoir, déclara Jondalar, dont l'intérêt s'était aussitôt éveillé. Te sers-tu d'un perçoir ?

La conversation prit rapidement un tour tout professionnel. Ranec posa sur Ayla un regard affligé.

— Ça devait arriver, j'aurais pu te le dire. Sais-tu quel est le pire, quand on vit au foyer d'un maître-façonneur d'outils ? Ce n'est pas toujours de trouver des éclats de silex dans ses fourrures, c'est surtout d'entendre constamment parler de silex. Et, depuis le moment où Danug a manifesté son intérêt... la pierre, la pierre, la pierre... je n'ai plus entendu que ça.

Le ton affectueux de Ranec démentait ses récriminations. Chacun, visiblement, les avait déjà entendues : personne n'y prêtait attention, excepté Danug.

— J'ignorais que cela t'ennuyait à ce point, dit le jeune homme.

— Mais non, fit Wymez. Tu ne vois donc pas, Ranec essaie d'impressionner une jolie fille.

— A la vérité, Danug, je te suis reconnaissant. Jusqu'à ton intervention, je crois qu'il cherchait à faire de moi un tailleur de pierre, dit Ranec, afin d'apaiser l'inquiétude de Danug.

— J'ai cessé tout effort quand j'ai compris que ton seul intérêt pour mes outils visait à t'en servir pour sculpter l'ivoire, et ce n'était pas bien longtemps après notre arrivée ici, expliqua Wymez.

Il sourit, ajouta :

— Et, si tu trouves pénible de découvrir des éclats de silex dans ton lit, tu devrais essayer la poussière d'ivoire dans ce que tu manges.

Les deux hommes si dissemblables plaisantaient, ils se taquinaient en paroles, mais amicalement, comprit Ayla avec soulagement. Elle remarqua aussi qu'au-delà de leurs différences physiques, ils avaient le même sourire et se mouvaient de la même manière.

On entendit soudain des cris qui provenaient de l'intérieur de l'habitation.

— Ne t'en mêle pas, vieille femme ! Cette histoire est entre Fralie et moi !

C'était une voix masculine, celle de l'homme du sixième foyer, voisin du dernier. Ayla se rappelait l'avoir rencontré.

— Je me demande pourquoi elle t'a choisi, Frebec ! Je n'aurais jamais dû permettre cette Union ! hurla en réponse une voix de femme.

Brusquement, une femme d'un certain âge émergea de l'entrée de la caverne. Elle traînait derrière elle une autre femme plus jeune, en pleurs. Deux petits garçons effarés les suivaient, l'un qui pouvait avoir sept ans, l'autre, tout petit, le derrière nu, qui suçait son pouce.

— C'est ta faute. Elle t'écoute trop souvent. Pourquoi ne cesses-tu pas de te mêler de nos affaires ?

Tout le monde se détourna. On avait déjà entendu à maintes reprises cette même discussion. Mais Ayla ouvrait de grands yeux. Aucune femme du Clan n'aurait osé discuter ainsi avec un homme.

— Voilà Crozie et Frebec qui recommencent. N'y fais pas attention, dit Tronie.

C'était la femme du cinquième foyer, celui du Renne, se rappela Ayla. Il venait tout de suite après le Foyer du Mammouth, où elle séjournait avec Jondalar. La femme tenait un tout petit garçon au sein.

Ayla avait déjà rencontré la jeune mère et se sentait attirée par elle. Tornec, son compagnon, souleva dans ses bras l'enfant de trois ans qui s'accrochait à sa mère : il n'avait pas encore accepté le nouveau venu qui l'avait privé du sein maternel. Le jeune couple était aimable, très uni. Ayla était heureuse de les avoir pour voisins, plutôt que ceux qui se chamaillaient. Manuv, qui vivait avec eux, était venu bavarder avec la visiteuse pendant le repas : il avait été l'homme du foyer, et il était le fils d'un cousin de Mamut. Il venait souvent au quatrième foyer, avait-il ajouté, ce qui avait réjoui la jeune femme : elle avait toujours eu une affection particulière pour les personnes âgées.

Elle était moins à l'aise avec ses voisins de l'autre côté, au troisième foyer. C'était là que vivait Ranec. Il l'avait désigné comme le Foyer du Renard. Il ne lui déplaisait pas, mais Jondalar se comportait envers lui de manière vraiment étrange. D'ailleurs, ce foyer était plus petit que les autres, habité par deux hommes seulement, et Ayla se sentait plus proche de Nezzie et Talut, au deuxième foyer, et de Rydag. Elle aimait aussi les autres enfants du Foyer du Lion, Latie et Rugie, la plus jeune fille de Nezzie, qui avait à peu près l'âge de Rydag. Elle avait maintenant fait la connaissance de Danug, et il lui plaisait également.

Talut s'approchait en compagnie de la grande et forte femme. Barzec et les enfants étaient avec eux : elle et lui devaient être unis, supposa Ayla.

— Ayla, je voudrais te présenter ma sœur, Tulie, du Foyer de l'Aurochs, la Femme qui Ordonne du Camp du Lion, dit Talut.

— Salut, dit la femme, les mains tendues dans le geste traditionnel. Au nom de Mut, je te souhaite la bienvenue.

Sœur du chef, elle était son égale et avait profondément conscience de ses responsabilités.

— Je te salue, Tulie, répondit Ayla, en s'efforçant de ne pas dévisager ouvertement l'autre femme.

La première fois que Jondalar avait été capable de se tenir debout, elle avait éprouvé un choc en découvrant qu'il était plus grand qu'elle. Mais voir une femme plus grande encore était surprenant. Toujours, Ayla avait dominé de sa haute taille les autres membres du Clan. Mais la sœur du chef n'était pas seulement grande, elle était musclée, bâtie en force. Le seul qui la dépassait était son frère. Elle se tenait avec toute l'assurance que peuvent seules conférer une haute taille et une imposante carrure. On voyait tout de suite en elle la femme, la mère et le chef pleinement satisfaits de la vie.

Tulie s'étonnait du curieux accent de la visiteuse, mais un autre problème l'occupait davantage. Avec la franchise caractéristique de son peuple, elle n'hésita pas à l'aborder.

— Je ne savais pas que le Foyer du Mammouth serait occupé quand j'ai invité Branag à revenir chez nous. Deegie et lui seront unis l'été prochain. Il ne séjournera que quelques jours ici, et Deegie, je le sais, avait espéré pouvoir passer ce temps avec lui en tête-à-tête, loin de ses frères et de sa sœur. Tu es une invitée, et elle ne voulait rien te demander, mais elle aimerait s'installer avec Branag au Foyer du Mammouth, si tu veux bien y consentir.

— Foyer grand. Beaucoup lits. Je consens, répondit Ayla, un peu mal à l'aise qu'on lui demandât cette autorisation : elle n'était pas chez elle.

A ce moment, une jeune femme sortit de la caverne. Un jeune homme la suivait. Ayla la regarda à deux fois. L'arrivante avait à peu près son âge et elle était un peu plus grande. Sa chevelure était châtain foncé et elle avait un visage aimable que bien des gens auraient trouvé joli. De toute évidence, le garçon qui l'accompagnait la trouvait très séduisante. Mais ce n'était pas son aspect physique qui captivait l'attention d'Ayla : elle ouvrait de grands yeux émerveillés sur la tenue de la jeune fille.

Celle-ci portait des jambières et une tunique d'un ton presque assorti à la couleur de ses cheveux. Une longue tunique de cuir, abondamment ornée, ouverte devant, avec une ceinture pour en retenir les pans. Le cuir était d'un rouge sombre, presque brun. Pour le Clan, le rouge était une couleur sacrée. Ayla ne possédait qu'un seul objet de cette teinte : le petit sac d'Iza. Il contenait les racines destinées à la confection du breuvage réservé aux grandes cérémonies. Elle l'avait conservé, soigneusement rangé dans son sac de guérisseuse où elle gardait les herbes sèches utilisées pour les rites magiques de guérison. Une tunique entièrement faite de cuir rouge ? Elle n'en croyait pas ses yeux.

Avant même les présentations de règle, elle s'écria :

— Elle est si belle !

— Elle te plaît ? C'est pour notre Union. La mère

de Branag me l'a offerte, et je n'ai pas pu m'empêcher de la mettre pour la montrer à tout le monde.

— Jamais vu rien pareil ! insista Ayla.

La jeune fille était ravie.

— Tu es celle qu'on appelle Ayla, n'est-ce pas ? Moi, c'est Deegie, et voici Branag. Il doit repartir dans quelques jours, ajouta-t-elle d'un air déçu, mais, après l'été prochain, nous vivrons ensemble. Nous allons nous installer avec mon frère, Taneg. Il vit maintenant avec sa femme dans la famille de sa femme, mais il veut créer un nouveau Camp et il insistait beaucoup pour que je me trouve un compagnon, afin que je sois avec lui à la tête de ce camp.

Ayla vit Tulie sourire à sa fille et lui faire signe. Elle se rappela alors la demande qu'on lui avait faite.

— Beaucoup place dans foyer. Beaucoup lits vides, Deegie. Tu restes au Foyer du Mammouth, avec Branag ? Il est visiteur aussi... Si Mamut veut. Est foyer de Mamut.

— Sa première femme était la mère de ma grand-mère. J'ai souvent dormi chez lui. Mamut ne refusera pas. N'est-ce pas ? ajouta Deegie, en voyant paraître le vieil homme.

— Mais oui, Deegie, tu peux rester ici avec Branag. Mais, rappelle-toi, tu ne dormiras peut-être pas beaucoup, ajouta le vieillard.

Deegie eut un sourire de joyeuse attente. Mamut continua :

— Nous avons des visiteurs. Danug est de retour après toute une année d'absence. Ton Union approche, et Wymez a remporté un plein succès dans sa mission d'échanges. Nous avons de bonnes raisons, je crois, de nous assembler ce soir au Foyer du Mammouth pour nous raconter les histoires.

Tout le monde prit un air heureux. On avait attendu cette annonce, mais l'impatience n'en était pas moins vive. Une réunion au Foyer du Mammouth, ils le savaient tous, cela signifiait des récits d'aventures vécues, de légendes, peut-être aussi d'autres distractions. Ils étaient désireux d'avoir des nouvelles des autres camps, d'écouter une fois de plus des histoires connues.

Et ils seraient heureux de voir les réactions des étrangers à la vie et aux aventures des membres de leur propre Camp mais aussi d'entendre les récits de leurs expériences.

Jondalar savait, lui aussi, ce que signifiait une telle assemblée et il en était d'avance préoccupé. Ayla allait-elle raconter dans les détails sa propre histoire ? Le Camp du Lion demeurerait-il ensuite aussi accueillant ? L'idée lui vint de la prendre à part pour la mettre en garde, mais il réussirait seulement, il le savait, à faire naître sa colère, à la bouleverser. Par bien des aspects, elle ressemblait aux Mamutoï. Elle exprimait ses sentiments avec franchise et sincérité. D'ailleurs, toutes les mises en garde n'y feraient rien : elle ne savait pas mentir. Peut-être, au mieux, s'abstiendrait-elle de prendre la parole.

3

Ayla passa une partie de l'après-midi à bouchonner Whinney avec un morceau de cuir souple et une cardère sèche, pour se détendre tout autant que la jument.

Jondalar s'activait auprès d'elle sur Rapide : armé lui aussi d'une cardère, il calmait les démangeaisons du poulain tout en lissant l'épaisse toison d'hiver, bien que le jeune animal eût visiblement préféré jouer plutôt que de se tenir tranquille. La couche moelleuse, sous le poil extérieur, annonçait l'arrivée imminente du froid, ce qui amena Jondalar à se demander où ils passeraient l'hiver. Il n'était pas encore bien sûr des sentiments d'Ayla à l'égard des Mamutoï, mais du moins les gens du Camp et les chevaux commençaient-ils à s'accoutumer les uns aux autres.

Ayla, elle aussi, sentait que les tensions s'apaisaient mais elle s'inquiétait de l'endroit où les animaux passeraient la nuit. Ils avaient l'habitude de partager une caverne avec elle. Jondalar ne cessait de lui affirmer qu'ils ne souffriraient pas : les chevaux étaient habitués à être dehors. Elle décida finalement d'attacher Rapide près de l'entrée : Whinney ne s'aventurerait pas trop loin sans son poulain, et, si un danger se présentait, la jument avertirait la jeune femme.

Au moment où la nuit tombait, le vent se fit plus froid. On sentait la neige dans l'air quand Ayla et Jondalar rentrèrent, mais, au centre de la caverne semi-souterraine, le Foyer du Mammouth était chaud et agréable. Les gens commençaient à s'y réunir. Beaucoup avaient pris le temps de se nourrir des restes froids du repas précédent, qui avaient été transportés à l'intérieur : une sorte de tubercule, petit, blanc, riche en féculent, des carottes sauvages, des mûres, des tranches de mammouth rôti. Ils saisissaient les légumes et les fruits avec les doigts ou à l'aide de deux baguettes manipulées comme des pinces, mais chacun, remarqua Ayla, sauf les enfants les plus jeunes, avait un couteau pour la viande. Elle s'étonna de voir quelqu'un se mettre une tranche de rôti entre les dents et en couper un morceau d'un coup de lame vers le haut — sans se trancher le nez.

De petites outres brunes — les vessies et les estomacs parfaitement imperméables de différents animaux — passaient de main en main, et les gens y buvaient avec un plaisir évident. Talut offrit à Ayla de goûter à la boisson. L'odeur, plutôt désagréable, était celle d'un liquide fermenté. Le goût était légèrement sucré, mais le breuvage lui brûla la bouche. Elle refusa une seconde rasade. Elle n'aimait pas cette boisson. Jondalar, lui, semblait l'apprécier.

Les gens, tout en parlant, en riant, trouvaient place sur les couchettes ou sur des fourrures et des nattes jetées sur le sol. Ayla avait tourné la tête pour écouter une conversation quand le bruit s'apaisa soudain. La jeune femme se retourna. Le vieux Mamut se tenait debout près du foyer dans lequel brûlait un petit feu. Quand toutes les conversations se furent tues, quand il eut drainé l'attention de toute l'assemblée, il prit une petite torche, l'approcha des flammes pour l'allumer. Dans le silence attentif qui tenait toutes les respirations en suspens, il apporta la flamme jusqu'à une petite lampe de pierre qui se trouvait dans une niche du mur, derrière lui. La mèche de lichen séché crépita dans la graisse de mammouth avant de s'enflammer et de révéler la petite statue en ivoire d'une femme aux formes généreuses, placée derrière la lampe.

Ayla la reconnut sans l'avoir jamais vue. C'est ce que Jondalar appelle une donii, pensa-t-elle. Selon lui, elle renferme l'esprit de la Grande Terre Mère. Ou peut-être seulement une partie. Elle paraît trop petite pour contenir l'esprit tout entier. Mais, après tout, quelle taille peut avoir un esprit ?

Sa mémoire la reporta à une autre cérémonie : le jour où on lui avait remis la pierre noire qu'elle conservait dans le sac à amulette suspendu à son cou. Le petit bloc de bioxyde de manganèse contenait un peu de l'esprit de chaque membre du Clan. La pierre lui avait été donnée quand elle était devenue guérisseuse. En échange, elle avait renoncé à une part de son propre esprit. De cette façon, si elle sauvait la vie de quelqu'un, le malade guéri n'avait aucune obligation envers elle, il n'était pas obligé de la payer en retour. C'était fait d'avance.

Quelque chose la tourmentait encore : quand elle était tombée sous le coup de la Malédiction Suprême, les esprits n'avaient pas été rendus à leurs possesseurs. Creb les avait repris à Iza après la mort de la vieille guérisseuse, afin de ne pas les laisser partir avec elle vers le monde des esprits, mais personne n'avait fait de même pour Ayla. Si elle détenait une part de l'esprit de chaque membre du Clan, Broud les avait-il placés, eux aussi, sous la Malédiction Suprême ?

Suis-je morte ? se demandait-elle. Elle s'était déjà bien souvent posé cette question. Mais elle ne pouvait y donner de réponse. Le pouvoir de la Malédiction Suprême, elle l'avait appris, résidait dans la croyance qu'on lui accordait. Quand les êtres aimés ne reconnaissaient plus votre existence, quand vous n'aviez plus nulle part où aller, vous pouviez tout aussi bien être mort. Mais pourquoi n'était-elle pas morte ? Quelle raison l'avait poussée à ne pas renoncer ? Plus important encore, qu'adviendrait-il du Clan quand elle finirait par mourir pour de bon ? Sa mort pourrait-elle nuire à ceux qu'elle aimait ? Au Clan tout entier, peut-être ? Le petit sac de cuir pesait tout le poids de sa responsabilité, comme si le destin du Clan entier était suspendu autour de son cou.

Elle fut arrachée à sa rêverie par un son rythmé. A l'aide d'un segment de bois de renne en forme de marteau, Mamut frappait sur un crâne de mammouth, peint de lignes géométriques et de symboles. Ayla crut percevoir une qualité qui dépassait le simple rythme. Elle observa, écouta plus attentivement. La cavité du crâne enrichissait le son de vibrations sonores, mais il y avait là plus que la simple résonance d'un instrument. Quand le vieux chaman frappait sur différentes zones du crâne-tambour, la hauteur, la tonalité se modifiaient en variations complexes et subtiles : on avait l'impression que Mamut faisait parler le crâne du vieux mammouth.

Du plus profond de sa poitrine, le vieillard entonna une mélopée, en modulations mineures étroitement liées. Tambour et voix tissaient un motif sonore compliqué. Çà et là, dans la salle, d'autres voix s'élevèrent, se fondirent dans le mode déjà instauré tout en lui apportant des variantes. Le rythme du tambour fut repris, de l'autre côté du foyer, par un rythme semblable. Ayla regarda dans cette direction : Deegie frappait sur un autre crâne. Tornec se mit à tambouriner, avec un marteau en bois de renne, sur un autre os de mammouth, une omoplate couverte de lignes également espacées et de chevrons peints en rouge. La musique magnifiquement obsédante emplissait toute la caverne. Tout le corps d'Ayla palpitait au même rythme, et elle remarqua que d'autres personnes se balançaient en mesure. Brutalement, tout se tut.

Le silence était chargé d'attente, mais on le laissa mourir de lui-même. Il n'était pas question de célébrer une cérémonie mais simplement de réunir le Camp pour passer une soirée agréable à parler — ce que les gens faisaient le mieux.

Tulie commença par annoncer qu'un accord avait été conclu, et que l'Union de Deegie et de Branag serait officialisée l'été suivant. Chacun s'y attendait, ce qui n'empêcha pas les manifestations d'approbation et les félicitations. Le jeune couple rayonnait de joie. Talut, ensuite, demanda à Wymez de leur faire un rapport sur sa mission de commerce : on apprit qu'elle concernait des échanges de sel, d'ambre et de silex. Plusieurs personnes posèrent des questions ou se livrèrent à des commentaires. Jondalar écoutait avec attention. Ayla, qui ne comprenait pas de quoi il était question, résolut de lui demander des précisions un peu plus tard. Après quoi, Talut questionna Danug sur ses progrès, au grand embarras du garçon.

— Il a du talent, une certaine habileté. Encore quelques années d'expérience, et il sera très bon. On l'a laissé partir à regret. Il a beaucoup appris. Cette année d'absence n'a pas été vaine, déclara Wymez.

Le groupe exprima de nouveau son approbation. Il se fit une pause, meublée par quelques conversations particulières. Talut, enfin, se tourna vers Jondalar ; ce qui souleva un mouvement d'intérêt.

— Dis-nous, homme des Zelandonii, comment tu te trouves ici, au Camp du Lion des Mamutoï ? demanda le chef.

Jondalar but une gorgée à l'une des petites outres brunes emplies de boisson fermentée. Son regard passa sur les gens qui l'entouraient et qui attendaient sa réponse avec impatience. Il sourit à Ayla. Il s'est déjà trouvé dans une telle situation, se dit-elle, un peu surprise. Elle comprenait qu'il créait une atmosphère, avant de conter son histoire. Elle se disposa à l'écouter, comme les autres.

— C'est une longue histoire, commença-t-il.

Des têtes l'approuvèrent : c'était précisément ce qu'on avait envie d'entendre.

— Mon peuple vit bien loin d'ici, très loin vers le couchant, au-delà même de la source de la Grande Rivière Mère, qui termine sa course dans la mer de Beran. Nous habitons aussi, comme vous, près d'une rivière, mais la nôtre se jette dans les Grandes Eaux du couchant.

« Les Zelandonii sont un grand peuple. Comme vous, nous sommes des Enfants de la Terre. Celle que vous nommez Mut, nous l'appelons Doni, mais elle reste la

Grande Terre Mère. Nous chassons, nous commerçons et nous faisons parfois de longs voyages. Mon frère et moi, un jour, nous avons décidé d'en faire un.

Un instant, Jondalar ferma les yeux, et la souffrance creusa sur son front des plis profonds.

— Thonolan... c'était mon frère... riait sans cesse et il aimait l'aventure. C'était un favori de la Mère.

La souffrance était bien réelle. Ce n'était pas de l'affectation pour embellir l'histoire, et tout le monde le sentait. Sans qu'il en eût rien dit, on en devinait la cause. Chez eux aussi, on disait que la Mère emportait de bonne heure ceux qu'Elle aimait le mieux. Jondalar n'avait pas eu l'intention de révéler ainsi ses sentiments. Le chagrin l'avait pris au dépourvu et le laissait quelque peu embarrassé. Mais une perte aussi douloureuse est universellement ressentie ; cette démonstration inattendue provoqua la sympathie de ceux qui l'écoutaient et éveilla chez eux une compréhension qui dépassait la curiosité et la courtoisie généralement témoignée aux visiteurs étrangers.

Jondalar reprit son souffle, essaya de renouer le fil de son récit.

— Ce voyage, à l'origine, devait être celui de Thonolan. J'avais l'intention de faire avec lui un bout de chemin, jusqu'aux lieux où habitaient certains de nos parents. Mais finalement, j'ai décidé de l'accompagner au long de son voyage. Après avoir traversé un glacier à la source du Danube, la Grande Rivière Mère, nous nous sommes dit que nous allions la suivre jusqu'au bout. Personne ne nous en croyait capables, pas même nous, peut-être. Pourtant, nous avons suivi notre chemin, traversé de nombreux affluents, rencontré bien des gens.

« Un jour, pendant le premier été, nous nous étions arrêtés pour chasser. Pendant que nous faisions sécher la viande, nous nous sommes retrouvés encerclés par des hommes qui pointaient sur nous leurs sagaies...

Jondalar avait retrouvé sa cadence, et le récit de ses aventures retenait l'attention passionnée de son auditoire. C'était un bon conteur, qui savait tenir en haleine ceux qui l'écoutaient. Ils ponctuaient ses paroles de hochements de tête, de murmures d'approbation, d'encouragements et même de cris. Même quand ils écoutent, pensa Ayla, les gens qui parlent avec des mots ne peuvent garder le silence.

Elle était fascinée, comme tout le monde, mais elle se surprit à observer un moment ceux qui l'entouraient. Les adultes tenaient sur leurs genoux les plus jeunes enfants, tandis que les autres, étroitement groupés, fixaient sur le séduisant étranger des yeux brillants. Danug, en particulier, semblait captivé. Penché en avant, il écoutait avec une attention profonde.

— ... Thonolan est entré dans le canyon : la lionne était partie, il se croyait en sécurité. Mais nous avons entendu rugir un lion...

— Et alors, que s'est-il passé ? demanda Danug.

— Je vais laisser le soin à Ayla de vous raconter le reste. Je ne mc souviens pas de grand-chose, après ça.

Tous les yeux se tournèrent vers la jeune femme. Ayla était frappée de stupeur. Elle ne s'était pas attendue à cela. Jamais elle n'avait parlé en public. Jondalar lui souriait. La meilleure façon de l'habituer à s'exprimer devant des inconnus, s'était-il dit tout à coup, c'était de l'y contraindre. L'occasion se représenterait certainement pour elle de retracer une expérience vécue. Par ailleurs, chacun gardait encore en mémoire son extraordinaire maîtrise sur les chevaux : l'histoire du lion n'en serait que plus crédible. C'était une histoire qui ajouterait encore à son mystère. Et, peut-être, si l'auditoire s'en satisfaisait, n'aurait-elle pas à parler de ses origines.

— Qu'est-il arrivé, Ayla ? demanda Danug.

Rugie, jusqu'à présent, s'était montrée timide avec ce grand frère qui était resté si longtemps absent, mais elle retrouva le souvenir d'autres assemblées où l'on avait raconté des histoires et elle décida sur l'instant de s'installer sur ses genoux. Danug l'accueillit d'une caresse et d'un sourire distrait, sans pour autant détourner ses yeux d'Ayla.

Celle-ci regarda tous ces visages tournés vers elle. Elle essaya de parler mais elle avait la bouche sèche.

— Oui, qu'est-il arrivé ? répéta Latie.

Rydag sur les genoux, elle était assise près de Danug. Les grands yeux sombres de l'enfant brillaient d'excitation. Il ouvrit la bouche pour poser une question, lui aussi, mais personne ne comprit le son qu'il émit. Personne, sauf Ayla. Elle n'avait pas saisi le mot lui-même, mais seulement sa signification. Elle avait déjà entendu des sons semblables, elle avait même appris à s'en servir. Les gens du Clan n'étaient pas muets : leur capacité d'articulation était simplement limitée. Ils avaient donc créé peu à peu pour communiquer un langage par signes, très riche, très complet. Les mots leur servaient uniquement à souligner certaines nuances. L'enfant, Ayla le savait, lui demandait de continuer l'histoire. Elle sourit, s'adressa particulièrement à lui.

— J'étais avec Whinney, commença-t-elle.

La manière dont elle prononçait le nom de la jument avait toujours été une imitation du doux hennissement d'un cheval. Les gens de la caverne n'y virent qu'un merveilleux embellissement à l'histoire. Ils sourirent, l'encouragèrent de la voix à continuer dans la même veine.

— Elle a bientôt petit cheval. Elle très grosse, dit Ayla.

Elle portait les mains en avant de son ventre pour indiquer que la jument était presque à terme. Il y eut des sourires de compréhension.

— Tous les jours, nous sortons. Whinney a besoin sortir. Pas loin, pas vite. Toujours aller côté soleil levant. Côté soleil levant facile. Trop facile : rien nouveau. Un jour, aller soleil couchant. Voir endroit nouveau, poursuivit Ayla.

Elle s'adressait toujours à Rydag.

Jondalar lui avait enseigné le langage des Mamutoï ainsi que d'autres qu'il connaissait, mais elle le parlait moins couramment que celui de son compagnon, le premier qu'elle avait appris. Elle s'exprimait d'une manière étrange et elle cherchait ses mots, ce qui la mettait mal à l'aise. Mais, pour le petit garçon qui, lui, ne pouvait se faire comprendre de personne, elle devait essayer. Parce qu'il le lui avait demandé.

— J'entends lion...

Elle ne comprit pas bien ce qui l'avait poussée. Peut-être fut-ce le regard de Rydag, la façon dont il tournait la tête pour mieux entendre, ou peut-être fut-ce son instinct. Toujours est-il qu'elle fit suivre le mot « lion » d'un grondement menaçant qui évoquait parfaitement un véritable lion. Elle perçut des cris de frayeur étouffés, des rires nerveux, des murmures d'approbation. Elle possédait une incroyable faculté pour imiter les animaux. Jondalar, lui aussi, hochait la tête en lui souriant.

— J'entends homme crier.

Elle regarda son compagnon, et ses yeux s'emplirent de tristesse.

— J'arrête. Que faire ? Whinney grosse de son enfant...

Cette fois, elle reproduisait les petits sons aigus émis par un poulain et en fut récompensée par un sourire radieux de Latie.

— Je suis inquiète pour cheval, mais homme crie. J'entends encore lion. J'écoute.

Par sa bouche, le rugissement d'un lion devenait presque espiègle.

— C'est Bébé. J'entre dans canyon, alors. Je sais cheval pas blessé...

Elle vit autour d'elle des regards perplexes. Le mot qu'elle avait employé n'était pas familier à ces gens. En d'autres circonstances, Rydag l'aurait peut-être reconnu, lui. Ayla avait dit à Jondalar que, pour le Clan, ce mot désignait un tout petit enfant. Elle essaya d'expliquer :

— Bébé est lion. Bébé est lion je connais. Je trouve homme mort. Autre homme, Jondalar, beaucoup blessé. Whinney ramène à vallée.

— Ha ! fit une voix moqueuse.

Ayla leva la tête. C'était Frebec, l'homme qui s'était querellé un peu plus tôt avec la vieille femme.

— Tu voudrais me faire croire, continua-t-il, que tu as écarté un lion d'un homme blessé ?

— Pas lion comme autres. Bébé, précisa-t-elle.

— Qu'est-ce que c'est... ce mot que tu dis ?

— « Bébé » est un mot du Clan. Veut dire enfant, tout petit. Je donne nom à lion quand vit avec moi.

Bébé est lion je connais. Cheval connaît aussi. Pas peur.

Ayla était inquiète : il se passait quelque chose, mais quoi ?

— Tu vivais avec un lion ? Tu ne me feras pas croire ça, ricana l'homme.

— Tu ne le crois pas ? intervint Jondalar, furieux.

Cet homme accusait Ayla de mensonge, et lui-même savait trop bien à quel point son histoire était vraie.

— Ayla ne ment pas, déclara-t-il.

Il se leva, dénoua la lanière qui retenait autour de la taille ses jambières de cuir. Il découvrit l'aine et la cuisse striées de cicatrices encore enflammées.

— Ce lion m'a attaqué, et Ayla ne s'est pas contentée de m'arracher à ses griffes. C'est une guérisseuse de grand talent. Sans elle, j'aurais suivi mon frère dans l'autre monde. Je vais te dire autre chose. Je l'ai vue monter sur le dos de ce lion, comme elle le fait avec le cheval. Vas-tu me traiter de menteur ?

— Aucun invité du Camp du Lion n'est traité de menteur, déclara Tulie.

Elle essayait d'éviter une scène regrettable et fixait sur Frebec un regard menaçant.

— A mon avis, tu as bien été cruellement lacéré, et nous avons certainement vu de nos yeux cette femme... Ayla... monter la jument. Je ne vois aucune raison de douter d'elle ni de toi.

Il y eut un silence tendu. Le regard perplexe d'Ayla allait d'un visage à l'autre. Le mot « menteur » lui était inconnu, et elle ne comprenait pas pourquoi Frebec déclarait qu'il ne la croyait pas. Elle avait grandi parmi des gens pour qui le mouvement représentait le moyen de communication essentiel. Plus encore que les gestes des mains, le langage du Clan utilisait les postures, les expressions pour nuancer ce qu'on voulait dire. Mentir de tout son corps d'une façon convaincante était impossible. On pouvait tout au plus utiliser la restriction mentale, et cela même était discernable : on le tolérait par souci de discrétion. Ayla n'avait jamais appris à mentir.

Elle savait pourtant que quelque chose n'allait pas.

Elle déchiffrait la colère, l'hostilité qui venaient de naître aussi clairement que si ces gens les avaient criées. Elle savait aussi qu'ils s'efforçaient de ne pas les exprimer. Talut vit les yeux d'Ayla se poser sur l'homme à la peau sombre, s'en détourner. A la vue de Ranec, le chef eut l'idée d'un moyen pour apaiser les tensions et revenir aux histoires que chacun racontait.

— C'est une belle aventure, Jondalar, dit-il de sa voix claironnante, non sans gratifier Frebec d'un regard sévère. Les récits de voyages sont toujours passionnants. Aimerais-tu en entendre un autre ?

— Oui, très volontiers.

Il y eut des sourires dans toute l'assistance. Le calme se rétablit. L'histoire était l'une des préférées du groupe et l'occasion était rare de la partager avec des gens qui ne l'avaient pas encore entendue.

— C'est l'histoire de Ranec... commença Talut.

Ayla regarda Ranec avec intérêt.

— Aime savoir comment homme à peau brune est à Camp du Lion, dit-elle.

Il lui sourit mais se tourna vers l'homme de son foyer.

— C'est mon histoire, mais c'est à toi de la raconter, Wymez.

Jondalar avait repris sa place. Il ne savait trop s'il devait apprécier le nouveau tour de la conversation — ou peut-être l'intérêt que témoignait Ayla à Ranec. Mais mieux valait cela qu'une hostilité presque déclarée. D'ailleurs, son intérêt à lui aussi s'éveillait.

Wymez s'installa plus confortablement, adressa un signe de tête à Ayla, un sourire à Jondalar, avant de commencer :

— Nous avons d'autres points communs que la connaissance de la pierre, jeune homme. Moi aussi, dans ma jeunesse, j'ai accompli un long voyage. J'ai pris d'abord la direction du sud, en passant du côté du soleil levant. J'ai dépassé la mer de Beran et j'ai poursuivi mon chemin jusqu'aux rivages d'une mer beaucoup plus vaste. Cette mer du Sud porte différents noms, car de nombreux peuples vivent sur ses côtes. Je les ai d'abord suivies en direction du soleil levant, puis, vers le soleil couchant, j'ai longé les rivages du sud, à travers des terres couvertes de forêts, où il fait beaucoup plus chaud, où il pleut plus souvent qu'ici.

« Je n'essaierai pas de vous conter tout ce qui m'est arrivé. Ce sera pour une autre fois. Je veux vous dire l'histoire de Ranec. En voyageant vers le couchant, j'ai rencontré bien des gens. J'ai vécu quelque temps chez certains, j'ai appris de nouvelles coutumes. Mais je finissais toujours par en avoir assez et je me remettais en route. Je voulais savoir jusqu'où je pourrais aller vers le couchant.

« Au bout de plusieurs années, je suis arrivé en un lieu qui se trouve non loin de tes Grandes Eaux, je crois, Jondalar, mais de l'autre côté du passage resserré où la mer du Sud s'unit à elles. Là-bas, j'ai rencontré un peuple dont la peau était si sombre qu'elle paraissait noire et, là-bas aussi, j'ai connu une femme. Une femme vers laquelle je me suis senti attiré. Peut-être au début était-ce à cause de son aspect différent... Ses vêtements étranges, la couleur de sa peau, ses yeux sombres étincelants... Son sourire était irrésistible... comme sa façon de danser, de se mouvoir... C'était la femme la plus extraordinaire que j'aie jamais rencontrée.

Wymez s'exprimait d'un ton direct, d'une voix presque neutre, mais le récit était si passionnant que tout effet dramatique était inutile. Néanmoins, quand l'homme trapu, réservé, commença de parler de cette femme, son attitude changea visiblement.

— Quand elle accepta de s'unir à moi, je décidai de rester avec elle. Dès ma prime jeunesse, le travail de la pierre m'a toujours intéressé. J'appris leur méthode de façonner des pointes de sagaies. Ils taillent les faces de la pierre, tu comprends ?

La question était posée directement à Jondalar.

— Oui, comme une hache, répondit celui-ci.

— Mais ces pointes étaient moins épaisses, moins grossières. Ils possédaient une bonne technique. Je leur ai enseigné certaines choses, moi aussi, et je me suis volontiers plié à leurs coutumes, surtout quand la Mère a béni ma compagne en lui accordant un enfant, un garçon. Elle m'a demandé de lui donner un nom. J'ai choisi Ranec.

Voilà qui explique tout, se dit Ayla. Sa mère avait la peau sombre.

— Qu'est-ce qui t'a décidé à revenir ? demanda Jondalar.

— Quelques années après la naissance de Ranec, les difficultés ont commencé. Le peuple à la peau noire chez qui je vivais s'était installé en ces lieux après avoir quitté une région plus éloignée vers le sud. Certains des habitants des Camps voisins ne voulaient pas partager les territoires de chasse. Il y avait aussi des différences de coutumes. Je suis presque parvenu à les convaincre de se réunir pour en discuter. Mais quelques jeunes, des têtes brûlées, ont choisi plutôt de se battre. Une mort en amenait une autre, par vengeance. Vinrent ensuite des attaques contre les Camps.

« Nous avions établi de solides défenses, mais ils étaient plus nombreux que nous. La lutte a continué pendant quelque temps. Bientôt, la seule vue d'une personne à la peau plus claire suffit à déchaîner la peur et la haine. J'avais beau être l'un des leurs, ils se sont mis à se méfier de moi et même de Ranec. Sa peau était un peu plus pâle que la leur, ses traits étaient différents. J'ai parlé à la mère de Ranec, et nous avons décidé de partir. La séparation fut bien triste : nous laissions derrière nous une famille, de nombreux amis. Mais nous n'étions plus en sécurité. Quelques-unes de ces têtes brûlées ont même essayé de s'opposer à notre départ, mais avec de l'aide nous avons pu leur échapper durant la nuit.

« Nous avons marché vers le nord, vers le détroit. Je savais qu'il y avait là des gens qui construisaient de petits bateaux et s'en servaient pour traverser la mer. On nous avertit : c'était la mauvaise saison, et le passage était toujours difficile, même dans les meilleures conditions. Mais nous devions partir à tout prix, je le sentais, et nous avons décidé de prendre le risque.

« J'avais pris la mauvaise décision, poursuivit Wymez, d'une voix fermement contrôlée. Le bateau a chaviré. Seuls, Ranec et moi sommes arrivés sur l'autre rive, avec un paquet de ses affaires à elle.

Il s'interrompit un instant, avant de reprendre le cours de son histoire.

— Nous étions encore bien loin de chez moi, et le voyage nous a pris longtemps, mais nous avons fini par arriver ici, pendant une Réunion d'Eté.

— Combien de temps étais-tu resté absent ? demanda Jondalar.

— Dix années. (Wymez sourit.) Nous avons fait sensation. Personne ne s'attendait à me revoir, et surtout pas avec Ranec. Nezzie ne m'a même pas reconnu, mais ma sœur était encore très jeune quand j'étais parti. Elle et Talut venaient de célébrer leur Union. Ils étaient en train de fonder le Camp du Lion, avec Tulie, ses deux compagnons et leurs enfants. Ils m'ont invité à me joindre à eux. Nezzie a adopté Ranec, bien qu'il soit resté le fils de mon foyer, et elle l'a élevé comme son propre fils, même après la naissance de Danug.

Lorsqu'il se tut, l'auditoire mit un moment à comprendre qu'il était arrivé au bout de son récit. Chacun avait envie d'en savoir davantage. Ils lui avaient presque tous entendu conter bien des histoires, mais il en avait apparemment toujours d'autres en réserve, ou il donnait un tour nouveau aux anciennes.

— Je crois que Nezzie serait la mère de tout le monde, si elle le pouvait, dit Tulie, qui se rappelait le retour de Wymez. J'avais alors Deegie au sein, et Nezzie ne se lassait jamais de jouer avec elle.

— Pour moi, elle est plus qu'une mère ! déclara Talut.

Avec un sourire taquin, il tapota le large séant de sa compagne. Il était allé chercher une autre outre de son puissant breuvage et la passait à ses compagnons, après avoir avalé une lampée.

— Talut ! protesta Nezzie. Je vais être autre chose qu'une mère pour toi, tu vas voir !

Elle voulait paraître furieuse mais elle dissimulait un sourire.

— C'est une promesse ? riposta-t-il.

— Tu sais très bien ce que je voulais dire, Talut, reprit Tulie.

Elle ignorait délibérément les sous-entendus échangés entre son frère et la compagne de celui-ci.

— Elle n'a même pas pu laisser mourir Rydag. Il est si chétif : la mort aurait mieux valu pour lui.

Le regard d'Ayla alla trouver l'enfant. La remarque de Tulie l'avait troublée. Elle n'avait pas voulu se montrer méchante, mais, Ayla le savait, il détestait entendre parler de lui comme s'il n'était pas là. Pourtant il n'y pouvait rien. Il était incapable de dire ce qu'il ressentait, et Tulie pensait que, puisqu'il ne pouvait parler, il n'éprouvait rien.

Ayla aurait aimé poser des questions à propos de l'enfant mais elle craignait de se montrer présomptueuse. Jondalar le fit à sa place, pour satisfaire sa propre curiosité.

— Nezzie, veux-tu nous parler de Rydag ? Cela intéresse Ayla, je pense, et moi aussi.

Nezzie se pencha pour reprendre le petit garçon à Latie et l'installer sur ses genoux, tout en rassemblant ses idées.

— Nous étions partis chasser le mégacéros, tu sais, le cerf géant aux bois démesurés, commença-t-elle. Nous avions l'intention d'élever une enceinte et d'y faire pénétrer les bêtes : c'est le seul moyen de chasser les animaux aux grandes cornes. Quand j'ai remarqué pour la première fois la femme qui se cachait près de notre campement, j'ai trouvé cela étrange. On voit rarement des femmes Têtes Plates et jamais seules.

Ayla, penchée en avant, l'écoutait attentivement.

— Elle ne s'est pas enfuie quand elle m'a vue la regarder, mais plus tard seulement, quand j'ai voulu m'approcher d'elle. J'ai noté alors qu'elle attendait un enfant. Je me suis dit qu'elle avait peut-être faim et je lui ai laissé de quoi manger près de l'endroit où elle se cachait. Le lendemain matin, la nourriture avait disparu. J'en ai déposé d'autre, avant que nous levions le camp.

« Au cours de la journée, j'ai cru la voir à plusieurs reprises, mais je n'en étais pas sûre. Le soir, pendant que j'allaitais Rugie, j'ai essayé de l'approcher. Une fois de plus, elle a pris la fuite mais elle se déplaçait comme si elle souffrait, et j'ai compris qu'elle était sur le point de mettre son enfant au monde. Je ne savais pas quoi faire. Je voulais l'aider, mais elle m'échappait toujours, et la nuit tombait. J'ai tout raconté à Talut, et il a rassemblé quelques hommes pour la rattraper.

— Ça aussi, ça m'a paru étrange, dit Talut, en prenant la suite du récit de Nezzie. Je pensais que nous allions devoir l'encercler pour la prendre au piège, mais, quand je lui ai crié de s'arrêter, elle s'est tout simplement assise par terre pour nous attendre. Elle n'a pas eu l'air trop effrayée à ma vue. Je lui ai fait signe d'approcher. Elle s'est levée et m'a suivi tout de suite, comme si elle savait ce qu'elle devait faire, comme si elle comprenait que je ne lui ferais pas de mal.

— Je ne sais pas comment elle parvenait encore à marcher, continua Nezzie. Elle souffrait tellement. Elle a vite compris que je voulais l'aider, mais je me demande si j'ai été d'un grand secours. Je n'étais même pas sûre qu'elle vivrait assez longtemps pour mettre son enfant au monde. Pourtant, elle n'a jamais poussé un cri. Finalement, le lendemain matin, son fils est né. A ma surprise, il était d'esprits mêlés. Même à cet âge, on voyait qu'il était différent.

« La femme était très faible. Si je lui montrais que son fils était vivant, me suis-je dit, elle retrouverait peut-être une raison de vivre. Et elle avait l'air d'avoir envie de le voir. Mais sans doute s'était-elle trop affaiblie. Elle devait avoir perdu trop de sang. C'était comme si elle avait renoncé à tout. Elle est morte avant le lever du soleil.

« Tout le monde me disait de le laisser mourir avec sa mère, mais, de toute manière, je nourrissais Rugie et j'avais trop de lait. Il ne m'en a pas coûté de le mettre au sein, lui aussi.

D'un geste protecteur, elle serra l'enfant contre elle.

— Il est chétif, je le sais bien. Peut-être aurais-je dû l'abandonner, mais je ne pourrais pas aimer Rydag davantage s'il était mon propre enfant. Et je ne regrette pas de l'avoir gardé.

Rydag leva vers Nezzie ses grands yeux bruns brillants,

il lui passa autour du cou ses petits bras maigres, posa la tête sur sa poitrine. Nezzie se mit à le bercer.

— Il y a des gens qui le considèrent comme un animal parce qu'il ne peut pas parler, mais je sais qu'il comprend tout. Et ce n'est pas non plus un monstre, ajouta-t-elle, en lançant vers Frebec un coup d'œil furieux. Seule la Mère sait pourquoi les esprits qui l'ont formé étaient mêlés.

Ayla luttait pour retenir ses larmes. Elle ignorait comment ces gens réagiraient devant ce spectacle : ses yeux qui se mouillaient si aisément avaient toujours gêné les gens du Clan. En regardant la femme et l'enfant, elle se sentait submergée par les souvenirs. Elle éprouvait le désir douloureux de tenir son fils dans ses bras, elle ressentait de nouveau le chagrin d'avoir perdu Iza, qui l'avait recueillie et l'avait élevée avec tendresse, bien qu'elle fût aussi différente du Clan que l'était Rydag du Camp du Lion. Plus que tout, elle aurait voulu expliquer à Nezzie à quel point elle était émue, combien elle lui était reconnaissante, pour Rydag et... pour elle-même. Inexplicablement, elle avait l'impression qu'elle manifesterait sa gratitude envers Iza si elle trouvait le moyen de faire quelque chose pour Nezzie.

— Nezzie, il sait, dit Ayla à voix basse. Lui pas animal, pas Tête Plate. Il est enfant du Clan et enfant des Autres.

— Je sais que ce n'est pas un animal, Ayla, répondit Nezzie. Mais le Clan, qu'est-ce que c'est ?

— Est gens comme mère de Rydag, expliqua la jeune femme. Vous dites Têtes Plates, eux disent Clan.

— Comment ça, « ils disent Clan » ? intervint Tulie. Ils ne savent pas parler.

— Disent pas beaucoup de mots. Mais parlent. Parlent avec mains.

— Comment le sais-tu ? questionna Frebec. D'où te vient cette science ?

Jondalar, dans l'attente de la réponse d'Ayla, retint son souffle.

— Vivais avec Clan avant. Parle comme Clan. Pas

avec mots, avant arrivée de Jondalar. Clan était mon peuple.

Quand le sens de ses paroles pénétra les esprits, il se fit un silence abasourdi.

— Tu veux dire que tu vivais avec des Têtes Plates ? Tu vivais avec ces répugnants animaux ? s'exclama Frebec avec dégoût.

Il se leva d'un bond, recula de quelques pas.

— Pas étonnant qu'elle parle si mal. Si elle a vécu avec eux, elle est aussi répugnante qu'eux. Tous des animaux, ces gens-là, y compris cette petite horreur à laquelle tu tiens tant, Nezzie.

Le Camp tout entier était en effervescence. Certains auraient peut-être été de l'avis de Frebec, mais il était allé trop loin. Il avait dépassé les limites de la courtoisie due à tout visiteur, il était allé jusqu'à insulter la compagne de Celui Qui Ordonne. Mais, depuis longtemps, il était gêné d'appartenir au Camp qui avait recueilli « ce monstre d'esprits mêlés ». En même temps, il était encore irrité par les paroles acerbes décochées par la mère de Fralie au cours de leur récente querelle. Il avait besoin de passer son exaspération sur quelqu'un.

Dans un rugissement, Talut se lança à la défense de Nezzie et d'Ayla. Tulie ne perdit pas un instant pour soutenir l'honneur du Camp. Crozie, avec un sourire malicieux, tantôt haranguait Frebec, tantôt faisait les gros yeux à Fralie. Les autres exprimaient leurs opinions à haute et intelligible voix. Le regard d'Ayla allait de l'un à l'autre. Elle avait envie de se boucher les oreilles pour ne plus les entendre.

Tout à coup, la voix retentissante de Talut réclama le silence. Devant cet éclat, tout le monde se tut. On entendit alors le tambour de Mamut, et le son produisit un effet apaisant.

— Avant que quelqu'un reprenne la parole, nous devrions entendre, je crois, ce que peut nous dire Ayla, dit Talut, quand le battement cessa.

Les gens se penchèrent en avant dans une posture attentive. Ils étaient tout disposés à apprendre ce qu'était cette femme mystérieuse.

Ayla n'était pas convaincue de vouloir en dire davantage à ces êtres bruyants et grossiers mais, elle le savait, elle n'avait pas le choix. Elle releva le menton. S'ils tenaient à tout entendre, se dit-elle, ils allaient être satisfaits, mais elle partirait dès le lendemain matin.

— Je... ne pas... Pas souvenirs de première jeunesse, commença-t-elle. Seulement tremblement de terre et lion des cavernes qui fait marques sur jambe. Iza dit trouver moi près rivière... Quel mot, Mamut ? Pas en éveil ?

— Inconsciente.

— Iza trouver moi près rivière, inconsciente. Je être près âge Rydag, plus jeune. Peut-être cinq années. Blessée sur jambe par griffes lion des cavernes. Iza est... guérisseuse. Soigne jambe. Creb... Creb est mog-ur... comme Mamut... homme sage... connaît monde esprits. Creb apprend moi parler comme Clan. Iza et Creb... tout Clan... prennent soin. Je pas Clan, mais prennent soin.

Ayla faisait un grand effort pour se rappeler tout ce que lui avait dit Jondalar du langage de ces gens. Elle n'avait pas apprécié la remarque de Frebec sur ses difficultés d'élocution. Le reste non plus, d'ailleurs. Elle glissa un coup d'œil vers Jondalar, lui vit le front plissé. Il lui demandait d'être prudente. Elle n'était pas bien sûre de la nature de son inquiétude, mais peut-être n'était-il pas nécessaire de tout dire.

— Je grandis avec Clan mais je pars... pour trouver Autres, comme moi. J'ai...

Elle s'interrompit pour retrouver le nom du chiffre qui convenait.

— ... quatorze années, alors. Iza dit Autres vivant dans nord. Je chercher longtemps ; trouver personne. Je trouve vallée et je reste, pour préparer pour hiver. Tue cheval pour viande, vois petit cheval, enfant de jument. Moi sans personne. Petit cheval est comme enfant. Prends soin petit cheval. Après, trouve jeune lion, blessé. Prends lion aussi, mais lui grandit, quitte, trouve compagne. Vis dans vallée trois ans, seule. Après, Jondalar vient.

Ayla se tut. Personne ne parlait. Son explication, fournie tout simplement, sans fioritures, était certainement véridique. Elle n'était pas moins difficile à croire.

Elle posait plus de questions qu'elle ne fournissait de réponses. Avait-elle été réellement recueillie et élevée par des Têtes Plates ? Ceux-ci savaient-ils vraiment parler ou, du moins, communiquer ? Pouvaient-ils se montrer si généreux, si humains ? Et elle, si elle avait été élevée par eux, était-elle humaine ?

Ayla occupa le silence qui suivit à observer Nezzie et le petit garçon. Elle se rappela alors un souvenir ancien de sa vie dans le Clan. Creb avait commencé à lui enseigner le langage des mains, mais il y avait au moins un geste qu'elle avait appris seule. C'était un signe qu'on faisait souvent devant les tout jeunes enfants, et que les plus grands utilisaient toujours avec les femmes qui s'occupaient d'eux. Elle revoyait l'émotion d'Iza, le jour où elle lui avait adressé ce signe pour la première fois.

Elle se pencha en avant, dit à Rydag :

— Je veux montrer mot. Mot tu fais avec mains.

Il se redressa, le regard brillant d'intérêt et de plaisir. Il avait compris, comme il comprenait toujours ce qu'on disait autour de lui. Et la mention de signes faits avec les mains avait éveillé en lui un vague émoi.

Sous les regards de l'assistance, Ayla fit un geste, un mouvement bien précis des deux mains. Il essaya de l'imiter, eut un froncement de sourcils perplexe. Mais soudain, surgie du plus profond de lui-même, la compréhension vint l'illuminer. Il corrigea son geste. Ayla lui sourit, hocha la tête. Il se tourna alors vers Nezzie, refit pour elle le même signe. Elle regarda Ayla.

— Il a dit à toi « mère », expliqua la jeune femme.

— Mère ? répéta Nezzie.

Elle ferma les paupières pour refouler ses larmes, serra contre elle l'enfant dont elle prenait soin depuis sa naissance.

— Talut ! Tu as vu ? Rydag vient de m'appeler « mère ». Jamais je n'aurais cru voir le jour où Rydag m'appellerait « mère ».

4

L'atmosphère, dans le Camp, était à la préoccupation. Personne ne savait que dire, que penser. Qui étaient donc ces étrangers qui avaient surgi parmi eux ? L'homme qui prétendait venir d'un lieu situé très loin vers le couchant était plus facile à croire que la femme. Elle avait passé, disait-elle, trois années dans une vallée proche et, plus étonnant encore, avant cela, elle avait vécu avec une bande de Têtes Plates. Le récit de la femme menaçait toute une structure de convictions confortables. Il était pourtant difficile de mettre sa parole en doute.

Nezzie, les yeux pleins de larmes, était allée coucher Rydag. Tout le monde considéra son départ comme le signal que la soirée était finie, et chacun regagna son foyer. Ayla profita de l'occasion pour s'éclipser. Elle enfila sa pelisse en fourrure, en releva le capuchon et se glissa dehors.

Whinney la reconnut, hennit doucement. Guidée dans la nuit par le souffle et les ébrouements de la jument, Ayla la retrouva.

— Tout va bien, Whinney ? Tu es à ton aise ? Et Rapide ? Probablement pas plus que moi, dit Ayla.

Elle employait le langage particulier dont elle usait avec les chevaux. Whinney secoua sa crinière, piaffa délicatement, avant de poser la tête sur l'épaule de la jeune femme. Ayla entoura de ses bras l'encolure au poil rude, appuya son front contre la jument qui avait été si longtemps son unique compagnie. Rapide se rapprocha d'elle, et tous trois se serrèrent les uns contre les autres pour un instant de répit après toutes les expériences nouvelles de la journée.

Après s'être assurée que les chevaux n'avaient pas souffert, Ayla descendit jusqu'à la berge de la rivière. Elle était heureuse d'échapper à l'habitation semi-souterraine, à tous ces gens. Elle respira à pleins poumons. L'air était vif et sec. Lorsqu'elle repoussa son capuchon de fourrure, ses cheveux crépitèrent. Elle dégagea son cou, leva la tête.

La lune, échappant au splendide compagnon qui la tenait si souvent enchaînée, avait tourné son œil brillant vers les lointaines profondeurs où des lumières tournoyantes promettaient une liberté sans limites mais n'offraient qu'un vide cosmique. Très haut dans le ciel, des nuages vaporeux enveloppaient les étoiles les moins hardies mais voilaient seulement de halos miroitants les plus déterminées. Le ciel d'un noir de suie semblait tout proche, velouté.

Ayla était la proie d'émotions contradictoires qui la déchiraient. C'étaient donc eux, ces Autres qu'elle avait recherchés. La race au milieu de laquelle elle était née. Elle aurait dû grandir parmi ceux qui leur ressemblaient et s'y sentir chez elle, si le tremblement de terre ne s'était pas produit. Elle connaissait les mœurs du Clan, mais les coutumes de son propre peuple lui étaient inconnues. Cependant, sans le Clan, elle n'aurait jamais grandi. Elle ne pouvait pas y retourner mais elle n'avait pas non plus le sentiment d'être chez elle chez les Mamutoï.

Ils étaient si bruyants, si turbulents. Iza aurait déclaré qu'ils n'avaient pas de manières. Ce Frebec, par exemple, qui parlait à tort et à travers, sans même en demander la permission, et les autres qui hurlaient et jacassaient tous à la fois. Talut était un chef, sans doute, mais lui-même devait crier pour se faire entendre. Jamais Brun n'aurait eu besoin de crier. Les rares fois où elle l'avait entendu pousser un cri, c'était pour avertir quelqu'un d'un danger. Chacun, dans le Clan, avait toujours plus ou moins conscience de la présence du chef. Brun n'avait qu'un signe à faire pour obtenir presque immédiatement l'attention de tous.

Ayla n'aimait pas la façon dont ces gens parlaient du Peuple du Clan. Ils les appelaient des Têtes Plates, des animaux. Ils ne voyaient donc pas que c'était des êtres humains, eux aussi ? Un peu différents, peut-être, mais humains tout de même. Nezzie, elle, le savait. En dépit de ce que disaient tous les autres, elle savait que la mère de Rydag était une femme, que le petit auquel elle avait donné naissance était un enfant. Mais il est d'esprits mêlés, se disait Ayla, comme mon fils, comme la petite fille d'Oda, au Rassemblement du Clan.

Comment la mère de Rydag avait-elle pu avoir un enfant d'esprits mêlés comme celui-là ?

Les esprits ! Etaient-ce bien les esprits qui formaient les enfants ? L'esprit du totem d'un homme dominait-il celui d'une femme, afin de faire grandir en elle un enfant, comme le croyait le Clan ? La Grande Mère choisissait-elle les esprits d'un homme et d'une femme, afin de les placer à l'intérieur d'un corps de femme, comme le croyaient Jondalar et les Mamutoï ?

Pourquoi suis-je la seule à penser que c'est un homme, et non pas un esprit, qui fait croître un petit chez une femme ? Un homme, qui se sert pour cela de son organe... de sa virilité, comme dit Jondalar. Sinon, pourquoi les hommes et les femmes s'uniraient-ils comme ils le font ?

Quand Iza m'a parlé de la tisane médicinale, elle m'a dit qu'elle fortifiait son totem, et que c'était cela qui, depuis tant d'années, l'avait empêchée d'avoir un enfant. C'est peut-être vrai. Pourtant, tout le temps que j'ai vécu seule, je n'ai pas pris la tisane, et aucun bébé ne s'est créé tout seul. C'est seulement après la venue de Jondalar que j'ai songé à chercher de nouveau ces plantes...

Jondalar, alors, m'avait montré que ça ne faisait pas forcément mal... que l'Union d'un homme et d'une femme pouvait être merveilleuse...

Je me demande ce qui arriverait, si je cessais de prendre la tisane secrète d'Iza ? Aurais-je un enfant ? Aurais-je l'enfant de Jondalar ? S'il mettait son organe à l'endroit d'où sortent les enfants ?

A cette idée, elle sentit ses joues devenir brûlantes, les pointes de ses seins durcir. Il est trop tard, aujourd'hui, se dit-elle : j'ai pris la tisane ce matin. Mais si, demain, je me faisais une infusion ordinaire ? Pourrais-je faire pousser en moi l'enfant de Jondalar ? Après tout, nous n'aurions pas besoin d'attendre. Nous pourrions essayer dès ce soir...

Elle sourit en secret. Tu as simplement envie qu'il te touche, qu'il mette sa bouche sur la tienne et sur... Secouée d'un frisson, elle ferma les yeux pour mieux évoquer les sensations qu'il éveillait en elle.

— Ayla, appela une voix cassante.

Elle sursauta. Elle n'avait pas entendu approcher Jondalar, et le ton dont il avait prononcé son nom ne s'harmonisait pas avec ce qu'elle éprouvait à ce moment. Toute chaleur s'évanouit. Quelque chose tourmentait Jondalar. Quelque chose le tourmentait depuis leur arrivée. Elle aurait aimé savoir de quoi il s'agissait.

— Oui ?

— Que fais-tu là ? demanda-t-il du même ton bref.

Oui, que faisait-elle ?

— Je goûte la douceur de la nuit, je respire et je pense à toi, expliqua-t-elle de son mieux.

Jondalar ne s'attendait pas à cette réponse. Mais à quoi s'était-il attendu ? Il ne le savait pas trop. Depuis l'apparition de l'homme à la peau sombre, il luttait contre la colère et l'inquiétude qui lui nouaient l'estomac au point de lui donner la nausée.

Ayla semblait lui porter un grand intérêt, et Ranec la regardait sans cesse. Jondalar avait bien tenté de ravaler sa colère, de se dire qu'il était ridicule d'y attacher tant d'importance. Ayla avait besoin de nouveaux amis. Qu'il fût le premier ne signifiait pas qu'il resterait l'unique.

Pourtant, quand la jeune femme interrogea Ranec sur sa vie, Jondalar se sentit à la fois brûler de fureur et frissonner d'une terreur glacée. Pourquoi voulait-elle en savoir davantage sur ce fascinant étranger ? Il dut résister à l'élan qui l'incitait à l'arracher immédiatement à ces lieux mais il fut en même temps tourmenté d'avoir éprouvé un tel sentiment. Elle avait le droit de choisir ses amis, et cet homme et elle n'étaient que des amis. Ils n'avaient rien fait d'autre qu'échanger quelques propos, quelques regards.

Lorsque Ayla sortit seule de l'abri souterrain, Jondalar, conscient des yeux sombres de Ranec qui suivaient ses mouvements, enfila vivement sa pelisse et suivit la jeune femme. Il la vit debout au bord de la rivière et, sans trop savoir pourquoi, se persuada qu'elle pensait à Ranec. La réponse d'Ayla le prit d'abord au dépourvu, mais il se détendit et lui sourit.

— J'aurais dû savoir que, si je posais une question,

j'obtiendrais une réponse complète et sincère. Tu respires, tu goûtes la douceur de la nuit... Tu es merveilleuse, Ayla.

Elle lui rendit son sourire. Elle n'était pas très sûre de ce qu'elle avait bien pu faire, mais quelque chose avait fait sourire Jondalar, avait ramené la joie dans sa voix. Le bonheur qu'elle avait éprouvé avant sa venue lui revint. Elle fit un mouvement vers lui. Au plus sombre de la nuit, où la lueur des étoiles permettait à peine de distinguer un visage, Jondalar perçut son humeur, réagit comme elle s'y attendait. L'instant d'après, elle se retrouvait dans ses bras, leurs lèvres jointes, et tous les doutes, tous les tourments s'envolèrent de son esprit. Elle était prête à aller n'importe où, à vivre avec n'importe qui, à s'adapter à n'importe quelle coutume étrange, aussi longtemps qu'elle aurait Jondalar.

Au bout d'un moment, elle leva la tête vers lui.

— Te rappelles-tu le jour où je t'ai demandé quel était ton signal ? Comment je devrais m'exprimer pour te dire que j'avais envie de tes caresses, de ton organe en moi ?

— Oui, je me rappelle, répondit-il en grimaçant un sourire.

— Tu m'as dit de t'embrasser ou de demander, simplement. Je demande. Peux-tu te préparer, maintenant ?

Elle était si grave, si ingénue, si désirable. Il pencha la tête pour l'embrasser encore, la tint si serrée contre lui qu'elle distinguait presque le bleu de ses yeux, l'amour qu'ils exprimaient.

— Ayla, ma ravissante, ma drôle de petite femme, dit-il. Sais-tu à quel point je t'aime ?

Mais, tout en la tenant ainsi, il fut envahi d'un flot de culpabilité. S'il l'aimait à ce point, pourquoi se sentait-il si gêné devant certains aspects de son comportement ? Quand ce Frebec avait marqué devant elle un recul qui exprimait sa répugnance, il avait eu envie de mourir de honte, parce que c'était lui qui l'avait amenée, parce qu'on pouvait l'associer à elle. Tout de suite après, il s'en était détesté. Comment pouvait-il avoir honte de la femme qu'il aimait ?

Cet homme à la peau sombre, Ranec, il n'avait pas honte, lui. Il avait une façon bien à lui de la regarder, de concentrer sur elle l'éclat de ses dents blanches, de ses yeux noirs, rieurs, provocants. A cette seule idée, Jondalar devait lutter contre une envie de le frapper. Il aimait Ayla au point qu'il ne supportait pas la pensée de la voir s'éprendre de quelqu'un d'autre, quelqu'un, peut-être, que rien en elle n'embarrasserait. Il l'aimait plus qu'il n'avait jamais cru pouvoir aimer une femme. Mais comment pouvait-il avoir honte de la femme qu'il aimait ?

Il l'embrassa une fois encore, passionnément. La violence de son étreinte était presque douloureuse. Puis, avec une ardeur frénétique, il couvrit de baisers son cou, sa gorge.

— Sais-tu ce qu'on éprouve à découvrir finalement qu'on est capable de tomber amoureux, Ayla ? Sais-tu combien je t'aime ?

Il se montrait si pénétré, si ardent que la peur serra un instant le cœur de la jeune femme. Non pour elle-même, mais pour lui. Elle aussi l'aimait, plus qu'elle ne pourrait jamais l'exprimer, mais cet amour qu'il éprouvait pour elle n'était pas tout à fait le même. Il n'était pas plus fort que le sien, mais plus exigeant, plus insistant. On eût dit qu'il avait peur de perdre ce qu'il avait finalement conquis. Les totems, surtout les plus forts d'entre eux, possédaient le pouvoir de discerner et de mettre à l'épreuve de telles craintes. Ayla souhaitait trouver le moyen de détourner ce flot d'émotion violente.

— Je sens que tu es prêt pour moi, dit-elle avec un petit sourire.

Mais il ne réagit pas comme elle l'avait espéré. Il se contenta de l'embrasser avec plus de violence encore, de l'écraser contre lui au point de lui faire redouter d'entendre craquer ses côtes. Il passa ensuite les mains sous sa pelisse, sous sa tunique, chercha ses seins, s'efforça de dénouer le lien qui retenait ses jambières.

Jamais elle ne l'avait connu ainsi, dévoré de désir,

presque implorant dans son besoin pressant. D'ordinaire, il était plus tendre, plus soucieux d'elle. Il connaissait son corps mieux qu'elle ne le connaissait elle-même et il était fier de ce savoir, de son talent. Cette fois, pourtant, son besoin était le plus fort. Elle en prit conscience, se livra à lui, s'abandonna à la puissante expression de son amour. Tout comme lui, elle était prête. Elle défit le nœud de la lanière, laissa glisser ses jambières à terre, avant de l'aider à se débarrasser des siennes.

Sans avoir eu le temps de s'en rendre compte, elle se retrouva sur le sol dur, près de la berge de la rivière. Avant de fermer les paupières, elle entrevit l'éclat embrumé de quelques étoiles. Déjà, il était sur elle, ses lèvres dures sur les siennes. Sa langue fouillait, explorait, comme s'il espérait trouver ainsi ce que cherchait si ardemment son membre rigide. Elle s'ouvrit tout entière à lui...

Après un trop rapide moment de frénésie, elle l'entendit crier son nom :

— Ayla ! Oh, mon Ayla, mon Ayla, je t'aime !

— Jondalar, Jondalar, Jondalar...

Dans un gémissement, il enfouit son visage au creux de l'épaule de la jeune femme et, sans relâcher son étreinte, s'immobilisa. Elle sentait une pierre aiguë lui blesser le dos mais elle l'ignora.

Au bout d'un instant, il se redressa sur les bras, abaissa son regard sur elle. L'inquiétude lui plissait le front.

— Je te demande pardon, dit-il.

— Pourquoi ça ?

— J'ai été trop rapide, je ne t'ai pas préparée, je ne t'ai pas donné les Plaisirs, à toi aussi.

— J'étais prête, Jondalar. J'ai eu les Plaisirs, moi aussi. N'est-ce pas moi qui t'ai demandé ? Je connais mes Plaisirs dans tes Plaisirs. Je connais les Plaisirs dans ton amour, dans la force de ton sentiment pour moi.

— Mais tu ne l'as pas ressenti en même temps que moi.

— Ce n'était pas nécessaire. J'ai eu des sensations

différentes, des Plaisirs différents. Est-ce toujours nécessaire ? questionna-t-elle.

— Non, sans doute, répondit-il en fronçant les sourcils.

Longuement, il l'embrassa.

— La nuit n'est pas encore achevée. Viens, relève-toi. Il fait froid, ici. Allons retrouver un bon lit chaud. Deegie et Branag ont déjà fermé leurs rideaux. Ils sont pressés, avant leur séparation qui va se prolonger jusqu'à l'été prochain.

— Pressés, mais pas autant que toi, fit-elle avec un sourire.

Sans le voir, elle eut l'impression qu'il rougissait.

— Je t'aime, Jondalar. J'aime tout. Tout ce que tu fais. Même ton ardent...

Elle secoua la tête.

— Non, ce n'est pas le mot juste.

— Le mot que tu cherches, c'est « ardeur », je crois.

— J'aime même ton ardeur. Oui, ça, c'est bien. Au moins, je connais tes mots mieux que le mamutoï... Frebec a dit que je ne parlais pas bien. Jondalar, apprendrai-je un jour à parler comme il faut ?

— Moi non plus, je ne parle pas très bien le mamutoï. Ce n'est pas la langue de mon enfance. Frebec aime simplement semer la discorde, ajouta Jondalar, en aidant Ayla à se lever. Pourquoi chaque caverne, chaque camp, chaque groupe doit-il compter un homme de cette sorte ? N'y prends pas garde : personne ne l'écoute. Tu parles très bien. La façon dont tu apprends me stupéfie. Avant longtemps, tu parleras mamutoï mieux que moi.

— Je dois apprendre à m'exprimer avec des mots. Je n'ai plus rien d'autre, murmura-t-elle. Je ne connais plus personne qui parle le langage dans lequel j'ai grandi.

Submergée par une terrible sensation de vide, elle ferma un instant les yeux. Mais elle se reprit très vite, fit un mouvement pour enfiler ses jambières, s'immobilisa, les laissa de nouveau glisser.

— Attends un peu, dit-elle. Il y a longtemps, quand je suis devenue femme, Iza m'a dit tout ce que devait connaître une femme du Clan sur les hommes et les femmes, tout en doutant qu'il pût m'arriver un jour de trouver un compagnon et de mettre à profit ses conseils. Les Autres n'ont peut-être pas les mêmes principes : même les signaux entre hommes et femmes sont différents. Mais, pour cette première nuit où je vais dormir chez les Autres, je dois me laver, je crois, après nos Plaisirs.

— Que veux-tu dire ?

— Je vais me laver dans la rivière.

— Ayla ! Il fait froid. Il fait nuit. Ça peut être dangereux.

— Je n'irai pas loin. Juste ici, près du bord.

Elle se débarrassa de sa pelisse, passa sa tunique pardessus sa tête.

L'eau était glacée. Resté au bord de l'eau, Jondalar surveillait la jeune femme et il se mouilla juste assez pour le constater. Le sentiment qu'avait Ayla du caractère presque sacramentel de l'occasion lui rappelait le rituel purificateur des Premiers Rites. Une toilette rapide ne lui ferait pas de mal à lui non plus, décida-t-il.

Quand Ayla sortit de l'eau, elle était toute frissonnante. Il la prit dans ses bras pour la réchauffer. La rude fourrure de bison de sa pelisse eut tôt fait de la sécher, et il l'aida ensuite à se rhabiller.

En reprenant le chemin de l'abri, elle se sentait fraîche, animée, vivante. La plupart des occupants s'installaient pour la nuit. On avait couvert les feux, et les voix se faisaient plus calmes. Dans le premier foyer, le rôti de mammouth était toujours en évidence, mais il n'y avait personne. Ils s'engagèrent sans bruit dans le passage central, traversèrent le Foyer du Lion. Nezzie se mit debout, les retint.

— Je voulais seulement te remercier, Ayla, dit-elle, avec un coup d'œil vers l'une des couchettes.

Ayla suivit son regard : trois petits corps s'étalaient sur un seul lit, que Latie et Rugie partageaient avec Rydag. Danug occupait seul une autre couchette. Talut, étendu de toute sa longueur, attendait Nezzie. Il se souleva sur un coude et sourit à Ayla. Elle lui rendit son sourire, hocha la tête, sans être bien sûre que c'était là la réponse qui convenait.

Tandis que Nezzie allait s'allonger auprès du géant roux, Jondalar et la jeune femme traversèrent le foyer voisin, en essayant de ne déranger personne. Ayla se sentit observée, tourna la tête vers le mur, devina deux yeux brillants, un sourire. Elle sentit les épaules de Jondalar se raidir, détourna vivement son regard. Elle crut percevoir un petit rire étouffé mais elle se dit qu'elle avait dû entendre les ronflements qui provenaient de la couchette d'en face.

Dans le quatrième foyer, le plus grand, l'une des couches était isolée du passage par de lourds pans de cuir, ce qui n'empêchait pas d'entendre des mouvements, des voix. Ayla prit alors conscience que la plupart des autres places de couchage étaient munies de tentures semblables, accrochées aux chevrons en os de mammouth ou à des poteaux dressés verticalement. Toutes n'étaient pas fermées. Le lit de Mamut, en face du leur, était à découvert. Le chaman était couché, mais Ayla savait qu'il ne dormait pas.

Jondalar alluma une petite branche à une braise du foyer, l'apporta jusqu'à la paroi à laquelle s'adossait leur couchette. Là, dans une niche, une grosse pierre creusée en son milieu d'une dépression circulaire était à demi remplie de graisse. Il approcha la flamme d'une mèche faite de duvet de massette, éclairant ainsi une statuette de la Mère, derrière la lampe de pierre. Il dénoua ensuite les lanières qui retenaient les tentures de cuir autour de leur lit. Lorsqu'ils retombèrent, il fit signe à Ayla.

Elle se glissa à l'intérieur, se hissa sur la plate-forme recouverte d'un amoncellement de douces fourrures. Ainsi installée, enfermée par les rideaux, éclairée par la faible lumière vacillante, elle se sentait en sécurité. C'était là un endroit aux dimensions restreintes qui n'appartenait qu'à eux. Il lui rappelait la petite grotte qu'elle avait découverte étant enfant et où elle se réfugiait quand elle avait envie d'être seule.

— Ils sont très ingénieux, Jondalar. Jamais je n'aurais pensé à ça.

Enchanté de la voir heureuse, il s'étendit près d'elle.
— Tu aimes ces rideaux tirés ?
— Oh oui. On a l'impression d'être seul, même si l'on sait qu'il y a du monde tout autour. Oui, j'aime beaucoup ça, insista-t-elle, avec un sourire radieux.
Il l'attira vers lui, la gratifia d'un baiser léger.
— Tu es si belle quand tu souris, Ayla.
Elle contemplait son visage plein d'amour, ses yeux irrésistibles dont le bleu éclatant virait au violet à la lueur du feu, ses longs cheveux blonds épars sur les fourrures, son menton bien dessiné et son front haut, si différents de la mâchoire et du front fuyant des hommes du Clan.
Elle effleura d'un doigt les poils raides.
— Pourquoi te coupes-tu la barbe ? demanda-t-elle.
— Je n'en sais rien. Sans doute par habitude. En été, c'est plus frais, et cela évite les démangeaisons. En hiver, généralement, je la laisse pousser, pour me tenir chaud au visage quand je suis dehors. Tu n'aimes pas que je sois rasé ?
Elle fronça les sourcils d'un air perplexe.
— Ce n'est pas à moi de le dire. La barbe appartient à l'homme. Il peut la raser ou non, comme il lui plaît. Je t'ai posé la question parce que, avant de te rencontrer, je n'avais encore jamais vu d'homme qui se rasait. Pourquoi me demandes-tu si ça me plaît ou non ?
— Parce que je tiens à te plaire. Si tu préférais que je porte la barbe, je la laisserais pousser.
— Ça ne me fait rien, ta barbe est sans importance. Ce qui est important, c'est toi. Tu m'apportes plaisan... Non...
Elle secoua la tête avec agacement.
— Tu m'apportes plais.... Plaisirs... Tu me plais, corrigea-t-elle.
Il souriait de ses efforts, du double sens involontaire contenu dans ses paroles.
— J'aimerais te donner tous les Plaisirs.
Il l'attira contre lui pour l'embrasser. Elle se tourna sur le côté, se blottit contre lui. Il se mit sur son séant pour la regarder.

— C'est comme la première fois, dit-il. Il y a même une donii pour veiller sur nous.

Il leva les yeux vers la niche, où la statuette d'ivoire tutélaire se détachait dans la lueur de la lampe.

— C'est la première fois... chez les Autres, murmura-t-elle.

Elle ferma les yeux. Elle ressentait à la fois la montée du désir et la solennité du moment.

Il lui prit le visage entre les mains, baisa tour à tour les deux paupières closes, avant de contempler longuement une fois de plus la femme qu'il trouvait plus belle que toutes celles qu'il avait connues. Sa beauté avait une qualité étrange. Ses pommettes étaient plus saillantes que celles des femmes zelandonii, ses yeux plus largement espacés, frangés de cils drus, plus foncés que son abondante chevelure dorée comme l'herbe d'automne. La ligne de sa mâchoire était ferme, son menton légèrement aigu.

Une petite cicatrice marquait le creux de sa gorge. Il y déposa un baiser, la sentit frissonner de plaisir. Il se redressa, la contempla de nouveau avant d'embrasser l'extrémité du nez droit, le coin de la bouche aux lèvres pleines où se dessinait l'amorce d'un sourire.

Il la sentait tendue de tout son être. Comme un oiseau, immobile mais vibrant, elle gardait les paupières closes, se contraignait à attendre sans bouger. Il la regardait, savourait ce moment. Finalement, il posa les lèvres sur sa bouche, en quémanda l'entrée, s'y sentit accueilli. Cette fois, il n'avait pas utilisé la force mais seulement la tendresse.

Il la vit ouvrir les yeux, lui sourire. Il se défit de sa tunique, l'aida à enlever la sienne. Doucement il la renversa en arrière, entreprit de la caresser de ses lèvres, en commençant par la pointe des seins. Elle étouffa un cri, se demanda comment la bouche de Jondalar pouvait éveiller de telles sensations en certains endroits de son corps qu'il n'avait pas encore touchés.

Bientôt, sa respiration se fit saccadée. Elle gémissait de plaisir, tandis qu'il la caressait tout entière. Des frissons de plus en plus violents la secouaient.

Il dénoua la lanière qui retenait les jambières. Sa

bouche, sa langue descendaient de plus en plus loin. Il la sentit sursauter. Quand il s'immobilisa, elle laissa échapper un petit cri déçu.

A son tour, il se débarrassa de ses jambières. Elle entreprit elle aussi de le caresser. Il s'émerveillait de la voir si familière avec sa virilité, alors que tant de femmes s'en étaient effrayées. En même temps, il était heureux d'être en mesure de se contrôler. Il l'éloigna d'une main légère.

— Cette fois, Ayla, je veux te donner le Plaisir.

Elle le regarda. Ses pupilles étaient dilatées, sombres et lumineuses. Elle hocha la tête. Il la repoussa sur les fourrures, se remit à l'embrasser. Les lèvres, la gorge, les seins... puis plus bas, toujours plus bas... Elle frémit de tout son corps, se redressa à demi, poussa un cri.

Il aimait lui apporter le plaisir, la sentir répondre à l'habileté de ses caresses. C'était un peu comme de former une lame aiguisée à partir d'un bloc de silex. Il éprouvait une joie particulière à savoir qu'il avait été le premier à lui procurer ce plaisir. Elle n'avait connu que la violence et la souffrance jusqu'au jour où il avait éveillé en elle ce don que la Grande Terre Mère avait accordé à Ses enfants.

Il l'explorait tendrement, de la langue, des lèvres. Elle se mit à bouger contre lui, avec des cris, des mouvements convulsifs de la tête, et il sut qu'elle était prête. Elle se tendit vers lui.

— Jondalar... aah... Jondalar !

Elle était hors d'elle-même, ne connaissait plus rien au monde que lui. Elle le désirait, le guidait, aspirait à le sentir la pénétrer...

Lorsqu'il fut en elle, il aurait aimé prolonger le moment, mais chacun de leurs mouvements les rapprochait du paroxysme. Leurs deux corps luisaient de sueur, sous la lumière vacillante. Le rythme de vie se précipitait. Un spasme incontrôlable, presque inattendu, les amena à l'orgasme. Ils demeurèrent un instant suspendus, comme s'ils cherchaient à devenir un seul être, avant de retomber, épuisés.

Immobiles, ils cherchaient leur souffle. La lampe crachota, la flamme hésita, se ranima, s'éteignit. Au bout d'un moment, Jondalar quitta Ayla, s'étendit près d'elle. Il se trouvait dans une sorte d'état crépusculaire entre le sommeil et la veille. Mais Ayla était encore bien éveillée, les yeux grands ouverts dans l'obscurité. Pour la première fois depuis des années, elle écoutait autour d'elle les bruits que faisaient d'autres êtres.

Un murmure de voix assourdies, celle d'un homme et celle d'une femme, venait du lit voisin. Un peu plus loin montait le souffle rauque, un peu court du chaman endormi. La jeune femme entendait un homme ronfler dans le foyer voisin et, venus du premier foyer, les grognements et les cris rythmés de Talut et de Nezzie qui partageaient les Plaisirs. De l'autre côté, un bébé se mit à pleurer. Quelqu'un chuchota des paroles consolantes ; le bruit cessa brusquement. Ayla sourit : sans aucun doute, un sein avait été présenté juste à propos. Plus loin, des voix éclatèrent soudain dans une fureur retenue, avant de s'apaiser. Plus loin encore, on entendait une toux sèche.

Durant les années de solitude dans la vallée, les nuits avaient toujours été pour Ayla les moments les plus pénibles. Pendant la journée, elle pouvait toujours se trouver des occupations, mais, la nuit, le vide et le silence de la caverne l'assaillaient brutalement. Dans les débuts, alors qu'elle entendait seulement son propre souffle, elle avait eu du mal à dormir. Avec le Clan, il y avait toujours eu quelqu'un de proche, la nuit. Le pire des châtiments consistait à se voir mis à part, condamné à la solitude. La quarantaine, l'ostracisme, la Malédiction Suprême.

Elle ne savait que trop à quel point ce châtiment était terrible. Elle en prenait encore plus conscience en cet instant. Etendue dans l'obscurité, elle écoutait autour d'elle les bruits de la vie, elle sentait contre elle la chaleur de Jondalar et, pour la première fois depuis qu'elle avait rencontré ces gens — les Autres, comme elle les appelait —, elle avait l'impression d'être chez elle.

— Jondalar ? murmura-t-elle.

— Mmm...

— Tu dors ?

— Pas encore, marmonna-t-il.

— Ils sont très gentils, ces gens. Tu avais raison : il était nécessaire pour moi de faire leur connaissance.

Le cerveau embrumé de Jondalar retrouva sa lucidité. Lorsqu'elle aurait rencontré des gens de sa propre race, avait-il espéré, lorsqu'ils ne seraient plus pour elle des inconnus, ils lui feraient moins peur. Il était parti de chez lui depuis bien des années, le voyage de retour serait long et difficile. Il fallait qu'Ayla eût envie de l'accompagner. Mais sa vallée était devenue pour elle son foyer. Elle lui procurait tout ce dont elle avait besoin pour survivre et elle s'était forgé en ces lieux une existence bien à elle, où les animaux remplaçaient les êtres humains qui lui manquaient. Ayla n'avait pas envie de quitter son refuge. Elle avait plutôt souhaité voir Jondalar y rester avec elle.

— Je le savais bien, Ayla, fit-il d'un ton persuasif. Il te suffisait d'apprendre à les connaître.

— Nezzie me rappelle Iza. A ton avis, comment la mère de Rydag est-elle devenue grosse de lui ?

— Qui peut savoir pourquoi la Mère lui a donné un enfant d'esprits mêlés ? Les voies de la Mère sont toujours mystérieuses.

Elle garda un moment le silence.

— Je ne pense pas que la Mère lui ait donné des esprits mêlés. Je pense qu'elle a connu un homme qui faisait partie des Autres.

Jondalar fronça les sourcils.

— Pour toi, je le sais, les hommes jouent un rôle dans la création d'une vie. Mais comment une femme Tête Plate aurait-elle pu connaître un Autre ?

— Je n'en sais rien, mais les femmes du Clan ne voyagent pas seules et elles se tiennent à l'écart des Autres. Les hommes du Clan n'aiment pas voir les Autres tourner autour de leurs femmes. Selon eux, les enfants sont créés par l'esprit du totem d'un homme, et ils ne tiennent pas à voir un Autre et son esprit s'approcher de trop près. Les femmes, elles, en ont peur. Aux Rassemblements du Clan, on raconte sans cesse de nouvelles histoires de gens malmenés ou blessés par les Autres, les femmes en particulier.

« Pourtant, la mère de Rydag n'en avait pas peur. Nezzie dit qu'elle les a suivis pendant deux jours, et elle est venue vers Talut quand il lui a fait signe. N'importe quelle femme du Clan aurait pris la fuite à sa vue. Sans doute avait-elle connu plus tôt un Autre qui l'avait bien traitée ou qui, au moins, ne l'avait pas fait souffrir, puisqu'elle n'a pas eu peur de Talut. Lorsqu'elle a eu besoin d'aide, pour quelle raison a-t-elle pensé qu'elle pourrait en trouver chez les Autres ?

— Peut-être parce qu'elle a vu Nezzie donner le sein à son petit, suggéra Jondalar.

— C'est possible. Mais cela n'explique pas pourquoi elle était seule. La seule explication qui me vienne à l'esprit, c'est qu'elle avait été maudite, chassée par son clan. Les femmes du Clan ne sont pas souvent maudites. Il n'est pas dans leur nature de s'attirer un tel châtiment. Peut-être était-ce à cause d'un homme qui faisait partie des Autres.

Ayla s'interrompit un instant, avant d'ajouter pensivement :

— La mère de Rydag devait avoir grande envie de mettre au monde son petit. Il lui a fallu beaucoup de courage pour s'approcher des Autres, même si elle avait connu un homme de leur race. Si elle a renoncé, c'est seulement quand elle a vu l'enfant et qu'elle l'a cru déformé. Le Clan, lui non plus, n'aime pas les enfants d'esprits mêlés.

— Comment peux-tu avoir la certitude qu'elle avait connu un homme ?

— Elle est venue chez les Autres pour avoir son petit. Elle n'avait donc pas de clan pour l'aider et elle devait avoir quelque raison de croire que Nezzie et Talut lui viendraient en aide. Je suis sûre qu'elle connaissait un homme qui avait fait les Plaisirs avec elle... ou seulement satisfait ses propres besoins, peut-être. Elle a eu un enfant d'esprits mêlés, Jondalar.

— Pourquoi penses-tu que c'est un homme qui crée la vie ?

— C'est visible, Jondalar, si tu veux bien y réfléchir. Regarde ce garçon qui est arrivé aujourd'hui. Danug.

Il ressemble à Talut, en plus jeune. Je crois que Talut l'a commencé quand il a partagé les Plaisirs avec Nezzie.

— Dans ce cas, va-t-elle avoir un autre enfant parce qu'ils ont partagé les Plaisirs ce soir ? demanda Jondalar. On partage souvent les Plaisirs. Ils représentent un Don de la Grande Terre Mère, et c'est Lui rendre honneur que de les partager souvent. Mais les femmes n'ont pas d'enfants toutes les fois qu'elles partagent ce Don, Ayla. Si un homme reçoit avec gratitude les Dons de la Mère, s'il L'honore, Elle peut choisir son esprit pour le joindre à celui de la femme à laquelle il s'unit. L'enfant peut alors lui ressembler, comme Danug ressemble à Talut, mais c'est la Mère qui choisit.

Ayla, dans l'obscurité, fronça les sourcils. Il y avait là un problème qu'elle n'avait pas encore résolu.

— Je ne sais pas pourquoi une femme n'a pas un enfant toutes les fois. Peut-être faut-il partager les Plaisirs plusieurs fois, avant de créer un petit, ou peut-être à certains moments seulement. Peut-être est-ce seulement quand l'esprit du totem d'un homme est particulièrement puissant et peut dominer celui de la femme. Ou peut-être encore est-ce bien la Mère qui choisit : Elle choisit l'homme et rend sa virilité plus puissante. Peux-tu dire, toi, avec certitude comment Elle choisit ? Sais-tu comment les esprits se mêlent ? Ne pourraient-ils se mêler à l'intérieur de la femme quand ils partagent les Plaisirs ?

— Je n'ai jamais entendu dire ça, répondit Jondalar, mais c'est possible, je suppose.

C'était à lui, maintenant, de froncer les sourcils dans l'ombre. Il garda si longtemps le silence qu'Ayla le crut endormi. Mais il reprit la parole.

— Ayla, si ce que tu crois est vrai, nous pourrions bien commencer un petit en toi toutes les fois que nous partageons les Dons de la Mère.

— Oui, je le crois, dit Ayla, que cette idée enchantait.

— Alors, il faut cesser ! déclara Jondalar.

Il s'était brutalement redressé sur son séant.

— Mais pourquoi ? Je désire que tu commences un petit en moi, Jondalar.

La consternation de la jeune femme était évidente.

Il se tourna vers elle, la prit dans ses bras.

— Moi aussi, je le désire, mais pas maintenant. Le trajet est très long pour retourner chez moi. Il pourrait bien nous prendre un an ou davantage. Il pourrait être dangereux pour toi de voyager si longtemps, si tu étais grosse d'un petit.

— Alors, ne pouvons-nous simplement regagner ma vallée ? demanda-t-elle.

La peur tenaillait Jondalar : s'ils retournaient dans la vallée d'Ayla, pour lui permettre d'avoir son enfant en toute sécurité, ils n'en repartiraient jamais.

— Pour moi, ce ne serait pas une bonne idée. Il ne faudrait pas que tu sois seule au moment de la naissance. Moi, je ne saurais pas comment t'aider. Il faut des femmes, alors. Une femme peut mourir au cours d'un accouchement.

L'angoisse lui serrait la gorge : il avait vu la chose se produire peu de temps auparavant.

C'était vrai, se dit Ayla. Elle avait été toute proche de la mort, quand elle avait donné naissance à son fils. Sans Iza, elle n'aurait pas survécu. Ce n'était pas le moment d'avoir un enfant, pas même celui de Jondalar.

En dépit de sa cruelle déception, elle dit :

— Oui, tu as raison. Ça peut être difficile... Il... il me faudrait des femmes autour de moi.

Il retomba dans un silence prolongé. Quand il parla de nouveau, ce fut d'une voix enrouée par la souffrance.

— Ayla, peut-être... peut-être ne devrions-nous plus partager la même couche... si... Mais nous honorons la Mère en partageant ses Dons, se reprit-il.

Comment lui dire franchement qu'ils n'avaient pas à cesser de partager les Plaisirs ? Iza l'avait mise en garde : jamais elle ne devrait parler à personne, et surtout pas à un homme, de la médecine secrète.

— Je ne crois pas que tu doives être inquiet, dit-elle à Jondalar. Je ne suis pas sûre que ce soit l'homme qui produise les enfants. Et, si c'est la Grande Mère qui décide, Elle peut choisir n'importe quel moment, n'est-ce pas ?

— Oui, et cela m'a tourmenté. Pourtant, si nous

refusons Son Don, Elle pourrait s'en offenser. Elle s'attend à ce que nous L'honorions.

— Jondalar, si Elle décide, Elle décidera. Le moment venu, nous pourrons prendre notre décision. Je ne voudrais pas que tu L'offenses.

— Tu as raison, Ayla, approuva-t-il, quelque peu soulagé.

Non sans un petit pincement de regret, la jeune femme décida de continuer à prendre la tisane qui empêchait la conception des enfants. Mais, cette nuit-là, elle rêva qu'elle avait des petits : certains avaient de longs cheveux blonds, d'autres ressemblaient à Rydag et à Durc. Vers le matin, elle fit un rêve qui prit une dimension nouvelle, menaçante, détachée de ce monde.

Dans ce rêve, elle avait deux fils que personne n'eût pris pour des frères. L'un était grand et blond, comme Jondalar. L'autre, l'aîné, elle le savait, était Durc, bien que son visage fût dans l'ombre. Les deux frères avançaient l'un vers l'autre, de deux directions opposées, au milieu d'une étendue plate, déserte, désolée, balayée par le vent. Elle ressentait une profonde anxiété : il allait se passer quelque chose de terrible qu'elle devait empêcher de se produire. Alors, sous le coup d'une terreur soudaine, elle comprit que l'un de ses fils allait tuer l'autre. Elle s'efforçait de les rejoindre, mais une sorte de muraille épaisse, visqueuse l'avait prise au piège. Ils étaient presque face à face, les bras levés, comme pour frapper...

Elle hurla.

— Ayla ! Ayla ! Que se passe-t-il ?

Jondalar la secouait.

Mamut se dressa tout à coup près de lui.

— Réveille-toi, enfant ! dit-il. Réveille-toi. Ce n'est qu'un symbole, un message. Réveille-toi, Ayla !

— Mais l'un des deux va mourir ! s'écria-t-elle, encore en proie aux émotions du rêve.

— Ce n'est pas ce que tu crois, Ayla, reprit Mamut. Ça ne veut peut-être pas dire qu'un... frère mourra. Il te faut apprendre à fouiller tes rêves pour découvrir leur véritable signification. Tu possèdes le Talent, il est très fort en toi, mais tu n'as pas été initiée.

La vision d'Ayla s'éclaircit. Elle vit deux visages inquiets penchés sur elle. Les deux hommes étaient de haute taille, l'un jeune et beau, l'autre vieux et sage. Jondalar brandissait un tison au-dessus d'elle pour l'aider à se réveiller. Elle se redressa, tenta de sourire.

— Tout va bien, à présent ? questionna Mamut.

— Oui. Oui. Je regrette de t'avoir réveillé.

Oubliant que le vieil homme ne comprenait pas cette langue, Ayla s'exprimait en zelandonii.

— Nous parlerons plus tard, dit-il.

Avec un doux sourire, il retourna vers sa couchette.

Au moment où elle se réinstalla avec Jondalar sur leur plate-forme, Ayla vit retomber le rideau de l'autre couchette occupée. Elle se sentit un peu gênée d'avoir causé un tel émoi. Elle se blottit contre Jondalar, la tête au creux de son épaule. Elle lui était reconnaissante de sa chaleur, de sa présence. Elle allait se rendormir quand, subitement, ses yeux se rouvrirent tout grands.

— Jondalar, murmura-t-elle, comment Mamut a-t-il su que j'avais rêvé de mes fils, rêvé que l'un des deux tuait l'autre ?

Mais il dormait déjà.

5

Réveillée dans un sursaut, Ayla, sans bouger, tendit l'oreille. Elle entendit de nouveau un gémissement aigu. Quelqu'un, apparemment, souffrait le martyre. Inquiète, elle souleva le rideau, regarda à l'extérieur. Crozie, debout dans le passage central près du sixième foyer, tendait les bras en croix, dans une attitude de désespoir suppliant bien calculée pour éveiller la sympathie.

— Il veut me percer le cœur ! Il veut me tuer ! Il veut dresser ma propre fille contre moi ! hurlait Crozie, comme si elle allait mourir.

Elle crispa les mains sur sa poitrine. Plusieurs personnes s'immobilisèrent pour l'observer.

— Je lui ai donné ma propre chair. Issue de mon propre corps...

— Donné ! Tu ne m'as rien donné du tout ! clama Frebec. J'ai payé le Prix de la Femme pour Fralie !

— Un prix médiocre ! J'aurais pu obtenir beaucoup plus pour elle, lança Crozie.

Ses lamentations n'étaient pas plus sincères que ses cris de douleur.

— Elle est venue à toi avec deux enfants. La preuve de la faveur de la Mère. Tu as rabaissé sa valeur en versant ce prix dérisoire. La valeur de ses enfants aussi. Et regarde-la ! Elle est déjà bénie une troisième fois. Je te l'ai donnée par générosité, à cause de la bonté de mon cœur...

— Et parce que personne d'autre ne voulait accueillir Crozie, même avec sa fille deux fois bénie, ajouta une voix toute proche.

Ayla tourna la tête pour voir qui avait parlé. La jeune femme qui portait, la veille, la magnifique tunique rouge lui sourit.

— Si tu avais l'intention de dormir tard, n'y pense plus, conseilla Deegie. Ils commencent de bonne heure, aujourd'hui.

— Non, je me lève, dit Ayla.

Elle regarda autour d'elle. La couche était vide. A part les deux femmes, il n'y avait personne.

— Jondalar levé.

Elle trouva ses vêtements, entreprit de s'habiller.

— Je me réveille, crois femme blessée.

— Personne n'est blessée. A première vue, du moins. Mais je plains Fralie, déclara Deegie. Il est pénible d'être prise entre l'arbre et l'écorce.

Ayla secoua la tête.

— Pourquoi ils crient ?

— Je ne sais pas pourquoi ils se querellent sans cesse. Parce qu'ils veulent s'attirer les bonnes grâces de Fralie, je suppose. Crozie se fait vieille, elle ne veut pas voir Frebec saper son influence. Mais Frebec est têtu. Il n'avait pas grand-chose avant d'arriver ici, et il ne veut pas perdre sa nouvelle position. Fralie, c'est vrai, lui a apporté un prestige considérable, même s'il ne l'a pas payée cher.

La visiteuse écoutait avec un intérêt visible, et Deegie s'assit sur un lit voisin, pendant qu'Ayla s'habillait.

— Je ne crois pas qu'elle se séparerait de lui, cependant. Elle lui est attachée, je pense, même s'il est très désagréable par moments. Il ne lui a pas été si facile de trouver un autre homme... un homme qui consentît à vivre avec sa mère. Tout le monde avait été témoin de ce qui s'était passé la première fois, personne d'autre ne voulait s'encombrer de Crozie. La vieille femme peut hurler tout son soûl qu'elle a donné sa fille pour rien. C'est elle qui a rabaissé la valeur de Fralie. J'aurais horreur d'être tiraillée ainsi. Mais j'ai de la chance. Même si je me joignais à un Camp déjà existant, au lieu d'en fonder un avec mon frère, Tulie y serait la bienvenue.

— Ta mère partir avec toi ? demanda Ayla, interloquée.

Elle comprenait qu'une femme allât s'installer dans le clan de son compagnon, mais qu'elle y emmenât sa mère était nouveau pour elle.

— Je le voudrais bien mais je ne pense pas qu'elle accepte. Elle préférera rester ici, je crois. Je ne lui en veux pas. Mieux vaut être la Femme Qui Ordonne de son propre Camp que la mère de celle qui prendra la tête d'un autre. Mais elle me manquera.

Fascinée, Ayla écoutait. Elle ne comprenait pas la moitié de ce que disait Deegie et n'était même pas sûre de bien interpréter l'autre moitié.

— Est triste quitter mère et clan, dit-elle. Mais tu as bientôt compagnon ?

— Oh oui. L'été prochain. A la Réunion d'Eté. Ma mère a achevé de tout négocier. Elle avait fixé un Prix de la Femme si élevé que je craignais de les voir refuser de payer, mais ils ont accepté. C'est bien pénible d'attendre, pourtant. Si seulement Branag ne devait pas partir maintenant. Mais ils l'attendent. Il a promis de partir là-bas sans retard...

Les deux jeunes femmes se dirigeaient de compagnie vers l'entrée de l'abri. Deegie parlait, Ayla l'écoutait avidement.

Dans le foyer d'accès, il faisait plus frais, mais ce

fut seulement en se sentant frappée par un courant d'air glacé, quand le brise-vent de la grande voûte d'entrée fut écarté, qu'Ayla comprit à quel point la température extérieure s'était abaissée. Le vent glacial repoussa en arrière ses longs cheveux, tourmenta la pesante peau de mammouth, la gonfla d'un souffle brutal. Une neige fine était tombée durant la nuit. Une rafale souleva les flocons impalpables, les balaya dans les trous, dans les anfractuosités, avant de ramasser les blancs cristaux pour les précipiter à travers l'espace. Les minuscules projectiles de glace vinrent cribler le visage d'Ayla.

Il faisait chaud cependant à l'intérieur, bien plus chaud que dans une caverne ordinaire. Elle avait enfilé sa pelisse de fourrure pour sortir. Elle entendit hennir Whinney. La jument et le poulain, celui-ci toujours attaché à sa longe, s'étaient écartés le plus possible des humains et de leurs activités. Ayla se dirigea vers eux, prit le temps de se retourner vers Deegie pour lui sourire. La jeune femme lui rendit son sourire, avant de partir à la recherche de Branag.

La jument, soulagée de voir Ayla approcher, l'accueillit en encensant, avec de petits hennissements. Ayla débarrassa Rapide de sa bride, emmena les deux bêtes vers la rivière, de l'autre côté du méandre. Dès que le Camp fut hors de vue, Whinney et Rapide se détendirent et, après s'être manifesté leur mutuelle affection, ils se mirent à paître l'herbe sèche et cassante.

Avant de remonter la pente, Ayla s'arrêta derrière un buisson. Elle dénoua la lanière qui retenait ses jambières mais, même ainsi, elle ne savait trop que faire pour leur éviter d'être mouillées quand elle urinerait. Elle se trouvait toujours devant les mêmes difficultés depuis qu'elle s'était mise à porter ce genre de vêtements. Elle les avait travaillés et cousus d'après ceux qu'elle avait confectionnés pour Jondalar, sur le modèle de la tenue qu'il portait et qui avait été mise en lambeaux par le lion, mais elle ne les avait pas mis avant leur départ pour cette exploration. Jondalar avait semblé si heureux de la voir vêtue comme lui qu'elle s'était décidée à abandonner la pièce de cuir souple qu'elle enroulait autour de son corps à la manière des femmes du Clan.

Néanmoins, elle n'avait pas encore découvert comment venir facilement à bout de l'accomplissement des besoins naturels. Elle ne voulait pas questionner Jondalar. C'était un homme. Comment saurait-il la façon dont une femme se tirait d'affaire ?

Mais il fallait, pour cela, qu'elle ôtât les mocassins dont la tige, assez haute, enveloppait le bas de ses jambières étroites qu'elle fit glisser. Elle écarta ensuite les jambes, se pencha en avant comme elle l'avait toujours fait. Elle se tenait debout sur un pied pour se rhabiller quand son regard se posa sur le courant calme de la rivière. Elle changea d'avis, passa par-dessus sa tête pelisse et tunique, détacha de son cou son amulette et descendit vers la berge. Elle devait se livrer au rituel de purification et elle avait toujours aimé nager un moment, le matin.

Elle avait prévu de se rincer la bouche et de laver son visage et ses mains. Elle se demandait comment s'y prenaient ces gens pour se nettoyer. Quand elle ne pouvait faire autrement, si la provision de bois était enfouie sous la neige, si le vent faisait rage dans la caverne, ou si l'eau était gelée au point qu'on avait peine à en casser suffisamment, même pour boire, elle pouvait se passer de se laver mais elle préférait être propre. Par ailleurs, elle conservait encore l'arrière-pensée d'un rituel, d'une cérémonie de purification, après cette première nuit passée dans la caverne semi-souterraine des Autres.

Elle regardait l'eau. Le courant était rapide, au milieu du lit, mais de transparentes plaques de glace recouvraient la surface des bras morts de la rivière et frangeaient de blanc les bords. Une langue de terre, couverte d'une herbe rare, sèche et décolorée, s'avançait dans l'eau, ménageant avec la berge un bassin calme. Un bouleau solitaire, réduit à la taille d'un buisson, poussait là.

Ayla s'avança vers le bassin, y entra, brisant la glace parfaitement unie qui le recouvrait. Elle retint son souffle sous l'effet d'un violent frisson, s'accrocha d'une main à une branche squelettique du bouleau nain pour conserver son équilibre en avançant dans le courant. Un coup de vent glacial fouetta sa peau nue, qui se hérissa de chair de poule, et lui rabattit les cheveux sur la figure. Elle serra les dents, s'aventura en eau plus profonde. Lorsqu'elle en eut jusqu'à la taille, elle s'aspergea le visage, avant de s'accroupir pour s'y plonger jusqu'au cou, non sans reprendre convulsivement son souffle.

Elle était habituée à l'eau froide, mais bientôt, se disait-elle, on ne pourrait plus se baigner dans la rivière.

En retrouvant la rive, elle s'essuya rapidement des deux mains, s'habilla vivement. Une chaleur qui lui fouettait le sang ne tarda pas à remplacer le froid engourdissant, tandis qu'elle remontait la berge. Elle se sentait renouvelée, vivifiée et elle sourit quand un soleil las émergea un instant victorieusement d'un ciel couvert.

En approchant du Camp, elle s'arrêta sur une aire de terre battue, près de l'entrée, pour regarder les petits groupes plongés dans des occupations variées.

Jondalar s'entretenait avec Wymez et Danug, et le sujet de la conversation entre les trois tailleurs de silex ne pouvait faire aucun doute. Non loin de là, quatre personnes détachaient les cordes qui avaient retenu à un cadre rectangulaire, fait de deux côtes de mammouth assemblées par des lanières, une peau de cerf, maintenant transformée en un cuir souple, presque blanc. Tout près, Deegie, à l'aide d'une autre côte, étirait et frappait de coups vigoureux une autre peau accrochée à un cadre semblable. On travaillait le cuir pendant qu'il séchait afin de l'assouplir. Cela, Ayla le savait. Mais le tendre sur un cadre fait de côtes de mammouth représentait pour elle une méthode nouvelle. Très intéressée, elle observa tous les détails de l'opération.

Une série de petites fentes avaient été ménagées près du bord de la peau, sur tout le contour. On passait une corde dans chacune d'entre elles, on l'attachait au cadre, on la serrait fortement pour bien tendre la peau. Deegie pesait de tout son poids, à chaque coup, sur la côte qu'elle tenait, et l'on avait l'impression chaque fois que l'os allait passer au travers du cuir, mais la peau solide et flexible, tout en accusant le choc, ne cédait pas.

D'autres personnes rangeaient les restes de mammouth

dans des fosses creusées en terre. Des os, des défenses jonchaient le sol alentour. Un appel lui fit lever la tête. Talut et Talie approchaient le Camp. Ils portaient sur leurs épaules une énorme défense de mammouth encore attachée au crâne. La plupart des os ne provenaient pas d'animaux qu'ils avaient tués. On en trouvait parfois sur les steppes, mais les plus nombreux provenaient des méandres de la rivière, où les eaux torrentueuses avaient déposé les restes des animaux.

Ayla remarqua alors quelqu'un d'autre, qui observait les activités du Camp. Elle sourit, en s'avançant vers Rydag, mais fut surprise de le voir lui rendre son sourire. Les membres du Clan ne souriaient pas. S'ils découvraient les dents, c'était généralement un signe d'hostilité, ou bien de crainte et de nervosité extrême. Mais l'enfant n'avait pas grandi au sein du Clan : il avait appris que cette expression était une marque d'amitié.

— Bonjour Rydag, dit Ayla.

En même temps, elle faisait le geste de salut du Clan, avec une légère variante qui indiquait qu'on s'adressait à un enfant. Une fois de plus, elle vit naître dans son regard une lueur de compréhension. Il se rappelle ! pensa-t-elle. Il a le souvenir de ces signes. Il suffirait de les lui rappeler. Ce n'est pas comme moi, qui ai dû les apprendre.

Elle revoyait la consternation de Creb et d'Iza, lorsqu'ils avaient découvert avec quelle difficulté, à la différence des enfants du Clan, elle assimilait leur enseignement. Elle avait dû faire des efforts énormes pour fixer les signes dans sa mémoire, alors que les autres les apprenaient du premier coup. Certains l'avaient trouvée stupide. En grandissant, elle avait appris à exercer sa mémoire, afin qu'on ne perdît pas patience avec elle.

Jondalar, lui, avait été stupéfait de ses capacités. Il n'en revenait pas de sa faculté à apprendre d'autres langages, par exemple, apparemment presque sans effort. Mais acquérir cette facilité n'avait pas été aisé, et elle n'avait jamais entièrement compris ce qu'était la mémoire du Clan. Personne chez les Autres n'en était capable : c'était entre eux une différence fondamentale.

Les membres du Clan avaient des cerveaux plus importants que ceux qui étaient venus après eux. Ils n'étaient pas moins intelligents, mais leur intelligence avait une forme différente. Ils apprenaient à partir de souvenirs qui, par certains côtés, se rapprochaient de l'instinct tout en étant plus conscients. Dès la naissance, toutes les connaissances de leurs ancêtres étaient entreposées dans leurs cerveaux. Ils n'avaient pas à apprendre ce qui était nécessaire à leur survie : ils le savaient par la mémoire. Enfants, il suffisait de leur rappeler ce qu'ils connaissaient déjà. Adultes, ils savaient comment faire appel aux souvenirs emmagasinés.

Leur mémoire était excellente, mais il leur fallait un effort considérable pour saisir un élément nouveau. Une fois qu'ils l'avaient appris, compris, accepté, ils ne l'oubliaient jamais, le transmettaient à leur progéniture. Mais le processus était lent. Iza en était venue à comprendre, sinon à concevoir, leur différence tandis qu'elle enseignait à Ayla l'art de guérir. Cette étrange enfant avait moins de mémoire que les autres mais elle apprenait beaucoup plus vite.

Rydag prononça un mot. Ayla ne le reconnut pas tout de suite mais, soudain, elle saisit. C'était son nom à elle ! Son nom, prononcé d'une façon qui lui avait naguère été familière — la façon dont certains membres du Clan le prononçaient.

Comme eux, l'enfant était incapable d'articuler. Il pouvait émettre les voyelles mais ne parvenait pas à former les sons importants nécessaires pour reproduire le langage des gens parmi lesquels il vivait. Par manque de pratique, Ayla connaissait les mêmes difficultés. C'étaient ces mêmes déficiences de leur appareil vocal qui avaient amené le Clan et ceux qui l'avaient précédé à développer un langage riche et très complet de signes et de gestes pour traduire une culture étendue. Rydag comprenait les Autres, les gens avec lesquels il vivait. Il concevait l'idée de langage. Mais il était incapable de se faire comprendre.

L'enfant fit alors le signe qu'il avait adressé à Nezzie

la veille au soir : il appela Ayla « mère ». Elle sentit son cœur battre plus vite. Le dernier qui lui avait fait ce signe était son fils, et Rydag lui ressemblait tellement qu'un instant elle crut revoir Durc en lui. Elle mourait d'envie de croire que c'était bien lui, de le prendre dans ses bras, de prononcer son nom. Mais, malgré tout son désir, Rydag n'était pas Durc. Il n'était pas plus Durc qu'elle n'était Deegie. Il était lui-même. Elle se maîtrisa, reprit longuement son souffle.

— Aimes-tu apprendre autres mots ? Autres signes, Rydag ? demanda-t-elle.

Il hocha la tête énergiquement.

— Tu te rappelles « mère »...

Il répondit en reproduisant le signe qui avait si profondément ému Nezzie... et elle-même.

— Connais-tu celui-ci ?

Elle lui faisait le geste du salut. Elle le vit se débattre avec une connaissance qui affleurait presque à la surface.

— C'est salut. Veut dire « bonjour ».

Elle refit le même geste avec la variante dont elle s'était servi.

— Comme ça, c'est quand personne plus âgée parle à plus jeune.

Il fronça les sourcils, reproduisit le geste, gratifia Ayla de son surprenant sourire. Il refit les deux signes, réfléchit un moment, en fit un troisième et regarda la jeune femme d'un air interrogateur, comme s'il n'était pas bien sûr de ce qu'il avait fait.

— Oui, bon, Rydag ! Je, femme, comme mère, et c'est manière de saluer mère. Tu as mémoire !

Nezzie remarqua que l'enfant et Ayla étaient ensemble. A plusieurs reprises, Rydag l'avait fort inquiétée, quand il oubliait ses limites et voulait en faire trop. Elle savait donc toujours où était l'enfant et à quelles activités il se livrait. Elle tenta de comprendre ce que faisaient la jeune femme et l'enfant. Ayla la vit, elle remarqua son expression de curiosité mêlée d'inquiétude et lui fit signe d'approcher.

— J'apprends Rydag langage de Clan... peuple de

sa mère, expliqua la jeune femme. Comme mot hier soir.

Rydag, avec un large sourire qui découvrait des dents un peu trop grandes, adressa à Nezzie un signe soigneusement réfléchi.

— Que veut-il dire ? demanda-t-elle.

— Rydag dit « bonjour, mère », expliqua Ayla.

— « Bonjour, mère ? »

Nezzie ébaucha un mouvement qui ressemblait d'assez loin au geste de Rydag.

— En faisant ça, je dis « bonjour, mère » ?

— Non. Assieds-toi ici. Je te montre. Ceci... (Ayla fit le signe.) ... veut dire « bonjour ». Ainsi... (Elle ajouta la variante.) ... veut dire « bonjour, mère ». Peut faire à moi même signe. Veut dire « femme mère ». Toi faire ainsi... (Ayla montra une autre variante.) ... pour dire « bonjour, enfant ». Et ainsi... (Elle fit encore une variante.) ... pour dire « bonjour, mon fils ». Tu vois ?

Ayla reproduisit toutes les variantes sous le regard attentif de Nezzie. La femme, en dépit d'une certaine gêne, fit une nouvelle tentative. Son geste manquait encore un peu de précision, mais Ayla et Rydag le comprirent néanmoins : elle voulait dire « bonjour, mon fils ».

L'enfant, qui se tenait près de son épaule, lui passa autour du cou ses bras maigres. Nezzie le serra contre lui, battit des paupières pour retenir les larmes qui menaçaient de déborder. Les yeux mêmes de Rydag étaient humides, ce qui surprit la jeune femme.

De tous les membres du clan de Brun, elle avait été la seule dont les yeux pouvaient se mouiller d'émotion, même si les autres éprouvaient des sentiments aussi forts. Son fils était capable de s'exprimer tout comme elle — elle se souvenait encore douloureusement de sa voix qui l'appelait, quand elle avait été forcée de partir —, mais Durc n'avait pas de larmes pour exprimer son chagrin. Comme sa mère, elle-même membre du Clan, Rydag ne pouvait pas parler, mais, quand ses yeux s'emplissaient d'amour, ils brillaient en même temps de larmes.

— Jamais je n'ai été capable de lui parler jusqu'à présent, dit Nezzie, mais j'étais sûre qu'il me comprenait.

— Veux apprendre autres signes ? demanda doucement Ayla.

La femme, qui tenait toujours l'enfant dans ses bras, se contenta d'un hochement de tête. Elle n'osait parler, de crainte de se livrer tout entière à son émotion. Ayla se lança dans une autre série de signes avec leurs variantes. Nezzie et Rydag concentraient sur ses mains toute leur attention.

Les filles de Nezzie, Latie et Rugie, en compagnie des plus jeunes enfants de Tulie, Brinan et sa petite sœur Tusie, qui avaient à peu près l'âge de Rugie et Rydag, s'approchèrent pour découvrir ce qui se passait. Crisavec, le fils de Fralie, qui avait sept ans, se joignit à eux. Bientôt, ils se passionnaient tous pour ce qui leur paraissait un jeu nouveau : parler avec les mains.

Mais, à la différence des jeux auxquels se livraient le plus souvent les enfants du Camp, c'en était un où Rydag excellait. Ayla n'allait pas assez vite pour lui. Il lui suffisait de lui montrer une seule fois le signe : il y ajoutait bientôt lui-même les variantes, toutes les nuances qui en affinaient la signification.

C'était d'autant plus excitant que les autres enfants apprenaient eux aussi. Pour la première fois de sa vie, Rydag avait la possibilité de s'exprimer librement et il ne s'en lassait pas. Les petits camarades avec lesquels il avait grandi acceptaient tout naturellement sa faculté de « parler » couramment de cette nouvelle manière. Il n'était pas comme eux, ils le savaient. Mais ils n'avaient pas encore été contaminés par l'opinion préconçue des adultes qui en concluaient qu'il était dénué d'intelligence. Et, depuis des années, Latie, comme le font souvent les sœurs aînées, traduisait son « baragouin » pour les grandes personnes du Camp.

Quand ils en eurent tous assez d'apprendre, ils s'éloignèrent pour aller mettre en pratique le nouveau jeu. Ayla remarqua que Rydag corrigeait leurs erreurs, et qu'ils se tournaient vers lui pour se faire confirmer le sens de .tel ou tel signe. Il s'était trouvé une place nouvelle parmi ses pairs.

Assise près de Nezzie, elle les regardait échanger leurs signaux silencieux. Elle sourit. Qu'aurait pensé Iza, si elle avait vu les enfants des Autres s'exprimer à la façon du Clan, mais rire et crier en même temps ? La vieille guérisseuse aurait sûrement compris, se disait malgré tout Ayla.

— Tu dois avoir raison. C'est sa façon de parler, déclara Nezzie. Je ne l'avais jamais vu si prompt à apprendre. Jamais je n'avais entendu dire que... Comment les appelles-tu ?

— Le Clan. Ils disent Clan. Ça veut dire... famille... peuple... humains. Le Clan de l'Ours des Cavernes, gens qui honorent Grand Ours des Cavernes. Vous dites Mamutoï, Chasseurs de Mammouths, qui honorent Mère, expliqua Ayla.

— Le Clan... Je ne savais pas qu'ils pouvaient parler ainsi. Je ne savais pas qu'on pouvait dire tant de choses avec les mains... Jamais je n'ai vu Rydag aussi heureux.

La femme hésita. Elle cherchait le moyen de formuler autre chose. Ayla le sentit. Elle attendit, pour donner à sa compagne le temps de rassembler ses idées.

— Je suis surprise que tu te sois si vite prise d'affection pour lui, reprit Nezzie. Certains protestent contre sa présence parce qu'il est d'esprits mêlés, et la plupart des gens sont un peu mal à l'aise en sa présence. Mais toi, tu as l'air de le connaître.

La jeune femme hésita un moment. Elle observait sa compagne, sans trop savoir ce qu'elle allait dire. Finalement elle prit sa décision.

— J'ai connu enfant comme lui... Mon fils. Mon fils Durc...

— Ton fils !

La voix de Nezzie exprimait de la surprise, mais Ayla n'y perçut aucun signe de la répugnance qui avait été manifestée dans la voix de Frebec, quand il avait parlé de Têtes Plates et de Rydag, la veille au soir.

— Toi, tu as eu un enfant d'esprits mêlés ? Où est-il ? Qu'est-il devenu ?

La souffrance assombrit le visage d'Ayla. Tout le

temps où elle avait vécu seule dans sa vallée, elle avait enseveli au plus profond d'elle-même les souvenirs de son fils, mais la vue de Rydag les avait réveillés. Les questions de Nezzie ramenaient à la surface de douloureuses émotions. Elle devait maintenant les affronter.

Comme tout son peuple, Nezzie était franche et ouverte. Elle avait parlé spontanément mais elle n'était pas dépourvue de sensibilité.

— Je te demande pardon, Ayla, j'aurais dû penser...

La jeune femme battit des paupières pour retenir ses larmes.

— N'aie pas soucis, Nezzie, répondit-elle. Je sais questions viennent quand je parle Durc. Est... douloureux... penser à lui.

— Tu n'y es pas obligée.

— Quelqu'un doit parler Durc.

Elle s'interrompit, reprit avec résolution :

— Durc est avec Clan. Quand elle meurt, Iza... ma mère, comme toi pour Rydag... me dit aller nord, trouver mon peuple. Pas Clan, les Autres. Durc petit alors. Je ne vais pas. Plus tard, Durc a trois années. Chef chasser moi. Pas savoir où les Autres vivent, pas savoir où aller. Pas pouvoir emmener Durc. Donner à Uba... sœur. Elle aime Durc, prend soin lui. Son fils, maintenant.

Ayla se tut. Nezzie ne savait que dire. Elle avait envie de poser d'autres questions mais elle n'osait pas insister : visiblement, c'était pour la jeune femme une rude épreuve de parler d'un fils qu'elle aimait mais qu'elle avait dû abandonner.

Ce fut Ayla qui continua de son plein gré.

— Trois années depuis je vois Durc. A... six années, maintenant. Comme Rydag ?

Nezzie hocha la tête.

— Sept années ne sont pas encore tout à fait écoulées depuis la naissance de Rydag.

La jeune femme parut se plonger dans ses pensées. Elle poursuivit :

— Durc comme Rydag, pas tout à fait. Durc comme Clan, pour yeux, comme moi pour bouche. Devrait être contraire, ajouta-t-elle avec un sourire un peu forcé. Durc fait mots. Durc peut parler, mais Clan, non. Mieux si Rydag parle, mais lui pas pouvoir. Durc est fort...

Le regard d'Ayla se fit lointain.

— Courir vite. Rapide, comme Jondalar dire.

Elle leva vers Nezzie des yeux pleins de tristesse.

— Rydag fragile. Depuis naissance. Faible de...

Elle ne connaissait pas le mot qui convenait. Elle posa la main sur sa poitrine.

— Il a quelquefois de la peine à respirer, dit Nezzie.

— Maladie pas respiration. Maladie est... sang... non... pas sang... Boum-boum... essaya-t-elle.

Elle s'agaçait de ne pas trouver le mot juste.

— Son cœur. C'est ce que dit Mamut. Il a le cœur faible. Comment l'as-tu découvert ?

— Iza était guérisseuse. Meilleure de Clan. Elle apprend moi, comme fille. Moi, guérisseuse aussi.

C'était ce qu'avait dit Jondalar, se rappela Nezzie. Elle s'étonnait d'apprendre que les Têtes Plates fussent même capables d'envisager un art de guérir mais, à la vérité, elle ne savait pas non plus que ces êtres-là pouvaient s'exprimer. Et elle était proche de Rydag depuis assez longtemps pour avoir la certitude que, sans parler comme les autres, il n'était pas le stupide animal pour lequel le prenaient tant de gens. Ayla, même si elle n'était pas un mamut, pouvait fort bien connaître l'art de guérir.

Une ombre tomba sur les deux femmes. Elles levèrent la tête.

— Mamut demande si tu veux bien venir lui parler, Ayla, dit Danug.

Toutes deux absorbées par leur conversation, elles n'avaient pas remarqué l'approche du jeune homme.

— Rydag est passionné par le nouveau jeu que tu lui as enseigné avec les mains, poursuivit-il. Il veut, m'a dit Latie, que je te demande si tu pourrais me montrer quelques signes, à moi aussi.

— Oui, bien sûr. J'apprends toi. J'apprends n'importe qui.

— Moi aussi, Ayla, je voudrais en savoir davantage, dit Nezzie, au moment où elles se levaient.

— Matin ? demanda la jeune femme.

— Demain matin, oui. Mais tu n'as encore rien mangé. Peut-être, demain, ferais-tu bien de manger d'abord. Viens avec moi. Je vais te trouver quelque chose, et pour Mamut aussi.

— J'ai faim, reconnut Ayla.

— Moi aussi, appuya Danug.

— Quand n'as-tu pas faim ? A vous deux, Talut et toi, vous pourriez manger un mammouth entier, je crois.

Mais les yeux de Nezzie brillaient de fierté devant ce grand fils vigoureux.

Les deux femmes et Danug se dirigèrent vers l'habitation semi-souterraine. Les autres, apparemment, prirent leur mouvement pour un signal d'arrêter le travail et d'aller prendre un repas ; ils les suivirent. Dans le foyer d'entrée, on se débarrassa des vêtements portés à l'extérieur, on les accrocha à des chevilles. Il s'agissait là d'un en-cas matinal : certains allaient cuisiner sur leurs propres foyers ; d'autres se rassemblaient dans le foyer d'entrée où brûlaient, autour du feu principal, d'autres petits feux. Quelques-uns mangeaient des restes de mammouth froid, d'autres se préparaient une soupe à la viande ou au poisson, agrémentée de racines ou de légumes et épaissie par les graines grossièrement moulues des herbes de la steppe. La plupart, de toute manière, revenaient vers la salle commune pour y boire un breuvage chaud avant de retourner dehors.

Assise à côté de Mamut, Ayla observait les diverses activités avec un vif intérêt. Elle restait un peu surprise par le niveau du bruit que faisaient tous ces gens en parlant et riant ensemble, mais elle commençait à s'y accoutumer. Elle était plus stupéfaite encore de voir l'aisance avec laquelle les femmes circulaient parmi les hommes. Il n'existait aucune stricte hiérarchie. Tout le monde semblait se servir soi-même, excepté les hommes et les femmes qui s'occupaient des jeunes enfants.

Jondalar vint rejoindre Mamut et Ayla. Avec précaution, il s'installa sur la natte d'herbes tressées, près de la jeune femme. Il tenait à deux mains une coupe parfaitement étanche et dépourvue d'anse. L'herbe dont elle était tressée formait des chevrons de couleurs contrastées. Elle était emplie d'une infusion de menthe.

— Toi levé tôt, ce matin, remarqua Ayla.

— Je n'ai pas voulu te déranger. Tu dormais si profondément.

— Je réveille quand crois quelqu'un blessé, mais Deegie explique vieille femme... Crozie... toujours parler fort avec Frebec.

— Ils se querellaient violemment, dit Jondalar. Je les entendais de l'extérieur. Frebec a peut-être un méchant caractère, mais je ne suis pas sûr de le blâmer. Cette vieille femme piaille plus fort qu'un geai. Comment peut-on vivre en sa compagnie ?

— Je crois quelqu'un blessé, fit pensivement Ayla.

Intrigué, son compagnon la regardait. A son avis, elle n'était pas en train de répéter qu'elle avait cru que quelqu'un était blessé.

— Tu ne te trompes pas, Ayla, confirma Mamut. Les vieilles blessures font encore souffrir.

— Deegie a pitié pour Fralie.

Ayla s'était tournée vers le vieillard. Elle qui n'aimait pas, en général, trahir son ignorance n'éprouvait aucune gêne à lui poser des questions.

— Est quoi, Prix de la Femme ? Deegie dit Tulie a demandé Prix de la Femme élevé pour elle.

Avant de lui répondre, Mamut rassembla soigneusement ses pensées : il tenait à se faire bien comprendre. La jeune femme fixait un regard attentif sur le vieillard aux cheveux blancs.

— Je pourrais te faire une réponse toute simple, Ayla, mais c'est beaucoup plus compliqué qu'il n'y paraît. J'y réfléchis depuis des années. Il n'est pas aisé, pour un homme, de comprendre et d'expliquer son peuple et lui-même, même s'il est de ceux que les autres viennent trouver pour obtenir toutes les réponses.

Il ferma les yeux, son front se plissa dans un effort de concentration.

— Tu comprends le mot « statut », n'est-ce pas ? demanda-t-il enfin.

— Oui. Dans Clan, chef a plus grand statut, ensuite chasseur élu, ensuite autres chasseurs. Mog-ur a grand prestige aussi mais est différent. Il est... homme de monde des esprits.

— Et les femmes ?

— Femmes ont statut de compagnons, mais femme guérisseuse a statut à elle.

Les commentaires d'Ayla surprenaient Jondalar. Elle lui en avait beaucoup appris sur les Têtes Plates, mais il avait encore peine à imaginer qu'ils fussent capables de saisir un concept aussi complexe que celui de la hiérarchie.

— C'est bien ce que je pensais, fit doucement Mamut, avant de poursuivre ses explications. Nous révérons la Mère, qui crée et qui nourrit toute vie. Les êtres humains, les animaux, les plantes, l'eau, les arbres, les rochers, la terre. Elle leur a donné naissance. Elle les a tous créés. Quand nous invoquons l'esprit du mammouth, celui du cerf, celui du bison, pour demander l'autorisation de les chasser, nous savons que c'est l'Esprit de la Mère qui leur a donné la vie. C'est Son Esprit qui fait naître un autre mammouth, un autre cerf, un autre bison pour remplacer ceux qu'Elle nous a donnés pour nourriture.

— Nous disons que c'est le Don de Vie de la Mère, intervint Jondalar, intrigué.

Il cherchait avec intérêt jusqu'à quel point les coutumes des Mamutoï ressemblaient à celles des Zelandonii.

— Mut, la Mère, continua le vieil homme sage, a choisi les femmes pour nous montrer comment Elle a pris en Elle l'esprit de vie, afin de créer et de mettre au monde de nouvelles vies qui remplacent celles qu'Elle rappelle à Elle. Les enfants apprennent cela en grandissant, à partir de légendes, de contes et de chants, mais tu as dépassé ce stade, Ayla. Il nous plaît d'entendre des histoires, même quand nous devenons vieux, mais toi, tu dois comprendre le courant qui les anime, ce qu'elles cachent, afin de saisir les raisons qui ont fondé bon nombre de nos coutumes. Chez nous, le statut repose sur la mère de quelqu'un, et le Prix de la Femme est notre manière de prouver la valeur.

Ayla, fascinée, hocha la tête. Jondalar avait bien essayé de lui expliquer ce qu'était la Mère, mais, avec Mamut, tout semblait plus raisonnable, beaucoup plus facile à comprendre.

— Quand les hommes et les femmes décident de former une Union, l'homme et son Camp offrent des cadeaux nombreux à la mère de la femme et à son Camp. La mère ou la Femme Qui Ordonne décide du prix — elle fixe un nombre de cadeaux — pour la fille. Il arrive qu'une femme fixe son propre prix, mais celui-ci dépend de bien autre chose que sa volonté personnelle. Aucune femme ne souhaite se voir sous-évaluée, mais le prix ne doit pas être trop élevé : l'homme de son choix ou son Camp pourraient alors ne pas avoir les moyens de le payer ou ne pas souhaiter le faire.

— Pourquoi payer pour avoir une femme ? demanda Jondalar. Cela ne fait-il pas d'elle une sorte de marchandise, comme le sel, le silex ou l'ambre ?

— La valeur d'une femme est bien supérieure. Le Prix de la Femme est ce que paie un homme pour avoir le privilège de vivre avec une femme. Un bon Prix de la Femme profite à tout le monde. Il confère à la femme un statut important, il dit à tout le monde en quelle estime elle est tenue par l'homme qui la désire et par son propre Camp. Il fait honneur au Camp de l'homme, en faisant savoir que ce Camp est riche et peut se permettre de payer le prix. Il honore aussi le Camp de la femme, témoigne de l'estime et du respect en lesquels on le tient, lui offre une compensation pour la perte de cette femme, si elle part, comme le font certaines, pour vivre dans un nouveau Camp ou dans celui de l'homme. Mais, plus important encore, le Camp prouve sa richesse s'il paie un bon Prix de la Femme lorsqu'un de ses membres veut une femme.

« Les enfants bénéficient dès leur naissance du statut de leur mère : il est donc bon pour eux que le Prix de la Femme soit élevé. Bien que le Prix de la Femme soit payé en cadeaux, dont certains permettront au couple de commencer sa vie commune, la véritable valeur est le statut, la considération accordée à la femme par son propre Camp et par tous les autres, la valeur qu'elle apporte à son compagnon et à ses enfants.

Ayla restait encore quelque peu perplexe, mais Jondalar hochait la tête : il commençait à comprendre. Les détails n'étaient pas tout à fait les mêmes, mais, dans l'ensemble, les relations, les valeurs ne différaient pas tellement de celles de son propre peuple.

— A quoi connaît-on la valeur d'une femme, afin de fixer un juste Prix de la Femme ? questionna l'homme des Zelandonii.

— Le Prix de la Femme dépend de nombreux éléments. Un homme s'efforce toujours de trouver une femme qui possède le statut le plus important, dans la mesure de ses moyens : en effet, quand il quitte sa mère, il se trouve doté du statut de sa compagne qui est, ou qui sera, une mère. Une femme qui a déjà fait la preuve de sa fécondité possède une valeur plus grande. Aussi les femmes qui ont des enfants sont-elles les plus recherchées. Les hommes essaient souvent de faire monter le statut de la compagne qu'ils convoitent, parce que c'est tout à leur avantage. Quand deux hommes sont en rivalité pour une femme de haute valeur, ils peuvent unir leurs ressources — s'ils s'entendent bien, et si elle est d'accord —, afin de faire monter plus encore le Prix de la Femme.

« Il arrive qu'un seul homme s'unisse à deux femmes, surtout s'il s'agit de sœurs qui ne veulent pas être séparées. Il acquiert alors le statut de celle qui possède la valeur la plus haute, et on lui accorde une grande considération, ce qui ajoute encore à son prestige. Il se montre capable de subvenir aux besoins de deux femmes et de leurs futurs enfants. Des jumelles sont considérées comme une bénédiction toute particulière. On les sépare rarement.

— Quand mon frère s'est trouvé une compagne parmi les Sharamudoï, dit Jondalar, il a noué des liens de parenté avec une femme nommée Tholie, qui était mamutoï. Elle m'a dit un jour qu'elle avait été « volée », tout en étant consentante.

— Nous faisons commerce avec les Sharamudoï, mais nos coutumes ne sont pas les mêmes. Tholie était une femme de grand prestige. La perdre au bénéfice d'un autre peuple, c'était renoncer à quelqu'un qui, d'une part, avait sa propre valeur — et ils ont dû payer un Prix de la Femme fort élevé — et qui, d'autre part, aurait transmis la valeur qu'elle avait reçue de sa mère à son compagnon et à leurs enfants... valeur qui, finalement, aurait bénéficié à tous les Mamutoï. A cela, il n'existait pas de compensation. C'était pour nous une perte, comme si sa valeur nous avait été volée. Mais Tholie était amoureuse, bien décidée à s'unir avec le jeune Sharamudoï. Alors, pour surmonter l'obstacle, nous lui avons permis de se faire « voler ».

— Deegie dit que mère de Fralie a fait bas Prix de la Femme, avança Ayla.

Le vieil homme changea de position. Il voyait où la jeune femme voulait en venir, et il n'allait pas être facile de répondre à sa question. La plupart des gens comprenaient leurs propres coutumes par intuition, sans être capables de les expliquer aussi clairement que Mamut. Beaucoup, dans sa position, auraient hésité à exposer des croyances généralement enveloppées d'histoires obscures. Ils auraient redouté de se voir dépouillés de leur mystère et de leur pouvoir en exposant d'une manière directe et détaillée ces valeurs culturelles. Mamut lui-même n'était pas tout à fait à l'aise mais il était déjà arrivé, à propos d'Ayla, à certaines conclusions, à certaines décisions aussi. Il voulait la voir saisir leurs concepts et comprendre leurs coutumes le plus vite possible.

— Une mère peut aller s'installer au foyer de n'importe lequel de ses enfants, reprit-il. D'ordinaire, elle attend pour cela l'approche de la vieillesse. Mais, si elle le fait, elle rejoint le plus souvent une fille qui vit encore dans le même Camp. Son compagnon se joint généralement à elle mais il peut aussi, s'il le désire, retourner au Camp de sa propre mère ou vivre avec une sœur. Un homme se sent souvent plus proche des enfants de sa compagne, ceux de son foyer, parce qu'il vit avec eux, assure leur éducation. Mais les enfants de sa sœur sont ses héritiers, et, quand il vieillit, ils sont responsables de lui. Les anciens sont habituellement bien accueillis mais pas toujours, malheureusement. Fralie est le dernier enfant qui reste à Crozie. Aussi, là où va sa fille, elle va. La vie ne s'est pas montrée généreuse envers Crozie, et elle ne s'est pas bonifiée avec l'âge. Elle est avide, accapareuse, et rares sont les hommes qui veulent partager un foyer avec elle. Après la mort du premier compagnon de Fralie, elle s'est vue obligée de diminuer de plus en plus le Prix de la Femme pour sa fille, ce qui lui est resté sur le cœur et ajoute encore à son amertume.

Ayla hocha la tête, pour montrer qu'elle comprenait, avant de froncer les sourcils avec inquiétude.

— Iza racontait histoire vieille femme qui vit dans clan Brun, avant mon arrivée. Elle venue d'autre clan. Compagnon mort, pas d'enfants. Pas avoir valeur, ni prestige, mais toujours à manger, toujours place près feu. Si Crozie pas avoir Fralie, où aller ?

Mamut réfléchit un moment à la question. Il tenait à donner à Ayla une réponse absolument précise.

— Crozie se trouverait alors devant de grandes difficultés, Ayla. Normalement, quelqu'un qui n'a pas de famille est adopté par un autre foyer. Mais Crozie est si désagréable que bien peu voudraient l'accueillir. Sans doute trouverait-elle de quoi manger et un endroit pour dormir dans n'importe quel Camp, mais, au bout d'un certain temps, on la ferait partir, comme c'est arrivé dans leur propre Camp, après la mort du premier compagnon de Fralie.

Le vieux chaman poursuivit, avec une grimace :

— Frebec lui-même n'a pas un caractère tellement agréable. Le statut de sa mère était très médiocre. Elle possédait bien peu de talents, elle avait peu à offrir, hormis un goût prononcé pour la bouza. Frebec n'a donc pas eu beaucoup d'avantages, dès le début. Son Camp ne voulait pas de Crozie et ne voyait pas d'inconvénient à le voir partir. Ils ont refusé de payer quoi que ce fût. Voilà pourquoi le Prix de la Femme de Fralie était si bas. S'ils sont ici, c'est uniquement grâce à Nezzie. Elle a convaincu Talut de parler en leur faveur, et ils ont été acceptés. Certains, ici, le regrettent.

Ayla, de nouveau, acquiesça d'un signe de tête. La situation devenait un peu plus claire.

— Mamut, que...

— Nuvie ! Nuvie ! O, Grande Mère ! Elle s'étouffe ! hurla soudain une voix de femme.

Plusieurs personnes faisaient cercle autour d'une enfant de trois ans qui toussait, s'étranglait, cherchait convulsivement à retrouver son souffle. Quelqu'un tapa dans le dos de la petite fille, sans résultat. D'autres s'efforçaient de donner des conseils mais ils étaient bien en peine de savoir que faire devant l'enfant qui ne respirait presque plus, et dont le visage virait au bleu.

6

Ayla se fraya un passage dans le groupe. Elle arriva près de l'enfant au moment où celle-ci perdait connaissance. Elle la prit dans ses bras, s'assit et posa la petite fille en travers de ses genoux. Après quoi, elle lui enfonça un doigt dans la bouche, pour voir si elle pouvait trouver l'obstacle. Sa tentative fut inutile. Ayla, alors, se releva, passa un bras autour de la taille de l'enfant, la renversa la tête en bas. Elle la frappa d'un coup sec entre les omoplates, puis, par-derrière, elle mit les deux mains autour de la petite forme inerte, la serra contre elle d'une secousse brutale.

Tous les témoins du drame avaient reculé et retenaient leur souffle. Ils observaient avec attention la jeune femme qui paraissait savoir ce qu'elle faisait. C'était une lutte désespérée pour libérer la gorge de l'enfant de l'obstacle qui la bloquait. Le cœur de la petite battait encore, mais elle avait cessé de respirer. Ayla l'allongea sur le sol, s'agenouilla près d'elle. Elle ramassa un vêtement, la pelisse de l'enfant, le roula sous sa nuque pour lui tenir la tête en arrière et la bouche ouverte. Elle prit le petit nez entre deux doigts, plaça sa bouche sur celle de Nuvie et aspira le plus fortement possible afin de créer une sorte de succion. Elle maintint son effort jusqu'à être elle-même près de perdre le souffle.

Brusquement, dans un petit claquement étouffé, elle

sentit quelque chose jaillir dans sa bouche, au risque de venir se loger dans sa propre gorge. Elle cracha un morceau de cartilage où adhéraient encore des fragments de viande. Ayla reprit longuement haleine, repoussa d'une secousse les mèches de cheveux qui lui retombaient sur le visage. Elle posa de nouveau sa bouche sur celle de la petite fille pour insuffler dans les poumons immobiles son propre souffle de vie. Le petit torse se souleva. Elle renouvela encore plusieurs fois l'opération.

Soudain, l'enfant se remit à tousser, à cracher, avant de prendre d'elle-même une longue inspiration. Elle s'était remise à respirer. Ayla l'aida à s'asseoir. Alors seulement, elle entendit Tronie qui sanglotait de soulagement en retrouvant sa fille vivante.

Ayla enfila sa pelisse et rejeta le capuchon en arrière, avant d'explorer du regard la rangée de foyers. Dans le dernier, celui de l'Aurochs, elle vit Deegie : debout près du feu, elle brossait ses beaux cheveux couleur de feuille morte et les nouait en chignon, tout en parlant à quelqu'un qui se tenait sur une plate-forme. Au cours des derniers jours, Ayla et Deegie étaient devenues de bonnes amies et, le matin, elles sortaient le plus souvent ensemble. Deegie enfonça dans son chignon une longue épingle d'ivoire, salua Ayla de la main et lui fit signe : « Attends-moi. Je vais avec toi. »

Tronie était assise sur l'une des couches, dans le foyer voisin de celui du Mammouth. Elle donnait le sein à Hartal. Elle sourit à Ayla, l'appela de la main. Ayla pénétra dans l'espace qui constituait le Foyer du Renne. Elle s'assit près de la jeune femme, se pencha vers le bébé pour lui gazouiller quelques mots et le chatouiller. Il lâcha le sein un instant, gloussa, agita les jambes, avant de tendre la main vers sa mère pour se remettre à téter.

— Il te connaît déjà, Ayla, dit Tronie.

— Hartal est petit enfant heureux, en bonne santé. Pousse vite. Où est Nuvie ?

— Manuv l'a emmenée dehors tout à l'heure. Il s'occupe si bien d'elle. Je suis heureuse qu'il soit venu vivre avec nous. Tornec a une sœur, et Manuv aurait pu aller vivre avec elle. Les vieux et les jeunes s'entendent toujours bien, semble-t-il, mais Manuv passe presque tout son temps avec cette petite et il est incapable de lui refuser quelque chose. Surtout depuis que nous avons failli la perdre.

La jeune mère redressa le bébé contre son épaule, lui tapota le dos. Elle se retourna ensuite vers Ayla.

— Je n'ai pas eu l'occasion de te parler en particulier. Je voudrais te remercier encore une fois. Nous t'avons tous beaucoup de reconnaissance... J'ai eu si peur qu'elle ne fût... J'en fais encore des cauchemars. Je ne savais plus que faire. Je me demande ce que je serais devenue si tu n'avais pas été là...

Les larmes lui vinrent aux yeux. Sa voix s'étrangla.

— Tronie, ne dis rien. Est ma... je ne sais pas mot... J'ai connaissances... Est nécessaire... pour moi.

Ayla vit Deegie traverser le Foyer de la Grue. Fralie l'observait, remarqua-t-elle. Les yeux de la femme étaient soulignés de larges cernes. Elle semblait anormalement fatiguée. Ayla l'avait surveillée attentivement : la grossesse de Fralie était assez avancée, pensait-elle, pour qu'elle n'eût plus à souffrir de nausées matinales. Pourtant, elle vomissait encore fréquemment, et pas seulement le matin. Ayla aurait aimé lui faire subir un examen approfondi, mais, quand elle y avait fait allusion, Frebec avait provoqué un énorme tumulte. Qu'elle eût empêché quelqu'un de s'étouffer, avait-il affirmé, ne prouvait pas qu'elle s'y connût en maladies. Elle le prétendait, mais il n'était pas convaincu et il ne voulait pas voir une étrangère donner de mauvais conseils à Fralie. Cet éclat fournit à Crozie une bonne raison de s'élever contre lui. Finalement, pour mettre fin à leur querelle, Fralie déclara qu'elle se sentait très bien et n'avait aucun besoin de consulter Ayla.

Avec un sourire encourageant à l'adresse de la malheureuse, Ayla se munit d'une outre vide et, avec Deegie, se dirigea vers l'entrée. Dans le Foyer du Renard, Ranec leva la tête à leur passage et les suivit des yeux. La jeune femme eut nettement l'impression qu'il ne la quittait pas du regard tout le temps qu'il lui fallut pour traverser le Foyer du Lion et la salle où l'on faisait la cuisine. En atteignant la voûte d'entrée, elle dut faire un effort pour ne pas se retourner.

Les deux amies soulevèrent le rabat de cuir. Ayla battit des paupières devant l'éclat inattendu d'un soleil qui brillait intensément dans un ciel bleu aveuglant. C'était l'une de ces journées d'automne d'une douce tiédeur, un véritable don du ciel à garder en mémoire durant la saison où les vents rageurs, les violentes tempêtes, le froid cruel seraient le lot quotidien. Ayla sourit de bonheur. Brusquement, un souvenir lui revint : elle n'y avait pas songé depuis des années. Uba était née par un jour semblable, en ce premier automne qu'elle avait vécu au sein du Clan, après avoir été découverte par Iza.

L'habitation semi-souterraine et l'espace aplani devant son entrée avaient été aménagés à même une pente exposée à l'ouest, à peu près à mi-hauteur. On avait de là une vue étendue, et la jeune femme s'immobilisa un instant pour la contempler. Le cours de la rivière miroitait, étincelait. Il murmurait une musique de fond aux jeux combinés du soleil et de l'eau. Plus loin, dans la brume, Ayla distinguait un escarpement tout semblable. La large rivière, qui creusait son lit à travers les vastes steppes, était flanquée de remparts usés par l'érosion.

Depuis l'épaulement arrondi du plateau, en haut de la pente, jusqu'à l'immense plaine inondable, en bas, le sol de riche lœss était creusé de profondes ravines, l'œuvre de la pluie, de la fonte des neiges, des coulées des grands glaciers vers le nord, au printemps. Quelques mélèzes, quelques sapins dressaient leurs rares silhouettes vertes, droites et rigides, au-dessus du fouillis d'arbustes dépouillés de leurs feuilles qui couvraient la partie inférieure de la pente. En aval, le long de la berge, les lances de massettes se mêlaient aux joncs et aux roseaux. En amont, la vue était bloquée par un coude de la rivière, mais Ayla voyait Whinney et Rapide qui paissaient l'herbe sèche.

Une motte de terre vint s'émietter à ses pieds. Surprise, elle leva les yeux, se trouva sous le bleu éclatant du regard de Jondalar. Talut était avec lui et souriait largement. La jeune femme s'étonna de voir plusieurs autres personnes juchées sur l'abri.

— Monte, Ayla. Je vais t'aider, dit Jondalar.

— Pas maintenant. Je viens tout juste de sortir. Que faites-vous, là-haut ?

— Nous posons des bateaux ronds sur les trous à fumée, expliqua Talut.

— Quoi ?

— Viens donc. Je t'expliquerai, fit Deegie. J'ai une envie pressante.

Les deux jeunes femmes se dirigèrent ensemble vers une ravine proche. Des marches grossières avaient été taillées dans la paroi abrupte. On atteignit par là une rangée de grandes omoplates de mammouths, qu'on avait percées d'un trou et fixées au-dessus d'une partie plus profonde de la ravine. Ayla se plaça sur l'une d'elles, dénoua la lanière qui retenait ses jambières et baissa celles-ci. Elle s'accroupit ensuite au-dessus du trou, à côté de Deegie. Elle se demandait, une fois de plus, pourquoi elle n'avait pas pensé à cette position quand ses vêtements la gênaient tant. Elle l'avait trouvée si simple, si évidente, après avoir vu Deegie agir ainsi. On jetait aussi dans la ravine le contenu des paniers utilisés la nuit, ainsi que d'autres déchets : le tout serait emporté par l'eau au printemps.

Elles remontèrent, pour redescendre vers la rivière le long d'un large ravin. Un ruisselet, dont la source, plus au nord, était déjà gelée, coulait petitement au milieu. Au changement de saison, il y aurait là un torrent furieux. Sur la berge de la rivière, on avait empilé quelques calottes crâniennes de mammouths qui formaient cuvettes. A côté se trouvaient des espèces de louches à longs manches, grossièrement façonnées à partir de tibias.

Les deux femmes remplirent les cuvettes d'eau puisée à la rivière. Ayla s'était munie d'un petit sac d'où elle sortit des pétales séchés qui avaient naguère formé les fleurs bleu pâle du ceanothus, riche en saponine. Elle en versa quelques-unes entre les paumes de sa compagne et les siennes. En les frottant entre des mains mouillées, on créait une substance mousseuse, un peu abrasive, qui laissait sur la peau un parfum léger. Ayla cassa une petite branche, en mâchonna l'extrémité et s'en servit pour se brosser les dents : c'était une habitude qu'elle avait prise de Jondalar.

— C'est quoi, un bateau rond ? demanda-t-elle.

Deegie et elle revenaient vers l'habitation. Elles portaient à elles deux une panse de bison qu'elles avaient remplie d'eau.

— Nous nous en servons pour traverser la rivière quand le courant n'est pas trop fort. On commence par monter une armature de bois et d'os en forme de bol, qui peut contenir deux personnes, trois au plus, et on la recouvre de peau, le plus souvent huilée. Les bois de mégacéros, une fois taillés, font de bonnes rames, pour pousser le bateau sur l'eau, expliqua Deegie.

— Pourquoi mettre bateaux ronds au-dessus de galerie ?

— Nous les rangeons toujours là-haut quand nous ne nous en servons pas mais, en hiver, nous les plaçons sur les trous à fumée, pour empêcher la pluie et la neige d'y pénétrer. Il faut ménager un espace pour le passage de la fumée et afin de pouvoir, de l'intérieur, déplacer le bateau et le secouer, lorsque la neige s'accumule.

Tout en marchant, Ayla se félicitait de connaître Deegie. Uba avait été pour elle une sœur, et elle l'aimait, mais Uba était plus jeune, et c'était la véritable fille d'Iza, ce qui avait toujours fait une différence. Jamais Ayla n'avait connu une fille de son âge qui semblait comprendre tout ce qu'elle disait, et avec laquelle elle avait tant en commun.

Elles posèrent la lourde panse sur le sol afin de prendre un instant de repos.

— Ayla, montre-moi comment on dit « je t'aime » avec les mains. Je le ferai pour Branag quand je le reverrai, dit Deegie.

— Clan n'a pas signe comme ça.

— Ils ne s'aiment donc pas ? A t'entendre, ils paraissaient tellement humains. Je pensais qu'ils pouvaient éprouver l'amour.

— Oui, ils s'aiment mais ils sont... discrets... Non, n'est pas bon mot...

— « Subtils » est le mot que tu cherches, je crois.

— Subtils... dans la manière montrer sentiments. Mère pourrait dire à enfant : « Tu remplis moi de bonheur », continua Ayla, en faisant pour Deegie le signe correspondant. Mais femme ne serait pas si... ouverte... non, franche ?

Ayla attendit l'approbation de Deegie, avant de poursuivre :

— Franche à propos de sentiments pour homme.

Son amie était intriguée.

— Que ferait-elle ? J'ai bien dû faire connaître mes sentiments à Branag, quand j'ai découvert qu'il m'avait observée, aux Réunions d'Eté, comme je l'avais fait moi-même pour lui. Je me demande ce que j'aurais fait si je n'avais pas pu lui parler.

— Femme de Clan ne parle pas, elle montre. Femme fait choses pour homme qu'elle aime, prépare nourriture préférée, donne infusion préférée le matin, quand il s'éveille. Fait vêtements particuliers : vêtements de dessous avec peau très souple ou mocassins avec fourrure dedans. Encore mieux si femme sait ce qu'il veut avant qu'il demande. Montre elle est très attentive à apprendre habitudes, caractère, elle connaît homme, elle aime.

Deegie hocha la tête.

— C'est un moyen de prouver son amour. C'est très bien de chercher à se faire plaisir l'un à l'autre. Mais comment une femme peut-elle savoir que l'homme l'aime ? Que fait un homme pour une femme ?

— Un jour, Goov court danger pour tuer léopard des neiges qui faisait peur à Ovra parce que rôdait trop près de caverne. Elle sait il a tué pour elle. Pourtant, il donne peau à Creb, et Iza fait avec vêtement pour moi, expliqua Ayla.

— Ça, c'est très subtil. Je ne sais pas trop si j'aurais compris, fit Deegie en riant. Comment sais-tu qu'il l'a fait pour elle ?

— Ovra m'a dit, plus tard. Savais pas, alors. Encore jeune. Apprenais encore. Signes par mains pas langage entier de Clan. Beaucoup plus dit par visage, yeux, corps. Façon de marcher, tourner tête, raidir épaules dit plus que mots, si tu connais sens. Très long temps nécessaire pour apprendre langage de Clan.

— J'en suis surprise : tu as si vite appris le mamutoï ! Je t'observe : tu fais des progrès de jour en jour. Je voudrais bien avoir ton don des langues.

— Parle pas encore bien. Beaucoup mots ne sais pas. Mais pense à mots comme langage de Clan. Ecoute mots et regarde air de visage, écoute sons, sens comment mots s'accordent, vois comment corps bouge... Essaie me rappeler. Quand montre, à Rydag et autres, signes par mains, apprends aussi. Apprends mieux langage à vous. Dois apprendre, Deegie, ajouta Ayla, avec une ardeur qui traduisait sa volonté.

— Ce n'est pas seulement un jeu pour toi, n'est-ce pas ? Comme les signes pour nous ? C'est amusant de penser qu'à la Réunion d'Eté, nous pourrons converser entre nous sans que personne s'en doute.

— Suis heureuse tout le monde s'amuse et veut savoir plus. Pour Rydag, s'amuse maintenant, mais n'est pas jeu pour lui.

— Non, tu as sans doute raison.

Elles firent un mouvement pour reprendre la panse pleine d'eau, mais Deegie s'arrêta, regarda Ayla.

— Au début, je ne comprenais pas pourquoi Nezzie avait voulu le garder. Mais je me suis habituée à lui et j'ai fini par me prendre d'affection à son égard. A présent, il est l'un d'entre nous. Il me manquerait s'il n'était plus là. Mais jamais il ne m'était venu à l'esprit qu'il pouvait avoir envie de parler. Je ne pensais pas qu'il en avait même l'idée.

A l'entrée de la galerie, Jondalar regardait approcher les deux jeunes femmes, absorbées par leur conversation. Il était heureux de voir Ayla s'adapter aussi bien. A bien y réfléchir, il semblait stupéfiant que, parmi tous les gens qu'ils auraient pu découvrir, le seul groupe qu'ils avaient rencontré avait accueilli un enfant d'esprits mêlés, ce qui les disposait plus que la plupart à accepter la jeune femme. Sur un point, pourtant, il ne s'était pas trompé : Ayla n'hésitait pas à parler de ses origines.

Au moins ne leur avait-elle rien dit de son fils, pensa-t-il. Une femme comme Nezzie pouvait bien ouvrir son cœur à un orphelin, mais comment aurait-on accueilli une jeune femme dont l'esprit s'était uni à celui d'une Tête Plate, et qui avait donné naissance à un monstre ? On pouvait toujours plus ou moins craindre que la chose ne se reproduisît, et, si elle attirait à elle cette sorte de mauvais esprits, ne pourraient-ils pas s'en prendre à d'autres femmes, dans son voisinage ?

Le grand et bel homme se sentit tout à coup rougir. Ayla ne considère pas son fils comme un monstre, se dit-il, mortifié. Il avait marqué un mouvement de dégoût quand, pour la première fois, elle lui avait parlé de ce fils, et elle en avait été furieuse. Jamais il ne l'avait vue dans cet état. Mais son fils était son fils et elle ne ressentait visiblement aucune honte à son propos. Elle a raison, Doni me l'a dit en rêve. Les Têtes Plates... le Clan... sont des enfants de la Mère, eux aussi. Rydag, par exemple. Il possède bien plus d'intelligence que je n'aurais cru en trouver chez un être comme lui. Il est un peu différent des autres, mais c'est un être humain, et il attire l'affection.

Jondalar avait consacré au jeune garçon une partie de son temps. Il avait découvert en lui de l'intelligence, de la maturité et jusqu'à un certain sens de l'humour, particulièrement lorsqu'il était question de son aspect différent ou de sa faiblesse. Il avait lu de l'adoration dans les yeux de Rydag toutes les fois qu'il regardait Ayla. Celle-ci avait expliqué à Jondalar que, chez ceux du Clan, les garçons de l'âge de Rydag étaient déjà proches de l'âge viril. Peut-être aussi sa faiblesse l'avait-elle mûri plus vite que les autres.

Elle a raison. Je sais qu'elle ne se trompe pas à leur sujet. Mais si seulement elle pouvait ne pas parler d'eux. Ce serait tellement plus facile. Mais que penserais-tu si quelqu'un venait te dire de ne plus songer aux gens qui t'ont élevé, qui ont pris soin de toi ? Si elle n'a pas honte d'eux, pourquoi ne pas faire comme elle ? L'épreuve, après tout, n'a pas été si pénible. Frebec, de toute manière, est systématiquement désagréable. Mais elle ignore la façon dont les gens peuvent se retourner contre vous et contre ceux qui vous accompagnent.

Peut-être vaut-il mieux qu'elle ne le sache pas. Peut-être qu'il n'arrivera rien. Elle a déjà réussi à faire parler presque tout le Camp comme les Têtes Plates, y compris moi-même.

Après avoir constaté avec quelle ardeur presque tout le monde désirait apprendre le moyen qui servait aux gens du Clan pour communiquer entre eux, Jondalar avait assisté à quelques-unes des séances qui semblaient se tenir à l'improviste toutes les fois que quelqu'un posait des questions. Il s'était surpris à se prendre au jeu, à envoyer des signaux à distance, à faire des plaisanteries silencieuses — en disant une chose, par exemple, et en en exprimant une autre par signes derrière le dos de quelqu'un. La profondeur, l'étendue de ce langage muet le surprenaient encore.

— Jondalar, tu es tout rouge. A quoi pouvais-tu bien penser ? demanda Deegie d'un ton taquin, quand les deux jeunes femmes atteignirent l'entrée.

La question le prit au dépourvu, lui rappela la honte qu'il avait ressentie, et, dans son embarras, il rougit de plus belle.

— J'ai dû me tenir trop près du feu, marmonna-t-il en se détournant.

Pourquoi Jondalar dit-il des mots qui ne sont pas vrais ? se demanda Ayla. Elle avait remarqué les plis qui se creusaient sur son front, le trouble qui embrumait le bleu vif de ses yeux, avant qu'il tournât la tête. Ce n'est pas le feu qui l'a fait rougir. Ce sont des sentiments. Au moment précis où je crois que je commence à apprendre, il fait quelque chose que je ne comprends pas. Je l'observe, j'essaie de faire très attention. Tout a l'air merveilleux. Et, tout à coup, sans raison, il est furieux. Je vois bien qu'il est furieux mais je ne vois pas la raison. C'est comme dans les jeux, quand on dit une chose avec les mots et une autre avec les signes. Comme les fois où il dit des mots aimables à Ranec, mais où son corps montre qu'il est en colère. Pourquoi Ranec le rend-il furieux ? Et maintenant, quelque chose le tourmente, mais il dit que le feu lui a donné chaud. Qu'est-ce que j'ai fait de mal ? Pourquoi ne puis-je le comprendre ? Apprendrai-je jamais ?

Tous trois, en se détournant pour rentrer, faillirent se heurter à Talut qui sortait de la galerie.

— Je partais à ta recherche, Jondalar, dit l'Homme Qui Ordonne. Je ne veux pas perdre une si belle journée et Wymez, sur le chemin du retour, a fait sans le vouloir un peu de reconnaissance. Il dit qu'ils sont passés près d'un troupeau de bisons. Quand nous aurons mangé, nous allons partir à leur recherche. Veux-tu venir avec nous ?

— Oui, certainement, répondit Jondalar, avec un large sourire.

— J'ai demandé à Mamut de nous dire si le temps était propice et de demander aux esprits si le troupeau ne s'était pas trop éloigné. Les signes sont bons, dit-il. Il a dit autre chose, aussi, que je ne comprends pas bien. Il a dit : « Par où l'on sort est en même temps par où l'on entre. » Tu vois un sens à ça, toi ?

— Non, mais ça n'a rien d'inhabituel. Ceux qui servent la Mère disent souvent des choses que je ne comprends pas, fit Jondalar en souriant. Quand ils parlent, c'est avec des ombres sur la langue.

— Je me demande parfois s'ils savent ce qu'ils veulent dire, déclara Talut.

— Si nous allons à la chasse, j'aimerais te montrer quelque chose qui pourrait nous être utile.

Jondalar conduisit les autres jusqu'à la plate-forme où il dormait avec Ayla, dans le Foyer du Mammouth. Il prit une poignée de lances-sagaies légères et un instrument que Talut n'avait jamais vu.

— J'ai eu l'idée dans la vallée d'Ayla, et, depuis, nous nous en sommes servis à la chasse.

La jeune femme restait à l'écart et observait les autres. Elle sentait une terrible tension monter en elle. Elle avait désespérément envie de faire partie de l'équipe des chasseurs, mais, chez ces gens-là, les femmes avaient-elles le droit de chasser ? Elle avait beaucoup souffert à ce propos, par le passé. Le Clan interdisait aux femmes de chasser ou même de toucher aux armes de chasse. En dépit de ce tabou, elle avait appris toute seule à se servir d'une fronde, et le châtiment avait été sévère quand on avait découvert cette infraction aux règles. Après l'avoir subi sans dommage, elle avait été autorisée à chasser dans de strictes limites, afin d'apaiser son puissant totem qui l'avait protégée. Mais sa participation à cette activité d'hommes avait fourni à Broud une raison supplémentaire de la détester et, en fin de compte, avait contribué à son bannissement.

Pourtant, lorsqu'elle vivait seule dans sa vallée, sa fronde avait augmenté ses chances de survie et l'avait stimulée, encouragée à développer ses capacités. Ayla avait survécu parce que les talents qu'elle avait acquis comme membre féminin du Clan, joints à une intelligence et à un courage qui lui étaient propres, lui avaient permis de se tirer d'affaire toute seule. Mais la chasse lui avait apporté plus que l'assurance de ne dépendre que d'elle-même : elle en était venue à symboliser pour elle l'indépendance et la liberté qui en étaient le résultat naturel. Elle n'y renoncerait pas volontiers.

— Ayla, pourquoi ne pas prendre, toi aussi, ton lance-sagaie ? dit Jondalar. (Il se tourna vers Talut.) Je possède une force plus grande, mais Ayla vise plus juste que moi. Mieux que moi, elle pourra te montrer ce que peut faire cet instrument. En vérité, si tu veux assister à une démonstration de précision, tu devrais la voir se servir d'une fronde. Son habileté dans ce domaine, je crois, lui donne un avantage avec ce propulseur.

Ayla reprit son souffle, sans même avoir eu conscience de l'avoir retenu. Pendant que Jondalar continuait à parler avec Talut, elle alla chercher son propulseur et ses sagaies. Elle avait encore peine à croire que cet homme, qui faisait partie des Autres, avait accepté son désir de chasser et son habileté dans cette activité. Il parlait tout naturellement de son talent et semblait assuré que Talut et le Camp du Lion accepteraient eux aussi de la voir se joindre à eux. Elle jeta un coup d'œil vers Deegie : qu'allait en penser une femme ?

— Si tu dois utiliser une nouvelle arme à la chasse, Talut, tu devrais en avertir ma mère, déclara Deegie. Tu sais qu'elle voudra la voir, elle aussi. Je ferais bien d'aller chercher mes sagaies et mon équipement. Une tente aussi : nous passerons probablement la nuit.

Après le repas du matin, Talut fit signe à Wymez. Dans le foyer où l'on faisait la cuisine, ils s'accroupirent près de l'un des petits feux, là où le sol était recouvert d'une fine poussière, et où la lumière tombait droit sur eux du trou de fumée. Un outil, fait d'un tibia de cerf, était enfoncé en terre. Il avait la forme d'un couteau ou d'une dague très aiguë. Un bord droit, non effilé, allait de la cavité de la rotule jusqu'à la pointe. Talut le prit par l'extrémité la plus large. Il se servit du tranchant émoussé pour aplanir la poussière, avant d'utiliser la pointe pour dessiner sur cette surface des lignes et des signes. Plusieurs personnes se groupèrent alentour.

— Wymez dit qu'il a vu les bisons non loin des trois affleurements rocheux qu'on trouve vers le nord-est, près de l'affluent de la petite rivière qui se déverse en amont, entreprit d'expliquer l'Homme Qui Ordonne.

En même temps, il dessinait une carte grossière de la région.

C'était plutôt un dessin schématique qu'une reproduction visuelle approximative. Il n'était pas nécessaire de reproduire le lieu avec précision. Les gens du Camp du Lion connaissaient parfaitement leur région, et le dessin n'était qu'un aide-mémoire destiné à leur rappeler un endroit qui leur était familier. Il consistait en lignes et en signes conventionnels qui représentaient des points de repère ou des idées déjà acquises.

La carte de Talut ne montrait pas le cours de la rivière à travers le territoire : elle ne représentait pas le paysage à vol d'oiseau. Talut figura la rivière par des chevrons qu'il rattacha aux deux extrémités d'une ligne droite pour indiquer un affluent. Dans leur environnement plat, les rivières étaient des étendues d'eau qui, parfois, se rejoignaient.

Ils savaient d'où venaient les rivières et où elles conduisaient. Ils n'ignoraient pas qu'on pouvait les suivre pour gagner certaines destinations. Mais on avait aussi d'autres points de repère, et un épaulement rocheux était moins susceptible de changer d'aspect.

Dans une région si proche d'un glacier et pourtant sujette aux changements saisonniers, la glace et le gel permanent de certaines couches de terrain pouvaient entraîner d'incroyables altérations du paysage. La fonte des glaces et le déluge qui s'ensuivait pouvaient modifier le cours d'une rivière d'une saison à l'autre, comme les monticules de glace de l'hiver se transformaient l'été en bourbiers. Les chasseurs de mammouths pensaient leur territoire comme un tout, dont les rivières étaient seulement un élément.

Talut ne concevait pas d'utiliser une échelle pour figurer la longueur d'un cours d'eau ou d'une piste selon des unités bien définies. De telles mesures n'avaient pas grande signification. Pour ces hommes, l'éloignement d'un lieu par rapport à un autre ne se mesurait pas : il s'agissait de savoir combien de temps il faudrait pour couvrir la distance, et cela se présentait plus aisément par une série de lignes correspondant au nombre de jours ou par quelque autre figuration par signes. Même ainsi, un endroit déterminé pouvait être plus éloigné pour certains marcheurs que pour d'autres ou paraître plus lointain selon la saison, parce qu'il faudrait parfois plus de temps pour s'y rendre. La distance parcourue par le Camp tout entier se mesurait au laps de temps qu'il faudrait au plus lent d'entre eux pour parvenir au but. La carte de Talut était parfaitement claire pour les membres du Camp du Lion, mais Ayla l'examinait d'un air à la fois fasciné et perplexe.

— Wymez, montre-moi où ils étaient, dit Talut.

— Du côté sud de l'affluent.

Wymez prit le couteau en os, ajouta quelques lignes supplémentaires.

— Le terrain est rocheux, avec des affleurements abrupts. Mais la plaine est vaste.

— S'ils continuent à remonter vers l'amont, déclara Tulie, il n'y a pas beaucoup d'issues de ce côté.

— Mamut, qu'en penses-tu ? demanda Talut. Tu as dit qu'ils ne s'étaient pas beaucoup éloignés.

Le vieux chaman prit à son tour le couteau à dessiner. Les paupières closes, il hésita un instant, avant de se mettre à faire d'autres marques.

— Il y a un cours d'eau qui vient se jeter dans la rivière, entre le deuxième et le dernier affleurement. Ils vont probablement vouloir passer par là, en croyant trouver une sortie.

— Je connais l'endroit ! fit Talut. Si on remonte le cours d'eau, la plaine se rétrécit, avant d'être enserrée par le rocher. C'est un bon endroit pour les piéger. Combien sont-ils ?

Wymez prit le couteau, marqua plusieurs lignes, hésita, en ajouta une autre.

— Je suis au moins certain d'avoir vu ce nombre-là.

Il replanta le couteau dans la terre. Tulie le reprit, ajouta trois autres marques.

— J'ai vu ceux-là, un peu en arrière du troupeau. L'un d'eux semblait plutôt jeune ou peut-être était-il plus faible.

Danug lui prit l'instrument, fit une marque supplémentaire.

— Il faisait partie d'une paire de jumeaux, je crois. J'ai vu l'autre un peu plus loin. Toi, Deegie, tu en as vu deux ?

— Je ne sais plus.

— Elle n'avait d'yeux que pour Branag, fit Wymez avec un sourire indulgent.

— L'endroit se trouve à peu près à une demi-journée d'ici, n'est-ce pas ? demanda Talut.

Wymez hocha la tête.

— Une demi-journée en marchant d'un bon pas.

— Alors, nous devrions partir tout de suite.

Pensif, l'Homme Qui Ordonne s'interrompit.

— Je ne suis pas allé là-bas depuis un certain temps. J'aimerais bien connaître la disposition du terrain. Je me demande...

Tulie devina la pensée de son frère.

— Quelqu'un qui serait disposé à courir arriverait là-bas plus vite et pourrait repartir à notre rencontre pour nous renseigner.

— C'est un long chemin... dit Talut, avec un coup d'œil vers Danug.

Le grand garçon dégingandé allait répondre, mais Ayla parla la première.

— N'est pas long chemin pour cheval. Cheval court vite. Pourrais aller sur Whinney... mais ne connais pas route.

D'abord surpris, Talut la gratifia d'un large sourire.

— Je pourrais te donner une carte ! Comme celle-ci, dit-il en désignant le tracé dessiné dans la poussière.

Il regarda autour de lui, découvrit un éclat d'ivoire, près du tas d'os qui servaient à alimenter les feux. Il prit sa lame en silex bien acérée.

— Regarde, tu vas vers le nord jusqu'au grand cours d'eau.

Il commença de graver des lignes en zigzag pour figurer l'eau.

— Tu dois d'abord en traverser un autre, plus petit. Ne les confonds pas.

Ayla fronçait les sourcils.

— Ne comprends pas carte. Jamais vu carte avant.

Talut, l'air désappointé, laissa retomber l'éclat d'ivoire sur le tas d'os.

— Quelqu'un ne pourrait-il pas accompagner Ayla ? suggéra Jondalar. La jument peut porter deux personnes. Nous l'avons déjà montée ensemble.

Talut retrouva son sourire.

— Voilà une bonne idée ! Qui veut y aller ?

— Moi ! Je connais le chemin, lança une voix, aussitôt suivie d'une autre.

— Moi aussi, je connais le chemin. Je reviens tout juste de cet endroit.

Latie et Danug s'étaient proposés tous les deux. Plusieurs autres semblaient prêts à les imiter.

Le regard de Talut alla de l'un à l'autre. Il haussa les épaules, ouvrit les mains toutes grandes et se tourna vers Ayla.

— A toi de choisir.

Elle regarda le jeune homme, presque aussi grand que Jondalar, avec ses cheveux roux comme ceux de Talut et le pâle duvet d'une barbe naissante. Elle posa ensuite ses yeux sur la mince fille, qui n'était pas encore tout à fait une femme mais n'en était plus bien loin, avec ses cheveux châtain clair qui ressemblaient à ceux de Nezzie. L'espoir brillait dans leurs deux regards.

Lequel choisir ? Danug était presque un homme : c'était lui qu'elle devait emmener, disait-elle. Mais, en Latie, elle voyait un peu d'elle-même, et elle se rappelait le regard de désir qu'elle avait remarqué chez la jeune fille, la première fois que Latie avait vu les chevaux.

— Whinney va plus vite, je crois, si pas trop de poids. Danug est homme...

Ayla accompagna ses paroles d'un grand sourire chaleureux.

— ... Pense Latie mieux cette fois.

Danug, l'air troublé, hocha la tête, recula. Il cherchait à maîtriser le flot d'émotions mêlées qui l'avaient soudain envahi. Il était cruellement déçu que le choix se fût porté sur Latie. Mais le sourire éblouissant d'Ayla, quand elle l'avait appelé un homme, lui avait fait monter le sang au visage et avait précipité les battements de son cœur, en même temps qu'il éprouvait d'autres sensations plus embarrassantes encore.

Latie courut passer la tenue en peau de renne, chaude et légère, qu'elle portait pour voyager. Elle entassa dans son sac les objets nécessaires, y ajouta les vivres et l'outre d'eau préparés par Nezzie. Quand elle se retrouva dehors, prête à partir, Ayla ne s'était pas encore changée. Elle regarda Jondalar aider celle-ci à fixer sur les flancs de la jument les paniers retenus par un harnais qu'Ayla avait inventé. La jeune femme plaça l'eau et les vivres dans l'un des paniers, par-dessus ses propres affaires, mit le sac de Latie dans l'autre. Accrochée d'une main à la crinière de la jument, elle lui sauta d'un bond rapide sur le dos. Jondalar aida la jeune fille à monter à son tour. Assise devant Ayla, Latie posa des yeux débordants de bonheur sur les gens de son Camp.

Danug, un peu timidement, s'approcha pour tendre à sa sœur l'éclat d'ivoire.

— Tiens, pour vous permettre de retrouver plus facilement l'endroit, j'ai fini la carte que Talut avait commencée.

— Oh, Danug, merci ! s'écria Latie.

Elle l'attrapa par le cou pour une étreinte affectueuse.

— Oui, merci, Danug, dit à son tour Ayla, avec ce même sourire qui le remuait si profondément.

Le visage de Danug prit la couleur de ses cheveux. Déjà, les deux cavalières commençaient à gravir la pente. Il leur fit signe de la main, la paume tournée vers l'intérieur pour signifier « revenez vite ».

Jondalar, un bras passé autour de l'encolure rouée du poulain qui, la tête dressée, naseaux au vent, s'efforçait de suivre sa mère, prit de l'autre bras le jeune homme par les épaules.

— Tu t'es très bien conduit. Tu avais envie d'y aller, je le sais. Mais je suis sûr que tu pourras monter la jument une autre fois.

Danug se contenta de répondre par un signe de tête. Ce n'était pas l'idée de monter la jument qui l'occupait à cet instant.

Quand elles atteignirent les steppes, Ayla, par de subtiles pressions, par de petits mouvements de son corps, transmit des indications à la jument, et Whinney se lança au galop, en direction du nord. La vitesse brouillait le sol sous les sabots rapides. Latie avait peine à imaginer qu'elle filait à travers les steppes sur le dos d'un cheval. Dès le départ, elle avait souri de joie, et le sourire s'attardait sur ses lèvres, même si, parfois, elle fermait les yeux, se tendait en avant, pour le plaisir de sentir le vent lui fouetter le visage. Elle aurait été incapable de décrire le bonheur qu'elle éprouvait. Jamais elle n'avait rêvé rien de semblable.

Les autres chasseurs se mirent en marche peu de temps après elles. Tous ceux qui étaient capables de marcher et qui voulaient se joindre à eux les accompagnèrent. Le Foyer du Lion envoyait trois chasseurs. Latie était encore très jeune, et il y avait peu de temps qu'on lui permettait de partir avec Talut et Danug. Elle se montrait toujours enthousiaste, comme l'avait été sa mère lorsqu'elle était plus jeune, mais, à présent, Nezzie allait rarement à la chasse. Elle restait au foyer, pour s'occuper de Rugie et de Rydag et pour aider à veiller sur d'autres jeunes enfants. Depuis le jour où elle avait adopté Rydag, elle était rarement sortie.

Le Foyer du Renard n'avait que deux hommes, Wymez et Ranec, qui chassaient tous les deux, mais, au Foyer du Mammouth, il n'y avait pas de chasseurs, sinon Ayla et Jondalar, les visiteurs : Mamut était trop âgé.

Manuv aurait aimé les accompagner, mais il resta au Camp pour ne pas les ralentir. Tronie aussi, avec Nuvie et Hartal. Sauf, de temps à autre, pour une expédition où les enfants eux-mêmes pouvaient se rendre utiles, elle n'allait plus chasser, elle non plus. Tornec était le seul chasseur du Foyer du Renne, comme Frebec était le seul du Foyer de la Grue. Fralie et Crozie restèrent au Camp, avec Crisavec et Tasher.

Tulie s'était presque toujours arrangée pour partir à la chasse, même du temps où elle avait des enfants en bas âge, et le Foyer de l'Aurochs était bien représenté. Mis à part la Femme Qui Ordonne, Barzec, Deegie et Druwez partaient aussi. Brinan fit de son mieux pour convaincre sa mère de l'autoriser à les accompagner mais, avec sa sœur Tusie, il fut laissé aux soins de Nezzie, avec la promesse qu'il serait bientôt assez grand.

Le groupe de chasseurs gravit la pente, et, dès qu'ils se trouvèrent en terrain plat, Talut leur fit presser le pas.

— Je crois, moi aussi, que la journée est trop belle pour qu'on la perde, déclara Nezzie, en reposant sa coupe d'une main ferme.

Elle s'adressait au petit groupe qui, après le départ des chasseurs, s'était rassemblé autour du feu allumé dehors. Tout le monde achevait le repas du matin en dégustant une infusion.

— Les grains sont mûrs et secs, et j'ai envie, depuis un bon moment, d'aller en faire une dernière récolte. Si nous nous dirigeons vers le bouquet de sapins, près du petit ruisseau, nous pourrons aussi ramasser les graines des cônes, si nous en avons le temps. Quelqu'un veut-il venir ?

— Fralie ne devrait pas aller aussi loin, j'en suis sûre, dit Crozie.

— Oh, mère, protesta sa fille. Une promenade me fera du bien. Quand le temps va se gâter, nous serons tous obligés de rester enfermés. Cela viendra bien assez tôt. J'aimerais t'accompagner, Nezzie.

— Alors, il vaut mieux que j'y aille moi aussi, pour t'aider à t'occuper des enfants, déclara Crozie, comme si elle s'imposait un grand sacrifice.

En réalité, l'idée d'une sortie la tentait.

Tronie, elle, ne cacha pas son plaisir.

— Quelle bonne idée, Nezzie. Je pourrai caser Hartal dans ma hotte, et ça me permettra de porter Nuvie quand elle sera fatiguée. Passer une journée dehors : voilà qui me plairait par-dessus tout.

— Je me chargerai de Nuvie. Tu n'auras pas besoin d'en porter deux, dit Manuv. Mais je ramasserai les graines de cônes, je pense, et je vous laisserai récolter le grain.

— Je crois que je vais, moi aussi, vous accompagner, Nezzie, décida Mamut. Peut-être Rydag accepterait-il de tenir compagnie à un vieil homme. Il m'apprendra peut-être d'autres signes d'Ayla, puisqu'il est si doué pour ça.

— Toi, très bon pour signes, Mamut, exprima Rydag avec ses doigts. Toi apprendre vite. Toi peut-être apprendre à moi.

— Nous nous enseignerons peut-être l'un l'autre, répondit Mamut dans le même langage.

Nezzie souriait. Le vieillard n'avait jamais traité l'enfant d'esprits mêlés autrement que les autres enfants du Camp, sinon pour prendre en considération sa faiblesse, et il l'avait souvent aidée à prendre soin de Rydag. Un lien tout particulier semblait exister entre eux. Nezzie soupçonnait Mamut de vouloir les accompagner afin d'occuper le petit garçon pendant que les autres travailleraient. Il veillerait aussi, elle le savait, à ce que personne, sans le vouloir, ne pressât Rydag d'avancer plus vite qu'il ne le pouvait. S'il voyait l'enfant faire des efforts exagérés, il ralentirait lui-même et mettrait sa lenteur sur le compte de son grand âge. Cela lui était déjà arrivé.

Quand tout le monde fut réuni avec des paniers, des peaux à étendre sur le sol, des outres pleines d'eau et les vivres nécessaires pour le repas de midi, Mamut plaça devant la voûte d'entrée, à même la terre, la statuette d'une femme aux formes pleines, sculptée dans l'ivoire. Il prononça quelques mots qu'il était le seul à comprendre, fit quelques gestes d'invocation. Tous les habitants du Camp allaient être absents, l'abri serait désert. Il priait l'Esprit de Mut, la Grande Mère, de garder et protéger leur habitation en leur absence.

Nul ne tenterait de violer cette « défense d'entrer » signifiée par l'effigie de la Mère placée sur le seuil. A moins de nécessité absolue, nul n'oserait affronter les conséquences qui résulteraient, croyait-on, de cette violation. Même en cas de grande détresse — si quelqu'un, par exemple, était blessé ou se trouvait pris dans une tempête de neige et avait absolument besoin d'un refuge —, on commencerait par prendre des mesures immédiates afin d'apaiser la colère et peut-être même la vengeance de la protectrice. La personne, la famille ou le Camp mis en cause paierait le plus tôt possible une compensation bien supérieure à tout ce qui aurait été utilisé. Les membres du Foyer du Mammouth recevraient des dons, des offrandes, pour apaiser l'Esprit de la Grande Mère par des explications, des prières, des promesses de bonnes actions ou de compensations futures. Le geste de Mamut était plus efficace que n'importe quel système de fermeture.

Quand Mamut tourna le dos à l'entrée, Nezzie hissa une hotte sur son dos, ajusta sur son front la courroie de soutien. Elle souleva Rydag, le plaça à califourchon sur son ample hanche afin de le porter jusqu'au haut de la colline. Après quoi, poussant devant elle Rugie, Tusie et Brinan, elle se mit en route vers les steppes. Les autres suivirent. Bientôt, la seconde moitié du Camp arpenta les vastes prairies, consacrant la journée à récolter les fruits et les graines semés par la Grande Mère Terre pour les leur offrir. Ce travail, cette contribution à la vie de tous, n'était pas considéré comme moins valable que l'activité des chasseurs. En même temps, on prenait plaisir à être ensemble, à se partager la tâche.

Au milieu de gerbes d'éclaboussures, Ayla et Latie traversèrent un premier cours d'eau. La jeune femme ralentit l'allure de la jument avant d'atteindre la rivière suivante, déjà plus large.

— C'est ça nous suivons ? demanda-t-elle.

— Non, je ne crois pas, répondit Latie.

Elle consulta les marques tracées sur l'éclat d'ivoire.

— Non. Regarde ici : c'est le premier cours d'eau que nous venons de franchir. Il faut traverser celui-là aussi. Le suivant, nous le longeons vers l'amont.

— Pas profond ici, on dirait. Bon endroit pour traverser ?

La jeune fille promena son regard d'amont en aval.

— Il y a un meilleur endroit un peu plus haut. Là, nous n'aurons qu'à ôter nos bottes et à relever nos jambières.

Elles se dirigèrent vers l'amont, mais, quand elles atteignirent le passage à gué, où l'eau écumait autour des rochers en saillie, Ayla ne s'arrêta pas. Elle engagea Whinney dans la rivière, la laissant choisir son chemin. De l'autre côté la jument reprit le galop, et Latie retrouva son sourire.

— Nous ne nous sommes même pas mouillé les pieds ! s'exclama-t-elle. Quelques éclaboussures, c'est tout !

Au cours d'eau suivant, elles prirent la direction du levant. Ayla ralentit l'allure pour permettre à Whinney de se reposer un peu. Même ainsi, la jument avançait beaucoup plus vite qu'un homme à pied, et elles couvrirent en peu de temps une grande distance. Au fil de leur route, le terrain changea, se fit plus difficile. Il s'élevait de plus en plus. Quand Ayla arrêta leur monture pour désigner d'un geste un cours d'eau qui sur l'autre rive venait former un V très ouvert avec celui qu'elles longeaient, Latie fut surprise. Elle ne s'était pas attendue à voir si tôt l'affluent, mais Ayla avait remarqué dans le courant des turbulences qui l'avaient avertie. De l'endroit où elles se trouvaient, on voyait trois affleurements rocheux : un escarpement aux arêtes vives, de l'autre côté de la rivière, et deux autres, du côté où étaient les deux femmes, un peu en amont et formant un angle avec le cours d'eau.

Elles reprirent leur route. L'eau, remarquèrent-elles, obliquait vers les affleurements. En approchant, elles découvrirent que la rivière passait entre les deux. Un peu plus loin, Ayla vit quelques bisons à la rude et sombre toison qui paissaient les joncs et les roseaux au bord de l'eau. Le bras tendu, elle murmura à l'oreille de Latie :

— Ne parle pas fort. Regarde.

— Ils sont là ! s'exclama la jeune fille d'une voix étouffée.

Elle s'efforçait de contenir sa surexcitation.

Ayla tourna la tête de côté et d'autre, s'humecta un doigt, le leva pour savoir d'où venait le vent.

— Vent souffle vers nous. Bon. Pas vouloir déranger avant moment chasser. Bison connaît chevaux. Sur Whinney, allons plus près mais pas trop.

Prudemment elle guida la jument dans un large tour à une bonne distance des animaux, pour s'assurer de ce qu'elle pourrait trouver en amont, et revint par le même chemin. Une énorme vieille femelle, sans cesser de ruminer, leva la tête à leur passage. Le bout d'une de ses cornes était brisé. La jeune femme ralentit l'allure, laissa Whinney revenir aux mouvements qui lui étaient naturels, tandis que ses deux cavalières retenaient leur souffle. La jument s'arrêta, baissa la tête pour brouter quelques brins d'herbe. Les chevaux, habituellement, ne paissent pas quand ils sont inquiets. L'action parut rassurer le bison qui, de son côté, se remit à paître. Le plus rapidement possible, Ayla contourna le petit troupeau, avant de remettre Whinney au galop en aval. En atteignant les points de repère qu'elle avait marqués à l'aller, elle reprit la direction du sud. Après avoir traversé le cours d'eau suivant, elles s'arrêtèrent pour laisser Whinney s'abreuver et pour boire elles-mêmes, avant de poursuivre leur route.

Le groupe des chasseurs venait de traverser le premier petit cours d'eau quand Jondalar remarqua que Rapide tirait sur sa longe. Il vit alors un nuage de poussière qui se déplaçait dans leur direction. Il frappa sur l'épaule de Talut, tendit le bras. L'Homme Qui Ordonne regarda au loin, vit Ayla et Latie montées sur Whinney, qui arrivaient au galop. Les chasseurs n'eurent pas longtemps à attendre : bientôt la jument et ses cavalières s'immobilisèrent. Le visage de Latie s'illuminait d'un sourire d'extase, ses yeux étincelaient, ses joues étaient empourprées. Talut l'aida à descendre. Ayla jeta une jambe par-dessus l'encolure et se laissa glisser à terre. Le petit groupe se serra autour d'elles.

— Vous ne les avez pas trouvés ? demanda Talut.

Il exprimait l'inquiétude générale. Une seule autre personne en fit autant, presque en même temps mais sur un ton tout différent.

— Elles n'ont même pas réussi à les trouver. Je pensais bien que courir en avant sur un cheval ne servirait à rien, ricana Frebec.

Latie réagit, d'une voix où la surprise se mêlait à la fureur.

— Nous n'avons « même pas réussi à les trouver », dis-tu ? Eh bien, nous avons découvert l'endroit. Nous avons même vu les bisons !

— Veux-tu dire par là que vous avez déjà fait l'aller et le retour ? demanda-t-il.

Il secouait la tête d'un air incrédule.

Wymez, sans tenir compte de la question insidieuse de Frebec, s'adressa à la fille de sa sœur.

— Où sont-ils, maintenant ?

Latie s'approcha du panier accroché au flanc gauche de Whinney, en sortit l'éclat d'ivoire. Après avoir tiré son couteau de silex du fourreau assujetti à sa ceinture, elle s'assit à même le sol, entreprit de graver dans l'ivoire quelques marques nouvelles.

— La fourche sud, dit-elle, passe entre deux affleurements, ici.

Wymez et Talut s'étaient assis à côté d'elle et hochaient la tête. Ayla et plusieurs autres se tenaient debout derrière la jeune fille.

— Les bisons sont de l'autre côté des affleurements, là où la plaine inondable s'ouvre plus largement, et où il reste encore de l'herbe verte près de l'eau. J'ai vu quatre jeunes...

Tout en parlant, elle gravait quatre courtes marques parallèles.

— Cinq, je crois, corrigea Ayla.

Latie leva les yeux vers elle, hocha la tête, ajouta une autre marque.

— Tu avais raison, Danug, à propos de jumeaux. Et ils sont très jeunes. Il y a sept femelles...

Elle se fit confirmer son affirmation par Ayla qui acquiesça d'un signe. Latie inscrivit sept lignes parallèles, un peu plus longues que les premières.

— ... dont quatre seulement ont des petits, je crois.

Elle réfléchit un instant.

— Il y avait d'autres bisons, plus loin.

— Cinq jeunes mâles, ajouta Ayla. Deux ou trois autres. Pas sûre. Peut-être autres on ne voit pas.

Un peu à part des premières marques, la jeune fille en ajouta trois autres, cette fois encore un peu plus courtes. Elle fit une petite encoche en forme d'Y, pour indiquer qu'elle en avait fini, que c'étaient tous les bisons qu'elles avaient dénombrés.

Talut lui prit des mains l'éclat d'ivoire, l'examina. Il se tourna vers Ayla.

— Tu n'as pas remarqué dans quelle direction ils allaient par hasard ?

— Vers amont, je pense. Nous faisons tour du troupeau, prudemment, sans effrayer. Pas traces autre côté, herbe pas broutée.

Talut hocha la tête, réfléchit un moment.

— Tu dis que tu as fait le tour du troupeau. Es-tu allée loin vers l'amont ?

— Oui.

— Si je me rappelle bien, la plaine va en se rétrécissant et finit par disparaître. Des rochers élevés enserrent la rivière, et il n'y a plus de sortie possible, c'est bien ça ?

— Oui. Mais peut-être sortie.

— Une sortie ? Comment ça ?

— Avant grands rochers, berges à pic, arbres, broussailles épaisses avec épines. Mais, près rochers, est lit cours d'eau à sec. Comme sentier très rude, je crois là est sortie.

Talut fronça les sourcils. Il regarda Wymez et Tulie, avant de partir d'un grand éclat de rire.

— Par où l'on sort est en même temps par où l'on entre. C'est ce qu'a dit Mamut !

Un instant interloqué, Wymez, lentement, eut un sourire de compréhension. Tulie les regardait tour à tour. La même expression naquit sur son visage.

— Mais oui ! Nous pouvons passer par là, élever une barrière pour les prendre au piège, revenir ensuite par l'autre bout et les pousser à l'intérieur, dit-elle.

Son explication dessinait pour tout le monde une image plus claire de l'opération.

— Quelqu'un devra observer le troupeau, pour s'assurer qu'il ne flaire pas notre approche et ne fait pas demi-tour vers l'amont pendant que nous élèverons notre barrière.

— Ça me paraît un rôle qui conviendra très bien à Danug et à Latie, fit Talut.

— A mon avis, Druwez pourrait les aider, ajouta Barzec. Et si, à ton avis, il faut quelqu'un d'autre, j'irai aussi.

— Entendu ! fit Talut. Pourquoi ne pas les accompagner, Barzec, et suivre la rivière vers l'amont ? Je connais un chemin plus court pour arriver au fond de la gorge. Nous prendrons le raccourci d'ici. Empêchez-les de bouger. Dès que le piège sera prêt, nous ferons le tour pour vous aider à les pousser dedans.

7

Le lit de ruisseau à sec était une tranchée de roc et de boue séchée qui ouvrait une entaille dans un flanc de colline abrupt, boisé, encombré de broussailles. Il conduisait à une plaine unie mais étroite, le long d'un cours d'eau torrentueux qui se précipitait, entre les rochers qui l'enserraient, par une série de rapides et de petites chutes d'eau. Ayla commença par descendre à pied et retourner ensuite chercher les chevaux. Whinney et Rapide étaient tous deux habitués au sentier à pic qui menait à sa caverne depuis la vallée. Ils descendirent sans grande difficulté.

Elle débarrassa Whinney de ses paniers et de son harnais, pour lui permettre de paître librement. Jondalar, lui, hésitait à ôter sa longe à Rapide : sans elle, ni lui ni Ayla n'exerçaient un contrôle suffisant sur le poulain, et celui-ci commençait à être assez grand pour se montrer difficile quand l'humeur lui en prenait. La longe ne l'empêcherait pas de paître : la jeune femme fut donc d'accord pour la lui laisser, bien qu'elle eût préféré lui accorder une totale liberté. Du coup, elle prit conscience de la différence entre Rapide et sa mère. Whinney avait toujours pu aller et venir à son gré, mais Ayla passait tout son temps avec la jument : elle n'avait pas d'autre compagnie. Rapide profitait de la présence de Whinney, mais il avait moins de contacts avec la jeune femme. Peut-être Jondalar ou elle-même devraient-ils lui consacrer plus de temps et essayer de le dresser, pensa-t-elle.

L'enceinte était déjà en voie de construction quand elle alla proposer son aide. La barrière était formée de tous les matériaux que les chasseurs pouvaient se procurer ; des rochers, des ossements, des arbres et des branches, qu'on superposait et qu'on entrelaçait. La vie animale riche et variée des plaines se renouvelait constamment. Les vieux ossements disséminés à travers tout le paysage étaient souvent balayés par des cours d'eau erratiques pour aller s'amonceler en tas confus. Une recherche rapide en aval avait permis de découvrir l'un de ces monticules à peu de distance. Les chasseurs traînaient d'énormes tibias, des cages thoraciques entières à proximité du lit à sec qu'ils étaient en train de clôturer. La barrière devait être assez solide pour retenir le troupeau de bisons, mais il n'était pas question d'en faire une structure permanente. Elle ne servirait qu'une seule fois. De toute manière, à l'arrivée du printemps elle ne résisterait pas aux flots du ruisseau transformé en torrent impétueux.

Ayla regardait Talut manier comme un jouet une

hache énorme. Il avait abandonné sa tunique et il transpirait abondamment en se frayant un chemin entre de jeunes arbres qu'il abattait à raison de deux ou trois coups chacun. Tornec et Frebec, qui devaient les emporter, avaient peine à suivre le rythme.

Tulie surveillait le placement des arbres dans la clôture. Elle avait une hache presque aussi grande que celle de son frère et s'en servait avec autant de facilité que lui pour couper un arbre en deux ou pour briser un os de manière à l'ajuster à l'endroit où il devait tenir. Peu d'hommes pouvaient rivaliser de force avec elle.

— Talut ! appela Deegie.

Elle portait une extrémité d'une défense de mammouth entière, de plus de cinq mètres de long. Wymez et Ranec soutenaient la défense par le milieu et l'autre bout.

— Nous avons trouvé des ossements de mammouth. Veux-tu casser cette défense ?

Le géant roux eut un large sourire.

— Le vieux monstre a dû connaître une vie bien longue ! fit-il.

Les trois autres avaient posé la défense sur le sol. Il l'enfourcha.

Les muscles énormes de Talut se contractèrent puissamment dans le mouvement qu'il fit pour soulever sa hache. L'air résonna de ses coups, et des éclats d'ivoire volèrent dans toutes les directions. Fascinée, Ayla regardait l'homme vigoureux manier l'outil massif avec une habileté qui ne trahissait pas l'effort. Mais l'exploit était encore plus impressionnant pour Jondalar, et cela pour une raison qu'il n'avait jamais envisagée. Ayla était plus accoutumée à voir des hommes accomplir des prodiges de force musculaire. Elle avait dépassé par la taille tous les hommes du Clan, mais ceux-ci étaient massivement musclés et extraordinairement robustes. Les femmes elles-mêmes possédaient une grande vigueur. Pendant qu'elle grandissait parmi eux, Ayla avait dû exécuter les tâches d'une femme du Clan, et cette existence avait développé chez elle des muscles exceptionnellement solides pour une ossature plus frêle.

Talut posa sa hache, hissa sur son épaule la moitié la plus grosse de la défense et se mit en marche vers la clôture en voie de construction. Ayla souleva l'énorme hache pour la changer de place et sut immédiatement qu'elle était incapable de la manier. Jondalar lui-même la trouva trop pesante pour pouvoir l'utiliser avec une certaine habileté. L'outil ne pouvait convenir qu'au gigantesque chef. A eux deux, ils soulevèrent l'autre moitié de la défense et suivirent Talut.

Jondalar et Wymez restèrent sur place pour aider à caler avec des pierres les encombrants morceaux d'ivoire : ils constitueraient une solide barrière contre la charge d'un bison. Ayla, en compagnie de Deegie et Ranec, repartit à la recherche d'ossements. Jondalar se retourna pour les suivre des yeux. Il dut faire effort pour ravaler sa colère lorsqu'il vit l'homme à la peau sombre se rapprocher d'Ayla et faire une remarque qui fit rire les deux jeunes femmes. Talut et Wymez remarquèrent le visage empourpré, l'expression furieuse de leur jeune et beau visiteur. Ils échangèrent un regard significatif mais ne firent aucun commentaire.

Pour parachever la clôture, on y plaça une barrière mobile. On dressa, d'un côté de l'ouverture ménagée dans la clôture, un jeune arbre solide, dépouillé de ses branches, et l'on entassa des pierres autour de son pied pour le maintenir à la verticale. On le consolida en l'attachant à l'aide de lanières de cuir aux pesantes défenses de mammouth. La barrière elle-même fut construite de branches, de tibias et de côtes de mammouth solidement fixés à des traverses constituées de baliveaux taillés à la mesure. Plusieurs personnes dressèrent alors la barrière en place. On en fixa une extrémité à différents endroits du tronc vertical, par des lanières nouées de manière à lui permettre de pivoter. Des rochers, des ossements pesants furent empilés près de l'autre extrémité, prêts à être poussés contre la barrière dès qu'elle serait fermée.

Quand tout fut achevé, le soleil de l'après-midi était déjà haut. Pourtant, grâce au travail conjugué de toute l'équipe, la construction du piège avait demandé un temps étonnamment court. Les chasseurs se rassemblèrent autour de Talut pour déjeuner des provisions emportées, tout en dressant des plans pour la suite.

— Le plus difficile sera de les faire passer par la barrière, déclara Talut. Si nous parvenons à en faire entrer un, les autres suivront probablement. Mais, s'ils passent la barrière et s'ils se mettent à tourner en rond dans l'espace restreint à l'autre extrémité, ils vont se diriger vers l'eau. Le courant est violent, par ici, et certains ne pourront peut-être pas lutter, mais cela ne fera pas notre affaire. Nous les perdrons. Dans le meilleur des cas, nous retrouverons une bête noyée en aval.

— Alors, il faut les bloquer sur place, dit Tulie. Ne pas les laisser sortir du piège.

— Comment faire ? demanda Deegie.

— On pourrait construire une autre clôture, suggéra Frebec.

— Comment vous savez bison pas tourner vers eau quand devant clôture ? questionna Ayla.

Frebec la toisa d'un air supérieur, mais Talut parla avant lui.

— Voilà une bonne question, Ayla. Par ailleurs, il ne reste plus beaucoup de matériaux par ici pour construire des clôtures.

Frebec posa sur la jeune femme un regard noir de colère : elle l'avait fait paraître stupide, se disait-il.

— Tout ce que nous pourrons dresser pour leur barrer le chemin sera utile, mais, à mon avis, il faudrait quelqu'un qui les pousse à l'intérieur. Ça pourrait être un poste dangereux, ajouta Talut.

— Je m'en charge, déclara Jondalar. L'endroit est parfait pour utiliser ce propulseur dont je t'ai parlé.

Il montra l'instrument.

— Non seulement il projette la sagaie à une distance plus grande mais il lui donne aussi plus de force que lorsqu'on la lance à la main. Si l'on vise bien, une seule sagaie peut tuer, à courte distance.

— C'est vrai ? fit Talut.

Il considérait Jondalar avec un intérêt renouvelé.

— Il faudra que nous en reparlions. En attendant,

oui, si tu veux, tu peux prendre cette position. Je vais en faire autant, je crois.

— Et moi aussi, dit Ranec.

Jondalar regarda en fronçant les sourcils l'homme à la peau noire qui souriait. Il n'avait pas grande envie de se trouver très près de celui qui témoignait d'un intérêt marqué à l'égard d'Ayla.

— Je vais rester ici, moi aussi, décida Tulie. Mais, au lieu d'essayer d'élever une nouvelle barrière, chacun de nous ferait mieux d'entasser des matériaux pour se tenir derrière.

— Ou pour courir se réfugier derrière, fit Ranec. Qui te dit qu'ils ne finiront pas par se lancer à notre poursuite ?

— En parlant de poursuite, maintenant que nous avons décidé de ce que nous ferions quand ils arriveraient ici, comment allons-nous faire pour les y amener ? dit Talut.

Il vérifia la position du soleil dans le ciel.

— Il y a un long trajet à parcourir d'ici pour aller se mettre derrière eux. Peut-être ne nous reste-t-il plus assez de jour.

Ayla les écoutait avec un intérêt passionné.

Elle se rappelait les jours où les hommes du Clan dressaient leurs plans de chasse. Souvent, surtout après avoir commencé de chasser avec sa fronde, elle avait souhaité pouvoir les accompagner. Cette fois, elle faisait partie des chasseurs. Talut, pensa-t-elle, avait écouté son précédent commentaire. Auparavant on avait d'emblée accepté son offre de partir en éclaireur. Elle puisa dans cette bienveillance le courage de faire une autre suggestion.

— Whinney sait poursuivre, dit-elle. Bien des fois, je poursuis troupeaux sur Whinney. Peux faire tour de troupeau bisons, trouver Barzec et les autres, chasser bientôt bisons jusqu'ici. Vous attendez, pour faire entrer dans piège.

Talut la regarda, fit des yeux le tour du cercle, revint à Ayla.

— Tu es sûre de pouvoir faire ça ?

— Oui.

— Comment feras-tu pour passer derrière eux ? demanda Tulie. Ils ont probablement senti notre présence maintenant, et, s'ils n'ont pas déjà pris la fuite, c'est parce que Barzec et les jeunes gens leur barrent le passage. Qui sait pendant combien de temps ils pourront les retenir ? Ne risques-tu pas de les faire partir dans la direction opposée si tu les approches en venant d'ici ?

— Crois pas, non. Cheval dérange pas beaucoup bison. Mais fais grand tour si voulez. Cheval va plus vite qu'homme à pied.

— Elle a raison ! Personne ne peut dire le contraire. Ayla sur son cheval pourrait arriver plus vite que nous à pied, dit Talut.

Le front plissé, il se concentra un instant.

— Je crois que nous devrions lui laisser faire ce qu'elle propose, Tulie. Est-il vraiment important que cette chasse réussisse ? Ce serait utile, bien sûr, surtout si cet hiver doit être long et dur, et cela nous vaudrait une nourriture plus variée, mais nous avons déjà des provisions en suffisance. Si nous perdions cette fois-ci, nous n'en souffririons pas.

— C'est vrai, mais nous nous serions donné beaucoup de mal pour rien.

— Ce ne serait pas la première fois que nous nous serions donné beaucoup de mal pour nous retrouver les mains vides.

Talut fit une nouvelle pause.

— Le pire qui puisse nous arriver, c'est de perdre le troupeau. Si tout va bien, nous pourrions nous régaler d'un rôti de bison avant la nuit et reprendre dès demain matin le chemin du retour.

Tulie hocha la tête.

— C'est bien, Talut. Nous ferons comme tu veux.

— Comme le propose Ayla, tu veux dire. Va, Ayla. Vois si tu peux ramener ces bisons par ici.

Souriante, Ayla siffla Whinney. La jument hennit, vint vers elle au galop, suivie par Rapide.

— Jondalar, garde Rapide ici, dit la jeune femme, en s'élançant vers Whinney.

— N'oublie pas ton propulseur, lui cria-t-il.

Elle s'arrêta, le temps de prendre l'instrument et de

puiser quelques sagaies dans l'étui suspendu au côté de sa hotte. Puis, avec toute la facilité née de l'habitude, elle s'enleva sur le dos de la jument et partit au galop. Pendant un moment, Jondalar eut fort à faire avec le poulain qui acceptait mal qu'on l'empêchât de suivre sa mère dans une course effrénée. Cela valait mieux : Jondalar, ainsi, n'eut pas le temps de remarquer l'expression de Ranec qui suivait Ayla du regard.

La jeune femme, lancée au galop sur la plaine, suivait le cours d'eau qui se précipitait tumultueusement le long d'un couloir sinueux, entre deux chaînes de roches abruptes. Des broussailles dénudées masquées par de hautes herbes sèches s'accrochaient aux pentes et rampaient sur les crêtes balayées par le vent. Elles adoucissaient l'aspect rocailleux du paysage. Mais, sous la couche superficielle de lœss qui comblait les crevasses, se trouvait un cœur de pierre qui, de place en place sur les pentes, affleurait à la surface, et révélait le caractère essentiellement granitique de la région, dominée par des mamelons élevés.

Ayla ralentit en approchant de l'endroit où, plus tôt dans la journée, elle avait vu les bisons, mais ils n'y étaient plus. Ils avaient flairé ou entendu l'activité déployée par les chasseurs et avaient rebroussé chemin. Elle aperçut les animaux au moment où elle passait dans l'ombre de l'un des épaulements. Juste au-delà du petit troupeau, elle reconnut Barzec, debout près de ce qui ressemblait à un tumulus.

Une herbe plus haute, parmi les arbres élancés et dénudés qui poussaient le long de l'eau, avait attiré les bisons dans l'étroite vallée. Mais, une fois dépassés les deux épaulements qui flanquaient le cours d'eau, ils n'avaient pas d'autre issue que le passage par lequel ils étaient entrés. Barzec et ses jeunes compagnons avaient vu les bêtes égrenées le long du ruisseau : elles s'arrêtaient encore de temps à autre pour paître, tout en continuant à se diriger vers le passage. Les chasseurs les firent battre en retraite, mais cela ne les arrêta qu'un temps. Les bisons se serrèrent les uns contre les autres et avancèrent avec une détermination accrue quand ils voulurent de nouveau quitter la vallée. Détermination et frustration pouvaient conduire à une ruée.

Les quatre chasseurs avaient été envoyés en ce lieu pour empêcher les animaux de partir mais ils se savaient impuissants à arrêter une charge. Ils ne pouvaient non plus continuer à leur faire faire demi-tour. Il y fallait trop d'efforts, et Barzec ne voulait pas non plus provoquer une fuite dans la direction opposée avant que le piège fût prêt. Au centre du tas de pierres près duquel il se tenait quand Ayla l'aperçut était plantée une forte branche. Un vêtement était accroché au sommet et battait au vent. La jeune femme remarqua alors d'autres monticules semblables, montés autour de branches ou d'os, dressés à intervalles assez réduits entre l'épaulement et l'eau. En haut de chacun, on avait accroché une fourrure de couchage, un vêtement, une couverture de tente. Les chasseurs avaient même utilisé de petits arbres, des buissons, tout ce qui pouvait servir à suspendre quelque chose qui battrait au vent.

Les bisons regardaient nerveusement ces étranges apparitions. Jusqu'à quel point étaient-elles dangereuses ? Ils n'avaient pas envie de rebrousser chemin, mais ils ne tenaient pas non plus à s'aventurer plus loin. De temps en temps, une bête hasardait quelques pas vers l'un de ces épouvantails mais reculait au premier mouvement. Le troupeau était immobilisé, retenu précisément là où Barzec l'avait souhaité. Cette ingénieuse idée impressionna Ayla.

Peu à peu, elle rapprocha Whinney de l'épaulement, s'efforça de contourner lentement les bisons, afin de ne pas rompre le précaire équilibre. Elle remarqua que la vieille femelle à la corne cassée s'avançait lentement vers l'issue. Il lui déplaisait d'être ainsi retenue, et elle semblait prête à risquer le tout pour le tout.

Barzec vit Ayla. Il lança un coup d'œil en arrière vers les autres chasseurs, regarda de nouveau la jeune femme en fronçant les sourcils. Après tous leurs efforts, il ne voulait pas la voir précipiter la fuite des bisons dans la mauvaise direction. Latie s'approcha de lui. Ils échangèrent quelques mots à voix basse. Mais il ne cessa pas d'observer avec appréhension la femme et la jument, durant tout le temps qu'il leur fallut pour parvenir jusqu'à lui.

— Où sont les autres ? demanda-t-il.

— Ils attendent, répondit Ayla.

— Ils attendent quoi ? On ne peut pas contenir ces bêtes ici éternellement !

— Ils attendent nous donner chasse à bisons.

— Comment leur donner la chasse ? Nous ne sommes pas assez nombreux ! Déjà, ils se préparent à s'échapper. Je ne sais pas combien de temps nous pourrons les retenir ici et moins encore comment les faire entrer dans le défilé.

— Whinney va donner chasse, affirma Ayla.

— Le cheval va les poursuivre ?

— Elle a déjà fait, mais est mieux si vous faites aussi.

Danug et Druwez, qui avaient été postés plus loin pour surveiller le troupeau et lapider toute bête qui osait venir affronter les bizarres sentinelles, s'approchèrent pour entendre la discussion. Ayla, du coin de l'œil, vit un énorme jeune mâle foncer, suivi par plusieurs autres. Encore un instant, et tout serait perdu. Elle fit virer Whinney, lâcha sa sagaie et son propulseur, se jeta à la poursuite du fuyard, en attrapant au passage une tunique suspendue à une branche.

Penchée sur l'encolure de la jument, elle fila droit vers l'animal, agita la tunique devant lui. Le bison se déroba, essaya de contourner l'obstacle. La jument pivota de nouveau, au moment où la jeune femme abattait le vêtement de cuir sur le mufle du jeune mâle. Lorsqu'il fit un autre mouvement pour se dégager, il se retrouva dans la direction de l'étroite vallée, sur le chemin des animaux qui l'avaient suivi, avec, à ses trousses, Whinney et Ayla qui agitait toujours la tunique.

Une autre bête s'échappa, mais Ayla fit en sorte de lui faire rebrousser chemin, à elle aussi. Whinney, apparemment, savait, presque avant l'animal lui-même, quel bison allait tenter de prendre la fuite. Mais c'étaient tout autant les signaux inconscients de la jeune femme que l'intuition de la jument qui permettaient à celle-ci de se mettre en travers de la route du fuyard. Le dressage de Whinney n'avait pas été, au début, un effort délibéré de la part d'Ayla. La première fois qu'elle était montée sur le dos de la jument, elle avait obéi à une simple impulsion, sans la moindre idée de maîtriser ni de diriger l'animal. Tout était arrivé graduellement, en même temps que croissait une confiance réciproque. La jeune femme contrôlait les mouvements de sa monture par la tension de ses jambes, par de subtiles contractions de son corps. Elle avait fini par s'en servir volontairement, mais un élément d'interaction avait toujours subsisté entre la femme et la jument. Souvent, elles se mouvaient comme un seul être, comme si elles partageaient un même esprit.

Dès l'instant où Ayla s'était jetée dans l'action, les autres avaient pris la mesure de la situation et s'étaient précipités pour arrêter le troupeau. Ayla, par le passé, avait déjà chassé avec Whinney des animaux en troupe mais elle n'aurait pas réussi, sans aide, à faire rebrousser chemin aux bisons. Les énormes bêtes bossues étaient beaucoup plus difficiles à maîtriser qu'elle ne l'aurait cru. Jamais encore, elle n'avait tenté de pousser des animaux dans une direction où ils ne voulaient pas aller. C'était comme si quelque instinct les mettait en garde contre le piège qui les attendait.

Danug se jeta au secours d'Ayla, pour faire faire demi-tour aux premiers bisons. Elle concentrait si intensément son attention sur le jeune mâle qu'elle ne s'aperçut pas tout de suite de sa présence. Latie vit l'un des jumeaux se détacher de la bande. Elle arracha la branche qui soutenait l'un des épouvantails et se précipita vers lui pour lui barrer le chemin. A force de coups sur les naseaux, elle le fit reculer, tandis que Barzec et Druwez s'en prenaient à une femelle en lui jetant des pierres et en agitant une fourrure. Finalement, leurs efforts déterminés parvinrent à détourner la ruée. La vieille femelle à la corne cassée et quelques autres réussirent à s'échapper, mais la majeure partie des bisons prit sa course vers l'amont de la petite rivière.

Les chasseurs respirèrent un peu plus librement quand le petit troupeau eut dépassé les épaulements mais ils devaient continuer à les poursuivre. Ayla s'arrêta juste assez longtemps pour se laisser glisser de sa monture, afin de ramasser son lance-sagaie et ses armes, avant de sauter de nouveau sur le dos de la jument.

Talut venait de boire à son outre quand il crut percevoir un grondement lointain, comme celui du tonnerre. Il tourna la tête vers l'amont, écouta un moment. Il ne s'attendait pas à entendre si tôt le galop des bêtes. Il n'était même pas certain de s'attendre à les entendre du tout. Il se coucha sur le sol, colla son oreille contre la terre, se releva d'un bond.

— Les voilà ! cria-t-il.

Ses compagnons se bousculèrent pour retrouver leurs sagaies et se précipitèrent vers les endroits qu'ils avaient choisis. Frebec, Wymez, Tornec et Deegie se placèrent le long d'un côté de la pente abrupte, tout prêts à bloquer la barrière une fois qu'elle serait refermée. Tulie, de l'autre côté, était la plus proche de cette barrière, qu'elle repousserait dès que les animaux seraient dans l'enclos.

Dans l'espace qui s'étendait entre la clôture et le cours d'eau tumultueux, Ranec se trouvait à quelques pas de Tulie, et Jondalar à quelques pas plus loin encore, presque au bord de l'eau. Talut choisit un emplacement non loin du visiteur, sur la berge humide. Chacun s'était muni d'un morceau de cuir ou d'un vêtement pour l'agiter devant les animaux pour les détourner, mais chacun, aussi, brandissait une sagaie — sauf Jondalar.

L'instrument en bois, étroit et plat, qu'il tenait dans sa main droite avait à peu près la longueur de son bras, du coude à l'extrémité de ses doigts, et comportait une rainure médiane. A l'extrémité supérieure, un crochet servait de butoir ; à l'autre bout, une boucle de cuir de chaque côté permettait de passer les doigts. Jondalar plaça l'instrument horizontalement et ajusta contre le crochet la partie empennée d'une hampe légère, à l'autre extrémité de laquelle se trouvait une longue pointe effilée, taillée dans l'os, terriblement aiguë. Tout en la retenant de deux doigts passés dans les boucles de cuir, il prit de la main gauche une autre sagaie, se tint prêt à la mettre en place pour un second tir.

Les chasseurs étaient aux aguets. Personne ne parlait, et, dans cette attente silencieuse, le moindre bruit prenait une sonorité nouvelle. Des oiseaux gazouillaient, s'appelaient. Le vent murmurait dans les branches sèches. L'eau qui cascadait sur les rochers clapotait. Les insectes bourdonnaient. Le martèlement des sabots se rapprochait.

Enfin, plus fort que ce grondement de tonnerre, on entendit des beuglements, des grognements, des halètements, des voix humaines qui criaient. Tous les regards se tendirent pour apercevoir le premier bison qui apparaîtrait au détour de la rivière, en aval. Mais, quand il déboula, il n'était pas seul. Brusquement, le troupeau entier déboucha au galop. Les bêtes à la rude fourrure d'un brun foncé, aux longues et dangereuses cornes noires, se précipitèrent tout droit vers les chasseurs.

Chacun rassembla toute son énergie, dans l'attente de l'assaut. En tête venait l'énorme jeune mâle qui avait bien failli s'échapper avant le début de la longue poursuite. Il vit devant lui la clôture, vira vers l'eau... et vers les chasseurs qui lui barraient le passage.

Ayla galopait sur les talons du petit troupeau, son propulseur à la main. Elle l'ajusta à l'approche du dernier virage et vit alors le jeune mâle virer de bord et foncer droit sur Jondalar. D'autres bisons le suivaient.

Talut courut dans sa direction en agitant sa tunique. Mais le bison en avait assez de se voir assailli par des objets flottants. Il refusait de se laisser détourner. Sans prendre le temps de réfléchir, Ayla se pencha en avant, poussa Whinney à toute allure. Elle passa entre les autres bisons qui galopaient, s'approcha du grand mâle et lança sa sagaie au moment précis où Jondalar jetait la sienne. Au même instant, une troisième sagaie atteignit son but.

La jument, dans le fracas de ses sabots, dépassa les chasseurs, éclaboussa Talut en atteignant l'eau. Ayla ralentit sa course, l'immobilisa, revint rapidement en arrière. Tout était déjà fini. L'énorme bison gisait sur le sol. Ceux qui l'avaient suivi ralentirent. Ceux qui se trouvaient le plus près de la pente n'avaient d'autre solution que d'entrer dans l'enclos. Les premiers franchirent l'ouverture, les autres les imitèrent sans même avoir besoin d'y être poussés. Tulie suivit le dernier retardataire, poussa la barrière. Celle-ci à peine refermée, Tornec et Deegie poussèrent tout contre un bloc de pierre. Wymez et Frebec l'assujettirent solidement à des montants. Tulie poussa un autre bloc de pierre contre le premier.

Ayla, encore bouleversée, se laissa glisser à terre. Jondalar, avec Talut et Ranec, était à genoux près du bison.

— La sagaie de Jondalar est entrée par le cou et a transpercé la gorge. A elle seule, elle aurait tué ce mâle, je pense, mais la tienne aussi, Ayla. Je ne t'avais même pas vue arriver.

Talut ajouta, quelque peu impressionné par l'exploit :

— Ton arme s'est enfoncée profondément entre les côtes.

— Mais tu courais un grand danger, Ayla. Tu aurais pu être blessée, intervint Jondalar.

Il avait l'air furieux, mais c'était la réaction à la peur ressentie pour elle. Il se tourna vers Talut, désigna la troisième sagaie.

— A qui appartient-elle ? Elle était bien lancée, en plein dans la poitrine. Celle-ci aussi l'aurait cloué sur place.

— C'est la sagaie de Ranec, dit Talut.

Jondalar se tourna vers l'homme à la peau sombre, et chacun prit la mesure de l'autre. Ils étaient différents, et des rivalités pouvaient les dresser l'un contre l'autre, mais c'étaient avant tout des êtres humains, des hommes qui partageaient un monde primitif, magnifique mais dur, où la survie de chacun, ils le savaient, dépendait de l'autre.

— Je dois te remercier, dit Jondalar. Si ma sagaie avait manqué son but, c'est ma vie que je te devrais.

— A condition qu'Ayla ait manqué son but, elle aussi. Ce bison a été tué trois fois. Il n'avait pas une chance en s'en prenant à toi. Tu es destiné à rester en vie, semble-t-il. Tu as de la chance, ami. Tu as les faveurs de la Mère. As-tu autant de chance en tout ? demanda Ranec.

Ses yeux fixés sur Ayla exprimaient de l'admiration, mais plus encore.

A la différence de Talut, Ranec avait vu arriver la jeune femme. Sans prendre garde aux longues cornes acérées, les cheveux au vent, les yeux pleins de terreur et de fureur, elle ressemblait à un esprit vengeur ou à n'importe quelle mère de n'importe quelle créature, qui avait dû un jour défendre son enfant. Peu lui importait, aurait-on dit, de risquer d'être éventrée, tout comme son cheval. On avait un peu l'impression de voir un Esprit de la Mère, capable de maîtriser le bison aussi aisément que le cheval. Jamais Ranec n'avait rencontré une femme comme elle. Elle était tout ce qu'il avait pu désirer : belle, forte, intrépide, tendre, protectrice. Une femme, dans toute l'acception du terme.

Jondalar vit l'admiration dans le regard de Ranec et sentit se déchirer ses entrailles. Impossible à Ayla de ne pas y répondre. Il redoutait de la perdre au profit de cet homme sombre, si attirant, et il ne savait que faire pour empêcher ce malheur. Les dents serrées, le front contracté par la colère et la frustration, il se détourna pour tenter de cacher ses émotions.

Il avait vu des hommes et des femmes se comporter comme lui-même. Il avait éprouvé pour eux une pitié mêlée de mépris. C'était là l'attitude d'un enfant sans expérience, qui ignorait tout de la manière de se conduire avec sagesse dans le monde. Il croyait avoir dépassé ce stade. Ranec était intervenu pour lui sauver la vie. C'était un homme. Pouvait-il lui en vouloir d'être attiré par Ayla ? N'avait-elle pas le droit de faire son propre choix ? Il se détestait de réagir ainsi, mais il ne pouvait s'en empêcher. Il arracha sa sagaie qui était restée fichée dans le bison, et s'éloigna.

Le massacre avait déjà commencé. A l'abri de la clôture, les chasseurs lançaient leurs projectiles sur les animaux épouvantés qui beuglaient et se bousculaient dans le piège. Ayla escalada la clôture, trouva un endroit où elle pouvait se tenir sans difficulté. De là, elle vit Ranec lancer son arme avec force et précision. Une femelle énorme vacilla, tomba sur les genoux. Druwez visa la même bête, et, d'une autre direction — la jeune femme n'en vit pas l'origine —, vint une dernière sagaie. L'animal à la rude toison s'affaissa, sa tête massive tomba en avant. Les propulseurs n'étaient ici d'aucune utilité, se dit Ayla. La méthode des chasseurs était tout à fait efficace.

Brusquement, un mâle se lança contre la barrière, avec toute la force d'une masse de plusieurs tonnes. Le bois vola en éclats, les lanières cédèrent, les montants verticaux furent arrachés. Ayla sentit la clôture trembler. Elle sauta à terre. Toute la structure était ébranlée. Le bison s'y était pris les cornes ! Dans ses efforts pour se dégager, il secouait la clôture tout entière. Ayla avait l'impression que tout allait s'écrouler.

Talut grimpa sur la barrière instable et, d'un seul coup de son énorme hache, ouvrit le crâne du puissant animal. Du sang lui jaillit au visage, la cervelle se répandit. Le bison s'affaissa, les cornes toujours prises, entraînant avec lui la barrière et Talut lui-même.

Adroitement, le géant se dégagea, au moment où la structure s'abattait sur le sol. Il fit quelques pas, écrasa d'un autre coup de hache le crâne du dernier bison encore debout. La barrière avait fait son office.

— Et maintenant, au travail, s'écria Deegie.

Elle désignait d'un geste l'espace cerné par la clôture de fortune. Les bêtes abattues formaient comme autant de monticules de laine d'un brun sombre. Elle s'avança vers le premier, tira de son fourreau son couteau de silex, tranchant comme un rasoir, et, à califourchon sur la tête du bison, lui fendit la gorge. Le sang d'un rouge vif jaillit de la jugulaire. Le jet se ralentit, forma autour de la bouche et des naseaux une flaque d'un cramoisi plus sombre, qui s'élargit lentement, teignit en noir la terre d'un brun grisâtre.

— Talut ! appela Deegie.

Elle était passée à un autre monticule de rude fourrure. La longue hampe de sagaie qui sortait du flanc vibrait encore.

— Viens achever celui-ci mais cette fois essaie de conserver un peu de cervelle. J'en ai besoin.

Talut eut tôt fait de mettre fin aux souffrances du bison.

Venait ensuite une besogne sanglante : il fallait éviscérer, dépouiller et débiter les animaux. Ayla aida Deegie à retourner une grosse femelle, afin d'exposer son ventre. Jondalar s'approchait des deux jeunes femmes, mais Ranec, plus proche, arriva le premier. Jondalar s'immobilisa : il se demandait si les trois autres allaient avoir besoin de lui, ou si un quatrième larron serait tout bonnement gênant.

En partant de l'anus, ils fendirent l'abdomen de l'animal, mirent de côté les mamelles gonflées de lait. Ayla d'un côté, Ranec de l'autre s'attaquèrent à la cage thoracique. Ils en écartèrent les deux moitiés. Après quoi, avec l'aide de Deegie, presque engagée dans la cavité encore chaude, ils retirèrent les organes internes : l'estomac, les intestins, le cœur, le foie. Ce fut très vite fait, afin de ne pas laisser aux gaz, qui n'auraient pas tardé à gonfler la carcasse, le temps de donner mauvais goût à la viande. Ils s'attaquèrent ensuite à la peau.

Visiblement ils n'avaient pas besoin d'aide. Jondalar vit Latie et Danug s'attaquer à la cage thoracique d'une bête plus petite. Il écarta Latie et, des deux mains, la colère aidant, ouvrit d'un seul effort l'animal. Mais le dépeçage était un dur travail, et, quand ils se trouvèrent prêts à écorcher le bison, la colère de Jondalar s'était émoussée.

Ayla connaissait le travail, elle l'avait accompli seule bien des fois. Plutôt que de taillader la peau, on préférait la détacher du corps. Une fois tranchée le long des jambes, elle se séparait assez facilement des muscles, et l'on pouvait la soulever de l'intérieur avec le poing ou simplement tirer dessus. Quand un ligament la retenait, il était plus facile de le couper : on se servait pour cela d'un couteau spécial, dont le manche était fait d'os, et dont la lame, affilée sur les deux tranchants, était arrondie à l'extrémité, afin de ne pas percer la peau. Ayla, accoutumée à tenir à pleine main couteaux et outils, avait quelque peine à se servir d'une lame emmanchée mais elle sentait déjà qu'elle aurait plus de force et d'habileté quand elle s'y serait habituée.

Les tendons des pattes et du dos étaient mis à nu : on s'en servait pour toutes sortes d'usages, depuis le fil à coudre jusqu'aux collets. La peau deviendrait cuir ou fourrure. Les longs poils étaient transformés en cordes ou cordages de différentes grosseurs, en filet pour pêcher ou en lacets pour prendre des oiseaux, de petits animaux à la bonne saison. On mettait de côté les cervelles et un certain nombre de sabots : bouillis avec des os et des morceaux de cuir, ils donneraient de la colle. On attachait un grand prix aux longues cornes, qui pouvaient faire jusqu'à trois mètres. La partie effilée, pleine, soit le tiers de la longueur, était débitée en leviers, chevilles, coins, poignards ; la partie creuse fournissait des tubes coniques, utilisés pour souffler sur les feux, ou des espèces d'entonnoirs pour remplir les sacs de peau de liquides, de poudres ou de graines et pour les vider à nouveau. La partie centrale, si on réservait un peu de la section compacte pour le fond, pouvait servir de gobelet. Les minces découpes transversales devenaient des boucles, des bracelets, des anneaux.

On mit de côté les museaux et les langues des bisons — c'étaient, avec les foies, des morceaux de choix. On coupa ensuite les carcasses en sept quartiers : deux antérieurs, deux postérieurs, la partie centrale divisée en deux et l'énorme garrot. On lava les intestins, les estomacs, les vessies et on les roula dans les peaux. Par la suite, on les gonflerait d'air, pour les empêcher de rétrécir. On s'en servirait comme récipients pour conserver des graisses ou des liquides, ou encore comme flotteurs pour les filets de pêche. Tout était utilisable, mais on n'emportait pas tous les morceaux d'un animal : on prenait uniquement les meilleurs ou les plus utiles. Ce qu'on était capable d'emporter.

Jondalar avait conduit Rapide à mi-hauteur de la pente abrupte et, au grand désespoir du poulain, il l'avait solidement attaché à un arbre, pour le tenir à l'écart de l'action et, en même temps, du danger. Une fois les bisons enfermés, Whinney l'avait découvert, et l'avait rejoint. Après avoir achevé d'aider Latie et

Danug avec le premier bison, Jondalar alla chercher le poulain. Mais Rapide se montrait ombrageux devant tous ces animaux morts. Whinney n'était pas très heureuse, elle non plus, mais elle était plus habituée au spectacle et à l'odeur. Ayla les vit venir vers elle. En même temps, elle remarqua que Barzec et Druwez reprenaient la direction de l'aval. Dans toute la précipitation qui avait accompagné l'effort pour faire faire demi-tour aux bisons et pour les amener dans le piège, les deux hommes avaient laissé sur place leurs paquetages.

— Barzec, demanda-t-elle, tu retournes chercher paquetages ?

Il lui sourit.

— Oui. Et les vêtements. Nous sommes partis si vite... Mais je ne le regrette pas : si tu n'étais pas arrivée au bon moment, nous les aurions sûrement perdus. C'est un exploit que tu as réalisé avec ton cheval. Je ne l'aurais jamais cru si je ne l'avais pas vu. Mais ça me contrarie de tout laisser là-bas. Avec ces bisons morts, tout ce qui mange de la viande va arriver. Pendant que nous attendions, j'ai vu des traces de loups qui avaient l'air fraîches. Les loups aiment bien mastiquer le cuir quand ils en trouvent. Les gloutons aussi, mais par pure méchanceté, tandis que les loups s'amusent.

— Je peux aller sur cheval chercher paquetages et vêtements, proposa la jeune femme.

— Je n'avais pas pensé à ça ! Quand nous en aurons fini, les carnassiers auront largement de quoi manger, mais je n'ai pas envie de leur laisser du superflu.

— Nous avons caché les paquetages, rappelle-toi, intervint Druwez. Jamais elle ne les trouvera.

— C'est vrai, dit Barzec. Il va falloir que nous y allions nous-mêmes, je pense.

— Druwez sait où trouver ? demanda Ayla.

Le garçon la regarda, hocha la tête.

La jeune femme sourit.

— Tu veux venir sur cheval avec moi ?

Le visage de Druwez se fendit d'un large sourire.

— Je peux ?

Elle tourna la tête vers Jondalar, capta son regard et

lui fit signe de venir avec les chevaux. Il se hâta vers elle.

— J'emmène Druwez, pour aller chercher tout ce qu'ils ont laissé derrière eux quand la poursuite a commencé, dit-elle en zelandonii. Je vais laisser Rapide nous accompagner. Une bonne course devrait le calmer. Les chevaux n'aiment pas les bêtes mortes. Au début, Whinney avait du mal à les supporter, elle aussi. Tu as eu raison de laisser sa longe au poulain, mais nous devrions penser à le dresser, pour qu'il devienne comme Whinney.

Jondalar lui sourit.

— C'est une bonne idée, mais comment s'y prend-on ?

Ayla fronça les sourcils.

— Je n'en sais trop rien. Whinney m'obéit parce qu'elle le veut bien, parce que nous sommes de bonnes amies, mais en ce qui concerne Rapide, je n'en sais rien. Il s'est attaché à toi, Jondalar. Peut-être t'obéirait-il. Je crois qu'il serait bon pour nous deux d'essayer.

— J'y suis prêt, dit-il. J'aimerais, un jour, pouvoir monter sur son dos comme tu montes sur celui de Whinney.

— Moi aussi, Jondalar.

Elle se rappelait le chaud sentiment d'amour qu'elle avait déjà connu alors, l'espoir nourri naguère : si cet homme blond, qui venait des Autres, se prenait d'affection pour le poulain de Whinney, cela pourrait l'encourager à rester avec elle dans sa vallée. C'était ce qui l'avait poussée à demander à Jondalar de donner un nom au poulain.

Pendant que les deux étrangers conversaient dans un langage qu'il ne comprenait pas, Barzec attendait. Il commençait à s'impatienter.

— Eh bien, si vous allez chercher les paquetages, dit-il enfin, je vais retourner aider les autres avec les bisons.

— Attends un peu. Je vais aider Druwez à monter sur la jument et je t'accompagnerai, répondit Jondalar.

Les deux hommes, après avoir soulevé à eux deux le jeune garçon, regardèrent s'éloigner la jument et ses deux cavaliers.

Les ombres s'allongeaient déjà lorsqu'ils revinrent. Plus tard, tout en rinçant dans le cours d'eau de longs boyaux, Ayla se rappela l'époque où elle aidait à écorcher et dépecer des animaux avec les femmes du Clan. Elle prit soudain conscience que, pour la toute première fois, elle avait fait partie d'un groupe de chasseurs qui l'avaient acceptée comme leur égale.

Toute jeune encore, elle brûlait de partir avec les hommes, tout en sachant que les femmes n'avaient pas le droit de chasser. Mais les hommes étaient tenus en une telle estime pour leurs prouesses, la chasse à les entendre était si passionnante qu'elle rêvait d'y participer, surtout quand elle avait envie d'échapper à une situation désagréable ou délicate. Tel fut l'innocent début qui devait avoir des conséquences bien plus difficiles qu'elle ne l'avait imaginé. Après avoir reçu l'autorisation de chasser avec sa fronde, bien que toute autre forme de chasse lui demeurât interdite, il lui était souvent arrivé, très discrètement, d'écouter les hommes avec attention quand ils parlaient de stratégie. Les hommes du Clan ne faisaient guère autre chose, façonnaient des armes de chasse ou célébraient des cérémonies qui devaient favoriser la chasse. Les femmes du Clan écorchaient et dépeçaient les bêtes, préparaient les peaux pour en faire des vêtements et des couvertures, mettaient la viande en conserve et la faisaient cuire, fabriquaient des récipients, des cordages, des nattes et divers ustensiles, tout en récoltant des plantes qui servaient à la nourriture, aux remèdes et à d'autres usages.

Le Clan de Brun comportait à peu près le même nombre de membres que le Camp du Lion, mais les chasseurs avaient rarement tué plus d'un ou deux animaux à la fois. Il leur fallait donc chasser fréquemment. A cette époque de l'année, les chasseurs du Clan étaient dehors presque chaque jour, afin de mettre en réserve le plus de viande possible pour l'hiver tout proche. Depuis l'arrivée d'Ayla, c'était la première fois que le Camp du Lion faisait une expédition de chasse. Elle-même se posait des questions, mais personne d'autre ne semblait s'inquiéter. Elle s'arrêta pour observer les hommes et les femmes qui écorchaient et dépeçaient le petit troupeau. Deux ou trois personnes travaillaient ensemble sur chaque bête, et le travail s'accomplissait beaucoup plus vite qu'Ayla ne l'aurait cru possible. Elle se mit du coup à réfléchir aux différences entre ces gens et le Clan.

Les femmes mamutoï chassaient, de sorte que les chasseurs étaient plus nombreux. Certes, neuf d'entre eux étaient des hommes, et quatre seulement des femmes — les mères chassaient rarement —, mais cela n'en modifiait pas moins la situation. Avec des chasseurs plus nombreux, l'équipe était plus efficace, et, par la suite, quand tout le monde mettait la main à la pâte, le traitement des animaux morts était plus rapide, lui aussi. C'était logique, mais la jeune femme avait l'impression de laisser de côté un élément important. Les Mamutoï avaient également une façon de penser différente. Ils n'étaient pas aussi rigides, ils n'étaient pas aussi attachés aux règles qui décidaient de ce qui était convenable et de ce qui s'était toujours fait. Il existait une certaine confusion des rôles : le comportement des hommes et des femmes n'était pas aussi catégoriquement défini. Tout semblait dépendre davantage des inclinations personnelles, de ce qui fonctionnait le mieux.

Jondalar lui avait dit que, chez son peuple, on n'interdisait à personne de chasser. Par ailleurs, même si la chasse était importante, et si la plupart des gens participaient à cette activité, tout au moins quand ils étaient jeunes, on ne forçait personne à chasser. Les Mamutoï, apparemment, avaient des coutumes semblables. Jondalar avait essayé de lui expliquer que les gens pouvaient posséder d'autres talents, d'autres facultés non moins valables. Il s'était donné en exemple. Après avoir appris à tailler le silex et avoir acquis une certaine réputation pour la qualité de son travail, il avait été en mesure de troquer ses outils et ses pointes de sagaies contre tout ce dont il avait besoin. Il n'avait plus été nécessaire pour lui de chasser, sauf s'il en avait envie.

Mais Ayla ne comprenait toujours pas. Quel genre de cérémonie d'initiation faisait-on subir aux jeunes garçons, s'il importait peu qu'un homme fût ou non chasseur ? Les hommes du Clan se seraient crus perdus s'ils n'avaient pas eu la conviction que chasser était essentiel. Un jeune garçon ne devenait pas un homme avant d'avoir abattu sa première grosse proie. Elle pensa ensuite à Creb. Il n'avait jamais chassé. Il en était incapable : il lui manquait un œil et un bras, et il était boiteux. Il avait été le plus grand mog-ur, l'homme du Clan le plus sage, mais jamais il n'avait connu une cérémonie d'initiation. Au fond de son propre cœur, il n'était pas un homme à part entière. Mais Ayla, elle, était convaincue du contraire.

Le crépuscule tombait déjà quand ils eurent achevé leur travail. Pourtant, aucun des chasseurs n'hésita à se dépouiller de ses vêtements avant de se diriger vers la rivière. Les femmes se baignèrent un peu en amont des hommes, mais ils ne se perdirent pas de vue les uns les autres. Les peaux roulées sur elles-mêmes et les carcasses dépecées avaient été entassées en un seul endroit, et l'on avait allumé des feux tout autour pour tenir en respect les prédateurs à quatre pattes et les autres nécrophages. Tout ce qui avait servi à construire la clôture était empilé tout près de là. Sur l'un des feux, une pièce de viande rôtissait sur une broche, et l'on avait dressé, non loin, quelques tentes.

Avec la nuit tombante, la température descendit brutalement. Ayla fut heureuse de revêtir les vêtements mal assortis et de tailles différentes prêtés par Tulie et Deegie : elle avait lavé sa tenue pour en faire disparaître les traces de sang, et ses habits, comme bien d'autres, séchaient près du feu. Elle passa un bon moment avec les chevaux, pour s'assurer qu'ils n'avaient besoin de rien et qu'ils avaient retrouvé leur calme. Whinney se tenait à l'extrême limite de la lueur projetée par le feu sur lequel rôtissait la viande, le plus loin possible des carcasses qui attendaient d'être rapportées à la caverne et des tas de déchets d'où montaient de temps à autre des grognements et des jappements.

Après avoir mangé tout leur content de bison, brun et croustillant à la surface, saignant à l'intérieur, les chasseurs alimentèrent le feu et s'installèrent tout autour, pour boire une infusion en bavardant.

— J'aurais voulu que vous la voyiez contourner ce troupeau, disait Barzec. Je me demande combien de temps nous aurions pu les tenir. Ils étaient de plus en plus agités. Quand ce mâle s'est échappé, j'étais sûr que nous les avions tous perdus.

— Je crois que nous devons remercier Ayla pour le succès de cette chasse, déclara Talut.

Devant cette louange inattendue, la jeune femme rougit, mais ce n'était pas seulement de confusion. Elle se sentait acceptée, ses talents, ses capacités étaient appréciés, ce qui l'emplissait d'une douce chaleur. Toute sa vie, elle avait désiré se voir ainsi reconnue.

— Et pensez à l'histoire que ça va faire pour la Réunion d'Eté ! ajouta Talut.

La conversation languit. Talut ramassa une branche sèche qui séjournait depuis longtemps sur le sol : l'écorce y pendait par lambeaux, comme une vieille peau. Il la cassa en deux sur son genou, posa les deux morceaux sur le feu. Une gerbe d'étincelles jaillit, illumina les visages des chasseurs serrés les uns contre les autres autour des flammes.

— Toutes les chasses ne se terminent pas aussi bien. Vous vous rappelez la fois où nous avons failli tuer un bison blanc ? reprit Tulie. Quel dommage qu'il nous ait échappé.

— Il devait avoir la faveur du ciel, celui-là. J'étais sûr que nous le tenions. As-tu déjà vu un bison blanc ? demanda Barzec à Jondalar.

— J'en ai entendu parler et j'ai vu une peau, répondit Jondalar. Les animaux blancs sont tenus pour sacrés, chez les Zelandonii.

— Même les renards et les lapins ? questionna Deegie.

— Oui, mais un peu moins. Les lagopèdes eux-mêmes le sont, quand ils sont blancs. Pour nous, c'est le signe que Doni les a touchés. Ceux qui sont nés blancs et qui le restent toute l'année sont les plus sacrés, expliqua Jondalar.

— Pour nous aussi, les bêtes blanches ont une importance particulière. C'est pourquoi le Foyer de la Grue a un tel prestige… habituellement, fit Tulie.

Elle lança vers Frebec un coup d'œil qui contenait une nuance de dédain.

— La grande grue du nord est blanche, et les oiseaux sont les messagers personnels de Mut. Les mammouths détiennent des pouvoirs particuliers.

— Jamais je n'oublierai la chasse au mammouth blanc, dit Talut.

Des regards chargés d'attente l'encouragèrent à continuer.

— Tout le monde était surexcité quand l'éclaireur est venu dire qu'il avait vu cette femelle. C'est le plus grand honneur que puisse nous faire la Mère, quand Elle nous offre une femelle de mammouth blanche. Et, comme c'était la première chasse d'une Réunion d'Eté, ce serait de la chance pour tout le monde, si nous réussissions à l'avoir, expliqua-t-il, à l'intention des visiteurs.

« Tous les chasseurs qui voulaient participer à la chasse ont dû subir des épreuves de purification et de jeûne, pour s'assurer que nous serions acceptables. Même après, le Foyer du Mammouth nous a imposé des interdits, mais nous avions tous envie d'être choisis. J'étais jeune, alors, pas beaucoup plus âgé que Danug, mais bien bâti comme lui. C'est peut-être ce qui m'a fait choisir, et j'ai été de ceux qui ont piqué une sagaie dans cette femelle. Comme pour le bison qui t'a poursuivi, Jondalar, personne ne sait quelle sagaie l'a tuée. La Mère, sans doute, ne voulait pas qu'un seul homme ou un seul Camp en retirât trop d'honneur. Le mammouth blanc appartenait à tout le monde. C'était mieux ainsi. Pas de jalousie, pas de ressentiment.

— J'ai entendu parler d'une race d'ours blancs qui vivent loin au nord, dit Frebec.

Il ne voulait pas être laissé en dehors de la conversation. Peut-être n'y avait-il aucun homme ni aucun Camp qui pût se targuer d'avoir tué la femelle mammouth blanche, mais cela n'empêchait ni la jalousie ni le ressentiment. Toute personne choisie pour participer à cette chasse y avait gagné plus de prestige que n'en avait jamais eu Frebec.

— J'en ai entendu parler, moi aussi, dit Danug.

Pendant que j'étais au gisement de silex, des visiteurs sungaea sont venus échanger des marchandises contre du silex. L'une des femmes était une conteuse, une bonne conteuse. Elle nous a parlé de la Mère du Monde, des hommes-champignons qui suivent le soleil la nuit et de bien d'autres animaux. Elle nous a parlé aussi des ours blancs. Ils vivent sur la glace, disait-elle, et ils ne mangent que des animaux marins. On dit qu'ils sont paisibles, comme les énormes ours des cavernes qui ne mangent pas de viande. Pas comme les ours bruns, qui sont méchants.

Danug ne vit pas le regard courroucé de Frebec. Il n'avait pas eu l'intention de l'interrompre. Il était simplement content d'apporter sa contribution à la conversation.

— Hommes de Clan revenus un jour de chasse parler de rhinocéros blancs, dit Ayla.

Frebec, toujours irrité, lui jeta un regard mauvais.

— Oui, fit Ranec, les blancs sont rares mais les noirs sont très appréciés, eux aussi.

Il était assis un peu à l'écart du feu, et l'on distinguait à peine son visage noyé dans l'ombre : on voyait seulement ses dents blanches et l'éclat moqueur de ses yeux.

— Tu es rare, ça, c'est vrai, répliqua Deegie, et trop heureux, aux Réunions d'Eté, de permettre à toute femme assez curieuse de s'en assurer par elle-même.

Ranec se mit à rire.

— Deegie, qu'y puis-je, si les filles de la Mère sont si curieuses ? Tu n'aimerais pas me voir les décevoir, n'est-ce pas ? Mais je ne parlais pas de moi. Je pensais aux chats noirs.

— Les chats noirs ? répéta Deegie.

— Wymez, je me souviens vaguement d'un grand chat noir.

Ranec s'était tourné vers l'homme avec lequel il partageait un foyer.

— Qu'est-ce que tu sais là-dessus ?

— Ça a dû faire grosse impression sur toi. Je ne pensais pas que tu en garderais le souvenir, dit Wymez. Tu n'étais encore qu'un tout jeune enfant, mais ta mère a vraiment poussé des hurlements. Tu t'étais éloigné d'elle, et, juste au moment où elle t'a aperçu, elle a vu en même temps ce grand chat noir, pareil à un léopard des neiges, mais noir, sauter d'une branche. Elle a cru je pense qu'il t'avait choisi pour victime. Mais ou bien ce n'était pas son intention, ou bien les hurlements de ta mère l'ont mis en fuite. Toujours est-il qu'il a poursuivi sa course, mais elle s'est précipitée sur toi, et il s'est écoulé pas mal de temps avant qu'elle te laisse de nouveau t'éloigner hors de sa vue.

— Y avait-il beaucoup de chats noirs comme celui-là, là où vous étiez ? questionna Jondalar.

— Non, pas trop, mais leur présence était connue. Ils restaient dans les forêts et chassaient de nuit, de sorte qu'on les voyait difficilement.

— Ils devaient être aussi rares que les léopards blancs ici, non ? Les bisons ont une fourrure sombre, comme certains mammouths, mais ils ne sont pas vraiment noirs. Le noir, c'est tout à fait à part, déclara Ranec. Combien existe-t-il d'animaux noirs ?

— Aujourd'hui, quand vais avec Druwez, voyons loup noir, dit Ayla. Jamais vu loup noir avant.

— Etait-il vraiment noir ? Ou seulement sombre ? demanda Ranec, intéressé.

— Noir. Un peu plus clair sur ventre, mais noir. Solitaire, je pense, ajouta Ayla. Pas voir autres traces. En meute, serait... sans prestige. Partirait, peut-être, trouverait autre loup solitaire, pour faire autre meute.

— Sans prestige ? D'où en sais-tu si long sur les loups ? interrompit Frebec.

Sa voix contenait une nuance de dérision, comme s'il se refusait à croire la jeune femme. Mais on y sentait aussi un intérêt manifeste.

— Quand apprends à chasser, chasser seulement mangeurs de viande. Seulement avec fronde. Observe de près, longtemps. Apprends à connaître loups. Une fois, vois louve blanche dans meute. Autres loups pas aimer. Elle partir. Autres loups pas aimer loup autre couleur.

— C'était bien un loup noir, appuya Druwez, tout prêt à défendre Ayla après cette merveilleuse randonnée à cheval. Je l'ai vu, moi aussi. Au début, je n'étais même pas sûr que ce soit un loup, mais c'en était bien un, et il était tout noir. Et je crois qu'il était seul.

— En parlant de loup, nous devrions monter la garde, cette nuit, déclara Talut. Raison de plus si un loup noir rôde par ici. Nous pourrons nous relayer, mais durant toute la nuit, quelqu'un devra rester éveillé et guetter.

Tulie se leva.

— Allons nous reposer, ajouta-t-elle. Demain, la route sera longue.

— Je prendrai la première garde, annonça Jondalar. Quand je serai fatigué, je pourrai toujours réveiller quelqu'un d'autre.

— Moi, dit Talut.

Jondalar acquiesça d'un signe.

— Je veille moi aussi, dit Ayla.

— Pourquoi pas en même temps que Jondalar ? C'est une bonne idée d'être à deux, on se tient éveillé l'un l'autre.

8

— Il a fait froid, cette nuit, remarqua Deegie. La viande commence à geler.

Elle plaçait un quartier de bison dans une hotte.

— Tant mieux, répondit Tulie. Mais nous ne pourrons pas tout emporter. Nous allons être obligés d'en laisser.

— Si nous élevions par-dessus un tumulus, avec les pierres qui ont servi pour la clôture ? proposa Latie.

— C'est possible, et nous devrions le faire, Latie. C'est une bonne idée, approuva Tulie. Elle préparait pour elle-même une charge tellement démesurée qu'Ayla se demandait comment, même avec sa vigueur, elle pourrait la porter. Mais, si le temps change, nous ne reviendrons peut-être pas chercher cette viande avant le printemps. Si elle était plus près de la caverne, ce serait mieux. Les animaux ne viennent pas rôder aussi souvent, là-bas, et nous pourrions surveiller. Mais ici, en pleine nature, si une bête, un lion des cavernes ou même un glouton bien décidé, veut vraiment cette viande, elle trouvera toujours un moyen de l'atteindre.

— Et si on versait de l'eau sur le tumulus pour faire un bloc compact ? Il est difficile d'ouvrir une brèche dans un tumulus gelé, même avec des pics et des pioches, insista Deegie.

— Oui, ça empêcherait les animaux de s'y attaquer, mais comment fais-tu pour empêcher le soleil de faire fondre la glace, Deegie ? questionna Tornec. On ne peut pas être sûr que le froid va durer. Il est encore trop tôt dans la saison.

Ayla les écoutait et, en même temps, regardait diminuer l'amoncellement de quartiers de bison. Chacun en prenait autant qu'il pourrait en porter. La jeune femme n'avait pas été habituée à disposer d'une quantité de nourriture telle qu'on pouvait se permettre de choisir et d'emporter seulement les meilleurs morceaux. Du temps où elle vivait avec le Clan, il y avait toujours eu bien assez à manger, et des peaux largement en suffisance pour les vêtements, le couchage et d'autres usages, mais on ne laissait rien perdre. Elle ne savait trop quelle quantité allait demeurer sur place, mais le tas de déchets était déjà si important qu'elle répugnait à abandonner davantage. Manifestement, personne d'autre n'en avait envie.

Elle vit Danug ramasser la hache de Tulie. Avec autant de facilité que Celle Qui Ordonne, il fendit en deux une grosse bûche, l'ajouta au dernier feu qui brûlait encore. Ayla le rejoignit.

— Danug, dit-elle à voix basse, veux m'aider ?

— Euh... ah... oui, bredouilla-t-il.

Il se sentait rougir. La voix de la jeune femme était si grave, si chaude, son étrange accent si troublant. Elle l'avait pris au dépourvu : il ne l'avait pas vue arriver. Et, à se trouver si proche de cette femme séduisante, il se sentait inexplicablement ému.

— Faut... deux perches, poursuivit Ayla en levant deux doigts. Jeunes arbres en amont. Tu coupes pour moi ?

— Euh... oui, bien sûr, je vais te couper deux arbres.

Ils se dirigèrent ensemble vers le méandre de la petite rivière. Danug était un peu plus détendu mais il ne cessait de baisser les yeux sur la tête blonde de la jeune femme qui marchait près de lui, un demi-pas en avant. Elle choisit deux jeunes aulnes bien droits et de taille semblable. Danug les abattit. Elle lui demanda ensuite de les ébrancher et de les étêter pour leur donner une longueur égale. Le grand et vigoureux jeune homme était maintenant à l'aise avec elle.

— Que veux-tu en faire ? demanda-t-il.

— Je montre.

D'un sifflement strident, impérieux, elle appela Whinney qui galopa jusqu'à elle. Un peu plus tôt, Ayla l'avait harnachée et lui avait posé les deux paniers, en vue du départ. Danug trouva bizarre de voir une couverture de cuir jetée sur le dos d'un cheval et une paire de paniers attachés à ses flancs par des lanières, mais, remarqua-t-il, la jument n'en paraissait pas gênée, et cela ne ralentissait pas son allure.

— Comment t'y prends-tu pour lui faire faire ça ? demanda-t-il.

— Faire quoi ?

— Venir te rejoindre quand tu la siffles ?

Ayla fronça des sourcils méditatifs.

— Pas bien savoir, Danug. Avant arrivée de Bébé, seule dans la vallée avec Whinney. Seule amie je connais. Elle grandir avec moi, et toutes les deux apprendre... l'une l'autre.

— C'est vrai que tu peux lui parler ?

— Whinney pas parler comme tu parles, Danug. Je... apprendre des signes... ses signaux. Elle apprend miens.

— Comme les signes de Rydag, tu veux dire ?

— Un peu. Animaux, gens, tous ont signes, même toi, Danug. Tu dis mots, signaux disent plus. Tu parles sans savoir tu parles.

Le garçon fronça les sourcils. Il n'était pas bien sûr d'apprécier la tournure de la conversation.

— Je ne comprends pas, fit-il en détournant les yeux.

— Parlons, maintenant, reprit Ayla. Mots pas dire, mais signaux dire... tu veux monter sur cheval. Est vrai ?

— Eh bien... euh... oui, je voudrais bien

— Alors... tu montes sur cheval.

— C'est vrai ? Je peux vraiment monter sur le cheval ? Comme Latie et Druwez ?

Ayla sourit.

— Viens ici. Besoin grosse pierre pour aider monter première fois.

La jeune femme caressa Whinney, s'adressa à elle dans le langage particulier qui s'était tout naturellement formé entre elles : une combinaison de signes et de mots du Clan, de petits sons absurdes qu'elle avait inventés pour son fils avant de leur donner un sens, et de sons animaux qu'elle reproduisait à la perfection. Elle dit à Whinney que Danug désirait faire une promenade sur son dos, et qu'il fallait la rendre palpitante sans être dangereuse. Le jeune homme avait appris certains des signes qu'Ayla enseignait à Rydag et au reste du Camp. Il fut surpris d'en reconnaître quelques-uns, qui faisaient partie de la communication entre la jeune femme et la jument, et son respect pour elle ne fit que s'accroître. C'était vrai, elle parlait avec le cheval mais, comme Mamut quand il invoquait les esprits, elle se servait d'un langage mystique, ésotérique et puissant.

La jument comprit-elle les indications d'Ayla ? En tout cas, elle saisit ses intentions en la voyant aider le grand jeune homme à monter sur son dos. Il donnait à Whinney les mêmes sensations que l'homme qu'elle en était venue à bien connaître et auquel elle faisait confiance. Les longues jambes tombaient très bas, et il n'y avait aucune impression de direction ni de contrôle.

— Tiens bien crinière, expliqua Ayla. Quand veux partir, penche en avant. Quand veux ralentir ou arrêter, redresse corps.

— Tu ne viens donc pas avec moi ? demanda Danug.

Un soupçon de peur perçait dans sa voix.

— Pas besoin moi.

Elle appliqua une claque sur le flanc de Whinney.

Brusquement, celle-ci partit à vive allure. Danug fut d'abord projeté en arrière. Il s'accrocha à la crinière pour se redresser, passa ses deux bras autour de l'encolure et se cramponna de toutes ses forces. Mais, quand Ayla montait la jument, se pencher en avant était le signal d'aller plus vite. Le vigoureux animal des plaines glacées fonça sur la vaste étendue alluviale dont les détails lui étaient maintenant familiers : la jument sautait les troncs abattus, les broussailles, évitait les rochers aux arêtes vives, les rares arbres.

Au début, Danug, pétrifié, ne pouvait que fermer étroitement les paupières et s'accrocher du mieux qu'il pouvait. Pourtant, quand il se rendit compte qu'il n'était pas encore tombé, il entrouvrit les yeux. Son cœur se mit à battre la chamade lorsqu'il vit les arbres, les buissons, le sol défiler dans un brouillard de vitesse. Sans lâcher prise, il releva légèrement la tête pour regarder autour de lui.

Il eut peine à croire qu'il avait déjà parcouru une telle distance. Les hauts épaulements qui flanquaient le cours d'eau se dressaient juste devant lui ! Vaguement, très loin en arrière, il perçut un sifflement aigu, remarqua aussitôt un changement dans l'allure de la jument. Whinney fila encore au-delà des rocs qui semblaient monter la garde, avant de ralentir légèrement pour décrire un large cercle et reprendre la direction d'où elle était venue. Danug restait solidement accroché, mais sa peur s'était atténuée. Il voulait maintenant voir où ils allaient. Il se redressa quelque peu, ce que Whinney interpréta comme un signal de ralentir. A l'approche de la jument, le sourire épanoui sur le visage du jeune homme rappela à Ayla celui de Talut, particulièrement quand il était satisfait de lui-même. Whinney s'arrêta en caracolant. Ayla l'amena jusqu'à la grosse pierre, afin de permettre à Danug de descendre. L'extase lui coupait pratiquement la parole, mais il ne pouvait cesser de sourire. Jamais il n'avait envisagé de filer un jour à vive allure sur le dos d'un cheval — l'éventualité dépassait son imagination. Jamais il n'oublierait cette expérience.

Son visage joyeux faisait sourire Ayla toutes les fois qu'elle le regardait. Elle fixa les perches au harnais de Whinney.

Quand ils revinrent au campement, Danug souriait toujours.

— Qu'est-ce que tu as ? demanda Latie. Pourquoi fais-tu cette figure-là ?

— Je suis monté sur le cheval, répondit-il.

Latie hocha la tête, sourit à son tour.

Presque tout ce qui pouvait être emporté du site où s'était déroulée la chasse avait été placé dans les hottes ou bien enroulé dans des peaux : ces paquets, accrochés à des perches comme des hamacs, seraient portés à deux sur les épaules. Il restait encore des quartiers de viande et des rouleaux de peaux à emporter, mais pas autant que l'aurait cru Ayla. Il en allait du transport comme de la chasse ou du dépeçage : quand tout le monde travaillait ensemble, on pouvait rapporter au Camp de plus grandes quantités.

Plusieurs personnes avaient remarqué qu'Ayla ne préparait pas de chargement pour son compte, et l'on se demandait où elle était allée. Quand Jondalar la vit revenir avec Whinney, qui tirait les longues perches, il saisit son intention. Elle disposa les perches de manière à en croiser les extrémités les plus larges juste au-dessus des paniers, sur le garrot de la jument, et elle les fixa au harnais. Les extrémités les plus minces s'écartaient derrière l'animal et reposaient légèrement sur le sol. Entre les deux perches, elle attacha une plate-forme improvisée, faite du toit de la tente, tendu sur des branches transversales. Autour d'elle, on interrompait toute activité pour la regarder, mais ce fut seulement lorsqu'elle entreprit d'entasser sur le travois les quartiers de bison qui restaient que l'on comprit à quoi il devait servir. Elle remplit aussi les deux paniers, avant de mettre le reste dans une hotte qu'elle porterait elle-même sur son dos. Quand elle eut fini, tout le monde fut stupéfait : l'amoncellement tout entier avait disparu.

Tulie, visiblement très impressionnée, regardait tour à tour Ayla et la jument, avec le travois et les paniers.

— Je n'avais jamais eu l'idée d'utiliser un cheval pour porter une charge, dit-elle. A vrai dire, il ne m'était jamais venu à l'esprit de me servir d'un cheval, sinon pour manger sa viande... jusqu'à présent.

Talut jeta de la terre sur le feu, la remua longuement pour s'assurer que les flammes étaient bien éteintes. Il hissa ensuite la lourde hotte sur son dos, passa son sac à son épaule, prit sa sagaie et se mit en route. Les autres chasseurs le suivirent. Depuis sa toute première rencontre avec les Mamutoï, Jondalar n'avait cessé de se demander pourquoi leurs paquetages étaient faits pour tenir sur une seule épaule. Il en comprit subitement la raison, en ajustant confortablement la hotte sur son dos, avant de jeter le paquetage sur son épaule gauche : ils pouvaient ainsi porter dans leurs hottes des charges beaucoup plus lourdes, ce qui devait leur arriver souvent.

Whinney suivait derrière Ayla, la tête toute proche de l'épaule de la jeune femme. Jondalar, menant Rapide par sa longe, marchait à côté de sa compagne. Talut se laissa distancer par les autres jusqu'à se retrouver devant eux, et ils échangèrent quelques propos tout en marchant. De temps à autre, Ayla surprenait des regards lancés dans sa direction et celle de la jument.

Au bout d'un moment, Talut se mit à fredonner à bouche close un air bien rythmé. Bientôt, il chantait au rythme de leurs pas.

Hus-na, dus-na, teesh-na, keesh-na.
Pec-na, sec-na, ha-na-nya !
Hus-na, dus-na, teesh-na, keesh-na.
Pec-na, sec-na, ha-na-nya !

Le reste du groupe se joignit à lui, pour répéter les mêmes syllabes sur le même air. Sur quoi, avec un sourire malicieux, Talut, sans changer de rythme ni d'intonation, modifia les paroles en regardant Deegie :

Que désire Deegie la jolie ?
Branag, Branag, viens partager mon lit.
Et où va Deegie la jolie ?
Retrouver des fourrures vides sur son lit.

Deegie rougit mais sourit. Les autres riaient d'un air entendu. Quand Talut répéta la première question, le reste du groupe chanta la réponse à l'unisson. Ils firent de même après la seconde question, avant de joindre leurs voix à celle de Talut pour le refrain.

Hus-na, dus-na, teesh-na, keesh-na,
Pec-na, sec-na, ha-na-nya !

Ils le répétèrent plusieurs fois, et Talut improvisa ensuite un nouveau couplet.

A quoi Wymez passe-t-il l'hiver ?
A tailler des outils, à vouloir s'amuser.
A quoi Wymez passe-t-il l'été ?
A rattraper le temps où il n'a rien pu faire.

Tout le monde éclata de rire, excepté Ranec, qui rugit littéralement. Quand le groupe répéta le couplet, Wymez, généralement peu démonstratif, rougit à la pointe sans méchanceté. Tout le monde connaissait l'habitude du tailleur d'outils qui profitait des Réunions d'Eté pour se rattraper d'un célibat intégral pendant l'hiver.

Tout comme les autres, Jondalar s'amusait des taquineries et des plaisanteries. Son propre peuple en faisait tout autant. Au début, Ayla n'avait pas bien compris la situation ni l'humour de ses hôtes, surtout quand elle avait vu l'embarras de Deegie. Mais tout se faisait dans la bonne humeur et les rires, constata-t-elle, et les quolibets étaient pris en bonne part. Elle commençait à se familiariser avec l'humour verbal, et le rire lui-même était contagieux. Elle aussi, comme les autres, sourit au couplet qui s'adressait à Wymez.

Quand tout le monde eut fait silence, Talut reprit le refrain composé de syllabes rythmées.

Hus-na, dus-na, teesh-na, keesh-na,
Pec-na, sec-na, ha-na-nya !

Après avoir regardé Ayla, il commença, avec un sourire satisfait :

La chaude affection d'Ayla, qui la désire ?
Ils sont deux à vouloir partager ses fourrures.
Lequel deviendra donc un élu bienheureux ?
Noir ou blanc, elle aura le choix entre les deux.

Ayla se sentait heureuse de faire elle aussi partie des plaisanteries. Elle n'était pas sûre de comprendre parfaitement le sens du couplet mais elle rougit de plaisir parce qu'il parlait d'elle. Elle se remémora la conversation de la veille au soir, supposa que le noir et le blanc devaient représenter Ranec et Jondalar. Le rire joyeux de Ranec confirma ce soupçon, mais le sourire contraint de Jondalar inquiéta la jeune femme. La plaisanterie ne l'amusait plus, à présent.

Barzec, alors, reprit le refrain, et, en dépit d'une oreille peu exercée, Ayla discerna une qualité particulière dans le timbre et l'intonation de sa voix. Lui aussi lui sourit, montrant ainsi qui allait être le sujet de son couplet.

Comment Ayla choisira-t-elle entre deux tons ?
Le noir est excellent, mais le blanc l'est aussi.
Comment Ayla choisira-t-elle un compagnon ?
Tous deux peuvent chauffer ses fourrures la nuit.

Barzec, pendant que tout le monde répétait son couplet, tourna les yeux vers Tulie qui le récompensa d'un regard de tendresse et d'amour. Jondalar, lui, fronçait les sourcils : il ne pouvait même plus faire mine de prendre plaisir à la tournure qu'avait prise la plaisanterie. Il n'appréciait pas l'idée de partager Ayla avec quiconque, surtout pas avec le séduisant sculpteur.

Ce fut Ranec qui reprit le refrain, aussitôt suivi par les autres.

Hus-na, dus-na, teesh-na, keesh-na,
Pec-na, sec-na, ha-na-nya !

Au début, il ne regarda personne : il voulait tenir ses auditeurs un instant en haleine. Soudain, il décocha un large sourire aux dents éclatantes à Talut, l'instigateur de cette plaisante chanson. Tout le monde se mit à rire par avance : on attendait qu'il lançât une pointe bien aiguisée à celui qui avait mis les autres mal à l'aise.

Qui est si grand, si lourd, si fort et si prudent ?
C'est bien la tête rousse au Camp du Lion, la brute
Qui manie un outil comme lui lourd et grand.
C'est l'ami de toutes les femmes. C'est Talut !

Le gigantesque chef salua le sous-entendu d'un rugissement. Les autres hurlèrent le couplet une seconde fois, et Talut reprit le refrain. Tandis qu'ils poursuivaient leur route vers le Camp du Lion, le chant bien rythmé marquait l'allure, et les rires allégeaient la corvée de rapporter le produit de leur chasse.

Le regard de Nezzie courait de l'autre côté de la rivière. Le soleil était bas dans le ciel couchant, tout prêt à s'enfoncer dans une haute panne de nuages, tout près de l'horizon. Sans trop savoir pourquoi, elle regarda vers le haut de la pente. Elle ne s'attendait pas encore au retour des chasseurs : ils étaient partis seulement la veille et resteraient absents probablement deux nuits, pour le moins. Quelque chose l'incita à mieux regarder. Etait-ce un mouvement, au sommet du chemin qui menait aux steppes ?

— C'est Talut ! s'écria-t-elle, en reconnaissant la silhouette familière qui se découpait sur le ciel.

Elle passa la tête à l'intérieur de l'abri pour crier :

— Ils sont de retour ! Talut et les autres, ils sont de retour !

Et elle se précipita pour aller à leur rencontre.

Tout le monde sortit en courant afin d'accueillir les chasseurs et de faire glisser les lourdes hottes du dos des hommes et des femmes qui, non contents de chasser, avaient rapporté le produit de leurs efforts. Mais ce qui causa la plus grande surprise, ce fut le spectacle de la jument qui tirait derrière elle une charge considérable. Les gens se rassemblèrent autour d'Ayla pour la regarder décharger les grands paniers pleins à ras bord, eux aussi. Passés de main en main, les quartiers de viande et les autres parties de bison furent aussitôt emportés dans l'habitation semi-souterraine et mis en réserve.

Quand tout le monde fut rentré, Ayla débarrassa Whinney de son harnais, Rapide de sa longe et veilla à les installer confortablement. Ils ne paraissaient pas souffrir des nuits passés seuls à la belle étoile. La jeune femme, néanmoins, était prise de remords lorsque, chaque soir, elle les quittait pour regagner l'abri. Aussi longtemps que le temps se maintiendrait, il y aurait peu de risques. Elle ne s'inquiétait guère de l'éventualité d'un petit coup de froid, mais on abordait la saison des changements inattendus. Que se passerait-il si une violente tempête venait à se déchaîner ? Où les chevaux, alors, pourraient-ils trouver refuge ?

Le front plissé d'anxiété, elle leva la tête vers le ciel. De hauts nuages aux couleurs éclatantes y couraient. Le soleil, en se couchant peu de temps auparavant, avait laissé derrière lui toute une panoplie de traînées aveuglantes. Elle les contempla jusqu'au moment où les teintes éphémères s'effacèrent, où le ciel bleu devint gris.

Elle rentra, à son tour. Juste avant de soulever la tenture intérieure pour pénétrer dans le foyer où se faisait la cuisine, Ayla surprit une remarque à propos d'elle-même et de la jument. Les occupants de l'habitation, assis en cercle, se détendaient en mangeant et en bavardant, mais la conversation s'interrompit à l'entrée de la jeune femme. Tout le monde la regardait, et elle se sentit mal à l'aise. Mais Nezzie lui tendit une assiette faite d'un os plat, et l'échange des propos reprit. Ayla entreprit de se servir, avant de s'arrêter pour regarder autour d'elle. Où était la viande de bison qu'ils venaient de rapporter ? On n'en voyait trace nulle part. Elle avait dû être rangée, elle le savait, mais où ?

Ayla repoussa la lourde peau de mammouth suspendue à l'entrée et alla d'abord voir les chevaux. Rassurée, elle chercha des yeux Deegie et sourit à son approche. Deegie avait promis de lui montrer, grâce aux peaux de bison fraîches, comment les Mamutoï les tannaient et les traitaient. La jeune femme s'intéressait, en particulier, au procédé employé pour teindre le cuir en rouge, comme la tunique de Deegie. Jondalar avait dit que, pour lui, le blanc était sacré. Pour Ayla c'était le rouge, parce que c'était la couleur sacrée pour le Clan. Une pâte, faite d'un mélange d'ocre rouge et de graisse — de préférence la graisse d'un ours des cavernes —, servait à colorer la peau et s'utilisait dans la cérémonie d'attribution d'un nom. Un morceau d'ocre rouge était le premier objet qu'on enfermait dans le sac à amulettes : on l'offrait à quelqu'un au moment où l'on proclamait son totem. Du début à la fin de sa vie, l'ocre rouge participait à de nombreux rites, y compris le dernier, la mise en terre. Le petit sac qui contenait les racines utilisées pour préparer le breuvage sacré était l'unique objet rouge qu'eût jamais possédé Ayla et, après son amulette, il représentait son bien le plus précieux.

Nezzie les rejoignit. Elle portait un grand morceau

de cuir maculé par l'usage. Elle vit Ayla et Deegie ensemble.

— Oh, Deegie, je cherchais quelqu'un pour m'aider, dit-elle. Je me suis dit que j'allais faire un grand ragoût pour tout le monde. La chasse au bison a été une belle réussite, et Talut a pensé, m'a-t-il dit, que nous devions faire un festin pour la célébrer. Veux-tu arranger ce cuir pour y faire la cuisine ? J'ai disposé des charbons ardents dans la fosse, près du grand feu, et j'ai mis le cadre par-dessus. Il y a là-bas un sac de bouse de mammouth séchée, pour entretenir le feu. J'enverrai Danug et Latie chercher de l'eau.

— Pour un de tes ragoûts, je suis prête à t'aider n'importe quand, Nezzie.

— Peux aider aussi ? demanda Ayla.

— Et moi ? fit Jondalar.

Il venait de sortir pour parler à Ayla et il avait entendu la conversation.

— Vous pouvez venir chercher avec moi ce que nous allons manger, répondit Nezzie.

Elle fit demi-tour pour rentrer.

Ils la suivirent jusqu'à l'une des arches formées par des défenses de mammouths qui s'ouvraient le long des murs intérieurs. Elle écarta un pesant rideau un peu raide, fait d'une peau de mammouth qui avait conservé tout son poil. La double couche de pelage rougeâtre, duveteux en dessous, à poils très longs en surface, était tournée vers l'extérieur. Un second rideau était suspendu derrière. Lorsqu'il fut ouvert, les arrivants sentirent un courant d'air froid. En portant le regard à l'intérieur, faiblement éclairé, ils découvrirent une grande fosse, de la taille d'une petite pièce. Le fond était à près d'un mètre du niveau du sol. La fosse était presque pleine de grosses tranches et de quartiers de viande, ainsi que de carcasses plus petites.

— Une réserve ! s'écria Jondalar.

Il retenait les lourds rideaux, pendant que Nezzie se laissait glisser dans la fosse.

— Chez nous aussi, nous conservons de la viande gelée pour l'hiver, mais elle n'est pas aussi facilement accessible. Nos abris sont aménagés sous des surplombs de falaise ou devant certaines cavernes. Il est difficile d'y garder de la viande gelée. Nous la laissons généralement dehors.

— Clan, pendant saison froide, garde viande gelée dans cache, sous tas de pierres, dit Ayla.

Elle savait maintenant ce qu'était devenue la viande de bison rapportée de la chasse.

La surprise se peignit sur les visages de Nezzie et de Jondalar. Jamais il ne leur était venu à l'esprit que les gens du Clan pouvaient entreposer de la viande pour l'hiver, et ils étaient encore stupéfaits toutes les fois qu'Ayla mentionnait des activités qui paraissaient si avancées, tellement humaines. Mais, par ailleurs, les commentaires de Jondalar à propos des lieux où il vivait n'avaient pas moins surpris la jeune femme. Les Autres, avait-elle supposé, devaient tous avoir le même genre d'habitat. Elle n'avait pas envisagé que les habitations semi-souterraines lui fussent aussi étrangères qu'à elle-même.

— Nous n'avons pas assez de pierres, par ici, pour en faire des caches, dit la voix sonore de Talut.

Ils levèrent la tête vers le géant à barbe rousse qui s'avançait vers eux. Il prit la place de Jondalar pour retenir l'un des deux rideaux.

— Tu as décidé de cuisiner un ragoût, Nezzie, m'a dit Deegie, continua-t-il avec un sourire gourmand. J'ai pensé que j'allais venir t'aider.

— Cet homme-là sent l'odeur de la nourriture avant même qu'elle soit cuite ! dit en riant Nezzie qui fourrageait dans la fosse.

Jondalar n'avait pas épuisé son intérêt pour les réserves.

— Comment la viande peut-elle rester gelée ? demanda-t-il. Il fait chaud, dans la galerie.

— En hiver, la terre est dure comme le roc sur toute son épaisseur, mais, en été, elle fond suffisamment pour permettre de creuser. Quand nous construisons une galerie, nous creusons le sol assez profondément pour atteindre la couche qui reste gelée en tout temps, afin d'y aménager des fosses pour nos réserves. Même en été, les provisions sont froides, sinon toujours vraiment gelées. A l'automne, dès que le temps se refroidit dehors, la terre se met à geler. La viande se gèle alors dans les fosses, et nous commençons nos provisions pour l'hiver. La peau de mammouth conserve la chaleur à l'intérieur et le froid à l'extérieur, expliqua Talut. Exactement comme pour le mammouth, ajouta-t-il avec un large sourire.

— Tiens, Talut, dit Nezzie, prends donc ça.

Elle tendait une grosse pièce de viande, durcie, givrée, colorée d'un rouge brun avec, sur tout un côté, une épaisse couche de graisse jaunâtre.

— Je prends, proposa Ayla, les bras déjà tendus.

Talut, lui, tendit les siens vers Nezzie. Elle n'avait certes rien d'une petite femme, mais le vigoureux géant la souleva comme s'il s'était agi d'une enfant.

— Tu as froid. Il va falloir que je te réchauffe, dit-il.

Il l'entoura de ses bras, nicha sa barbe au creux de son cou.

— Assez, Talut ! Pose-moi par terre ! gronda-t-elle.

Mais le plaisir illuminait son visage.

— J'ai du travail, ce n'est pas le bon moment...

— Dis-moi quand ce sera le bon moment, et je te poserai par terre.

— Nous avons des visiteurs, protesta-t-elle.

Pourtant, elle lui passa les bras autour du cou, lui murmura quelques mots à l'oreille.

— C'est une promesse, rugit son gigantesque compagnon.

Il la posa doucement, tapota son large séant, tandis que, tout en émoi, elle rajustait ses vêtements et cherchait à recouvrer sa dignité.

Jondalar sourit à Ayla et la prit par la taille.

Cette fois encore, pensait la jeune femme, ils en font un jeu : ils disent quelque chose avec les mots et autre chose avec les gestes. Mais, à présent, elle saisissait l'humour de la situation et l'amour secret mais très fort que partageaient Nezzie et Talut. Elle comprenait soudain qu'ils se témoignaient leur amour, comme le faisait le Clan, discrètement, en prononçant des paroles à double sens.

— Ce Talut ! fit Nezzie.

Elle s'essayait à prendre un ton sévère, mais son sourire heureux la trahissait.

— Si tu n'as rien de mieux à faire, tu peux aider à rassembler des racines, Talut.

Elle s'adressa à la jeune femme :

— Je vais te montrer où nous les gardons, Ayla. La Mère a été généreuse, cette année. La saison était bonne, et nous en avons ramassé beaucoup.

Ils firent le tour d'une couchette pour atteindre une autre arche fermée d'un rideau.

— Les racines et les fruits sont conservés plus haut, dit Talut aux visiteurs.

Il souleva le rideau, leur montra des paniers qui débordaient presque de provisions : des tubercules noueux, à la peau brune, riches en amidon ; de petites carottes sauvages, d'un jaune pâle ; la partie inférieure, succulente, des tiges de massettes et de roseaux ; d'autres produits encore, rangés au niveau du sol, autour d'une fosse plus profonde.

— Ils se conservent mieux si on les garde au frais mais, s'ils gèlent, ils deviennent spongieux. Nous gardons les peaux dans des fosses, aussi, jusqu'au moment où quelqu'un a le temps de les travailler. On y met aussi certains os, qui servent à faire des outils, et un peu d'ivoire pour Ranec. Il dit que l'ivoire gelé est plus facile à travailler. L'ivoire en surplus et les os pour les feux sont conservés dans le foyer d'entrée et dans les fosses creusées dehors.

— A propos, dit Nezzie, il me faut une rotule de mammouth pour mon ragoût.

Elle remplissait un grand panier de légumes variés.

— Une rotule donne toujours plus de moelleux et plus de goût. Voyons, où ai-je donc mis les fleurs d'oignons séchées ?

Jondalar, d'une voix chargée d'admiration, déclara :

— J'ai toujours pensé que des murs rocheux étaient nécessaires pour survivre en hiver, pour se protéger du plus fort des vents et des tempêtes. Mais vous n'avez pas de grottes. Vous n'avez même pas assez d'arbres pour construire des abris. Vous avez tout fait à partir de mammouths !

— Voilà pourquoi le Foyer du Mammouth est sacré. Nous chassons d'autres animaux, mais notre vie dépend du mammouth, expliqua Talut.

— Quand je séjournais avec Brecie au Camp du Saule, au sud d'ici, je n'ai rien vu de semblable à cette habitation.

— Tu connais donc Brecie aussi ? interrompit Talut.

— Brecie et quelques-uns de ses compagnons du Camp nous ont tirés des sables mouvants, mon frère et moi.

— Elle et ma sœur sont de vieilles amies, dit Talut. Et elles sont parentes, par le premier compagnon de Tulie. Nous avons grandi ensemble. Ils appellent leur résidence d'été le Camp du Saule mais ils vivent au Camp de l'Elan. Les habitations d'été sont moins solides, pas comme ici. Le Camp du Lion est une résidence d'hiver. Le Camp du Saule se rend souvent à la mer de Beran pour se procurer du poisson et des coquillages et pour faire du troc contre du sel. Que faisais-tu là-bas ?

— Thonolan et moi, nous traversions le delta de la Grande Rivière Mère. Elle nous a sauvé la vie...

— Tu devrais nous conter cette histoire un peu plus tard. Tout le monde sera heureux d'entendre parler de Brecie, dit Talut.

Jondalar pensa soudain que la plupart de ses histoires concernaient aussi Thonolan. Qu'il le voulût ou non, il allait devoir parler de son frère. Ce ne serait pas facile, mais il le faudrait bien, s'il voulait parler.

Ils traversèrent le Foyer du Mammouth qui, mis à part le passage central, était délimité par des parois faites d'os de mammouths et par des tentures de cuir, comme l'étaient tous les autres foyers. Talut remarqua le propulseur de Jondalar.

— Vous nous avez fait tous les deux une belle démonstration, déclara le chef. Ce bison a été arrêté dans sa course.

— Cet instrument peut faire beaucoup plus encore, répondit Jondalar.

Il s'arrêta pour prendre le propulseur.

— Avec ça, on peut lancer une sagaie beaucoup plus loin et avec beaucoup plus de force.

— Vraiment ? Peut-être peux-tu nous faire une autre démonstration ?

— Bien sûr, mais il nous faudra aller sur les steppes, pour mieux juger de la distance. Tu seras surpris, je crois.

Jondalar se tourna vers Ayla.

— Pourquoi ne pas apporter le tien, aussi ?

Dehors, Talut vit sa sœur qui se dirigeait vers la rivière. Il appela la Femme Qui Ordonne, lui dit qu'ils allaient regarder la nouvelle manière de Jondalar de lancer les sagaies. Ils entreprirent de gravir la pente. Quand ils se retrouvèrent sur le plateau, la plupart des membres du Camp du Lion les avaient rejoints.

— A quelle distance peux-tu lancer une bonne sagaie, Talut ? demanda Jondalar, lorsqu'ils eurent atteint un terrain qui se prêtait à la démonstration. Peux-tu me le montrer ?

— Oui, bien sûr. Mais pourquoi ?

— Parce que je veux te prouver que je peux faire mieux.

Un éclat de rire général suivit cette déclaration. Barzec prit la parole.

— Tu ferais mieux de choisir quelqu'un d'autre pour te mesurer à lui, conseilla-t-il. Tu es grand et bien bâti, je le sais, et probablement vigoureux, mais personne ne lance la sagaie plus loin que Talut. Pourquoi ne pas lui en donner la preuve, Talut ? Laisse-le voir ce qu'il risque. Il saura alors qu'il vaut mieux rivaliser avec des adversaires à sa mesure, moi par exemple, ou même Danug.

— Non, dit Jondalar, une lueur au fond des yeux.

C'était là fausser une compétition.

— Si Talut est votre meilleur lanceur, alors lui seul peut rivaliser avec moi. Et je gagerais que je peux lancer ma sagaie plus loin que lui... sauf que je n'ai rien à gager. En fait, ajouta Jondalar en brandissant l'instrument étroit et plat taillé dans le bois, je suis prêt à parier qu'Ayla est capable de lancer une sagaie plus loin, plus vite et avec plus de précision que Talut.

En réponse à cette déclaration, un murmure de stupeur courut dans l'assemblée. Tulie regardait Ayla et Jondalar. Ils semblaient trop détendus, trop confiants. Il aurait dû être évident pour eux qu'ils ne pouvaient rivaliser avec son frère. Pouvaient-ils l'égaler elle-même ? Elle en doutait. Elle était presque aussi grande que cet homme blond et peut-être plus forte que lui, bien que son allonge pût lui donner un avantage. Que pouvaient bien savoir de plus qu'elle ces deux-là ? Elle s'avança.

— Je vais te donner quelque chose à gager, dit-elle. Si tu gagnes, je t'accorde le droit de me réclamer une créance raisonnable. Si c'est en mon pouvoir, je la couvrirai.

— Et si je perds ?

— J'aurai le même droit sur toi.

— Tulie, es-tu bien sûre de vouloir prendre un pari sur l'avenir ? demanda Barzec à sa compagne.

Un pari conclu dans des termes aussi vagues, se disait-il, inquiet, réclamait le plus souvent un règlement plus onéreux que d'ordinaire. Pas seulement parce que le gagnant pouvait présenter des exigences abusives, ce qui arrivait parfois, mais parce que le perdant devait s'assurer que la gageure était satisfaite, et qu'aucune autre réclamation ne pourrait être représentée. Qui pouvait savoir ce que demanderait cet étranger ?

— Sur l'avenir ? Oui, répondit Tulie.

Elle ne précisa pas sa pensée : de toute façon, si Jondalar gagnait, s'il était vraiment capable de faire ce qu'il disait, elle ne perdrait rien, puisque le Camp pourrait se procurer une arme nouvelle des plus précieuses. S'il perdait, elle aurait une créance sur lui.

— Qu'en dis-tu, Jondalar ?

Tulie était rusée, mais Jondalar sourit. Il avait déjà parié sur l'avenir : de telles gageures donnaient plus de saveur au jeu et accroissaient l'intérêt chez les spectateurs. Il avait envie de partager le secret de son invention. Il voulait voir comment elle serait acceptée et comment elle fonctionnerait dans une chasse en groupe. C'était le prochain pas logique à franchir pour mettre à l'épreuve sa nouvelle arme de chasse. Avec un peu d'expérience et d'entraînement, n'importe qui pourrait s'en servir. C'était ce qui en faisait la valeur. Mais il fallait du temps pour s'entraîner, pour apprendre la nouvelle technique. De l'ardeur, de l'enthousiasme seraient nécessaires. La gageure aiderait à les faire naître... Et il aurait une créance sur Tulie. Il n'en doutait pas.

— D'accord ! dit-il.

Ayla suivait cet affrontement verbal. Elle ne comprenait pas tout à fait ce qui était en jeu. Elle savait seulement qu'il était question d'une compétition et elle sentait qu'il y avait autre chose sous les propos échangés.

— Allons dresser des cibles et poser des jalons, dit Barzec, assumant ainsi l'organisation du concours. Druwez, va avec Danug chercher des os longs, pour en faire des poteaux.

Il sourit en regardant les deux garçons descendre la pente en courant. Danug, si semblable à Talut, dépassait de beaucoup par la taille son compagnon, mais, à treize ans, Druwez commençait à montrer une musculature compacte qui rappelait celle de Barzec.

Celui-ci était convaincu que ce garçon et la petite Tusie étaient le produit de son esprit, tout comme Deegie et Tarneg étaient probablement issus de celui de Darnev. Pour Brinan, il n'était pas sûr. Huit années s'étaient écoulées depuis sa naissance, mais c'était encore difficile à dire. Mut avait pu choisir un autre esprit, plutôt que celui d'un des deux hommes qui vivaient au Foyer de l'Aurochs. Brinan ressemblait à Tulie, il avait les cheveux rouges du frère de celle-ci mais une apparence qui n'appartenait qu'à lui. Darnev avait eu la même impression. Barzec sentit sa gorge se serrer : l'espace d'un instant, il eut douloureusement conscience de l'absence de l'autre compagnon de Tulie. Sans Darnev, rien n'était plus pareil, pensait Barzec. Après deux ans, il le regrettait encore autant que Tulie.

Quand on eut fini de dresser, le long de la ligne de tir, des tibias de mammouths surmontés de queues de renards roux et coiffés de paniers d'herbe tressée teinte en couleurs vives, la journée commença à prendre un air de fête. A partir de chaque poteau, des gerbes de longues herbes, encore en terre, furent nouées entre elles pour former une large piste. Les enfants y couraient d'un bout à l'autre : ils piétinaient l'herbe, ce qui délimitait mieux encore l'espace jalonné. D'autres apportèrent les sagaies. Quelqu'un eut l'idée de bourrer une vieille paillasse d'herbe et de bouse de mammouth séchée, qu'on marqua ensuite de dessins au charbon de bois afin d'en faire une cible mobile.

Durant les préparatifs, qui semblaient se compliquer d'eux-mêmes, Ayla entreprit de faire un repas pour Jondalar, Mamut et elle. Bientôt, le Foyer du Lion tout entier y participa, pour permettre à Nezzie de cuisiner son ragoût. Talut proposa son breuvage fermenté, et, du coup, chacun eut l'impression qu'il s'agissait d'une grande occasion : le chef, généralement, n'offrait sa bouza qu'aux invités et pour les grandes fêtes. Ranec annonça alors qu'il allait élaborer son plat spécial. Si Ayla fut surprise d'apprendre qu'il savait cuisiner, tout le monde parut heureux à cette perspective. S'il devait y avoir une fête, déclarèrent Tornec et Deegie, ils pourraient aussi bien... faire quelque chose. Ayla n'avait pas bien compris de quoi il s'agissait, mais l'annonce fut accueillie avec plus d'enthousiasme encore que la spécialité de Ranec.

Le repas du matin achevé, les derniers rangements finis, l'habitation se trouva vide. Ayla fut la dernière à sortir. Elle laissa retomber derrière elle le rabat de l'entrée et s'aperçut que la matinée était déjà bien avancée. Les chevaux s'étaient un peu rapprochés. Whinney secoua la tête et s'ébroua en voyant apparaître la jeune femme. Les sagaies avaient été laissées sur la steppe, mais Ayla avait apporté sa fronde et elle la tenait dans sa main, avec une poignée de galets ronds choisis près du coude de la rivière. Son épaisse pelisse n'était pas ceinturée d'une lanière où passer la fronde, et il n'y avait pas, dans sa tunique, de pli où glisser les projectiles.

Le Camp tout entier était passionné par la compétition. Presque tout le monde se trouvait déjà en haut de la pente, dans l'attente impatiente du début des épreuves. Au moment où Ayla s'engageait à son tour sur la pente, elle vit Rydag. Il espérait qu'on le remarquât pour le porter jusqu'au plateau, mais ceux qui s'en chargeaient généralement — Talut, Danug ou Jondalar — étaient déjà sur les steppes.

Ayla sourit à l'enfant. Elle se disposait à aller le prendre quand il lui vint une idée. Elle se retourna, siffla Whinney. La jument et son poulain galopèrent vers elle. Ils semblaient si heureux de la voir qu'elle prit conscience du peu de temps qu'elle leur avait consacré récemment. Il y avait tant de gens pour l'accaparer. Elle prit la résolution d'aller faire une promenade tous les matins, du moins aussi longtemps que le temps se maintiendrait. Elle enleva Rydag dans ses bras, le posa sur le dos de la jument : Whinney le porterait jusqu'au haut de la pente abrupte.

— Tiens-toi aux poils de son cou, pour ne pas tomber en arrière, lui fit-elle.

Il acquiesça d'un signe de tête, s'accrocha à la brosse de poils noirs et raides qui se dressaient sur l'encolure de la jument et exhala un long soupir de bonheur.

Lorsque Ayla parvint à la piste de lancer, il régnait dans l'atmosphère une tension palpable. Elle comprit alors qu'en dépit des festivités le concours avait pris figure d'affaire sérieuse. La gageure en avait fait plus qu'une simple démonstration. Elle laissa Rydag sur le dos de Whinney d'où il pourrait aisément tout observer, et se plaça discrètement entre les deux chevaux, pour s'assurer qu'ils resteraient calmes. Certes, ils étaient maintenant plus à l'aise parmi ces étrangers, mais la jument était sensible à la tension ambiante, la jeune femme le savait, et Rapide aux humeurs de sa mère.

Les assistants, dans leur impatience, tournaient en rond, certains lançaient leurs propres traits le long du terrain dont la terre était déjà bien piétinée. On n'avait pas fixé le moment où le concours commencerait. Pourtant, comme si quelqu'un avait lancé un signal, chacun parut sentir l'instant précis où il fallait dégager le parcours et se tenir tranquille. Talut et Jondalar, entre les deux poteaux, examinaient la piste. Tulie se tenait près d'eux. Dès le début, Jondalar s'était déclaré prêt à parier qu'Ayla elle-même était capable de lancer une sagaie plus loin que Talut, mais c'était là une remarque tellement outrée qu'on l'avait ignorée, et la jeune femme était restée là en spectatrice avidement intéressée.

Les sagaies de Talut étaient plus grosses et plus longues que celles des autres, comme si ses muscles puissants avaient besoin de quelque chose de pesant pour exercer leur vigueur. Mais les lances des hommes du Clan, se rappelait Ayla, si elles n'étaient pas aussi longues, étaient encore plus lourdes et plus massives. Elle remarquait encore d'autres différences. Contrairement à celles du Clan, faites pour frapper en pleine chair, les sagaies des Mamutoï, comme les siennes et celles de Jondalar, étaient prévues pour être lancées à travers l'espace et elles étaient toutes empennées. Le Camp du Lion, semblait-il, préférait fixer trois plumes au talon de la hampe, tandis que Jondalar n'en attachait que deux. Les lances que la jeune femme avait fabriquées du temps où elle vivait seule dans sa vallée se terminaient par cinq pointes aiguës, durcies au feu, semblables à celles qu'elle avait connues durant son séjour dans le Clan. Jondalar avait façonné et aiguisé des pointes en os. Les Chasseurs de Mammouths, apparemment, préféraient le silex.

Absorbée par l'observation approfondie de toutes les sagaies que tenaient ces gens, Ayla faillit bien manquer le premier essai de Talut. Il avait reculé de quelques pas, avant de prendre son élan en courant et de lancer son arme avec une force exceptionnelle. La sagaie fila en sifflant devant tous les assistants et toucha le sol avec un bruit sourd. La pointe avait presque disparu dans la terre, la hampe vibrait sous l'effet du choc. Le Camp, éperdu d'admiration, ne cacha pas sa réaction devant l'exploit de son chef. Jondalar lui-même était surpris. Il s'était attendu à voir Talut lancer très loin son arme, mais le géant avait largement dépassé son pronostic. Rien d'étonnant si ses propres déclarations avaient été accueillies avec scepticisme.

Après avoir parcouru la distance d'un pas égal, afin

d'évaluer l'effort à produire pour le dépasser, Jondalar revint à la ligne de départ. Il plaça le propulseur à l'horizontale, ajusta l'extrémité de la hampe de la sagaie dans la rainure qui courait au long de l'instrument. Un trou avait été percé dans le talon ; il y engagea le petit crochet qui dépassait du même côté de l'instrument. Jondalar passa deux doigts dans les boucles de cuir qui se trouvaient à l'autre bout, ce qui lui permettait de tenir à la fois le propulseur et la sagaie en équilibre stable. Il visa la sagaie de Talut toujours plantée en terre, laissa partir la sienne.

Quand l'extrémité du propulseur se releva, la longueur de son bras y gagna soixante bons centimètres, tandis que cette force de levier venait s'ajouter à la sienne. La sagaie fila devant tous les assistants et, à leur grande stupeur, dépassa de beaucoup l'arme encore dressée de leur chef. Au lieu de se loger dans le sol, elle tomba à plat, glissa encore sur une petite distance. Avec son instrument, Jondalar avait doublé son propre lancer et, s'il n'avait certainement pas doublé celui de Talut, il l'avait dépassé de loin.

Le Camp n'avait pas eu le temps de reprendre son souffle et de mesurer la distance qui séparait les deux sagaies quand une troisième siffla au-dessus du terrain. Stupéfaite, Tulie se retourna. Ayla se trouvait sur la ligne de départ, le propulseur encore en main. Tulie tourna la tête juste à temps pour voir la sagaie atteindre le sol. Ayla n'avait pas tout à fait égalé le jet de Jondalar, mais elle avait battu le puissant effort de Talut. Le visage de Tulie exprimait une incrédulité absolue.

9

— Tu as une créance sur moi, Jondalar, déclara Tulie. Je t'aurais peut-être, je dois le reconnaître, accordé une petite chance contre Talut mais jamais je n'aurais cru que la femme parviendrait à le battre. J'aimerais voir ce... comment l'appelles-tu ?

— Un lance-sagaie. Je ne sais pas quel autre nom lui

donner. L'idée m'en est venue un jour où je regardais Ayla tirer avec sa fronde. Si seulement, me disais-je, je pouvais lancer une sagaie aussi loin, aussi vite et avec autant de précision qu'elle lance une pierre avec sa fronde... Je me suis mis alors à réfléchir à la manière d'y parvenir.

— Tu m'as déjà parlé de son talent. Est-elle vraiment si habile ? demanda Tulie.

Jondalar sourit.

— Ayla, si tu allais chercher ta fronde pour montrer à Tulie ce dont tu es capable ?

L'hésitation plissa le front de la jeune femme. Elle n'avait pas l'habitude des démonstrations en public. Elle avait perfectionné son entraînement en cachette et, quand enfin on l'avait à regret autorisée à chasser, elle était toujours sortie seule. Le Clan, comme elle-même, aurait été gêné de la voir utiliser une arme de chasse. Jondalar était le premier qui l'eût jamais accompagnée, le premier à l'avoir vue faire preuve de son habileté... Un moment, elle dévisagea l'homme qui lui souriait. Il était détendu, confiant. Aucun signe chez lui ne lui disait qu'il voulait la voir refuser.

Elle hocha la tête, s'éloigna pour aller reprendre la fronde et le petit sac de pierres qu'elle avait confiés à Rydag quand elle avait décidé de prendre part au lancer de sagaie. Penchée sur Whinney, l'enfant lui sourit : il avait l'impression d'avoir participé à toute l'affaire et il était enchanté de la stupeur qu'Ayla avait provoquée.

Du regard, elle chercha des cibles autour d'elle. Elle remarqua les côtes de mammouth fichées en terre, les visa pour commencer. Le bruit sonore, presque musical, des cailloux frappant l'os ne pouvait laisser aucun doute : elle avait touché le but. Mais c'était trop facile. Elle promena de nouveau son regard un peu partout, à la recherche d'une autre cible. Elle était habituée à débusquer des oiseaux et de petits animaux à chasser, plutôt qu'à jeter des pierres sur des os.

Jondalar savait qu'elle pouvait faire beaucoup mieux. Il se remémora un après-midi de l'été précédent. Lui aussi regarda autour de lui, avant de détacher du bout du pied quelques mottes de terre.

— Ayla ! appela-t-il.

Elle se retourna vers le terrain, vit Jondalar à quelque distance, les jambes écartées, les mains aux hanches, une motte de terre en équilibre sur chaque épaule. Elle fronça les sourcils. Il avait fait quelque chose de semblable, un jour, avec deux pierres. Elle n'aimait pas le voir prendre des risques. Les pierres d'une fronde pouvaient être fatales. Mais, en y réfléchissant, elle dut s'avouer que le danger était plus apparent que réel. Deux objets immobiles devraient constituer pour elle des cibles faciles. Jamais, depuis des années, elle n'avait manqué son coup en semblables circonstances. Pourquoi le manquerait-elle cette fois, simplement parce que c'était un homme qui servait de support aux objets... l'homme qu'elle aimait ?

Elle ferma les yeux, reprit longuement son souffle, hocha de nouveau la tête. Elle choisit deux pierres dans le sac ouvert à ses pieds, rassembla les deux extrémités de la courroie de cuir, plaça l'une des pierres dans la poche usée qui se trouvait au milieu, garda l'autre en réserve au creux de sa main. Enfin, elle leva les yeux.

Un silence inquiet planait au-dessus des spectateurs, emplissait le moindre espace entre eux. Personne ne parlait. Personne même ne respirait, semblait-il.

Ayla concentrait toute son attention sur l'homme qui portait sur ses épaules deux mottes de terre. Lorsqu'elle amorça son mouvement, le Camp tout entier se pencha en avant. Avec la souplesse gracieuse, la subtilité des gestes d'un chasseur entraîné, qui a appris à trahir le moins possible ses intentions, la jeune femme fit tournoyer la fronde et lâcha son premier projectile.

La première pierre n'avait pas encore atteint son but que, déjà, elle préparait la seconde. La dure motte posée sur l'épaule droite de Jondalar explosa sous le choc. Personne n'avait même vu Ayla lâcher son projectile quand la seconde pierre suivit la première et, dans un nuage de poussière, pulvérisa l'autre bloc de lœss d'un brun grisâtre. Tout s'était fait si vite que certains spectateurs eurent l'impression d'avoir manqué le coup ou d'avoir été témoins d'un tour de passe-passe.

Il s'agissait bien d'un tour, mais d'un tour d'habileté

que peu de gens auraient été capables d'égaler. Personne n'avait enseigné à Ayla le maniement d'une fronde. Elle avait appris en observant en secret les hommes du Clan de Brun, par tâtonnements, en s'entraînant avec persévérance. Elle avait développé la technique de la double projection coup sur coup comme un moyen de défense, le jour où ayant manqué son premier jet, elle avait échappé de justesse au lynx qui allait se jeter sur elle. La plupart des gens auraient prétendu que c'était impossible, mais elle l'ignorait : personne ne s'était trouvé là pour le lui dire.

Elle n'en avait pas conscience, mais il y avait peu de chance pour qu'elle rencontrât jamais quelqu'un qui pût égaler son adresse. Peu lui importait, d'ailleurs. Se mesurer à un autre, pour voir qui était le plus fort, n'avait pour elle aucun intérêt. Son seul désir de compétition s'exerçait contre elle-même : elle souhaitait uniquement améliorer sa propre habileté. Elle savait de quoi elle était capable. Quand lui venait l'idée d'une nouvelle technique, elle tentait plusieurs approches et, quand elle en découvrait une qui se révélait efficace, elle s'y exerçait jusqu'à la maîtrise parfaite.

Dans toute activité humaine, quelques êtres, à force de concentration ou d'entraînement, peuvent devenir assez habiles pour exceller devant tous les autres. C'était le cas d'Ayla avec sa fronde.

Après un moment de silence, durant lequel les assistants redonnèrent libre cours à leurs souffles retenus, il y eut des murmures de surprise. Soudain, Ranec se mit à se frapper les cuisses du plat des mains. Bientôt, le Camp tout entier applaudit de la même manière. Ayla ne savait trop ce que signifiait cette manifestation. Elle consulta Jondalar du regard. Elle lui vit un visage rayonnant de plaisir et commença, du coup, à comprendre que ces applaudissements étaient un signe d'approbation.

Tulie, elle aussi, applaudissait, mais avec un peu moins d'enthousiasme que d'autres : elle ne tenait pas à afficher son étonnement, bien que, de l'avis de Jondalar, elle fût certainement impressionnée.

Il se baissa pour ramasser deux autres mottes de

terre. Ayla l'observait, constata-t-il ; elle tenait déjà deux autres pierres toutes prêtes.

— Si ça te paraît un exploit, regarde plutôt ceci, dit-il à Tulie.

Il lança les deux mottes en l'air en même temps. Ayla les toucha l'une après l'autre, dans une explosion de poussière. Il en lança deux autres, et elle les désintégra avant qu'elles n'eussent atteint le sol.

Les yeux de Talut brillaient de surexcitation.

— Lances-en deux autres, lui dit Jondalar.

Il croisa le regard d'Ayla, ramassa lui-même deux mottes, les brandit pour les lui montrer. Elle fouilla dans le petit sac, en sortit quatre pierres, deux dans chaque main. Il allait déjà lui falloir une coordination exceptionnelle pour charger la poche de son arme successivement de quatre pierres et pour les lancer tour à tour, avant que quatre mottes de terre jetées en l'air n'eussent retrouvé le sol, mais le faire avec assez de précision pour les atteindre constituait une gageure qui mettrait son adresse à rude épreuve. Jondalar entendit Barzec et Manuv conclure un pari. Manuv misait sur la jeune femme. Après l'avoir vue sauver la vie de la petite Nuvie, il était sûr qu'elle était capable de n'importe quel exploit.

Jondalar, de sa vigoureuse main droite, lança ses deux mottes l'une après l'autre, tandis que Talut en faisait autant avec les deux autres, le plus haut possible.

Les deux premières, une de Jondalar, une de Talut, furent atteintes successivement, très vite. Mais il fallait un peu plus de temps pour passer d'une main à l'autre les deux pierres restantes. La seconde motte de Jondalar retombait déjà, et celle de Talut ralentissait en approchant de l'apogée de sa course avant qu'Ayla eût pu recharger son arme. Elle visa la cible la plus basse, qui regagnait de la vitesse dans sa chute, fit jaillir une pierre de la poche. Elle perdit un peu plus de temps qu'elle n'aurait dû à la regarder atteindre son but, avant de reprendre l'extrémité de la courroie. Elle allait devoir faire très vite.

D'un mouvement sans heurt, elle plaça la dernière pierre dans la poche de la fronde et, avec une incroyable rapidité, la lança. La dernière motte de terre explosa juste avant de toucher le sol.

Le Camp éclata en cris d'approbation et de félicitations, en bruyants applaudissements sur les cuisses.

— Superbe démonstration, Ayla, dit Tulie, chaleureusement. Je ne crois pas avoir jamais vu rien de pareil.

— Je te remercie, répondit la jeune femme.

La réaction de la Femme Qui Ordonne, tout autant que sa propre réussite, lui avait fait monter le rouge aux joues. D'autres membres du Camp se pressaient autour d'elle pour la couvrir de compliments. Elle leur sourit timidement mais chercha Jondalar : tant d'attention la mettait un peu mal à l'aise. Son compagnon s'entretenait avec Wymez et Talut qui avait placé Rugie sur ses épaules et avait Latie à côté de lui. Jondalar vit la jeune femme le regarder. Il lui sourit mais continua de parler.

— Ayla, comment as-tu pu apprendre à te servir aussi bien d'une fronde ? demanda Deegie.

— Et où ? Qui t'a entraînée ? questionna Crozie.

— Je voudrais bien apprendre à en faire autant, ajouta timidement Danug.

Le grand garçon, resté derrière les autres, posait sur Ayla des yeux emplis d'adoration. Dès la première fois qu'il l'avait vue, elle avait fait naître en lui un émoi juvénile. Pour lui, c'était la femme la plus belle qu'il eût jamais vue, et Jondalar, qu'il admirait, avait à son avis bien de la chance. Après la promenade à cheval et l'habileté dont elle venait de faire preuve, l'intérêt naissant de Danug avait pris soudain les proportions d'une passion véritable.

Ayla lui accorda un léger sourire.

— Peut-être nous donneras-tu quelques indications sur la manière de s'y prendre, quand Jondalar et toi vous nous montrerez le lance-sagaie, suggéra Tulie.

— Oui, ça ne me déplairait pas de savoir me servir comme toi d'une fronde, appuya Tornec, mais ce lance-sagaie m'a l'air vraiment intéressant, s'il possède une précision raisonnable.

Ayla recula. Toutes ces questions, tous ces gens autour d'elle la rendaient nerveuse.

— Lance-sagaie est précis... si main est précise, dit-elle.

Elle se rappelait avec quelle assiduité Jondalar et elle s'étaient entraînés. Aucune arme n'était précise par elle-même.

— C'est toujours ainsi. La main et l'œil font l'artiste, Ayla, dit Ranec.

Il lui prit la main, la regarda au fond des yeux.

— Sais-tu combien tu étais belle et gracieuse ? Tu es une artiste, avec cette fronde.

Les yeux sombres qui plongeaient dans les siens l'obligeaient à prendre conscience de son désir et arrachaient à la femme qu'elle était une réaction aussi vieille que le monde. Mais, en même temps, les battements de son cœur lui transmettaient un avertissement : cet homme n'était pas celui qui devait l'émouvoir. Ce n'était pas l'homme qu'elle aimait. L'émotion que Ranec éveillait en elle était indéniable mais d'une nature différente.

Non sans effort, elle détacha son regard du sien, chercha frénétiquement Jondalar... et le trouva. Son regard était fixé sur le couple, et ses yeux d'un bleu éclatant étaient pleins de feu, de glace et de souffrance.

Ayla arracha sa main à celle de Ranec et recula. C'en était trop. Les questions, l'empressement des membres du Camp, les émotions incontrôlables qui l'assaillaient lui devenaient insupportables. Son estomac se nouait, son cœur battait à grands coups, la gorge lui faisait mal. Il lui fallait partir. Elle vit Whinney, et Rydag encore sur son dos. Sans même réfléchir, elle se mit à courir vers la jument, ramassant au passage, de la main qui tenait encore la fronde, le petit sac de pierres.

D'un bond, elle se retrouva à califourchon sur la jument, passa autour de l'enfant un bras protecteur, se pencha en avant. Les signaux transmis par la pression, par le mouvement, et la communication subtile, inexplicable entre la femme et l'animal firent comprendre à Whinney son besoin de fuir. Elle s'élança dans un galop effréné à travers la vaste plaine. Rapide la suivit, maintenant sans effort le même train que sa mère.

Les gens du Camp du Lion en restèrent abasourdis.

Pour la plupart, ils n'avaient pas la moindre idée de la raison qui avait poussé Ayla à enfourcher sa jument, et seuls quelques-uns l'avaient vue partir dans cette course folle. La femme, avec cette longue chevelure blonde qui volait au vent derrière elle, accrochée à l'encolure de la jument fougueuse, constituait un spectacle surprenant, impressionnant, et nombreux étaient ceux qui auraient volontiers changé de place avec Rydag. Nezzie sentit un instant son cœur se pincer d'inquiétude pour l'enfant, mais, elle le savait, jamais Ayla ne lui laisserait courir le moindre danger. Elle se rassura.

L'enfant ignorait pourquoi il bénéficiait de cette immense faveur, mais ses yeux étincelaient de joie. La surexcitation faisait bien battre son cœur un peu plus fort, mais, avec le bras d'Ayla autour de lui, il n'éprouvait aucune crainte, rien d'autre que l'émerveillement de filer ainsi dans le vent.

La fuite loin du théâtre de sa détresse, le contact et le bruit familiers de sa monture apaisèrent la jeune femme. Elle se détendit, prit alors conscience des battements du cœur de Rydag contre son bras avec un rythme particulier, un peu confus. Elle éprouva une inquiétude momentanée. Avait-elle été imprudente en l'emmenant avec elle ? Mais le rythme, s'il était anormal, n'était pas exceptionnellement précipité.

Elle ralentit l'allure de la jument, lui fit décrire un large cercle pour reprendre le chemin du retour. En approchant du terrain de lancer, ils passèrent près d'un couple de lagopèdes. Leur plumage tacheté n'avait pas encore entièrement pris le blanc de l'hiver. Ils se cachaient dans les hautes herbes, mais les chevaux les levèrent, et ils s'envolèrent. Mue par la force de l'habitude, Ayla prépara sa fronde. En baissant les yeux, elle vit que Rydag avait dans sa main deux pierres prises au sac qu'il tenait devant lui. Elle s'en empara et, guidant Whinney par la pression de ses cuisses, elle abattit d'abord l'un des gros oiseaux au vol bas, puis l'autre.

Elle immobilisa Whinney et, sans lâcher Rydag, se laissa glisser au sol. Elle le posa à terre, alla ramasser les oiseaux, leur tordit le cou et, avec quelques hautes tiges d'herbe fibreuse, elle lia les quatre pattes emplumées. Les lagopèdes, quand ils le voulaient, étaient capables de voler vite et loin, mais ils n'émigraient pas vers le sud. Ils se couvraient en hiver d'un épais plumage blanc qui réchauffait et camouflait leur corps et faisaient de leurs pattes des raquettes à neige. Ils supportaient ainsi la saison froide, se nourrissaient de graines et de ramilles. Quand une tempête se déchaînait, ils se creusaient de petites grottes dans la neige pour en attendre la fin.

Ayla remit Rydag sur le dos de Whinney.

— Veux-tu tenir les lagopèdes, lui demanda-t-elle par signes.

— Tu veux bien ? répondit-il dans le même langage.

La joie se lisait dans toute sa personne. Jamais encore il n'avait couru vite pour le simple plaisir de courir vite : pour la première fois, il découvrait ce que l'on peut ressentir. Jamais il n'avait chassé ni même réellement compris les émotions complexes nées de l'exercice conjoint de l'intelligence et de l'habileté dans le but de trouver sa propre subsistance et celle des siens. Il venait de toucher de près ces émotions ; jamais il n'en approcherait davantage.

Ayla sourit. Elle plaça les oiseaux en travers du garrot de la jument, devant Rydag. Après quoi, à pied, elle prit la direction du terrain de lancer. Whinney la suivit. La jeune femme n'était pas pressée de rentrer : elle restait bouleversée au souvenir de l'expression furieuse de Jondalar. Pourquoi se met-il ainsi en colère ? se demandait-elle. Un instant, il l'avait contemplée en souriant, tout heureux... quand tout le monde se pressait autour d'elle. Mais, quand Ranec... Elle rougit, en revoyant les yeux sombres, en réentendant la voix douce. Les Autres ! pensa-t-elle. Elle secoua la tête, comme pour s'éclaircir les idées. Je ne les comprends pas, tous ces Autres !

Le vent qui la poussait lui jetait au visage des mèches de ses longs cheveux. Agacée, elle les repoussait de la main. Plusieurs fois, elle avait songé à se faire des tresses, comme lorsqu'elle vivait seule dans sa vallée. Mais Jondalar aimait voir ses cheveux en liberté, et elle les laissait ainsi. C'était parfois très gênant. Sur quoi, avec une certaine irritation, elle s'aperçut qu'elle tenait toujours sa fronde à la main parce qu'elle n'avait pas d'autre endroit où la mettre, pas de lanière où la glisser. Avec ces vêtements qu'elle portait parce qu'ils plaisaient à Jondalar, elle ne pouvait même pas avoir sur elle son sac de guérisseuse : elle l'avait toujours attaché à la lanière qui retenait fermée la peau dont elle s'enveloppait naguère.

Elle leva la main pour repousser une fois de plus les cheveux qui lui voilaient les yeux et, pour la seconde fois, remarqua sa fronde. Elle s'arrêta, rassembla sa chevelure en arrière, passa autour de sa tête la souple courroie de cuir. Elle sourit. Apparemment, c'était la bonne solution. Ses cheveux retombaient toujours librement dans son dos, mais la courroie les empêchait de revenir sur ses yeux, et il lui paraissait commode de porter ainsi sa fronde sur sa tête.

La plupart des Mamutoï supposaient que la fuite précipitée d'Ayla sur son cheval et la folle chevauchée suivie de son tir réussi sur les lagopèdes faisaient partie de sa démonstration à la fronde. Sans les détromper, elle évita de regarder dans la direction de Jondalar et de Ranec.

Quand elle avait fait volte-face pour s'enfuir, Jondalar avait eu la certitude que c'était sa faute. Il le regrettait, s'en voulait, mais il avait peine à voir clair dans des émotions complexes qui ne lui étaient pas familières et il ne savait comment en parler à Ayla. Ranec, lui, n'avait pas mesuré toute la profondeur du désarroi de la jeune femme. Qu'il éveillât en elle une certaine réaction, il le savait et il soupçonnait qu'il y avait peut-être là une des raisons à cette fuite éperdue sur le cheval. Mais, à ses yeux, il s'agissait là d'une conduite naïve et charmante. Il n'en était que plus attiré vers elle. Jusqu'à quel point, se demandait-il, éprouvait-elle un sentiment profond pour le grand homme blond ?

Au retour d'Ayla, les enfants s'étaient remis à courir d'un bout à l'autre du terrain. Nezzie vint chercher Rydag, prit en même temps les oiseaux. Ayla laissa les chevaux aller où bon leur semblait. Ils s'éloignèrent un peu, se mirent à paître. La jeune femme s'attarda encore un moment : une discussion amicale avait amené quelques personnes à disputer une épreuve improvisée de lancement de sagaie. Cela les conduisit à une activité qui échappait aux limites de l'expérience d'Ayla. Ils se livraient à un jeu. Elle comprenait les concours, les compétitions qui mettaient à l'épreuve des talents nécessaires — à celui qui courait le plus vite ou qui lançait une sagaie le plus loin, par exemple —, mais pas une activité dont le seul objet semblait être le plaisir, et où la mise à l'épreuve ou l'amélioration d'un talent essentiel étaient purement accessoires.

On apporta de l'abri plusieurs cerceaux. De la circonférence d'une cuisse à peu près, ils étaient faits de bandes de cuir brut, tressées et séchées pour les durcir, et étroitement gainés d'une herbe résistante. Des sagaies aiguisées et empennées — sans pointes d'os ou de silex — faisaient aussi partie du matériel.

On faisait rouler les cerceaux sur le sol et on les visait avec les sagaies. Quand quelqu'un en arrêtait un en projetant son arme à travers le cercle, ce qui le couchait sur le sol, des cris, des applaudissements saluaient l'exploit. Le jeu, dont les mots qui servaient à compter faisaient également partie, tout comme cette chose qu'on appelait gageure, avait éveillé une grande excitation, et Ayla était fascinée. Les femmes, tout comme les hommes, y participaient mais, comme s'ils s'opposaient les uns aux autres, ils prenaient leur tour pour faire rouler les cerceaux et pour lancer les sagaies.

Finalement, on parvint à une mystérieuse conclusion. Plusieurs personnes reprirent le chemin de l'habitation. Deegie, toute rouge d'enthousiasme, faisait partie du groupe. Ayla la rejoignit.

— Cette journée se transforme en une véritable fête, on dirait, remarqua Deegie. Des concours, des jeux, et il semble que nous allons faire un vrai festin. Le ragoût de Nezzie, la bouza de Talut, le plat de Ranec. Que vas-tu faire de tes lagopèdes ?

— Ai façon à moi de cuire. Tu penses je dois faire ?

— Pourquoi pas ? Le festin sera encore plus grand avec un autre plat.

Avant même d'atteindre l'habitation, on avait un avant-goût du repas de fête grâce aux odeurs délicieuses qui assaillaient les narines de tentantes promesses. Le ragoût de Nezzie en était responsable pour une grande part. Il mijotait doucement dans la grande peau à cuisiner sous la surveillance de Latie et de Brinan, mais chacun à son tour semblait participer d'une manière ou d'une autre à l'élaboration du repas. Ayla s'était intéressée vivement aux préparatifs du ragoût et elle avait regardé Nezzie et Deegie mettre en route sa cuisson.

Dans un grand trou creusé près d'un feu, on avait posé des charbons ardents sur un lit de cendres accumulées par de précédentes cuissons. On avait versé pardessus de la bouse de mammouth séchée et réduite en poudre et l'on avait posé sur le tout une grande pièce de peau de mammouth très épaisse, soutenue par un cadre et remplie d'eau. Les braises qui couvaient sous la bouse de mammouth avaient commencé à chauffer l'eau, mais, quand la bouse avait pris feu, il y avait eu assez de combustible consumé pour que le cuir ne touchât plus les flammes. L'eau bouillait, à présent, mais, en suintant lentement, elle empêchait la peau de prendre feu. Une fois tout le combustible épuisé, on entretenait l'ébullition du ragoût en y ajoutant des galets de rivière qu'on avait chauffés au rouge. Quelques enfants étaient chargés de cette tâche.

Ayla pluma les grues, les vida à l'aide d'un petit couteau de silex. Il n'avait pas de manche, mais on en avait émoussé l'un des tranchants pour éviter tout risque de coupure. Juste derrière la pointe, on avait pratiqué une échancrure. On plaçait de chaque côté le pouce et le majeur, on posait l'index sur l'échancrure, et l'on pouvait ainsi guider aisément le couteau. Il n'était pas fait pour un travail de force mais servait uniquement à trancher de la viande et du cuir. Ayla avait appris à s'en servir depuis son arrivée. Elle le trouvait très commode.

Elle avait toujours fait cuire les lagopèdes dans un trou tapissé de pierres. Elle y allumait un feu, le laissait brûler jusqu'au bout, avant de placer les animaux dans le trou et de les recouvrir. Mais on avait peine à trouver de grosses pierres dans les environs. Elle avait donc décidé d'adapter à ses propres besoins la technique de cuisson du ragoût. Ce n'était pas la bonne saison pour les herbes qu'elle aimait utiliser — du pas-d'âne, de l'ortie, de l'ansérine — et pour les œufs de lagopèdes, dont elle aurait aimé farcir les oiseaux. Mais certaines des herbes contenues dans son sac de guérisseuse, si on les employait en petites quantités, étaient aussi bonnes pour l'assaisonnement que pour les remèdes, et le foin dont elle enveloppait les grues allait leur prêter une saveur subtile très particulière. Quand elle en aurait fini, le plat ne serait peut-être plus celui qu'avait préféré Creb, mais il serait bon, se disait-elle.

Lorsqu'elle eut fini de nettoyer les oiseaux, elle retrouva Nezzie qui allumait un feu.

— Voudrais cuire lagopèdes dans trou, comme tu cuis ragoût dans trou. Peux avoir braises ? demanda Ayla.

— Bien sûr. As-tu besoin d'autre chose ?

— J'ai herbes séchées. Aime légumes frais dans oiseaux. Mauvaise saison.

— Va voir dans la réserve. Il y a quelques autres légumes dont tu as peut-être envie, et nous avons aussi du sel, proposa Nezzie.

Du sel, pensa la jeune femme. Elle n'avait pas mis de sel dans sa cuisine depuis son départ du Clan.

— Oui, aimerais sel. Peut-être légumes. Vais voir. Où trouve braises ?

— Je t'en donnerai un peu, dès que ce feu aura pris.

Ayla regarda Nezzie alimenter son feu, d'abord sans y prêter grande attention. Mais elle fut assez vite intriguée. Les Mamutoï, elle le savait sans jamais y avoir vraiment réfléchi, n'avaient pas beaucoup d'arbres. Ils se servaient d'os comme combustible, et l'os ne brûle pas facilement. Nezzie avait emprunté à un autre foyer une braise, avec laquelle elle avait enflammé le duvet de certaines gousses qu'on recueillait pour en faire des mèches. Elle ajouta un peu de bouse séchée qui produisait une flamme plus vive et plus chaude et, ensuite, des copeaux et des éclats d'os, qui avaient du mal à prendre.

Nezzie soufflait sur le feu pour l'attiser. En même temps, elle actionnait une sorte de petite poignée qu'Ayla n'avait pas encore remarquée. La jeune femme perçut un léger sifflement d'air, vit des cendres s'envoler. Le feu s'aviva. Sous l'effet des flammes plus brûlantes, les éclats d'os commencèrent à roussir sur les bords, avant de s'enflammer à leur tour. Sur quoi, Ayla prit soudain conscience de la source d'un phénomène qui la tracassait depuis son arrivée au Camp du Lion, sans qu'elle l'eût vraiment remarqué. L'odeur de la fumée était anormale.

Il lui était arrivé de brûler de la bouse séchée, et elle en connaissait bien la forte et pénétrante odeur. Mais elle s'était surtout servie de combustible d'origine végétale : elle était accoutumée à l'odeur de la fumée de bois. Le combustible qu'utilisait le Camp du Lion était d'origine animale. L'odeur de l'os qui brûlait avait un caractère bien différent : elle rappelait celle d'un rôti laissé trop longtemps au feu. Mêlée à celle de la bouse séchée, dont ces gens se servaient aussi par grandes quantités, elle saturait tout le campement d'exhalaisons très particulières. Ce n'était pas vraiment déplaisant, mais Ayla n'y était pas accoutumée, ce qui la mettait mal à l'aise. Maintenant qu'elle en avait identifié la cause, elle se sentait soulagée d'une certaine tension indéfinissable.

Elle sourit en regardant Nezzie ajouter encore des éclats d'os et ajuster la poignée, ce qui aviva le feu.

— Comment tu fais ? demanda-t-elle. Feu brûler plus fort ?

— Le feu a besoin de respirer, comme nous, et le vent est la respiration du feu. La Mère nous a enseigné cela quand Elle a fait des femmes les gardiennes du feu. Tu le vois bien : quand tu donnes ton souffle au feu, quand tu souffles dessus, il brûle mieux. Pour amener le vent, nous creusons une tranchée qui va du fond du foyer jusqu'à l'extérieur. La tranchée est tapissée des intestins d'un animal, qu'on gonfle d'air avant de les faire sécher. On les recouvre d'os avant de remettre la terre en place. La tranchée pour ce foyer passe par là, sous ces nattes d'herbe. Tu vois ?

Ayla regarda dans la direction indiquée, hocha la tête.

— Elle aboutit ici, poursuivit la femme.

Elle montrait à sa compagne une corne de bison creuse qui sortait d'un orifice ménagé sur un côté de la petite fosse, au-dessous du niveau du sol.

— Mais on n'a pas toujours besoin de la même force de vent. Tout dépend de la façon dont il souffle dehors et de l'ardeur du feu que tu désires. Tu empêches l'air de pénétrer ou bien tu le laisses entrer ainsi.

Nezzie désignait la poignée, reliée à une sorte de soupape faite d'une mince clavicule.

L'idée pouvait paraître assez simple mais elle était ingénieuse. C'était une véritable réalisation technique, essentielle à la survie. Sans ce dispositif, les Chasseurs de Mammouths n'auraient pu vivre sur les steppes subarctiques, sinon en quelques endroits isolés, et cela en dépit de l'abondance du gibier. Tout au plus y seraient-ils venus séjourner à la belle saison. En ces régions presque dénuées d'arbres, où les hivers avaient la rigueur caractéristique des lieux où les glaciers empiètent sur la terre, ce foyer à appel d'air leur permettait de brûler de l'os, le seul combustible disponible en assez grandes quantités pour leur permettre de séjourner là toute l'année.

Quand Nezzie eut obtenu un bon feu, Ayla se rendit aux réserves, afin de voir si elle trouverait de quoi farcir les lagopèdes à son goût. Elle fut tentée par des embryons desséchés, tirés d'œufs d'oiseaux, mais il faudrait sans doute les faire tremper, et elle ne savait trop combien de temps prendrait l'opération. Elle songea à utiliser des carottes sauvages ou des graines de vesce mais elle changea d'idée.

Elle vit alors le panier qui contenait encore le gruau de grains et de légumes qu'elle avait préparé ce matin-là. On l'avait mis de côté, à la disposition de qui voudrait en manger, et il s'était épaissi en refroidissant. Elle le goûta. Quand on devait économiser le sel, on préférait des saveurs bien définies, épicées. Elle avait assaisonné son gruau de sauge et de menthe, avait ajouté des racines amères, des oignons et des carottes sauvages aux grains d'orge et de seigle.

Avec un peu de sel, se dit-elle, et les graines de tournesol qu'elle avait vues dans l'une des réserves, des groseilles... peut-être aussi le pas-d'âne et les cynorhodons qu'elle avait dans son sac de guérisseuse, elle pourrait composer une farce intéressante pour les grues.

Elle prépara les oiseaux, les farcit, les enveloppa de foin fraîchement coupé, les plaça au fond d'une fosse à feu, avec quelques braises d'os, et les recouvrit de cendres chaudes. Elle alla voir ensuite ce que faisaient les autres membres du Camp.

Une grande activité se déployait devant l'entrée, et la plupart des occupants s'y trouvaient rassemblés. En approchant, la jeune femme découvrit qu'on avait réuni là de grands tas de graminées. Certains secouaient, piétinaient, battaient les gerbes au fléau, pour libérer le grain de la paille et des cosses. D'autres séparaient les grains de la balle qui restait, en les jetant en l'air avec de grands plateaux à vanner, faits de brins d'osier. Ranec versait les grains dans un pied de mammouth évidé, prolongé par un morceau de tibia, qui servait de mortier. Il prit un pilon, fait d'une section de défense, et entreprit d'écraser les grains.

Bientôt, Barzec ôta sa pelisse de fourrure et, debout en face de lui, s'empara du lourd pilon une fois sur deux, de sorte que la besogne se partageait entre eux. Tornec se mit à battre des mains à leur rythme. Manuv intervint avec un refrain répétitif, psalmodié.

I-yah wo-wo, Ranec écrase le grain, yah !
I-yah wo-wo, Ranec écrase le grain, neh !

Deegie reprit en syncope, avec une phrase contrastante.

Neh neh neh neh, Barzec lui facilite la tâche, yah !
Neh neh neh neh, Barzec lui facilite la tâche, neh !

Bientôt, d'autres se mirent à se frapper les cuisses, les voix mâles chantant avec Manuv, tandis que les voix de femmes se joignaient à celle de Deegie. Ayla, emportée par le rythme, fredonnait tout bas. Elle n'osait pas faire davantage mais elle était heureuse de participer.

Au bout d'un moment, Wymez, qui avait à son tour ôté sa pelisse, prit place tout contre Ranec et, sans rompre la mesure, le remplaça. Manuv, aussitôt, modifia le refrain et, sur le temps suivant, chanta une autre phrase.

Nah nah we-ye, Wymez prend le pilon, yoh !

Quand Barzec parut se fatiguer, Druwez prit sa place, et Deegie changea de refrain. Puis ce fut au tour de Frebec.

Ils firent une pause pour mesurer le résultat de leurs efforts, versèrent le grain pilé dans un crible fait de feuilles de massettes tressées. On remit ensuite du grain dans le mortier, mais, cette fois, Tulie et Deegie se chargèrent du pilon. Manuv imagina un refrain pour elles deux mais le chanta d'une voix de fausset qui fit rire tout le monde. Nezzie remplaça Tulie, et, sous le coup d'une impulsion, Ayla vint se placer près de Deegie, ce qui provoqua des sourires et des signes d'approbation.

Deegie abattit le pilon, le lâcha. Nezzie tendit la main et le souleva, au moment où Ayla se mettait à la place de Deegie. Ayla entendit un « yah » ! quand le pilon retomba bruyamment et elle se saisit du gros morceau d'ivoire légèrement incurvé. C'était plus lourd qu'elle ne pensait, mais elle le souleva, entendit Manuv chanter.

A-yah wa-wa, Ayla est la bienvenue, nah !

Elle faillit lâcher le morceau de défense. Elle ne s'attendait pas à ce geste d'amitié spontanée. Sur le temps suivant, quand le Camp du Lion tout entier reprit le refrain, hommes et femmes, elle se sentit émue au point de devoir refouler ses larmes. C'était plus qu'un simple message d'amitié et d'affection : elle était acceptée. Elle avait trouvé les Autres, et ils l'avaient accueillie parmi eux.

Tronie remplaça Nezzie. Au bout d'un moment, Fralie fit un mouvement vers elles, mais Ayla secoua la tête, et la jeune femme enceinte recula docilement. Ayla en fut heureuse, mais cette soumission la confirma dans son impression : Fralie ne se sentait pas bien. Elles continuèrent à piler le grain jusqu'au moment où Nezzie les interrompit pour le verser dans le crible et remplir le mortier.

Cette fois, Jondalar se présenta pour prendre sa part de la tâche fastidieuse et pénible, que l'effort commun et la gaieté ambiante rendaient plus facile. Mais il fronça les sourcils lorsque Ranec se présenta à son tour. Brusquement, la tension entre l'homme à la peau sombre et le visiteur blond vint mêler à l'atmosphère amicale un courant subtil d'animosité.

Quand les deux hommes, en se passant l'un à l'autre la pesante défense, commencèrent d'accélérer le rythme, chacun s'en rendit compte. Comme ils le précipitaient de plus en plus, le chant mourut peu à peu. Mais quelques-uns des assistants se mirent à taper des pieds, et le bruit des mains abattues sur les cuisses se fit plus fort, plus vif. Imperceptiblement, Jondalar et Ranec accentuaient la force de leurs coups en même temps que la vitesse. Au lieu d'un effort commun, le travail devenait un affrontement de deux vigueurs, de deux volontés. Quand l'un des deux abattait le pilon, celui-ci, sous le choc, rebondissait entre les mains de l'autre, qui l'abattait à son tour.

La sueur perlait sur leurs fronts, ruisselait sur leurs visages, coulait dans leurs yeux. Elle trempait leurs tuniques, mais ils continuaient à rivaliser, de plus en plus vite, de plus en plus fort. Le duel se prolongeait, indéfiniment, semblait-il. Ils se refusaient à abandonner. Leur respiration se faisait haletante, ils montraient des signes d'épuisement, mais ils ne voulaient pas renoncer. Ni l'un ni l'autre ne tenait à céder devant l'adversaire. Apparemment, chacun aurait préféré mourir.

Ayla était hors d'elle-même. Ils abusaient de leurs forces. Elle tourna vers Talut un regard affolé. Talut fit signe à Danug, et tous deux s'approchèrent des deux hommes qui semblaient bien décidés à se tuer.

— Il est temps de laisser la place à d'autres ! tonitrua le chef.

Il repoussa Jondalar, se saisit du pilon. Danug le reprit à Ranec au moment où il rebondissait.

Les deux hommes étaient assommés par l'épuisement.

Ils n'avaient même pas l'air de se rendre compte que l'affrontement avait pris fin. Ils s'éloignèrent d'un pas chancelant, le souffle court. Ayla eut envie de s'élancer à leur aide, mais l'indécision la retint. Sans trop comprendre comment, elle se savait à l'origine de cette lutte. Quel que fût celui vers lequel elle irait en premier, l'autre perdrait la face. Les membres du Camp étaient inquiets, eux aussi, mais ils hésitaient à intervenir. Ils craignaient de faire paraître au grand jour que la rivalité entre les deux hommes n'était pas seulement un jeu. Ils donneraient corps à une hostilité que personne n'était disposé à prendre au sérieux.

Jondalar et Ranec se remettaient peu à peu. L'attention se reporta sur Talut et Danug qui continuaient à piler le grain et en faisaient une compétition. Une compétition amicale, certes, mais pas moins intense pour autant. Talut, en abattant dans le pied de mammouth le lourd pilon d'ivoire, souriait à ce jeune double de lui-même. Danug, sans sourire, le reprenait avec une sombre détermination.

— Bravo, Danug ! cria Tornec.

— Il n'a pas une chance, riposta Barzec.

— Danug est plus jeune, déclara Deegie. Talut cèdera le premier.

— Il n'a pas la résistance de Talut, affirma Frebec.

— Il ne possède pas encore la vigueur de Talut mais Danug a une grande résistance, dit Ranec.

Il avait fini par reprendre suffisamment haleine pour apporter ce commentaire. L'effort excessif laissait encore des traces, mais il voyait dans son affrontement avec Jondalar un moyen de faire apparaître leur rivalité moins grave qu'elle ne l'était.

— Allez, Danug ! cria Druwez.

— Tu vas gagner ! ajouta Latie, saisie par l'enthousiasme contagieux.

Toutefois, elle ne savait trop si son encouragement s'adressait à Danug ou à Talut.

Soudain, sous un puissant effort de Danug, l'os de mammouth se fêla.

— Ça suffit ! intervint Nezzie d'une voix grondeuse. Tu n'as pas besoin de cogner ce pilon au point de casser le mortier. Il va nous en falloir un autre, à présent, et, à mon avis, c'est toi qui devras le faire, Talut.

— Je crois que tu as raison ! dit Talut, rayonnant. Bien joué, Danug. Tu as pris des forces, pendant ton absence. Tu as vu ce garçon, Nezzie ?

— Regarde ça ! fit Nezzie, qui vidait le mortier. Ce grain a été réduit en poudre ! Je le voulais tout juste concassé. J'allais le faire sécher et le mettre en réserve. On ne peut pas faire sécher ça pour le conserver.

— De quelle sorte de grain s'agit-il ? questionna Ranec. Je demanderai à Wymez mais je crois que le peuple de ma mère faisait quelque chose avec le grain réduit en poudre. Je vais en prendre un peu, si personne d'autre n'en veut.

— C'est surtout du blé, mêlé d'un peu de seigle et d'avoine. Tulie en a déjà assez pour faire les petites miches que tout le monde aime. Il ne lui reste qu'à les cuire. Talut voulait un peu de grain pour le mélanger à la fécule des racines de massettes dont il se sert pour sa bouza. Mais tu peux tout prendre si tu veux. Tu l'as bien gagné.

— Talut aussi l'a gagné. S'il en veut un peu, qu'il le prenne, dit Ranec.

— Garde ce qu'il te faut, Ranec. Je me servirai du reste, intervint Talut. La fécule de racine de massettes que j'ai mise à tremper commence à fermenter. Je ne sais pas ce qui se passerait si j'y ajoutais ça, mais ça pourrait être intéressant d'essayer.

Ayla observait Jondalar et Ranec, pour s'assurer que tout allait bien. Quand elle vit Jondalar ôter sa tunique trempée de sueur, s'asperger d'eau et rentrer dans l'habitation, elle comprit qu'il ne souffrait d'aucune conséquence fâcheuse. Elle se sentit alors un peu ridicule de tant se tourmenter à son sujet. Après tout, c'était un homme vigoureux, résistant. Un tel effort ne pouvait certainement pas lui faire de mal, non plus qu'à Ranec. Mais elle les évita l'un et l'autre. Leur comportement, tout comme ses propres émotions, la troublait. Elle avait besoin d'un peu de temps pour réfléchir.

Tronie apparut sous la voûte d'accès. Elle avait l'air

excédée. Elle portait sur une hanche le petit Hartal et, sur l'autre, un plat taillé dans un os, sur lequel s'empilaient des corbeilles et des instruments. Ayla se hâta vers elle.

— J'aide ? Porter Hartal, proposa-t-elle.

— Oh ! tu veux bien ? fit la jeune mère.

Elle tendit l'enfant à Ayla.

— Tout le monde a cuisiné des plats particuliers aujourd'hui. Je voulais, moi aussi, préparer quelque chose pour le festin mais j'ai été constamment dérangée. Après ça, Hartal s'est réveillé. Je lui ai donné le sein, mais il n'est pas encore disposé à se rendormir.

Tronie trouva un endroit où s'installer, près du grand foyer extérieur. Le bébé sur la hanche, Ayla la regarda décortiquer des graines de tournesol prises dans une corbeille et les mettre dans le grand plat. A l'aide d'une rotule — sans doute celle d'un rhinocéros laineux, pensa Ayla —, elle écrasa les graines pour en faire une sorte de pâte. Après quoi, elle emplit d'eau un autre panier. Elle prit deux baguettes d'os qu'on avait taillées et façonnées de manière à les rendre bien droites. Elle s'en servit habilement pour cueillir, d'une seule main, quelques pierres brûlantes dans le feu. Les pierres tombèrent dans l'eau, dans un sifflement et un nuage de vapeur. Tronie retira celles qui s'étaient refroidies, en ajouta d'autres brûlantes, jusqu'au moment où l'eau se mit à bouillir. Elle plongea alors dedans la pâte faite de graines de tournesol. Ayla, intriguée, suivait tous ses mouvements.

Les graines, en cuisant, laissaient échapper leur huile. Tronie se servait d'une grande cuiller pour la recueillir à la surface et la déposait dans un autre récipient, fait, cette fois, d'écorce de bouleau. Lorsqu'elle en eut recueilli le plus possible, elle ajouta des grains concassés, dont Ayla ne reconnut pas l'origine, de petites graines noires d'ansérine, dans l'eau qui bouillait toujours, assaisonna de quelques herbes, remit des pierres bouillantes dans le mélange pour le garder en ébullition. Elle mit de côté les récipients en écorce de bouleau pour laisser refroidir leur contenu. L'huile de graines de tournesol figea. Du bout de la cuiller, Tronie la fit goûter à Ayla qui la trouva délicieuse.

— C'est particulièrement bon sur les petites miches que fait Tulie, expliqua Tronie. Voilà pourquoi je tenais à en préparer. Pendant que j'avais de l'eau bouillante, j'ai pensé que je pourrais faire aussi quelque chose pour le premier repas, demain matin. Personne ne tient à faire la cuisine, un lendemain de fête, mais les enfants, eux, ont besoin de manger. Merci de m'avoir aidée en t'occupant de Hartal.

— Pas dire merci. Est mon plaisir. Pas tenu petit enfant depuis longtemps, dit Ayla.

C'était vrai, elle en prit soudain conscience. Elle se surprit à examiner Hartal de plus près. Elle comparait par la pensée avec les enfants du Clan. Hartal n'avait pas de protubérances au niveau des sourcils, mais elles n'étaient pas non plus très développées chez les bébés du Clan. Il avait un front plus droit, la tête plus ronde, mais, à cet âge, se disait-elle, ils n'étaient pas si différents les uns des autres, sinon que Hartal riait et gazouillait, alors que les enfants du Clan ne produisaient pas autant de sons.

Le petit commença de s'agiter un peu quand sa mère alla laver les ustensiles dont elle s'était servie. Ayla le fit danser sur ses genoux, avant de le changer de position pour le placer en face d'elle. Elle se mit à lui parler, observa sa réaction intéressée. Il se calma un moment, mais pas bien longtemps. Il allait se remettre à pleurer quand Ayla émit un long sifflement. Surpris, il se tut pour l'écouter. Elle siffla de nouveau, cette fois comme un oiseau.

Elle avait consacré bien des après-midi trop longs, du temps où elle vivait seule dans sa vallée, à s'entraîner à imiter les chants et les appels des oiseaux. Elle y était devenue si habile que certaines espèces venaient quand elle sifflait. Mais ces oiseaux n'habitaient pas seulement dans la vallée.

Pendant qu'elle s'évertuait ainsi à distraire l'enfant, quelques oiseaux se posèrent non loin, entreprirent de picorer les grains et les graines tombés des corbeilles de Tronie. Ayla les vit, continua de siffler, tendit un doigt.

Après un instant de méfiance, un pinson, plus courageux que les autres, vint s'y percher. Prudemment, sans cesser de siffler pour calmer et intriguer à la fois la petite créature, Ayla rapprocha l'oiseau pour permettre à l'enfant de le voir. Celui-ci gloussa de plaisir, tendit son petit poing potelé. L'oiseau s'envola.

Ce fut alors qu'à sa grande surprise Ayla entendit des applaudissements. Le bruit des mains qui tapaient sur les cuisses lui fit relever la tête. La plupart des occupants du Camp du Lion étaient là et lui souriaient.

— Comment fais-tu, Ayla ? demanda Tronie. Certaines personnes, je le sais, sont capables d'imiter le chant d'un oiseau ou le cri d'un autre animal, mais toi, tu le fais si bien qu'ils s'y trompent. Jamais je n'ai rencontré personne qui exerce un tel pouvoir sur les bêtes.

Ayla rougit, comme si elle avait été surprise à agir... comme il ne fallait pas, à se montrer différente des autres. En dépit des sourires, des manifestations d'approbation, elle se sentait mal à l'aise. Elle ne savait comment répondre à la question de Tronie. Elle ne savait comment expliquer que, lorsqu'on vit complètement seul, on a tout le temps de s'entraîner à siffler comme un oiseau. Quand on n'a personne au monde vers qui se tourner, un cheval ou même un lion peut devenir un compagnon. Lorsqu'on ignore s'il existe au monde une autre créature qui vous ressemble, on cherche, de toutes les manières possibles, à entrer en contact avec un autre être vivant.

10

Au début de l'après-midi, il se fit une accalmie dans les activités du Camp du Lion. Le repas le plus abondant de la journée avait généralement lieu aux environs de midi, mais la plupart des Mamutoï préférèrent le sauter ou se contentèrent de grignoter les restes du repas du matin, en prévision du festin qui, même s'il était improvisé, promettait d'être succulent. On se détendait. Certains faisaient la sieste, d'autres allaient de temps en temps surveiller les plats qui cuisaient, quelques-uns s'entretenaient à voix contenues. Il planait néanmoins sur l'assemblée une atmosphère de surexcitation, et chacun attendait avec impatience une soirée hors du commun.

A l'intérieur, Ayla et Tronie écoutaient Deegie leur détailler sa visite au camp de Branag et les dispositions qui avaient été prises pour leur Union. Au début, Ayla avait montré un intérêt marqué, mais, quand les deux autres jeunes femmes se mirent à parler de tel ou tel parent, de tel ou tel ami, tous gens qu'elle ne connaissait pas, elle se leva en disant qu'elle allait voir comment se comportaient les lagopèdes et elle sortit. En écoutant Deegie parler de Branag et de leur Union prochaine, elle s'était prise à songer à sa relation avec Jondalar. Il avait bien dit qu'il l'aimait mais jamais il n'avait proposé de s'unir à elle ni parlé d'une Union, et elle se demandait pourquoi.

Elle alla jusqu'à la fosse où cuisaient ses oiseaux, vérifia que la chaleur était constante. Elle remarqua alors, un peu à l'écart, là où ils travaillaient généralement pour ne pas gêner les allées et venues habituelles, Wymez et Danug, en compagnie de Jondalar. Elle savait de quoi ils s'entretenaient. Même si elle l'avait ignoré, elle aurait pu le deviner. Autour d'eux s'éparpillaient des rognons de silex brisés et des éclats acérés, et plusieurs gros blocs de la même pierre gisaient sur le sol, près des trois façonneurs d'outils. Il lui arrivait souvent de se demander comment ils faisaient pour consacrer tant de temps à parler de silex. Ils avaient bien dû, à présent, épuiser le sujet.

Sans être experte, Ayla, avant l'arrivée de Jondalar, avait fabriqué ses propres outils en pierre taillée, et ils avaient suffi à ses besoins. Souvent, durant son enfance, elle avait observé Droog, le façonneur d'outils du Clan, et elle s'était entraînée en copiant ses techniques. Mais, la première fois qu'elle avait regardé travailler Jondalar, elle avait compris que le talent de son compagnon dépassait le sien de très loin. Il existait une certaine similitude dans la sensibilité à l'égard du métier et peut-être même dans une relative habileté. Mais les méthodes de Jondalar et les outils dont il se servait dépassaient de loin ceux du Clan. Elle était curieuse de connaître les méthodes de Wymez et elle avait pensé lui demander si elle pourrait un jour le regarder travailler. Elle décida que le moment était bien choisi.

Jondalar avait senti sa présence dès qu'elle était sortie de l'habitation mais il s'efforçait de ne pas le montrer. Depuis qu'elle avait fait sa démonstration à la fronde, sur les steppes, elle l'évitait, il en était convaincu, et il ne voulait pas s'imposer à elle si elle ne le souhaitait pas. Lorsqu'elle se dirigea vers les trois hommes, l'inquiétude lui noua l'estomac : il craignait de la voir faire volte-face.

— Si pas déranger, aimerais regarder travailler, dit Ayla.

— Bien sûr. Assieds-toi, répondit Wymez, avec un sourire de bienvenue.

Jondalar se détendit visiblement : son front plissé se dérida, la crispation de sa mâchoire disparut. Quand la jeune femme s'assit près de lui, Danug voulut lui parler, mais le seul fait de sa présence le rendait muet. Jondalar reconnut dans ses yeux un regard de pure adoration. Il réprima un sourire indulgent. Il s'était pris d'une véritable affection pour le jeune homme, et cette passion d'amoureux transi ne pouvait lui porter ombrage. Elle lui permettait de se prendre un peu pour un frère aîné protecteur.

Wymez reprit une discussion que, de toute évidence, Ayla avait interrompue.

— Ta technique est-elle communément utilisée, Jondalar ? demanda-t-il.

— Plus ou moins. La plupart des gens détachent des lames d'un rognon préparé pour en faire d'autres outils : des burins, des couteaux, des grattoirs ou encore des pointes pour les sagaies les plus petites.

— Et pour les grandes ? Chassez-vous le mammouth ?

— Parfois, répondit Jondalar. Mais nous ne nous spécialisons pas comme vous dans cette chasse. Les pointes destinées aux sagaies plus grandes sont taillées dans l'os... Pour ma part, j'aime assez me servir d'un tibia de cerf. On utilise un burin pour le dégrossir. On creuse des sillons sur la longueur et on y repasse jusqu'au moment où l'os se brise. On le racle ensuite avec un grattoir ménagé sur le tranchant d'une lame, afin de lui donner la forme voulue. Avec du grès mouillé, on peut obtenir une pointe solide et acérée.

Ayla l'avait aidé à façonner les pointes de sagaie en os qu'ils utilisaient. Elles étaient longues et mortelles et s'enfonçaient très avant quand on les lançait avec force, particulièrement avec le propulseur. Plus légère que celles dont elle s'était servie avant son arrivée, et qui étaient copiées sur le modèle employé par le Clan, les sagaies de Jondalar étaient toutes faites pour être lancées et non pour frapper de près.

— Une pointe en os fait de profondes blessures, déclara Wymez. Si l'on touche un endroit vital, la mort est rapide, mais il n'y a pas beaucoup de sang. Il est plus difficile d'atteindre un point vital sur un mammouth ou sur un rhinocéros. La fourrure est drue, la peau épaisse. Si tu parviens à passer entre deux côtes, il faut encore traverser d'énormes couches de graisse et de muscle. L'œil fait une bonne cible, mais il est petit et sans cesse en mouvement. On peut tuer un mammouth en lui plantant une sagaie dans la gorge, mais c'est dangereux. On est obligé d'approcher l'animal de trop près. Une pointe de sagaie en silex a des bords très tranchants. Elle se fraie plus aisément un chemin à travers une peau dure, elle tire du sang, ce qui affaiblit l'animal. Si tu peux les faire saigner, les boyaux ou la vessie représentent les meilleures cibles. C'est un peu moins rapide mais plus sûr.

Ayla était fascinée. La fabrication des outils constituait déjà un sujet intéressant, mais jamais elle n'avait chassé le mammouth.

— Tu as raison, dit Jondalar. Mais comment faire une pointe de sagaie bien droite ? Tu peux t'y prendre de n'importe quelle façon pour débiter une lame de silex, elle est toujours incurvée. C'est dans la nature de la pierre. Tu ne peux pas lancer une sagaie qui aurait une pointe incurvée : tu perdrais de ta précision, de ta force de pénétration et, probablement, la moitié de ta vigueur. Voilà pourquoi les pointes en silex sont petites.

Quand tu as fini d'éliminer assez de pierre par le dessous pour obtenïr une pointe bien droite, il ne reste plus grand-chose.

Wymez souriait, hochait la tête pour manifester son approbation.

— C'est vrai, Jondalar, mais laisse-moi te montrer quelque chose.

L'aîné des deux hommes prit derrière lui un paquet pesant, enveloppé de peau. Il l'ouvrit, en sortit une énorme tête de hache, taillée dans un rognon de silex entier. Elle comportait un talon arrondi, et l'autre extrémité, assez épaisse, avait été façonnée jusqu'à une lame affilée qui se terminait en pointe.

— Tu as déjà fait quelque chose de cette sorte, j'en suis sûr.

Jondalar sourit.

— Oui, j'ai fait des haches, mais rien d'aussi gros que ça. Tu dois la destiner à Talut.

— Oui, j'allais l'emmancher sur un os long, pour Talut... ou peut-être pour Danug, dit Wymez, avec un sourire à l'adresse du jeune homme. On s'en sert pour briser les os de mammouth ou pour détacher les défenses. Il faut un homme puissant pour manier ça. Talut la brandit comme s'il s'agissait d'une branche. Danug, je crois, est capable d'en faire autant, à présent.

— Oui, il peut. Il coupe arbres pour moi, intervint Ayla.

Son regard d'admiration fit rougir Danug, qui lui sourit timidement.

Elle avait, elle aussi, façonné et utilisé des haches mais aucune de cette taille.

— Comment fais-tu une hache ? reprit Wymez.

— Le plus souvent, je commence par détacher au percuteur une plaque épaisse et je la retouche ensuite sur les deux côtés pour lui donner un tranchant et une pointe.

— Le peuple de la mère de Ranec, les Atériens, retouchent les pointes de sagaies pour en faire des bifaces.

— Des bifaces ? Ils font sauter des éclats sur les deux côtés, comme pour une hache ? Mais, pour obtenir une ligne suffisamment droite, il faudrait partir d'une plaque épaisse, pas d'une lame fine et mince. Ne serait-ce pas trop malaisé pour une pointe de sagaie ?

— La pointe était parfois épaisse et lourde, mais c'était un vrai progrès sur la hache. Et très efficace pour tuer les animaux qu'ils chassaient. Pourtant, tu as raison. Pour blesser un mammouth ou un rhinocéros, il faut une pointe de silex à la fois longue, droite, solide et mince. Comment t'y prendrais-tu ? demanda Wymez.

— Avec un biface. C'est le seul moyen. Sur une plaque de cette épaisseur, je retoucherais en exerçant une pression à plat, pour débiter de minces éclats des deux côtés.

Jondalar parlait d'un ton méditatif : il s'efforçait d'imaginer la manière dont il façonnerait une telle arme.

— Mais il faudrait pour cela une énorme maîtrise.

— Exactement. Le problème, c'est à la fois la maîtrise et la qualité de la pierre.

— C'est vrai. Il faudrait qu'elle soit fraîche. Dalanar, l'homme qui m'a enseigné le métier, vit près d'une falaise crayeuse qui renferme du silex au niveau le plus bas. Peut-être certains rognons de sa pierre conviendraient-ils. Mais, même ainsi, ce serait difficile. Nous avons façonné quelques belles haches, mais j'ignore comment on pourrait obtenir une pointe convenable de cette façon-là.

Wymez prit un autre paquet, enveloppé d'une belle peau souple. Il l'ouvrit avec soin, mit au jour une série de pointes en silex.

Jondalar ouvrit tout grands des yeux stupéfaits. Il regarda Wymez, puis Danug, qui souriait avec fierté du succès de son maître. L'homme blond prit l'une des pointes. Il la tourna, la retourna entre ses mains. Il caressait presque la pierre délicatement travaillée.

Le silex, au contact, semblait glissant, il avait un aspect satiné, un chatoiement qui faisait briller au soleil les multiples facettes. La pointe avait la forme d'une feuille de saule, elle avait une symétrie presque parfaite dans toutes ses dimensions et elle faisait toute la longueur de la main de Jondalar, de la base de la paume au bout des doigts. Elle partait d'une pointe à une extrémité pour atteindre, au milieu, à la largeur de quatre doigts et retrouver une autre pointe à l'extrémité opposée. Jondalar la posa de chant sur sa main. C'était vrai : elle n'avait pas la courbure caractéristique des outils à lame. Elle était parfaitement droite, et sa section médiane avait à peu près l'épaisseur de son petit doigt.

D'un geste professionnel, il tâta le tranchant. Très affilé, tout juste un peu dentelé par les traces des nombreux éclats minuscules qu'on avait fait sauter. Du bout des doigts, il passa légèrement sur toute la surface, sentit les petites arêtes laissées par la multitude d'autres éclats qui avaient été détachés pour donner à la pointe du silex une forme aussi pure, aussi précise.

— C'est bien trop beau pour s'en servir comme d'une arme, déclara Jondalar. C'est une œuvre d'art.

La louange d'un autre artiste dans son propre métier fit plaisir à Wymez.

— Cette pointe n'est pas utilisée comme arme, dit-il. J'ai voulu en faire un modèle, pour montrer la technique.

Ayla tendit le cou pour voir de plus près les instruments délicatement façonnés nichés dans la peau souple. Elle n'osait pas les toucher. Jamais elle n'avait vu des pointes taillées avec un tel art. Elles étaient de toutes les grandeurs, de toutes les formes. Certaines encore étaient faites comme des feuilles de saules, mais d'autres, dissymétriques, comportaient d'un côté un tranchant fortement biaisé qui aboutissait à une sorte de tige : on pouvait ainsi les enfoncer dans un manche et s'en servir comme de couteaux. D'autres encore, plus symétriques, avaient une soie centrée qui pouvait faire d'elles des pointes de sagaies ou des couteaux d'une autre sorte.

— Tu veux les regarder de plus près ? demanda Wymez.

Une lueur émerveillée au fond des yeux, la jeune femme les prit l'une après l'autre. Elle les manipulait comme s'il s'était agi de joyaux précieux. Et c'était presque le cas.

— Silex est... lisse... vivant, remarqua-t-elle. Jamais vu silex comme ça.

Wymez sourit.

— Tu as découvert mon secret, Ayla. C'est la qualité qui permet de façonner de telles pointes.

— Vous avez donc du silex comme celui-ci dans la région ? questionna Jondalar, incrédule. Moi non plus, je n'en ai jamais vu de tel.

— Non, nous n'en avons pas, malheureusement. Oh, nous pouvons nous procurer du silex de bonne qualité. Un camp important, vers le nord, vit près d'un excellent gisement. C'est là qu'a séjourné Danug. Mais cette pierre a été spécialement traitée... par le feu.

— Le feu ! s'exclama Jondalar.

— Oui, par le feu. La chaleur transforme la pierre. C'est la chaleur qui la rend si lisse au toucher... si vivante, ajouta Wymez, avec un coup d'œil vers Ayla. Et c'est encore la chaleur qui lui donne des qualités particulières.

Tout en parlant, il prit un rognon de silex qui montrait des signes très visibles d'exposition au feu. Il était noirci, brûlé. Il ouvrit d'un coup de percuteur la gangue crayeuse : elle était d'une couleur foncée inhabituelle.

— La première fois, c'est arrivé par hasard. Un morceau de silex est tombé dans un feu. Les flammes étaient hautes, ardentes... Vous savez quelle chaleur il faut pour brûler de l'os ?

Ayla hocha la tête d'un air averti. Jondalar haussa les épaules : il n'avait pas prêté grande attention au phénomène mais, puisque Ayla semblait informée, il était tout prêt à être d'accord.

— J'allais sortir le silex du feu, mais Nezzie décida qu'il ferait un bon support où poser un plat, pour recueillir la graisse d'un rôti qu'elle faisait cuire. En fin de compte, la graisse s'enflamma et abîma définitivement un beau plat d'ivoire. Par la suite, je le lui ai remplacé, quand il s'est avéré que l'incident était un vrai coup de chance. Mais, au début, j'ai bien failli jeter la pierre. Elle était toute brûlée, comme celle-ci, et j'ai évité de m'en servir, jusqu'au jour où j'ai été à court de matériau. La première fois que je l'ai ouverte, je l'ai crue inutilisable. Regardez ça, vous comprendrez pourquoi.

Wymez leur tendit un morceau à chacun.

— Le silex est plus sombre, il n'est pas lisse au toucher.

— A cette époque, je travaillais sur des pointes de lances faites par les Atériens. Je cherchais à améliorer leurs techniques. Comme j'expérimentais simplement de nouvelles idées, j'ai pensé qu'il importait peu que la pierre ne fût pas parfaite. Mais, dès que je me suis mis à la travailler, j'ai remarqué la différence. C'était très peu de temps après mon retour. Rydag était encore un petit garçon. Depuis, je n'ai pas cessé de perfectionner ma méthode.

— De quel genre de différence parles-tu ? demanda Jondalar.

— Essaie toi-même, tu vas voir.

Jondalar prit son percuteur, une pierre ovale, ébréchée, déformée par l'usage, qui épousait étroitement le creux de sa paume. Il entreprit de faire éclater ce qui restait de la gangue crayeuse, en préparation au véritable travail.

Pendant ce temps, Wymez continuait ses explications.

— Quand le silex est fortement chauffé avant d'être travaillé, on acquiert une maîtrise beaucoup plus grande sur le matériau. En pratiquant une pression, on fait sauter des éclats beaucoup plus minces et plus longs. On peut donner à la pierre presque toutes les formes qu'on désire.

Il enveloppa sa main gauche d'un lambeau de cuir, pour la protéger des arêtes vives, y plaça un autre morceau de silex récemment arraché à l'un des rognons brûlés. De la main droite, il prit un outil à retoucher, taillé dans l'os. Il posa la pointe de l'outil contre l'arête du silex, exerça une forte pression d'arrière en avant et de haut en bas. Un petit éclat, plat et allongé, se détacha. Il le montra aux deux autres. Jondalar le lui prit, avant de tenter lui-même l'expérience. Visiblement, le résultat le surprit agréablement.

— Il faut que je montre ça à Dalanar ! C'est incroyable ! Il a déjà amélioré un certain nombre de procédés... Comme toi, Wymez, il possède un don naturel pour travailler la pierre. Mais, ce silex, on pourrait presque en faire des copeaux. Est-ce le feu qui le rend ainsi ?

Wymez hocha la tête.

— Je n'irai pas jusqu'à dire qu'on peut en faire des copeaux. C'est toujours de la pierre, ce n'est pas aussi malléable que de l'os, mais, quand on sait travailler la pierre, la passer au feu facilite la besogne.

— Je me demande ce qui se passerait sous une percussion indirecte... As-tu déjà essayé de te servir d'un morceau d'os ou de corne épointé pour diriger la force d'un coup de percuteur ? On pourrait obtenir des lames plus longues et plus minces, avec cette méthode.

Jondalar, se disait Ayla, possédait lui aussi un don naturel pour travailler la pierre. Mais, plus encore, elle percevait sous son enthousiasme, sous ce désir spontané de partager avec Dalanar cette merveilleuse découverte, une douloureuse envie de retourner chez lui.

Ayla, dans sa vallée, lorsqu'elle hésitait à partir à la recherche de ces Autres qu'elle ne connaissait pas, croyait que Jondalar voulait voyager pour rencontrer d'autres gens. Elle n'avait jamais bien compris, avant ce jour, à quel point son désir de retrouver son pays était violent. C'était une brutale révélation. Elle avait maintenant l'intime conviction qu'il ne serait jamais vraiment heureux ailleurs.

Tout en regrettant cruellement l'absence de son fils et des êtres qu'elle aimait, Ayla n'avait jamais éprouvé une nostalgie semblable à celle de Jondalar : ce désir de retourner en des lieux familiers, où les gens lui étaient connus, où les coutumes étaient rassurantes. En quittant le Clan, elle savait qu'elle ne pourrait jamais y revenir. Aux yeux de ces gens, elle était morte. S'ils la revoyaient, ils se croiraient en présence d'un esprit malin. A présent, elle savait qu'elle ne retournerait pas vivre parmi eux, même si elle le pouvait. Elle était au Camp du Lion depuis bien peu de temps mais, déjà, elle s'y sentait plus à l'aise qu'elle ne l'avait jamais été, durant les longues années passées au sein du Clan. Iza ne s'était pas trompée. Elle n'appartenait pas au Clan. Elle était née chez les Autres.

Perdue dans sa méditation, Ayla avait manqué une

partie de la discussion. En entendant Jondalar prononcer son nom, elle fut rappelée à la réalité.

— ... la technique d'Ayla doit être proche de la leur, je crois. C'est avec eux qu'elle l'a apprise. J'ai vu certains de leurs outils mais je ne les avais jamais vu débiter jusqu'au jour où Ayla m'a montré comment ils s'y prenaient. Ils ne manquent pas d'habileté, mais il y a loin entre le fait de préparer une pierre et celui d'exercer une pression intermédiaire. C'est ce qui fait la différence entre un outil grossièrement taillé et une belle lame légère.

Wymez hocha la tête en souriant.

— Si seulement nous pouvions maintenant trouver le moyen de faire une lame bien droite. On peut s'y prendre de n'importe quelle manière, le tranchant d'un couteau n'est jamais aussi affilé, une fois qu'on l'a retouché.

Danug intervint dans la discussion.

— J'y ai réfléchi, dit-il. Si l'on creusait une rainure dans un os ou dans une corne et si l'on y collait ensuite des petites lames ? Assez petites pour être presque droites ?

Jondalar médita un instant cette proposition.

— Comment ferais-tu ?

— Ne pourrait-on commencer avec un petit noyau ? suggéra Danug, d'un ton un peu hésitant.

— Ce serait peut-être possible, Danug, dit Wymez, mais un petit nucleus pourrait être difficile à travailler. J'ai pensé à utiliser une lame plus grande et à la fragmenter en petits morceaux...

Ils étaient encore en train de parler de silex, comprit Ayla. Jamais ils ne paraissaient s'en lasser. Le matériau et ce qu'on pouvait en tirer ne cessaient de les fasciner. Plus ils apprenaient, et plus leur intérêt s'en trouvait stimulé. Elle était capable d'apprécier le silex et le façonnage des outils : les pointes que leur avait montrées Wymez étaient selon elle les plus remarquables qu'elle eût jamais vues, tant par leur beauté que par leurs qualités utilitaires. Mais elle n'avait jamais entendu discuter le sujet dans les moindres détails. Elle se rappela alors la fascination qu'avaient exercée sur elle le savoir médical et l'art magique de la guérison. Les moments passés avec Iza et Uba, lorsque la guérisseuse leur enseignait sa science, comptaient parmi ses souvenirs les plus heureux.

Ayla vit Nezzie émerger de l'abri. Elle se leva aussitôt pour voir si elle pouvait lui être utile. Les trois hommes, quand elle les quitta, lui sourirent et firent quelques remarques, mais, à son avis, ils n'allaient même pas se rendre compte de son absence.

Ce n'était pas entièrement vrai. Aucun des trois ne fit de commentaires à voix haute, mais leur conversation s'interrompit un instant, tandis qu'ils la suivaient des yeux.

C'est une magnifique jeune femme, pensait Wymez. Elle est intelligente, elle possède des connaissances étendues et elle s'intéresse à beaucoup de choses. Si elle était mamutoï, elle serait d'un prix élevé. Quel statut elle vaudrait à l'homme auquel elle s'unirait et, par suite, à ses enfants !

Les pensées de Danug étaient à peu près du même ordre, bien qu'elles ne fussent pas aussi clairement formulées dans son esprit. Il lui venait de vagues idées à propos du Prix de la Femme, de l'Union et même de relations charnelles, mais il ne croyait pas avoir la moindre chance. Il désirait surtout ne pas s'éloigner d'elle.

Le désir de Jondalar était plus violent. S'il avait pu trouver un prétexte valable, il se serait levé pour suivre Ayla. Toutefois, il ne voulait pas s'accrocher à elle. Il se rappelait ses propres réactions quand certaines femmes mettaient trop d'acharnement à s'attirer son amour. Chaque fois, elles avaient fait naître en lui le désir de les éviter et elles avaient éveillé sa pitié. Il ne voulait pas de la pitié d'Ayla. Il voulait son amour.

Une amère gorgée de bile lui monta à la gorge lorsqu'il vit l'homme à la peau sombre sortir de l'abri et sourire à la jeune femme. Il s'efforça de la ravaler, de maîtriser sa colère, sa frustration. Jamais il n'avait connu pareil sentiment et il s'en détestait. Ayla, certainement, le prendrait en horreur, ou, pis encore, en pitié, si elle savait ce qu'il ressentait. Il tendit la main vers un gros rognon de silex et, d'un coup de percuteur, le fendit en deux. La pierre était défectueuse, tout entière veinée de blanc par le calcaire friable dont elle était gainée. Jondalar s'acharna sur elle, la brisa en fragments de plus en plus petits.

Ranec vit Ayla quitter l'aire des tailleurs de pierre pour se diriger vers l'habitation semi-souterraine. Toutes les fois qu'il la rencontrait, il ne pouvait le nier, son émoi, son désir allaient croissant. Dès les premiers moments, il avait été attiré par les formes parfaites qui flattaient son sens artistique, non seulement à cause de sa beauté, mais aussi de la grâce subtile et spontanée de ses mouvements. Il avait un œil infaillible pour de tels détails et il ne décelait pas en elle la moindre pose, la moindre affectation. Elle se comportait avec une maîtrise d'elle-même, une assurance qui semblaient totalement naturelles : elles devaient être innées, pensait-il, de sorte qu'il émanait d'elle une qualité pour laquelle il ne trouvait pas d'autre nom que « présence ».

Il la gratifia d'un sourire chaleureux. Ayla ne pouvait aisément l'ignorer : elle lui rendit son sourire avec la même chaleur.

— Vous a-t-on rempli les oreilles de silex ? demanda Ranec.

Le ton même de la remarque la rendait quelque peu désobligeante. Ayla saisit la nuance, sans être pour autant vraiment sûre de sa signification : pour elle, il s'agissait d'une plaisanterie.

— Est vrai. Ils parlent de silex. Façonner outils. Pointes. Wymez fait pointes magnifiques.

— Ah, il vous a sorti tous ses trésors, hein ? Tu as raison : elles sont magnifiques. Je ne suis pas toujours sûr qu'il en ait conscience, mais Wymez est plus qu'un artisan. C'est un artiste.

Le front d'Ayla se creusa d'un pli profond. Il avait utilisé ce même mot à son propos, elle s'en souvenait, quand elle avait tiré avec sa fronde. Elle ne savait trop si elle le comprenait dans le sens où il l'employait.

— Tu es artiste ? demanda-t-elle.

Il grimaça un sourire ironique. La question de la

jeune femme avait touché un problème auquel il était très sensible.

Son peuple croyait que la Mère avait d'abord créé un monde spirituel. Les esprits de tous les éléments qui le composaient étaient parfaits. Ces esprits avaient produit ensuite des copies vivantes d'eux-mêmes, afin de peupler le monde de tous les jours. L'esprit représentait le modèle, le dessin primitif d'où toutes choses dérivaient. Mais aucune copie ne pouvait avoir la perfection de l'original. Les esprits eux-mêmes étaient incapables de former des copies parfaites, ce qui expliquait les différences qui existaient entre elles.

Les êtres humains étaient uniques, plus proches de la Mère que les autres esprits. La Mère avait donné naissance à une copie d'Elle-même et l'avait appelée Esprit de la Femme. Elle avait alors fait naître de son sein un Esprit de l'Homme, comme tout homme naissait d'une femme. Après quoi, la Grande Mère avait amené l'esprit de la femme parfaite à s'unir à l'esprit de l'homme parfait et fait ainsi naître de nombreux esprits d'enfants, tous différents. Mais Elle choisissait Elle-même l'esprit de l'homme particulier qui devrait s'unir à l'esprit d'une femme particulière, avant de souffler dans la bouche de cette femme Sa propre force de vie, qui produirait la conception. A quelques-uns de Ses enfants, hommes et femmes, la Mère accordait des dons spéciaux.

Ranec se disait sculpteur : il créait des objets à la ressemblance d'êtres vivants ou spirituels. Les sculptures étaient des objets utiles. Elles personnifiaient des esprits, les rendaient visibles, concevables, elles représentaient des instruments essentiels à certains rites, notamment aux cérémonies conduites par les mamuti. Ceux qui savaient créer de tels objets étaient tenus en grande estime. C'étaient des artistes de talent, choisis par la Mère.

Bien des gens pensaient que tous les sculpteurs, en fait, tous les hommes capables de façonner ou de décorer des objets pour les élever au-dessus de leur condition purement utilitaire, étaient des artistes. Mais, de l'avis de Ranec, tous les artistes n'avaient pas reçu des dons équivalents, ou peut-être n'apportaient-ils pas tous à leur ouvrage un soin équivalent. Les animaux et les êtres qu'ils représentaient étaient grossiers. Pour lui, de telles représentations étaient une insulte aux esprits et à la Mère qui les avait créés.

Selon Ranec, le plus parfait exemple de toute chose était un objet de beauté, et tout ce qui était beau était l'exemple le plus parfait de l'esprit. Son essence même. Telle était sa foi. Au-delà, au plus secret de son âme d'esthète, il attribuait à la beauté une valeur intrinsèque et il trouvait en toutes choses un potentiel de beauté. Certaines activités, certains objets pouvaient être simplement fonctionnels, mais, pour lui, quiconque parvenait presque à la perfection dans son activité était un artiste, et les résultats obtenus contenaient l'essence de la beauté. Mais l'art résidait tout autant dans l'activité elle-même que dans ses résultats. Les œuvres d'art n'étaient pas uniquement le produit fini mais aussi l'idée, l'action, le processus qui les avaient fait naître.

Ranec recherchait la beauté, comme s'il s'était agi d'une quête sacrée, non seulement avec ses mains habiles mais, plus encore, avec son œil doté d'une sensibilité innée. Il éprouvait le besoin de s'en entourer et il commençait à considérer Ayla elle-même comme une œuvre d'art, comme la plus belle, la plus parfaite expression de la femme qu'il pût imaginer. La beauté n'était pas une représentation statique : c'était l'essence, c'était l'esprit, c'était ce qui animait l'image. Elle s'exprimait au plus haut degré dans le mouvement, le comportement, le talent. Une femme d'une grande beauté était une femme complète, dynamique. Même s'il ne l'exprimait pas d'une manière aussi détaillée, Ayla commençait à représenter pour lui la parfaite incarnation de l'Esprit de la Femme originel. Elle était l'essence de la femme, l'essence de la beauté.

L'homme à la peau sombre, aux yeux rieurs et à l'esprit ironique, sous lesquels il avait appris à masquer ses désirs les plus intimes, s'efforçait de créer dans son propre travail la perfection et la beauté. Ses efforts lui valaient d'être acclamé par son peuple comme le meilleur sculpteur de tous, comme un artiste qui se distinguait des autres. Mais, comme bien des perfectionnistes, il n'était jamais tout à fait satisfait de ses créations. Il refusait de se considérer comme un artiste.

— Je suis un sculpteur, répondit-il à Ayla.

Il la vit perplexe, ajouta :

— Certaines personnes donnent volontiers le nom d'artiste au premier sculpteur venu.

Il hésita un instant : il se demandait comment elle apprécierait son œuvre.

— Tu aimerais, dit-il enfin, voir quelques-unes de mes sculptures ?

— Oui, répondit-elle.

La franchise de cette réponse le laissa un moment interloqué. Il renversa ensuite la tête en arrière pour lancer un éclat de rire retentissant. Mais bien sûr, qu'aurait-elle pu répondre d'autre ? Les yeux plissés de plaisir, il lui fit signe de le suivre.

Jondalar les regarda passer ensemble sous la voûte. Il sentit s'abattre sur ses épaules un poids considérable. Il ferma les yeux, laissa tomber sa tête sur sa poitrine.

Les attentions féminines n'avaient jamais manqué à ce grand et bel homme. Mais il n'avait pas conscience de ce qui le rendait si attirant et il n'avait donc aucune confiance en son pouvoir. Façonneur d'outils, il était plus à l'aise avec le physique qu'avec le métaphysique. Sa considérable intelligence s'appliquait de préférence à la compréhension des aspects techniques de la pression et de la percussion sur la silice cristalline homogène — le silex. Il percevait le monde en termes physiques.

De même, il s'exprimait physiquement. Ses gestes étaient plus expressifs que ses paroles. Certes, il n'était pas incapable de parler : il n'était simplement pas très doué dans ce domaine. Il avait appris à conter une histoire assez convenablement mais il n'avait pas le don de la répartie facile et des réponses teintées d'humour. C'était un homme grave, secret, qui n'aimait pas parler de lui-même. Toutefois, il écoutait bien, attirait les confidences, les confessions. Dans son pays, il avait joui d'une renommée d'excellent artisan, mais ces mêmes mains qui pouvaient si délicatement transformer la pierre dure en outil raffiné faisaient preuve d'un égal talent pour découvrir les points sensibles d'un corps de femme. C'était là une autre expression de sa nature physique, et sa renommée dans ce domaine, si elle avait été moins publique, n'en avait pas été moins grande. Les femmes le poursuivaient de leurs assiduités, et l'on faisait des plaisanteries sur son « autre » artisanat.

C'était là un talent qu'il avait cultivé, comme il avait appris à façonner le silex. Il connaissait les endroits sensibles, il saisissait les signaux les plus subtils et savait y répondre, il prenait plaisir à donner le Plaisir. Ses mains, ses yeux, son corps tout entier s'exprimaient plus éloquemment que tous les mots qu'il aurait pu utiliser. Si Ranec avait été une femme, il aurait dit que Jondalar était un artiste.

Jondalar avait contracté une affection sincère et chaleureuse pour certaines femmes, il les appréciait toutes sur un plan physique mais, jusqu'à sa rencontre avec Ayla, il n'avait jamais aimé et il n'avait aucune assurance qu'elle l'aimât vraiment. Comment l'aurait-elle pu ? Elle n'avait aucun point de comparaison. Jusqu'à leur arrivée en ces lieux, il était le seul homme qu'elle connût. Il reconnaissait dans le sculpteur un homme exceptionnel, doté d'un charme considérable, et il percevait chez lui les signes d'une attirance grandissante vers Ayla. S'il existait un homme capable de conquérir l'amour de la jeune femme, Ranec, il le savait, était celui-là. Jondalar avait parcouru la moitié du monde avant de découvrir une femme qu'il pût aimer. Il l'avait enfin trouvée. Allait-il la perdre si vite ?

Mais peut-être méritait-il de la perdre ? Pouvait-il l'emmener avec lui, connaissant l'opinion de son peuple sur les femmes de sa sorte ? En dépit de sa jalousie, il commençait à se demander s'il était bien l'homme qu'il lui fallait. Il tenait, se répétait-il, à se montrer juste envers elle mais, au plus profond de son cœur, il s'interrogeait : pourrait-il supporter la flétrissure qui s'attacherait à un amour dévoyé ?

Danug vit l'angoisse de Jondalar. Il tourna vers Wymez un regard troublé. Wymez se contenta de hocher la tête d'un air entendu. Lui aussi, naguère, avait aimé une femme d'une étrange beauté, mais Ranec était le fils de son foyer, et il était grand temps pour lui de se trouver une compagne, pour s'établir et fonder une famille avec elle.

Ranec conduisit Ayla au Foyer du Renard. Elle le traversait plusieurs fois chaque jour mais elle s'était toujours soigneusement abstenue d'y porter des regards curieux. C'était là, au moins, une coutume apprise durant sa vie avec le Clan qui s'appliquait aussi au Camp du Lion. Dans l'espace ouvert de l'abri semi-souterrain, l'intimité de chacun ne reposait pas sur des portes fermées mais sur la considération, le respect, la tolérance mutuels.

— Assieds-toi, dit Ranec.

Il lui désignait une plate-forme de couchage couverte de douces et somptueuses fourrures. Elle avait maintenant le droit de satisfaire sa curiosité et elle regarda autour d'elle. Deux hommes partageaient ce foyer, mais chacun d'eux vivait de son côté du passage central, et leur cadre de vie trahissait deux tempéraments différents.

De l'autre côté du foyer central, le logement du façonneur d'outils avait un aspect de simplicité sans apprêt. On voyait une paillasse et quelques fourrures. La tenture de cuir, accrochée au petit bonheur, semblait ne pas avoir été détachée depuis des années. Quelques vêtements pendaient à des chevilles. D'autres s'empilaient le long du mur, derrière la couchette.

L'aire réservée au travail prenait presque toute la place : on la reconnaissait aux blocs, aux fragments, aux éclats de silex qui jonchaient le sol autour d'un pied de mammouth qui pouvait servir aussi bien de siège que d'établi. Divers outils, faits de pierre ou d'os, étaient bien en évidence sur le rebord de la plate-forme, au pied de la couchette. Les seuls objets décoratifs étaient une statuette en ivoire de la Mère, placée dans une niche creusée dans le mur, et, tout près, une ceinture aux ornements compliqués d'où pendait un pagne fait d'herbes séchées, fanées. Sans avoir besoin de poser la question, Ayla comprit que le vêtement avait appartenu à la mère de Ranec.

Par contraste, le logis du sculpteur pouvait être qualifié de somptueux et de bon goût. Ranec était un collectionneur mais il choisissait avec discernement. Tout était sélectionné avec le plus grand soin, chaque objet mis en valeur. Les fourrures jetées sur la couchette invitaient le contact des doigts et le récompensaient par une douceur exceptionnelle. Les rideaux drapés en plis harmonieux de chaque côté étaient faits de peau de daim veloutée, d'un brun profond ; ils exhalaient une légère odeur, pas désagréable, due à la fumée de sapin qui leur avait donné leur couleur. Le sol était recouvert de nattes tissées d'herbes aromatiques qui formaient des dessins multicolores.

Sur un prolongement de la plate-forme s'alignaient des corbeilles de tailles et de formes différentes. Les plus grandes contenaient des vêtements disposés de manière à exposer les motifs décoratifs faits de perles, de plumes et de fourrure. On voyait dans d'autres corbeilles, ou bien accrochés à des chevilles, des brassards et des bracelets d'ivoire, des colliers faits de dents d'animaux, de coquilles de mollusques d'eau de mer ou d'eau douce, de tubes de calcaire, de grains et de pendeloques d'ivoire, naturel ou teint, et, surtout, de grains d'ambre. Un grand éclat de défense de mammouth, gravé d'étranges dessins géométriques, était accroché au mur. Les armes de chasse elles-mêmes et les vêtements d'extérieur, pendus à des chevilles, ajoutaient encore à l'harmonie de l'ensemble.

Plus Ayla promenait son regard autour d'elle, plus elle découvrait d'objets remarquables. Mais ce qui parut vouloir attirer son attention et la retenir, mis à part les sculptures dispersées dans l'aire de travail, ce fut une statuette en ivoire de la Mère, superbement exécutée et placée dans une niche.

Ranec l'observait, suivait la direction de son regard, savait ce qu'elle voyait. Quand les yeux de la jeune femme se posèrent enfin sur lui, il lui sourit. Il s'assit devant son établi, le tibia d'un mammouth enfoncé dans le sol de façon que la jointure, à peine concave, arrivât au niveau de sa poitrine quand il s'asseyait sur une natte. Sur cette surface presque plate, au milieu de poinçons, de burins en silex dont il se servait pour sculpter, se trouvait l'image inachevée d'un oiseau.

— C'est la sculpture à laquelle je travaille actuellement, dit-il.

Il la tendit à Ayla, épia son expression.

Avec le plus grand soin, elle prit à deux mains la figurine d'ivoire, l'examina, avant de la retourner pour la regarder de plus près. D'un air intrigué, elle revint à la première face, puis à l'autre.

— Est oiseau quand regarde ce côté, dit-elle à Ranec. Mais, maintenant, sur l'autre, est femme !

— Merveilleux ! Tu as vu cela immédiatement. C'est une représentation que j'essaie depuis longtemps de réaliser. Je voulais montrer la transformation de la Mère, Sa forme spirituelle. Je désire La montrer quand Elle prend Sa forme d'oiseau pour s'envoler d'ici vers le monde des esprits, mais sans cesser d'être la Mère, une femme. Je cherche à incorporer les deux formes en une seule !

Les yeux sombres de Ranec jetaient des éclairs, il ne parvenait plus à parler assez vite. Ayla souriait de son enthousiasme. C'était là un aspect de sa personnalité qu'elle ne connaissait pas encore. D'ordinaire, il semblait beaucoup plus détaché, même lorsqu'il riait. L'espace d'un instant, il lui rappela Jondalar, à l'époque où il cherchait à développer l'idée du propulseur de sagaies. A ce souvenir, elle fronça les sourcils. Ces jours d'été dans la vallée lui paraissaient si lointains. Jondalar, maintenant, ne souriait presque jamais. Quand cela lui arrivait, il se montrait furieux l'instant d'après. La conviction lui vint tout à coup que Jondalar n'aimerait pas la savoir là, en conversation avec Ranec qui lui découvrait sa joie, son enthousiasme. Elle en fut malheureuse, un peu irritée aussi.

11

— Ah, te voici, Ayla, s'exclama Deegie qui traversait le Foyer du Renard. La musique va commencer. Viens. Toi aussi, Ranec.

En parcourant tout l'abri, Deegie avait rassemblé la plus grande partie des membres du Camp du Lion. Elle portait, remarqua Ayla, le crâne de mammouth, et Tornec l'omoplate peinte en rouge de lignes régulières et de figures géométriques. Et Deegie, cette fois encore, avait prononcé le mot qui n'était pas familier à la jeune femme. Ayla et Ranec suivirent les autres dehors.

Des traînées de nuages, dans le ciel qui s'assombrissait, couraient vers le nord. Le vent se levait, bousculait la fourrure des capuchons et des pelisses. Mais personne, parmi tous ceux qui s'assemblaient en cercle, ne semblait s'en soucier. Le foyer extérieur, qui avait été formé de monticules de terre et de quelques pierres, pour tirer profit du vent du nord dominant, brûla plus fort et plus haut quand on y ajouta des os et un peu de bois. Mais les flammes étaient une présence invisible, vaincue par l'éblouissante lumière qui envahissait le couchant.

Quelques ossements massifs paraissaient avoir été abandonnés sur le sol au petit bonheur. Mais ils prirent une signification particulière lorsque Deegie et Tornec rejoignirent Mamut et s'en firent des sièges. Deegie posa le crâne de mammouth sur deux autres gros os qui le surélevaient par-devant et par-derrière. Tornec tenait l'omoplate dans une position verticale. Avec un instrument fait d'un bois de cerf en forme de marteau, il se mit à la frapper en différents endroits pour en ajuster légèrement la position.

Ayla était stupéfaite des sons qu'il produisait : ils étaient différents de ceux qu'elle avait entendus à l'intérieur. On avait l'impression d'un roulement de tambour. Pourtant, le bruit était particulier, il ne ressemblait à rien de ce qu'elle avait connu auparavant, tout en gardant la qualité obsédante d'un souvenir familier. Dans leurs variations, les sonorités lui rappelaient des voix. C'était un peu comme les sons qu'elle modulait parfois en sourdine pour elle-même, mais en plus distinct. Etait-ce cela, la musique ?

Une voix s'éleva soudain. Ayla tourna la tête, vit Barzec. La tête rejetée en arrière, il émettait un hululement perçant qui déchirait l'atmosphère. Il descendit jusqu'à un vibrato grave, qui serra la gorge de la jeune femme et termina sur un brusque cri aigu, qui faisait l'effet d'une question laissée en suspens. En réponse, les trois musiciens se mirent à marteler les os de mammouth sur un rythme rapide. Ils reproduisaient le son émis par Barzec, s'accordaient à lui par le ton et par l'émotion, d'une manière inexplicable pour Ayla.

Bientôt, d'autres se joignirent au chant, sans paroles articulées mais seulement par des modulations de leurs voix, accompagnées par les instruments en os de mammouth. Au bout d'un moment, la musique changea, prit par degrés un caractère différent. Elle se fit plus lente, créa une impression de tristesse. Fralie se mit à chanter, d'une voix haute et douce, cette fois sur des mots. Elle contait l'histoire d'une femme qui avait perdu son compagnon, et dont l'enfant était mort. Ayla en fut touchée au plus profond d'elle-même : elle pensait à Durc, et les larmes lui vinrent aux yeux. Quand elle releva la tête, elle vit qu'elle n'était pas la seule à ressentir pareille émotion mais elle fut plus remuée encore en voyant Crozie : la vieille femme regardait droit devant elle d'un air impassible, son visage était sans expression, mais des larmes ruisselaient sur ses joues.

Fralie répéta les dernières phrases de son chant. Tronie se joignit à elle, puis Latie. Pour la répétition suivante, la phrase se modifia. Nezzie et Tulie, au contralto grave et profond, chantèrent avec les trois autres. Sur une nouvelle modification, d'autres voix intervinrent. La musique changea une fois encore de caractère. Elle devint une histoire de la Mère, la légende des Mamutoï, du monde des esprits et de leurs origines. Quand les femmes en arrivèrent au moment où l'Esprit de l'Homme était né, les hommes se joignirent à elles. La musique alterna entre les voix féminines et masculines, et un amical esprit de compétition se glissa dans le chœur.

La musique devint plus rapide, plus scandée. Dans un élan d'exubérance, Talut se débarrassa de la fourrure qu'il portait à l'extérieur. Il bondit au centre du cercle, en dansant, en claquant des doigts. Parmi les rires, les cris d'approbation, les piétinements, les claquements des mains sur les cuisses, Talut en vint à exécuter une danse athlétique, accompagnée de frappements de pieds et de sauts démesurés, au rythme de la musique. Barzec ne voulut pas être en reste : il entra dans le cercle à son tour. Quand ils parurent se fatiguer, ce fut Ranec qui les relaya. Une danse aux pas plus rapides, aux figures plus compliquées lui valut des acclamations, des applaudissements nourris. Sans s'arrêter, il appela Wymez. Celui-ci, d'abord réticent, se vit encourager par tous les assistants. Il entama une danse d'un caractère totalement différent.

Ayla joignit son rire et ses acclamations à ceux des autres. Elle prenait plaisir à la musique, au chant, à la danse mais surtout à l'enthousiasme général, à la gaieté ambiante qui lui faisaient du bien. Druwez prit son tour, pour exécuter un numéro de danse acrobatique. Brinan, ensuite, tenta de l'imiter. Sa danse n'avait pas la perfection de celle de son frère aîné, mais on applaudit ses efforts, ce qui encouragea Crisavec, le fils aîné de Fralie, à se joindre à lui. Tusie, à son tour, décida qu'elle avait envie de danser. Barzec, avec un tendre sourire, prit ses deux mains dans les siennes et dansa avec elle. Inspiré par cet exemple, Talut alla chercher Nezzie, l'amena au centre du cercle. Jondalar essaya d'entraîner Ayla, mais elle refusa. Elle vit les yeux brillants de Latie fixés sur les danseurs, poussa du coude son compagnon pour la lui désigner.

— Veux-tu me montrer les pas, Latie ? demanda-t-il à la jeune fille.

Elle gratifia le visiteur d'un sourire de gratitude, le sourire de Talut, remarqua de nouveau Ayla. Le couple alla rejoindre les autres. Latie était mince et grande pour ses douze ans. Ses mouvements étaient gracieux.

Ayla, qui la comparait aux autres femmes, se dit qu'elle deviendrait un jour une femme très séduisante.

D'autres femmes se mirent à danser. Quand la musique changea de rythme une fois encore, presque tout le monde dansait en mesure. Certains se mirent à chanter. Ayla se trouva entraînée dans la ronde qui s'était formée. Entre Jondalar d'un côté et Talut de l'autre, elle faisait un pas en avant, un pas en arrière, tournait, tournait, dansait et chantait, et la musique, de plus en plus rapide, les entraînait tous.

Finalement, elle s'arrêta, sur une dernière clameur. Tous riaient, parlaient, reprenaient leur souffle, les musiciens comme les danseurs.

— Nezzie ! Le repas n'est pas encore prêt ? J'en ai senti l'odeur toute la journée et je meurs de faim ! tonitrua Talut.

— Regardez-le, fit Nezzie, avec un signe de tête vers le colosse. Ne dirait-on pas qu'il meurt de faim ?

Les autres se mirent à rire.

— Oui, le repas est prêt. Nous attendions seulement que tout le monde soit prêt à manger.

— Eh bien, moi, je suis prêt, répliqua Talut.

Pendant que les uns allaient chercher leurs assiettes, d'autres, ceux qui avaient fait la cuisine, apportaient les plats. Les assiettes étaient des biens personnels. Les plats étaient souvent faits d'omoplates ou d'os de bassin de bison ou de cerf. Les tasses, les bols étaient parfois de petits paniers faits d'herbes étroitement tressées, de manière à les rendre imperméables. Parfois aussi, il s'agissait de l'os frontal, en forme de coupe, d'un daim auquel on avait enlevé les cornes. Des coquillages, acquis, comme le sel, de voyageurs qui étaient allés jusqu'à la mer ou qui vivaient sur ses rivages, servaient d'assiettes plus petites, de pelles à main ou de cuillers. On servait la nourriture à l'aide de grandes louches, taillées dans l'os, l'ivoire ou la corne, et avec des baguettes habilement manipulées comme des pinces. D'autres baguettes, avec les couteaux de silex, servaient à manger. Le sel, rare et très apprécié dans ces territoires de l'intérieur, était présenté à part, dans le plus beau des coquillages.

Le ragoût de Nezzie, qui ne faisait pas mentir son arôme, était savoureux, gras à souhait. Il s'accompagnait des petits pains de Tulie, faits de grain pilé, qui avaient cuit dans la sauce du ragoût. Deux oiseaux ne pouvaient guère nourrir tout le Camp affamé, mais chacun goûta les lagopèdes d'Ayla. Cuites dans le trou creusé en terre, les volailles étaient si tendres que la chair se détachait toute seule. Les Mamutoï n'étaient pas habitués à l'assaisonnement complexe qu'elle avait imaginé, mais celui-ci n'en flatta pas moins les palais du Camp du Lion. Tout fut mangé, jusqu'à la dernière miette. Ayla elle-même décida que la farce était savoureuse.

Vers la fin du repas, Ranec apporta le plat qu'il avait préparé. La surprise fut générale : il ne s'agissait pas de sa spécialité habituelle. Il passa à la ronde des petites galettes croquantes. Ayla en goûta une, tendit la main pour en prendre une autre.

— Comment faire ça ? demanda-t-elle. Est si bon.

— A moins de provoquer chaque fois une épreuve de force, je ne crois pas qu'on pourra en refaire facilement. Je me suis servi du grain réduit en poudre, je l'ai mélangé à de la graisse de mammouth fondue, j'y ai ajouté des mûres, j'ai persuadé Nezzie de me donner un peu de miel et j'ai fait cuire le tout sur des pierres brûlantes. Wymez m'a bien dit que le peuple de ma mère se servait pour la cuisine de graisse de sanglier mais il ne savait plus très bien comment ils l'utilisaient. Comme je ne me rappelle pas avoir jamais vu un sanglier, j'ai pensé que je me contenterais de graisse de mammouth.

— Goût presque pareil, dit Ayla, mais rien est bon comme ça. Fond dans la bouche.

Elle leva un regard pensif sur l'homme à la peau brune, aux yeux noirs, aux cheveux crépus qui, en dépit de son aspect étrange, était, comme tous les autres, un Mamutoï du Camp du Lion.

— Pourquoi faire cuisine ?

Il se mit à rire.

— Pourquoi pas ? Nous ne sommes que deux, au Foyer du Renard, et j'aime assez ça, tout en étant heureux de manger la plupart du temps au foyer de Nezzie. Pourquoi cette question ?

— Hommes de Clan pas faire cuisine.

— Beaucoup d'hommes ne la font pas, s'ils n'y sont pas obligés.

— Non, hommes de Clan pas capables. Pas savoir comment. Pas souvenirs pour cuisine.

Ayla n'était pas certaine de se faire bien comprendre, mais, à ce moment, Talut survint : il servait à chacun son breuvage fermenté. La jeune femme remarqua alors que Jondalar l'observait, tout en s'efforçant de garder un visage impassible. Elle tendit une coupe taillée dans un os, regarda Talut la remplir de bouza. Le breuvage ne lui avait pas beaucoup plu, la première fois qu'elle l'avait goûté, mais tous les autres semblaient le déguster avec plaisir, et elle décida de faire un nouvel essai.

Après avoir servi tout le monde, Talut reprit son assiette pour aller se servir de ragoût pour la troisième fois.

— Talut ! tu en reprends encore ? fit Nezzie, d'un ton faussement grondeur.

C'était sa façon à elle, Ayla commençait à le comprendre, de dire au colosse qu'était le chef du camp qu'elle était contente de lui.

— Mais tu t'es surpassée. Ce ragoût est le meilleur que j'aie jamais mangé.

— Voilà que tu exagères encore. Tu me dis ça pour que je ne te traite pas de glouton.

— Voyons, Nezzie...

Talut posa son assiette. Tout le monde, en souriant, échangeait des regards entendus.

— Quand je dis que tu es la meilleure, je le pense vraiment.

Il la souleva de terre, fourra le nez au creux de son épaule.

— Talut ! Espèce de gros ours. Lâche-moi.

Il obéit, non sans lui caresser un sein en lui mordillant l'oreille.

— Tu as raison, je pense. Qui a besoin de reprendre du ragoût ? Je vais achever mon repas avec toi, je crois.

Ne m'as-tu pas fait une promesse, tout à l'heure ? répliqua-t-il, avec une innocence bien jouée.

— Talut ! Tu es pire qu'un taureau en rut !

— D'abord, je suis un glouton, ensuite un ours, et me voilà maintenant transformé en aurochs.

Il éclata d'un grand rire.

— Mais, toi, tu es la lionne. Viens avec moi à mon foyer, dit-il.

Il faisait mine de vouloir la soulever pour l'emporter.

Elle céda soudain, se mit à rire, elle aussi.

— Oh, Talut ! Comme la vie serait triste sans toi !

Le géant la gratifia d'un large sourire. Ils échangèrent un regard où brûlaient l'amour et la complicité. Ayla en sentit la chaleur. Au fond d'elle-même, elle devinait que cette étroite entente était née de toute une vie d'expériences partagées, au cours de laquelle ils avaient appris à s'accepter l'un l'autre.

Mais leur bonheur faisait lever en elle des pensées inquiétantes. Connaîtrait-elle jamais une telle entente ? Parviendrait-elle un jour à comprendre aussi bien un autre être ? Les yeux fixés au-delà de la rivière, elle méditait sombrement. Elle partagea ainsi avec les autres un moment de silence, tandis que le vaste paysage désert mettait en scène un impressionnant spectacle.

Les nuages qui venaient du nord avaient étendu leur territoire, quand le Camp du Lion eut achevé son festin. Ils offraient maintenant leurs surfaces réfléchissantes à un soleil qui battait rapidement en retraite. Dans un brûlant et glorieux flamboiement, ils proclamaient leur victoire sur l'horizon lointain, ils déployaient leur triomphe en bannières éclatantes d'écarlate et d'orangé... sans se soucier d'un noir allié, l'autre face du jour. Cet orgueilleux déploiement de couleurs, dans toute son audacieuse splendeur, fut une fête de courte durée. L'inexorable avance de la nuit vint saper cet éclat fugitif et fit pâlir les couleurs jusqu'à des tons de carmin et de cornalines. Le rose vif passa au mauve cendré pour être finalement vaincu par un noir de suie.

Avec la nuit, le vent forcit. L'abri et sa chaleur se firent attirants. Dans la lumière déclinante, chacun frotta ses assiettes avec du sable, les rinça à l'eau claire.

On vida dans un récipient le reste du ragoût de Nezzie, on nettoya de la même manière la grande peau qui avait servi à le cuire, avant de la mettre à sécher au-dessus du feu. Une fois à l'intérieur, on se débarrassa des vêtements chauds, on les accrocha à des chevilles, on ranima et regarnit les feux.

Le bébé de Tronie, Hartal, nourri et satisfait, s'endormit presque tout de suite, mais la petite Nuvie de trois ans, qui luttait pour garder les yeux ouverts, voulait à tout prix rejoindre les autres qui commençaient à s'assembler au Foyer du Mammouth. Ayla la vit trébucher. Elle l'enleva dans ses bras, la berça un instant, avant de la ramener, profondément endormie, à Tronie, avant même que celle-ci n'eût quitté son foyer.

Au Foyer de la Grue, Tasher, le fils de Fralie, qui avait deux ans, avait mangé, pendant le festin, dans l'assiette de sa mère. Pourtant, remarqua Ayla, il cherchait encore à prendre le sein. Il se mit à grogner, à pleurer, ce qui convainquit la jeune femme que sa mère n'avait plus de lait. Il venait tout juste de céder au sommeil quand éclata entre Crozie et Frebec une querelle qui le réveilla. Fralie, trop lasse pour gaspiller de l'énergie en colère, le prit dans ses bras, mais Crisavec, qui avait sept ans, se renfrogna.

Il partit en compagnie de Brinan et de Tusie, quand ceux-ci passèrent par le foyer. Ils rejoignirent Rugie et Rydag, et les cinq enfants, qui avaient tous à peu près le même âge, se mirent à parler par mots et par signes, au milieu de fous rires. Ils se blottirent tous sur une couchette inoccupée, voisine de celle que partageaient Ayla et Jondalar.

Druwez et Danug étaient assis côte à côte, près du Foyer du Renard. Latie était restée debout tout à côté, mais ou bien ils ne l'avaient pas vue ou bien ils ne voulaient pas lui parler. Ayla la vit leur tourner finalement le dos et, tête basse, se diriger d'un pas traînant vers les enfants plus jeunes. La petite n'était pas encore une jeune fille, devina Ayla, mais elle n'était pas loin de le devenir. C'était une période où les filles avaient besoin d'amies à qui parler, mais il n'y en avait pas de son âge, au Camp du Lion, et les garçons ignoraient sa présence.

— Latie, asseoir avec moi ? demanda-t-elle.

La petite se rasséréna, obéit.

Le reste des occupants du Foyer de l'Aurochs arrivaient par le passage central. Tulie et Barzec rejoignirent Talut, qui conférait avec Mamut. Deegie prit place de l'autre côté de Latie, lui sourit.

— Où est Druwez ? questionna-t-elle. J'ai toujours su que, si j'avais besoin de lui, il me suffisait de te trouver...

— Oh ! il parle avec Danug, répondit Latie. Ils ne se quittent plus, maintenant. J'étais si heureuse, quand mon frère est revenu. Je me disais que nous aurions tant de choses à nous raconter, tous les trois. Mais ils veulent toujours parler en tête-à-tête.

Deegie et Ayla se regardèrent, échangèrent un coup d'œil entendu. Le moment était venu où les amitiés enfantines devaient être considérées sous un aspect nouveau, transformées en relations adultes où chacun reconnaîtrait chez les autres des hommes et des femmes. Mais cette période pouvait être un temps de solitude et de confusion. Ayla, d'une façon ou d'une autre, avait été tenue à l'écart, éloignée durant la majeure partie de sa vie. Elle comprenait ce que pouvait être cette impression de solitude, même lorsqu'on était entouré de gens qui vous aimaient. Plus tard, dans sa vallée, elle avait trouvé le moyen de compenser ce désespoir et elle revoyait le désir, la passion qui brillaient dans les yeux de la jeune fille toutes les fois qu'elle voyait les chevaux.

Ayla regarda Deegie, puis Latie, pour l'inclure dans la conversation.

— Beaucoup à faire, ce jour. Beaucoup jours, trop à faire. Besoin aide. Veux m'aider, Latie ? demanda-t-elle.

— T'aider ? Oui, bien sûr. Que veux-tu que je fasse ?

— Avant, chaque jour, brosse chevaux, fais promenade. Maintenant, plus beaucoup temps, mais chevaux ont besoin. Peux m'aider ? Je montre.

Latie ouvrait de grands yeux ronds.

— Tu veux que je t'aide à prendre soin des chevaux ? murmura-t-elle, stupéfaite. Oh, Ayla, c'est bien vrai ?

— Oui. Aussi longtemps je suis là, serait très utile, répondit la jeune femme.

Tout le monde était à présent rassemblé dans le Foyer du Mammouth. Talut, Tulie et quelques autres s'entretenaient avec Mamut de la chasse au bison. Le vieil homme avait procédé à la Recherche, et les autres se demandaient s'il devait répéter le processus. Après le remarquable succès de la première expédition, une autre chasse serait peut-être possible bientôt. Mamut fut d'accord pour essayer.

Le grand chef fit circuler la bouza, le breuvage fermenté qu'il avait préparé à partir de la fécule des racines de massettes. Pendant ce temps, Mamut se préparait pour la Recherche. Talut remplit la coupe d'Ayla. Elle avait bu une bonne partie de ce qu'il lui avait versé à l'extérieur mais elle se sentait un peu coupable d'avoir jeté le reste. Cette fois, elle en respira l'odeur, elle le fit tourner dans sa coupe, prit longuement son souffle et avala le tout d'un seul trait. Talut lui sourit, la servit de nouveau. Elle lui rendit un sourire inexpressif, but encore. Lorsqu'il revint, après avoir fait le tour de l'assemblée, il vit la coupe vide, lui versa une autre rasade. Elle n'en avait pas envie, mais il était trop tard pour refuser. Elle ferma les yeux, avala le liquide au goût très fort. Elle commençait à s'y habituer sans toutefois comprendre encore pourquoi tout le monde paraissait l'apprécier à ce point.

Pendant qu'elle attendait, elle fut saisie d'une sorte de vertige, ses perceptions se firent confuses. Elle n'eut pas conscience du moment où Tornec se mit à frapper en cadence sur son os de mammouth ; le son lui semblait provenir de l'intérieur d'elle-même. Elle secoua la tête, s'efforça de fixer son attention. Elle se concentra sur Mamut, le vit avaler quelque chose, eut vaguement l'impression que c'était dangereux. Elle aurait voulu l'empêcher de boire mais elle resta où elle était. C'était Mamut, il devait savoir ce qu'il faisait.

Le vieil homme grand et maigre, à la barbe et aux longs cheveux blancs, était assis en tailleur derrière un autre crâne de mammouth. Il prit un marteau fait dans un bois de cerf et, après avoir écouté un instant, se mit à frapper au rythme de Tornec, avant de se lancer dans une mélopée. Celle-ci fut reprise par d'autres. Bientôt, presque toute l'assemblée participait à une cérémonie qui la magnétisait. Elle consistait en phrases répétitives, psalmodiées sur un rythme insistant, avec de rares modulations de ton, qui alternaient avec des battements arythmiques plus modulés que les voix. Un autre tambour se mit à résoner, mais Ayla remarqua seulement que Deegie n'était plus assise auprès d'elle.

Le battement des tambours s'accordait à celui qui résonnait dans la tête de la jeune femme. Bientôt, elle crut percevoir autre chose que la mélopée et le rythme des instruments. Les tons modulés, les différentes cadences, les changements de timbre et de volume commencèrent à évoquer des voix, des voix qui lui parlaient, dont les paroles lui étaient presque compréhensibles sans qu'elle les saisît entièrement. Elle voulut concentrer son attention, se contraindre à écouter, mais elle n'avait pas l'esprit clair : plus elle s'efforçait, et moins les voix des tambours lui paraissaient compréhensibles. Finalement, elle renonça, céda au vertige tourbillonnant qui semblait l'engloutir.

Alors, de nouveau, elle entendit les tambours et, soudain, elle se sentit emportée.

Elle survolait, très vite, les plaines mornes et glacées. Dans le paysage désert qui s'étendait au-dessous d'elle, tout s'enveloppait d'un voile de neige balayée par le vent. Lentement, elle s'aperçut qu'elle n'était pas seule. Un autre voyageur contemplait ce même paysage et, de quelque manière inexplicable, exerçait un certain contrôle sur leur vitesse et leur direction.

Alors, faiblement, comme un lointain signal sonore, elle entendit des voix psalmodier, des tambours lui parler. Dans un moment de lucidité, elle perçut un mot, prononcé dans un étrange staccato vibrant qui approchait, sans les reproduire exactement, le timbre, la résonance d'une voix humaine.

— Raaaleeentiiis.

Et, de nouveau :

— Raaaleeentiiis iiiciii...

Elle sentit leur vitesse diminuer, regarda au-dessous d'elle, vit quelques bisons serrés les uns contre les autres à l'abri d'un escarpement de rivière. Les énormes animaux supportaient avec une stoïque résignation la violente tempête. La neige s'accrochait à leur poil bourru. Leurs têtes plongeaient vers le sol, comme écrasées par le poids des massives cornes noires. Seule, la vapeur qui montait des naseaux de leurs muffles courts laissait supposer qu'il s'agissait de créatures vivantes et non pas d'accidents de terrain.

Ayla se sentit attirée vers le bas, assez près pour compter, pour distinguer chaque animal. Un jeune fit quelques pas pour venir se serrer contre sa mère. Une vieille femelle, qui avait perdu la pointe d'une corne, secoua la tête et renâcla. Un mâle gratta la terre pour écarter la neige et grignota la touffe d'herbe sèche qu'il avait mise à nu. Au loin, un hurlement s'éleva. Le vent, peut-être.

Le panorama s'élargit de nouveau. Ayla entrevit quatre formes silencieuses, à quatre pattes, qui avançaient furtivement mais d'une allure décidée. La rivière coulait entre deux épaulements rocheux, au-dessous des bisons. En amont, la plaine alluviale, où les bisons avaient cherché asile, se resserrait entre deux hautes levées de terre. La rivière suivait tumultueusement une gorge abrupte faite de rochers déchiquetés et bouillonnait ensuite en rapides et en petites cascades. La seule issue était un défilé rocheux, qui servait de canal d'écoulement aux crues de printemps et par lequel on pouvait remonter vers les steppes.

— Aaaa laaa maiaiaison.

Les syllabes indéfiniment prolongées retentirent aux oreilles d'Ayla en vibrations intenses. Elle se retrouva rapidement entraînée au-dessus des plaines.

— Ayla ! Tout va bien ? disait Jondalar.

La jeune femme sentit un spasme violent ébranler tout son corps. Elle souleva les paupières, vit deux yeux d'un bleu éclatant fixés sur elle d'un air inquiet.

— Euh... oui, je crois.

— Que s'est-il passé ? Latie nous a dit que tu étais tombée en arrière sur le lit, que tu t'étais raidie avant d'être prise de convulsions. Après ça, tu t'es endormie, et personne ne parvenait à te réveiller.

— Sais pas...

— Tu es venue avec moi, voilà tout, Ayla.

A la voix de Mamut, le couple se retourna.

— Moi ? Aller avec toi ? Mais où ? demanda Ayla.

Le vieil homme scruta son visage. Elle a peur, pensait-il. Rien d'étonnant : elle ne s'attendait pas à cette épreuve. C'est déjà bien assez effrayant la première fois quand on y est préparé. Je n'avais pas soupçonné que son pouvoir naturel serait aussi grand. Elle n'avait pas même pris le somuti. Elle a un don trop puissant. Elle doit être formée pour sa propre protection, mais puis-je tout lui enseigner dès maintenant ? Je ne veux pas qu'elle considère son Talent comme un fardeau qu'elle devra porter sa vie entière. Je veux qu'elle sache qu'il s'agit d'un don, même s'il entraîne une lourde responsabilité... Mais la Mère n'a pas coutume d'accorder Ses Dons à ceux qui sont incapables de les accepter. La Mère doit nourrir un dessein particulier pour cette jeune femme.

— Où crois-tu que nous soyons allés, Ayla ? questionna le vieux chaman.

— Pas sûre. Dehors... Etais dans blizzard et vois bisons... avec corne brisée... près rivière.

— Tu as bien vu. J'ai été surpris en sentant ta présence auprès de moi. Mais j'aurais dû envisager cette éventualité car je sentais en toi grand pouvoir. Tu as un don, Ayla, mais tu as besoin d'être initiée, guidée.

Ayla se redressa.

— Un don ? demanda-t-elle.

Elle fut secouée d'un frisson glacé, éprouva un instant de peur. Elle ne voulait pas posséder des dons particuliers. Elle désirait seulement un compagnon, des enfants, comme Deegie ou toute autre femme.

— Quelle sorte de don, Mamut ?

Jondalar la vit pâlir. Elle a l'air si épouvantée, si vulnérable, pensa-t-il. Il l'entoura de son bras. Il voulait uniquement la serrer contre lui, la protéger de tout mal, l'aimer. Ayla se laissa aller contre la chaleur de son corps, sentit son appréhension s'atténuer. Mamut prit note de ce subtil échange, l'ajouta à ses précédentes réflexions sur cette mystérieuse jeune femme qui avait fait parmi eux une soudaine apparition. Pourquoi chez eux ? se demandait-il.

Ce n'était pas le hasard, il en était convaincu, qui avait conduit Ayla au Camp du Lion. Rencontres fortuites, coïncidences ne tenaient pas une grande place dans sa conception du monde. Mamut était persuadé que tout avait un but, une orientation voulue, une raison d'être, qu'il fût ou non à même de la saisir. La Mère, il en était sûr, avait eu un motif pour diriger Ayla vers eux. Il s'était livré à son propos à quelques déductions avisées. Maintenant, il en savait davantage sur sa vie passée et il se demandait si elle ne leur avait pas été envoyée en partie à cause de lui. Plus que quiconque, il le savait, il était en mesure de la comprendre.

— Je ne sais pas très bien de quelle nature est ce don, Ayla. Un don de la Mère peut prendre de multiples formes. Tu possèdes, semble-t-il, le don de Guérison. Sans doute ton entente avec les animaux est-elle un don, elle aussi.

Ayla lui sourit. Si la magie de guérison apprise auprès d'Iza était un don, elle l'acceptait volontiers. Si Whinney, Rapide et Bébé lui venaient de la Mère, elle Lui en était reconnaissante. Elle croyait déjà que l'Esprit du Grand Lion des Cavernes les lui avait envoyés. Peut-être la Mère y était-elle pour quelque chose, elle aussi.

— Après ce que j'ai appris aujourd'hui, reprit Mamut, je suis prêt à penser que tu possèdes un don de Recherche. La Mère a été pour toi prodigue de Ses Dons, Ayla.

L'inquiétude plissait le front de Jondalar. L'excès des faveurs de Doni n'était pas nécessairement désirable. On lui avait assez répété qu'elle lui en avait largement dispensé et il n'en avait pas tiré tant de bonheur. Il se remémora tout à coup les paroles du vieux guérisseur qui servait la Mère dans le peuple des Sharamudoï. Le shamud lui avait dit un jour que la Mère lui avait accordé de ne voir aucune femme capable de lui résister. Elle-même ne pouvait rien lui refuser. Tel était le Don qu'il avait reçu. Mais il l'avait averti de se montrer prudent. Les Dons de la Mère n'étaient pas des bénédictions sans mélange, elles faisaient de vous des débiteurs. Cela signifiait-il qu'Ayla avait une dette envers la Mère ?

Ayla ne savait trop si elle appréciait ce dernier don.

— Ne connais pas Mère, ni dons. Crois Lion des Cavernes, mon totem, envoyé Whinney.

Mamut parut surpris.

— Le Lion des Cavernes est ton totem ?

Elle vit son expression, se rappela avec quelle difficulté le Clan en était venu à accepter qu'une créature femelle pût avoir un puissant totem mâle pour protection.

— Oui, Mog-ur dit à moi : Lion des Cavernes choisit moi, fait marque. Je montre, expliqua Ayla.

Elle dénoua la lanière de ses jambières, les descendit juste assez pour découvrir sa cuisse gauche et les quatre cicatrices parallèles faites par des griffes acérées, preuve de sa rencontre avec un lion des cavernes.

Les marques étaient anciennes, depuis longtemps cicatrisées, remarqua Mamut. Elle devait être très jeune, à l'époque. Comment une fillette avait-elle pu échapper à un lion des cavernes ?

— Comment as-tu été marquée ainsi ? questionna-t-il.

— Pas rappeler... mais fais rêve.

L'intérêt de Mamut s'accentua.

— Un rêve ? encouragea-t-il.

— Revient, quelquefois. Suis dans un endroit sombre, petit. Lumière vient par petite ouverture. Et puis... (Elle ferma les yeux, avala sa salive.) ... quelque chose empêche lumière. Peur... Alors, grosse patte de lion passer, griffes pointues. Je crie, je me réveille.

— J'ai rêvé récemment de lions des cavernes, dit Mamut. Voilà pourquoi je m'intéressais tant à ton rêve. J'ai rêvé d'une bande de lions des cavernes qui prenaient le soleil sur les steppes par une chaude journée d'été. Il y a deux petits. L'un des deux, une femelle, essaie de jouer avec le grand mâle, qui a une crinière rousse. Elle tend une patte, lui donne une petite tape sur le museau, plutôt comme si elle avait simplement envie de le toucher. Le grand mâle la repousse, avant de la plaquer au sol d'une énorme patte et de la lécher de sa longue langue râpeuse.

Ayla et Jondalar l'écoutaient avec passion. Mamut continua :

— Mais, soudain, quelque chose intervient. Une harde de rennes galope droit sur les lions. J'ai d'abord pensé qu'ils attaquaient : les rêves ont souvent un sens caché. Mais ces rennes sont affolés et, à la vue des lions, ils se dispersent. Dans l'aventure, le frère de la petite lionne est piétiné. Quand tout est fini, la lionne s'évertue à faire lever le petit mâle, mais elle ne peut lui redonner la vie. Finalement, elle part, avec la petite femelle, le mâle et le reste de la bande.

Ayla, semblait-il, était en état de choc.

— Qu'as-tu donc ? demanda Mamut.

— Bébé ! Bébé était frère. Je poursuis renne, à la chasse. Plus tard, je trouve petit lion, blessé. Je ramène à caverne. Soigne. Elève comme petit enfant.

— Le petit lion que tu as élevé avait été piétiné par des rennes ?

C'était au tour de Mamut d'être sous le choc. Il ne pouvait s'agir d'une simple coïncidence. Il distinguait là une puissante signification. Il avait pressenti qu'il fallait interpréter ce rêve du lion des cavernes selon ses valeurs symboliques, mais il y avait bien autre chose, qu'il n'avait pas compris. Cela dépassait la Recherche, dépassait toute son expérience passée. Il allait devoir y réfléchir profondément et il avait besoin d'en savoir davantage.

— Ayla, si tu veux bien répondre...

Ils furent interrompus par une bruyante querelle.

— Tu ne te soucies pas de Fralie ! Tu n'as même pas versé un bon Prix pour elle ! hurlait Crozie.

— Et toi, tout ce qui t'intéresse, c'est ton statut ! J'en ai assez d'entendre parler du Prix trop bas que j'ai payé. J'ai payé ce que tu m'as demandé, quand personne ne voulait accepter.

— Personne ne voulait accepter ? Que dis-tu là ? Tu

m'as suppliée de te la donner. Tu m'as promis de prendre soin d'elle et de ses enfants. Tu m'as dit que tu m'accueillerais à ton foyer...

— Et n'ai-je pas fait tout ça ? cria Frebec.

— Tu appelles ça m'accueillir ? Quand m'as-tu témoigné ton respect ? Quand m'as-tu honoré comme une mère ?

— Quand m'as-tu témoigné du respect ? Dès que je parle, tu discutes.

— S'il t'arrivait de dire quelque chose d'intelligent, personne n'aurait envie de discuter. Fralie mérite mieux. Regarde-la, grosse de la bénédiction de la Mère...

— Mère, Frebec, arrêtez, je vous en prie, intervint Fralie. J'ai seulement envie de me reposer...

Elle était très pâle, elle avait le visage tiré, et elle inquiétait Ayla. La querelle continuait à faire rage, et la guérisseuse en elle voyait à quel point cela éprouvait la jeune femme enceinte. Elle se leva, se dirigea vers le Foyer de la Grue.

— Ne voyez pas Fralie bouleversée ? demanda-t-elle quand la vieille femme et l'homme eurent repris haleine assez longtemps pour lui permettre de parler. Elle besoin d'aide. Vous pas aider. Vous rendez malade. Pas bon, disputes, pour femme enceinte. Fait perdre enfant.

Crozie et Frebec la regardaient avec la même surprise. Crozie fut la première à se remettre.

— Tu vois bien, que te disais-je ? Tu ne te soucies pas de Fralie. Tu ne la laisses même pas parler à cette femme qui sait ce qu'elle dit. Si elle perd l'enfant, ce sera par ta faute.

— Et que sait-elle donc, celle-là ? dit Frebec d'un ton méprisant. Elle a été élevée par une bande d'animaux crasseux. Que peut-elle savoir des soins à donner ? Et elle amène des animaux ici. Elle est elle-même un animal. Tu as raison, je ne vais pas laisser Fralie approcher ce monstre. Qui sait quels mauvais esprits elle a introduits chez nous ? Si Fralie perd l'enfant, ce sera sa faute à elle ! Elle et ces Têtes Plates maudites par la Mère !

Ayla recula en titubant, comme si elle avait été frappée. Cette attaque en règle lui coupait le souffle et laissait sans voix le reste du Camp. Dans le silence abasourdi, elle laissa échapper un cri étranglé, sanglotant, fit volte-face et s'élança à toutes jambes vers la sortie de l'abri. Jondalar saisit leurs deux pelisses et se mit à sa poursuite.

Ayla repoussa la pesante tenture de l'entrée, se retrouva en proie au vent hurlant. La tempête qui avait menacé toute la journée n'apportait ni pluie ni neige mais se déchaînait avec une féroce intensité au-dehors. Ses assauts sauvages n'étaient brisés par aucune barrière. Les différences de pression atmosphérique créées par les immenses murailles de glace au nord jetaient sur les vastes plaines des vents qui soufflaient en ouragan.

Ayla siffla Whinney, s'entendit répondre par un hennissement tout proche. La jument et son poulain émergèrent de l'obscurité.

— Ayla ! Tu n'avais pas l'intention de monter à cheval par cette tempête, j'espère ? dit Jondalar, qui sortait à son tour de l'abri. Tiens, je t'ai apporté ta pelisse. Il fait froid, dehors. Tu dois être à moitié gelée, déjà.

— Oh, Jondalar, je ne peux pas rester ici ! lui cria-t-elle.

— Enfile ta pelisse, Ayla, insista-t-il.

Il l'aida à passer le vêtement par-dessus sa tête, avant de la prendre dans ses bras. La scène suscitée par Frebec, il s'y attendait depuis un certain temps déjà. Cela devait arriver, il le savait, à partir du moment où Ayla parlait si ouvertement de son passé.

— Tu ne peux pas partir ainsi. Pas par cette tempête. Où irais-tu ?

— Je n'en sais rien, et peu m'importe, sanglota-t-elle. Loin d'ici.

— Et Whinney ? Et Rapide ? Ce n'est pas un temps à leur faire faire une longue course.

Sans répondre, elle s'accrochait à lui. Pourtant, à un autre niveau de sa conscience, elle avait remarqué que les chevaux avaient cherché abri plus près de l'habitation. Elle se tourmentait de n'avoir pas de caverne à leur offrir pour les protéger du mauvais temps, comme ils en avaient eu l'habitude. Et Jondalar avait raison. Elle ne pouvait guère partir par une nuit pareille.

— Je ne veux pas rester ici, Jondalar. Dès que la tempête s'apaisera, je veux retourner à la vallée.

— Si tu y tiens, Ayla, nous y retournerons. Quand le temps sera meilleur. Pour le moment, rentrons.

12

— Regarde toute cette glace qui s'accroche à leur robe, dit Ayla.

Elle essayait de détacher les glaçons qui pendaient par bouquets au long poil bourru de Whinney. La jument renâcla, lâcha dans l'air froid du matin un nuage de vapeur chaude que le vent glacial ne tarda pas à dissiper. La tempête s'était apaisée, mais les nuages demeuraient menaçants.

— Mais les chevaux vivent toujours dehors, en hiver. Ils n'ont pas l'habitude de séjourner dans des cavernes, répondit Jondalar, d'un ton qui se voulait raisonnable.

— Et de nombreux chevaux meurent, en hiver, même s'ils trouvent des endroits abrités quand il fait trop mauvais. Whinney et Rapide ont toujours eu un refuge chaud et sec lorsqu'ils en avaient besoin. Ils ne vivent pas avec un troupeau, ils ne sont pas accoutumés à être dehors par tous les temps. Tu as dit que nous pourrions partir n'importe quand. Ce lieu n'est pas bon pour eux...

— Ayla, ne nous a-t-on pas bien accueillis, ici ? La plupart des gens ne se sont-ils pas montrés bons et généreux ?

— Oui, nous avons été bien accueillis. Les Mamutoï s'efforcent d'être généreux avec leurs visiteurs, mais nous ne sommes que cela, et le moment est venu pour nous de partir.

Le front de Jondalar se creusa de plis d'inquiétude. Les yeux baissés, il frottait la terre du pied. Il avait quelque chose à dire mais ne savait trop comment l'exprimer.

— Ayla... euh... je t'avais dit qu'il pourrait se passer

quelque chose de ce genre si tu... si tu parlais de... euh... du peuple avec lequel tu as vécu. La plupart des gens ne les considèrent pas comme... comme tu le fais.

Il releva la tête.

— Si seulement tu n'avais rien dit...

— Sans le Clan, je serais morte, Jondalar ! Veux-tu dire que je dois avoir honte des gens qui ont pris soin de moi ? Iza, à ton avis, était-elle moins humaine que Nezzie ? lui cria-t-elle, furieuse.

— Mais non, Ayla, je ne voulais pas dire ça. Je ne prétends pas que tu doives avoir honte d'eux. Je trouve simplement... que tu n'as pas besoin d'en parler à des gens qui ne comprennent pas.

— Je ne suis pas sûre que tu comprennes. Selon toi, de qui dois-je parler, quand on me demande qui je suis ? Quel est mon peuple ? D'où je viens ? Je n'appartiens plus au Clan... Broud m'a maudite, je suis morte, à leurs yeux... Mais je voudrais être encore chez eux ! Du moins avaient-ils fini par m'accepter comme guérisseuse. Ils ne m'empêcheraient pas de venir en aide à une femme qui en a besoin. Imagines-tu à quel point il est cruel de voir Fralie souffrir sans être autorisée à la secourir ? Je suis une guérisseuse, Jondalar ! lui lança-t-elle dans une explosion de frustration et d'impuissance.

Avec colère, elle se retourna vers la jument.

Latie, qui sortait de l'abri, vit la jeune femme près des chevaux, s'approcha avec empressement.

— Que puis-je faire pour t'aider ? demanda-t-elle avec un large sourire.

Ayla se rappela qu'elle avait demandé de l'aide à la jeune fille, la veille au soir. Elle s'efforça de reprendre son sang-froid.

— Pense plus besoin d'aide, maintenant. Reste plus ici, retourne bientôt à la vallée.

Elle s'était exprimée dans le langage de Latie. Celle-ci prit un air désolé.

— Oh... très bien... Alors, je t'encombre peut-être, dit-elle.

Déjà, elle reprenait la direction de la voûte d'entrée.

Ayla mesura sa déception.

— Mais chevaux besoin être brossés. Poil plein de glace. Peut-être aider aujourd'hui ?

La petite retrouva son sourire.

— Vois là, par terre, près loge, tiges sèches ?

— Ces cardères, tu veux dire ?

Latie avait ramassé une longue tige sommée d'une tête ronde tout en piquants.

— Oui, je trouve près rivière. Bonne brosse. Tu casses, comme ça. Tu entoures main avec petit morceau cuir. Plus facile pour tenir, expliqua Ayla.

Elle amena la jeune fille près de Rapide, lui montra comment manier la cardère pour étriller le poil d'hiver, long et dru, du poulain. Jondalar resta là afin de calmer l'animal jusqu'à ce qu'il soit habitué à une présence qui ne lui était pas familière. Ayla, elle, rejoignit Whinney, pour continuer à débarrasser sa robe des morceaux de glace qui s'y accrochaient.

Jondalar était reconnaissant à Latie de sa présence : elle mettait fin temporairement à leur discussion à propos de départ. Il en avait dit plus qu'il n'aurait dû, il le sentait. Pis encore, il s'était exprimé maladroitement et ne savait plus, à présent, comment se tirer d'affaire. Il ne voulait pas voir Ayla partir en de telles circonstances. Si elle regagnait maintenant sa vallée, elle pourrait bien ne plus jamais vouloir la quitter. Il avait beau l'aimer profondément, il ne savait trop s'il pourrait supporter de passer le reste de sa vie isolé de toute autre présence humaine. A son avis, ce ne serait pas bon pour elle non plus. Elle s'entendait si bien avec les Mamutoï, pensait-il. Elle n'aurait aucun mal à s'adapter n'importe où, même chez les Zelandonii. Si seulement elle ne parlait pas de... Mais elle a raison. Qu'est-elle censée dire, si on l'interroge sur son peuple ? Il savait que, s'il la ramenait chez lui, tout le monde lui poserait la question.

— Tu fais toujours tomber la glace de leur poil, Ayla ? demanda Latie.

— Non, pas toujours. Dans la vallée, chevaux venir dans caverne, quand temps mauvais. Ici, pas place pour chevaux. Pars bientôt. Retourne à vallée, quand temps plus clair.

A l'intérieur de l'habitation, Nezzie venait de traverser l'aire où l'on faisait la cuisine et le foyer d'entrée pour sortir, mais, en approchant de la voûte, elle les entendit parler, s'arrêta pour écouter. Elle redoutait qu'Ayla ne veuille s'en aller, depuis la scène de la veille au soir. Si elle partait, il n'y aurait plus de leçons de langage par signes, ni pour Rydag ni pour le Camp. Elle avait déjà remarqué la manière différente dont les autres traitaient l'enfant, depuis qu'ils pouvaient lui parler. Excepté Frebec, naturellement. Je regrette d'avoir demandé à Talut de l'autoriser à séjourner chez nous... mais, si je n'avais rien dit, où en serait Fralie, maintenant ? Elle n'est pas bien. Sa grossesse est pénible.

— Pourquoi faut-il que tu partes, Ayla ? questionna Latie. Nous pourrions leur faire un abri ici.

— Elle a raison. Il ne serait pas difficile de monter une tente, un brise-vent, quelque chose, près de l'entrée, pour les protéger du plus gros des bourrasques et de la neige, appuya Jondalar.

— Je crois Frebec pas aimer animal si près, fit la jeune femme.

— Frebec n'est qu'une seule personne, Ayla, dit Jondalar.

— Mais Frebec mamutoï. Pas moi.

Personne ne réfuta cette déclaration. Latie rougit de honte pour son Camp.

A l'intérieur, Nezzie fit demi-tour vers le Foyer du Lion. Talut, qui se réveillait tout juste, rejeta les fourrures, lança ses énormes jambes hors du lit et se redressa sur son séant. Il se gratta la barbe, s'étira de toute la longueur de ses bras, ouvrit la bouche en un énorme bâillement, avant de faire la grimace et de se prendre un moment la tête entre les mains. Il leva les yeux, vit Nezzie, la gratifia d'un sourire confus.

— J'ai bu trop de bouza, hier au soir, déclara-t-il.

Il se mit debout, prit sa tunique, l'enfila.

— Talut, Ayla a décidé de partir dès que le temps serait meilleur, dit Nezzie.

Le géant fronça les sourcils.

— C'est bien ce que je craignais. Dommage. J'espérais que ces deux-là passeraient l'hiver avec nous.

— Ne pouvons-nous faire quelque chose ? Pourquoi le mauvais caractère de Frebec les chasserait-il d'ici, quand tout le monde désire les voir rester ?

— Je ne vois pas ce que nous pourrions faire. Lui as-tu parlé, Nezzie ?

— Non. J'ai entendu leur conversation, dehors. Elle disait à Latie qu'il n'y avait pas de place ici pour les chevaux : ils avaient l'habitude de venir s'abriter dans sa caverne quand le temps était mauvais. Latie a dit que nous pourrions leur construire un abri, et Jondalar a suggéré d'élever quelque chose près de l'entrée. Ayla a répondu alors qu'à son avis, Frebec n'aimerait pas avoir un animal si près, et elle ne parlait pas des chevaux, je le sais.

Talut se dirigea vers l'entrée. Nezzie l'accompagna.

— Nous pouvons sans doute faire quelque chose pour les chevaux, dit-il, mais, si elle veut s'en aller, nous ne pouvons pas la forcer à rester. Elle n'est même pas mamutoï, et Jondalar est zel... zella... je ne sais plus quoi.

Nezzie le retint.

— Pourquoi ne pas faire d'elle une Mamutoï ? Elle dit qu'elle n'a pas de peuple. Nous pourrions l'adopter. Après ça, Tulie et toi, vous célébreriez la cérémonie qui la ferait entrer dans le Camp du Lion.

Talut réfléchit un moment.

— Je ne sais pas trop, Nezzie. On ne fait pas un Mamutoï de n'importe qui. Il faudrait que tout le monde soit d'accord, et avoir quelques bonnes raisons de présenter l'affaire au Conseil, pendant la Réunion d'Eté. Et puis, tu dis qu'elle va partir.

Talut repoussa le rideau, se hâta vers la ravine.

Nezzie, qui l'avait suivi, resta sur le seuil à le regarder s'éloigner. Son regard vint ensuite se poser sur la grande jeune femme blonde qui étrillait le cheval à la robe couleur de foin. Nezzie l'examina longuement. Elle se demandait d'où venait Ayla. Si elle avait perdu sa famille sur la péninsule qui se trouvait au sud, ses parents avaient fort bien pu être des Mamutoï. Plusieurs Camps passaient l'été près de la mer de Beran, et la péninsule ne se trouvait pas bien loin. Pourtant, la brave femme en doutait. Les Mamutoï savaient que c'était là un territoire des Têtes Plates ; ils l'évitaient généralement. Par ailleurs, quelque chose, chez elle, était différent des Mamutoï. Peut-être sa famille avait-elle fait partie des Sharamudoï, ce peuple de la rivière qui habitait à l'ouest, et chez qui Jondalar avait séjourné. Ou même des Sungaea, qui vivaient au nord-est, mais Nezzie ignorait s'ils voyageaient assez loin vers le sud pour atteindre la mer. Une chose au moins était certaine : Ayla n'était pas une Tête Plate... et pourtant, ces gens l'avaient recueillie.

Barzec et Tornec sortirent, en compagnie de Danug et Druwez. Ils saluèrent Nezzie par les signes que leur avait enseignés Ayla. La coutume commençait à s'installer dans le Camp du Lion, et Nezzie l'encourageait. Rydag sortit ensuite, lui fit les mêmes signes. Elle y répondit, lui sourit, mais, lorsqu'elle le serra contre elle, son sourire s'évanouit. Rydag avait mauvaise mine. Il avait la figure pâle et bouffie et semblait plus fatigué que d'ordinaire. Peut-être allait-il tomber malade.

— Jondalar ! Te voilà, dit Barzec. J'ai fabriqué un de ces lanceurs de sagaies. Nous allions l'essayer sur les steppes. J'ai dit à Tornec qu'un peu d'exercice l'aiderait à se débarrasser du mal de tête qu'il doit à ses excès de boisson d'hier soir. Tu veux nous accompagner ?

Jondalar lança un coup d'œil vers Ayla. Il était improbable qu'ils pussent résoudre leur problème ce matin-là, et Rapide semblait très content des soins de Latie.

— Entendu. Je vais chercher le mien, dit-il.

Pendant que les autres attendaient, Ayla remarqua que Danug et Druwez paraissaient vouloir ignorer les efforts de Latie pour attirer leur attention. Toutefois, le garçon roux et dégingandé adressa à Ayla un timide sourire. Quand son frère et son cousin partirent avec les autres, Latie les suivit d'un regard malheureux.

— Ils auraient pu me demander de les accompagner. Je bats toujours Druwez au jeu des cerceaux et des flèches. Mais ils n'ont même pas voulu m'accorder un coup d'œil.

— Je montre, si tu veux, Latie. Quand chevaux brossés, dit Ayla.

La petite leva les yeux vers elle. Elle se rappelait les étonnantes démonstrations de la jeune femme avec son propulseur et sa fronde et elle avait remarqué le sourire de Danug. Mais une pensée lui vint à l'esprit. Ayla ne cherchait pas à attirer l'attention sur elle. Elle se contentait de faire ce qui lui plaisait mais elle était si accomplie dans tout ce qu'elle faisait que les gens étaient forcés de s'intéresser à elle.

— Je voudrais bien que tu me montres, Ayla, dit-elle.

Après un silence, elle ajouta :

— Comment as-tu fait pour être si habile ? Avec le lance-sagaies et avec la fronde, je veux dire.

La jeune femme réfléchit un instant.

— Veux beaucoup et entraîne... beaucoup.

Talut remontait de la rivière, les cheveux et la barbe trempés, les yeux mi-clos.

— Ooh, ma tête ! fit-il, dans un gémissement exagéré. Oooh !

— Talut, pourquoi t'es-tu mouillé la tête ? Par ce temps, tu vas tomber malade, dit Nezzie.

— Je suis malade. Je me suis trempé la tête dans l'eau froide pour essayer de me débarrasser de ce mal de tête. Oooh !

— Personne ne t'a forcé à tant boire. Rentre et sèche-toi.

Ayla considérait le géant avec inquiétude. Elle était surprise de voir Nezzie lui manifester si peu de sympathie. Elle aussi s'était réveillée avec un mal de tête et un estomac un peu barbouillé. Etait-ce la faute de la bouza ? Ce breuvage que tout le monde appréciait, semblait-il ?

Whinney releva la tête, hennit en sourdine et heurta de la croupe la jeune femme. La glace sur la robe des chevaux ne leur faisait pas de mal : c'était seulement un fardeau quand elle s'amoncelait en trop grande quantité. Mais ils aimaient qu'on les étrille, qu'on les soigne, et la jument avait remarqué qu'Ayla, perdue dans ses pensées, s'était immobilisée.

— Whinney, c'est assez. Tu veux qu'on s'occupe de toi, hein ?

Elle usait du style de communication qu'elle employait généralement avec la bête.

Latie l'avait déjà entendue s'exprimer ainsi. Elle n'en fut pas moins frappée quand Ayla émit une imitation parfaite du hennissement de la jument. Elle remarquait en même temps le langage par signes, maintenant qu'elle s'y était plus ou moins accoutumée. Néanmoins, elle n'était pas bien sûre de comprendre les gestes.

— Tu sais parler aux chevaux ! s'exclama-t-elle.

— Whinney est amie, dit Ayla. Longtemps, seule amie.

Elle flatta la jument, examina la robe du poulain, le flatta à son tour.

— Je crois assez étrillé. Maintenant, allons chercher lance-sagaies et entraîner.

Elles rentrèrent dans l'habitation et, en chemin vers le quatrième foyer, passèrent devant Talut qui faisait une tête pitoyable. Ayla prit son propulseur et une poignée de flèches. Au moment où elle repartait, elle remarqua le reste de tisane d'achillée qu'elle s'était préparée le matin pour apaiser son mal de tête. L'ombelle et les feuilles plumeuses de la plante restaient accrochées à la tige mais elles étaient desséchées. Le soleil et la pluie avaient dépouillé l'achillée, aromatique et très parfumée quand elle était fraîche, d'une partie de ses propriétés. Mais Ayla se rappela qu'elle en avait préparé et fait sécher quelque temps avant. Mêlée à de l'écorce de saule, elle guérissait aussi bien les nausées que les maux de tête.

Peut-être serait-ce bon pour Talut, se dit-elle. Mais le remède à base d'ergot de seigle qu'elle préparait contre les migraines les plus tenaces serait sans doute plus efficace.

— Bois ça, Talut, dit-elle avant de sortir.

Avec un faible sourire, il prit la coupe qu'elle lui tendait, la vida d'un trait. Il ne s'attendait guère à en éprouver un véritable soulagement mais il était heureux d'une sympathie que personne d'autre ne paraissait disposé à lui offrir.

La femme et la jeune fille gravirent ensemble la pente et se dirigèrent vers la piste en terre battue où s'était déroulée la compétition. En arrivant sur le plateau, elles virent les quatre hommes qui les avaient devancées s'entraîner à l'une des extrémités. Elles prirent la direction opposée, suivies par Whinney et Rapide. Latie sourit au poulain d'un brun sombre lorsqu'il la salua d'un petit hennissement en secouant la tête. Après quoi, il se mit à paître près de sa mère, tandis qu'Ayla montrait à Latie comment on lançait une sagaie.

— Regarde, commença-t-elle.

Elle tenait en position horizontale l'étroit instrument de bois d'à peu près deux pieds de long. Elle passa ensuite deux doigts de sa main droite dans les boucles de cuir.

— Place sagaie, poursuivit-elle.

Elle disposa le manche de la sagaie, qui devait avoir six pieds de long, dans la rainure creusée sur toute la longueur du propulseur. Elle introduisit le crochet à l'extérieur de l'arme, en prenant soin de ne pas écraser l'empennage. Ensuite, elle assura la sagaie et tira. La longue extrémité mobile du propulseur se souleva, apportant plus de longueur et exerçant la puissance d'un levier. La sagaie se trouva projetée avec une force et une vitesse exceptionnelles. Ayla passa le propulseur à Latie.

— Comme ça ? demanda la jeune fille, en imitant les gestes d'Ayla. Le manche de la sagaie se place dans cette rainure, je passe les doigts dans les boucles pour tenir l'appareil et j'appuie l'extrémité du manche contre ceci.

— Bien. Maintenant, lance.

La sagaie parcourut une bonne distance.

— Ce n'est pas si difficile, déclara Latie, satisfaite.

— Non, pas difficile lancer, approuva Ayla. Difficile faire aller sagaie où tu veux.

— Difficile de bien viser, tu veux dire. Comme pour faire passer une flèche dans le cerceau.

La jeune femme sourit.

— Oui. Faut entraînement pour faire passer flèche dans cerceau... passer dans le cerceau.

Elle venait de voir Frebec arriver, pour découvrir ce que faisaient les hommes, et, soudain, elle s'était rendu compte qu'elle ne parlait toujours pas correctement. Elle aussi avait besoin de pratique, se dit-elle. Mais quelle importance ? Elle n'allait pas rester là.

Latie continuait à s'entraîner sous la direction d'Ayla. Toutes deux, totalement absorbées dans leur activité, ne s'aperçurent pas que les hommes s'étaient interrompus pour s'approcher d'elles et les observer.

— Bien, Latie ! cria Jondalar à la jeune fille, qui venait d'atteindre le but. Tu pourrais bien devenir meilleure que tous les autres ! Ces deux garçons, je crois, en ont assez : ils préfèrent venir voir comment tu t'en tires.

Danug et Druwez semblaient mal à l'aise : il y avait du vrai dans la plaisanterie de Jondalar. Mais Latie arborait un sourire radieux.

— Je veux devenir la meilleure. Je m'entraînerai pour ça, déclara-t-elle.

Tous décidèrent bientôt que c'était assez pour la journée et se remirent en route vers le Camp. Au moment où ils approchaient de la voûte d'entrée, Talut émergea en trombe.

— Ayla ! Te voilà ! Qu'y avait-il dans ce breuvage que tu m'as fait boire ? demanda-t-il.

Il marchait sur elle. Elle eut un mouvement de recul.

— De l'achillée, avec de la luzerne et quelques feuilles de framboisier et...

— Nezzie ! Tu entends ça ? Demande-lui la recette. Sa tisane a dissipé mon mal de tête ! Je me sens un homme nouveau !

Il regarda autour de lui.

— Nezzie !

— Elle est descendue à la rivière avec Rydag, dit Tulie. Il avait l'air fatigué, ce matin, et Nezzie n'était pas d'accord pour qu'il aille aussi loin. Mais il a dit qu'il voulait l'accompagner... ou peut-être qu'il voulait rester avec elle... je n'ai pas bien compris le signe. J'ai promis à Nezzie de descendre la rejoindre, pour l'aider à le porter en remontant, ou bien à porter l'eau. J'allais partir.

Pour plus d'une raison, les propos de Tulie retinrent l'attention d'Ayla. Elle se sentait inquiète pour l'enfant mais, par ailleurs, elle discernait chez Tulie un changement d'attitude à son égard. Pour elle, il était maintenant « Rydag », pas simplement « le petit », et elle parlait de ce qu'il avait dit. Il était devenu à ses yeux un être humain.

— Ah...

Talut hésita, un instant surpris de ne pas trouver Nezzie dans son entourage immédiat. Mais il se reprit, confus, et émit un petit rire.

— Tu m'apprendras à faire cette tisane, Ayla ?

— Oui, répondit-elle. Volontiers.

Il parut ravi.

— S'il faut que je fasse la bouza, il faut que j'aie un remède pour le lendemain matin.

Ayla sourit. En dépit de sa taille et de sa carrure, le géant qui dirigeait le Camp inspirait l'affection. Certes, elle n'en doutait pas, il devait pouvoir se montrer redoutable sous l'effet de la colère. Sa vigueur n'avait d'égale que son agilité et sa rapidité, et il ne manquait sûrement pas d'intelligence, mais il y avait en lui une certaine douceur. Il résistait à la colère. Il se montrait tout disposé à plaisanter aux dépens de quelqu'un d'autre mais il était tout aussi souvent prêt à tourner en ridicule ses propres faiblesses. Il réglait les problèmes de son peuple avec une sincère sollicitude, et sa compassion s'étendait au-delà de son propre camp.

Tout à coup, des lamentations aiguës attirèrent l'attention vers la rivière. Au premier cri, Ayla s'engagea en courant sur la pente. Plusieurs personnes la suivirent. Nezzie, agenouillée près d'un petit corps, hurlait son angoisse. Debout près d'elle, Tulie semblait affolée, désemparée. Ayla, en arrivant, vit que Rydag était sans connaissance.

— Nezzie ? fit-elle.

L'expression de son visage demandait ce qui s'était passé.

— Nous remontions la pente, expliqua Nezzie. Il a commencé à avoir du mal à respirer. J'ai décidé que je ferais bien de le porter mais, au moment où je posais mon outre par terre, je l'ai entendu pousser un cri de douleur. Quand je l'ai regardé, il était couché là, dans cet état.

Ayla se baissa pour examiner Rydag. Elle posa la main puis l'oreille sur son cœur, lui palpa le cou près de la mâchoire. Elle leva sur Nezzie des yeux inquiets, avant de se tourner vers la Femme Qui Ordonne.

— Tulie, porte Rydag à l'abri, au Foyer du Mammouth. Vite !

Elle prit les devants, se précipita en courant au pied de sa couchette. Elle fouilla ses affaires, finit par retrouver certain petit sac fait d'une peau de loutre entière. Elle en répandit le contenu sur le lit, chercha dans les tas de paquets et de petits sachets. Elle regardait la forme de chacun, la couleur et le type de lien qui le tenait fermé, le nombre de nœuds et leur espacement sur ce lien.

Pendant ce temps, son esprit fonctionnait à toute allure. C'est son cœur. Je sais que ce malaise vient du cœur. Il battait mal. Que dois-je faire ? Je n'en sais pas bien long sur le cœur. Personne, dans le Clan de Brun, ne souffrait du cœur. Je dois me rappeler ce qu'Iza m'avait expliqué. Et cette autre guérisseuse, au Rassemblement du Clan, elle avait deux malades du cœur. D'abord, disait toujours Iza, penser à ce qui n'est pas normal. Il est pâle, bouffi. Il a du mal à respirer et il souffre. Son pouls est faible. Son cœur doit travailler plus dur, donner des poussées plus fortes. Que vaut-il mieux utiliser ? Du datura, peut-être ? Non, je ne crois pas. De l'ellébore ? De la belladone ? De la jusquiame ? De la digitale ? Oui, de la digitale... des feuilles de digitale. Mais c'est si fort. Ça pourrait le tuer. Pourtant, il mourra si quelque chose d'assez puissant ne remet pas son cœur en marche. Et comment l'utiliser ? Faut-il en faire une décoction ou une infusion ? Oh, si seulement je pouvais me rappeler comment faisait Iza. Où est ma digitale ? Est-ce que j'en ai encore ?

— Ayla, que se passe-t-il ?

Elle releva la tête, vit Mamut auprès d'elle.

— C'est Rydag... son cœur. On le ramène. Je

cherche... plante. Longue tige... fleurs qui retombent... taches rouges, violettes à l'intérieur. Grandes feuilles, comme fourrure dessous. Aide cœur.. à pousser. Tu comprends ?

Ayla se sentait suffoquée par son manque de vocabulaire mais elle avait été plus explicite qu'elle ne le pensait.

— La purpurea, bien sûr. « Digitale » est son autre nom. C'est un remède très puissant...

Mamut regarda Ayla fermer les yeux, reprendre longuement son souffle.

— Oui, mais nécessaire. Dois réfléchir, combien... Voilà petit sac ! Iza disait garder toujours près...

Au même instant, Tulie arriva, l'enfant dans les bras. Ayla enleva de son lit une fourrure, l'étala sur le sol, près du feu, demanda à la Femme Qui Ordonne d'allonger dessus le petit malade. Nezzie se tenait derrière elle. Tous les autres habitants du Camp firent cercle autour d'elles.

— Nezzie, enlève pelisse. Ouvre vêtements. Talut, trop de monde ici. Fais place.

Ayla n'avait même pas conscience de donner des ordres. Elle ouvrit le sachet de cuir, respira l'odeur du contenu, leva vers le vieux chaman des yeux inquiets. Mais elle jeta un coup d'œil sur l'enfant inconscient, et son visage se durcit, prit une expression déterminée.

— Mamut, besoin feu ardent. Latie, cherche pierres à cuire, eau dans vase, coupe pour boire.

Pendant que Nezzie ouvrait les vêtements de l'enfant, Ayla forma avec d'autres fourrures une sorte de coussin pour le redresser. Talut écartait les occupants du Camp, afin que Rydag eût de l'air, et Ayla plus de place pour agir. Latie, anxieuse, alimentait le feu que Mamut avait ranimé pour faire chauffer plus vite les pierres.

Ayla chercha le pouls de Rydag, eut peine à le trouver. Elle posa l'oreille sur sa poitrine. Sa respiration était faible, rauque. Il lui fallait de l'aide. Elle lui renversa la tête en arrière, pour faciliter le passage de l'air. Après quoi, elle colla sa bouche sur la sienne, afin d'introduire son propre souffle dans ses poumons, comme elle l'avait fait pour Nuvie.

Mamut l'observa un moment. Elle semblait trop jeune pour posséder un tel pouvoir de guérison et elle avait assurément connu un instant d'indécision, mais c'était passé, maintenant. Elle était calme, concentrée sur l'enfant, elle donnait ses ordres avec une tranquille assurance.

Il hocha la tête d'un air satisfait, avant de s'asseoir derrière le crâne de mammouth. Il commença de frapper une lente cadence qui, étrangement, eut pour effet de dissiper quelque peu la tension d'Ayla. Le chant de guérison fut aussitôt repris par l'ensemble du Camp : les gens, eux aussi, se détendaient sous l'impression qu'ils contribuaient à soulager le petit malade. Tornec et Deegie se mirent à jouer sur leurs instruments. Ranec apparut, avec des anneaux d'ivoire qui s'entrechoquaient. La musique produite par les tambours, le chant et les anneaux n'était pas trop puissante : c'était plutôt une sorte de pulsation douce et apaisante.

L'eau se mit enfin à bouillir. Ayla versa au creux de sa paume une petite quantité de feuilles séchées de digitale, en aspergea la surface de l'eau. Elle attendit un moment, pour les laisser infuser, tout en s'efforçant de garder son calme. Finalement, la couleur et sa propre intuition lui dirent que l'infusion était à point. Elle en versa un peu dans une coupe. Après quoi, elle prit la tête de Rydag sur ses genoux, ferma un instant les yeux. Ce remède ne devait pas s'utiliser à la légère. Une dose trop forte tuerait l'enfant, et la force contenue dans les feuilles de chaque plante était variable.

Elle rouvrit les paupières, rencontra le regard de deux yeux d'un bleu éclatant, pleins d'amour. Elle accorda à Jondalar un rapide sourire de gratitude. Elle porta la coupe à ses lèvres, y trempa le bout de la langue pour éprouver la force de la préparation. Enfin, elle amena le breuvage amer aux lèvres du malade.

Rydag s'étrangla sur la première gorgée, ce qui dissipa quelque peu son apathie. Il reconnut Ayla, essaya de lui sourire, mais le sourire se changea en grimace de douleur. Elle le fit boire de nouveau, lentement, tout en surveillant étroitement ses réactions : les changements dans la température et la couleur de sa peau, les mouvements de ses yeux, le rythme et la profondeur de sa respiration. Les membres du Camp du Lion l'observaient, eux aussi, avec inquiétude. Ils n'avaient pas compris l'importance que l'enfant avait prise pour eux jusqu'au moment où sa vie s'était trouvée menacée. Il avait grandi parmi eux, il était l'un d'entre eux, et, récemment, ils en étaient venus à s'apercevoir qu'il n'était pas tellement différent d'eux.

Ayla ne sut jamais précisément quand se turent le chant et la cadence des tambours, mais le bruit étouffé que fit Rydag en prenant une longue inspiration résonna comme une clameur de victoire dans le silence absolu, chargé de tension, de l'habitation.

L'enfant prit une seconde inspiration profonde. Ayla remarqua sur ses joues une légère teinte rosée, et son appréhension s'atténua un peu. La musique reprit sur un rythme différent, un enfant cria, des voix murmurèrent. La jeune femme posa la coupe, vérifia les pulsations du sang au cou de Rydag, lui palpa la poitrine. Il respirait plus aisément, moins douloureusement. Elle releva la tête. Nezzie, les yeux pleins de larmes, lui souriait. Elle n'était pas la seule.

Ayla retint l'enfant contre elle jusqu'au moment où elle eut la certitude qu'il se sentait mieux. Elle le retint ensuite parce qu'elle en avait envie. Si elle fermait à demi les paupières, elle parvenait presque à oublier les habitants du Camp. Elle pouvait presque imaginer que cet enfant, qui ressemblait tant à son fils, était bel et bien celui auquel elle avait donné le jour. Les larmes qui lui mouillaient les joues, elle les versait à la fois pour elle-même, pour le fils qu'elle aurait tant voulu revoir et pour l'enfant blotti dans ses bras.

Rydag finit par sombrer dans le sommeil. L'épreuve l'avait épuisé, comme elle avait épuisé la jeune femme. Talut le prit dans ses bras, pour le porter jusqu'à son lit. Jondalar aida Ayla à se relever. Il l'étreignit tandis qu'elle s'abandonnait entre ses bras, à bout de forces.

Dans les yeux de la plupart des membres du Camp brillaient des larmes de soulagement, mais il était difficile de trouver les paroles appropriées. Ils ne savaient que dire à la jeune femme qui avait sauvé l'enfant. Ils lui souriaient, lui offraient des signes d'approbation, quelques commentaires murmurés, rien de plus. C'était bien suffisant pour Ayla. A ce moment, elle se serait sentie mal à l'aise si on l'avait accablée de trop de gratitude, de trop de louanges.

Après s'être assurée que Rydag reposait confortablement, Nezzie revint parler à Ayla.

— Je l'ai cru mort. Je n'arrive pas à croire qu'il dort, tout simplement. Ton remède était bon.

Ayla hocha la tête.

— Est vrai, mais fort. Doit en prendre tous les jours, un peu, pas trop. Avec autre remède je prépare pour lui. Tu fais comme infusion mais fais bouillir un moment d'abord. Je montrerai. Donne petite coupe matin, une autre avant sommeil. Urinera plus, la nuit, jusque dégonflé.

— Ce remède va-t-il le guérir, Ayla ? demanda Nezzie, d'un ton plein d'espoir.

La jeune femme tendit la main pour la poser sur la sienne, la regarda bien en face.

— Non, Nezzie. Pas remède pour guérir, répondit-elle d'une voix ferme, teintée de tristesse.

D'un signe, sa compagne accepta le verdict. Elle l'avait toujours su, mais les soins d'Ayla avaient amené un rétablissement quasi miraculeux, et elle n'avait pu s'empêcher de céder à l'espérance.

— Remède aidera, poursuivit Ayla. Rydag se sentira mieux. Pas tant douleur. Mais pas beaucoup ici. Laisse presque tout dans vallée. Pas croire longue absence. Mamut connaît digitale, a peut-être un peu.

Mamut prit la parole.

— Je possède le don de Recherche, Ayla. Je ne suis pas très doué pour la Guérison. Mais le mamut du Camp du Loup est un bon guérisseur. Quand le temps sera meilleur, nous pourrons envoyer quelqu'un demander s'il a de la digitale. Cela prendra quelques jours, malheureusement.

Ayla espérait qu'il lui restait assez de ce remède préparé avec les feuilles de la digitale pour attendre le moment où quelqu'un pourrait aller en chercher mais elle souhaitait plus encore avoir avec elle le reste de sa propre préparation. Elle ne se fiait pas absolument aux méthodes de quelqu'un d'autre. Elle prenait toujours bien soin de faire sécher lentement les grandes feuilles veloutées dans un endroit sec et sombre, à l'abri du soleil, pour en conserver autant que possible le principe actif. En fait, elle aurait aimé avoir sur place tous ses remèdes méticuleusement préparés, mais ils étaient restés dans sa petite caverne de la vallée.

Comme Iza, Ayla avait toujours avec elle son sac en peau de loutre qui contenait certaines racines, certaines écorces, des feuilles, des fleurs, des fruits, des graines. Mais ce n'était pour elle qu'une trousse de premier secours. Elle gardait dans sa caverne une véritable pharmacopée bien que, dans sa vie solitaire, elle n'y ait pas souvent eu recours. C'était une habitude, une pratique intensive qui l'amenaient à recueillir les plantes médicinales avec le passage des saisons. C'était, chez elle, une réaction presque aussi automatique que la marche. Elle connaissait bien d'autres utilisations des plantes, depuis les fibres qui permettaient de faire des cordes jusqu'aux propriétés alimentaires, mais c'étaient les propriétés médicinales qui l'intéressaient par-dessus tout. Elle ne pouvait guère passer sans la cueillir devant une plante dont elle connaissait les vertus curatives, et il y en avait des centaines.

Elle était tellement familiarisée avec la végétation que les plantes nouvelles l'intriguaient toujours. Elle cherchait leurs ressemblances avec des végétaux connus et savait classer les sous-espèces dans des espèces plus largement répandues. Elle était capable d'identifier des familles et des types voisins mais elle savait très bien qu'une apparence semblable n'entraînait pas forcément des réactions semblables, et elle les expérimentait prudemment sur elle-même, en se basant sur ses connaissances et sur son expérience.

Elle était méticuleuse aussi pour les dosages et les méthodes de préparation. Elle savait qu'une infusion, préparée en versant de l'eau bouillante sur des feuilles, des fleurs ou des baies, dégageait des principes et des essences aromatiques et volatiles. La décoction, obtenue par ébullition, éliminait les propriétés résineuses, amères, et donnait plus de résultats avec des produits durs comme les racines, les écorces, les graines. Elle savait comment extraire les huiles essentielles, les gommes, les résines d'une plante, comment faire des cataplasmes, des emplâtres, des fortifiants, des sirops, des onguents, des pommades. Elle savait mêler plusieurs ingrédients, renforcer ou diluer le mélange, selon les besoins.

Les mêmes procédés de comparaison qu'elle appliquait aux plantes lui révélaient les similitudes entre les animaux. Si Ayla possédait une certaine connaissance du corps humain et de ses fonctions, c'était le résultat d'une longue série de conclusions auxquelles elle était arrivée à force de tâtonnements, ainsi que d'une science approfondie de l'anatomie animale acquise par l'étude des bêtes tuées à la chasse. Elle avait su dégager les similitudes avec l'homme.

Ayla était à la fois botaniste, pharmacienne, médecin. Sa magie lui venait des traditions ésotériques transmises et améliorées, au cours de centaines, de milliers, de millions peut-être d'années, par une génération après l'autre de cueilleurs et de chasseurs dont l'existence même dépendait d'une connaissance intime de leur territoire et de ce qu'il produisait.

En se fondant sur ces ressources venues de la nuit des temps, transmises par Iza, et en s'aidant d'un don inhérent d'analyse et d'une perception intuitive, Ayla pouvait reconnaître et traiter la plupart des maladies et des blessures. Il lui arrivait même parfois de pratiquer de petites interventions chirurgicales, avec une lame de silex aussi tranchante qu'un rasoir. Mais ses traitements reposaient avant tout sur les propriétés curatives des plantes.

En regardant dormir l'enfant qui ressemblait tant à son fils, Ayla était envahie d'un profond sentiment de gratitude et de soulagement à la pensée que Durc était né vigoureux et en bonne santé. Mais cela n'empêchait pas la douloureuse nécessité de dire à Nezzie qu'aucun remède ne pourrait rendre la santé à Rydag.

Un peu plus tard dans l'après-midi, la jeune femme entreprit de trier ses paquets et ses sachets d'herbes, afin de préparer le mélange promis à Nezzie. Mamut, silencieux, l'observait. Personne ne pouvait désormais douter de ses talents de guérisseuse, pas même Frebec, même s'il n'était pas disposé à l'admettre, ni Tulie, qui ne s'était pas exprimée aussi crûment mais qui, le vieil homme le savait, avait été très sceptique en son for intérieur. Ayla avait l'apparence d'une jeune femme comme les autres, très séduisante, même à ses yeux de vieillard, mais, il en était convaincu, personne ne pouvait savoir ce qu'elle était en réalité. Connaissait-elle elle-même toute l'étendue de ses capacités ?

Quelle vie difficile — et fascinante — elle avait menée, se disait-il. Elle paraît si jeune encore mais elle possède déjà bien plus d'expérience que n'en auront jamais la plupart des gens dans toute leur existence. Combien de temps a-t-elle vécu avec ce peuple ? Comment est-elle devenue si experte dans leurs méthodes de guérison ? se demandait-il. Ce genre de connaissances, il le savait, ne s'enseignait généralement pas à quelqu'un qui venait de l'extérieur, et elle avait été une étrangère, chez ces gens, plus que quiconque ne pourrait jamais le comprendre. Il y avait aussi ce talent inattendu pour la Recherche. Quelles ressources inexploitées pouvait-elle encore posséder ? Quelles connaissances inutilisées ? Quels secrets encore cachés ?

Toute sa force se manifestait en période de crise. Il se rappelait la façon dont Ayla avait donné des ordres à Tulie et à Talut. Même à moi, pensa-t-il avec un sourire. Et personne n'avait protesté. Le sens du commandement lui vient tout naturellement. Quelle infortune a bien pu tremper son caractère, pour lui conférer, si jeune, une telle personnalité ? se demandait-il. La Mère a des desseins sur elle, j'en suis sûr. Mais que dire du jeune homme, Jondalar ? Il a certainement bien des qualités, mais ses talents n'ont rien d'extraordinaire. Qu'envisage-t-Elle pour lui ?

Ayla rangeait ses remèdes quand Mamut regarda soudain de plus près le sac en peau de loutre. L'aspect lui en était familier. En fermant les yeux, il en voyait un autre si semblable qu'il libérait un flot de souvenirs.

— Ayla, puis-je voir ce que tu as là ? demanda-t-il, désireux de l'examiner de plus près.

— Quoi ? Mon sac à médecines ?

— Je me suis toujours demandé comment ils étaient faits.

Elle lui tendit le sac, remarqua du même coup les nœuds de l'arthrite sur ses vieilles mains longues et maigres.

Le vieillard examina attentivement le sac. Il montrait des signes d'usure : elle devait l'avoir depuis un certain temps. Il avait été fait, non pas en assemblant des pièces les unes aux autres, mais en utilisant la peau entière d'un seul animal. Plutôt que de fendre l'abdomen de la loutre, ce qui était la manière habituelle de dépouiller une bête, on lui avait seulement ouvert la gorge, en laissant la tête encore attachée par-derrière par une bande de peau. On avait sorti par la gorge les entrailles et les os, on avait vidé le crâne, de sorte qu'il s'était un peu affaissé. La peau, alors, avait été salée. On avait pratiqué des trous à intervalles réguliers autour du cou avec une alène de silex pour y enfiler une lanière qui permettait de fermer l'orifice. Le résultat était un sac en fourrure de loutre, lisse et imperméable. La queue et les pattes demeuraient intactes, la tête servait de rabat.

Mamut lui rendit l'objet.

— C'est toi qui l'as fait ?

— Non. Iza fait. Elle était guérisseuse du Clan de Brun. Ma... mère. Elle m'apprend, depuis petite fille, où plantes poussent, comment faire remèdes, comment utiliser. Etait malade, pas possible aller Rassemblement du Clan. Brun besoin guérisseuse. Uba trop jeune. Je suis la seule.

Mamut hocha la tête pour marquer sa compréhension, avant de lui lancer un regard pénétrant.

— Quel est le nom que tu viens de dire ?

— Ma mère ? Iza ?

— Non, l'autre.

Ayla réfléchit un instant.

— Uba ?

— Qui est Uba ?

— Uba est... sœur. Pas sœur véritable mais comme

sœur pour moi. Fille d'Iza. Maintenant, est guérisseuse... et mère de...

— Est-ce un nom répandu ? interrompit Mamut, d'une voix où perçait une teinte de surexcitation.

— Non... crois pas... Creb donne nom à Uba. Mère de mère d'Iza a même nom. Creb et Iza, même mère.

— Creb ! Dis-moi, Ayla, ce Creb avait-il un bras qui ne fonctionnait pas et marchait-il en boitant ?

— Oui, répondit Ayla, intriguée.

Comment Mamut pouvait-il connaître ces détails ?

— Y avait-il un autre frère ? Plus jeune, mais vigoureux et en bonne santé ?

Ayla se rembrunit sous le flot de questions de Mamut.

— Oui. Brun. Etait chef.

— Grande Mère ! Je ne peux y croire ! Je comprends, maintenant.

— Moi, comprends pas.

— Ayla, viens t'asseoir. Je veux te conter une histoire.

Il l'emmena jusqu'au foyer. Il s'assit au bord de la plate-forme, tandis qu'elle s'installait sur une natte posée sur le sol et levait vers lui des yeux emplis d'attente.

— Un jour, il y a bien des années, quand j'étais encore un tout jeune homme, j'ai connu une aventure qui a transformé ma vie, commença Mamut.

Ayla sentit soudain un étrange frisson courir à fleur de peau. Elle avait l'impression de savoir déjà ce qu'allait dire le chaman.

— Manuv et moi, nous sommes du même Camp. L'homme que sa mère avait choisi pour compagnon était mon cousin. Nous avons grandi ensemble et, comme le font tous les jeunes gens, nous parlions de faire ensemble un Voyage. Mais, dans l'été où nous devions partir, il tomba malade. Gravement malade. J'avais hâte de partir : nous faisions des plans pour ce voyage depuis des années. J'espérais sans cesse qu'il allait se rétablir, mais la maladie ne cédait pas. Finalement, alors que l'été finissait, j'ai décidé de faire seul le grand Voyage. Tout le monde me le déconseillait, mais je ne tenais plus en place.

« Nous avions prévu de contourner la mer de Beran

et de suivre ensuite la côte au levant de la mer du Sud, comme l'a fait Wymez. Mais il était déjà si tard dans la saison que j'ai préféré prendre un raccourci, à travers la péninsule, pour rejoindre ensuite les montagnes.

Ayla hocha la tête. Le Clan de Brun avait emprunté cette route pour se rendre au Rassemblement du Clan.

— Je n'ai confié mes projets à personne. C'était le territoire des Têtes Plates, et je savais que je me heurterais à de nombreuses objections. Je pensais qu'avec de la prudence, je pourrais éviter tout contact mais je n'avais pas envisagé l'accident. A présent encore, je ne sais trop comment c'est arrivé. Je longeais la rive très haute d'un cours d'eau, presque une falaise, et, tout à coup, j'ai glissé, je suis tombé. J'ai dû rester inconscient un long moment. Quand j'ai repris mes sens, c'était la fin de l'après-midi. J'avais la tête douloureuse, les idées assez confuses, mais le pire, c'était mon bras. L'os était disloqué, brisé, et je souffrais beaucoup.

« J'ai repris quelque temps ma route le long de la rivière, tant bien que mal. J'avais perdu mon sac et je n'ai même pas eu l'idée de le chercher. Je ne sais combien de temps j'ai marché ainsi, mais la nuit était presque tombée quand j'ai enfin aperçu un feu. Je ne pensais pas me trouver sur la péninsule. Je me suis dirigé vers la lumière.

« J'imagine leur surprise quand ils m'ont vu arriver parmi eux d'un pas chancelant. Mais le délire m'avait déjà saisi, je ne savais plus où j'étais. Ma surprise à moi est venue plus tard. Je suis revenu à moi dans un cadre qui m'était inconnu, sans la moindre idée de la façon dont j'avais pu arriver là. J'ai découvert un cataplasme sur mon front, un bandage pour me soutenir le bras. Je me suis souvenu de ma chute et je me suis dit que j'avais de la chance d'avoir été découvert par un Camp qui possédait un bon guérisseur. C'est alors que la femme est apparue. Peut-être, Ayla, es-tu capable d'imaginer mon bouleversement, quand je me suis rendu compte que je me trouvais dans le camp d'un Clan.

Ayla était elle-même bouleversée.

— Toi ! C'est toi, l'homme au bras cassé ? Tu

connais Creb et Brun ? demanda-t-elle d'un ton incrédule.

Une vague d'émotion l'envahissait, des larmes perlaient au coin de ses yeux. C'était comme si elle venait de recevoir un message de son passé.

— Tu as entendu parler de moi ?

— Iza m'a dit : avant sa naissance, mère de sa mère soigne homme avec bras cassé. Homme venu des Autres. Creb raconte aussi. Il dit Brun me laisse rester avec Clan parce qu'il apprend de cet homme — toi, Mamut — que les Autres sont hommes aussi.

Ayla s'interrompit pour contempler longuement la chevelure blanche, le vieux visage creusé de rides du vénérable vieillard.

— Iza marche dans monde des esprits, maintenant. Pas née quand tu viens... Et Creb... était enfant, pas encore choisi par Ursus. Creb était vieil homme quand il meurt... Comment toi peut être encore vivant ?

— Je me suis demandé moi-même pourquoi la Mère avait tenu à m'accorder tant de saisons. Je crois qu'Elle vient de me fournir Sa réponse.

13

— Talut ? Talut, tu dors ? murmura Nezzie à l'oreille du gigantesque chef.

En même temps, elle le secouait. Il s'éveilla brusquement.

— Quoi ? Que se passe-t-il ?

— Chut. Ne réveille pas tout le monde. Talut, nous ne pouvons pas laisser partir Ayla. Qui soignera Rydag, la prochaine fois qu'il sera malade ? Je crois que nous devrions l'adopter, la faire entrer dans notre famille, faire d'elle une Mamutoï.

Il leva la tête, vit luire dans les yeux de la femme le reflet rougeoyant des braises du feu couvert pour la nuit.

— Je sais que tu aimes ce petit, Nezzie. Moi aussi, je l'aime. Mais ton amour pour lui est-il une raison suffisante pour faire d'une étrangère l'une d'entre nous ? Comment expliquer cela aux Conseils ?

— Il ne s'agit pas seulement de Rydag. C'est une guérisseuse. Une bonne guérisseuse. Les Mamutoï possèdent-ils tant de guérisseurs que nous puissions nous permettre de laisser partir une femme comme celle-ci ? Vois tout ce qui s'est passé en quelques jours seulement. Elle a empêché Nuvie de s'étrangler jusqu'à en mourir... Oui, je sais, Tulie a dit qu'il pouvait s'agir d'une technique qu'elle avait apprise, mais ta sœur ne peut pas en dire autant pour ce qui est de Rydag. Ayla savait ce qu'elle faisait. Elle a employé la médecine qui guérit. Elle ne se trompe pas non plus à propos de Fralie. Moi-même, je vois bien que sa grossesse est pénible, et que toutes ces discussions, ces querelles ne lui font pas de bien. Que dire aussi de ton mal de tête ?

Talut grimaça un sourire.

— Ça, c'était plus que de la médecine qui guérit : c'était stupéfiant !

— Chut ! Tu vas réveiller tout le monde. Ayla n'est pas seulement une Femme Qui Guérit. Mamut dit qu'elle possède le don de Recherche, sans avoir jamais été initiée. Et regarde comment elle s'y prend avec les animaux. Je ne serais pas étonnée qu'elle ait aussi le don d'Appel. Imagine le bénéfice qu'en tirerait un Camp, s'il se révélait qu'elle est non seulement capable de rechercher des animaux pour la chasse mais aussi de les faire venir à elle !

— Tu ne sais rien de tout ça, Nezzie. Tu fais seulement des suppositions.

— En tout cas, il n'est pas question de « supposer » pour son habileté avec les armes. Si elle était mamutoï, elle vaudrait un bon prix pour une Union, tu le sais, Talut. Avec tout ce qu'elle a à offrir, dis-moi combien elle vaudrait, à ton avis, si elle était la fille de ton foyer ?

— Hum... Si elle était mamutoï et fille du Foyer du Lion... Mais peut-être n'a-t-elle pas envie de devenir mamutoï, Nezzie. Et que deviendrait le jeune homme, Jondalar ? Il y a un sentiment profond entre eux, on le voit bien.

Nezzie réfléchissait depuis quelque temps à la question. Elle était prête à y répondre.

— Demande-le-lui, à lui aussi.

— Tous les deux ! explosa Talut en se redressant sur son séant.

— Chut ! Baisse la voix !

— Mais il a un peuple. Il dit qu'il est zel... zel... je ne sais plus quoi.

— Zelandonii, murmura Nezzie. Mais son peuple vit bien loin d'ici. Pourquoi aurait-il envie d'entreprendre un si long voyage pour retourner là-bas, s'il pouvait se faire une place parmi nous ? Tu peux toujours le lui demander, Talut. Cette arme qu'il a inventée devrait suffire à satisfaire les Conseils. Et Wymez assure que c'est un excellent façonneur d'outils. Si mon frère lui accorde sa recommandation, les Conseils ne refuseront pas, tu le sais bien.

— C'est vrai... Mais, Nezzie, comment sais-tu qu'ils voudront bien rester avec nous ?

Talut s'était recouché.

— Je ne le sais pas, mais tu peux toujours le leur demander, non ?

La matinée s'avançait déjà quand Talut sortit de l'abri. Il vit Jondalar et Ayla qui emmenaient les chevaux. Il n'y avait pas de neige, mais le givre du petit matin s'attardait encore par endroits en blanches plaques de cristal. A chaque respiration, une brume enveloppait les têtes des jeunes gens. De l'électricité statique crépitait dans l'air sec et glacial. L'homme et la femme avaient revêtu, contre le froid, des pelisses de fourrure dont le capuchon relevé encadrait étroitement leur visage et des jambières, de fourrure elles aussi, enfoncées dans des sortes de bottes serrées par des liens sur les jambes.

— Jondalar ! Ayla ! Vous partez ? cria le chef.

Il se hâta pour les rejoindre.

Ayla hocha affirmativement la tête, et, du coup, Talut perdit son sourire. Mais Jondalar expliqua :

— Nous allons simplement faire faire un peu d'exercice aux chevaux. Nous serons de retour après midi.

Il négligea de préciser qu'ils recherchaient aussi un peu d'intimité, un endroit où ils se retrouveraient seuls un moment, pour décider, sans risquer d'être interrompus, s'ils devaient regagner la vallée d'Ayla. Ou plutôt, dans la pensée de Jondalar, pour ôter à Ayla tout désir d'y retourner.

— C'est bon. Je voudrais organiser quelques séances d'entraînement avec ces lance-sagaies, quand le temps sera meilleur. J'aimerais bien voir comment ils fonctionnent, et ce que je pourrais faire avec, dit Talut.

— Tu pourrais bien avoir une surprise, je crois, fit Jondalar en souriant, quand tu verras ce qu'ils peuvent faire.

— Pas tout seuls. Je ne doute pas qu'ils fonctionnent parfaitement pour vous deux, mais il y faut de l'habileté, et nous n'aurons peut-être pas beaucoup de temps pour nous exercer avant le printemps.

Talut s'interrompit pour réfléchir.

Ayla attendait, une main posée sur le garrot de la jument, juste au-dessous de sa crinière courte et raide. Une épaisse moufle de fourrure pendait au bout d'une corde qui passait dans la manche de sa pelisse. La corde s'enfilait dans une boucle fixée par-derrière à l'encolure et descendait le long de l'autre manche pour retenir la seconde moufle. Si l'on avait besoin de la dextérité d'une main nue, on pouvait ainsi ôter rapidement ses moufles sans craindre de les perdre. Dans une contrée où le froid était si cruel, les vents si violents, une moufle perdue pouvait signifier une main perdue, ou même une vie. Le poulain s'ébrouait et dansait, dans son impatience. Il se cognait à Jondalar. Tous semblaient pressés de reprendre leur chemin. S'ils attendaient la fin de ses propos, c'était par pure courtoisie, Talut le savait. Il décida de prendre le risque.

— Nezzie m'a parlé, hier au soir, et, ce matin, j'ai abordé le sujet avec d'autres. Ce serait une bonne chose d'avoir quelqu'un ici pour nous montrer comment nous servir de ces lance-sagaies.

— Ton hospitalité a été plus que généreuse. Je serais heureux, tu le sais, de montrer à n'importe qui comment on s'en sert. Ce serait un bien modeste remerciement pour tout ce que tu as fait pour nous.

Talut hocha la tête mais poursuivit néanmoins :

— Wymez me dit que tu es un très bon tailleur de pierre, Jondalar. Les Mamutoï ont toujours besoin d'un artisan capable de fabriquer de bons outils. Ayla, elle aussi, possède de nombreux talents qui rendraient grand service au Camp. Non seulement elle est très habile au lance-sagaies et à la fronde, mais tu avais raison...

Il abandonna Jondalar pour se tourner vers Ayla.

— ... c'est une guérisseuse. Nous aimerions que vous restiez chez nous.

— J'espérais que nous pourrions passer l'hiver chez toi, Talut, et je te remercie de ton offre mais je ne sais ce qu'en pense Ayla, répondit Jondalar.

Il souriait : pour lui, la proposition de Talut n'aurait pu se présenter à un meilleur moment. Comment pourrait-elle partir, à présent ? L'offre de Talut avait sûrement plus d'importance que les réflexions désobligeantes de Frebec.

Talut s'adressa alors directement à la jeune femme.

— Ayla, tu n'as plus de peuple, et Jondalar habite très loin d'ici, à une distance beaucoup plus grande qu'il ne souhaite couvrir s'il peut s'installer ici. Nous aimerions que vous restiez chez nous tous les deux, pas seulement pour l'hiver mais définitivement. Je vous invite à devenir membres de notre Camp et je ne parle pas seulement pour mon propre compte. Tulie et Barzec seraient tout prêts à adopter Jondalar au Foyer de l'Aurochs. Nezzie et moi, nous voulons faire de toi une fille du Foyer du Lion. Je suis l'Homme Qui Ordonne, et Tulie la Femme Qui Ordonne. Vous auriez ainsi une position très enviable parmi les Mamutoï.

— Veux-tu dire que vous désirez nous adopter ? Vous souhaitez que nous devenions des Mamutoï ? fit malgré lui Jondalar, abasourdi, rouge de surprise.

— Tu veux moi ? Tu veux adopter moi ? demanda Ayla.

Elle avait écouté toute la conversation, le front plissé d'attention, sans être bien sûre de pouvoir croire ce qu'elle entendait.

— Tu veux changer Ayla de Nulle Part pour Ayla des Mamutoï ?

Le géant sourit.

— Oui.

Jondalar ne savait plus que dire. L'hospitalité envers les invités pouvait être une question de tradition, de fierté, mais aucun peuple n'avait coutume de demander à des étrangers de se joindre à une tribu, à une famille sans y avoir mûrement réfléchi.

— Je... euh... je ne sais pas... quoi te répondre, dit-il. Je suis très honoré. Il est très flatteur de s'entendre faire une telle offre.

— Tu as besoin de temps pour y penser, je le sais. L'un et l'autre, déclara Talut. Le contraire m'étonnerait. Nous n'en avons pas parlé à tout le monde, et le Camp tout entier doit être d'accord, mais cela ne devrait pas poser de problème, avec tout ce que vous nous apporteriez et avec notre recommandation, à Tulie et à moi. J'ai voulu d'abord vous poser la question. Si vous acceptez, je convoquerai l'assemblée.

En silence, le couple regarda s'éloigner le géant. Ils étaient partis à la recherche d'un endroit où ils pourraient discuter, dans l'espoir de résoudre les difficultés qui, de leur avis à tous deux, commençaient à se dresser entre eux. L'invitation inattendue apportait une dimension entièrement nouvelle à leurs pensées, aux décisions qu'ils devaient prendre et jusqu'à leurs vies. Sans un mot, Ayla enfourcha Whinney, et Jondalar monta derrière elle. Perdus dans leurs réflexions, ils gravirent la pente, abordèrent le vaste plateau. Rapide suivait docilement.

L'offre de Talut avait profondément ému Ayla. Du temps où elle vivait avec le Clan, elle s'était souvent sentie tenue à l'écart, mais ce n'était rien en comparaison du vide douloureux, de la solitude désespérée qu'elle avait connus sans eux. Elle n'appartenait plus à personne, elle n'avait plus de foyer, plus de famille, plus de peuple, et elle ne reverrait jamais son clan, elle le savait. Après le tremblement de terre qui l'avait laissée orpheline, le cataclysme du jour où elle avait été chassée donnait à la séparation un sens d'irrévocabilité. Sous-jacente à ce sentiment se cachait une peur profonde, élémentaire, la combinaison de la terreur primitive éprouvée en sentant la terre se soulever et du chagrin d'une petite fille qui avait tout perdu, jusqu'au souvenir de ceux auxquels elle avait appartenu. Ayla ne redoutait rien autant que les déchirements convulsifs de la terre. Ils semblaient toujours apporter le signal de changements dans sa vie, aussi violents, aussi brutaux que ceux qu'ils apportaient au paysage. On eût dit que la terre elle-même l'avertissait de ce qui l'attendait... ou qu'elle frémissait en témoignage de sympathie.

Mais, après la première fois où elle avait tout perdu, le Clan était devenu son peuple. A présent, si elle le désirait, elle avait la possibilité d'en retrouver un. Elle pouvait devenir mamutoï. Elle ne serait plus seule.

Mais que ferait Jondalar ? Comment pourrait-elle choisir un peuple autre que le sien ? Consentirait-il à rester, à devenir un Mamutoï ? Elle en doutait. Ce qu'il désirait, elle en était convaincue, c'était rentrer chez lui. Mais il avait craint de voir tous les Autres se comporter avec elle comme Frebec. Il ne voulait pas qu'elle parlât du Clan. Que se passerait-il, si elle partait avec lui, et si son peuple ne voulait pas d'elle ? Peut-être ces gens-là étaient-ils tous comme Frebec. Elle se refusait à s'abstenir de parler du Clan, comme si Iza, Creb, Brun, son propre fils étaient des êtres dont elle dût avoir honte. Elle ne voulait pas avoir honte de ceux qu'elle aimait !

Avait-elle envie de suivre Jondalar, au risque d'être traitée par son peuple comme un animal ? Ou bien préférait-elle rester en ces lieux où on l'acceptait, où l'on désirait sa présence ? Le Camp du Lion avait même accueilli un enfant d'esprits mêlés, un garçon, semblable à son propre fils. Une idée se présenta soudain à son esprit. S'ils en avaient accepté un, peut-être en accepteraient-ils un autre ? Un enfant qui n'était pas faible, malade ? Un garçon capable d'apprendre à parler ? Le territoire des Mamutoï s'étendait jusqu'à la mer de Beran. Talut n'avait-il pas dit qu'il existait là-bas un Camp du Saule ? La péninsule où vivait le Clan n'était pas bien loin de là. Si elle devenait mamutoï, peut-être pourrait-elle un jour... Mais Jondalar ? S'il s'en allait ? A cette seule pensée, Ayla éprouva une vive douleur au creux de l'estomac. Pourrait-elle endurer de vivre sans Jondalar ? se demanda-t-elle. Elle avait peine à s'y retrouver dans le désordre de ses sentiments.

Jondalar, lui aussi, se débattait entre des aspirations contraires. L'offre qui venait de lui être faite lui importait peu, il tenait seulement à trouver à son refus un prétexte qui n'offenserait ni Talut ni les Mamutoï. Il était Jondalar des Zelandonii, et son frère avait eu raison, il le savait : jamais il ne pourrait être autre chose. Il avait envie de rentrer chez lui, mais c'était une douleur sourde, latente, plutôt qu'un besoin urgent. Il était impossible d'y penser autrement. Son peuple vivait si loin de là qu'il faudrait bien une année pour couvrir la distance.

Le grand tourment de son esprit, c'était Ayla. Jamais il n'avait manqué de partenaires toutes disposées à lui plaire, et la plupart d'entre elles auraient volontiers accepté de former avec lui un lien plus durable. Mais jamais il n'avait rencontré de femme qu'il désirât comme il désirait Ayla. Aucune des femmes de son propre peuple, aucune des femmes qu'il avait connues au cours de ses voyages n'avait réussi à susciter en lui les émotions qu'il avait constatées chez d'autres hommes sans les avoir jamais éprouvées lui-même, jusqu'au jour où il avait rencontré Ayla. Il l'aimait plus qu'il ne l'aurait cru possible. Elle était tout ce qu'il avait toujours recherché chez une femme, et plus encore. Il ne supportait pas l'idée de vivre sans elle.

Mais il savait ce que c'était que d'attirer le déshonneur sur soi-même. Les qualités même qui l'attiraient — ce mélange d'innocence et de sagesse, de franchise et de mystère, d'assurance et de vulnérabilité — résultaient de circonstances qui pourraient lui valoir, à lui, de connaître de nouveau la souffrance de la disgrâce et de l'exil.

Ayla avait été élevée par le Clan, un peuple différent des autres de bien des manières inexplicables. Pour la plupart des gens de sa connaissance, ceux qu'Ayla appelait le Clan n'étaient pas des êtres humains.

C'étaient des animaux, mais ils ne ressemblaient pas à ceux qu'avait formés la Mère pour les besoins de Ses créatures. Même si l'on se refusait à l'admettre, les similitudes avec les Autres étaient reconnues, mais les évidentes caractéristiques humaines du Clan n'entraînaient pas un étroit sentiment de fraternité. Bien au contraire, on y voyait une menace et l'on insistait sur les différences. Par les gens comme Jondalar, le Clan était considéré comme une espèce abominablement bestiale, pas même cataloguée dans le panthéon des créations de la Grande Terre Mère, comme si elle avait été engendrée par quelque mystérieux esprit malin. Mais, à la manière des meutes de loups qui se répartissent un territoire où chacune défend sa part contre les autres meutes et non contre les autres créatures, qu'il s'agisse de proies ou de prédateurs, de même, entre les Clans et les Autres, l'acceptation des frontières du territoire de chacun représentait une tacite reconnaissance du fait qu'ils étaient de la même espèce.

Jondalar en était venu à comprendre, à peu près en même temps qu'il prenait conscience de son amour pour Ayla, que toute vie était une création de la Grande Terre Mère, même les Têtes Plates. Mais il avait beau aimer la jeune femme, il restait convaincu que, chez lui, elle serait tenue à l'écart. Ce ne seraient pas seulement ses liens avec le Clan qui la feraient traiter en paria. On verrait en elle un monstre, condamné par la Mère, parce qu'elle avait mis au monde un enfant d'esprits mêlés, mi-animal, mi-humain.

Ce tabou était communément répandu. Tous les peuples que Jondalar avait rencontrés au cours de ses voyages adhéraient à cette croyance, certains avec plus de conviction que d'autres. Il se trouvait des gens pour ne pas même vouloir admettre l'existence de tels bâtards ; d'autres y voyaient une plaisanterie de mauvais goût. Voilà pourquoi il avait été scandalisé en découvrant Rydag au Camp du Lion. Sa présence, il en était convaincu, n'avait pas dû rendre la vie facile à Nezzie : à la vérité, elle avait eu à endurer le poids des critiques cruelles et des préjugés. Seule, une femme dotée d'une sereine assurance et forte de sa position avait pu affronter ainsi ses détracteurs, mais, en fin de compte, sa profonde compassion, son humanité avaient prévalu. Mais Nezzie elle-même, lorsqu'elle avait essayé de persuader les autres d'accepter Ayla parmi eux, n'avait pas fait mention du fils dont la jeune femme lui avait parlé.

Ayla ne mesurait pas la profondeur de la souffrance de Jondalar quand Frebec l'avait tournée en ridicule, même s'il s'était attendu à une réaction plus violente encore. Cette souffrance, néanmoins, ne tenait pas seulement au fait qu'il s'était mis à la place d'Ayla. L'affrontement lui avait remis en mémoire une autre circonstance où ses émotions l'avaient égaré. Il avait réveillé une blessure enfouie au plus profond de lui-même. Mais, pis encore, il y avait eu sa propre réaction inattendue. C'était ce qui causait maintenant son angoisse. Jondalar rougissait encore de honte parce que, l'espace d'un instant, il s'était senti mortifié de son association avec la jeune femme, pendant que Frebec lançait ses invectives. Comment pouvait-il aimer une femme et, en même temps, avoir honte d'elle ?

Depuis le terrible événement qui datait du temps de sa jeunesse, Jondalar s'était toujours efforcé de garder la tête froide mais, cette fois, il était apparemment incapable de maîtriser les conflits qui le déchiraient. Il désirait ramener Ayla chez lui. Il désirait lui faire connaître Dalanar, les habitants de sa caverne, sa mère, Marthona, son frère aîné, sa jeune sœur, ses cousins, tous les Zelandonii. Il voulait la voir bien accueillie, il voulait fonder un foyer avec elle, partager un lieu où elle pourrait avoir des enfants qui naîtraient peut-être de son propre esprit. Il ne désirait personne d'autre au monde, ce qui ne l'empêchait pas de frémir à l'idée du mépris qui pourrait s'abattre sur lui s'il introduisait chez lui une telle femme. Il hésitait aussi à l'exposer, elle, à ce mépris.

Surtout si ce n'était pas nécessaire. Si seulement elle s'abstenait de parler du Clan, personne ne saurait rien. Toutefois, que pourrait-elle dire, quand quelqu'un l'interrogerait sur son peuple ? Lui demanderait d'où elle venait ? Les créatures qui l'avaient élevée représentaient la seule famille qu'elle connaissait... à moins qu'elle n'acceptât la proposition de Talut. Elle pourrait alors se dire Ayla des Mamutoï, comme si elle était née parmi eux. Sa façon particulière de prononcer certains mots passerait simplement pour un accent. Et qui sait ? se disait-il. Peut-être est-elle bel et bien mamutoï. Ses parents auraient pu l'être. Elle ignorait qui ils étaient.

Mais, si elle devenait mamutoï, elle pourrait décider de rester. Et alors, que faire ? Serai-je capable de me fixer ? Pourrai-je apprendre à considérer ce peuple comme le mien ? Thonolan l'a fait. Aimait-il Jetamio plus que je n'aime Ayla ? Mais les Sharamudoï étaient le peuple de Jetamio. Elle était née, elle avait été élevée parmi eux. Les Mamutoï ne sont pas le peuple d'Ayla, pas plus qu'ils ne sont le mien. Si elle peut être heureuse ici, elle peut tout aussi bien l'être avec les Zelandonii. Si elle devient l'une d'entre eux, elle ne voudra peut-être pas m'accompagner chez moi. Elle n'aura aucune peine à trouver quelqu'un d'autre ici... Ranec, j'en suis sûr, y serait tout disposé.

Ayla sentit ses bras se refermer étroitement sur elle et se demanda ce qui avait causé cette réaction. Elle remarqua, un peu plus loin devant eux, une ligne de broussailles. Sans doute, pensa-t-elle, indiquait-elle la présence d'une petite rivière. Elle poussa Whinney dans cette direction. Les chevaux décelèrent la proximité de l'eau et ne se firent pas prier. Parvenus au cours d'eau, Ayla et Jondalar mirent pied à terre et cherchèrent un endroit abrité pour s'asseoir.

Ils remarquèrent, près des berges, un certain épaississement. Ce n'était, ils le savaient, qu'un commencement. La bordure blanche qui s'était formée, couche après couche, à partir des eaux sombres encore tourbillonnantes au milieu du courant allait s'élargir à mesure que s'avancerait la saison. Elle se refermerait sur le flot turbulent, l'immobiliserait, le retiendrait en suspens, jusqu'au moment où le cycle se renouvellerait. Les eaux, alors, jailliraient de nouveau, dans un élan de liberté.

Ayla ouvrit une petite sacoche faite de cuir brut et raide, dans laquelle elle avait mis de quoi les nourrir tous les deux : de la viande séchée, sans doute de l'aurochs, une petite corbeille de mûres, séchées elles aussi, et des prunelles acides. Elle en sortit aussi un nodule de pyrite de fer, d'un gris un peu cuivré, et un morceau de silex ; elle allait ainsi pouvoir allumer un petit feu, pour faire bouillir l'eau d'une infusion. Cette fois encore, Jondalar s'émerveilla de la facilité avec laquelle on créait des flammes, avec la pierre à feu. C'était magique, miraculeux. Jamais il n'avait rien vu de semblable avant sa rencontre avec Ayla.

Dans la vallée de la jeune femme, la berge rocailleuse était parsemée de pyrites — les pierres à feu. Elle avait découvert par hasard qu'en frappant un nodule avec un silex, on obtenait une étincelle ardente qui durait assez longtemps pour allumer un feu, et elle avait su tirer parti de cette découverte. C'était un jour où son feu s'était éteint. Elle savait comment le rallumer, par le procédé laborieux qu'employaient la plupart des gens : on faisait tourner une baguette sur une sole de bois, jusqu'au moment où la friction produisait assez de chaleur pour obtenir une braise. Ayla savait donc comment appliquer ce principe, le jour où, par erreur, elle prit un morceau de pyrite de fer, au lieu du silex qui lui servait de marteau, et produisit cette première étincelle.

Jondalar avait appris la technique de la jeune femme. En travaillant le silex, il avait souvent fait naître de petites étincelles, mais il les avait considérées comme l'esprit vivant de la pierre. Il ne lui était pas venu à l'esprit de tenter de faire du feu à l'aide de ces étincelles. Mais il n'était pas seul, alors, dans une vallée où il devait constamment assurer sa survie : il se trouvait généralement parmi des gens qui, presque toujours, avaient un feu allumé. Les étincelles qui jaillissaient du seul silex ne duraient jamais assez longtemps, de toute façon, pour faire naître une flamme. En ce qui concernait Ayla, c'était l'alliance fortuite du silex et de la pyrite qui avait fait jaillir une étincelle assez puissante pour allumer un feu. Jondalar saisit immédiatement la valeur de cette découverte et l'avantage qu'on pouvait tirer de la possibilité de faire du feu si vite et si facilement.

Pendant leur repas, ils rirent des bouffonneries de Rapide qui entraînait sa mère dans une partie de « cours après moi » et du spectacle des deux chevaux qui se roulaient sur le dos, les jambes en l'air, sur une petite plage abritée du vent et chauffée par le soleil. Prudemment, ni l'un ni l'autre ne fit allusion aux préoccupations qui les tourmentaient tous le deux. Le rire les détendit, la solitude de l'endroit et son intimité leur rappelèrent les jours passés en tête-à-tête dans la vallée.

— Latie prendrait plaisir à voir ces deux bêtes s'amuser ainsi, je crois, dit Jondalar.

— Oui. Elle aime vraiment les chevaux, n'est-ce pas ?

— Elle t'aime aussi, Ayla. Elle est devenue une véritable admiratrice.

Après une hésitation, il poursuivit :

— Ils sont nombreux, ici, ceux qui ont de l'affection et de l'admiration pour toi. Tu n'as pas vraiment envie de retourner à ta vallée pour y vivre seule, dis-moi ?

Ayla baissa les yeux sur la coupe qu'elle tenait entre ses mains. Elle fit tourner au fond un reste d'infusion avec les feuilles détrempées, but une petite gorgée.

— C'est un soulagement de nous retrouver seuls. Je n'avais pas compris à quel point j'aurais plaisir à m'éloigner un peu de tous ces gens et j'ai laissé dans la caverne de ma vallée certaines choses que j'aimerais avoir ici. Mais tu as raison. Maintenant que j'ai rencontré les Autres, je ne tiens pas à vivre constamment seule. J'aime bien Latie et Deegie, Talut et Nezzie, tout le monde... sauf Frebec.

Jondalar exhala un soupir de soulagement. Le premier obstacle, le plus important, avait été franchi sans difficulté.

— Frebec est seul de son espèce. Tu ne peux pas permettre à une seule personne de te gâcher tout le reste. Talut... et Tulie ne nous auraient pas invités à demeurer avec eux s'ils n'avaient pas d'amitié pour toi, s'ils n'avaient pas la certitude que tu as beaucoup à offrir.

— Toi aussi, Jondalar, tu as beaucoup à offrir. Désires-tu rester ici et devenir mamutoï ?

— Ils se sont montrés bons pour nous, bien plus que ne les y obligeait la simple hospitalité. Je pourrais rester, certainement durant tout l'hiver, plus longtemps même, et je serais heureux de leur donner tout ce qui est en mon pouvoir. Mais ils n'ont pas besoin de moi comme tailleur de pierre. Wymez est bien meilleur que moi, et Danug ne tardera pas à l'égaler. Je leur ai déjà montré le lance-sagaies. Ils ont pu voir comment il était fait. Avec un peu d'entraînement, ils sauront s'en servir. Il leur suffit de le vouloir. Et je suis Jondalar des Zelandonii...

Il s'interrompit. Ses yeux prirent une expression plus vague, comme s'il voyait quelque chose de très lointain. Il se tourna ensuite dans la direction d'où ils étaient venus. Son front se plissa sous l'effort qu'il faisait pour trouver une explication.

— Je dois retourner là-bas... un jour... ne serait-ce que pour apprendre à ma mère la mort de mon frère... et pour donner aux Zelandonii une chance de retrouver son esprit afin de le guider vers l'autre monde. Sachant cela, je ne pourrais pas devenir Jondalar des Mamutoï. Je ne peux oublier mes obligations.

Ayla le dévisageait attentivement. Elle savait qu'il ne voulait pas rester. Ce n'était pas à cause de ses obligations, bien qu'il pût en être conscient. Il avait envie de rentrer chez lui.

— Et toi ? reprit Jondalar, s'efforçant de conserver un ton et une expression neutres. Veux-tu rester et devenir Ayla des Mamutoï ?

Elle ferma les paupières, afin de chercher le moyen de s'exprimer. Elle avait l'impression qu'elle ne connaissait pas assez de mots, ou pas les mots qui convenaient, ou encore que les mots n'étaient pas suffisants.

— Du jour où Broud m'a maudite, Jondalar, je n'ai plus eu de peuple. Je me suis sentie toute vide. J'aime bien les Mamutoï. Je les respecte. Je me sens à l'aise avec eux. Le Camp du Lion est... comme le Clan de Brun... Pour la plupart, ce sont de braves gens. Je ne sais pas quel était mon peuple, avant le Clan. Sans doute ne le saurai-je jamais. Mais parfois, la nuit, je pense... je souhaite que mes parents aient été des Mamutoï.

Elle regardait l'homme bien en face, ses cheveux blonds et lisses qui tranchaient sur la fourrure sombre de son capuchon, son beau visage qu'elle trouvait « joli », bien qu'il lui eût dit qu'on n'employait pas ce mot en parlant d'un homme, son corps vigoureux, sensible, ses grandes mains expressives, ses yeux bleus qui paraissaient si sincères et si troublés.

— Mais, avant les Mamutoï, tu es venu. Tu as tué le vide, tu m'as emplie d'amour. Je veux vivre avec toi, Jondalar.

Dans les yeux du jeune homme, l'anxiété s'évanouit, fut remplacée par l'expression chaleureuse, détendue à laquelle elle s'était accoutumée dans sa vallée, puis par le désir magnétique, irrésistible qui amenait chez elle une réaction spontanée. Sans l'avoir sciemment désiré, elle se retrouva contre lui, sentit la bouche de Jondalar trouver la sienne, ses bras l'entourer.

— Ayla, mon Ayla, je t'aime tant ! s'écria-t-il dans un sanglot dur, étranglé où se mêlaient l'angoisse et le soulagement.

Ils étaient tous deux assis sur le sol. Il la tenait serrée contre sa poitrine, mais avec tendresse, comme s'il ne voulait plus jamais la lâcher, tout en redoutant de la voir se briser. Il desserra son étreinte, juste assez pour lui relever le visage et faire pleuvoir des baisers sur son front, ses yeux, le bout de son nez. En atteignant sa bouche, il sentit le désir monter en lui. Il faisait froid, ils n'avaient pas d'abri où trouver un peu de chaleur, mais il avait envie de l'avoir toute à lui.

Il dénoua la lanière qui coulissait autour du capuchon d'Ayla, lui découvrit le cou, la nuque. En même temps, ses mains passaient sous la pelisse, sous la tunique, pour trouver la peau chaude, les rondeurs des seins dont les mamelons s'érigeaient durement. Un gémissement s'échappa des lèvres de la jeune femme, tandis qu'il les caressait. Il dénoua la coulisse de ses jambières, passa les doigts à l'intérieur, rencontra le plus secret de son intimité. Elle se pressa plus étroitement contre lui.

A son tour, elle chercha sous la pelisse et la tunique

pour défaire le nœud de ses jambières, prit entre ses doigts le membre en érection, le caressa longuement. Il poussa un long soupir de plaisir quand elle se pencha sur lui pour compléter et préciser ses caresses.

Elle l'entendit gémir, étouffer un cri, avant de reprendre son souffle et de la repousser doucement.

— Attends, Ayla. Je te veux, dit-il.

— Il faudrait que j'ôte mes jambières et mes bottes, objecta-t-elle.

— Non, il fait trop froid. Retourne-toi. Tu te rappelles ?

— Comme Whinney et son étalon, murmura Ayla.

Elle se mit à genoux, se pencha en avant. L'espace d'un instant, elle se souvint, non pas de Whinney et de son ardent étalon, mais de Broud, qui l'avait jetée à terre, violentée. Mais Jondalar était infiniment plus doux. Elle baissa elle-même ses jambières, s'offrit à lui tout entière. L'invite était presque irrésistible, mais il retint le flot de son désir. Il l'emprisonna alors de son corps pour lui communiquer sa chaleur et se mit à la caresser jusqu'au centre même de son plaisir. Lorsqu'il la sentit prête, quand il l'entendit crier, il n'attendit pas davantage. Il la prit longuement, savamment, jusqu'à une magnifique délivrance.

Alors, sans la quitter, sans ouvrir ses bras, il l'entraîna avec lui, et ils se retrouvèrent couchés sur le côté. Finalement, un peu reposés, ils se séparèrent, et Jondalar se redressa sur son séant. Le vent forcissait. Il regarda les nuages avec appréhension.

— Il faut que je me lave, déclara Ayla, en se redressant à son tour. Ces jambières sont neuves : c'est Deegie qui me les a données.

— En rentrant, tu pourras les laisser dehors, et elles gèleront. Ensuite, tu les brosseras.

— Il y a encore de l'eau dans la petite rivière...

— Mais elle est glacée, Ayla !

— Je sais. Je n'en aurai pas pour longtemps.

Avec précaution, elle s'avança sur la glace, s'accroupit près de l'eau, se rinça avec la main. Au moment où elle revenait sur la berge, Jondalar passa derrière elle pour la sécher avec la fourrure de sa pelisse.

— Je ne veux pas que ça gèle, fit-il, en souriant largement.

En même temps, il la caressait.

— Je compte sur toi pour tenir tout au chaud, riposta-t-elle en lui rendant son sourire.

Elle renoua la lanière de ses jambières, rajusta sa pelisse.

Ce Jondalar-là était celui qu'elle aimait. L'homme capable de la faire vibrer, de l'envahir d'une douce chaleur, d'un seul regard, d'un simple contact de ses mains, l'homme qui connaissait son corps mieux qu'elle-même et pouvait éveiller en elle des émotions ignorées jusque-là, celui qui lui avait fait oublier la souffrance éprouvée quand Broud l'avait déflorée, qui lui avait appris ce qu'étaient les Plaisirs, ce qu'ils devaient être. Le Jondalar qu'elle aimait était enjoué, tendre, aimant. Il avait été ainsi dans la vallée, il l'était encore ici, quand ils se retrouvaient seuls. Pourquoi se montrait-il si différent au Camp du Lion ?

— Tu commences à te montrer bien habile avec les mots, femme. Je vais bientôt avoir du mal à te tenir tête dans mon propre langage !

Il lui passa les bras autour de la taille, la regarda longuement. Ses yeux étaient pleins d'amour et de fierté.

— Tu apprends vite les langues, Ayla. Je n'en crois pas mes oreilles. Comment fais-tu ?

— Il le faut bien. Ce monde nouveau est le mien, maintenant. Je n'ai pas de peuple. Je suis morte pour le Clan. Je ne peux plus revenir en arrière.

— Tu pourrais avoir un peuple. Tu pourrais devenir Ayla des Mamutoï, si tu le veux. Le veux-tu ?

— Je veux être avec toi.

— Tu pourras quand même être avec moi. Ce n'est pas parce que quelqu'un t'adoptera que tu ne pourras pas partir... un jour... Nous pourrions rester ici... un certain temps. Et s'il m'arrivait quelque chose — cela se peut, tu sais —, il ne serait peut-être pas mauvais pour toi d'appartenir à un peuple. A des gens qui veulent te garder parmi eux.

— Ça ne t'ennuierait pas ?

— M'ennuyer ? Non. Je n'y verrais pas d'inconvénient, si c'est ce que tu désires.

Ayla crut déceler dans sa voix une ombre d'hésitation. Pourtant, il paraissait sincère.

— Jondalar, je suis Ayla tout court. Je n'ai pas de peuple. Si j'étais adoptée, j'aurais quelqu'un. Je serais Ayla des Mamutoï.

Elle s'écarta de lui.

— J'ai besoin d'y réfléchir.

Elle lui tourna le dos, se dirigea vers son sac. Si je dois bientôt partir avec Jondalar, se disait-elle, je ne devrais pas accepter. Ce ne serait pas honnête. Mais il a dit qu'il serait disposé à rester ici. Un certain temps. Peut-être, après avoir vécu avec les Mamutoï, changera-t-il d'avis. Peut-être aura-t-il envie de s'établir ici. Elle se demanda si elle essayait de se trouver un bon prétexte.

Elle fouilla à l'intérieur de sa pelisse pour toucher son amulette, adressa une pensée à son totem. Lion des Cavernes, je voudrais trouver un moyen de savoir ce qui est bien. J'aime Jondalar, mais je désire aussi appartenir à un peuple bien à moi. Talut et Nezzie veulent m'adopter, ils veulent faire de moi une fille du Foyer... du *Lion*. Et du Camp du *Lion* ! O, Grand Lion des Cavernes, m'as-tu donc guidée sans relâche, sans que j'y prenne garde ?

Elle fit volte-face. Jondalar était resté là où elle l'avait laissé. Il la contemplait en silence.

— J'ai pris ma décision ! Je serai Ayla du Camp du Lion des Mamutoï !

Elle surprit sur son visage un fugitif froncement de sourcils, mais il lui sourit.

— C'est bien, Ayla. J'en suis heureux pour toi.

— Oh, Jondalar, ai-je bien fait ? Tout se passera-t-il bien ?

— Personne ne peut répondre à cette question. Qui peut savoir ?

Il s'avança vers elle, tout en guettant le ciel qui se couvrait.

— J'espère que tout ira bien... pour nous deux.

Ils s'accrochèrent un instant l'un à l'autre.

— Nous devrions rentrer, je crois.

Ayla tendait la main vers son sac pour en ranger le contenu quand quelque chose attira son regard. Elle mit un genou en terre, ramassa un caillou couleur d'or sombre. Elle l'essuya, l'examina de plus près. Entièrement pris dans la pierre lisse qui se réchauffait dans sa main, se trouvait un insecte ailé, parfaitement intact.

— Regarde, Jondalar ! As-tu déjà vu quelque chose de semblable ?

Il lui prit l'objet, le tourna et le retourna, avant de relever sur la jeune femme des yeux où passait une lueur de crainte respectueuse.

— C'est de l'ambre. Ma mère possédait une pierre comme celle-ci. Elle y attachait une grande valeur. Celle-ci est peut-être plus belle encore.

Il remarqua le regard fixe d'Ayla. Elle semblait abasourdie. Il ne croyait pas avoir dit quelque chose d'aussi surprenant.

— Qu'y a-t-il, Ayla ?

— C'est un signe. Un signe de mon totem, Jondalar. L'Esprit du Grand Lion des Cavernes me dit que j'ai pris la bonne décision. Il veut que je devienne Ayla des Mamutoï !

La force du vent s'intensifia sur le chemin du retour de Jondalar et d'Ayla. Il était tout juste midi, mais la lumière du soleil était obscurcie par les nuages de poussière de lœss qui s'élevaient en masse de la terre gelée. Bientôt, ils distinguèrent à peine leur chemin. Des éclairs crépitaient autour d'eux, dans l'air sec et glacial. Le tonnerre grondait, avec de rares éclats retentissants. Rapide se cabra de frayeur quand un éclair, suivi d'un coup de tonnerre, éclata tout près. Whinney hennit d'inquiétude. Le couple sauta de cheval pour calmer le poulain et poursuivit la route à pied en tenant les deux bêtes.

Lorsqu'ils arrivèrent au Camp, les vents soufflaient en ouragan. La poussière obscurcissait le ciel, leur brûlait la peau. Au moment où ils approchaient de l'habitation semi-souterraine, une silhouette émergea de la pénombre mouvante : elle s'accrochait à quelque chose qui se débattait et s'agitait comme une créature vivante.

— Vous voilà enfin. Je commençais à m'inquiéter, clama Talut, pour dominer le hurlement du vent, le grondement du tonnerre.

— Que fais-tu là ? Pouvons-nous t'aider ? demanda Jondalar.

— En voyant approcher la tempête, nous avons fait un abri pour les chevaux d'Ayla. Je ne pensais pas que ce serait une tempête sèche. Le vent a tout emporté. Je crois que vous feriez bien de faire entrer les bêtes ; elles pourront rester dans le foyer d'accès.

— Ça arrive souvent ? demanda Jondalar.

Il se saisit d'un bout de la grande peau qui aurait dû servir de brise-vent.

— Non. Certaines années, nous ne voyons pas une seule tempête sèche. Elle va s'apaiser dès que nous aurons une bonne chute de neige, répondit Talut. Après ça, nous n'aurons affaire qu'aux blizzards ! acheva-t-il dans un grand rire.

Il baissa la tête pour entrer sous la voûte, retint la lourde peau de mammouth afin de permettre à Ayla et Jondalar de faire entrer les chevaux.

Ceux-ci hésitaient devant cet endroit inconnu, plein d'odeurs qui ne leur étaient pas familières, mais ils aimaient encore moins le vacarme de la tempête et ils faisaient confiance à Ayla. Dès qu'ils eurent échappé au vent, leur soulagement fut immédiat, et ils se calmèrent rapidement. Ayla, un peu surprise, était néanmoins reconnaissante à Talut de sa sollicitude pour eux. En franchissant la seconde voûte, elle prit conscience du froid qui l'avait saisie à l'extérieur. Le cuisant assaut de la poussière l'en avait distraite, mais la température glaciale et la violence du vent l'avaient gelée jusqu'aux os.

A l'extérieur, le vent faisait toujours rage. Il agitait bruyamment les protections placées au-dessus des trous à fumée, gonflait les lourdes tentures. De brusques courants d'air soulevaient la poussière, avivaient soudainement les flammes du foyer où l'on faisait la cuisine.

Rassemblés par petits groupes aux alentours du premier foyer, les membres du Camp achevaient le repas du soir, buvaient une infusion, bavardaient. Ils attendaient que Talut donne le signal du début de la soirée.

Le géant finit par se lever, se dirigea à grandes enjambées vers le Foyer du Lion. Lorsqu'il revint, il portait un bâton d'ivoire, plus grand que lui, qui, plus gros à la base, s'effilait en pointe vers le sommet. Il était orné d'un objet en forme de petite roue à rayons, qui avait été attaché au bâton à peu près au tiers de la hauteur, vers le haut. Des plumes de grue blanches étaient fixées, en forme d'éventail, à la moitié supérieure de cette roue. Entre les rayons de la moitié inférieure, pendaient au bout de lanières de mystérieux sachets, des objets d'ivoire sculpté, des morceaux de fourrure. En y regardant de plus près, Ayla vit que le bâton était fait d'une seule défense de mammouth dont on avait, par quelque méthode inconnue, supprimé la courbe. Comment, se demanda-t-elle, avait-on pu redresser la courbure d'une défense de mammouth ?

Tout le monde se tut pour concentrer son attention sur le chef. Il regarda Tulie. Elle répondit à son regard par un signe de tête. Il frappa alors par quatre fois le sol de l'extrémité la plus grosse du bâton.

— J'ai une grave question à soumettre au Camp du Lion, commença Talut. Une question qui concerne tout le monde. Je prends donc la parole avec le Bâton Qui Parle, afin que chacun écoute attentivement, et que personne n'interrompe. Quiconque souhaitera intervenir pourra demander le Bâton Qui Parle.

Il y eut un frémissement d'excitation parmi les assistants qui se redressèrent et tendirent l'oreille.

— Il n'y a pas très longtemps, Ayla et Jondalar sont arrivés au Camp du Lion. Quand j'ai fait le compte des jours de leur présence, j'ai été étonné de constater que cela faisait si peu de temps. Nous avons déjà l'impression que ce sont de vieux amis, comme s'ils étaient ici chez eux. La plupart d'entre vous, je crois, partagent cette opinion. A cause de cette chaleureuse amitié que nous éprouvons pour notre parent, Jondalar, et pour notre amie, Ayla, j'avais espéré les voir prolonger leur visite et je pensais leur demander de passer tout l'hiver avec nous. Mais, pendant leur court séjour, ils nous ont montré plus que de l'amitié. Tous deux sont venus avec des connaissances et des talents précieux et nous les ont offerts sans réserve, comme s'ils faisaient vraiment partie de notre peuple.

« Wymez a reconnu, en Jondalar, un tailleur de pierre expérimenté qui a généreusement partagé ses connaissances avec Danug et Wymez lui-même. Mieux encore, il a apporté une nouvelle arme de chasse, un lance-sagaies qui augmente à la fois la portée et la force d'une sagaie.

Il y eut des signes d'approbation, des commentaires. Une fois encore, Ayla remarqua que les Mamutoï écoutaient rarement en silence : ils participaient activement au discours.

— Ayla possède de nombreux talents exceptionnels, reprit Talut. Elle se sert avec adresse et précision du lance-sagaies et de l'arme qui lui est particulière, la fronde. Mamut déclare qu'elle a le don de Recherche. Si j'en crois Nezzie, elle pourrait posséder aussi le don d'Appel, pour les animaux. Peut-être n'en est-il rien, mais il est sûr qu'elle sait se faire obéir des chevaux, et qu'ils lui permettent de monter sur leur dos. Elle nous a même enseigné une manière de nous exprimer sans paroles qui nous a aidés à comprendre Rydag d'une façon toute nouvelle. Mais, ce qui est peut-être plus important encore, c'est une guérisseuse. Elle a déjà sauvé la vie de deux enfants... et elle possède un remède merveilleux contre les maux de tête !

La dernière remarque provoqua une tempête de rires.

— Tous deux sont source de tant d'avantages que je ne veux pas voir le Camp du Lion ni les Mamutoï les perdre. Je leur ai demandé de rester parmi nous, non seulement pour l'hiver mais pour toujours. Au nom de Mut, Mère de toutes choses...

Talut abattit le bâton d'ivoire sur le sol, une seule fois, fermement.

— ... je demande qu'ils se joignent à nous, et que vous les acceptiez comme Mamutoï.

Talut fit signe à Ayla et à Jondalar. Ils se levèrent,

s'approchèrent de lui, avec toute la dignité voulue par le cérémonial. Tulie, qui avait attendu un peu à l'écart, s'avança pour se tenir à côté de son frère.

— Je demande le Bâton Qui Ordonne du Camp du Lion, je déclare mon accord avec tout ce qu'a dit Talut. Jondalar et Ayla feraient de précieuses recrues pour le Camp du Lion et pour les Mamutoï.

Elle fit face au grand homme blond.

— Jondalar, reprit-elle, en frappant par trois fois le sol avec le Bâton Qui Parle, Tulie et Barzec t'ont demandé de devenir un fils du Foyer de l'Aurochs. Nous avons parlé en ta faveur. Comment parles-tu, Jondalar ?

Il s'approcha d'elle, prit le Bâton qu'elle lui tendait, frappa trois coups.

— Je suis Jondalar de la Neuvième Caverne des Zelandonii, fils de Marthona, ancienne Femme Qui Ordonne de la Neuvième Caverne, né au foyer de Dalanar, chef des Lanzadonii, commença-t-il.

En de telles circonstances, il avait décidé de prendre son ton le plus cérémonieux et d'énumérer ses attaches, ce qui lui valut des sourires et des signes approbateurs. Tous ces noms étrangers apportaient à la cérémonie une saveur nouvelle, importante.

— Je suis grandement honoré par votre invitation mais je dois être franc et vous dire que j'ai de fortes obligations. Je devrai un jour rentrer chez les Zelandonii. Je dois apprendre à ma mère la mort de mon frère, et il faudra aussi que je l'annonce à Zelandoni, notre mamut, afin que la Recherche de son esprit puisse être entreprise pour le guider vers le monde des esprits. J'accorde une grande valeur à nos liens de parenté, votre amitié me réchauffe le cœur, je n'éprouve pas le désir de partir. Je souhaite rester avec vous, mes amis et mes parents, aussi longtemps qu'il me sera possible.

Jondalar rendit à Tulie le Bâton Qui Parle.

— Nous regrettons que tu ne puisses faire partie de notre foyer, Jondalar, mais nous comprenons tes obligations. Tu as notre respect. Puisque nous sommes parents, par ton frère qui était second compagnon de

Tholie, tu pourras rester ici aussi longtemps que tu le souhaiteras, dit Tulie.

Elle donna le Bâton à Talut.

Il en frappa trois fois le sol.

— Ayla, dit-il, nous désirons, Nezzie et moi, t'adopter comme fille du Foyer du Lion. Nous avons parlé en ta faveur. Comment parles-tu ?

Ayla prit le Bâton, frappa trois fois sur le sol.

— Je suis Ayla. Je n'ai pas de peuple. Je suis très honorée et très heureuse que vous me demandiez de devenir l'une d'entre vous. Je serais fière d'être Ayla des Mamutoï.

Elle avait longuement répété son texte.

Talut reprit le Bâton, frappa quatre coups.

— S'il n'y a pas d'objections, je vais annoncer la fin de cette réunion extraordinaire.

— Je demande le Bâton Qui Parle, dit une voix au sein de l'assistance.

La surprise se peignit sur tous les visages quand on vit Frebec s'avancer.

Il prit le Bâton des mains du Chef, frappa trois fois.

— Je ne suis pas d'accord, déclara-t-il. Je ne veux pas d'Ayla.

14

La stupeur réduisit au silence les gens du Camp du Lion. Suivit un brouhaha de surprise scandalisée. Le chef avait soutenu Ayla, avec le plein accord de la Femme Qui Ordonne. Tout le monde connaissait l'opinion de Frebec sur Ayla, mais personne, semblait-il, ne la partageait. Par ailleurs, Frebec et le Foyer de la Grue ne paraissaient guère en position de s'opposer au projet. Ils avaient eux-mêmes été acceptés assez récemment par le Camp du Lion, après avoir été repoussés par plusieurs autres Camps, et c'était uniquement parce que Talut et Nezzie avaient pris leur défense. Le Foyer de la Grue avait joui naguère d'un grand prestige, et certains Camps auraient été disposés à les accueillir, mais, chaque fois, il s'était trouvé des adversaires, et il ne devait pas y en avoir un seul. Tout le monde devait être d'accord. Après tout l'appui que lui avait apporté le chef, Frebec faisait preuve d'ingratitude en se dressant contre lui, et personne ne s'attendait à cela, Talut moins que quiconque.

L'agitation s'apaisa très vite quand Talut prit le Bâton Qui Parle, le brandit, le secoua, en invoquant son pouvoir.

— Frebec a le Bâton. Laissez-le parler, dit-il.

Il rendit à Frebec la défense d'ivoire.

Frebec frappa trois fois le sol et reprit :

— Je ne veux pas d'Ayla parce que, à mon avis, elle ne nous a pas offert assez pour que nous en fassions une Mamutoï.

Il y eut un mouvement de protestation contre cette déclaration, surtout après les paroles louangeuses de Talut, mais la rumeur ne suffit pas à interrompre l'orateur.

— Demandons-nous au premier étranger venu qui nous fait visite de devenir mamutoï ?

Même sous l'autorité du Bâton Qui Parle, il était malaisé d'empêcher le Camp de s'exprimer.

— Où prends-tu qu'elle n'a rien à offrir ? Que dis-tu de ses talents à la chasse ? cria Deegie, en proie à une juste colère.

Sa mère, la Femme Qui Ordonne, n'avait pas accepté d'emblée Ayla. C'était seulement après mûre réflexion qu'elle avait décidé de se ranger à l'avis de Talut. Comment ce Frebec pouvait-il se permettre de s'élever contre cette décision ?

— Elle chasse, bon, et alors ? répliqua Frebec. Ce n'est pas une raison suffisante. Faisons-nous du premier venu qui sait chasser l'un d'entre nous ? D'ailleurs, elle ne chassera plus bien longtemps, pas après avoir eu des enfants.

— Avoir des enfants est ce qu'il y a de plus important ! explosa Deegie. Elle en tirera plus de prestige encore.

— Ne crois-tu pas que j'en sois conscient ? Nous ne savons même pas si elle est capable d'avoir des enfants, et, si elle n'en a pas, elle n'aura plus grande valeur.

Mais nous ne parlions pas d'enfants, nous parlions de chasse. Le seul fait qu'elle chasse ne constitue pas une raison suffisante pour faire d'elle une Mamutoï, maintint Frebec.

— Et le lance-sagaies ? C'est une arme de grande valeur, tu ne peux le nier, et elle s'en sert avec habileté. Elle commence même à montrer aux autres comment l'utiliser, dit Tornec.

— Ce n'est pas elle qui l'a apporté. C'est Jondalar, et il ne veut pas se joindre à nous.

Danug éleva la voix.

— Elle a peut-être le don de Recherche et le don d'Appel. Elle sait se faire obéir des chevaux, elle monte même sur leur dos.

— Les chevaux sont de la nourriture. La Mère les a créés pour que nous les chassions, et non pas pour que nous vivions avec eux. Je ne suis même pas sûr que nous ayons le droit de monter sur leur dos. Et personne ne sait précisément qui est Ayla. Elle possède peut-être le don de Recherche, elle est peut-être capable d'appeler les animaux. Elle pourrait même être la Mère descendue sur la terre. Mais elle n'est peut-être rien de tout ça. Depuis quand des « peut-être » sont-ils une raison suffisante pour faire de quelqu'un l'un d'entre nous ?

Personne n'était en mesure de battre en brèche ses objections. Frebec commençait à être fier de lui-même et de toute l'attention qu'il suscitait.

Mamut le considérait avec une certaine surprise. Le chaman était en complet désaccord avec l'homme, mais les arguments de Frebec étaient habiles, il devait en convenir. Il était seulement dommage que son zèle fût si mal employé.

Nezzie entra dans le débat.

— Ayla a appris à Rydag à parler, quand personne ne l'en croyait capable ! cria-t-elle.

— Parler ! ricana l'autre. Tu peux bien, si ça te plaît, appeler « parler » toutes ces gesticulations. Moi, je ne suis pas d'accord. A mon avis, il n'y a rien de plus inutile que d'adresser à une Tête Plate des gestes stupides. Là encore, ce n'est pas une raison pour accepter Ayla. Ce serait plutôt le contraire.

— Et, en dépit de l'évidence, tu ne crois toujours pas qu'elle soit guérisseuse, je suppose ? intervint Ranec. Tu comprends, j'espère, que, si tu chasses d'ici Ayla, tu pourrais bien t'en repentir quand il n'y aura personne pour aider Fralie quand elle mettra son enfant au monde.

Aux yeux de Frebec, Ranec avait toujours représenté une anomalie. Ranec avait beau jouir d'un grand prestige et d'une belle renommée de sculpteur, Frebec ne savait que trop penser de lui et il n'était pas très à l'aise au voisinage de l'homme à la peau sombre. Quand celui-ci adoptait ce ton subtilement ironique, Frebec avait toujours l'impression qu'il se montrait dédaigneux ou qu'il se moquait de lui. Il n'aimait pas ça. Par ailleurs, cette peau presque noire avait probablement quelque chose de contre-nature.

— Tu as raison, Ranec, riposta-t-il d'une voix forte. Je ne crois pas que ce soit une guérisseuse. Comment une fille élevée parmi ces animaux aurait-elle appris à être guérisseuse ? Pour ce qui est de Fralie, elle a déjà mis des enfants au monde. Pourquoi serait-ce différent, cette fois-ci ? A moins que la présence ici de cette femme-animal ne lui porte malheur. Ce garçon à la tête plate amoindrit déjà le prestige de ce camp. Vous ne comprenez donc pas ? Elle le fera tomber plus bas encore. Pourquoi quelqu'un voudrait-il d'une femme élevée par des animaux ? Et, si quelqu'un passait par ici et découvrait des chevaux dans la galerie, qu'en penserait-il ? Non, je ne veux pas voir une femme-animal, qui a vécu chez les Têtes Plates, devenir membre du Camp du Lion.

L'assemblée réagit avec violence à ces déclarations, mais la voix de Tulie domina le tumulte.

— Où prends-tu que le prestige de ce Camp ait été amoindri ? Rydag ne m'enlève aucun prestige. J'ai toujours une voix prééminente au Conseil des Sœurs. Et Talut n'a rien perdu, lui non plus.

— Les gens font toujours allusion à « ce Camp où vit la Tête Plate ». J'ai honte de reconnaître que j'en fais partie, cria Frebec pour toute réponse.

Tulie se redressa de toute sa taille devant l'homme assez frêle.

— Libre à toi de partir d'ici quand tu voudras, fit-elle de son ton le plus froid.

Crozie se récria.

— Vois ce que tu as fait ! Fralie attend un enfant, et tu vas la forcer à partir, par ce froid, sans savoir où aller. Pourquoi ai-je jamais accepté votre Union ? Comment ai-je pu croire qu'un homme qui donnait un prix aussi bas serait assez bon pour Fralie ? Ma pauvre fille, ma pauvre Fralie...

Les gémissements de Crozie furent couverts par le tapage des voix furieuses et des arguments qui s'élevaient contre Frebec. Ayla tourna le dos à l'assemblée, se dirigea vers le Foyer du Mammouth. Au passage, elle vit Rydag qui regardait la réunion avec de grands yeux tristes, au Foyer du Lion, et elle changea d'idée, alla le rejoindre. Elle s'assit près de lui, lui palpa la poitrine, l'examina avec attention pour s'assurer qu'il se sentait bien. Après quoi, sans essayer d'entamer une conversation, parce qu'elle ne savait que lui dire, elle le prit sur ses genoux, le berça en fredonnant à mi-voix un petit air monocorde. Elle avait bercé ainsi son fils autrefois, et, plus tard, seule dans sa caverne de la vallée, elle s'était souvent endormie de cette manière.

— N'y a-t-il donc personne qui respecte le Bâton Qui Parle ? rugit Talut, dominant le tumulte.

Ses yeux étincelaient. Il était furieux. Ayla ne l'avait jamais vu dans un tel état mais elle admira sa maîtrise sur lui-même quand il reprit la parole.

— Crozie, jamais nous ne mettrions Fralie dehors par ce froid, et tu nous fais injure, à moi-même et au Camp du Lion, en suggérant que nous en serions capables.

La vieille femme, bouche bée, dévisagea le chef. Elle n'avait pas vraiment cru qu'on chasserait Fralie. Elle s'était simplement laissé emporter par sa harangue contre Frebec, sans songer qu'on pouvait prendre ses paroles pour une insulte. Elle eut le bon goût de rougir de honte, ce qui en surprit certains, mais, au fond, elle connaissait fort bien les subtilités des relations humaines.

Après tout, Fralie tenait d'abord d'elle son prestige. Crozie bénéficiait par elle-même d'une haute estime, du moins jusqu'au jour où elle avait tant perdu, ce qui l'avait amenée à se rendre malheureuse ainsi que tous ceux qui l'entouraient. Elle pouvait encore revendiquer la distinction, sinon la substance.

— Frebec, reprit Talut, il se peut que tu sois gêné d'appartenir au Camp du Lion, mais, si ce Camp a perdu de son prestige, c'est parce qu'il a été le seul à bien vouloir t'accueillir. Comme l'a dit Tulie, personne ne t'oblige à y rester. Tu es libre de partir quand tu voudras, mais nous ne te mettrons pas dehors, pas avec une femme malade qui va mettre un enfant au monde cet hiver. Peut-être n'as-tu jamais fréquenté beaucoup de femmes grosses, mais, que tu t'en rendes compte ou non, ce n'est pas seulement son état qui rend Fralie malade. Même moi, je sais cela.

« Mais là n'est pas l'objet de cette assemblée. Peu importe ce que tu en penses, ou ce que nous en pensons, tu fais partie du Camp du Lion. J'ai exposé mon désir d'adopter Ayla dans mon foyer, de faire d'elle une Mamutoï. Mais tout le monde doit être d'accord, et toi, tu t'y es opposé.

Frebec, à présent, commençait à se tortiller. C'était une chose que de se donner de l'importance en s'opposant à tout le monde, en prenant le contre-pied de l'opinion générale, mais Talut venait de lui rappeler son humiliation, son désespoir, à l'époque où il s'efforçait de trouver un Camp où établir un nouveau foyer avec sa précieuse nouvelle compagne, qui lui avait valu un statut plus élevé qu'il n'en avait connu de toute sa vie.

Mamut l'observait avec attention. Frebec n'avait jamais rien eu de particulièrement remarquable. Il avait peu de prestige, puisque sa mère n'en avait guère eu à lui transmettre. Il ne possédait ni talents particuliers ni vertus notoires. On ne le détestait pas mais on ne l'aimait pas non plus. Il avait l'air d'un homme assez médiocre. Mais, dans la discussion, il savait être habile. Ses arguments étaient faux mais ils avaient de la logique. Il avait peut-être plus d'intelligence qu'on ne lui en attribuait et, apparemment, il nourrissait de grandes aspirations. Pour un homme comme lui, s'unir à Fralie avait constitué une belle réussite. Il serait bon de le surveiller de près.

Déjà, faire une offre pour une femme comme elle prouvait une certaine audace. Le Prix de la Femme était à la base des valeurs économiques, chez les Mamutoï. La place d'un homme dans sa société lui venait de la femme qui lui avait donné le jour et de celle — ou de celles — qu'il pouvait attirer par son statut, par ses prouesses de chasseur, par son habileté, ses talents, son charme, et persuader de vivre avec lui. Frebec avait découvert une femme de grand prestige disposée à devenir sa compagne. C'était comme s'il avait trouvé un trésor, et il n'allait pas la laisser lui échapper.

Mais pourquoi l'avait-elle accepté ? se demandait Mamut. Il y avait certainement eu d'autres hommes pour faire des offres. Frebec avait encore ajouté à ses difficultés. Il avait si peu à offrir, et Crozie était si désagréable, que le Camp de Fralie les avait mis à la porte. Le Camp de Frebec avait refusé de les accueillir. L'un après l'autre, les autres Camps l'avaient évincé, même avec une femme enceinte et d'un statut important. Chaque fois, sous l'effet de l'affolement qui la gagnait, Crozie empirait encore la situation : elle le réprimandait, le blâmait, rendant ainsi leur famille moins acceptable encore.

Frebec s'était montré reconnaissant quand le Camp du Lion les avait acceptés : c'était l'un des derniers où il tentait de se faire admettre. Tous ces échecs n'étaient pas dus à leur position sociale, mais on considérait les membres de leur groupe comme mal assortis. Talut possédait le don de voir dans l'inhabituel un élément attirant plutôt qu'inquiétant. Il avait joui toute sa vie d'un statut élevé, il cherchait autre chose et il le trouvait dans l'inhabituel. Il en était venu à y prendre plaisir, il l'encourageait dans son Camp. Talut lui-même était l'homme le plus grand qu'on eût jamais vu, non seulement chez les Mamutoï mais chez tous les peuples voisins. Tulie était la femme la plus importante, la plus vigoureuse. Mamut était l'homme le plus âgé. Wymez était le meilleur tailleur de silex. Ranec n'était pas seulement l'homme qui possédait la peau la plus sombre, mais, en même temps, le meilleur sculpteur. Et Rydag était le seul enfant Tête Plate. Talut désirait garder Ayla, qui était pour le moins exceptionnelle avec ses chevaux, qui avait des dons, des talents, et il n'aurait pas été fâché de garder aussi Jondalar, qui était venu du pays le plus lointain.

Frebec ne visait pas à l'exceptionnel, d'autant que, il le savait, il ne pouvait revendiquer que « le moins » en tout. Il en était encore à chercher sa place parmi les gens ordinaires et il avait commencé par se faire une vertu de ce qu'il y avait de plus commun. Il était mamutoï, donc supérieur à tous ceux qui ne l'étaient pas, supérieur à tous ceux qui étaient différents. Ranec, avec sa peau noire et son esprit satirique, mordant, n'était pas un vrai Mamutoï. Il n'était même pas né parmi eux. Frebec, lui, l'était, et il était certainement supérieur à ces animaux, ces Têtes Plates. Ce garçon qu'aimait tant Nezzie ne possédait pas le moindre statut puisqu'il était né d'une femme Tête Plate.

Et cette Ayla, qui était arrivée avec ses chevaux et son grand étranger, avait déjà attiré l'œil dédaigneux du sombre Ranec, que toutes les femmes recherchaient en dépit de son indifférence ou peut-être à cause d'elle. Elle n'avait même pas accordé un coup d'œil à Frebec, comme si elle avait su qu'il n'était pas digne de son attention. Peu importaient ses talents, ses dons, sa beauté, il valait forcément mieux qu'elle : il était mamutoï, elle ne l'était pas. Mieux encore, elle avait vécu avec ces Têtes Plates. Et voilà que Talut voulait faire d'elle une Mamutoï !

Frebec se savait à l'origine de la scène désagréable qui venait d'éclater. Il avait prouvé qu'il était assez important pour maintenir cette fille à l'écart des Mamutoï mais il avait rendu le chef, ce géant, plus furieux qu'il ne l'avait jamais vu, et il était un peu effrayant de voir cet ours énorme dans une telle colère. Talut était tout à fait capable de le soulever de terre et de le casser en deux. A tout le moins, il était en mesure de le chasser. Combien de temps, alors, garderait-il la compagne qui possédait un tel statut ?

Néanmoins, malgré la colère qu'il maîtrisait difficilement, Talut, en ce moment, traitait Frebec avec plus de respect que celui-ci n'était accoutumé à en être l'objet. Il n'avait ni ignoré ni rejeté ses commentaires.

— Que tes objections soient raisonnables, cela importe peu, poursuivit Talut, d'un ton froid. A mon avis, Ayla possède de nombreux talents exceptionnels dont nous pourrions tirer de grands avantages. Tu as contesté cette opinion, tu as prétendu qu'elle n'avait rien de valable à nous offrir. Je ne vois rien qui ne puisse être contesté, de toute façon...

— Talut, intervint Jondalar, pardonne-moi de t'interrompre alors que tu tiens le Bâton Qui Parle, mais je crois savoir ce qui serait incontestable.

— Vraiment ?

— Oui, je crois. Puis-je te parler seul à seul ?

— Tulie, veux-tu tenir le Bâton ? dit Talut.

Il s'éloigna en compagnie de Jondalar vers le Foyer du Lion. Un murmure de curiosité les suivit.

Jondalar s'approcha d'Ayla, lui dit quelques mots. Elle hocha la tête, posa Rydag sur la couche et se leva pour se hâter vers le Foyer du Mammouth.

— Talut, es-tu prêt à éteindre tous les feux ? demanda Jondalar.

Le chef fronça les sourcils.

— Tous les feux ? Il fait froid et grand vent, dehors. L'intérieur de l'habitation pourrait se refroidir très vite.

— Je le sais, mais, crois-moi, ça en vaudra la peine. Pour permettre à la démonstration d'Ayla de faire tout son effet, elle doit agir dans l'obscurité. Il ne fera pas froid bien longtemps.

Ayla revenait avec quelques pierres dans les mains. Le regard de Talut alla d'elle à Jondalar, revint à elle. Finalement, il approuva d'un signe. On pourrait toujours rallumer un feu, même s'il fallait pour cela quelque effort. Ils retournèrent ensemble au premier foyer. Talut parla à Tulie en particulier. Une discussion s'engagea, on appela Mamut. Après quoi, Tulie parla à Barzec. Celui-ci fit signe à Druwez et à Danug. Tous trois enfilèrent des pelisses, se munirent de grands paniers tressés serré et sortirent.

Le murmure des conversations marquait une excitation fébrile. Il se passait quelque chose de particulier, et le Camp était plein d'impatience, comme avant une grande cérémonie. On ne s'était pas attendu à des consultations secrètes, à une mystérieuse démonstration.

Barzec et les garçons furent rapidement de retour. Leurs paniers étaient emplis de terre. Alors, à partir du Foyer de l'Aurochs, le plus éloigné, ils dispersèrent les braises entassées ou les petits feux qui subsistaient dans chacun des trous à feu et déversèrent la terre pour étouffer les flammes. Les gens du Camp furent saisis d'inquiétude lorsqu'ils se rendirent compte de ce qui se passait.

Avec chaque feu qui s'éteignait, l'habitation devenait plus sombre. Une à une, les voix se turent, le silence se fit. Par-delà les murs, le vent hurlait plus fort, les courants d'air se faisaient plus froids, apportaient avec eux une atmosphère glaciale, menaçante. On savait tout ce qu'on devait au feu, même si l'on avait tendance à trouver sa présence normale, mais tous comprirent, en voyant les flammes s'éteindre que leur vie en dépendait.

Il ne resta finalement d'allumé que le feu sur lequel on faisait la cuisine. Ayla avait disposé tout ce qu'il lui fallait près du trou. Soudain, sur un signe de Talut, Barzec, saisissant le moment dramatique, déversa le reste de la terre sur les flammes. L'assistance étouffa un cri de stupeur.

En un instant, l'abri tout entier fut plongé dans la nuit. Ce n'était pas tant une absence de lumière qu'une plénitude d'obscurité. Des ténèbres absolues, profondes, étouffantes occupaient tous les coins et recoins. Il n'y avait pas d'étoiles, pas d'astre lumineux, pas de nuages nacrés, miroitants. La main qu'on approchait de ses yeux demeurait invisible. Il n'y avait plus ni dimension, ni ombre, ni silhouette. Le sens de la vue avait perdu toute valeur.

Un enfant se mit à pleurer. Sa mère le fit taire. On distinguait des respirations, des bruits de pieds, des toussotements. Quelqu'un parla d'une voix basse, une autre voix plus grave lui répondit. L'odeur d'os brûlé prévalait, mais il s'y mêlait d'autres senteurs, d'autres relents, d'autres arômes : le cuir traité, la nourriture qui cuisait et celle qui était entreposée, les nattes d'herbe tressée, les herbes séchées, l'odeur des gens, des pieds et des corps, des souffles tièdes.

Le camp attendait dans la nuit et se demandait ce qu'il allait se passer. Ce n'était pas précisément de la peur mais une certaine appréhension. Un long moment parut s'écouler, et les gens commencèrent à s'agiter. Qu'est-ce qui pouvait bien prendre tant de temps ?

On avait laissé à Mamut le choix de l'instant. C'était une seconde nature, chez le vieux chaman, de créer des effets dramatiques, presque un instinct pour reconnaître le bon moment. Ayla sentit une main lui taper sur l'épaule. C'était le signal qu'elle attendait. Elle avait dans une main un morceau de pyrite de fer, un silex dans l'autre. Sur le sol, devant elle, se trouvait un petit tas d'herbe à faire le feu. Dans l'obscurité totale de la galerie, elle ferma les yeux, reprit longuement son souffle. Enfin, elle frappa la pyrite avec le silex.

Une longue étincelle brilla, et, dans le noir absolu, la petite lueur illumina uniquement la jeune femme agenouillée. Cela dura longtemps et provoqua chez les membres du Camp un sursaut d'étonnement, des murmures de crainte révérencieuse. L'étincelle mourut. Ayla, de nouveau, frappa le silex contre la pyrite, mais plus près des herbes inflammables qu'elle avait préparées. L'étincelle tomba dessus. La jeune femme se pencha pour souffler sur le feu. L'instant d'après, les flammes jaillirent. Elle entendit des « oh », des « ah », des exclamations émerveillées.

Elle disposait sur le feu de petits fragments de broussaille. Quand ils s'enflammèrent, elle ajouta des morceaux plus gros et des branchettes. Elle céda ensuite la place à Nezzie, la regarda retirer du trou à feu la pierre et les cendres et y transférer la flamme. Nezzie régla le dispositif qui amenait l'air extérieur, parvint à enflammer les os. L'attention du Camp tout entier s'était concentrée sur l'opération. Quand le feu prit pour de bon, on comprit que le tout n'avait demandé qu'un moment. C'était de la magie ! Qu'avait-elle bien pu faire pour créer si vite un feu ?

Talut agita le Bâton Qui Parle, en frappa par trois fois le sol.

— Quelqu'un a-t-il encore des objections à présenter contre l'adoption d'Ayla par les Mamutoï et, particulièrement, par le Foyer du Lion ? demanda-t-il.

— Nous montrera-t-elle sa magie ? questionna Frebec.

— Elle ne se contentera pas de nous la montrer. Elle a promis de donner à chacun des foyers de ce Camp une de ses pierres à feu, répliqua Talut.

— Je n'ai plus d'objections, dit Frebec.

Ayla et Jondalar fouillèrent leurs bagages pour rassembler tous les nodules de pyrite de fer qu'ils possédaient et choisirent six des plus beaux. La veille au soir, la jeune femme avait rallumé les feux dans chaque foyer. Elle avait montré aux occupants la façon de procéder. Mais elle était fatiguée, et il était alors trop tard pour chercher les pierres à feu avant de se mettre au lit.

Les six pierres, d'un jaune grisâtre à l'éclat métallique, faisaient un petit tas insignifiant sur la plate-forme. L'une d'elles, pourtant, avait fait toute la différence entre l'adoption et le rejet d'Ayla. A les voir, personne n'aurait deviné quelle magie se cachait au cœur de ces cailloux.

Elle les ramassa et, les tenant entre ses mains, regarda Jondalar.

— Puisque tous les autres voulaient bien de moi, pourquoi auraient-ils accepté qu'une seule personne s'oppose à mon adoption ? demanda-t-elle.

— Je n'en sais trop rien, répondit-il. Mais, dans un groupe comme celui-ci, chacun est obligé de vivre avec tous les autres. Si une seule personne ne supporte pas la présence d'une autre, cela peut amener de graves rancœurs, surtout quand le temps retient tout le monde à l'intérieur pour une longue période. Les gens finissent par prendre parti, les discussions peuvent conduire à des batailles au cours desquelles il pourrait y avoir des blessés ou pire encore. La fureur, alors, se déchaîne, quelqu'un a soif de vengeance. Parfois, le seul moyen d'éviter une tragédie, c'est de disperser le groupe... ou de payer très cher et d'expulser le fauteur de trouble...

Son front se contractait sous l'effet de la souffrance. Il ferma un instant les yeux, et Ayla se demanda ce qui le faisait souffrir ainsi.

— Mais Frebec et Crozie se querellent sans cesse, et personne n'aime ça, dit-elle.

— Les autres occupants du Camp savaient à quoi s'en tenir avant d'accepter de les recevoir, du moins en avaient-ils une bonne idée. Tout le monde avait eu la possibilité de les refuser, personne ne pouvait donc rejeter le blâme sur quelqu'un d'autre. Une fois qu'on a accepté une solution, on met son point d'honneur à la faire fonctionner, surtout si l'on sait que c'est seulement pour un hiver. Les changements sont plus faciles en été.

Ayla hocha la tête. Elle n'était pas encore bien sûre qu'il voulût la voir devenir un membre de ce peuple, mais démontrer les propriétés de la pierre à feu avait été son idée à lui, et cela avait réussi.

Ils se rendirent ensemble au Foyer du Lion pour y porter les pierres. Talut et Tulie étaient en grande conversation. Nezzie et Mamut étaient parfois appelés à dire leur mot, mais ils écoutaient plus qu'ils ne parlaient.

— Voici pierres à feu je promets, dit Ayla, quand les autres eurent pris conscience de sa présence. Vous pouvez donner aujourd'hui.

— Oh, non, répondit Tulie. Pas aujourd'hui. Garde-les pour la cérémonie. Nous en parlions justement. Elles feront partie des cadeaux. Nous devons décider de leur valeur, afin d'évaluer ce que nous devrons offrir d'autre. Elles ont à coup sûr une grande valeur, non seulement pour elles-mêmes et pour les échanges, mais pour le prestige qu'elles te vaudront.

— Quels cadeaux ? questionna Ayla.

— On a coutume, lors de l'adoption de quelqu'un, expliqua Mamut, d'échanger des cadeaux. La personne adoptée reçoit des présents de tout le monde, et, au nom du foyer qui l'adopte, des cadeaux sont distribués aux autres foyers du Camp. Il peut s'agir de présents modestes, symboliques, ou de cadeaux d'une grande valeur. Tout dépend des circonstances.

— A mon avis, les pierres à feu ont une valeur assez grande pour représenter un cadeau suffisant pour chaque foyer, déclara Talut.

— Je serais d'accord avec toi, Talut, si Ayla était déjà une Mamutoï, et si sa valeur était établie, dit Tulie. Mais, dans le cas présent, nous cherchons à déterminer quel Prix de la Femme nous devons lui attribuer. Ce sera tout bénéfice pour le Camp si nous pouvons justifier d'une grande valeur pour elle. Puisque Jondalar a refusé l'adoption, du moins pour le moment...

Le sourire de Tulie, pour montrer à Jondalar qu'elle ne lui gardait pas rancune, contenait une nuance de coquetterie, mais sans le moindre sous-entendu. Elle exprimait simplement ainsi sa conviction d'être séduisante et désirable.

— ... je serai heureuse de fournir moi-même quelques cadeaux.

— Quelle sorte de cadeaux ? demanda Ayla.

— Oh, n'importe lesquels, répondit Tulie. Il peut s'agir de bien des choses... Les fourrures sont les bienvenues... les tuniques, les jambières, les bottes ou le cuir pour les faire. Deegie sait teindre le cuir de couleurs magnifiques. On offre aussi de l'ambre et des coquillages, des perles d'ivoire, pour faire des colliers et orner les vêtements. Les longues dents des loups et d'autres mangeurs de viande ont une grande valeur. Tout comme les objets sculptés dans l'ivoire. Le silex, le sel... On peut donner aussi de la nourriture, surtout si l'on peut la mettre en réserve. Tout ce qui est bien façonné, comme des paniers, des nattes, des ceintures, des couteaux. Il est important, je crois, de faire le plus de cadeaux possible : ainsi, quand chacun montrera tes présents au Rassemblement, il sera évident que tu as de tout à foison, ce qui justifiera ton statut. C'est sans grande importance si la plupart d'entre eux ont été donnés pour toi à Talut et à Nezzie.

— Talut, Nezzie et toi, vous ne devez pas donner pour moi. J'ai choses à donner, affirma Ayla.

— Oui, bien sûr, tu as les pierres à feu, et c'est ce qui a le plus de valeur. Mais leur aspect n'est pas très impressionnant. Par la suite, les gens comprendront leur utilité, mais les premières impressions font toute la différence.

— Tulie a raison, appuya Nezzie. La plupart des jeunes femmes passent des années à fabriquer et à accumuler des présents qu'elles offrent pour leur Union ou lorsqu'elles sont adoptées.

— Les Mamutoï adoptent-ils donc tant de gens ? s'informa Jondalar.

— Pas des étrangers, expliqua Nezzie. Mais les Mamutoï adoptent souvent un autre Mamutoï. Chaque Camp a besoin d'un frère et d'une sœur, pour en faire son Homme Qui Ordonne et sa Femme Qui Ordonne. Mais rares sont les hommes qui ont la chance d'avoir une sœur comme Tulie. S'il arrive quelque chose à l'un ou à l'autre, ou si un jeune homme et une jeune femme désirent créer un nouveau Camp, on peut adopter une sœur ou un frère. Mais ne t'inquiète pas. J'ai bien des choses que tu pourras offrir, Ayla, et Latie elle-même a proposé certains des objets qu'elle possède pour en faire des cadeaux.

— Mais j'ai choses à donner, Nezzie. J'ai choses dans caverne de vallée. Je passe années à faire beaucoup de choses.

— Il n'est pas nécessaire que tu retournes là-bas... fit Tulie.

Elle pensait à part elle que tout ce que pourrait posséder la jeune femme élevée chez les Têtes Plates serait probablement d'une facture grossière. Comment dire à Ayla que ses cadeaux ne seraient sans doute pas acceptables ? Cela pourrait être embarrassant.

— Je veux retourner, insista Ayla. Autres choses j'ai besoin. Plantes pour guérir. Nourriture en réserve. Et manger pour chevaux.

Elle se tourna vers Jondalar.

— Je veux retourner.

— C'est possible, je suppose. Si nous faisons vite,

sans nous arrêter en route, nous pourrons y arriver, je crois... à condition que le temps s'améliore.

— Généralement, dit Talut, après la première morsure du froid, comme ces jours-ci, nous avons une période de beau temps. Mais c'est imprévisible. Tout peut changer d'un instant à l'autre.

— Eh bien, si le temps veut bien nous sourire, peut-être prendrons-nous le risque de retourner à la vallée, déclara Jondalar.

Il trouva sa récompense dans l'un des plus beaux sourires d'Ayla.

Il voulait, lui aussi, rapporter certaines choses. Ces pierres à feu avaient fait grosse impression, et la berge rocheuse, au détour de la rivière dans la vallée d'Ayla, en était criblée. Un jour, il l'espérait, il repartirait chez lui et partagerait avec son peuple tout ce qu'il aurait appris et découvert : les pierres à feu, le propulseur et, pour Dalanar, la façon dont Wymez chauffait le silex. Un jour...

— Revenez vite, cria Nezzie.

De sa main levée, la paume tournée vers l'intérieur, elle leur faisait des signes d'adieu.

Ayla et Jondalar la saluèrent de même. Montés tous les deux sur Whinney, avec Rapide derrière eux, à la longe, ils dominaient les gens du Camp du Lion qui s'étaient rassemblés pour leur départ. Ayla avait beau être surexcitée à l'idée de retrouver la vallée qui l'avait abritée trois années durant, elle ressentait une pointe de tristesse à laisser derrière elle ceux qui faisaient déjà pour elle figure de famille.

Rydag et Rugie, de chaque côté de Nezzie, s'accrochaient à elle en agitant la main. La jeune femme ne put s'empêcher de remarquer le peu de ressemblance entre eux. L'une était, en plus petit, une reproduction de Nezzie ; l'autre était à demi Tête Plate. Pourtant, ils avaient été élevés comme frère et sœur. Ayla se rappela soudain qu'Oga avait nourri Durc en même temps que son propre fils, Grev, en frères de lait. Grev était entièrement Tête Plate, Durc ne l'était qu'à moitié : la différence entre était eux aussi considérable.

Elle fit avancer Whinney d'une pression des jambes, d'un imperceptible changement de position. Ces signaux étaient devenus pour elle une seconde nature, c'était à peine si elle pensait guider ainsi la jument. Ils virèrent, entreprirent la montée de la pente.

Le retour vers la vallée n'eut rien du voyage par petites étapes qu'ils avaient fait dans l'autre sens. Ils maintenaient une allure régulière, sans jamais s'écarter de leur route pour explorer les environs ou pour chasser, sans s'arrêter assez tôt dans la journée pour se détendre ou pour profiter des Plaisirs. En quittant la vallée, ils pensaient y revenir. Ils avaient donc noté des points de repère : certains affleurements, des plateaux, des formations rocheuses, des vallées et des cours d'eau. Mais le changement de saison avait altéré le paysage.

La végétation avait en partie changé d'aspect. Les vallées protégées où ils avaient fait étape avaient connu une transformation saisonnière qui produisait une désagréable impression d'étrangeté. Les bouleaux et les saules arctiques avaient perdu toutes leurs feuilles ; leurs membres dépouillés, frissonnants au vent, paraissaient ratatinés, sans vie. A leur place dominaient les conifères — épicéas, mélèzes, sapins —, robustes et fiers, dans toute la vigueur de leurs aiguilles vertes. Même les maigres résineux des steppes, isolés, malmenés par les vents, prenaient par comparaison une certaine substance. Mais plus déroutants encore étaient les changements apportés en surface par le permafrost.

Ce phénomène qui maintient gelée, d'un bout de l'année à l'autre, une partie ou une autre de la croûte terrestre, de la surface jusqu'aux couches rocheuses les plus profondes, avaient été provoqué, dans cette contrée lontemps éloignée des régions polaires, par des nappes de glace aussi vastes que des continents, hautes parfois de plusieurs kilomètres. Une interaction complexe du climat et des conditions en surface et en profondeur créait ce gel et le maintenait. Le soleil exerçait un certain effet, comme l'eau stagnante, la végétation, la densité du sol, le vent, la neige.

Les températures de l'année, plus basses de quelques degrés seulement que celles qui, par la suite, allaient amener un climat tempéré, suffisaient à pousser la masse des glaciers à empiéter sur les terres et à provoquer la formation du permafrost, plus loin vers le sud. Les hivers étaient longs et froids. De temps à autre, des tempêtes amenaient d'abondantes chutes de neige et de violents blizzards, mais, sur toute la saison, la quantité de neige était relativement limitée, et de nombreuses journées étaient belles. Les étés étaient courts, avec quelques jours si chauds qu'ils semblaient nier la proximité d'énormes masses de glace, mais, la plupart du temps, il faisait frais, le ciel était nuageux, et les pluies rares.

Même si une certaine portion de la terre restait perpétuellement gelée, le permafrost ne représentait pas un état permanent, immuable. Il était aussi inconstant, aussi capricieux que les saisons. Au plus fort de l'hiver, quand le sol était en profondeur durci par le gel, la terre semblait passive, impitoyable, mais les apparences étaient trompeuses. Au changement de saison, la surface s'amollissait, sur quelques centimètres seulement de profondeur, là où une végétation trop abondante, des terres trop denses, une ombre trop épaisse résistaient à la douce tiédeur de l'été. Mais, sur les pentes exposées au soleil, faites de gravier bien drainé, couvertes d'une végétation réduite, la couche active dégelait sur plusieurs mètres de profondeur.

Pourtant, le ramollissement de cette couche n'était qu'illusion. Sous la surface, l'emprise de l'hiver restait la plus forte. La glace impénétrable régnait en maîtresse, et, sous l'effet du dégel et des forces de gravité, les terres saturées et leur fardeau d'arbres et de rochers bougeaient, glissaient, se déplaçaient sur la surface lubrifiée par l'eau des terrains encore gelés au-dessous. Des effondrements se produisaient, des affaissements, à mesure que se réchauffait la surface, et, là où le dégel de l'été ne trouvait pas d'issue, des fondrières et des marécages se formaient.

Lorsque recommençait le cycle des saisons, la couche active au-dessus des terres gelées durcissait de nouveau, mais son aspect glacial dissimulait un cœur sans repos. Les contraintes et les pressions extrêmes amenaient des soulèvements, des poussées, des gauchissements. La terre durcie se fendait, se crevassait, se gorgeait de glace et, pour se délivrer, expulsait cette glace par grands fragments. Certaines pressions comblaient de boue ces cavités, faisaient monter un fin limon en cloques et boursouflures. A mesure qu'augmentait le volume de l'eau glacée, des buttes, des monticules de glace boueuse — des pingos — s'élevaient des terres basses marécageuses, atteignaient jusqu'à soixante mètres de haut et plusieurs dizaines de mètres de diamètre.

Sur le chemin de leur retour, Jondalar et Ayla découvraient ainsi que le relief du paysage avait changé, que leurs points de repère étaient trompeurs. Certains petits cours d'eau dont ils croyaient avoir gardé le souvenir avaient disparu : ils avaient gelé en amont, plus près de leur source, et leur lit, en aval, s'était asséché. Des éminences de glace s'étaient élevées, là où, auparavant, il n'y avait rien. Des bouquets d'arbres poussaient sur des taliks — des îlots formés de couches non gelées, entourés de permafrost — et donnaient parfois l'impression trompeuse d'une petite vallée, alors qu'ils ne se rappelaient pas en avoir vu une à cet endroit.

Jondalar connaissait mal la configuration générale du terrain et devait souvent s'en remettre à la mémoire plus fidèle d'Ayla. Quand celle-ci avait un doute, elle faisait confiance à Whinney. Plus d'une fois, par le passé, la jument l'avait ramenée chez elle et elle paraissait savoir où elle allait. Parfois montés à deux sur son dos, parfois la chevauchant tour à tour ou mettant pied à terre pour la laisser se reposer, Ayla et Jondalar poursuivirent leur route jusqu'au moment où ils durent faire halte pour la nuit. Ils dressèrent alors un campement rudimentaire, avec un petit feu, leur tente faite de peaux de bêtes et leurs fourrures de couchage. Ils se confectionnèrent une bouillie de graines sauvages, et la jeune femme prépara un breuvage à base d'herbes.

Le lendemain matin, pour se réchauffer, ils burent une autre tisane, tout en refaisant leurs ballots. En route une fois de plus, ils mangèrent de petites galettes faites de viande séchée et pilée et de fruits secs mêlés de graisse. Mis à part un lièvre, qu'ils levèrent par hasard, et qu'Ayla tua avec sa fronde, ils ne chassaient pas. Mais ils ajoutèrent aux provisions dont Nezzie les avait munis les pignons, nourrissants et riches en huile, des pommes de pins recueillies au cours de leurs haltes, et qu'ils jetaient sur le feu pour les faire ouvrir dans des claquements secs.

Le terrain, autour d'eux, changeait graduellement, devenait plus rocheux, plus mouvementé, avec des ravins, des canyons aux parois abruptes, et la jeune femme se sentait envahie d'un trouble croissant. Le territoire lui semblait familier, comme le paysage qui s'étendait au sud et à l'ouest de sa vallée. Lorsqu'elle découvrit un escarpement dont les strates diversement colorées formaient un dessin particulier, son cœur bondit dans sa poitrine.

— Jondalar ! Regarde ! Tu vois ça ? cria-t-elle, l'index pointé. Nous sommes presque arrivés !

Whinney elle-même semblait gagnée par son agitation : sans y être invitée, elle pressa l'allure. Ayla guettait un autre point de repère, un affleurement rocheux dont la forme distinctive lui rappelait une lionne accroupie. Lorsqu'elle la découvrit, ils prirent la direction du nord jusqu'au moment où ils parvinrent au bord d'une pente raide, jonchée de graviers et de gros cailloux. Ils s'arrêtèrent, regardèrent devant eux. En bas, sous le soleil, une petite rivière coulait vers l'est, et ses eaux jetaient des éclairs en éclaboussant les rochers. Ils mirent pied à terre, descendirent précautionneusement. Les chevaux s'engagèrent dans l'eau, s'arrêtèrent pour boire. Ayla retrouva le gué qu'elle avait toujours utilisé : quelques pierres qui émergeaient du courant, avec un seul espace un peu plus large qu'il fallait sauter.

— L'eau est meilleure, ici. Regarde comme elle est claire ! s'écria-t-elle. Pas une trace de boue. On voit le fond. Et regarde, Jondalar, les chevaux nous ont rejoints !

Jondalar souriait tendrement de son exubérance. Lui-même, devant la longue vallée familière, éprouvait, en moins enthousiaste peut-être, ce même sentiment de se retrouver chez lui. Les vents cruels, le froid glacial des steppes ne faisaient qu'effleurer ce lieu protégé, et, même dépouillé de ses feuillages d'été, il montrait une végétation plus riche, plus abondante. En avançant vers le fond de la vallée, à l'est, la pente abrupte qu'ils venaient de descendre devenait une muraille rocheuse verticale. Une large frange d'arbres et de broussailles en bordait la base, sur l'autre berge du cours d'eau, avant de se faire plus rare, pour se transformer en un champ d'herbe dorée qui se soulevait en vagues sous le soleil de l'après-midi. A droite, l'étendue d'herbe haute montait par degrés jusqu'aux steppes mais elle allait en se rétrécissant, et, vers le fond de la vallée, la pente se faisait de plus en plus raide, jusqu'à devenir l'autre muraille d'une gorge étroite.

A mi-hauteur, un petit troupeau de chevaux des steppes avait cessé de paître pour tourner la tête dans la direction des voyageurs. L'un d'eux hennit. Whinney lui répondit en encensant. Le troupeau regarda approcher les intrus jusqu'au moment où ceux-ci se trouvèrent tout près. Alors, devant l'étrange odeur humaine qui se faisait de plus en plus forte, les chevaux, d'un même mouvement, virèrent tous ensemble et, dans un tonnerre de sabots, un envol de longues queues, gravirent la pente au galop pour retrouver la steppe. Les deux humains, sur le dos de la jument, s'immobilisèrent pour les suivre des yeux. Le poulain, qui suivait à la longe, en fit autant.

Rapide, la tête dressée, les oreilles pointées en avant, s'avança le plus loin possible, puis, le cou tendu, les naseaux élargis, les regarda s'éloigner. Whinney l'appela d'un léger hennissement, avant de se remettre en marche. Il revint vers elle, se remit à la suivre.

A vive allure, le jeune couple et les bêtes allaient vers l'amont, vers l'étroit débouché de la vallée. Ils voyaient devant eux la petite rivière contourner brutalement sur la droite, dans un tumulte de remous, une avancée de la muraille et une plage encombrée de rochers. De l'autre côté s'élevait un imposant amas de grosses pierres, de bois flotté, d'os, de bois, de cornes et de défenses. Il y avait là les squelettes d'animaux tombés des steppes ou d'autres qui s'étaient laissé surprendre par une brusque crue, que l'eau avait emportés et jetés contre la muraille.

Ayla mourait d'impatience. Elle se laissa glisser du dos de Whinney, grimpa en courant un étroit sentier jusqu'au sommet de la muraille qui formait une corniche devant une cavité ouverte dans la falaise. Elle faillit y pénétrer sans ralentir sa course mais se reprit au dernier moment. C'était le lieu où elle avait vécu seule, et, si elle avait survécu, c'était parce que jamais, un seul instant, elle n'avait oublié d'être sur le qui-vive en prévision d'un possible danger. Les êtres humains n'étaient pas les seuls à chercher abri dans les cavernes. Tout en approchant prudemment le long de la muraille, elle dénoua sa fronde dont elle s'était entouré la tête, se baissa pour ramasser quelques cailloux.

Avec précaution, elle regarda à l'intérieur. Ses yeux ne rencontrèrent que ténèbres. Son odorat, lui, décelait une légère odeur de bois brûlé depuis lontemps et la senteur musquée, un peu plus récente, d'un glouton. Mais, là encore, c'était une odeur ancienne. Elle franchit le seuil de la caverne, laissa à ses yeux le temps de s'accoutumer à la pénombre, avant de regarder autour d'elle.

Elle sentit ses paupières se gonfler de larmes, s'efforça vainement de les retenir. Elle était là, sa caverne. Elle se retrouvait chez elle. Tout ici lui était familier. Pourtant, les lieux où elle avait si longtemps vécu semblaient abandonnés. La lumière qui entrait par un trou au-dessus de l'entrée lui montra que son odorat ne l'avait pas trompée. Un examen plus approfondi amena sur ses lèvres une exclamation consternée. La caverne était dans un désordre innommable. Un animal ou même plusieurs s'y étaient introduits et avaient laissé partout les traces de leur présence. Elle ne mesurait pas encore l'étendue des dégâts.

Jondalar apparut alors à l'entrée, suivi par Whinney et Rapide. La caverne, pour la jument aussi, avait été son foyer, et c'était le seul qu'eût connu Rapide, jusqu'au jour de leur arrivée au Camp du Lion.

— Nous avons eu un visiteur, semble-t-il, dit Jondalar, devant la dévastation. Quel fouillis !

Ayla soupira longuement, essuya une larme.

— Je vais faire du feu et allumer des torches. Nous verrons alors ce qui a été gâté ou détruit. Mais, d'abord, je vais décharger Whinney, pour lui permettre de paître et de se reposer.

— Crois-tu prudent de les laisser en liberté ? Rapide avait l'air tout prêt à suivre ces chevaux sauvages. Peut-être devrions-nous les attacher.

Jondalar n'était pas tranquille.

— Whinney a toujours vécu en liberté, protesta Ayla. Il n'est pas question de l'attacher. C'est mon amie. Elle reste avec moi de son plein gré. Il lui est arrivé une fois d'aller vivre avec un troupeau, parce qu'elle avait besoin d'un étalon, et elle m'a bien manqué. Je ne sais pas ce que j'aurais fait si je n'avais pas eu Bébé. Mais elle est revenue. Elle restera près de moi, et, aussi longtemps qu'elle sera là, Rapide restera, lui aussi, au moins jusqu'à ce qu'il soit adulte. Bébé m'a laissée. Rapide pourrait partir, lui aussi, comme les enfants, quand ils sont grands, quittent le foyer de leur mère. Mais les chevaux ne sont pas comme les lions. S'il devient un ami, comme Whinney, il pourrait rester, je crois.

Jondalar hocha la tête.

— C'est bon, tu les connais mieux que moi.

Ayla, après tout, faisait figure d'expert, le seul quand il s'agissait de chevaux.

— Alors, si j'allumais le feu, pendant que tu décharges Whinney ?

Il alla sans hésiter aux endroits où Ayla avait toujours rangé le bois et tout ce qu'il fallait pour faire du feu. Au cours de l'été passé là avec elle, la caverne lui était devenue totalement familière, mais il ne s'en rendait même pas compte. Il se demandait comment il pourrait se faire un ami de Rapide. Il ne comprenait pas encore bien comment Ayla communiquait avec Whinney, au point de la faire aller là où elle le voulait, lorsqu'elles partaient en expédition, ou de la faire rester dans les parages alors qu'elle avait toute liberté de fuir. Peut-être n'apprendrait-il jamais ce langage, mais il aimerait essayer. Jusque-là, néanmoins, il ne serait sans doute pas mauvais de tenir Rapide à la longe, au moins lorsqu'ils voyageaient dans une région où se trouvaient des chevaux sauvages.

Ils se livrèrent à un examen minutieux de la caverne et de ce qu'elle contenait, qui leur livra toute l'histoire. Un glouton ou une hyène — Ayla n'aurait su dire lequel des deux : l'un et l'autre s'étaient introduits dans la grotte, et leurs traces se mêlaient — avait forcé l'une des caches de viande séchée et l'avait entièrement pillée. Un panier de grain recueilli pour Whinney et Rapide avait été laissé plus ou moins à découvert ; des dents solides l'avaient ouvert en plusieurs endroits. Toute une variété de petits rongeurs, à en juger par les traces — campagnols, pikas, écureuils, gerboises, hamsters géants — avaient fait leur profit de cette aubaine : à peine s'il restait quelque grains. Sous un tas de foin tout proche, Ayla et Jondalar découvrirent un nid bourré du produit de ce pillage. Toutefois, pour la plupart, les corbeilles de grains, de racines et de fruits secs, mises en sûreté dans des trous creusés dans le sol de la caverne ou protégées par des tas de pierres, avaient souffert peu de dommages.

Ayla fut heureuse de la décision qu'ils avaient prise de placer les peaux et les fourrures accumulées au cours des années dans un panier plus résistant et de le cacher dans un cairn. Le gros tas de pierres avait résisté aux assauts des maraudeurs à quatre pattes. En revanche, les restes de peau dont Ayla avait fait leurs vêtements, et qu'elle n'avait pas rangés avant leur départ, étaient en lambeaux. Un autre cairn, qui contenait entre autres un récipient en cuir brut plein de graisse soigneusement fondue enfermée, à la manière de saucisses, dans des segments d'intestins de renne, avait fait l'objet d'assauts répétés. Un coin du cuir avait été déchiré par des dents et des griffes, une saucisse était entamée, mais le cairn avait tenu bon.

Les animaux ne s'étaient pas contentés de fourrer le museau dans les réserves de vivres, ils avaient aussi rôdé un peu partout. Ils avaient renversé des piles de bols et de coupes façonnés à la main, patiemment polis, traîné de tous côtés des nattes, des paniers tressés en motifs compliqués, déposé leurs excréments en plusieurs endroits et, d'une façon générale, dévasté tout ce qu'ils avaient pu trouver. Pourtant, les dommages étaient moins graves qu'il n'y paraissait à première vue, et, dans l'ensemble, les intrus avaient dédaigné l'imposante pharmacopée d'Ayla, composée d'herbes médicinales séchées et de remèdes à base de plantes.

Quand vint le soir, la jeune femme se sentit beaucoup mieux. Jondalar et elle avaient nettoyé la caverne et tout remis en ordre, ils avaient pu constater que les pertes n'étaient pas trop importantes, ils avaient préparé et consommé un repas, ils avaient même fait un tour dans la vallée pour voir les éventuels changements. Le feu flambait, les fourrures de couchage étaient disposées, sur une couche de foin frais, dans la tranchée peu profonde qui avait toujours servi de lit à Ayla. Whinney et Rapide étaient installés dans leur coin, de l'autre côté de l'entrée. Ayla se sentait enfin chez elle.

Assise avec Jondalar sur une natte, devant le feu, elle déclara :

— J'ai peine à croire que je suis de retour. J'ai l'impression que mon absence a duré toute une vie, mais elle n'a pas été bien longue.

— Non, elle n'a pas été longue.

— J'ai tant appris : c'est peut-être ce qui me donne cette impression. Tu as bien fait de me persuader de t'accompagner, Jondalar, et je suis heureuse que nous ayons rencontré Talut et les Mamutoï. Sais-tu à quel point j'avais peur de me trouver en face des Autres ?

— Je te sentais inquiète mais j'étais sûr que, lorsque tu en connaîtrais quelques-uns, ils te plairaient.

— Ce n'était pas seulement le fait de rencontrer des gens quelconques mais de faire connaissance avec *les Autres*. Pour le Clan, c'est ce qu'ils étaient, et l'on avait beau m'avoir répété toute ma vie que j'étais née chez les Autres, je me considérais comme faisant partie du Clan. Même après avoir été maudite, quand j'ai su que je ne pourrais plus revenir, j'ai continué d'avoir peur des Autres. Quand Whinney est venue vivre avec moi, cette peur s'est encore accrue. Je ne savais que faire. Je craignais qu'ils ne me permettent pas de la garder ou qu'ils ne la tuent pour la manger. Je redoutais aussi qu'ils ne me laissent pas chasser. Je ne voulais pas vivre chez des gens qui ne me permettraient pas de chasser quand j'en aurais envie ou qui pourraient m'obliger à faire quelque chose contre ma volonté, expliqua Ayla.

Le souvenir de ses craintes, de ses inquiétudes fit soudain naître en elle un malaise qui se traduisit par un déploiement d'agitation. Elle se leva, alla jusqu'à l'entrée de la caverne, repoussa la lourde tenture et sortit sur la corniche qui formait comme une large terrasse. Le dur éclat des étoiles scintillait dans un ciel d'un noir profond. Le vent était aussi coupant que leur lumière. Ayla s'avança jusqu'au bord de la corniche en se frottant les bras avant de les croiser étroitement sur sa poitrine.

Elle frissonna, sentit une fourrure se poser sur ses épaules. Elle se retourna, se trouva face à Jondalar. Il la serra dans ses bras, et elle se blottit contre sa chaleur.

Il pencha la tête pour l'embrasser.

— Rentre, dit-il. Il fait froid, ici.

Elle se laissa entraîner mais s'immobilisa de l'autre côté de la lourde peau qui lui avait servi de tenture depuis son premier hiver.

— C'était ma tente... Non, c'était la tente de Creb, se reprit-elle. Mais il ne s'en servait jamais. C'était celle que j'emportais quand je faisais partie des femmes choisies pour accompagner les hommes, lorsqu'ils allaient à la chasse, afin de dépecer le gibier et d'aider à le rapporter. Mais elle ne m'appartenait pas. Elle appartenait à Creb. Je l'ai prise quand je suis partie, parce que j'ai pensé que Creb ne m'en voudrait pas. Je ne pouvais pas lui demander son autorisation. Il était mort mais, même s'il avait encore vécu, il ne m'aurait pas vue. Je venais d'être maudite.

Des larmes commençaient à ruisseler sur ses joues, mais elle ne semblait pas s'en apercevoir.

— J'étais morte. Mais Durc, lui, m'a vue. Il était

trop jeune pour savoir qu'il ne le fallait pas. Oh, Jondalar, je ne voulais pas le laisser derrière moi.

Elle sanglotait, à présent.

— Mais je ne pouvais pas l'emmener. Je ne savais pas ce qui pourrait m'arriver.

Il ne savait que dire ou faire. Il se contenta de la tenir dans ses bras et de la laisser pleurer.

— J'ai envie de le revoir. Toutes les fois que je vois Rydag, je pense à Durc. Je voudrais l'avoir avec moi, maintenant. Je voudrais que nous soyons adoptés tous les deux par les Mamutoï.

— Ayla, il est tard. Tu es lasse. Viens te coucher, dit Jondalar.

Il la guida vers les fourrures de couchage. Mais il n'était pas à son aise. De telles pensées n'avaient aucun lien avec la réalité, et il ne tenait pas à les encourager.

Docilement, elle se laissait entraîner. En silence, il l'aida à se dévêtir, la fit asseoir, la renversa doucement en arrière, avant de la couvrir avec les fourrures. Il ajouta du bois au feu, tassa les braises pour les faire durer plus longtemps. Après quoi, il se déshabilla rapidement, se glissa près d'Ayla. Il l'entoura de son bras, l'embrassa tendrement, légèrement, effleurant à peine ses lèvres. La réaction ne se fit pas attendre : il la sentit frémir. Avec la même légèreté, un contact qui était presque un chatouillement, il entreprit de faire pleuvoir des baisers sur son visage, ses joues, ses paupières closes, avant de revenir à ses lèvres. D'une main, il lui renversa le menton en arrière, lui caressa de la même manière le cou, la gorge. Ayla se contraignait à l'immobilité, mais ces caresses fugitives faisaient naître sur leur chemin les frissons d'une flamme exquise et chassaient son humeur mélancolique.

Il suivit du bout des doigts la courbe de son épaule, la ligne de son bras. Puis, lentement, il remonta jusqu'à l'aisselle. Elle fut secouée d'un spasme qui tendit tous ses nerfs. La main habile qui suivait les courbes de son corps rencontra au passage une pointe de sein qui durcit aussitôt sous l'effet du plaisir.

Jondalar ne put résister : il se pencha pour prendre le mamelon entre ses lèvres. Elle se pressa contre lui. Il la sentit prête. Il respirait son odeur de femme, et une tension presque douloureuse grandissait dans ses lombes. Jamais il ne pouvait se rassasier d'elle, et elle était, semblait-il, toujours prête à l'accueillir. Pas une fois, autant qu'il s'en souvînt, elle ne l'avait repoussé. Quelles que fussent les circonstances, à l'intérieur comme à l'extérieur, sous de chaudes fourrures ou sur la terre glacée, elle était là, pour lui, non seulement consentante mais active, empressée. Si elle se montrait parfois un peu réticente, comme un peu mal à l'aise, c'était au temps de la menstruation. Alors, il respectait ses vœux, contenait ses élans.

Au moment où sa main venait de caresser la cuisse de la jeune femme, il la sentit s'ouvrir à lui, et son désir prit une telle violence qu'il aurait pu la posséder sur l'instant. Mais il souhaitait faire durer un plaisir raffiné. Pour la dernière fois de l'hiver, sans doute, ils se trouvaient seuls, en un lieu sec et chaud. Certes, dans l'habitation des Mamutoï, il n'hésitait guère, mais cette solitude à deux apportait aux Plaisirs une qualité particulière de liberté, d'intensité.

Il précisa ses caresses, entendit le souffle d'Ayla exploser en cris, en gémissements, la sentit se cambrer de tout son corps. Oh, comme il la désirait, se dit-il... mais pas encore...

Ses lèvres abandonnèrent le mamelon turgescent, trouvèrent la bouche de la jeune femme, l'embrassèrent fermement, l'explorèrent. Il s'écarta un instant afin de se maîtriser encore un peu, contempla son visage jusqu'au moment où elle ouvrit les yeux.

Au grand jour, ils étaient gris-bleu, comme le silex de bonne qualité, mais, à présent, ils étaient sombres, si débordants de désir et d'amour qu'il sentit son cœur se serrer douloureusement. Il passa le dos de l'index sur sa joue, suivit la ligne de sa mâchoire, parvint à ses lèvres. Il ne se lassait pas de la regarder, de la toucher, comme s'il voulait graver ses traits dans sa mémoire. Elle-même levait les yeux vers les siens, d'un bleu si éclatant qu'ils devenaient violets à la lumière du feu. Elle aurait voulu s'y noyer. Même si elle l'avait souhaité, elle aurait été incapable de se refuser à lui... et elle ne le souhaitait pas.

Il l'embrassa, avant de laisser courir sa langue au long de sa gorge et jusqu'au sillon qui s'ouvrait entre ses seins. Il emprisonna leurs rondeurs dans ses deux mains. Ayla gémissait doucement, lui pétrissait les épaules, les bras. Quand sa bouche descendit plus avant, audacieusement, vers le plus secret de son être, elle se tendit vers lui, cria son désir.

En lui, la pression s'accentuait mais, dans un suprême effort, il la maîtrisa de nouveau, déploya tout son art d'aimer pour la caresser plus intimement encore. Elle cria son nom, et, enfin, tremblant de tout son corps, il la pénétra. Elle se donna à lui avec toute l'ardeur qu'il mettait à la posséder, et, en même temps, ils atteignirent le paroxysme de leur plaisir.

Tous deux étaient trop épuisés pour bouger. Jondalar restait couché sur Ayla, mais chaque fois, elle aimait ce moment, le poids de son corps sur le sien. Elle respirait sur lui sa propre odeur, qui lui rappelait toujours la fougue avec laquelle elle venait d'être aimée et la cause de sa délicieuse langueur. Elle était encore en proie à l'émerveillement des Plaisirs. Elle n'avait jamais imaginé que son corps pût éprouver de telles joies. Elle n'avait connu qu'une possession dégradante, née de la haine et du mépris. Jusqu'à Jondalar, elle ignorait qu'il existât autre chose.

Finalement, il se souleva, lui posa un baiser sur un sein, puis sur le nombril, avant de se lever. Elle en fit autant, alla poser quelques pierres à cuire sur le feu.

— Veux-tu verser de l'eau dans cette corbeille, Jondalar ? La grande outre est pleine, je crois, dit-elle.

Elle se dirigea vers le coin le plus reculé de la caverne, où elle se soulageait quand il faisait trop froid dehors.

A son tour, elle retira du feu les pierres brûlantes, comme elle l'avait vu faire aux Mamutoï, les fit tomber dans la corbeille étanche. Dans un sifflement, un nuage de vapeur, elles réchaufèrent l'eau. Ayla les ôta, les remit sur le feu, en plongea d'autres, déjà chaudes.

Quand l'eau commença de frémir, elle en préleva une partie à l'aide d'une coupe, la versa dans un bassin en bois, y ajouta quelques fleurs séchées de saponaire, un peu semblables à des thyrses de lilas. Un parfum pénétrant embauma l'air. Quand elle plongea dans le mélange un petit morceau de cuir souple, l'eau moussa légèrement, mais aucun rinçage ne serait nécessaire, et le délicieux parfum subsisterait. Jondalar la regardait, debout près du feu, se laver le visage et le corps. Il se repaissait de la beauté de ses mouvements et le désir renaissait en lui.

Elle lui donna un morceau de peau de lapin, très absorbante, lui passa le récipient. C'était une coutume qu'elle avait inaugurée après l'arrivée de Jondalar, et qu'il avait lui-même adoptée. Pendant qu'il se lavait, elle fit un nouvel inventaire de ses herbes, se plut à constater que sa provision entière était là. Elle en choisit quelques-unes dont elle ferait une tisane pour chacun d'eux. Pour son propre usage, elle commença, comme toujours, par une herbe et une racine particulières, se demanda, une fois de plus, si elle devrait cesser d'en prendre afin de voir si un enfant se formerait en elle. En dépit des explications fournies par Jondalar, elle persistait à croire que c'était un homme, et non pas des esprits, qui faisait naître la vie. En tout cas, la magie d'Iza paraissait efficace : ses « lunaisons », comme disait Jondalar, venaient toujours à intervalles réguliers. Il serait bon d'avoir un enfant né des Plaisirs avec Jondalar, pensait-elle, mais peut-être valait-il mieux attendre. S'il décidait de devenir mamutoï, lui aussi, alors, peut-être...

Elle posa ensuite les yeux sur du chardon, pour confectionner sa tisane : il renforçait le cœur et le souffle, donnait du lait aux jeunes mères. Elle lui préféra cependant de l'armoise, qui assurait la régularité du cycle menstruel. Elle choisit ensuite du trèfle incarnat et des cynorrhodons : ils étaient excellents pour l'état général et donneraient plus de goût au breuvage. Pour Jondalar, elle prit du ginseng, pour l'énergie virile et l'endurance, ajouta de la porelle, tonique et dépurative, puis de la racine de réglisse : elle avait remarqué le front tourmenté de son compagnon, ce qui, chez lui, était généralement le signe qu'il était tracassé, tendu.

Enfin, pour apaiser ses nerfs, elle mit encore une pincée de camomille.

Elle remit de l'ordre dans les fourrures, avant de donner à Jondalar la coupe en bois qu'elle avait façonnée elle-même, et qu'il aimait tant. Après quoi, frileusement, ils se recouchèrent, finirent de boire leur tisane et se blottirent l'un contre l'autre.

— Tu sens bon, murmura-t-il à Ayla, en lui mordillant le lobe de l'oreille. Tu sens les fleurs.

— Toi aussi.

Il l'embrassa, doucement d'abord, puis avec plus d'intensité.

— La tisane était délicieuse. Qu'avais-tu mis dedans ? demanda-t-il, les lèvres posées sur son cou.

— De la camomille, simplement, avec quelques autres plantes pour te donner de la force et de l'endurance, et pour que tu te sentes bien. Je ne connais pas les noms que tu leur donnes.

Il l'embrassa de nouveau, avec une ardeur à laquelle elle répondit spontanément. Il se redressa sur un coude, la contempla.

— Ayla, tu es étonnante, le sais-tu ?

Elle lui sourit, secoua la tête.

— Toutes les fois que je te désire, tu es prête à m'accueillir. Jamais tu ne m'as repoussé, et pourtant, plus je te possède et plus je te désire.

— C'est cela qui t'étonne ? Que je te désire ausi souvent que tu me désires ? Tu connais mon corps mieux que moi, Jondalar. Tu m'as fait éprouver des Plaisirs dont j'ignorais même l'existence. Pourquoi ne me donnerais-je pas à toi toutes les fois que tu le veux ?

— Chez la plupart des femmes, il y a des moments où elles ne sont pas disposées à faire l'amour, où le temps n'est pas opportun. Quand il gèle sur les steppes, ou bien sur la berge humide d'une rivière, alors qu'un lit confortable se trouve à quelques pas. Mais toi, tu ne dis jamais « non », tu ne dis jamais « attends ».

Elle ferma les yeux. Lorsqu'elle les rouvrit, elle fronçait légèrement les sourcils.

— Jondalar, j'ai été élevée ainsi. Une femme du Clan ne dit jamais non. Quand un homme lui donne le signal, où qu'elle soit, quoi qu'elle fasse, elle abandonne tout pour satisfaire son besoin. Quel que soit l'homme, même si elle le déteste comme je détestais Broud. Jondalar, tu ne me donnes que de la joie, que du plaisir. J'aime que tu me désires, n'importe quand, n'importe où. Si tu veux me posséder, il n'est pas un instant où je ne sois prête à t'accueillir. Je te désire sans cesse. Je t'aime.

Il la prit brusquement contre lui, la serra si fort qu'elle pouvait à peine respirer.

— Ayla, oh, Ayla ! cria-t-il d'une voix rauque, étouffée, la tête au creux de son épaule. Je croyais que je ne serais jamais amoureux. Autour de moi, chacun trouvait une compagne, pour fonder avec elle un foyer, une famille. Et moi, je prenais de l'âge. Thonolan lui-même s'était trouvé une femme, durant notre Voyage. C'était ce qui nous avait amenés à séjourner chez les Sharamudoï. J'ai connu bien des femmes. Beaucoup m'ont plu, mais il manquait toujours quelque chose. Je pensais que c'était ma faute. Je pensais que la Mère me refusait l'amour. Je pensais que c'était là mon châtiment.

— Ton châtiment ? Mais pour quelle faute ?

— Pour... pour ce qui s'est passé il y a bien longtemps.

Elle n'insista pas. C'était encore l'un des principes qui lui avaient été enseignés.

15

Une voix l'appelait, la voix de sa mère, mais lointaine, incertaine dans les caprices du vent. Jondalar était chez lui, mais l'endroit était étrange : à la fois familier et inconnu. Sa main chercha quelqu'un, près de lui. La place était vide ! Affolé, il se redressa d'un sursaut, bien éveillé tout à coup.

Il regarda autour de lui, reconnut la caverne d'Ayla. Le brise-vent tendu devant l'entrée s'était détaché d'un côté et battait au vent. Des courants d'air glacé pénétraient dans la caverne, mais le soleil entrait à flots par l'entrée et par le trou qui la surmontait. Vivement, Jondalar passa ses jambières, sa tunique. Il vit alors la tasse fumante auprès du feu et, à côté, une ramille fraîche, dépouillée de son écorce.

Il sourit. Comment s'y prend-elle ? se demandait-il. Comment fait-elle pour avoir toujours un breuvage chaud pour moi, à mon réveil ? Du moins était-ce le cas ici, à la caverne. Au Camp du Lion, il se passait sans cesse quelque chose, et les repas étaient généralement pris en commun. Il buvait son infusion du matin au Foyer du Lion ou bien au premier foyer, où l'on faisait la cuisine, aussi souvent qu'au Foyer du Mammouth, et d'autres, alors, se joignaient fréquemment à eux. Il ne remarquait pas, ces jours-là, si elle avait toujours un breuvage chaud à sa disposition quand il se réveillait mais, à bien y réfléchir, il savait que c'était le cas. Ce n'était pas dans la manière d'Ayla d'en faire toute une affaire. C'était simplement une attention quotidienne, comme tant d'autres choses qu'elle faisait pour lui sans qu'il eût besoin de demander.

Il prit la coupe, but une gorgée. Il y avait de la menthe dans l'infusion — elle savait qu'il aimait la menthe, le matin —, de la camomille aussi, et autre chose qu'il ne reconnaissait pas tout à fait. Le breuvage avait une teinte rosée — des cynorrhodons, peut-être ?

Comme il est facile de retomber dans des habitudes anciennes, se disait-il. Il avait toujours fait un jeu de ses tentatives pour deviner ce qu'elle mettait dans l'infusion du matin. Il prit la ramille, en mâchonna l'extrémité, s'en servit pour se nettoyer les dents, avant de sortir. Il se rinça la bouche avec une gorgée de tisane, tout en s'avançant jusqu'au bord de la corniche pour uriner. Il jeta la ramille, recracha le liquide et regarda pensivement l'arc liquide qui fumait dans l'atmosphère glaciale.

Le vent n'était pas trop froid, et le soleil matinal, renvoyé par la roche claire, donnait une impression de chaleur. Il alla, sur la surface inégale, jusqu'à l'extrême limite de l'avancée, baissa les yeux sur le cours d'eau, au-dessous de lui. La glace s'épaississait sur les bords, mais l'eau conservait encore un courant rapide pour franchir le coude aigu qui la détournait, sur une certaine distance, de sa direction générale, vers le sud, pour l'entraîner vers l'est, avant de la laisser revenir à son orientation primitive. A gauche, la paisible vallée s'étirait le long de la rivière, et Jondalar vit Whinney et Rapide paître non loin. A sa droite, vers l'amont, le paysage était tout différent. Par-delà l'entassement d'ossements, au pied de la muraille rocheuse, et la petite grève, les hautes parois se rapprochaient, et la rivière se frayait son chemin au fond d'une gorge profonde. Jondalar se rappelait avoir nagé un jour dans cette direction, aussi loin qu'il l'avait pu, jusqu'au pied d'une cascade tumultueuse.

Il aperçut soudain Ayla, qui gravissait le sentier, et lui sourit.

— Où étais-tu ?

Quelques pas encore, et il eut la réponse à sa question. Elle portait, liés par les pattes, deux lagopèdes bien gras, presque blancs.

— Je me tenais juste là où tu es quand je les ai vus en bas, dans l'herbe, dit-elle en lui tendant les oiseaux. J'ai pensé qu'un peu de viande fraîche nous changerait agréablement. J'ai allumé du feu dans mon trou, sur la berge. Je vais les plumer et je les mettrai à cuire après notre repas du matin. Oh, regarde, j'ai encore trouvé une pierre à feu.

— Il y en a beaucoup ?

— Peut-être moins qu'avant. J'ai dû chercher pour découvrir celle-ci.

— Je vais descendre un peu plus tard, je crois, pour voir si j'en trouve d'autres.

Ayla rentra dans la caverne, pour achever de préparer le repas. Il y avait des grains cuits avec des airelles qu'elle avait trouvées encore accrochées aux branches dépouillées de leurs feuilles. Les oiseaux n'en avaient pas laissé beaucoup, et elle avait dû s'employer diligemment pour en rassembler quelques poignées.

— C'était donc ça ! fit Jondalar, qui vidait une seconde coupe d'infusion. Tu as mis des airelles dans la tisane. De la menthe, de la camomille et des airelles.

Elle l'approuva d'un sourire, et il se sentit satisfait d'avoir résolu cette petite énigme.

Après le repas, ils descendirent ensemble jusqu'à la grève. Tandis qu'Ayla préparait les lagopèdes pour les faire rôtir dans son four de pierre, Jondalar se mit à la recherche des petits nodules de pyrite de fer. Il cherchait encore lorsqu'elle remonta à la caverne. Il trouva également quelques bons morceaux de silex, les mit de côté. Vers le milieu de la matinée, il avait accumulé un petit tas de pierres à feu et il se sentait las de scruter la berge rocailleuse. Il contourna l'avancée de la muraille, vit la jument et le poulain à quelque distance et se dirigea vers eux.

En approchant, il remarqua que les deux bêtes avaient la tête levée vers les steppes. Au sommet de l'escarpement, plusieurs chevaux les regardaient. Rapide fit quelques pas vers la troupe sauvage, l'encolure arquée, les naseaux frémissants. Jondalar réagit sans prendre le temps de réfléchir.

— Allons ! Allez-vous-en ! cria-t-il.

Il courait vers les intrus en agitant les bras.

Effrayés, les chevaux bondirent en arrière, en hennissant, en s'ébrouant, et prirent leur course. Le dernier, un étalon couleur de foin, chargea en direction de l'homme, se cabra en guise d'avertissement, avant de partir au galop à la suite des autres.

Jondalar revint vers Whinney et Rapide. Tous deux semblaient nerveux. Ils avaient eu peur, eux aussi, et ils avaient perçu l'affolement du troupeau. Jondalar flatta la jument, passa un bras autour de l'encolure du poulain.

— Tout va bien, mon garçon, dit-il à celui-ci. Je ne voulais pas t'effrayer mais je ne voulais pas non plus les voir t'entraîner à leur suite avant que nous ayons eu le temps de devenir bons amis.

Avec affection, il caressait et grattait l'animal.

— Imagine quel effet ça ferait de monter un étalon comme cette bête jaune ! rêva-t-il à haute voix. Il serait rebelle, certainement, mais il ne se laisserait pas non plus gratter comme toi, hein ? Que dois-je faire pour que tu me permettes de monter sur ton dos et de te faire aller où je veux ? Quand devrai-je commencer ? Dois-je essayer dès maintenant ou bien attendre encore un peu ? Tu n'es pas encore adulte, mais ça ne tardera plus. Je ferais bien de consulter Ayla. Elle doit savoir. Whinney a toujours l'air de la comprendre. Et toi, Rapide, me comprends-tu un peu ? Je me le demande.

Quand, finalement, Jondalar reprit la direction de la caverne, Rapide le suivit. Pour jouer, il lui donnait des coups de tête, lui fourrait le nez dans la main. Jondalar s'en réjouit : le poulain paraissait vraiment lui offrir son amitié. Il gravit derrière lui l'étroit sentier qui menait à la caverne.

— Ayla, pourrais-tu me donner quelque chose pour Rapide ? demanda Jondalar, à peine entré. Du grain ou autre chose ?

La jeune femme, assise près du lit, avait disposé autour d'elle des piles et de petits tas d'objets.

— Pourquoi ne pas lui donner quelques-unes de ces petites pommes qui sont là-bas, dans la grande coupe ? Je les ai examinées, et certaines sont talées.

Jondalar prit une poignée des petits fruits acides, les offrit un par un à Rapide. Après quelques caresses encore, il s'approcha d'Ayla. Le poulain le suivit.

— Jondalar, éloigne-le d'ici ! Il pourrait écraser quelque chose !

L'homme se retourna, se heurta au jeune animal.

— Assez, maintenant, dit-il.

Il ramena le poulain à l'entrée, où se tenaient généralement le jeune étalon et sa mère. Mais, quand Jondalar voulut repartir, il fut de nouveau suivi. Il ramena une fois de plus Rapide à sa place, n'eut pas plus de succès lorsqu'il voulut l'y faire rester.

— A présent qu'il s'est pris d'affection pour moi, comment faire pour qu'il cesse de me suivre ?

Ayla avait suivi toute la scène en souriant.

— Tu pourrais essayer de lui verser un peu d'eau ou de lui donner du grain.

Jondalar fit l'un et l'autre. Quand le poulain fut enfin suffisamment occupé, il revint vers Ayla, non sans se retourner pour s'assurer que Rapide n'était plus derrière lui.

— Que fais-tu là ? demanda-t-il.

— Il faut que je décide ce que je vais emporter et ce que je laisserai ici, expliqua-t-elle. A ton avis, que puis-je offrir à Tulie, lors de la cérémonie d'adoption ? Ce doit être un cadeau très particulier.

Jondalar regardait tous les objets qu'avait fabriqués Ayla pour occuper son temps, durant les longues nuits et les hivers interminables qu'elle avait passés seule dans la caverne. Du temps même où elle vivait avec le Clan, elle s'était acquis une certaine réputation pour son habileté et la qualité de son travail. Durant les années passées dans la vallée, elle n'avait pas eu grand-chose d'autre à faire. Elle consacrait à chaque objet une attention soutenue et tout le temps voulu, afin qu'il durât longtemps. Les résultats étaient probants.

Sur une pile, il prit une coupe. Celle-ci était d'une trompeuse simplicité. Presque parfaitement circulaire, elle avait été faite dans une seule pièce de bois. La finesse de l'exécution était d'une telle qualité que l'objet semblait presque vivant. Elle avait dit à Jondalar comment elle s'y prenait. La technique était, pour l'essentiel, pareille à celles qu'il connaissait déjà. Toute la différence résidait dans le soin apporté, dans l'attention au détail. Elle commençait par dégrossir la forme à l'aide d'une herminette en pierre, avant de la préciser avec un couteau de silex. Elle se servait ensuite d'une pierre arrondie et de sable pour poncer l'extérieur et l'intérieur, jusqu'au moment où le doigt ne sentait pratiquement plus aucune aspérité. Elle parvenait enfin au dernier fini en frottant avec un tampon de fougère « queue-de-cheval ».

Ses corbeilles montraient les mêmes qualités de simplicité et de dextérité manuelle. Elle n'utilisait ni couleurs ni teintures. L'intérêt de la texture avait été obtenu par la diversité des tissages et par l'utilisation de fibres diversement colorées. Les nattes à poser sur le sol avaient les mêmes caractéristiques.

Les peaux dont elle faisait du cuir étaient douces et souples, mais Jondalar était particulièrement impressionné par ses fourrures. Il n'était pas impossible de donner de la souplesse à la peau de daim en raclant la grenure, tant du côté de la fourrure qu'à l'intérieur, mais les peaux restaient généralement plus raides quand on leur laissait le poil. Celles d'Ayla n'étaient pas seulement somptueuses du côté de la fourrure mais d'une douceur veloutée à l'intérieur.

— Que vas-tu donner à Nezzie ? demanda-t-il.

— Des choses qui se mangent, comme ces pommes, et des récipients pour les contenir.

— Bonne idée. Et à Tulie ?

— Elle est très fière des cuirs de Deegie. Je pense donc qu'il vaut mieux ne pas lui en offrir, et je ne veux pas lui donner de la nourriture, comme à Nezzie. Rien de trop pratique. Elle est la Femme Qui Ordonne. Il faudrait quelque chose à porter dans les grandes occasions, comme de l'ambre ou des coquillages, mais je n'ai rien de semblable.

— Mais si.

— J'avais pensé à lui offrir l'ambre que j'ai trouvé, mais c'est un signe donné par mon totem. Je ne peux pas m'en séparer.

— Je ne parlais pas de l'ambre. Elle en a probablement beaucoup. Offre-lui des fourrures. C'est ce qu'elle a mentionné en premier.

— Elle doit en avoir beaucoup aussi.

— Il n'en existe pas d'aussi belles, d'aussi précieuses que les tiennes, Ayla. De toute ma vie, je n'en ai vu qu'une fois de semblables. Et elle, sûrement pas. Celle que j'ai vue avait été préparée par une Têt... par une femme du Clan.

Quand vint le soir, Ayla avait pris plusieurs décisions difficiles, et l'accumulation des travaux réalisés au cours des années était répartie en deux tas. Le plus important serait abandonné, en même temps que la caverne et la vallée. L'autre représentait ce qu'elle emporterait... avec ses souvenirs. Cette longue opération, déchirante, atroce parfois, la laissait sans forces. Son humeur se communiqua à Jondalar. Il se surprit à penser à son foyer, à son passé, à toute sa vie, plus qu'il ne l'avait fait depuis des années. Son esprit revenait sans relâche à de douloureux souvenirs qu'il avait crus oubliés, qu'il aurait voulu effacer de sa mémoire. il se demandait pourquoi montaient en lui maintenant toutes ces réminiscences.

Le repas du soir fut presque silencieux. Ils échangaient par moments quelques propos, se taisaient le plus souvent, chacun occupé de ses propres pensées.

— Les oiseaux sont délicieux, comme à l'ordinaire, remarqua Jondalar.

— Creb les aimait cuits ainsi.

Elle le lui avait déjà dit. Il lui arrivait encore d'avoir peine à croire qu'elle eût tant appris des Têtes Plates qui l'avaient élevée. Mais, à bien y réfléchir, pourquoi n'auraient-ils pas su cuisiner aussi bien que quiconque ?

— Ma mère est bonne cuisinière. Sans doute les apprécierait-elle aussi.

Jondalar pensait beaucoup à sa mère, depuis quelque temps, se dit Ayla. Le matin même, lui avait-il confié, il s'était réveillé après avoir rêvé d'elle.

— Dans mon enfance, elle avait quelques plats spéciaux qu'elle aimait faire... quand elle n'était pas trop occupée par les affaires de la Caverne.

— Les affaires de la Caverne ?

— Elle était le chef de la Neuvième Caverne.

— Tu me l'avais dit, mais je n'avais pas compris. Elle était comme Tulie, tu veux dire ? Une Femme Qui Ordonne ?

— Quelque chose de ce genre, oui. Mais il n'y avait pas de Talut, et la Neuvième Caverne est beaucoup plus importante que le Camp du Lion. Beaucoup plus peuplée.

Il s'interrompit, ferma les yeux pour concentrer ses idées.

— Quatre personnes contre une seule, peut-être.

Ayla s'efforça de déterminer combien cela pouvait faire mais décida qu'elle calculerait plus tard, en faisant des marques sur le sol. Pourtant, elle se demandait comment tant de gens pouvaient vivre tous ensemble à longueur de temps. C'était presque autant que pour un Rassemblement du Clan.

— Dans le Clan, aucune femme ne pouvait être chef, dit-elle.

— Marthona est devenue chef après Joconnan. Elle participait tellement à son autorité, m'a dit la Zelandoni, qu'après la mort de Joconnan, tout le monde s'est tourné spontanément vers elle. Mon frère, Joharran, est né à son foyer. Il est chef, maintenant, mais Marthona est restée sa conseillère... du moins l'était-elle quand je suis parti.

Ayla fronçait les sourcils. Il lui avait déjà parlé de sa famille, mais elle n'avait pas bien saisi toutes les relations de parenté.

— Ta mère était la compagne de... comment as-tu dit ? Joconnan ?

— Oui.

— Mais tu parles toujours de Dalanar.

— Je suis né à son foyer.

— Ainsi, ta mère a été aussi la compagne de Dalanar ?

— Oui. Elle était déjà la Femme Qui Ordonne quand ils se sont unis. Ils étaient étroitement liés. Les gens racontent encore des histoires à propos de Marthona et Dalanar et chantent des complaintes sur leur amour. Zelandoni m'a dit qu'ils s'aimaient trop. Dalanar ne voulait pas la partager avec la Caverne. Il en est venu à haïr le temps qu'elle consacrait aux affaires, mais elle se sentait responsable. Finalement, ils ont tranché le nœud, et Dalanar est parti. Par la suite, Marthona a fondé un nouveau foyer avec Willomar. Elle a donné naissance à Thonolan et à Folara. Dalanar a voyagé vers le nord-est. Il a découvert un gisement de silex et rencontré Jerika. C'est là qu'il a fondé la Première Caverne des Lanzadonii.

Il demeura un moment silencieux. Il paraissait éprouver le besoin de parler de sa famille, et Ayla l'écoutait, bien qu'il répétât certains détails qu'il lui avait déjà donnés. Elle se leva, versa dans leurs coupes le reste d'infusion, remit du bois au feu. Elle alla ensuite s'asseoir sur les fourrures, au bout du lit, et, à la lueur dansante des flammes, contempla les ombres qui se jouaient sur le visage pensif de Jondalar.

— Ça veut dire quoi, Lanzadonii ? demanda-t-elle.

Il lui sourit.

— Ça signifie simplement... le peuple... les enfants de Doni... les enfants de la Grande Terre Mère qui vivent au nord-est, pour être précis.

— Tu as vécu là-bas, n'est-ce pas ? Avec Dalanar ?

Il ferma les yeux. Il serrait si fort les dents que les muscles de sa mâchoire se crispaient. Son front se creusait de plis de souffrance. Ayla lui avait déjà vu cette expression, et elle se posait des questions. Durant l'été, déjà, il lui avait parlé de cette période de sa vie, mais ses souvenirs le bouleversaient, et, elle le savait, il restait sur la réserve. Elle percevait dans l'atmosphère une certaine tension. Une énorme pression, centrée sur Jondalar, se développait, comme s'enfle la terre avant d'arracher à ses entrailles une terrible explosion.

— Oui, j'ai vécu là-bas, répondit enfin Jondalar. Pendant trois années.

Il bondit brusquement sur ses pieds, renversant dans son mouvement son infusion, et marcha à grandes enjambées vers le fond de la caverne.

— O Mère ! Ce fut terrible !

Il posa son bras sur la paroi rocheuse, y appuya la tête. Dans l'ombre épaisse, il faisait effort pour se maîtriser. Finalement, il revint, baissa les yeux sur la tache humide qui marquait l'endroit où le liquide s'était infiltré dans la terre battue du sol. Il fléchit le genou pour ramasser la coupe, la tourna, la retourna entre ses mains, les yeux fixés sur le feu.

— Etait-ce possible de vivre avec Dalanar ? questionna Ayla.

— De vivre avec Dalanar ? Non.

Il avait l'air surpris.

— Ce n'était pas ça qui était pénible. Il a été heureux de me voir. Il m'a accueilli à son foyer, il m'a appris son métier, en même temps qu'à Joplaya, il m'a traité en adulte... et jamais il n'a dit un mot de...

— De quoi ?

Jondalar reprit longuement son souffle.

— De la raison pour laquelle on m'avait envoyé chez lui, dit-il.

Il avait baissé les yeux sur la coupe, entre ses mains. Le silence se fit plus profond. Le souffle des chevaux emplissait la caverne. Les bruyantes explosions du feu qui flambait en crépitant se répercutaient sur les murailles de pierre.

Jondalar posa la coupe, se leva.

— J'ai toujours été grand pour mon âge et je paraissais plus vieux que je ne l'étais, commença-t-il.

Il arpentait l'espace laissé libre autour du feu, allait, revenait.

— J'ai mûri de bonne heure. Je n'avais pas plus de onze ans quand la donii s'est présentée à moi en rêve... et elle avait le visage de Zolena.

Encore ce nom. La femme qui avait eu tant d'importance pour lui. Il avait déjà parlé d'elle, mais brièvement et avec une évidente souffrance. Ayla n'avait pas compris ce qui le torturait ainsi.

— Tous les jeunes gens la voulaient pour donii, tous désiraient être initiés par elle. Ils étaient censés la désirer, elle ou une autre qui lui ressemblât...

Il fit volte-face, se retrouva devant Ayla.

— ... mais ils n'étaient pas censés l'aimer ! Sais-tu ce que cela signifie, quand on s'éprend de sa donii ?

La jeune femme secoua la tête.

— Elle doit t'expliquer, t'enseigner, t'aider à comprendre le Don magnifique de la Mère, te préparer, quand viendra ton tour, à faire d'une jeune fille une femme. Toutes les femmes, quand elles sont plus âgées, peuvent être donii, une fois au moins, comme tous les hommes peuvent partager les Premiers Rites d'une jeune fille, une fois au moins. C'est un devoir sacré en l'honneur de Doni.

Il baissa les yeux.

— Mais une donii représente la Grande Mère. On ne doit pas l'aimer d'amour, la vouloir pour compagne.

Il regarda de nouveau Ayla.

— Comprends-tu cela ? C'est interdit. C'est comme si l'on s'éprenait de sa propre mère, comme si l'on voulait s'unir à sa propre sœur. Pardonne-moi, Ayla... c'est un peu comme si l'on voulait s'unir à une femme Tête Plate !

Il se détourna, gagna l'entrée de la caverne en quelques longues enjambées. Il souleva la tenture mais ses épaules s'affaissèrent. Il changea d'avis, revint. Il s'assit près d'Ayla. Son regard se perdit dans le vide.

— J'avais douze ans. Zolena était ma donii, et je l'aimais. Elle m'aimait aussi. Au début, elle paraissait simplement savoir comment me plaire, mais, par la suite, ce fut davantage. Je pouvais lui parler de tout. Nous aimions être ensemble. Elle m'apprenait comment sont les femmes, ce qui éveille leur plaisir, et moi, je me montrais attentif parce que je l'aimais, parce que je cherchais à lui plaire. Lui plaire était mon grand bonheur. Nous n'avions pas l'intention de tomber amoureux l'un de l'autre. Nous ne nous le sommes même pas avoué, au commencement. Nous avons essayé ensuite de tenir notre amour secret. Mais je désirais m'unir à elle. Je voulais vivre avec elle. Je voulais que ses enfants fussent ceux de mon foyer.

Le regard fixé sur les flammes, il battit des paupières et Ayla vit briller l'éclat des larmes.

— Zolena ne cessait de me répéter que j'étais trop jeune, que cela me passerait. La plupart des jeunes hommes attendent d'avoir au moins quinze ans, avant de se mettre sérieusement à chercher une femme qui sera leur compagne. Moi, je ne me sentais pas trop jeune. Mais peu importait ce que je désirais. Je ne pouvais pas avoir Zolena. Elle était ma donii, ma conseillère, mon professeur. Elle ne devait pas me laisser tomber amoureux d'elle. On la blâmait plus que moi, mais cela ne faisait qu'aggraver la situation. Jamais elle n'aurait été blâmée si je ne m'étais pas montré aussi stupide !

Les derniers mots, il les avait littéralement crachés !

— D'autres hommes la désiraient aussi. Constamment. Qu'elle voulût d'eux ou non. L'un d'eux l'importunait sans cesse. Ladroman. Quelques années plus tôt, elle avait été sa donii. Je ne peux pas lui en vouloir, je suppose, de l'avoir désirée, mais elle ne s'intéressait plus à lui. Il s'était mis à nous suivre, à nous épier. Un jour, il nous a surpris ensemble. Il a menacé Zolena, il lui a dit que, si elle ne lui cédait pas, il dirait à tout le monde ce qu'il savait de nous.

« Elle a voulu tourner la chose en plaisanterie. Il

pouvait mettre sa menace à exécution : il n'y avait rien à dire, elle n'était rien d'autre que ma donii. J'aurais dû faire comme elle. Mais, quand il s'est moqué de nous, en répétant des paroles que nous avions échangées dans l'intimité, j'ai été furieux. Non... je n'ai pas seulement été furieux. J'ai perdu mon sang-froid, je ne me suis plus contrôlé. Je l'ai frappé.

Jondalar abattit son poing fermé sur le sol, recommença, encore, encore.

— Je ne pouvais plus m'arrêter de frapper. Zolena a bien essayé de me faire cesser. Finalement, elle a dû aller chercher quelqu'un d'autre pour m'écarter de lui. Elle a bien fait. Je l'aurais tué, je crois.

Il se leva, se remit à arpenter la caverne.

— Tout alors, s'est découvert. Dans les détails les plus sordides. Ladroman a tout dit en public... devant tout le monde. Je me sentais gêné en découvrant depuis combien de temps il nous épiait, tout ce qu'il avait entendu. On nous a questionnés, Zolena et moi...

Il rougissait à ce seul souvenir.

— ... et l'on nous a condamnés l'un et l'autre, mais je me suis indigné quand on a rejeté sur elle la responsabilité. Ce qui aggravait la situation, c'était que j'étais le fils de ma mère. Elle était le chef de la Neuvième Caverne, et je l'avais déshonorée. Toute la Caverne était en effervescence.

— Qu'a fait ta mère ? demanda Ayla.

— Elle a fait ce qu'elle devait. Ladroman avait beaucoup souffert. Il avait perdu plusieurs dents. On a alors plus de mal à mastiquer, et les femmes ne sont pas attirées par un homme édenté. Ma mère a dû payer pour moi une importante indemnité et, sur les instances de la mère de Ladroman, elle a accepté de m'envoyer au loin.

Il s'interrompit, ferma les yeux, le front contracté sous le coup d'une ancienne souffrance.

— Cette nuit-là, j'ai pleuré.

Manifestement, cet aveu lui coûtait.

— Je ne savais pas où je serais envoyé. J'ignorais que ma mère avait dépêché un messager à Dalanar pour lui demander de m'accueillir.

Il reprit haleine, poursuivit :

— Zolena est partie avant moi. Elle avait toujours été attirée vers la zelandonia et elle est allée rejoindre Ceux Qui Servent la Mère. J'ai songé à en faire autant, moi aussi, peut-être en qualité de sculpteur : je me croyais alors doué pour ce métier. Mais la réponse de Dalanar est arrivée et, tout de suite après, Willomar m'a emmené chez les Lanzadonii. Je ne connaissais pas vraiment Dalanar. Il était parti quand j'étais encore très jeune, et je le rencontrais seulement aux Réunions d'Eté. Je ne savais pas à quoi m'attendre, mais Marthona avait choisi la bonne solution.

Une fois encore, Jondalar se tut, il se tassa sur lui-même près du feu. Il ramassa une branche sèche, la posa sur les flammes.

— Avant mon départ, les gens m'évitaient, se répandaient en injures contre moi, reprit-il. Certains écartaient leurs enfants de mon chemin pour les soustraire à mon influence impure, comme si un seul regard jeté sur moi pouvait les corrompre. Je sais que j'avais mérité ce traitement : ce que nous avions fait était terrible. Mais j'avais envie de mourir.

Silencieuse, Ayla l'observait, attendait la suite. Elle ne comprenait pas tout à fait les coutumes dont il parlait mais elle souffrait pour lui avec une sympathie née de sa propre souffrance. Elle aussi avait enfreint certains tabous et en avait payé les cruelles conséquences mais elle en avait tiré un enseignement. Peut-être parce que, dès l'origine, elle était très différente des autres, elle avait appris à se demander si ce qu'elle avait fait était vraiment si grave. Elle en était venue à comprendre qu'il n'était pas mal de sa part de vouloir chasser, à la fronde, à l'épieu, avec n'importe quelle arme, tout bonnement parce que, pour le clan, les femmes n'avaient pas le droit de chasser. Elle ne s'en voulait pas de s'être opposée à Broud au mépris de toutes les traditions.

— Jondalar, dit-elle, emplie de compassion.

Elle regardait sa tête baissée dans une attitude de découragement et de remords.

— Tu as commis une grave faute en battant si durement cet homme...

Il approuva d'un signe de tête.

— ... Mais qu'aviez-vous fait de si coupable, Zolena et toi ?

La question le surprit, il se redressa.

Il s'était attendu au dédain, à la dérision, à la sorte de mépris qu'il éprouvait pour lui-même.

— Tu ne comprends pas. Zolena était ma donii. Nous avons déshonoré la Mère, nous L'avons offensée. C'était une chose honteuse.

— Qu'y avait-il de honteux ? Je ne sais toujours pas ce que tu as fait de si mal.

— Ayla, quand une femme assume cet aspect de la Mère pour initier un jeune homme, elle prend une importante responsabilité. Elle le prépare à la virilité, elle lui enseigne à créer une femme. Doni a confié à l'homme la responsabilité d'ouvrir une femme, de la préparer à accepter les esprits venus de la Grande Terre Mère, afin que la femme puisse devenir une mère. C'est un devoir sacré. Ce n'est pas une relation banale, quotidienne, que chacun peut nouer à tout moment. On ne peut pas la prendre à la légère, expliqua Jondalar.

— L'avais-tu prise à la légère ?

— Non. Bien sûr que non !

— Alors, qu'as-tu fait de mal ?

— J'ai profané un rite sacré. Je suis tombé amoureux...

— Tu es tombé amoureux. Et Zolena en a fait autant. Pourquoi serait-ce mal ? De tels sentiments ne te remplissent-ils pas de chaleur, de bien-être ? Tu n'avais rien prémédité. C'est arrivé, voilà tout. N'est-il pas naturel de tomber amoureux d'une femme ?

— Mais pas de celle-là, protesta-t-il. Tu ne comprends pas.

— Tu as raison. Je ne comprends pas. Broud m'a violée. Il était cruel, haïssable, et c'était justement ce qui lui procurait son plaisir. Toi, par la suite, tu m'as appris ce que devaient être les Plaisirs : non pas douloureux mais agréables, délicieux. T'aimer me remplit de chaleur et de bien-être, moi aussi. Je croyais que l'amour avait toujours cet effet. Mais voilà que tu me dis qu'il peut être mal d'aimer quelqu'un, que l'on peut en ressentir une grande souffrance.

Jondalar prit un morceau de bois, le posa sur le feu. Comment pouvait-il se faire comprendre ? On pouvait éprouver aussi de l'amour pour sa mère, sans pour autant désirer s'unir à elle. On ne voulait pas voir les enfants de son propre foyer mis au monde par sa donii. Il ne savait que répondre, mais le silence était tendu.

— Pourquoi as-tu quitté Dalanar pour retourner là-bas ? questionna Ayla, au bout d'un moment.

— Ma mère m'a envoyé chercher... Non, c'était autre chose. Je désirais rentrer chez moi. Dalanar était très bon pour moi, j'avais de l'affection pour Jerika et pour mon cousin, Joplaya, mais je ne me suis jamais senti tout à fait chez moi parmi eux. Je n'étais pas sûr de pouvoir un jour retourner là-bas, mais j'avais envie de retrouver les miens. J'ai fait vœu de ne plus jamais perdre mon sang-froid, de ne plus jamais me mettre en colère.

— As-tu été heureux de rentrer ?

— Ce n'était plus la même chose, mais, après les tout premiers jours, tout s'est passé mieux que je ne l'avais pensé. La famille de Ladroman avait quitté la Neuvième Caverne, et, sans sa présence pour rappeler aux gens ce qui s'était passé, ils oubliaient. Je ne sais pas ce que j'aurais fait s'il s'était encore trouvé là. C'était déjà assez difficile aux Réunions d'Eté. Toutes les fois que je le voyais, je me souvenais de mon indignité. Un peu plus tard, quand Zolena est revenue à son tour, il y a eu de nombreux commentaires, les premiers temps. J'avais peur de la revoir mais, en même temps, j'en avais envie. C'était plus fort que moi, Ayla : même après tout ce qui s'était passé, je l'aimais encore, je crois.

Son regard quêtait un peu de compréhension.

Une fois de plus, il se leva, se remit à marcher.

— Mais elle avait beaucoup changé. Elle avait déja accédé à un rang supérieur dans la zelandonia. Elle était tout à fait Celle Qui Sert la Mère. Au début, je ne voulais pas y croire. Je voulais voir jusqu'à quel point elle avait changé, savoir si elle conservait encore des sentiments pour moi. Je tenais à me trouver seul avec elle et je dressais des plans pour cela. J'ai attendu jusqu'à la fête organisée pour Honorer la Mère. Elle avait dû me deviner. Elle chercha à m'éviter mais finit par changer d'avis. Le lendemain, il y eut des gens pour être scandalisés, même s'il était parfaitement convenable de partager les Plaisirs avec elle lors d'une fête.

Il émit un petit rire railleur.

— Ils n'avaient pas à se tourmenter. Elle m'assura qu'elle avait toujours de l'affection pour moi, qu'elle me souhaitait tout le bonheur possible, mais ce n'était plus la même chose. Elle ne me désirait plus.

« A la vérité, continua-t-il avec une ironie amère, je crois qu'elle a vraiment de l'affection pour moi. Nous sommes maintenant de bons amis. Mais Zolena savait ce qu'elle voulait... et elle l'a obtenu. Elle n'est plus Zolena, à présent. Avant mon départ pour mon grand Voyage, elle est devenue la Zelandoni, la Première parmi Celles qui Servent la Mère. Je suis parti peu de temps après, avec Thonolan. C'est sans doute la cause de mon départ.

Il retourna vers l'entrée, regarda par-dessus la tenture. Ayla se leva, le rejoignit. Les yeux clos, elle sentait le vent caresser son visage, écoutait le souffle égal de Whinney, la respiration plus haletante de Rapide. Jondalar prit une longue inspiration, revint s'asseoir sur une natte, près du feu. Il ne semblait pas vouloir dormir. Elle le suivit, prit la grande outre, versa de l'eau dans une corbeille à cuire, plaça dans les flammes quelques pierres pour les faire chauffer. Jondalar n'était pas prêt à aller se coucher. Il n'avait pas encore fini.

— Quand je suis rentré chez moi, ma plus grande joie a été la présence de Thonolan, commença-t-il, en reprenant le fil de son récit. Il avait grandi, en mon absence, et, après mon retour, nous sommes devenus de bons amis et nous avons commencé à faire ensemble toutes sortes de choses...

Il se tut. La souffrance se peignait sur son visage. Ayla se rappelait quelle épreuve avait été pour lui la mort de son frère. Il se laissa tomber près d'elle, les épaules basses, épuisé, vidé de toutes ses forces. Elle comprit alors combien il lui avait été pénible de parler de son passé. Sans bien savoir ce qui l'y avait amené, elle savait qu'une tension s'était accumulée en lui.

— Ayla, crois-tu que, sur le chemin du retour, nous pourrions retrouver... le lieu où Thonolan a été... tué ? demanda-t-il.

Il s'était tourné vers elle. Ses yeux étaient pleins de larmes. Sa voix se brisait.

— Je n'en suis pas certaine, mais nous pourrons essayer.

Elle remit dans l'eau quelques pierres brûlantes, choisit quelques herbes sédatives.

Elle retrouvait soudain toute la peur, toute l'inquiétude qu'elle avait éprouvées, cette première nuit qu'il avait passée dans sa caverne, lorsqu'elle n'était pas sûre qu'il allait survivre. Il avait appelé son frère, alors, et, sans comprendre ses paroles, elle avait su qu'il réclamait l'homme qui était mort. Quand elle était parvenue à lui faire entendre ce qui s'était passé, il avait épuisé entre ses bras la douleur qui le déchirait.

— Cette première nuit, sais-tu depuis combien de temps je n'avais plus pleuré ? demanda-t-il.

Elle sursauta : on aurait dit qu'il avait deviné ses pensées. Mais, évidemment, il venait de parler de Thonolan.

— Depuis le jour où ma mère m'avait annoncé que je devais partir. Ayla, pourquoi a-t-il fallu qu'il meure ? questionna-t-il d'une voix étranglée, suppliante. Thonolan était plus jeune que moi ! Il n'aurait pas dû mourir si jeune. Je ne supportais pas de le savoir à jamais disparu. Après m'être mis à pleurer, je ne pouvais plus m'arrêter. Je ne sais pas ce que j'aurais fait si tu n'avais pas été là, Ayla. Je ne te l'avais encore jamais dit. J'avais honte, je crois... honte d'avoir, une fois de plus, perdu mon sang-froid.

— Il n'y a aucune honte à pleurer quelqu'un, Jondalar... ni à aimer quelqu'un.

Il détourna les yeux.

— Tu crois ça ?

Il y avait dans sa voix une nuance de mépris pour lui-même.

— Même lorsque tu t'en sers dans ton propre intérêt, en faisant souffrir quelqu'un d'autre ?

Ayla, déconcertée, fronça les sourcils.

Jondalar se retourna vers le feu.

— L'été qui a suivi mon retour, à la Réunion d'Eté, j'ai été choisi pour les Premiers Rites. J'étais inquiet. La plupart des hommes le sont. On craint de faire mal à une jeune fille, et je suis... d'une bonne taille. Il y a toujours des témoins, pour vérifier qu'une jeune fille a bien été déflorée mais, en même temps, pour s'assurer qu'elle n'a pas été vraiment blessée. L'homme s'inquiète : peut-être ne sera-t-il pas en mesure de prouver sa virilité, de sorte qu'il faudra trouver quelqu'un d'autre au dernier moment, et qu'il se retrouvera humilié. Bien des choses peuvent se produire. Je dois remercier la Zelandoni, fit-il avec un petit rire ironique. Elle a fait précisément ce que doit faire une doni. Elle m'a conseillé... ce qui m'a aidé.

« Mais, ce soir-là, c'était à Zolena que je pensais, pas à la Zelandoni. J'ai vu alors cette jeune fille apeurée et j'ai compris qu'elle était encore plus tourmentée que moi. Elle a été vraiment effrayée quand elle a vu ma nudité : c'est le cas de bien des femmes, la première fois. Je me suis alors souvenu de ce que Zolena m'avait appris : comment la préparer, comment me dominer, comment l'amener au Plaisir. Finalement, ce fut merveilleux de voir une jeune fille inquiète, craintive, se transformer en une femme consentante, libérée. Elle se montrait si reconnaissante, si aimante... J'ai eu l'impression de l'aimer, cette nuit-là.

Il ferma les paupières, dans cette grimace douloureuse que lui avait vue si souvent Ayla, récemment. Il sauta de nouveau sur ses pieds, se remit à arpenter la caverne.

— Les expériences ne m'apprennent jamais rien ! Le lendemain, je savais que je ne l'aimais pas réellement, mais elle, elle m'aimait ! Elle n'était pas censée s'éprendre de moi, pas plus que je ne devais tomber amoureux de ma donii ! J'étais chargé de faire d'elle une femme, de lui enseigner ce qu'étaient les Plaisirs, certainement pas de l'amener à m'aimer. Je me suis efforcé de ne pas froisser ses sentiments mais j'ai bien vu sa déception lorsque j'ai enfin réussi à lui faire comprendre mes paroles.

Il s'arrêta devant Ayla, lui cria presque :

— Ayla, c'est un acte sacré, de faire d'une jeune fille une femme. C'est un devoir, une responsabilité, et, une fois encore, j'avais profané cet acte !

Il se remit en marche.

— Ce n'était pas la dernière fois. Je m'étais promis de ne jamais recommencer, mais tout se passa de la même manière, la fois suivante. Je me suis fait alors une autre promesse : je n'accepterais plus de jouer ce rôle, je ne le méritais pas. Mais, quand je fus de nouveau choisi, je ne pus refuser. J'en avais trop envie. On me choisissait souvent, et je me mis à attendre ces occasions avec impatience : il me tardait de retrouver les émotions d'ardeur, d'amour éprouvées ces nuits-là, même si, le lendemain, je me haïssais d'avoir utilisé, à mon seul bénéfice, la jeune fille et le rite sacré de la Mère.

Il s'arrêta, s'accrocha à l'un des pieux entre lesquels elle faisait sécher ses herbes et la regarda.

— Mais, au bout d'une année ou deux, j'ai compris que je faisais fausse route, et que la Mère me punissait. Les hommes de mon âge trouvaient des compagnes, s'installaient, montraient avec fierté les enfants de leur foyer. Moi, j'étais incapable de découvrir une femme à aimer de cette manière. J'en connaissais beaucoup, je les appréciais pour leur compagnie, leurs Plaisirs, mais, lorsque j'éprouvais de l'amour, c'était seulement quand je ne le devais pas... à l'occasion des Premiers Rites et uniquement cette nuit-là.

Il baissait maintenant la tête.

La stupeur la lui fit relever : il venait d'entendre un rire tendre.

— Oh, Jondalar, mais tu es tombé amoureux. Tu m'aimes, n'est-ce pas ? Ne comprends-tu pas ? Tu ne subissais pas un châtiment. Tu m'attendais. Je te l'ai dit : mon totem t'a conduit vers moi, la Mère aussi, peut-être, mais tu as eu un long chemin à parcourir.

Tu as dû patienter. Si tu étais tombé amoureux plus tôt, jamais tu ne serais venu. Jamais tu ne m'aurais trouvée.

Se pouvait-il qu'elle eût raison ? se demandait-il. Il avait envie d'y croire. Pour la première fois depuis des années, il sentait s'alléger le fardeau qui avait pesé sur son esprit. L'ombre d'un espoir passa sur son visage.

— Et Zolena, ma donii ?

— Je ne crois pas qu'il était mal de l'aimer. Mais, même si tu as ainsi transgressé vos coutumes, tu en as été châtié, Jondalar. On t'a exilé. Tout cela est du passé, maintenant. Tu n'as plus à ressasser tes souvenirs, à te punir.

— Mais les jeunes filles, lors des Premiers Rites...

L'expression d'Ayla se durcit.

— Jondalar, sais-tu combien il est terrible d'être forcée, la première fois ? Sais-tu ce qu'on ressent quand on doit subir avec horreur ce qui n'est pas un Plaisir mais une épreuve douloureuse, répugnante ? Peut-être n'avais-tu pas le droit de tomber amoureux de ces jeunes femmes, mais elles ont dû être merveilleusement heureuses d'être traitées avec tendresse, d'éprouver les Plaisirs que tu sais si bien donner, de se sentir aimées, cette première fois. Si tu leur as offert seulement une petite part de ce que tu me donnes, alors, tu leur as laissé un magnifique souvenir à conserver en elles tout le reste de leur vie. Oh, Jondalar, tu ne leur as fait aucun mal. Tu as agi exactement comme tu le devais. Pourquoi, à ton avis, te choisissait-on si souvent ?

Jondalar commençait à se libérer du fardeau de honte, de mépris de soi, qui était resté si longtemps enfoui au plus profond de lui-même. Il accueillait l'idée que, peut-être, sa vie avait un but, que les pénibles expériences de sa prime jeunesse avaient eu leur raison d'être. Il entrevoyait la possibilité que ses actes n'avaient pas été aussi méprisables qu'il l'avait cru. Peut-être avait-il une certaine valeur... et il désirait par-dessus tout s'en convaincre.

Toutefois, il avait du mal à se débarrasser de la charge émotionnelle qui l'accablait depuis si longtemps. Certes, il avait enfin découvert une femme à aimer, et elle représentait tout ce qu'il avait jamais désiré. Mais, s'il la ramenait chez lui et qu'elle confiât à quelqu'un qu'elle avait été élevée par des Têtes Plates ? Ou, pis encore, qu'elle avait un enfant d'esprits mêlés ? Un monstre ? Serait-il couvert de boue, avec elle, pour avoir introduit une telle femme parmi les siens ? Cette seule idée le faisait rougir.

Serait-ce honnête à son égard ? S'ils allaient la chasser en l'accablant d'insultes ? Et s'il ne la défendait pas ? S'il les laissait faire ? Il frissonna. Non, pensa-t-il, jamais il ne les laisserait la traiter de la sorte. Il l'aimait. Pourtant, s'il n'osait pas ?

Pourquoi était-ce Ayla qu'il avait découverte et aimée ? L'explication de la jeune femme lui semblait trop simple. Il ne pouvait si vite abandonner la conviction que la Grande Mère l'avait puni de son sacrilège. Peut-être Ayla ne se trompait-elle pas, peut-être Doni l'avait-Elle guidé vers elle. Mais n'était-ce pas, là encore, un châtiment ? Cette femme merveilleuse qu'il aimait n'était pas plus acceptable, aux yeux de son peuple, que la première femme dont il s'était épris. Quelle ironie du sort ! La femme qu'il avait fini par découvrir était une paria : elle avait donné naissance à un monstre !

Mais les Mamutoï nourrissaient des croyances semblables, et ils ne la repoussaient pas. Tout en sachant qu'elle avait grandi chez les Têtes Plates, ils allaient l'adopter. Ils avaient même accueilli parmi eux un enfant d'esprits mêlés. Peut-être ne devait-il pas essayer de l'emmener chez lui. Elle pourrait être plus heureuse en restant là où elle vivait maintenant. Ou peut-être devrait-il rester, lui aussi, se laisser adopter par Tulie, devenir mamutoï. Son front se plissa. Il n'était pas mamutoï, il était zelandonii. Les Mamutoï étaient honorables, leurs coutumes étaient semblables aux siennes, mais ils n'étaient pas son peuple. Qu'aurait-il à offrir à Ayla, chez eux ? Il n'avait pas de relations, pas de famille, pas de parenté chez ces gens. Mais qu'aurait-il à lui offrir, s'il la ramenait chez lui ?

Déchiré par tant de problèmes, il se sentait soudain épuisé. Ayla vit ses traits se défaire, ses épaules s'affaisser.

— Il est tard, Jondalar. Bois un peu de cette infusion et allons nous coucher, dit-elle en lui tendant une coupe.

Il acquiesça, but le breuvage chaud, se dévêtit avant de se glisser entre les fourrures. Ayla s'étendit près de lui, l'observa jusqu'au moment où elle vit s'atténuer puis s'effacer les rides de son front, où elle entendit son souffle se faire profond et régulier. Le sommeil, pour elle, tarda davantage. La détresse de Jondalar la tourmentait. Elle était heureuse qu'il lui en eût dit plus long sur lui-même, sur ses jeunes années. Elle avait depuis longtemps la conviction qu'au fond de lui-même certains souvenirs lui causaient une vive angoisse. Lui en parler l'avait peut-être en partie soulagé, mais quelque chose le préoccupait encore. Il ne lui avait pas tout confié, et cette réserve faisait naître en elle un malaise profond.

Les yeux grands ouverts, elle s'efforçait de ne pas le réveiller et appelait le sommeil. Combien de nuits avait-elle passées, seule dans cette caverne, incapable de dormir ? Elle se rappela alors le claok. Elle se glissa doucement hors du lit, fouilla dans ses affaires, en tira un vieux morceau de cuir souple, le porta à sa joue. C'était l'un des rares objets qu'elle avait pris dans le désordre de la caverne du Clan, avant de partir. Elle s'en était servie pour porter Durc quand il était encore petit et pour le retenir sur sa hanche quand il avait un peu grandi. Elle ignorait pourquoi elle l'avait emporté : ce n'était pas un objet de première nécessité. Pourtant, plus d'une fois, du temps de sa solitude, elle l'avait serré contre elle pour s'endormir. Pas depuis l'arrivée de Jondalar, toutefois.

Elle roula en boule la vieille peau, la pressa contre sa poitrine, se replia sur elle. Alors, elle ferma les yeux, glissa dans le sommeil.

— Il y a trop de choses, même avec le travois et en faisant porter des couvertures par Whinney. Il me faudrait deux chevaux pour tout emporter, dit Ayla.

Elle mesurait du regard l'amoncellement de ballots et d'objets soigneusement emballés qu'elle voulait emporter.

— Je vais être obligée d'en laisser davantage ici mais j'ai tout passé en revue tant de fois que je ne sais plus ce que je pourrais encore abandonner.

Des yeux, elle cherchait autour d'elle l'idée d'une solution à son problème.

La caverne paraissait vide. Tout ce qu'ils ne prendraient pas avec eux avait été replacé dans les trous et à l'intérieur des cairns, pour le cas où l'envie leur viendrait un jour de venir le rechercher. Ni l'un ni l'autre ne croyaient d'ailleurs à cette éventualité. Tout ce qui restait en vue était bon à jeter.

— Tu as deux chevaux. Dommage que tu ne puisses pas employer les deux, dit Jondalar.

Les deux bêtes, à leur place près de l'entrée, mangeaient leur ration de foin.

Ayla les considéra d'un air méditatif. Les paroles de Jondalar lui avaient donné à réfléchir.

— Il est toujours pour moi le poulain de Whinney, mais Rapide est maintenant presque aussi grand qu'elle. Il pourrait peut-être porter une charge réduite.

L'intérêt de Jondalar s'éveilla aussitôt.

— Je me demande depuis un certain temps quand il sera en âge de faire certaines des choses que fait sa mère, et comment tu le dresseras à ça. Quand as-tu commencé à monter sur le dos de Whinney ? Et comment l'idée t'est-elle venue ?

Ayla sourit.

— Un jour, je courais avec elle et je souhaitais pouvoir aller aussi vite. Brusquement, l'inspiration m'est venue. Au début, elle a été un peu effrayée, elle s'est lancée au galop. Mais elle me connaissait déjà. Quand elle a été fatiguée, elle s'est arrêtée et elle n'a pas paru m'en vouloir. C'était merveilleux ! J'avais l'impression de courir comme le vent !

Jondalar la regardait. Au souvenir de cette première chevauchée, ses yeux étincelaient, son souffle devenait haletant. Il avait éprouvé la même impression, la première fois qu'elle l'avait laissé monter la jument, et il partageait son exaltation. Il fut envahi d'un désir soudain. Mais elle ne songeait qu'à Rapide.

— Je me demande combien de temps il faudrait pour

l'accoutumer à porter quelque chose ? Je montais sur Whinney depuis quelque temps quand j'ai commencé à lui faire porter une charge, et il ne lui a donc pas fallu longtemps. Mais, si on lui mettait d'abord sur le dos un fardeau léger, ce serait peut-être plus facile, par la suite, de lui faire porter un être humain. Voyons si je trouve quelque chose pour l'habituer.

Elle fouilla dans le tas d'objets à mettre au rebut, en tira des peaux, quelques corbeilles, des pierres dont elle s'était servie pour polir ses coupes ou pour tailler des outils, les bâtons qu'elle avait marqués pour tenir le compte des jours passés dans la vallée.

Elle s'attarda un instant sur l'une des baguettes, posa chaque doigt d'une main sur les premières marques, comme le lui avait enseigné Creb, il y avait si longtemps. Péniblement, en songeant à Creb, elle ravala sa salive. Jondalar avait utilisé les marques portées sur les baguettes pour confirmer combien de temps elle avait passé là-bas et pour l'aider à traduire dans les mots qu'il employait pour compter le nombre d'années de sa vie. Elle avait dix-sept ans alors, au début de l'été. A la fin de l'hiver ou bien au printemps, elle ajouterait une autre année. Il lui avait dit qu'il avait vingt années et une, ajouté en riant qu'il était un vieil homme. Il avait entrepris son grand Voyage trois années plus tôt, au moment où elle avait quitté le Clan.

Elle ramassa le tout, sortit de la caverne en indiquant par un sifflement à Whinney et à Rapide qu'ils devaient la suivre. Dans la prairie, elle et Jondalar passèrent quelque temps à caresser et à gratter le jeune étalon. Ayla, ensuite, ramassa une peau. Elle permit à Rapide de la flairer, de la mordiller, avant de lui en frotter le dos et les flancs. Elle l'étala ensuite sur son échine, la laissa pendre de chaque côté. Il en prit un coin entre les dents, la fit tomber, avant de la rapporter à la jeune femme pour prolonger le jeu. Elle la lui replaça sur le dos. La fois suivante, ce fut Jondalar qui s'en chargea. Ayla, de son côté, prit une longue lanière enroulée sur elle-même et s'affaira à confectionner quelque chose. Plusieurs fois encore, ils posèrent la peau sur le dos de Rapide, le laissèrent l'arracher. Whinney, qui observait les opérations d'un air intéressé, poussa un petit hennissement et se vit, elle aussi, accorder quelques attentions.

Quand ce fut au tour d'Ayla de replacer la peau, elle lâcha en même temps la longue lanière, tendit le bras sous le ventre du poulain pour en rattraper le bout et fit un nœud pour retenir la peau. Cette fois, lorsque Rapide voulut la tirer avec ses dents, la peau résista. Cela lui déplut. Il rua pour s'en débarrasser. Mais il finit par trouver une extrémité encore lâche, se mit à tirer dessus avec les dents, jusqu'au moment où il la fit glisser de dessous la lanière. Il entreprit ensuite de faire tourner celle-ci, découvrit le nœud, s'y attaqua, finit par le défaire. Il ramassa la peau avec les dents pour la déposer aux pieds d'Ayla, avant de repartir chercher la lanière. Ayla et Jondalar éclatèrent de rire en le voyant caracoler, tête haute, comme s'il était très fier de lui-même.

Le poulain permit à Jondalar de lui remettre la peau sur le dos et de l'attacher. Il se promena un moment dans cet équipage, avant de se faire un jeu de s'en débarrasser une fois de plus. Mais, déjà, il se désintéressait de l'affaire. Ayla replaça la peau, et il la garda tandis qu'elle le flattait et lui parlait. Elle tendit ensuite la main vers le dispositif qu'elle avait conçu pour l'habituer : deux corbeilles attachées ensemble, afin de pendre sur chaque flanc, et lestées de pierres, et deux bâtons qui se croisaient et dépassaient comme les perches d'un travois.

Elle disposa le tout sur le dos de Rapide. Il coucha les oreilles, tourna la tête en arrière pour se faire une idée de ce qui se passait. Il n'était pas habitué à sentir un poids sur son dos mais, durant une grande partie de sa vie, on s'était appuyé sur lui, on l'avait manipulé de bien des manières, de sorte qu'il était accoutumé à certaines pressions. L'expérience ne lui était donc pas totalement étrangère, mais, surtout, il faisait confiance à la femme, comme le faisait sa mère. Elle laissa le dispositif en place pendant qu'elle lui parlait, le flattait, le grattait. Quand elle ôta le tout, lanière et peau comprises, il les flaira encore une fois, s'en désintéressa.

— Nous devrons peut-être rester ici un jour ou deux

de plus, mais ça ira, je pense, annonça la jeune femme, radieuse.

Ils revenaient vers la caverne.

— Sans doute ne serait-il pas capable de traîner une charge sur des perches, comme le fait Whinney mais je crois que Rapide pourra porter un fardeau.

— Espérons que le temps va se maintenir encore quelques jours, répondit Jondalar.

— Si nous essayons de ne pas monter Whinney, nous pourrons mettre une botte de foin à l'endroit où nous nous asseyons, Jondalar. Je l'ai liée solidement, cria Ayla à l'homme qui, sur la grève au-dessous d'elle, cherchait pour la dernière fois des pierres à feu.

Les chevaux étaient en bas, eux aussi. Whinney, attelée au travois, portait deux hottes et une énorme charge sur la croupe. Elle attendait patiemment. Les paniers qui pendaient sur les flancs rendaient Rapide plus nerveux. L'habitude de porter une charge n'était pas encore ancrée en lui, c'était un véritable cheval des steppes, un animal trapu, solide, d'une force exceptionnelle et habitué à vivre à l'état sauvage.

— Je croyais que tu emportais du grain pour eux. A quoi bon prendre du foin ? Il y a plus d'herbe qu'il n'en faut sur notre route.

— Quand vient une forte chute de neige ou, pis encore, quand la glace durcit par-dessus, ils ont du mal à trouver l'herbe, et trop de grain peut les faire enfler. Il est bon d'avoir une ration de foin pour un jour ou deux. Les chevaux, en hiver, peuvent mourir de faim.

— Jamais tu ne laisserais ces chevaux mourir de faim, Ayla, même si tu devais briser la glace et couper l'herbe toi-même, dit Jondalar en riant. Mais peu m'importe de marcher ou de faire la route à cheval.

Il leva la tête vers le ciel d'un bleu pur, et son sourire s'effaça.

— De toute manière, chargées comme le sont ces bêtes, il nous faudra plus de temps pour le retour.

Trois autres pierres d'aspect banal bien serrées dans sa main, il s'engagea sur le sentier qui montait vers la caverne. A l'entrée, il trouva Ayla, immobile, les yeux pleins de larmes. Il déposa les pyrites dans une sorte de bourse, près de son sac de voyage, avant de s'approcher d'elle.

— C'était mon foyer, dit-elle, soudain submergée de chagrin devant l'irrévocabilité de son choix. C'était un endroit bien à moi. Mon totem m'y a conduite, il m'a donné un signe.

Elle posa la main sur le petit sac de cuir qu'elle portait autour du cou.

— J'étais bien seule mais j'ai fait ici ce que je voulais faire, ce que je devais faire. A présent, l'Esprit du Lion des Cavernes me commande de partir.

Elle leva les yeux vers l'homme de belle taille qui se tenait près d'elle.

— Crois-tu que nous reviendrons un jour ?

— Non, répondit-il.

Sa voix sonnait creux. Il regardait la petite caverne mais il voyait un autre lieu, en un autre temps.

— Même quand on revient au même endroit, il n'est plus pareil.

— Alors, pourquoi veux-tu repartir là-bas, Jondalar ? Pourquoi ne pas rester ici, devenir un Mamutoï ? questionna-t-elle.

— Je ne peux pas rester. C'est difficile à expliquer. Rien ne sera plus pareil, je le sais, mais les Zelandonii sont mon peuple. Je veux leur montrer les pyrites. Je veux leur enseigner à chasser avec le lance-sagaie. Je veux qu'ils voient ce qu'on peut faire du silex, quand il a été chauffé. Toutes ces choses sont importantes et très utiles. Je veux les apporter à mon peuple.

Elle plongea son regard dans les yeux expressifs, emplis de trouble. Elle aurait aimé pouvoir en chasser la souffrance qu'elle y discernait.

— Je veux, ajouta-t-il d'une voix plus basse, qu'en me regardant ils me jugent dignes d'eux.

— Leur opinion a-t-elle donc une telle importance ? N'est-il pas important que tu saches, toi, qui tu es ?

Elle se rappela alors que le Lion des Cavernes était son totem, à lui aussi, qu'il avait été choisi, tout comme elle, par l'Esprit du puissant animal. Il n'était pas aisé, elle le savait, de vivre avec un totem puissant, les épreuves étaient difficiles, mais les dons, le savoir qui naissait en vous en étaient la précieuse récompense. Le Grand Lion des Cavernes, lui avait appris Creb, ne choisissait jamais un être qui n'en était pas digne.

Plutôt que le sac plus petit, porté sur une seule épaule, qu'utilisaient les Mamutoï, ils installèrent sur leur dos de lourdes hottes, munies de lanières qui se croisaient sur la poitrine, pareilles à celle qu'avait portée Jondalar. Ils s'assurèrent qu'ils pouvaient remonter ou rejeter facilement les capuchons de leurs pelisses. Ayla avait pensé à préparer des courroies qui se nouaient autour du front pour mieux assurer la charge, le cas échéant, mais, quant à elle, elle préférait utiliser sa fronde à cet usage. Dans les hottes se trouvaient leurs provisions, le nécessaire pour allumer du feu, leur tente et leurs fourrures de couchage.

Jondalar portait aussi deux gros rognons de silex, soigneusement choisis sur la berge du cours d'eau, et le petit sac plein de pierres à feu. Dans une poche séparée attachée sur la hanche, chacun avait des sagaies et un propulseur. Ayla avait placé dans une petite sacoche plusieurs pierres qui convenaient tout particulièrement à la fronde, et, sous sa pelisse, se trouvait son sac à médecines, suspendu à une lanière qui ceinturait sa tunique.

La balle de foin était attachée sur le dos de la jument. Ayla examina avec soin les deux chevaux, leurs jambes, leur posture, leur allure, afin de s'assurer qu'ils n'étaient pas trop chargés. Sur un ultime regard vers le sentier abrupt, ils s'engagèrent dans la longue vallée. Whinney suivait Ayla. Jondalar menait Rapide à la longe. Ils franchirent la petite rivière près du gué. La jeune femme envisagea un instant d'alléger la charge de Whinney pour faciliter l'ascension de la pente couverte de gravier, mais la solide jument s'en tira sans encombre.

Quand ils se retrouvèrent sur les steppes de l'ouest, Ayla adopta un itinéraire différent de celui qu'ils avaient emprunté à l'aller. Elle se trompa de direction, revint en arrière, reconnut enfin le chemin qu'elle voulait prendre. Ils parvinrent à un canyon sans issue, jonché d'énormes blocs de rochers aux arêtes vives, qui avaient été détachés des murailles de granite par le tranchant acéré du gel, de la chaleur et du temps. Ayla guettait chez Whinney des signes de nervosité : le canyon avait naguère été le repaire de lions des cavernes. Ils s'y engagèrent néanmoins, se dirigèrent vers la pente de gravier, à l'autre extrémité.

Le jour où Ayla avait découvert les deux frères, Thonolan était déjà mort, et Jondalar grièvement blessé. La jeune femme avait adressé une requête à l'Esprit du Lion des Cavernes, pour qu'il guidât le défunt vers l'autre monde, mais elle n'avait pas eu le temps nécessaire pour les rites de l'ensevelissement. Toutefois, elle ne pouvait abandonner le corps aux prédateurs. Elle l'avait traîné jusqu'à l'extrémité du canyon et, avec sa lourde lance, semblable à celles qu'utilisaient les hommes du Clan, elle avait déplacé un rocher qui retenait une accumulation de débris. Elle avait pleuré en voyant le gravier recouvrir la forme ensanglantée, sans vie d'un homme qu'elle n'avait jamais connu, qu'elle ne connaîtrait jamais, un homme qui lui ressemblait, qui faisait partie des Autres...

Jondalar, au bas de la pente, aurait souhaité faire quelque chose pour marquer l'emplacement de la tombe de son frère. Peut-être Doni l'avait-elle déjà retrouvé, puisqu'elle l'avait rappelé si tôt à elle, mais la Zelandoni, il le savait, s'efforcerait de retrouver cet endroit où reposait l'esprit de Thonolan, afin de le guider si elle le pouvait. Comment pourrait-il lui dire où se trouvait ce lieu ? Il aurait été incapable de le découvrir par lui-même.

— Jondalar ? fit Ayla.

Il la regarda, et remarqua qu'elle tenait dans sa main une petite bourse de cuir.

— Tu m'as dit que son esprit devait retourner vers Doni. Je ne connais pas les coutumes de la Grande Terre Mère mais seulement le monde spirituel des totems du Clan. J'ai demandé à mon Lion des Cavernes de le guider jusque-là. Peut-être est-ce le même monde, ou peut-être ta Grande Mère sait-elle l'existence de celui-là. Mais le Lion des Cavernes est un totem puissant, et ton frère n'est pas sans protection.

— Merci, Ayla. Tu as fait de ton mieux, je le sais.

— Peut-être ne comprends-tu pas, de même que je ne comprends pas Doni, mais le Lion des Cavernes est ton totem à toi aussi, désormais. Il t'a choisi, comme il m'avait choisie, et il t'a marqué, comme il m'avait marquée.

— Tu me l'as déjà dit. Je ne suis pas sûr de la signification de tes paroles.

— Il devait te choisir puisqu'il t'avait poussé vers moi. Seul un homme qui a pour totem le Lion des Cavernes est assez fort pour une femme qui a ce même totem. Mais tu dois savoir une chose. Creb me l'a toujours dit : il n'est pas facile de vivre avec un puissant totem. Son esprit te mettra à l'épreuve, pour déterminer si tu es digne de Lui. Ce sera très dur, mais tu y gagneras plus que tu ne crois.

Elle lui tendit le petit sac.

— Je t'ai fait une amulette. Tu n'es pas obligé de la porter autour du cou, comme moi, mais tu dois la garder sur toi. J'y ai mis un morceau d'ocre rouge, afin qu'elle contienne un peu de ton esprit et un peu de celui de ton totem. Mais ton amulette devrait contenir encore autre chose, je crois.

Jondalar fronçait les sourcils. Il ne voulait pas blesser Ayla mais il n'était pas sûr de désirer porter cette amulette d'un totem du Clan.

— Tu devrais, je pense, prélever un caillou sur la tombe de ton frère. Un peu de son esprit y demeurera, et tu pourras le rapporter à ton peuple.

Le visage de Jondalar s'assombrit encore, avant de s'éclairer subitement. Mais oui ! Ce caillou pourrait aider la Zelandoni à retrouver cet endroit, dans un état de transe. Peut-être les totems du clan avaient-ils plus de valeur qu'il ne leur en avait accordé. Après tout, Doni n'avait-elle pas créé les esprits de tous les animaux ?

— Ayla, comment fais-tu pour savoir précisément ce qu'il faut faire ? Comment as-tu pu devenir si savante, là où tu as grandi ? Oui, je garderai ton amulette, et je vais y ajouter une pierre prise sur la tombe de Thonolan, dit-il.

Il regardait le gravier, fait de petites pierres aux arêtes

tranchantes, qui s'accumulait au pied de la muraille en un équilibre instable. Il avait été formé par les mêmes forces qui avaient détaché de la paroi verticale du canyon des dalles et des blocs. Tout à coup, une pierre, cédant à la force cosmique de la gravité, roula parmi d'autres et vint s'immobiliser aux pieds de Jondalar. Il la ramassa. Au premier regard, elle ressemblait à tous les autres fragments de granite et de roches sédimentaires. Mais, lorsqu'il la retourna, il eut la surprise de découvrir une opalescence luisante, sur la face où la pierre s'était brisée. Des lueurs d'un rouge ardent émanaient de ce caillou d'un blanc laiteux, des reflets chatoyants de bleus et de verts dansaient et étincelaient au soleil à chaque mouvement de sa main.

— Ayla, regarde, dit-il en montrant à la jeune femme le fragment d'opale. A voir la pierre de l'autre côté, jamais on ne soupçonnerait tant de beauté. Mais vois, là où elle s'est brisée. Les couleurs semblent venir de son cœur même et elles sont si vives. On la croirait vivante.

— Peut-être l'est-elle, ou peut-être est-ce un peu de l'esprit de ton frère, répondit-elle.

16

Un remous d'air froid s'enroula autour de la tente basse. Un bras nu fut vivement ramené sous une fourrure. Un vent violent souleva en sifflant le pan de cuir qui protégait l'ouverture. Un pli soucieux creusa le front d'un visage endormi. Une rafale s'empara du pan dans un claquement sec, le fit battre de tous côtés dans des courants d'air mugissants qui réveillèrent en sursaut Ayla et Jondalar. Jondalar le rattacha solidement, mais le vent continua de forcir toute la nuit, et ses sursauts, ses gémissements, ses palpitations, ses hurlements autour du petit abri rendirent le sommeil difficile, capricieux.

Le lendemain matin, ils durent se battre contre les bourrasques pour replier la tente. Ils refirent rapidement leurs paquets sans prendre la peine d'allumer un feu. Ils se contentèrent de boire l'eau glacée d'un ruisseau proche en mangeant des aliments séchés. Le vent s'apaisa vers le milieu de la matinée, mais une tension dans l'atmosphère leur faisait craindre que le pire ne fût pas encore passé.

Quand le vent reprit, aux environs de midi, Ayla remarqua que l'air avait une odeur presque métallique. Elle renifla, tourna la tête de tous côtés, comme pour sonder l'atmosphère, évaluer la menace.

— Le vent sent la neige, cria-t-elle pour se faire entendre par-dessus le tintamarre. Mon nez m'avertit.

— Que dis-tu ? demanda Jondalar.

Mais le vent emporta sa voix, et Ayla se fia au mouvement de ses lèvres pour comprendre ce qu'il disait.

Elle s'arrêta pour lui permettre de la rejoindre.

— Je sens arriver la neige. Nous ferions bien de trouver un abri avant qu'elle ne soit là, dit-elle.

Ses yeux inquiets fouillaient la vaste étendue plate.

— Mais où en découvrir un par ici ?

Jondalar n'était pas moins anxieux. Il se rappela le petit cours d'eau presque entièrement gelé au bord duquel ils avaient campé la nuit précédente. Ils ne l'avaient pas traversé. Il devait donc encore se trouver sur leur gauche, même s'il décrivait de nombreux méandres. Il essaya de se repérer à travers les nuages de poussière, mais rien n'était clair. Au hasard, il prit à gauche.

— Essayons de retrouver ce petit cours d'eau, dit-il. Il pourrait y avoir des arbres ou des berges hautes pour nous protéger.

Ayla hocha la tête et suivit. Whinney ne souleva aucune objection, elle non plus.

La qualité subtile de l'air, que la jeune femme avait remarquée et traduite comme une odeur de neige, ne l'avait pas trompée. Bientôt, une poudre blanche se mit à tourbillonner follement, donnant au vent une forme plus définie. Elle ne tarda pas à céder la place à des flocons plus gros qui brouillaient davantage encore la vision.

Jondalar crut voir se dresser devant eux des formes vagues et s'arrêta pour tenter de les préciser, mais

Whinney poursuivit son chemin, et ils la prirent pour guide. Des arbres courbés, un écran de broussailles marquaient le bord d'un cours d'eau. L'homme et la femme auraient pu se tapir sous leur protection, mais la jument continuait à suivre le courant. Ils parvinrent à un coude où l'eau avait creusé profondément la berge étroitement tassée. Là, à l'abri de la falaise basse qui les protégeait de la pleine force du vent, Whinney poussa son poulain en avant et se plaça devant lui pour l'abriter.

Vivement, Ayla et Jondalar déchargèrent les chevaux, dressèrent leur tente aux pieds même de la jument et s'y glissèrent pour attendre la fin de la tempête.

Même en cet endroit protégé, le vent menaçait leur abri précaire. L'ouragan rugissait de toutes les directions à la fois et semblait bien décidé à se frayer un passage à l'intérieur. Il y parvenait fréquemment. Des courants d'air, des rafales se glissaient sous les bords, se faufilaient par les fentes, là où le pan de fermeture s'attachait à la tente, là où la couverture du trou à fumée s'ajustait d'une façon imprécise. La neige, souvent, entrait avec eux. L'homme et la femme se blottirent sous leurs couvertures pour avoir chaud et bavardèrent. Ils se contaient des incidents de leur enfance, des histoires, des légendes, ils parlaient de gens qu'ils avaient connus, de coutumes, d'idées, de leurs rêves, de leurs espoirs. Jamais, semblait-il, ils n'étaient à court de sujets. Quand vint la nuit, ils partagèrent les Plaisirs, avant de s'endormir. Vers le milieu de la nuit, le vent renonça à ses assauts contre leur tente.

Ayla se réveilla et, les yeux grands ouverts, s'efforça de percer la pénombre. Elle luttait contre une terreur grandissante. Elle se sentait mal à l'aise, sa tête était douloureuse, et le silence lui semblait pesant, dans l'atmosphère confinée de la tente. Quelque chose n'allait pas, mais quoi ? Elle l'ignorait. La situation était pour elle vaguement familière, un souvenir peut-être, comme si elle s'était déjà trouvée dans les mêmes conditions ou presque. C'était plutôt comme un danger qu'elle aurait dû reconnaître, mais lequel ? Brusquement, elle n'en put supporter davantage. Elle se redressa, repoussa les fourrures qui couvraient chaudement l'homme étendu à ses côtés.

— Jondalar ! Jondalar !

Elle le secouait, mais c'était inutile. Il s'était éveillé à l'instant même où elle s'était dressée sur son séant.

— Ayla ! Qu'y a-t-il ?

— Je ne sais pas. Quelque chose ne va pas !

— Je ne vois rien d'inquiétant, dit-il.

C'était vrai, mais, de toute évidence, quelque chose tourmentait Ayla. Il n'avait pas l'habitude de la voir si proche de l'affolement. Elle était d'ordinaire si calme, si maîtresse de ses réactions, même devant un danger imminent. Aucun prédateur à quatre pattes n'aurait fait naître dans son regard une telle terreur.

— Pourquoi as-tu le sentiment d'un danger ?

— J'ai fait un rêve. Je me trouvais dans un endroit obscur, plus obscur que la nuit, et je suffoquais, Jondalar. Je ne pouvais plus respirer !

Une expression d'inquiétude qui lui était familière passa sur le visage de l'homme. Son regard, de nouveau, faisait le tour de la tente. Cela ne ressemblait pas à Ayla de se montrer aussi effrayée. Peut-être y avait-il réellement un danger. Dans leur abri, il faisait sombre, mais ce n'était pas l'obscurité totale. Un semblant de lumière y filtrait. Rien ne paraissait dérangé. Le vent n'avait rien détruit, il n'avait pas rompu de cordes. En fait, il ne soufflait même plus. Il n'y avait pas le moindre mouvement. Tout était absolument silencieux...

Jondalar rejeta les fourrures, rampa jusqu'à l'entrée. Il détacha le panneau, révélant ainsi un mur blanc friable qui s'effondra à l'intérieur de la tente mais seulement pour en révéler un autre, derrière.

— Nous sommes ensevelis, Jondalar ! Nous sommes ensevelis sous la neige !

La terreur élargissait les yeux d'Ayla. Sa voix se fêlait sous l'effort qu'elle faisait pour la contrôler.

Jondalar tendit le bras vers elle, la serra contre lui.

— Tout va bien, Ayla. Tout va bien, murmura-t-il.

Mais il n'en avait pas lui-même la certitude.

— Il fait si sombre. Je ne peux plus respirer !

Sa voix était étrange, lointaine, comme si elle venait

d'ailleurs. Elle était devenue inerte entre ses bras. Il l'allongea sur les fourrures, remarqua qu'elle avait les yeux clos. Pourtant, elle continuait à crier, de cette voix bizarre, lointaine, qu'il faisait sombre, et qu'elle ne pouvait plus respirer. Il ne savait plus que faire. Il avait peur pour elle, peur d'elle aussi, un peu. Il se passait quelque chose d'insolite, quelque chose qui n'avait rien à voir avec leur ensevelissement dans la neige, aussi inquiétant fût-il.

Près de l'entrée il aperçut sa hotte, en partie recouverte de neige. Un long moment, il la considéra, avant de ramper tout à coup jusqu'à elle. Il la dégagea, chercha à tâtons l'étui, sur le côté, trouva une sagaie. Il se redressa à genoux, détacha la couverture qui protégeait le trou à fumée, presque au centre de la tente. Avec le manche de la sagaie, il ouvrit un trou dans la neige. Un bloc vint s'écraser sur leurs fourrures de couchage. La lumière du soleil et l'air frais pénétrèrent dans le petit abri.

La transformation, chez Ayla, fut immédiate. Elle se détendit visiblement, ne tarda pas à rouvrir les yeux.

— Comment as-tu fait ? demanda-t-elle.

— J'ai passé une sagaie par le trou à fumée et j'ai traversé la couche de neige. Il va falloir nous frayer un chemin pour sortir, mais la neige n'est peut-être pas aussi épaisse qu'il y paraît.

Il l'examinait de tout près, l'air anxieux.

— Que t'est-il arrivé, Ayla ? J'étais inquiet pour toi. Tu répétais sans cesse que tu ne pouvais plus respirer. J'ai cru que tu perdais connaissance.

— Je ne sais pas. C'est peut-être le manque d'air.

— Ça n'avait pas l'air si grave. Je n'avais pas trop de difficulté à respirer. Et tu étais vraiment terrorisée. Je ne crois pas t'avoir jamais vue aussi effrayée.

Ses questions mettaient la jeune femme mal à l'aise. Elle se sentait encore dans un état bizarre. La tête lui tournait un peu. Elle avait l'impression d'avoir fait un mauvais rêve, sans pouvoir rien expliquer.

— Je me rappelle qu'une fois, la neige avait bouché l'orifice de la petite grotte où je m'étais réfugiée après avoir dû quitter le clan de Brun. Je me suis réveillée dans l'obscurité, et l'air était vicié. Ça doit-être ça.

— Oui, j'imagine que tu as eu peur que cela se reproduise, dit Jondalar.

Mais sans trop savoir pourquoi, il n'y croyait pas, et Ayla non plus.

Le crépuscule cédait rapidement la place à la nuit. Pourtant, le géant à la barbe rouge travaillait encore dehors. Il fut le premier à voir l'étrange cortège franchir la crête, au haut de la pente, et commencer à descendre. En tête venait la femme lasse, qui cheminait péniblement dans la neige. La jument la suivait, épuisée, la tête basse ; elle portait une lourde charge et traînait derrière elle le travois. Le poulain, chargé lui aussi, était mené à la longe par l'homme qui suivait la jument. Il avançait plus facilement sur une neige déjà tassée par la jeune femme et l'animal qui le précédaient. Toutefois, en chemin, Ayla et Jondalar avaient à plusieurs reprises permuté, afin de laisser à chacun un peu de repos.

— Nezzie ! ils sont de retour ! cria Talut.

Il s'élança à la rencontre des voyageurs, piétina la neige devant Ayla pour les quelques pas qui restaient à faire. Il les conduisit vers le milieu de l'habitation. A leur grande surprise, on avait construit, en leur absence, une nouvelle extension. Elle était semblable au foyer d'entrée, mais plus vaste. De là, une autre arche donnait directement accès au Foyer du Mammouth.

— Nous avons fait ça pour les chevaux, Ayla, annonça Talut quand ils y eurent pénétré.

Devant l'expression de stupeur de la jeune femme, un large sourire satisfait se dessina sur son visage.

— Après la dernière tempête de neige, j'ai compris qu'un abri ne serait jamais suffisant. Puisque vous allez vivre parmi nous, toi et tes chevaux, il nous fallait quelque chose de plus solide. Je crois que nous allons appeler ça « le foyer des chevaux ».

Ayla avait les yeux pleins de larmes. Malade de fatigue, elle était heureuse d'avoir enfin accompli le voyage du retour mais se sentait confondue par cette dernière découverte. Jamais personne ne s'était donné autant de mal pour elle, pour mieux l'accueillir. Tout le temps qu'elle avait vécu avec le Clan, elle ne s'était jamais sentie entièrement acceptée, elle n'avait jamais vraiment fait partie du groupe qui l'entourait. On ne lui aurait jamais permis de garder ses chevaux, on aurait encore moins accepté de construire un abri.

— Oh, Talut, dit-elle d'une voix étranglée.

Dressée sur la pointe des pieds, elle lui passa les bras autour du cou, appuya sa joue froide contre celle du géant. Talut l'avait toujours trouvée si réservée que cette manifestation d'affection spontanée fut pour lui une charmante surprise. Il la serra contre lui, lui tapota le dos. Son sourire traduisait un plaisir évident, il avait l'air très content de lui-même.

La majeure partie du Camp du Lion se rassembla autour des arrivants, dans le nouveau foyer.

— Nous commencions à être inquiets, déclara Deegie, surtout après la tempête de neige.

— Nous aurions été de retour plus tôt, si Ayla n'avait tenu à emporter tant de choses, dit Jondalar. Ces deux derniers jours, je n'étais pas sûr que nous irions jusqu'au bout.

Déjà, Ayla s'était mise en devoir de décharger les chevaux, pour la dernière fois. Jondalar la rejoignit pour l'aider. Les mystérieux ballots éveillaient une vive curiosité.

Rugie se décida à poser la question qui obsédait tout le monde :

— Tu m'as rapporté quelque chose ? demanda-t-elle.

Ayla sourit à la petite fille.

— Oui, apporté quelque chose. Apporté cadeau à chacun, répondit-elle.

Du coup, chacun s'interrogea sur le cadeau qui lui était destiné.

— C'est pour qui, ça ? questionna Tusie, quand la jeune femme entreprit de couper les lanières qui retenaient le plus gros ballot.

Ayla lança un coup d'œil à Deegie, et toutes deux échangèrent un sourire, tout en s'efforçant de dissimuler à la petite sœur de Deegie leur amusement protecteur :

elles avaient perçu le ton et les inflexions de Tulie dans la voix de sa fille cadette.

— Même apporté quelque chose pour chevaux, répondit Ayla à la petite fille.

Les derniers liens sautèrent, la balle de foin s'ouvrit.

— Pour Whinney et Rapide, ajouta-t-elle.

Elle étala le foin devant les chevaux, commença ensuite à décharger le travois.

— Dois rentrer tout ça.

— Tu n'as pas besoin de le faire tout de suite, intervint Nezzie. Tu n'as même pas encore ôté tes vêtements de voyage. Viens prendre une boisson chaude et manger un peu. Tout est en sûreté ici, pour le moment.

— Nezzie a raison, appuya Tulie.

Sa curiosité égalait celle de tout le Camp, mais les paquets d'Ayla pouvaient attendre.

— Vous avez tous les deux besoin de vous reposer et de manger quelque chose. Vous êtes à bout de forces, on dirait.

Avec un sourire de gratitude pour la Femme Qui Ordonne, Jondalar suivit Ayla.

Le lendemain matin, la jeune femme ne manqua pas de mains secourables pour l'aider à décharger ses ballots. Mamut, toutefois, lui avait conseillé de ne rien déballer avant la cérémonie prévue pour la soirée. Ayla acquiesça d'un sourire. Elle avait aussitôt saisi l'élément de mystère et d'attente qu'il voulait préserver. Mais ses réponses évasives à Tulie, quand celle-ci chercha à savoir ce qu'elle avait apporté, contrarièrent la Femme Qui Ordonne, même si elle s'abstint de le montrer.

Lorsque les paquets, les ballots se retrouvèrent entassés sur une plate-forme inoccupée et lorsque les tentures eurent été tirées, Ayla se faufila dans cet espace bien clos. Elle alluma trois lampes de pierre, les disposa de manière à obtenir un bon éclairage, afin d'examiner et de ranger ses cadeaux. Elle opéra quelques changements dans les choix qu'elle avait faits mais, quand elle éteignit les lampes et émergea, laissant les tentures retomber derrière elle, elle était satisfaite.

Elle sortit par la nouvelle ouverture. Le sol de

l'annexe était plus haut que celui de l'habitation et l'on avait aménagé trois larges marches basses pour un accès plus facile. La jeune femme s'immobilisa et regarda autour d'elle. Les chevaux n'étaient plus là. Whinney avait appris à repousser du nez un brise-vent : Ayla lui avait montré une seule fois la façon de s'y prendre. Rapide avait suivi l'exemple de sa mère. La jeune femme, obéissant à l'impulsion qui la poussait à voir ce qu'ils faisaient — comme une mère avec ses enfants, une partie de son esprit était toujours concentrée sur ses chevaux —, se dirigea vers l'arche formée de défenses de mammouth, écarta la lourde peau et regarda à l'extérieur.

Le monde avait perdu toute forme, toute ligne bien définie. Une couleur uniforme, sans ombres, se répandait sur tout le paysage en deux teintes : le bleu riche, vibrant, saisissant d'un ciel où ne traînait pas le moindre soupçon de nuage, et le blanc aveuglant de la neige, sur lequel se reflétait l'éclat du soleil de cette fin de matinée. Ayla plissa les paupières sous l'assaut de tout ce blanc éclatant, seul souvenir d'une tempête qui avait fait rage plusieurs jours durant. Lentement, à mesure que ses yeux s'accoutumaient à la lumière, et qu'un sens primitif de la profondeur et de la distance venait préciser ses perceptions, elle remarqua d'autres détails. L'eau qui clapotait encore au milieu de la rivière avait un éclat plus brillant que les berges couvertes de neige molle qui se fondaient, au bord du cours d'eau, avec des lames de glace, habillées, elles aussi, de neige. Non loin, de mystérieux monticules blancs prenaient la forme d'os de mammouth et d'entassements de détritus.

Ayla fit quelques pas pour jeter un regard sur l'endroit, après le coude de la rivière, où les chevaux aimaient à paître. Il faisait presque chaud, au soleil, et la surface de la neige luisait, comme pour un début de dégel. Les chevaux devraient dégager cette couche superficielle pour trouver dessous l'herbe sèche. Au moment où la jeune femme allait siffler, Whinney releva la tête et la vit. Elle salua sa maîtresse d'un hennissement, tandis que Rapide apparaissait derrière elle. Ayla hennit en réponse.

Elle se retournait pour partir quand elle vit Talut qui la considérait avec une expression curieuse, presque respectueuse.

— Comment la jument a-t-elle su que tu étais sortie ? demanda-t-il.

— Ne savait pas, je pense, mais elle a bon nez, sent de loin. Bonnes oreilles, entend de loin. Tout ce qui bouge, elle voit.

Le géant hocha la tête. A entendre la jeune femme, tout était si simple, si logique. Pourtant... Il sourit. Il était heureux que le jeune couple fût de retour. Il attendait avec impatience le moment de l'adoption d'Ayla. Elle avait tant à offrir. Elle serait accueillie comme une précieuse recrue parmi les Mamutoï.

Ils rentrèrent tous deux dans le nouveau foyer. Jondalar les rejoignit, un large sourire aux lèvres.

— J'ai vu que tu avais préparé tous tes cadeaux, dit-il.

Il aimait l'attente impatiente qu'avaient éveillée les mystérieux ballots et il prenait plaisir à être dans le secret. Il avait entendu Tulie exprimer ses doutes sur la qualité des cadeaux d'Ayla mais, pour sa part, il n'en avait aucun. Les Mamutoï les trouveraient inhabituels, mais un beau travail était un beau travail, et celui d'Ayla, il en était convaincu, serait apprécié.

— Tout le monde se demande ce que tu as rapporté, Ayla, dit Talut.

Autant et même plus que personne, il se plaisait à cette atmosphère d'excitation et d'impatience.

— Sais pas si cadeaux suffisants, avoua Ayla.

— Mais si, ils seront sûrement suffisants. Ne te mets donc pas en peine. Peu importe ce que tu as rapporté, ce sera suffisant. Les pierres à feu, à elles seules, seraient suffisantes. Et, même sans pierres à feu, *toi,* toute seule, tu nous suffirais.

Et Talut ajouta, avec un sourire :

— Nous fournir l'occasion d'une grande fête pourrait suffire !

— Mais tu parles échange cadeaux, Talut. Dans le Clan, pour échange, on donne même sorte de cadeau, même valeur. Quoi donner, pour toi, pour tous ceux qui font foyer pour chevaux ? questionna Ayla, dont le regard parcourait la salle. C'est comme caverne, mais c'est vous qui faites. Je ne sais pas comment on peut faire caverne comme ça.

— Je me le suis demandé, moi aussi, dit Jondalar. Jamais je n'ai rien vu de semblable, je dois le reconnaître, et j'ai vu bien des abris : des abris pour l'été, des abris dans une caverne ou sous des corniches, mais votre habitation est aussi solide que le roc lui-même.

Talut éclata de rire.

— Il le faut bien, pour qu'on puisse y vivre, l'hiver surtout. Avec la force du vent, n'importe quoi d'autre s'envolerait.

Son sourire s'effaça, remplacé par une expression qui ressemblait à de la tendresse.

— Le pays mamutoï est une terre riche, riche en gibier, en poisson, en nourriture qui pousse. C'est un beau pays, un pays fort. Je ne voudrais pas vivre ailleurs...

Son sourire revint.

— Mais, pour vivre ici, il faut des abris solides, et nous n'avons pas beaucoup de cavernes.

— Comment faire caverne, Talut ? demanda Ayla.

Elle se rappelait les longues recherches de Brun pour découvrir la caverne qui conviendrait parfaitement à son clan. Elle-même, elle s'en souvenait, s'était sentie désemparée jusqu'au jour où elle avait trouvé une vallée où se trouvait une caverne qui pourrait lui servir de logis.

— Si tu veux le savoir, je vais te le dire. Ce n'est pas un grand secret !

Talut riait de plaisir. La visible admiration des deux jeunes gens l'emplissait de joie.

— Le reste de l'habitation est formé de la même manière, plus ou moins. Mais, pour cette extension, nous avons commencé par compter un certain nombre de pas à l'extérieur, à partir du mur du Foyer du Mammouth. Quand nous avons atteint le centre d'un espace qui nous paraissait suffisant, nous avons enfoncé un bâton en terre : c'était là que nous creusions un trou à feu, si nous décidions qu'il en fallait un. Après ça, nous avons coupé une lanière à la même mesure. Nous avons attaché un bout au bâton et, avec l'autre bout, nous avons dessiné un cercle, pour marquer l'emplacement du mur.

Talut mimait son explication : il comptait ses pas, attachait une lanière imaginaire à un bâton inexistant.

— Ensuite, soigneusement, nous avons soulevé la terre et l'herbe, par blocs, pour les mettre de côté. Après, nous avons continué à creuser, sur une profondeur à peu près égale à la longueur de mon pied.

Afin de se faire mieux comprendre, Talut leva un pied incroyablement long mais étonnamment étroit et bien fait, chaussé de cuir souple.

— Nous avons marqué la largeur de la plate-forme qui pourra servir de lits ou de réserves à provisions, en tenant compte aussi de l'emplacement du mur. A partir du bord intérieur de cette plate-forme, nous avons creusé encore plus profond — à peu près la longueur de deux ou trois pieds comme le mien —, pour former le sol en contrebas. La terre a été amoncelée bien régulièrement tout autour de la limite extérieure, pour élever un talus qui supporte le mur.

— Ça fait un gros travail de creusement, remarqua Jondalar, qui examinait la salle. A mon avis, la distance d'un mur à l'autre doit présenter, peut-être, une longueur de trente pieds comme le tien, Talut.

La surprise agrandit les yeux du chef.

— Tu as raison ! Je l'ai mesurée avec précision. Comment as-tu deviné, Jondalar ?

Celui-ci haussa les épaules.

— Comme ça, à vue d'œil.

C'était, là encore, une manifestation de sa compréhension instinctive du monde matériel. Il était capable d'évaluer très exactement une distance, rien qu'à l'œil, et il se servait de son propre corps pour mesurer l'espace. Il connaissait la longueur de ses enjambées, la largeur de sa main, la portée de son bras, l'empan de ses doigts. L'épaisseur de son ongle lui servait à mesurer un objet minuscule, et, pour évaluer la hauteur d'un arbre, il comptait ses pas au long de son ombre au soleil. Il ne s'agissait pas là d'un savoir acquis : c'était un don inné qu'il avait développé par l'usage. Il ne lui était jamais venu à l'esprit de s'interroger là-dessus.

Ayla, elle aussi, pensait au travail de creusement ainsi accompli. Elle avait elle-même ouvert bien des fosses pour piéger le gibier et elle était intriguée.

— Comment tu creuses tant, Talut ?

— Comment fait-on généralement ? Nous nous servons de pioches pour briser la terre grasse et de pelles pour l'enlever, sauf pour la couche plus dure, en surface, celle-là, nous la découpons avec le bord tranchant d'un os plat.

Le regard d'Ayla exprimait son incompréhension. Peut-être ne connaissait-elle pas les mots qui désignaient les outils, dans le langage des Mamutoï, pensa-t-il. Il sortit un instant, revint avec quelques instruments. Tous avaient de longs manches. L'un portait à son extrémité un morceau de côte de mammouth, dont l'un des bouts avait été affûté. Cela ressemblait à une houe garnie d'une longue lame courbe. Ayla l'examina longuement.

— C'est comme bâton à fouir, je crois, dit-elle, levant vers Talut un regard qui demandait une confirmation.

— Oui, c'est une pioche. Il nous arrive aussi d'utiliser des bâtons pointus. Ils sont plus faciles à faire quand on est pressé, mais la pioche se manie plus aisément.

Il lui montra ensuite une pelle, faite de la partie plate d'une gigantesque ramure de mégacéros : on l'avait fendue sur toute sa longueur dans son épaisseur spongieuse, avant de la façonner et de l'aiguiser. On pouvait se servir, à cet usage, des ramures des jeunes bêtes : celles des animaux adultes pouvaient atteindre onze pieds de long, et leur taille les rendait inutilisables. Le manche était fixé par une corde solide qui passait dans trois paires de trous percés le long de la ligne médiane. L'outil s'utilisait, non pour creuser, mais pour ramasser et rejeter le loess brisé avec la pioche ou, si l'on voulait, pour enlever la neige. Talut avait aussi une autre pelle, plus creuse, faite d'une plaque d'ivoire détachée d'une défense de mammouth.

— On appelle ça des pelles, dit-il.

Ayla acquiesça d'un signe. Elle s'était servie, pour le

même usage, d'os plats et de morceaux de bois d'élan, mais ses pelles n'avaient pas de manches.

— Heureusement, reprit le chef, le temps est resté au beau un moment, après votre départ. Même ainsi, nous n'avons pas creusé aussi profond que d'habitude. La terre est déjà dure, par-dessous. L'année prochaine, nous pourrons approfondir un peu, faire des fosses à provisions, peut-être même un bain de vapeur, quand nous reviendrons de la Réunion d'Eté.

— N'avais-tu pas l'intention de partir à la chasse, quand le temps serait meilleur ? dit Jondalar.

— La chasse au bison a été très fructueuse, et Mamut ne trouve pas grand-chose par la Recherche. Il voit seulement, semble-t-il, les quelques bisons que nous avons manqués, et ils ne valent pas la peine qu'on se mette à leur poursuite. Nous avons décidé d'occuper le temps à construire cette dépendance pour les chevaux, puisque Ayla et sa jument nous avaient été si utiles.

— Pioche et pelle rendent travail plus facile, Talut, mais est beaucoup travail, beaucoup creuser, fit Ayla, surprise et émue.

— Nous avions beaucoup de monde, Ayla. Ils ont presque tous trouvé l'idée excellente et ils voulaient aider... pour que tu te sentes la bienvenue.

La jeune femme dut soudain fermer les paupières pour retenir les larmes de gratitude qui menaçaient de déborder.

Encore intrigué par la méthode de construction, Jondalar examinait les murs.

— Vous avez creusé aussi sous les plates-formes, il me semble, remarqua-t-il.

— Oui, pour les supports principaux, répondit Talut.

Il désignait les six énormes défenses de mammouth, calées à la base par des os plus petits — vertèbres et phalanges —, et dont les pointes étaient dirigées vers le centre. Elles étaient régulièrement espacées le long du mur, de chaque côté des deux paires qui formaient les issues. Les longues défenses courbes constituaient la structure essentielle de l'habitation.

Pendant que Talut, chef des Chasseurs de Mammouths, poursuivait ses explications sur la construction de cette habitation semi-souterraine, Ayla et Jondalar se sentirent de plus en plus impressionnés. C'était bien plus complexe qu'ils ne l'auraient jamais imaginé. A mi-distance entre le centre et les défenses qui servaient de supports s'élevaient six poteaux de bois : des arbres débarrassés de leur écorce et ébranchés, auxquels on avait laissé une fourche au sommet. A l'extérieur, soutenus par le bas du talus, on avait enfoncé dans le sol des crânes de mammouths, calés par d'autres ossements : omoplates, os du bassin, vertèbres et plusieurs os longs, placés aux endroits stratégiques, tibias ou côtes. La partie supérieure du mur, qui consistait principalement en omoplates et os du bassin, mêlés de défenses plus petites, se fondait avec le toit, lui-même porté par des poutres disposées entre le cercle extérieur de défenses et le cercle intérieur formé par les poteaux. La mosaïque d'ossements, tous choisis avec soin, certains retaillés pour s'insérer précisément à leur place, était solidement attachée aux défenses et créait une muraille incurvée dont les éléments s'ajustaient comme les pièces d'un puzzle.

On trouvait du bois, en petites quantités, dans les vallées des cours d'eau, mais, pour construire, les os de mammouths étaient plus abondants. Toutefois, les carcasses des mammouths tués à la chasse ne constituaient qu'une petite part des ossements utilisés. L'essentiel des matériaux était choisi dans les prodigieuses accumulations d'os qui se formaient dans le méandre de la rivière. Ils en trouvaient même sur les steppes voisines, là où les animaux nécrophages avaient fait leur besogne sur les carcasses. Mais les vastes plaines leur procuraient surtout des matériaux d'une autre sorte.

Chaque année, les troupeaux migrateurs de rennes perdaient leurs bois pour laisser place à la ramure de l'année suivante. Chaque année, les bois étaient ramassés. Pour compléter la construction, les ramures des rennes étaient liées les unes aux autres et formaient un solide support au toit en coupole, au centre duquel un trou était ménagé pour laisser échapper la fumée. Des branches de saule, coupées dans la vallée, étaient étroitement entrelacées en une couche épaisse qu'on posait sur les bois de rennes et qu'on attachait solidement. On mettait là-dessus une couche plus épaisse encore de chaume, qui dépassait la première afin de faciliter l'écoulement de l'eau, et qu'on liait aux branches de saule sur toute la surface du toit. Venait encore une couche de terre, dont une partie venait de ce qu'on avait enlevé en creusant le sol à l'intérieur, et le reste, des environs.

Les murs de la construction étaient épais de deux à trois pieds. Il manquait cependant une dernière couche pour l'achever.

Les deux hommes et la jeune femme se trouvaient à l'extérieur et admiraient l'ensemble quand Talut en termina avec son exposé détaillé.

— J'espérais que le temps allait s'arranger, fit-il, avec un large geste vers le ciel clair. Il faut à tout prix en finir. Si cette construction n'est pas terminée, je ne suis pas sûr qu'elle dure bien longtemps.

— Combien de temps dure un tel abri ? demanda Jondalar.

— Aussi longtemps que moi, davantage parfois. Mais les habitations semi-souterraines servent pour l'hiver. L'été, généralement, nous partons, pour la Réunion d'Eté, pour la grande chasse au mammouth ou pour d'autres déplacements. L'été est fait pour voyager, pour cueillir des plantes, pour chasser ou pêcher, pour faire du commerce ou des visites. Quand nous partons, nous laissons ici presque tout ce que nous possédons, parce que nous revenons chaque année. Le Camp du Lion est notre demeure.

— Si tu veux que ce foyer abrite longtemps les chevaux d'Ayla, nous ferions bien de le terminer pendant que nous le pouvons, intervint Nezzie.

Deegie et Nezzie posèrent sur le sol la grande et pesante outre d'eau qu'elles avaient remontée de la rivière partiellement gelée.

Ranec survint. Il portait des outils et traînait derrière lui une corbeille pleine de terre humide.

— Je n'ai jamais entendu dire que quelqu'un avait construit un abri, ni même un foyer supplémentaire, si tard dans la saison, dit-il.

Barzec le suivait de près.

— Ce sera intéressant de voir ce que ça donne, fit-il.

Lui aussi posa une corbeille emplie de cette boue recueillie en un lieu donné de la berge. Danug et Druwez apparurent à leur tour avec deux autres paniers pleins.

— Tronie a fait un feu, dit Tulie.

Elle se chargea à elle seule de l'outre apportée par Nezzie et Deegie.

— Tornec et quelques autres amassent de la neige que nous ferons fondre quand cette eau sera chaude.

— Je veux aider, proposa Ayla.

Elle se demandait ce qu'elle pourrait bien faire : chacun, apparemment, connaissait son propre rôle, mais elle n'avait pas la moindre idée de ce qui se passait ni de la manière dont elle pourrait les aider.

— Oui, pouvons-nous vous venir en aide ? demanda Jondalar.

— Bien sûr, c'est pour les chevaux, fit Deegie. Mais je vais d'abord te prêter de vieux vêtements à moi, Ayla. On se salit, dans ce travail. Talut ou Danug auraient-ils quelque chose pour Jondalar ?

— Je vais lui trouver ce qu'il faut, assura Nezzie.

— Si vous n'avez pas perdu toute votre ardeur quand nous aurons fini, proposa Deegie en souriant, vous pourrez bâtir avec nous la nouvelle habitation que nous allons faire pour installer notre Camp... quand je me serai unie à Branag.

— Quelqu'un a-t-il allumé les feux dans les étuves ? questionna Talut. Tout le monde aura envie de se nettoyer, après ça, surtout si nous célébrons une fête ce soir.

— Wymez et Frebec les ont allumés de bonne heure ce matin, répondit Nezzie. Crozie et Manuv sont partis avec Latie et les enfants chercher des branches de sapin qui parfumeront les étuves. Fralie voulait les accompagner, mais je la voyais mal grimper et redescendre des pentes. Je lui ai demandé si elle voudrait bien s'occuper de Rydag. Elle surveille Hartal en même temps. Mamut est très occupé, lui aussi : il prépare je ne sais quoi pour la cérémonie de ce soir. J'ai l'impression qu'il s'agit d'une sorte de surprise.

— Oh, j'allais oublier... Mamut m'a demandé, au moment où je sortais, de te dire que les signes étaient bons pour une chasse dans quelques jours, Talut. Il veut savoir si tu désires qu'il se livre à la Recherche, dit Barzec.

— Oui, c'est vrai, les signes sont bons pour une chasse, approuva le géant. Regardez cette neige ! Molle en dessous, fondante par-dessus. Si nous avons un bon gel, elle va avoir une croûte de glace. Les bêtes ne bougent plus, dans ces conditions-là. Oui, je crois que ce serait une bonne idée.

Tout le monde s'était approché du trou à feu, où une grande peau, emplie de l'eau glacée de la rivière, avait été disposée sur un bâti au-dessus des flammes. Elle devait simplement aider à faire fondre la neige qu'on y déversait. A mesure que celle-ci fondait, on en remplissait des corbeilles étanches qu'on allait déverser dans une autre peau, tachée, sale, qui tapissait une cuvette creusée dans la terre. On y ajoutait la terre particulière rapportée de la berge de la rivière et l'on mélangeait l'une et l'autre pour former une épaisse crème argileuse, collante.

Plusieurs personnes grimpèrent sur le toit avec des paniers de cette boue fine et, à l'aide de pelles creuses, entreprirent de la verser sur la couche de terre. Après les avoir observés un moment, Jondalar et Ayla se joignirent aux autres. D'autres, en bas, étalaient la mixture pour veiller à ce que la surface entière fût recouverte d'une couche épaisse.

L'argile, visqueuse et résistante, n'absorberait pas la pluie. Elle était imperméable. Ni l'eau, ni la neige fondue ne pourraient y pénétrer. Encore humide, elle possédait déjà cette qualité. Une fois sèche, au bout d'un certain temps, la surface durcissait, et l'on s'en servait souvent pour y entreposer des instruments, des objets divers. Lorsqu'il faisait beau, c'était un endroit où flâner, se réunir, se lancer dans des discussions volubiles ou bien s'asseoir tranquillement pour méditer. Les enfants y grimpaient quand arrivaient des visiteurs, afin de voir ce qui se passait sans encombrer personne, et tout le monde venait s'y percher lorsqu'il y avait quelque chose à voir.

Ayla porta jusqu'en haut une lourde corbeille, en renversa un peu partout et sur elle-même en particulier. C'était sans importance : elle était déjà couverte de boue, comme tout le monde. Deegie avait raison : c'était une besogne salissante. Quand ils eurent couvert les côtés, ils s'attaquèrent au sommet, mais, à mesure que la surface du dôme était enduite de boue glissante, il devenait difficile de s'y maintenir.

La jeune femme déversa ce qui restait dans sa corbeille, regarda l'argile glisser lentement. Elle se retourna pour partir, sans regarder prudemment où elle posait les pieds. L'instant d'après, elle perdait l'équilibre. Elle s'affaissa dans l'argile liquide qu'elle venait de verser, patina, glissa sur la courbe du toit, tomba avec un cri involontaire.

Au moment où elle atteignait le sol, elle se retrouva entre deux bras vigoureux et, surprise, vit le visage rieur, constellé de taches de boue, de Ranec.

— C'est une façon comme une autre d'étaler l'argile, fit-il.

Il l'avait remise sur ses pieds, et elle tentait de reprendre son sang-froid. Sans la lâcher, il ajouta :

— Si vous tenez à recommencer, je vous attends ici.

Elle sentait comme une brûlure sur la peau fraîche de son bras, là où il avait posé sa main. Elle était tout entière consciente du corps masculin qui se pressait contre le sien. Les yeux sombres de Ranec, profonds et brillants, exprimaient un désir qui éveillait une réaction au plus profond de sa féminité. Elle tremblait légèrement. Son visage s'empourpra. Elle baissa les yeux, s'écarta de Ranec.

Un coup d'œil vers Jondalar lui apporta la confirmation de ce qu'elle s'attendait à voir. Il était furieux. Ses poings se serraient, ses tempes battaient. Vivement, elle détourna le regard. Elle comprenait maintenant un peu mieux sa colère : c'était une expression de sa peur — peur de la perdre, peur d'être rejeté. Elle n'en était pas moins quelque peu irritée par sa réaction. Ce n'était pas sa faute si elle avait glissé, et elle était reconnaissante à Ranec de s'être trouvé là pour la rattraper. Elle rougit de nouveau, au souvenir de la manière dont elle avait réagi à son contact. Mais cela non plus, ce n'était pas sa faute.

— Viens, Ayla, appela Deegie. Talut dit que c'est assez, et les étuves sont chaudes. Allons nous débarrasser de toute cette boue et nous préparer pour la fête. Elle est donnée pour toi.

Les deux jeunes femmes pénétrèrent dans l'habitation en passant par le nouveau foyer. Au moment où elles parvenaient au Foyer du Mammouth, Ayla se tourna soudain vers sa compagne.

— Deegie, c'est quoi, bain de vapeur ?

— Tu n'en as donc jamais pris ?

La jeune femme secoua la tête.

— Non.

— Oh, ça va te plaire ! Tu ferais aussi bien d'ôter ces vêtements boueux au Foyer de l'Aurochs. Les femmes se servent généralement de l'étuve de derrière. Les hommes préfèrent celle-ci.

Elles traversaient alors le Foyer du Renne et pénétraient dans le Foyer de la Grue. Deegie désigna une arche qui s'ouvrait derrière la couche de Manuv.

— N'est pas réserve ?

— Tu croyais donc que toutes les petites pièces servaient de réserves ? Mais tu ne pouvais pas le savoir, je suppose. On a tellement l'impression que tu fais partie de notre Camp : on a du mal à se rappeler que tu n'es pas ici depuis très longtemps.

Elle s'arrêta, se tourna vers Ayla.

— Je suis heureuse que tu deviennes l'une d'entre nous. C'était ton destin, je crois.

La jeune femme esquissa un sourire timide.

— Moi aussi, suis heureuse et contente que tu sois là, Deegie. Est agréable connaître femme... jeune... comme moi.

Deegie lui rendit son sourire.

— Oui, je sais. Si seulement tu étais arrivée plus tôt. Je vais partir après l'été. L'idée de ce départ me fait presque horreur. Je veux devenir la Femme Qui Ordonne de mon propre Camp, comme ma mère, mais elle va me manquer, et toi aussi... tout le monde.

— Tu vas loin ?

— Je ne sais pas encore. Nous n'avons rien décidé.

— Pourquoi aller loin ? Pourquoi pas construire nouvel abri près d'ici ? demanda Ayla.

— Je n'en sais rien. La plupart des gens ne le font pas, mais ce serait possible, je suppose. Je n'y avais pas pensé, dit Deegie, avec une expression de surprise amusée.

Elles arrivaient au dernier foyer.

— Enlève tes vêtements sales et laisse-les ici, par terre, indiqua Deegie.

Toutes deux se déshabillèrent. Ayla sentit une chaleur arriver jusqu'à elle. Elle provenait de derrière un rideau de cuir rouge, suspendu devant une arche de défenses, plus basse que les autres, ouverte dans le mur du fond. Deegie courba la tête, entra la première. Ayla la suivit mais s'arrêta un instant sur le seuil, un bras levé pour retenir le rideau. Elle s'efforçait de voir l'intérieur de l'étuve.

— Entre et ferme le rideau ! Tu laisses partir la chaleur ! cria une voix.

L'atmosphère de l'étuve, faiblement éclairée, était pleine de vapeur et de fumée.

Ayla se glissa vivement de l'autre côté du rideau qui retomba derrière elle. La chaleur l'assaillit aussitôt. Deegie lui fit descendre quelques marches grossières faites d'os de mammouth placés le long du mur de terre d'une fosse profonde d'environ trois pieds. Au fond, Ayla se retrouva sur le sol couvert d'une fourrure épaisse et moelleuse. Quand sa vision se fut ajustée à la pénombre, elle regarda autour d'elle. L'espace ainsi creusé mesurait à peu près deux mètres de large sur trois de long. Il comportait deux parties circulaires, chacune avec son plafond bas en forme de coupole. Des braises, éparpillées sur le sol du cercle le plus grand, brillaient d'un rouge éclat. Les deux femmes traversèrent l'autre partie de l'étuve pour rejoindre les autres. Les murs, constata alors Ayla, étaient recouverts de peaux et sur le sol du cercle le plus grand, des os de mammouth, disposés avec soin, permettaient de marcher au-dessus des braises. Un peu plus tard, quand les femmes verseraient de l'eau, afin de se laver ou de créer de la vapeur, le liquide s'évacuerait dans la terre, sous les os qui tiendraient les pieds au-dessus de la boue.

D'autres os brûlaient dans le foyer central. Ils fournissaient à la fois la chaleur et l'unique source de lumière, mis à part la mince ligne de jour autour du trou à fumée protégé par sa couverture. Des femmes nues étaient assises autour du feu, sur des bancs faits d'ossements plats posés sur d'autres os de mammouth qui servaient de supports. Des récipients remplis d'eau s'alignaient le long d'un mur. De grands paniers solides, au tressage serré, contenaient l'eau froide, tandis que de la vapeur montait des estomacs de gros animaux soutenus par des ramures de cervidés. Quelqu'un, à l'aide de deux os plats, sortit du feu une pierre brûlante, la laissa tomber dans l'une des poches. Un nuage de vapeur parfumée aux aiguilles de sapin monta, se répandit dans la pièce.

— Venez vous asseoir entre Tulie et moi, dit Nezzie.

Elle déplaça son vaste corps pour faire de la place. Tulie en fit autant, du côté opposé. Elle aussi était corpulente, mais ses dimensions imposantes venaient principalement de sa masse musculaire. Ses formes pleines ne laissaient néanmoins aucun doute sur sa féminité.

— Je veux d'abord me débarrasser d'un peu de cette boue, répondit Deegie. Ayla aussi, probablement. L'avez-vous vue glisser tout le long du toit ?

— Non. T'es-tu fait mal, Ayla ? questionna Fralie avec inquiétude.

Sa grossesse avancée la gênait visiblement.

Sans laisser à Ayla le temps de répondre, Deegie éclata de rire.

— Ranec l'a rattrapée. Et il n'avait pas l'air de le regretter.

Il y eut des sourires, des hochements de tête entendus.

Deegie prit un bassin fait d'un crâne de mammouth, y versa de l'eau froide et de l'eau chaude à laquelle elle ajouta une petite branche de sapin. D'une masse sombre d'une substance moelleuse, elle tira une poignée pour Ayla, une autre pour elle-même.

— C'est quoi ? demanda la jeune femme.

Elle palpait la substance douce et soyeuse.

— De la laine de mammouth répondit Deegie. Celle qui leur pousse sous le poil, l'hiver. Au printemps, ils la perdent en abondance, et elle s'accroche aux buisssons et aux arbres. On en ramasse même parfois sur le sol. Trempe-la dans l'eau, et tu pourras t'en servir pour te débarrasser de la boue.

— Cheveux pleins de boue aussi, dois laver.

— Nous nous laverons les cheveux pour de bon après, quand nous aurons bien transpiré.

Elles se rincèrent dans les nuages de vapeur, et Ayla s'assit ensuite entre Deegie et Nezzie. Deegie se renversa en arrière, ferma les yeux avec un soupir de contentement. Pendant ce temps, Ayla, qui se demandait pourquoi elles étaient toutes assises là, à transpirer, observait les autres occupantes de la pièce. Latie, installée de l'autre côté de Tulie, lui sourit. Elle lui rendit son sourire.

Il se fit un mouvement à l'entrée. La jeune femme eut l'impression d'un courant d'air froid et s'aperçut qu'elle avait très chaud. Tout le monde leva la tête pour voir qui arrivait. Rugie et Tusie descendirent précautionneusement les marches, suivies par Tronie qui portait Nuvie.

— J'ai dû donner le sein à Hartal, déclara Tronie. Tornec tenait à l'emmener à l'étuve, et je ne voulais pas qu'il fasse des difficultés.

On n'acceptait donc aucun mâle, en ces lieux ? se demandait Ayla. Pas même les tout petits garçons ?

— Tous les hommes sont dans l'étuve, Tronie ? questionna Nezzie. Je devrais peut-être aller chercher Rydag.

— Danug l'a emmené. Les hommes, je crois, ont décidé qu'ils voulaient tous les mâles, cette fois, répondit Tronie. Même les enfants.

— Frebec a emmené Tasher et Crisavec, précisa Tusie.

— Il est grand temps qu'il commence à s'intéresser à

ces petits, grommela Crozie. N'est-ce pas la seule raison qui t'a amenée à t'unir à lui, Fralie ?

— Non, mère. Ce n'est pas la seule raison.

Ayla fut surprise. Jamais encore elle n'avait entendu Fralie contredire sa mère. Personne d'autre ne parut le remarquer. Peut-être, en cet endroit où se trouvaient seulement des femmes, Fralie n'avait-elle pas à se soucier de sembler prendre parti. Crozie, la tête en arrière, avait les yeux clos. La ressemblance entre sa fille et elle était étonnante. Fralie, en fait, lui ressemblait trop. Si l'on ne tenait pas compte de son ventre, enflé par la grossesse, elle était d'une maigreur qui la faisait paraître aussi vieille que sa mère, remarqua Ayla. Ses chevilles étaient gonflées. Ce n'était pas bon signe. La jeune femme aurait aimé l'examiner. Elle comprit que ce serait peut-être possible, là où elles se trouvaient.

— Fralie, chevilles enflent beaucoup ? demanda-t-elle, non sans une certaine hésitation.

Les autres femmes se redressèrent, dans l'attente de la réponse de Fralie, comme si toutes prenaient subitement conscience de l'idée qui venait de se présenter à l'esprit d'Ayla. Crozie elle-même observait sa fille sans mot dire.

Fralie baissa les yeux sur ses pieds, parut examiner ses chevilles enflées d'un air méditatif. Elle releva la tête.

— Oui. Elles gonflent, ces derniers temps, dit-elle.

Nezzie poussa un soupir de soulagement, et toutes les autres éprouvèrent le même sentiment.

Ayla se pencha en avant.

— Toujours vomir le matin ?

— Je n'ai jamais été aussi malade pour les deux premiers.

— Fralie, veut bien me laisser... regarder ?

Le regard de Fralie fit le tour du groupe de femmes. Aucune ne dit mot. Nezzie lui souriait, la poussait silencieusement à accepter.

— Je veux bien, dit Fralie.

Ayla se leva vivement. Elle lui regarda les yeux, sentit son haleine, lui tâta le front. Il faisait trop sombre pour voir grand-chose, et trop chaud pour discerner si elle était fiévreuse.

— Veux allonger ? demanda-t-elle.

Tout le monde s'écarta pour donner à Fralie la place de s'étendre. Ayla palpa, écouta, examina minutieusement. De toute évidence, elle possédait une véritable compétence. Les autres femmes suivaient l'examen de regards curieux.

— Malade autrement que matin, je pense, dit Ayla, quand elle en eut terminé. Je prépare remède empêche nourriture remonter. Aide à sentir mieux. Empêche enfler. Prendras ?

— Je ne sais pas, répondit Fralie. Frebec surveille tout ce que je mange. Il est inquiet, je crois, mais il ne veut pas l'avouer. Il me demandera d'où vient ce que je prends.

Crozie, les lèvres serrées, retenait manifestement les mots qu'elle avait envie de prononcer : elle redoutait, si elle les laissait échapper, de voir Fralie prendre le parti de Frebec et refuser l'aide d'Ayla. Nezzie et Tulie échangèrent un regard. Il n'était pas dans la manière de Crozie de faire montre d'une telle retenue.

Ayla hocha la tête.

— Connais moyen, je crois.

— Je ne sais pas ce que vous en pensez, déclara Deegie, mais moi, je suis prête à finir de me laver et à sortir. Que dirais-tu d'aller te rouler un moment dans la neige, Ayla ?

— Bon, je crois. Trop chaud ici.

17

Jondalar souleva la tenture tirée devant la plateforme qu'il partageait avec Ayla. Il sourit. Elle était assise au milieu de la couche. Nue, la peau rosée, lumineuse, elle brossait ses cheveux encore humides.

Elle lui sourit à son tour.

— Je me sens si bien, dit-elle. Deegie m'avait dit que j'aimerais ça. Le bain de vapeur t'a-t-il plu ?

Il s'assit près d'elle, laissa retomber la tenture. Il

avait lui aussi le teint animé, mais il était déjà habillé, il venait de se peigner et avait noué ses cheveux sur la nuque. Le bain de vapeur avait été tellement agréable qu'il avait même songé à se raser mais il avait fini par se contenter de se rafraîchir la barbe.

— Ils m'ont toujours plu, répondit-il.

Incapable de résister plus longtemps, il prit la jeune femme dans ses bras, l'embrassa, entreprit de caresser le corps tiède. Elle répondit sans réserve à ses caresses, s'abandonna à son étreinte. Il l'entendit gémir doucement quand il prit entre ses lèvres le bout d'un sein.

— Grande Mère, tu es tentante, femme, dit-il en s'écartant d'elle. Mais que diront les gens, quand ils commenceront d'arriver au Foyer du Mammouth pour ton adoption, s'ils nous trouvent en train de partager les Plaisirs, au lieu d'être habillés et prêts à les recevoir ?

— Nous pourrions leur dire de revenir plus tard, riposta-t-elle en souriant.

Jondalar éclata de rire.

— Je t'en crois bien capable, non ?

— Ne m'as-tu pas donné ton signal ? demanda-t-elle d'un air espiègle.

— Mon signal ?

— Tu te rappelles bien. Le signal que donne un homme à une femme quand il la désire ? Tu m'as dit que je saurais toujours. Ensuite, tu m'as embrassée et caressée ainsi. Eh bien, tu viens de me donner ton signal, et, quand un homme lui donne le signal, une femme du Clan ne refuse jamais.

— Est-il bien vrai qu'elle ne refuse jamais ?

Il ne parvenait pas encore à y croire tout à fait.

— Elle est élevée ainsi, Jondalar. C'est ainsi que se comporte une véritable femme du Clan, répondit-elle avec une parfaite gravité.

— Hmmm. Autrement dit, le choix m'appartient ? Si je te disais « Restons ici et partageons les Plaisirs », tu ferais attendre tout le monde ?

Il s'efforçait de garder son sérieux, mais ses yeux pétillaient de joie.

— Seulement si tu me donnes le signal, fit-elle sur le même ton.

Il la reprit dans ses bras, l'embrassa de nouveau. En la sentant réagir avec plus d'ardeur encore, il fut presque tenté de vérifier si elle plaisantait ou si elle parlait sérieusement mais, à regret il la lâcha.

— Ce n'est pas ce que je préférerais, mais il vaut mieux, je crois, que je te laisse t'habiller. Les autres ne vont plus tarder. Que vas-tu mettre ?

— Je n'ai pas grand-chose, en réalité, sauf ce que je portais au Clan, la tenue que je me suis faite et des jambières de rechange. J'aimerais bien avoir d'autres vêtements. Deegie m'a montré ce qu'elle allait porter. C'est magnifique... Je n'ai jamais rien vu de semblable. Elle m'a offert une de ses brosses quand elle m'a vue me servir d'une cardère.

Ayla montra à Jondalar la brosse à cheveux faite des poils raides de mammouth, serrés à une extrémité dans une bande de cuir qui en formait le manche, ce qui lui donnait l'aspect d'un large pinceau.

— Elle m'a donné aussi quelques colliers de perles et de coquillages. Je crois que je les mettrai dans mes cheveux, comme elle.

— Je ferais bien de te laisser t'apprêter, fit Jondalar.

Il se pencha sur la jeune femme pour un autre baiser et se leva. Quand le rideau de cuir fut retombé, il demeura un instant immobile à le contempler. Un pli creusait son front. Il aurait voulu pouvoir rester avec elle, sans se soucier des autres. Lorsqu'ils vivaient dans la vallée d'Ayla, ils faisaient ce qu'ils voulaient quand bon leur semblait. Et si elle choisissait de rester parmi eux ? Il avait le pressentiment qu'après cette nuit-là, rien ne serait plus jamais pareil.

Au moment où il allait s'éloigner, Mamut croisa son regard et lui fit signe. Le jeune homme s'approcha du vieux chaman.

— Si tu n'es pas trop occupé, j'aimerais bien avoir ton aide, dit Mamut.

— Je serais heureux de t'aider. Que puis-je faire ? répondit Jondalar.

Mamut prit au fond de sa plate-forme quatre longues perches, les lui montra. En les regardant de plus près, Jondalar s'aperçut qu'elles n'étaient pas en bois mais en ivoire, et d'une seule pièce. C'étaient des défenses de mammouth, qu'on avait façonnées, redressées. Le vieillard lui tendit ensuite un gros maillet de pierre emmanché d'os. Jondalar prit le temps de l'examiner : il n'en avait jamais vu de pareil. Le maillet était entièrement recouvert de cuir. On avait creusé un sillon tout autour de la grosse pierre. Un lien d'osier flexible suivait le sillon et venait s'attacher au manche. Le maillet tout entier avait été alors enveloppé d'une peau non tannée, humide, qu'on avait simplement grattée pour la nettoyer. La peau, en séchant, s'était resserrée sur le tout, maintenant ainsi solidement unis le maillet et son manche.

Le chaman entraîna Jondalar vers le trou à feu. Il souleva une natte pour lui montrer un trou, large d'un demi-pied, rempli de petites pierres et de morceaux d'os. Ils le vidèrent. Jondalar apporta ensuite l'une des perches d'ivoire, en plaça l'extrémité dans le trou. Pendant que Mamut la maintenait bien droite, il la cala à l'aide des pierres et des os, tassa fermement l'ensemble avec un maillet de pierre. Ils répétèrent encore par trois fois l'opération, formant ainsi un arc de cercle autour du trou à feu mais à quelque distance.

Le vieil homme sortit alors un paquet et, soigneusement, avec respect, l'ouvrit, en tira une feuille en rouleau, faite d'une matière parcheminée. La feuille une fois déroulée, Jondalar vit qu'on y avait peint des animaux, parmi lesquels un mammouth, des oiseaux et un lion des cavernes, ainsi que d'étranges figures géométriques. Ils le fixaient aux perches, créant ainsi un paravent translucide. Jondalar recula de quelques pas pour juger de l'effet produit, avant de se rapprocher avec curiosité. Les intestins, après avoir été ouverts, nettoyés et séchés, étaient généralement translucides, mais cet écran était fait d'une autre matière. Il croyait savoir laquelle, sans toutefois en être bien sûr.

— Ce n'est pas fait avec des intestins, n'est-ce pas ? Il aurait fallu les coudre les uns aux autres, et cet écran est d'une seule pièce.

Le Mamut acquiesça d'un signe de tête.

— Alors, il doit s'agir de la couche membraneuse

qui doublait la peau d'un très gros animal, et qu'on est parvenu à enlever d'un seul tenant.

Le vieil homme sourit.

— Un mammouth, dit-il. Une femelle blanche.

Les yeux de Jondalar s'élargirent, avant de se reporter avec un profond respect sur l'écran.

— Chaque Camp reçut une partie de la femelle blanche, puisqu'elle avait rendu son esprit lors de la première chasse d'une Réunion d'Eté. Moi, j'ai demandé ceci. On l'appelle l'ombre de sa peau. Elle a moins de substance que les autres parties blanches, et l'on ne peut pas l'exposer pour montrer à tous son pouvoir, mais, à mon avis, ce qui est plus subtil peut être aussi plus puissant. Ceci vaut mieux qu'un petit morceau : ceci enveloppait l'esprit intérieur de tout l'animal.

Brinan et Crisavec firent subitement irruption dans l'espace qui formait le centre du Foyer du Mammouth. Ils s'étaient poursuivis tout au long du passage qui venait des Foyers de l'Aurochs et de la Grue. Ils culbutèrent l'un sur l'autre pour se battre, faillirent même heurter le délicat écran. Mais ils se figèrent quand Brinan remarqua la longue jambe maigre qui leur barrait le chemin. Ils levèrent les yeux, leur regard rencontra la représentation du mammouth, et ils étouffèrent une exclamation. Tous deux se tournèrent vers Mamut. Aux yeux de Jondalar, le visage du chaman était dépourvu d'expression. Pourtant, les deux garçons de sept et huit ans se relevèrent précipitamment et, en évitant soigneusement l'écran, se dirigèrent vers le premier foyer, comme s'ils avaient été sévèrement semoncés.

— Ils avaient l'air contrits, presque effrayés. Cependant, tu ne leur as pas dit un mot, et je ne les ai jamais vus avoir peur de toi, remarqua Jondalar.

— Ils ont vu l'écran. Parfois, quand tu contemples l'essence d'un puissant esprit, tu vois ton propre cœur.

Jondalar hocha la tête en souriant mais il n'était pas sûr de bien comprendre ce que voulait dire le vieux chaman. Il parle comme une Zelandoni, se disait-il, avec une ombre sur la langue, comme le font si souvent les gens de son espèce. Toutefois, il n'était pas certain de vouloir voir son propre cœur.

En traversant le Foyer du Renard, les enfants saluèrent le sculpteur, qui leur répondit d'un sourire. Ce sourire s'élargit quand Ranec ramena son attention sur le Foyer du Mammouth, qu'il observait depuis un bon moment. Ayla venait d'apparaître et s'était immobilisée devant le rideau pour ajuster les plis de sa tunique. A sa vue, Ranec sentit son visage s'enfiévrer. Son cœur battait à grands coups.

Plus il voyait Ayla, plus il la trouvait ravissante. Les longs rayons du soleil, qui entraient par le trou à fumée, venaient tout exprès, lui semblait-il, chatoyer sur elle. Il voulait se rappeler ce moment, repaître sa vue de ce spectacle. L'abondante chevelure de la jeune femme, qui retombait en vagues harmonieuses autour de son visage, faisait comme un nuage doré qui jouait avec les rayons lumineux. Ses mouvements pleins de spontanéité étaient d'une grâce absolue. Personne n'imaginait l'inquiétude qui avait taraudé Ranec durant l'absence d'Ayla, ni son bonheur à l'idée qu'elle allait devenir l'une d'entre eux. Il fronça les sourcils quand Jondalar vit la jeune femme, s'approcha d'elle et lui passa autour de la taille un bras possessif. Il s'interposait maintenant entre elle et Ranec et la lui cachait.

Ils s'avancèrent dans la direction du sculpteur pour se rendre au premier foyer. Elle s'arrêta pour regarder l'écran : elle était visiblement impressionnée, admirative. Le couple s'engagea dans le passage pour traverser le Foyer du Renard. Le sculpteur surprit une vive rougeur sur les joues d'Ayla quand elle le vit. Vivement, elle baissa les yeux. Le visage de son compagon s'empourpra, lui aussi, mais son regard marquait bien que le plaisir n'y était pour rien. Les deux hommes se dévisagèrent fixement au passage. L'expression de Jondalar traduisait la colère et la jalousie. Ranec faisait un grand effort pour paraître indifférent et sûr de lui. Machinalement, ses yeux allèrent chercher le regard impassible de l'homme qui se dressait derrière Jondalar, l'homme qui représentait l'essence de la spiritualité du Camp. Sans bien savoir pourquoi, il se sentit décontenancé.

Les deux jeunes gens arrivèrent au foyer d'entrée.

Ayla comprit alors pourquoi elle n'avait pas remarqué de préparatifs fébriles en vue du festin. Nezzie surveillait les femmes qui enlevaient des feuilles flétries, des herbes fumantes d'un trou creusé à même la terre, qui faisait office de four. Les arômes qui s'en dégageaient mettaient l'eau à la bouche de tous les assistants. Les préparatifs avaient commencé avant que les hommes fussent descendus chercher de l'argile à la rivière, et les mets avaient continué de cuire tout le temps que le Camp avait travaillé. Il ne restait plus qu'à les servir à tous ces gens affamés.

On sortit d'abord du trou une certaine variété de raves qui se trouvaient bien d'une cuisson prolongée. Vinrent ensuite des corbeilles emplies d'un mélange de moelle, de myrtilles et de plusieurs graines décortiquées et pilées, parmi lesquelles des pignons riches en huile, qui avait cuit pendant des heures. Sans être sucré, en dépit des myrtilles qui apportaient une légère saveur fruitée, le plat était délicieusement riche. On sortit enfin une cuisse entière de mammouth, cuite à la vapeur et imprégnée du jus dispensé par son épaisse couche de graisse.

Le soleil se couchait. Un vent froid fit rentrer en hâte tout le monde dans l'abri. Cette fois, quand Ayla fut priée de se servir la première, elle se montra moins timide. Le festin était donné en son honneur, et, même si elle n'aimait toujours pas se sentir le point de mire de l'attention générale, elle était heureuse des circonstances qui l'avaient voulu ainsi.

Deegie vint s'asseoir près d'elle, et la jeune femme se surprit à la détailler sans vergogne. L'épaisse chevelure de la jeune fille, d'un châtain roux, était tirée en arrière et coiffée en un chignon très haut sur le sommet du crâne. Un rang de perles rondes en ivoire, chacune d'elles ciselée et percée à la main, avait été tressé avec ses cheveux. Elle portait une longue robe de cuir souple — une longue tunique, dans l'esprit d'Ayla —, drapée en plis souples à partir de la taille, teinte d'un brun profond et d'un éclat satiné. La tunique n'avait pas de manches, mais la largeur des épaules, qui retombaient sur le haut des bras, en donnait l'illusion. Une frange de longs poils de mammouth, d'un brun-rouge, tombait de ses épaules dans le dos et d'un décolleté en V par-devant et descendait plus bas que la taille.

L'encolure était soulignée d'un triple rang de perles d'ivoire, et Deegie portait autour du cou un collier de coquillages coniques, séparés par des tubes de calcaire et par des morceaux d'ambre. Un bracelet d'ivoire, gravé d'un motif en chevrons, enserrait le haut de son bras droit. Le même motif se répétait, en ocre rouge, jaune et brun, sur sa ceinture, tissée de poils d'animaux. Attaché à cette ceinture par une boucle de cuir, pendait un couteau de silex à manche d'ivoire dans sa gaine de cuir, et, suspendue à une autre boucle, la partie inférieure d'une corne d'aurochs noire, un vase à boire qui représentait un talisman pour le Foyer de l'Aurochs.

La jupe avait été coupée en diagonale : elle partait des côtés, au-dessus des genoux, pour former une pointe devant et derrière. Trois rangs de perles d'ivoire, une bande de fourrure de lapin et une seconde bande formée des dos rayés de plusieurs écureuils accentuaient la ligne du bas de la jupe, encore soulignée par une autre frange de longs poils de mammouth qui effleurait le bas du mollet. Elle ne portait pas de jambières : on entrevoyait ses jambes à travers la frange, ainsi que ses hautes bottes d'un brun foncé qui formaient des mocassins aux pieds, et qui brillaient d'un éclat exceptionnel.

Ayla se demandait comment on obtenait du cuir d'un tel brillant. Mais, surtout, elle regardait Deegie avec une respectueuse admiration : c'était, pensait-elle, la plus belle femme qu'elle eût jamais vue.

— Deegie, est très belle... tunique ?

— Tu pourrais appeler ça une longue tunique. En réalité, c'est une tenue d'été. Je l'ai faite pour la Réunion, l'an dernier, quand Branag m'a déclaré son amour. J'ai changé d'avis sur ce que j'allais porter ce soir. Je savais que nous resterions à l'intérieur, et qu'il ferait chaud.

Jondalar vint les rejoindre. Visiblement, il trouvait Deegie très séduisante, lui aussi. Avec le charme qui le rendait si attirant, il lui décocha un sourire qui exprimait toute son admiration. Deegie répondit par un regard plein d'invite à ce bel homme, aux yeux d'un bleu intense.

Talut s'approchait. Il tenait entre ses mains un immense plateau chargé de nourriture. Ayla réprima une exclamation, ouvrit des yeux immenses. Le chef portait une coiffure fantastique, si haute qu'elle touchait presque le plafond. Elle était faite de cuir teint de différentes couleurs, de plusieurs sortes de fourrure, y compris une longue queue touffue d'écureuil qui pendait dans son dos ; deux pointes de défenses de mammouth, relativement petites, se dressaient de chaque côté de sa tête et se croisaient au-dessus comme celles qui formaient les arches d'entrée. Sa tunique, qui descendait aux genoux, était marron foncé — du moins ce qu'on en voyait. Tout le devant était si abondamment orné de motifs compliqués faits de perle d'ivoire, de dents d'animaux et de coquillages qu'il était malaisé de distinguer le cuir.

Il portait autour du cou un pesant collier composé de griffes de lion des cavernes et d'une canine, séparées par des morceaux d'ambre. Une plaque d'ivoire, gravée de signes énigmatiques, y était suspendue et descendait sur sa poitirne. Une large bande de cuir noir ceignait sa taille et se fermait par des lanières qui se terminaient sur le devant par des glands. Y étaient suspendus un poignard, fait de la pointe aiguisée d'une défense de mammouth, une gaine de cuir qui protégeait un couteau de silex à manche d'ivoire et un objet rond, en forme de roue, divisé par des rayons, où s'accrochaient par des lanières une bourse, quelques canines et, surtout, la touffe de poils prélevée sur la queue d'un lion des cavernes. Une longue frange de poils de mammouth, qui balayait presque le sol, révélait, quand il marchait, que ses jambières étaient aussi ornementées que sa tunique.

Quant à ses pieds, ils étaient gainés chacun d'une peau noire, luisante parfaitement ajustée, sans décoration et surtout sans la moindre couture visible. Encore une de ces énigmes dont Ayla espérait découvrir la réponse plus tard.

— Jondalar ! Tu as trouvé les deux femmes les plus séduisantes de l'assemblée, je vois ! clama Talut.

— Tu as raison, répondit Jondalar en souriant.

— Je n'hésiterais pas à déclarer que ces deux-là seraient capables de tenir leur place en n'importe quelle compagnie, poursuivit Talut. Toi qui as voyagé, qu'en dis-tu ?

— Je ne discuterai certainement pas. J'ai vu beaucoup de femmes, mais jamais je n'en ai vu d'aussi belles qu'ici même, répondit le jeune homme.

Il posa sur Ayla un regard appuyé, avant de sourire à Deegie.

Celle-ci se mit à rire. Ce badinage l'amusait, mais le cœur de Jondalar était ailleurs, on n'en pouvait douter. Talut, de son côté, lui faisait sans cesse des compliments extravagants. Elle était sa descendante reconnue, son héritière, fille de sa sœur qui était elle-même la fille de la propre mère du chef. Il aimait les enfants de son foyer et il assurait leur existence, mais c'étaient les enfants de Nezzie, les héritiers de Wymez, le frère de leur mère. Elle avait adopté Ranec, aussi, parce que sa mère était morte, ce qui faisait de lui tout à la fois l'enfant du foyer de Wymez et son héritier, mais c'était là une exception.

Tous les membres du Camp étaient heureux de parader dans leurs plus beaux atours, et Ayla veillait instamment à ne pas les détailler d'un regard trop prolongé. Les tuniques étaient de longueurs différentes, avec ou sans manches et de couleurs diverses, ornées selon le goût de chacun. Celles des hommes étaient souvent plus courtes, plus abondamment décorées, et ils portaient généralement quelque chose sur la tête. Les femmes préféraient le plus souvent la tunique dont le bord inférieur était en forme de V, bien que celle de Tulie ressemblât plutôt à une chemise ceinturée, portée sur des jambières. Elle était couverte, en motifs décoratifs et compliqués, de perles, de coquillages, de dents, d'ivoire ciselé et, particulièrement, d'ambre. Elle ne portait pas de coiffure, mais ses cheveux étaient disposés et ornés avec un tel art qu'elle n'avait pas besoin d'autre chose.

Mais, de toutes, la tunique de Crozie était la plus originale. Au lieu de se terminer en pointe par-devant, elle était coupée entièrement en diagonale, avec une pointe arrondie sur la droite et une échancrure arrondie sur la gauche. Plus étonnante encore était sa couleur. Elle était blanche, ni blanc cassé ni ivoire, mais d'un blanc pur, frangée et décorée, entre autres choses, des plumes blanches de la grande grue nordique.

Les enfants eux-mêmes étaient en tenue de cérémonie. Quand Ayla vit Latie, à la limite du groupe qui tournait autour d'elle et de Deegie, elle lui demanda de s'approcher pour lui montrer sa tenue, ce qui était, en fait, une invitation à se joindre à elles. Latie admira la manière dont Ayla portait les perles et les coquillages que lui avait offerts Deegie ; elle allait essayer d'en faire autant, dit-elle. Ayla sourit. Elle s'était contentée de les arranger en torsade sur son front, à la manière dont elle portait sa fronde. Latie ne tarda guère à se glisser dans le badinage général et elle eut un sourire timide pour Wymez quand il lui dit qu'il la trouvait charmante — ce qui, de la part de cet homme taciturne, représentait un compliment extravagant. Tout de suite après Latie, Rydag s'approcha. Ayla le prit sur ses genoux. Sa tunique était faite sur le modèle de celle de Talut, mais bien moins ornementée : jamais il n'aurait pu supporter un tel poids. La tenue de cérémonie de Talut pesait plusieurs fois autant que Rydag lui-même. Peu d'hommes auraient été capables d'endurer ne serait-ce que sa coiffure.

Ranec tarda à faire son apparition. Ayla avait remarqué son absence, l'avait cherché du regard, mais, lorsqu'elle le vit enfin, elle fut prise au dépourvu. Chacun avait pris plaisir à exhiber sa tenue des grands jours, tant elle se montrait impressionnée, ravie, sans rien cacher de son admiration. Ranec l'avait observée de loin. Il voulait créer pour elle un effet mémorable. Il retourna donc au Foyer du Renard pour se changer. Il se glissa ensuite près d'elle pendant qu'elle était absorbée par la conversation. Quand elle tourna la tête, ce fut pour le trouver brusquement à ses côtés. A son regard stupéfait, il sut qu'il avait réussi.

La coupe et le style de sa tunique étaient insolites. La forme en trapèze et les larges manches lui conféraient une allure différente et trahissaient une origine étrangère. Ce n'était pas une tunique mamutoï. Il l'avait achetée — et payée très cher — mais il avait su au tout premier regard qu'il la lui fallait. Quelques années plus tôt, l'un des Camps du nord avait fait une expédition de négoce vers un peuple de l'ouest, plus ou moins apparenté aux Mamutoï. Le chef avait reçu la tunique en témoignage de liens communs et de futures relations amicales. Il ne tenait pas à s'en dessaisir, mais Ranec s'était montré si insistant, il en avait offert un si bon prix que l'homme n'avait pu refuser.

La plupart des vêtements portés par les membres du Camp du Lion avaient été teints en tons de brun, de rouge sombre ou de jaune foncé, ils étaient abondamment ornés de perles d'ivoire, de dents, de coquillages et d'ambre, et rehaussés de fourrures et de plumes. La tunique de Ranec était d'un ivoire crémeux, plus doux que le blanc pur. La couleur, il le savait, faisait un contraste frappant avec sa peau sombre. Mais plus frappante encore était la décoration. Le devant et le dos de la tunique servaient de fond pour des images créées à l'aide de piquants de porc épic et de fins cordons teints de couleurs primaires, brillantes, violentes.

On voyait sur le devant le portrait abstrait d'une femme assise, composé de cercles concentriques dans des tons de rouge pur, d'orangé, de bleu, de noir et de brun. Une série de cercles représentait le ventre de la femme, deux autres évoquaient ses seins. Des arcs de cercles dans d'autres cercles figuraient ses hanches, ses épaules, ses bras. La tête était un motif basé sur un triangle, menton aigu et crâne plat, avec des lignes énigmatiques pour représenter les traits du visage. Au centre du ventre et des seins, placés là manifestement pour figurer le nombril et les mamelons, se trouvaient des grenats brillants. Un rang de pierres de couleur — tourmalines vertes et roses, grenats, aigues-marines — avait été fixé le long de la ligne plate de la tête. Par-derrière, la tunique montrait la même femme vue de dos. Les cercles concentriques, les arcs représentaient ses épaules et ses fesses. Les mêmes séries de couleurs se retrouvaient plusieurs fois autour des manches largement évasées.

Ayla, incapable de dire un mot, se contentait d'ouvrir de grands yeux. Jondalar lui-même était saisi de stupeur. Il avait fait de longs voyages, il avait rencontré bien des gens qui avaient bien des manières de s'habiller, que ce fût pour la vie courante ou pour les cérémonies. Il connaissait les broderies faites de piquants de porc-épic, il avait admiré les procédés employés pour les teindre et pour les coudre sur un vêtement mais jamais encore il n'avait vu une tenue aussi magnifique, aussi colorée.

— Ayla...

Nezzie s'était approchée pour prendre l'assiette de la jeune femme.

— Mamut voudrait te voir un instant.

Au moment où Ayla se leva, on commençait à enlever les restes, à nettoyer les assiettes, à se préparer pour la soirée. Durant le long hiver qui ne faisait que commencer, on célébrait bon nombre de fêtes et de cérémonies, afin d'apporter, dans une période relativement inactive, un peu d'animation. Il y aurait la Célébration des Frères et Sœurs, le Fête de la Longue Nuit, le Concours du Rire, plusieurs autres cérémonies en l'honneur de la Mère, mais l'adoption d'Ayla était une occasion inattendue et d'autant plus appréciée.

Pendant que les autres commençaient à se diriger vers le Foyer du Mammouth, Ayla préparait le nécessaire pour allumer un feu, comme Mamut le lui avait demandé. Quand ce fut fait, elle attendit, soudain saisie d'une fébrilité un peu inquiète. On lui avait expliqué les grandes lignes de la cérémonie, mais elle n'avait pas été élevée chez les Mamutoï. Les attitudes, les comportements traditionnels n'étaient pas pour elle une seconde nature. Mamut, apparemment, avait compris son appréhension, il s'était efforcé de l'apaiser, mais elle se tourmentait encore à l'idée de commettre une erreur.

Assise sur une natte, près du trou à feu, elle observait

ceux qui l'entouraient. Du coin de l'œil, elle vit Mamut avaler d'un trait le contenu d'une coupe. Jondalar, remarqua-t-elle, était assis sur leur plate-forme de couchage, seul. Il semblait inquiet, pas très heureux. Ayla se demanda si elle agissait bien en devenant mamutoï. Elle ferma les yeux, adressa à son totem une pensée silencieuse. Si l'Esprit du Lion des Cavernes avait été opposé à cette adoption, lui aurait-il envoyé un signe ?

La cérémonie allait commencer : elle le comprit en voyant arriver Talut et Tulie, qui se placèrent de chaque côté d'elle. Mamut, lui, déversait des cendres froides sur le dernier petit feu qu'on avait laissé brûler dans l'abri. Depuis la première expérience, le Camp savait à quoi s'attendre. Néanmoins, patienter dans l'obscurité pour voir renaître le feu restait déroutant. Ayla sentit une main se poser sur son épaule. Elle fit jaillir l'étincelle, qui fut saluée par une rumeur de soupirs de soulagement.

Quand le feu brûla comme il fallait, elle se releva. Talut et Tulie, à ses côtés, avancèrent d'un pas. Mamut se tenait derrière la jeune femme. Le chef et sa sœur tenaient chacun un long bâton d'ivoire.

— Au nom de Mut, la Grande Terre Mère, commença Tulie, nous sommes ici pour accueillir Ayla dans le Camp du Lion des Mamutoï. Mais nous faisons plus qu'accueillir cette femme dans le Camp du Lion. Elle est arrivée ici en étrangère. Nous souhaitons faire d'elle l'une d'entre nous, faire d'elle Ayla des Mamutoï.

Talut prit la suite :

— Nous sommes les chasseurs du grand mammouth laineux, qui nous fut donné par la Mère pour notre usage. Le mammouth, c'est de la nourriture, il nous procure de quoi nous vêtir, de quoi nous abriter. Si nous honorons Mut, Elle amènera l'Esprit du Mammouth à se renouveler, à revenir chaque saison. S'il nous arrive de déshonorer la Mère ou de négliger le Don de l'Esprit du Mammouth, le mammouth s'en ira pour ne jamais revenir. Ainsi nous a-t-il été annoncé.

« Le Camp du Lion est pareil au grand lion des cavernes : chacun de nous marche sans crainte et avec fierté. Ayla, elle aussi, marche sans crainte et avec fierté. Moi, Talut du Foyer du Lion, chef du Camp du Lion, j'offre à Ayla une place parmi les Mamutoï du Camp du Lion.

— C'est un grand honneur qui lui est offert. Qu'a-t-elle fait pour le mériter ? cria une voix dans l'assistance.

Ayla reconnut celle de Frebec et fut heureuse d'avoir été informée que cette intervention ferait partie de la cérémonie.

— Par le feu que tu vois, Ayla a donné la preuve de sa valeur. Elle a découvert un grand mystère, une pierre d'où l'on peut tirer le feu et, de son plein gré, elle a offert cette magie à chaque foyer, répondit Tulie.

— Ayla, ajouta Talut, est une femme comblée de dons et de talents. En sauvant une vie, elle a fait la preuve de sa valeur de Femme Qui Guérit expérimentée. En rapportant de la nourriture, elle a fait la preuve de sa valeur de chasseresse accomplie avec sa fronde, et avec un nouvel instrument qu'elle a apporté à son arrivée, un lanceur de sagaies. En amenant les chevaux qui sont derrière cette voûte, elle a fait la preuve de sa maîtrise sur les animaux. Elle peut apporter la considération à n'importe quel foyer et accroître la valeur du Camp du Lion. Elle est digne des Mamutoï.

— Qui parle pour cette femme ? Qui sera responsable d'elle ? Qui lui offrira l'appui d'une parenté dans son Foyer ? lança Tulie, d'une voix forte et claire.

Elle regardait son frère. Mais, sans laisser le temps à Talut de répondre, une autre voix s'éleva.

— Le Mamut parle pour Ayla ! Le Mamut sera responsable d'elle ! Ayla est une fille du Foyer du Mammouth ! déclara le vieux chaman.

Sa voix était plus profonde, plus retentissante, plus autoritaire que la jeune femme ne l'eût cru possible.

Des cris étouffés de surprise, des murmures montèrent de la zone du foyer qui restait dans l'obscurité. Tout le monde avait pensé qu'elle serait adoptée par le Foyer du Lion. L'affaire prenait un tour inattendu... mais l'était-il vraiment ? Ayla n'avait jamais dit qu'elle était chamane ni qu'elle désirait le devenir. Elle ne se comportait pas en femme à qui l'inconnu et l'inconnaissable sont familiers, elle n'était pas initiée à la maîtrise des pouvoirs particuliers. Pourtant, c'était une Femme Qui Guérit. Elle avait véritablement une autorité extraordinaire sur les chevaux, et peut-être sur d'autres animaux. Elle pouvait retrouver leurs traces et les faire venir à elles. Toutefois, le Foyer du Mammouth représentait l'essence spirituelle de ces Enfants de la Terre qui se donnaient le nom de Chasseurs de Mammouths. Ayla n'était pas même capable encore de s'exprimer totalement dans leur langue. Comment une femme qui ignorait leurs coutumes, qui n'avait aucune connaissance de Mut, pourrait-elle interpréter les exigences et les souhaits de la Mère à leur égard ?

— Talut devait l'adopter, Mamut, dit Tulie. Pourquoi devrait-elle aller au Foyer du Mammouth ? Elle ne s'est pas vouée à Mut, elle n'a pas appris à Servir la Mère.

— Je n'ai pas dit cela ni qu'elle le fera un jour, Tulie, même si elle est plus douée que tu ne le crois, et si, à mon avis, il serait sage de l'initier pour son propre salut. Je n'ai pas dit qu'elle *serait* une fille du Foyer du Mammouth. J'ai dit qu'elle était une fille du Foyer du Mammouth. Elle est née dans ce but, choisie par la Mère Elle-même. Qu'elle décide ou non de se consacrer à Son service est une décision qui ne regarde qu'elle, mais peu importe. Ayla n'a pas à se vouer à la Mère, cela ne dépend pas de sa volonté. Qu'elle soit initiée ou non, sa vie sera au Service de la Mère. Je souhaite l'adopter comme fille de mon Foyer.

En écoutant le vieil homme, Ayla se sentit soudain glacée. Elle n'aimait pas, se disait-elle, cette idée que son destin était fixé d'avance, qu'il échappait à sa volonté, qu'il avait été décidé dès sa naissance. Que voulait-il dire quand il déclarait qu'elle était vouée à la Mère, que sa vie serait au service de la mère ? Etait-elle donc choisie par la Mère ? Creb lui avait dit, lorsqu'il lui avait expliqué les totems, qu'il y avait une raison pour que l'Esprit du Grand Lion des Cavernes l'eût choisie. Elle aurait besoin, lui avait-il déclaré, d'une puissante protection. Que signifiait être « choisie » par la Mère ? Etait-ce pour cela qu'elle avait besoin de protection ? Ou bien cela voulait-il dire que si elle devenait mamutoï, le Lion des Cavernes cesserait d'être son totem ? Qu'il ne la protégerait plus ? C'était là une pensée inquiétante. Elle ne voulait pas perdre son totem. Elle se secoua, dans un effort pour chasser ses pressentiments.

Dès l'abord, l'idée de cette adoption avait mis Jondalar mal à l'aise, mais ce n'était rien en comparaison de ce qu'il éprouvait devant ce tour nouveau des événements. Il entendait autour de lui les commentaires murmurés et se demandait s'il était vrai qu'elle était destinée à devenir l'une de leurs. Peut-être même avait-elle été mamutoï avant d'avoir perdu les siens, puisque Mamut déclarait qu'elle était née pour le Foyer du Mammouth.

Ranec, lui, était délirant de joie. Il avait désiré qu'Ayla devînt l'une d'entre eux, mais si elle était adoptée par le Foyer du Lion, elle serait sa sœur. Il n'avait pas la moindre envie d'être son frère. Il voulait s'unir à elle, et un frère et une sœur ne pouvaient pas s'unir. Puisque tous les deux seraient des enfants d'adoption et puisque, de toute évidence, ils n'avaient pas eu la même mère, Ranec était disposé à chercher un autre foyer disposé à l'adopter, afin de pouvoir continuer à faire sa cour à Ayla. Certes, il regrettait profondément d'avoir à renoncer à ses liens avec Nezzie et Talut. Mais, si Ayla était adoptée par le Foyer du Mammouth, ce ne serait pas nécessaire. Il était particulièrement heureux qu'elle soit adoptée en tant que fille de Mamut et non pas comme une jeune femme destinée à Servir. Mais cela même ne l'aurait pas détourné de sa quête.

Nezzie, de son côté, était un peu déçue. Elle avait déjà l'impression qu'Ayla était sa fille. Mais le plus important pour Nezzie, c'était qu'elle demeurât chez eux, et si le Mamut désirait l'adopter, cela ne l'en rendrait que plus acceptable aux yeux du Conseil, lors de la Réunion d'Eté. Talut lui lança un coup d'œil. Elle répondit d'un hochement de tête, et il céda aux instances de Mamut. Tulie, elle non plus, n'avait pas d'objection. Tous les quatre en parlèrent entre eux, et Ayla accepta. Pour une raison qu'elle ne pouvait entièrement définir, il lui plaisait de devenir la fille de Mamut.

Le silence se rétablit dans l'habitation plongée dans la pénombre. Mamut leva la main, la paume tournée vers lui-même.

— La femme, Ayla, veut-elle s'avancer ?

L'estomac noué, les genoux tremblants, elle s'avança vers le vieil homme.

— Souhaites-tu faire partie des Mamutoï ? demanda-t-il.

— Oui, souffla-t-elle, d'une voix qui s'enrouait.

— Honoreras-tu Mut, la Grande Mère, révéreras-tu tous Ses Esprits et, particulièrement, te garderas-tu de jamais offenser l'Esprit du Mammouth, t'efforceras-tu d'être digne des Mamutoï, de faire honneur au Camp du Lion et respecteras-tu à jamais Mamut et la signification du Foyer du Mammouth ?

— Oui.

Elle ne pouvait guère en dire davantage. Elle ne savait trop ce qu'elle devrait faire pour accomplir toutes ces promesses, mais elle s'y efforcerait certainement.

— Le Camp accepte-t-il cette femme ? demanda Mamut à l'assemblée.

— Nous l'acceptons, répondirent-ils à l'unisson.

— Y a-t-il ici quelqu'un qui la refuse ?

Il se fit un silence prolongé. Ayla se demandait si Frebec allait opposer une quelconque objection, mais personne ne dit mot.

— Talut, chef du Camp du Lion, veux-tu graver la marque ? psalmodia Mamut.

Ayla vit Talut sortir son grand poignard de sa gaine et son cœur battit plus vite. Elle n'était pas préparée à cela. Elle ignorait ce qu'il allait faire du poignard mais, quoi que ce fût, elle était convaincue qu'elle n'apprécierait pas. Le géant lui prit le bras, remonta sa manche et posa la pointe du couteau de silex sur la peau. Puis, rapidement, il traça une courte ligne droite. Le sang perla. Ayla ressentit la douleur de l'entaille mais elle n'en laissa rien paraître. Du poignard qui conservait des traces de sang, Talut grava la même marque sur la plaque d'ivoire accrochée à son cou, et que tenait Mamut. La rainure ainsi produite se teignit de rouge. Mamut, alors, prononça quelques mots qu'Ayla ne comprit pas. Elle ne se rendit pas compte que personne d'autre ne les comprenait.

— Ayla compte désormais au nombre du peuple du Camp du Lion, qui fait lui-même partie des Chasseurs de Mammouths, proclama Talut. Cette femme est maintenant et sera à jamais Ayla des Mamutoï.

Mamut prit une petite coupe, versa sur l'entaille un liquide piquant — une solution cicatrisante, comprit-elle —, avant de faire pivoter Ayla face à l'assemblée.

— Faites bon accueil à Ayla des Mamutoï, membre du Camp du Lion, fille du Foyer du Mammouth...

Il marqua une pause avant d'ajouter :

— Choisie par l'Esprit du Grand Lion des Cavernes.

Le groupe répéta ses paroles. Pour la seconde fois de sa vie, se dit la jeune femme, elle était accueillie, acceptée comme membre à part entière d'un peuple dont elle connaissait à peine les coutumes. Les yeux clos, elle entendait les mots faire écho dans sa tête. Une idée la frappa soudain. Mamut avait inclus son totem dans sa présentation ! Elle n'était plus Ayla du Clan mais elle n'avait pas perdu son totem ! Elle demeurait sous la protection du Lion des Cavernes. Mieux encore, elle n'était plus Ayla de Nulle Part, elle était Ayla des Mamutoï !

18

— Partout où tu seras, Ayla, tu pourras toujours te réclamer du sanctuaire du Foyer du Mammouth. Accepte ce signe, fille de mon foyer, dit Mamut.

Il ôtait de son bras un bracelet d'ivoire gravé de lignes en zigzag. Il en rattacha les extrémités percées d'un trou au bras de la jeune femme, juste au-dessous de l'entaille. Il la serra ensuite chaleureusement dans ses bras.

Ayla avait les yeux pleins de larmes lorsqu'elle se

dirigea vers la plate-forme de couchage où elle avait disposé ses cadeaux, mais elle les essuya avant de prendre une grande coupe de bois. Elle était ronde, solide, mais d'une finesse uniforme. Elle n'était pas ornée de motifs peints ou gravés. Seul la décorait un dessin subtil, harmonieusement équilibré, dans le grain même du bois.

— Accepte, te prie, présent de coupe à remèdes, de fille de foyer, Mamut, dit-elle. Et, si permets, fille de foyer emplira coupe chaque jour avec remède pour jointures douloureuses de bras, de doigts, de jambes.

— Ah, je serais bien heureux de moins souffrir de mon arthrite, cet hiver, répondit-il en souriant.

Il prit la coupe, la passa à Talut, et celui-ci, après l'avoir examinée, hocha la tête, la passa à Tulie.

Tulie détailla l'objet d'un œil critique. Au premier regard, elle la jugea simpliste parce qu'elle n'y trouvait pas la décoration gravée ou peinte à laquelle elle était habituée. Mais, en regardant la coupe de plus près, en passant les doigts sur un poli remarquable, en appréciant la forme et la symétrie parfaites, elle dut convenir que c'était là un ouvrage d'un art consommé, le plus beau de son espèce, peut-être, qu'elle eût jamais vu. La coupe passa de main en main, éveillant l'intérêt et la curiosité à propos des autres cadeaux qu'allait faire Ayla. Chacun se demandait si tous les présents seraient aussi superbement originaux.

Talut s'avança ensuite, étreignit vigoureusement Ayla et lui offrit un poignard en silex à manche d'ivoire, protégé par une gaine de cuir teint en rouge, semblable à celui que Deegie portait à sa ceinture. Ayla sortit le poignard de sa gaine, devina aussitôt que la lame avait dû être façonnée par Wymez. Ranec, soupçonnait-elle, avait sculpté et ciselé le manche.

Pour Talut, la jeune femme apporta une lourde fourrure sombre. Il eut un large sourire lorsqu'il déplia la grande cape faite d'une peau de bison entière et la jeta sur ses épaules. L'épaisse toison faisait paraître le géant plus colossal encore, et il en était ravi. Il remarqua alors la façon dont la fourrure s'ajustait à ses épaules pour retomber en plis souples. Il en examina de plus près l'intérieur.

— Nezzie ! Vois un peu ça, dit-il. As-tu jamais vu cuir plus doux sous une peau de bison ? Et c'est si chaud. Je ne veux pas qu'on en fasse quoi que ce soit d'autre, je crois, pas même une pelisse. Je vais la porter telle qu'elle est.

Ayla souriait de son plaisir. Elle était heureuse de voir son présent si bien reçu. Jondalar, qui était resté dans les derniers rangs, regardait par-dessus les têtes des gens plus proches et prenait lui aussi plaisir à la réaction de Talut. Il l'escomptait mais ne s'en réjouissait pas moins de voir son opinion confirmée.

Nezzie serra Ayla contre son cœur ; lui offrit un collier de coquillages en spirale, magnifiquement assortis, séparés les uns des autres par de petits anneaux soigneusement taillés dans des tibias de renards arctiques. Devant, en manière de pendentif, était accroché un grand croc de lion des cavernes. Ayla le maintint, pendant que Tronie le lui attachait sur la nuque. Après quoi, elle baissa les yeux pour l'admirer. Elle se demandait comment on s'y était pris pour percer la racine de la dent de lion.

La jeune femme alla repousser la tenture qui dissimulait la plate-forme. Elle prit une grande corbeille couverte, la posa aux pieds de Nezzie. Elle semblait toute simple, cette corbeille. Aucune des herbes dont elle avait été tressée n'avait été teinte, et ni les flancs ni le couvercle n'étaient ornés de dessins géométriques coloriés ou de représentations stylisées d'oiseaux ou d'autres animaux. Mais, sur un examen plus attentif, la brave femme découvrit le motif du tressage, l'habileté du travail. La corbeille était suffisamment étanche pour servir de récipient de cuisine, elle le savait.

Elle souleva le couvercle pour mieux l'examiner et le camp tout entier exprima à haute voix sa surprise. Divisé en compartiments par des bandes flexibles d'écorce de bouleau, le panier était empli de vivres. Il y avait des petites pommes dures, des carottes sauvages, douces ou non, des tubercules riches en féculents, noueux et tout épluchés, des cerises dénoyautées et séchées, des boutons d'hémérocalle encore verts, des graines d'astragale dans leurs gousses, des champignons, des queues d'oignons verts, et quelques autres légumes. Le tout soigneusement séché. Nezzie eut un sourire chaleureux à l'adresse de la jeune femme. C'était un cadeau parfait.

Tulie s'approcha ensuite. Son étreinte, sans manquer de chaleur, fut plus protocolaire, et, lorsqu'elle offrit son présent à Ayla, ce ne fut pas tout à fait avec panache, mais le geste marquait un sens bien dosé de l'importance de la cérémonie. Son cadeau était une petite boîte de bois décorée avec une exquise délicatesse, taillée en forme de petit coffret aux angles arrondis. On y voyait des poissons, ciselés ou peints, et l'on y avait collé de petits morceaux de coquillages. L'ensemble donnait l'impression d'une eau fourmillante de poissons et de végétation aquatique. Ayla souleva le couvercle et découvrit ainsi l'usage d'une boîte aussi précieuse. Elle était remplie de sel.

Elle avait quelque idée de la valeur du sel. Durant son séjour dans le Clan, qui vivait près de la mer de Beran, elle ne s'était jamais interrogée sur son importance. On se le procurait facilement et l'on y conservait même certains poissons. Mais, dans les terres de l'intérieur, lorsqu'elle vivait dans sa vallée, elle n'avait pas de sel, et il lui avait fallu un certain temps pour s'habituer à cette pénurie. Le Camp du Lion était encore plus éloigné de la mer. Le sel, tout comme les coquillages, devait parcourir une longue distance. Tulie, pourtant, venait de lui en offrir une pleine boîte. C'était un don rare et précieux.

Ayla se sentait pénétrée du respect qui convenait lorsqu'elle apporta le cadeau destiné à Celle Qui Ordonne. Jondalar, espérait-elle, ne s'était pas trompé en suggérant ce qui lui paraissait le plus approprié. La fourrure qu'elle avait choisie était la peau d'un léopard des neiges, celui qui avait tenté de lui arracher une proie, l'hiver où Bébé et elle apprenaient à chasser ensemble. Elle avait simplement eu l'intention de lui faire peur pour l'éloigner, mais le jeune lion des cavernes avait eu d'autres idées. Ayla avait abattu, d'une pierre de sa fronde, le félin plus âgé mais plus petit, au moment où le combat semblait proche, et l'avait achevé d'une autre pierre.

Le présent était manifestement inattendu, et les yeux de Tulie exprimèrent sa joie. Mais ce fut seulement lorsqu'elle céda à la tentation de jeter sur ses épaules la somptueuse fourrure d'hiver qu'elle en remarqua la qualité unique, celle que Talut avait déjà relevée. Elle était, sur l'envers, d'une incroyable douceur. En général, les fourrures étaient plus raides que les cuirs. Une fourrure, par sa nature même, ne pouvait se travailler que sur l'envers, avec les grattoirs utilisés pour étirer et assouplir. Le matériau ainsi traité était plus solide, plus durable que les fourrures d'Ayla, traitées uniquement à la graisse. Mais la méthode employée par les Mamutoï pour préserver les peaux rendait le cuir moins flexible, moins souple. Tulie, étonnée et impressionnée, décida qu'elle découvrirait la méthode de la jeune femme.

Wymez s'approchait avec un objet enveloppé d'une peau fine et douce. Ayla ouvrit le paquet, retint son souffle. C'était une magnifique pointe de sagaie pareille à celles qu'elle avait tant admirées. Elle brillait, à la lueur du feu, comme une pierre précieuse. Elle-même donna à Wymez une solide natte en herbes tressées, sur laquelle il pourrait s'asseoir pour travailler. Presque tout ce qu'elle tressait était dépourvu de motifs colorés, mais, au cours du dernier hiver passé dans sa caverne, elle s'était mise à faire des expériences avec des herbes de couleurs variées. Le résultat, associé à ses habituels motifs de tressage, donnait sur cette natte un effet subtil mais reconnaissable d'amas stellaire, qu'elle appréciait beaucoup. Au moment où elle choisissait les cadeaux à offrir, les flammes qui rayonnaient du centre lui avaient rappelé les pointes de sagaies de Wymez, et la texture du tissage avait évoqué pour elle les petits éclats aigus qu'il faisait sauter du silex. Elle se demandait si la ressemblance allait le frapper.

Après avoir examiné la natte, il accorda à la jeune femme l'un de ses rares sourires.

— C'est magnifique. Ça me rappelle le travail que faisait la mère de Ranec. Elle savait mieux que personne l'art de tresser les herbes. Je devrais ménager cette natte, je suppose, l'accrocher au mur, mais je préfère m'en servir. Je m'installerai dessus pour travailler. Elle m'aidera à fixer mon esprit sur le but à atteindre.

Son accolade n'eut rien de la réticence avec laquelle il s'exprimait. Ayla comprit que, derrière une façade réservée, Wymez était un homme amical, chaleureux, compréhensif.

Les échanges de cadeaux ne se faisaient pas selon un ordre établi d'avance. Celui que remarqua ensuite la jeune femme fut Rydag : debout près de la plate-forme, il attendait de pouvoir attirer son attention. Elle s'assit, lui rendit son étreinte fougueuse. Il ouvrit alors la main, lui montra un long tube, prélevé sur l'os creux d'une patte d'oiseau. Des trous y étaient ménagés. Elle prit l'objet, le tourna, le retourna entre ses mains, sans bien en saisir l'usage. Il le lui reprit, le porta à sa bouche et souffla. Le sifflet émit un son strident. Ayla essaya à son tour, sourit. Elle offrit à l'enfant un capuchon chaud et imperméable, fait dans une peau de glouton, comme en faisaient les gens du Clan. Mais elle se sentit déchirée lorsqu'il l'ajusta sur sa tête, tant il lui rappelait Durc.

— Je lui ai donné un sifflet semblable pour qu'il puisse m'appeler s'il a besoin de moi. Il lui arrive de ne pas avoir assez de souffle pour crier, mais il lui en reste toujours suffisamment pour souffler là-dedans, expliqua Nezzie. Celui-ci, c'est lui qui l'a fait.

Deegie surprit la jeune femme en lui offrant la tenue qu'elle avait prévu de porter pour la soirée. En voyant la façon dont Ayla la regardait, la jeune fille avait décidé de la lui donner. Ayla ne trouvait plus de mots. Elle avait les yeux pleins de larmes.

— Jamais possédé si beaux vêtements, balbutia-t-elle.

Elle offrit à Deegie son propre cadeau. C'était toute une série de corbeilles et de récipients de bois, de tailles différentes, exécutées avec un art consommé. On pouvait les utiliser comme coupes, pour boire, ou comme écuelles pour la soupe, ou même pour faire la cuisine. Deegie en trouverait l'usage dans son propre foyer, quand elle serait unie à Branag. Dans une région où le bois était relativement rare, où les ustensiles étaient faits le plus souvent d'os ou d'ivoire, c'était là un cadeau unique. Les deux jeunes femmes, ravies l'une et l'autre, s'étreignirent avec toute la chaleur de deux sœurs.

Pour montrer qu'il n'avait pas l'intention de refuser à Ayla un présent convenable, Frebec lui fit présent d'une paire de hautes bottes de fourrure, dont le haut était décoré de piquants de porc-épic. Elle fut heureuse d'avoir choisi pour lui quelques-unes de ses meilleures peaux de renne, recueillies en été. Les poils du renne étaient creux, pareils à de minuscules tubes remplis d'air, et ainsi naturellement calorifuges. La peau d'été était à la fois la plus chaude et la plus légère, la plus pratique et la plus confortable de toutes les fourrures à porter pour les chasses d'hiver et, en conséquence, la plus précieuse. Avec ce qu'Ayla offrait à Frebec, on pourrait confectionner une tenue complète, tunique et jambières, qui, par les plus grands froids, ne nécessiterait guère qu'une pelisse enfilée par-dessus, et lui éviterait d'être surchargé et engoncé. Comme les autres, il remarqua la souplesse de ses peaux mais il ne dit rien, et son accolade fut distante.

Fralie donna à Ayla des moufles assorties aux bottes. Elle reçut en retour un magnifique bassin de bois pour faire la cuisine, garni d'un sac empli de feuilles sèches.

— Tisane te plaira, j'espère, Fralie, dit Ayla.

Elle regardait la jeune femme bien en face, comme pour souligner ses paroles.

— Est bon boire coupe le matin au réveil, et peut-être autre le soir, avant sommeil. Si tu aimes, donnerai autres feuilles quand celles-là finies.

Fralie hocha la tête. Elles s'étreignirent. Frebec les observait, soupçonneux, mais Fralie recevait simplement un cadeau de la dernière en date des membres du Camp du Lion, et il ne pouvait guère s'en plaindre. Ayla, de son côté, n'était pas entièrement satisfaite des circonstances. Elle aurait préféré soigner Fralie ouvertement, mais user de ce subterfuge valait mieux que ne pas l'aider du tout, et Fralie refusait de se trouver placée dans une situation où il pourrait apparaître qu'elle faisait un choix entre sa mère et son compagnon.

Crozie s'avança ensuite. Elle adressa un signe d'approbation à la jeune femme, lui tendit un petit sac de cuir en forme de bourse. Il était teint en rouge, habilement décoré de petites perles d'ivoire et de broderies blanches en triangles pointés vers le bas. Des petites plumes de grues blanches étaient attachées tout autour du fond circulaire. Ayla l'admira ouvertement, mais, voyant qu'elle ne faisait pas un geste pour ouvrir la bourse, Deegie lui conseilla de le faire. A l'intérieur se trouvaient des cordons et des fils, faits de poils de mammouth, de tendons de fourrures et de fibres végétales. Tous étaient enroulés avec soin autour de petites phalanges d'os. Le sac contenait aussi des lames tranchantes et des perçoirs. Ayla était enchantée. Elle voulait apprendre la manière dont s'y prenaient les Mamutoï pour coudre des vêtements et les orner.

Elle alla prendre sur sa plate-forme un petit bol de bois muni d'un couvercle bien ajusté et le tendit à la vieille femme. Crozie, après l'avoir ouvert, regarda Ayla d'un air intrigué. Le bol était plein d'une matière grasse d'un blanc pur, marbré — une graisse animale, sans saveur, sans odeur, sans couleur, qui avait été clarifiée dans l'eau bouillante. Crozie la huma et sourit mais elle demeurait perplexe.

— Je fais eau de rose... avec pétales, tenta d'expliquer Ayla. Mélange avec... autres choses.

— C'est ce qui lui donne ce parfum agréable, sans doute, mais à quoi ça sert-il ?

— Est pour mains, visage, coudes, pieds. Fait sentir bien. Adoucit.

La jeune femme prit un peu du produit, en frictionna le dos de la vieille main desséchée, ridée, gercée. Crozie toucha sa main avant de fermer les yeux pour caresser du bout des doigts la peau plus douce. La vieille mégère rouvrit les paupières et Ayla crut voir ses prunelles briller d'un éclat nouveau. Il n'y avait cependant aucune trace de larmes. Mais, quand la vieillle femme la serra contre elle, elle la sentit trembler de tout son corps.

Chaque échange de cadeaux augmentait l'impatience de l'assemblée à voir les autres. Ayla prenait plaisir à donner autant qu'à recevoir. Jamais elle ne s'était sentie aussi comblée, entourée, désirée. Si elle se laissait aller à y penser, des larmes de joie lui montaient aux yeux.

Ranec se tenait à l'écart : il attendait la fin des échanges. Il voulait être le dernier, pour que son présent ne risquât pas de se confondre avec les autres. Parmi tous les cadeaux recherchés, uniques, qu'elle aurait reçus, il voulait que le sien fût mémorable. Ayla mettait de l'ordre sur la plate-forme, aussi encombrée qu'au début de la distribution, lorsqu'elle remarqua le cadeau préparé pour Ranec. Elle dut réfléchir un instant avant de comprendre qu'elle n'avait toujours pas échangé de présents avec lui. Elle prit l'objet entre ses mains, se retourna pour chercher du regard l'homme à la peau sombre et se trouva en face de son sourire taquin.

— N'as-tu pas préparé de cadeau pour moi ? demanda-t-il.

Il était si près d'elle qu'elle voyait ses larges pupilles noires et, dans le brun sombre de ses prunelles, d'imperceptibles rayons lumineux. Elle sentait émaner de lui une chaleur qui la déconcertait.

— Non... ah... pas oublié... Tiens, dit-elle.

Elle venait de se souvenir du présent qu'elle tenait et le lui tendait.

Il regarda, et ses yeux brillèrent de plaisir devant les peaux de renards arctiques, d'un blanc de neige. Son hésitation momentanée donna à Ayla le temps de se reprendre. Quand il releva les yeux sur elle, ceux de la jeune femme avaient à leur tour une expression taquine.

— Je crois tu oublies.

Il lui sourit largement, en partie parce qu'elle entrait si promptement dans son jeu, en partie parce qu'elle lui fournissait l'occasion de lui offrir son présent.

— Non, je n'ai pas oublié. Tiens, dit-il.

Il lui tendit l'objet qu'il avait jusque-là tenu caché derrière son dos. Elle examina la statuette d'ivoire qui reposait entre ses paumes et faillit bien ne pas en croire ses yeux. Même quand il l'eut débarrassée des fourrures blanches, elle ne tendit pas les mains vers la statuette. Elle craignait presque de la toucher. Elle levait vers Ranec un regard émerveillé.

— Ranec... souffla-t-elle.

Elle ébaucha un geste, hésita. Il dut lui mettre pratiquement l'objet dans les mains, et elle le tint alors comme s'il allait se briser.

— C'est Whinney ! C'est comme si prends Whinney pour faire petite ! s'exclama-t-elle.

Elle tournait et retournait le minuscule cheval délicatement sculpté. Une touche de couleur avait été appliquée sur la sculpture : de l'ocre jaune sur la robe, un peu de charbon de bois pilé sur les jambes, la crinière raide et le long de l'échine, afin de rappeler le poil de Whinney.

— Regarde, petites oreilles, juste bien. Et sabots, et queue. Même taches, comme sur poil. Oh, Ranec, comment fais ?

Ranec, en lui donnant l'accolade, n'aurait pu se sentir plus heureux. La réaction d'Ayla était précisément telle qu'il l'avait espérée, rêvée même, et l'amour qui brillait dans ses prunelles quand il la regardait était si évident que Nezzie en eut les larmes aux yeux. Elle jeta un coup d'œil vers Jondalar, comprit qu'il avait tout vu, lui aussi. L'angoisse se peignait sur son visage. Elle hocha la tête d'un air sagace.

L'échange de cadeaux enfin terminé, Ayla se rendit en compagnie de Deegie au Foyer de l'Aurochs afin d'y changer de tenue. Depuis le jour ou Ranec avait fait l'acquisition de la tunique d'origine étrangère, Deegie n'avait cessé d'essayer d'en reproduire la couleur. Elle avait fini par en approcher et, avec la peau d'un blanc crème, elle avait confectionné une tunique à manches courtes, décolletée en V, dont le bas descendait en pointe, et les jambières assorties, ceinturées de cordons de couleurs vives qui rappelaient celles des ornements de la jupe. L'été passé au grand air avait conservé à la peau d'Ayla un hâle profond et éclairci ses cheveux blonds, au point qu'ils avaient presque le ton du cuir. La tenue lui seyait comme si elle avait été faite pour elle.

Avec l'aide de Deegie, elle remit le bracelet offert par Mamut, accrocha à sa taille le poignard de Talut dans sa gaine de cuir rouge, plaça autour de son cou le collier de Nezzie. Mais, quand la jeune Mamutoï lui proposa d'enlever le petit sac de cuir usé, taché qui pendait sur sa poitrine, Ayla refusa catégoriquement.

— Est mon amulette, Deegie. Contient Esprit de Lion des Cavernes, de Clan, de moi. Petites choses, comme sculpture de Ranec est petite Whinney. Creb a dit, si je perds amulette, totem pas me retrouver. Mourrai, essaya-t-elle d'expliquer.

Deegie réfléchit un instant. Elle regardait Ayla. Le bel effet général était gâté par l'horrible petit sac. Même la lanière qui le retenait autour du cou de la jeune femme s'effilochait. Elle en tira une idée.

— Que feras-tu, Ayla, quand ce sera complètement usé ? demanda-t-elle.

— Ferai sac neuf, avec lanière neuve.

— Alors, ce n'est pas le sac qui a une telle importance, mais ce qu'il contient. Vrai ?

— Vrai.

Deegie promena son regard autour d'elle, vit tout à coup la bourse que Crozie avait donnée à Ayla. Elle la prit, la vida de son contenu, qu'elle déposa avec soin sur une plate-forme, et la tendit à son amie.

— Y a-t-il une raison qui t'empêche de porter celui-ci ? Nous pourrions l'attacher à un collier de perles... un de ceux que tu as mis dans tes cheveux, par exemple, et tu pourrais la porter autour de ton cou.

Ayla prit des mains de Deegie la bourse superbement décorée, l'examina, avant de refermer sa main sur le petit sac de cuir usé dont le contact lui était si familier et d'éprouver le réconfort que lui procurait toujours l'amulette du Clan. Mais elle ne faisait plus partie du Clan. Elle n'avait pas perdu son totem. L'Esprit du Lion des Cavernes continuait à la protéger, les signes qui lui en avaient été donnés gardaient toute leur importance, mais elle était devenue mamutoï.

Quand Ayla revint au Foyer du Mammouth, elle était de la tête aux pieds une femme mamutoï, élégante et très belle, une femme mamutoï de statut élevé et d'une évidente valeur. Tous les regards approuvèrent l'allure de cette dernière recrue du Camp du Lion. Mais deux paires d'yeux exprimaient plus encore : l'amour et le désir brillaient en même temps dans les prunelles sombres emplies d'un ardent espoir et dans les prunelles d'un bleu extraordinaire, éclatant, voilées par une tristesse désespérée.

Manuv, qui tenait Nuvie sur ses genoux, eut un sourire chaleureux à l'adresse d'Ayla lorsqu'elle passa devant lui pour aller ranger le costume qu'elle venait de quitter. Elle lui sourit en retour. Elle était si pleine de joie, de bonheur qu'elle se demandait comment elle allait pouvoir les contenir. Elle était maintenant Ayla des Mamutoï et elle allait faire de son mieux pour devenir entièrement l'une d'entre eux. Elle vit alors Jondalar qui s'entretenait avec Danug. Il lui tournait le dos, mais elle sentit retomber toute sa joie. Peut-être était-ce la manière dont il se tenait, la ligne de ses épaules qui firent hésiter Ayla. Jondalar n'était pas heureux. Mais qu'y pouvait-elle, à présent ?

Elle pressa le pas pour aller chercher les pierres à feu. Mamut lui avait dit d'attendre jusqu'au dernier moment pour les offrir. Une cérémonie appropriée donnerait aux pyrites toute l'importance qui leur revenait et rehausserait leur valeur. Elle prit les petits nodules d'un gris jaunâtre, à l'éclat métallique, les rapporta au foyer. En chemin, elle passa derrière Tulie, qui parlait avec Nezzie et Wymez. Elle surprit ses paroles :

— ... mais je n'avais aucune idée qu'elle possédât tant de richesses. Voyez seulement les fourrures. La peau de bison, celles de renards blancs et cette peau de léopard... on n'en voit pas souvent de semblables...

Ayla sourit, et la joie revint en elle. Ses cadeaux avaient été acceptables et appréciés.

Le vieil homme entouré de mystère n'était pas resté inactif. Tandis qu'Ayla changeait de tenue, Mamut s'était changé, lui aussi. Son visage était peint de lignes blanches en zigzag qui accentuaient son tatouage et le mettaient en valeur. Il portait, à la manière d'une cape, une peau de lion des cavernes, le même lion dont Talut exhibait la queue. Le collier de Mamut était fait de tronçons taillés dans la défense d'un jeune mammouth et évidés, entre lesquels s'intercalaient des crocs de différents animaux, dont celui d'un lion des cavernes, pareil à celui d'Ayla.

— Talut projette de chasser. Je vais donc faire la Recherche, annonça le chaman. Joins-toi à moi, si tu le peux... et si tu le veux. En tout cas, tiens-toi prête.

Elle hocha la tête, mais un malaise lui serra l'estomac.

Tulie vint vers eux, sourit à la jeune femme.

— J'ignorais que Deegie allait t'offrir cette tenue, Ayla, dit-elle. Je ne sais pas si je l'aurais approuvée, il y a quelques jours : elle y avait consacré des heures de travail. Mais cette tenue te va très bien, je dois le reconnaître.

Sans savoir que répondre, la jeune femme lui rendit son sourire.

— C'est pour cela que je la lui ai donnée, déclara Deegie, qui s'approchait avec le crâne qu'elle utilisait pour faire de la musique. J'essayais de découvrir le procédé qui pourrait rendre le cuir aussi clair. Je pourrai toujours recommencer.

— Je suis prêt, annonça Tornec.

Lui aussi arrivait avec son instrument, l'os de mammouth.

— Bien. Vous pourrez commencer dès qu'Ayla distribuera les pierres à feu, dit Mamut. Où est Talut ?

— Il sert son breuvage personnel, répondit Tornec en souriant, et il se montre très généreux. A l'entendre, il tient à célébrer l'événement comme il convient.

— Ce qui ne saurait manquer ! déclara le gigantesque chef. Tiens, Ayla, je t'ai apporté une coupe. Après tout, la cérémonie se déroule en ton honneur !

La jeune femme but une gorgée. La saveur fermentée n'était toujours pas entièrement à son goût, mais tous les autres Mamutoï paraissaient y prendre plaisir. Elle apprendrait, elle aussi, à la savourer, décida-t-elle. Elle tenait à être l'une d'entre eux, à faire ce qu'ils faisaient, à aimer ce qu'ils aimaient. Elle vida la coupe. Talut la remplit.

— Talut te dira quand tu devras commencer à distribuer les pierres, Ayla. Pour chacune, fais jaillir une étincelle avant de la donner, expliqua Mamut.

Elle acquiesça, baissa les yeux sur la coupe qu'elle

tenait dans sa main, en avala le contenu. Le breuvage très fort lui fit secouer la tête. Elle posa la coupe pour prendre les pyrites.

Dès que toute l'assemblée fut installée, Talut déclara :

— Ayla fait désormais partie du Camp du Lion, mais elle a encore un cadeau à nous faire. Pour chaque foyer, une pierre à faire le feu. Nezzie est la gardienne du Foyer du Lion. Ayla remettra la pierre à feu à sa garde.

En s'avançant vers Nezzie, la jeune femme frappa la pyrite de fer avec le silex. Une brillante étincelle jaillit. Elle remit la pierre à Nezzie.

— Qui est le gardien du Foyer du Renard ? poursuivit Talut.

Deegie et Tornec commencèrent à frapper sur leurs instruments.

— Je le suis. Ranec est le gardien du Foyer du Renard.

Ayla lui apporta une pierre, en fit jaillir l'étincelle. Mais, quand elle la lui donna, il murmura d'une voix chaude :

— Les fourrures de renards sont plus douces, plus belles que toutes celles que j'ai vues. Je les garderai sur mon lit et je penserai à toi chaque nuit, quand j'en sentirai le contact sur ma peau nue.

Il lui effleura la joue du dos de la main, très légèrement, mais elle éprouva un choc physique.

Troublée, elle recula. Déjà, Talut appelait le gardien du Foyer du Renne. Elle dut s'y reprendre à deux fois pour faire jaillir l'étincelle de la pyrite, pour Tronie. Fralie reçut la pierre pour le Foyer de la Grue. Quand elle en eut remis une à Tulie et une autre à Mamut, pour le Foyer du Mammouth, Ayla se sentait tout étourdie. Elle fut heureuse de s'asseoir près du feu, à l'endroit que lui indiqua Mamut.

Le rythme des instruments commençait à produire son effet. Le bruit était à la fois apaisant et insistant. L'habitation était plongée dans l'ombre : la seule lumière était celle d'un petit feu, diffusée par l'écran. Ayla entendait un souffle, tout près d'elle. Elle chercha des yeux d'où venait cette respiration. Il y avait, tapi près du feu, un homme... ou bien était-ce un lion ? Le souffle se changea en un grondement étouffé qui était presque — mais pas tout à fait, pour son oreille exercée — le grondement d'avertissement d'un lion des cavernes. Le martèlement des tambours reprit le son, comme pour lui donner plus de résonance et de profondeur.

Soudain, avec un rugissement sauvage, la silhouette du lion bondit, se détacha derrière l'écran. Mais le bond faillit bien être arrêté dans son élan par la réaction instinctive d'Ayla. Elle défia l'ombre du lion par un grondement si bien imité, si menaçant qu'il amena la plupart des spectateurs à étouffer un cri. La silhouette reprit la posture du lion, répondit par le grondement assourdi du fauve prêt à céder. Ayla poussa le furieux rugissement de la victoire, avant d'entamer une série de « *Hunk, hunk, hunk* » qui allaient s'atténuant, comme si le fauve s'éloignait.

Mamut sourit secrètement. Son personnage de lion est si parfait qu'il tromperait même un lion véritable, se disait-il. Il était heureux que, spontanément, elle eût pris part à son jeu. Ayla ne savait pas elle-même ce qui l'avait poussée à le faire : simplement, après ce premier défi inattendu, elle avait trouvé amusant de parler le langage du lion avec Mamut. Elle n'avait rien fait de semblable depuis le jour où Bébé avait quitté sa vallée. Les tambours avaient souligné la scène, mais ils suivaient maintenant la silhouette qui se mouvait d'une allure souple derrière l'écran. Ayla était assez proche pour voir que l'illusion était créée par Mamut. Pourtant, elle-même s'y laissait prendre. Elle se demandait en même temps comment le vieil homme, normalement raidi par les rhumatismes, pouvait se mouvoir avec une telle agilité. Elle se rappela alors l'avoir vu, au début de la soirée, avaler un breuvage. Sans doute pour calmer ses douleurs, se dit-elle.

Subitement, Mamut, d'un bond, jaillit de derrière l'écran pour s'accroupir près du crâne de mammouth qui lui servait de tambour. Un court instant, il y battit un roulement rapide, avant de s'arrêter avec la même soudaineté. Il prit une coupe qu'Ayla n'avait pas encore remarquée, y but, avant de s'approcher d'elle pour la lui tendre. Sans même réfléchir, elle prit une gorgée, puis une autre. Le goût était fort, musqué, déplaisant. Emportée par l'éloquence des tambours, elle ne tarda pas à en ressentir les effets.

Les flammes qui dansaient derrière l'écran donnaient aux silhouettes peintes une apparence de vie. Hypnotisée par elles, elle entendit à peine, au loin, les voix du Camp commencer à psalmodier. Un bébé se mit à pleurer, mais sa voix semblait venir d'un autre monde. Elle était entraînée par l'étrange mouvement vacillant des animaux peints sur l'écran. Ils paraissaient presque vivants, cependant que la musique des tambours faisait naître en elle un vacarme de sabots, de meuglements de jeunes bisons, de barrissements d'éléphants.

Brusquement, l'ombre disparut, céda la place à un soleil brumeux au-dessus d'une plaine enneigée. Un petit groupe de bœufs musqués était étroitement rassemblé, sous un blizzard qui tourbillonnait autour d'eux. En descendant rapidement vers eux, elle sentit qu'elle n'était pas seule. Mamut l'accompagnait. La scène changea. La tempête était finie. Des tourbillons de neige, poussés par le vent, parcouraient la steppe comme de blancs fantômes. Elle et Mamut s'éloignaient de cette solitude désolée. Elle vit alors quelques bisons. Stoïquement immobiles, ils se tenaient du côté sous le vent d'une étroite vallée pour essayer de se mettre à l'abri. Elle-même suivait la rivière qui traversait des gorges profondes. Mamut et elle planèrent au-dessus d'un affluent qui s'étranglait un peu plus loin dans un canyon aux murailles abruptes. Elle vit alors le sentier familier qui montait du lit à sec d'un cours d'eau saisonnier…

Soudain, elle se retrouva dans un endroit sombre. Elle regardait un petit feu et des gens assemblés autour d'un écran. Elle entendait une lente psalmodie, la continuelle répétition d'un bruit. Elle battit des paupières, vit confusément des visages, reconnut enfin ceux de Nezzie, de Talut et de Jondalar. Ils la dévisageaient d'un air inquiet.

— Tu vas bien ? questionna Jondalar, en zelandonii.

— Mais oui, je vais bien. Que s'est-il passé ? Où étais-je ?

— C'est à toi de me le dire.

— Comment te sens-tu ? demanda Nezzie. Mamut prend toujours de cette tisane, après...

— Sens très bien.

Ayla se redressa, prit la coupe. Oui, elle se sentait très bien. Un peu lasse, un peu étourdie, mais très bien.

Mamut s'approcha d'elle.

— Tu as eu moins peur, je crois, cette fois, dit-il.

Elle lui sourit.

— Non, pas peur, mais où être allés ?

— Nous avons fait la Recherche. Je pensais bien que tu avais le don de Recherche. Voilà pourquoi tu es une fille du Foyer du Mammouth. Tu possèdes d'autres talents naturels, Ayla, mais tu as besoin d'être initiée.

Il la vit froncer les sourcils.

— Ne t'en inquiète pas maintenant. Tu auras tout le temps d'y réfléchir par la suite.

Talut servit de son breuvage à Ayla et à quelques autres. Pendant ce temps, Mamut leur parlait de la Recherche, leur disait où ils étaient allés, ce qu'ils avaient trouvé.

Ayla vida sa coupe d'un trait — le goût était moins désagréable, ainsi — essaya d'écouter. Mais le breuvage, semblait-il, lui montait à la tête. Son esprit s'égarait. Deegie et Tornec, remarqua-t-elle, jouaient toujours de leurs instruments. Le rythme était si entraînant qu'il lui donnait envie de le suivre. Il lui rappelait la Danse des Femmes, au Clan, et elle avait peine à se concentrer sur ce que disait Mamut.

Elle sentit un regard posé sur elle, tourna la tête. Près du Foyer du Renard, elle vit Ranec qui la contemplait. Il lui sourit, et elle lui rendit son sourire. Talut surgit brusquement pour lui remplir sa coupe. Ranec s'avança, tendit la sienne. Talut s'exécuta, revint à la discussion en cours.

— Tout ça ne t'intéresse pas, n'est-ce pas ? Allons là-bas, là où Deegie et Tornec font de la musique, dit Ranec à voix basse, tout près de l'oreille de la jeune femme.

— Non, crois pas. Parlent chasse.

Ayla se retourna vers ceux qui discutaient sérieusement, mais elle ne savait plus où ils en étaient, et ils ne paraissaient pas se soucier qu'elle les écoutât ou non.

— Tu ne perdras rien : ils nous en parleront plus tard, dit Ranec.

Il se tut un instant, le temps pour elle d'entendre la pulsation des sons musicaux qui provenaient de l'autre extrémité du foyer.

— Tu ne préférerais pas voir comment s'y prend Tornec pour produire cette musique ? Il est vraiment très habile.

Attirée par le rythme, Ayla se pencha de ce côté. Elle jeta un coup d'œil vers le groupe qui dressait ses plans, regarda Ranec et lui adressa un sourire radieux.

— Oui, aime mieux voir Tornec, dit-elle, très satisfaite d'elle-même.

Ils se levaient quand Ranec, tout près d'elle, l'immobilisa.

— Il faut cesser de sourire, Ayla, dit-il d'un ton grave et sévère.

— Pourquoi ? demanda-t-elle.

Son sourire s'était évanoui, elle se demandait ce qu'elle avait fait de mal.

— Parce que, quand tu souris, tu es si jolie que tu me coupes le souffle, riposta-t-il.

Il parlait avec la plus grande sincérité, mais il ajouta :

— Et comment pourrais-je t'accompagner si je suis à bout de souffle ?

Le compliment ramena le sourire sur les lèvres d'Ayla, et l'idée de le voir perdre le souffle parce qu'elle souriait la fit rire tout de bon. Bien sûr, c'était une plaisanterie, se disait-elle. Mais elle n'en était pas absolument sûre. Ils se dirigèrent vers la nouvelle entrée du Foyer du Mammouth.

Jondalar les regarda approcher. En attendant Ayla, il avait écouté la musique avec plaisir, mais il n'en prit aucun à la voir s'avancer vers les musiciens en compagnie de Ranec. La jalousie lui serrait la gorge, il éprouvait le désir incoercible de frapper l'homme qui osait faire des avances à la femme qu'il aimait. Mais Ranec, en dépit de son aspect différent, était un Mamutoï, il appartenait au Camp du Lion. Jondalar n'était qu'un invité. Tous prendraient parti pour un membre de leur groupe. Lui, il était seul. Il fit appel à son sang-froid, à sa raison. Ranec et Ayla se promenaient ensemble. Quel mal trouver à cela ?

Dès le début, il avait éprouvé des sentiments mêlés à propos de l'adoption de la jeune femme. Certes, il voulait la voir appartenir à un groupe, parce qu'elle le désirait elle-même et qu'ainsi, il se l'avouait, elle serait plus acceptable aux yeux de son propre peuple. Il avait été témoin de sa joie, pendant les échanges de cadeaux, et il en était heureux pour elle. En même temps,il se sentait très loin de cette joie et plus inquiet que jamais à l'idée qu'elle pourrait ne plus vouloir partir. Peut-être, se disait-il, aurait-il dû accepter de se laisser adopter, lui aussi.

Au début, il avait eu l'impression de participer à l'adoption de la jeune femme. A présent, il se faisait l'effet d'un étranger, même pour Ayla. Elle était maintenant l'une d'entre eux. C'était une fête qui lui appartenait, à elle et au Camp du Lion. Il ne lui avait offert aucun présent, n'en avait pas reçu d'elle. L'idée ne lui en était même pas venue, et il se reprochait maintenant de ne pas y avoir songé. Mais il n'avait rien à donner, ni à elle ni à personne. Il était arrivé sans rien, il n'avait pas consacré des années à confectionner et à accumuler des objets. Il avait appris beaucoup au cours de ses voyages, il avait amoncelé des connaissances mais il n'avait pas encore eu l'occasion d'en tirer profit. Tout ce qu'il avait apporté avec lui, c'était Ayla.

Le visage assombri, Jondalar la regardait sourire et rire avec Ranec. Il avait l'impression d'être un intrus encombrant.

19

La discussion se termina. Talut servit de nouveau son breuvage fermenté, à base de racines de massettes et de divers autres ingrédients, dont il modifiait sans cesse la composition. Les réjouissances redoublèrent. Deegie et Tornec faisaient de la musique, les gens chantaient, parfois en chœur, parfois seuls. Certains dansaient : ce n'était plus la danse débridée dont Ayla avait été témoin plus tôt, à l'extérieur. Il s'agissait de mouvements délicats du corps, exécutés sur place au rythme de la musique, souvent sur un accompagnement chanté.

A plusieurs reprises, Ayla remarqua que Jondalar se tenait à l'écart et voulut s'approcher de lui, mais, chaque fois, quelqu'un l'en empêcha. L'assistance était nombreuse, et tous semblaient rivaliser pour capter son attention. Le breuvage de Talut lui avait tourné la tête et elle se laissait aisément déconcentrer.

Elle fit un essai sur le crâne de mammouth qui servait de tambour à Deegie, reçut des encouragements enthousiastes et retrouva le souvenir de certains rythmes du Clan. Ils étaient complexes, très particuliers et, pour le Camp du Lion, originaux, déconcertants. Si Mamut avait conservé certains doutes sur les origines d'Ayla, les souvenirs évoqués par son jeu les éliminèrent totalement.

Ranec, alors, se leva pour danser sur une chanson amusante, pleine de sous-entendus et de doubles sens, à propos des Plaisirs des Cadeaux. La chanson s'adressait directement à Ayla. Elle fit naître de larges sourires, des regards avertis, et sa signification était assez claire pour faire rougir la jeune femme. Deegie lui montra comment danser et chanter la réponse ironique, mais, à la fin, au moment où il fallait laisser entendre un consentement ou un refus, Ayla se tut. Elle ne pouvait formuler ni l'un ni l'autre. Elle comprenait mal les subtilités du jeu. Elle n'avait pas l'intention d'encourager Ranec mais elle ne voulait pas non plus lui donner à croire qu'il lui déplaisait. Ranec, lui, sourit. Sous les apparences de l'humour, la chanson servait souvent à découvrir si l'attirance était mutuelle. Même un refus catégorique n'aurait pu le dissuader. L'indice le plus léger lui semblait donc un encouragement.

Ayla était étourdie à force de boire, de rire, de répondre à toutes les attentions qui lui étaient prodiguées. Tout le monde voulait lui parler, l'écouter, tout le monde lui passait un bras autour de la taille pour la serrer étroitement. Jamais elle ne s'était autant amusée, jamais elle ne s'était sentie si aimée, si désireuse de rendre l'affection témoignée. Et, toutes les fois qu'elle se retournait, c'était pour voir un sourire éclatant, ravi, des yeux sombres, étincelants, qui ne la quittaient pas.

La soirée s'écoulait. L'assistance commençait à se clairsemer. Des enfants endormis étaient emportés vers leurs lits. Fralie, sur le conseil d'Ayla, était allée se coucher de bonne heure, et les autres occupants du Foyer de la Grue l'avaient suivie de près. Tronie, qui se plaignait d'un mal de tête — elle ne se sentait pas très bien, ce soir-là —, regagna son foyer pour donner le sein à Hartal et s'endormit. Jondalar, presque au même moment, s'éclipsa, lui aussi. Il s'allongea sur leur plate-forme de couchage pour y attendre Ayla, sans cesser de l'observer.

Après quelques coupes de la bouza de Talut, Wymez, contrairement à son habitude, était devenu volubile. Il contait des histoires, adressait des remarques taquines, d'abord à Ayla, puis à Deegie et aux autres femmes. Tulie commença à le trouver intéressant et répliqua sur le même ton. Elle finit par l'inviter à passer la nuit au Foyer de l'Aurochs, avec elle et Barzec. Elle n'avait pas partagé son lit avec un autre homme depuis la mort de Darnev.

Wymez décida que l'idée ne serait peut-être pas mauvaise de laisser le foyer à Ranec. Peut-être, par ailleurs, était-il indiqué de faire savoir qu'une femme pouvait choisir deux hommes. Il était conscient de la situation qui se développait, tout en doutant qu'un accord pût se faire entre Ranec et Jondalar. La grande et forte femme lui paraissait, ce soir-là, particulièrement attirante. Celle Qui Ordonne était tenue en grande estime, elle pouvait lui attribuer un statut appréciable. Qui pouvait dire quelles décisions pourrait prendre Ranec s'il envisageait de modifier la composition du Foyer du Renard ?

La femme et les deux hommes se dirigèrent vers le fond de l'habitation. Peu après, Talut, tout en plaisantant, entraîna Nezzie vers le Foyer du Lion. Deegie et Tornec s'absorbèrent dans la manipulation de leurs instruments, sans plus prêter attention à ce qui se passait autour d'eux, et Ayla crut reconnaître certains rythmes. Elle s'aperçut que Ranec et elle parlaient maintenant en tête à tête, s'en trouva confuse.

— Tout le monde aller au lit, je crois, dit-elle d'une voix un peu indistincte.

Les effets de la bouza se faisaient sentir : elle se balançait légèrement sur ses jambes. La plupart des lampes étaient éteintes. Le feu était au plus bas.

— Peut-être devrions-nous faire comme eux, répondit Ranec en souriant.

Ayla discerna une invitation tacite dans les yeux brillants. Elle eut envie d'y céder mais elle ne savait trop comment s'y prendre.

— Oui, suis fatiguée, dit-elle.

Elle se dirigeait vers sa propre plate-forme, mais il lui prit la main pour la retenir.

— Ne pars pas, Ayla.

Il ne souriait plus. Sa voix était insistante.

Elle se retourna. Aussitôt, il l'entoura de ses bras, posa sur la sienne une bouche dure. Elle entrouvrit les lèvres, et il réagit immédiatement. Il fit pleuvoir des baisers sur sa bouche, son cou, sa gorge. Ses mains se tendirent vers ses seins, caressèrent ses hanches, ses cuisses, s'aventurèrent au plus secret de son être. On aurait dit qu'il ne pouvait se rassasier d'elle, qu'il la voulait tout entière à lui, tout de suite. Elle était parcourue de frissons qu'elle ne pouvait réprimer. Il la serra contre lui, elle prit conscience de son ardente virilité et se sentit fondre en retour.

— Ayla, je te veux. Viens partager mon lit, murmura-t-il d'un ton pressant, irrésistible.

Avec une étrange complaisance, elle le suivit.

Durant toute la soirée, Jondalar avait regardé la femme qu'il aimait rire, plaisanter et danser avec son nouveau peuple. Plus il l'observait, plus il se faisait l'effet d'un intrus. Mais c'étaient surtout les attentions du sculpteur à la peau sombre qui l'irritaient. Il mourait d'envie de donner libre cours à sa colère, d'intervenir, d'enlever Ayla, mais elle était là chez elle, à présent, c'était la soirée de son adoption. De quel droit aurait-il troublé la fête ? Il ne pouvait que prendre une expression tolérante, mais il était très malheureux. Il regagna sa plate-forme de couchage et demanda l'oubli à un sommeil qui se refusait à lui.

Dans l'ombre où il était étendu, Jondalar, entre les rideaux, vit Ranec étreindre Ayla et la guider vers son lit. Il éprouva le choc de l'incrédulité. Comment pouvait-elle suivre un autre homme, alors que lui-même l'attendait ? Aucune femme n'avait jamais choisi quelqu'un d'autre alors qu'il la désirait, et il s'agissait cette fois de la femme qu'il aimait ! Il eut envie de bondir hors de sa couche, d'aller l'arracher à l'autre, d'écraser de son poing cette bouche souriante.

Mais il imagina les dents cassées, le sang, se remémora l'horrible souffrance de la honte, de l'exil. Ces gens-là n'étaient même pas son peuple. Assurément, ils le chasseraient, et, dans la nuit des plaines glaciales, il n'avait aucun endroit où aller. Et comment pourrait-il partir sans son Ayla ?

Mais elle avait fait son choix. Elle avait choisi Ranec, et il lui appartenait de choisir qui elle voulait. Jondalar l'attendait, oui, mais cela ne voulait pas dire qu'elle fût obligée de venir à lui, et elle n'était pas venue. Elle avait choisi un homme de son propre peuple, un Mamutoï, qui avait chanté, dansé avec elle, qui lui avait fait la cour, avec lequel elle avait ri, avec lequel elle s'était amusée. Pouvait-il l'en blâmer ? Combien de fois lui était-il arrivé, à lui-même, de choisir une femme avec laquelle il avait ri, avec laquelle il s'était amusé ?

Mais comment avait-elle pu agir ainsi ? Elle était la femme qu'il aimait ! Comment pouvait-elle choisir quelqu'un d'autre, quand il l'aimait ? Jondalar se sentait plonger dans l'angoisse et le désespoir, mais que pouvait-il faire ? Rien, sinon ravaler l'amère nausée de la jalousie et regarder la femme qu'il aimait suivre un autre homme jusqu'à sa couche.

Ayla n'avait pas l'esprit très clair, par la faute du breuvage de Talut, et elle se sentait certainement attirée par Ranec, mais ce n'étaient pas les raisons qui l'avaient poussée à le suivre. Elle l'aurait fait de toute manière. Elle avait été élevée par le Clan. On lui avait appris à obéir, sans question, à tout homme qui lui commandait de la suivre, qui lui donnait le signal qu'il désirait s'accoupler avec elle.

Quand un homme du Clan donnait ce signal à une femme, elle devait lui rendre ce service, tout comme elle lui aurait apporté à manger ou à boire. On estimait plus courtois de solliciter d'abord ce service auprès du compagnon de la femme, ou de l'homme avec lequel on la voyait généralement. Mais ce n'était pas une obligation, et l'autorisation aurait été accordée tout naturellement. La compagne d'un homme lui devait obéissance, mais pas exclusivement. Le lien qui existait entre un homme et une femme était pour leur bien mutuel. C'était un lien d'amitié et, au bout d'un certain temps, d'affection. Mais montrer de la jalousie ou toute autre émotion violente était inimaginable. La compagne d'un homme, même si elle rendait un petit service à un autre, ne lui en appartenait pas moins, et il n'en aimait pas moins les enfants de celle qui partageait sa vie. Il assumait à leur égard une certaine responsabilité, pour leur santé, leur éducation, mais le produit de la chasse contribuait à nourrir son clan, et toute nourriture, végétale ou animale, était partagée.

Ranec avait donné à Ayla ce qu'elle en était venue à considérer comme le « signal » des Autres : l'ordre de satisfaire ses besoins sexuels. Comme pour toute femme bien éduquée par le Clan, il ne lui était pas venu à l'esprit de refuser. Elle jeta bien un coup d'œil vers sa propre plate-forme mais elle ne vit pas les yeux bleus emplis d'incrédulité et de souffrance. Si elle les avait vus, leur expression l'aurait surprise.

Lorsqu'ils parvinrent au Foyer du Renard, l'ardeur de Ranec ne s'était pas refroidie. Toutefois, quand Ayla fut dans son domaine, il retrouva un certain sang-froid, bien qu'il eût encore peine à croire à sa présence. Ils s'assirent sur le lit. Elle remarqua la présence des fourrures blanches qu'elle lui avait offertes. Elle se préparait à dénouer sa ceinture, mais Ranec arrêta son geste.

— Je veux te déshabiller, Ayla. J'ai rêvé de ce moment et je tiens à ce qu'il se passe précisément comme je l'ai désiré.

Docilement, elle haussa les épaules. Elle avait déjà remarqué que, par certains côtés, Ranec était différent de Jondalar et elle était curieuse de le constater de plus près. Il n'était pas question de juger quel homme était le meilleur, mais simplement de connaître les différences.

Ranec la contempla un moment.

— Tu es si belle, dit-il enfin.

Il se pencha pour l'embrasser. Ses lèvres étaient tendres, bien qu'elles fussent capables de se durcir pour certains baisers. Elle vit sa main sombre, soulignée par la blancheur des fourrures, et lui caressa doucement le bras. Sa peau, sous les doigts, était comme toutes les autres.

Il commença par ôter les perles et les coquillages dont elle avait orné sa chevelure, avant d'y passer les mains et de l'approcher de son visage pour en apprécier le contact, en respirer le parfum.

— Belle, si belle, murmura-t-il.

Il détacha son collier, son sac à amulette tout neuf, les posa soigneusement, à côté des perles, à la tête de son lit. Il délia alors sa ceinture, se leva et l'entraîna dans son mouvement. Il se remit soudain à faire pleuvoir des baisers sur son visage, sur sa gorge, tout en caressant son corps, sous la tunique, comme s'il ne pouvait attendre davantage. Il effleura un mamelon du bout des doigts, et elle se sentit parcourue d'un frisson. Elle s'appuya contre lui, offerte.

Il interrompit ses caresses, reprit longuement son souffle, avant de passer la tunique par-dessus la tête de la jeune femme, la plia méticuleusement pour la placer à côté de ses autres affaires. Après quoi, il contempla longuement Ayla, comme s'il voulait graver chaque détail dans son esprit. Il la tournait de côté et d'autre, emplissait ses yeux de sa silhouette.

— Parfaite, absolument parfaite. Voyez plutôt ces seins, pleins et pourtant gracieux, tout juste comme il faut, dit-il en passant un doigt léger sur le contour de sa poitrine.

Les yeux clos, elle frissonna de nouveau. Brusquement, une bouche chaude s'empara d'un mamelon, et elle ressentit comme une décharge électrique au plus profond d'elle-même.

— Parfaits, si parfaits, murmura-t-il en passant à l'autre sein.

Il pressa son visage entre les deux, les rapprochant l'un de l'autre pour prendre entre ses lèvres les deux mamelons en même temps. Elle renversa la tête en arrière, se pressa contre lui, tendit les mains vers la tête de son compagnon, laissa ses doigts jouir du contact nouveau de la chevelure si drue, aux boucles si serrées.

Ils étaient encore debout lorsqu'il s'écarta d'elle, la regarda en souriant, avant de délier sa ceinture et de faire glisser ses jambières. Il la fit asseoir, se débarrassa vivement de sa propre tunique pour la poser sur celle de la jeune femme. Puis il s'agenouilla devant elle, lui enleva un de ses mocassins.

— Es-tu chatouilleuse ? demanda-t-il.

— Un peu, sur fesses.

— Aimes-tu ça ?

Il lui massait le pied, doucement mais fermement, insistait sur la cambrure.

— Est bon.

Il posa les lèvres sur la cambrure.

— Est bon, répéta-t-elle, avec un sourire.

Il lui sourit à son tour, enleva l'autre mocassin, lui massa le pied. Il lui enleva ses jambières les rangea, elles et les mocassins, avec le reste. Il lui prit les mains, la fit lever. Elle se retrouva nue dans les dernières lueurs des braises mourantes qui venaient du Foyer du Mammouth. De nouveau, il la tourna, la retourna.

— O Mère ! Si belle, si parfaite ! Tout à fait comme je le pensais...

Il parlait pour lui-même plus que pour elle.

— Ranec, suis pas belle, protesta-t-elle.

— Tu devrais te voir, Ayla. Tu changerais d'avis.

— Aimable dire ça, penser ça, mais suis pas belle, insista-t-elle.

— Tu es plus jolie qu'aucune femme de ma connaissance.

Elle se contenta d'un hochement de tête. Il pouvait garder cette conviction s'il y tenait. Elle ne pouvait pas l'en empêcher.

Après avoir rassasié sa vue, il passa au toucher. D'abord légèrement, du bout des doigts, il la parcourut tout entière, sous des angles différents. Puis, plus en détail, il dessina la structure musculaire sous la peau.

Il s'arrêta soudain, se débarrassa du reste de ses vêtements, les abandonna là où ils étaient tombés. Il prit alors Ayla entre ses bras, pour goûter le contact de tout son corps contre le sien. Elle le sentait, elle aussi, elle respirait son agréable odeur masculine. Il lui embrassa les lèvres, le visage, le cou, lui mordilla tendrement l'épaule, murmura très bas :

— Si merveilleuse, si parfaite. Ayla, je te désire de toutes les manières. Je veux te voir, te toucher, te tenir contre moi. O Mère, tu es si belle...

Ses mains se retrouvaient sur les seins de la jeune femme, ses lèvres sur les mamelons. Il émettait de nouveaux petits grognements de plaisir. Il s'agenouilla, noua les bras autour de ses jambes, les mains posées sur la peau douce des deux éminences jumelles. Ses caresses se firent plus précises et elle gémit.

Il se releva, l'aida à s'étendre sur le lit, sur les fourrures moelleuses, caressantes. Il se glissa auprès d'elle, se remit à l'embrasser, à la caresser. Elle gémit de nouveau, cria même : elle avait l'impression qu'il la touchait partout à la fois.

Il lui prit la main, la posa sur son organe viril. Elle l'enchanta aussitôt par l'ardeur qu'elle mit à lui plaire. C'était plus qu'il n'avait jamais imaginé, plus qu'il n'avait osé rêver. Il gémissait à son tour.

— Oh, Ayla, Ayla ! Tu es Elle ! Je le savais. Tu me fais grand honneur.

Tout à coup, il se redressa.

— Je te veux, je ne peux plus attendre. Maintenant, je t'en prie ! supplia-t-il d'une voix rauque, étranglée.

Elle roula sur elle-même, s'offrit à lui. Il la pénétra avec force, avec fougue, et, à chacun de ses cris, sa voix montait d'un degré. Ayla, le corps arqué, s'efforçait de suivre son rythme. Il exhala enfin un long soupir, se laissa retomber sur elle. Elle mit un peu plus longtemps à se détendre.

Au bout d'un moment, Ranec se redressa, se dégagea pour s'allonger à côté d'elle. Il se releva sur un coude pour la regarder.

— J'ai peur de n'avoir pas été aussi parfait que toi, dit-il.

Elle plissa le front.

— Comprends pas « parfait », Ranec. Quoi est parfait ?

— J'ai été trop vite. Tu es si merveilleuse, si parfaite dans tout ce que tu fais. J'étais prêt trop tôt. Je ne pouvais plus attendre et je pense que ça n'a pas été aussi parfait pour toi.

— Ranec, c'est Don de Plaisir, non ?

— Oui, on peut l'appeler ainsi.

— Tu crois ne pas être Plaisir pour moi ? Ai eu Plaisirs. Beaucoup.

— Beaucoup, mais pas le Plaisir parfait. Si tu veux bien attendre un peu, je pense que, dans un moment...

— Est pas nécessaire.

— Ce n'est peut-être pas nécessaire, Ayla, mais moi, je le veux.

Il se pencha pour l'embrasser, la caresser. A son contact, elle eut un sursaut. Elle tremblait encore.

— Je te demande pardon. Tu étais presque prête. Si j'avais pu tenir un peu plus longtemps...

Elle ne répondit pas. Elle bougeait les hanches, se pressait contre lui, criait. Soudain, le plaisir vint. Elle se laissa retomber sur les fourrures, lui sourit.

— Maintenant, connais Plaisirs parfaits, dit-elle.

— Pas tout à fait, mais peut-être la prochaine fois. Il y aura bien d'autres fois, j'espère, Ayla.

Il s'était recouché près d'elle, la main posée sur son ventre. Déconcertée, elle fronça les sourcils. Y avait-il quelque chose qu'elle n'avait pas compris ? se demandait-elle.

Dans la lumière diffuse, il vit sa main brune sur la peau claire de la jeune femme et sourit. Il appréciait toujours le contraste entre sa peau sombre et le teint lumineux des femmes avec lesquelles il partageait les

Plaisirs. Ce contraste laissait une impression qu'aucun autre homme ne pouvait produire. Elles le remarquaient toujours et n'oubliaient jamais Ranec. Il était heureux que la Mère eût choisi de lui donner cette couleur. Elle faisait de lui un être à part, inoubliable.

Il aimait sentir sous sa main le ventre d'Ayla. Il aimait plus encore savoir qu'elle était là, près de lui, dans son lit. Il avait espéré, souhaité, rêvé ce moment, et, maintenant encore, alors qu'elle était là, cela lui semblait impossible.

Il remonta sa main jusqu'à un sein, pinça le mamelon, le sentit durcir. Ayla, fatiguée, la tête un peu douloureuse, commençait à sommeiller. Quand les lèvres de Ranec se posèrent sur les siennes, elle comprit qu'il la désirait, qu'il lui donnait de nouveau le signal. Un instant contrariée, elle eut envie de refuser. Elle en fut surprise, presque choquée et, du coup, se réveilla complètement. Les caresses de Ranec l'amenèrent très vite à oublier sa contrariété.

— Ayla, ma belle Ayla, murmurait-il.

Il se redressa pour mieux la voir.

— O, Mère ! Je ne peux pas croire que tu es là. Si ravissante. Cette fois, ce sera parfait, Ayla. Cette fois, je le sais, ce sera parfait.

Rigide sur le lit, les mâchoires crispées, Jondalar était dévoré du désir de frapper le sculpteur mais se contraignait à ne pas bouger. Elle avait regardé vers lui, avant de s'écarter pour suivre Ranec. Toutes les fois qu'il fermait les yeux, il voyait le visage d'Ayla, tourné vers lui puis se détournant.

« A elle de choisir ! A elle de choisir ! » se répétait-il. Elle disait qu'elle l'aimait, mais comment pouvait-elle seulement le savoir ? Certes, elle avait pu avoir de l'affection pour lui et même l'aimer, du temps où ils vivaient seuls dans sa vallée : elle ne connaissait personne d'autre, alors. Il était le premier homme qu'elle eût jamais connu. Mais elle en avait maintenant rencontré d'autres. Pourquoi ne pourrait-elle pas aimer quelqu'un d'autre ? Il était juste qu'elle pût faire son propre choix. Il essayait de s'en convaincre mais il ne pouvait arracher de son esprit la pensée que, ce soir-là, elle avait choisi un autre homme.

Depuis le jour où il était revenu de son séjour chez Delanar, Jondalar, grand, musclé, beau, n'avait eu qu'à faire son choix parmi les femmes. Un seul regard d'invite, de ses yeux d'un bleu incroyable, et la femme qu'il désirait était à lui. En fait, elles l'encourageaient. Elles le suivaient, elles le recherchaient avidement, elles souhaitaient un signe de lui. Il cédait à leurs avances, mais aucune femme ne pouvait effacer le souvenir de son premier amour ni le délivrer de son fardeau de culpabilité. Et maintenant, la femme unique au monde, qu'il avait fini par découvrir, la seule femme qu'il aimât, était dans le lit d'un autre homme.

La seule idée qu'elle eût choisi quelqu'un d'autre lui était une souffrance. Mais, quand il entendit les bruits qui prouvaient indubitablement qu'elle partageait les Plaisirs avec Ranec, il étouffa un gémissement, martela la couche de ses poings et se plia en deux. Il avait l'impression qu'une braise ardente lui brûlait les entrailles. La poitrine contractée, la gorge en feu, il respirait par saccades, comme s'il étouffait dans une atmosphère enfumée. Malgré ses efforts pour tenir ses paupières étroitement closes, des larmes brûlantes venaient perler au coin de ses yeux.

La crise s'apaisa enfin, et il se détendit quelque peu. Mais tout recommença bientôt, et il ne put en supporter davantage. Il sauta du lit, resta un instant immobile, hésitant, avant de s'élancer vers l'entrée de la nouvelle écurie. Whinney sur son passage, dressa les oreilles et se tourna vers lui au moment où il sortait.

Le vent le projeta contre le mur. Le brusque assaut du froid lui coupa le souffle, le ramena brutalement à la réalité de ce qui l'entourait. De l'autre côté de la rivière gelée, des nuages passaient devant la lune. Jondalar s'éloigna de quelques pas de son abri. Les poignards du vent transperçaient sa tunique et, lui semblait-il, sa peau, ses muscles, jusqu'à la moelle de ses os.

Il rentra, frissonnant, traversa l'écurie d'un pas lourd, se retrouva dans le Foyer du Mammouth. Raidi, il tendit l'oreille, n'entendit rien de prime abord. Mais il perçut bientôt des bruits de respirations, des gémissements, des grognements. Il regarda la plate-forme de couchage, se retourna vers l'annexe des chevaux, sans savoir de quel côté se diriger. Il ne pouvait pas rester à l'intérieur, mais dehors, il ne survivrait pas. Finalement, il n'y put tenir plus longtemps. Il lui fallait sortir de là. Il empoigna ses fourrures de voyage et repassa dans l'écurie.

Whinney s'ébroua, secoua la tête. Rapide, couché, se souleva légèrement pour le saluer d'un petit hennissement. Jondalar s'approcha des deux bêtes, étala ses fourrures sur le sol, près de Rapide, s'y blottit. Il faisait froid, mais bien moins froid que dehors. Il n'y avait pas de vent, un peu de chaleur arrivait de l'habitation, et les chevaux en dégageaient aussi. Leur souffle couvrait le bruit d'autres respirations oppressées. Même ainsi, Jondalar demeura éveillé une grande partie de la nuit. Son esprit lui remémorait certains sons, lui représentait certaines scènes, réelles ou imaginaires, sans répit, sans fin.

Ayla se réveilla au moment où les premières lueurs du jour filtraient par les fentes autour du trou à fumée. Elle tendit le bras, à la recherche de Jondalar, fut déconcertée quand sa main toucha Ranec. Avec le souvenir de ce qui s'était passé la nuit précédente vint la conviction qu'elle allait souffrir d'un violent mal de tête, par la faute de la bouza de Talut. Elle se glissa hors du lit, reprit ses vêtements si soigneusement rangés par Ranec et se hâta de rejoindre sa propre couche. Jondalar ne s'y trouvait pas. Elle parcourut les autres du regard. Deegie et Tornec en occupaient une. Ils dormaient. Ayla se demanda s'ils avaient partagé les Plaisirs. Mais elle se rappela que Wymez avait été invité au Foyer de l'Aurochs, et que Tronie ne se sentait pas très bien. Peut-être Deegie et Tornec avaient-ils simplement jugé plus pratique de coucher au Foyer du Mammouth. C'était sans importance. La jeune femme se demandait surtout où était Jondalar.

Elle ne l'avait pas revu, se souvint-elle, après une

heure déjà avancée de la nuit. Il était allé se coucher, lui avait dit quelqu'un, mais où était-il à présent ? De nouveau, elle remarqua la présence de Deegie et Tornec. Jondalar, lui aussi, devait dormir dans un autre foyer, se dit-elle. Elle fut tentée de vérifier, mais personne d'autre, apparemment, n'était encore réveillé, et elle ne voulait pas déranger les dormeurs. Mal à l'aise, elle se glissa dans son lit vide, remonta les fourrures sur elle et, au bout d'un moment, se rendormit.

Lorsqu'elle émergea de nouveau du sommeil, on avait enlevé la couverture du trou à fumée, et un soleil éclatant pénétrait à flots. Sur le point de se lever, elle sentit une vive douleur frapper à grands coups dans son crâne. Elle se laissa retomber sur le lit, ferma les yeux. Ou bien je suis très malade, ou bien c'est le résultat de la bouza de Talut, pensa-t-elle. Pourquoi les gens prennent-ils plaisir à la boire, si elle les rend si malades ? Son esprit la ramena à la fête de la veille. Elle n'en gardait pas un souvenir très net, mais elle se rappelait avoir joué des rythmes sur le tambour, avoir dansé, chanté sans d'ailleurs bien savoir comment. Elle avait beaucoup ri, même d'elle-même, quand elle avait découvert qu'elle n'avait à peu près pas de voix, et sans se soucier le moins du monde d'être le point de mire de tous. Cela ne lui ressemblait pas. Normalement, elle préférait se tenir un peu à l'écart, en observatrice, et s'exercer, se perfectionner dans la solitude. Etait-ce la bouza qui avait émoussé ce penchant et l'avait incitée à se montrer moins réservée ? Plus audacieuse ? Etait-ce dans ce but que les gens en buvaient ?

Elle rouvrit les yeux, se leva précautionneusement, en se tenant la tête à deux mains. Elle alla se soulager dans le panier prévu à cet effet — un panier au tressage étanche, à moitié rempli des bouses séchées et pulvérisées des animaux des steppes, qui absorbaient les déjections. Elle se lava ensuite à l'eau froide, ranima le feu, y plaça quelques pierres à cuire. Elle s'habilla avec la tenue qu'elle s'était faite avant de venir en ces lieux. Elle la trouvait maintenant plutôt grossière. Pourtant, lorsqu'elle l'avait cousue, elle lui avait paru très originale, très élaborée.

Toujours sans faire de mouvements brusques, elle prit plusieurs petits paquets dans son sac à remèdes, prépara un mélange, en proportions variées, d'écorce de saule, d'achillée, de bétoine et de camomille. Elle versa de l'eau froide dans la petite corbeille à cuire qu'elle utilisait pour la tisane du matin, y mit des pierres brûlantes pour la faire bouillir, ajouta ensuite les herbes et l'écorce. Elle resta accroupie près du feu, les yeux clos, pour attendre que la tisane infusât. Soudain, elle se releva d'un bond, sans se soucier de la douleur qui lui martelait le crâne, et reprit son sac à remèdes.

J'ai failli oublier, se dit-elle, en sortant les paquets d'herbes contraceptives qui étaient le secret d'Iza. Sans trop savoir si elles aidaient son totem à chasser l'esprit du totem d'un homme, comme le croyait Iza, ou si, comme elle-même le soupçonnait, elles résistaient à l'essence de l'organe masculin, Ayla ne voulait prendre aucun risque de concevoir un enfant. La situation était trop incertaine. Elle avait désiré un enfant amorcé par Jondalar mais, en attendant que l'infusion fût prête, elle se surprit à se demander à qui ressemblerait un petit qui serait un mélange d'elle-même et de Ranec. Serait-il comme lui ? Comme elle ? Aurait-il un peu des deux ? Oui, sans doute... comme Durc et comme Rydag. L'un et l'autre étaient des mélanges. Un fils de Ranec, à la peau sombre, serait différent lui aussi, mais, pensait-elle avec une trace d'amertume, personne ne l'appellerait un monstre, ne le prendrait pour un animal. Il serait capable de parler, de rire, de pleurer, comme tout le monde.

Sachant combien Talut avait apprécié son remède contre les maux de tête, la dernière fois qu'il avait abusé de son breuvage, Ayla en fit assez pour plusieurs personnes. Après avoir vidé sa coupe, elle se mit à la recherche de Jondalar. La nouvelle construction, qui donnait directement sur le Foyer du Mammouth, se révélait bien commode, et la jeune femme était soulagée de ne pas avoir à traverser le Foyer du Renard. Les chevaux étaient dehors, mais, en passant par l'écurie, elle remarqua les fourrures de voyage de Jondalar, roulées au pied du mur, et se demanda comment elles se trouvaient là.

Elle repoussa la lourde tenture de la seconde arche, vit Talut, Wymez et Mamut en conversation avec Jondalar, qui lui tournait le dos.

Elle s'approcha.

— Comment va tête, Talut ? demanda-t-elle.

— Viens-tu m'offrir un peu de ton remède magique ?

— J'ai mal de tête. Je fais tisane. En reste dans foyer, expliqua-t-elle.

Elle se tourna vers Jondalar, avec un joyeux sourire. Elle était heureuse de l'avoir retrouvé.

Un instant, elle reçut un sourire en réponse. Un bref instant seulement. Le visage de son compagnon s'assombrit, ses yeux prirent une expression qu'elle ne leur avait jamais vue.

Le sourire d'Ayla s'effaça.

— Veux infusion aussi, Jondalar ? demanda-t-elle, désemparée, angoissée.

— Pourquoi en aurais-je besoin ? Je n'ai pas trop bu, la nuit dernière, mais sans doute ne l'as-tu pas remarqué.

Sa voix était si froide, si distante qu'elle avait peine à la reconnaître.

— Où tu étais ? J'ai cherché tout à l'heure, mais n'étais pas dans lit.

— Toi non plus, répliqua-t-il. A mon avis, l'endroit où j'étais ne devait pas t'intéresser beaucoup.

Il lui tourna le dos, s'éloigna. Elle regarda les trois autres hommes, lut un certain embarras sur le visage de Talut. Wymez semblait mal à l'aise, sans être pourtant chagriné. Elle fut incapable de déchiffrer l'expression de Mamut.

— Euh... je crois que je vais aller boire un peu de cette infusion, dit Talut, qui disparut vivement dans l'habitation.

— Peut-être devrais-je en prendre une coupe, moi aussi, déclara Wymez, en partant à la suite du chef.

Qu'ai-je fait de mal ? se demandait Ayla. Le malaise qui la tenaillait devint un dur nœud au creux de son estomac.

Après l'avoir examinée, Mamut dit :

— Tu devrais venir parler avec moi, je crois, Ayla. Un peu plus tard, quand nous pourrons nous retrouver seuls un moment. Ton infusion pourrait bien amener plusieurs visiteurs au foyer. Pourquoi ne vas-tu pas manger quelque chose ?

— Pas faim, répondit-elle, l'estomac en révolution.

Elle ne voulait pas entamer par une faute sa vie parmi son nouveau peuple et elle se demandait pourquoi Jondalar était furieux.

Mamut la gratifia d'un sourire rassurant.

— Tu devrais essayer de manger quelque chose. Il reste de la viande de mammouth, du festin d'hier, et Nezzie, je crois, a gardé pour toi un de ces petits pains cuits à la vapeur.

Ayla acquiesça d'un signe de tête. Inquiète, bouleversée, elle se dirigea vers l'entrée principale, mais, en chemin, cette part de son esprit toujours occupée par ses chevaux l'engagea à les chercher des yeux. Lorsqu'elle vit Jondalar avec eux, elle se sentit un peu soulagée. Quand son esprit était troublé, elle avait toujours trouvé auprès d'eux un certain réconfort et, sans formuler sa pensée avec précision, elle espérait qu'en se tournant vers eux Jondalar finirait par se sentir mieux.

Elle traversa le foyer d'entrée, se retrouva dans l'espace où l'on faisait la cuisine. Assise avec Rydag et Rugie, Nezzie mangeait. A la vue d'Ayla, elle sourit, se leva. En dépit de ses amples proportions, elle était active et gracieuse dans tous ses mouvements. Probablement très forte aussi, soupçonnait Ayla.

— Sers-toi de viande. Je vais chercher le petit pain que j'ai gardé pour toi. C'est le dernier, dit Nezzie. Et prends une tasse d'infusion bien chaude si tu veux. C'est du laurier et de la menthe.

Lorsqu'elle s'assit avec Nezzie et les enfants, Ayla partagea le petit pain avec Rydag et Rugie mais toucha à peine à la viande.

— Quelque chose ne va pas ? demanda la brave femme.

Elle en avait la certitude et se doutait même de ce qui était arrivé.

Ayla posa sur elle un regard troublé.

— Nezzie, connais coutumes de Clan, pas coutumes des Mamutoï. Veux apprendre, veux devenir bonne Mamutoï, mais pas savoir quand faire mal. Pense hier soir, mal agir.

— Qu'est-ce qui te met cette idée en tête ?

— Quand sors, Jondalar furieux. Crois Talut pas content. Wymez non plus. Ils partent, vite. Dis-moi ce que fais mal, Nezzie.

— Tu n'as rien fait de mal, Ayla, à moins qu'il ne soit mal d'être aimée par deux hommes à la fois. Certains hommes se montrent possessifs quand ils éprouvent pour une femme des sentiments très forts. Ils ne veulent pas la voir avec d'autres hommes. Jondalar croit avoir un droit sur toi et il est furieux parce que tu as partagé le lit de Ranec. Mais il ne s'agit pas seulement de Jondalar. Ranec, à mon avis, est comme lui et il se montrerait tout aussi possessif s'il le pouvait. Je l'ai élevé depuis son enfance et jamais je ne l'ai vu aussi attaché à une femme. Jondalar, je crois, essaie de cacher ses sentiments mais il ne peut pas s'empêcher de les laisser voir, et, s'il a révélé sa colère, Talut et Wymez en ont peut-être été gênés, ce qui expliquerait leur fuite.

« Il nous arrive de crier très fort ou de nous taquiner. Nous tirons fierté de notre hospitalité, nous aimons nous montrer amicaux, mais les Mamutoï ne font pas trop étalage de leurs sentiments les plus profonds. Cela pourrait créer des ennuis, et nous nous efforçons d'éviter les disputes et de décourager les bagarres. Le Conseil des Sœurs désapprouve même les expéditions montées par des jeunes gens contre d'autres peuples, comme les Sungaea, et cherche à les faire interdire. Ces expéditions, disent les Sœurs, en provoquent d'autres en retour, et il y a eu des morts. Mieux vaut, conseillent-elles, commercer que se battre. Le Conseil des Frères est plus indulgent. La plupart de ces hommes ont participé à ce genre d'expéditions, au temps de leur jeunesse. Pour eux, c'est simplement une façon de faire travailler de jeunes muscles et de créer un peu d'excitation.

Ayla ne l'écoutait plus. Au lieu de clarifier la situation, les explications de Nezzie ne faisaient qu'ajouter à son désarroi. Jondalar était-il furieux parce qu'elle avait répondu au signal donné par un autre homme ? Y avait-il là une bonne raison pour être furieux ? Aucun homme du Clan ne se serait laissé aller à une telle réaction. Broud avait été le seul à témoigner pour elle quelque intérêt, et cela simplement parce qu'il savait que ses attentions lui faisaient horreur. Mais bien des membres du Clan se demandaient pourquoi il prenait la peine de s'occuper d'une femme aussi laide, et lui-même aurait accepté sans déplaisir l'intérêt d'un autre homme. En y réfléchissant, Ayla se remémora que, dès le début, les attentions de Ranec avaient déplu à Jondalar.

Mamut arrivait du foyer d'entrée. Il marchait avec une visible difficulté.

— Nezzie, j'ai promis à Mamut de remplir coupe avec remède pour arthrite, dit la jeune femme.

Elle se leva pour aider le vieil homme, mais il refusa d'un signe.

— Va, va. Je te rejoins. Il me faudra juste un peu plus de temps.

Elle traversa rapidement le Foyer du Lion et celui du Renard, qu'elle fut heureuse de trouver désert. Au Foyer du Mammouth, elle ranima le feu. Tout en cherchant parmi ses remèdes, elle se rappelait les nombreuses occasions où elle avait appliqué des cataplasmes ou des emplâtres et préparé des potions calmantes pour apaiser les douleurs articulaires de Creb. C'était un aspect de sa médecine qu'elle connaissait fort bien.

Après avoir donné ses soins à Mamut, elle attendit de le voir bien installé, avec une tisane chaude, avant de lui poser ses questions. Il était apaisant pour elle, aussi bien que pour le vieux chaman, d'appliquer ses connaissances, son talent et son intelligence à la pratique de son art, et ces moments l'avaient quelque peu détendue. Néanmoins, quand, après s'être servi une coupe d'infusion, elle s'assit en face de Mamut, elle ne savait trop par où commencer.

— Mamut, dit-elle enfin, es-tu resté longtemps avec Clan ?

— Oui. Il faut un certain temps pour guérir une mauvaise fracture et, ce moment venu, j'avais envie d'en apprendre davantage. Je suis donc resté jusqu'à leur départ pour le Rassemblement du Clan.

— Tu apprends coutumes de Clan ?

— Certaines, oui.

— Tu connais signal ?

— Oui, Ayla. Je connais le signal qu'un homme donne à une femme.

Il s'interrompit un instant, parut réfléchir, avant de continuer :

— Je vais te dire quelque chose que je n'ai jamais confié à personne. Il y avait là-bas une jeune femme qui aidait à prendre soin de moi pendant que mon bras se remettait. Après avoir participé à une cérémonie de chasse et chassé avec eux, je me la vis offrir. Je connais le signal et je sais ce qu'il signifie. Je m'en suis servi, même si, au début, cela me mettait mal à l'aise... C'était une Tête Plate, et elle ne me plaisait pas beaucoup, d'autant que j'avais entendu bien des histoires à propos de ces êtres, du temps de ma jeunesse. Mais j'étais jeune, sain, et l'on s'attendait à me voir me conduire comme un homme du Clan.

« A mesure que se prolongeait mon séjour, je m'attachais de plus en plus à elle. Tu n'as pas idée du plaisir qu'on trouve à avoir quelqu'un qui satisfait tous les besoins, tous les désirs. Plus tard seulement, j'ai appris qu'elle avait déjà un compagnon. C'était une seconde femme. Son mari était mort, et l'un des autres chasseurs l'avait recueillie, un peu à regret, parce qu'elle venait d'un autre clan et n'avait pas d'enfants. Quand je suis parti, je ne voulais pas la laisser derrière moi mais j'ai senti qu'elle serait plus heureuse avec un clan qu'avec moi et mon peuple. Et je n'étais pas sûr de l'accueil qui me serait réservé si je revenais avec une Tête Plate. Je me suis souvent demandé ce qu'elle était devenue.

Ayla ferma les yeux. Les souvenirs déferlaient sur elle. Il semblait étrange d'apprendre ainsi certains détails sur son clan de la bouche d'un homme qu'elle connaissait depuis si peu de temps. Elle ajustait l'histoire qu'il lui contait à ses propres connaissances sur l'histoire du clan de Brun.

— Elle jamais avoir enfants. Toujours seconde femme, mais, toujours, quelqu'un recueille. Meurt dans tremblement de terre, avant ils me trouvent.

Il hocha la tête. Il était content, lui aussi, de pouvoir mettre un point final à un épisode marquant de sa vie.

— Mamut, Nezzie dit Jondalar furieux parce que partage lit de Ranec. Est vrai ?

— Je crois que c'est vrai.

— Mais Ranec me donne signal ! Comment Jondalar peut être furieux puisque Ranec me donne signal ?

— Où Ranec a-t-il appris le signal du Clan ? demanda Mamut, surpris.

— Pas signal de Clan. Signal des Autres. Quand Jondalar trouve vallée et m'apprend Premiers Rites et Don de Plaisir accordé par Grande Terre Mère Doni, je demande son signal. Il met bouche sur ma bouche, fait baiser. Met main sur moi, fais... sentir Plaisir. Il dit c'est comment saurai quand il me veut. Il dit c'est son signal. Ranec donne son signal, soir d'hier. Il dit après : « Je te veux. Viens à mon lit. » Ranec donne signal. Il fait commandement.

— O, Mère ! fit Mamut, les yeux au plafond.

Il ramena son regard sur la jeune femme.

— Ayla, tu ne comprends pas. Ranec t'a certainement donné le signal qu'il te désirait, mais ce n'était pas un ordre.

Ayla le considérait d'un air de profonde perplexité.

— Pas comprendre.

— Personne ne peut te donner un ordre. Ayla. Ton corps t'appartient, le choix t'appartient. Tu décides de ce que tu veux faire et de celui avec qui tu veux le faire. Tu peux rejoindre dans son lit n'importe quel homme de ton choix, à condition qu'il soit consentant... et je ne vois pas de ce côté de grandes difficultés. Mais tu n'es jamais obligée de partager les Plaisirs avec un homme qui ne t'attire pas.

Elle prit le temps de réfléchir à ses paroles.

— Et si Ranec fait encore commandement ? Il dit veut encore moi, beaucoup de fois.

— Je ne doute pas qu'il le désire, mais il ne peut pas te donner d'ordres. Personne ne peut t'en donner, Ayla. Pas contre ta volonté.

— Pas même homme avec qui fais Union ? Jamais ?

— A mon avis, tu ne lui resterais pas unie longtemps, en pareilles circonstances. Mais, non, pas même ton compagnon ne pourra te donner d'ordres. Il ne te possédera pas. Toi seule peux décider.

— Mamut, quand Ranec donne signal, pas forcée aller avec lui ?

— Précisément.

Il la vit plisser le front.

— Regrettes-tu d'avoir partagé son lit ?

— Regretter ?

Elle secoua la tête.

— Non. Pas regrets. Ranec est... bon. Pas brutal... comme Broud. Ranec... doux avec moi... fait bons Plaisirs. Non. Pas regrets à cause Ranec. Triste à cause Jondalar. Triste parce que lui furieux. Ranec fait bons Plaisirs mais... Ranec pas être... Jondalar.

20

Ayla, pliée en deux pour lutter contre le vent hurlant, la tête penchée, tentait de protéger son visage des brutales bourrasques de neige. A chaque pas prudent s'opposait une force déchaînée dont le seul signe visible était la masse tourbillonnante de minuscules grains de glace qui se précipitait sur elle. Elle fit face un instant au blizzard furieux qui la cinglait, entrouvrit les paupières, avant de se détourner et de faire encore quelques pas. Battue par la tempête ; elle regarda de nouveau où elle se trouvait. Elle distingua une forme lisse, arrondie et elle toucha finalement avec soulagement l'ivoire massif de l'arche.

— Ayla, tu n'aurais pas dû sortir par ce blizzard ! s'écria Deegie. On peut perdre son chemin à quelques pas seulement de l'entrée.

— Est ainsi depuis beaucoup, beaucoup jours, et Whinney et Rapide vont dehors. Veux savoir où.

— Tu les as trouvés ?

— Oui. Aiment paître dans endroit après coude de rivière. Vent souffle moins fort, neige couvre herbe moins haut. Rafales soufflent autre côté. Ai encore un peu grain mais plus herbe. Chevaux connaissent où est herbe, même quand blizzard déchaîné. Je donnerai eau ici quand reviennent.

Ayla tapait des pieds sur le sol et secouait la pelisse qu'elle venait d'enlever pour en faire tomber la neige. Avant de pénétrer dans le Foyer du Mammouth, elle accrocha le vêtement à une cheville.

— Vous n'allez pas le croire : elle est sortie ! Par ce temps ! annonça Deegie aux quelques personnes rassemblées dans le quatrième foyer.

— Mais pourquoi ? demanda Tornec.

— Chevaux besoin manger, et je... commença Ayla.

— J'ai trouvé que tu restais longtemps absente, dit Ranec. Quand j'ai questionné Mamut, il m'a répondu qu'il t'avait vue, la dernière fois, entrer dans le foyer des chevaux. Mais, quand je suis allé voir, tu n'y étais pas.

— Tout le monde s'est mis à te chercher partout, Ayla, déclara Tronie.

— Jondalar a remarqué que ta pelisse n'était plus là, continua Deegie, et les chevaux non plus. Il a pensé que tu étais peut-être sortie avec eux. Nous avons donc décidé que nous ferions mieux d'aller voir dehors. Quand j'ai jeté un coup d'œil, pour voir comment se comportait le temps, je t'ai vue arriver.

— Ayla, tu devrais avertir quelqu'un quand tu sors par mauvais temps, reprocha doucement Mamut.

— Ne sais-tu pas que tu inquiètes tout le monde, quand tu es dehors par un pareil blizzard ? fit Jondalar avec colère.

Ayla essayait de répondre, mais tout le monde parlait en même temps. Elle vit tous les visages tournés vers elle, rougit violemment.

— Demande pardon. Voulais pas faire inquiétude. Vis seule longtemps, personne inquiet. Sors et rentre quand veux. Pas habitude beaucoup gens...

Elle regarda d'abord Jondalar, les autres ensuite.

Mamut vit son front se contracter quand le grand homme blond se détourna.

Jondalar sentit ses joues s'empourprer, lorsqu'il s'éloigna de tous ces gens qui s'étaient tourmentés à propos d'Ayla. Elle avait raison : elle avait vécu seule et s'était fort bien tirée d'affaire. Quel droit avait-il de critiquer ses actions, de la semoncer pour n'avoir dit à personne qu'elle sortait ? Mais il avait été saisi de crainte dès l'instant où il avait appris qu'elle n'était pas là, qu'elle s'était probablement hasardée dans le blizzard. Il avait connu des périodes de mauvais temps — les hivers, dans la région où il avait passé sa jeunesse, étaient exceptionnellement froids et durs — mais jamais il n'avait vu de conditions aussi rigoureuses. Il avait l'impression que cette tempête faisait rage depuis la moitié de la saison.

Personne plus que lui n'avait craint pour la sécurité de la jeune femme, mais il se refusait à laisser paraître son anxiété. Depuis la soirée de l'adoption, il avait peine à lui adresser la parole. Au début, il était si cruellement blessé qu'elle eût choisi un autre homme qu'il s'était replié sur lui-même. Il avait du mal à démêler ses sentiments. Il était follement jaloux, ce qui ne l'empêchait pas de douter de son amour pour elle parce qu'il avait eu honte de l'amener en ces lieux.

Ayla n'avait plus partagé les fourrures de Ranec, mais Jondalar, chaque soir, redoutait de la voir y retourner. Cette peur le rendait tendu, nerveux, et il s'était surpris à attendre qu'elle soit couchée pour la rejoindre au Foyer du Mammouth. Quand, finalement, il s'installait sur leur plate-forme, il lui tournait le dos, résistait au désir de la toucher, de peur de perdre tout sang-froid, de céder, de la supplier de l'aimer.

Mais Ayla, elle, ne comprenait pas pourquoi il l'évitait. Lorsqu'elle essayait de lui parler, il lui répondait par monosyllabes ou faisait mine de dormir. Lorsqu'elle l'entourait de son bras, il demeurait rigide, indifférent. Il n'avait plus aucun sentiment pour elle, lui semblait-il. Elle s'en convainquit plus encore lorsqu'il apporta dans leur couche ses fourrures personnelles, afin d'éviter le brûlant contact de son corps. Durant le jour, aussi, il se tenait à l'écart. Wymez, Danug et lui avaient établi une aire de travail dans le foyer où l'on faisait la cuisine. Jondalar passait là la majeure partie de son temps. Il n'aurait pas supporté de travailler avec Wymez au Foyer du Renard, séparé seulement par le passage central du lit qu'Ayla avait partagé avec Ranec.

Quand, au bout d'un certain temps, la jeune femme eut vu trop souvent repousser ses avances, elle finit par ne plus comprendre, devint hésitante, s'éloigna de lui. Alors seulement, Jondalar prit conscience que la distance qui grandissait et s'installait entre eux était son propre fait. Mais il ne savait comment y remédier. Il avait beau avoir une grande connaissance des femmes, il ignorait à peu près tout du véritable amour. Il n'osait pas lui faire part de ses sentiments. Il gardait le souvenir des jeunes femmes qui l'avaient poursuivi pour lui déclarer leur sentiment, alors qu'il n'en éprouvait aucun à leur égard. Leur insistance le mettait mal à l'aise, le poussait à s'éloigner. Il ne voulait pas inspirer à Ayla ces mêmes réactions. Aussi se tenait-il sur la réserve.

Ranec savait qu'ils ne partageaient pas les Plaisirs. La présence d'Ayla le taraudait, bien qu'il s'efforçât de ne pas trop le montrer. Il savait à quel moment elle allait se coucher, à quel moment elle se réveillait, ce qu'elle mangeait, avec qui elle parlait, et il passait le plus de temps possible au Foyer du Mammouth. Parmi ceux qui se réunissaient là, l'esprit de Ranec, qui s'exerçait parfois aux dépens de l'un ou l'autre membre du Camp du Lion, soulevait souvent des tempêtes de rires. Toutefois, qu'Ayla fût présente ou non, il prenait toujours grand soin de ne pas dénigrer Jondalar. Ranec avait la parole facile, le visiteur en était conscient, et ce n'était justement pas son fort à lui. Devant la musculature compacte et l'assurance insouciante de Ranec, tout grand et bel homme qu'il était, il se faisait l'effet d'un lourdaud.

L'hiver s'installait, et le malentendu entre Ayla et Jondalar s'aggravait. Jondalar commençait à redouter de la perdre à tout jamais au profit de ce sculpteur séduisant à la peau sombre. Sans cesse, il essayait de se convaincre qu'en toute justice il devait la laisser faire son choix, qu'il n'avait aucun droit de lui imposer ses exigences. Mais il restait à l'écart, parce qu'il ne voulait pas lui proposer un choix qui lui donnerait l'occasion de le rejeter.

Le temps exécrable ne paraissait pas gêner les Mamutoï. Ils avaient dans leurs réserves toutes les provisions nécessaires et, bien au chaud, en sécurité dans leur habitation semi-souterraine, ils se livraient à leurs distractions hivernales habituelles. Les aînés du Camp se réunissaient le plus souvent autour du feu, dans le foyer où l'on faisait la cuisine : ils buvaient des infusions chaudes, racontaient des histoires, évoquaient des souvenirs, échangeaient des commérages et jouaient à des jeux de hasard avec des jetons d'ivoire ou d'os ciselés, quand ils n'étaient pas absorbés par quelque projet. Les plus jeunes s'assemblaient autour du Foyer du Mammouth, pour rire et plaisanter, chanter et s'exercer sur les instruments de musique. Les enfants, eux, étaient les bienvenus partout. C'était l'époque du repos, le temps de faire et de réparer les outils et les armes, les ustensiles et les bijoux. Le temps de tresser des nattes et des paniers, de sculpter l'ivoire et l'os, de fabriquer des lanières, des cordes, des cordons, des filets. Le temps de coudre et d'orner des vêtements.

Ayla s'intéressait aux méthodes employées par les Mamutoï pour traiter le cuir et, surtout, pour le teindre. Sa curiosité était piquée aussi par les broderies de couleurs, par le travail des perles et des piquants de porc-épic. Les vêtements cousus et ornés restaient pour elle une nouveauté.

Elle dit un jour à Deegie :

— Tu as dit tu montrerais comment faire cuir rouge après je prépare peau. Je travaille sur peau de bison et je crois est prête.

— Très bien, je vais te montrer, répondit son amie. Allons voir comment elle se présente.

Ayla prit, dans l'emplacement réservé au rangement, à la tête de son lit, une peau entière, l'étala. Elle était incroyablement douce au toucher, souple et presque blanche. Deegie l'examina d'un œil critique. Elle avait observé sans commentaires mais avec une vive attention le travail de la jeune femme.

Ayla, d'abord, à l'aide d'un couteau bien tranchant, avait coupé l'abondante crinière au ras de la peau. Puis elle la posa sur un gros os de la jambe d'un mammouth, la gratta, avec la tranche un peu émoussée d'un fragment de silex. Elle grattait l'intérieur de la peau pour en ôter les particules de graisse ou de vaisseaux sanguins. Elle grattait aussi l'extérieur, pour détruire la couche superficielle et supprimer du même coup le grain du cuir. La méthode de Deegie était différente. Elle roulait la peau, l'exposait au feu durant quelques jours. La peau commençait alors à se flétrir et le poil se détachait plus facilement le moment venu, laissant la couche superficielle montrer le grain du cuir. Pour obtenir une peau plus douce et plus souple, comme celle travaillée par Ayla, elle la fixait sur un cadre, afin de gratter le poil et le grain.

Ayla avait projeté de frotter la peau avec de la graisse pour l'assouplir, comme à son habitude. Deegie lui montra comment faire avec de la cervelle en putréfaction de l'animal, une bouillie claire pour y tremper la peau. Ayla fut à la fois surprise et comblée par le résultat. Elle sentait sous ses doigts la transformation de la peau, la souplesse et l'élasticité conférées par la bouillie de cervelle. Mais, quand elle eut soigneusement pressé et tordu la peau, le véritable travail commença. Il était nécessaire de tendre et de retendre constamment la peau, pendant qu'elle séchait. La qualité finale du cuir en dépendait.

— Tu sais t'y prendre avec le cuir, Ayla. La peau de bison est lourde, et celle-ci est si douce. Que vas-tu en faire ?

La jeune femme secoua la tête.

— Veux faire cuir rouge. Penses quoi ? Bottes ?

— C'est assez épais pour ça mais assez souple pour une tunique. Commençons par colorer la peau. Après ça, tu pourras réfléchir à ce que tu en feras.

Elles se dirigèrent ensemble vers le dernier foyer. Deegie demanda :

— Si tu n'avais pas l'intention de la colorer, que ferais-tu de cette peau ?

— Mettrais au-dessus de grosse fumée de feu, pour empêcher de raidir encore si mouillée, par pluie ou même en nageant, répondit Ayla.

Deegie hocha la tête.

— C'est ce que je ferais, moi aussi. Mais le traitement que nous allons lui faire subir maintenant fera glisser la pluie dessus.

En traversant le Foyer de la Grue, elles passèrent devant Crozie, et Ayla se rappela une question qu'elle voulait poser depuis quelque temps.

— Deegie, sais-tu comment faire cuir blanc ? Comme tunique Crozie porte ? Aime rouge mais, après, voudrais apprendre à faire blanc. Connais quelqu'un qui aimerait blanc, je crois.

— Il n'est pas facile d'obtenir un cuir vraiment blanc comme neige. Crozie pourrait te renseigner mieux que moi, je pense. Il te faudrait de la craie... Wymez en a peut-être. On trouve le silex dans la craie, et généralement, quand il reçoit des rognons, du gisement du nord, ils ont une gaine de craie.

Les deux jeunes femmes revinrent au Foyer du Mammouth avec des petits mortiers et leurs pilons. Elles s'étaient munies aussi de plusieurs morceaux d'ocre ouge de tons différents. Après avoir mis de la graisse à fondre sur le feu, Deegie disposa autour d'Ayla les différentes matières qui servaient de colorants. Il y avait des fragments de charbon de bois pour le noir, du manganèse pour le bleu foncé, du soufre d'un jaune vif, ainsi que des ocres de teintes variées : brun, rouge, marron, jaune. Les mortiers étaient constitués d'os qui avaient naturellement une forme de coupe, l'os frontal d'un renne, par exemple, quand ils n'étaient pas taillés dans le granite et le basalte, comme l'étaient les lampes de pierre. Les pilons étaient façonnés à partir de l'ivoire ou de l'os, sauf un qui était une longue pierre dans sa forme naturelle.

— Quel ton de rouge veux-tu, Ayla ? Rouge foncé, rouge sang, rouge un peu jaune... un peu couleur de soleil ?

Ayla n'imaginait pas un tel choix possible.

— Sais pas... rouge rouge, répondit-elle.

Deegie examinait les matières colorantes. Elle prit finalement un morceau qui avait le rouge de certaines terres.

— Si nous prenons celui-ci et si nous y ajoutons du jaune, pour faire ressortir le rouge, nous aurons une couleur qui a des chances de te plaire, je pense.

Elle plaça un petit morceau d'ocre rouge dans le mortier, montra à Ayla comment le piler très finement, lui fit ensuite piler le jaune dans un autre mortier. Dans un troisième, de son côté, elle mélangeait étroitement les deux couleurs, jusqu'au moment où elle fut satisfaite du résultat obtenu. Elle y ajouta alors la graisse brûlante qui fit virer la couleur et lui donna un ton brillant qui amena un sourire sur les lèvres d'Ayla.

— Oui. Rouge. Joli rouge, dit-elle.

Deegie prit ensuite un long os de renne qui avait été fendu sur toute sa longueur afin d'en extraire l'intérieur spongieux sur le côté convexe. Elle le trempa dans la graisse et, en frottant, fit pénétrer d'une main ferme le mélange dans les pores de la peau de bison qu'elle maintenait de l'autre main. Au fur et à mesure la peau acquérait un lustre uniforme.

Après l'avoir observée un moment, Ayla s'empara d'une autre côte de renne et imita la technique de Deegie qui la regarda faire en apportant quelques conseils. Quand un coin de la peau fut terminé, elle arrêta un instant son amie.

Elle fit tomber quelques gouttes d'eau sur le cuir.

— Regarde, dit-elle. L'eau glisse sans pénétrer, tu vois ?

L'eau, en effet, s'écoulait sans laisser de marque.

— Sais-tu ce que tu vas faire de cette pièce de cuir rouge ? demanda Nezzie.

— Non, dit Ayla.

Elle avait déployé la peau de bison tout entière, pour la montrer à Rydag et pour l'admirer elle-même une nouvelle fois. Elle lui appartenait, parce qu'elle avait elle-même nettoyé et traité le cuir. Jamais elle n'avait rien possédé de rouge qui fût aussi grand et la peau avait finalement pris une teinte remarquable.

— Rouge était sacré pour Clan. Je donnerais à Creb... si je pouvais.

— C'est le rouge le plus vif que j'aie jamais vu, je crois. On le voit de loin.

— Est doux aussi, dit Rydag par signes.

Il venait souvent voir Ayla au Foyer du Mammouth, et elle l'accueillait toujours avec joie.

— Deegie a montré d'abord comment faire doux avec cervelle, dit-elle en souriant. Avant j'utilise graisse. Difficile, et tache quelquefois. Mieux prendre cervelle de bison.

Pensive, elle s'interrompit avant de demander :

— Même chose pour tous animaux, Deegie ?

Celle-ci acquiesça.

— Combien cervelle prendre ? Combien pour renne ? Combien pour lapin ?

Ce fut Ranec qui répondit, avec une ombre de sourire.

— Mut, la Grande Mère, dans Son infinie sagesse, donne toujours juste assez de cervelle à chaque animal pour conserver sa peau.

Le petit rire guttural de Rydag déconcerta un instant Ayla, mais elle finit par sourire.

— Quelques-uns ont assez cervelle, pas se faire prendre ?

Ranec éclata de rire, et elle se joignit à lui, heureuse d'avoir saisi la plaisanterie. Elle commençait à se familiariser avec le langage des Mamutoï.

Jondalar survint dans le Foyer du Mammouth au moment où Ayla et Ranec riaient ensemble. Il sentit son estomac se nouer. Mamut le vit baisser les paupières, comme sous le coup de la souffrance. Il jeta un coup d'œil à Nezzie, secoua la tête.

Danug, qui arrivait derrière le visiteur, le regarda s'arrêter, s'accrocher à un poteau, fermer les yeux. Les sentiments que vouaient à Ayla Ranec et Jondalar, la situation difficile qui se développait à cause d'eux n'étaient un secret pour personne, même si la plupart préféraient l'ignorer. Ils ne voulaient pas intervenir, dans l'espoir qu'ils résoudraient le problème entre eux.

Danug aurait aimé faire quelque chose pour aider son ami, mais quoi ? Il l'ignorait. Ranec était un frère, puisque Nezzie l'avait adopté, mais il avait de l'affection pour Jondalar et compatissait à sa souffrance. Lui aussi éprouvait des sentiments mal définis mais violents à l'égard de la belle dernière recrue du Camp du Lion. Mis à part les rougeurs et les sensations inexplicables qui l'assaillaient lorsqu'il se trouvait près d'elle, il avait l'impression d'une affinité entre eux. Elle semblait aussi désemparée devant la situation qu'il l'était souvent lui-même devant les changements et les complications qui intervenaient dans sa vie.

Jondalar reprit son souffle, se redressa et poursuivit son chemin. Ayla le suivit des yeux, le vit s'approcher de Mamut, lui tendre quelque chose. Elle les regarda échanger quelques mots, vit Jondalar repartir rapidement, sans lui avoir adressé la parole. Elle avait perdu le fil de la conversation qui se déroulait autour d'elle. Quand Jondalar eut disparu, elle se hâta vers Mamut, sans entendre la question que lui posait Ranec, sans voir l'expression déçue qui passa sur son visage. Pour cacher sa consternation, il fit une plaisanterie que la jeune femme n'entendit pas davantage. Mais Nezzie, sensible aux moindres nuances de ses sentiments les plus profonds, remarqua la lueur de souffrance dans ses yeux. Elle le vit aussi serrer les mâchoires et carrer les épaules avec résolution.

Elle avait envie de le conseiller, de lui offrir le bénéfice de son expérience, de la sagesse acquise au long des années, mais elle tint sa langue. A eux de façonner leurs propres destinées, pensait-elle.

Du fait que les Mamutoï vivaient tous ensemble durant de longues périodes, ils devaient apprendre à se tolérer les uns les autres. Il n'y avait, dans l'abri, aucune intimité possible, sinon celle des pensées de chacun, et tous prenaient grand soin de ne pas faire intrusion dans ce domaine. Ils hésitaient à poser des questions personnelles, à offrir assistance ou conseils si on ne les leur demandait pas, à intervenir dans des chamailleries privées, sauf si on les en sollicitait, ou si les querelles prenaient des proportions excessives. S'ils voyaient se développer une situation inquiétante, ils se montraient discrètement disponibles et attendaient, dans une attitude de patience et de tolérance, le moment où un ami serait prêt à parler de ses tracas, de ses craintes, de ses frustrations. Jamais ils ne s'érigeaient en juges, en critiques impitoyables et ils imposaient peu de restrictions dans le domaine du comportement personnel si celui-ci ne risquait pas de blesser ou de perturber gravement les autres. La solution valable d'un problème était celle qui aboutissait à des résultats et qui satisfaisait toutes les parties prenantes. Chacun savait ménager l'âme de ses voisins.

— Mamut... commença Ayla.

Elle prit alors conscience qu'elle ne savait pas exactement ce qu'elle voulait dire.

— Euh... je crois maintenant est bon moment pour faire médecine pour arthrite.

— Je n'y verrais pas d'inconvénient, répondit le vieil homme en souriant. Il y a des années que je ne me suis senti aussi bien, l'hiver. Ne serait-ce que pour cette raison, Ayla, je suis heureux que tu sois là. Donne-moi le temps de ranger ce couteau que j'ai gagné à Jondalar, et je me remettrai entre tes mains.

— Tu as gagné un couteau à Jondalar ?

— Nous faisions une partie d'osselets, Nezzie et moi. Il nous regardait et il avait l'air intéressé. Je l'ai donc invité à jouer avec nous, mais il ne possédait rien comme enjeu. Je lui ai dit qu'avec son talent de tailleur de silex, il n'était pas entièrement dépourvu, et j'ai même ajouté que j'accepterais pour enjeu un couteau que je voulais voir façonner d'une certaine manière. Il a perdu. Il devrait savoir qu'il ne faut pas jouer contre Celui Qui Sert.

Mamut émit un petit rire.

— Voici le couteau.

Ayla hocha la tête. La réponse de Mamut satisfaisait sa curiosité, mais elle aurait aimé que quelqu'un lui dise pourquoi Jondalar se refusait à lui adresser la parole. Le petit groupe qui s'était attardé à admirer le cuir teint en rouge d'Ayla se dispersa. Seul resta Rydag, qui s'approcha de la jeune femme et de Mamut. Il y avait quelque chose de réconfortant à la voir soigner le vieux chaman. L'enfant s'installa dans un coin de la plate-forme de couchage.

— Je vais d'abord te préparer un cataplasme, dit-elle.

Elle se mit en devoir de mélanger plusieurs ingrédients dans une coupe de bois.

Mamut et Rydag la regardaient doser, mêler, faire chauffer de l'eau.

— Que mets-tu dans ce cataplasme ? questionna Mamut.

— Ne sais pas vos mots pour plantes.

— Décris-les-moi. Je pourrai peut-être te dire leurs noms. Je connais certaines plantes et quelques remèdes. Il a bien fallu que j'apprenne.

— Une plante monte plus haut que genou expliqua la jeune femme. A grandes feuilles, pas vert brillant, comme poussière dessus. Feuilles poussent ensemble sur tige, pour commencer, deviennent grandes, pointues au bout. Sous feuilles, est doux, comme fourrure. Feuilles bonnes pour beaucoup maladies, et racines aussi, pour os brisés surtout.

— De la bourrache ! Il doit s'agir de la bourrache ! Que mets-tu d'autre dans ce cataplasme ?

Voilà qui est intéressant, pensait-il.

— Autre plante, plus petite, pas jusqu'au genou. Feuilles comme petites pointes de javelots, comme Wymez fait. Vert sombre brillant, restent vertes en hiver. Tige monte de feuilles, a petites fleurs bleu pâle, avec petites taches rouges dedans. Bon pour enflures, boutons aussi.

Mamut opina.

— Des feuilles qui restent vertes en hiver, des fleurs tachetées. Je ne crois pas me tromper en disant la gaulthérie tachetée.

Ayla acquiesça.

— Veux connaître autres plantes ? demanda-t-elle.

— Oui, continue, décris-m'en une autre.

— Très grande plante, plus grande que Talut, arbre presque. Pousse sur terres basses, près rivières. Baies violettes restent sur plante, même en hiver. Jeunes feuilles bonnes à manger, grandes et vieilles feuilles trop amères, peuvent rendre malade. Racine séchée dans cataplasme bonne pour enflure, même irritée, et pour douleur. Je mets baies séchées dans tisane pour ton arthrite. Connais nom ?

— Non, je ne pense pas mais, puisque tu connais la plante, je m'estime satisfait, dit Mamut. Tes remèdes pour mon arthrite m'ont fait beaucoup de bien. Tu sais soigner les vieillards.

— Creb était vieux. Boitait, avait douleurs d'arthrite. J'apprends à soigner avec Iza. Après, soigne autres aussi, dans Clan.

Ayla s'interrompit, leva les yeux.

— Crois Crozie souffre douleurs de vieillesse aussi. Veux aider. Tu crois pas accepter, Mamut ?

— Elle n'aime pas reconnaître les ravages de l'âge. Quand elle était jeune, c'était une fière beauté. Mais tu as raison, je crois. Tu pourrais lui proposer tes soins, surtout si tu trouvais un moyen qui ne blesserait pas son orgueil. C'est tout ce qui lui reste, à présent.

Ayla hocha la tête. Quand la préparation fut prête, Mamut se dévêtit.

— Pendant tu reposes avec cataplasme, expliqua la jeune femme, ai racine en poudre d'autre plante veux mettre sur braises pour faire respirer. Fera transpirer et est bonne pour douleur. Ce soir, avant dormir, ai préparé nouveau remède pour frictionner jointures. Jus de pomme et racine ardente...

— Tu veux parler du raifort ? La racine dont Nezzie se sert pour assaisonner sa cuisine ?

— Je crois, oui, avec jus de pomme et bouza de Talut. Chauffera peau, dehors et dedans aussi.

Mamut se mit à rire.

— Comment as-tu fait pour persuader Talut de te laisser mettre sa bouza sur la peau et non pas dessous ?

Aya sourit.

— Il aime médecine magique qui fait du bien lendemain d'après. Je dis je ferai toujours pour lui, expliqua-t-elle.

Elle appliquait sur les articulations douloureuses un

emplâtre brûlant, épais et collant. Le vieil homme, confortablement allongé, ferma les yeux.

— Bras en bon état, commenta la jeune femme, qui travaillait sur le membre jadis fracturé. Mauvaise cassure, je crois.

— Oui, c'est vrai.

Mamut rouvrit les yeux. Il jeta un coup d'œil vers Rydag qui observait, écoutait. Le vieil homme n'avait jamais parlé de cette aventure, sinon à Ayla. Il hésita, hocha la tête d'un air décidé.

— Il est temps que tu saches, Rydag. Du temps où j'étais un jeune homme qui faisait son Voyage, je suis tombé du haut d'une falaise et je me suis cassé le bras. J'étais étourdi par le choc et je suis arrivé sans m'en rendre compte dans un camp de Têtes Plates, des gens du Clan. J'ai vécu chez eux pendant un certain temps.

— Voilà pourquoi tu apprends très vite les signes ! dit Rydag avec ses mains.

Il sourit.

— Je te trouvais très intelligent.

— Je suis très intelligent, jeune homme, fit Mamut en lui rendant son sourire. Mais je me suis souvenu de quelques-uns quand Ayla me les a rappelés.

Le sourire de Rydag s'élargit. Plus que tout au monde, mis à part Nezzie et le reste de la famille du Foyer du Lion, il aimait ces deux êtres et jamais il n'avait été aussi heureux que depuis l'arrivée d'Ayla. Pour la première fois de sa vie, il pouvait s'exprimer, se faire comprendre des autres, il parvenait même à faire sourire un interlocuteur. Il regardait Ayla apporter ses soins à Mamut. Même un enfant comme lui était en mesure de reconnaître ses qualités et son habileté. Quand le vieil homme regarda dans sa direction, il lui fit comprendre par signes :

— Ayla est bonne guérisseuse.

— Les guérisseuses du Clan sont très habiles, et ce sont elles qui lui ont tout appris. Personne n'aurait pu faire de meilleur travail sur mon bras. La peau était écorchée, de la terre y avait pénétré et, à l'endroit de la fracture, la chair était déchirée, l'os sortait de la plaie. On aurait dit un morceau de viande. La femme, Uba, a tout nettoyé. Elle a remis en place les deux morceaux de l'os, et il n'y a même pas eu d'enflure, de pus, de fièvre. Quand mon bras a guéri, j'ai pu m'en servir normalement. C'est seulement au cours de ces dernières années que j'en ai un peu souffert de temps en temps. Ayla a appris son art de la fille de la femme qui avait remis mon bras. On m'a dit qu'elle était considérée comme la meilleure, déclara Mamut.

Il observait les réactions de Rydag. L'enfant les considérait l'un et l'autre d'un air perplexe, comme s'il se demandait comment ils pouvaient connaître les mêmes gens.

— Oui, Iza était meilleure, comme mère et grand-mère, acheva Ayla.

Elle n'avait pas prêté attention à la communication silencieuse entre le vieillard et le petit garçon.

— Savait tout ce que savait mère. Avait souvenirs de mère et de grand-mère.

Elle prit quelques pierres au foyer, les rapprocha du lit de Mamut, saisit quelques braises à l'aide de deux baguettes, les posa sur les pierres chaudes, aspergea le tout d'une poudre de racine de mélianthe. Elle alla chercher des couvertures pour le chaman, afin de le garder au chaud. Mais, pendant qu'elle les bordait autour de lui, il se redressa sur un coude pour la dévisager pensivement.

— Les gens du Clan sont différents des autres d'une manière qui n'est pas généralement comprise. Ce n'est pas le fait qu'ils ne parlent pas, ou que leur manière de s'exprimer n'est pas la même. C'est leur façon de penser qui est un peu particulière. Si Uba, la femme qui m'a soigné, était la grand-mère de ton Iza et si elle a appris son art à partir des souvenirs de sa grand-mère et de sa mère, toi, Ayla comment as-tu appris ? Tu n'as pas de souvenirs du Clan.

Mamut vit Ayla rougir d'embarras, il l'entendit étouffer une exclamation. La jeune femme baissa les yeux.

— En aurais-tu donc ? demanda-t-il.

— Non, n'ai pas souvenirs de Clan, dit-elle.

— Mais ?

Elle releva les yeux vers lui.

— Veut dire quoi, « mais » ? dit-elle.

Elle avait une expression méfiante, presque apeurée. Ses paupières s'abaissèrent de nouveau.

— Tu n'as pas de souvenirs du Clan, mais... tu as autre chose, n'est-ce pas ? Quelque chose qui te vient du Clan ?

Ayla gardait la tête baissée. Comment pouvait-il savoir ? Elle n'en avait jamais parlé à personne, pas même à Jondalar. Elle avait peine à se l'avouer à elle-même mais elle n'avait jamais été tout à fait la même, après...

— Est-ce en rapport avec ton talent de Femme Qui Guérit ? insista Mamut.

Elle releva la tête sur un signe de dénégation.

— Non, dit-elle.

Ses yeux le suppliaient de la croire.

— Iza m'apprend. Etais très jeune, pas encore âge de Rugie, je crois, quand elle commence. Iza savait n'avais pas souvenirs mais elle force à me rappeler, elle force à dire encore et encore, et, enfin, n'oublie plus. Elle est très patiente. Certains disent inutile m'apprendre : trop stupide, pas moyen retenir. Elle dit non, suis seulement différente. Ne veux pas être différente. Force à retenir. Répète seule, encore et encore, même quand Iza pas apprendre. Apprends à retenir, à ma manière. Force à apprendre vite, pour que les autres pas penser suis stupide.

Rydag ouvrait des yeux ronds, immenses. Plus que personne, il comprenait exactement ce qu'Ayla avait pu éprouver mais il ignorait que quelqu'un comme Ayla eût pu ressentir cela.

Mamut la regardait avec stupeur.

— Ainsi, tu t'es mis en mémoire les souvenirs du Clan, tels que les conservait Iza ? C'est un véritable exploit. Ils remontent à des générations en arrière, n'est-ce pas ?

Rydag, à présent, écoutait avec une attention soutenue : il allait apprendre, il le sentait, quelque chose de très important pour lui.

— Oui, répondit Ayla, mais n'ai pas appris tous

souvenirs. Iza pas capable enseigner tout ce qu'elle savait. Elle dit elle ne sait pas même tout ce qu'elle sait mais elle enseigne comment apprendre. Comment faire expériences, comment essayer avec prudence. Quand suis plus âgée, elle dit je suis sa fille, guérisseuse de sa lignée. Je demande comment je peux être de sa lignée ? Ne suis pas vraie fille. Pas même de Clan. N'ai pas souvenirs. Elle dit alors ai autre chose, aussi bien que souvenirs, peut-être mieux. Iza pensait étais née dans lignée de guérisseuses des Autres, meilleure lignée, comme lignée d'Iza était meilleure. Est pourquoi suis guérisseuse de sa lignée. Elle disait serais meilleure, un jour.

— Sais-tu ce qu'elle voulait dire ? Connais-tu le don que tu possèdes ? questionna Mamut.

— Oui. Je crois. Quand quelqu'un malade, vois maladie. Regarde yeux, couleur visage, sens souffle. Réfléchis. Quelquefois sais par regard. Quelquefois sais questions à poser. Et fais médecine pour aider. Pas toujours même médecine. Quelquefois nouvelle, comme bouza dans lotion pour arthrite.

— Ton Iza pourrait bien avoir raison. Les meilleurs guérisseurs possèdent ce don, déclara le Mamut.

Une idée se présenta à son esprit. Il poursuivit :

— J'ai remarqué une différence entre toi et les autres guérisseurs de ma connaissance, Ayla. Pour guérir, tu utilises des remèdes à base de plantes et d'autres traitements. Les guérisseurs mamutoï font appel aussi aux esprits.

— Ne connais pas monde d'esprits. Dans Clan, seulement mog-urs connaissent. Quand Iza besoin aide d'esprits, demande Creb.

Le Mamut plongeait son regard dans les prunelles de la jeune femme.

— Ayla, aimerais-tu avoir l'aide du monde des esprits ?

— Oui, mais n'ai pas mog-ur pour demander.

— Tu n'as rien à demander à personne. Tu peux être ton propre mog-ur.

— Moi ? Mog-ur ? Mais suis femme. Femmes de Clan ne peuvent pas être mog-ur.

— Mais tu n'es pas une femme du Clan. Tu es Ayla des Mamutoï. Tu es fille du Foyer du Mammouth. Les meilleurs guérisseurs mamutoï connaissent les manières d'agir des esprits. Tu es une bonne Femme Qui Guérit, Ayla, mais comment pourras-tu être la meilleure si tu n'es pas capable de demander l'aide du monde des esprits ?

Ayla sentait un nœud d'inquiétude lui serrer l'estomac. Elle était guérisseuse, bonne guérisseuse, et Iza avait affirmé qu'un jour, elle serait la meilleure. Mamut, à présent, déclarait qu'elle ne pourrait pas être la meilleure sans l'aide des esprits, et il devait avoir raison. Iza demandait bien de l'aide à Creb, n'est-ce pas ?

— Mais ne connais pas monde des esprits, Mamut.

Elle était éperdue, presque affolée.

Mamut se pencha vers elle. le moment était venu, il le sentait. Il puisa dans une source intérieure le pouvoir de la contraindre.

— Mais si, dit-il d'un ton autoritaire. N'est-il pas vrai, Ayla ?

La peur agrandit les yeux de la jeune femme.

— Ne veux pas connaître monde des esprits ! cria-t-elle.

— Si tu redoutes ce monde, c'est parce que tu ne le comprends pas. Je peux t'aider à le comprendre. Je peux t'aider à t'en servir. Tu es née au Foyer du Mammouth, née aux mystères de la Mère, quels que soient le lieu de ta naissance, les lieux où tu te rendras. Tu ne peux rien y faire : tu es attirée vers ce monde, et il te cherche. Tu ne peux pas lui échapper mais, par la compréhension, par la pratique, tu seras en mesure de le maîtriser. Tu pourras amener les mystères à travailler pour toi. Ayla, tu n'as pas le pouvoir de combattre ton destin, et ton destin veut que tu Serves la Mère.

— Suis guérisseuse ! Est mon destin !

— Oui, ton destin est d'être Femme Qui Guérit, mais c'est déjà servir la Mère, et, un jour, tu pourras être appelée à La servir d'une autre manière. Tu dois t'y préparer. Ayla, tu désires être la meilleure des guérisseuses, n'est-ce pas ? Tu sais bien toi-même que certaines maladies ne peuvent être guéries par les remèdes et les traitements à eux seuls. Comment soigner quelqu'un qui ne désire plus vivre ? Quel remède apporte à un homme la volonté de se remettre d'un grave accident ? Lorsque quelqu'un meurt, quel traitement appliquer à ceux qu'il laisse derrière lui ?

Ayla courba la tête. Si quelqu'un avait su que faire pour elle quand Iza était morte, elle n'aurait peut-être pas perdu son lait, elle n'aurait pas eu à confier son fils à d'autres femmes. Saurait-elle que faire, si pareille chose arrivait à quelqu'un qu'elle soignait ? La connaissance du monde des esprits l'aiderait-elle à découvrir les mesures à prendre ?

Rydag, conscient d'être momentanément oublié, suivait la scène. Il craignait de faire un mouvement, il redoutait de les déranger en un moment important, tout en igorant ce dont il s'agissait exactement.

— Ayla, de quoi as-tu peur ? Que s'est-il passé ? Dis-le-moi, reprit Mamut.

Sa voix avait une chaleur persuasive.

Ayla se leva brusquement. Elle ramassa les fourrures, les borda de nouveau autour du vieux chaman.

— Dois couvrir, garder au chaud pour laisser agir cataplasme, dit-elle.

Elle était visiblement troublée, bouleversée. Mamut se laissa retomber en arrière, lui permit sans résistance de poursuivre son traitement. Elle avait besoin de temps, il le comprenait. Elle se mit à arpenter l'espace restreint. Nerveuse, agitée, elle avait le regard perdu dans le vide, comme si, en elle-même, elle revoyait quelque scène passée.

Finalement, elle se retourna d'un bloc pour faire face à Mamut.

— Ne voulais pas ! dit-elle

— Qu'est-ce que tu ne voulais pas ? demanda le vieil homme.

— Entrer dans caverne... voir mog-ur.

— Quand es-tu entrée dans la caverne, Ayla ?

Mamut connaissait les restrictions qui s'appliquaient aux femmes, dans la participation aux rites du Clan. Ayla avait dû faire quelque chose qui lui était interdit, se disait-il : elle avait enfreint un tabou.

— A Rassemblement du Clan.

— Tu es allée à un Rassemblement du Clan ? Ce Rassemblement a lieu tous les sept ans, n'est-ce pas ?

La jeune femme hocha la tête.

— Quand s'est-il tenu ?

Elle dut réfléchir, et ce moment de concentration lui éclaircit quelque peu l'esprit.

— Durc était juste né, alors, au printemps. Eté prochain sera septième année ! Eté prochain, Rassemblement de Clan. Clan ira à Rassemblement, ramènera Ura. Ura et Durc unis alors. Mon fils bientôt homme !

— Est-ce vrai, Ayla ? Il n'aura que sept ans quand il s'unira ? Ton fils sera déjà un homme, si jeune ?

— Non, pas si jeune. Peut-être trois, quatre années encore. Mais mère d'Ura me demande Durc, pour Ura. Elle est enfant d'esprits mêlés, aussi. Ura vivra avec Brun et Ebra. Quand Durc et Ura assez grands seront unis.

Rydag considérait Ayla d'un air incrédule. Il ne saisissait pas absolument toutes les implications, mais une chose semblait claire. Elle avait un fils, d'esprits mêlés comme lui, qui vivait avec le Clan !

— Qu'est-il arrivé, il y a sept ans, au Rassemblement du Clan, Ayla ? questionna Mamut.

Il se refusait à abandonner, alors qu'il s'était senti si près d'obtenir l'accord de la jeune femme pour commencer son initiation. C'était non seulement important mais essentiel pour elle-même, il en était convaincu.

Une expression douloureuse se peignit sur le visage d'Ayla, qui ferma les yeux.

— Iza trop malade pour aller. Elle dit Brun je suis guérisseuse. Brun fait cérémonie. Elle me dit comment mâcher racines pour faire breuvage pour mog-urs. Dit seulement, pas possible montrer. Est trop... sacré pour exercer. Mog-ur, à Rassemblement du Clan, ne veulent pas moi. Ne suis pas Clan. Mais personne ne sait, seulement lignée d'Iza. Iza dit pas avaler jus quand mâche, cracher dans bol. Mais impossible. Avale un peu. Plus tard, esprit confus, entre dans caverne, suis feux, trouve mog-ur. Ne voient pas moi, mais Creb sait.

L'agitation l'avait reprise, elle allait et venait.

— Est noir, comme trou profond, et sens tomber.

Elle serra les épaules, se frotta les bras comme si elle avait froid.

— Alors Creb vient, comme toi, Mamut, mais... plus. Il... il... me prend avec lui.

Elle retomba dans le silence, se remit à marcher. Enfin, elle s'arrêta, reprit la parole.

— Plus tard, Creb furieux, malheureux. Et suis... différente. Jamais ne dis mais, quelquefois, pense retourner là-bas et suis... effrayée.

Mamut attendait, pour voir si elle était au bout de son histoire. Il avait une certaine idée de ce qu'elle avait subi. On lui avait permis d'assister à une cérémonie du Clan. Ces gens utilisaient certaines plantes d'une manière qui leur était particulière, et il avait connu une expérience insondable. Il avait essayé de la reproduire, par la suite, sans jamais y parvenir, même après être devenu Mamut. Il allait parler, mais Ayla le devança.

— Quelquefois, veux jeter racine, mais Iza dit est sacrée.

Le vieillard mit un moment à saisir le sens de ce qu'elle venait de dire mais, quand ce fut fait, le choc faillit bien le mettre debout d'un bond.

— Veux-tu dire que tu as cette racine avec toi ?

Il avait peine à contenir son agitation.

— Quand pars, prends sac de remèdes. Racine dedans, dans petite bourse spéciale, rouge.

— Mais est-elle encore bonne ? Plus de trois années ont passé, dis-tu, depuis ton départ. N'a-t-elle pas pu perdre de sa puissance, en tout ce temps ?

— Non, a préparation spéciale. Après racine est séchée, dure longtemps. Beaucoup années.

— Ayla... commença Mamut.

Il s'efforçait de choisir les mots qu'il fallait.

— C'est peut-être une grande chance que tu l'aies gardée. Vois-tu, le meilleur moyen de maîtriser la peur, c'est de la regarder en face. Serais-tu prête à préparer de nouveau cette racine ? Seulement pour toi et moi ?

La seule idée fit frissonner la jeune femme.

— Ne sais pas, Mamut. Ne veux pas. Ai trop peur.

— Il ne s'agit pas de le faire tout de suite, dit-il. Pas avant que tu aies subi une certaine initiation, que tu t'y sois préparée. Et ce devrait être pour une cérémonie particulière, qui aurait une profonde signification. Peut-être la Fête de l'Eté, le début de la vie nouvelle.

Il vit qu'elle tremblait toujours.

— La décision t'appartient, mais tu n'as pas à la prendre dès maintenant. Tout ce que je te demande, c'est de me permettre de commencer à t'initier. Quand viendra le printemps, si tu n'es toujours pas prête, tu pourras refuser.

— Est quoi, initiation ? demanda Ayla.

— D'abord, je te demanderai d'apprendre certains chants, certaines incantations, d'apprendre aussi à te servir du crâne de Mammouth. Viendrait ensuite la signification de certains symboles et signes.

Rydag regarda Ayla fermer les yeux, plisser le front. Il souhaitait la voir accepter. Il venait d'en apprendre plus long sur le peuple de sa mère qu'il n'en avait jamais su mais il voulait en savoir davantage encore. Il y parviendrait si Mamut et Ayla préparaient une cérémonie avec les rites du Clan.

Ayla rouvrit les paupières. Son regard était troublé, mais elle avala convulsivement sa salive, hocha la tête.

— Oui, Mamut. Essaie de regarder en face peur de monde des esprits, si veux m'aider.

Mamut se recoucha. Il ne vit pas Ayla resserrer les doigts sur le petit sachet richement décoré qu'elle portait autour du cou.

21

— Hou ! Hou ! Hou ! Ça fait trois ! s'écria Crozie avec un petit rire malin.

Elle venait de compter les disques, qui étaient retombés en montrant leur face marquée dans la corbeille peu profonde.

— Encore à toi de jouer, dit Nezzie.

Elles étaient assises par terre, près du cercle de loess

sec dont Mamut s'était servi pour tracer un plan de chasse.

— Il t'en faut encore deux. Moi, je parie sur deux de plus.

Elle traça dans la terre fine deux lignes de plus.

Crozie reprit la corbeille, y secoua les sept petits disques d'ivoire. Ces jetons légèrement convexes, de sorte qu'ils oscillaient quand ils étaient posés sur une surface plane, étaient vierges, sur l'une des faces. L'autre face était colorée, gravée de lignes. Crozie tenait près du sol la large corbeille plate. Elle lança les disques en l'air. Après quoi, vivement, habilement, elle poussa la corbeille sur la natte bordée de rouge qui définissait les limites de l'aire de jeu, rattrapa les disques. Cette fois, quatre d'entre eux montraient leur face gravée. Trois seulement étaient mal retombés.

— Regarde ! Plus que trois ! Je parie sur cinq autres.

Ayla, assise non loin d'elles sur une autre natte, buvait à petites gorgées l'infusion contenue dans sa coupe de bois et regardait la vieille femme secouer de nouveau les disques dans la corbeille. Elle les lança, les rattrapa. Cinq disques, cette fois, montraient leur côté gravé.

— J'ai gagné ! Une autre partie, Nezzie ?

— Oui, une seule, peut-être, répondit Nezzie.

Elle tendit la main pour prendre la corbeille, la secoua, lança les disques en l'air, les rattrapa.

— L'œil noir ! cria Crozie.

Elle désignait un disque qui montrait une face complètement noire.

— Tu as perdu. Tu m'en dois douze. Veux-tu faire encore une partie ?

— Non, tu as trop de chance, aujourd'hui.

Nezzie se leva.

— Et toi, Ayla ? Tu veux jouer ?

— Ne suis pas bonne à ce jeu. Quelquefois, ne rattrape pas tous les jetons.

Tandis que croissait le froid cruel de la longue saison, elle avait souvent suivi le jeu mais elle avait très peu joué elle-même. Crozie, elle le savait, prenait la chose au sérieux et n'était guère patiente avec les joueurs maladroits ou indécis.

— Alors, si nous jouions aux osselets ? Pas besoin d'une grande adresse, pour ça.

— Veux bien jouer mais ne sais pas quoi miser, dit Ayla.

— Nezzie et moi, nous marquons les points et nous nous arrangeons plus tard.

— Maintenant ou plus tard, pas savoir quoi miser.

— Tu as certainement quelque chose, dit Crozie, impatiente de reprendre le jeu. Un objet de valeur.

— Et tu mises quelque chose même valeur ?

La vieille femme hocha la tête avec brusquerie.

— Naturellement.

Ayla plissa le front dans un effort de concentration.

— Peut-être... fourrures, ou cuir, ou quelque chose je peux faire. Attends ! Trouvé, je crois. Jondalar joue avec Mamut et mise Talent. Quand il perd, il fabrique couteau spécial. Peux miser talent, Crozie ?

— Pourquoi pas ? Je vais le marquer ici.

Du plat de son couteau, elle aplanit le sol. Elle prit ensuite deux objets, à côté d'elle, les tendit, un dans chaque main.

— Nous allons compter trois points pour une partie. Si tu devines bien, tu marques un point. Si tu te trompes, je marque un point. La première qui en a trois gagne la partie.

Ayla regarda les deux osselets de bœuf musqué. L'un était peint de lignes rouges et noires, l'autre avait gardé son aspect naturel.

— Dois choisir le blanc, est ça ? demanda-t-elle.

— Exactement, approuva Crozie.

Une lueur rusée brillait dans son regard.

— Tu es prête ?

Les osselets entre les mains, elle se frottait les deux paumes l'une contre l'autre, mais elle regardait Jondalar, assis avec Danug dans l'aire réservée aux tailleurs de silex.

— Est-il vraiment aussi bon qu'on le dit ? questionna-t-elle, avec un signe de tête en direction du jeune homme.

Ayla lança un coup d'œil vers la tête blonde toute proche de la tête rousse. Lorsqu'elle ramena son regard sur Crozie, celle-ci avait les deux mains derrière le dos.

— Oui. Jondalar très bien, répondit-elle.

Crozie avait-elle délibérément essayé de détourner son attention ? se demandait-elle. Elle dévisagea longuement sa compagne, remarqua la légère inclinaison de ses épaules, son port de tête, son expression.

Crozie ramena ses mains devant elle, chacune refermée sur un os. La jeune femme examina le visage ridé, soudain dépourvu de toute expression, les vieilles mains arthritiques aux jointures blanchies. Une main était-elle un peu plus ramenée vers la poitrine ? Ayla choisit l'autre.

— Perdu ! fit Crozie, avec une féroce exultation.

Elle ouvrit la main pour montrer l'os rayé de rouge et de noir, inscrivit un bâton dans le loess.

— Tu veux encore essayer ?

— Oui, affirma Ayla.

Cette fois, Crozie se mit à fredonner, tout en frottant les osselets entre ses paumes. Après avoir un instant fermé les yeux, elle les rouvrit, contempla fixement le plafond, comme si elle remarquait quelque chose de passionnant près du trou à fumée. Ayla fut tentée de suivre son regard, mais elle se rappela la ruse utilisée la fois d'avant pour détourner son attention. Elle détourna vivement les yeux, juste à temps pour voir la vieille rusée jeter un coup d'œil entre ses paumes avant de ramener précipitamment ses mains derrière son dos. Un petit sourire de respect involontaire passa fugitivement sur le vieux visage. Un mouvement des épaules, des muscles des bras, semblait indiquer que les mains cachées n'étaient pas inactives. Crozie pensait-elle qu'Ayla avait entrevu l'un des osselets et les changeait-elle de main ? Ou bien voulait-elle seulement le lui faire croire ?

Le jeu comportait des aspects subtils, se disait la jeune femme, et il était plus intéressant de jouer que d'observer. Crozie ramena en vue ses mains osseuses. Ayla l'examina sans trop en avoir l'air. D'une part, il était impoli de dévisager quelqu'un. D'autre part, elle ne tenait pas à laisser voir à Crozie ce qu'elle cherchait.

C'était difficile à déterminer — la vieille femme était experte à ce jeu —, mais la jeune femme avait l'impression qu'une épaule était légèrement plus haute que l'autre, et l'autre main n'était-elle pas un peu en retrait ? Ayla choisit celle qu'à son avis, Crozie voulait lui voir prendre. C'était la mauvaise.

— Ah, encore perdu ! s'écria joyeusement Crozie.

Elle ajouta vivement :

— Prête ?

Sans lui laisser le temps d'acquiescer, la vieille femme avait déjà ramené ses mains derrière son dos, avant de les tendre de nouveau devant elle. Cette fois, elle se tenait penchée en avant. Ayla, souriante, résista. Sa partenaire changeait constamment un détail de son attitude, elle s'efforçait de ne pas fournir un signal uniforme. La jeune femme choisit la main qui lui paraissait la bonne, en fut récompensée par une marque tracée dans le loess. La fois suivante, Crozie changea une fois de plus de position : elle abaissa les mains. Ayla se trompa.

— Ça fait trois ! J'ai gagné. Mais tu ne peux pas vraiment tenter ta chance avec une seule partie. Veux-tu en faire une autre ?

— Oui. Aimerais jouer encore, dit Ayla.

Crozie sourit. Mais, quand la jeune femme devina correctement deux fois de suite, son expression se fit moins aimable. Lorsqu'elle frotta pour la troisième fois entre ses paumes les osselets de bœuf musqué, elle fronçait les sourcils.

— Regarde là-bas ! Qu'est-ce que c'est donc ? dit-elle, avec un signe du menton.

C'était là une tentative flagrante pour détourner l'attention de la jeune femme.

Ayla regarda dans la direction indiquée. Quand elle revint au jeu, la vieille femme avait retrouvé son sourire. Ayla prit tout son temps pour choisir la main qui renfermait l'osselet gagnant, bien qu'elle eût pris très vite sa décision. Elle ne voulait pas contrarier trop gravement Crozie, mais elle avait appris à interpréter les signaux inconscients que transmettait le corps de la vieille femme quand elle jouait et elle savait, aussi

précisément que si Crozie le lui avait révélé, dans quelle main se trouvait le bon osselet.

Crozie n'aurait pas été contente de savoir qu'elle se trahissait si facilement, mais Ayla possédait sur elle un avantage particulier. Elle était tellement accoutumée à observer et traduire de subtiles nuances de posture et d'expression du visage que cette habitude était devenue presque un instinct. Ces nuances faisaient partie intégrante du langage du Clan : elles exprimaient les moindres variantes d'une signification. Ayla avait remarqué par ailleurs que, même chez les gens qui communiquaient surtout verbalement, ces mouvements du corps, ces postures exprimaient aussi quelque chose, mais, dans ce cas, ce n'était pas conscient.

Elle avait été trop occupée à apprendre le langage parlé de son nouveau peuple pour faire un réel effort d'interprétation de ce langage inconscient. Sans parler encore très couramment la langue, elle était maintenant plus à l'aise et elle pouvait désormais utiliser des procédés de communication qui n'étaient généralement pas considérés comme des éléments du langage. La partie d'osselets avec Crozie lui faisait comprendre qu'elle pourrait en apprendre long sur les gens de sa propre race en appliquant les connaissances et la pénétration qu'elle avait acquises du Clan. Le Clan ne pouvait mentir, parce que le langage du corps ne permettait pas la dissimulation. Mais ceux qu'autour d'elle on avait appelés les Autres, pouvaient encore moins lui cacher leurs secrets. Ils ne savaient même pas qu'ils « parlaient ». Elle n'était pas encore tout à fait capable de traduire leurs signaux corporels mais... cela ne saurait tarder.

Ayla choisit la main qui tenait l'osselet blanc, et, d'un geste rageur, Crozie marqua un troisième point pour elle.

— La chance est de ton côté, à présent, dit-elle. Puisque j'ai gagné une partie, et toi une, nous ferions aussi bien de déclarer un résulat nul et d'oublier les enjeux.

— Non, protesta Ayla. Nous misons talent. Tu

gagnes mon talent. Mon talent est médecine. Je te donnerai. Je veux ton talent.

— Quel talent ? demanda Crozie. Mon talent au jeu ? C'est ce que je fais de mieux, maintenant, et, déjà, tu me bats. Que veux-tu de moi ?

— Non, pas jeu. Je veux faire cuir blanc.

La vieille femme en resta bouche bée.

— Du cuir blanc ?

— Cuir blanc, comme tunique tu portes pour adoption.

— Je n'ai pas fait de cuir blanc depuis des années.

— Mais peux faire ? demanda Ayla.

— Oui.

Un souvenir vint adoucir le regard de Crozie.

— J'ai appris très jeune, avec ma mère. Jadis, le blanc était sacré pour le Foyer de la Grue, disent les légendes. Personne d'autre ne pouvait en porter...

Les yeux de la vieille femme retrouvèrent leur dureté.

— Mais c'était avant que le Foyer de la Grue fût tombé dans un tel mépris que même le Prix de la Femme est devenu dérisoire.

Elle dévisageait de tout près la jeune femme.

— Que représente pour toi le cuir blanc ?

— Est très beau, répondit Ayla.

Sa réponse provoqua un nouvel adoucissement dans le regard de sa compagne.

— Et blanc est sacré pour quelqu'un, ajouta-t-elle, les yeux baissés sur ses mains. Je veux faire tunique spéciale comme aime quelqu'un. Tunique blanche spéciale.

Elle ne vit pas Crozie jeter un coup d'œil vers Jondalar qui, précisément en cet instant, les regardait toutes deux. Apparemment gêné, il se détourna vivement. La vieille femme revint à Ayla, qui gardait la tête baissée.

— Et qu'aurai-je en échange ? demanda-t-elle.

— Tu m'apprendras ? dit Ayla, qui se redressa en souriant.

Elle saisit dans le vieux regard une lueur d'avarice, mais il y avait autre chose aussi. Quelque chose de plus lointain, de plus doux.

— Ferai remède pour arthrite, dit-elle, comme pour Mamut.

— Qui te dit que j'en ai besoin ? lança Crozie d'un ton acerbe. Je ne suis pas aussi vieille que lui.

— Non, pas si vieille Crozie, mais tu as souffrance. Tu ne dis pas, ne te plains pas, mais je sais parce que suis Femme Qui Guérit. Remède ne peut pas guérir jointures et os douloureux, rien ne peut cela, mais peut faire souffrance moins grande. Cataplasme chaud rendra plus facile remuer, baisser, et ferai remède pour souffrance, un pour matin, un pour autre fois.

La vieille femme désirait avant tout sauver la face, elle le comprit, ajouta :

— Besoin faire remèdes pour toi pour sauver enjeu. Est mon talent.

— Oui, je dois te laisser payer ton enjeu, je suppose, dit Crozie. Mais je veux encore autre chose.

— Quoi ? Ferai, si je peux.

— Je veux encore de cette pommade blanche qui adoucit une vieille peau séche... la rajeunit, dit doucement Crozie.

Elle se redressa, reprit son ton acerbe.

— Ma peau a toujours souffert de gerçures, l'hiver.

Ayla lui sourit.

— Je ferai. Maintenant, tu dis quelle peau meilleure pour cuir blanc. Je demanderai à Nezzie si elle est dans réserves.

— La peau de cerf. Celle du renne est bonne, mais il vaut mieux en faire de la fourrure, pour la chaleur. N'importe quel cerf fera l'affaire : le cerf commun, l'élan, le mégacéros. Mais, avant de choisir la peau, il te faudra autre chose.

— Est quoi ?

— Il faudra mettre de côté ton urine.

— Mon urine ?

— Oui. Pas seulement la tienne, celle de n'importe qui, mais la tienne est la meilleure. Commence à la garder dès maintenant, avant même de mettre une peau à dégeler. Il faudra la laisser quelque temps dans un endroit chaud.

— Je me soulage tous les jours derrière rideau, dans

panier avec bouse de mammouth et cendres. Est jeté après.

— Ne te soulage plus dans le panier. Garde toute ton urine dans un crâne de mammouth ou dans un panier tressé serré. Quelque chose d'étanche.

— Pourquoi besoin urine ?

Crozie prit le temps d'examiner la jeune femme avant de répondre.

— Je ne rajeunis pas, dit-elle, et je n'ai plus personne, excepté Fralie. D'ordinaire, une femme transmet ses talents à ses enfants, et à ses petits-enfants. Mais Fralie n'a pas le temps, et le travail du cuir ne l'intéresse pas beaucoup. Elle préfère coudre et faire des broderies de perles. Elle n'a pas de filles. Ses fils... eh bien, ils sont très jeunes. Qui sait ? Mais ma mère m'a transmis ce talent, et je dois à mon tour le transmettre à... à quelqu'un. C'est très dur, le travail du cuir, mais j'ai vu ce que tu savais faire. Les fourrures et les peaux que tu as apportées prouvent ton habileté, ta minutie, et ce sont des qualités nécessaires pour faire cuir blanc. Il y a des années que je n'ai pensé à en faire, et personne d'autre n'a témoigné un grand intérêt. Mais toi, tu as demandé. Je t'apprendrai donc.

La vieille femme se pencha, prit dans la sienne la main d'Ayla.

— Le secret du cuir blanc, c'est ton urine. Ça peut te paraître étrange mais c'est vrai. Après être restée quelque temps dans un endroit chaud, elle se transforme. A ce moment, si tu y trempes des peaux, tous les petits fragments de graisse se détachent, toutes les tâches disparaissent. Le poil s'enlève plus facilement, la peau pourrit moins vite, et elle reste douce, même sans la fumer, si bien qu'elle ne brunit pas. En fait, l'urine blanchit la peau. Elle n'est pas encore absolument blanche, mais presque. Par la suite, quand elle a été lavée, tordue plusieurs fois, quand elle est complètement sèche, elle est prête à être teinte en blanc.

Si quelqu'un lui avait posé la question, Crozie aurait été incapable d'expliquer comment l'urée, le principal composant de l'urine, pouvait se décomposer et prendre les propriétés de l'ammoniac dans un environnement chaud. Elle savait seulement que, si l'on conservait assez longtemps l'urine, elle devenait autre chose. Quelque chose qui pouvait à la fois dissoudre la graisse et décolorer, tout en préservant le cuir de la décomposition. Elle n'avait pas besoin de savoir pourquoi ni de donner à ce liquide le nom d'ammoniac : il lui suffisait de connaître ses propriétés.

— De la craie... avons-nous de la craie ? demanda Crozie.

— Wymez en a. Il dit silex qu'il a rapporté vient de falaise de craie. Il a encore plusieurs pierres couvertes ainsi.

— Pourquoi as-tu parlé de craie à Wymez ? Comment savais-tu que j'accepterais de te montrer ? demanda Crozie d'un ton soupçonneux.

— Ne savais pas. Veux faire tunique blanche depuis longtemps. Si tu ne montres pas, j'essaie toute seule. Mais ne savais pas fallait garder urine. N'aurais pas pensé. Suis heureuse tu vas montrer à faire comme il faut.

— Humpff ! commenta très brièvement Crozie.

Elle était convaincue mais se refusait à l'admettre.

— N'oublie pas de me faire cette pommade blanche.

Elle ajouta :

— Fais-en aussi pour le cuir. Ce serait bon, je pense, d'en mélanger à la craie.

Ayla écarta le rabat pour regarder à l'extérieur.

En cette fin d'après midi, le vent psalmodiait en gémissant une triste mélopée qui s'accordait avec le morne paysage et le ciel gris, couvert. Elle aurait souhaité pouvoir échapper au froid cruel qui retenait tout le monde à l'intérieur, mais la saison accablante semblait ne devoir jamais finir. Whinney s'ébroua. La jeune femme se retourna, vit Mamut pénétrer dans le foyer des chevaux. Elle lui sourit.

Ayla, dès le début, avait éprouvé un profond respect pour le vieux chaman, mais, depuis qu'il avait entrepris de l'initier, ce respect s'était transformé en amour. C'était en partie parce qu'elle décelait une étrange ressemblance entre le grand et maigre Mamut, incroyablement âgé, et le petit magicien du Clan, borgne et boiteux, non pas en apparence mais par leur nature. Elle avait presque l'impression d'avoir retrouvé Creb ou, au moins, sa contrepartie. Tous deux professaient une compréhension et un respect profonds pour le monde des esprits, même si les esprits qu'ils révéraient portaient des noms différents. Tous deux savaient exercer de redoutables pouvoirs, en dépit de leur faiblesse physique. Et tous deux possédaient une grande expérience des réactions humaines. Mais ce qui, plus que tout peut-être, avait fait naître l'amour chez la jeune femme, c'était que, comme l'avait fait Creb, Mamut l'avait accueillie avec bonté, l'avait aidée à comprendre, avait fait d'elle une fille de son Foyer.

— Je te cherchais, Ayla. Je pensais bien te trouver ici, avec tes chevaux.

— Je regardais dehors. Je voudrais voir venir le printemps.

— C'est l'époque où la plupart de gens commencent à avoir envie d'un changement, de quelque chose de nouveau à voir ou à faire. Ils s'ennuient, ils dorment davantage. Voilà pourquoi, je pense, nous avons plus de festins et de fêtes en cette dernière période de l'hiver. Le Concours du Rire est proche. Presque tout le monde y prend plaisir.

— C'est quoi, le Concours du Rire ?

— Précisément ce que le nom indique. Chacun s'efforce de faire rire les autres. Certains s'habillent d'une façon comique, portent leurs vêtements sens devant derrière, se font des grimaces, se comportent d'une manière ridicule, se moquent les uns des autres, se jouent des tours. Si quelqu'un se fâche, on en rit encore davantage. Presque tout le monde attend ce concours, mais aucune fête ne suscite autant d'impatience que le Festival de Printemps. C'est cela, en fait, qui m'a lancé à ta recherche. Tu as encore beaucoup à apprendre, avant ce Festival.

— Pourquoi le Festival du Printemps est-il si particulier ? demanda Ayla.

Elle n'était pas bien sûre d'éprouver, elle, une telle impatience.

— Pour de nombreuses raisons, je suppose. C'est à la fois notre fête la plus solennelle et la plus joyeuse. Elle marque la fin d'une longue saison de froid paralysant et le retour de la chaleur. On dit que, si l'on observe une année durant le cycle des saisons, on comprend la vie. La plupart des gens comptent trois saisons. Le printemps est la saison de la naissance. Dans le jaillissement de ses eaux, les inondations printanières, la Grande Terre Mère donne de nouveau la vie. L'été, la saison chaude, est le temps de la croissance, de l'abondance. L'hiver est « la petite mort ». Au printemps, la vie se renouvelle, renaît. Trois saisons suffisent à expliquer presque tout, mais le Foyer du Mammouth en compte cinq. Le nombre sacré de la Mère est le cinq.

En dépit de ses réticences premières, Ayla se passionnait maintenant pour l'initiation que lui avait imposée Mamut. Elle apprenait tant d'idées nouvelles, tant de nouvelles pensées et même de nouvelles manières de penser. Il était stimulant de découvrir tant de choses, de se sentir mise dans le secret au lieu d'être tenue à l'écart. La connaissance des esprits, des nombres et même de la chasse lui avait été refusée, du temps où elle vivait avec le Clan. Elle était réservée aux hommes. Seuls, les mog-ur et leurs acolytes étudiaient ces sciences en profondeur, et nulle femme ne pouvait devenir mog-ur. Les femmes n'étaient même pas admises aux discussions qui portaient sur des sujets comme les esprits ou les nombres. La chasse lui avait été interdite aussi, mais, sur ce point, les gens du Clan n'empêchaient pas les femmes d'écouter : à leur avis, aucune femme n'était capable de s'instruire dans ce domaine.

— J'aimerais revoir avec toi les chants et les mélopées que nous avons étudiés. Je veux aussi commencer à t'enseigner autre chose. Les symboles. Tu les trouveras intéressants, je crois. Certains concernent la médecine.

— Des symboles de médecine ? demanda Ayla.

Certes, son intérêt s'éveillait déjà. Mamut et elle pénétrèrent ensemble dans le Foyer du Mammouth.

— Vas-tu faire quelque chose de ton cuir blanc ? demanda le vieil homme.

Il disposait des nattes près du feu, à côté de son lit.

— Ou vas-tu le mettre de côté, comme le cuir rouge ?

— Pour le cuir rouge, je ne sais pas encore mais, avec le blanc, je veux faire une tunique, dans une intention particulière. J'apprends à coudre mais je suis très maladroite. Le traitement de ce cuir a été si bien réussi que je ne veux pas l'abîmer avant d'être plus habile. Deegie me montre comment faire. Fralie aussi, quelquefois, quand Frebec ne lui fait pas de difficultés.

Ayla tailla quelques éclats d'os, les posa sur les flammes. Pendant ce temps, Mamut sortait de ses affaires une plaque d'ivoire, mince et ovale, dont la large surface était bombée. Le tracé de l'ovale avait été gravé dans une défense de mammouth à l'aide d'un ciseau de pierre. On avait répété l'opération pour créer un sillon profond. Un coup sec et précis sur l'une des extrémités avait détaché la plaque d'ivoire. Mamut tira du feu un morceau d'os carbonisé. Ayla alla chercher un crâne de mammouth et un maillet pris sur un andouiller, avant de revenir s'asseoir près du chaman.

— Avant que nous nous exercions sur le tambour, je veux te montrer certains symboles que nous utilisons pour aider la mémoire, pour retenir, par exemple, des chants, des histoires, des proverbes, des lieux, des moments, des noms, tout ce qu'on peut souhaiter se rappeler, commença Mamut. Tu nous as enseigné un langage des mains et des signes. Tu as remarqué, je le sais, que nous nous servons de certains gestes, nous aussi, même si nous en employons moins que le Clan. Avec un geste de la main, nous disons adieu, avec un autre, nous faisons signe à quelqu'un de s'approcher, et les symboles figurés avec les mains, en particulier quand nous faisons une description, quand nous racontons une histoire, ou quand l'un de Ceux Qui Servent dirige une cérémonie. En voici un que tu reconnaîtras facilement. Il ressemble à un symbole du Clan.

D'une main dont la paume était tournée vers l'extérieur, Mamut décrivit un cercle.

— Ce signe veut dire « tous » ou « tout », expliqua-t-il.

Il prit le morceau d'os carbonisé.

— Je peux maintenant faire le même mouvement sur

l'ivoire avec cet os brûlé, tu vois ? Ce symbole veut donc dire « tous » ou « tout ». Toutes les fois que tu le verras, même s'il est dessiné par un autre Mamut, tu en reconnaîtras le sens.

Le vieux chaman prenait plaisir à prodiguer son enseignement à Ayla. Elle était intelligente, elle apprenait vite, mais, plus encore, la joie d'apprendre se lisait sur son visage. Tandis qu'il lui donnait des explications, il déchiffrait sur ses traits la curiosité, l'intérêt et, dès qu'elle comprenait, l'émerveillement.

— Je n'aurais jamais pensé à ça ! Peut-on apprendre ce savoir ? demanda-t-elle.

— Certains savoirs sont sacrés, et, seuls, ceux qui ont été admis au Foyer du Mammouth y ont accès. Mais la plupart sont ouverts à ceux que cela intéresse et il arrive ainsi que des personnes se découvrent un intérêt profond, finissent par se vouer au Foyer du Mammouth. La connaissance sacrée se trouve dissimulée derrière une seconde signification ou même une troisième. La plupart des gens savent que ce symbole...

Il traça un autre cercle sur l'ivoire.

— ...signifie « tous » ou « tout », mais il a un autre sens. Il existe de nombreux symboles pour la Grande Mère. Ceci est l'un d'eux. Il signifie Mut, la Créatrice de Toute Vie. Beaucoup d'autres lignes, d'autres dessins ont une signification, poursuivit-il. Celui-ci veut dire « eau ».

Il traçait une ligne en zigzag.

— Ce signe était sur la carte, quand nous avons chassé le bison, dit-elle. Il voulait dire « rivière », je crois.

— Oui, il peut vouloir dire « rivière ». La manière dont il est tracé, l'endroit où il est figuré, ce qui a servi à le dessiner peuvent en changer le sens.

Il dessina un autre zigzag, y ajouta quelques lignes.

— Si je le fais ainsi, cela veut dire que l'eau n'est pas buvable. Et, comme le cercle, il a une seconde signifcation. C'est le symbole des sentiments, des passions, de l'amour et, parfois, de la haine. Il peut aussi nous rappeler l'un de nos proverbes : « La rivière coule en silence quand l'eau est profonde ».

Le front d'Ayla se plissa : elle avait l'impression que le proverbe contenait une signification qui lui était destinée.

— La plupart des guérisseurs donnent un sens aux symboles pour aider leur mémoire, pour se souvenir des proverbes, par exemple. Mais ces proverbes se rattachent à la médecine, à l'art de guérir, et, généralement, personne d'autre ne les comprend, dit Mamut. Je n'en connais pas beaucoup, mais, quand nous nous rendrons à la Réunion d'Eté, tu rencontreras d'autres guérisseurs. Ils pourront t'en dire davantage.

L'intérêt d'Ayla était éveillé. Elle se rappelait avoir rencontré d'autres guérisseuses au Rassemblement du Clan et avoir beaucoup appris d'elles. Elles lui avaient communiqué leurs traitements, leurs remèdes, lui avaient même appris des rythmes nouveaux, mais Ayla avait surtout apprécié le fait de pouvoir partager avec d'autres ses propres expériences.

— J'aimerais apprendre davantage, dit-elle. Je connais seulement la médecine du Clan.

— Tu possèdes plus de connaissances que tu ne le penses, Ayla. Plus, en tout cas, que bon nombre de guérisseurs qui se trouveront là-bas ne le croiront d'abord. Certains auraient beaucoup à apprendre de toi. Mais tu comprends, j'espère, qu'il pourra s'écouler un certain temps avant que tu sois complètement acceptée.

Le vieil homme la regarda froncer de nouveau les sourcils. Il cherchait de quelle manière il pouvait faire en sorte que la première rencontre d'Ayla avec d'autres mamutoï, en grand nombre ceux-là, se passe bien. Mais inutile de s'en inquiéter dès maintenant, se dit-il. Il changea de sujet.

— Je voudrais te demander quelque chose, à propos de la médecine du Clan. Est-elle uniquement faite de souvenirs ? Ou bien as-tu certains moyens pour aider ta mémoire ?

— L'aspect des plantes, en graine, en pousse et quand elles atteignent leur maturité ; où elles poussent, leurs usages ; comment les mélanger, les préparer, les utiliser... tout cela, c'est la mémoire. D'autres sortes de traitements viennent d'elle aussi. Je pense à une nouvelle manière d'utiliser quelque chose, mais c'est parce que je sais l'utiliser.

— Tu ne te sers pas de symboles, de signes pour te souvenir ?

Ayla réfléchit un instant avant de se lever en souriant pour aller prendre son sac à remèdes. Elle en déversa le contenu devant elle : c'était tout un assortiment de petits sacs et de paquets, soigneusement fermés par des cordelettes ou de minces lanières. Elle en choisit deux.

— Ceci contient de la menthe, dit-elle, et cela des cynorhodons.

— Comment le sais-tu ? Tu ne les as pas ouverts, ni même sentis.

— Je le sais parce que, pour la menthe, il y a une cordelette faite de fibres de l'écorce d'un certain arbuste et deux nœuds à l'extrémité de la cordelette. Celle qui ferme le paquet de cynorhodons est formée de longs crins d'une queue de cheval et a trois nœuds proches les uns des autres. Je peux aussi sentir la différence, si je ne suis pas enrhumée, mais certains remèdes très puissants n'ont presque pas d'odeur. On les mélange avec les feuilles très odorantes d'une plante qui n'a pas beaucoup d'effet en médecine, pour ne pas faire d'erreur. Différentes cordelettes, différents nœuds, différentes odeurs, parfois différents paquets...ce sont des signes pour se souvenir, n'est-ce pas ?

— C'est ingénieux... très ingénieux, dit Mamut. Oui, ce sont des signes pour se souvenir. Mais tu dois encore te souvenir des cordelettes et des nœuds pour chacun, n'est-ce pas ? Néanmoins, c'est un bon moyen de t'assurer que tu utilises le remède qui convient.

Ayla était allongée, les yeux grands ouverts, mais elle restait immobile. Dans l'obscurité luisaient seulement les braises des feux couverts. Jondalar grimpa dans leur lit, s'efforça de se faire le plus discret possible pour passer au-dessus d'elle. Elle avait un jour pensé prendre la place le long du mur, mais y avait renoncé. Elle ne tenait pas à ce qu'il pût se glisser dans le lit ou en sortir plus aisément. Il s'enroula dans ses fourrures personnelles et, couché sur le côté, tourné vers le mur, ne bougea plus. Il ne s'endormait pas rapidement, elle le savait, et elle mourait d'envie de tendre la main, de le toucher. Mais elle avait déjà essuyé plusieurs rebuffades et ne voulait plus s'y hasarder. Elle avait trop mal quand il lui disait qu'il était fatigué, quand il faisait mine de dormir, quand il n'avait aucune réaction.

Le bruit de la respiration d'Ayla indiqua enfin à Jondalar qu'elle avait trouvé le sommeil. Il attendait ce moment. Doucement, il se retourna, se redressa sur un coude et put rassasier son regard de la vue de la jeune femme. Sa chevelure en désordre était répandue sur les fourrures. Un bras, rejeté à l'extérieur, dénudait un sein. Une douce chaleur, un léger parfum féminin émanaient d'elle. Jondalar se sentait trembler du désir de la toucher mais, il en était convaincu, elle n'apprécierait pas qu'il troublât son sommeil. Jondalar, depuis la nuit qu'Ayla avait partagée avec Ranec, redoutait qu'elle ne voulût plus de lui. A plusieurs reprises, il avait envisagé de coucher dans un autre lit, peut-être même dans un autre foyer, mais, même s'il lui était pénible de dormir à côté d'elle, il lui aurait été plus pénible encore d'en être totalement séparé.

Une petite mèche de cheveux retombait sur le visage de la jeune femme et frémissait à chaque souffle. Il tendit la main, écarta doucement la mèche folle. Après quoi, précautionneusement, il se recoucha, s'abandonna à la détente. Il ferma les yeux, s'endormit au bruit du souffle d'Ayla.

Ayla s'éveilla avec l'impression que quelqu'un la regardait. Les feux avaient été ranimés, la lumière du jour entrait par le trou à fumée qu'on avait en partie découvert. Elle tourna la tête, rencontra le regard intense des yeux sombres de Ranec qui, du Foyer du Renard, l'observait. Elle lui adressa un sourire ensommeillé, en fut récompensée par un autre sourire, épanoui et ravi, celui-là. Elle était sûre que la place, à côté d'elle, serait vide, mais elle n'en tendit pas moins le bras, par-dessus les fourrures en tas, pour s'en convaincre. Elle repoussa les couvertures, se redressa sur son séant. Ranec, elle le savait, attendrait qu'elle fût levée et habillée avant de venir lui rendre visite au Foyer du Mammouth.

Elle s'était d'abord sentie mal à l'aise quand elle s'était aperçue qu'il l'observait constamment. D'une certaine manière, c'était flatteur, et il n'y mettait aucune malice, elle le savait. Mais, à l'intérieur du Clan, on jugeait discourtois de plonger le regard, par-delà les pierres qui limitaient les espaces de vie, dans le domaine d'une autre famille. Il n'y avait pas plus d'intimité dans la caverne du Clan que dans la galerie des Mamutoï. Mais l'intérêt de Ranec était ressenti par Ayla comme une intrusion dans sa propre intimité et accentuait la tension latente qui ne la quittait pas. Il y avait toujours quelqu'un dans les parages. Il n'en était pas allé autrement, du temps où elle vivait avec le Clan, mais ces gens avaient des coutumes auxquelles son éducation ne l'avait pas habituée. Souvent, les différences étaient presque imperceptibles, mais, lorsqu'on vivait dans une telle promiscuité, elles devenaient plus évidentes. A moins qu'elle ne fût devenue plus sensible. Il lui arrivait d'avoir envie de s'échapper. Après trois années de solitude dans sa vallée, elle n'aurait jamais imaginé qu'elle souhaiterait un jour se retrouver seule. Pourtant, par moments, elle regrettait avec une sorte de nostalgie la liberté de cette solitude.

Elle se hâta de s'acquitter des nécessités matinales, mangea seulement quelques bouchées de la nourriture qui restait de la veille. Quand les trous à fumée étaient découverts, cela signifiait généralement qu'il faisait beau dehors. Elle décida de sortir avec les chevaux. Lorsqu'elle écarta la tenture qui séparait l'habitation de l'écurie, elle vit Jondalar et Danug près des bêtes et faillit revenir sur sa décision.

S'occuper des chevaux, soit dans l'annexe, soit, quand le temps le permettait, dehors, lui apportait quelque répit quand elle désirait s'isoler un moment, mais Jondalar semblait, lui aussi, aimer passer avec eux une partie de son temps. Lorsqu'elle le voyait avec les chevaux, elle se tenait généralement à l'écart : toutes les fois qu'elle les rejoignait, il les lui abandonnait, en marmonnant qu'il ne voulait pas lui gâcher les moments qu'elle partageait avec eux. Elle tenait à lui laisser ces instants. D'une part, ils établissaient un rapport entre elle et Jondalar. D'autre part, leur sollicitude commune pour les deux bêtes forgeait entre eux une certaine communication, si discrète fût-elle. L'attirance de Jondalar pour les chevaux, sa façon de les comprendre, donnaient à croire à la jeune femme qu'il avait, peut-être plus qu'elle, besoin de leur compagnie.

Elle pénétra dans le foyer des chevaux. En présence de Danug, Jondalar hésiterait peut-être à partir. A son approche, elle le vit esquisser un mouvement de retrait. Elle se hâta de formuler la question qui le retiendrait, l'obligerait à parler.

— As-tu réfléchi, Jondalar, à la façon dont tu allais t'y prendre pour dresser Rapide ?

En même temps, elle saluait Danug d'un sourire.

— Le dresser ? répéta Jondalar, un peu déconcerté.

— Lui apprendre à te laisser monter sur son dos.

Oui, il y avait réfléchi. En fait, il venait tout juste d'en faire la remarque à Danug, d'un ton qu'il espérait négligent. Il ne voulait pas trahir son désir de plus en plus violent de chevaucher l'animal. Particulièrement lorsqu'il se sentait incapable de supporter l'attirance qu'exerçait apparemment Ranec sur Ayla, il s'imaginait galopant à travers les steppes sur le dos de l'étalon, libre comme le vent. Mais peut-être, désormais, choisirait-elle Ranec pour chevaucher le poulain de Whinney.

— J'y ai pensé, oui, mais je ne savais pas si... par où commencer, acheva-t-il gauchement.

— A mon avis, tu devrais continuer ce que nous avions commencé à faire dans la vallée. Habitue-le à garder quelque chose sur le dos, à porter des charges. Je ne sais pas très bien comment tu peux lui apprendre à aller où tu veux. Il te suit à la longe, mais comment peut-il te suivre si tu es sur son dos ?

Ayla parlait très vite, disait ce qui lui passait par la tête, pour retenir l'attention de Jondalar.

Les yeux de Danug allaient de l'un à l'autre. Il aurait voulu pouvoir dire ou faire quelque chose qui aurait tout arrangé, non seulement entre eux, mais pour tout le monde. Quand Ayla se tut, un lourd silence s'installa. Danug se hâta de le combler.

— Une fois sur le cheval, il pourrait peut-être tenir la longe par derrière, au lieu de s'accrocher à la crinière de Rapide, suggéra-t-il.

Brusquement, comme si quelqu'un avait frappé un silex contre une pyrite de fer, dans l'abri obscurci, Jondalar se représenta très précisément ce que Danug venait de dire. Au lieu de battre en retraite, de donner l'impression qu'il était prêt à se sauver à la première occasion, il ferma les yeux, le front plissé dans un effort de concentration.

— Ce serait peut-être la solution, tu sais, Danug ! fit-il.

Du coup, il oubliait pour un temps son incertitude à propos de l'avenir.

— Je pourrais accrocher quelque chose à son licou et le tenir par derrière. Une corde solide... ou bien une mince lanière de cuir... deux, peut-être.

— J'ai quelques-unes de ces lanières, dit Ayla.

Il semblait moins tendu, remarqua-t-elle. Elle était heureuse qu'il eût toujours envie de dresser le jeune poulain et curieuse du résultat qu'il pourrait obtenir.

— Je vais te les chercher, elles sont à l'intérieur.

Il franchit derrière elle l'arche qui ouvrait sur le Foyer du Mammouth. Mais, au moment où elle se dirigeait vers la plate-forme, il s'immobilisa tout à coup. Ranec s'entretenait avec Deegie et Tronie et se retourna pour adresser à la jeune femme son séduisant sourire. Jondalar sentit son estomac se crisper, il ferma les yeux, serra les dents. Il fit un mouvement de recul. A ce moment, Ayla se retourna pour lui tendre un étroit rouleau de cuir souple.

— C'est très solide, lui dit-elle. Je l'ai fait l'hiver dernier.

Elle levait les yeux vers le regard bleu qui révélait la souffrance, la confusion, l'incertitude qui le torturaient.

— C'était avant ton arrivée dans ma vallée, Jondalar. Avant que l'Esprit du Grand Lion des Cavernes t'eût choisi et conduit vers moi.

Il prit le rouleau, sortit en toute hâte. Il lui était

impossible de rester. Toutes les fois que le sculpteur venait au Foyer du Mammouth, il lui fallait partir. Il ne pouvait se trouver dans les parages quand Ayla et l'homme à la peau sombre étaient ensemble, ce qui se produisait plus fréquemment depuis quelque temps. Quand les jeunes gens du Camp se réunissaient dans l'espace plus vaste consacré aux cérémonies, afin d'y travailler plus à l'aise, afin d'échanger leurs idées, leurs méthodes, il les avait observés de loin. Il les entendait faire de la musique, chanter, il écoutait leurs plaisanteries, leurs rires. Et, toutes les fois qu'il entendait le rire d'Ayla se mêler à celui de Ranec, il ne pouvait retenir une grimace douloureuse.

Jondalar posa sur le sol le rouleau de lanières de cuir près du licou de Rapide. Il décrocha sa pelisse et sortit, avec un morne sourire à l'adresse de Danug, au passage. Il enfila le vêtement, ramena étroitement le capuchon sur sa tête, fourra les mains dans les moufles qui sortaient des manches, avant de gravir la pente qui menait aux steppes.

Le vent fort qui promenait à travers le ciel son fardeau gris était normal pour la saison. Le soleil brillait mais il ne paraissait guère avoir d'effet sur la température qui demeurait stable, bien au-dessous du point où l'eau gelait. La couche de neige était mince. L'air sec crépitait autour de Jondalar, volait l'humidité de ses poumons dans les nuages de vapeur qu'il exhalait avec chaque souffle. Il n'allait pas rester bien longtemps dehors, mais ce froid le calmait en exigeant de lui avec insistance qu'il plaçât sa survie au-dessus de toute autre considération. Il ignorait pourquoi Ranec provoquait chez lui une réaction aussi violente. Sans doute était-ce dû en partie à sa peur de devoir lui abandonner Ayla, en partie aussi à son imagination qui les lui représentait ensemble. Mais il éprouvait aussi un sentiment de culpabilité lancinant, parce qu'il hésitait encore à accepter Ayla entièrement, sans réserves. Une partie de lui-même jugeait que Ranec la méritait plus que lui. Mais un fait au moins semblait sûr : c'était à lui, et non pas à Ranec, que la jeune femme faisait confiance pour essayer de monter Rapide.

Après avoir regardé son ami aborder la montée, Danug laissa retomber le rabat, revint lentement dans l'abri. Au passage du jeune homme, Rapide hennit, encensa. Danug regarda le cheval et sourit. Presque tout le monde à présent, semblait accepter avec plaisir la présence des animaux ; on les caressait, on leur parlait, même si ce n'était pas avec la familiarité d'Ayla. Il paraissait tout naturel d'avoir des chevaux dans le nouvel abri. Comme il était facile d'oublier la stupeur, l'émerveillement qu'il avait ressentis, la première fois qu'il les avait vus. Il franchit la seconde voûte, vit Ayla debout près de sa plate-forme. Après une hésitation, il s'approcha d'elle.

— Il est allé marcher sur les steppes, dit-il à la jeune femme. Ce n'est pas bien prudent de sortir seul quand il fait froid, qu'il y a du vent, mais le temps est moins mauvais aujourd'hui qu'il ne l'est parfois.

— Essaies-tu de me dire qu'il ne lui arrivera rien, Danug ?

Elle lui souriait. Un instant, il se sentit stupide. Jondalar reviendrait sain et sauf, naturellement. Il avait fait de longs Voyages, il était très capable de se tirer d'affaire.

— Merci, ajouta Ayla, pour ton aide et pour ton désir de nous aider.

Elle tendit la main, toucha la sienne. Ses doigts étaient frais, mais leur contact était tiède. Il le ressentit avec cette intensité qu'elle faisait toujours naître en lui mais, au fond de lui-même, il comprenait qu'elle lui avait offert autre chose : son amitié.

— Je vais peut-être sortir, moi aussi, dit-il, pour aller voir les pièges que j'ai tendus.

— Essaie comme ça, Ayla, conseilla Deegie.

Adroitement, elle perça un trou près du bord du cuir. Elle se servait pour cela d'un petit os, dur et solide, prélevé sur la patte d'un renard arctique, un os qui comportait naturellement une pointe rendue plus acérée encore par un morceau de grès. Elle posa ensuite en travers du trou un mince filament pris sur un tendon et, de la pointe de son alène à coudre, en poussa l'extrémité de l'autre côté. Elle le rattrapa du bout des doigts, tira. A l'endroit correspondant sur une autre pièce de cuir qu'elle cousait à la première, elle répéta l'opération.

Ayla lui reprit les deux morceaux dont elle se servait pour apprendre. Un petit carré de peau de mammouth faisait office de dé. Elle poussa l'os de renard à travers le cuir, parvint à pratiquer une étroite perforation. Elle essaya ensuite de poser le filament en travers de ce trou et de le pousser de l'aute côté du cuir mais, apparemment, elle n'avait pas encore maîtrisé la technique et, une fois de plus, elle se sentit parfaitement frustrée.

— Je n'apprendrai jamais, je crois, Deegie ! gémit-elle.

— Tu as besoin de t'exercer, c'est tout, Ayla. Moi je fais ça depuis mon enfance. Pour moi, bien sûr, c'est facile, mais tu finiras par réussir si tu continues tes efforts. C'est un peu comme pratiquer des petites fentes avec la pointe d'un silex et y passer des lacets de cuir pour faire des vêtements de travail. Ça tu le fais très bien.

— Mais, c'est bien plus difficile avec un filament de nerf et de tout petits trous. Je n'arrive pas à enfiler l'un dans l'autre ! Je ne sais pas comment Tronie peut fixer ainsi des piquants de porc-épic et des perles.

Ayla observait Fralie qui poussait un long et mince cylindre d'ivoire dans le sillon creusé dans un bloc de grès.

— J'espérais qu'elle me montrerait, pour que je puisse décorer la tunique blanche quand je l'aurai faite, mais je me demande si je parviendrai jamais à la coudre comme je veux.

— Mais si Ayla, intervint Tronie. A mon avis, rien ne peut te résister si tu le veux vraiment.

— Sauf chanter ! précisa Deegie.

Tout le monde éclata de rire, même Ayla. Sa voix, lorqu'elle parlait, était grave, harmonieuse, mais chanter ne faisait pas partie de ses dons naturels. Elle était capable de produire une série limitée de sons, suffisante pour la monotonie d'une mélopée, et elle avait de l'oreille. Elle reconnaissait une fausse note quand elle sifflait un air, mais toute souplesse vocale dépassait ses moyens. La virtuosité d'un chanteur comme Barzec l'émerveillait. Elle aurait pu l'écouter la journée durant s'il avait consenti à chanter aussi longtemps. Fralie, elle aussi, avait une voix haute, douce, claire et mélodieuse que la jeune femme aimait entendre. Pour tout dire, la plupart des membres du Camp du Lion savaient chanter... sauf Ayla.

On la plaisantait sur sa voix. On y ajoutait même des commentaires sur son accent, bien qu'il s'agît d'une particularité de prononciation. Elle riait d'aussi bon cœur que les autres. Elle était incapable de chanter et elle le savait. S'ils la plaisantaient sur sa voix, un grand nombre d'entre eux, individuellement, lui avaient fait compliment de son élocution. Ils étaient flattés qu'elle eût si vite et si bien appris leur langage, et leurs plaisanteries lui donnaient l'impression d'être désormais considérée comme l'une d'entre eux.

Tout le monde possédait une caractéristique physique ou morale dont les autres se moquaient : la taille de Talut, la couleur de Ranec, la vigueur de Tulie, par exemple. Seul, Frebec s'en fâchait, et ils se moquaient de sa susceptibilité derrière son dos, par signes. Le Camp du Lion, en effet, avait appris, lui aussi, à parler couramment un nouveau langage : une version modifiée de celui du Clan. Par voie de conséquence, Ayla n'était pas la seule à ressentir la chaleur d'un accueil sans réserves. Rydag, lui aussi, faisait partie de ces échanges.

La jeune femme jeta un coup d'œil vers lui. Il était assis sur une natte et tenait Hartal sur ses genoux. Il occupait le turbulent petit enfant avec un tas d'os, pour la plupart des vertèbres de cerf, afin de l'empêcher de se traîner jusqu'à sa mère qui aidait Fralie à composer un motif de perles. Rydag savait s'y prendre avec les petits : il avait assez de patience pour jouer avec eux et les distraire aussi longtemps qu'ils le voulaient.

Il sourit à son amie.

— Tu n'es pas la seule à ne pas savoir chanter, Ayla, lui dit-il par signes.

Elle lui rendit son sourire. Non, pensait-elle, elle n'était pas la seule. Rydag ne pouvait pas chanter. Ni parler. Ni courir et jouer. Ni même mener pleinement une vie normale. En dépit de ses connaissances en médecine, Ayla n'aurait pas su dire combien de temps il allait vivre. Il pouvait mourir le jour même mais il pouvait aussi bien survivre plusieurs années. Elle n'avait d'autre ressource que l'aimer chaque jour de sa vie, dans l'espoir de pouvoir l'aimer encore le lendemain.

— Hartal ne sait pas chanter, lui non plus ! reprit-il par signes.

Il rit de son étrange rire de gorge.

La jeune femme se mit à rire, elle aussi, et secoua la tête d'un air ravi. Il avait suivi sa pensée, en avait fait une plaisanterie intelligente et drôle.

Nezzie, debout près du feu, les observait. « Tu ne sais peut-être pas chanter, Rydag, se disait-elle, mais tu sais parler maintenant. » Il était en train d'enfiler plusieurs vertèbres sur une grosse corde et les secouait bruyamment pour distraire l'enfant. Sans le langage par signes et l'éveil progressif qu'avait apporté ce langage à l'intelligence et à la compréhension de Rydag, jamais on ne lui aurait confié la responsabilité de s'occuper de Hartal, pour permettre à sa mère de travailler, et pas même tout près d'elle. Quel changement avait apporté Ayla à la vie de Rydag ! Cet hiver-là, personne ne contestait plus son essentielle humanité, sinon Frebec, et, Nezzie en était sûre, c'était plutôt par obstination que par conviction.

La jeune femme continuait à se débattre avec le poinçon et le mince filament. Si seulement elle avait pu faire passer celui-ci dans le trou pour le reprendre de l'autre côté. Elle s'y essayait, comme le lui avait montré Deegie, mais c'était un coup de main qui venait de plusieurs années d'expérience, et elle en était encore bien loin. Découragée, elle laissa tomber sur ses genoux les deux morceaux de cuir et se mit à observer celles qui fabriquaient des perles d'ivoire.

Un coup sec appliqué sur une défense de mammouth sous l'angle qui convenait faisait sauter un morceau d'ivoire assez mince, qui gardait une certaine courbure. A l'aide de burins, on y gravait alors des sillons que l'on creusait en repassant plusieurs fois sur la même ligne, jusqu'au moment où les différentes pièces se détachaient. On les rognait, on les parait, avec des grattoirs, des couteaux qui enlevaient de longs copeaux en spirales, afin d'en faire des cylindres encore grossiers. Ceux-ci étaient alors polis avec du grès que l'on tenait humide pour le rendre plus abrasif. Des lames de silex acérées, dont le fil était en dents de scie, et qui comportaient un long manche, étaient utilisées pour découper les cylindres d'ivoire en petites sections dont on polissait ensuite les extrémités.

La phase finale consistait à percer un trou au centre de chaque section, afin de pouvoir enfiler sur une cordelette ou coudre les cylindres sur un vêtement. Pour ce faire, on se servait d'un outil spécial. Une longue et mince pointe de silex, méticuleusement façonnée par un tailleur de pierre expérimenté, s'insérait à l'extrémité d'une fine baguette, parfaitement droite et lisse. La pointe de ce foret était centrée sur un petit disque d'ivoire assez épais. Alors, comme pour le procédé qui servait à faire du feu, on faisait tourner la baguette entre les paumes, dans un sens puis dans l'autre, en exerçant une pression de haut en bas, jusqu'à ce qu'un trou soit percé à travers le petit cylindre.

Ayla regardait Tronie opérer, concentrée pour réussir un trou parfait. C'était, pensait-elle, se donner bien du mal pour quelque chose qui n'avait aucune utilité apparente. Les perles ne servaient ni à se procurer de la nourriture, ni à la préparer, elles n'ajoutaient rien à l'usage qu'on pouvait faire d'un vêtement. Mais elle commençait à comprendre pourquoi les perles avaient une telle valeur. Sans une garantie de chaleur et de confort, sans l'assurance d'une nourriture suffisante, jamais le Camp du Lion n'aurait pu se permettre un tel investissement de temps et d'effort. Seul un groupe uni, bien organisé, pouvait prévoir et accumuler d'avance ce qui lui serait nécessaire pour se donner ensuite le loisir de fabriquer des perles. Il s'ensuivait que plus ils portaient des perles, plus ils montraient que le Camp du Lion était un lieu prospère, où il faisait bon vivre, et plus ils inspiraient de respect aux autres camps.

Ayla reprit le cuir posé sur ses genoux, l'alène en os

et perça un dernier trou un peu plus large. Elle essaya ensuite de passer le filament à travers le trou avec l'alène. Elle y parvint, le tira de l'autre côté, mais son travail n'avait pas l'aspect soigné des points serrés de Deegie. Une fois de plus découragée, elle releva la tête, vit Rydag enfiler une autre vertèbre sur sa corde, à travers le trou central. L'enfant prit encore une vertèbre, y passa sans difficulté la corde assez raide.

La jeune femme, avec un profond soupir, revint à son ouvrage. Il n'était pas très difficile d'enfoncer dans le cuir la pointe de l'alène, se disait-elle. Elle aurait presque pu y faire passer le petit os tout entier. Si seulement elle pouvait y attacher le filament, tout deviendrait facile...

Elle s'interrompit pour regarder l'alène de plus près. Elle leva les yeux sur Rydag qui attachait les deux bouts de la corde et secouait devant Hartel cette sorte de crécelle. Elle regarda Tronie qui faisait tourner à toute vitesse le foret entre ses paumes. Elle reporta son regard sur Fralie qui polissait un cylindre d'ivoire dans la rainure creusée dans un petit bloc de grès. Enfin, elle ferma les yeux, pour revoir Jondalar lorsqu'il avait taillé dans l'os des pointes de sagaies l'été précédent, dans sa vallée.

Ses yeux se posèrent de nouveau sur l'alène en os.

— Deegie ! cria-t-elle.

Son amie sursauta.

— Qu'y a-t-il ?

— Je crois avoir trouvé un moyen !

— Un moyen pour quoi ?

— Pour faire passer le filament par le trou. Pourquoi ne pas percer un trou à travers la tête d'un os très pointu et faire passer le filament dans ce trou ? Comme Rydag a fait passer sa corde à travers les trous des vertèbres. Après ça, on pourrait pousser l'os à travers le cuir, et le filament suivrait. Qu'en penses-tu ? Ça fonctionnerait ?

Deegie ferma un instant les yeux, avant de prendre l'alène des mains d'Ayla pour l'examiner de plus près.

— Il faudrait que ce soit un tout petit trou.

— Ceux que perce Tronie dans ces perles sont très petits. Celui auquel je pense devrait-il l'être davantage ?

— L'os est très dur, très résistant. Ce ne sera pas facile à percer, et je ne vois pas où placer le trou.

— Ne peut-on pas utiliser une défense d'ivoire ou un os ? Jondalar taille des pointes de sagaie longues et fines dans de l'os et il les polit, les aiguise ensuite avec du grès, comme le fait Fralie. Ne peut-on faire quelque chose de semblable à une toute petite pointe de sagaie et y percer ensuite un trou à l'extrémité la plus large ?

Ayla était vibrante d'excitation.

Deegie réfléchit encore un moment.

— Il faudrait convaincre Wymez ou quelqu'un d'autre de nous faire un foret plus petit mais... ça pourrait être une solution. Oui, Ayla, je crois que ça pourrait être la solution !

Presque tout le monde semblait tourner en rond dans le Foyer du Mammouth. On s'y réunissait par groupes de trois ou quatre et on bavardait, mais il y avait dans l'atmosphère une attente fiévreuse. On s'était passé le mot : Ayla allait essayer l'outil qui entrainait le fil. Plusieurs personnes avaient collaboré à sa réalisation, mais, comme l'idée venait à l'origine d'Ayla, elle allait être la première à s'en servir. Wymez et Jondalar avaient travaillé ensemble pour fabriquer un foret assez petit pour percer le trou. Ranec avait choisi l'ivoire et, avec ses outils de sculpteur, avait fabriqué plusieurs cylindres minuscules, alongés. Ayla les avait polis et aiguisés, mais c'était Tronie qui avait percé les trous.

Ayla percevait la surexcitation, autour d'elle. Lorsqu'elle sortit le cuir qui lui servait à s'exercer et le filament prélevé sur un nerf, tout le monde se massa autour d'elle, sans plus penser aux prétextes que chacun avait imaginés pour justifier sa présence. Le nerf de cerf, séché et durci, aussi brun que du vieux cuir, aussi épais qu'un doigt, ressemblait à un bâton. On le pilonnait jusqu'au moment où il était réduit à un paquet de fibres blanches qui se séparaient aisément en filaments. On pouvait alors en faire des cordes grossières ou du fil fin, suivant la nécessité.

Le moment était dramatique, Ayla le sentait. Elle prit tout son temps pour choisir un filament. Elle l'humecta avec sa langue pour l'assouplir et en augmenter la cohésion. Elle prit alors le tire-fil dans sa main gauche, en examina le trou d'un œil critique. Y passer le fil allait peut-être se révéler difficile. Mais le nerf commençait à sécher, à durcir, ce qui pourrait rendre l'opération plus aisée. Avec soin, elle poussa le filament dans le tout petit trou, exhala un soupir de soulagement lorsqu'elle put le faire ressortir de l'autre côté. Elle brandit la pointe à coudre, avec le fil qui pendait au plus gros bout.

Elle prit ensuite le morceau de cuir usagé enfonça la pointe près du bord pour y faire une perforation. Mais cette fois, elle tira la pointe sur toute sa longueur et sourit quand elle la vit entraîner le fil après elle. Elle leva le cuir pour le montrer à tout le monde, parmi les exclamations émerveillées. Elle prit alors l'autre morceau de cuir et répéta l'opération. Elle rapprocha les deux morceaux, fit un second point, exhiba le résultat.

— Nous avons réussi ! dit-elle avec un grand sourire triomphant.

Elle donna le cuir et l'aiguille à Deegie qui fit quelques points.

— Oui, c'est vrai. Tiens mère, essaye.

Elle passa le cuir et le tire-fil à Celle Qui Ordonne.

Tulie, à son tour, fit quelques points, hocha la tête d'un air approbateur. Ce fut ensuite le tour de Nezzie, puis de Tronie. Tronie donna le tout à Ranec. Celui-ci tenta de pousser l'aiguille à travers les deux morceaux de cuir à la fois, découvrit qu'il était malaisé de perforer un cuir épais.

Il tendit les deux morceaux et l'aiguille à Wymez.

— Si tu taillais dans le silex une petite pointe tranchante, dit-il, il serait plus facile, je crois, de la passer dans un cuir résistant. Qu'en dis-tu ?

Wymez fit un essai, en tomba d'accord.

— C'est vrai, mais ce tire-fil est une excellente idée.

Chacun des occupants du Camp fit un essai, et fut du même avis. Il était bien plus facile, pour coudre, d'avoir quelque chose qui tirait le fil au lieu de le pousser dans le trou.

Talut prit le petit instrument, l'examina sur toutes les faces, hocha la tête avec admiration. Une longue et fine tige, avec une pointe à un bout, un trou à l'autre : c'était là une invention dont l'utilité ne faisait aucun doute. Il se demandait pourquoi personne n'y avait pensé plus tôt. C'était simple, évident, une fois qu'on l'avait sous les yeux, mais très efficace.

22

Quatre paires de sabots martelaient à l'unisson la terre durcie. Couchée sur le garrot de la jument, Ayla plissait les paupières contre le vent glacial qui lui brûlait le visage. Elle chevauchait sans effort, et l'action conjuguée de se genoux et de ses hanches était en parfait accord avec les muscles puissants de sa monture lancée au galop. Elle nota un changement dans le rythme des autres sabots, lança un coup d'œil vers Rapide. Il avait pris de l'avance mais montrait maintenant des signes de fatigue et se laissait distancer. Elle amena la jument à s'immobiliser. Le jeune étalon en fit autant. Enveloppés des nuages de vapeur que dégageait leur respiration haletante, les deux chevaux baissaient la tête. Ils étaient fatigués l'un et l'autre, mais la course avait été belle.

Maintenant bien droite et toujours en harmonie avec l'allure de sa monture, Ayla reprit la direction de la rivière. Elle appréciait de se retrouver au grand air. Il faisait froid, mais le temps était magnifique : l'éclat d'un soleil incandescent était encore accentué par la glace étincelante et la blancheur laissée par un récent blizzard.

A peine sortie de l'abri, ce matin-là, Ayla avait décidé d'emmener les chevaux pour une longue course. L'air lui-même l'y engageait : il semblait plus léger, comme si un pesant fardeau s'était dissipé. Le froid semblait moins intense, bien que rien n'eût visiblement changé. La glace était toujours aussi solide, la neige toujours poussée par le vent en minuscules projectiles.

Elle avait décelé de subtiles différences. La température s'était élevée, le vent soufflait avec moins de violence. On aurait pu parler d'intuition, d'impression, mais il s'agissait en réalité d'une sensibilité aiguë. Pour des gens qui vivaient sous des climats où régnait un froid extrême, la plus infime différence dans la rigueur des conditions atmosphériques attirait l'attention et se voyait souvent accueillie par un déploiement d'exubérance. Ce n'était pas encore le printemps, mais l'impitoyable étreinte d'un froid accablant s'était un peu desserrée. Ce réchauffement presque imperceptible apportait avec lui l'assurance que la vie allait renaître.

Ayla sourit en voyant le jeune étalon partir en caracolant, l'encolure fièrement arquée, la queue toute droite. Elle considérait encore Rapide comme le petit qu'elle avait aidé à mettre au monde, mais ce n'était plus un jeune poulain. S'il n'avait pas encore atteint son poids adulte, il était déjà plus grand que sa mère, et c'était un véritable cheval de course. Il aimait courir, il filait comme le vent. Pourtant, il existait une différence entre les chevaux. Sur une courte distance, Rapide courait invariablement plus vite que sa mère, il la distançait aisément dès le départ. Mais Whinney avait plus d'endurance. Elle pouvait galoper plus longtemps et, sur un long parcours elle rattrapait invariablement son fils, le dépassait et poursuivait sa course à la même allure régulière.

Ayla mit pied à terre mais s'immobilisa un instant avant d'écarter le rabat pour entrer dans l'habitation. Il lui était fréquemment arrivé d'utiliser les chevaux comme prétexte pour s'échapper, mais ce matin-là, elle avait constaté avec un soulagement particulier que le temps se prêtait à une longue course. Certes, elle était heureuse d'avoir retrouvé un groupe humain, d'y avoir été accueillie, de pouvoir participer à ses activités, mais il lui arrivait d'éprouver le besoin d'être seule. C'était surtout vrai quand certaines incertitudes, certains malentendus qui n'avaient pas trouvé de solution accentuaient les tensions.

Depuis quelque temps, Fralie passait une grande partie de son temps au Foyer du Mammouth, avec les jeunes gens et les jeunes filles du Camp, au grand désespoir de Frebec. Ayla avait surpris, en provenance du Foyer de la Grue, des discussions ou plutôt des diatribes de Frebec qui se plaignait de l'absence de Fralie. Il n'aimait pas, elle le savait, voir sa compagne se lier trop étroitement avec elle et elle était sûre que la jeune femme enceinte, pour avoir la paix, se tiendrait davantage à l'écart. Cela inquiétait Ayla, d'autant que Fralie lui avait récemment confié qu'elle avait uriné du sang. Ayla l'avait informée qu'elle risquait de perdre son enfant si elle ne se reposait pas. Elle lui avait promis un remède, mais il allait être maintenant plus difficile de la traiter si Frebec surveillait tout de son air désapprobateur.

Outre cette inquiétude, planait l'indécision d'Ayla à propos de Jondalar et de Ranec. Jondalar, depuis quelques jours, semblait redevenir lui-même. Mamut lui avait demandé de venir le voir au sujet d'un instrument particulier dont il avait eu l'idée, mais, le jour en question, le chaman avait été très occupé : c'était seulement vers le soir, à l'heure où, généralement, les jeunes gens se réunissaient au Foyer du Mammouth, qu'il avait eu le temps de parler de son projet. Les deux hommes s'étaient installés dans un coin tranquille, entourés par les rires et les plaisanteries habituels.

Ranec était plus attentionné que jamais. Depuis quelque temps, sous couvert de badinage, il pressait Ayla de revenir partager son lit. Elle éprouvait encore quelques difficultés à refuser tout de go : on lui avait trop fortement inculqué l'obéissance aux désirs d'un homme pour qu'elle pût s'en débarrasser facilement. Elle riait de ses saillies — elle comprenait de mieux en mieux l'humour et même les intentions plus sérieuses qu'il masquait parfois —, mais elle éludait habilement ses invitations tacites, ce qui déclenchait une hilarité générale aux dépens de Ranec. Il riait, lui aussi, comme s'il prenait plaisir à ses répliques spirituelles, et elle était attirée par son attitude amicale. Elle se sentait à l'aise en sa compagnie.

Mamut remarqua le sourire de Jondalar et hocha la tête d'un air approbateur. Le tailleur de silex avait évité la réunion des jeunes, il les avait observés de loin, et les rires n'avaient fait qu'exaspérer sa jalousie. Il ignorait que ces rires étaient souvent déclenchés par le refus qu'opposait Ayla aux propositions de Ranec, Mamut, lui le savait.

Le lendemain, pour la première fois depuis trop longtemps, Jondalar sourit à la jeune femme. Elle sentit son souffle s'étrangler dans sa gorge, son cœur accéléra ses battements. Durant les quelques jours qui suivirent, il se mit à revenir plus tôt au foyer, sans toujours attendre qu'elle fût endormie. Elle n'osait pas s'imposer à lui, et il paraissait hésiter encore à l'approcher, mais elle se prenait à espérer qu'il commençait à surmonter ce qui l'avait tourmenté. Pourtant, elle avait peur de se laisser aller à cet espoir...

Ayla reprit longuement son souffle, écarta le lourd rabat et le retint pour livrer passage aux chevaux. Après avoir secoué sa pelisse et l'avoir accrochée à une cheville, elle pénétra dans l'habitation. Pour une fois, le Foyer du Mammouth était presque désert. Jondalar et Mamut s'y trouvaient seuls, en grande conversation. La jeune femme fut heureuse, mais surprise, de voir son compagnon et, du coup, prit conscience qu'elle l'avait très peu vu, ces derniers temps. Elle sourit, se hâta vers les deux hommes, mais la grimace renfrognée de Jondalar effaça son sourire. Il ne semblait pas heureux de son arrivée.

— Tu es restée dehors toute la matinée seule ! lâcha-t-il. Ne sais-tu pas qu'il est dangereux de sortir seule ? Tu inquiètes tout le monde. Bientôt quelqu'un aurait dû partir à ta recherche.

Il ne disait pas que cette inquiétude avait été la sienne, que c'était lui qui avait été sur le point de se mettre à sa recherche.

Devant cette véhémence, Ayla recula.

— Je n'étais pas seule. J'étais avec Whinney et Rapide. Je les ai emmenés courir un peu. Ils en avaient besoin.

— Eh bien, tu n'aurais pas dû sortir par ce froid. Il est dangereux de sortir seule, répéta-t-il sans grande conviction.

En même temps, il lançait un coup d'œil à Mamut, dans l'espoir d'obtenir son appui.

— Je t'ai dit que je n'étais pas seule. J'étais avec les chevaux. Et il fait beau, dehors : il y a du soleil, et il fait moins froid.

La colère de Jondalar agaçait Ayla. Elle ne comprenait pas que cette colère dissimulait une peur presque intolérable pour sa sécurité.

— Il m'est déjà arrivé de sortir seule en hiver, Jondalar. Qui m'accompagnait, à ton avis, quand je vivais dans ma vallée ?

Elle a raison, pensait-il. Je ne devrais pas m'obstiner à vouloir lui dire quand elle peut sortir et où elle peut aller. Mamut n'a pas paru trop soucieux quand il m'a demandé où était Ayla, et elle est la fille de son Foyer. J'aurais dû me fier davantage au vieux chaman, se disait Jondalar. Il se sentait stupide, comme s'il avait fait une scène pour rien.

— Bon...peut-être devrais-je aller voir comment vont les chevaux, marmonna-t-il.

Il battit en retraite, se hâta vers le foyer des chevaux.

Ayla le suivait des yeux. Pensait-il donc qu'elle ne se souciait pas des animaux ? se demandait-elle. Elle se sentait déconcertée, bouleversée. Il devenait impossible, semblait-il de comprendre Jondalar.

Mamut observait ses réactions. Sa souffrance, sa détresse étaient claires. Pourquoi les êtres avaient-ils tant de mal à cerner leurs problèmes ? Il avait envie de les mettre face à face, afin de les obliger à voir ce qui paraissait l'évidence pour tous ceux qui les entouraient, mais il résista à cette impulsion. Il avait déjà fait tout ce qu'il pensait pouvoir faire. Dès le début, il avait perçu chez l'homme de Zelandonii une tension sous-jacente et il était convaincu que l'obstacle était moins évident qu'il n'y semblait. Mieux valait les laisser trouver eux-mêmes la solution. Toutefois, il pouvait encourager Ayla à lui parler des difficultés ou, au moins, l'aider à découvrir les choix qui se présentaient à elle, à reconnaître ses propres désirs, ses propres possibilités.

— Tu as bien dit qu'il faisait moins froid dehors, Ayla ? demanda Mamut.

La question mit un certain temps à pénétrer l'enchevêtrement des pensées qui la tourmentaient.

— Quoi ?...Oh...oui, je pense. On n'a pas vraiment l'impression qu'il fasse plus chaud. On croit simplement sentir un froid moins pénétrant.

— Je me demandais quand Elle allait briser l'échine de l'hiver, dit Mamut. Il me semblait que le jour n'était pas loin.

— « Briser l'échine » ? Je ne comprends pas.

— C'est une expression, Ayla. Assieds-toi. Je vais te conter une histoire d'hiver à propos de la Grande et Généreuse Terre Mère qui a créé tout ce qui vit, poursuivit le vieil homme en souriant.

Ayla s'installa à côté de lui, sur une natte placée près du feu.

— Au cours d'une lutte acharnée, la Terre Mère a arraché une force de vie au Chaos, qui est un néant froid et immobile, comme la mort. A l'aide de cette force, Elle a créé la vie et la chaleur, mais Elle doit sans cesse se battre pour la vie qu'Elle a créée. Quand arrive la saison froide, nous savons que la lutte a commencé entre la Généreuse Terre Mère, qui désire faire naître une vie pleine de chaleur, et la froide mort du Chaos. Mais Elle doit d'abord prendre soin de Ses enfants.

Ayla commençait maintenant à s'intéresser à l'histoire. Elle adressa à Mamut un sourire d'encouragement.

— Que fait-Elle, pour prendre soin de Ses enfants ?

— Elle en plonge quelques-uns dans le sommeil. Elle en habille chaudement certains pour leur permettre de résister au froid. Elle engage certains autres à faire des provisions et à se cacher. Au plus fort de la saison froide, quand la Mère est engagée dans la bataille de la vie et de la mort, rien ne bouge, rien ne change, tout semble mort. Pour nous, sans un endroit chaud où vivre et de quoi manger dans nos réserves, la mort en hiver, gagnerait la bataille. C'est ce qui arrive, parfois, si la lutte se prolonge indûment. En cette saison, personne ne sort beaucoup. Les gens se livrent à des travaux, ils se racontent des histoires, ils bavardent, mais ils ne bougent pas beaucoup et ils dorment davantage. Voilà pourquoi on appelle l'hiver la petite mort.

« Finalement, quand le froid a repoussé la Mère aussi loin qu'Elle veut aller, Elle résiste. Elle fait tous ses efforts, encore et encore, jusqu'au moment où Elle brise l'échine de l'hiver. Sa victoire signifie que le printemps va revenir, mais ce n'est pas encore le printemps. Elle a livré une longue bataille et Elle a besoin de repos avant de pouvoir faire renaître la vie. Mais on sait qu'Elle a gagné. On respire l'odeur de Sa victoire, on la sent dans l'air.

— C'est vrai ! Je l'ai sentie, Mamut ! Voilà pourquoi j'étais obligée de sortir avec les chevaux. La Mère a brisé l'échine de l'hiver ! s'écria Ayla.

L'histoire expliquait précisément ce qu'elle avait ressenti.

— Je pense que le moment est venu de faire une fête, ne crois-tu pas ?

— Oh oui, je le crois !

— Peut-être accepterais-tu de m'aider à l'organiser ? Mamut attendit tout juste le hochement de tête de la jeune femme.

— Tout le monde ne perçoit pas encore Sa victoire, mais cela ne tardera plus. Nous pouvons tous deux en attendre les signes et décider ensuite du moment.

— Quels signes ?

— Quand la vie commence à se réveiller, chacun le sent à sa façon. Certains sont heureux, ils ont envie de sortir, mais il fait encore trop froid pour rester bien longtemps dehors : alors, ils deviennent nerveux, irritables. Ils voudraient saluer les frémissements de vie qu'ils perçoivent en eux, mais bien des tempêtes sont encore à venir. En cette période de l'année, l'hiver sait que tout est perdu. Il est furieux. les gens le sentent, ils deviennent furieux, eux aussi. C'est entre maintenant et le printemps qu'ils sont le plus nerveux. Tu t'en rendras compte, je pense. C'est aussi le moment où une fête est tout indiquée. Elle fournit aux gens une bonne raison d'exprimer la joie plutôt que la colère.

Je savais qu'elle comprendrait, pensait Mamut en regardant Ayla froncer les sourcils. C'est à peine si j'ai commencé de percevoir la différence, et elle, elle l'avait déjà sentie. Je savais qu'elle était douée, mais ses possibilités ne cessent de m'étonner, et sans doute n'en ai-je pas encore découvert toute la portée. Peut-être ne le saurai-je jamais, mais ses dons pourraient bien dépasser les miens de très loin. Qu'a-t-elle dit, à propos de cette racine et de la cérémonie avec les mog-ur ? J'aimerais la préparer... La cérémonie de la chasse, avec le Clan ! Elle m'a transformé, les effets en ont été profonds. Elle aussi a connu une expérience semblable... Est-ce cela qui l'a tranformée ? Qui a développé ses tendances naturelles ? Je me demande... La fête du printemps... est-ce trop tôt pour faire reparaître la racine ? Peut-être devrais-je attendre qu'elle ait travaillé avec moi à la Célébration de l'Echine Brisée ?... Ou la prochaine occasion... Il y en aura d'autres entre maintenant et le printemps...

Deegie, chaudement vêtue pour sortir, s'engagea dans le passage central vers le Foyer du Mammouth.

— J'espérais te trouver ici, Ayla. Je veux aller vérifier les pièges que j'ai posés pour essayer d'attraper des renards blancs qui me serviront à garnir la pelisse de Branag. Tu viens avec moi ?

Ayla, à peine réveillée, leva les yeux vers le trou à fumée, en partie découvert.

— Il a l'air de faire beau, dehors. Donne-moi le temps de m'habiller.

Elle repoussa les couvertures, se redressa. Après s'être étirée, avoir bâillé, elle alla vers le réduit protégé par une tenture près du foyer des chevaux. En chemin, elle passa devant une plate-forme de couchage où dormaient une demi-douzaine d'enfants, étalés les uns sur les autres comme une nichée de louveteaux. Elle vit les grands yeux bruns de Rydag ouverts, lui sourit. Il referma les paupières, se blottit entre la plus petite, Nuvie, et Rudie, qui aurait bientôt huit ans. Crisavec, Brinan et Tusie faisaient, eux aussi, partie de la masse indistincte. Ayla, récemment, avait vu le petit dernier de Fralie, Tasher, qui n'avait pas encore trois ans, commencer à s'intéresser aux autres enfants. Latie, elle, proche de l'âge adulte, jouait le moins souvent avec eux.

Les enfants étaient gâtés. Ils pouvaient se nourrir et dormir là et quand ils le voulaient. Ils respectaient rarement les observances territoriales de leurs aînés : l'abri tout entier leur appartenait. Ils avaient le droit de réclamer l'attention des membres adultes du Camp, et leurs exigences étaient souvent accueillies comme une intéressante diversion : personne n'était particulièrement pressé, personne n'avait nulle part où aller. Partout où leur curiosité amenait les enfants, un membre plus âgé du groupe se trouvait là, pour leur prodiguer son assistance, ses explications. S'ils voulaient coudre des peaux, on leur fournissait les outils, des morceaux de cuir, des filaments de nerf. S'ils voulaient façonner des outils de pierre, on leur donnait des silex, des marteaux de pierre ou d'os.

Ils se livraient aux joies de la lutte, se bousculaient, inventaient des jeux qui, souvent, imitaient les activités de leurs aînés. Ils creusaient leurs propres petits foyers, apprenaient à se servir du feu. Ils faisaient semblant de chasser, transperçaient des morceaux de viande tirés des réserves, les faisaient cuire. Quand, en jouant au « foyer », ils imitaient les activités sexuelles des adultes, ceux-ci souriaient avec indulgence. Aucune manifestation de la vie quotidienne n'était distinguée comme devant être cachée ou réprimée. Chaque aspect représentait une instruction nécessaire dans l'évolution vers l'âge adulte. Le seul tabou était la violence, surtout si elle était excessive ou gratuite.

A vivre dans une si étroite promiscuité, ces gens avaient appris que rien ne pouvait plus rapidement détruire un Camp ou un peuple que la violence, surtout lorsqu'ils devaient demeurer enfermés durant les longs et froids hivers. Que ce fût par hasard ou à dessein, chaque coutume, chaque manière de faire, chaque convention, chaque pratique, même si elle n'était pas directement liée à la violence, tendait à la maintenir à un degré minimal. Les règles de conduite acceptées autorisaient un large éventail d'activités individuelles différentes qui, généralement, ne conduisaient pas à la violence ou qui pouvaient être considérées comme des issues acceptables pour un trop plein d'émotions. On favorisait les talents personnels. On encourageait la tolérance, alors que, tout en les comprenant, on banissait l'envie, la jalousie. Les compétitions, y compris les discussions, étaient largement utilisées comme solutions de rechange, mais elles étaient sévèrement contrôlées, ritualisées, maintenues dans des limites bien définies. Les enfants apprenaient rapidement les règles fondamentales. Crier était toléré, frapper ne l'était pas.

Tout en vérifiant ce qu'il restait d'eau dans la grande outre, Ayla eut un sourire à l'adresse des enfants endormis qui avaient veillé tard, la veille au soir. Elle prenait plaisir à voir de nouveau des enfants autour d'elle.

— Je devrais aller chercher de la neige, avant de partir. Nous n'en avons plus beaucoup. Il n'a pas neigé depuis quelque temps et on commence à avoir du mal à trouver de la neige propre dans les parages.

— Ne perdons pas de temps à ça, décida Deegie. Nous avons encore de l'eau à notre foyer, et il y en a aussi chez Nezzie. Nous irons au retour.

Elle passait ses chauds vêtements d'hiver, pendant qu'Ayla s'habillait, elle aussi.

— J'ai de l'eau et de quoi manger. Si tu n'as pas faim, nous pouvons partir tout de suite.

— Je peux attendre pour manger, mais j'ai besoin d'une infusion chaude, répondit Ayla.

La hâte de Deegie était contagieuse, et passer une partie de la journée en tête à tête avec Deegie tentait grandement la jeune femme.

— Nezzie en a préparé, je crois. Elle est toujours prête à nous en offrir une coupe, j'en suis sûre.

— Elle fait de la menthe le matin. Je vais simplement prendre quelque chose que j'y ajouterai... quelque chose que j'aime boire le matin. Et je vais aussi emporter ma fronde, je crois.

Nezzie insista pour leur faire manger des grains cuits et leur donna à emporter quelques tranches de son rôti de la veille au soir. Talut voulut savoir dans quelle direction elles partaient, et où se trouvaient les pièges de Deegie. Lorsqu'elles sortirent par la voûte principale, le soleil s'était élevé au-dessus d'un banc de nuages, à l'horizon, et commençait son voyage dans un ciel clair. Les chevaux étaient déjà dehors, remarqua Ayla. Elle les comprenait.

Deegie enseigna à Ayla le rapide mouvement de la cheville qui transformait le cercle de cuir, fixé à un cadre ovale dans lequel étaient tressés des rameaux de saule, en une attache commode pour retenir les raquettes à neige. Avec un peu d'entraînement, Ayla ne tarda pas à glisser sur la neige à côté de son amie.

Jondalar les regarda partir. Les sourcils froncés, il examina le ciel. Il pensa un instant à les suivre mais changea d'avis. Il voyait bien quelques nuages mais rien qui présageât un danger. Pourquoi était-il toujours si inquiet pour Ayla, toutes les fois qu'elle quittait l'abri ? Il était ridicule de sa part de la suivre partout. Elle n'était pas seule : Deegie l'accompagnait, et les deux jeunes femmes étaient parfaitement capables de se tirer d'affaire... même s'il venait à neiger... ou pire. Au bout d'un moment, elles s'apercevraient qu'il les suivait, et il se sentirait de trop si elles voulaient être seules. Il laissa retomber le rabat de l'entrée, rentra mais il ne pouvait se débarrasser du sentiment qu'Ayla courait peut-être un danger.

— Oh regarde, Ayla ! cria Deegie.

A genoux, elle examinait le petit cadavre durci par le gel, couvert d'une fourrure blanche, qui pendait à un nœud coulant étroitement serré autour de son cou.

— J'ai posé d'autres pièges. Allons vite les voir.

Ayla avait envie de prendre le temps d'examiner le collet mais elle suivit son amie.

— Que vas-tu en faire ? demanda-t-elle, lorsqu'elle rejoignit Deegie.

— Tout dépend de ce que j'aurai pris. Je voulais faire une frange pour une tunique de fourrure destinée à Branag, mais je lui confectionne une tunique aussi, en cuir rouge... pas aussi éclatant que le tien. Elle aura des manches longues, il me faudra deux peaux, et je suis en train d'essayer d'assortir la couleur de la seconde à la première. J'aimerais, je crois, l'orner de la fourrure et des dents d'un renard blanc. Qu'en penses-tu ?

— Ce sera très beau, je crois, répondit Ayla.

Elles avancèrent un moment en glissant sur la neige. Ayla reprit :

— A ton avis, qu'est-ce qui irait le mieux avec une tunique blanche ?

— Ça dépend. Veux-tu ajouter d'autres couleurs ou veux-tu la garder toute blanche ?

— Toute blanche, je crois, mais je n'en suis pas sûre.

— La fourrure de renard blanc ferait très bien.

— J'y ai songé mais... je ne pense pas que ça conviendrait, dit Ayla.

Ce n'était pas la question de la couleur qui la tracassait. Elle se rappelait avoir choisi d'offrir à Ranec, lors de son adoption, des fourrures de renards blancs et elle ne voulait pas réveiller des souvenirs de ce moment.

Le deuxième piège avait fonctionné mais il était vide. Le nœud coulant fait d'un tendon avait été tranché par des dents, et il y avait des traces de loup. Le troisième avait, lui aussi, attrapé un renard qui, apparemment, avait eu le temps de se congeler dans le piège, mais quelque chose était venu le ronger, une grande partie avait été dévorée, et la fourrure était inutilisable. Cette fois encore, Ayla montra des traces de loup.

— Je prends des renards au piège pour les loups, on dirait, remarqua Deegie.

— Il n'y en a qu'un, je pense, répondit Ayla.

Deegie commençait à craindre de ne pas trouver une autre peau valable, même si un autre renard s'était pris dans son quatrième piège. Elles se hâtèrent vers l'endroit où elle l'avait posé.

— Il devrait être par là, près de ces buissons, dit-elle.

Elles approchaient d'un petit taillis.

— Mais je ne vois pas.. ajouta-t-elle.

— Le voilà, Deegie ! cria Ayla qui avait pris les devants. Et il est beau. Regarde cette queue !

— Parfait fit son amie avec un soupir de soulagement, il m'en fallait au moins deux.

Elle dégagea du nœud coulant le renard gelé, l'attacha avec l'autre, suspendit les deux carcasses à la branche d'un arbre. Elle se sentait plus détendue, à présent qu'elle avait ses deux renards.

— J'ai faim. Si nous nous arrêtions ici pour manger un peu ?

— Moi aussi, j'ai faim, maintenant que tu en parles.

Elles se trouvaient dans une étroite vallée maigrement boisée, où les buissons étaient plus nombreux que les arbres, formée par un cours d'eau qui s'était frayé un chemin à travers d'abondants dépôts de loess. En ces derniers jours d'un long et cruel hiver, une impression de total et morne épuisement prévalait dans la petite vallée. C'était un endroit désolé, tout en blancs, en noirs et en gris uniformes. La couche de neige, brisée par les broussailles, était vieille, tassée, sillonnée de traces nombreuses. Elle avait l'air sale, usée. Des branches cassées qui mettaient à nu le bois brut, montraient les ravages du vent, de la neige et des animaux affamés. Les saules, les aulnes touchaient presque le sol, accablés par le poids du climat, de la saison jusqu'à n'être plus que des arbustes prostrés. Quelques bouleaux malingres restaient debout, maigres et dégingandés, et leurs branches dénudées se frottaient bruyamment les unes contre les autres dans le vent, comme pour appeler à grands cris la joie d'une touche de verdure. Les conifères eux-mêmes avaient perdu toute couleur. Les sapins tourmentés, dont l'écorce se tachait de traînées de lichen grisâtre, semblaient délavés. Les hauts mélèzes sombres s'affaissaient sous leur fardeau de neige. Au sommet d'une courte pente s'élevait un amoncellement de neige piqué de longues tiges aux épines aiguës : les stolons fibreux desséchés, envoyés en éclaireurs l'été précédent pour revendiquer un nouveau territoire. Ayla en entreposa l'image dans un coin de sa mémoire, non pas comme celle d'un impénétrable fourré de ronces mais comme celle d'un endroit où elle pourrait revenir, la saison venue, cueillir des baies et des feuilles médicinales. Par-delà le paysage désolé, elle voyait déjà l'espoir qu'il représentait et, après un long enfermement, même un paysage d'hiver contenait une promesse, surtout quand le soleil brillait.

Les deux jeunes femmes entassèrent de la neige, pour s'en faire des sièges, sur ce qui aurait été la berge d'un petit cours d'eau si l'on avait été en été. Deegie ouvrit sa sacoche, en tira les vivres qu'elle avait apportés et, plus important encore, l'eau. D'un paquet enveloppé d'écorce de bouleau, elle tira pour le donner à Ayla, une espèce de pâté rond, fait d'un mélange nourrissant de fruits séchés, de viande et de graisse riche en énergie, l'aliment essentiel du voyageur.

— Ma mère a fait hier soir quelques-unes de ses miches garnies de pignons et m'en a donné une, annonça Deegie.

Elle ouvrit un autre paquet, brisa un morceau de la miche à l'intention de sa compagne.

— Il faudra que je demande la recette à Tulie, déclara Ayla.

Elle développa les tranches de viande rôtie données par Nezzie, en plaça quelques-unes entre elle-même et son amie.

— C'est un véritable festin, ajouta-t-elle. Il ne nous manque que quelques légumes verts.

— Alors, ce serait parfait. J'ai hâte de revoir le printemps. Après la Fête de l'Echine brisée, l'attente sera de plus en plus pénible.

Ayla prenait plaisir à cette sortie en la seule compagnie de Deegie. Elle commençait même à avoir chaud, dans cette petite dépression abritée des vents. Elle défit la lanière nouée sous son menton, rabattit son capuchon pour offrir son visage au soleil, après avoir assuré sa fronde autour de sa tête. Sur le fond rouge de ses paupières baissées, elle voyait encore l'orbe étincelant. Elle sentait son agréable chaleur. Lorsqu'elle rouvrit les yeux, sa vision lui parut plus nette.

— Les gens se livrent-ils toujours à la lutte corps à corps, lors de la Fête de l'Echine Brisée ? demanda-t-elle. Je n'ai encore jamais vu personne lutter sans bouger les pieds.

— Mais oui, c'est en l'honneur...

— Regarde, Deegie ! C'est le printemps ! interrompit Ayla.

Elle se leva d'un bond, se précipita vers un petit saule tout proche. Quand son amie la rejoignit, elle lui montra le long d'une mince branche, toute une rangée de bourgeons à peine formés. L'un d'eux, pourtant, né trop tôt pour survivre, s'était déjà ouvert dans une explosion d'un vert clair de printemps. Emerveillées, les deux jeunes femmes se sourirent devant cette découverte, comme si elles venaient elles-mêmes d'inventer le printemps.

Non loin du saule, le nœud coulant fait d'un nerf pendait encore. Ayla le souleva.

— Je trouve que c'est là une très bonne manière de chasser. On n'a pas besoin de partir à la recherche des animaux. On fait un piège et l'on revient plus tard ramasser la proie. Mais comment fabrique-t-on un piège et comment sait-on qu'on va prendre un renard ?

— Ce n'est pas difficile à faire. Tu sais qu'un nerf durcit, quand on le mouille et qu'on le laisse ensuite sécher, comme fait le cuir non traité ?

Ayla acquiesça d'un signe.

— Tu formes une petite boucle à l'extrémité du nerf, poursuivit Deegie, en lui montrant la boule. Tu prends ensuite l'autre extrémité et tu la passes à travers cette boucle pour en faire une autre, juste assez large pour permettre au renard d'y passer la tête. Après ça tu mouilles le nerf et tu le laisses sécher ouvert. Tu dois aller alors là où il y a des renards : c'est généralement là où tu en as déjà vu ou attrapé. Cet endroit-ci, c'est ma mère qui me l'a montré. D'ordinaire, il y vient des renards chaque année. On le sait s'il y a des traces. Quand ils sont près de leurs terriers, ils suivent généralement les mêmes pistes. Pour poser le piège, on repère la trace d'un renard et, là ou elle passe entre des buissons ou des arbres, on pose le piège, juste sur sa piste, à peu près à la hauteur de la tête. Tu l'attaches comme ça, ici et là, expliqua Deegie.

Ayla, le front plissé sous l'effort de la concentration, la regardait faire.

— Quand le renard arrive en courant sur la piste, sa

tête passe dans le nœud coulant, et, lorsqu'il poursuit sa course, le nœud se resserre sur son cou. Plus il se débat, et plus le nœud se resserre. Ça ne prend pas bien longtemps. La seule difficulté c'est ensuite de retrouver le renard avant que quelqu'un d'autre ne le fasse. Danug me parlait l'autre jour de la méthode qu'ont adoptée les gens du nord pour poser des pièges. Ils courbent un tout jeune arbre et l'attachent au nœud coulant. Dès que l'animal est pris, l'arbre l'emporte en se redressant d'un coup. De cette façon, la bête reste au-dessus du sol jusqu'au moment où l'on vient le chercher.

— A mon avis, c'est une bonne idée, dit Ayla.

Elle revenait avec Deegie vers leurs sièges, mais elle leva les yeux et, soudain, à la grande surprise de sa compagne, elle arracha la fronde de sa tête, se mit à examiner le sol.

— Où y a-t-il une pierre ? murmura-t-elle. Ah, là !

D'un mouvement si rapide que Deegie put à peine le suivre, elle ramassa la pierre, la plaça dans la fronde, fit tournoyer celle-ci, tira. Deegie entendit le projectile tomber, mais ce fut seulement en regagnant leurs sièges qu'elle vit la cible touchée par Ayla. C'était une hermine blanche, une petite hermine qui mesurait environ trente-cinq centimètres mais douze de ces centimètres constituaient la longueur de la queue fournie, terminée par une pointe noire. En été, le long et mince animal à la douce fourrure prendrait un pelage fauve, blanc seulement sur le ventre. Mais, en hiver, la petite bête sinueuse devenait d'un blanc pur et soyeux sur lequel tranchaient seuls en noir les petits yeux pénétrants, le nez et l'extrême bout de la queue.

— Elle était en train de nous voler notre rôti ! fit Ayla.

— Je ne l'avais même pas aperçue, sur cette neige. Tu as de bons yeux, déclara Deegie. Et tu es si rapide, avec cette fronde. Je me demande pourquoi tu t'intéresses aux pièges, Ayla.

— Une fronde, c'est bien quand on a envie de chasser et qu'on peut voir sa proie. Mais un piège chasse à ta place ; même quand tu n'es pas là, expliqua très sérieusement la jeune femme.

Elles s'assirent pour terminer leur repas. La main d'Ayla revenait sans cesse caresser l'épaisse et douce fourrure de l'hermine.

— Les hermines ont la plus jolie fourrure qui soit, dit-elle.

— La plupart de ces longues bêtes sont dans le même cas, répondit Deegie. Les visons, les zibelines, même les gloutons ont un très beau poil. Moins doux mais très commodes pour en faire des capuchons, quand on ne veut pas avoir de givre sur le visage. Mais il est très difficle de les prendre au piège, et l'on ne peut les chasser à la sagaie. Ce sont des bêtes rapides et méchantes. Ta fronde paraît très efficace, même si je ne sais toujours pas comment tu as fait.

— J'ai appris à chasser à la fronde cette espèce d'animaux. Au début, je chassais seulement les voleurs de viande et j'ai commencé par apprendre leurs coutumes.

— Pourquoi ça ? demanda Deegie.

— Normalement, je n'avais pas le droit de chasser. Je ne m'en prenais donc pas aux bêtes qui pouvaient servir de nourriture, mais seulement à celles qui nous en volaient.

Elle émit un petit rire ironique.

— Je pensais que ça arrangeait tout.

— Pourquoi ne voulait-on pas te laisser chasser ?

— Les femmes du Clan n'ont pas le droit de chasser... Mais ils ont tout de même fini par me laisser me servir de ma fronde.

Prise par ses souvenirs, Ayla se tut un instant.

— Sais-tu que j'ai tué un glouton bien avant de tuer un lapin ?

Elle souriait à l'ironie de la chose.

Deegie secoua la tête d'un air stupéfait. Quelle étrange enfance avait dû connaître Ayla, pensait-elle.

Elles se levèrent pour repartir. Tandis que Deegie allait reprendre ses renards, Ayla ramassa la douce petite hermine. Elle passa la main tout le long du corps, jusqu'à l'extrémité de la queue.

— C'est ce qu'il me faut ! déclara-t-elle brusquement. De l'hermine.

— Mais c'est ce que tu as, fit son amie.

— Non. Je voulais parler de la tunique blanche. Je veux l'orner de cette fourrure blanche et des queues. J'aime ces queues terminées par des poils noirs.

— Où trouveras-tu assez d'hermine pour orner une tunique ? Le printemps arrive. Elles ne vont plus tarder à changer de couleur.

— Il ne m'en faut pas beaucoup, et, là où il y en a une, on en trouve généralement d'autres dans les parages. Je vais me mettre en chasse. Tout de suite, déclara Ayla. Il me faut quelques bonnes pierres.

Elle se mit à repousser la neige, pour chercher des galets près de la berge au cours d'eau gelé.

— Maintenant ? répéta Deegie.

Son amie releva la tête. Dans son enthousiasme, elle avait presque oublié la présence de sa compagne. Celle-ci pourrait lui rendre plus difficile la tâche de relever des pistes et de les suivre.

— Tu n'es pas obligée de m'attendre, Deegie. Rentre donc. Je retrouverai bien mon chemin.

— Rentrer ? Je ne manquerais ça pour rien au monde.

— Tu pourras rester très silencieuse ?

Deegie sourit.

— J'ai déjà chassé, Ayla.

Celle-ci rougit de sa maladresse.

— Je ne voulais pas dire...

— Mais oui, je le sais.

Son amie lui sourit.

— Je pourrais m'instruire, je crois, auprès de quelqu'un qui a tué un glouton avant même d'avoir tué un lapin. Les gloutons sont les animaux les plus méchants, les plus vicieux, les plus féroces, les plus intrépides de tous, y compris les hyènes. J'en ai vu éloigner des léopards de leurs propres proies. Ils sont même capables de tenir tête à un lion des cavernes. Je ferai en sorte de ne pas te gêner. Si tu crois que je fais peur aux hermines, dis-le moi, je resterai ici. Mais ne me demande pas de rentrer sans toi.

Ayla eut un sourire de soulagement. Il était vraiment merveilleux, se disait-elle, d'avoir une amie qui la comprenait si vite.

— Les hermines sont aussi mauvaises que les gloutons, Deegie. Elles sont plus petites, c'est tout.

— Puis-je faire quelque chose pour t'aider ?

— Il nous reste encore de la viande rôtie. Elle pourrait nous être utile. Mais, d'abord, il faut trouver des traces... quand j'aurai ramassé assez de pierres.

Quand Ayla eut placé dans une bourse accrochée à sa ceinture un nombre suffisant de galets, elle ramassa sa sacoche, la jeta sur son épaule gauche. Après quoi, immobile, elle scruta le paysage, pour trouver le meilleur endroit où commencer sa quête. Deegie, près d'elle, un pas en arrière, attendait sa décision. Un peu comme si elle pensait tout haut, son amie se mit à lui parler d'une voix étouffée :

— Les belettes ne font pas de terriers. Elles se servent de ce qu'elles trouvent, même de celui d'un lapin... après en avoir tué les occupants. Il m'arrive de me dire qu'elles n'auraient pas besoin de terrier si elles n'avaient pas de petits. Et sans cesse, elles tuent, jour et nuit, même lorsqu'elles viennent de manger. Elles dévorent n'importe quoi, des écureuils, des lapins, des oiseaux, des œufs, des insectes, même de la viande pourrie, mais, la plupart du temps, elles tuent et mangent fraîche leur proie. Quand elles sont acculées, elles dégagent une odeur musquée, puante ; ce n'est pas un liquide qu'elles projettent, comme la mouffette, mais ça sent aussi mauvais. Et elles crient comme ça...

Ayla émit un son qui tenait le milieu entre le hurlement et le grognement.

— Pendant la saison de leurs Plaisirs, elles sifflent.

Deegie était frappée de stupeur. Elle venait d'en apprendre plus sur les belettes et les hermines qu'elle n'en avait jamais su de toute sa vie. Elle aurait même été incapable de dire si ces bêtes émettaient un son quelconque.

— Ce sont de bonnes mères, elles ont beaucoup de petits... deux mains...

Ayla prit le temps de retrouver le mot qui désignait le nombre en question.

— ...dix, quelquefois plus. D'autres fois, quelques-uns seulement. Les jeunes restent avec la mère presque jusqu'à l'âge adulte.

Elle s'interrompit de nouveau, pour examiner les environs d'un œil critique.

— En cette période d'année, nichée peut encore être avec mère. Cherchons traces... près ronces, je crois.

Elle se dirigea vers le monticule de neige qui recouvrait plus ou moins la masse inextricable de ronces et de stolons qui poussaient à cet endroit depuis des années.

Deegie la suivit. Elle se demandait comment Ayla avait fait pour apprendre tant de choses, alors qu'elle n'était pas beaucoup plus âgée qu'elle. Elle avait remarqué quelques légères défaillances dans le langage d'Ayla — l'unique signe qui trahissait sa surexcitation. Deegie, du coup, avait pris plus nettement conscience de la perfection avec laquelle son amie s'exprimait maintenant. Elle parlait rarement très vite, mais son mamutoï était presque sans défaut, mise à part sa façon de prononcer certains sons. Peut-être ne perdrait-elle jamais cet accent... — Deegie l'espérait presque. Cela lui conférait une personnalité propre... et la rendait plus humaine.

— Cherche traces de pattes avec cinq doigts... parfois, on voit seulement quatre. Elles laissent les plus petites marques de tous les mangeurs de viande, et les pattes de derrière se placent dans les traces de pattes de devant.

Deegie demeurait un peu à l'écart : elle ne voulait pas gâter des foulées délicates. Ayla, à chacun de ses pas, scrutait longuement, minutieusement ce qui l'entourait : le sol couvert de neige, chaque mince tronc des bouleaux dénudés, les lourdes branches des sapins aux aiguilles noircies. Soudain, ses yeux interrompirent leur constante vigilance : elle avait aperçu quelque chose qui lui avait coupé le souffle. Très lentement, elle reposa son pied sur le sol, tandis que sa main cherchait dans le sac un gros morceau de bison rôti, saignant, le posait à terre, devant elle. Elle recula ensuite avec précaution, plongea les doigts dans la bourse pleine de galets.

Deegie, figée sur place portait son regard au-delà de sa compagne, elle cherchait à voir ce que voyait celle-ci. Finalement, elle surprit un mouvement. Ses yeux se fixèrent sur plusieurs petites formes blanches qui se dirigeaient tortueusement vers elles. Elles se déplaçaient avec une surprenante rapidité, tout en franchissant les tas de branches et de feuilles mortes, en grimpant aux arbres pour en redescendre aussitôt, en passant à travers les fourrés, en fouillant ou en contournant chaque trou, chaque crevasse et en dévorant tout ce qui se trouvait sur leur chemin.

Deegie n'avait encore jamais pris le temps d'étudier le comportement de ces petits carnivores voraces et elle les suivait d'un regard fasciné. De temps à autre, les hermines se dressaient sur leurs pattes de derrière, leurs petits yeux noirs et brillants aux aguets, les oreilles tendues au moindre bruit, mais toujours attirés par leur flair vers une proie infortunée.

Elles se faufilèrent à travers les nids des campagnols et des mulots, sous les racines des arbres où hibernaient tritons et grenouilles, elles se jettaient sur de jeunes oiseaux, trop paralysés par le froid, trop affamés pour s'envoler. La horde ravageuse de huit ou dix petites tueuses blanches se rapprochait. Leurs têtes se balançaient d'arrière en avant, leurs petits yeux noirs, pareils à des perles, brillaient de convoitise. Elles se jetaient avec une mortelle précision sur le cerveau, la nuque, la veine jugulaire. Elles frappaient sans le moindre scrupule. C'étaient les meurtriers les plus efficaces, les plus sanguinaires de tout le monde animal, et Deegie se sentit soudain heureuse de leur petite taille. Il n'existait, semblait-il, aucun motif à une destruction aussi gratuite, sinon le plaisir de tuer... peut-être aussi la nécessité d'alimenter sans cesse un corps perpétuellement en mouvement, dans toute la mesure prévue et voulue par la nature.

Attirées par le morceau de viande saignante, les hermines, sans hésitation, se mirent en devoir de le faire disparaître. Soudain, la confusion éclata dans le petit groupe. Des pierres lancées avec violence pleuvaient sur les petits animaux, en abattaient quelques-uns. L'odeur caractéristique du musc se répandait dans l'atmosphère. Deegie, trop absorbée dans sa contemplation des prédateurs, n'avait pas suivi les préparatifs minutieux d'Ayla et ses tirs rapides à la fronde.

A ce moment, un gros animal, sorti de nulle part, se retrouva d'un bond au beau milieu des hermines. Ayla stupéfaite, entendit un grondement menaçant. Le loup se jeta sur la tranche de bison, mais il fut tenu en respect par deux petites bêtes intrépides. Le carnivoire au pelage noir eut un mouvement de recul, découvrit alors une hermine récemment mise hors d'état de nuire et s'en empara.

Mais Ayla n'était pas disposée à laisser le loup noir lui voler ses hermines : elle s'était donné trop de mal pour se les procurer. C'était elle qui les avait tuées, et elle avait besoin de leurs peaux pour la tunique blanche. Déjà, la petite bête blanche dans la gueule, le loup s'éloignait. Ayla se lança à sa poursuite. Les loups, eux aussi, mangeaient de la viande. Elle les avait étudiés de très près, du temps où elle apprenait à se servir d'une fronde. Et elle les comprenait. Sans interrompre sa course, elle ramassa une branche tombée. Un loup solitaire cédait généralement la place, devant une attaque déterminée. Celui-ci pourrait laisser tomber l'hermine.

S'il s'était agi d'une troupe de loups, ou même de deux individus seulement, elle n'aurait pas tenté un assaut aussi téméraire. Quand le loup noir fit une courte pause, afin d'assurer plus solidement sa prise sur l'hermine, Ayla se précipita sur lui, la branche haut levée pour lui en asséner un grand coup. Elle ne considérait pas la branche comme une arme bien efficace : elle voulait seulement effrayer l'animal, l'amener par la surprise à lâcher sa petite proie. Mais la surprise fut pour elle. Le loup laissa tomber l'hermine devant lui et, avec un grondement mauvais, menaçant, bondit vers la jeune femme.

La réaction immédiate de celle-ci fut pour jeter la branche devant elle, afin de contenir l'attaquant. En elle, une subite poussée d'énergie lui conseillait de fuir. Mais la branche, fragilisée par le froid, se brisa lorsqu'elle la ramena en avant et heurta un arbre. Elle se retrouva avec, au poing, un simple tronçon. Le reste, cependant, avait frappé le loup en pleine tête. Ce fut assez pour retenir son élan : il avait bluffé, lui aussi, il n'avait pas bien envie d'attaquer. Il reprit dans sa gueule l'hermine morte, remonta la pente de l'étroite vallée boisée.

Ayla était sous le coup de la frayeur et de la colère, du choc aussi. Mais elle ne pouvait laisser l'hermine lui échapper ainsi. Une fois de plus, elle se lança à la poursuite du loup.

— Laisse-le partir ! lui cria Deegie. Tu en as bien assez ! Laisse celle-ci au loup !

Son amie ne l'entendit pas : son attention était ailleurs. Le loup se dirigeait vers une région à découvert, et elle le suivait de près. Elle plongea la main dans son petit sac à projectiles : il ne lui restait que deux pierres. Elle se mit à courir. Elle s'attendait à voir le loup lui échapper bientôt mais elle se sentait obligée de fournir encore un effort. Elle plaça un galet dans sa fronde, le projeta sur l'animal en fuite. Le second galet suivit de très près le premier, acheva l'ouvrage. Tous les deux avaient touché leur cible.

Ayla éprouva une vive satisfaction en voyant le loup s'effondrer. En voilà un qui ne lui volerait plus rien. Elle s'élança pour reprendre l'hermine, décida qu'elle pouvait tout aussi bien prendre la peau du gros carnivore. Cependant, lorsque Deegie la rejoignit, elle trouva son amie assise près du loup noir et de l'hermine blanche. Elle n'avait pas bougé. Son expression inquiéta Deegie.

— Qu'y a-t-il, Ayla ?

— J'aurais dû lui laisser emporter l'hermine. J'aurais dû comprendre qu'elle avait une bonne raison pour se jeter sur ce morceau de rôti que voulaient les hermines. Les loups connaissent bien la cruauté de ces petites bêtes, et, généralement, un loup solitaire battra en retraite sans attaquer, dans un lieu qui ne lui est pas familier. J'aurais dû lui abandonner cette hermine.

— Je ne comprends pas. Tu as retrouvé ton hermine

et tu as aussi la peau d'un loup noir. Pourquoi dis-tu que tu aurais dû lui laisser l'hermine ?

Ayla désigna le ventre de la louve.

— Regarde. Elle allaitait. Elle a des petits.

— Il est encore bien tôt, non, pour qu'une louve mette bas ?

— Oui. Elle n'est pas en saison. Et c'est une solitaire. Voilà pourquoi elle avait tant de mal à trouver de quoi manger. C'est ce qui l'a poussée à vouloir prendre la viande et, ensuite, l'hermine. Regarde ses côtes. Ses petits l'ont épuisée. Elle n'a plus que la peau sur les os. Si elle vivait avec une troupe, les autres l'auraient aidée à nourrir ses petits. Mais, si elle vivait avec une troupe, elle n'aurait pas eu de petits. Le plus souvent, seule la femelle qui mène la meute en a, et cette louve n'a pas la couleur qui convient. Les loups sont accoutumés à certaines couleurs, à certaines marques. Elle, elle est comme la louve blanche que j'observais, dans le temps, quand j'apprenais à les connaître. Les autres ne l'aimaient pas non plus. Elle cherchait sans cesse à faire des avances au loup et à la louve qui menaient la meute, mais ils ne voulaient pas d'elle. Quand les autres sont devenus trop nombreux, elle est partie. Peut-être en a-t-elle eu assez de n'être aimée de personne.

Ayla baissa les yeux sur la louve noire.

— Celle-ci a fait comme elle. Peut-être est-ce ce qui l'a poussée à avoir des petits : elle était trop seule. Mais elle n'aurait pas pu les avoir si tôt. A mon avis, Deegie, c'est la même louve noire que j'ai vue, quand nous chassions le bison. Elle a dû quitter sa troupe pour se mettre à la recherche d'un mâle solitaire et former avec lui une nouvelle troupe. C'est comme ça qu'elles se forment. Mais c'est toujours plus difficile pour les solitaires. Les loups aiment chasser ensemble et ils s'aident les uns les autres. Le mâle dominant aide toujours la femelle dominante à élever ses petits. Je voudrais que tu les voies, parfois : ils aiment jouer avec les louveteaux. Mais où est le mâle de celle-ci ? En a-t-elle même trouvé un ? Est-il mort ?

Deegie eut la surprise de voir dans les yeux d'Ayla des larmes retenues... pour une louve morte.

— Ils finissent tous par mourir, Ayla. Nous retournons tous à la Mère.

— Je le sais bien, Deegie. Mais elle, d'abord, elle était différente des autres et, ensuite, elle s'est retrouvée seule. Elle aurait dû avoir droit à quelque chose, dans sa vie : un compagnon, une troupe pour l'entourer, quelques petits au moins.

Deegie commençait à comprendre pourquoi son amie manifestait une émotion aussi violente pour une vieille louve noire et décharnée : elle se mettait à la place de l'animal.

— Mais elle a eu des petits, Ayla.

— Et maintenant, ils vont mourir, eux aussi. Ils n'ont pas de troupe autour d'eux. Pas même un mâle dominant. Sans leur mère, ils vont mourir.

Ayla, brusquement, sauta sur ses pieds.

— Je ne vais pas les laisser mourir !

— Comment ça ? Où vas-tu ?

— Je vais les trouver. Je vais suivre les traces de la louve noire jusqu'à sa tanière.

— Ça pourrait être dangereux. Il y a peut-être d'autres loups dans les environs. Comment peux-tu être sûre que non ?

— J'en suis sûre, Deegie. Il me suffit de la regarder.

— Eh bien, si je ne peux pas te faire changer d'avis, je n'ai qu'une chose à te dire, Ayla.

— Quoi ?

— Si tu t'attends à me voir arpenter toute la région avec toi, à la recherche de traces de loup, tu peux porter toi-même tes hermines.

Deegie fit tomber de son sac cinq petits cadavres blancs.

— Moi, j'ai bien assez à porter avec mes renards.

Le grand sourire de Deegie exprimait un pur ravissement. Ayla, en réponse, lui sourit avec une chaleureuse affection.

— Oh, Deegie, tu les as apportées jusqu'ici !

Dans un grand élan d'amitié, les deux jeunes femmes s'étreignirent.

— Un fait est certain, Ayla : on ne s'ennuie jamais en ta compagnie !

Deegie aidait Ayla à ranger les hermines dans son sac.

— Que vas-tu faire de cette louve ? Si nous ne la prenons pas, quelqu'un d'autre s'en chargera et une peau de loup noir, ce n'est pas courant.

— J'aimerais l'emporter, mais je dois d'abord retrouver ses petits.

— Très bien, je vais la porter, déclara Deegie.

Elle hissa sur son épaule le corps inerte.

— Si nous en avons le temps, tout à l'heure, je l'écorcherai.

Sur le point de poser une autre question, elle se ravisa. Elle saurait bien assez tôt ce que son amie voulait faire, si elle découvrait des louveteaux encore vivants.

Elles durent regagner la petite vallée pour trouver les traces qui les guideraient. Connaissant la précarité des vies qu'elle laissait sans défense derrière elle, la louve avait consciencieusement brouillé sa piste. A plusieurs reprises, Deegie, bien entraînée pourtant, elle aussi, fut convaincue qu'elles l'avaient perdue. Mais Ayla, poussée par son désir d'arriver au but, finissait toujours par la retrouver. Quand elles parvinrent enfin à l'endroit où, elle en était sûre, se trouvait la tanière, la position du soleil montrait que l'après-midi s'avançait.

— Je dois être franche, Ayla : je ne vois pas signe de vie.

— Il doit en être ainsi, s'ils sont seuls. S'ils donnaient signe de vie, ce serait provoquer le danger.

— Tu as peut-être raison, mais s'il y a vraiment des louveteaux là-dedans, comment vas-tu les faire sortir ?

— Je n'ai qu'un seul moyen, je pense. Je serai obligée d'aller les chercher.

— Tu ne vas pas faire ça, Ayla ! C'est très bien d'observer des loups à bonne distance, mais on ne peut pas s'introduire dans leur tanière. Si les louveteaux n'étaient pas seuls ? Il pourrait y avoir un autre adulte avec eux.

— As-tu vu d'autres traces de loup adulte, en dehors de celles de la mère ?

— Non, mais je n'aime pas cette idée de pénétrer dans la tanière d'un loup.

— Je ne suis pas venue si loin pour m'en aller sans savoir s'il y a des louveteaux. Il faut que j'y aille, Deegie.

Ayla posa son sac, se dirigea vers l'étroit trou noir qui s'ouvrait dans la terre. Il s'agissait d'un vieux repaire, abandonné depuis longtemps parce que le site n'était pas des plus favorables. C'était ce que la louve noire avait pu trouver de mieux, après la mort, dans un combat, du vieux loup solitaire qu'avaient attiré ses chaleurs prématurées.

Ayla se mit sur le ventre, entreprit de se faufiler dans l'ouverture.

— Attends, Ayla ! lui cria Deegie. Tiens, prends mon couteau.

La jeune femme hocha la tête, prit le couteau entre ses dents et se glissa dans le trou. Au début, la galerie descendait, et le passage était étroit. Elle se sentit soudain bloquée, dut revenir en arrière.

— Nous ferions mieux de partir, Ayla. Il se fait tard, et tu ne peux pas entrer là-dedans, tu ne peux pas.

Ayla enleva sa pelisse.

— Il n'est pas question de renoncer, dit-elle. Je passerai.

Le froid la fit frissonner jusqu'au moment où elle se retrouva dans la tanière. Elle eut du mal à se glisser dans la première partie du tunnel, là où il descendait. Près du fond, il devenait horizontal, et elle avait un peu plus de place, mais la tanière semblait déserte. Son corps empêchait encore la lumière de pénétrer, et il lui fallut un moment pour adapter sa vision à l'obscurité. Elle allait repartir à reculons, quand elle crut entendre un bruit.

— Loup, petit loup, tu es là ? demanda-t-elle.

Elle se rappela alors les nombreuses occasions où elle avait épié et écouté les loups. Elle émit un petit gémissement suppliant, tendit l'oreille. De l'endroit le plus reculé, le plus obscur de la tanière lui parvint une plainte presque imperceptible, et elle faillit pousser un cri de joie.

Péniblement, elle se rapprocha encore de l'origine du bruit, fit entendre de nouveau le même gémissement. La réponse fut plus proche. Elle distingua deux yeux brillants, mais, lorsqu'elle tendit la main vers le louveteau, il recula, émit un petit grondement, et elle sentit des dents aiguës s'enfoncer dans sa main.

— Aïe ! Tu sais te défendre, dit-elle.

Elle sourit.

— Tu as encore de l'énergie. Allons, viens, petit loup. Tout ira bien. Viens.

De nouveau, elle tendit la main vers le louveteau, avec le même petit gémissement suppliant, toucha une boule de fourrure floconneuse. Elle referma les doigts dessus, attira vers elle le petit animal qui crachait de colère et se débattait. Après quoi, à reculons, elle sortit de la tanière.

— Regarde ce que j'ai trouvé, Deegie !

Ayla, avec un sourire triomphant, brandissait un petit louveteau gris à la fourrure ébouriffée.

23

Jondalar faisait les cent pas dehors, entre l'entrée principale et l'abri des chevaux. Il portait une chaude pelisse qui avait appartenu à Talut mais, même ainsi, il ressentait la chute de température à mesure que le soleil se rapprochait de l'horizon. A plusieurs reprises, il avait gravi la pente dans la direction qu'avaient empruntée Ayla et Deegie et il s'apprêtait à le faire une fois encore.

Depuis le départ des deux jeunes femmes, ce matin-là, il essayait d'apaiser son inquiétude. Quand, dans l'après-midi il avait commencé d'arpenter les environs immédiats de l'habitation, les autres avaient souri avec condescendance, mais il n'était plus seul, à présent, à manifester de l'anxiété. Tulie elle-même avait grimpé plusieurs fois la pente et Talut parlait de rassembler quelques hommes pour se lancer à la recherche des deux absentes avec des torches. Whinney et Rapide eux-mêmes semblaient inquiets.

La flamme éclatante qui illuminait le couchant glissa derrière un banc de nuages. Le soleil en émergea sous la forme d'un cercle de lumière rouge aux contours précis, un disque d'un autre monde, sans profondeur ni dimension définie, trop parfait, trop symétrique pour appartenir à l'environnement naturel. Néanmoins, cet orbe rouge et lumineux prêtait de la couleur aux nuages et un air de santé à la face pâle de l'autre astre, son compagnon céleste, encore bas à l'horizon du levant.

Au moment précis où Jondalar allait repartir deux silhouettes se découpèrent au sommet de la pente. Elles se détachaient sur un fond bleu lavande qui se fondait par degrés dans un indigo profond. Une seule étoile scintillait au-dessus d'elles. Jondalar exhala un profond soupir, se laissa aller comme pris de vertige contre les défenses qui formaient la voûte d'entrée.

Mais pourquoi étaient-elles restées si longtemps absentes ? Elles auraient dû savoir qu'elles ne devaient pas éveiller pareille inquiétude parmi les leurs. Qu'est-ce qui avait bien pu les retenir si longtemps ? Peut-être avaient-elles dû affronter des dangers. Il aurait mieux fait de les suivre.

— Elles sont là ! Elles sont de retour ! criait Latie.

Des gens à demi vêtus se précipitèrent hors de l'abri. Ceux qui se trouvaient déjà à l'extérieur et chaudement habillés entamèrent la montée en courant pour aller à la rencontre des arrivantes.

Dès qu'Ayla fût à portée de voix, Jondalar la questionna :

— Qu'est-ce qui vous a retenues si longtemps ? Il fait presque nuit. Où étiez-vous ?

Elle posa sur lui un regard stupéfait.

Tulie intervint.

— Laisse-les d'abord rentrer, dit-elle.

Sa mère, Deegie le savait, n'était pas contente, mais elles avaient passé dehors la journée entière, elles étaient fatiguées, et le froid se faisait de plus en plus vif. Les récriminations viendraient par la suite, quand Tulie se serait assurée qu'elles étaient en bonne santé. On les poussa toutes les deux à l'intérieur, on leur fit traverser le foyer d'entrée pour les amener dans l'espace réservé à la cuisine.

Deegie, heureuse de se débarrasser de son fardeau, souleva la carcasse de la louve noire qui, dans la rigidité de la mort, avait pris la forme de son épaule. Il y eut des exclamations de surprise quand elle la laissa tomber sur une natte, et Jondalar pâlit visiblement. Elles avaient bien couru un danger.

— C'est un loup ! dit Drumez.

Il considérait sa sœur avec respect.

— Où as-tu trouvé ce loup ?

— Attends de voir ce que rapporte Ayla, répondit Deegie.

Déjà, elle tirait de son sac les renards blancs.

Ayla, de son côté, sortait du sien les hermines raidies par le froid. Elle y employait une seule main. L'autre restée prudemment posée sur sa taille, par-dessus sa chaude tunique de fourrure à capuchon.

— Voilà de bien jolies hermines, dit Drumez.

Les petites bêtes blanches l'impressionnaient beaucoup moins que le loup noir, mais il ne voulait pas se montrer vexant.

Ayla lui sourit, avant de détacher la lanière qu'elle avait nouée autour de sa pelisse. Elle passa la main à l'intérieur, ramena une petite boule de fourrure grise. Tout le monde se pencha pour voir ce qu'elle tenait. Tout à coup, la petite boule remua.

Le louveteau avait dormi profondément contre la chaleur du corps d'Ayla, sous la pelisse, mais la lumière, le bruit, les odeurs inconnues l'effrayaient. Il gémit, chercha à se blottir contre la femme dont l'odeur et la tiédeur lui étaient devenues familières. Elle posa la petite créature sur le loess de la fosse à dessiner. Le louveteau se releva, fit quelques pas chancelants, avant de s'accroupir pour former une petite mare vite absorbée par la terre sèche.

— C'est un loup ! dit Danug.

— Un petit loup ! précisa Latie, du plaisir plein les yeux.

Ayla vit Rydag se rapprocher prudemment pour voir

de plus près le petit animal. Il tendit la main. Le louveteau la renifla, avant de la lécher. Le sourire de Rydag exprima une joie sans mélange.

— Où as-tu eu le petit loup, Ayla ? questionna-t-il par signes.

— Une longue histoire, lui répondit-elle dans le même langage. Je te la raconterai plus tard.

Elle se débarrassa vivement de sa pelisse. Nezzie la prit, lui tendit une coupe d'infusion bien chaude. Avec un sourire de gratitude, elle en but une gorgée.

— Peu importe où elle l'a eu. Que va-t-elle en faire ? questionna Frebec.

Il comprenait le langage silencieux, Ayla le savait, même s'il prétendait l'ignorer. De toute évidence, il avait saisi la question de Rydag. Elle se tourna vers lui pour lui faire face.

— Je vais prendre soin de lui, Frebec, déclara-t-elle, le regard flamboyant. J'ai tué sa mère, précisa-t-elle, avec un geste vers la louve noire, et je vais m'occuper de ce petit.

— Ce n'est pas un petit, c'est un loup ! Un animal capable de blesser des êtres humains, répliqua-t-il.

Ayla prenait rarement une position aussi tranchée, que ce fût contre lui ou contre n'importe qui d'autre. Elle lui cédait souvent, il l'avait découvert, sur des points sans grande importance, pour éviter un conflit s'il se montrait assez désagréable. Il ne s'attendait pas à un affrontement direct et il en était mécontent, d'autant qu'il redoutait de n'en pas sortir victorieux.

Manuv regarda le louveteau, reporta son regard sur Frebec. Son visage se fendit d'un large sourire.

— As-tu peur que cet animal ne te fasse du mal, Frebec ?

Sous les rires bruyants, Frebec s'empourpra de fureur.

— Je ne voulais pas dire ça. Je veux dire que les loups sont dangereux pour les gens. D'abord, des chevaux, et maintenant des loups. Qu'est-ce qui viendra ensuite ? Je ne suis pas un animal et je ne veux pas vivre avec des animaux.

Il s'en fut à grandes enjambées, peu soucieux de savoir au cas où il les obligerait à prendre parti, si les autres occupants du Camp du Lion lui préféreraient Ayla et ses animaux.

— Il te reste encore de ce rôti de bison, Nezzie ?

— Tu dois mourir de faim. Je vais te servir quelque chose.

— Ce n'est pas pour moi. C'est pour le petit loup

Nezzie apporta à Ayla une tranche de viande, tout en se demandant comment un louveteau si jeune allait pouvoir la manger. Mais Ayla se rappelait une leçon apprise bien longtemps auparavant : les tout-petits peuvent se nourrir comme leur mère, à condition que la nourriture soit plus tendre, plus facile à mâcher et à avaler. Naguère, elle avait ramené dans sa vallée un petit lion des cavernes blessé et elle l'avait nourri de viande et de bouillon, au lieu de lait. Les loups mangeaient de la viande eux aussi. Du temps où elle les observait, afin de tout apprendre d'eux, elle avait vu, elle s'en souvenait, des loups plus âgés mastiquer de la viande et l'avaler, pour la rapporter à la tanière et la déglutir au profit des louveteaux. Elle-même n'avait pas besoin de la mastiquer, elle avait des mains, un couteau affilé, elle pouvait la hacher.

Après avoir fait de la tranche de bison une sorte de pulpe, Ayla la mit dans une coupe, y ajouta de l'eau tiède pour amener la température à celle du lait maternel. Le louveteau avait reniflé tout autour de la fosse à dessiner mais, apparemment, il avait peur de s'aventurer hors de ses limites. Ayla s'assit sur la natte, tendit la main, appela doucement le petit animal. Elle l'avait arraché à un endroit solitaire et froid, elle lui avait apporté la chaleur, le réconfort, et son odeur était pour lui étroitement associée à l'idée de sécurité. D'un pas chancelant, la petite boule de fourrure s'approcha de la main tendue.

Elle souleva d'abord le louveteau pour l'examiner de plus près. Le petit loup était un mâle, encore très jeune : sans doute ne s'était-il pas écoulé plus d'un cycle lunaire depuis sa naissance. Elle se demandait s'il avait des frères et sœurs, et, si tel était le cas, quand ils étaient morts. Apparemment il était en bonne santé et ne paraissait pas mal nourri. La louve noire pourtant, était décharnée. En songeant aux terribles difficultés contre lesquelles la louve avait dû lutter pour maintenir en vie cet unique louveteau, elle se rappelait ses épreuves personnelles. Sa résolution en fut encore renforcée. Si elle le pouvait, elle garderait en vie le fils de la mère louve, en dépit de tous les obstacles, et ni Frebec ni personne d'autre ne l'en empêcherait.

Ayla prit le louveteau sur ses genoux, trempa un doigt dans la viande finement hachée, le ramena sous le nez du petit loup. Il avait faim. Il flaira la viande, y donna un petit coup de langue, avant de nettoyer consciencieusement le doigt d'Ayla. Elle refit la même opération, et, cette fois encore, il fit avidement disparaître la viande. Elle continua de le nourrir ainsi. Elle sentait le petit ventre s'arrondir à mesure. Quand elle pensa qu'il avait assez mangé, elle lui offrit un peu d'eau, mais il l'effleura seulement du bout de la langue. Elle se leva alors, l'emporta vers le Foyer du Mammouth.

— Tu trouveras quelques vieilles corbeilles, je crois, sur cette banquette, là-bas, dit Mamut, qui l'avait suivie.

Elle lui sourit. Il savait très précisément ce qu'elle avait en tête. Elle fouilla un peu, découvrit un grand panier à cuisine qui tombait en morceaux à une extrémité. Elle le plaça sur la plate-forme, à la tête de son lit. Mais, quand elle y plaça le louveteau, il gémit pour en sortir. Elle le prit, regarda autour d'elle, sans bien voir ce qui l'apaiserait. Elle fut tentée de le prendre avec elle dans son lit mais elle était déjà passée par là avec les poulains et les lionceaux. Il était trop malaisé par la suite de les amener à modifier leurs habitudes. D'ailleurs Jondalar, n'aurait peut-être pas envie de partager sa couche avec un loup.

— Il n'est pas heureux dans son panier. Sans doute lui faudrait-il sa mère ou d'autres louveteaux pour lui tenir compagnie, dit-elle à Mamut.

— Donne-lui quelque chose qui t'appartienne, Ayla, conseilla le vieil homme. Quelque chose de doux, de confortable, de familier. Sa mère, maintenant, c'est toi.

Elle hocha la tête, passa en revue ses quelques

vêtements. Elle ne possédait pas grand-chose. La magnifique tenue que lui avait offerte Deegie, celle qu'elle s'était confectionnée dans sa vallée avant de venir chez les Mamutoï, quelques vêtements déjà usagés que lui avaient donnés d'autres personnes pour lui permettre de se changer. Du temps, où elle vivait avec le Clan, et même dans sa vallée, elle avait de nombreuses peaux pour s'en envelopper...

Elle remarqua tout à coup, dans un coin, la hotte qu'elle avait apportée de la vallée. Elle y fouilla, en tira d'abord le manteau de Durc, mais après l'avoir tenu un moment entre ses mains, elle le replia, le remit à sa place. Elle ne pouvait s'en séparer. Elle trouva alors la grande peau de cuir souple qu'elle avait portée au Clan. Elle en enveloppa le petit loup, le reposa ainsi dans le panier. Il renifla un peu partout, se blottit au milieu et s'endormit rapidement.

Ayla prit soudain conscience qu'elle était épuisée. Elle avait faim, aussi, et ses vêtements étaient encore humides de neige. Elle ôta ses bottes mouillées, puis leur doublure de feutre fait de laine de mammouth, passa une tenue sèche, enfila les chaussons d'intérieur que Talut lui avait appris à faire. Intriguée par ceux qu'il portait, lors de la cérémonie d'adoption, elle l'avait persuadé de lui en expliquer la confection.

Le procédé était basé sur une caractéristique naturelle de l'élan ou du cerf : la patte de derrière forme un angle assez aigu, à la jointure avec le jarret, pour épouser la forme naturelle d'un pied humain. On tranchait la peau au-dessus et au-dessous de l'articulation et on l'enlevait d'une seule pièce. Quand on l'avait traitée, on cousait à l'aide d'un filament de nerf l'extrémité de la partie inférieure. La partie supérieure, qui enveloppait le bas de la jambe, était fixée par des cordons ou des lanières. Le résultat donnait un chausson souple, chaud et confortable.

Après s'être changée, Ayla passa dans l'abri des chevaux pour les voir et les rassurer, mais elle remarqua une hésitation, une certaine résistance de la part de la jument, lorqu'elle voulut la caresser.

— Tu sens le loup, hein, Whinney. Il faudra t'y

habituer. Tous les deux ; le loup va vivre avec nous pendant un certain temps.

Elle tendit les deux mains, laissa les deux bêtes les flairer. Rapide recula, s'ébroua, secoua la tête, revint flairer. Whinney posa le museau entre les mains de la jeune femme, mais elle couchait les oreilles, s'agitait d'un air hésitant.

— Tu t'es bien habituée à Bébé, Whinney. Tu t'habitueras aussi à... loup. Je l'apporterai ici demain quand il se réveillera. Tu verras comme il est petit et tu comprendras qu'il ne peut pas te faire de mal.

En rentrant au Foyer du Mammouth, Ayla trouva Jondalar debout près de leur lit. Il regardait le louveteau, et son expression était indéchiffrable. Néanmoins, elle crut lire dans ses yeux de la curiosité et quelque chose qui ressemblait à de la tendresse. Il releva la tête, vit la jeune femme. Son front se plissa en une grimace qui lui était devenue familière.

— Ayla, pourquoi es-tu restée si longtemps dehors ? demanda-t-il. Tout le monde était sur le point de partir à votre recherche, à toi et à Deegie.

— Nous n'avions pas eu l'intention de nous attarder, mais quand j'ai vu que la louve noire que j'avais tuée allaitait des petits, je me suis sentie obligée de voir si je pouvais les trouver.

— Quelle différence cela faisait-il ? Il y a sans cesse des loups qui meurent, Ayla !

Au début, il avait parlé d'un ton raisonnable, mais la peur qu'il avait éprouvée mettait maintenant dans sa voix une nuance tranchante.

— C'était stupide de suivre ainsi les traces d'un loup. Si tu étais tombée sur une troupe, ils auraient pu te tuer.

L'inquiétude avait torturé Jondalar, mais, avec le soulagement, venait l'incertitude, mêlée d'une dose de colère frustrée.

Ayla explosa.

— Pour moi, cela faisait une différence, Jondalar. Et je ne suis pas stupide. J'ai chassé des mangeurs de viande avant tout autre animal. Je connais les loups. Si la louve avait fait partie d'une troupe, je n'aurais pas remonté la piste jusqu'à sa tanière. La troupe aurait pris soin de ses petits.

— Elle était solitaire, soit. Mais pourquoi as-tu passé la journée à la recherche d'un louveteau ?

Jondalar parlait d'une voix de plus en plus forte. Il libérait son anxiété, sa propre tension, tout en cherchant à convaincre Ayla de ne plus courir de tels risques.

— Ce louveteau était tout ce que la mère louve avait jamais possédé. Je ne pouvais pas le laisser mourir de faim après avoir tué sa mère. Si quelqu'un n'avait pas pris soin de moi quand j'étais petite, je serais morte. Je dois, moi aussi, secourir les plus démunis, même un petit loup.

La jeune femme, elle aussi avait élevé la voix.

— Ce n'est pas la même chose. Un loup est un animal. Tu devrais avoir assez de bon sens, Ayla, pour ne pas mettre ta vie en danger afin de sauver un louveteau, cria Jondalar.

Apparemment il était incapable de lui faire entendre raison.

— Il ne fait pas un temps à rester dehors toute une journée.

La colère flamba dans les yeux de la jeune femme.

— J'ai du bon sens, Jondalar. C'était moi qui étais dehors. Crois-tu que je ne sais pas le temps qu'il faisait. Crois-tu que je ne sais pas quand je suis en danger ? Je me tirais d'affaire seule, avant ton arrivée, et j'ai affronté des dangers bien pires. J'ai même pris soin de toi. Je n'ai pas besoin de toi pour me dire que je suis stupide et que je manque de bon sens.

Les gens rassemblés au Foyer du Mammouth réagissaient à la querelle, souriant nerveusement, cherchant à la minimiser. Jondalar jeta un coup d'œil autour de lui, vit ces sourires, remarqua que certains groupes échangeaient des commentaires. Mais celui qui se distinguait de tous les autres était l'homme à la peau sombre, aux yeux étincelants. Y avait-il une touche de condescendance dans son large sourire ?

— Tu as raison, Ayla. Tu n'as pas besoin de moi, j'imagine. Pour quoi que ce soit, lança Jondalar.

Il vit approcher Talut, demanda :

— Verrais-tu un inconvénient à ce que je m'installe dans le foyer de la cuisine, Talut ? Je m'efforcerai de ne gêner personne.

— Non bien sûr, je n'y vois pas d'inconvénient, mais...

— Très bien, merci.

Jondalar prit ses fourrures de couchage, débarrassa de ses affaires la plate-forme qu'il partageait avec Ayla.

La jeune femme était accablée, affolée à l'idée qu'il pouvait vraiment avoir envie de dormir loin d'elle. Elle était presque sur le point de le supplier de ne pas la quitter, mais l'orgueil la retint.

Il avait partagé son lit, mais, depuis longtemps déjà, ils n'avaient pas partagé les Plaisirs : il ne l'aimait plus, elle en était convaincue. Dans ce cas, elle n'allait pas tenter de le retenir, même si, à la pensée de cette séparation, la peur et la souffrance lui nouaient l'estomac.

Il entassait ses affaires dans une hotte.

— Tu ferais bien de prendre aussi ta part de nourriture, dit-elle.

Dans un effort pour rendre la séparation moins définitive elle ajouta :

— Mais je ne vois pas qui te fera la cuisine, là-bas. Ce n'est même pas un véritable foyer.

— Qui donc, à ton avis, me faisait la cuisine, quand j'accomplissais mon grand Voyage ? Une donii ? Je n'ai pas besoin de femme pour prendre soin de moi ; Je préparerai mes repas moi-même !

Les bras chargés de fourrures, il traversa à grands pas le Foyer du Renard et le Foyer du Lion, jeta ses couvertures sur le sol, près de l'aire où travaillait les façonneurs d'outils. Ayla, encore incapable d'y croire, le suivit des yeux.

L'abri entier bourdonnait de la rumeur de leur séparation. Après avoir appris la nouvelle, Deegie, encore incrédule, se hâta dans le passage central. Pendant qu'Ayla faisait manger le louveteau, sa mère et elle s'étaient retirées au Foyer de l'Aurochs et s'y étaient entretenues quelque temps. Deegie, qui avait elle aussi changé de tenue, avait l'air plutôt abattue mais, en même temps, décidée. Certes, elles n'auraient pas dû rester aussi longtemps dehors, tant pour leur sécurité qu'en raison de l'inquiétude causée aux autres. Mais, non, étant donné les circonstances, Deegie n'aurait pu agir différemment. Tulie aurait aimé s'entretenir avec Ayla aussi, mais ce ne serait pas indiqué, elle le sentit, surtout après avoir entendu l'histoire contée par Deegie. Ayla avait demandé à son amie de rentrer, avant de commencer cet invraisemblable recherche des traces de la louve. Et elles étaient adultes, parfaitement capables de se tirer d'affaire seules. Pourtant, de toute sa vie, Tulie n'avait jamais été aussi inquiète pour sa fille.

Nezzie poussa Tronie du coude. Elles préparèrent des assiettes d'aliments réchauffés et les apportèrent au Foyer du Mammouth, pour Ayla et Deegie. Peut-être tout s'arrangerait-il quand elles auraient mangé et qu'elles auraient eu l'occasion de raconter leur histoire.

Tout le monde attendait pour poser des questions sur le louveteau, que les deux jeunes femmes et le petit loup se soient nourris et réchauffées. Ayla d'abord affamée, avait maintenant du mal à avaler quelques bouchées. Son regard se tournait sans cesse vers la direction qu'avait prise Jondalar. Les autres, apparemment, semblaient converger vers le Foyer du Mammouth, dans leur hâte d'entendre le récit d'une aventure exceptionnelle et passionnante que l'on pourrait se répéter indéfiniment. Que la jeune femme fût ou non d'humeur à conter l'histoire, tous voulaient savoir comment elle était revenue parmi eux avec un petit loup.

Deegie commença par la capture des renards blancs dans ses pièges. C'était la louve noire, elle en était maintenant certaine, qui affaiblie, affamée, avait été conduite à s'emparer des renards pour se nourrir. La bête, suggéra Ayla, avait peut-être suivi Deegie à la trace, lorsqu'elle avait posé ses pièges. Deegie relata ensuite comment Ayla, désireuse de se procurer de la fourrure blanche pour orner le vêtement qu'elle confectionnait pour quelqu'un, mais autre que du renard, avait retrouvé la piste des hermines.

Jondalar, arrivé après le début de l'histoire, s'était

assis au pied du mur le plus éloigné et s'efforçait de passer inaperçu. Il regrettait déjà d'être parti précipitamment et s'en voulait de sa hâte mais, en entendant la remarque de Deegie, il sentit le sang se retirer de son visage. Si Ayla confectionnait pour quelqu'un un vêtement orné de fourrure blanche et qu'elle ne voulût pas de renard, ce devait être parce qu'elle avait déjà offert à ce « quelqu'un » des fourrures de renards arctiques. Et il savait à qui elle les avait offertes, lors de la cérémonie de son adoption. Il ferma les yeux, serra les poings. Il ne voulait même pas y penser mais il était incapable d'éloigner cette idée de son esprit. Ayla devait préparer quelque chose pour l'homme à la peau noire, qui avait si grande allure, vêtu de fourrures blanches. Pour Ranec.

Ranec lui-même se demandait de qui il s'agissait. Sans doute était-ce de Jondalar, mais il espérait qu'il s'agissait de quelqu'un d'autre, peut-être même de lui. Une inspiration lui vint. Qu'elle confectionnât quelque chose pour lui ou non, il pouvait de toute façon faire quelque chose pour elle. Il revoyait sa joie, son plaisir quand il lui avait offert le petit cheval sculpté. Une chaleur l'envahissait à l'idée de créer pour elle autre chose. Quelque chose qui la ravirait de nouveau, qui l'enthousiasmerait, surtout maintenant que le grand homme blond l'avait quittée. La présence de Jondalar lui avait toujours imposé une certaine réserve. Mais s'il renonçait de son propre chef à sa position dominante, s'il abandonnait le lit et le foyer d'Ayla, lui, Ranec, se sentait libre de lui faire une cour plus pressante.

Le petit loup gémit dans son sommeil. Ayla, assise au bord de sa plate-forme de couchage, se pencha sur lui, le caressa pour l'apaiser. Les seuls moments de sa jeune vie où il avait trouvé un tel sentiment de chaleur et de sécurité, c'était quand il était blotti auprès de sa mère, et elle l'avait bien souvent laissé seul dans la froide obscurité de la tanière. Mais la main d'Ayla l'avait arraché à ce lieu de morne et effrayante solitude, elle lui avait apporté chaleur, nourriture et sécurité. Sous le contact rassurant, il se calma sans même s'être réveillé.

Ayla laissait Deegie poursuivre le récit, se contentait d'y ajouter quelques commentaires, quelques explications. Elle n'avait pas grande envie de parler, et il était intéressant de constater que l'histoire contée par son amie n'était pas tout à fait semblable à celle qu'elle aurait relatée. Elle n'était pas moins véridique mais elle était vue sous un angle différent, et Ayla s'étonnait un peu de certaines impressions de sa compagne. Elle-même n'avait pas vu la situation sous un jour aussi dangereux. Deegie avait eu peur de la louve, beaucoup plus qu'elle. Elle ne paraissait pas comprendre réellement ces animaux.

Les loups comptaient parmi les plus inoffensifs des voleurs de viande. On prévoyait très facilement leurs réactions, si l'on prêtait attention à leurs signaux. Les gloutons étaient beaucoup plus sanguinaires, les ours moins prévisibles. Les loups s'attaquaient rarement aux êtres humains.

Mais Deegie ne les voyait pas ainsi. La louve, à l'entendre, s'était ruée avec violence sur Ayla et elle avait eu peur. Certes, l'attaque n'était pas sans danger, mais, même si Ayla ne l'avait pas repoussée, elle était simplement défensive. La jeune femme aurait pu être blessée, mais tuée, sans doute pas. Et la louve avait battu en retraite dès qu'elle avait pu se saisir de l'hermine morte. Quand Deegie en vint à décrire comment Ayla s'était faufilée, la tête la première, dans la tanière de la louve, le Camp la considéra avec un respect révérencieux. Elle était certainement très courageuse ou très téméraire. A ses propres yeux, la jeune femme n'était ni l'une ni l'autre. Elle savait qu'il ne pouvait y avoir aucun autre loup adulte dans les parages : il n'y avait pas d'autres traces. La louve noire était une solitaire, probablement bien loin de son territoire d'origine, et la louve noire était morte.

Pour l'un des membres de l'auditoire, le récit par Deegie des exploits d'Ayla éveillait plus que du respect. Jondalar, en esprit, noircissait encore l'histoire, il imaginait Ayla, non seulement en grand danger, mais attaquée par des loups, blessée, saignante, pis encore, peut-être. Il ne supportait pas ces images, et son anxiété première lui revenait avec une force redoublée. D'autres éprouvaient des sentiments tout proches.

— Tu n'aurais jamais dû t'exposer à un tel danger, Ayla, déclara la Femme Qui Ordonne.

— Mère ! protesta Deegie.

Tulie, un peu plus tôt, lui avait dit qu'elle n'exprimerait pas ses inquiétudes.

Ceux qui se passionnaient pour l'aventure s'en prirent à elle, pour avoir interrompu un récit dramatique, conté avec talent. Que l'aventure fût réelle la rendait plus excitante encore. On pourrait, par la suite, la relater bien des fois, elle n'aurait plus jamais l'impact de la nouveauté. On avait gâché l'atmosphère : après tout, Ayla était maintenant de retour, saine et sauve.

La jeune femme regarda Tulie, avant de lancer un coup d'œil vers Jondalar. Elle avait senti sa présence, senti qu'il était furieux, et Tulie apparemment était furieuse, elle aussi.

— Je ne courais pas grand danger, dit Ayla.

— Tu ne crois pas qu'il soit dangereux de pénétrer dans la tanière d'un loup ? demanda Tulie.

— Non. Il n'y avait aucun danger. C'était la tanière d'une louve solitaire, et elle était morte. Je voulais seulement trouver ses petits.

— Peut-être, mais était-il nécessaire de rester dehors aussi tard, à traquer la louve ? Il faisait presque nuit quand vous êtes rentrées, dit Celle Qui Ordonne.

Jondalar lui avait fait le même reproche.

— Mais je savais que la louve avait eu des petits. Elle allaitait. Sans mère, ils allaient mourir, expliqua Ayla.

Elle l'avait déjà dit et pensait avoir été comprise.

— Ainsi, tu mets ta propre vie en danger...

Et celle de Deegie, pensait Tulie, mais elle ne formula pas toute sa pensée.

— ... pour sauver celle d'un loup ? Après l'attaque de la louve noire, il était téméraire de continuer à la poursuivre, simplement pour lui reprendre l'hermine qu'elle t'avait volée. Tu aurais dû la laisser partir.

— Je ne suis pas de ton avis, Tulie, intervint Talut.

Toutes les têtes se tournèrent vers le chef.

— Il y avait une louve affamée dans le voisinage, une louve qui avait déjà suivi Deegie à la trace, quand elle avait posé ses pièges. Qui peut dire si elle ne l'aurait pas suivie jusqu'ici ? Le temps se réchauffe, les enfants jouent dehors plus souvent. Si cette louve s'était trouvée sans autre ressource, elle aurait pu s'attaquer à l'un des enfants, sans que nous nous y soyons attendus. Nous savons maintenant que la louve est morte. C'est mieux ainsi.

Les gens hochaient la tête d'un air approbateur, mais Tulie n'allait pas se laisser dissuader aussi aisément.

— Peut-être vaut-il mieux que la louve ait été tuée, mais tu ne peux pas dire qu'il était nécessaire de passer tout ce temps à chercher ses petits. Et maintenant qu'elle a trouvé le louveteau, qu'allons-nous en faire ?

— A mon avis, Ayla a bien fait de suivre la louve et de la tuer, mais il est dommage qu'une mère qui allaitait ait dû être mise à mort. Toutes les mères méritent le droit d'élever leurs petits, même les mères louves. Mais il y a plus : les efforts d'Ayla et de Deegie pour découvrir la tanière de la louve n'ont pas été entièrement inutiles, Tulie. Elles ont fait plus que trouver un louveteau. Puisqu'elles n'ont vu qu'une seule série de traces, nous savons maintenant qu'il n'y a pas d'autres loups affamés dans le voisinage. Et si, au nom de la Mère, Ayla a pris en pitié le petit de la mère louve, je ne vois aucun mal à ça. Il est si jeune.

— Il est tout jeune maintenant mais il ne le restera pas. Que ferons-nous d'un loup adulte ? Comment sais-tu qu'alors il ne s'attaquera pas aux enfants ? demanda Frebec. Il y aura bientôt un petit enfant à notre foyer.

— Etant donné sa bonne entente avec les animaux, Ayla, je pense, saurait empêcher ce loup de s'en prendre à quelqu'un. Mais, mieux encore, je déclare ici, comme chef du Camp du Lion, que s'il y a le moindre soupçon que ce loup puisse attaquer quelqu'un...

Talut fixa sur Ayla un regard pénétrant.

— ... je le tuerai moi-même. Es-tu d'accord avec cette déclaration, Ayla ?

Tous les yeux se tournèrent vers elle. Elle rougit,

bredouilla un instant mais parla ensuite du fond du cœur.

— Je ne peux pas affirmer que le louveteau, quand il sera adulte, ne s'attaquera à personne. Je ne peux même pas assurer qu'il restera parmi nous. J'ai élevé une jument que j'avais recueillie toute jeune. Elle m'a quittée pour rejoindre un étalon et elle a vécu pendant un certain temps avec un troupeau mais elle est revenue. J'ai élevé aussi un lion des cavernes jusqu'à l'âge adulte. Quand Bébé était petit, Whinney était pour lui comme une seconde mère, et ils sont devenus des amis. Les lions des cavernes chassent les chevaux, et il aurait été aussi très capable de s'attaquer à moi mais il ne nous a menacés ni l'un ni l'autre. Il a toujours été mon enfant adoptif.

« Quand Bébé est parti pour trouver une femelle, il n'est plus revenu, définitivement, mais il nous rendait parfois visite, et il nous arrivait de le rencontrer sur les steppes. Jamais il ne nous a menacés, ni Whinney ni Rapide, ni moi, même après avoir trouvé une femelle et avoir fondé une famille. Bébé s'est attaqué à deux hommes qui avaient pénétré dans son antre et il en a tué un. Mais, quand je lui ai commandé de partir et de laisser Jondalar et son frère, il est parti. Un lion des cavernes et un loup sont tous deux des mangeurs de viande. J'ai vécu avec un lion des cavernes et j'ai observé les loups. A mon avis, un loup qui a grandi parmi les gens d'un Camp ne leur fera jamais de mal. Pourtant, je veux le déclarer ici : s'il y a jamais le moindre signe de danger pour un enfant ou pour n'importe qui d'autre...

Elle avala convulsivement sa salive.

— ... moi, Ayla des Mamutoï, je le tuerai de mes propres mains.

Le lendemain matin, Ayla décida de présenter le louveteau à Whinney et à Rapide, afin que les chevaux s'accoutument à son odeur. Après avoir nourri le petit loup, elle le prit dans ses bras, l'emporta dans le foyer des chevaux pour lui faire rencontrer les deux autres bêtes. Elle l'ignorait, mais plusieurs personnes l'avaient vue sortir.

Avant d'approcher les chevaux avec le louveteau elle ramassa un crottin séché, l'écrasa et frictionna le petit animal avec cette poussière fibreuse. Whinney, elle s'en souvenait, avait plus facilement accepté Bébé, à partir du moment où celui-ci s'était roulé dans son crottin.

Quand elle tendit la petite boule de poils à la jument, celle-ci commença par se dérober, mais une curiosité naturelle l'emporta. Elle s'avança prudemment, flaira l'odeur familière de cheval mêlée à celle, plus inquiétante, du loup. Rapide se montra tout aussi curieux mais moins prudent. Il se méfiait d'instinct des loups, mais il n'avait jamais vécu en troupeau, n'avait jamais fait l'objet d'une poursuite de la part d'une bande de chasseurs compétents. Il s'approcha de cette chose velue, chaude, vivante, intéressante, même si elle était vaguement menaçante, qu'Ayla tenait entre ses mains, et tendit le cou pour l'examiner de plus près.

Quand les deux chevaux eurent suffisamment reniflé pour se familiariser avec le louveteau, Ayla le posa par terre, devant les deux gros herbivores. Elle perçut un cri étouffé, se retourna vers l'entrée du Foyer du Mammouth. Latie avait soulevé le rabat. Talut, Jondalar et quelques autres se pressaient derrière elle. Ils ne voulaient pas la gêner mais ils étaient curieux, eux aussi, et ils n'avaient pu résister au désir d'assister à la première rencontre entre le louveteau et les deux chevaux. Il avait beau être tout petit, l'animal était un prédateur, et les chevaux la proie naturelle du loup. Néanmoins, les sabots et les dents constituaient des armes redoutables. On avait vu des chevaux blesser ou tuer des loups adultes pour se défendre. Ceux-là pourraient aisément se débarrasser d'un ennemi aussi petit.

Les chevaux savaient qu'ils ne couraient aucun danger avec un chasseur aussi jeune. Ils ne tardèrent pas à dominer leur méfiance. Plus d'un spectateur sourit en voyant le petit loup, tout chancelant sur ses pattes, lever les yeux sur les jambes massives de ces géants. Whinney, baissa la tête, flaira l'animal, marqua un recul avant de pousser de nouveau son long nez vers le loup. Rapide, approcha par l'autre côté cette petite bête intéressante. Le louveteau se fit plus petit encore, se blottit contre le sol en voyant de si près ces deux têtes énormes. Mais, du point de vue du petit loup, le monde était peuplé de créatures gigantesques. Les humains, même la femme qui le nourrissait, le réconfortait, étaient des géants, eux aussi.

Il ne discernait aucune menace dans le souffle chaud qui sortait des naseaux distendus. A l'odorat sensible du petit loup, l'odeur des chevaux était familière. Elle imprégnait les vêtements, les affaires d'Ayla et jusqu'à la jeune femme elle-même. Le louveteau décida que ces géants à quatre pattes faisaient partie de sa bande et, avec le désir de plaire, tout naturel chez une jeune créature, se tendit pour toucher, avec son minuscule nez noir, les doux naseaux de la jument.

Ayla entendit le murmure distinct de Latie.

— Ils se touchent le nez !

Quand le loup entreprit de lécher le museau de la jument, ce qui constituait la manière dont les louvetaux prenaient contact avec les membres de leur bande, Whinney releva vivement la tête. Mais elle était trop intriguée pour refuser longtemps les avances du minuscule et surprenant animal : elle ne tarda pas à accepter ses coups de langue caressants.

Après cette prise de contact, Ayla ramena le petit loup dans l'habitation. Le début était prometteur, mais elle ne voulait pas forcer la note. Par la suite, elle emmènerait le louveteau pour une promenade à cheval.

Lors de la mise en présence des animaux, elle avait vu sur le visage de Jondalar une expression de tendresse amusée, expression qui lui avait été naguère très familière et qui fit monter en elle un inexplicable sentiment de bonheur. Peut-être, maintenant qu'il avait eu le temps de réfléchir, Jondalar allait-il être disposé à revenir au Foyer du Mammouth. Mais, lorsqu'en passant devant lui, elle lui adressa son beau sourire épanoui, il détourna la tête, baissa les yeux, avant de suivre Talut. La joie d'Ayla s'évapora, laissant à sa place une douloureuse pesanteur. Convaincue qu'il n'avait plus aucun attachement pour elle, elle baissa la tête.

Rien, pourtant, n'était plus loin de la vérité. Jondalar regrettait d'avoir agi si précipitamment, il s'en voulait de s'être comporté avec une telle absence de maturité. Après son brusque départ, il en était certain, elle ne devait plus être disposée à l'accueillir. Son sourire ne lui était sans doute pas vraiment destiné, pensait-il. Elle marquait simplement sa joie, après la rencontre réussie entre les animaux. Mais il en avait éprouvé une telle agonie d'amour et de désir qu'il se sentait incapable de demeurer plus longtemps dans son voisinage.

Ranec vit le regard d'Ayla suivre l'homme de belle stature. Il se demandait combien de temps allait durer leur séparation et quelles en seraient les conséquences. Tout en ayant presque peur d'espérer, il ne pouvait s'empêcher de penser que l'absence de Jondalar pourrait multiplier ses chances auprès d'Ayla. Il avait la vague idée qu'il était pour quelque chose dans cette séparation mais il sentait que le problème qui existait entre eux avait des racines plus profondes. Ranec n'avait pas caché l'interêt qu'il portait à Ayla, et ni l'un ni l'autre n'avaient paru le trouver totalement déplacé. Jondalar n'était pas venu l'affronter en déclarant clairement son intention de contracter avec la jeune femme une Union exclusive. Quant à Ayla, sans l'avoir exactement encouragé, elle n'avait pas non plus repoussé ses avances.

Il ne se trompait pas. Ayla appréciait la compagnie de Ranec. Elle n'était pas bien sûre de ce qui motivait l'attitude de Jondalar, mais elle était à peu près convaincue qu'elle en était responsable, qu'elle avait fait quelque chose de mal. La présence attentive de Ranec l'amenait à penser que sa conduite pouvait être entièrement répréhensible.

Latie, les yeux brillants d'intérêt fixés sur le petit loup, se tenait à côté d'Ayla. Ranec les rejoignit.

— Voilà un spectacle que je n'oublierai jamais, Ayla, dit-il. Cette petite chose frottant son nez contre celui de cet énorme cheval. Voilà un brave petit loup.

Elle leva les yeux vers lui, lui sourit, aussi heureuse de ces compliments que si l'animal avait été son propre enfant.

— Loup avait peur, au début. Ils sont tellement plus

grands que lui. Je suis contente qu'ils se soient si vite acceptés.

— Est-ce le nom que tu vas lui donner ? Loup ? demanda Latie.

— Je n'y ai pas encore bien réfléchi, mais le nom me paraît approprié.

— Je n'en vois pas qui le soit davantage, acquiesça Ranec.

— Qu'en dis-tu, Loup ?

Elle soulevait le louveteau, les yeux levés vers lui. Le petit se trémoussa avec ardeur pour l'atteindre et lui lécha la figure. Les trois humains sourirent.

— Ça lui plaît, je crois déclara Latie.

— Tu connais vraiment bien les animaux, Ayla, remarqua Ranec. Mais je voudrais te poser une question. Comment savais-tu que les chevaux ne lui feraient pas de mal ? Les troupes de loup chassent les chevaux, et j'ai vu des chevaux tuer des loups. Ce sont des ennemis mortels.

Ayla prit le temps de réfléchir.

— Je ne sais pas trop. J'en étais sûre, c'est tout. Peut-être à cause de Bébé. Les lions des cavernes tuent les chevaux, eux aussi, mais tu aurais dû voir Whinney avec Bébé, quand il était petit. Elle était si protectrice, comme une mère, ou une tante pour le moins. Whinney savait qu'un petit loup ne pouvait lui faire du mal, et Rapide a paru le comprendre, lui aussi. Si on les prend tout petits, je crois, la plupart des animaux peuvent être amis entre eux, et les amis des êtres humains en même temps.

— Est-ce pour cela que Whinney et Rapide sont tes amis ? demanda Latie.

— Oui, je pense. Nous avons eu le temps de nous habituer à vivre ensemble. C'est ce qu'il faut à Loup.

— Crois-tu qu'il pourrait s'habituer à moi ? questionna la jeune fille avec ardeur.

Ayla reconnut ce sentiment, sourit.

Elle tendit le louveteau à Latie.

— Tiens, prends-le.

La jeune fille entoura de ses bras l'animal frétillant et chaud, pencha la tête pour caresser de sa joue le doux pelage floconneux. Loup lui donna un coup de langue sur le visage : elle aussi faisait partie de sa bande.

— Il m'aime bien, je crois, dit Latie. Il m'a embrassée !

Ayla eut un nouveau sourire. Ces démonstrations d'amitié, elle le savait, étaient naturelles chez les tout jeunes louveteaux. Les humains, tout comme les loups adultes, semblaient les trouver irrésistibles. En grandissant seulement, les loups devenaient craintifs, se tenaient sur la défensive et se méfiaient des inconnus.

Latie tenait toujours le louveteau qu'Ayla observait maintenant avec curiosité. Le pelage de Loup était encore du gris foncé uniforme des très jeunes bêtes. Par la suite, son poil alternerait en bandes claires et plus sombres qui caractérisaient le loup adulte. Encore n'était-ce pas sûr. Sa mère était entièrement noire. Ayla se demandait de quelle couleur serait plus tard le louveteau.

La voix aiguë de Crozie leur fit tourner la tête.

— Tes promesses ne valent rien ! Tu avais promis de me respecter ! Tu avais promis qu'en toutes circonstances, je serais la bienvenue chez toi !

— Je sais ce que j'ai promis. Inutile de me le rappeler, cria Frebec.

La querelle ne surprenait personne. Le long hiver avait donné tout le temps de fabriquer et de réparer, de sculpter et de tisser, de conter des histoires, de chanter des chansons, de jouer à tous les jeux, de s'exercer sur les instruments de musique, de se livrer à tous les passe-temps, à toutes les distractions jamais inventées. Mais, à mesure que l'interminable saison tirait à sa fin, venait aussi le temps où la promiscuité poussait les crises de colère à exploser. Le conflit latent entre Frebec et Crozie était porteur d'une telle tension que la plupart de leurs compagnons sentaient l'éruption imminente.

— Maintenant, tu dis que tu veux me voir partir. Je suis une mère, je n'ai pas d'autre foyer, et tu veux que je parte. Est-ce ainsi que tu tiens tes promesses ?

La bataille verbale parcourut tout le passage central,

arriva en pleine violence au Foyer du Mammouth. Le louveteau, épouvanté par le bruit et l'agitation se glissa hors des bras de Latie et disparut avant qu'elle pût voir où il était allé.

— Je tiens mes promesses, riposta Frebec. Tu ne m'as pas bien compris. Ce que je voulais dire, c'était...

Oui, il lui avait fait des promesses mais il ignorait alors ce que serait l'existence avec cette vieille mégère. Si seulement il pouvait vivre seul avec Fralie, sans avoir à supporter sa mère, se disait-il. Il regardait autour de lui, cherchait un moyen pour sortir de l'impasse où Crozie l'avait acculé.

— Ce que je voulais dire...

Il vit Ayla, lui fit face.

— Nous avons besoin de plus de place. Le Foyer de la Grue n'est pas assez grand pour nous. Qu'allons-nous faire quand l'enfant sera là ? Il semble y avoir beaucoup d'espace dans ce foyer, même pour les animaux !

— Les animaux n'y sont pour rien. Le Foyer du Mammouth était tout aussi grand avant l'arrivée d'Ayla, intervint Ranec, pour prendre la défense de la jeune femme. Tous les membres du Camp se réunissent ici. Il faut bien que ce foyer soit le plus grand. Même ainsi, on n'a pas toujours assez de place. Tu ne veux pas en avoir un de cette taille !

— En ai-je demandé un de cette taille ? J'ai seulement dit que le nôtre n'était pas assez grand. Pourquoi le Camp du Lion ferait-il de la place pour les animaux et pas pour les êtres humains ?

D'autres gens arrivaient pour voir ce qui se passait.

— Tu ne peux pas prendre de la place sur le Foyer du Mammouth, déclara Deegie.

Elle s'écarta pour livrer passage au vieux chaman.

— Dis-le lui, Mamut.

— Personne n'a fait de place pour le loup, commença Mamut d'un ton raisonnable. Il dort dans un panier, à la tête du lit d'Ayla. A t'entendre, Ayla occupe ce foyer tout entier. Elle dispose pourtant de très peu d'espace. Les gens s'assemblent ici, qu'il y ait ou non une cérémonie. Les enfants surtout. Il y a toujours quelqu'un, y compris quelquefois Fralie et ses enfants.

— J'ai dit à Fralie que je n'aimais pas la voir passer tant de temps ici, mais elle prétend qu'il lui faut de la place pour étaler son ouvrage. Si nous en avions davantage à notre foyer, elle ne serait pas obligée de venir travailler ici.

Fralie rougit, fit demi-tour pour regagner le Foyer de la Grue. Oui, elle avait bien fait cette réponse à Frebec, mais ce n'était pas entièrement vrai. Elle aimait passer quelques heures au Foyer du Mammouth parce qu'elle y trouvait de la compagnie, et parce que les conseils d'Ayla l'avaient aidée dans sa grossesse difficile. Fralie avait maintenant l'impression qu'elle ne pourrait plus y retourner.

— D'ailleurs, poursuivit Frebec, je ne parlais pas du loup, même si personne ne m'a demandé si je souhaitais partager l'habitation avec cet animal. Sous prétexte qu'une seule personne a envie d'amener des animaux ici, je ne vois pas pourquoi je devrais vivre avec eux. Je ne suis pas un animal, je n'ai pas grandi parmi eux, mais ici, les animaux sont plus considérés que les humains. Tout le Camp est prêt à bâtir un endroit réservé aux chevaux, alors que nous sommes les uns sur les autres dans le plus petit foyer.

Le tumulte éclata. Tout le monde criait à la fois, dans un effort pour se faire entendre.

— Comment ça, « le plus petit foyer » ? explosa Tornec. Nous n'avons pas plus de place que vous, peut-être moins, et nous sommes aussi nombreux !

— C'est vrai, appuya Tronie.

Manuv hochait vigoureusement la tête.

— Personne n'a beaucoup de place, déclara Ranec.

— Il a raison ! approuva de nouveau Tronie, avec une véhémence accrue. Même le Foyer du Lion, je crois, est plus petit que le tien, Frebec, et ils sont plus nombreux, avec des enfants plus grands. Ils sont vraiment à l'étroit. Peut-être devrait-on prendre pour eux un peu d'espace sur le foyer où l'on fait la cuisine. Si un foyer le mérite, c'est bien le leur.

— Mais le Foyer du Lion ne réclame pas plus de place, essaya de dire Nezzie.

Le regard d'Ayla allait de l'un à l'autre. Elle ne comprenait pas comment le Camp tout entier se trouvait brusquement entraîné dans un tel concert de vociférations mais elle avait l'impression que, d'une manière ou d'une autre, la faute lui incombait.

Au-dessus du vacarme s'éleva soudain un rugissement sonore qui domina le tapage et fit taire tout le monde. Debout au centre du foyer, Talut se dressait avec toute l'assurance que donne l'autorité. Jambes écartées, il tenait dans sa main droite le long bâton d'ivoire orné de signes mystérieux. Tulie vint se placer près de lui, pour apporter le poids de sa présence. Ayla se sentit intimidée par leur double prestance.

— J'ai apporté le Bâton Qui Parle, annonça Talut.

Pour donner plus de poids à ses paroles, il leva très haut le bâton.

— Nous allons discuter paisiblement de ce problème et lui apporter une juste solution.

— Au nom de la Mère, ajouta Tulie, que personne ne déshonore le Bâton Qui Parle. Qui parlera le premier ?

— A mon avis, dit Ranec, Frebec devrait parler le premier. Le problème le concerne.

Insensiblement, Ayla, pour tenter d'échapper à la bruyante assemblée, s'était rapprochée de l'extérieur du cercle. Elle remarqua que Frebec semblait inquiet, mal à l'aise, face à cette attention hostile qui se concentrait sur lui. Le commentaire de Ranec avait laissé fortement entendre qu'il était le seul responsable de ce désordre. Pour la première fois peut-être, la jeune femme, plus ou moins dissimulée derrière Danug, détaillait Frebec.

Il était de taille moyenne. Elle était probablement un peu plus grande que lui mais elle dépassait aussi légèrement Barzec et elle était sans doute de la même taille que Wymez. Elle était tellement habituée à être plus grande que tout le monde qu'elle n'y avait encore jamais prêté attention. Frebec avait des cheveux châtain clair, qu'il commençait à perdre, des yeux d'un bleu moyen, des traits réguliers. C'était un homme d'aspect très ordinaire. Ayla ne trouvait rien en lui qui pût expliquer son comportement agressif, injurieux. A bien des reprises, dans sa prime jeunesse, la jeune femme aurait souhaité ressembler autant au reste du Clan que Frebec ressemblait à son peuple.

Au moment où il s'avançait pour recevoir des mains de Talut le Bâton Qui Parle, Ayla, du coin de l'œil, remarqua Crozie : elle avait un sourire affecté qui exprimait un plaisir méchant. A la limite du Foyer de la Grue, Fralie observait ce qui se passait.

Frebec se racla la gorge à plusieurs reprises, resserra sur le bâton d'ivoire l'étreinte de ses doigts et commença :

— C'est vrai, j'ai un problème.

Il promena autour de lui un regard inquiet, se renfrogna, se redressa.

— Ou plutôt, nous avons un problème au Foyer de la Grue. Il n'est pas assez grand. Nous n'avons pas de place pour travailler. C'est le plus petit de toute l'habitation.

— Non, ce n'est pas le plus petit. Il est plus grand que le nôtre ! protesta Tronie, incapable de se contenir.

Tulie lança sur elle un regard sévère.

— Tu auras l'occasion de parler, Tronie, quand Frebec en aura fini.

Tronie rougit, marmonna des excuses. Son embarras parut redonner courage à Frebec. Son attitude se fit plus agressive.

— Nous n'avons déjà pas assez d'espace, Fralie n'a pas la place de travailler, et... et Crozie est trop à l'étroit. Bientôt nous aurons une personne de plus. Nous avons droit à un foyer plus grand, je pense.

Frebec rendit le Bâton à Talut, recula de quelques pas.

— Tronie, tu peux parler, maintenant dit Talut.

— Je ne crois pas... je voulais seulement... Eh bien, oui, je vais peut-être prendre la parole.

Tronie s'avança pour recevoir le Bâton.

— Nous ne disposons pas de plus de place que le Foyer de la Grue et nous comptons autant de personnes.

Elle ajouta, comme pour essayer de s'assurer l'appui de Talut :

— Même le Foyer du Lion est plus petit, je pense.

— C'est sans importance, Tronie, dit Talut. Le Foyer du Lion ne réclame rien, et nous ne sommes pas assez proches du Foyer de la Grue pour que le désir de Frebec d'obtenir plus de place nous concerne. Vous autres, du Foyer du Renne, vous avez le droit de prendre la parole : si l'on agrandit le Foyer de la Grue, il est probable que votre espace s'en ressentira. As-tu autre chose à dire, Tronie ?

— Non, je ne crois pas.

Elle secoua la tête, rendit le Bâton.

— Quelqu'un d'autre veut parler ?

Jondalar aurait aimé pouvoir dire quelque chose de constructif, mais il se sentait étranger. Il ne lui appartenait pas d'intervenir. Il aurait voulu se trouver près d'Ayla et regrettait plus que jamais d'avoir déménagé. Il se sentit presque heureux quand Ranec s'avança pour prendre le bâton d'ivoire. Il fallait que quelqu'un parlât pour Ayla.

— Ce n'est pas extrêmement important, mais Frebec exagère. Je ne saurais dire si oui ou non, ils ont besoin de plus d'espace, mais le Foyer de la Grue n'est pas le plus petit. C'est le Foyer du Renard qui a cet honneur. Néanmoins, nous ne sommes que deux et nous nous estimons satisfaits.

Des murmures s'élevèrent. Frebec regarda le sculpteur d'un air menaçant. L'entente n'avait jamais été exceptionnelle entre les deux hommes. Ranec avait peu d'affinité avec Frebec et il avait tendance à l'ignorer. Celui-ci prenait cette attitude pour du dédain et il ne se trompait absolument pas. Surtout depuis qu'il s'était mis à faire des remarques désobligeantes sur Ayla, Ranec trouvait peu de mérites à Frebec.

Talut, dans un effort pour éviter une nouvelle dispute générale s'adressa à Frebec en élevant la voix :

— De quelle manière selon toi, devrait-on modifier l'espace de ton foyer pour l'agrandir ?

Il lui redonna le bâton d'ivoire.

— Je n'ai jamais dit que je voulais gagner de la place

sur le Foyer du Renne, mais à mon avis, si certains sont assez grandement logés pour avoir des animaux, ils ont plus d'espace qu'il ne leur en faut. On a ajouté toute une dépendance pour abriter les chevaux, mais personne ne semble penser que nous ajouterons bientôt une autre personne à notre foyer. Peut-être pourrait-on... apporter des changements, acheva gauchement Frebec.

Il ne fut pas très rassuré en voyant Mamut tendre la main pour prendre le Bâton Qui Parle.

— Proposerais-tu que, pour donner plus de place au Foyer de la Grue, nous devions installer le Foyer du Renne dans le Foyer du Mammouth ? Ce serait d'une grande incommodité pour eux. Quant au fait que Fralie vienne travailler ici, tu ne voudrais pas, je pense, qu'elle passe sa vie dans les limites du Foyer de la Grue ? Ce serait malsain et cela la priverait de la compagnie qu'elle trouve ici. C'est ici qu'elle est censée apporter son ouvrage. Ce foyer a été conçu pour accueillir les travaux qui demandent plus de place qu'il n'y en a dans chaque foyer particulier. Le Foyer du Mammouth appartient à tout le monde et il est déjà presque trop petit pour les réunions.

Mamut rendit à Talut le Bâton Qui Parle. Frebec paraissait plutôt abattu, mais il se hérissa sur la défensive, quand Ranec reprit le Bâton.

— En ce qui concerne la dépendance, nous en tirerons tous profit, surtout quand les fosses de réserves auront été creusées. Déjà, elle sert d'entrée à beaucoup d'entre nous. Je remarque Frebec, que tu y laisses tes vêtements chauds et que tu l'utilises plus souvent que l'entrée principale, déclara Ranec. Par ailleurs, un bébé ne tient pas beaucoup de place. A mon avis, tu n'as pas besoin d'espace supplémentaire.

— Qu'en sais-tu ? intervint Crozie. Tu n'as jamais eu d'enfant né à ton foyer. Les petits tiennent de la place, beaucoup plus que tu ne le crois.

A peine s'était-elle tue que Crozie prit conscience de ce qu'elle venait de faire : pour la première fois, elle avait pris le parti de Frebec. Elle fronça d'abord les sourcils, décida ensuite qu'il avait peut-être raison.

Peut-être avaient-ils besoin d'espace supplémentaire. Le Foyer du Mammouth c'était vrai, était un lieu de réunions, mais le fait de vivre dans un foyer aussi vaste semblait bien accroître le statut d'Ayla. Tout le temps que Mamut y avait vécu seul, chacun avait l'impression d'y être chez lui. A présent, sauf pour la célébration des cérémonies, tout le monde se comportait comme si le foyer appartenait à Ayla.

Si le Foyer de la Grue s'agrandissait, le statut de ses membres s'élèverait peut-être d'autant.

Tout le monde parut prendre l'interruption de Crozie pour le signal de commentaires généraux. Talut et Tulie, après avoir échangé un regard entendu, les laissèrent aller leur train. Les gens éprouvaient parfois le besoin d'exprimer leur pensée. Pendant ce temps, Tulie croisa le regard de Barzec, et quand le silence se rétablit peu à peu, celui-ci s'avança et demanda le Bâton. Tulie et lui ne s'étaient pas parlé mais elle fit un signe d'assentiment, comme si elle savait ce qu'il allait dire.

— Crozie a raison, commença-t-il, en la désigant d'un signe de tête.

Devant cette constatation, elle se redressa, et Barzec remonta dans son estime.

— Les petits enfants prennent vraiment de la place, plus qu'on n'en jugerait au vu de leur taille. Peut-être est-il temps d'apporter quelques changements, mais je ne crois pas que le Foyer du Mammouth doive abandonner un peu de son espace. Les besoins du Foyer de la Grue grandissent, ceux du Foyer de l'Aurochs diminuent. Tarneg est allé vivre au Camp de sa compagne et il fondera bientôt un nouveau Camp avec Deegie. A ce moment, elle aussi partira. En conséquence, le Foyer de l'Aurochs, qui comprend les besoins d'une famille qui devient plus nombreuse, donnera un peu de son espace au Foyer de la Grue.

— Cela te satisfait-il, Frebec ? demanda Talut.

— Oui, répondit Frebec.

Il ne savait trop comment réagir à cette tournure inattendue des événements.

— Je vous laisserai donc le soin de décider entre vous ce qu'abandonnera le Foyer de l'Aurochs. Mais, à mon avis, il serait juste de n'apporter aucun changement jusqu'à ce que Fralie ait eu son enfant. Es-tu d'accord, Frebec ?

Frebec hocha la tête. Il n'en croyait pas encore ses oreilles. Dans son ancien Camp, il n'aurait même pas imaginé réclamer plus de place. S'il l'avait fait, on lui aurait ri au nez. Il n'avait ni les prérogatives, ni le statut nécessaires pour présenter une telle demande. Au début de sa querelle avec Crozie, il n'avait pas en tête une revendication semblable. Il cherchait seulement de quoi répliquer aux accusations cuisantes, bien que fondées, de la vieille femme. Il se persuadait à présent que le manque de place avait été le motif primordial de la dispute, et, pour une fois, elle avait pris son parti. Le succès lui montait à la tête. Il avait gagné une bataille. Deux batailles, même : l'une contre le Camp, l'autre contre Crozie. Tandis que l'assistance se dispersait, il vit Barzec s'entretenir avec Tulie. Il lui vint à l'esprit qu'il leur devait des remerciements.

— Je suis très sensible à votre compréhension, dit-il à la Femme Qui Ordonne et à l'homme du Foyer de l'Aurochs.

Barzec répondit par les dénégations d'usage, mais le couple aurait été mécontent si Frebec avait omis de se montrer reconnaissant. La valeur des concessions accordées, ils le savaient fort bien, dépassait de beaucoup ces quelques centimètres carrés supplémentaires. Elle signifiait que le Foyer de la Grue possédait un prestige suffisant pour justifier de cette cession de la part du Foyer de Celle Qui Ordonne. Quand Tulie et Barzec s'étaient entretenus, un peu plus tôt, d'un échange possible entre les deux foyers, c'était le statut de Crozie et de Fralie qu'il avaient eu à l'esprit. Déjà, ils avaient envisagé les besoins modifiés des deux familles. Barzec avait même songé à soulever le cas plus tôt, mais Tulie avait proposé d'attendre le moment approprié, de faire peut-être de cette cession un cadeau pour le nouveau-né.

Le moment venu, ils l'avaient su l'un et l'autre. Quelques regards, quelques signes de tête leur avaient suffi pour se comprendre. Et, après cette victoire nominale remportée par Frebec, le Foyer de la Grue devrait bien se montrer conciliant pour le partage. Barzec venait de louer avec fierté la sagesse de Tulie quand Frebec s'était approché pour les remercier. En regagnant le Foyer de la Grue, Frebec savourait l'incident, il récapitulait les points qu'il avait gagnés, comme, après l'un des jeux qu'appréciait le Camp, il aurait compté ses gains.

En toute réalité, il s'agissait bien d'un jeu, le jeu extrêmement subtil et totalement sérieux des rangs respectifs, auquel jouent tous les animaux qui vivent en groupe, la méthode par laquelle des individus s'organisent pour vivre ensemble — les chevaux en troupeau, les loups en bande, les êtres humains en communauté. Le jeu oppose deux forces, l'une et l'autre importantes pour la survie : l'autonomie individuelle et le bien de la communauté, le but étant d'atteindre un équilibre dynamique.

A certains moments et sous certaines conditions, les individus peuvent être presque autonomes. Un individu peut vivre seul, sans se soucier de rang, de position, mais aucune espèce ne peut survivre sans interaction entre les individus. Le prix à payer en définitive serait plus lourd que la mort. Ce serait l'extinction. Par ailleurs, une totale sujétion de l'individu au groupe est tout aussi dévastatrice. La vie n'est ni statique ni immuable. Sans individualisme, il ne peut y avoir ni changement ni adaptation, et, dans un monde naturellement changeant, toute espèce incapable de s'adapter est, elle aussi, vouée à la disparition.

Les êtres humains qui vivent en communauté limitée à deux personnes ou aussi vaste que le monde — et quelle que soit la forme que prend leur société, établissent entre eux une certaine hiérarchie. Certaines formes de courtoisie, certaines coutumes, admises par tous, peuvent servir à apaiser les frictions, à atténuer l'effort que nécessite le maintien d'un déséquilibre valable dans ce système constamment changeant. Dans certaines situations, la plupart des individus n'auront pas à sacrifier une part importante de leur indépendance personnelle au bien de la communauté. Dans d'autres cas, les besoins de la communauté peuvent exiger de l'individu le plus grand sacrifice personnel, sa vie même. L'un n'est pas plus juste que l'autre : tout dépend des circonstances. Mais on ne peut maintenir bien longtemps l'une ou l'autre extrême, et une société ne peut durer si quelques personnes seulement usent de leur individualisme aux dépens de la communauté.

Ayla se prenait souvent à comparer la société du Clan à celle des Mamutoï. Elle commençait à se faire une idée de ce principe directeur en songeant aux différences d'exercice de l'autorité entre Brun et le frère et la sœur qui dirigeaient le Camp du Lion.

Elle vit Talut remettre le Bâton Qui Parle à sa place habituelle et se rappela qu'à son arrivée au Camp des Mamutoï, elle avait considéré Brun comme un meilleur chef que Talut. Brun aurait tout bonnement pris sa décision, et les autres, bon gré mal gré, s'y seraient conformés. Bien peu d'entre eux auraient même osé se demander si elle leur plaisait ou non. Brun n'avait jamais besoin de discuter ni de crier. Un regard acéré, un ordre bref lui valaient une attention immédiate. Ayla avait alors pensé que Talut n'avait aucune autorité sur ces gens querelleurs, et qu'ils n'avaient, eux, aucun respect pour lui.

Elle n'en était plus aussi sûre. Il était plus malaisé, pensait-elle maintenant, de conduire un groupe convaincu que tout le monde, homme ou femme avait le droit d'exprimer sa pensée et de se faire écouter. Elle croyait toujours que Brun avait été un bon chef pour sa propre communauté mais elle se demandait s'il serait capable de mener ces gens qui faisaient si librement étalage de leurs opinions. Une assemblée pouvait devenir très agitée, très bruyante quand chacun avait son avis et n'hésitait pas à le faire connaître, mais Talut ne permettait jamais qu'on dépassât certaines limites. Il avait certainement assez de vigueur pour imposer, s'il l'avait voulu, sa propre volonté, mais il préférait mener son peuple par le consensus et le compromis. Il pouvait recourir à certaines sanctions, à certaines croyances et à des techniques qui lui étaient propres, pour s'assurer l'attention de tous, mais il fallait posséder une force bien différente pour persuader au lieu de contraindre. Talut inspirait le respect en l'accordant aux autres.

Ayla se dirigea vers un petit groupe qui se tenait près du trou à feu. Tout en marchant, elle cherchait du regard, autour de son foyer, le petit loup qui s'était sans doute trouvé une cachette où attendre la fin du tumulte.

— Frebec a certainement obtenu ce qu'il voulait, était en train de dire Tornec, grâce à Tulie et à Barzec.

— J'en suis heureuse pour Fralie, déclara Tronie.

Elle était soulagée : le Foyer du Renne ne serait ni déplacé ni réduit.

— J'espère seulement, poursuivit-elle, que Frebec va se tenir tranquille pendant quelque temps. Il a vraiment déclenché un beau tohu-bohu, cette fois.

— Je n'aime pas beaucoup ça, dit Ayla

Le tapage, elle s'en souvenait, s'était déclenché quand Frebec s'était plaint d'avoir moins de place que ses animaux.

— Ne t'inquiète pas pour si peu, conseilla Ranec. L'hiver a été long. Chaque année, à peu près à cette époque, il se produit quelque chose de ce genre. Ce n'est qu'une petite diversion pour mettre un peu d'animation.

— Mais il n'avait pas besoin de faire tout ce bruit pour obtenir plus de place, déclara Deegie. Il y a déjà longtemps que j'ai entendu ma mère et Barzec discuter de cette question. Ils se disposaient à accorder plus d'espace au Foyer de la Grue en guise de cadeau pour l'enfant de Fralie. Frebec n'aurait eu qu'à en faire la demande.

— Voilà pourquoi Tulie est une bonne Femme Qui Ordonne remarqua Tronie. Elle pense à des choses de ce genre.

— C'est un bon chef, et Talut aussi, dit Ayla.

— Oui, c'est vrai, approuva Deegie en souriant. C'est ce qui explique qu'il ait gardé son poste. Personne ne reste chef bien longtemps s'il est incapable de s'assurer le respect de son peuple. Branag sera comme lui, je crois. Il a eu Talut pour maître.

La chaleureuse affection qui liait Deegie au frère de

sa mère allait plus loin que la relation purement avunculaire. Celle-ci toutefois, en même temps que le statut et l'héritage maternels, assurait à la jeune femme une position élevée parmi les Mamutoï.

— Mais qui deviendrait chef à sa place, si Talut n'avait pas le respect des autres ? demanda Ayla. Et comment ?

— Eh bien... euh... commença Deegie.

Les jeunes gens se tournèrent alors vers Mamut, pour avoir la réponse à la question d'Ayla.

— Si les chefs en place laissent le pouvoir à un couple, frère et sœur, plus jeune — généralement choisi parmi leurs parents, il y a d'abord une période d'apprentissage. On célèbre ensuite une cérémonie et les anciens chefs deviennent conseillers, expliqua le vieux chaman.

— Oui. C'est ce que Brun a fait. Quand il était plus jeune, il respectait le vieux Zoug, il écoutait ses conseils. Devenu vieux, il a donné le pouvoir à Broud, le fils de sa compagne. Mais qu'arrive-t-il si un camp perd tout respect pour son chef ? On en nomme un jeune ? questionna Ayla, vivement intéressée.

— Le changement ne se produirait pas rapidement, dit Mamut, mais, au bout d'un certain temps, les gens cesseraient d'avoir recours à lui. Ils iraient trouver quelqu'un d'autre, un homme plus capable de conduire une bonne chasse ou de mieux traiter les problèmes. Il arrive que le pouvoir soit abandonné ou qu'un Camp se divise : une partie s'en va avec le nouveau chef, l'autre partie reste avec l'ancien. Mais, habituellement, les chefs ne renoncent pas si facilement à leur position ou à leur autorité, ce qui peut soulever des difficultés et même des luttes. On remet alors la décision aux Conseils. Celui ou Celle Qui Ordonne, qui a partagé le pouvoir avec quelqu'un à l'origine des troubles, ou que l'on tient pour responsable d'une difficulté, est rarement en mesure de fonder un nouveau Camp, même si ce n'est pas la faute de cette...

Mamut hésita. Ayla vit son regard aller rapidement vers la vieille femme du Foyer de la Grue, qui parlait avec Nezzie.

— ... la faute de cette personne. Les gens veulent des chefs sur lesquels ils puissent compter. Ils ne font pas confiance à ceux qui ont connu des difficultés... ou des tragédies.

Ayla hocha la tête. Mamut sut qu'elle avait compris, à la fois ce qu'il avait dit et ce qu'il avait sous-entendu. La conversation se poursuivit, mais la jeune femme, en esprit, était retournée au Clan. Brun avait été un bon chef, mais que ferait le Clan, si Broud ne l'était pas ? Se choisirait-il un autre chef ? Lequel ? Le fils de la compagne de Brouud ne serait pas en âge avant longtemps d'assumer ce rôle... Un souci persistant, qui n'avait cessé de réclamer son attention, fit soudain surface.

— Où est Loup ? demanda-t-elle.

Elle ne l'avait pas revu depuis la discussion. Personne d'autre non plus. Tout le monde se mit à sa recherche. Ayla fouilla sa plate-forme de couchage, avant de s'attaquer au foyer tout entier. Elle alla même voir dans le réduit fermé d'un rideau, où se trouvait le panier de cendre et de crottin qu'elle avait montré au louveteau. Elle commençait à s'affoler, comme une mère dont l'enfant a disparu.

— Il est là ! cria Tornec.

A peine soulagée, elle sentit son estomac se contracter lorsqu'il ajouta :

— C'est Frebec qui l'a.

La surprise d'Ayla la mit presque en état de choc quand elle regarda approcher Frebec. Elle n'était pas la seule à le suivre des yeux avec une stupeur incrédule.

Frebec, qui ne perdait jamais une occasion de dénigrer les animaux et la jeune femme, portait tendrement dans ses bras le petit loup. Il le lui tendit, mais elle saisit une hésitation momentanée, comme s'il lui rendait à regret la petite créature, et elle lut dans ses yeux une tendresse qu'elle n'y avait encore jamais vue.

— Il a dû prendre peur, expliqua-t-il. Fralie dit qu'il s'est subitement trouvé là, chez nous, et qu'il pleurait. Elle ne savait pas d'où il sortait. La plupart des enfants étaient là, eux aussi. Crisavec l'a ramassé, l'a posé à la tête de son lit, sur une plate-forme de rangement. Mais il y a une niche profonde, dans ce mur-là : elle s'enfonce assez loin sous la colline. Le loup l'a trouvée, il a rampé jusqu'au fond et il n'a plus voulu en sortir.

— Le trou devait lui rappeler sa tanière, dit Ayla.

— C'est ce qu'a pensé Fralie. Elle ne pouvait pas aller le chercher, avec son gros ventre, et elle avait peur, je crois, après avoir entendu Deegie raconter que tu étais entrée dans une tanière de loup. Elle ne voulait pas non plus laisser Crisavec y aller. J'ai été obligé de m'y glisser pour le sortir.

Frebec s'interrompit. Lorsqu'il reprit le fil de l'histoire, Ayla surprit dans sa voix une nuance émerveillée.

— Quand je l'ai atteint, il était si content de me voir qu'il m'a léché toute la figure. J'ai voulu le faire cesser...

Frebec prit une attitude plus détachée pour masquer son émotion manifeste devant les manières engageantes du petit loup apeuré.

— ... mais quand je l'ai posé par terre, il a pleuré, pleuré, jusqu'à ce que je l'aie repris dans mes bras.

Plusieurs personnes s'étaient maintenant rassemblées pour l'entendre.

— Je ne sais pas pourquoi il a choisi le Foyer de la Grue ou moi comme refuge, quand il cherchait un endroit tranquille.

— Pour lui, maintenant, tout le Camp représente sa bande, et il sait que tu fais partie du Camp, surtout maintenant que tu l'as sorti de la tanière qu'il s'était trouvée.

Ayla cherchait à reconstituer les circonstances de l'histoire.

Frebec, lorsqu'il avait rejoint son foyer était sous le coup de sa victoire et animé d'un autre sentiment plus profond, qui le remplissait d'une chaleur inaccoutumée : l'impression d'être désormais l'égal des autres. On ne l'avait pas ignoré, on ne s'était pas moqué de lui. Talut l'écoutait toujours, comme s'il avait un statut suffisant pour justifier une telle attention. Tulie, Celle Qui Ordonne, elle-même, avait proposé de lui abandonner un peu de son foyer. Et Crozie avait pris son parti.

Sa gorge s'était nouée à la vue de Fralie, sa compagne,

son trésor personnel, cette femme de grand statut qui avait tout rendu possible. Sa merveilleuse compagne enceinte qui donnerait bientôt naissance au premier enfant de son propre foyer, le foyer que lui avait donné Crozie, le Foyer de la Grue. Il avait été contrarié quand Fralie lui avait annoncé que le loup s'était caché dans la niche, mais en dépit de tous ses mots durs, l'ardeur avec laquelle le louveteau l'avait accepté l'avait surpris. Le petit loup l'accueillait avec joie et ne voulait être consolé que par lui. Et Ayla lui disait qu'il reconnaissait en lui un membre du Camp du Lion. Même un loup savait qu'il était là chez lui.

— Tu ferais bien, désormais, de le garder ici, conseilla-t-il avant de partir. Et fais bien attention. Sinon, on pourrait lui marcher dessus.

Après le départ de Frebec, plusieurs des spectateurs se regardèrent avec une stupeur sans mélange.

— En voilà un changement. Je me demande ce qui lui arrive, fit Deegie. Si je le connaissais moins bien, je dirai qu'il a un faible pour Loup !

— Je ne l'aurais pas cru capable de ça, dit Ranec.

Il ressentait, pour l'homme du Foyer de la Grue, un respect encore jamais éprouvé.

24

Les créatures à quatre pattes du domaine de la Mère avaient toujours tenu lieu, pour le Camp du Lion, de nourriture, de fourrure ou de personnification des esprits. Les Mamutoï connaissaient les animaux dans leur environnement naturel et leurs habitudes de déplacements, de migrations, ils savaient où les chercher, comment les chasser. Mais les gens du Camp n'avaient jamais connu d'animaux sur un plan individuel avant le jour où Ayla était arrivée avec la jument et le jeune étalon.

Les relations entre les animaux et Ayla, puis, le temps passant, avec d'autres personnes à des degrés variés, constituaient une source constante de surprise. Avant cela, il n'était jamais venu à l'esprit de personne que ces bêtes fussent capables de se montrer sensibles à l'intérêt d'un être humain, qu'on pût les habituer à répondre au coup de sifflet ou bien à porter un cavalier. Mais les chevaux eux-mêmes n'exerçaient pas sur le Camp autant de fascination que le louveteau. On respectait chez le loup le chasseur, et à l'occasion, l'adversaire. On chassait parfois le loup pour faire de sa peau une fourrure d'hiver. Il arrivait, rarement, qu'un être humain succombât sous l'attaque d'une bande de loups. La plupart du temps, des deux côtés, on avait tendance à se respecter et à s'éviter.

Mais les créatures très jeunes exercent toujours un attrait particulier : c'est là la source naturelle de leur survie. Les tout-petits, même ceux des animaux, touchent une corde intime. Loup — on en était venu à l'appeler par ce nom — possédait un charme bien à lui. Depuis le premier jour où la petite boule floconneuse d'un gris sombre avait trébuché sur des pattes incertaines sous leurs yeux, elle avait ravi les gens du Camp du Lion. Ses manières empressées étaient irrésistibles, et Loup était rapidement devenu la coqueluche du Camp.

Les Mamutoï ne s'en rendaient pas compte, mais un élément facilitait les relations : les mœurs des humains et celles des loups n'étaient pas très différentes. Les uns et les autres étaient des animaux intelligents, sociables, organisés à l'intérieur d'un ensemble de relations complexes et changeantes qui favorisaient le groupe tout en tenant compte des différences individuelles. Par suite des ressemblances de leurs structures sociales et de certaines caractéristiques qui avaient évolué indépendamment, à la fois chez les loups et chez les humains, une relation unique était possible entre eux.

L'existence de Loup avait débuté sous des auspices inhabituels et difficiles. Unique survivant de la portée d'une louve solitaire qui avait perdu son mâle, il n'avait jamais connu la sécurité d'une bande. Il n'avait eu que sa mère pour compagnie et le souvenir de la louve s'estompait à mesure qu'Ayla prenait sa place.

Mais Ayla était plus qu'un substitut de la mère. En décidant de garder et d'élever le petit loup, elle était devenue la moitié humaine d'un lien entre deux espèces totalement différentes, un lien qui devait avoir des conséquences profondes et durables.

Même s'il y avait eu d'autres loups dans les parages, Loup était trop jeune, quand Ayla l'avait trouvé, pour avoir noué avec eux de véritables liens. A l'âge d'un mois environ, il aurait dû tout juste commencer à sortir de la tanière pour faire connaissance avec sa famille ; les loups auxquels il se serait identifié pour tout le reste de sa vie. Il reporta cette identification sur les êtres humains et sur les chevaux du Camp du Lion.

C'était la première fois, mais ce ne serait pas la dernière. L'idée allait faire son chemin, et, soit par accident, soit à dessein, le lien se nouerait de nouveau bien des fois, en bien des lieux. Les ancêtres de toutes les races de chiens domestiques furent les loups, et, au début, ils conservèrent leurs caractéristiques essentielles de loups. Mais, avec le temps, les générations de loups nées et élevées dans un environnement humain commencèrent à se distinguer de leurs ancêtres sauvages.

Les animaux nés avec certaines variantes génétiques dans la couleur, la forme, la taille — un pelage plus sombre, une tache blanche, une queue en trompette, un corps plus petit ou plus grand — auraient été repoussés aux limites de la bande, s'ils n'en avaient pas été chassés. Les humains, souvent, leur donnaient la préférence. Ils gardaient même les aberrations génétiques, sous la forme de nains ou de miniatures ou encore de géants à la pesante ossature, qui n'auraient pas vécu assez longtemps pour se reproduire, à l'état sauvage. On finit par élever systématiquement des canidés qui possédaient ces caractéristiques anormales, afin de préserver et de renforcer certains traits que les hommes estimaient désirables. Finalement, la ressemblance superficielle de nombreux chiens avec le loup ancestral se fit vraiment lointaine. Toutefois, l'intelligence du loup, son instinct protecteur, sa loyauté, son enjouement subsistèrent.

Loup eut tôt fait de déterminer une hiérarchie dans le Camp, comme il l'aurait fait dans une bande. Néanmoins, son interprétation du rang de chacun aurait pu différer des idées des humains sur le sujet. Tulie était peut-être la Femme Qui Ordonne du Camp, mais pour Loup, Ayla occupait la première place : dans une bande, la mère de la portée était la femelle dominante et elle permettait rarement à d'autres femelles de donner naissance à des jeunes.

Personne, dans le Camp, ne savait précisément si l'animal avait des pensées, des sentiments, ni même si ces pensées, ces sentiments pouvaient être compris par les humains, mais c'était sans importance. Les gens du Camp fondaient leur jugement sur le comportement, et, à voir la manière dont Loup se conduisait, nul ne doutait qu'il aimât, qu'il adorât Ayla au-delà de toute mesure. Où qu'elle se trouvât, il avait toujours conscience de sa présence. Un coup de sifflet, un claquement de doigts, un geste d'appel, un simple signe de tête même, et il était à ses pieds, levait vers elle des yeux ardents, à l'écoute de son moindre désir. Il se montrait parfaitement spontané dans ses réactions et ne nourrissait jamais la moindre rancune. Quand elle le grondait, son désespoir était pitoyable et, lorsqu'elle se laissait fléchir, il se tortillait dans une extase de joie. Il vivait pour retenir l'attention de la jeune femme. Il éprouvait son plus grand bonheur lorsqu'elle jouait avec lui, mais un mot, une caresse suffisait à provoquer des coups de langue passionnés et d'autres signes manifestes de son amour.

Il n'était aussi démonstratif avec personne. Avec la plupart des autres humains, il exprimait à des degrés variables son amitié, sa tolérance, ce qui éveillait une certaine surprise devant un tel éventail de sentiments chez un animal. Son comportement avec Ayla renforçait dans le Camp la conviction qu'elle possédait une emprise magique sur les animaux, et son prestige s'en accroissait.

Le jeune loup avait un peu plus de difficulté à déterminer qui était le mâle dominant dans sa bande humaine. Dans une bande de loups, c'est celui qui faisait l'objet de la sollicitude la plus attentive de la part de tous les autres. La cérémonie d'accueil, au cours de laquelle le mâle dominant était assiégé par le reste de la bande qui s'empressait à lui lécher le museau, à flairer sa fourrure, à l'entourer, affirmait son autorité et se terminait par un magnifique concert de hurlements. Mais la bande d'humains ne témoignait d'une telle déférence pour aucun mâle.

Cependant, Loup remarqua que les deux énormes membres à quatre pattes de cette bande exceptionnelle accueillaient le grand homme blond avec plus d'enthousiasme que toute autre personne, excepté Ayla. Par ailleurs, son odeur subsistait fortement autour du lit de la jeune femme et dans les parages immédiats, où se trouvait le panier de Loup. En l'absence d'autres indices, le louveteau tendait donc à attribuer à Jondalar la position de mâle dominant. Cette idée se trouva renforcée quand ses avances amicales furent récompensées par un intérêt chaleureux et enjoué.

La demi-douzaine d'enfants qui jouaient ensemble étaient ses compagnons de portée. On le trouvait souvent en leur compagnie, fréquemment au Foyer du Mammouth. Lorsqu'ils eurent acquis le respect qui convenait pour ses petites dents aiguës et qu'ils eurent appris à ne pas provoquer une morsure défensive, les enfants découvrirent que Loup aimait passer de main en main, se faire caresser, cajoler. Il ne se formalisait pas des abus involontaires, semblait faire la différence entre Nuvie, qui le serrait un peu trop fort quand elle le portait, et Brinan, qui lui tirait la queue pour le plaisir de l'entendre glapir. Il supportait la première avec indulgence, il se vengeait de l'autre par une rapide morsure. Loup adorait jouer : dès qu'avait lieu une lutte corps à corps, il s'arrangeait pour être dans la mêlée, et les enfants eurent vite fait d'apprendre qu'il aimait aller rechercher les objets qu'on lançait. Quand la fatigue les abattait en tas, quand ils s'endormaient là où ils se trouvaient, le petit loup était souvent au milieu d'eux.

Dès le premier soir où elle avait promis de ne jamais laisser le loup blesser personne, Ayla prit la décision de le dresser dans un but bien défini. Quand elle avait dressé Whinney, au début, cela s'était fait purement par hasard. La première fois qu'elle était montée sur le dos de la jument, elle avait agi sur une impulsion sans savoir qu'elle apprenait intuitivement à guider sa monture. Elle avait maintenant conscience des signaux qu'elle avait utilisés et s'en servait en toute connaissance de cause, mais, si elle avait son cheval bien en main, c'était encore grandement par intuition et elle pensait que si Whinney lui obéissait, c'était parce qu'elle le voulait bien.

Le dressage du lion des cavernes avait été plus prémédité. Lorsqu'elle avait découvert le lionceau blessé, elle se savait déjà capable d'encourager un animal à se plier à ses désirs. Ses premiers efforts avaient visé à limiter l'affection turbulente du petit animal. Elle le dressait par l'amour, comme le Clan avait élevé ses enfants. Quand il se conduisait bien, elle le récompensait par son affection, mais, quand il oubliait de rentrer ses griffes ou se montrait plus brutal, ou bien elle le repoussait d'une main ferme, ou bien elle se levait, s'éloignait. Lorsqu'il bondissait vers elle avec un enthousiasme sans frein, il avait appris à s'immobiliser si elle levait la main en disant « Assez ! » d'un ton sans réplique.

Il avait si bien appris sa leçon que, même lorsqu'il était devenu un lion des cavernes adulte, presque aussi grand que Whinney, mais plus lourd, il s'arrêtait encore sur l'ordre d'Ayla. Toutes les fois, elle l'en remerçiait en le frottant, en le grattant avec affection et, parfois en se roulant avec lui sur le sol.

La jeune femme comprit rapidement que les enfants pouvaient tirer avantage d'une connaissance plus approfondie des mœurs des loups. Elle se mit à leur raconter des histoires du temps où elle apprenait à chasser et où elle observait les loups ainsi que d'autres carnassiers. Elle leur expliqua que les bandes de loups avaient un mâle dominant et une femelle dominante, comme les Mamutoï. Elle leur apprit que les loups communiquaient entre eux par certaines postures, certains gestes, accompagnés de sons vocaux. Elle leur montra, à quatre pattes sur les mains et sur les genoux, l'attitude d'un loup dominant — tête levée, oreilles dressées, queue toute droite à l'horizontale — et celle d'un autre loup qui approchait le chef — les pattes un peu repliées, la langue qui venait lécher le museau du chef. Elle y ajoutait les bruits, qu'elle imitait à la perfection. Elle décrivait l'avertissement qui disait : « tiens-toi à l'écart » et le comportement qui signalait le désir de jouer. Le louveteau participait souvent à ces démonstrations.

Les enfants prenaient grand plaisir à ces séances, et les adultes y assistaient fréquemment avec un plaisir égal. Bientôt, les enfants incorporèrent dans leurs jeux les signaux des loups, mais nul ne les utilisait mieux, ne s'en servait avec autant de compréhension que l'enfant dont le langage d'origine se composait surtout de signes. Entre le loup et le petit garçon s'était établie une relation extraordinaire qui étonnait les gens du Camp et qui amenait Nezzie à secouer la tête d'un air émerveillé. Non seulement Rydag utilisait les signaux du loup, y compris un grand nombre de sons, mais il paraissait aller plus avant encore. Pour ceux qui les observaient, il semblait souvent que tous deux conversaient véritablement, et le jeune animal paraissait comprendre que l'enfant réclamait une attention et des précautions particulières.

Dès le début, Loup s'était montré moins remuant, plus doux, avec Rydag, et, à sa manière de tout jeune animal, lui avait accordé sa protection. Mise à part Ayla, c'était le compagnon que préférait le louveteau. Si Ayla était occupée, il cherchait Rydag, et on le retrouvait fréquemment endormi près de lui ou sur son lit. La jeune femme elle-même ne savait pas précisément comment Rydag et Loup en étaient venus à si bien se comprendre. Le don inné de l'enfant pour déchiffrer les nuances les plus subtiles dans les signaux de l'animal pouvait expliquer les possibilités de Rydag, mais comment un tout jeune louveteau pouvait-il connaître les besoins d'un petit humain de santé fragile ?

Pour dresser le louveteau, Ayla inventa des signaux de loup modifiés en même temps que d'autres commandements. La première leçon, après plusieurs incidents, consista à apprendre l'usage d'un panier de crottin et de cendre ou bien d'aller dehors. Ce fut étonnamment facile : Loup, quand il faisait des saletés, semblait confus et il se faisait tout petit quand la jeune femme le grondait. La leçon suivante fut plus difficile.

Loup adorait mâchonner du cuir, surtout celui des bottes et des chaussures. Le défaire de cette habitude se révéla une expérience ennuyeuse et irritante. Toutes les fois qu'elle le prenait en faute et le semonçait, il se montrait contrit, profondément désireux de lui complaire, mais il était obstiné : il revenait sans cesse à son péché, parfois dès qu'elle avait le dos tourné. Tout ce qui servait à se chausser était en danger, en particulier les chaussons en peau souple que préférait Ayla. Il ne pouvait apparemment s'en passer. Elle devait les suspendre assez haut pour les mettre hors d'atteinte, afin de ne pas les voir réduits en lambeaux. Toutefois, si elle n'aimait pas qu'il s'en prenne à ses propres affaires, elle était encore plus fâchée quand il détruisait ce qui appartenait à quelqu'un d'autre. C'était elle qui l'avait amené. Tous les dommages qu'il pouvait commettre relevaient de sa propre responsabilité.

Ayla cousait les dernières perles sur la tunique de cuir blanc lorsqu'elle entendit des éclats de voix qui parvenaient du Foyer du Renard.

— Hé, toi ! Donne-moi ça ! criait Ranec.

Elle comprit qu'une fois de plus, Loup avait fait une sottise. Elle courut voir ce qui se passait, se trouva devant Ranec et Loup qui tiraient, chacun de son côté, sur une botte usagée.

— Loup ! A terre ! ordonna-t-elle.

Elle abattit la main en un geste rapide qui évita de peu le nez de l'animal. Immédiatement le louveteau lâcha sa proie, s'aplatit sur le sol, les oreilles légèrement couchées en arrière, la queue basse, et gémit plaintivement. Ranec remit sa botte sur la plate-forme.

— Il ne l'a pas trop abîmée, j'espère, dit Ayla.

— Ça n'a pas d'importance. Cette botte est déjà vieille, répondit Ranec en souriant.

Il ajouta, d'un air admiratif :

— Tu connais vraiment bien les loups, Ayla. Il fait tout ce que tu lui commandes.

— Seulement quand je suis sur place pour le surveiller.

Elle baissa les yeux sur le louveteau. Loup l'observait, le corps tout frétillant d'attente.

— Dès que j'aurai le dos tourné, il ira chercher autre chose, même s'il sait qu'il n'a pas le droit d'y toucher. S'il me voit arriver, il le lâchera tout de suite, mais je ne sais comment m'y prendre pour l'empêcher de fourrager dans les affaires de tout le monde.

— Peut-être lui faudrait-il quelque chose qui soit bien à lui, suggéra Ranec.

Il posait sur elle ses doux yeux d'un noir lustré.

— Ou quelque chose qui t'appartienne à toi.

Le petit loup rampait vers elle, gémissait pour attirer son attention. Finalement, à bout de patience, il poussa quelques jappements aigus.

— Reste ici ! Sans bouger ! ordonna-t-elle, exaspérée.

Il s'affaissa sur ses pattes allongées, les yeux levés vers elle, totalement accablé.

Après l'avoir observé un instant, Ranec dit à Ayla :

— Il ne peut supporter de te voir fâchée contre lui. Il a besoin de savoir que tu l'aimes. Je crois comprendre ce qu'il éprouve.

Il se rapprocha d'elle. Les yeux sombres exprimaient la chaleur, l'amour qui l'avaient si profondément touchée, quelque temps auparavant. Elle sentit son corps y répondre et, dans son émoi, recula. Après quoi, pour masquer son trouble, elle se baissa, ramassa le louveteau. Loup frétillant de bonheur, lui lécha le visage dans sa joie.

— Vois comme il est heureux, à présent qu'il sait que tu l'aimes, reprit Ranec. Moi aussi, je serais très heureux si tu me disais que tu m'aimes. M'aimes-tu Ayla ?

— Euh... oui, bien sûr, j'ai de l'affection pour toi, Ranec, balbutia-t-elle, mal à l'aise.

Il la gratifia d'un large sourire. Elle vit dans ses prunelles une lueur de malice et quelque chose de plus profond.

— Ce serait un *plaisir* de te montrer à quel point tu me rends heureux, dit-il.

Il lui passa un bras autour de la taille, se rapprocha d'elle.

— Je te crois, répondit-elle en se dégageant. Tu n'as pas à me le montrer, Ranec.

Ce n'était pas la première fois qu'il lui faisait des avances. D'ordinaire, c'était sous le couvert de plaisanteries qui l'autorisaient à lui faire connaître ses sentiments pour elle, tout en permettant à la jeune femme de les éluder sans pour autant perdre la face ou la lui faire perdre.

Elle fit quelques pas en arrière. Elle sentait approcher une confrontation plus sérieuse et désirait l'éviter. Il allait, pensait-elle, lui demander de partager son lit, et elle ne savait trop si elle pourrait dire non à un homme qui lui donnait cette sorte d'ordre. Elle en avait le droit, elle le comprenait, mais l'habitude d'obéir était si bien ancrée en elle qu'elle n'était pas sûre d'en avoir la force.

Il restait à sa hauteur.

— Pourquoi pas, Ayla ? demanda-t-il. Pourquoi ne pas me permettre de te le montrer ? Tu dors seule, maintenant. Tu ne devrais pas dormir seule.

C'était vrai, et elle en ressentit comme un pincement de remords. Mais elle s'efforça de ne pas le laisser voir. Elle souleva le louveteau.

— Je ne dors pas seule, dit-elle. Loup dort avec moi, dans un panier tout près.

— Ce n'est pas la même chose, riposta-t-il.

Il parlait d'un ton grave, semblait prêt à pousser plus loin son attaque. Mais il s'interrompit, sourit. Il ne voulait pas la bousculer. Elle était bouleversée, il le voyait bien. Il ne s'était guère écoulé de temps, depuis la séparation.

Il frictionna affectueusement le crâne de Loup.

— Il est trop petit pour te tenir chaud... mais, je dois l'avouer, il est charmant.

Ayla lui rendit son sourire, avant de déposer le louveteau dans son panier. Il en sortit immédiatement, d'un bond, et, d'un autre bond, se retrouva sur le sol. Il s'assit pour se gratter, décampa ensuite vers son écuelle. Ayla entreprit de plier la tunique blanche, avant de la ranger. Elle frotta doucement le cuir souple, la blanche fourrure d'hermine, rajusta les petites queues terminées par une pointe noire. Elle sentait son estomac se nouer, sa gorge se serrer. Des larmes lui brûlaient les yeux, elle devait faire une effort pour se maîtriser. Non, ce n'était pas la même chose, se disait-elle. Comment aurait-il pu en être autrement ?

Ranec était debout derrière elle.

— Ayla, tu sais combien je te désire, combien je te suis attaché, dit-il. Non ?

— Oui, je le crois, répondit-elle, les paupières closes, sans se retourner.

— Je t'aime, Ayla. Tu es indécise, à présent, je le sais, mais je veux que tu le saches : je t'ai aimée dès le premier instant où je t'ai vue. Je veux partager mon foyer avec toi, m'unir avec toi. Je veux te rendre heureuse. Tu as besoin de temps pour y réfléchir, j'en ai conscience. Je ne te demande pas de prendre une décision, mais dis-moi que tu penseras à... me permettre de te rendre heureuse. Le feras-tu ? Y penseras-tu ?

L'esprit saisi de vertige, Ayla baissait les yeux sur la tunique qu'elle tenait entre ses mains. Pourquoi Jondalar ne veut-il plus dormir avec moi ? Pourquoi a-t-il cessé de me toucher, cessé de partager les Plaisirs avec moi, même quand il dormait encore dans mon lit ? Tout a changé, une fois que je suis devenue Mamutoï. Ne voulait-il pas me voir adoptée ? Mais alors, pourquoi n'a-t-il rien dit ? Mais peut-être le voulait-il, il me l'avait dit. Je croyais qu'il m'aimait. Peut-être a-t-il changé d'avis. Peut-être ne m'aime-t-il plus. Jamais il ne m'a demandé de m'unir à lui. Que ferais-je si Jondalar s'en va sans moi ? Le nœud au creux de son estomac était dur comme une pierre. Ranec m'aime et il désire que je l'aime. Il est gentil, drôle, il me fait toujours rire... et il m'aime. Mais moi, je ne l'aime pas. Je voudrais bien l'aimer... je devrais peut-être essayer.

— Oui, Ranec, j'y penserai, dit-elle à voix basse.

Mais sa gorge se serrait douloureusement.

Jondalar regarda Ranec quitter le Foyer du Mammouth. Le grand jeune homme blond était venu espionner, bien qu'il se le reprochât. Il n'était pas de mise, pour des adultes dans ce Camp ou parmi son peuple, de suivre du regard ou de s'occuper indûment des activités d'une autre personne, et Jondalar avait toujours témoigné d'un respect particulier pour les conventions sociales. Cette fois, pourtant, il ne pouvait s'empêcher de les enfreindre. Il essayait de le cacher, mais constamment il épiait Ranec et Ayla.

Le pas léger du sculpteur, son sourire ravi, tandis qu'il regagnait le Foyer du renard, emplissait d'appréhension le visiteur. Si le Mamutoï était si joyeux, c'était certainement parce que Ayla avait dit ou fait quelque chose. Et son imagination morbide redoutait le pire.

Ranec, Jondalar le savait, était devenu un visiteur assidu depuis que lui-même avait quitté le Foyer du Mammouth. Il s'en voulait de lui en avoir fourni l'occasion. Il aurait aimé revenir sur tout ce qu'il avait dit, sur toute la ridicule discussion, mais il était convaincu qu'il était maintenant trop tard pour réparer. Il se sentait désarmé, mais, en même temps, c'était un soulagement d'avoir mis une certaine distance entre Ayla et lui.

Même s'il ne voulait pas se l'avouer, son comportement ne venait pas seulement du désir de lui laisser choisir l'homme qu'elle préférait. Il avait été si profondément blessé qu'une partie de lui-même voulait blesser en retour. Si Ayla était capable de le rejeter, il pouvait la rejeter à son tour. Mais, en même temps, il éprouvait le besoin de se donner la possibilité d'un choix, lui aussi, de voir s'il était capable d'oublier son amour pour elle. Il se demandait sincèrement s'il ne serait pas préférable pour Ayla de rester en ces lieux, où elle était acceptée, aimée, plutôt que de l'accompagner quand il partirait rejoindre son peuple. Il redoutait sa propre réaction, si ce peuple rejetait sa compagne. Serait-il prêt à mener avec elle une existence de bannis ? Serait-il prêt à repartir, à quitter de nouveau les siens, surtout après avoir accompli un si long voyage pour les rejoindre ? Ou bien la rejetterait-il, lui aussi ?

Si elle choisissait d'aimer un autre homme, il serait

bien obligé de la laisser derrière lui et il n'aurait pas à prendre une telle décision. Mais la seule idée qu'elle pût aimer quelqu'un d'autre lui causait une souffrance si intolérable qu'il se demandait s'il pourrait y survivre — ou même s'il le désirerait. Plus il luttait contre lui-même pour ne pas révéler son amour, plus il devenait jaloux et possessif et plus il se haïssait. Le tourment que faisaient naître en lui ses efforts pour démêler les émotions violentes et complexes qui l'agitaient commençait à laisser des traces. Il ne pouvait ni manger, ni dormir, il maigrissait, s'affaiblissait. Ses vêtements pendaient sur son corps efflanqué. Incapable de se concentrer, même sur un magnifique morceau de silex, il lui arrivait de se demander s'il était en train de perdre la raison ou s'il était possédé de quelque funeste esprit de la nuit. Déchiré comme il l'était par son amour pour Ayla, la douleur de risquer de la perdre, la crainte de ce qui pourrait arriver s'il ne lui laissait pas sa liberté, il ne supportait plus de se trouver trop près d'elle. Il craignait de perdre tout sang-froid, de commettre un acte regrettable. Mais il ne pouvait s'empêcher de l'épier constamment.

Le Camp du Lion se montrait indulgent à l'égard de l'indiscrétion de son visiteur. Tout le monde était au courant de ses sentiments pour Ayla, en dépit de ses efforts pour les dissimuler. Chacun, dans le Camp, parlait de la douloureuse épreuve que traversaient les trois jeunes gens. La solution à leur problème paraissait toute simple à ceux qui le considéraient de l'extérieur. De toute évidence, Ayla et Jondalar s'aimaient. Alors, pourquoi ne se l'avouaient-ils pas, avant d'inviter Ranec à partager leur Union ? Mais Nezzie sentait bien que ce n'était pas aussi simple. Cette femme avisée, maternelle avait conscience que l'amour de Jondalar était trop violent pour être bridé par l'incapacité à trouver les mots pour l'exprimer. Quelque chose de plus puissant s'interposait entre eux. Par ailleurs, Nezzie, plus que quiconque, comprenait la profondeur de l'amour de Ranec pour Ayla. A son avis, une telle situation ne pouvait se résoudre par une Union partagée.

Ayla devait faire son choix.

Comme si l'idée même détenait un pouvoir irrésistible, Ayla, depuis le moment où Ranec lui avait demandé de réfléchir à la possibilité de partager son foyer et avait souligné le fait évident, douloureux, qu'elle dormait maintenant seule, ne pouvait plus penser à autre chose. Elle s'était accrochée à la conviction que Jondalar oublierait leurs paroles trop dures, qu'il reviendrait. Il lui semblait à chaque coup d'œil lancé vers le premier foyer qu'elle le voyait, entre les poteaux de soutènement et les objets accrochés au plafond dans les foyers intermédiaires, se détourner vivement. Il s'intéressait donc encore assez à elle, se disait-elle, pour regarder dans sa direction. Mais chaque nuit qu'elle passait seule réduisait son espoir.

« Penses-y... ». Les paroles de Ranec se répétaient dans l'esprit d'Ayla, tandis qu'elle pilait des feuilles séchées de bardane et de fougère, destinées à une infusion pour l'arthrite de Mamut. Elle songeait au sourire de l'homme à la peau sombre, se demandait si elle pourrait apprendre à l'aimer. Mais l'idée d'une vie sans Jondalar lui laissait au creux de l'estomac un vide douloureux. Elle ajouta aux feuilles pilées un peu de gaulthérie fraîche et de l'eau chaude, apporta la tisane au vieil homme.

Elle sourit à ses remerciements, mais elle paraissait triste, préoccupée. Tout au long de la journée, elle avait eu la tête ailleurs. Depuis que Jondalar avait quitté le foyer, elle n'était pas dans son assiette, Mamut le savait, et il aurait voulu pouvoir l'aider. Il avait vu Ranec s'entretenir avec elle et il se demandait s'il devait en parler à Ayla, mais il croyait que rien ne se produisait dans la vie d'Ayla sans un but précis. La Mère, il en était convaincu, avait une bonne raison pour susciter les difficultés présentes. Il hésitait donc à intervenir. Les épreuves imposées à Ayla et aux deux hommes étaient nécessaires.

Il la regarda passer dans l'abri des chevaux, la vit revenir un moment après.

La jeune femme couvrit le feu, regagna sa plate-forme de couchage, se dévêtit, se prépara à dormir. Affronter la nuit en sachant que Jondalar ne viendrait pas dormir auprès d'elle était un supplice. Elle s'affaira à de petites tâches pour retarder le moment où elle se glisserait dans ses fourrures, avec la certitude de rester éveillée une bonne moitié de la nuit. Finalement, elle souleva le petit loup, s'assit avec lui au bord de sa couche, le câlina, le caressa, parla au jeune animal chaud et affectueux, jusqu'au moment où il s'endormit entre ses bras. Elle le remit alors dans son panier.

Pour compenser l'absence de Jondalar, Ayla prodiguait son amour au louveteau.

Mamut prit conscience qu'il était éveillé et ouvrit les yeux. Il distinguait à peine des formes vagues dans la pénombre. L'habitation était silencieuse, de ce silence nocturne peuplé seulement de légers frémissements, de lourdes respirations et de sourds borborygmes du sommeil. Lentement, Mamut tourna la tête vers le faible rougeoiement des cendres dans le trou à feu. Il cherchait à découvrir ce qui l'avait arraché à un sommeil profond. Il entendit tout près du souffle haletant, un sanglot étouffé. Le vieil homme, alors, repoussa ses couvertures.

— Ayla ? Ayla, tu souffres, demanda-t-il à voix basse.

Elle sentit sur son bras une main tiède.

— Non, répondit-elle.

Le mot s'étrangla dans sa gorge. Elle gardait le visage tourné vers le mur.

— Tu pleures.

— Je te demande pardon de t'avoir réveillé. J'aurais dû faire moins de bruit.

— Tu ne faisais pas de bruit. Ce n'est pas cela qui m'a réveillé, mais le besoin que tu avais de moi. La Mère m'a envoyé vers toi. Tu souffres. C'est un mal intérieur, n'est-ce pas ?

Ayla reprit péniblement son souffle, réprima le cri qui voulait sortir de sa gorge.

— Oui.

Elle se retourna vers le chaman qui vit briller des larmes dans la lumière diffuse.

— Alors, pleure, Ayla. Tu ne dois pas tout renfermer

en toi. Tu as de bonnes raisons de souffrir et tu as aussi le droit de pleurer, déclara Mamut.

— Oh ! Mamut, cria-t-elle dans un lourd sanglot.

Elle tentait encore de ne pas faire trop de bruit, mais, libérée par la permission qu'il lui avait donnée, elle pleura doucement son chagrin, son angoisse.

— Ne te retiens pas, Ayla. Pleurer te fait du bien, lui dit le vieux chaman.

Il s'était assis au bord de la couche et flattait doucement la jeune femme de la main.

— Tout finira comme il se doit, comme il a été décidé. Tout va bien, Ayla.

Quand les larmes se tarirent enfin, elle chercha un morceau de peau souple pour s'essuyer les yeux et le visage, avant de se redresser pour s'asseoir près du vieil homme.

— Je me sens mieux, à présent, dit-elle.

— Il est toujours bon de pleurer quand on en éprouve le besoin, mais ce n'est pas fini, Ayla.

Elle baissa la tête.

— Je le sais.

Elle se tourna vers lui pour demander :

— Mais, pourquoi ?

— Un jour, tu sauras pourquoi. Ta vie, je le crois, est gouvernée par des forces puissantes. Tu as été choisie pour un destin exceptionnel. Ce n'est pas un fardeau léger, celui que tu portes. Vois plutôt ce que tu as déjà subi dans ta jeune existence. Mais ta vie ne sera pas tissée uniquement de peines, tu connaîtras aussi de grandes joies. Tu es aimée, Ayla. Tu attires l'amour. Ce don t'a été accordé afin de t'aider à supporter ton fardeau. Tu auras toujours l'amour... trop, peut-être...

— Je croyais que Jondalar m'aimait...

— Ne sois pas trop sûre du contraire. Mais bien d'autres êtres t'aiment, y compris le vieil homme que je suis, déclara Mamut en souriant.

La jeune femme sourit, elle aussi.

— Tu as même un loup et des chevaux pour t'aimer. N'y a-t-il pas eu bien des gens qui t'ont aimée aussi ?

— Oui, c'est vrai. Iza m'aimait. Elle était ma mère. Je n'étais pas née d'elle, mais cela lui importait peu.

Quand elle est morte, elle a dit qu'elle m'aimait plus que tout... Creb m'aimait aussi... même si je l'ai déçu, blessé...

Ayla s'interrompit un instant, poursuivit :

— Uba m'aimait... et Durc.

Elle s'interrompit encore.

— Crois-tu que je reverrai mon fils, Mamut ?

Le chaman prit un temps avant de répondre.

— Depuis combien de temps ne l'as-tu pas vu ?

— Trois... non, quatre années. Il est né au commencement du printemps. Il avait trois ans quand je suis partie. Il a environ l'âge de Rydag...

Elle leva soudain les yeux vers le vieil homme, pour reprendre, avec une animation passionnée :

— Mamut, Rydag est un enfant de sangs mêlés, comme mon fils. Si Rydag peut vivre ici, pourquoi Durc ne pourrait-il pas ? Tu es allé jusqu'à la péninsule et tu en es revenu. Pourquoi n'irais-je pas chercher Durc pour le ramener ici ? Ce n'est pas si loin.

Mamut, le front plissé, réfléchit à sa réponse.

— Je ne peux rien te dire là-dessus, Ayla. Tu es la seule à pouvoir décider, mais il te faudra bien réfléchir à ce qui vaut le mieux, non seulement pour toi mais pour ton fils aussi. Tu es mamutoï. Tu as appris à parler notre langage et tu connais maintenant beaucoup de nos coutumes, mais il te reste encore beaucoup à apprendre.

Ayla n'écoutait plus les mots soigneusement choisis du chaman. Déjà, son esprit s'envolait.

— Si Nezzie a pu accueillir un enfant qui n'est même pas capable de parler, pourquoi n'en accueillerait-elle pas un autre qui, lui, en est capable ? Durc le serait, s'il avait un langage à apprendre. Durc pourrait-être un ami pour Rydag. Il pourrait aller lui chercher ce dont il aurait besoin. Durc court très vite.

Mamut lui laissa poursuivre le catalogue des vertus de Durc jusqu'au moment où elle s'arrêta d'elle-même. Il demanda alors :

— Quand irais-tu le chercher, Ayla ?

— Le plus tôt possible. Ce printemps... Non, les

voyages sont trop difficiles, au printemps : il y a trop d'inondations. J'attendrai l'été...

La jeune femme fit une pause.

— Peut-être pas. C'est l'été du Rassemblement du Clan. Si je n'arrive pas avant leur départ, je serai obligée d'attendre leur retour. Mais, alors, Ura sera avec eux...

— La petite fille qui a été promise à ton fils ?

— Oui. Dans quelques années, ils s'uniront. Les enfants du Clan mûrissent plus vite que les Autres... que moi. Iza ne pensait pas que je deviendrais jamais une femme. J'étais tellement attardée, en comparaison des filles du Clan... Ura, elle pourrait déjà être une femme, prête à avoir un compagnon et son propre foyer.

Ayla fronça les sourcils.

— C'était encore un bébé, quand je l'ai vue, et Durc... La dernière fois que j'ai vu Durc, c'était un tout petit garçon. Bientôt, ce sera un homme qui devra nourrir sa compagne... une compagne qui pourra avoir des enfants. La compagne de mon fils pourrait bien avoir un enfant avant moi.

— Sais-tu quel âge tu as, Ayla ?

— Pas exactement. Mais je compte toujours mes années à la fin de l'hiver, à peu près maintenant. Je ne sais pas pourquoi.

Son front se plissa.

— Le moment est venu pour moi, je crois, d'ajouter une autre année. Je crois donc avoir...

Elle ferma les yeux pour se concentrer sur les mots qui exprimaient des nombres.

— J'ai maintenant dix-huit années, Mamut. Je commence à être vieille !

— Tu avais donc douze ans à la naissance de ton fils ? demanda-t-il, surpris.

Elle acquiesça d'un signe de tête.

— J'ai connu quelques filles qui devenaient femmes à neuf ou dix ans, mais c'est très jeune. Latie n'est pas encore une femme et elle est dans sa douzième année.

— Ça ne tardera plus, je peux te le dire.

— Oui, tu as raison, je crois. Mais tu n'es pas si

vieille, Ayla. Deegie a dix-sept ans et elle ne sera pas unie avant la saison prochaine, à la Réunion d'Eté.

— C'est vrai. J'ai promis de participer à la cérémonie de son Union. Je ne peux aller en même temps à une Réunion d'Eté et à un Rassemblement du Clan.

Mamut la vit pâlir.

— De toute manière, je ne peux pas assister à un Rassemblement du Clan. Je ne suis pas même sûre de pouvoir retourner au Clan. Je suis maudite. Je suis morte. Durc lui-même pourrait me prendre pour un esprit et avoir peur de moi. Oh, Mamut, que dois-je faire ?

— Tu dois réfléchir très consciencieusement à tout cela, avant de décider ce qu'il y a de mieux.

Elle avait l'air troublée. Il décida de changer de sujet.

— Mais tu as le temps. Nous ne sommes pas encore au printemps. Toutefois, la Fête du Printemps sera là avant que nous n'ayons eu le temps d'y penser. As-tu réfléchi à la racine et à la cérémonie dont tu m'avais parlé ? Consentirais-tu à insérer cette cérémonie dans la Fête ?

La jeune femme fut parcourue d'un frisson. Cette idée la glaçait de frayeur, mais Mamut serait là pour l'aider. Il saurait quoi faire et il avait vraiment l'air de s'y intéresser et de vouloir tout en apprendre.

— C'est entendu, Mamut, oui, je le ferai.

Jondalar, tout en se refusant à le reconnaître, s'aperçut immédiatement du changement survenu dans les relations entre Ayla et Ranec. Il les surveilla plusieurs jours durant et ne put finalement se dissimuler que Ranec passait presque tout son temps au Foyer du Mammouth et qu'Ayla paraissait accueillir avec joie sa présence. Il avait beau tout faire pour se convaincre que tout était pour le mieux, et qu'il avait bien fait de s'éloigner, il ne parvenait pas à apaiser la souffrance d'avoir perdu l'amour de la jeune femme ni à maîtriser la douleur de se voir banni de son entourage. C'était lui qui s'était éloigné d'elle, qui avait de son plein gré abandonné son lit, sa compagnie. Il n'en avait pas moins l'impression d'être rejeté par elle.

Il ne leur a pas fallu longtemps, se disait Jondalar. Dès le lendemain, Ranec, était là. Elle devait avoir hâte de me voir partir afin de l'accueillir. Ils attendaient mon départ. J'aurais dû m'en douter...

Mais de quoi lui en veux-tu ? C'est toi qui es parti, Jondalar, se disait-il à lui-même. Elle ne te l'as pas demandé. Après la première fois, elle n'est pas retournée vers lui. Elle était là, prête à te recevoir, et tu le sais...

Et maintenant, c'est lui qu'elle est prête à recevoir. Et lui, il meurt d'envie de la retrouver. Peux-tu lui en vouloir ? Peut-être est-ce la meilleure solution. Ici, on désire sa présence, on est plus habitué aux Têtes Plates... au Clan. Et elle est aimée...

Oui, elle est aimée. N'est-ce pas ce que tu désires pour elle ? Qu'elle soit acceptée, qu'elle ait quelqu'un pour l'aimer...

Mais je l'aime, moi pensait-il, assailli par une vague de souffrance et d'angoisse. O, Mère ! Comment pourrais-je le supporter ? Elle est la seule femme que j'aie jamais aimée ainsi. Je ne veux pas qu'elle souffre. Je ne veux pas qu'elle se voit repoussée. Pourquoi elle ? O, Doni, pourquoi a-t-il fallu que ce fût elle ?

Peut-être devrais-je partir ? Oui, c'est ça. Je vais m'en aller, c'est tout. Il était incapable sur l'instant, d'avoir des idées claires.

Il se dirigea à grandes enjambées vers le Foyer du Lion, interrompit une discussion entre Talut et Mamut, à propos de la Fête du Printemps qui approchait.

— Je m'en vais, lâcha-t-il tout à trac. Que puis-je faire pour me procurer quelques provisions ?

Son expression de désespoir lui donnait l'air d'un fou.

Un regard entendu passa entre le chef et le chaman. Talut lui asséna une tape sur l'épaule.

— Jondalar, mon ami, nous serons heureux de te donner tout ce qui te sera nécessaire, mais tu ne peux pas partir maintenant. Le printemps arrive, c'est vrai, mais regarde dehors : un blizzard se déchaîne, et les blizzards d'arrière-saison sont les pires.

Jondalar se calma, réalisant que sa brusque décision de partir était inconcevable. Aucun homme sain d'esprit ne se mettrait en route par un tel temps pour un long voyage.

Talut sentit les muscles du jeune homme se détendre sous sa main. Il continua de parler :

— Au printemps les crues commenceront, et tu as de nombreuses rivières à traverser. Par ailleurs, après être venu si loin de ton pays, tu ne peux pas passer l'hiver avec les Mamutoï sans chasser le mammouth avec les Chasseurs de Mammouths, Jondalar. Une fois reparti, tu n'en auras plus jamais l'occasion. La première chasse aura lieu au début de l'été, tout de suite après notre arrivée à la Réunion d'Eté. Le meilleur moment pour se mettre en voyage viendra ensuite. Tu me ferais une grande faveur si tu voulais bien rester avec nous au moins jusqu'à ce que la première chasse au mammouth soit passée. J'aimerai que tu montres à tout le monde ce lance-sagaie de ton cru.

— Oui, j'y penserai certainement, répondit Jondalar.

Il planta son regard dans les yeux du gigantesque chef aux cheveux rouges.

— Merci, Talut. Tu as raison. Je ne peux pas partir encore.

Mamut était assis en tailleur à sa place favorite pour la méditation : la plate-forme voisine de la sienne qu'on utilisait pour y ranger les peaux de rennes, les fourrures de couchage superflues. Il ne méditait pas réellement : il réfléchissait. Depuis la nuit où les larmes d'Ayla l'avaient réveillé, il avait pris une conscience beaucoup plus précise de son désespoir à l'idée du départ de Jondalar. L'affreuse tristesse de la jeune femme lui avait fait une impression profonde. Elle parvenait à cacher à la plupart des gens l'intensité de son désespoir, mais il remarquait maintenant, dans son comportement, certains petits détails qui lui avaient échappé auparavant. Elle paraissait apprécier sincèrement la compagnie de Ranec, elle riait de ses plaisanteries, mais elle semblait préoccupée, et les soins, l'attention qu'elle prodiguait à Loup et aux chevaux avaient une qualité d'attente désolée.

Mamut accorda un intérêt plus soutenu à leur grand

visiteur, remarqua la même désolation dans le comportement de Jondalar. Il paraissait obsédé par une anxiété torturante, tout en essayant, lui aussi, de la dissimuler. Après cette impulsion désespérée qui l'avait engagé à partir en pleine tempête, le vieux chaman craignait que le bon sens de Jondalar ne fût compromis à la pensée de perdre Ayla. Pour le vieil homme qui avait commerce intime avec le monde des esprits de Mut, cette impulsion provenait d'une force plus profonde que celle d'un jeune amour. Peut-être la Mère avait-elle des plans pour lui aussi, des plans dont Ayla faisait partie.

Tout en hésitant à intervenir, Mamut se demandait pourquoi la Mère lui avait montré qu'Elle était le pouvoir agissant derrière leurs sentiments mutuels. En fin de compte, il en était convaincu, Elle ferait en sorte d'adapter les circonstances à Sa volonté mais peut-être, dans le cas présent, désirait-Elle son aide.

Il en était encore à se demander s'il devait faire connaître les désirs de la Mère, et de quelle manière, quand Ranec entra dans le Foyer de Mammouth. Il cherchait manifestement Ayla. Mamut savait qu'elle avait emmené Loup faire une promenade sur le dos de Whinney. Elle ne serait pas de retour avant un bon moment. Ranec regarda autour de lui, vit le vieil homme et s'approcha de lui.

— Sais-tu où est Ayla, Mamut ? demanda-t-il.

— Oui. Elle est sortie avec les animaux.

— Je me demandais pourquoi je ne l'avais pas vue depuis quelque temps.

— Tu la vois beaucoup, ces derniers temps.

Ranec eut un large sourire.

— J'espère la voir plus souvent encore.

— Elle n'est pas arrivée seule ici, Ranec. Jondalar ne passe-t-il pas avant toi ?

— Peut-être, quand ils sont arrivés. Mais plus maintenant qu'il a quitté le foyer.

Mamut remarqua dans la voix de Ranec, une nuance défensive.

— Il existe encore entre eux, je crois, un sentiment très fort. Je ne pense pas que la séparation serait définitive si l'on accordait à leur profond attachement mutuel une chance de renaître, Ranec.

— Si tu me demandes de battre en retraite, Mamut, je suis désolé, mais il est trop tard. J'éprouve moi aussi, un profond sentiment pour Ayla.

L'émotion, cette fois, enrouait la voix de l'homme à la peau sombre.

— Mamut, je l'aime, je veux m'unir à elle, je veux fonder un foyer avec elle. Il est temps que je m'installe avec une femme, et je désire avoir ses enfants à mon foyer. Jamais je n'ai rencontré personne qui lui ressemble. Elle est tout ce dont j'ai toujours rêvé. Si je peux la convaincre d'accepter, je veux annoncer notre Promesse à la Fête du Printemps et m'unir à elle à la Cérémonie des Unions, l'été prochain.

— Es-tu sûr que c'est ce que tu désires, Ranec ? demanda Mamut.

Il avait de l'affection pour Ranec, et Wymez serait heureux, il le savait, si ce garçon qu'il avait ramené de ses voyages trouvait une compagne et s'établissait.

— Il y a bien des femmes mamutoï qui ne demanderaient pas mieux que de s'unir à toi. Que diras-tu à cette rousse jeune et jolie à qui tu as presque donné ta Promesse ? Comment s'appelle-t-elle donc ? Tricie ?

Si la peau noire avait pu rougir, Mamut en était certain, il aurait vu Ranec s'empourprer.

— Je lui dirai... je lui exprimerai mes regrets. Je ne peux pas faire autrement. La seule femme que je veuille, c'est Ayla. Elle est mamutoï, à présent. Elle doit s'unir à un mamutoï. Je veux que ce soit moi.

— Si cela doit être, Ranec, dit Mamut, avec bienveillance, cela sera. Mais souviens-toi de ceci : le choix ne t'appartient pas. Pas même à elle. Ayla a été choisie par la Mère dans un but bien précis, elle a reçu des dons nombreux. Quoi que tu décides, quoi qu'elle puisse décider, Mut a sur elle les tout premiers droits. Tout homme qui se liera à elle sera lié aussi au but de son existence.

25

Tandis que l'antique Terre, d'un mouvement imperceptible, penchait son froid visage boréal vers l'immense étoile brillante autour de laquelle elle tournait, les terres, même les plus proches des glaciers, perçurent le baiser d'une douce tiédeur et, lentement, s'éveillèrent du sommeil d'un hiver plus profond et plus glacial. Au début, le printemps s'anima d'abord à regret, puis, avec la hâte d'une saison qui avait peu de temps à-vivre, rejeta sa couverture de glace avec une précipitation exubérante qui abreuva et stimula le sol.

Les gouttes d'eau qui tombaient des branches à la première chaleur de midi se durcissaient en stalactites à mesure que les nuits se refroidissaient. Au cours des journées de plus en plus chaudes qui suivirent, les longues flèches aiguës s'allongèrent avant d'échapper à l'emprise de la glace et de transpercer les congères qui, déjà, se changeaient en tas de neige fondue, emportés par des eaux boueuses. Les filets d'eau, ruisselets et ruisseaux se rassemblaient en cours d'eau pour emporter toute l'humidité que l'hiver avait tenue en suspension. Ces cours d'eau, dans leur fougue, se jetaient dans les lits anciens, dans les ravines ou bien en taillaient d'autres dans le loess, parfois aidés et dirigés par une pelle faite dans un andouiller ou par une écope d'ivoire.

La rivière prisonnière grondait, craquait dans sa lutte pour échapper à l'emprise de l'hiver, tandis que la neige fondue se déversait dans le courant caché. Soudain, sans avertissement, une violente détonation, qui s'entendit jusque dans l'habitation, suivie d'une seconde, et tout de suite après, d'un grondement sourd, annonça que la glace ne retenait plus le flot déferlant. Les glaces flottantes, en plaques épaisses, en blocs énormes, tressautaient, plongeaient, se retournaient. Saisies, entraînées par le courant rapide et puissant, elles marquaient le changement de saison.

Comme si le froid était emporté en même temps, les gens du Camp, depuis longtemps retenus prisonniers, comme la rivière, du froid glacial, se répandaient dehors. Bien que l'impression de chaleur vînt seulement d'une comparaison avec les jours précédents, l'existence confinée céda la place à une activité extérieure frénétique. Tout prétexte à une sortie était accueilli avec enthousiasme, fût-ce le grand nettoyage de printemps.

Les habitants du Camp du Lion étaient propres, selon leurs critères personnels. Bien que, sous forme de glace et de neige, il y eût largement de quoi produire de l'eau, il y fallait du feu et de grandes quantités de combustible. Toutefois, ce qu'on faisait fondre pour boire et pour cuisiner était en partie utilisé pour se laver, et les Mamutoï prenaient périodiquement des bains de vapeur. Les aménagements personnels étaient généralement bien tenus. On entretenait les outils, les instruments. Les quelques vêtements que l'on portait à l'intérieur étaient brossés, parfois lavés, bien entretenus. Pourtant à la fin de l'hiver, la puanteur dans l'abri était incroyable.

On y retrouvait les odeurs de nourriture, à divers stades de conservation et de décomposition, cuite, crue et corrompue... celles d'huile brûlée, généralement rance puisqu'on ajoutait des morceaux de graisse congelée à celle qui se trouvait depuis quelque temps dans les lampes... celle des paniers qu'on utilisait pour la défécation et qui n'étaient pas toujours vidés immédiatement... celle des récipients pleins d'urine qu'on gardait afin de transformer le liquide en ammoniac par décomposition de l'urée... celle, enfin, des gens eux-mêmes. Les bains de vapeur étaient excellents pour la santé, ils nettoyaient la peau mais ils n'éliminaient pas vraiment les odeur corporelles, et ce n'était d'ailleurs pas leur but : l'odeur corporelle faisait partie de l'identité de chacun.

Les Mamutoï étaient accoutumés aux odeurs naturelles, puissantes et pénétrantes de la vie quotidienne. Leur sens olfactif était bien développé, et ils s'en servaient, comme de la vue ou de l'ouïe, pour garder conscience de leur environnement. Ils ne trouvaient même pas désagréables les odeurs des animaux : elles étaient naturelles, elles aussi. Mais, à mesure que la température s'adoucissait, même les narines les plus habituées commençaient à s'émouvoir des conséquences de l'étroite promiscuité dans laquelle vivaient vingt-sept personnes durant une longue période. Le printemps marquait le temps où l'on relevait les rideaux pour aérer, où l'on rassemblait pour les jeter les débris accumulés pendant l'hiver entier.

Pour Ayla, ce grand nettoyage concernait aussi celui de l'abri des chevaux. Les animaux avaient bien supporté l'hiver, ce qui enchantait la jeune femme mais n'avait rien de bien surprenant. Les chevaux des steppes étaient résistants, adaptés aux rigueurs des hivers les plus rudes. S'ils devaient chercher eux-mêmes leur nourriture, Whinney et Rapide pouvaient toujours revenir à leur guise vers un refuge qui leur procurait une protection bien supérieure à celle que trouvaient généralement leurs cousins sauvages. Ils y trouvaient en plus de l'eau et même quelque provende. Les chevaux, à l'état sauvage, devenaient vite adultes, et Rapide, comme d'autres poulains nés à la même époque, avait déjà atteint sa pleine croissance. Il s'étofferait un peu au cours des quelques années suivantes, mais c'était un jeune étalon vigoureux, un peu plus grand que sa mère.

Le printemps était aussi le temps d'une certaine disette. Les réserves de certains aliments, particulièrement les légumes, très appréciés, étaient épuisées. D'autres commençaient à se faire rares. Lorsqu'on procéda à l'inventaire, tout le monde se félicita qu'on eût décidé d'organiser cette dernière chasse au bison. Sinon, la viande aurait pu manquer. Toutefois, si la viande suffisait à les nourrir, elle les laissait insatisfaits.

Ayla se rappela les breuvages toniques que préparait Iza pour le Clan de Brun. Elle décida d'en confectionner pour le Camp. Ses tisanes à base de différentes herbes séchées, parmi lesquelles la patience riche en fer et les cynorhodons qui évitaient le scorbut, compensaient le manque latent de vitamines qui provoquait cette violente envie d'aliments frais, sans éliminer ce désir. Toutefois, on faisait appel aux ressources médicales de la jeune femme pour bien autre chose que des toniques.

Il faisait bon, dans l'habitation semi-souterraine, bien isolée, chauffée par plusieurs feux, par les lampes et par la chaleur naturelle des corps. Même quand le froid, dehors, était cruel, on s'habillait légèrement à l'intérieur. Durant l'hiver, les occupants prenaient soin de se vêtir confortablement avant de sortir, mais, dès que la neige commençait à fondre, on oubliait toute précaution. La température avait beau dépasser de très peu le point de congélation, on avait l'impression qu'il faisait bien plus chaud, et ceux qui sortaient ne prenaient pas la peine d'enfiler grand-chose par-dessus les vêtements qu'ils portaient habituellement à l'intérieur. Avec les pluies de printemps, la fonte des neiges, ils étaient généralement mouillés et glacés avant de rentrer, ce qui diminuait leur résistance.

En ces premiers jours de printemps, Ayla avait à traiter plus de toux, de rhumes et de maux de gorge qu'elle n'en avait jamais connu au plus fort de l'hiver. L'épidémie de rhumes et d'infections respiratoires affectait tout le monde. La jeune femme elle-même dut garder quelques jours le lit pour soigner une légère fièvre et une grosse toux. La saison n'était guère avancée qu'elle avait déjà traité presque tout le monde dans le Camp du Lion. Selon les besoins, elle prescrivait des tisanes, des traitements par la vapeur, des cataplasmes brûlants pour la gorge et la poitrine et assistait les malades, avec gentillesse et fermeté. Tout le monde louait l'efficacité de ses traitements. A défaut d'autres résultats, les gens, en sa présence, se sentaient mieux.

Nezzie lui avait dit qu'ils souffraient toujours de rhumes de printemps. Pourtant, quand la maladie frappa Mamut, alors qu'Ayla était elle-même à peine remise, elle négligea ses propres symptômes pour le soigner ; C'était un très vieil homme, et son état l'inquiétait. Une infection respiratoire grave pouvait lui être fatale. Cependant, le chaman, en dépit de son grand âge, conservait une remarquable résistance. Il se remit plus rapidement que certains autres habitants de l'habitation ; tout en appréciant les soins dévoués de la jeune femme, il la pressa de s'occuper de ceux qui avaient encore plus besoin d'elle et de prendre elle-même un peu de repos.

Elle n'eut pas besoin d'encouragements quand Fralie se mit à faire de la fièvre et fut prise d'une toux rauque qui la secouait tout entière, mais son désir de lui venir en aide resta sans réponse. Frebec refusait à Ayla l'accès de son foyer. Crozie s'en prit furieusement à lui et, le Camp tout entier donna raison à la vieille femme, mais Frebec ne céda pas. Crozie raisonna même avec Fralie, pour tenter de la convaincre de passer outre... sans résultat, la malade se contenta de secouer la tête, sans cesser de tousser.

— Mais, pourquoi ? demanda Ayla à Mamut.

Elle buvait avec lui une tisane chaude, en écoutant une nouvelle quinte de Fralie. Tronie avait accueilli chez elle Tasher, qui se situait par l'âge entre Nuvie et Hartal. Crisavec dormait avec Brinan au Foyer de l'Aurochs. La jeune femme enceinte et malade pouvait ainsi se reposer, mais Ayla souffrait toutes les fois qu'elle l'entendait tousser.

— Pourquoi refuse-t-il de me laisser la soigner ? Il voit bien que mes soins en ont aidé d'autres, et Fralie en a plus besoin que personne. Tousser ainsi est trop pénible pour elle, surtout maintenant.

— La réponse à ta question n'est pas difficile, Ayla. Si l'on prend les gens du Clan pour des animaux, il est impensable qu'ils puissent entendre quoi que ce soit à la médecine. Puisque tu as grandi chez eux, comment pourrais-tu en savoir davantage ?

— Mais ce ne sont pas des animaux ! Une guérisseuse du Clan a des connaissances très étendues !

— Je le sais Ayla. Je connais mieux que personne les talents d'une guérisseuse du Clan. Et je crois qu'ici, tout le monde le sait, à présent, même Frebec. Ils apprécient tes capacités, mais Frebec se refuse à battre en retraite, après toutes ces disputes. Il a peur de perdre la face.

— Qu'y a-t-il de plus important ? Sa face ou l'enfant de Fralie ?

— Fralie attache sans doute plus d'importance à la face de Frebec.

— Ce n'est pas la faute de Fralie. Frebec et Crozie font tout leur possible pour l'obliger à choisir entre eux, et elle se refuse à choisir.

— La décision lui appartient.

— Mais, précisément, elle ne veut pas prendre de décision. Elle refuse le choix.

Mamut secoua la tête.

— Non, elle en fait un, qu'elle le veuille ou on. Mais elle ne le fait pas entre Frebec et Crozie. Quand doit-elle mettre son enfant au monde ? Elle est près de son terme, il me semble.

— Je n'en suis pas sûre, mais, à mon avis, ce n'est pas encore tout proche. Sa maigreur fait paraîre son ventre plus gros, mais l'enfant n'est pas encore en position. C'est ce qui m'inquiète. Il est trop tôt, je pense.

— Tu ne peux rien y faire, Ayla.

— Si seulement Frebec et Crozie ne se disputaient pas constamment à propos de tout...

— Cela n'a rien à voir. Ce problème-là ne concerne pas Fralie : il est entre Frebec et Crozie. Fralie n'est pas obligée de se laisser piéger entre les deux. Elle est capable de prendre ses propres décisions. En fait, elle en a pris une : elle a choisi de ne rien faire. Ou plutôt, si tes craintes sont fondées — et je crois qu'elles le sont —, elle a choisi de mettre un enfant au monde maintenant ou plus tard. Peut-être est-ce un choix entre la vie et la mort pour son enfant... au prix d'un danger pour elle-même. Mais telle est sa décision, et elle se justifie peut-être par des raisons que nous ignorons les uns et les autres.

Bien après la fin de leur conversation, Ayla garda en mémoire les commentaires de Mamut. Lorsqu'elle alla se coucher, elle y songeait encore. Bien sûr, il avait raison. En dépit des sentiments de Fralie pour Frebec et pour sa mère, ce n'était pas son combat. Ayla s'efforçait de découvrir un moyen de convaincre Fralie mais elle avait déjà essayé et, maintenant que Frebec lui refusait l'accès de son foyer, elle n'avait plus l'occasion d'en parler à la jeune femme. Quand elle s'endormit, l'inquiétude pesait encore lourdement sur son esprit.

Elle se réveilla en pleine nuit. Sans bouger, elle tendit l'oreille. Elle ne savait trop ce qui l'avait tirée du sommeil mais elle avait l'impression que c'était la voix plaintive de Fralie. Le silence se prolongeait. Sans doute avait-elle rêvé, se dit-elle. Loup gémit, et elle tendit la main pour l'apaiser. Peut-être faisait-il un cauchemar lui aussi, et était-ce ce qui l'avait réveillée. Sa main, pourtant, s'immobilisa avant d'avoir atteint le louveteau : elle tendit de nouveau l'oreille vers ce qui lui paraissait être une plainte étouffée.

Ayla rejeta les couvertures, se leva. Sans bruit, elle passa derrière le rideau, chercha à tâtons le panier pour s'y soulager, avant d'enfiler une tunique. Elle s'approcha ensuite du trou à feu. Elle entendit alors une toux retenue, suivie d'une quinte interminable qui s'acheva dans un gémissement retenu également. Ayla ranima les braises, ajouta un peu de bois, des copeaux d'os, jusqu'au moment où les flammes montèrent. Elle y laissa tomber quelques pierres à cuire, tendit la main vers l'outre.

— Tu peux faire de la tisane pour moi aussi, dit Mamut à voix basse.

Il repoussa ses couvertures, se mit sur son séant.

— Nous serons tous debout avant longtemps, je crois.

Ayla hocha la tête, ajouta un peu plus d'eau dans le panier. Après une nouvelle quinte de toux, il y eut du mouvement, des voix contenues dans le Foyer de la Grue.

— Et il faut quelque chose pour apaiser la toux... et quelque chose aussi pour interrompre le travail... s'il n'est pas déjà trop tard. Je vais voir ce que j'ai parmi mes remèdes, dit Ayla.

Elle posa sa coupe, ajouta, après une hésitation :

— ...pour le cas où quelqu'un demanderait mon aide.

Elle se munit d'un tison, et Mamut la regarda passer en revue les rayons sur lesquelles elle avait rangé les remèdes rapportés de sa caverne. Il est merveilleux de la voir pratiquer son art de Femme Qui Guérit, se disait le vieil homme. Mais elle est bien jeune. A la place de Frebec, j'aurai été plus préoccupé par sa jeunesse et, peut-être, son manque d'expérience que par le milieu d'où elle vient. Je sais qu'elle a été instruite par les meilleures, mais comment peut-elle déjà posséder un tel savoir ? Sans doute l'avait-elle en naissant, et cette guérisseuse, Iza, a dû dès le début, découvrir ce don... Ses réflexions furent interrompues par une autre quinte de toux qui provenait du Foyer de la Grue.

— Tiens, Fralie, bois un peu d'eau, proposa Frebec d'un ton anxieux.

Incapable de parler, Fralie fit « non » de la tête. Elle s'efforçait de maîtriser sa toux. Etendue sur le côté, relevée sur un coude, elle tenait devant sa bouche un morceau de peau souple. La fièvre lui donnait un regard vitreux, ses efforts lui empourpraient le visage. Elle jeta un coup d'œil vers sa mère qui, assise sur son lit, de l'autre côté du passage central, la regardait d'un air furieux.

La colère de Crozie était aussi évidente que sa détresse. Elle avait tout essayé pour convaincre sa fille de demander de l'aide : la persuasion, les disputes, les diatribes, rien n'y faisait. Elle avait même sollicité d'Ayla un remède pour son rhume. Il était stupide de la part de Fralie, de refuser le secours qui était disponible. Tout était de la faute de cet homme stupide, de ce stupide Frebec, mais il ne servait à rien d'en parler. Crozie avait décidé de ne pas dire un mot de plus.

La toux de Fralie s'apaisa. Exténuée, elle se laissa retomber sur le lit. Peut-être l'autre douleur, celle dont elle ne voulait pas reconnaître la présence, n'allait-elle pas se manifester, cette fois. Fralie attendait, le souffle retenu pour ne rien provoquer. La peur la tenaillait. La douleur naquit au creux de ses reins. Elle ferma les yeux, inspira profondément, s'efforça de chasser la souffrance par sa seule volonté. Elle posa la main sur le côté de son ventre distendu, perçut la contraction de ses muscles sous la souffrance. Son inquiétude s'accrut encore. Il est trop tôt, pensa-t-elle. L'enfant ne devrait pas venir au monde avant un autre cycle de lune, pour le moins.

— Fralie ? Tout va bien ? questionna Frebec.

Il était resté debout près d'elle, la coupe emplie d'eau entre les mains.

Elle vit sa détresse, son désarroi, essaya de lui sourire.

— C'est cette toux, dit-elle. Tout le monde tombe malade, au printemps.

Personne ne le comprenait, se disait-elle, sa mère moins que personne. Il faisait tant d'efforts pour montrer à tous qu'il méritait leur estime. Voilà pourquoi il se refusait à céder, pourquoi il se montrait si souvent querelleur, pourquoi il était si susceptible. Son comportement enbarrassait Crozie. Il ne comprenait pas qu'on prouvait sa valeur — le nombre et la qualité de ses attaches, la puissance de son influence — en montrant ce qu'on pouvait obtenir de sa famille, de ses amis, afin que chacun pût en être témoin. La mère de Fralie avait essayé de le lui faire comprendre en lui faisant don du droit à la Grue, pas seulement au Foyer que lui avait apporté Fralie lors de leur Union, mais au droit de revendiquer la Grue comme son droit de naissance.

Crozie s'était attendue de sa part à un assentiment sans réserve à tous ses vœux, à tous ses désirs : il aurait montré ainsi qu'il comprenait, qu'il appréciait le fait d'être en mesure de se réclamer du Foyer de la Grue, qui appartenait encore nominalement à Crozie, même si elle ne possédait plus grand-chose d'autre. Mais les exigences de la vieille femme étaient parfois excessives. Elle avait perdu tant d'avantages qu'il lui était difficile de renoncer à ce qui restait de son prestige, surtout au profit de quelqu'un qui possédait si peu. Ce prestige, Crozie redoutait constamment de voir Frebec l'affaiblir ; elle avait sans cesse besoin d'être rassurée. Fralie ne voulait pas mortifier Frebec en essayant de lui expliquer de tels raisonnements. Il s'agissait de subtilités dont on prenait conscience en grandissant... si on les avait toujours eues. Mais Frebec, lui, n'avait jamais rien eu.

La douleur reprenait dans le dos de Fralie. Peut-être s'en irait-elle, si elle ne bougeait pas... si elle pouvait se retenir de tousser. Elle commençait à souhaiter pouvoir parler avec Ayla, au moins pour lui demander un remède contre la toux. Mais elle ne voulait pas laisser penser à Frebec qu'elle prenait le parti de sa mère. Par ailleurs, de longues explications lui irriteraient la gorge et mettraient Frebec sur la défensive. Elle se remit à tousser, au moment où la contraction atteignait son point culminant. Elle étouffa un cri.

— Fralie ? Est-ce... autre chose que la toux ? demanda Frebec.

A son avis, une simple toux n'aurait pas dû la faire gémir ainsi.

Elle hésita.

— « Autre chose » ? Que veux-tu dire ?

— Eh bien, l'enfant... Mais tu as déjà eu deux enfants. Tu sais comment ça se passe, n'est-ce pas ?

Fralie devint la proie d'une quinte déchirante. Quand elle reprit son souffle, elle éluda la question.

La lumière commençait à souligner les bords du trou à fumée quand Ayla revint à son lit pour achever de s'habiller. La majeure partie de occupants du Camp étaient restés éveillés une partie de la nuit. C'était d'abord la toux convulsive de Fralie qui les avait tirés du sommeil, mais il apparut bientôt qu'elle souffrait d'autre chose que d'un rhume. Tronie connaissait quelques difficultés avec Tasher qui voulait aller retrouver sa mère. Elle le prit dans ses bras, l'emporta au Foyer du Mammouth. Il continuait à pleurer. Ayla le prit à son tour, le promena autour du foyer en lui présentant différents objets susceptibles de le distraire. Le louveteau la suivait. Elle emmena Tasher, à travers le Foyer du Renard et le Foyer du Lion, jusqu'à celui où l'on faisait la cuisine.

Jondalar la regarda approcher, tandis qu'elle cherchait à calmer, à réconforter l'enfant, et son cœur battit plus vite. Mentalement, il souhaitait de toutes ses forces la voir venir plus près mais il se sentait nerveux, anxieux. Ils s'étaient à peine adressé la parole, depuis la séparation, et il ne savait que lui dire. Il chercha autour de lui quelque chose qui pourrait apaiser le petit enfant, et son regard tomba sur un os qui restait d'un rôti.

— Il aimerait peut-être se faire les dents là-dessus,

proposa Jondalar, quand la jeune femme pénétra dans le vaste foyer commun.

Il lui tendit l'os.

Elle le prit, le mit dans la main de l'enfant.

— Tiens, Tasher, ça te plairait, ça ?

Il n'y avait plus de viande sur l'os, mais il conservait encore une certaine saveur. Le petit mit dans sa bouche l'extrémité la plus grosse, goûta, décida qu'il aimait ça et, finalement, cessa de pleurer.

— Tu as eu une bonne idée, Jondalar, dit Ayla.

L'enfant de trois ans dans ses bras, elle se tenait tout près de Jondalar et levait les yeux vers lui.

— Ma mère agissait toujours ainsi quand ma petite sœur faisait un caprice, répondit-il.

Ils se regardaient, affamés tous les deux de la contemplation de l'autre. Sans rien dire, ils se rassasiaient de cette vue, détaillant chaque trait, chaque ombre, chaque menu changement. Il a perdu du poids, se disait Ayla. il a l'air hagard... Elle est soucieuse, tourmentée au sujet de Fralie, elle a envie de l'aider, pensait Jondalar. O, Doni, elle est si belle.

Tasher laissa tomber l'os, et Loup s'en empara.

— Laisse ! commanda Ayla.

A regret, le louveteau lâcha l'os mais continua de monter la garde tout près.

— Autant le lui laisser, maintenant, conseilla Jondalar d'un ton raisonnable. Frebec ne serait pas content, je crois, si tu rendais l'os à Tasher quand Loup l'a tenu dans sa gueule.

— Je ne veux pas le voir continuer à prendre ce qui ne lui appartient pas.

— Il ne l'a pas vraiment pris. Tasher l'a laissé tomber. Loup a probablement cru qu'il était pour lui.

— Tu as peut-être raison. Autant le lui laisser, je suppose.

Elle fit un signe. Loup baissa sa garde, reprit l'os, l'emporta tout droit jusqu'aux fourrures de couchage que Jondalar avait étalées sur le sol, près de l'aire réservée aux tailleurs de silex. Il s'installa confortablement et se mit à ronger l'os.

— Loup, sors de là, ordonna Ayla en se dirigeant vers lui.

— Ne t'inquiète pas Ayla... Il vient souvent ici et s'y trouve comme chez lui. Je... j'aime assez sa présence.

— Alors je le laisse faire, dit la jeune femme en souriant. Tu as toujours été ami avec Rapide aussi. Les animaux t'aiment bien, je crois.

— Pas autant que toi. Ils t'adorent. Et moi...

Il s'interrompit brusquement. Son front se plissa, il ferma les yeux. Quand il les rouvrit, il se redressa de toute sa taille, fit un pas en arrière.

— La Mère t'a accordé un don rare, dit-il.

Sa voix, son attitude étaient beaucoup plus cérémonieuses.

Elle sentit soudain des larmes lui brûler les yeux, sa gorge se serrer douloureusement. Elle baissa la tête, recula d'un pas, elle aussi.

Jondalar changea de sujet.

— Si j'en crois ce qui se passe, Tasher ne va pas tarder à avoir un petit frère ou une petite sœur.

— J'en ai bien peur.

— Tiens ? Tu penses qu'elle ne devrait pas avoir cet enfant ? fit-il, surpris.

— Si bien sûr, mais pas maintenant. Il est trop tôt.

— Tu en es certaine ?

— Non. On ne m'a pas laissée la voir.

— Frebec ?

Elle hocha la tête.

— Je ne sais pas quoi faire.

— Je ne comprends pas pourquoi il en est encore à sous-estimer ton savoir-faire.

— Frebec, dit Mamut, ne pense pas que les Têtes Plates puissent s'y connaître en soins. Il ne croit donc pas que j'aie pu apprendre quoi que ce soit chez eux. A mon avis, Fralie a vraiment besoin d'aide, mais Mamut prétend qu'elle doit le demander.

— Mamut a probablement raison. Mais, si elle est sur le point d'avoir son enfant, elle pourrait bien faire appel à toi.

Ayla changea Tasher de position. Il s'était enfoncé un doigt dans la bouche et semblait satisfait pour le moment. Elle vit Loup sur les fourrures familières de Jondalar qui, récemment, étaient près des siennes. La vue de ces fourrures, la présence toute proche du jeune homme lui rappelait le contact de Jondalar, les sensations qu'il éveillait en elle. Elle aurait voulu voir les fourrures de retour sur sa plate-forme de couchage. Lorsqu'elle reporta les yeux sur lui, ils exprimaient tout son désir. Jondalar éprouva une réaction immédiate, un besoin douloureux de tendre les bras vers elle, mais il se contrôla. Son attitude déconcerta Ayla. Il s'était mis à la regarder de la façon qui provoquait toujours en elle un fourmillement intérieur. Pourquoi avait-il changé ? Elle était anéantie mais, l'espace d'un instant, elle avait ressenti... quelque chose... un espoir, peut-être. Pourrait-elle découvrir le moyen de l'atteindre, si elle ne relâchait pas ses efforts ?

— J'espère qu'elle m'appellera, dit-elle, mais peut-être est-il déjà trop tard pour arrêter le travail.

Elle se disposait à partir, et Loup se leva pour l'accompagner. Elle posa son regard sur l'animal, puis sur l'homme, demanda, après une hésitation :

— Si elle faisait appel à moi, Jondalar, voudrais-tu garder Loup avec toi ? Je ne peux pas lui permettre de me suivre et de se trouver dans les jambes de tout le monde au foyer de la Grue.

— Oui, bien sûr, mais voudra-t-il rester ici ?

— Loup, retourne ! commanda-t-elle.

Le louveteau la regarda, un gémissement au fond de la gorge, comme s'il posait une question.

— Retourne au lit de Jondalar, insista-t-elle, un bras levé, l'index tendu. Va au lit de Jondalar, répéta-t-elle une fois de plus.

Loup, la queue entre les pattes, le ventre près du sol, obéit. Les yeux fixés sur la jeune femme, il s'assit sur les fourrures.

— Reste ici ! commanda-t-elle.

Le jeune loup se coucha sur le ventre, posa le museau sur ses pattes et la suivit des yeux quand elle fit demi-tour pour quitter le foyer.

Crozie, toujours assise sur son lit, regardait Fralie se

tordre en poussant des cris. Finalement, la douleur passa. Fralie respira profondément, ce qui amena une quinte de toux. Sa mère crut lire sur son visage une expression de désespoir. Crozie, elle aussi, commençait à désespérer. Il fallait que quelqu'un intervînt. Le travail, chez Fralie, était déjà bien avancé, et cette toux l'affaiblissait. Il n'y avait plus beaucoup d'espoir pour l'enfant : il allait naître trop tôt, et les petits nés trop tôt ne survivaient pas. Mais Fralie avait besoin de quelque chose pour apaiser la toux et les douleurs. Plus tard, il lui faudrait autre chose pour soulager son chagrin. Elle n'avait eu aucun succès en parlant à Fralie, pas en présence de cet homme stupide. Il ne voyait donc pas qu'elle était très mal ?

Crozie observait Frebec. Inquiet, désemparé, il tournait autour du lit de la jeune femme. Peut-être était-il vraiment inquiet, se dit-elle. Peut-être devait-elle faire une nouvelle tentative, mais obtiendrait-elle quelque chose en s'adressant à Fralie ?

— Frebec ! dit Crozie. Je veux te parler.

L'homme parut stupéfait. Crozie l'appelait rarement par son nom, déclarait plus rarement encore qu'elle voulait lui parler. Elle se contentait le plus souvent de l'abreuver d'injures.

— Que me veux-tu ?

— Fralie est trop obstinée pour m'écouter, mais tu dois bien maintenant constater par toi-même qu'elle va avoir son enfant...

Fralie l'interrompit en se remettant à tousser convulsivement, à s'en étouffer.

Quand la quinte s'apaisa, Frebec demanda :

— Fralie, dis-moi la vérité. Vas-tu mettre l'enfant au monde ?

— Je... je crois, oui.

Il lui sourit.

— Pourquoi ne l'as-tu pas dit plus tôt ?

— J'espérais que ce n'était pas vrai.

— Mais pourquoi ? insista-t-il, soudain anxieux. Tu n'en veux donc pas, de cet enfant ?

— Il est trop tôt, Frebec. Les enfants qui naissent

trop tôt ne vivent pas, répondit Crozie à la place de sa fille.

— Ils ne vivent pas ? Fralie, quelque chose ne va pas ? Est-ce vrai que cet enfant ne vivra pas ?

Frebec était désemparé, frappé de terreur. Le sentiment qu'il se passait quelque chose de grave avait grandi en lui toute la journée, mais il n'avait pas voulu y croire, il n'avait pas cru à une telle éventualité.

— C'est le premier enfant de mon foyer, Fralie. Ton enfant, né à mon foyer.

Il s'agenouilla près du lit, prit la main de sa compagne.

— Il faut que cet enfant vive. Dis-moi qu'il vivra. Fralie, dis-moi que cet enfant vivra.

— Je ne peux pas te le dire. Je n'en sais rien.

Elle parlait d'une voix lasse, rauque.

— Je croyais que tu savais tout de ces choses, Fralie. Tu es une mère. Tu as déjà deux enfants.

— Chacun d'eux est différent, murmura-t-elle. Celui-ci a été difficile dès le début. Je redoutais de le perdre. Nous avons eu tant de mal pour trouver un endroit où nous installer... Je ne sais pas. J'ai seulement le sentiment qu'il est trop tôt pour que cet enfant vienne au monde...

— Pourquoi ne m'as-tu rien dit, Fralie ?

— Et qu'aurais-tu pu faire ? dit Crozie, d'une voix contenue, presque sans espoir. Qu'aurais-tu pu faire ? Que savais-tu de la grossesse ? De l'accouchement ? De la toux ? De la souffrance ? Elle n'a rien voulu te dire parce que tu n'as rien fait d'autre qu'insulter la seule personne qui pouvait lui venir en aide. A présent, l'enfant va mourir, et je me demande à quel état de faiblesse Fralie en est arrivée.

Frebec se retourna vers Crozie.

— Fralie ? Il ne peut rien arriver à Fralie ! N'est-ce pas ? Les femmes mettent constamment des enfants au monde.

— Je n'en sais rien, Frebec. Regarde-la. Juge par toi-même.

Fralie essayait de maîtriser une quinte de toux menaçante. La douleur dans son dos reprenait. Elle avait les yeux fermés, les sourcils froncés. Ses cheveux en désordre étaient collés par mèches, son visage luisait de sueur. Frebec bondit sur ses pieds, fit un mouvement pour quitter le foyer.

— Où vas-tu, Frebec ? demanda Fralie.

— Je vais chercher Ayla.

— Ayla ? Mais je croyais...

— Depuis son arrivée, elle n'a pas cessé de répéter que tu n'allais pas bien. Si elle a su voir ça, elle est peut-être Celle Qui Guérit. Tout le monde le dit. Je ne sais pas si c'est vrai, mais il faut faire quelque chose... à moins que tu ne veuilles pas la voir.

— Va chercher Ayla, murmura Fralie.

Une tension fébrile parcourut tous les foyers quand on vit Frebec s'engager dans le passage central et se diriger à grands pas vers le Foyer du Mammouth.

— Ayla, Fralie est... commença-t-il, trop inquiet, trop bouleversé pour songer à sauver la face.

— Oui, je sais. Demande à quelqu'un de faire venir Nezzie pour m'aider et apporte ce récipient. Prends garde, ça brûle. C'est une décoction pour sa gorge.

Ayla, déjà se hâtait vers le Foyer de la Grue.

Quand Fralie leva les yeux et la vit, elle se sentit tout à coup profondément soulagée.

— La première chose à faire est d'arranger ce lit pour que tu sois mieux, déclara la jeune femme.

Elle tirait les couvertures, redressait la patiente, la soutenait à l'aide de fourrures et de coussins.

Fralie lui sourit. Elle remarquait soudain, sans trop savoir pourquoi, qu'Ayla s'exprimait encore avec un petit accent. Non, pas véritablement un accent, se dit-elle. Elle avait simplement quelques difficultés avec certains sons. Curieux comme on s'habituait facilement à une particularité comme celle-là.

La tête de Crozie apparut au-dessus de la couche. La vieille femme tendit à Ayla une pièce de cuir soigneusement pliée.

— C'est sa couverture d'enfantement, Ayla.

Elles la déplièrent et, tandis que Fralie se déplaçait légèrement, l'étalèrent sur le lit.

— Il était grand temps qu'ils te fassent venir, reprit Crozie, mais il est trop tard maintenant pour empêcher la naissance. Dommage. J'avais l'intuition que ce serait une fille, cette fois. C'est bien dommage qu'elle doive mourir.

— N'en sois pas trop sûre, Crozie, dit Ayla.

— Cet enfant arrive trop tôt. Tu le sais bien.

— Oui, mais n'abandonne pas encore l'enfant à l'autre monde. On peut prendre certaines mesures, s'il n'est pas vraiment trop tôt... et si la mise au monde se passe bien.

La jeune femme baissa les yeux sur Fralie.

— Attendons. Nous verrons bien.

— Ayla, demanda Fralie, les yeux brillants, crois-tu qu'il y ait de l'espoir ?

— Il y a toujours de l'espoir. Bois ceci, à présent. La tisane apaisera ta toux, et tu te sentiras mieux. Nous verrons ensuite où tu en es.

— Qu'y a-t-il là-dedans ? questionna Crozie.

Ayla la dévisagea un instant avant de répondre. Le ton avait contenu un ordre, mais Ayla sentait que la question était motivée par l'inquiétude et par un intérêt sincère. C'était chez Crozie une façon de parler, comme si elle avait été accoutumée à donner des ordres. Mais on pouvait se méprendre, quand une question était posée d'un tel ton par quelqu'un qui n'était pas en position d'autorité.

— L'intérieur de l'écorce de merisier, pour la calmer, pour apaiser sa toux, pour soulager les douleurs de l'enfantement, expliqua-t-elle, bouillie avec la racine séchée et réduite en poudre de la renoncule âcre, pour aider les muscles à pousser plus fort afin d'aider la délivrance. Le travail est trop avancé pour qu'on puisse l'interrompre.

— Hum... fit Crozie avec un signe d'approbation.

Elle était satisfaite : la réponse d'Ayla l'avait convaincue qu'elle ne se contentait pas d'appliquer un remède dont elle avait entendu parler mais qu'elle savait ce qu'elle faisait. Crozie elle-même ignorait les propriétés des plantes, mais Ayla, elle, les connaissait.

A mesure que la journée avançait, chacun prit le temps de passer quelques instants au chevet de Fralie pour lui offrir un soutien moral, mais les sourires encourageants contenaient une nuance de tristesse. Tout le monde savait que la jeune femme affrontait une épreuve qui avait peu de chance de connaître un dénouement heureux. Pour Frebec, le temps se traînait. Il ne savait à quoi s'attendre, et il se sentait perdu, déséquilibré. Il lui était arrivé d'être présent lors d'accouchements : il ne se rappelait pas que l'enfantement eût pris si longtemps. Apparemment, pour les autres femmes, les difficultés étaient moindres. Faisaient-elles toutes tant d'efforts, se débattaient-elles, criaient-elles ainsi ?

Il n'y avait pas de place pour lui à son foyer, avec toutes ces femmes, et l'on n'avait pas besoin de lui, de toute manière. Il s'était assis sur le lit de Crisavec, pour regarder, pour attendre, mais personne ne lui prêtait attention. Il finit par se lever, par s'éloigner, sans trop savoir où il allait. Il décida qu'il avait faim, se dirigea vers le premier foyer, dans l'espoir d'y découvrir un reste de rôti, quelque chose. Au fond de lui-même, il pensait essayer de trouver Talut. Il éprouvait le besoin de parler à quelqu'un, de partager cette expérience avec un autre homme qui serait en mesure de le comprendre. Lorsqu'il parvint au Foyer du Mammouth, Ranec, Danug et Tornec, près du trou à feu, s'entretenaient avec Mamut et obstruaient en partie le passage central. Frebec s'immobilisa : il ne tenait pas à leur demander de le laisser passer.

— Comment va-t-elle, Frebec ? demanda Tornec.

La question amicale le surprit vaguement.

— Je voudrais bien le savoir, répondit-il.

— Je sais ce que tu éprouves, reprit Tornec, avec un sourire mi-figue mi-raisin. Jamais je ne me sens aussi inutile que lorsque Tronie est dans les douleurs de l'enfantement. J'ai horreur de la voir souffrir et je souhaite toujours pouvoir faire quelque chose pour elle, mais il n'y a jamais rien. C'est une affaire de femme, il faut bien qu'elle aille jusqu'au bout. Je suis toujours étonné, après coup, de voir comme elle oublie vite ses efforts, ses souffrances, dès qu'elle voit l'enfant et qu'elle sait qu'il...

Il s'interrompit, de peur d'avoir trop parlé.

Frebec fronça les sourcils, se tourna vers Mamut.

— Fralie m'a dit qu'à son avis, cet enfant venait trop tôt. A entendre Crozie, les enfants qui naissent trop tôt ne survivent pas. Est-ce vrai ? Cet enfant va-t-il mourir ?

— Je ne peux pas te répondre, Frebec. Tout est entre les mains de Mut, déclara le vieil homme. Mais je sais une chose : Ayla ne renoncera pas. Tout dépend de l'avance qu'a prise l'enfant. Ceux qui naissent prématurément, sont petits et faibles, et, c'est pourquoi, généralement, ils meurent. Mais cela n'arrive pas toujours, surtout s'ils n'ont pas trop d'avance. Plus longtemps ils vivent et plus ils ont de chances de ne pas mourir. J'ignore ce qu'Ayla peut faire, mais, si quelqu'un peut sauver l'enfant, c'est bien elle. Elle a reçu en partage un don puissant, et, je peux te l'assurer, aucune Femme Qui Guérit n'aurait pu bénéficier d'un meilleur enseignement. Je sais par expérience personnelle quel talent possèdent les guérisseuses du Clan. Jadis, l'une d'elles m'a guéri.

— Toi ! Tu as été guéri par une Tête Plate ! dit Frebec. Je ne comprends pas. Comment ? Quand ?

— Quand j'étais un jeune homme et que j'accomplissais mon Voyage.

Les autres attendaient la suite de l'histoire de Mamut, mais il devint vite évident qu'il n'avait pas l'intention de donner d'autres précisions.

— Vieil homme, fit Ranec avec un large sourire, je me demande combien d'histoires et de secrets se cachent au sein des années de ta longue vie.

— J'en ai oublié plus que n'en pourrait contenir ta propre existence, jeune homme, et j'ai pourtant de nombreux souvenirs. J'étais déjà vieux quand tu es né.

— Quel âge as-tu ? demanda Danug. Le sais-tu ?

— Il fut un temps où je tenais le compte des années en traçant sur une peau sacrée, chaque printemps, un signe qui me rappelait un événement survenu dans l'année. J'ai ainsi couvert plusieurs peaux, l'écran des cérémonies est l'une d'entre elles. A présent, je suis si vieux que je ne compte plus. Mais je vais te dire, Danug, à quel point je suis vieux. Ma première compagne a eu trois enfants.

Mamut se tourna vers Frebec.

— Le premier-né, un fils, est mort. Le deuxième, une fille, a eu quatre enfants. L'aîné de ces quatre-là était une fille, et elle a donné naissance à Tulie et Talut. Toi, tu es le premier enfant de la compagne de Talut. La compagne du premier-né de Tulie attend peut-être déjà un enfant. Si Mut m'accorde encore une saison, je pourrai voir la cinquième génération. Voilà à quel point je suis vieux, Danug.

Le jeune homme secouait la tête. C'était plus d'années qu'il n'aurait jamais pu en imaginer.

— Manuv et toi n'êtes-vous pas parents, Mamut ? demanda Tornec.

— Il est le troisième enfant de la compagne d'un cousin plus jeune, comme tu es toi-même le troisième enfant de la compagne de Manuv.

En ce moment précis, ils prirent conscience d'une certaine agitation au Foyer de la Grue, et tous se tournèrent dans cette direction.

— Allons, respire bien à fond, dit Ayla, et pousse encore une fois. Tu y es presque.

Fralie reprit bruyamment son souffle et, accrochée aux mains de Nezzie, fit un grand effort.

— Bien ! Très bien ! l'encouragea Ayla. Le voilà qui vient ! Le voilà ! Bien ! Nous y sommes !

— C'est une fille, Fralie ! annonça Crozie. Je t'avais bien dit que, cette fois, ce serait une fille !

— Comment est-elle ? questionna Fralie. Est-elle...

— Nezzie, veux-tu l'aider à expulser le délivre ? dit Ayla.

Elle enlevait le mucus de la bouche de la toute petite qui luttait pour trouver son premier souffle.

Il y eut un terrible silence. Et puis, miraculeux, saisissant, le cri de la vie.

— Elle est vivante ! elle est vivante ! dit Fralie.

Des larmes de soulagement et d'espoir brillaient dans ses yeux.

Oui, pensait Ayla, elle est vivante, mais si petite.

Jamais elle n'avait vu de bébé aussi minuscule. Pourtant elle était vivante, elle se débattait, elle gigotait, elle respirait. Ayla la coucha sur le ventre, en travers du corps de Fralie. Elle n'avait vu, se rappelait-elle, que des nouveau-nés du Clan. Les enfants des Autres étaient sans doute plus petits, à la naissance. Elle aida Nezzie à se débarrasser du délivre, retourna le petit être et lia le cordon ombilical en deux endroits, avec les morceaux de fibres de tendons qu'elle avait préparés. A l'aide d'un couteau en silex bien aiguisé, elle trancha le cordon entre les deux attaches. Pour le meilleur et pour le pire, la petite fille était maintenant un être humain indépendant, qui vivait, qui respirait. Mais les deux jours à venir seraient critiques.

Tout en nettoyant l'enfant, Ayla l'examina avec attention. Elle paraissait parfaite. Simplement exceptionnellement menue. Et ses vagissements étaient faibles. Ayla l'enveloppa d'une peau souple, la tendit à Crozie. Nezzie et Tulie enlevèrent la couverture d'enfantement. Quand la jeune femme se fut assurée que Fralie était propre, bien installée, garnie d'une couche absorbante de laine de mammouth, elle posa au creux du bras de l'accouchée la petite fille nouveau-née. Elle fit signe ensuite à Frebec de venir voir la première fille de son foyer. Crozie ne bougea pas de sa place.

Fralie écarta la peau souple, leva vers Ayla des yeux pleins de larmes.

— Elle est si petite, dit-elle en serrant le bébé contre elle.

Elle déplaça le devant de sa tunique, approcha l'enfant de son sein. La petite y frotta son visage, trouva le mamelon. Au sourire qui illumina les traits de Fralie, Ayla comprit que la nouveau-née tétait. Mais au bout d'un instant, elle lâcha le mamelon, apparemment épuisée par l'effort.

— Elle est si petite... Va-t-elle vivre ? demanda Frebec.

Mais c'était plutôt une supplication.

— Elle respire. Si elle peut téter, il y a de l'espoir. Mais, pour vivre, elle aura besoin d'aide. Il faut la tenir au chaud, et le peu de force dont elle dispose doit être employé à téter. Tout le lait qu'elle absorbera doit être consacré à sa croissance.

Ayla fit peser sur Frebec et Crozie un regard sévère.

— Il ne doit plus y avoir de querelles dans ce foyer, si vous voulez qu'elle vive. Sinon, elle sera dérangée, et il ne faut pas la déranger si vous tenez à la voir prospérer. Il ne faudra même pas la laisser pleurer : elle n'en a pas la force. Pleurer empêcherait le lait de la faire grandir.

— Mais comment l'empêcher de pleurer, Ayla ? Comment savoir quand je dois lui donner le sein, si elle ne pleure pas ? questionna Fralie.

— Frebec et Crozie devront t'aider l'un et l'autre, parce qu'elle doit rester constamment avec toi, comme si tu la portais encore dans ton ventre, Fralie. Le mieux, je crois, serait de lui faire un support qui la maintiendrait contre ta poitrine. Ainsi tu la tiendras au chaud. Elle sera rassurée par ton contact et par les battements de ton cœur, parce qu'elle y est habituée. Plus important encore, toutes les fois qu'elle aura envie de se nourrir, elle n'aura qu'à tourner la tête pour trouver ton sein. Elle n'aura pas ainsi à dépenser des forces qui lui sont nécessaires pour sa croissance.

— Et comment la changer ? demanda Crozie.

— Enduis-la de cette crème adoucissante que je t'ai donnée, Crozie. J'en ferai d'autre. Pour absorber ses excréments, sers-toi de bouse séchée dont tu l'envelopperas. Quand elle aura besoin d'être changée, ne la remue pas trop. Et toi, Fralie, tu dois te reposer. Ce te fera du bien. Nous devons essayer d'apaiser cette toux. Si l'enfant passe les tout prochains jours, chaque jour de vie supplémentaire la rendra plus forte. Avec votre aide, Frebec et Crozie, elle a une chance.

Une impression d'espoir contenu planait sur tout l'abri quand on tira les rideaux sur un soleil rouge qui se couchait dans un banc de nuages au ras de l'horizon. La plupart des habitants avaient achevé le repas du soir. Ils garnissaient les feux, nettoyaient les ustensiles, couchaient les enfants, avant de se rassembler pour une soirée de conversation. Au foyer du Mammouth plusieurs personnes étaient réunies autour du feu, mais les propos s'échangeaient dans un murmure, comme si des voix plus fortes n'étaient pas de mise.

Après avoir fait prendre à Fralie une tisane calmante, Ayla l'avait laissée dormir. Au cours des jours qui allaient suivre, la jeune femme n'aurait pas beaucoup de sommeil. La plupart des tout-petits s'adaptaient à une routine qui les faisait dormir pendant un temps raisonnable avant de s'éveiller pour se nourrir, mais la nouveau-née de Fralie n'était pas assez forte pour téter longuement chaque fois, et en conséquence, ne dormait pas bien longtemps avant d'avoir de nouveau besoin de se sustenter. Fralie allait devoir, elle aussi, se contenter de sommes très brefs, jusqu'au moment où l'enfant serait plus vigoureuse.

Il était presque étrange de voir Frebec et Crozie travailler ensemble, s'aider mutuellement pour venir en aide à Fralie, se témoigner l'un à l'autre une courtoisie mesurée. Peut-être cela ne durerait-il pas, mais ils faisaient des efforts et leur animosité semblait s'éteindre.

Crozie était allée se coucher de bonne heure. La journée avait été dure, et elle n'était plus toute jeune. Elle était lasse et elle pensait bien se lever tôt pour s'occuper de Fralie. Crisavec couchait toujours avec le fils de Tulie, et Tronie gardait Tasher. Frebec, seul au Foyer de la Grue, contemplait le feu. Il éprouvait des émotions mêlées. Ce tout petit enfant, le premier-né de son foyer, lui inspirait de l'anxiété et un instinct de protection. De la peur, aussi. Ayla lui avait mis le bébé dans les bras, pour qu'il le tînt un instant pendant que Crozie et elle veillaient au bien-être de Fralie. Il l'avait détaillée, sans parvenir à croire qu'un être aussi minuscule pût être aussi parfait. Les toutes petites mains avaient même des ongles. Il avait peur de bouger, peur de briser l'enfant. Pourtant, il se la laissa prendre à regret.

Brusquement, Frebec se leva, s'engagea dans le passage central. Il n'avait pas envie d'être seul ce soir-là. A la limite du Foyer du Mammouth, il s'arrêta, observa les quelques personnes assises autour du feu. C'étaient les membres les plus jeunes du Camp. Par le passé il aurait poursuivi son chemin sans s'arrêter jusqu'au premier foyer où il se serait entretenu avec Talut et Nezzie, avec Tulie et Barzec, ou bien avec Manuv ou Wymez ou même récemment avec Jondalar, et parfois Danug. Crozie se trouvait souvent au foyer de la cuisine, mais il était plus facile de l'ignorer que d'affronter la possibilité de se voir ignorer par Deegie ou dédaigner par Ranec. Mais Tornec s'était montré amical, un peu plus tôt, sa compagne avait déjà enfanté, il savait ce que c'était. Frebec reprit longuement son souffle, s'approcha du feu.

Au moment où il arrivait près de Tornec, les autres éclatèrent de rire, et il crut un instant qu'ils se moquaient de lui. Il fut tenté de partir.

— Frebec ! Te voilà ! dit Tornec.

— Il doit rester un peu d'infusion, je crois, déclara Deegie. Laisse-moi t'en servir une coupe.

— Tout le monde me dit que c'est une jolie petite fille, fit Ranec. Et Ayla assure qu'elle a une bonne chance de vivre.

— Nous sommes heureux d'avoir Ayla, affirma Tronie.

— Oui, c'est vrai, répondit Frebec.

Durant un moment personne ne dit mot. C'était le premier éloge d'Ayla qu'on entendait tomber de la bouche de Frebec.

— On pourra peut-être lui donner un nom à la Fête du Printemps, suggéra Latie.

Elle était assise dans l'ombre près de Mamut, et Frebec ne l'avait pas remarquée.

— Ça lui porterait bonheur.

— Oui, sûrement, dit Frebec.

Il prit la coupe que lui tendait Deegie. Il se sentait plus à l'aise.

— Moi aussi, j'aurai mon rôle à la Fête du Printemps, ajouta Latie, mi-timidement, mi-fièrement.

— Latie est femme, maintenant expliqua Deegie, de l'air un peu condescendant d'une grande sœur qui s'adresse à un autre adulte averti.

— Elle connaîtra les Rites des Premiers Plaisirs à la Réunion d'Eté, cette année, ajouta Tronie.

Frebec hocha la tête, et ne sachant que dire, sourit à Latie.

— Fralie dort toujours, demanda Ayla ?

— Elle dormait quand je suis parti.

— Je vais aller me coucher moi aussi, je crois, dit la jeune femme en se levant, je suis lasse.

Elle posa la main sur le bras de Frebec.

— Tu viendras me chercher quand Fralie se réveillera ?

— Oui, certainement, Ayla...et... euh... merci, ajouta-t-il à voix basse.

— Ayla, je crois qu'elle pousse, dit Fralie. Elle est plus lourde, j'en suis sûre, et elle commence à regarder autour d'elle. Je pense aussi qu'elle tète plus longtemps.

— Elle a cinq jours, elle pourrait bien prendre des forces en effet, acquiesça Ayla.

Fralie sourit, mais des larmes lui montèrent aux yeux.

— Je ne sais pas ce que je serais devenue sans toi. Je me reproche constamment de ne pas t'avoir demandé conseil plus tôt. Dès le début, cette grossesse ne me paraissait pas normale, mais quand ma mère et Frebec se sont mis à se quereller, je n'ai pas pu prendre parti pour l'un ou pour l'autre.

Ayla se contenta d'un hochement de tête.

— Ma mère peut se montrer difficile, je le sais. Mais elle a tant perdu. Elle était Femme Qui Ordonne tu sais.

— Je m'en étais douté.

— J'étais l'aînée de quatre enfants. J'avais deux sœurs et un frère... J'avais à peu près l'âge de Latie quand le malheur est arrivé. Ma mère m'a emmenée au Camp du Cerf, pour me présenter au fils de la Femme Qui Ordonne. Elle voulait arranger une Union. Moi, je ne voulais pas y aller, et, quand je l'ai vu, il ne m'a pas plu. Il était plus âgé que moi, et ce qui l'intéressait, c'était mon prestige. Pourtant avant la fin de la visite, ma mère a réussi à me convaincre. On a pris toutes les dispositions pour que nous soyons unis l'été suivant, à la cérémonie des Unions. Quand nous sommes revenues à notre Camp... Oh, Ayla... c'était affreux...

Fralie ferma les yeux, s'efforça de maîtriser son émotion.

— Personne ne sait ce qui s'est passé... le feu avait pris... L'habitation était vieille, construite par un oncle de ma mère. La chaume, le bois, l'os devaient être desséchés, nous a-t-on dit. Le feu avait dû prendre pendant la nuit... Personne n'avait pu s'échapper...

— Fralie, je suis désolée, dit Ayla.

— Nous ne savions où aller. Nous avons fait demi-tour, pour retourner au Camp du Cerf. Les gens du Camp nous plaignaient ; mais ils n'étaient guère ravis. La mauvaise fortune leur faisait peur, et nous avions perdu de notre prestige. Ils voulaient rompre notre accord, mais Crozie a porté l'affaire devant le Conseil des Sœurs et les a obligés à tenir parole. Le Camp du Cerf aurait perdu de son influence et de son prestige s'il avait renié l'accord. J'ai été unie cet été-là. Ma mère a dit que je ne pouvais pas faire autrement : c'était notre seule ressource. Mais je n'ai jamais eu beaucoup de bonheur dans cette Union, si ce n'est la naissance de Crisavec et celle de Tasher. Ma mère se querellait sans cesse avec les gens du Camp. Surtout avec mon compagnon. Elle était accoutumée à la position de Femme Qui Ordonne. Elle avait l'habitude de prendre des décisions, de se voir respecter. Il n'était pas facile pour elle de perdre tous ces avantages. Elle était incapable d'y renoncer. Les gens se sont mis à la considérer comme une femme amère qui les harcelait sans cesse de plaintes et de criailleries. Ils se refusaient à la fréquenter.

Fralie marqua une pause avant de continuer :

— Quand mon compagnon a été encorné par un aurochs, le Camp du Cerf a déclaré que nous portions malheur et nous a chassés. Ma mère a essayé de trouver une autre Union pour moi. Il y a eu quelques prétendants. J'avais conservé mon statut de naissance — on ne peut pas vous enlever ce qu'on possède en naissant —, mais personne ne voulait accueillir ma mère. On disait qu'elle portait malheur mais, en réalité, je crois, on avait horreur de l'entendre se plaindre constamment. Je ne peux pourtant pas lui en vouloir. Les gens ne comprenaient pas, voilà tout.

« Le seul homme qui se présenta fut Frebec. Il n'avait pas grand-chose à offrir, dit Fralie en souriant, mais il a offert tout ce qu'il avait. Au début, il ne m'attirait pas beaucoup. Il n'a jamais eu un statut notable et il ne sait pas toujours comment se comporter... il embarrasse ma mère. Il tient à affirmer sa valeur, et croit se donner de l'importance en tenant des propos désobligeants sur... sur d'autres personnes. J'ai décidé de partir avec lui pour faire un essai. A notre retour, ma mère n'en croyait pas ses oreilles quand je lui ai dit que je voulais accepter l'offre de Frebec. Elle n'a jamais compris...

Fralie regarda Ayla avec un doux sourire.

— Peux-tu imaginer ce qu'avait été une Union avec un homme qui ne voulait pas de moi et qui, dès le début, n'avait éprouvé aucun sentiment pour moi ? Et ma joie de découvrir un autre homme qui désirait m'avoir pour compagne au point d'être prêt à donner tout ce qu'il possédait et à promettre tout ce qu'il pourrait acquérir par la suite ? Cette première nuit, après notre départ, il m'avait traitée comme... comme un trésor incomparable. Il ne parvenait pas à croire qu'il avait le droit de me toucher. Grâce à lui, je m'étais sentie... comment dire ?... désirée. Il est encore ainsi quand nous sommes seuls. Mais ma mère et lui se sont pris de querelle dès les tout premiers temps. Quand ils ont mis l'un et l'autre leur point d'honneur à décider si je devais ou non te consulter, je n'ai pas pu dépouiller Frebec de toute dignité, Ayla.

— Je te comprends, je crois, Fralie.

— J'essayais de me répéter que je n'allais pas si mal, que ton remède me faisait du bien. J'ai toujours pensé qu'il changerait d'avis, le moment venu, mais je voulais que l'idée vînt de lui, sans contrainte de ma part.

— Je suis heureuse qu'il ait pris la bonne décision.

— Mais je ne sais pas ce que j'aurais fait si mon enfant...

— On ne peut pas encore en être tout à fait sûre

mais tu as raison, je pense. Elle a l'air de prendre des forces.

Fralie sourit.

— Je lui ai choisi un nom. J'espère qu'il plaira à Frebec. J'ai décidé de l'appeler Bectie.

Ayla faisait le tri parmi toutes sortes de substances végétales séchées. Il y avait là de petits tas d'écorces, de racines, de graines, de tiges en bottes, des coupes pleines de feuilles, de fleurs, de fruits et même quelques plantes entières.

Ranec, qui s'efforçait de cacher quelque chose derrière son dos, s'approcha de la jeune femme.

— Tu es très occupée, Ayla ? demanda-t-il.

— Non, pas vraiment. Je passe mes remèdes en revue pour voir ce qui me manque. Je suis sortie aujourd'hui avec les chevaux. Le printemps arrive enfin... ma saison préférée. Les bourgeons se montrent, comme les chatons des saules. J'ai toujours aimé ces petites fleurs duveteuses. Bientôt, tout va reverdir.

Ranec sourit devant cet enthousiasme.

— Tout le monde attend avec impatience la Fête du Printemps. C'est l'occasion pour nous de célébrer la vie nouvelle, les nouvelles naissances. Avec le petit enfant de Fralie, et Latie qui va devenir femme, nous avons de quoi nous réjouir.

Ayla se rembrunit légèrement. Elle n'était pas bien sûre d'attendre avec impatience le rôle qui serait le sien, lors de la Fête du Printemps. Mamut l'avait initiée et certains phénomènes intéressants s'étaient produits, mais tout cela était un peu effrayant. Pas autant qu'elle l'avait redouté toutefois. Tout irait bien. Elle retrouva son sourire.

Ranec n'avait cessé de l'observer. Il se demandait ce qui se passait dans son esprit et, en même temps, il cherchait un moyen d'aborder le sujet qui l'avait poussé à venir la voir...

— La cérémonie pourrait bien être particulièrement captivante, cette année...

Il s'interrompit le temps de trouver les mots qui convenaient.

— Tu as sans doute raison...

Ayla pensait encore à son rôle dans la fête.

— Ça n'a pas l'air de te passionner, remarqua Ranec en souriant.

— Vraiment ? Mais si, je me réjouis de voir Fralie donner un nom à son enfant, et je suis contente pour Latie. Je me rappelle ma joie quand je suis enfin devenue femme, et le soulagement d'Iza. Mais Mamut prépare autre chose et je ne suis pas certaine d'être d'accord avec lui.

— J'oublie sans cesse que tu n'es pas mamutoï depuis très longtemps. Tu ne sais pas ce qu'est une Fête du Printemps. Rien d'étonnant que tu ne l'attendes pas avec notre impatience à tous.

Il changea nerveusement de posture, baissa les yeux, les releva sur elle.

— Ayla, ton impatience serait peut-être plus vive, et la mienne aussi, si...

Ranec se tut, décida d'aborder le sujet différemment. Il tendit à la jeune femme l'objet qu'il avait tenu derrière son dos.

— J'ai fait ça pour toi.

Ayla vit l'objet. Elle leva vers Ranec des yeux élargis de surprise et de ravissement.

— Tu as fait ça pour moi ? Mais pourquoi ?

— Parce que j'en avais envie. C'est pour toi, voilà tout. Considère ça comme un cadeau de printemps, dit-il.

Elle accepta la sculpture en ivoire, la tint précautionneusement entre ses mains pour l'examiner.

— C'est l'une de tes représentations de femme-oiseau... Elle ressemble à celle que tu m'avais montrée, mais ce n'est pas la même, constata-t-elle, avec un plaisir mêlé de respect.

Les yeux de Ranec s'illuminèrent.

— Je l'ai sculptée tout exprès pour toi. Mais je dois te mettre en garde, dit-il avec une feinte gravité : j'y ai mis une pointe de magie, afin de t'inspirer... de l'affection pour elle et pour celui qui l'a faite.

— Tu n'avais pas besoin de magie pour obtenir ce résultat, Ranec.

— Alors, elle te plaît ? Dis-moi comment tu la trouves ? insista-t-il.

En règle générale il ne demandait pas aux gens ce qu'ils pensaient de son travail : leur opinion lui était indifférente. Il travaillait pour lui-même et pour plaire à la Mère. Mais, cette fois, il désirait par-dessus tout plaire à Ayla. Il avait mis son cœur, ses désirs, ses rêves dans chaque encoche qu'il avait taillée, chaque ligne qu'il avait gravée, dans l'espoir que cette représentation de la Mère exercerait sa magie sur la femme qu'il aimait.

En détaillant la figurine, Ayla remarqua le triangle pointé vers le bas. C'était, elle l'avait appris, le symbole de la femme et l'une des raisons pour lesquelles le chiffre trois était celui du pouvoir générateur et un nombre sacré pour Mut. L'angle se répétait en chevrons sur ce qui devait être la face antérieure de la figurine, si on y voyait une femme, et sa face postérieure, si on la considérait comme un oiseau. La statuette entière était décorée de rangées de chevrons et de lignes parallèles, en un motif géométrique fascinant qu'on prenait plaisir à contempler, mais qui suggérait plus encore.

— C'est très beau, Ranec. J'aime particulièrement la façon dont tu as tracé ces lignes. D'une certaine manière, le dessin me rappelle des plumes mais, en même temps, il me fait penser à de l'eau, comme sur les cartes, dit Ayla.

Le sourire de Ranec s'élargit de ravissement.

— Je le savais ! Je savais que tu le verrais ! Les plumes de Son Esprit, quand Elle devient un oiseau et revient à tire-d'aile au printemps. Et les eaux de la naissance, dont Elle a empli les mers.

— C'est merveilleux Ranec mais je ne peux pas la garder.

Elle essayait de lui rendre l'objet.

— Pourquoi pas ? Je l'ai fait pour toi, dit-il en refusant de la prendre.

— Mais que pourrais-je te donner en échange ? Je n'ai rien qui ait la même valeur.

— Si c'est ce qui te tourmente, je peux te faire une

proposition. Tu possèdes quelque chose que je désire et qui vaut beaucoup plus que ce morceau d'ivoire...

Les yeux de Ranec étincelaient d'humour... et d'amour. Il reprit plus ou moins son sérieux.

— Unis-toi à moi, Ayla. Sois ma compagne. Je veux partager un foyer avec toi. Je veux que tes enfants soient les enfants de mon foyer.

Ayla hésitait à lui répondre. Ranec s'en aperçut. Il continua de parler, pour tenter de la convaincre.

— Pense à tout ce que nous avons en commun. Tu es une femme mamutoï. Je suis un homme mamutoï. Nous avons été adoptés l'un et l'autre. Si nous nous unissions, nous n'aurions pas besoin de nous chercher un autre Camp. Nous pourrions demeurer au Camp du Lion. Tu continuerais à prendre soin de Mamut et de Rydag, ce qui ferait grand plaisir à Nezzie. Mais, ce qui est plus important, je t'aime, Ayla. Je veux partager ma vie avec toi.

— Je... je ne sais que te dire.

— Dis oui, Ayla. Annonçons la nouvelle, pour introduire une Cérémonie de Promesse dans la Fête du Printemps. Nous pourrons ainsi célébrer notre Union cet eté, en même temps que Deegie.

— Je ne suis pas sûre... je ne pense pas...

— Je ne te demande pas de me répondre tout de suite.

Il avait escompté une réponse immédiate. Il comprenait maintenant qu'il lui faudrait peut-être un peu plus de temps mais il ne voulait pas l'entendre refuser.

— Dis-moi seulement que tu me donneras une chance de te prouver combien je t'aime, combien je te désire, combien nous pourrions être heureux ensemble.

Ayla se rappelait les paroles de Fralie. Oui, elle éprouvait une émotion particulière à l'idée qu'un homme la désirait, qu'un homme avait pour elle de la tendresse et ne passait pas son temps à l'éviter. Et elle prenait plaisir à la pensée de rester en ces lieux,où les gens l'aimaient, où elle les aimait en retour. Le Camp du Lion était maintenant pour elle une famille. Jondalar n'y resterait jamais. Elle le savait depuis longtemps. Il voulait rejoindre son peuple, et naguère, il avait l'intention de l'emmener avec lui. A présent, il semblait ne plus avoir le moindre désir de l'approcher.

Ranec était charmant. Elle avait de l'affection pour lui, vraiment. Si elle s'unissait à lui, elle resterait où elle était. Et, si elle devait mettre au monde un autre enfant, il fallait que ce fût bientôt. Elle ne rajeunissait pas. En dépit de ce qu'avait dit Mamut, dix-huit ans lui paraissaient un âge avancé. Ce serait merveilleux d'avoir un autre tout-petit se disait-elle. Comme celui de Fralie. Mais plus vigoureux. Avec Ranec, elle pourrait en avoir un. Aurait-il les traits de Ranec, ses yeux d'un noir profond, ses lèvres douces, son nez court et large, si différent des grands nez crochus des hommes du Clan ? Celui de Jondalar était entre les deux, par la taille et la forme... Pourquoi pensait-elle à Jondalar ?

Une autre idée lui vint à l'esprit, accéléra les battements de son cœur. Si je m'unis à Ranec et si je reste ici, se dit-elle, je pourrai peut-être aller chercher Durc ! L'été prochain, peut-être. Il n'y aura pas de Rassemblement du Clan à cette époque. Mais Ura ? Pourquoi ne pas la ramener ici, elle aussi ? Si je pars avec Jondalar, jamais je ne reverrai Durc, je le sais. Les Zelandonii vivent trop loin, et Jondalar refusera d'aller chercher Durc pour l'emmener avec nous. Si seulement Jondalar acceptait de rester ici, de devenir mamutoï... mais il ne voudra jamais. Elle regardait l'homme à la peau sombre, voyait briller l'amour dans les yeux de Ranec. Peut-être devrais-je songer à m'unir à lui.

— Je t'ai dit que j'y réfléchirais, Ranec.

— Oui, je le sais, mais s'il te faut plus de temps pour envisager une Promesse, viens au moins partager mon lit, Ayla. Donne-moi l'occasion de te montrer combien je te suis attaché. Dis-moi que tu feras au moins ça pour moi. Viens partager mon lit...

Il lui avait pris la main.

Elle baissa la tête pour se donner le temps de mettre de l'ordre dans ses sentiments. Elle sentait en elle une force subtile mais puissante qui la poussait à lui obéir. Elle avait beau la reconnaître pour ce qu'elle était, il lui était difficile de surmonter la conviction qu'elle devait aller le retrouver dans son lit. Plus encore, elle se demandait si elle devrait lui accorder une chance, faire peut-être un essai avec lui, comme l'avait fait Fralie avec Frebec.

Sans lever les yeux, elle hocha la tête.

— Je viendrai partager ton lit.

— Ce soir ?

La joie le faisait trembler, lui donnait envie de crier.

— Oui, Ranec. Si tu le désires, je viendrai partager ton lit, ce soir.

26

Jondalar se plaça de manière à voir la majeure partie du Foyer du Mammouth en portant son regard vers l'autre extrémité du passage central. Il avait si bien pris l'habitude d'épier Ayla qu'il n'y pensait pratiquement plus. Il n'en éprouvait même aucune gêne : cela faisait partie de son existence. Quoi qu'il fît, la jeune femme demeurait présente à son esprit, souvent à la limite de la conscience. Il savait quand elle dormait et quand elle était éveillée, quand elle mangeait et quand elle s'adonait à quelque ouvrage. Il savait quand elle sortait, quelles personnes lui rendaient visite, et combien de temps elles restaient. Il avait même une certaine idée de ce dont ils parlaient.

Ranec, il le savait, avait passé près d'elle une bonne partie de son temps. Il n'aimait pas les voir ensemble, mais il savait aussi qu'Ayla n'avait pas eu de relations intimes avec lui et semblait éviter tout contact étroit. La situation restait acceptable pour Jondalar dont les inquiétudes s'apaisaient. Aussi n'était-il pas préparé à la voir accompagner Ranec au foyer du Renard, au moment où tout le monde se disposait à se mettre au lit. Pour commencer, il ne put y croire. Il supposait qu'elle allait chercher quelque chose, avant de revenir à sa propre couche. Il ne comprit pas qu'elle avait l'intention de passer la nuit avec le sculpteur avant de la voir ordonner à Loup de regagner le Foyer du Mammouth.

A ce moment, il eut l'impression qu'un incendie

faisait explosion dans sa tête, avant de répandre dans son corps tout entier sa fureur et sa brûlure. Son premier mouvement fut pour se précipiter au Foyer du Renard afin d'en arracher Ayla. Il imaginait Ranec se moquant de lui et il éprouvait le désir d'écraser le noir visage souriant, de démolir ce sourire railleur, méprisant. Il luttait pour retrouver son sang-froid. Finalement, il se saisit de sa pelisse, se jeta dehors.

Il respirait par grandes saccades l'air froid, pour essayer d'apaiser la jalousie qui le dévorait, et le froid, à son tour, lui brûlait les poumons. Une brusque gelée, en ce début de printemps, avait durci la neige fondue, transformé les ruisseaux en dangereuses glissoires, tassé la boue en creux et bosses inégaux qui rendaient la marche difficile. Dans l'obscurité Jondalar perdit l'équilibre et dut lutter pour le rétablir. Il pénétra dans l'abri des chevaux.

Whinney l'accueillit d'un léger reniflement. Rapide renâcla, le poussa du museau pour solliciter un peu d'affection. Durant cet hiver pénible, il avait passé beaucoup de temps avec eux, et plus encore depuis ce printemps incertain. Il appréciait sa compagnie, et il se détendait à la chaleur de leur présence qui n'exigeait rien de lui. Un mouvement du rideau intérieur attira son attention. Il sentit des pattes se poser sur ses jambes, perçut un gémissement plaintif. Il se pencha, tendit la main, souleva le louveteau.

— Loup ! fit-il en souriant.

Mais il s'écarta vivement quand le petit animal très démonstratif lui lécha le visage.

— Que fais-tu ici ?

Il perdit son sourire.

— Elle t'a chassé, hein ? Tu es habitué à sa présence toute proche, et elle te manque. Je connais ça. Il est difficile de dormir seul quand on l'a sentie à côté de soi.

Jondalar caressa, câlina le petit loup jusqu'à le sentir plus détendu. Il n'avait pas envie de le mettre par terre.

— Que vais-je faire de toi Loup ? Ça m'ennuie de te faire rentrer. Je pourrais peut-être te laisser dormir avec moi.

Il se rembrunit devant le problème qui se posait à lui. Comment allait-il rejoindre son lit avec le louveteau ? Dehors, il faisait froid, et il n'était pas sûr que le petit animal consente à sortir avec lui. Mais s'il rentrait par l'ouverture du Foyer du Mammouth, il devrait traverser le Foyer du Renard. Rien au monde à ce moment n'aurait pu l'engager à passer par là. Il aurait aimé avoir ses fourrures. Sans feu, il faisait froid dans l'abri des chevaux, alors que allongé dans ses fourrures entre les deux animaux il aurait assez chaud. Il n'avait pas le choix. Il allait devoir sortir avec le petit loup et pénétrer dans l'habitation par l'entrée principale.

Après avoir flatté les chevaux, il serra le petit animal contre sa poitrine, souleva le rideau et se retrouva dans la nuit froide. Le vent, qui avait forci, lui cingla la figure d'une giffle glacée et souleva la fourrure de sa pelisse. Loup chercha à se blottir plus étroitement contre lui et gémit, mais il ne fit pas un mouvement pour se libérer. Prudemment Jondalar avançait sur le sol gelé, irrégulier. Il fut soulagé d'atteindre l'arche d'entrée.

Le silence régnait lorsqu'il pénétra dans le premier foyer. Il alla jusqu'à ses fourrures de couchage, y posa Loup, fut heureux de constater qu'il semblait disposé à y rester. Vivement, il ôta sa pelisse, ses bottes, se glissa entre les fourrures en serrant contre lui le louveteau. On avait moins chaud, avait-il découvert, quand on couchait par terre dans le vaste foyer que dans les plates-formes closes de rideaux. Il dormait donc avec ses vêtements d'intérieur. Au bout d'un moment consacré à trouver une position confortable, le petit loup ne tarda pas à s'endormir.

Jondalar eut moins de chance. Dès qu'il fermait les paupières, il entendait les bruits nocturnes et se raidissait. En temps normal, les souffles, les mouvements, les toussottements, les murmures du Camp, la nuit, formaient un fond sonore aisément ignoré. Mais les oreilles de Jondalar percevaient ce qu'il ne voulait pas entendre.

Ranec, doucement fit allonger Ayla sur ses fourrures, la contempla.

— Tu es si belle, Ayla, si parfaite. Je te désire tant. Je veux te garder près de moi à jamais. Oh, Ayla...

Il se pencha pour souffler son haleine dans l'oreille de la jeune femme, pour respirer son parfum de femme. Elle sentit sur sa bouche le contact des lèvres douces et pleines et elle réagit à sa caresse. Au bout d'un moment, il posa une main sur son ventre, entreprit de décrire lentement des cercles en exerçant une pression légère.

Bientôt, il tendit la main pour s'emparer d'un sein, baissa la tête pour prendre dans sa bouche un mamelon durci. Elle gémit, tendit ses hanches vers lui. Il se serra contre elle, et elle sentit contre sa cuisse sa dure et brûlante virilité. Il prit l'autre mamelon entre ses lèvres, le téta à son tour, avec de petits bruits de plaisir.

Il passa la main tout au long d'un côté de son corps, la glissa entre ses cuisses. Elle sentit qu'il la fouillait, se souleva pour se tendre vers lui...

— Oh, Ayla, ma belle compagne, ma femme parfaite. Que m'as-tu fait pour que je sois prêt si vite ? C'est la volonté de la Mère. Tu as la connaissance de Ses secrets. Ma femme parfaite.

Il la caressait au plus intime d'elle-même, et des frissons la parcouraient. Le mouvement de la main de Ranec se faisait plus rapide, plus insistant. Elle poussa un cri. Elle était prête elle aussi. Elle se haussa vers lui, le guida, exhala un soupir de plaisir lorsqu'elle se sentit pénétrée.

Tout de suite il précipita le rythme, sentit leurs sensations se préciser, cria le nom de la jeune femme.

— Oh, Ayla, Ayla, je te désire tant ! Sois ma compagne, Ayla. Sois ma femme !

Les cris d'Ayla se faisaient haletants et, soudain, la vague d'indescriptible passion les emporta l'un et l'autre.

Elle respirait par saccades, cherchait à reprendre son souffle sous le poids de Ranec. Un long temps s'était écoulé depuis qu'elle n'avait pas partagé les Plaisirs. La dernière fois avait été la nuit de l'adoption, et elle prenait maintenant conscience que cet échange lui avait manqué. Dans sa joie de la posséder, dans son désir de lui plaire, Ranec avait eu tendance à exagérer ses efforts, mais, même si tout s'était passé trop rapidement, elle ne se sentait pas insatisfaite.

— C'était parfait pour moi, murmura Ranec. Es-tu heureuse, Ayla ?

— Oui. C'est bon de partager les Plaisirs avec toi, Ranec, dit-elle.

Elle l'entendit soupirer.

Ils demeurèrent longuement immobiles, mais l'esprit d'Ayla revenait à la question de Ranec. Etait-elle heureuse ? Elle n'était pas malheureuse. Ranec était un homme bon, attentionné, et elle avait ressenti le Plaisir, mais... quelque chose lui manquait. Ce n'était pas un homme comme Jondalar, mais elle était incapable de déterminer où se trouvait la différence.

Peut-être simplement, n'était-elle pas encore tout à fait habituée à Ranec, se dit-elle.

Elle tenta de trouver une position plus confortable. Il commençait à peser un peu lourd sur elle. Il sentit son mouvement, se redressa, lui sourit, avant de rouler sur lui-même pour se retrouver à son côté, blotti contre elle.

Il frotta le nez contre son cou, lui murmura à l'oreille :

— Je t'aime, Ayla. Je te désire tant. Dis-moi que tu seras ma femme.

Elle ne répondit pas, elle ne pouvait dire oui, et elle ne voulait pas dire non.

Jondalar grinçait des dents, s'agrippait à sa fourrure, la serrait en tampon dans son poing crispé. Malgré lui, il tendait l'oreille vers les murmures, les souffles précipités, le rythme des mouvements qui lui parvenaient du Foyer du Renard. Il ramena la couverture par-dessus sa tête, sans pouvoir éviter d'entendre les cris étouffés d'Ayla. Il serrait les dents dans un morceau de cuir pour ne laisser échapper aucun bruit, mais au fond de sa gorge, sa propre voix hurlait de souffrance et d'un total désespoir. Loup gémit, remonta contre lui d'un mouvement vif pour lécher les larmes salées que l'homme s'efforçait de contenir.

Il ne supportait plus d'imaginer Ayla dans les bras

de Ranec. Mais c'était leur choix à tous deux. Qu'arriverait-il si elle rejoignait de nouveau le sculpteur dans son lit ? Il ne pourrait endurer une autre fois cette épreuve. Mais que pouvait-il faire ? Partir. Il pouvait partir. Il devait partir. Dès le lendemain matin. Au petit matin, aux premières lueurs du jour, il partirait.

Jondalar ne dormit pas. Tendu, rigide, il demeura immobile dans ses fourrures quand il comprit que les deux autres avaient seulement pris un peu de repos, qu'ils n'en avaient pas fini. Quand enfin il n'entendit plus que les bruits du sommeil, il ne dormit pas davantage. Sans cesse, il continuait d'entendre Ayla et Ranec, il les imaginait ensemble.

Lorsqu'un premier soupçon de lumière vint souligner les contours du trou à fumée, alors que personne d'autre n'avait encore bougé, il était déjà debout et entassait ses fourrures dans son sac. Il enfila sa pelisse, ses bottes, prit ses sagaies et le propulseur. Sans bruit, il se dirigea vers l'arche d'entrée, souleva la tenture. Loup fit un mouvement pour le suivre, mais Jondalar, dans un murmure rauque, ordonna « Reste » et laissa le rabat retomber derrière lui.

Une fois dehors, dans le vent mordant, il releva son capuchon, le serra autour de son visage en laissant seulement une petite ouverture pour voir où il allait. Il enfila les moufles qui pendaient en bas de ses manches, jeta son sac sur son dos et entreprit de gravir le versant de la colline. La glace craquait sous ses pieds, il trébucha dans la pâle lueur grisâtre du petit matin. Maintenant qu'il était seul, des larmes brûlantes l'aveuglaient.

Quand il parvint au sommet, le vent violent et glacé l'assaillit de bourrasques capricieuses. Il s'immobilisa, le temps de faire le choix d'une direction, prit celle du sud, le long de la rivière. La marche était pénible. Le gel avait été assez intense pour former une croûte de glace sur les congères qui commençaient à fondre. Il s'y enfonçait jusqu'aux genoux, devait en arracher un pied à chaque pas. Là où il n'y avait pas de congères, le sol était durci, irrégulier, souvent glissant. Jondalar perdait constamment l'équilibre. Une fois même, il tomba, se blessa à la hanche.

La matinée s'avançait, mais aucun rayon de soleil ne pénétrait l'épaisse couche de nuages qui recouvrait le ciel. La seule évidence de la présence de l'astre était une lumière diffuse mais grandissante dans un jour gris, sans ombres. Péniblement, Jondalar poursuivait sa marche. Son esprit était replié sur lui-même. Il faisait à peine attention à ce qui l'entourait.

Pourquoi ne supportait-il pas l'idée d'Ayla et de Ranec ensemble ? Pourquoi était-il si difficile de la laisser faire son propre choix ? La voulait-il pour lui seul ? Arrivait-il à d'autres hommes d'éprouver de tels sentiments ? De ressentir une telle souffrance ? Etait-ce l'idée qu'un autre homme la touchait ? Ou bien la peur de la perdre ?

Ou bien était-ce plus encore ? Avait-il le sentiment qu'il méritait de la perdre ? Elle parlait sans détours de sa vie avec le Clan. Il s'était montré aussi tolérant que n'importe qui, jusqu'au moment où il avait songé à ce que pourrait penser son propre peuple. Se sentirait-elle aussi libre de parler de son enfance chez les Zelandonii ? Elle s'était si bien fait sa place dans le Camp du Lion. On l'acceptait sans réserves, mais en irait-il de même si l'on apprenait l'existence de son fils ? Il s'en voulait cruellement de la direction de ses pensées. S'il avait à ce point honte d'elle, peut-être ferait-il mieux de renoncer à Ayla mais il ne supportait pas l'idée de la perdre.

La soif finit par pénétrer les brumes qui avaient envahi son cerveau. Il s'arrêta, chercha son outre de la main, s'aperçut qu'il l'avait oubliée. Lorsqu'il rencontra une autre congère, il brisa la croûte de glace, mit dans sa bouche une poignée de neige, l'y laissa fondre. C'était chez lui une seconde nature, il n'avait même pas besoin d'y penser. On l'avait habitué dès l'enfance à ne jamais avaler de neige sans l'avoir d'abord fait fondre, de préférence avant de la mettre dans la bouche. Avaler de la neige refroidissait tout le corps, et même la faire fondre dans la bouche représentait un pis-aller.

L'outre oubliée l'obligea à réfléchir un moment à sa situation. Il avait omis aussi de se munir de vivres, découvrit-il, mais cette idée lui sortit de l'esprit presque aussitôt. Il était trop occupé à se remémorer encore et encore, les bruits qu'il avait entendus dans la galerie, et les images, les pensées qu'elles avaient ancrées en lui.

Arrivé devant une vaste étendue blanche, il hésita à peine avant de s'y engager. S'il avait observé les environs, il aurait peut-être vu qu'il ne s'agissait pas d'une simple congère. Mais il n'était plus capable de réfléchir. Après quelques pas, son poids brisa la croûte de glace, et il s'enfonça jusqu'aux genoux, non pas dans la neige mais dans l'eau stagnante de la fonte. Ses bottes de cuir enduites de graisse étaient suffisamment imperméables pour résister à une certaine quantité de neige, même humide, fondante, mais pas à l'eau. Le choc du froid l'arracha à ses préoccupations qui l'avaient jusque-là totalement absorbé. Il sortit à grand-peine de l'eau, mordu par le vent glacial.

J'ai été vraiment stupide, se dit-il. Je n'ai même pas de vêtements pour me changer. Ni de quoi manger. Ni d'eau. Je suis obligé de faire demi-tour. Je ne suis pas du tout prêt pour un voyage. A quoi ai-je bien pu penser ? Tu le sais fort bien, Jondalar, se répondit-il à lui-même. Saisi à nouveau par la souffrance il ferma les yeux.

Il sentait le froid lui étreindre les pieds, les jambes jusqu'aux genoux. Il se demanda s'il devait se sécher avant de repartir mais il songea qu'il n'avait pas sur lui de pierre à feu, rien pour faire du feu. Ses bottes étaient doublées d'un feutre fait de laine de mammouth. Même mouillées, elles empêcheraient ses pieds de geler, s'il restait en mouvement. Il se remit en marche dans la direction opposée, en se fustigeant mentalement de sa stupidité.

Tout en marchant, il se prit à penser à son frère. Il se rappelait le jour où Thonolan avait été pris dans les sables mouvants, à l'embouchure de la Grande Rivière Mère, et avait désiré y rester, y mourir. Pour la première fois, Jondalar comprenait pleinement pourquoi Thonolan avait perdu toute volonté de vivre, après la mort de Jetamio. Son frère il s'en souvenait, avait choisi de rester avec le peuple de sa femme qu'il aimait. Mais Jetamio était née au sein du Peuple de la Rivière, se dit-il. Ayla, tout comme lui, était étrangère aux Mamutoï. Non, rectifia-t-il, ce n'était pas exact : Ayla était maintenant mamutoï...

En approchant du Camp du Lion, Jondalar vit une grande et large silhouette venir au-devant de lui.

— Nezzie était inquiète à ton sujet. Elle m'a envoyé à ta recherche. Ou es-tu allé ? demanda Talut en se mettant à marcher derrière Jondalar.

— Faire une promenade.

Le gigantesque chef hocha la tête. Ce n'était un secret pour personne qu'Ayla avait partagé les Plaisirs avec Ranec. Mais Jondalar n'était pas parvenu non plus à dissimuler sa détresse aussi bien qu'il le croyait.

— Tu as les pieds mouillés.

— Je suis passé à travers la glace d'une mare d'eau, en croyant qu'il s'agissait d'une congère.

— Tu devrais changer de bottes tout de suite en arrivant, Jondalar, remarqua Talut. Je pourrai t'en donner une paire.

— Merci, répondit le jeune homme.

Il prenait soudain conscience de sa qualité d'étranger. Il n'avait rien à lui, il dépendait entièrement de la bienveillance du Camp du Lion, même pour les vêtements, les vivres nécessaires à un voyage. Il lui déplaisait de solliciter davantage mais il n'avait pas le choix, s'il voulait partir. Après cela, il ne mangerait plus leurs provisions, il ne pèserait plus autrement sur leurs ressources.

— Te voilà ! fit Nezzie quand il pénétra dans la galerie. Jondalar ! Tu es mouillé, gelé ! Ote ces bottes. Je vais aller te chercher une boisson chaude.

Elle lui rapporta une infusion brûlante, et Talut lui donna une vieille paire de bottes et des braies sèches.

— Tu peux les garder, dit-il.

— Je te suis reconnaissant, Talut, de tout ce que tu as fait pour moi mais j'ai encore une faveur à te demander. Il faut que je parte. Je dois rentrer chez moi. J'ai été trop longtemps absent. Il est temps pour moi de prendre le chemin du retour, mais il me faudrait des vêtements de voyage et quelques vivres. Lorsqu'il fera plus chaud, il sera plus facile de trouver en route de quoi manger, mais j'aurai besoin de provisions pour entamer mon voyage.

— Je serai heureux de te donner ce qu'il te faudra. Mes vêtements sont un peu grands pour toi, mais tu peux les porter, fit le géant.

Il sourit, caressa sa barbe rousse, hirsute.

— Pourtant, j'ai une meilleure idée. Pourquoi ne pas demander à Tulie de t'équiper ?

— Pourquoi à Tulie ? demanda Jondalar, intrigué.

— Son premier compagnon était à peu près de ta taille, et je suis sûr qu'elle a gardé une bonne partie de ses vêtements. Ils étaient de la meilleure qualité. Tulie y avait veillé.

— Mais pourquoi me les donnerait-elle ?

— Tu n'as toujours pas réclamé ton gage : elle a une dette envers toi. Si tu lui dis que tu souhaites la récupérer sous forme de vêtements et de vivres, elle fera en sorte de te trouver ce qu'il y a de mieux, pour se libérer de son obligation.

— C'est vrai, dit Jondalar avec un sourire.

Il avait oublié le pari qu'il avait gagné. Il se sentait mieux à l'idée qu'il n'était pas entièrement dénué de ressources.

— Je vais m'adresser à elle.

— Mais tu n'as pas l'intention de partir, hein ?

— Mais si, dès que possible, répondit Jondalar.

Le chef s'assit pour entamer avec lui une discussion sérieuse.

— Il n'est pas sage de partir en voyage maintenant. Tout est en train de fondre. Regarde ce qui t'est arrivé au cours d'une simple promenade, dit-il. Et je me réjouissais à l'idée que tu nous accompagnerais à la Réunion d'Eté et que tu chasserais le mammouth avec nous.

— Je ne sais pas, répondit Jondalar.

Il vit près du trou à feu Mamut qui mangeait. Sa vue lui rappela Ayla. Il ne croyait pas pouvoir supporter la situation un jour de plus. Comment, alors, rester jusqu'à la Réunion d'Eté ?

— Le début de l'été est une meilleure époque pour

entamer un long voyage. C'est plus sûr. Tu devrais attendre, Jondalar.

— J'y réfléchirai, répondit le jeune homme.

En vérité, il n'avait pas l'intention d'attendre plus longtemps que nécessaire.

— C'est entendu, réfléchis.

Talut se leva.

— Nezzie m'a recommandé de m'assurer que tu mangerais un peu de sa soupe chaude, ajouta-t-il. Elle y a mis les dernières de ses racines.

Jondalar acheva de lacer les bottes du chef, avant de se lever à son tour pour s'approcher du trou à feu auprès duquel Mamut finissait un bol de soupe. Après avoir salué le vieil homme, il prit l'un des bols empilés tout près, se servit. Il s'installa près du chaman, tira son couteau, l'enfonça dans un morceau de viande.

Mamut essuya son bol, le remit en place et se tourna vers Jondalar.

— Je n'ai pas pu m'empêcher d'entendre votre conversation : tu envisages de partir bientôt ?

— Oui, demain ou le jour suivant. Dès que je serai prêt.

— C'est trop tôt ! protesta Mamut.

— Je le sais. Talut me l'a dit également mais il m'est déjà arrivé de faire de longs chemins pendant la mauvaise saison.

— Ce n'est pas ce que je voulais dire. Il faut que tu restes jusqu'à la Fête du Printemps, déclara le chaman avec une gravité absolue.

— C'est une grande occasion, je le sais, tout le monde en parle. Mais il faut vraiment que je m'en aille.

— C'est impossible. C'est dangereux.

— Pourquoi ? Quelle différence feront quelques jours de plus ? La fonte des glaces, les inondations seront encore là.

Le visiteur ne comprenait pas pourquoi le vieil homme insistait pour le voir assister à une fête qui n'avait pour lui aucune signification particulière.

— Jondalar, tu es capable de voyager par tous les temps, je n'en doute pas. Je ne pensais pas à toi. Je songeais à Ayla.

— Ayla ?

Jondalar fronça les sourcils, sentit son estomac se nouer.

— Je ne comprends pas, ajouta-t-il.

— J'ai initié Ayla à quelques pratiques du Foyer du Mammouth et je projette de célébrer avec elle une cérémonie, lors de cette Fête du Printemps. Nous utiliserons une racine qu'elle a apportée du Clan. Elle s'en est servi une fois... sous la conduite de son mog-ur. J'ai quelque expérience d'un certain nombre de plantes magiques qui peuvent conduire au monde des esprits, mais je ne me suis jamais servi de cette racine et Ayla ne l'a encore jamais utilisée seule. Nous nous trouverons l'un et l'autre devant quelque chose de nouveau. Elle semble éprouver... quelques inquiétudes, et... certaines altérations pourraient amener un bouleversement. Si tu partais, l'effet de ton départ sur Ayla pourrait être imprévisible.

— Veux-tu dire qu'Ayla courra un danger dans cette cérémonie avec la racine ? demanda Jondalar, les yeux emplis de détresse.

— Il existe toujours un élément de danger lorsqu'on a affaire au monde des esprit, expliqua le chaman. Mais elle s'y est déjà aventurée seule. Si la chose se reproduisait, sans initiation, sans surveillance, elle pourrait perdre son chemin. Voilà pourquoi je l'instruis. Toutefois, elle aura besoin de l'aide de ceux qui ont des sentiments pour elle, de ceux qui l'aiment. Il est essentiel que tu sois là.

— Pourquoi moi ? Nous ne... sommes plus ensemble. Il y en a d'autres, ici, qui ont des sentiments pour Ayla... de l'amour pour elle. D'autres pour qui elle éprouve, elle aussi, certains sentiments.

Le vieil homme se leva.

— Je ne peux rien t'expliquer, Jondalar. Il s'agit d'une impression, d'une intuition. Tout ce que je peux te dire, c'est qu'en t'entendant parler de départ, j'ai été envahi d'un sombre, d'un terrible pressentiment. Je ne suis pas sûr de sa signification, mais je... préférerais... Non, je vais m'exprimer plus vigoureusement. Ne pars pas, Jondalar. Si tu l'aimes, promets-moi de ne pas partir avant la fin de la Fête du Printemps, dit Mamut.

Il s'écoula quelques jours avant qu'Ayla retournât partager le lit de Ranec. Ce ne fut cependant pas faute d'encouragements de la part de celui-ci. Il fut difficile à la jeune femme de refuser, la première fois qu'il lui demanda de venir le rejoindre. Sa première éducation avait laissé en elle des traces profondes et elle eut l'impression d'avoir commis une faute terriblement grave en disant non. Elle s'attendait à de la colère de la part de Ranec, mais il sut être compréhensif : il n'ignorait pas, lui dit-il, qu'elle avait besoin de temps pour réfléchir.

Ayla eut connaissance de la longue errance de Jondalar le matin qui avait suivi sa nuit avec le sculpteur. Elle soupçonnait qu'elle était en cause. Etait-ce sa façon de lui montrer qu'il lui restait attaché ? Mais Jondalar était plutôt, depuis ce jour, plus distant encore. Il l'évitait le plus possible, ne lui adressait la parole que si c'était indispensable. Elle devait se tromper, décida-t-elle. Il ne l'aimait plus. Quand, finalement, elle se résigna à accepter cette vérité, elle fut désespérée mais s'efforça de n'en rien montrer.

Ranec, de son côté, lui prouvait abondamment son amour. Il la pressait toujours de lui accorder sa présence dans ses fourrures et de venir partager son foyer, de devenir sa femme, dans une Union solennellement reconnue. Elle consentit finalement à revenir partager ses fourrures en raison surtout de la compréhension qu'il lui témoignait. Mais elle ajourna son consentement à une relation plus permanente. Elle passa avec lui plusieurs nuits, résolut ensuite de s'abstenir durant un certain temps. Cette fois il lui fut plus facile de refuser. Tout allait trop vite jugeait-elle. Ranec voulait annoncer leur Promesse à la Fête du Printemps, qui aurait lieu dans quelques jours. Elle avait encore besoin d'y penser plus longuement. Elle appréciait les Plaisirs avec Ranec, il était tendre, il savait comment lui plaire, et elle avait pour lui un certain attachement. Elle l'aimait beaucoup en fait, mais il manquait quelque chose à leurs relations.

Elle le ressentait comme une sorte d'insatisfaction. Elle avait envie de l'aimer, elle souhaitait y parvenir, mais elle ne l'aimait pas.

Quand Ayla était avec Ranec, Jondalar ne dormait pas, et les effets de la fatigue commençaient à être visibles. De l'avis de Nezzie, il avait maigri, mais dans les vêtements de Talut, qui flottaient sur son corps, et avec la barbe de l'hiver, qu'il ne taillait plus, il était difficile de s'en rendre compte. Danug lui-même le trouvait décharné, épuisé et il croyait en connaître la cause. Il aurait aimé faire quelque chose pour l'aider. Il avait une affection profonde à la fois pour Jondalar et pour Ayla. Mais personne ne pouvait rien. Pas même Loup, bien que le petit animal apportât plus de réconfort qu'il n'y paraissait. Toutes les fois qu'Ayla s'absentait du Foyer du Mammouth, le jeune loup recherchait la compagnie de Jondalar. Le jeune homme sentait ainsi qu'il n'était pas seul à souffrir, à être rejeté. Par ailleurs il se prenait à passer plus de temps avec les chevaux. Il lui arrivait même de dormir avec eux, pour s'éloigner des scènes pénibles qui se déroulaient près de lui, mais il mettait un point d'honneur à se tenir à l'écart quand Ayla se trouvait dans l'abri des chevaux.

Au cours des jours qui suivirent, le temps se fit plus chaud. Il devint de plus en plus difficile à Jondalar d'éviter la jeune femme. En dépit de la neige fondue, de la montée des eaux, elle sortait plus souvent avec les chevaux. Il s'efforçait bien de s'éclipser lorsqu'il la voyait arriver mais, à plusieurs reprises, il fut obligé de marmonner un prétexte pour partir précipitamment, après s'être trouvé par accident en sa présence. Dans ses sorties, elle emmenait fréquemment Loup et parfois Rydag. Toutefois, quand elle avait envie d'être libre de toute responsabilité, elle laissait le louveteau à la garde de l'enfant, à la grande joie de celui-ci. Whinney et Rapide étaient maintenant parfaitement à l'aise avec le louveteau, et Loup, de son côté, paraissait apprécier la compagnie des chevaux, qu'il se trouvât avec Ayla sur le dos de Whinney ou qu'il courût à côté des deux bêtes en s'efforçant de se maintenir à leur hauteur. C'était un bon exercice et pour Ayla un prétexte tout trouvé pour s'évader de l'habitation où elle se sentait à l'étroit, après le long hiver. Néanmoins, elle ne pouvait échapper au tumulte des sentiments qui tourbillonnaient autour d'elle et en elle.

Elle avait entrepris, lorsqu'elle montait Whinney, d'encourager Rapide et de le diriger par la voix, les coups de sifflet, certains autres signaux. Mais, toutes les fois qu'il lui venait à l'esprit qu'elle devrait habituer l'étalon à porter un cavalier, elle pensait à Jondalar et retardait le moment. Il ne s'agissait d'ailleurs pas d'une décision vraiment consciente mais plutôt d'une tactique dilatoire. Elle souhaitait de tout son être que, d'une manière ou d'une autre, tout se passât comme elle l'avait naguère espéré. Ce serait alors Jondalar qui entraînerait Rapide et le monterait.

Jondalar, de son côté, entretenait le même espoir. Lors d'une de leurs rencontres imprévues, Ayla l'avait encouragé à emmener Whinney pour une randonnée : elle-même avait trop à faire, avait-elle prétendu, et la jument avait besoin d'exercice, après l'interminable hiver. Il avait oublié la sensation exaltante que l'on éprouvait à courir face au vent sur le dos du cheval. Quand il vit Rapide galoper près de lui, avant de distancer sa mère, il rêva de monter le jeune étalon, aux côtés d'Ayla sur Whinney. D'une façon générale, il était en mesure de contrôler la jument mais il avait l'impression qu'elle le tolérait seulement, et cela le mettait toujours mal à l'aise. Whinney était la monture d'Ayla, et, même s'il regardait avec convoitise le jeune étalon, même s'il éprouvait pour lui une véritable affection, Rapide, lui aussi, appartenait à Ayla.

A mesure que venait la chaleur, Jondalar songeait de plus en plus au départ. Il décida de suivre le conseil de Talut et de demander à Tulie de s'acquitter de sa dette envers lui en lui donnant les vêtements et le matériel de voyage qui lui faisaient si cruellement défaut. Comme le lui avait laissé supposer le chef, Tulie se montra ravie de pouvoir si facilement se libérer de ses obligations.

Jondalar attacha une ceinture sur sa nouvelle tunique d'un brun foncé quand Talut entra à grands pas dans le foyer de la cuisine. La Fête du Printemps devrait avoir lieu le surlendemain. Pour se préparer au grand jour, chacun essayait ses plus beaux vêtements et se détendait après les bains de vapeur et un plongeon dans l'eau froide de la rivière. Pour la première fois depuis qu'il était parti de chez lui, Jondalar possédait un surplus de vêtements bien confectionnés et superbement ornés, ainsi que des hottes, des tentes, et tout un matériel de voyage. Il avait toujours apprécié les objets de qualité et Tulie ne manqua pas de remarquer son goût. Elle avait toujours pensé, sans connaître les Zelandonii, et elle en était maintenant convaincue, que Jondalar faisait partie d'un peuple de grand prestige.

— La tunique a l'air d'avoir été faite pour toi, Jondalar, déclara Talut. La broderie de perles, en travers des épaules, tombe tout à fait comme il faut.

— Oui, ces vêtements me vont bien. Tulie a été plus que généreuse. Merci de ton conseil.

— Je suis heureux que tu aies décidé de ne pas partir tout de suite. La Réunion d'Eté te plaira.

— Eh bien... euh... je n'ai pas... Mamut...

Jondalar bredouillait, dans son effort pour expliquer qu'il n'était pas parti à la date d'abord prévue.

— Je ferai en sorte que tu sois invité à la première chasse, poursuivit Talut.

Pour lui, Jondalar avait retardé son départ à cause de ses conseils et de son invitation.

— Jondalar, fit Deegie, un peu déconcertée. De dos, je t'avais pris pour Darnev !

Souriante, elle tourna autour de lui pour l'examiner sur toutes les coutures. Ce qu'elle vit lui plut.

— Et tu t'es rasé, dit-elle.

— Le printemps est là. J'ai pensé qu'il était temps, fit-il en lui rendant son sourire.

Son regard disait à Deegie que, de son côté, il la trouvait séduisante.

Elle se sentit attirée par ses yeux bleus, sa séduction, mais elle se contenta de rire. Il était temps, en effet, se disait-elle, qu'il se retrouvât propre et convenablement vêtu. Il avait si piètre allure, avec sa barbe hirsute et les vieux vêtements de Talut, qu'elle avait oublié à quel point il était beau.

— Tu portes bien cette tenue, Jondalar. Elle te va. Attends seulement de te trouver à la Réunion d'Eté. Un étranger attire toujours beaucoup l'attention et, à mon avis, les femmes mamutoï auront à cœur de t'accueillir selon tes mérites, dit-elle, avec un sourire taquin.

— Mais...

Jondalar renonça à expliquer qu'il n'avait pas l'intention de se rendre à la Réunion d'Eté. Il pourrait toujours leur dire plus tard, au moment où il partirait.

Après le départ de Talut et de Deegie, il essaya une autre tenue, plus appropriée au Voyage ou aux nécessités de chaque jour. Il sortit ensuite, dans l'espoir de rencontrer la Femme Qui Ordonne et de lui montrer que les vêtements étaient parfaitement à sa taille. Dans le foyer d'entrée, il trouva Danug, Rydag et Loup, qui rentraient tout juste. Le jeune homme portait Rydag d'un bras et Loup de l'autre. Ils étaient enveloppés d'une fourrure, leurs cheveux et les poils du louveteau étaient encore humides. Danug avait remonté l'enfant depuis la rivière, après le bain de vapeur. Il posa sur le sol Rydag et le petit loup.

— Jondalar, tu es très beau, dit Rydag par signes. Prêt pour la Fête du Printemps ?

— Oui. Et toi ? demanda Jondalar dans le même langage.

— J'ai une tenue neuve, moi aussi. C'est Nezzie qui me l'a faite, pour la Fête du Printemps, répondit Rydag en souriant.

— Et pour la Réunion d'Eté aussi, ajouta Danug. Elle a fait de nouveaux vêtements pour moi, pour Latie et Rugie.

Jondalar remarqua que Rydag perdait son sourire en entendant Danug faire allusion à la Réunion d'Eté. Apparemment, il n'attendait pas l'événement avec la même impatience que les autres.

Quand Jondalar repoussa le lourd rabat pour sortir, Danug, qui ne voulait pas être entendu, murmura à l'oreille de Rydag :

— Aurions-nous dû lui dire qu'Ayla est dehors, tout près ? Toutes les fois qu'il la voit, il se sauve.

— Non. Il veut la voir. Elle veut le voir. Font bons signaux, disent mots faux, répondit l'enfant, par signes.

— Tu as raison, mais pourquoi ne s'en rendent-ils pas compte ? Comment pourront-ils se faire comprendre l'un de l'autre ?

— Oublier les mots. Faire les signaux, riposta Rydag, avec ce sourire qui n'était pas celui du Clan.

Il prit le louveteau dans ses bras, l'emporta à l'intérieur.

Dès le premier pas qu'il fit dehors, Jondalar découvrit ce que les garçons avaient omis de lui dire. Ayla était devant l'arche d'entrée avec les deux chevaux. Elle venait de confier Loup à Rydag et elle envisageait avec joie la perspective d'une longue chevauchée pour se libérer de la tension qu'elle ressentait. Ranec désirait obtenir son accord avant la Fête du Printemps, et elle ne parvenait pas à prendre sa décision. La randonnée, elle l'espérait, l'aiderait à réfléchir. Lorsqu'elle vit Jondalar, son premier mouvement fut pour lui offrir de monter Whinney, comme elle l'avait déjà fait : elle était sûre de lui faire plaisir et elle espérait que son amour des chevaux le rapprocherait d'elle. Mais elle avait vraiment envie de cette chevauchée. Elle l'avait attendue avec impatience et elle se disposait tout juste à partir.

Elle le regarda de nouveau, le souffle suspendu. Il s'était rasé à l'aide d'une de ses lames de silex bien affilées. Il était redevenu l'homme avec lequel elle avait vécu dans sa vallée, l'été précédent. Son cœur se mit à battre la chamade, son visage s'empourpra. Il réagit à ces signaux physiques par d'autres signaux inconscients, et le magnétisme de son regard attira Ayla vers lui.

— Tu as rasé ta barbe, dit-elle.

Sans en prendre conscience, elle s'était exprimée en zelandonii. Jondalar mit un moment à comprendre ce qui était différent. Quand il s'en rendit compte, il ne put retenir un sourire. Il n'avait plus entendu sa propre langue depuis longtemps. Son sourire encouragea Ayla. Une idée lui vint à l'esprit.

— J'allais partir sur Whinney, et je me disais qu'il faudrait bien habituer Rapide à un cavalier. Pourquoi n'essaierais-tu pas de m'accompagner en le montant ? La journée s'y prête. La neige a presque disparu, l'herbe nouvelle commence à pousser et la terre n'est pas encore très dure, en cas de chute.

Elle parlait en toute hâte, avant qu'il n'arrivât quelque chose qui le ferait changer d'avis, reprendre son attitude distante.

— Eh bien... je ne sais pas...

Jondalar hésitait.

— Je pensais que tu voudrais le monter la première.

— Il est habitué à toi, Jondalar. Peu importe qui le montera le premier, il serait bon de toute manière que deux personnes se trouvent là : une pour le calmer, pendant que l'autre le dresse.

Il plissait le front.

— Tu as sans doute raison, dit-il.

Il n'était pas sûr de devoir l'accompagner sur les steppes, mais il ne savait comment refuser et il avait vraiment envie de monter l'étalon.

— Si tu y tiens, c'est faisable, je pense.

— Je vais chercher une longe et cet assemblage que tu as fait pour le guider, déclara Ayla.

Sans lui laisser le temps de changer d'avis, elle courait déjà vers l'abri des chevaux.

— Pendant ce temps, si tu les emmenais au pas sur la pente ?

Toute réflexion faite, il allait se raviser, mais Ayla avait déjà disparu. Il appela les chevaux, entama avec eux la montée vers les vastes plaines. Ils étaient presque au sommet quand la jeune femme les rattrapa. En même temps que le licou et une corde, elle portait un sac et une outre d'eau. Dès l'arrivée sur les steppes, elle conduisit Whinney jusqu'à un petit monticule dont elle s'était déjà servie quand elle laissait certains membres du Camp du Lion, particulièrement les jeunes, monter la jument. D'un bond léger, elle se retrouva sur le dos de sa monture.

— Monte, Jondalar. Nous pouvons tenir à deux.

— Tenir à deux ! répéta-t-il, presque affolé.

Il n'avait pas envisagé de monter en croupe d'Ayla et il était tout près de prendre la fuite.

— Jusqu'à ce que nous trouvions une belle étendue de terrain plat. Nous ne pouvons pas essayer ici : Rapide pourrait tomber dans une ravine ou dégringoler la pente, dit-elle.

Il se sentit pris au piège. Comment lui dire qu'il se refusait à monter la jument avec elle sur une courte distance ? Il marcha vers le monticule, se mit prudemment à califourchon sur Whinney en essayant d'éviter tout contact avec Ayla. Aussitôt, la jeune femme lança leur monture dans un trot rapide.

C'était plus fort que lui : quoi qu'il fît, l'allure heurtée de la jument le faisait glisser vers Ayla. A travers leurs vêtements, il sentait la chaleur de son corps, il respirait le parfum léger, agréable des fleurs séchées qu'elle utilisait pour se laver, mêlé à la familière odeur féminine. Avec chaque pas de la jument, il percevait le contact des jambes de la jeune femme, de ses hanches, de son dos pressé contre lui, et sa virilité s'en émouvait. La tête lui tournait, il devait résister au désir de poser un baiser sur sa nuque offerte, de tendre le bras pour cueillir au creux de sa main un sein plein et ferme.

Pourquoi avait-il accepté cette promenade ? Pourquoi ne s'était-il pas débarrassé d'Ayla sous un quelconque prétexte ? Quelle différence cela faisait-il qu'il montât ou non Rapide ? Jamais ils ne chevaucheraient de compagnie. Il avait entendu parler les gens : Ayla et Ranec allaient annoncer leur Promesse à la Fête du Printemps. Après cela, il partirait pour le long Voyage qui le ramènerait chez lui.

Ayla immobilisa Whinney.

— Qu'en dis-tu, Jondalar ? Il y a une bonne étendue de terrain plat devant nous.

— Oui, ça m'a l'air de convenir, répondit-il précipitamment.

Il ramena une jambe en arrière, sauta à terre.

Ayla lança une jambe par-dessus l'encolure, sauta de l'autre côté. Elle avait le souffle court, ses joues étaient colorées, ses yeux étincelaient. Elle avait longuement respiré l'odeur du corps masculin, elle s'était sentie fondre dans sa chaleur, elle avait frissonné de plaisir en sentant contre elle sa dure virilité. Je percevais son désir, se disait-elle. Pourquoi a-t-il été si pressé de se détacher de moi ? Pourquoi ne veut-il plus de moi ? Pourquoi ne m'aime-t-il plus ?

Debout de chaque côté de la jument, ils s'efforçaient de retrouver leur sang-froid. Ayla siffla Rapide, sur une note différente de celle qu'elle utilisait pour appeler Whinney. Quand elle l'eut flatté, gratté et qu'elle lui eut parlé un moment, elle se sentit prête à affronter de nouveau Jondalar.

— Veux-tu lui passer les courroies sur la tête ? demanda-t-elle.

Déjà, elle guidait le jeune étalon vers un amoncellement de gros ossements qu'elle avait remarqué.

— Je ne sais pas. Que ferais-tu, à ma place ? dit-il.

Il avait, lui aussi, presque entièrement repris ses esprits, et il commençait à se passionner à l'idée de monter le jeune cheval.

— Je ne me suis jamais servie de rien pour guider Whinney. Mes mouvements suffisaient. Mais Rapide a l'habitude d'être mené à la longe. J'utiliserais les courroies, je crois.

A eux deux, ils les placèrent sur Rapide. A ce contact inhabituel, il se montra plus remuant qu'à l'ordinaire, et ils durent le caresser, le flatter pour le calmer. Ils empilèrent ensuite deux ou trois os de mammouth afin de former un montoir pour Jondalar. Après quoi ils firent approcher l'étalon. Sur le conseil d'Ayla, Jondalar lui frictionna l'encolure, les jambes ; il se pressa contre l'animal, le gratta, le caressa pour lui rendre entièrement familier le contact humain.

— Quand tu vas le monter, tiens-le par l'encolure. Il risque de ruer pour se débarrasser de toi.

Ayla essayait de rassembler ses derniers conseils :

— Il s'est bien habitué à porter une charge en revenant de la vallée. Peut-être n'aura-t-il pas trop de difficultés à s'accoutumer à toi. Tiens la longe, qui pourrait traîner à terre et le faire trébucher. A ta place, je le laisserais courir, partout où il lui plaira, jusqu'à ce qu'il soit fatigué. Je vous suivrai sur Whinney. Tu es prêt ?

— Oui, je crois, fit Jondalar avec un sourire un peu inquiet.

Il grimpa sur les gros ossements, se pencha sur le poil bourru du solide animal et lui parla, tandis qu'Ayla lui tenait la tête. Il passa enuite une jambe de l'autre côté, s'assit, entoura de ses bras l'encolure de Rapide. En sentant ce poids sur son dos, l'étalon coucha les oreilles. Ayla le lâcha. Il se cabra d'abord, avant d'arquer le dos pour tenter de déloger ce fardeau, mais Jondalar tint bon. Alors, comme pour ne pas faire mentir son nom, le jeune cheval se lança au triple galop à travers la steppe.

Sous le vent froid, Jondalar fermait à demi les paupières. Une énorme vague de joie pure déferlait sur lui. Il voyait au-dessous de lui le sol se brouiller et ne parvenait pas à croire à son bonheur. Il montait bien réellement le jeune étalon et son plaisir était tel qu'il l'avait imaginé. Il ferma complètement les yeux. Il percevait sous son corps la formidable puissance des muscles qui se contractaient, se tendaient. Une sensation d'émerveillement magique l'envahissait, comme si, pour la première fois de sa vie, il participait à la création de la Grande Terre Mère Elle-même.

Il perçut chez le jeune cheval un début de fatigue, entendit le bruit d'autres sabots, rouvrit les yeux. Ayla et Whinney galopaient à son côté. D'un sourire, il exprima à la jeune femme son émerveillement, sa joie. Le sourire qu'elle lui rendit précipita les battements de son cœur. Durant un moment, tout le reste perdit son importance. Le monde de Jondalar n'était plus rien qu'une inoubliable chevauchée sur un étalon lancé au galop et le sourire d'une douloureuse beauté sur le visage de la femme qu'il aimait.

Rapide finit par ralentir pour s'arrêter enfin. Jondalar sauta à terre. L'animal baissait la tête presque jusqu'au sol, les jambes écartées, les flancs convulsivement soulevés par sa respiration haletante. Whinney s'immobilisa à son tour. Ayla descendit d'un bond. Elle sortit de son sac quelques morceaux de peau souple, en donna un à Jondalar pour bouchonner l'animal en sueur, fit de même pour Whinney. Les deux chevaux, à bout de force, s'étaient rapprochés et s'appuyaient l'un contre l'autre.

— Ayla, ausi longtemps que je vivrai, jamais je n'oublierai cette course, déclara Jondalar.

Il ne s'était pas montré aussi détendu depuis longtemps, et la jeune femme percevait un débordement de joie. Ils se regardaient en souriant, en riant même, et partageaient un moment prodigieux. Sans réfléchir, elle se haussa vers lui pour l'embrasser. Il allait lui répondre quand, tout à coup, il se rappela Ranec. Il se raidit, dénoua les bras qu'elle lui avait passés autour du cou, la repoussa.

— Ne joue pas avec moi, Ayla, dit-il, d'une voix enrouée par l'effort qu'il faisait sur lui-même.

— Jouer avec toi ? répéta-t-elle.

Ses yeux s'emplissaient de souffrance.

Jondalar ferma les paupières, serra les dents. Il tremblait de tout son corps, cherchait à garder son sang-froid. Brusquement, ce fut comme si un barrage se rompait. Il n'y tint plus. Il la saisit dans ses bras, posa sur ses lèvres un baiser désespéré dont la violence lui meurtrit la bouche. L'instant d'après, elle se retrouvait étendue sur le sol, et les mains de Jondalar, sous sa tunique, cherchaient la lanière qui retenait ses jambières.

Elle voulut l'aider, dénouer elle-même le lien, mais il était incapable d'attendre. Il s'en prit des deux mains au vêtement de peau souple, avec toute la force d'une passion trop longtemps réprimée, et elle entendit les coutures se déchirer. Déjà, il était sur elle, la cherchait avec une violence déchaînée.

Ayla le guida. La même ardeur montait en elle. Mais pourquoi le désir de Jondalar se manifestait-il avec une telle fureur ? D'où lui venait cette urgence insatiable ? Ne voyait-il pas qu'elle était prête à l'accueillir ? Elle l'était restée tout l'hiver. Il n'y avait pas eu un seul instant où elle n'eût été prête. Comme si son corps avait été entraîné depuis l'enfance à répondre au besoin de Jondalar, à son signal, il suffisait qu'il la désirât pour qu'elle éprouvât le même désir. Ce qui les unissait maintenant, c'était ce qu'elle avait longuement attendu. Ses yeux s'emplissaient de larmes de désir et d'amour.

Avec une passion égale à la sienne, elle s'ouvrit à lui, l'accueillit, lui offrit ce qu'il croyait prendre. Elle répondait à chacun de ses assauts, se cabrait à sa rencontre pour mieux presser contre lui le centre de ses Plaisirs.

Jondalar, sous l'effet d'une incroyable joie, poussa un cri. Il avait éprouvé la même sensation la première fois. Ils s'accordaient merveilleusement, comme si elle avait été faite pour lui, et lui pour elle. O Mère, ô Doni, comme elle lui avait manqué. Comme il l'avait désirée. Comme il l'aimait...

Le Plaisir déferlait sur lui, par vagues qui s'harmonisaient avec ses mouvements. Sans se lasser, il assaillait sa compagne, et elle se tendait vers lui, elle avait de lui une soif inextinguible. Sans répit, il revenait en elle, de plus en plus rapidement, et toujours, elle venait à sa rencontre, elle sentait la même tension grandir en elle comme en lui. Jusqu'au moment où ils atteignirent ensemble le paroxysme, où l'ultime vague de Plaisir s'abattit sur eux.

Il restait allongé sur elle, dans l'immensité de la steppe où bourgeonnait déjà une vie nouvelle. Soudain, il l'étreignit, enfouit son visage au creux de son épaule, cria son nom.

— Ayla ! Oh, mon Ayla, mon Ayla !

Il faisait pleuvoir des baisers sur son cou, sa gorge, ses lèvres. Il embrassa les paupières closes. Et il s'arrêta, aussi brusquement qu'il avait commencé. Il se redressa pour mieux la voir.

— Tu pleures ! Je t'ai fait mal ! O Grande Mère, qu'ai-je fait ?

Il se releva d'un bond, contempla le corps étendu à même la terre, les vêtements déchirés.

— Doni, ô Doni, qu'ai-je fait ? Je l'ai violentée. Comment ai-je pu agir ainsi ? Comment ai-je pu la blesser, elle qui, au commencement, n'avait connu que cette souffrance ? A présent, c'est moi qui la lui ai fait subir. O Doni ! O Mère ! Comment as-tu pu me laisser commettre cette abomination ?

— Non, Jondalar ! cria Ayla.

Elle se redressa sur son séant.

— Tout est bien. Tu ne m'as pas fait de mal.

Mais il refusait de l'entendre. Incapable de la regarder plus longtemps, il se détourna, rajusta sa tenue. Il n'eut pas la force de se retouner vers elle. Il s'éloigna, furieux contre lui-même, empli de honte et de remords. S'il ne pouvait avoir la certitude de ne pas la blesser, il devrait se tenir à l'écart, faire en sorte que, de son côté, elle ne l'approchât plus. Elle a eu raison de choisir Ranec, se disait-il. Je ne la mérite pas.

Il l'entendit se lever, se diriger vers les chevaux. Il l'entendit ensuite s'approcher de lui. Elle lui posa une main sur le bras.

— Jondalar, tu n'as pas...

Il se dégagea d'une secousse.

— Ne m'approche pas ! gronda-t-il.

Sa colère lui venait d'un profond sentiment de culpabilité.

Ayla recula. Qu'avait-elle encore fait de mal ?

Elle refit un pas vers lui.

— Jondalar... reprit-elle.

— Ne m'approche pas ! Tu ne m'as donc pas entendu ? Si tu ne te tiens pas à l'écart, je pourrais perdre la tête, te violer encore !

Il se détourna, s'éloigna.

— Mais tu ne m'as pas violée, Jondalar ! lui cria-t-elle. Tu ne pourrais pas me violer. Il n'y a pas un seul instant où je ne sois prête pour toi...

Mais le remords, le dégoût de soi rendirent Jondalar sourd à ses paroles.

Il continua de marcher, dans la direction du Camp du Lion. Un long moment, elle le suivit des yeux. Elle cherchait à remettre de l'ordre dans la confusion de ses pensées. Finalement, elle rejoignit les chevaux. Elle prit la longe de Rapide et, accrochée de l'autre main à la raide crinière de la jument, elle enfourcha sa monture. Elle rattrapa rapidement Jondalar.

— Tu ne vas pas faire à pied tout le chemin du retour, je pense ? dit-elle.

Il resta un instant sans répondre, sans même se

retourner vers elle. Elle avait immobilisé sa monture à côté de lui. Si elle s'imaginait qu'il allait encore monter en croupe derrière elle... pensait-il. Du coin de l'œil, il vit qu'elle menait le jeune étalon derrière elle. Il se retourna enfin.

Il la regardait avec une poignante tendresse. Elle lui paraissait plus attirante, plus désirable que jamais, et il l'aimait plus encore qu'il ne l'avait jamais aimée, à présent qu'il était convaincu d'avoir tout gâché. Ayla, de son côté, mourait d'envie de se retrouver tout près de lui, pour lui dire combien les moments qu'ils venaient de passer ensemble avaient été merveilleux, combien elle se sentait heureuse, rassasiée, combien elle l'aimait. Mais devant une telle fureur, elle était si déconcertée qu'elle ne trouvait plus ses mots.

Ils se dévisageaient, se désiraient. Une force les attirait l'un vers l'autre. Mais leur cri d'amour silencieux se perdit dans le rugissement des malentendus, dans le fracas des croyances culturelles depuis longtemps enracinées.

27

— Tu devrais monter Rapide pour rentrer, je crois, dit Ayla. Le chemin est long.

Oui, il est long, pensait-il. Et comme il était long, aussi, le chemin qui le séparait de son peuple.

Jondalar acquiesça d'un signe de tête, suivit la jeune femme jusqu'à un rocher, au bord d'un petit cours d'eau. Rapide n'avait pas l'habitude d'être monté. Il était préférable de l'enfourcher avec douceur. L'étalon coucha les oreilles, piaffa nerveusement mais il ne tarda pas à se calmer et s'engagea derrière sa mère comme il l'avait fait bien des fois.

Sur le trajet de retour, Ayla et Jondalar n'échangèrent pas une parole et, à l'arrivée au Camp du Lion, ils furent heureux de ne trouver personne, ni à l'intérieur, ni alentour. Ils n'étaient pas d'humeur à soutenir une conversation banale.

Dès que les chevaux s'immobilisèrent, Jondalar mit

pied à terre et se dirigea vers l'entrée principale. Il se retourna au moment où Ayla allait pénétrer dans l'abri des chevaux : il se sentait obligé de dire quelque chose.

— Euh... Ayla ?

Elle s'arrêta, leva les yeux.

— J'ai dit vrai, tu sais. Jamais je n'oublierai cet après-midi. Cette course. Je te remercie.

— Ne me remercie pas. C'est Rapide qu'il faut remercier.

— Oui, bien sûr, mais ce n'est pas uniquement Rapide.

— Non, c'est votre affaire à Rapide et toi.

Sur le point de dire autre chose, il se ravisa, fronça les sourcils, baissa la tête pour rentrer.

Ayla garda un long moment son regard fixé sur l'endroit où il se tenait l'instant auparavant, ferma les yeux, et ravala péniblement un sanglot qui menaçait de déclencher un flot de larmes. Quand elle eut repris son sang-froid, elle entra. Les chevaux, en chemin, s'étaient désaltérés dans les cours d'eau, mais elle n'en versa pas moins de l'eau dans les grandes coupes qui leur étaient réservées. Elle prit ensuite les morceaux de peau souple et entreprit de bouchonner Whinney. Bientôt, elle passa ses bras autour de l'encolure de la jument, s'appuya contre elle, le front posé sur le poil bourru de sa vieille amie, sa seule amie lorsqu'elle vivait dans la vallée. Rapide ne tarda pas à se presser contre elle lui aussi, et, ainsi serrée comme dans un étau entre les deux chevaux, elle se sentit réconfortée par cette pression familière.

Mamut avait vu Jondalar pénétrer dans l'habitation, il avait entendu Ayla et les chevaux dans leur foyer. Quelque chose allait très mal, il en avait nettement l'impression. Quand la jeune femme fit son apparition dans le Foyer du Mammouth, il remarqua le désordre de sa tenue, se demanda si elle avait fait une chute, si elle s'était blessée. Mais c'était plus grave. Quelque chose l'avait bouleversée. Dissimulé dans l'ombre de sa plate-forme, il l'observait. Elle se changeait, et il vit que ses vêtements étaient déchirés. Loup arriva à toute allure, suivi de Rydag et de Danug qui brandissait fièrement un filet où frétillaient plusieurs poissons. Ayla sourit, félicita les pêcheurs. Mais, dès qu'ils eurent pris la direction du Foyer du Lion, pour y déposer leur prise et récolter d'autres compliments, la jeune femme souleva le louveteau, le prit dans ses bras et, le tenant serré contre elle, se balança d'avant en arrière.

Inquiet, le vieil homme se leva, se dirigea vers l'autre plate-forme.

— J'aimerais reprendre encore une fois le rituel du Clan avec la racine, dit-il. Pour m'assurer que nous le suivrons très précisément.

— Quoi ?

Les yeux d'Ayla se fixèrent sur lui.

— Oh... si tu le désires, Mamut.

Elle posa Loup dans sa corbeille, mais, immédiatement, il bondit pour courir retrouver Rydag au Foyer du Lion. Il n'éprouvait pas le moindre désir de se reposer.

Visiblement, Ayla était plongée dans une méditation douloureuse. Elle avait l'air d'avoir pleuré ou d'être sur le point de le faire.

Mamut voulait tenter de la faire parler, se confier, peut-être.

— Tu m'as dit, commença-t-il, qu'Iza t'avait montré comment on préparait le breuvage.

— Oui.

— Elle t'avait dit aussi comment te préparer toi-même ? As-tu tout ce qu'il te faut ?

— Il est nécessaire que je me purifie. Je n'ai pas tout à fait les mêmes plantes : la saison est différente Mais je peux en utiliser d'autres pour ma purification.

— Ton mog-ur, ton Creb, il était là, avec toi ?

— Oui, fit-elle, après une hésitation.

— Il devait posséder de grands pouvoirs.

— L'Ours des Cavernes était son totem. L'Ours l'avait choisi, lui avait donné ce pouvoir.

— Dans ce rituel avec la racine, y avait-il d'autres participants ?

Ayla baissa la tête, avant d'acquiescer d'un signe.

Elle ne lui avait pas tout dit, pensa Mamut. Il se demandait si c'était important.

— Etaient-ils au côté du mog-ur ?

— Non, Creb avait plus de pouvoir qu'eux tous. Je le sais, je le sentais.

— Comment le sentais-tu, Ayla ? Tu ne m'en as jamais parlé. Je croyais que les femmes du Clan n'avaient pas le droit de participer aux rites les plus secrets.

— Oui, c'est vrai, marmonna Ayla.

D'un doigt, le vieil homme lui releva le menton.

— Tu devrais peut-être m'en parler, Ayla.

Elle hocha la tête.

— Iza ne m'a jamais montré comment on préparait le breuvage : il était trop sacré, disait-elle, pour être gaspillé. Mais elle a essayé de me dire exactement comment il se faisait. Quand nous somme arrivés au Rassemblement du Clan, les mog-ur ne voulaient pas que je leur prépare le breuvage. Je ne faisais pas partie du Clan, disaient-ils. Peut-être avaient-ils raison, ajouta Ayla, en baissant de nouveau la tête. Mais il n'y avait personne d'autre.

Est-elle en train de quêter ma compréhension ? se demanda Mamut.

— J'ai dû le faire trop fort, je pense, ou en trop grande quantité. Ils n'ont pas tout bu. Un peu plus tard, après la danse des femmes, j'ai trouvé ce qui restait. La tête me tournait, je n'avais qu'une seule pensée : Iza avait dit que le breuvage était trop sacré pour être gaspillé. Alors, j'ai bu le reste. Je n'ai pas le souvenir de ce qui s'est passé ensuite et, pourtant, je ne l'oublierai jamais. Je ne sais trop comment, j'ai retrouvé Creb et les mog-ur. Creb m'a fait remonter le temps entier, jusqu'au tout début de la mémoire. Je me rappelle avoir respiré l'eau tiède de la mer, m'être terrée dans le limon... Le Clan et les Autres, nous avons tous la même origine, le savais-tu ?

— Je n'en suis pas surpris, dit Mamut.

Il aurait donné beaucoup pour connaître la même expérience.

— Mais j'avais peur, aussi, surtout avant que Creb m'ait retrouvée pour me guider. Et... depuis... je ne suis plus la même. Parfois, mes rêves me font encore peur. Je crois que Creb m'a transformée.

Mamut hochait la tête.

— Cela expliquerait tout, dit-il. Je me demandais comment tu pouvais faire tant de choses sans avoir été initiée.

— Creb a changé, lui aussi. Durant longtemps, les relations entre nous n'ont plus été les mêmes. Avec moi, il a vu quelque chose qu'il n'avait jamais vu auparavant. Je lui ai fait du mal. Je ne sais pas comment mais je lui ai fait du mal.

Les yeux d'Ayla s'emplissaient de larmes.

Mamut l'entoura de ses bras, et elle se mit à pleurer doucement sur son épaule. Ses larmes devinrent le flot qui menaçait depuis un long moment. Elle se mit à sangloter, secouée par un chagrin plus récent. La tristesse qui l'avait envahie au souvenir de Creb amenait les larmes qu'elle avait retenues, les larmes de sa douleur, de sa confusion, de son amour contrarié.

Jondalar avait tout observé, depuis le foyer de la cuisine. Il souhaitait faire amende honorable, et il essayait de réfléchir à ce qu'il pouvait lui dire quand il vit Mamut aller parler à la jeune femme. Ayla en pleurs, il se convainquit qu'elle avait tout raconté au vieux chaman. La honte empourpra le visage de Jondalar. Il ne cessait de penser à ce qui s'était passé sur les steppes et plus il y pensait, plus il se faisait de reproches.

Et, se disait-il, après ça, tu t'es contenté de t'éloigner. Tu n'as même pas essayé de l'aider, tu n'as même pas fait l'effort de lui demander pardon, de lui dire que tu t'en voulais terriblement. Il se détestait, il avait envie de partir, d'emballer tout ce qu'il possédait et de partir, de ne plus avoir à affronter Ayla, Mamut, personne. Mais il avait promis à Mamut de rester, d'assister à la Fête du Printemps. Mamut doit déjà me trouver méprisable, se disait-il. Manquer à ma promesse y changerait-il quelque chose ? Toutefois, ce n'était pas seulement sa promesse qui le retenait. Mamut lui avait dit qu'Ayla risquait de se trouver en danger. Et Jondalar avait beau se détester, il avait beau avoir envie de se sauver, il ne pouvait laisser Ayla affronter seule ce danger.

— Te sens-tu mieux, à présent ? demanda Mamut, quand la jeune femme se redressa, s'essuya les yeux.

— Oui.

— Et tu n'as pas eu de mal ?

La question la surprit. Comment savait-il ?

— Non, pas du tout, mais il le croit. Je voudrais parvenir à le comprendre...

Les larmes, une fois de plus, menaçaient. Elle essaya de sourire.

— Je n'ai jamais autant pleuré quand je vivais avec le Clan. Ça mettait les autres mal à l'aise. Iza pensait que j'avais les yeux malades parce qu'ils s'emplissaient de larmes quand j'étais triste. Lorsque je pleurais, elle les soignait toujours avec un remède particulier. Je me demandais si j'étais un cas à part, ou si tous les Autres avaient des yeux qui se mouillaient.

— Maintenant, tu le sais, dit Mamut avec un sourire. Les larmes nous ont été données pour soulager notre peine. La vie n'est pas toujours facile.

— Creb disait souvent qu'un totem puissant ne rend pas toujours la vie facile. Il avait raison. Le Lion des Cavernes attire une puissante protection mais aussi des épreuves difficiles. J'en ai toujours tiré un enseignement, et je lui en ai toujours été reconnaissante, mais ce n'est pas facile.

— Non, mais elles sont nécessaires, je crois. Tu as été choisie dans un dessein particulier.

— Pourquoi moi, Mamut ? cria Ayla. Je ne veux pas être différente des autres. Je veux simplement être une femme, trouver un compagnon, avoir des enfants, comme toute autre femme.

— Tu dois être ce que tu dois être, Ayla. C'est ton sort, ton destin. Si tu n'étais pas capable de l'assumer, tu n'aurais pas été choisie. Peut-être s'agit-il d'un rôle que, seule, une femme peut jouer. Mais ne sois pas malheureuse, enfant. Ta vie ne sera pas faite uniquement de peines et d'épreuves. Elle contiendra aussi beaucoup de bonheur. Simplement, elle ne sera peut-être pas celle que tu voulais ou que tu pensais qu'elle serait.

— Mamut, le totem de Jondalar est aussi le Lion des Cavernes. Il a été choisi et marqué, comme moi.

D'un geste inconscient, ses mains allèrent à la recherche des cicatrices qui striaient sa jambe, mais elles étaient recouvertes par les jambières.

— J'ai cru qu'il avait été choisi pour moi, parce qu'une femme protégée par un totem puissant doit avoir un homme protégé, lui aussi, par un totem semblable. Maintenant, je ne sais plus. Crois-tu qu'il sera mon compagnon ?

— Il appartient à la Mère d'en décider, et, quoi que tu fasses, tu n'y changeras rien. Mais, s'il a été choisi, il doit bien y avoir une raison.

Ranec savait qu'Ayla était partie à cheval avec Jondalar. Il était allé pêcher lui aussi, avec quelques autres hommes, mais, tout le jour, il s'était tourmenté à l'idée que le grand jeune homme séduisant pourrait reconquérir Ayla. Jondalar, dans les vêtements de Darnev, avait belle allure, et le sculpteur, avec sa profonde sensibilité d'artiste, avait parfaitement conscience de l'attirance irrésistible qu'exerçait le visiteur, en particulier sur les femmes. Il fut soulagé en constatant qu'ils n'étaient pas réunis. Toutefois, lorsqu'il demanda à Ayla de venir le rejoindre dans son lit, elle plaida la fatigue. Il sourit, lui conseilla de se reposer. Il était heureux de savoir qu'au moins, si elle ne dormait pas avec lui, elle dormirait seule.

Quand Ayla se coucha, elle n'était pas tant physiquement lasse qu'épuisée par tant d'émotions. Longtemps, elle resta éveillée, à réfléchir. Elle était heureuse que Ranec ne se fût pas trouvé là quand Jondalar et elle étaient rentrés, et reconnaissante qu'il n'ait pas répondu avec colère à son refus de le rejoindre : elle continuait à s'attendre à de l'irritation, à un châtiment si elle osait se montrer indocile. Mais Ranec n'était pas exigeant, et, devant une telle compréhension, elle faillit changer d'avis.

Elle s'efforçait d'y voir clair dans ce qui s'était passé

et, mieux encore, dans ses propres sentiments. Pourquoi Jondalar l'avait-il prise, s'il ne la désirait pas ? Et pourquoi avait-il été si brutal avec elle ? Il lui avait presque rappelé Broud. Mais alors, pourquoi était-elle toujours prête à accueillir Jondalar ? Quand Broud l'avait violée, l'épreuve, pour elle, avait été effroyable. Alors, était-ce l'amour ? Eprouvait-elle les Plaisirs avec Jondalar parce qu'elle l'aimait ? Mais avec Ranec aussi, elle éprouvait les Plaisirs. Pourtant, elle n'avait pas d'amour pour lui... à moins que... ?

Si, peut-être, d'une certaine façon. Mais ce n'était pas ce qui était en cause. L'impatience de Jondalar lui avait rappelé son expérience avec Broud, mais ce n'était pas la même chose. Il s'était montré brutal, surexcité mais il ne l'avait pas prise de force. Elle reconnaissait la différence. L'unique but de Broud avait été de lui faire mal, de la réduire à sa merci. Jondalar, lui, la désirait. Elle avait répondu à son désir de tout son être, du plus profond d'elle-même. Elle s'était sentie satisfaite, comblée. Elle n'aurait pas éprouvé une telle plénitude s'il lui avait fait mal. L'aurait-il prise de force si elle l'avait repoussé ? Non, se disait-elle, certainement pas. Si elle avait résisté, si elle l'avait repoussé, il ne serait pas allé plus loin, elle en était convaincue. Mais elle n'avait opposé aucune résistance, elle l'avait accueilli, désiré, et il avait dû le sentir.

Il la désirait, certes, mais l'aimait-il ? Le fait qu'il eût envie de partager les Plaisirs avec elle ne signifiait pas qu'il l'aimât encore. L'amour apportait peut-être aux Plaisirs une joie supplémentaire, mais il était possible de connaître les uns sans éprouver l'autre. Ranec lui en donnait la preuve. Ranec l'aimait, elle n'en doutait pas. Il voulait s'unir à elle, vivre avec elle, il voulait ses enfants. Jondalar ne lui avait jamais offert de s'unir à elle, il n'avait jamais dit qu'il désirait ses enfants.

Pourtant, il l'avait aimée, naguère. Peut-être éprouvait-elle les Plaisirs parce qu'elle l'aimait, même si lui ne l'aimait plus. Mais il la désirait encore et il l'avait prise. Pourquoi, ensuite, s'était-il montré si froid ? Pourquoi l'avait-il de nouveau rejetée ? Pourquoi avait-il cessé de l'aimer ? Elle avait cru le connaître, dans le temps. Maintenant, elle ne le comprenait plus du tout...

Elle se retourna dans ses fourrures, se roula en boule, se remit à pleurer silencieusement. Elle pleurait du désir de voir Jondalar l'aimer de nouveau.

— Je suis content d'avoir pensé à inviter Jondalar pour la première chasse au mammouth, déclara Talut à Nezzie.

Ils venaient de regagner le Foyer du Lion.

— Il a passé toute la soirée à façonner cette sagaie. Il doit vraiment avoir envie de venir, je crois.

Nezzie leva les yeux vers lui, haussa un sourcil, secoua la tête.

— Rien n'est plus loin de son esprit que la chasse au mammouth, dit-elle.

Elle remonta une fourrure autour de la tête blonde de sa fille cadette, profondément endormie, et sourit tendrement devant les formes déjà presque féminines de son aînée, blottie contre sa jeune sœur.

— L'hiver prochain, il faudra penser à trouver une place séparée pour Latie : elle sera femme. Mais elle manquera à Rugie.

Talut jeta un coup d'œil derrière lui. Le visiteur débarrassait sa lame d'éclats de silex, tout en essayant de voir Ayla au-delà des foyers intermédiaires. Il ne la distinguait pas. Il porta alors son regard vers le Foyer du Renard. Talut tourna la tête, vit Ranec se mettre au lit. Il était seul mais il ne cessait, lui aussi, de regarder dans la direction de la couche d'Ayla. Nezzie doit avoir raison, se dit Talut.

Jondalar s'était attardé dans le foyer de la cuisine, seul. Il travaillait sur une longue lame de silex qu'il fixerait ensuite à une hampe solide, comme le faisait Wymez. Il apprenait à faire une lance mamutoï pour la chasse au mammouth en en fabriquant d'abord une réplique exacte. Une partie de son esprit se concentrait sur ce façonnage auquel il était familiarisé pour lui apporter certaines améliorations, ou envisager d'autres méthodes, mais, pour le reste, il était incapable de penser à autre chose qu'à Ayla, et, s'il était à l'ouvrage, c'était uniquement pour éviter la compagnie des autres et leur conversation. Il préférait être seul avec ses pensées.

En voyant la jeune femme aller se coucher seule, il éprouva un profond soulagement. Il n'aurait pas supporté qu'elle rejoigne le lit de Ranec. Il plia soigneusement ses nouveaux vêtements, avant de se glisser entre les fourrures neuves qu'il avait étendues sur les anciennes. Les mains croisées derrière la tête, il regardait le plafond trop familier du foyer de la cuisine. Il avait passé bien des nuits sans sommeil à le contempler. La honte et le remords l'obsédaient encore douloureusement, mais il ne ressentait pas, cette nuit-là, la brûlure du désir. Il avait beau s'en détester, il se remémorait le Plaisir de l'après-midi. Il y songeait, récapitulait avec minutie chaque instant, revoyait en esprit chaque détail, le savourant lentement.

Il n'avait jamais été aussi détendu depuis l'adoption d'Ayla. Il laissa vagabonder son esprit dans un demi-rêve. L'ardeur de la jeune femme n'était-elle pas un pur produit de son imagination ? Oui, sûrement : il était impossible qu'elle l'eût désiré à ce point. Avait-elle vraiment pu réagir avec un tel élan, tendue vers lui comme si son propre désir répondait au sien ? En songeant à leur étreinte, il sentait un feu se répandre dans ses reins. Mais il s'agissait plutôt d'une douce chaleur : ce n'était plus la souffrance obsédante où se mêlaient le désir refoulé, l'amour démesuré, la jalousie incandescente. Il pensait à lui apporter le Plaisir — il adorait lui apporter le Plaisir — et il fit un mouvement pour se lever, pour aller la retrouver.

Ce fut seulement lorsqu'il repoussa la fourrure et se redressa sur son séant, lorsqu'il commença à agir sur le coup de ses ruminations demi-éveillées, que les conséquences des événements de l'après-midi le frappèrent. Il ne pouvait aller partager son lit. Plus jamais. Il ne pourrait plus jamais la toucher. Il l'avait perdue. Ce n'était même plus une question de choix. Il avait détruit toute chance qu'elle pût le choisir. Il l'avait prise de force, contre sa volonté.

Assis sur ses fourrures, les pieds sur une natte, les

coudes appuyés sur ses genoux relevés, il se prit la tête entre les mains, en proie à une angoisse atroce. De silencieuses nausées secouaient son corps tout entier. De toutes les fautes répugnantes qu'il avait commises dans sa vie, celle-ci était la pire.

Il n'existait pas de pire monstre — pas même l'enfant de sangs mêlés ou la femme qui lui donnait naissance — que l'homme qui prenait une femme contre son gré. La Grande Terre Mère elle-même condamnait cet acte, l'interdisait. Il suffisait, pour comprendre à quel point il était contre nature, d'observer les animaux de Sa création. Jamais aucun mâle ne prenait une femelle contre sa volonté.

Les cerfs, en saison, pouvaient combattre pour gagner le privilège de donner le Plaisir aux biches, mais, quand le mâle tentait de monter la femelle, il suffisait à celle-ci de s'éloigner, si elle ne voulait pas de lui. Il pouvait bien répéter ses assauts, mais la biche devait le lui permettre. Il ne pouvait pas la forcer. Il en allait de même pour tous les animaux. La louve, la lionne invitaient le mâle de leur choix. La femelle se pressait contre lui, lui donnait à respirer son odeur tentante, ramenait sa queue sur le côté quand il la montait. Mais, si quelque autre essayait de la monter contre son gré, elle s'en prenait à lui avec colère. Il payait chèrement son audace. Un mâle pouvait se montrer aussi insistant qu'il lui plaisait, le choix appartenait toujours à la femelle. Telle était la volonté de la Mère. Seul, un mâle humain était capable de forcer une femelle, un mâle humain monstrueux, contre nature.

Ceux Qui Servaient la Mère avaient souvent répété à Jondalar qu'il était un favori de la Grande Terre Mère, et toutes les femmes le savaient. Aucune femme n'était capable de le repousser, pas même la Mère. C'était là le don qu'Elle lui avait accordé. Mais Doni elle-même allait désormais lui tourner le dos. Il n'avait rien demandé, ni à Doni, ni à Ayla, ni à personne. Il l'avait forcée, l'avait prise contre son gré.

Dans le peuple de Jondalar, tout homme coupable d'un tel crime était mis au ban — ou pire encore. Au temps de sa prime jeunesse, les jeunes garçons parlaient entre eux de douloureuses émasculations. Jondalar n'avait jamais connu personne qui eût subi ce châtiment, mais il le jugeait approprié. C'était lui, à présent, qui méritait d'être châtié. Qu'avait-il bien pu avoir en tête ? Comment avait-il pu en venir là ?

Et tu t'inquiétais à l'idée qu'elle pourrait ne pas être acceptée, se disait-il. Tu craignais de la voir rejetée, tu te demandais si tu pourrais vivre dans de telles conditions. Qui serait rejeté, maintenant ? Que penseraient-ils de toi, s'ils savaient ? Surtout après... après ce qui s'était déjà passé. Delanar lui-même refuserait de t'accueillir, à présent. Tu serais chassé de son foyer, il te repousserait, il désavouerait tout lien entre vous. Zolena serait épouvantée ? Marthona... Il répugnait à imaginer ce qu'éprouverait sa mère.

Ayla s'était entretenue avec Mamut. Elle avait dû tout lui raconter. Sans doute était-ce la cause de ses larmes. Jondalar appuya le front sur ses genoux, se couvrit la tête des deux bras. Quoi qu'ils décidassent de lui faire subir, il l'aurait mérité. Il demeura ainsi un long moment replié sur lui-même. Il imaginait de terribles châtiments, il les souhaitait même, afin d'être délivré du fardeau de culpabilité qui l'écrasait.

Finalement, la raison reprit le dessus. Personne, il en prit conscience, ne lui avait parlé de l'affaire durant toute la soirée. Mamut s'était même entretenu avec lui de la Fête du Printemps, sans y faire la moindre allusion. Peut-être Ayla avait-elle pleuré sur ce qui s'était passé, mais sans en dire un mot. Il releva la tête, regarda dans sa direction, à travers les foyers plongés dans l'ombre. Etait-ce possible ? Plus que quiconque, elle était en droit de demander réparation. Elle avait déjà connu sa large part d'actes contre nature, aux mains de cette brute de Tête Plate... Mais quel droit avait-il de dire du mal de cet homme ? Valait-il mieux que lui ?

Pourtant, Ayla n'avait rien dit. Elle ne l'avait pas dénoncé, n'avait pas demandé qu'il fût puni. Elle était trop bonne pour lui. Il ne la méritait pas. Il serait bien qu'elle et Ranec déclarent leur Promesse, pensa Jondalar. A l'instant même où cette idée lui venait à l'esprit, il se sentit étreint par une intolérable souffrance et comprit que là serait son châtiment. Doni lui avait accordé ce qu'il avait le plus désiré. Elle avait trouvé pour lui la seule femme qu'il pût jamais aimer, mais il n'avait pas su l'accepter. Maintenant, il l'avait perdue. C'était sa seule faute, il était prêt à en payer le prix, mais ce ne serait pas sans souffrance.

D'aussi loin qu'il s'en souvînt, Jondalar avait toujours lutté pour conserver son sang-froid. D'autres manifestaient leurs émotions : ils riaient, se mettaient en colère, pleuraient beaucoup plus facilement que lui, mais, par-dessus tout, il résistait aux larmes. Depuis l'époque où il avait été éloigné des siens, où il avait perdu sa tendre et crédule jeunesse en une nuit passée à pleurer sur la perte de son foyer, de sa famille, il ne lui était arrivé qu'une fois de verser des larmes : dans les bras d'Ayla, sur la mort de son frère. Mais, de nouveau, cette nuit-là, il s'abandonna à son chagrin. Dans l'obscurité de cette habitation, à une année de route de son peuple, il versa des larmes silencieuses, intarissables sur la perte de ce qui lui tenait le plus à cœur. La perte de la femme qu'il aimait.

La Fête du Printemps, attendue avec tant d'impatience, était à la fois la célébration d'une année nouvelle et une manifestation d'actions de grâce. Elle ne se tenait pas au tout début de la saison mais à son apogée, quand les premières pousses, les premiers bourgeons étaient déjà bien installés et pouvaient être récoltés. La Fête, pour les Mamutoï, marquait le début du cycle annuel. Avec une ferveur joyeuse, avec un soulagement inexprimé que seuls pouvaient pleinement apprécier des êtres qui existaient à la limite de la survie, ils accueillaient le temps où la terre reverdissait, le temps qui garantissait la vie pour eux-mêmes et pour les animaux avec lesquels ils partageaient le territoire.

Par les nuits les plus noires, les plus froides d'un long hiver glacial, quand il semblait que l'air lui-même allait geler, le cœur le plus confiant pouvait douter que la chaleur et la vie pussent jamais renaître. En ces jours où le printemps semblait le plus lointain, les souvenirs, les histoires des Fêtes du Printemps passées venaient alléger les craintes profondément ancrées et apportaient l'espoir renouvelé que le cycle de la Grande Terre Mère allait bien se poursuivre. Ces histoires, ces souvenirs faisaient de chaque Fête du Printemps un événement aussi extraordinaire, aussi mémorable que possible.

Pour la grande Fête du Printemps, on ne devait rien manger de ce qui restait de l'année précédente. Seuls ou par petits groupes, les Mamutoï, depuis bien des jours, pêchaient, chassaient, posaient des pièges et cueillaient. Jondalar avait fait bon usage de son lance-sagaie et il était heureux d'avoir apporté sa contribution sous la forme d'une femelle de bison qui était pleine, même si elle était encore bien maigre. On recueillait tous les végétaux comestibles qu'on pouvait trouver. Les chatons de bouleaux et de saules, les jeunes feuilles à peine déroulées des fougères, tout comme les vieux rhizomes qui pouvaient être rôtis, pelés, réduits en poudre, tout comme le cambium des sapins et des bouleaux, adouci par une sève nouvelle ; quelques baies à courlis, d'un noir violacé, pleines de graines dures, qui poussaient à côté des petites fleurs roses, sur les buissons bas à feuilles persistantes ; et, dans les zones abritées, où elles avaient été recouvertes de neige, d'autres baies d'un rouge vif, gelées puis ramenées par le dégel à une moelleuse douceur, subsistaient sur les branches basses.

Bourgeons, pousses fraîches, bulbes, racines, feuilles, fleurs de toute espèce : la terre abondait en nourritures délicieuses. On utilisait en légumes les pousses et les jeunes cosses du laiteron, tandis que sa fleur, riche en nectar savoureux, servait à sucrer les mets. Les feuilles d'un vert tendre du trèfle, du chénopode, des orties, de la balsamine, du pissenlit, de la laitue sauvage se mangeaient cuites ou crues. Les tiges et, surtout, les racines de chardons étaient très recherchées. Les bulbes de lis, les pousses des massettes, les tiges de joncs étaient parmi les favoris. Les racines sucrées, savoureuses de la réglisse pouvaient se manger crues ou rôties dans les cendres. On récoltait certaines plantes pour leurs qualités nourrissantes, d'autres simplement pour leur saveur.

Beaucoup servaient à préparer des infusions. Ayla connaissait les propriétés médicinales de la plupart d'entre elles et les récoltait pour son propre usage.

Sur les pentes rocheuses, on cueillait les pousses étroites et tubulaires de l'oignon sauvage et, dans les lieux secs et dénudés, les petites feuilles de l'oseille ronde. On trouvait les tussilages dans les terrains humides proches de la rivière. Le goût légèrement salé en faisait un assaisonnement apprécié, mais Ayla en ramassait aussi pour les toux et pour l'asthme. L'ail des ours donnait du goût à la cuisine, comme les baies de genévrier, les bulbes de lis tigrés à la saveur poivrée, le basilic, la sauge, le thym, la menthe. On en mettrait une bonne quantité en réserve, après les avoir fait sécher, et l'on emploierait le reste pour assaisonner les poissons récemment pêchés et les différentes variétés de viande rapportées pour la fête.

Les poissons abondaient, et on les appréciait particulièrement à cette époque de l'année où la plupart des animaux étaient encore maigres, après les ravages de l'hiver. Toutefois, au menu du festin, figurait toujours de la viande fraîche, sous la forme plus ou moins symbolique d'un jeune animal né au printemps : ce serait, cette année-là, un bison bien tendre. Ne prendre, pour le festin, que les produits nouveaux de la terre montrait que la Grande Terre Mère offrait une fois encore ses libéralités, qu'Elle continuerait à nourrir Ses enfants.

Avec les efforts accomplis pour amasser des provisions pour la Fête du Printemps, l'impatience, depuis des jours, n'avait cessé de croître. Les chevaux eux-mêmes la percevaient. Ils étaient nerveux, remarqua Ayla. Le matin, elle les emmenait dehors, pour les étriller, les bouchonner, activité qui détendait Whinney et Rapide et qui avait le même effet sur elle. Par ailleurs, elle trouvait là un prétexte pour s'isoler et réfléchir. Ce jour-là, elle savait qu'elle allait devoir donner sa réponse à Ranec. Le lendemain avait lieu la Fête du Printemps.

Loup, roulé en boule près d'elle, l'observait. Son nez sensible frémit, il leva la tête, battit de la queue sur le sol, ce qui annonçait l'approche d'un visiteur bien connu. Ayla se retourna, sentit son visage s'empourprer, son cœur battre plus vite

— J'espérais bien te trouver seule, Ayla. J'aimerais te parler, si tu le veux bien, dit Jondalar, d'une voix étonnamment sourde.

— Je le veux bien, répondit-elle.

Il s'était rasé, il avait soigneusement rejeté en arrière ses cheveux blonds, les avait attachés sur la nuque, et il portait l'une des tenues que lui avait données Tulie. Il était si séduisant ainsi — Deegie aurait dit qu'il était beau — qu'elle en eut presque le souffle coupé, et que sa voix s'étrangla dans sa gorge. Même vêtu des défroques de Talut, elle l'admirait. Sa présence emplissait l'espace autour de lui et venait l'effleurer, comme une braise incandescente aurait irradié sa chaleur jusqu'à elle. C'était une chaleur qui ne brûlait pas, et elle éprouvait le désir de la toucher, et s'en sentir enveloppée. Elle ébaucha vers Jondalar un mouvement involontaire. Mais l'expression de ses yeux la retint, une expression d'une ineffable tristesse, qu'elle n'y avait encore jamais vue. Alors, immobile et silencieuse, elle attendit qu'il parlât.

Il ferma un instant les paupières, afin de rassembler ses pensées. Il ne savait par où commencer.

— Te rappelles-tu, du temps où nous vivions ensemble dans ta vallée, alors que tu parlais encore difficilement, tu as voulu me dire un jour quelque chose d'important. Mais tu ne connaissais pas les mots. Alors, tu t'es mise à me parler par signes... Je me souviens d'avoir trouvé à tes mouvements une grande beauté : on aurait presque dit une danse.

Elle ne se rappelait que trop bien cette occasion. Alors, déjà, elle avait voulu lui exprimer ce qu'elle souhaitait lui dire à présent : ce qu'elle éprouvait pour lui, le sentiment qui l'emplissait, grâce à lui, et qu'elle ne savait pas encore traduire en paroles. Même lui dire qu'elle l'aimait n'était pas suffisant.

— Je ne suis pas sûr de posséder les mots qu'il faut pour exprimer ce que je dois te dire. « Pardon » n'est qu'un son qui sort de ma bouche, mais je ne sais comment le dire autrement. Je te demande pardon,

Ayla, du plus profond de moi-même. Je n'avais pas le droit de te forcer mais je ne peux revenir sur ce qui s'est déjà passé. Je peux seulement te dire que ça n'arrivera plus. Je vais bientôt partir, dès que Talut estimera qu'il est possible de voyager sans danger. Ici, tu es chez toi. Les gens te portent une grande affection... ils t'aiment. Tu es Ayla des Mamutoï. Je suis Jondalar des Zelandonii. Il est temps que je rentre chez moi.

Ayla était incapable de parler. La tête baissée, elle s'efforçait de cacher les larmes qu'elle ne pouvait retenir. Dans l'impossibilité de regarder Jondalar en face, elle lui tourna le dos, se mit à bouchonner Whinney. Il allait partir. Il repartait chez lui et il ne lui avait pas demandé de l'accompagner. Il ne voulait pas d'elle. Il ne l'aimait plus. Tout en frottant la robe de la jument, elle ravalait des sanglots. Jamais, depuis l'époque où elle vivait avec le Clan, elle n'avait fait tant d'efforts pour retenir ses larmes, jamais elle n'avait autant lutté pour ne pas les montrer.

Jondalar, figé à la même place, contemplait son dos. Elle n'a pour moi qu'indifférence, se disait-il. J'aurais dû partir depuis longtemps. Elle lui avait tourné le dos. Il aurait voulu en faire autant, l'abandonner à ses chevaux, mais le muet langage des mouvements du corps de la jeune femme lui adressait un message qu'il était incapable de traduire par des mots. Ce n'était qu'une vague impression, la sensation qu'il y avait quelque chose d'anormal, mais cela suffisait pour le faire hésiter à partir.

— Ayla... ?

— Oui ? dit-elle.

Elle gardait le dos tourné, essayait de ne pas laisser sa voix se fêler.

— Y a-t-il... Puis-je faire quelque chose pour toi, avant mon départ ?

Elle ne répondit pas tout de suite. Elle voulait lui dire quelque chose qui le fasse changer d'avis. Elle cherchait désespérément le moyen de l'amener à se rapprocher d'elle, de le retenir. Les chevaux. Il aimait Rapide. Il aimait le monter.

— Oui, dit-elle enfin, d'un ton qui se voulait normal. Il y a quelque chose.

Il n'attendait plus de réponse et, déjà, il avait fait un mouvement pour la quitter. Mais il se retourna vivement.

— Tu pourrais m'aider à dresser Rapide... tant que tu seras encore ici. Je n'ai pas beaucoup de temps pour le sortir...

Elle se força à se retourner, pour lui faire face de nouveau.

Etait-ce un effet de son imagination, cette pâleur, ce tremblement ? se demanda Jondalar.

— Je ne sais pas combien de temps je vais rester, dit-il, mais je ferai ce que je pourrai.

Il allait poursuivre : il voulait lui dire qu'il l'aimait, qu'il partait parce qu'elle méritait mieux. Elle méritait un homme qui l'aimerait sans réserve, un homme comme Ranec. Il baissa la tête pour chercher les mots qui convenaient.

Ayla craignit de ne pouvoir beaucoup plus longtemps retenir ses larmes. Elle se retourna vers la jument, pour continuer à la bouchonner, mais, soudain, d'un seul mouvement, elle l'enfourcha, la lança au galop. Jondalar, stupéfait, recula de quelques pas et suivit des yeux Ayla et la jument qui s'élançaient sur la pente, suivies de Rapide et du louveteau. Ils avaient depuis longtemps disparu qu'il était toujours à la même place.

L'impatience, la tension étaient si intenses, quand tomba la nuit, la veille de la Fête du Printemps, que tout le monde était incapable de dormir. Enfants et adultes veillèrent tard. Latie, en particulier, était dans un état de fiévreuse surexcitation : elle se sentait impatiente un moment, inquiète le moment d'après, à la pensée de la brève cérémonie de la puberté, qui marquerait qu'elle était prête à commencer les préparatifs à la Célébration de la Féminité, qui se déroulerait lors de la Réunion d'Eté.

Elle avait atteint sa maturité physique, mais sa féminité ne serait pas complète avant la cérémonie qui se terminerait par la Première Nuit des Plaisirs : un homme, alors, l'ouvrirait pour lui permettre de recevoir les esprits fécondateurs rassemblés par la Mère. Lorsqu'elle serait capable d'accéder à la maternité, et alors seulement, elle serait considérée comme une femme, dans toute l'acception du terme, ce qui lui permettrait de créer un foyer et de former une Union avec un homme. Jusque-là, elle continuerait d'exister dans un état intermédiaire, plus vraiment enfant, pas encore tout à fait femme. Des femmes plus âgées et Ceux Qui Servent la Mère lui enseigneraient ce qu'étaient la féminité, la maternité et les hommes.

Tous les hommes, sauf Mamut, avaient été bannis du Foyer du Mammouth. Toutes les femmes s'y étaient rassemblées pour entendre instruire Latie du déroulement de la cérémonie du lendemain soir, pour offrir à cette femme en herbe leur soutien moral, leurs conseils, leurs suggestions judicieuses. Ayla était présente en qualité de femme plus âgée, mais elle en apprenait tout autant que la jeune fille.

Mamut expliquait :

— Tu n'auras pas grand-chose à faire, demain soir, Latie. Plus tard, tu devras en apprendre plus long, mais cette cérémonie n'est qu'un préliminaire. Talut fera l'annonce, et je te remettrai ensuite la muta. Garde-la précieusement, jusqu'au moment où tu seras prête à créer ton propre foyer.

Assise en face du vieil homme, Latie hocha la tête. En dépit de sa timidité, elle était plutôt satisfaite de l'intérêt qu'on lui prodiguait.

— Comprends bien ceci : après la journée de demain, tu ne devras jamais te trouver seule avec un homme ni même parler à un homme seul, jusqu'au jour où tu seras vraiment femme, dit Mamut.

— Pas même avec Danug ou Druwez ? questionna Latie.

— Non, pas même avec eux.

Durant cette période de transition, expliqua le vieux chaman, privée de la protection des esprits gardiens de l'enfance sans bénéficier encore du plein pouvoir de la féminité, elle serait considérée comme très vulnérable aux influences malignes. On exigerait d'elle qu'elle demeurât constamment sous le regard vigilant d'une femme, et elle ne devrait pas même rester seule avec son frère ou son cousin.

— Et Brinan ? Ou Rydag ? insista la jeune fille.

— Ce sont encore des enfants, déclara Mamut. Les enfants sont toujours en sécurité. Ils sont constamment environnés d'esprits protecteurs. Voilà pourquoi tu dois être désormais protégée : les esprits qui te gardaient vont te quitter, laisser la place à la force de vie, à la puissance de la Mère, qui entreront en toi.

— Mais Talut ou Wymez ne me feraient pas de mal. Pourquoi n'aurais-je pas le droit de leur parler seule à seul ?

— Les esprits mâles sont attirés vers la force de vie, de même que, tu vas le découvrir, les hommes seront désormais attirés vers toi. Certains esprits mâles sont jaloux de la puissance de la Mère. Ils peuvent tenter de t'en dépouiller, à cette époque où tu es vulnérable. Ils sont incapables de s'en servir pour créer la vie, mais c'est une force puissante. Sans les précautions qui conviennent, un esprit mâle peut entrer et, même s'il ne te dérobe pas ta force de vie, il pourrait l'endommager ou la dominer. Alors, il serait possible que tu n'aies jamais d'enfants, ou que tes désirs deviennent ceux d'un mâle, et, dans ce cas, tu souhaiterais partager les Plaisirs avec des femmes.

Latie ouvrait de grands yeux. Elle n'imaginait pas de tels dangers.

— Je ferai bien attention, je ne laisserai aucun esprit mâle m'approcher de trop près, mais... Mamut...

— Qu'y a-t-il, Latie ?

— Et toi, Mamut ? Tu es un homme.

Plusieurs des femmes pouffèrent. Latie rougit. Peut-être avait-elle posé une question stupide.

— J'aurais posé la même question, remarqua Ayla.

La jeune fille lui lança un regard reconnaissant.

— C'est une bonne question, acquiesça Mamut. Je suis un homme, oui, mais, par ailleurs, je sers la Mère. Tu ne courrais probablement aucun danger en parlant avec moi à n'importe quel moment et, naturellement, pour certains rites où j'agis comme Celui Qui Sert, tu devras parler seule avec moi, Latie. Mais, à mon avis, mieux vaudrait toutefois ne pas venir me rendre simplement visite ou me parler à moins qu'une autre femme ne t'accompagne.

Latie acquiesça d'un signe de tête, le front plissé. Elle commençait à sentir combien il était délicat d'établir des rapports nouveaux avec des êtres qu'elle avait connus et aimés toute sa vie.

— Qu'arrive-t-il quand un esprit mâle dérobe la force de vie ? questionna Ayla.

Sa curiosité était éveillée par ces intéressantes croyances des Mamutoï, par certains côtés semblables et pourtant très différentes des traditions du Clan.

— On a alors un puissant chaman, dit Tulie.

— Ou un chaman malfaisant, ajouta Crozie.

— Est-ce vrai, Mamut ? demanda Ayla.

Latie avait l'air étonnée, perplexe. Deegie, Tronie et Fralie elles-mêmes s'étaient tournées vers Mamut avec intérêt.

Le vieil homme rassembla ses pensées. Il s'efforçait de choisir soigneusement sa réponse.

— Nous ne sommes que Ses enfants, commença-t-il. Il nous est difficile de comprendre pourquoi Mut, la Grande Mère, choisit certains d'entre nous à des fins particulières. Nous savons seulement qu'Elle a Ses raisons. Peut-être, par moments, a-t-Elle besoin de quelqu'un qui possède un pouvoir exceptionnel. Certains naissent avec tel ou tel don. D'autres sont choisis plus tard. Mais personne n'est choisi sans Sa connaissance.

Plusieurs regards, subrepticement, se glissèrent vers Ayla.

— Elle est la Mère de tout ce qui existe, continua Mamut. Personne ne peut La connaître totalement sous tous Ses aspects. Voilà pourquoi le visage de la Mère est inconnu sur toutes les figures qui La représentent.

Le chaman se tourna vers la femme la plus âgée du Camp.

— Qu'est-ce que la malfaisance, Crozie ?

— La malfaisance, c'est le mal commis avec une intention mauvaise, répondit la vieille femme avec conviction. La malfaisance, c'est la mort.

— La Mère est toutes choses, Crozie. La face de

Mut, c'est la naissance du printemps, la générosité de l'été, mais c'est aussi la petite mort de l'hiver. A Elle appartient le pouvoir de vie, mais l'autre face de la vie, c'est la mort. Qu'est-ce que la mort, sinon le retour vers Elle, en vue d'une nouvelle naissance ? La mort est-elle malfaisante ? Sans la mort, il ne peut y avoir de vie. La malfaisance est-elle un mal commis avec une intention mauvaise ? Peut-être, mais ceux-là même qui nous semblent malfaisants agissent selon les Raisons de la Mère. Le mal est une force qu'Elle contrôle, un moyen pour Elle d'accomplir Ses desseins. Ce n'est qu'une face inconnue de la Mère.

— Mais qu'arrive-t-il quand une force mâle dérobe à une femme la force de vie ? questionna Latie.

Elle n'avait pas besoin de philosophie : elle voulait simplement savoir.

Mamut la considéra d'un air pensif. Elle était presque femme, elle avait le droit de tout apprendre.

— Cette femme mourra, Latie.

La jeune fille frissonna.

— Même si cette force lui a été dérobée, il peut lui en rester suffisamment pour créer une nouvelle vie. La force qui réside en une femme est si puissante que la femme peut ne pas prendre conscience qu'elle lui a été dérobée jusqu'à ce qu'elle mette un enfant au monde. Quand une femme meurt en couches, c'est toujours parce qu'un esprit mâle lui a dérobé sa force de vie avant qu'elle ait été ouverte. Voilà pourquoi il n'est pas bon d'attendre trop longtemps avant de célébrer la Cérémonie de la Féminité. Si la Mère avait voulu que tu sois prête au dernier automne, j'aurais proposé à Nezzie le rassemblement de quelques Camps pour faire la cérémonie : ainsi, tu n'aurais pas eu à passer l'hiver sans protection, même si cela t'avait privée d'une célébration à la Réunion d'Eté.

— Je suis heureuse de ne pas avoir été obligée de manquer ça, mais...

Latie s'interrompit : la force de vie la préoccupait plus encore que la célébration.

— ... la femme meurt-elle toujours ?

— Non. Il arrive qu'elle lutte pour conserver sa force

de vie et, si celle-ci est puissante, elle peut non seulement la sauver mais conserver en même temps la force mâle, en tout ou partie. Elle possède alors une double puissance dans un seul corps.

— Ce sont les êtres qui deviennent de puissants chamans, dit spontanément Tulie.

Mamut hocha la tête.

— Souvent, c'est vrai. Afin d'apprendre comment utiliser le double pouvoir viril et féminin, de nombreux êtres se tournent vers le Foyer du Mammouth pour être guidés, et nombre de ceux-ci sont appelés à Servir la Mère. Ce sont souvent Ceux Qui Guérissent, et ils sont excellents, ou bien des Voyageurs dans le monde mystérieux de la Mère.

— Qu'advient-il de l'esprit mâle qui dérobe la force de vie ? demanda Fralie.

Elle appuya contre son épaule son tout petit enfant, lui tapota doucement le dos. C'était là une question, elle le savait, que sa mère avait envie de poser.

— C'est celui qui est malfaisant, déclara Crozie.

Mamut secoua la tête.

— Non, ce n'est pas exact. La force mâle est simplement attirée vers la force de vie d'une femme. Elle ne peut s'en empêcher, et les hommes, en général, ignorent que leur force mâle a dérobé la force de vie d'une jeune femme, jusqu'au moment où ils découvrent qu'au lieu d'être attirés vers les femmes, ils préfèrent la compagnie d'autres hommes. Les jeunes hommes sont vulnérables, alors. Ils ne désirent pas être différents des autres, ils ne veulent pas qu'on sache que leur esprit mâle a pu léser une femme. Souvent, ils éprouvent une honte profonde et, au lieu de venir au Foyer du Mammouth, ils essaient de la cacher.

— Mais il y a parmi eux des êtres malfaisants qui possèdent un grand pouvoir, insista Crozie. Le pouvoir de détruire un Camp tout entier.

— La force du mâle et de la femelle dans un seul corps est très puissante. Si elle n'est pas gouvernée, elle peut se pervertir, devenir maligne et vouloir amener la maladie, le malheur et même la mort. Même sans posséder un tel pouvoir, l'être qui souhaite le malheur d'un autre peut le faire survenir. Quand on le possède, les conséquences sont presque inévitables, mais, bien dirigé, un homme qui possède les deux forces peut devenir tout aussi puissant qu'une femme dans le même cas et il prend souvent le plus grand soin de n'utiliser son pouvoir que pour le bien.

— Que se passe-t-il si un être comme celui-là ne désire pas devenir chaman ? questionna Ayla.

Elle possédait peut-être des dons mais elle n'en avait pas moins le sentiment d'être poussée dans une voie qu'elle n'était pas sûre de désirer.

— Ils n'y sont pas obligés, répondit Mamut. Mais il leur est plus facile de trouver des compagnons, d'autres êtres qui leur ressemblent, parmi Ceux Qui Servent la Mère.

— Te rappelles-tu ces voyageurs sungaea que nous avons rencontrés il y a bien des années, Mamut ? demanda Nezzie. J'étais jeune, alors, mais n'y avait-il pas eu je ne sais plus quelle confusion, à propos d'un de leurs foyers ?

— Oui, je m'en souviens, maintenant que tu en parles. Nous revenions de la Réunion d'Eté et nous étions encore plusieurs Camps à voyager ensemble quand nous les avons rencontrés. Personne ne savait trop à quoi s'attendre : il avait été question de pillages. Mais, finalement, nous avons fait avec eux un feu d'amitié. Certaines femmes mamutoï ont élevé des protestations parce que l'un des hommes sungaea voulait aller les rejoindre « chez leur mère ». Il a fallu de longues explications pour découvrir que le foyer que nous croyions composé d'une femme et de ses deux compagnons se composait en réalité d'un homme et de ses deux compagnes, mais l'une de celles-ci était une femme, et l'autre un homme. Les Sungaea disaient « elle » en en parlant. Il portait la barbe mais il était vêtu en femme et, bien qu'il n'eût pas de seins, il était la mère de l'un des enfants. Il se conduisait certainement comme sa mère. Je ne sais plus trop si l'enfant lui avait été donné par la femme de ce foyer ou par une autre, mais on m'avait dit qu'il avait connu tous les symptômes de la grossesse, toutes les douleurs de l'enfantement.

— Il avait dû vouloir à tout prix être une femme, dit Nezzie. Peut-être n'avait-il pas dérobé à une femme sa force de vie. Peut-être était-il né dans un corps qui ne lui était pas destiné. Ça arrive aussi.

— Mais avait-il mal au ventre à chaque lune ? s'informa Deegie. C'est le signe qu'on est femme.

Tout le monde éclata de rire.

— As-tu mal au ventre à chacune de tes lunes, Deegie ? Je peux te donner quelque chose, si tu veux, dit Ayla.

— Je viendrai peut-être te le demander, la prochaine fois.

— Quand tu auras eu un enfant, tu souffriras moins, Deegie, promit Tronie.

— Et, quand tu es grosse, tu n'as pas à te soucier de porter une protection absorbante et de t'en débarrasser comme il faut, dit Fralie. Mais tu as hâte d'avoir l'enfant, ajouta-t-elle, en souriant au visage endormi de sa fille, toute petite mais bien vivace.

Elle essuya un filet de lait au coin des lèvres du bébé, avant de demander à Ayla, avec une brusque curiosité :

— De quoi te servais-tu, quand tu étais... plus jeune ?

— De bandes de cuir souple. C'est très pratique, surtout pour le voyage, mais il m'arrivait de les replier plusieurs fois ou de les garnir de laine de mouflon, de fourrure et même de duvet d'oiseau. Parfois, du duvet de certaines plantes. Jamais, en ce temps-là, de bouse de mammouth séchée, mais c'est efficace, aussi.

Mamut possédait la faculté, quand il le voulait, de s'effacer, de se fondre dans le décor, de sorte que les femmes oubliaient sa présence et parlaient entre elles en toute liberté, comme elles ne l'auraient jamais fait devant d'autres hommes. Ayla, toutefois, ne l'avait pas oublié. Elle le regardait observer ses compagnes. Quand la conversation languit, il s'adressa de nouveau à Latie.

— L'un de ces prochains jours, tu voudras trouver un endroit où communier personnellement avec Mut. Prête attention à tes rêves. Ils t'aideront à découvrir le lieu convenable. Avant de t'y rendre, tu devras jeûner et te purifier, en saluant toujours les quatre directions, le ciel et le monde souterrain. Tu lui présenteras des offrandes et des sacrifices, particulièrement si tu désires Son aide ou Sa bénédiction. Ce sera plus important encore quand viendra le moment où tu désireras un enfant, Latie, ou lorsque tu apprendras que tu en attends un. Alors, tu devras te rendre à ce lieu sacré pour toi et faire brûler un sacrifice pour Mut, un don qui montera vers Elle avec la fumée.

— Comment saurai-je ce que je dois Lui donner ? demanda Latie.

— Il pourra s'agir de quelque chose que tu auras trouvé. Tu sauras si c'est le don qui convient. Tu le sauras toujours.

— Quand tu désireras avoir un homme en particulier, tu pourras aussi le Lui demander, fit Deegie, avec un sourire de connivence. Je ne peux pas te dire combien de fois je Lui ai demandé Branag.

Ayla lança un coup d'œil vers son amie et résolut d'en apprendre plus long sur les lieux de sacrifices personnels.

— Il y a tant à apprendre ! gémit Latie.

— Ta mère pourra t'aider, et Tulie aussi, dit Mamut.

— Nezzie me l'a demandé, et j'ai accepté d'être Gardienne cette année, Latie, déclara Tulie.

— Oh, Tulie ! Je suis si contente. Je me sentirai moins seule.

La Femme Qui Ordonne sourit à l'ardeur affectueuse de la jeune fille.

— Ce n'est pas tous les ans, dit-elle, que le Camp du Lion présente une toute nouvelle femme.

Latie, le visage assombri par la concentration, demanda à voix presque basse :

— Tulie, comment est-ce ? Dans la tente, je veux dire. Cette nuit-là ?

Tulie regarda Nezzie, sourit de nouveau.

— Es-tu un peu inquiète ?

— Un peu, oui.

— Ne te tourmente pas. On t'expliquera tout. Tu sauras à quoi t'attendre.

— Est-ce un peu comme lorsqu'on jouait, Druwez et

moi, quand on était enfants ? Il rebondissait sur moi très fort. Il essayait de faire comme Talut, je pense.

— Non, ce n'est pas vraiment ainsi, Latie. Il s'agissait là de jeux d'enfants : vous faisiez semblant d'être adultes. Vous étiez tous les deux très jeunes, alors, trop jeunes.

— Oui, c'est vrai, nous étions très jeunes.

Latie se sentait maintenant beaucoup plus âgée.

— Ces jeux-là sont pour les petits enfants, continua-t-elle. Il y a longtemps que nous n'y jouons plus. D'ailleurs, nous ne jouons plus du tout. Ces derniers temps, ni Danug ni Druwez ne veulent même me parler bien longtemps.

— Ils en auront bientôt envie, j'en suis sûre, déclara Tulie. Mais rappelle-toi bien : pour le temps présent, tu ne dois pas leur parler beaucoup et tu ne dois jamais rester seule avec eux.

Ayla tendit la main vers la grosse outre d'eau suspendue par une courroie de cuir à une cheville enfoncée dans l'un des piliers de soutènement. C'était la panse d'un cerf gigantesque, un mégacéros, qu'on avait traitée pour conserver son étanchéité naturelle. On l'emplissait par l'ouverture inférieure, qu'on repliait ensuite pour la fermer. On rainait sur tout le tour l'extrémité d'un os à moelle, percé au centre d'un trou naturel. Pour former un verseur, on attachait la paroi de l'estomac de cerf à l'os en enroulant bien serré une lanière autour de la partie rainée.

Ayla ôta le bouchon — une mince bande de cuir, passée dans le trou et nouée plusieurs fois en un endroit. Elle versa de l'eau dans la corbeille étanche qu'elle utilisait pour faire son infusion du matin, replaça le nœud de cuir dans l'ouverture. La pierre chauffée à blanc grésilla lorsqu'elle la laissa tomber dans l'eau. Elle la déplaça à plusieurs reprises, afin d'en tirer le plus de chaleur possible, avant de la sortir de l'eau à l'aide de deux baguettes plates et de la remettre au feu. Avec les mêmes baguettes, elle saisit une autre pierre, la mit dans la corbeille. Quand l'eau commença à frémir, elle y fit tomber une quantité soigneusement mesurée de feuilles et de racines séchées, en particulier les tiges ligneuses du fil d'or, et laissa infuser le tout.

Elle avait toujours pris grand soin de boire régulièrement l'infusion secrète d'Iza. La puissante magie, elle l'espérait, serait aussi efficace pour elle qu'elle l'avait été, durant tant d'années, pour Iza. Elle ne voulait pas avoir un enfant dès maintenant. Elle n'était pas assez sûre de ce qui allait se passer.

Après s'être habillée, elle versa la tisane dans sa coupe personnelle, s'assit sur une natte, près du feu, but une gorgée du breuvage très fort, un peu amer. Elle s'était habituée à ce goût, chaque matin. C'était le moment où elle se réveillait, un moment qui faisait partie de son emploi du temps de la matinée. Tout en buvant, elle songeait aux activités qui allaient se dérouler. Elle était arrivée, cette journée impatiemment attendue par tous, celle de la Fête du Printemps.

Pour Ayla, l'événement le plus heureux serait l'attribution d'un nom à la petite fille de Fralie. La minuscule nouveau-née avait grandi, grossi et prospéré. Sa mère n'avait plus à la garder au sein à tout moment : s'il lui arrivait encore d'utiliser le support qui avait été élaboré à la naissance, c'était par préférence personnelle. Le Foyer de la Grue était plus heureux, à présent, non seulement parce qu'on y partageait la joie de la présence de l'enfant, mais parce que Crozie et Frebec apprenaient à vivre ensemble sans se quereller constamment. Certes, il y avait toujours des difficultés, mais tous deux les affrontaient avec plus de sérénité, et Fralie elle-même jouait plus activement son rôle de médiatrice.

Ayla pensait encore à l'enfant de Fralie lorsqu'elle leva la tête et découvrit que Ranec l'observait. Ce jour était aussi celui où il voulait annoncer leur Promesse. La jeune femme, alors, se rappela brutalement ce que lui avait dit Jondalar : il allait partir. Elle se souvint soudain de la terrible nuit où Iza était morte.

« *Tu ne fais pas partie du Clan, Ayla,* lui avait dit Iza. *Tu es née chez les Autres, ta place est parmi eux. Pars vers le nord, Ayla. Rejoins ton peuple. Trouve celui qui sera ton compagnon.* »

Trouve celui qui sera ton compagnon..., pensait-elle.

Elle avait cru naguère que Jondalar serait ce compagnon, mais il allait partir, il rentrait chez lui, sans elle. Jondalar ne voulait pas d'elle.

Ranec, lui, voulait s'unir à elle. Elle ne rajeunissait pas. Si elle voulait un enfant, elle ne devrait plus tarder à le concevoir. Elle but encore une gorgée de la tisane d'Iza, fit tourner au fond de la coupe le reste du breuvage et les fragments de végétaux. Si elle cessait de prendre la tisane d'Iza et si elle partageait les Plaisirs avec Ranec, cela l'aiderait-il à concevoir un enfant ? Elle pouvait essayer, afin d'en avoir le cœur net. Peut-être ferait-elle bien de s'unir à Ranec. Elle s'installerait avec lui, elle lui donnerait les enfants de son foyer. Aurait-elle de beaux petits à la peau sombre, aux yeux noirs, aux cheveux crêpus ? Ou bien auraient-ils comme elle le teint clair et les cheveux blonds ? Les deux, peut-être.

Si elle demeurait en ces lieux, si elle s'unissait à Ranec, elle ne serait pas trop loin du Clan. Elle pourrait aller chercher Durc et le ramener. Ranec était bon pour Rydag. Peut-être ne s'opposerait-il pas à la présence à son foyer d'un enfant d'esprits mêlés. Peut-être pourrait-elle adopter officiellement Durc, faire de lui un Mamutoï.

La seule idée qu'elle puisse retrouver son fils l'emplissait d'impatience. Peut-être était-il préférable que Jondalar partît sans elle. Si elle l'accompagnait, elle ne reverrait jamais son fils. Mais, s'il s'en allait seul, jamais elle ne reverrait Jondalar.

Le choix avait été fait pour elle. Elle resterait. Elle s'unirait à Ranec. Elle essayait d'en voir le côté positif, de se convaincre que tout était ainsi pour le mieux. Ranec était un homme de grande qualité, il l'aimait, il tenait à sa présence auprès de lui. Et elle avait de l'affection pour lui. Il ne serait pas si terrible de vivre avec lui. Elle pourrait avoir des enfants. Elle pourrait retrouver Durc, le ramener auprès d'eux. Un homme de bien, son propre peuple, son fils enfin retrouvé. C'était plus qu'elle n'en avait espéré, naguère. Que pouvait-elle demander de plus ? Oui, quoi d'autre, si Jondalar s'en allait ?

Je vais le lui dire, pensa-t-elle. Je vais dire à Ranec qu'il peut annoncer notre Promesse aujourd'hui. Elle se leva, se dirigea vers le Foyer du Renard, mais une seule idée occupait son esprit. Jondalar allait partir sans elle. Jamais plus elle ne le reverrait. Au moment où elle prenait pleinement conscience de cette vérité, elle en sentit tout le poids écrasant et elle dut fermer les paupières pour lutter contre sa souffrance.

— Talut ! Nezzie !

Ranec sortit en courant de l'habitation, chercha du regard le chef du Camp et sa mère adoptive. Il les découvrit enfin mais il était dans un tel état d'agitation qu'il pouvait à peine parler.

— Elle a dit oui ! Ayla a dit oui ! La Promesse, nous allons l'annoncer ! Ayla et moi !

Il ne voyait même pas Jondalar. S'il l'avait vu, cela n'aurait rien changé. Ranec était incapable de penser à rien d'autre qu'à la femme qu'il aimait : la femme qu'il désirait plus que tout au monde avait accepté de lui appartenir. Nezzie, elle, vit Jondalar, elle le vit blêmir, chercher un appui en s'accrochant à l'une des défenses de mammouth qui formaient l'arche d'entrée, elle lut la douleur sur son visage. Finalement, il lâcha prise, et descendit la pente qui menait à la rivière. Une inquiétude fugitive traversa l'esprit de Nezzie. La rivière était en crue. Il serait facile d'y entrer, de se mettre à nager et de se laisser emporter.

— Mère, je ne sais pas comment m'habiller pour aujourd'hui. Je n'arrive pas à me décider, gémit Latie, très agitée par la perspective de cette cérémonie qui allait reconnaître sa position.

— Allons voir ça, dit Nezzie.

Elle jeta un ultime regard vers la rivière.

Jondalar n'était plus en vue.

28

Jondalar passa la matinée entière à marcher le long de la rivière. L'esprit en tumulte, il entendait sans cesse les cris de joie de Ranec. Ayla avait accepté. Ils annonceraient leur Promesse lors de la cérémonie, ce soir-là. Il avait beau se répéter qu'il s'y était toujours attendu, devant la réalité, il comprenait qu'il n'en était rien. La nouvelle lui avait asséné un coup plus violent qu'il ne l'aurait jamais imaginé. Comme Thonolan après la mort de Jetamio, il avait envie de mourir.

Les craintes de Nezzie n'étaient pas sans fondement. Jondalar n'avait aucun but particulier en descendant vers la rivière : il avait pris cette direction par hasard. Toutefois, quand il atteignit la rive, il trouva le courant turbulent étrangement attirant. Il semblait lui offrir la paix, un soulagement à sa souffrance, à son chagrin, à la confusion de ses pensées. Pourtant, Jondalar se contenta de le contempler longuement. Une autre force, tout aussi puissante, le retenait. Contrairement à Jetamio, Ayla n'était pas morte. Aussi longtemps qu'elle resterait en vie, il pouvait encore nourrir une petite flamme d'espoir. Mais, plus encore, il craignait pour la sécurité d'Ayla.

Un peu au-dessus de la rivière, il trouva un endroit isolé, dissimulé par des buissons et des petits arbres. Là, il essaya de se préparer à l'épreuve des festivités de la soirée, au nombre desquelles compterait la Cérémonie de la Promesse. Ce n'était pas, se disait-il, comme si elle allait s'unir définitivement à Ranec le soir même. Elle devait seulement promettre de créer avec lui un foyer, dans un avenir plus ou moins proche. Jondalar avait fait une promesse, lui aussi : il avait dit à Mamut qu'il partirait après la Fête du Printemps. Pourtant, ce n'était pas ce serment qui le retenait. Ayla, il le savait, allait affronter un péril inconnu. Il n'avait pas la moindre idée de la nature de ce péril, il ignorait comment il pourrait l'en défendre mais il ne pouvait s'en aller en un tel moment, même s'il devait l'entendre faire sa Promesse à Ranec. Mamut, qui était versé dans les voies des esprits, pressentait qu'elle courait un danger. Jondalar devait donc s'attendre au pire.

Vers midi, Ayla annonça à Mamut qu'elle allait entamer ses préparatifs pour la cérémonie de la racine. A plusieurs reprises, ils étaient revenus sur tous les détails. Elle se sentait raisonnablement sûre de n'avoir rien oublié d'important. Elle rassembla des vêtements propres, une peau de daim, souple et absorbante, et plusieurs autres objets. Au lieu de sortir par l'abri des chevaux, elle se dirigea vers le foyer de la cuisine. Elle ressentait en même temps le désir de voir Jondalar et l'espoir de ne pas le trouver. Elle fut à la fois déçue et soulagée en découvrant que Wymez était seul dans l'aire du travail des outils. Il n'avait pas vu Jondalar depuis le début de la matinée, lui dit-il, mais il lui remit gentiment le petit nodule de silex qu'elle demandait.

Elle gagna le bord de la rivière et en remonta le cours sur une certaine distance, à la recherche d'un lieu approprié. Elle s'arrêta à l'endroit où un petit cours d'eau rejoignait la rivière. Le ruisseau avait contourné un affleurement rocheux qui formait sur l'autre rive une berge plus élevée et protégeait du vent. Un écran de buissons et d'arbres tout juste bourgeonnants enfermait un coin isolé, abrité et procurait en même temps du bois sec de l'année précédente.

Depuis sa position en surplomb, Jondalar, replié sur ses pensées, regardait sans vraiment le voir le courant furieux de l'eau boueuse. Il n'avait pas pris conscience des ombres changeantes à mesure que le soleil montait dans le ciel et il sursauta en entendant quelqu'un approcher. Il n'était pas d'humeur à soutenir une conversation aimable, amicale, en ce jour de fête pour les Mamutoï. Vivement, il se glissa derrière quelques buissons pour attendre, sans se faire voir, que l'arrivant se fût éloigné. Lorsqu'il vit Ayla s'arrêter et, manifestement, s'installer, il ne sut plus que faire. Il songea bien à s'esquiver sans bruit, mais Ayla était trop bonne chasseuse : elle l'entendrait, à coup sûr. Il pensa alors à émerger tout simplement des buissons, en prétextant un besoin pressant, et à poursuivre son chemin. Mais il n'en fit rien.

Aussi discrètement que possible, il demeura caché pour observer la jeune femme. Il ne pouvait s'en empêcher, il ne pouvait même pas s'obliger à détourner les yeux, même lorsque, très vite, il comprit qu'elle se préparait à la cérémonie de la soirée et qu'elle se croyait seule. Au début, il s'était senti submergé par la joie de sa présence mais il ne tarda pas à être fasciné. Il ne pouvait faire autrement que la regarder.

Rapidement, Ayla alluma un feu à l'aide d'une pierre à feu et d'un morceau de silex. Elle y mit des pierres à chauffer. Elle voulait rendre le rite de purification aussi proche que possible de celui du Clan mais elle ne pouvait éviter certaines différences. Elle avait envisagé de faire du feu à la manière du Clan, en faisant tourner rapidement entre ses paumes une baguette sèche sur un morceau de bois plat, jusqu'à faire naître une braise. Mais, dans le Clan, les femmes n'étaient pas censées transporter du feu ni en allumer pour une cérémonie rituelle. Si elle devait braver la tradition en allumant son propre feu, décida Ayla, elle pouvait aussi bien se servir de sa pyrite.

Les femmes, toutefois, avaient le droit de se fabriquer des couteaux et d'autres outils en pierre, à condition de ne pas s'en servir pour la chasse. Ayla avait décidé qu'il lui fallait un nouveau sac à amulettes. Celui qu'elle portait, un sac mamutoï abondamment orné, ne conviendrait pas à un rite du Clan. Pour en fabriquer un autre, conforme aux règles du Clan, elle avait besoin d'un couteau pareil à ceux du Clan, et c'était pour cette raison qu'elle avait demandé à Wymez un nodule de silex. Elle chercha sur la berge, trouva un galet de la grosseur d'un poing, poli et arrondi par l'eau, qui lui servirait de percuteur. Elle l'utilisa pour débarrasser de sa gangue de craie le petit nodule, tout en commençant à le façonner grossièrement. Elle n'avait pas fait ses propres outils depuis un certain temps mais elle n'avait pas oublié la technique et elle ne tarda pas à s'absorber dans sa tâche.

Quand elle eut fini, la pierre luisante, d'un gris sombre, avait une forme plus ou moins ovale, avec une extrémité aplatie. Elle l'examina, en fit encore sauter un éclat. Après quoi, visant soigneusement, elle détacha un fragment au bord de l'extrémité aplatie, sur la partie la plus étroite de l'ovale. Elle tourna ensuite la pierre pour la mettre en position sous un angle précis et la frappa à l'endroit qu'elle venait d'ébrécher. Une plaque assez épaisse se détacha : elle avait la forme de l'extrémité ovale et possédait un tranchant affilé comme un rasoir.

Ayla n'avait pour outil qu'un galet mais elle avait travaillé avec l'habileté et la rapidité que donne l'expérience, et elle avait obtenu un couteau extrêmement tranchant, parfaitement utilisable. Elle n'avait aucune intention de le garder. Il n'avait pas de manche, il fallait le tenir à pleine main. Avec tous les outils plus raffinés qu'elle possédait maintenant, la plupart munis de manches, elle n'avait pas besoin d'un couteau du Clan, excepté pour cet usage particulier.

Sans prendre le temps d'émousser le tranchant pour rendre l'instrument plus facile à tenir et moins dangereux, Ayla coupa sur le bord de sa peau de daim une longue lanière et tailla, sur une extrémité du reste, un petit cercle. Elle reprit ensuite le galet qui lui servait de percuteur. Quand elle eut détaché avec soin deux ou trois morceaux de silex, le couteau se trouva transformé en poinçon à la pointe très aiguë. Elle l'utilisa pour percer des trous sur tout le pourtour du cercle de peau, passa enfin la lanière à travers ces trous.

Elle détacha de son cou la bourse décorée, l'ouvrit, fit glisser au creux de sa main les objets sacrés, les emblèmes de son totem. Après les avoir examinés un instant, elle les serra contre sa poitrine, avant de les placer dans le nouveau petit sac plus simple, à la mode du Clan, et de serrer le lacet. Elle avait pris la décision de rester chez les Mamutoï et de s'unir à Ranec mais elle ne s'attendait pas découvrir un signe de son Lion des Cavernes pour lui confirmer que cette décision était la bonne.

Elle alla jusqu'au cours d'eau, emplit la corbeille à

cuire, y ajouta les pierres brûlantes tirées du feu. Il était trop tôt dans l'année pour trouver la racine de saponaire, et les environs étaient trop découverts pour la prêle, qui poussait dans des lieux ombreux, humides. Il fallait trouver d'autres herbes.

Après avoir jeté dans l'eau chaude des fleurs séchées de cœlanthus, qui dégageaient un parfum agréable tout en moussant, elle ajouta des pointes de fougère et quelques fleurs d'ancolie cueillies en chemin, enfin de jeunes rameaux de bouleau, pour leur odeur de gaulthérie. Elle mit la corbeille de côté. Elle avait longuement réfléchi à ce qu'elle utiliserait pour remplacer l'insectifuge à base d'acide extrait d'une infusion de fougère pour tuer puces et poux. Finalement, Nezzie, sans le vouloir, lui avait fourni la solution.

Ayla se déshabilla vivement, prit les deux corbeilles tressées et étanches et descendit vers la rivière. L'une d'elles contenait le mélange aromatique qu'elle venait de faire, l'autre l'urine de plusieurs jours.

Une fois déjà, Jondalar avait demandé à la jeune femme de lui montrer les techniques employées par le Clan pour tailler les pierres et il avait été impressionné. Mais il était maintenant fasciné en la regardant travailler, avec tant d'assurance et d'habileté. Sans marteaux en os, sans perçoirs, elle fabriquait rapidement les outils dont elle avait besoin. Il se demandait s'il aurait fait aussi bien à l'aide d'un simple galet. Brusquement, son estime pour la technique de taille de la pierre des Têtes Plates monta d'un cran.

Le petit sac fut rapidement fait, lui aussi. Il était rudimentaire, mais la conception en était ingénieuse. Ce fut seulement lorsqu'il la vit manier les différents objets qu'il devait contenir et qu'il remarqua la manière dont elle les tenait qu'il prit conscience d'une certaine mélancolie dans son attitude, d'une aura de tristesse et de chagrin. Elle aurait dû être pleine de joie mais elle semblait malheureuse. Non, se dit-il, c'était sans doute un effet de son imagination.

Il retint son souffle quand elle commença de se dévêtir. La vue de sa beauté épanouie faisait naître en lui un désir qui l'accablait. Mais le souvenir de son comportement sans nom suffisait à le retenir. Durant l'hiver, elle s'était remise à coiffer ses cheveux en nattes, un peu comme Deegie, et, lorsqu'elle dénoua sa longue chevelure, il se rappela la première fois où il l'avait vue nue, dans la chaleur d'été de sa vallée, dorée, superbe, encore mouillée après son bain. Il s'ordonna de ne plus la regarder et il aurait pu le faire quand elle entra dans la rivière mais, au prix même de la vie, il aurait été incapable de tout mouvement.

Ayla entama sa toilette avec l'urine. Le liquide ammoniacal était corrosif, il dégageait une odeur forte mais il dissolvait sur sa peau, sur ses cheveux, les huiles et les graisses et il tuait les poux, les puces qu'elle avait pu attraper. Il avait même tendance à éclaircir la chevelure. Les eaux de la rivière, après la fonte des glaces, étaient encore très froides mais le choc était revigorant, et le bouillonnement du flot, riche en sable gréseux, même près de la berge où il était plus calme, emportait à la fois la saleté et l'odeur pénétrante de l'ammoniac.

Le nettoyage énergique et le froid de l'eau avaient rosé la peau d'Ayla de la tête aux pieds. Elle frissonna en sortant de la rivière, mais le mélange parfumé qu'elle avait préparé était encore tiède et mousseux. Elle en frotta son corps entier et ses cheveux. Pour se rincer elle se dirigea vers un petit bassin d'eau calme, près du confluent avec le ruisseau : l'eau y était moins boueuse que celle de la rivière. Lorsqu'elle en émergea, elle s'enveloppa de sa peau de daim, afin de se sécher, pendant qu'elle démêlait sa chevelure à l'aide de sa brosse dure et d'une épingle à cheveux en ivoire. Fraîche et toute propre, elle se sentait bien.

Tout en étant dévoré du désir douloureux de la rejoindre, de lui faire partager les Plaisirs, Jondalar éprouvait une certaine satisfaction à se repaître du spectacle. Ce n'était pas seulement la vue de ce corps magnifique, riche en courbes féminines et pourtant ferme et bien modelé, dont les muscles plats et durs évoquaient la force. Il prenait plaisir à l'observer, à suivre ses mouvements naturellement gracieux. Qu'elle fît du feu, qu'elle façonnât l'outil dont elle avait besoin, elle savait précisément comment s'y prendre et ne gaspillait pas un geste. Jondalar avait toujours admiré son adresse, la sûreté de ses gestes, son intelligence. Tout cela faisait partie de l'attirance qu'elle exerçait sur lui. La compagnie d'Ayla lui avait manqué, et le seul fait de l'observer apaisait le besoin de se trouver près d'elle.

Ayla était presque rhabillée quand un jappement du jeune loup lui fit lever la tête. Elle sourit.

— Loup ! Que fais-tu là ? Tu as échappé à la surveillance de Rydag ?

Le louveteau bondit vers elle pour la saluer, tout heureux de l'avoir retrouvée. Elle entreprit de rassembler ses affaires, et le petit animal se mit à flairer un peu partout.

— Eh bien, maintenant que tu m'as découverte, nous pouvons rentrer. Viens, Loup. Allons-nous-en. Mais que cherches-tu dans ces buissons ?... Jondalar !

La stupeur coupa la parole à la jeune femme quand elle reconnut ce qui avait attiré l'attention du louveteau. Jondalar, de son côté, était trop embarrassé pour parler. Mais leurs regards se retenaient, en disaient plus long que des mots. Ni l'un ni l'autre ne pouvaient croire à ce qu'ils voyaient. Finalement, Jondalar tenta une explication :

— Je... je passais par ici et...

Il renonça, n'essaya même pas de formuler entièrement une mauvaise excuse. Il se détourna, s'éloigna rapidement. Plus lentement, Ayla reprit à sa suite le chemin du Camp, et gravit lourdement la pente. Elle s'expliquait mal le comportement de Jondalar. Elle ignorait depuis combien de temps il était là, mais il l'avait observée, elle le savait, elle se demandait pourquoi il s'était tenu caché. Que devait-elle en penser ? Elle passa par le foyer des chevaux, qui donnait sur le Foyer du Mammouth, enfin d'aller retrouver Mamut et achever ses préparatifs. A ce moment, elle se rappela le regard de Jondalar...

Jondalar ne revint pas tout de suite au Camp. Il n'était pas sûr de pouvoir affronter, pour le moment, Ayla ou n'importe qui d'autre. Au pied du sentier qui remontait vers l'habitation, il fit demi-tour, redescendit, se retrouva bientôt au même endroit isolé.

Il s'approcha des restes du feu, s'agenouilla, chercha de la main la légère chaleur qui subsistait. Il ferma à demi les paupières pour se remémorer la scène qu'il avait secrètement épiée. Lorsqu'il rouvrit les yeux, il vit le nodule de silex, qu'elle avait abandonné. Il le ramassa, l'examina. Il aperçut les éclats qu'elle avait fait sauter, en remit quelques-uns à leur place pour étudier le travail de plus près. Non loin des morceaux de peau de daim, il trouva le perçoir. Il le prit, l'examina. Il n'était pas fait de la manière à laquelle il était accoutumé, il semblait trop simple, presque grossier. Ce n'en était pas moins un bon outil, efficace. Et bien acéré, se dit-il, quand il s'y blessa le doigt.

Cet outil évoquait Ayla elle-même. Il représentait en quelque sorte l'énigme qu'elle incarnait, ses contradictions apparentes. Sa visible candeur, tout enveloppée de mystère. Sa simplicité, imprégnée d'un antique savoir. Sa sincérité, sa naïveté, encloses dans la richesse et la profondeur de son expérience. Il décida de garder le perçoir, en souvenir d'elle, l'enveloppa, pour l'emporter, dans les morceaux de peau.

Le festin eut lieu dans la chaleur de l'après-midi. Il se déroula dans le foyer de la cuisine, mais on avait relevé et attaché les lourds rabats de peau de l'abri des chevaux, afin de faciliter la circulation de l'air frais et celle des convives. Bon nombre des festivités se tenaient dehors, en particulier les jeux et les concours — la lutte semblait être un sport de printemps favori —, ainsi que les chants et les danses.

On échangeait des présents, en signe de chance, de bonheur, de bonne volonté, à l'imitation de la Grande Terre Mère qui, une fois encore, apportait à la terre la chaleur et la vie, et pour montrer qu'on appréciait les dons qu'Elle déversait sur Ses créatures. Il s'agissait généralement de cadeaux sans grande importance : des ceintures, des gaines pour les couteaux, des dents d'animaux percées d'un trou ou creusées d'une rainure afin de pouvoir les accrocher en guise de pendentifs, des rangs de perles qu'on pouvait porter tels quels ou coudre sur des vêtements. Cette année-là, le tout nouveau tireur de fil remportait un grand succès, qu'on le donnât ou le reçût, ainsi que l'étui où le ranger, fait d'un petit tube d'ivoire ou d'un os d'oiseau creux. Nezzie la première en avait eu l'idée : elle portait son étui, avec le petit carré de peau de mammouth qui lui servait de dé, dans son sac à coudre richement décoré. Plusieurs autres femmes l'avaient imitée.

Les pierres à feu possédées par chaque foyer étaient considérées comme magiques et tenues pour sacrées. On les gardait dans une niche, avec l'effigie de la Mère. Mais Barzec offrit plusieurs nécessaires dont il avait imaginé le modèle, et qui furent l'objet du plus vif enthousiasme. Ils étaient commodes à porter, contenaient des matériaux facilement inflammables sous l'effet d'une étincelle — des fibres végétales duveteuses, de la bouse séchée et pulvérisée, des éclats de bois — et ménageaient une place à la pierre à feu et au silex, lorsqu'on voyageait.

Quand le vent du soir rafraîchit l'atmosphère, le Camp abrita à l'intérieur ses sentiments chaleureux et referma les lourds rabats. On passa un certain temps à s'installer, à revêtir les tenues de cérémonie, à placer les derniers éléments décoratifs, à remplir les coupes d'un breuvage favori, tisane aux herbes ou bouza de Talut. Tout le monde se rendit ensuite au Foyer du Mammouth pour assister à la partie la plus importante de la Fête du Printemps.

Ayla et Deegie firent signe à Latie de venir s'asseoir avec elles : elle était presque leur égale, à présent, presque une jeune femme. Sur son passage, Danug et Druwez levèrent des regards empreints d'une timidité inaccoutumée. Elle carra les épaules, redressa la tête mais s'abstint de leur adresser la parole. Ils la suivirent des yeux. Lorsqu'elle s'installa entre les deux amies,

Latie souriait : elle avait l'impression d'être devenue un personnage et de se trouver tout à fait à sa place.

Du temps où ils étaient enfants, elle était la compagne de jeux, l'amie des deux garçons, mais elle n'était plus une enfant, elle n'était pas une gamine que de jeunes mâles pouvaient ignorer, dédaigner. Elle était passée dans un monde attirant et magique, un peu inquiétant et parfaitement mystérieux, celui des femmes. Son corps avait changé de forme, elle pouvait éveiller dans le corps des garçons des émotions, des réactions inattendues, incontrôlables, rien qu'en passant devant eux. Un regard d'elle suffisait à les déconcerter.

Mais ils avaient entendu parler d'un phénomène plus intimidant encore. Elle pouvait, sans être blessée, faire sortir du sang de son corps, sans apparemment en souffrir, ce qui la mettait en quelque sorte en mesure d'absorber en elle-même la magie de la Mère. Sans comprendre comment, ils savaient qu'un jour elle mettrait au monde une vie nouvelle tirée de son propre corps. Un jour, Latie produirait des enfants. Mais un homme devrait d'abord faire d'elle une femme. Tel serait leur rôle... pas avec Latie, naturellement : elle était pour eux une sœur, une cousine, une parente trop proche. Mais, un jour, quand ils auraient acquis plus d'expérience, ils seraient peut-être choisis pour s'acquitter de cette importante fonction. En effet, même si elle pouvait saigner sans blessure, une fille était incapable de produire des enfants jusqu'à ce qu'un homme eût fait d'elle une femme.

La prochaine Réunion d'Eté apporterait des révélations aux deux jeunes hommes, à Danug surtout, puisqu'il était l'aîné des deux. Aucune contrainte ne s'exercerait sur eux, mais, lorsqu'ils seraient prêts, des femmes, qui s'étaient vouées à la Mère pour une saison, accueilleraient les jeunes gens, leur apporteraient l'expérience nécessaire, leur enseigneraient les voies et les joies mystérieuses des femmes.

Tulie s'avança jusqu'au centre du groupe. Elle tenait haut le Bâton Qui Parle et le secouait en attendant que tout le monde fît silence. Quand l'attention de tous se fut fixée sur elle, elle passa le bâton d'ivoire décoré à

Talut qui était en grande tenue jusqu'à sa coiffure ornée de défenses de mammouth. Mamut apparut, vêtu d'une cape de cuir blanc, richement décorée. Il tenait une tige de bois habilement conçue qui semblait faite d'une seule pièce, mais une des extrémités était formée d'une branche sèche, nue, morte, tandis que l'autre était couverte de bourgeons et de petites feuilles vertes. Il la tendit à Tulie. En sa qualité de Femme Qui Ordonne, il lui appartenait d'ouvrir la Fête du Printemps. Le printemps était la saison des femmes, l'époque des naissances et d'une vie nouvelle, l'époque des recommencements. Elle prit la tige double dans ses deux mains, l'éleva au-dessus de sa tête, s'immobilisa un instant, afin de laisser à son geste le temps de produire tout son effet. Après quoi, d'un mouvement brusque, elle abattit la tige sur son genou, la brisa en deux parties, pour symboliser la fin de l'année écoulée et le début de l'année nouvelle. C'était le signe qui annonçait le début des cérémonies de la soirée.

— Au cours du dernier cycle, commença Tulie, la Mère nous a comblés de Ses faveurs. Nous avons tant de bienfaits à célébrer qu'il nous sera malaisé de choisir l'événement le plus significatif pour marquer la place de l'année parmi les autres. Ayla a été adoptée par les Mamutoï, et nous avons ainsi parmi nous une femme nouvelle. La Mère a choisi Latie pour la rendre prête à devenir femme, ce qui nous en fera bientôt une autre.

Ayla fut surprise d'entendre citer son nom.

— Nous avons aussi un nouveau petit enfant, auquel nous devons donner un nom et sa place parmi nous, et une nouvelle Union va être annoncée.

Jondalar ferma les yeux, avala convulsivement sa salive. Tulie poursuivit :

— Nous sommes parvenus à la fin de l'hiver sans accidents et en bonne santé. Il est temps pour le cycle de recommencer.

Quand Jondalar rouvrit les yeux, Talut s'était avancé et tenait le Bâton Qui Parle. Il vit Nezzie faire signe à Latie. La jeune fille se leva, adressa un petit sourire nerveux aux deux jeunes femmes qui l'avaient si bien soutenue, avant de s'approcher du géant à la chevelure flamboyante qui était l'homme de son foyer. Talut lui sourit, pour l'encourager, avec une affection profonde. Elle vit Wymez, à côté de Nezzie. Son sourire, s'il était moins communicatif, exprimait autant de fierté et de tendresse pour la fille de sa sœur, sa propre héritière, qui serait bientôt une femme. Pour tous, le moment était important.

— Je suis très fier d'annoncer que Latie, première fille du Foyer du Lion, a été rendue prête à devenir une femme, déclara Talut, et de proclamer qu'elle fera partie de la Célébration de la Féminité, à la Réunion de cet été.

Mamut s'avança vers elle, lui tendit un objet.

— Voici ta muta, Latie, dit-il. Avec l'esprit de la Mère qui l'habite, tu pourras un jour créer toi-même un foyer. Conserve-la dans un endroit sûr.

Latie reçut l'objet sculpté dans l'ivoire et regagna sa place, où elle prit plaisir à faire voir sa muta à ceux qui l'entouraient. Ayla, très intéressée, savait que la muta avait été faite par Ranec, puisqu'elle en avait une semblable, et, au souvenir des mots qui venaient d'être prononcés, elle commençait à comprendre pourquoi il la lui avait offerte. Il lui fallait une muta pour fonder un foyer avec lui.

— Ranec doit travailler sur une idée nouvelle, remarqua Deegie, en examinant la figurine mi-femme, mi-oiseau. Je n'en avais jamais vu de semblable. Elle sort de l'ordinaire. Je ne suis pas sûre d'en comprendre la signification. La mienne ressemble davantage à une femme.

— Il m'en a offert une comme celle de Latie, dit Ayla. J'ai pensé qu'elle était à la fois une femme et un oiseau, selon l'angle sous lequel on la regarde.

Ayla prit entre ses mains la muta de Latie, la tourna d'un côté et de l'autre.

— Ranec m'a dit qu'il voulait représenter la Mère sous Sa forme spirituelle.

— Oui, je m'en rends compte, maintenant que tu me l'as montrée, reconnut Deegie.

Elle rendit la petite figurine à Latie qui la nicha précautionneusement au creux de ses mains.

— Elle me plaît, déclara la jeune fille. Ce n'est pas celle de tout le monde, et elle possède une signification particulière.

Elle était heureuse que Ranec lui eût offert une muta unique en son genre. Même s'il n'avait jamais vécu au Foyer du Lion, Ranec était son frère, lui aussi, mais beaucoup plus âgé que Danug, et elle le considérait plutôt comme un oncle que comme un frère. Elle ne le comprenait pas toujours, mais elle l'admirait et elle savait que tous les Mamutoï le tenaient en grande estime pour son talent de sculpteur. N'importe quelle muta de sa main lui aurait fait plaisir, mais elle était heureuse qu'il lui en eût donné une semblable à celle d'Ayla. S'il l'avait offerte à la jeune femme, c'est qu'il la considérait comme ce qu'il avait fait de meilleur.

La cérémonie qui allait donner un nom à l'enfant de Fralie avait déjà commencé. Les trois jeunes femmes reportèrent leur attention sur son déroulement. Ayla reconnut la plaque d'ivoire gravée de signes que Talut élevait très haut. Elle connut un moment d'inquiétude, au souvenir de son adoption. Mais la cérémonie était manifestement très courante. Mamut devait savoir que faire. Ayla regarda Fralie présenter son bébé au chaman et au chef du Camp du Lion et se remémora soudain une autre cérémonie du même genre. Cette fois aussi, le printemps avait commencé, mais c'était elle, alors, qui était la mère, et, s'attendant au pire, elle avait présenté son enfant avec crainte.

Elle entendit Mamut demander :

— Quel nom as-tu choisi pour cet enfant ?

Et Fralie répondit :

— Elle doit être appelée Bectie.

Mais, dans l'esprit d'Ayla, la voix de Creb disait : *Durc. Le nom du garçon est Durc.*

Des larmes lui montèrent aux yeux : elle retrouvait sa gratitude, quand Brun avait accepté son fils, quand Creb lui avait donné un nom. Elle releva la tête, vit Rydag. Assis parmi d'autres enfants, Loup sur ses genoux, il la regardait avec ces grands yeux bruns, emplis d'une antique sagesse, qui lui rappelaient tant ceux de Durc. Elle éprouva un désir soudain, violent de revoir son fils, mais au même instant, une pensée la frappa. Durc était d'esprits mêlés, comme Rydag, mais il était né au sein du Clan, il avait été accepté par le Clan, élevé par le Clan. Son fils faisait partie du Clan, et elle-même était morte, pour le Clan. Elle frissonna, tenta de chasser cette idée.

Le cri de surprise et de douleur d'un tout petit enfant ramena l'attention d'Ayla sur la cérémonie. La pointe d'un couteau avait entaillé le bras du bébé, et l'on avait gravé une marque sur la plaque d'ivoire. Bectie portait son nom, elle comptait au nombre des Mamutoï. Mamut versait sur le bras blessé la solution piquante. Du coup, la toute petite, qui n'avait jamais connu la souffrance, exprima son déplaisir avec plus de violence encore. Ses piaillements insistants amenèrent un sourire sur les lèvres d'Ayla. En dépit de sa naissance prématurée, Bectie avait pris de la vigueur. Elle avait assez de force pour crier. Fralie leva sa petite fille pour la montrer à toute l'assistance. Elle la reprit ensuite dans ses bras, entama, d'une voix haute et douce, un chant de joie et de réconfort qui apaisa l'enfant. Lorsqu'elle se tut, Fralie alla reprendre sa place auprès de Frebec et de Crozie. Un moment après, Bectie se remit à pleurer, mais ses cris cessèrent avec une soudaineté qui montra qu'on lui avait offert le meilleur des réconforts.

Deegie poussa Ayla du coude. Le moment était venu, comprit celle-ci : c'était son tour. On lui faisait signe d'avancer. L'espace d'un instant, elle se trouva incapable de bouger. Il lui prit ensuite l'envie de se sauver, mais elle n'avait nulle part où aller. Elle ne voulait pas faire cette Promesse à Ranec. C'était Jondalar qu'elle voulait. Elle avait envie de le supplier de ne pas partir sans elle. Mais, en levant les yeux, elle vit le visage ardent, heureux, souriant de Ranec. Elle reprit longuement son souffle, se leva. Jondalar ne voulait plus d'elle, et elle avait dit à Ranec qu'elle ferait cette Promesse. A regret, Ayla s'avança vers les deux chefs du Camp.

L'homme à la peau sombre la regarda venir dans sa direction, sortir de l'ombre pour entrer dans la lumière du feu, et sa gorge se noua. Elle portait la tenue de cuir pâle que lui avait offerte Deegie, et qui lui allait si bien, mais sa chevelure n'était pas coiffée en nattes ni en chignon, elle n'avait pas, à la manière des femmes mamutoï, incorporé des perles ou d'autres ornements. Par déférence pour la cérémonie de la racine du Clan, elle avait laissé ses cheveux retomber librement sur ses épaules. Les épaisses vagues brillantes luisaient à la lumière du feu et encadraient d'un halo d'or son merveilleux visage délicatement modelé. A cet instant, Ranec se sentit convaincu d'avoir devant lui une incarnation de la Mère, née du corps du parfait Esprit de la Femme. Il la désirait tellement comme compagne que ce désir en devenait presque douloureux. Il avait peine à croire que cette nuit se déroulât dans la réalité.

Ranec n'était pas le seul à être ébloui par sa beauté. Lorsqu'elle entra dans le cercle de lumière, le Camp tout entier fut saisi de surprise. La tenue mamutoï, d'une élégante richesse, et la magnifique beauté naturelle de sa chevelure s'associaient en une bouleversante combinaison, encore rehaussée par cet éclairage dramatique. Talut pensait à la valeur supplémentaire qu'elle apporterait au Camp. Tulie était décidée à fixer très haut le Prix de la Femme, même si elle devait en verser elle-même la moitié, à cause du prestige dont ils bénéficieraient tous. Mamut, déjà convaincu qu'elle était destinée à Servir la Mère dans un rôle très important, remarqua son instinct pour choisir le bon moment, pour produire un effet dramatique. Un jour, il le comprit, elle représenterait une force avec laquelle il faudrait compter.

Mais personne ne perçut le choc comme le fit Jondalar. Sa beauté l'éblouissait tout autant que Ranec. Mais la mère de Jondalar avait commandé, et, après elle, son frère. Dalanar avait fondé et dirigé un autre groupe, et Zolena avait atteint le plus haut rang de la zelandonia. Jondalar avait grandi parmi les chefs naturels de son propre peuple et son intuition lui disait les qualités que les deux chefs et le chaman du Camp du Lion avaient remarquées chez Ayla. Comme si quelqu'un lui avait lancé un coup de pied dans l'estomac et lui avait coupé le souffle, il comprit tout à coup ce qu'il avait perdu.

Dès qu'Ayla se trouva aux côtés de Ranec, Tulie commença :

— Ranec des Mamutoï, fils du Foyer du Renard dans le Camp du Lion, tu as demandé à Ayla des Mamutoï, fille du Foyer du Mammouth dans le Camp du Lion, de se joindre à toi pour former une Union et créer un foyer. Est-ce vrai, Ranec ?

— Oui, c'est vrai, répondit-il.

Il se tourna vers Ayla, avec un sourire de joie absolue.

Talut s'adressa alors à Ayla :

— Ayla des Mamutoï, fille du Foyer du Mammouth dans le Camp du Lion, protégée par l'Esprit du Lion des Cavernes, acceptes-tu cette Union avec Ranec, fils du Foyer du Renard dans le Camp du Lion ?

Elle ferma les yeux, ravala sa salive avant de répondre, d'une voix à peine audible :

— Oui, je l'accepte.

Jondalar, assis derrière les autres, adossé au mur, ferma les paupières, serra les dents, au point de ressentir des élancements aux tempes. C'était sa faute. S'il ne l'avait pas forcée, elle ne se serait peut-être pas donnée maintenant à Ranec. Mais elle l'avait déjà fait, elle avait partagé son lit. Dès le jour où elle avait été adoptée par les Mamutoï, elle avait partagé son lit. Non, il devait le reconnaître, ce n'était pas tout à fait vrai. Après cette première nuit, elle n'avait plus rejoint le sculpteur dans son lit jusqu'au jour où, à la suite de cette stupide querelle, il avait quitté le Foyer du Mammouth. Pourquoi s'étaient-ils querellés ? Il ne ressentait pas de colère contre elle, il était inquiet à son sujet. Alors, pourquoi avait-il quitté le Foyer du Mammouth ?

Tulie se tourna vers Wymez, qui se tenait près de Ranec, à côté de Nezzie. Ayla ne l'avait même pas remarqué.

— Acceptes-tu cette Union entre le fils du Foyer du Renard et la fille du Foyer du Mammouth ?

— J'accepte cette Union, avec joie, répondit Wymez.

— Et toi, Nezzie ? questionna Tulie. Veux-tu accepter

une Union entre ton fils, Ranec, et Ayla, si l'on peut convenir d'un Prix de la Femme qui soit convenable ?

— J'accepte l'Union, répondit-elle.

Talut s'adressa ensuite au vieil homme, debout près d'Ayla.

— Mamut, toi qui es à la recherche des Esprits, toi qui as renoncé à tout nom, à tout foyer, toi qui as été appelé, qui t'es voué au Foyer du Mammouth, qui parles à la Grande Mère de Toutes Choses, toi Qui Sers Mut, dit le chef, qui avait scrupuleusement énuméré tous les noms, tous les titres du chaman, Mamut, consens-tu à une Union entre Ayla, fille du Foyer du Mammouth, et Ranec, fils du Foyer du Renard ?

Mamut ne répondit pas immédiatement. Il regardait Ayla, debout devant lui, la tête basse. Elle attendait. N'entendant pas sa réponse, elle releva la tête. Il détailla son expression, nota son attitude, son aura.

Il déclara finalement :

— La fille du Foyer du Mammouth peut s'unir avec le fils du Foyer du Renard, si elle le désire. Il n'existe aucune raison qui s'oppose à cette Union. Elle n'a pas besoin de mon approbation ou de mon consentement, ni de ceux de quiconque. Le choix lui appartient. Le choix lui appartiendra toujours, où qu'elle se trouve. Si elle a besoin d'une autorisation, je la lui donne. Mais elle restera toujours fille du Foyer du Mammouth.

Tulie observait attentivement le vieil homme. Ses paroles, elle en avait l'impression, avaient un sens caché. Elle sentait une certaine ambiguïté dans sa réponse et elle se demandait ce qu'il voulait réellement dire, mais elle pensa qu'elle pourrait y réfléchir plus tard.

— Ranec, fils du Foyer du Renard, et Ayla, fille du Foyer du Mammouth, ont exprimé leur intention de s'unir. Ils souhaitent former une Union, pour mêler leurs esprits et partager un seul foyer. Tous ceux que l'affaire concernait ont accepté, déclara Tulie.

Elle se tourna vers le sculpteur.

— Ranec, si vous êtes unis, promettras-tu d'accorder à Ayla la protection de ta force et de ton esprit mâle, lui montreras-tu ta sollicitude quand la Mère la bénira en lui permettant de créer une autre vie, accepteras-tu ses enfants comme les enfants de ton foyer ?

— Je le promets. C'est ce que je désire plus que tout au monde, répondit Ranec.

— Ayla, si vous êtes unis, promettras-tu d'accorder à Ranec ta sollicitude, de lui donner la protection du pouvoir de ta Mère, accueilleras-tu sans réserve le Don de Vie de la Mère et partageras-tu tes enfants avec l'homme de ton foyer ? dit Tulie.

Ayla ouvrait la bouche pour répondre, mais aucun son, tout d'abord, n'en sortit. Elle toussa, s'éclaircit la voix, parvint enfin à parler, mais sa réponse fut presque inaudible.

— Oui, je le promets.

— Entendez-vous cette Promesse et en êtes-vous les témoins ? demanda Tulie au peuple rassemblé.

— Nous l'entendons et nous en sommes les témoins, répondit le groupe.

Deegie et Tornec se mirent à battre un rythme lent sur les os qui leur servaient d'instruments. Ils en modifiaient subtilement la tonalité pour accompagner les voix qui commençaient à psalmodier.

— Vous serez unis lors de la Réunion d'Eté, afin que tous les Mamutoï soient témoins de votre Union, déclara Tulie. Faites par trois fois le tour du feu, afin de garantir la Promesse.

Côte à côte, Ranec et Ayla marchèrent par trois fois autour du feu, au son de la musique et de la psalmodie de l'assistance. Ils étaient Promis. Ranec était plongé dans l'extase. Il avait l'impression que ses pieds touchaient à peine le sol. Son bonheur était à ce point dévorant qu'il lui était impossible de croire qu'Ayla ne le partageait pas. Il avait bien remarqué chez elle une certaine réticence mais il l'avait attribuée à la timidité, à la fatigue, à la nervosité. Il l'aimait tant qu'il était pour lui inconcevable d'envisager qu'elle ne l'aimât pas avec la même ardeur.

Mais Ayla, elle, avait le cœur lourd, tout en s'efforçant de ne pas le montrer. Jondalar se laissa glisser contre le mur. Comme si ses os eux-mêmes lui refusaient tout service, il était incapable de se soutenir, il se faisait l'effet d'une vieille bourse vide, jetée au rebut. Plus que de tout autre chose, il éprouvait l'envie de partir en courant, d'échapper au spectacle de la femme ravissante qu'il aimait aux côtés de l'homme à la peau sombre dont le visage rayonnait de joie.

Lorsqu'ils eurent achevé le troisième cercle, il se fit une pause dans le déroulement des cérémonies, afin de présenter des vœux et de faire des cadeaux à tous ceux qui y avaient participé. Parmi les présents offerts à Bectie figurait l'espace cédé au Foyer de la Grue par le Foyer de l'Aurochs, ainsi qu'un collier d'ambre et de coquillages et un petit couteau dans une gaine ornementée qui représentaient les premières des richesses qu'elle accumulerait au cours de sa vie. Latie reçut des cadeaux personnels très importants pour une femme et, de Nezzie, une magnifique tunique d'été, richement décorée, qu'elle porterait durant les festivités de la Réunion d'Eté. Elle recevrait bien d'autres présents de parents et d'amis dans d'autres Camps.

Ayla et Ranec se virent offrir des objets ménagers : une grande cuiller taillée dans une corne, un grattoir à deux manches qu'on utilisait pour assouplir la face interne des fourrures, des coupes, des bols, des écuelles. Ayla avait l'impression de recevoir une multitude d'objets. Il ne s'agissait pourtant que de dons symboliques. Le couple recevrait bien davantage à la Réunion d'Eté, mais alors, les Promis et le Camp du Lion devraient, eux aussi, offrir des présents. Ceux-ci, qu'ils fussent importants ou non, n'allaient jamais sans obligations, et la comptabilité de qui devait quoi à qui représentait un jeu complexe mais toujours fascinant.

— Oh, Ayla, je suis si heureuse que nous devions être unies en même temps ! s'écria Deegie. Ce sera tellement amusant de tout arranger avec toi. Mais tu reviendras ici, et moi, je partirai. Tu me manqueras, l'an prochain. Il aurait été tellement amusant de savoir laquelle recevra la première la bénédiction de la Mère. Ayla, tu dois être si heureuse.

— Oui, sans doute, dit Ayla.

Elle souriait, mais le cœur n'y était pas.

Deegie s'interrogeait sur ce manque d'enthousiasme.

Ayla ne paraissait pas aussi follement heureuse qu'elle-même l'avait été après sa Promesse. Ayla, elle aussi, se posait des questions. Elle aurait dû être heureuse, elle aurait aimé l'être mais elle n'avait conscience que de ses espérances perdues.

Pendant les échanges de vœux, de félicitations et de commentaires, Mamut et elle s'éclipsèrent pour mettre la dernière main à leurs préparatifs dans le Foyer de l'Aurochs. Lorsqu'ils furent prêts, ils revinrent par le passage central, mais Mamut s'immobilisa dans l'ombre, entre le Foyer du Renne et le Foyer du Mammouth. Les assistants, par petits groupes, s'absorbaient dans leurs conversations. Le chaman attendit un moment où personne ne regardait dans leur direction. Il fit alors signe à Ayla, et tous deux se glissèrent vivement dans le périmètre réservé aux cérémonies et se réfugièrent dans l'ombre jusqu'au dernier moment.

Personne, au début, ne remarqua la présence de Mamut. Debout devant le feu, près de l'écran, enveloppé de son grand manteau, il avait les bras croisés sur la poitrine, les paupières apparemment closes. Ayla, assise en tailleur à ses pieds, la tête baissée, portait elle aussi sur les épaules une ample cape. Quand on les découvrit, ce fut avec l'étrange impression qu'ils s'étaient soudain matérialisés au milieu de l'assistance. Personne ne les avait vus arriver. Ils étaient là, tout simplement. Les gens trouvèrent rapidement où s'asseoir, saisis d'impatience, prêts maintenant à partager le mystère et la magie du Foyer du Mammouth, curieux de cette nouvelle cérémonie qu'on leur avait préparée.

Mamut tenait avant tout à affirmer l'existence du monde des esprits, afin de montrer la réalité sublimée du domaine de la connaissance dans lequel il se mouvait à ceux qui n'en avaient de notion que par ouï-dire. Les propos se turent. Dans le silence, on n'entendit plus que le bruit des respirations, les crépitements du feu. L'air était une invisible présence qui arrivait par bouffées à travers les orifices de ventilation du feu et jetait son hurlement assourdi et plaintif par les trous à fumée entrouverts. Par degrés si imperceptibles que personne n'en perçut le début, le gémissement devint une mélopée murmurée, puis une psalmodie rythmée. L'assemblée se joignit au chant, y ajouta des harmonies naturelles, et le vieux chaman entama un mouvement de danse qui balançait tout son corps. Le tambour accentua le rythme, aidé par le claquement d'une sorte de crécelle formée de plusieurs bracelets secoués ensemble.

Brusquement, Mamut rejeta son grand manteau, apparut devant l'assemblée complètement nu. Il n'avait ni poches, ni manches, ni plis secrets où dissimuler quelque chose. Imperceptiblement, il parut grandir devant leurs yeux. Sa présence miroitante emplissait l'espace. Ayla battit des paupières. Le vieux chaman, elle le savait, n'avait pas changé. Si elle se concentrait, elle retrouvait la silhouette familière du vieil homme, avec sa peau flasque, ses longs membres décharnés, mais c'était difficile.

Il revint à sa taille normale mais il avait, semblait-il, absorbé ou de quelque manière incorporé la présence miroitante : elle le soulignait maintenant d'un rayonnement qui le faisait paraître plus grand que nature. Il tendit devant lui ses mains ouvertes. Elles étaient vides. Il les frappa l'une contre l'autre, une fois, avant de les unir. Il ferma les yeux et demeura tout d'abord immobile. Mais bientôt, il se mit à trembler, comme s'il luttait contre une force supérieure. Lentement, au prix d'un grand effort, il sépara ses deux mains. Une forme vague, sombre, apparut entre elles, et plus d'un témoin frémit. Cette forme évoquait l'indicible sensation, l'odeur du mal, de quelque chose d'infect, de répugnant, d'horrible. Ayla sentit ses cheveux se hérisser sur sa nuque et retint son souffle.

A mesure que Mamut écartait les mains, la forme grossissait. L'odeur âcre de la sueur montait de l'assistance assise. Chacun, le dos rigide, tendu en avant, psalmodiait une plainte avec une intensité gémissante, et la tension se faisait presque intolérable. La forme devenait plus sombre, s'enflait, se tordait sous l'effet d'une vie propre ou, plutôt, du contraire de la vie. Le vieux chaman se tendait, le corps secoué par l'effort. Ayla, inquiète, concentrait toute son attention sur lui.

Sans autre avertissement, elle se sentit attirée, entraînée, se retrouva soudain avec Mamut, dans sa pensée ou dans sa vision. Elle voyait tout clairement, elle comprenait le danger et elle était épouvantée. Il contrôlait quelque chose qui dépassait toute expression, toute compréhension. Mamut l'avait entraînée, à la fois pour la protéger, et pour qu'elle l'aidât. Il œuvrait pour maîtriser cette force, et elle était avec lui, elle savait et elle apprenait tout ensemble. Lorsqu'il rapprocha ses deux mains l'une de l'autre, la forme décrut, et Ayla comprit qu'il la repoussait vers le lieu d'où elle était venue. A l'instant où les deux mains s'unissaient enfin, elle perçut en esprit un éclat retentissant, pareil à celui d'un coup de tonnerre.

Le mal était parti. Mamut l'avait chassé. La jeune femme, alors, prit conscience que le chaman avait fait appel à d'autres esprits pour l'aider à lutter contre la chose immonde. Elle sentait la présence de vagues formes animales, d'esprits protecteurs : le Mammouth, le Lion des Cavernes, peut-être même l'Ours des Cavernes, Ursus en personne. Elle se retrouva tout à coup assise en tailleur sur une natte, les yeux levés vers le vieil homme qui était redevenu le Mamut familier. Physiquement, il était las, mais, sur le plan mental, ses facultés avaient été aiguisées par cette bataille de volontés. Ayla, elle aussi, avait l'impression de posséder une vision plus nette et elle continuait à percevoir la présence des esprits protecteurs. Elle était maintenant suffisamment initiée pour comprendre que le but du vieil homme avait été de se débarrasser de toute influence néfaste qui aurait pu s'attarder et mettre en péril la cérémonie. Ces influences avaient été attirées par le mal qu'il avait évoqué et avaient été chassées avec lui.

Mamut, d'un signe, demanda le silence. Le chant, le son des instruments se turent ensemble. Il était temps pour Ayla d'aborder la cérémonie de la racine célébrée comme au Clan, mais le chaman tenait avant tout à insister sur l'importance de l'aide que devrait apporter le Camp lorsque reviendrait le moment de chanter. Partout où les emmènerait le rituel de la racine, le bruit de la psalmodie pourrait les ramener à leur point de départ.

Dans le silence nocturne chargé d'attente, Ayla se mit à marquer une suite de rythmes inconnus sur un instrument différent de tout ce que ces gens connaissaient. Il était très précisément ce qu'il semblait être : une grande coupe taillée d'une pièce dans un morceau de bois et retournée. La jeune femme l'avait rapportée de sa vallée, et elle surprenait tout autant par ses dimensions que par l'usage qu'en faisait Ayla. On ne trouvait pas, sur la steppe aride et battue par les vents, d'arbres assez gros pour y tailler une coupe comme celle-là. La vallée de la rivière elle-même, en dépit d'inondations périodiques, ne donnait pas naissance à de tels arbres. Mais la petite vallée où elle avait vécu était abritée des vents les plus cruels et profitait d'une eau assez abondante pour nourrir quelques grands conifères. L'un d'eux avait été frappé par la foudre, et Ayla avait taillé sa coupe dans un morceau du tronc.

Elle se servait, pour la battre, d'une baguette de bois lisse et en tirait certaines variations de ton en frappant des endroits différents, mais il ne s'agissait pourtant pas d'un instrument musical à percussion, comme l'étaient le crâne aux sonorités de tambour ou l'omoplate. Celui-là était fait pour marquer des rythmes. Les gens du Camp du Lion étaient intrigués : ce n'était pas là leur musique, et ils n'étaient pas entièrement à l'aise. Les sons produits par Ayla étaient franchement étrangers. Toutefois, comme elle l'avait espéré, ils créaient l'atmosphère appropriée, celle même du Clan. Mamut était submergé par les souvenirs du temps qu'il avait passé chez cet autre peuple. Les derniers battements exécutés par la jeune femme, au lieu d'évoquer une fin, créèrent une impression d'anticipation : on attendait une suite.

Laquelle ? Le Camp l'ignorait. Mais, quand Ayla rejeta sa cape et se dressa, l'assistance fut surprise par les motifs peints à même sa peau : des cercles rouges et noirs. Mis à part quelques tatouages sur le visage de ceux qui appartenaient au Foyer du Mammouth, les Mamutoï décoraient leurs vêtements et non leurs corps. Pour la première fois, les habitants du Camp du Lion eurent la perception du monde d'où était issue Ayla, d'une culture tellement étrangère qu'elle leur demeurait en grande partie inintelligible. Il ne s'agissait pas simplement d'une tunique de style différent, du choix de couleurs prédominantes, d'une préférence pour un certain modèle de sagaie, ni même d'un langage différent. C'était une autre façon de penser, mais ils reconnaissaient au moins que cette façon de penser était humaine.

Fascinés, ils regardèrent Ayla emplir d'eau la coupe qu'elle avait remise à Mamut. Elle prit ensuite une racine desséchée qu'ils n'avaient pas remarquée, entreprit de la mastiquer. Au début, ce fut difficile. La racine était vieille, durcie, et il fallait en cracher le suc dans la coupe. Elle ne devait pas en avaler une goutte. Mamut avait voulu, une fois de plus, savoir si la racine pouvait conserver son efficacité, après tout ce temps, et Ayla lui avait expliqué qu'elle serait sans doute plus efficace encore.

Après un moment qui parut très long — elle se souvenait d'avoir eu déjà cette impression, la première fois —, elle cracha dans la coupe pleine d'eau la pulpe mastiquée et le reste de suc. Avec son doigt, elle remua le contenu pour obtenir un liquide légèrement laiteux, avant de tendre la coupe à Mamut.

En frappant son propre tambour, en agitant sa crécelle faite de bracelets, le chaman indiqua aux musiciens et aux chanteurs le rythme à maintenir. Il fit signe ensuite à Ayla qu'il était prêt. La jeune femme se sentait nerveuse. Sa précédente expérience avec la racine lui avait laissé des souvenirs désagréables. Elle repoussait mentalement chaque détail des préparatifs et s'efforçait de se rappeler tout ce que lui avait dit Iza. Elle avait fait tout son possible pour suivre au plus près le rituel du Clan. Elle hocha la tête. Mamut porta la coupe à ses lèvres, but la première gorgée. Lorsqu'il eut avalé la moitié du breuvage, il donna le reste à Ayla. Elle vida la coupe.

La saveur elle-même semblait venir du fond des âges, elle évoquait un riche limon dans de profondes et ombreuses forêts primitives, d'étranges arbres géants, un dais de verdure au travers duquel filtraient le soleil et la lumière. Presque immédiatement, Ayla commença d'en ressentir les effets. Une sensation de nausée s'empara d'elle, accompagnée d'une impression de vertige. Les murs tournoyaient sans répit autour d'elle, sa vision s'embrumait, son cerveau lui semblait grossir démesurément, au point de se trouver à l'étroit dans son crâne. Soudain, les murs disparurent. Elle se trouva dans un autre lieu, un lieu obscur. Elle se crut perdue, connut un instant d'affolement. Elle eut alors la sensation que quelqu'un lui tendait la main. Mamut, comprit-elle, se trouvait là avec elle. Elle en fut rassurée. Mais Mamut n'était pas dans son esprit, comme l'avait été Creb. Il ne la dirigeait pas, il ne se dirigeait pas lui-même, comme Creb l'avait fait. Il n'exerçait aucun contrôle. Il était là, sans plus, il attendait de voir ce qu'il allait arriver.

Faiblement, comme si elles s'étaient trouvées à l'intérieur de l'habitation, et elle à l'extérieur, Ayla entendait les voix qui psalmodiaient, la résonance des tambours. Elle se raccrocha à ce bruit. Il exerçait un effet réconfortant, il lui donnait un point de référence, l'impression qu'elle n'était pas seule. La présence proche de Mamut avait aussi une influence calmante, mais elle aurait aimé tenir près d'elle l'esprit qui lui avait fourni un solide fil conducteur et qui lui avait montré le chemin, la fois précédente.

L'obscurité se mua en une grisaille qui devint lumineuse, puis iridescente. La jeune femme perçut un mouvement, comme si elle-même et Mamut planaient au-dessus du paysage, mais elle ne distinguait aucun détail caractéristique : c'était plutôt une sensation de passage au travers du nuage opalescent qui l'entourait. Par degrés, la vitesse s'accentua, le nuage brumeux se résolut en un mince voile qui chatoyait de toutes les couleurs de l'arc-en-ciel. Ayla glissait tout au long d'un tunnel translucide dont les parois ressemblaient à l'intérieur d'une bulle de savon. Elle glissait de plus en plus vite, se dirigeait tout droit vers une fulgurante lumière blanche, pareille à celle du soleil, mais glaciale. Elle poussa un hurlement qui ne produisit aucun bruit, se retrouva brutalement au centre de la lumière, puis de l'autre côté.

Elle était maintenant dans un vide profond, froid, obscur qui lui donnait une terrifiante sensation de familiarité. Elle était déjà venue dans cet endroit, mais, cette fois-là, Creb l'avait retrouvée, l'en avait fait sortir. Très vaguement, elle sentait que Mamut était toujours avec elle, mais, elle le savait, il ne pouvait rien pour l'aider. La psalmodie des Mamutoï ne parvenait plus qu'en faible répercussion. Si elle venait à se taire, la jeune femme en était convaincue, jamais elle ne retrouverait son chemin, mais elle n'était pas sûre de vouloir le retrouver. Là où elle était, il n'y avait ni sensations ni émotions, rien qu'une absence qui l'amenait à mesurer son désarroi, son douloureux amour, son désespoir. Le vide obscur était effrayant mais pas plus, semblait-il, que la désolation qu'elle ressentait intérieurement.

Elle sentit le mouvement reprendre, l'obscurité s'estomper. Elle se retrouvait dans un nuage, mais différent, cette fois, plus épais, plus dense. Le nuage se dissipa, une échappée s'ouvrit devant Ayla, mais elle n'avait pour elle aucune signification. Ce n'était pas le paysage naturel, modéré, sans ordre défini qu'elle connaissait. Les formes qui le peuplaient ne lui étaient pas familières. Elles étaient régulières, monotones, tout en dures surfaces planes et en lignes droites, avec de vastes masses de couleurs crues, artificielles. Certains objets se mouvaient, rapidement, semblait-il, mais peut-être s'agissait-il d'une illusion. Elle l'ignorait, mais ces lieux ne lui plaisaient pas. Elle fit un grand effort pour les repousser loin d'elle, pour leur échapper.

Jondalar avait vu Ayla absorber la mixture. Son front s'était plissé d'inquiétude quand il l'avait vue chanceler, pâlir. Après quelques hoquets, elle s'affaissa sur le sol. Mamut était tombé, lui aussi, mais il n'était pas exceptionnel de voir le chaman s'effondrer lorsqu'il s'aventurait très loin dans l'autre monde, à la recherche des esprits, qu'il eût ou non bu ou mangé quelque chose pour l'aider dans sa tâche. On allongea Mamut et Ayla sur le dos. Le chant, le battement des tambours continuaient. Jondalar vit Loup tenter d'atteindre la jeune femme, mais on le retint. Jondalar comprenait ce que ressentait Loup. Lui-même aurait aimé se précipiter vers Ayla. Il jeta même un coup d'œil vers Ranec, pour voir comment il réagissait. Mais le Camp du Lion ne témoignait d'aucune anxiété, et il hésitait à intervenir dans un rituel sacré. Il finit pas s'unir au chant psalmodié. Mamut avait pris soin de lui en indiquer l'importance.

Un long moment s'écoula. Ni la jeune femme ni le chaman n'avaient bougé. L'inquiétude de Jondalar pour Ayla se précisait. Il crut voir une certaine anxiété se peindre sur les visages de quelques assistants. Il se leva pour tenter de voir la jeune femme, mais les feux étaient presque éteints, l'habitation était noyée d'ombre. Il entendit un gémissement, baissa les yeux sur Loup. Le jeune animal gémit de nouveau. Il leva vers Jondalar un regard suppliant. A plusieurs reprises, il fit quelques pas vers Ayla, revint vers le jeune homme.

Celui-ci entendit Whinney hennir dans le foyer des chevaux. Elle semblait inquiète, comme si elle flairait un danger. Il alla voir ce qui se passait. Certes, c'était improbable, mais un prédateur aurait pu se glisser auprès des animaux pour s'attaquer à eux pendant que tout le monde était occupé ailleurs. A la vue de Jondalar, la jument émit un autre petit hennissement Il ne découvrit rien qui justifiât un tel comportement, mais, visiblement, Whinney était effrayée. Ni les caresses ni les paroles de réconfort ne paraissaient capables de la calmer. Sans cesse, elle se dirigeait vers l'entrée du Foyer du Mammouth, alors qu'elle n'avait jamais encore tenté d'y pénétrer. Rapide, lui aussi, était mal à l'aise, gagné peut-être par l'agitation de sa mère.

Jondalar retrouva Loup à ses pieds : il pleurait, gémissait, s'élançait vers l'entrée du foyer, revenait vers lui.

— Qu'y a-t-il, Loup ? Qu'est-ce qui te tourmente ainsi ?

Et qu'est-ce qui tourmente Whinney ? se demandait-il. Une idée, soudain, lui traversa l'esprit. Ayla ! Les animaux devaient la sentir menacée !

Jondalar rentra précipitamment dans le Foyer du Mammouth. Plusieurs personnes étaient maintenant rassemblées autour de Mamut et d'Ayla. On s'efforçait de les réveiller. Incapable de se contenir plus longtemps, Jondalar se précipita vers la jeune femme. Elle était inerte, rigide, les muscles contractés. Son corps était froid. Elle respirait à peine.

— Ayla ! cria-t-il. O, Mère, elle a l'air à moitié morte ! Ayla ! O, Doni, ne la laisse pas mourir ! Ayla, reviens ! Ne meurs pas, Ayla ! Je t'en supplie, ne meurs pas !

Il la tenait entre ses bras, l'appelait de son nom avec une fiévreuse instance, la suppliait de ne pas mourir.

Ayla se sentait glisser de plus en plus loin. Elle essayait d'entendre la psalmodie, le battement des tambours, mais ils n'étaient plus qu'un vague souvenir. Elle crut alors entendre son nom. Elle fit un effort pour écouter. Oui, l'appel lui parvenait encore : c'était bien son nom, répété avec insistance, avec une pressante insistance. Elle sentit Mamut se rapprocher d'elle, et, ensemble, ils concentrèrent leur attention sur les voix qui chantaient. Elle perçut un faible bourdonnement, eut l'impression d'être entraînée vers le bruit. Enfin, au loin, elle entendit la voix profonde, vibrante, saccadée des tambours dire « h-h-o-ooo-m-m-m ». Plus distinctement, maintenant, elle entendit aussi son nom, crié sur un ton d'angoisse et d'amour infini. Une sorte de pression indéfinissable arriva jusqu'à elle, toucha son essence même et celle de Mamut en même temps.

Elle se retrouva tout à coup en mouvement, tirée, poussée au long d'un fil unique, brillant. Elle avait une impression de vitesse inouïe. Le lourd nuage l'environna, disparut. Elle traversa le vide en l'espace d'un clin d'œil. L'arc-en-ciel miroitant devint une brume grise. L'instant d'après, elle se retrouvait dans l'habitation. Au-dessous d'elle, son propre corps, bizarrement inerte et d'une pâleur grisâtre, était étendu sur le sol. Elle vit le dos d'un homme blond qui était penché sur elle et la serrait dans ses bras. Elle sentit Mamut la pousser avec force.

Les paupières d'Ayla battirent. Elle ouvrit enfin les yeux, vit le visage de Jondalar tout près du sien. L'effroi qui hantait les yeux bleus se transforma en un intense soulagement. La jeune femme voulut parler, mais sa langue lui semblait épaissie, et elle avait froid, elle était glacée.

Elle entendit la voix de Nezzie :

— Ils sont de retour ! Je ne sais pas où ils sont allés mais ils sont de retour. Et ils ont froid ! Apportez des fourrures et quelque chose de chaud à boire.

Deegie alla prendre sur son lit une brassée de fourrures, et Jondalar s'écarta pour lui permettre d'en envelopper Ayla. Loup arriva précipitamment, sauta sur la jeune femme, lui lécha le visage. Ranec apporta une coupe d'infusion brûlante. Talut aidait Ayla à se redresser. Ranec approcha de ses lèvres le breuvage chaud, et elle lui sourit avec gratitude. Dans l'abri des chevaux, Whinney hennit. La jeune femme reconnut dans son cri la détresse et la peur. Elle s'assit, répondit à la jument par le même hennissement, pour la calmer, la rassurer. Elle s'inquiéta ensuite de Mamut, insista pour le voir.

On l'aida à se lever, on lui jeta une fourrure sur les épaules, avant de la conduire jusqu'au vieux chaman. Enveloppé de fourrures, il tenait, lui aussi, une coupe de tisane chaude. Il sourit à Ayla, mais son regard exprimait une nuance de tourment. Il n'avait pas voulu inquiéter le Camp plus que de raison et il avait essayé de minimiser leur périlleuse expérience. Il ne voulait pas, cependant, laisser ignorer à Ayla la gravité du danger qu'ils avaient couru. Elle aussi était désireuse d'en parler, mais l'un et l'autre évitaient toute allusion directe à ce qu'ils avaient connu. Nezzie comprit très vite leur désir de s'entretenir seule à seul. Discrètement, elle dispersa l'assistance.

— Où étions-nous, Mamut ? questionna Ayla.

— Je l'ignore. Je ne m'étais encore jamais trouvé là. C'était un autre lieu, peut-être un autre temps. Il est possible qu'il ne se soit pas agi d'un endroit réel, ajouta-t-il d'un ton pensif.

— Mais si, certainement, dit-elle. Toutes ces choses m'ont donné l'impression d'être réelles, et certains éléments m'étaient familiers. Ce vide, cette obscurité, je m'y suis trouvée avec Creb.

— Je te crois quand tu parles du pouvoir de ton Creb. Peut-être était-il plus puissant encore que tu ne le crois, s'il était en mesure de diriger et de maîtriser ce lieu.

— Oui, il l'était, Mamut, mais...

Une idée se présentait à l'esprit d'Ayla, mais elle n'était pas sûre de pouvoir la formuler.

— Creb gouvernait ce lieu, il m'a montré ses souvenirs et nos commencements, mais je ne crois pas qu'il soit jamais allé là où nous sommes allés, Mamut. Il ne le pouvait pas, je pense. Peut-être est-ce ce qui m'a protégée. Il possédait certains pouvoirs et il était capable de les maîtriser, mais ils étaient différents. L'endroit où nous sommes allés, cette fois, c'était un endroit nouveau. Creb était incapable de se rendre dans un lieu nouveau, il ne pouvait se rendre qu'en des lieux où il s'était déjà trouvé. Mais peut-être a-t-il su que j'aurais ce pouvoir. Je me demande si c'était ce qui le rendait si triste...

Mamut hocha la tête.

— C'est possible, mais il y a plus important : cet endroit était beaucoup plus dangereux que je ne l'avais imaginé. J'ai essayé d'en parler avec une certaine légèreté, afin de ne pas inquiéter le Camp. Si nous étions restés absents plus longtemps, nous n'aurions plus été en mesure de revenir. Et notre retour ne s'est pas opéré grâce à nos seules forces. Nous avons été aidés par... par quelqu'un qui éprouvait un désir... si violent de nous voir revenir qu'il a surmonté tous les obstacles. Quand une force de volonté aussi résolue se concentre sur un seul but, aucune frontière ne peut lui résister, sauf, peut-être, la mort elle-même.

Ayla, visiblement troublée, fronçait les sourcils. Mamut se demanda si elle avait identifié celui qui les avait ramenés ou si elle comprenait pourquoi une telle concentration de volonté pouvait être nécessaire à sa sauvegarde. Elle finirait par le savoir, mais ce n'était pas à lui de l'informer. Elle devrait le découvrir par elle-même.

— Je ne retournerai jamais en ce lieu, poursuivit-il. Je suis trop vieux. Je ne veux pas que mon esprit s'égare dans ce vide. Un jour, quand tu auras encore développé tes pouvoirs, il se peut que tu désires y retourner. Je ne te le conseille pas, mais, si tu pars, assure-toi d'une puissante protection. Assure-toi que quelqu'un t'attend, quelqu'un qui soit capable de te rappeler.

En gagnant sa plate-forme de couchage, Ayla chercha Jondalar du regard. Mais il avait battu en retraite quand Ranec avait apporté l'infusion et il se tenait maintenant à l'écart. Lorsqu'il avait senti qu'Ayla était en danger, il n'avait pas hésité à aller vers elle mais il n'était plus très sûr de ce qui l'avait poussé. Elle venait d'accorder sa Promesse au sculpteur mamutoï. Quel droit avait-il, lui, de la tenir entre ses bras ? Et tout le monde, apparemment, savait ce qu'il fallait faire, lui apportait des fourrures, des boissons chaudes. Il avait eu l'impression, sur le moment, que, sous l'effet de son immense amour pour elle, il avait pu l'aider de quelque étrange manière. En y réfléchissant, il commençait à en douter. Sans doute, à ce moment, Ayla se trouvait-elle déjà sur le chemin du retour, se disait-il. C'était une simple coïncidence. Je me suis trouvé là, voilà tout. Elle ne s'en souviendra même pas.

Ranec alla trouver Ayla, quand elle eut fini de s'entretenir avec Mamut. Il la supplia de venir partager son lit, non pour s'accoupler, mais seulement pour lui permettre de la tenir dans ses bras, de la réchauffer. Elle refusa : elle se sentirait mieux dans son propre lit, insista-t-elle. Il finit par accepter son refus mais il demeura longuement éveillé, sous ses fourrures. Il réfléchissait. Jondalar avait eu beau quitter le Foyer du Mammouth, l'intérêt qu'il portait à Ayla ne s'était pas éteint pour autant : tout le monde s'en rendait compte. Ranec, lui, était parvenu à l'ignorer. Toutefois, il ne pouvait plus nier les sentiments violents que le grand étranger entretenait encore à l'égard de la jeune femme. Pas après l'avoir vu conjurer la Mère de lui laisser la vie.

Jondalar, il n'en doutait pas, avait joué un rôle décisif dans le retour d'Ayla, mais Ranec se refusait à croire qu'elle lui rendît ses sentiments. Au cours de cette même soirée, elle s'était Promise à lui. Ayla allait être sa compagne, elle partagerait son foyer. Il avait eu peur pour elle, lui aussi, et la seule idée de la perdre, que ce fût par quelque péril ou bien au profit d'un autre, ne faisait qu'accroître son désir.

Jondalar vit Ranec rejoindre la jeune femme. Il respira plus librement lorsqu'ensuite l'homme à la peau sombre revint seul à son foyer. Néanmoins, il se tourna sur le flanc, ramena les fourrures sur sa tête. Quelle différence cela faisait-il qu'elle partageât ou non sa couche, cette nuit-là ? Elle finirait par le rejoindre. Elle s'était Promise à lui.

29

Ayla faisait généralement le compte de ses années à la fin de l'hiver, avec la saison du renouveau, et le printemps de la dix-huitième année était resplendissant d'une profusion de fleurs des champs et du vert tout frais des feuilles nouvelles. On l'accueillit comme seuls pouvaient le faire les habitants d'une région de terres arides et glaciales. Mais, après la Fête du Printemps, la saison mûrit très vite. A mesure que se fanaient les fleurs multicolores de la steppe, elles étaient remplacées rapidement par l'abondance luxuriante d'une herbe neuve... et par les troupeaux qui venaient paître. Les migrations saisonnières avaient commencé.

Les animaux, en grand nombre et de multiples espèces, étaient en marche à travers les vastes plaines. Certains se rassemblaient en nombre incalculable, d'autres par troupes moins importantes ou par groupes familiaux. Mais tous tiraient leur subsistance, leur vie, des grandes plaines herbeuses, balayées par le vent, incroyablement riches, et du réseau des rivières nourries par les glaciers qui les traversaient.

D'immenses hordes de bisons aux longues cornes couvraient collines et dépressions d'une masse vivante, beuglante, ondulante, sans cesse en mouvement, qui laissait derrière elle une terre piétinée, dénudée. Les aurochs s'égrenaient dans les plaines plus ou moins boisées qui s'étendaient au long des vallées des cours d'eau les plus importants. Ils se dirigeaient vers le nord et se trouvaient parfois mêlés à des troupeaux d'élans et de gigantesques cerfs aux massives ramures. De timides chevreuils traversaient les bois et les forêts boréales pour rejoindre, par petits groupes, leurs pâturages de printemps et d'été, en compagnie d'orignaux insociables qui fréquentaient aussi les marécages et les lacs formés par la fonte des neiges. Les chèvres sauvages, les mouflons, qui habitaient la plupart du temps la montagne, descendaient jusqu'aux grandes plaines des froides terres du nord et retrouvaient aux points d'eau les familles d'antilopes saïgas et les groupes plus nombreux de chevaux des steppes. La migration saisonnière des animaux à la toison laineuse était plus limitée. Avec leur couche épaisse de graisse, leur double et pesant manteau de fourrure, ils étaient adaptés à la vie près des glaciers, ils ne pouvaient résister à une chaleur trop grande. Ils passaient toute l'année dans les régions périglaciaires des steppes, où le froid était particulièrement vif mais sec, où la neige était plus rare. L'hiver, ils se nourrissaient de l'herbe séchée sur pied. Les bœufs musqués, un peu semblables à des moutons, habitaient en permanence le Nord glacé ; ils se déplaçaient en petits troupeaux à l'intérieur d'un territoire limité. Les rhinocéros laineux qui, le plus souvent, voyageaient par familles, et les troupes plus nombreuses des mammouths s'aventuraient plus loin tout en se cantonnant, l'hiver, aux territoires du Nord. Dans les steppes continentales du Sud, légèrement plus chaudes et plus humides, l'épaisse couche de neige ensevelissait la nourriture et faisait patauger péniblement les pesantes bêtes. Le printemps venu, ils descendaient vers le sud pour s'engraisser de la tendre herbe nouvelle mais, dès que la température s'élèverait, ils remonteraient vers le nord.

Le Camp du Lion se réjouissait de voir les plaines grouiller de nouveau de vie et commentait l'apparition de chaque espèce, celles, surtout, qui se trouvaient bien des températures les plus basses. C'étaient celles-là qui contribuaient le plus à la survie des Mamutoï. La vue d'un énorme rhinocéros, aux réactions imprévisibles, avec ses deux cornes, la première plus longue que l'autre, et ses deux couches de fourrure rougeâtre, celle du dessous duveteuse, celle du dessus formée de longs poils, amenait toujours des exclamations émerveillées.

Rien, toutefois, ne soulevait autant d'agitation parmi les Mamutoï que la vue des mammouths. Quand approchait la date coutumière de leur passage, il y avait toujours quelqu'un du Camp du Lion pour les guetter. Sauf de loin, Ayla n'avait pas vu de mammouths depuis le temps où elle vivait avec le Clan, et elle fut aussi excitée que les autres quand Danug, un après-midi, descendit la pente à toute allure en criant :

— Les mammouths ! Les mammouths !

Elle fut parmi les premiers qui se précipitèrent pour les voir. Talut, qui portait souvent Rydag à califourchon sur ses épaules, se trouvait sur la steppe avec Danug. Ayla remarqua que Nezzie, l'enfant sur sa hanche, peinait derrière les autres. Elle allait retourner en arrière pour l'aider lorsqu'elle vit Jondalar prendre Rydag et le percher sur ses propres épaules. Nezzie et l'enfant lui sourirent. Ayla, elle aussi, sans qu'il la vît. Le sourire ne s'était pas encore effacé de son visage quand elle se tourna vers Ranec qui avait pris le pas de course pour la rattraper. Ce tendre, ce merveilleux sourire éveilla en lui une chaleur intense et l'ardent désir qu'elle fût déjà à lui. Elle ne put s'empêcher de répondre à l'amour qui brillait dans les yeux sombres. Elle garda son sourire aux lèvres.

Une fois sur la steppe, le Camp du Lion regarda, dans un respectueux silence, passer les énormes créatures au poil rude. C'étaient les animaux les plus gigantesques de leur région, et, en fait, de presque partout ailleurs. Le troupeau, où se trouvaient plusieurs jeunes, défilait non loin, et la vieille matriarche qui le menait considérait les humains avec méfiance. Elle mesurait bien trois mètres à l'épaule. Son crâne très haut était en forme de dôme, et elle portait sur le garrot une bosse qui lui servait à emmagasiner une réserve de graisse pour l'hiver. Le dos court, qui descendait en pente raide jusqu'au pelvis, complétait le profil caractéristique, immédiatement reconnaissable. La tête était large en proportion de la taille, plus de la moitié de la longueur d'une trompe relativement courte, munie à l'extrémité de deux projections mobiles et sensibles, l'une au-dessus, l'autre en dessous. La queue était courte, elle aussi, les oreilles petites, pour conserver la chaleur.

Les mammouths étaient éminemment adaptés à leur glacial domaine, avec un cuir épais, isolé par huit centimètres ou davantage de graisse et couvert d'un duvet dru et moelleux long de près de trois centimètres. Le rude poil du dessus, qui pouvait atteindre cinquante centimètres, était d'un brun rougeâtre sombre. Il recouvrait en couches régulières l'épais duvet laineux, à la manière d'un chaud manteau imperméable, résistant au vent. L'efficacité de leurs molaires pareilles à des râpes leur permettait de consommer en hiver un régime d'herbe sèche et dure, agrémenté de petits rameaux de bouleaux, de saules et de mélèzes, avec autant de facilité qu'ils se nourrissaient, l'été, d'herbe verte, de joncs et de plantes.

Le plus impressionnant, chez les mammouths, c'étaient leurs immenses défenses, qui inspiraient la stupeur et une crainte respectueuse. Assez proches l'une de l'autre à l'origine, elles émergeaient de la mâchoire inférieure, pointaient d'abord droit vers le bas, pour se recourber ensuite fortement vers l'extérieur, puis vers le haut et, enfin, vers l'intérieur. Chez les vieux mâles, une défense pouvait atteindre cinq mètres de long, mais, lorsqu'elles arrivaient à cette taille, elles se croisaient par-devant. Pour les jeunes, les défenses constituaient des armes très efficaces et des outils tout faits : elles servaient à déraciner les arbres, à débarrasser de la neige les pâturages et les zones où l'on trouvait à se nourrir. Mais, quand les deux pointes se relevaient et se croisaient, elles devenaient plus encombrantes qu'utiles.

La vue des gigantesques animaux submergeait Ayla d'un flot de souvenirs. Elle se rappelait la première fois où elle avait pu admirer des mammouths et combien elle avait souhaité, alors, aller à la chasse avec les hommes du Clan. Talut l'avait invitée à la première chasse au mammouth avec les Mamutoï. Elle avait la passion de la chasse, et l'idée de pouvoir véritablement, cette fois, s'y livrer avec les hommes et les femmes du Camp du Lion fit passer sur sa peau un frisson d'impatience heureuse. Elle commença d'envisager avec un certain plaisir la perspective de la Réunion d'Eté.

La première chasse de la saison possédait une importante signification symbolique. Certes, la taille massive des mammouths laineux leur conférait une grande majesté, mais le sentiment des Mamutoï à leur égard allait plus loin. Ils dépendaient de l'animal pour bien autre chose que leur nourriture et, dans leur besoin, leur désir d'assurer la survivance des énormes bêtes, ils avaient conçu une relation particulière avec elles. Ils avaient pour elles un profond respect parce qu'ils basaient sur les mammouths leur propre identité.

Les mammouths n'avaient pas de véritables ennemis naturels. Aucun carnivore ne dépendait régulièrement d'eux pour sa subsistance. Les énormes lions des cavernes, deux fois plus grands que tout autre félin, s'en prenaient normalement aux plus gros herbivores — aurochs, bisons, cerfs géants, élans, orignaux ou chevaux — et pouvaient tuer un adulte dans toute sa force. Il leur arrivait d'abattre un très jeune ou un très vieux mammouth, ou bien encore un malade, mais aucun prédateur à quatre pattes, que ce fût seul ou en groupe, n'était capable de tuer un mammouth adulte à la fleur de l'âge. Seuls, les Mamutoï, les enfants humains de la Grande Terre Mère, avaient reçu le pouvoir de chasser la plus grande de Ses créatures. Ils étaient les élus. Parmi toutes Ses créations, ils avaient la prééminence. Ils étaient les Chasseurs de Mammouths.

Après le passage des mammouths, les gens du Camp du Lion s'engagèrent avec ardeur sur leurs traces. Pas pour les chasser : ce serait pour plus tard. Ils voulaient recueillir la douce laine duveteuse qu'ils perdaient en grande quantité à travers les poils plus rudes de la toison supérieure. Cette laine d'un rouge sombre, que l'on ramassait sur le sol ou sur les branches épineuses qui s'y accrochaient et la retenaient, était considérée comme un don exceptionnel offert par l'Esprit du Mammouth. A l'occasion, on ramassait aussi, avec le même enthousiasme, la laine blanche du mouflon, que le mouton sauvage perdait au printemps, la laine brune, incroyablement douce, du bœuf musqué et le duvet plus clair du rhinocéros laineux. Ils offraient mentalement des actions de grâces à la Grande Terre Mère qui puisait dans Son abondance tout ce qu'il fallait à Ses enfants, les végétaux comestibles, les animaux et des matériaux comme le silex et l'argile. Il leur suffisait de savoir où et quand les chercher.

Les Mamutoï ajoutaient avec joie à leur régime des légumes, riches en variété, mais ils chassaient peu au printemps et au début de l'été, à moins que les réserves de viande ne fussent près de s'épuiser. Les animaux étaient trop maigres. Le long et dur hiver les privait des nécessaires sources d'énergie, concentrée sous la forme de graisse. Leurs migrations étaient commandées par le besoin de se refaire. On choisissait parfois quelques bisons mâles, si le poil, encore noir au garrot, indiquait la présence d'une certaine quantité de graisse ; ou bien quelques femelles pleines, de différentes espèces, à cause de la chair tendre du fœtus et de sa peau dont on faisait des vêtements d'enfants. L'exception marquante, c'était le renne.

De vastes troupeaux de rennes migraient vers le nord. Les femelles coiffées de bois, avec les jeunes de l'année précédente, montraient le chemin au long des pistes qui menaient aux territoires où, traditionnellement, elles mettaient bas. Les mâles suivaient. Comme pour tous les animaux qui se déplaçaient en troupeaux, leurs rangs étaient décimés par les loups, qui les suivaient sur leurs flancs et repéraient les plus faibles, les plus vieux, et par plusieurs espèces de félins : les grands lynx, les léopards au corps effilé et, de temps à autre, un énorme lion des cavernes. Les grands carnivores conviaient aux restes de leurs festins d'autres carnivores de moindre importance, et des nécrophages, quadrupèdes ou oiseaux : renards, hyènes, ours bruns, civettes, petits félins des steppes, gloutons, corbeaux, milans, faucons et bien d'autres.

Les bipèdes chasseurs cherchaient leurs proies parmi toutes ces espèces. Ils ne dédaignaient ni les fourrures ni les plumes de leurs concurrents. Le renne, toutefois, était le gibier le plus recherché du Camp du Lion. Non pour sa chair, même si on ne la laissait pas perdre. La langue était considérée comme un mets recherché, et l'on faisait sécher la viande, dans son ensemble, pour en faire des vivres en cas de voyage. Mais c'étaient surtout les peaux qui attiraient les Mamutoï. Généralement d'une couleur fauve grisâtre, le poil de la plupart des rennes du nord pouvait aller du blanc crème jusqu'à une teinte foncée presque noire, en passant par un ton brun rougeâtre chez les jeunes, naturellement isolante. On ne pouvait trouver rien de mieux pour les vêtements d'hiver, et elle était sans égale comme couverture. Chaque année, à l'aide de fosses ou en battues, le Camp du Lion chassait le renne, afin de reconstituer ses réserves ou pour avoir des cadeaux à emporter lorsqu'ils partiraient pour leurs propres migrations d'été.

Le Camp du Lion se préparait pour la Réunion d'Eté, et l'agitation était à son comble. Une fois au moins par jour, quelqu'un expliquait à Ayla qu'elle prendrait plaisir à faire la connaissance de tel ou tel parent ou ami, et que tous ces gens seraient heureux de la rencontrer. Le seul qui semblait manquer d'enthousiasme à la perspective de ce rassemblement des Camps était Rydag. Jamais Ayla n'avait vu l'enfant aussi déprimé, et elle s'inquiétait pour sa santé.

Durant plusieurs jours, elle l'observa avec attention. Par un après-midi exceptionnellement chaud, où il regardait plusieurs personnes étendre sur des cadres des peaux de rennes, elle s'assit à côté de lui.

— J'ai préparé pour toi un nouveau remède, Rydag, dit-elle. Tu l'emporteras à la Réunion d'Eté. Il est plus frais, et il aura peut-être plus de force. Il faudra me dire si tu constates des différences, en mieux ou en plus mal.

Elle s'exprimait à la fois par des signes et par des mots, comme elle le faisait généralement avec lui.

— Comment te sens-tu, en ce moment ? Y a-t-il eu des changements, ces derniers temps ?

Rydag aimait parler avec Ayla. Il était profondément reconnaissant de pouvoir désormais communiquer avec son Camp, mais, pour les Mamutoï, la compréhension et l'usage du langage par signes étaient essentiellement simples et directs. Il comprenait depuis des années leur langage parlé, mais, lorsqu'ils s'adressaient à lui, ils avaient tendance à le simplifier pour l'accorder aux signes qu'ils utilisaient. Les signes qu'employait Ayla serraient de plus près les nuances et l'esprit du langage verbal, ils rehaussaient ses paroles.

— Non, je me sens comme d'habitude, lui exprima-t-il.

— Tu n'es pas fatigué ?

— Non... Oui. Toujours fatigué un peu. Pas trop, ajouta-t-il en souriant.

Ayla hocha la tête. Elle l'examinait de près, à la recherche de symptômes visibles. Elle tentait de s'assurer qu'il ne s'était produit aucun changement dans son état, du moins pas d'aggravation. Elle ne distinguait aucun signe de détérioration physique, mais l'enfant semblait abattu.

— Rydag, quelque chose te tourmente ? Tu es malheureux ?

Il haussa les épaules, le regard détourné. Mais il reporta bientôt les yeux sur la jeune femme.

— Veux pas partir, fit-il par signes.

— Où ne veux-tu pas partir ? Je ne comprends pas.

— Veux pas aller à la Réunion.

Il s'était de nouveau détourné d'elle.

Ayla fronça les sourcils mais n'insista pas. Apparemment, Rydag n'avait pas envie de s'attarder sur le sujet. Il ne tarda pas à rentrer dans l'habitation où elle le suivit, et, du foyer de la cuisine, elle le regarda s'allonger sur son lit. Elle était inquiète. Il était rare qu'il se couchât de son plein gré dans la journée. Elle vit Nezzie entrer et s'arrêter pour rattacher le rabat. Ayla se hâta d'aller l'aider.

— Nezzie, sais-tu ce qui ne va pas, chez Rydag ? Il a l'air... si malheureux, dit-elle.

— Oui, je sais. Il est ainsi chaque année, à cette époque. C'est la Réunion d'Eté qui lui déplaît.

— C'est ce qu'il m'a dit. Mais pourquoi ?

Nezzie prit le temps de dévisager Ayla.

— Tu ne le sais vraiment pas, hein ?

La jeune femme fit non de la tête. Nezzie haussa les épaules.

— Ne t'en inquiète pas, Ayla. Tu ne peux rien y faire.

La jeune femme s'engagea dans le passage central et jeta un coup d'œil vers l'enfant. Il avait les paupières closes mais il ne dormait pas, elle le savait. Elle secoua la tête. Elle aurait aimé pouvoir lui venir en aide. Son abattement, se disait-elle, venait sans doute du fait qu'il était différent des autres. Pourtant, il s'était déjà rendu à d'autres Réunions.

Très vite, elle traversa le Foyer du Renard, désert, et pénétra dans le Foyer du Mammouth. Brusquement, Loup arriva en bondissant, se retrouva sur ses talons et se mit, par jeu, à sauter autour d'elle. D'un signe, elle lui ordonna de se tenir tranquille. Il obéit mais il avait l'air si malheureux qu'elle se radoucit, lui lança le morceau de peau longuement mâchonné qui avait été l'un de ses chaussons d'intérieur favoris. Elle avait fini par le lui abandonner lorsqu'elle avait découvert qu'apparemment c'était le seul moyen pour l'empêcher de s'en prendre aux chaussons et aux bottes des autres. Il se lassa vite de son vieux jouet, s'aplatit sur les pattes de devant, remua la queue et jappa en la regardant. Ayla ne put s'empêcher de sourire. La journée était trop belle, décida-t-elle, pour rester enfermée. Sur l'inspiration du moment, elle prit sa fronde et un petit sac de galets ronds qu'elle avait rassemblés, fit signe à Loup de la suivre. Dans l'abri des chevaux, elle vit Whinney. Pourquoi ne pas l'emmener, elle aussi ?

Elle sortit, suivie de la jument et du jeune loup gris,

dont le pelage et les marques étaient, au contraire de sa mère, caractéristiques de son espèce. Elle vit Rapide à mi-hauteur de la pente qui descendait vers la rivière. Jondalar était avec lui. Sous le chaud soleil, il était torse nu et menait le jeune étalon à la longe. Ainsi qu'il l'avait promis, il avait entrepris de dresser Rapide : il y consacrait, en fait, la majeure partie de son temps, et le cheval, tout comme lui, semblait y prendre plaisir.

A la vue d'Ayla, Jondalar lui fit signe de l'attendre, remonta la pente dans sa direction. Il était rare qu'il l'approchât, qu'il marquât le désir de lui parler. Jondalar avait changé, depuis l'incident qui s'était produit sur la steppe. Il n'évitait plus la jeune femme, à proprement parler, mais il faisait rarement l'effort de lui adresser la parole et, quand cela lui arrivait, il se comportait en étranger, poli et réservé. Elle avait espéré que le jeune étalon les rapprocherait, mais il paraissait plutôt plus distant encore.

Elle attendait, le regard fixé sur le grand et bel homme musclé qui s'avançait vers elle. Sans qu'elle l'eût cherché, le souvenir de son ardente réponse au désir de Jondalar se présenta à son esprit. Aussitôt, elle se surprit à le désirer elle-même. C'était une réaction de son corps, qui échappait à son contrôle, mais, au moment où Jondalar approchait, elle vit son visage se colorer, ses beaux yeux bleus prendre l'expression qu'elle connaissait si bien. Elle remarqua la bosse que faisait sa virilité sous ses jambières, bien qu'elle n'eût pas eu l'intention de porter son regard dans cette direction, et se sentit rougir à son tour.

— Pardonne-moi, Ayla, je ne voudrais pas te déranger mais j'ai cru devoir te montrer la nouvelle bride que j'ai fabriquée pour Rapide. Elle pourrait te convenir pour Whinney.

Jondalar maîtrisait sa voix. Il aurait aimé pouvoir en faire autant pour le reste de sa personne.

— Tu ne me déranges pas, dit-elle, contre toute vraisemblance.

Elle regardait les minces lanières de cuir, tressées et entrelacées.

La jument était entrée en chaleur au début de la

saison. Peu de temps après s'en être rendu compte, Ayla avait entendu le hennissement bien reconnaissable d'un étalon sur la steppe. Elle avait découvert la jument après que celle-ci eut vécu avec un étalon et son troupeau mais elle ne supportait pas l'idée de perdre Whinney au profit d'un autre cheval. Peut-être, cette fois, ne retrouverait-elle pas son amie. Elle s'était servie d'une sorte de licou pour retenir la jument, ainsi que Rapide qui avait manifesté un grand intérêt et une vive agitation, et elle les avait gardés dans le foyer des chevaux quand elle ne pouvait être avec eux. Depuis, elle continuait à utiliser le licou de temps à autre, bien qu'elle préférât laisser à Whinney la liberté d'aller et venir à son gré.

— Comment s'en sert-on ? demanda-t-elle à Jondalar.

Il lui en fit la démonstration sur Whinney avec un autre modèle qu'il avait fait pour elle. Ayla posa plusieurs questions, d'un ton qui se voulait détaché, mais elle ne prêtait guère attention aux réponses. Ce qui comptait pour elle maintenant, c'était la chaleur de Jondalar, qui se tenait près d'elle, et son léger parfum viril. Elle était apparemment incapable de détacher son regard de ses mains, du jeu des muscles sur son torse, de la bosse que faisait sa virilité. Ses questions, elle l'espérait, amèneraient Jondalar à poursuivre la conversation. Mais, dès qu'il eut achevé ses explications, il la quitta brusquement. Ayla le regarda enfourcher Rapide et, le guidant avec les rênes attachées à la nouvelle bride, s'engager sur la pente. Un instant, elle songea à le suivre mais y renonça. S'il était si pressé de s'éloigner, c'était sans doute qu'il ne voulait pas d'elle à ses côtés.

Ayla le suivit des yeux jusqu'à ce qu'il eût disparu. Loup jappait avec énergie, quémandait son attention. Elle noua sa fronde autour de sa tête, vérifia le nombre des galets dans leur petit sac, ramassa le louveteau et le posa sur le garrot de Whinney. Elle sauta alors sur le dos de la jument et, à son tour, s'engagea sur la pente, dans une direction différente de celle qu'avait prise Jondalar. Elle avait projeté de chasser avec Loup, et le moment était venu. Le petit loup avait commencé de suivre et de tenter d'attraper des petits rongeurs et d'autres animaux et Ayla avait découvert qu'il était habile à lever le gibier pour sa fronde. Au début, c'était par accident, mais Loup apprenait vite : déjà, elle s'était mise à le dresser à faire partir les bêtes à son commandement.

Ayla ne s'était pas trompée sur un point. Si Jondalar s'était éloigné en toute hâte, ce n'était pas parce qu'il ne voulait pas se trouver près d'elle à ce moment, mais bien plutôt parce qu'il éprouvait le désir d'être avec elle à tout instant. Il avait besoin de fuir ses propres réactions à la proximité de la jeune femme. Elle avait maintenant donné sa Promesse à Ranec, et lui-même avait perdu tout droit qu'il aurait pu avoir sur elle. Ces derniers temps, il enfourchait Rapide toutes les fois qu'il voulait échapper à une situation difficile ou à la lutte contre des émotions contradictoires, ou, plus simplement, quand il avait envie de réfléchir. Il commençait à comprendre pourquoi, si souvent, Ayla avait eu recours à la fuite sur Whinney lorsqu'elle était tourmentée. Parcourir les vastes plaines herbeuses sur l'étalon, sentir le vent lui fouetter le visage avaient sur lui un effet à la fois calmant et vivifiant.

Une fois sur la steppe, il mit Rapide au galop, se coucha sur l'encolure vigoureuse qui se tendait en avant. Amener le jeune étalon à accepter un cavalier avait été étonnamment rapide, mais, de bien des manières, Ayla et Jondalar l'y avaient peu à peu accoutumé. Il était plus malaisé de découvrir comment se faire comprendre du cheval pour qu'il acceptât la direction choisie par son cavalier.

La maîtrise d'Ayla sur Whinney, Jondalar le comprenait, s'était élaborée d'une façon toute naturelle, de sorte que les signaux de la jeune femme étaient encore en grande partie inconscients. Jondalar, lui, avait une démarche plus préméditée, et, en dressant l'animal, il apprenait lui-même beaucoup. Il apprenait comment se tenir sur l'étalon, comment profiter de la vigueur de ses muscles au lieu de se laisser rebondir sur son dos. Il découvrait que la sensibilité du cheval à une simple pression des cuisses, à de légères modifications dans la position de son corps le rendait plus facile à guider.

A mesure qu'il gagnait en assurance et se sentait plus à l'aise, il montait plus souvent, et c'était précisément ce dont l'un et l'autre avaient besoin. En même temps, plus il connaissait Rapide, plus son affection pour lui grandissait. Cette affection, il l'avait éprouvée dès le début, mais c'était encore le cheval d'Ayla. Il se répétait sans cesse qu'il dressait Rapide pour elle, tout en détestant l'idée de laisser derrière lui le jeune étalon.

Il avait formé le projet de partir tout de suite après la Fête du Printemps. Pourtant, il était toujours là et il ne savait pas pourquoi. Il s'inventait des raisons : la saison n'était pas encore assez avancée, le temps restait imprévisible, et il avait promis à Ayla d'entraîner Rapide. Mais c'étaient là de simples prétextes, il ne l'ignorait pas. Talut croyait qu'il prolongeait son séjour pour les accompagner à la Réunion d'Eté. Jondalar ne cherchait pas à le détromper, tout en se disant qu'il serait en route avant le départ des Mamutoï. Chaque soir, lorsqu'il allait se coucher, et surtout si Ayla se rendait au Foyer du Renard, il se promettait de partir le lendemain mais, chaque jour, il retardait sa décision. Il avait beau lutter contre lui-même : toutes les fois qu'il songeait sérieusement à faire ses paquets, il revoyait Ayla, inerte et glacée, sur le sol du Foyer du Mammouth et il ne pouvait pas partir.

Le lendemain de la Fête, Mamut lui avait parlé : il lui avait expliqué que la racine possédait un pouvoir impossible à maîtriser. C'était trop dangereux, avait-il déclaré : jamais il ne referait l'expérience. Il avait conseillé à Ayla de s'en abstenir, elle aussi, mais l'avait avertie que, si cela devait se reproduire, elle aurait besoin d'une puissante protection. Sans vraiment l'exprimer, le vieil homme laissait entendre que Jondalar était parvenu à atteindre la jeune femme par la pensée, et que son retour lui était dû.

Les paroles du chaman troublèrent Jondalar, mais, en même temps, il y puisa un étrange réconfort. Quand l'homme du Foyer du Mammouth avait craint pour la sécurité d'Ayla, pourquoi avait-il demandé à Jondalar de ne pas partir ? Et pourquoi Mamut prétendait-il que c'était lui qui l'avait ramenée ? Elle avait donné sa Promesse à Ranec, et l'on ne pouvait douter de l'amour du sculpteur pour elle. Puisque Ranec était là, quel besoin Mamut avait-il de Jondalar ? Pourquoi n'était-ce pas Ranec qui avait ramené la jeune femme ? Que savait le vieil homme ? Mais qu'importait ? Jondalar ne supportait pas l'idée de ne pas être là si elle avait de nouveau besoin de lui ou de la laisser affronter sans lui un terrible danger. En même temps, il ne supportait pas l'idée de la voir vivre avec un autre homme. Il ne parvenait pas à choisir entre partir ou rester.

— Loup ! Lâche ça ! cria Rugie, furieuse et inquiète.

Elle et Rydag jouaient ensemble au Foyer du Mammouth, où Nezzie les avait envoyés afin d'être tranquille pour préparer le départ.

— Ayla ! Loup m'a pris ma poupée et il ne veut pas la lâcher !

La jeune femme était assise au milieu de sa couche, sur laquelle elle avait rangé ses affaires par petits tas.

— Loup ! Lâche ! ordonna-t-elle.

D'un signe, elle lui commandait en même temps d'approcher.

Le louveteau laissa tomber la poupée, faite de petits morceaux de cuir, et, la queue entre les pattes, rampa jusqu'à Ayla.

— Ici, dit-elle.

Elle tapotait l'endroit où il dormait généralement, à la tête de son lit. Le petit loup y sauta.

— Maintenant, couche-toi et ne va plus ennuyer Rugie et Rydag.

Il s'allongea, le museau sur les pattes, leva vers elle un regard désolé, repentant.

Ayla se remit à trier ses affaires mais elle fit bientôt une nouvelle pause pour observer les deux enfants qui jouaient sur le sol. Ils l'intriguaient. Ils faisaient semblant de partager un foyer, à la manière des adultes, hommes et femmes. Leur « enfant » était la poupée de cuir en forme d'être humain, avec une tête ronde, un corps, des bras et des jambes, qu'ils avaient enveloppée d'un morceau de peau souple. C'était la poupée qui fascinait Ayla. Elle n'en avait jamais eu. Les gens du Clan ne se faisait aucune image, dessinée, sculptée ou formée de morceaux de cuir. Mais la poupée rappelait à la jeune femme un lapin blessé qu'elle avait un jour rapporté à la caverne pour le faire soigner par Iza. Ce lapin, elle l'avait dorloté, bercé, avec les gestes de Rugie pour tenir sa poupée et jouer avec elle.

C'était le plus souvent Rugie, Ayla le savait, qui décidait des jeux. Parfois, ils faisaient semblant d'être unis. D'autres fois, ils étaient des « chefs », un frère et une sœur, à la tête de leur propre camp. La jeune femme regardait la petite fille blonde et le jeune garçon brun chez lequel, soudain, elle remarquait mieux les traits caractéristiques du Clan. Rugie le considère comme son frère, se disait-elle. Elle doutait qu'ils pussent un jour diriger ensemble un Camp.

Rugie confia la poupée aux soins de Rydag, se leva, s'éloigna pour aller s'acquitter d'une tâche imaginaire. Rydag la suivit des yeux, avant de poser la poupée par terre. Il leva les yeux vers Ayla, lui sourit. Le garçon ne s'intéressait plus autant au bébé imaginaire, en l'absence de Rugie. Il préférait les véritables petits enfants. Pourtant, il se prêtait volontiers au jeu de Rugie, quand elle était là. Au bout d'un moment, il se leva, partit à son tour. Rugie avait oublié le jeu de la poupée. Il allait à sa recherche ou pensait trouver une autre occupation.

Ayla revint aux choix qu'elle devait faire. Qu'allait-elle emporter à la Réunion d'Eté ? Au cours d'une seule année, lui semblait-il, il lui était arrivé trop souvent de faire le tri de ce qu'elle devait emporter ou laisser de ses possessions. Cette fois, il s'agissait d'un simple voyage. Elle prendrait seulement ce qu'elle pourrait porter. Tulie lui avait déjà demandé à utiliser les chevaux et les travois pour transporter les présents : un tel équipage rehausserait son prestige et celui du Camp.

Ayla prit en main la peau qu'elle avait teinte en rouge et la secoua. Elle se demandait si elle en aurait besoin. Elle n'avait jamais pu décider de ce qu'elle pourrait en faire. A présent encore, elle restait indécise, mais la couleur rouge était sacrée pour le Clan, et, par ailleurs, elle aimait cette teinte. Elle replia la peau, la mit avec tout ce qu'elle allait emporter, en dehors de l'essentiel : le petit cheval sculpté qu'elle aimait tant, et que Ranec lui avait offert le jour de son adoption, et la nouvelle muta ; la superbe pointe de sagaie donnée par Wymez ; quelques bijoux, perles et colliers ; la tenue dont Deegie lui avait fait présent, la tunique blanche qu'elle avait confectionnée et la couverture de Durc.

Tandis qu'elle triait encore quelques objets, son esprit vagabondait, et elle se prit à songer à Rydag. Aurait-il un jour une compagne, comme Durc ? Elle ne pensait pas rencontrer à la Réunion d'Eté des filles de sa sorte. Elle n'était même pas sûre qu'il pût un jour atteindre l'âge adulte, se dit-elle. Elle se réjouit encore d'avoir eu un fils vigoureux et en bonne santé, qui aurait bientôt une compagne. Le Clan de Broud devait maintenant se préparer à se rendre au Rassemblement du Clan, s'il n'était pas déjà en route. Ura s'attendait sans doute à revenir avec eux, pour s'unir à Durc, et elle redoutait probablement la pensée de quitter son propre clan. Pauvre Ura, il serait douloureux pour elle de laisser tous ceux qu'elle connaissait pour aller vivre dans un endroit inconnu avec un clan inconnu. Une idée, qui n'était pas encore venue à Ayla, lui traversa l'esprit. Durc plairait-il à Ura ? Lui plairait-elle ? Elle l'espérait : sans doute n'auraient-ils l'un et l'autre pas d'autre choix.

En songeant à son fils, Ayla prit une bourse qu'elle avait rapportée de sa vallée. Elle l'ouvrit, en vida le contenu. Son cœur fit un bond à la vue de la sculpture d'ivoire. Elle la prit. La statuette représentait une femme mais elle ne ressemblait à aucune de celles qu'elle avait vues, et elle concevait maintenant son originalité. La plupart des muta, mises à part les femmes-oiseaux de Ranec, avaient des formes abondantes, maternelles, surmontées d'une simple protubérance, parfois décorée, en guise de tête. Elles étaient toutes censées représenter la Mère. Mais cette statuette figurait une femme aux lignes minces, coiffée en nombreuses petites nattes, comme Ayla elle-même s'était coiffée un temps. Plus surprenant encore, elle avait une tête minutieusement modelée, avec un nez fin, un menton, la suggestion de deux yeux.

Entre les doigts de la jeune femme, la statuette se brouillait sous son regard, à mesure qu'affluaient les souvenirs. C'était Jondalar qui l'avait sculptée, dans la vallée. Lorsqu'il l'avait faite, il avait déclaré qu'il voulait capturer l'esprit d'Ayla, afin qu'ils ne fussent jamais séparés. C'était la raison qui l'avait poussé à la faire à la ressemblance de la jeune femme, alors que personne ne devait former une image à la ressemblance d'une personne réelle, de peur de piéger son esprit. Il voulait qu'elle gardât la sculpture, lui avait-il dit, afin que personne ne pût l'utiliser contre elle dans un but maléfique. C'était sa première muta, se dit-elle. Il la lui avait offerte après les Premiers Rites, lorsqu'il avait fait d'elle une vraie femme.

Jamais elle n'oublierait cet été dans sa vallée, quand ils étaient seuls tous les deux. Mais Jondalar allait maintenant partir sans elle. Elle serra contre sa poitrine la figurine d'ivoire. Elle souhaitait pouvoir partir avec lui. Loup, par sympathie, gémissait en la regardant et rampait insensiblement vers elle : il était censé rester où il était et il le savait. Elle l'attira vers elle, enfouit son visage dans sa fourrure, tandis qu'il essayait de lécher ses larmes.

Elle entendit quelqu'un approcher par le passage central. Elle se redressa précipitamment, s'essuya le visage, fit effort pour se contenir. Comme si elle cherchait quelque chose, elle se détourna, tandis que Barzec et Druwez passaient, absorbés dans leur conversation. Elle remit ensuite la statuette dans la bourse, la posa soigneusement sur le cuir rouge, pour l'emporter. Jamais elle ne pourrait laisser derrière elle sa première muta.

Ce même soir, au moment où le Camp du Lion se disposait à partager un repas, Loup se mit soudain à gronder d'un ton menaçant, avant de se précipiter vers l'entrée principale. Ayla bondit sur ses pieds et se lança à sa poursuite. Elle se demandait ce qui se passait.

Plusieurs autres la suivirent. En soulevant le rabat, elle eut la surprise de se trouver en face d'un inconnu, un inconnu bien effrayé qui battait en retraite devant un loup presque adulte visiblement prêt à l'attaque.

— Loup ! Ici ! ordonna Ayla.

Le louveteau recula à regret, sans toutefois cesser de faire face à l'homme, les crocs découverts, un grondement soutenu au fond de la gorge.

— Ludeg !

Talut s'avançait, avec un large sourire. Il enferma l'arrivant dans une étreinte d'ours.

— Entre. Entre donc. Il fait froid.

— Je... je ne sais pas trop, fit le visiteur, les yeux fixés sur le jeune loup. Y en a-t-il d'autres à l'intérieur ?

— Non, aucun autre, dit Ayla. Loup ne te fera pas de mal. Je ne le permettrais pas.

Ludeg, qui hésitait à croire cette femme inconnue, se tourna vers Talut.

— Pourquoi as-tu un loup ?

— C'est une longue histoire qu'il vaut mieux écouter près d'un bon feu. Entre, Ludeg. Le jeune loup ne te fera aucun mal, je te le promets.

Talut, en attirant le jeune homme de l'autre côté de l'arche, lança vers Ayla un regard lourd de sens.

Elle le comprit fort bien. Loup aurait intérêt à ne pas s'en prendre au visiteur. Elle suivit les deux hommes, en faisant signe au jeune animal de se tenir derrière elle, mais elle ne savait comment lui ordonner de cesser de gronder. La situation était toute nouvelle. Les loups, elle le savait, étaient très attachés aux membres de leur propre troupe et se montraient pour eux très affectueux mais ils étaient connus pour attaquer et tuer les étrangers qui se hasardaient sur leur territoire. Le comportement de Loup était bien compréhensible, ce qui ne le rendait pas pour autant acceptable. Que cela lui plût ou non, il devrait s'habituer aux nouveaux venus.

Nezzie accueillit chaleureusement le fils de son cousin. Elle le débarrassa de son sac et de sa pelisse, les donna à Danug, pour qu'il allât les déposer sur une plateforme vacante, dans le Foyer du Mammouth. Après quoi, elle lui remplit une assiette, lui trouva une place où s'asseoir. Ludeg persistait à jeter du côté du loup des regards méfiants qui trahissaient son appréhension. Toutes les fois que Loup rencontrait ce regard, le grondement au fond de sa gorge s'intensifiait. Quand Ayla le faisait taire, il couchait les oreilles en arrière et s'allongeait sur le sol mais, l'instant d'après, il se remettait à gronder. Elle pensa à lui passer une corde autour du cou, mais, à son avis, cela n'aurait rien résolu. L'animal, déjà sur la défensive, aurait été plus inquiet encore, et l'étranger serait devenu plus nerveux.

Rydag se tenait un peu à l'écart : tout en connaissant le visiteur, il restait timide. Il eut tôt fait de discerner le problème. La méfiance, la tension de l'homme y contribuaient pour beaucoup. Peut-être Ludeg se détendrait-il, s'il pouvait constater que le loup était amical. La plupart des membres du Camp étaient rassemblés dans le foyer où l'on faisait la cuisine. Rydag entendit Hartal s'éveiller, et il lui vint une idée. Il alla au Foyer du Renne, consola l'enfant, avant de le prendre par la main pour l'emmener vers le foyer de la cuisine. Mais il ne le conduisit pas vers sa mère : il alla droit vers Ayla et Loup.

Depuis quelque temps, Hartal s'était pris d'une grande affection pour le louveteau folâtre. Dès qu'il vit la créature à l'épaisse fourrure grise, il gloussa de joie. Ravi, il voulut se précipiter vers le loup, mais ses pas étaient encore incertains. Il trébucha, tomba sur l'animal. Loup poussa un jappement, mais sa seule réaction fut de lécher le visage de l'enfant, qui eut un rire joyeux. Il repoussa la langue chaude et mouillée, fourra ses petites mains potelées dans la longue gueule garnie de dents acérées, avant d'attraper la fourrure à poignées pour attirer Loup vers lui.

Ludeg avait oublié ses craintes. Les yeux arrondis par la surprise, il regardait le petit malmener le loup et s'étonnait plus encore de la patience et de la mansuétude du féroce carnassier. De son côté, Loup, sous l'assaut, ne pouvait persister dans son attitude défensive et méfiante contre l'étranger. Pas encore tout à fait adulte, il n'avait pas l'obstination des membres plus âgés de son espèce. Ayla sourit à Rydag : elle avait tout de suite compris qu'il avait amené Hartal dans le but précis qui venait d'être atteint. Quand Tronie s'approcha pour reprendre son fils, Ayla souleva Loup dans ses bras : il était temps, à son avis, de le présenter au visiteur.

— Loup s'habituera plus vite à ta présence, je crois, si tu le laisses se familiariser avec ton odeur, dit-elle au jeune homme.

Elle s'exprimait parfaitement en mamutoï, mais Ludeg remarqua cependant une légère différence dans la manière dont elle prononçait certains mots. Pour la première fois, il la détailla, se demanda qui elle était. Elle ne faisait pas partie du Camp du Lion au moment du départ, l'année précédente. En fait, il ne se rappelait pas l'avoir jamais vue et il était certain qu'il se serait souvenu d'une femme aussi belle. D'où venait-elle ? Il leva la tête, vit un grand étranger blond qui l'observait.

— Que dois-je faire ? demanda-t-il.

— Si tu lui laissais simplement flairer ta main, ce serait utile, je pense. Il aime être caressé, aussi, mais, à ta place, je ne montrerais pas trop de hâte. Il a besoin d'un peu de temps pour te connaître, dit Ayla.

D'un mouvement un peu hésitant, Ludeg tendit la main. Ayla posa Loup sur le sol, pour lui permettre de le flairer, tout en restant par précaution tout près de lui. Elle ne pensait pas qu'il allait attaquer mais elle n'en était pas sûre. Au bout d'un moment, l'homme allongea le bras pour toucher l'épaisse fourrure. Il ne lui était encore jamais arrivé de toucher un loup vivant. C'était extraordinaire. Il sourit à la jeune femme, se dit de nouveau qu'elle était vraiment belle, lorsqu'elle lui sourit en retour.

— Talut, je ferais bien, je crois, d'annoncer tout de suite les nouvelles que j'apporte. J'ai l'impression que le Camp du Lion a certaines histoires que j'aimerais entendre.

Le gigantesque chef sourit. C'était là le genre d'intérêt qui lui faisait plaisir. Les messagers arrivaient le plus souvent avec des nouvelles. On les choisissait non seulement parce qu'ils couraient vite mais aussi parce qu'ils aimaient conter une bonne histoire.

— Alors, dis-nous. Quelles nouvelles apportes-tu ? demanda Talut.

— La plus importante, c'est le changement du lieu de rendez-vous pour la Réunion d'Eté. Le Camp du Loup reçoit les autres camps. L'endroit choisi l'an dernier a été dévasté par l'inondation. Mais j'ai d'autres nouvelles, de tristes nouvelles. J'ai fait étape pour une nuit dans un camp sungaea. Ils ont la maladie, une maladie qui tue. Certains sont déjà morts, et, quand je suis parti, le fils et la fille de la Femme Qui Ordonne étaient très atteints. On se demandait s'ils allaient survivre.

— Mais c'est terrible ! s'écria Nezzie.

— Quel genre de maladie ont-ils ? questionna Ayla.

— C'est dans la poitrine, on dirait. Beaucoup de fièvre, une toux rauque, du mal à respirer.

— A quelle distance est cet endroit ? demanda-t-elle.

— Tu ne le sais pas ?

— Ayla était venue nous rendre visite, mais nous l'avons adoptée, expliqua Tulie.

Elle se tourna vers la jeune femme.

— Ce n'est pas bien loin d'ici.

— Pouvons-nous y aller, Tulie ? Ou bien quelqu'un peut-il m'emmener ? Si ces enfants sont malades, je peux peut-être faire quelque chose pour eux.

— Je ne sais pas. Qu'en dis-tu, Talut ?

— Ce n'est pas sur notre route, si la Réunion d'Eté doit se tenir au Camp du Loup, et ils ne nous sont même pas apparentés, Tulie.

— Darnev avait des parents éloignés dans ce Camp, je crois, répondit Tulie. Et c'est bien dommage, pour un frère et une sœur si jeunes, d'être aussi gravement malades.

— Peut-être devons-nous y aller, mais il faudrait partir, dans ce cas, le plus tôt possible, déclara Talut.

Ludeg les avait écoutés avec un vif intérêt.

— Eh bien, à présent que je vous ai appris mes nouvelles, je voudrais bien en savoir davantage sur ce nouveau membre du Camp du Lion, Talut. Est-ce vraiment une Femme Qui Guérit ? Et d'où vient ce loup ? Je n'avais encore jamais entendu parler de la présence d'un loup dans une habitation.

— Et ce n'est pas tout, intervint Frebec. Ayla a aussi deux chevaux : une jument et un jeune étalon.

Le visiteur le dévisagea d'un air incrédule, avant de s'installer confortablement pour entendre les histoires que le Camp du Lion avait à lui conter.

Le lendemain matin, après une longue nuit passée en récits passionnants, on offrit à Ludeg un aperçu des talents de cavalier d'Ayla et de Jondalar. Il se montra convenablement impressionné. Lorsqu'il partit vers le Camp suivant, il était tout prêt à répandre la nouvelle de la présence d'une nouvelle femme mamutoï, en même temps que l'annonce d'un changement de lieu pour la Réunion d'Eté. Le Camp du Lion avait décidé de partir dès le lendemain matin, et l'on consacra le reste de la journée aux préparatifs de dernière minute.

Ayla résolut d'emporter plus de remèdes qu'elle n'en avait généralement dans son sac. Elle passait en revue ses réserves d'herbes, tout en bavardant avec Mamut, qui faisait ses paquets. Elle avait à l'esprit le Rassemblement du Clan et, en regardant le vieux chaman ménager ses articulations douloureuses, elle se rappelait qu'au Clan, les gens âgés, incapables de faire la longue route, étaient laissés en arrière. Comment Mamut allait-il pouvoir couvrir le trajet ? Son inquiétude la poussa à aller trouver Talut, pour lui poser la question.

— Je le porte la plupart du temps sur mon dos, lui expliqua le chef.

Ayla vit Nezzie ajouter un paquet au tas de ballots qui seraient tirés sur les travois par les chevaux. Non loin d'elle, Rydag, assis par terre, avait une expression désolée. La jeune femme se mit soudain en quête de Jondalar. Elle le trouva en train de garnir le sac que lui avait donné Tulie pour le voyage.

— Te voilà, Jondalar ! dit-elle.

Surpris, il leva la tête. Ayla était bien la dernière personne qu'il s'attendît à voir en cet instant. Il venait de penser à elle et à la façon dont il lui ferait ses adieux. Sa décision était prise : le temps était venu pour lui de partir, au moment où tout le monde quittait l'habitation. Mais, au lieu d'accompagner le Camp du Lion à la Réunion d'Eté, il prendrait la direction opposée pour entamer la longue marche qui le ramènerait chez lui.

— Sais-tu comment Mamut se rend à cette Réunion d'Eté ? demanda la jeune femme.

La question le prit totalement au dépourvu. Elle n'entrait pas dans ses préoccupations dominantes. Il n'était même pas sûr de l'avoir bien comprise.

— Euh... non, fit-il.

— Talut est obligé de le porter sur son dos. Il y a aussi Rydag, qu'il faut porter également. Je viens de réfléchir, Jondalar : tu as dressé Rapide, il est maintenant habitué à porter quelqu'un sur son dos, n'est-ce pas ?

— Oui.

— Et tu es capable de le diriger ? Il est prêt à aller où tu veux, n'est-ce pas ?

— Oui, je pense.

— Bien ! Alors, il n'y a aucune raison pour que Mamut et Rydag ne se rendent pas à cheval à la Réunion. Ils ne sauraient pas conduire les bêtes, mais nous pourrons les mener, toi et moi. Ce serait beaucoup plus facile pour tout le monde. Pour ce qui est de Rydag, il a été si malheureux, ces derniers temps, que cela pourrait le remonter un peu. Tu te rappelles sa joie, la première fois qu'on l'a juché sur Whinney ? Ça ne te fait rien, n'est-ce pas, Jondalar ? Nous n'avons pas à aller là-bas à cheval : tout le monde marche.

Elle était heureuse, tout excitée d'avoir eu cette idée. Visiblement, il ne lui était pas venu à l'esprit qu'il pût ne pas partir avec eux. Comment refuser ? se disait-il. C'était une excellence idée, et, après tout ce que le Camp du Lion avait fait pour lui, c'était le moins qu'il pût faire de son côté.

— Non, je ne vois pas d'inconvénient à marcher, dit Jondalar.

Il eut l'étrange impression de se sentir plus léger en regardant Ayla aller retrouver Talut : c'était comme s'il était délivré d'un terrible poids. Il se hâta d'achever sa tâche, prit son sac et rejoignit le reste du Camp. Ayla surveillait le chargement des deux travois. Le départ était proche.

Nezzie vit Jondalar et lui sourit.

— Je suis heureuse que tu aies décidé de venir avec nous pour aider Ayla à mener les chevaux. Mamut sera bien plus à l'aise, je crois, et regarde Rydag ! Jamais je ne l'ai vu aussi joyeux de partir pour une Réunion d'Eté.

Pourquoi avait-il le sentiment, se demandait Jondalar, que Nezzie était au courant de son intention de rentrer chez lui ?

— Et pense un peu à la sensation que nous allons produire quand nous arriverons non seulement avec des chevaux mais avec des gens sur leur dos, fit Barzec.

— Jondalar, nous t'attendions. Ayla ne savait pas trop qui elle devait mettre sur chaque cheval, dit Talut.

— A mon avis, ça ne fait pas grande différence, répondit le jeune homme. Whinney est un peu plus facile à monter : elle vous secoue moins.

Ranec, remarqua-t-il, aidait Ayla à équilibrer les chargements. Son cœur se serra quand il les vit rire ensemble. Son répit, il le comprenait, serait de courte durée. Il avait simplement retardé l'inévitable, mais il devait maintenant aller jusqu'au bout.

Après avoir fait quelques gestes mystérieux et prononcé des formules secrètes, Mamut enfonça en terre une muta, devant l'entrée principale de l'abri. Après quoi, avec l'aide d'Ayla et de Talut, il enfourcha Whinney. Il paraissait nerveux, mais c'était difficile à dire. Il le cachait bien, se dit Jondalar.

Rydag, lui, n'était pas nerveux : il était déjà monté à cheval. Il était simplement surexcité quand le grand jeune homme l'enleva de terre pour le placer sur Rapide. Jamais il n'avait enfourché l'étalon. Il gratifia d'un large sourire Latie qui l'observait avec un mélange d'inquiétude pour sa sécurité, de joie à lui voir connaître une nouvelle expérience et d'un brin d'envie. Elle avait regardé Jondalar dresser le cheval, dans la mesure où elle pouvait le voir d'assez loin : il était difficile de convaincre une autre femme de l'accompagner. Le passage à l'âge adulte avait ses inconvénients. Le dressage d'un jeune cheval n'était pas nécessairement magique, avait-elle pensé. Il suffisait d'avoir de la patience et, naturellement, un cheval à dresser.

Le Camp s'engagea dans la montée. A mi-hauteur, Ayla s'arrêta. Loup en fit autant, la regarda d'un air d'attente. Elle se retourna pour contempler l'abri où elle avait trouvé un foyer, où elle avait été accueillie par des êtres de sa race. Déjà, la confortable sécurité de cet asile lui manquait, mais l'habitation serait toujours là lorsqu'ils reviendraient, prête à les abriter de nouveau d'un long hiver glacial. Le vent agita le lourd rabat devant l'entrée faite de défenses de mammouth. Ayla distingua, au-dessus de l'arche, le crâne du lion des cavernes. Le Camp du Lion, vidé de son peuple, semblait désolé. Ayla des Mamutoï frissonna sous l'effet d'une soudaine angoisse.

30

Les grandes plaines herbeuses, généreuse source de vie dans ces régions froides, montraient encore, sur le passage du Camp du Lion, un autre aspect du cycle du renouveau. Les fleurs des derniers iris nains, jaunes ou d'un bleu violacé, commençaient à se faner tout en conservant leurs couleurs, et les pivoines aux feuilles découpées étaient en pleinc floraison. A la vue d'un large lit de ces corolles d'un rouge sombre, qui couvrait toute la dépression entre deux collines, les voyageurs se récrièrent de surprise et d'émerveillement. Mais c'étaient le pâturin, la fétuque et la stipe plumeuse qui prédominaient et faisaient de la steppe une mer onduleuse d'argent, soulignée par les ombres de la sauge bleue. Plus tard, quand l'herbe jeune aurait mûri, quand la stipe aurait perdu ses plumes, les riches plaines passeraient de l'argent à l'or.

Le jeune loup prenait un vif plaisir à découvrir la multitude de petits animaux qui vivaient dans la vaste prairie. Il se lançait à la poursuite des putois et des hermines revêtues de leur brun manteau d'été mais reculait devant les intrépides carnassiers qui lui tenaient tête. Quand les mulots, les campagnols, les musaraignes, accoutumés à déjouer la poursuite des renards, se faufilaient dans les trous creusés juste sous la surface du sol, Loup partait à la chasse des gerbilles, des hamsters, des hérissons aux longues oreilles, hérissés de piquants. Ayla riait de son sursaut de surprise lorsqu'une gerboise à la queue épaisse, aux courtes pattes de devant, aux longues pattes tridactyles de derrière, s'échappait par bonds et plongeait dans le terrier où elle avait passé tout l'hiver. Les lièvres, les hamsters géants, les grandes gerboises constituaient un repas savoureux, rôtis, le soir, au-dessus d'un feu. La fronde de la jeune femme en tua plusieurs que Loup avait levés.

Les rongeurs qui creusaient des terriers rendaient service à la steppe, en retournant et en aérant la couche de terre superficielle, mais certains, parmi les plus actifs, modifiaient le caractère du paysage. Le Camp du Lion, dans sa marche, rencontrait partout les trous des sousliks tachetés, par quantités innombrables, et, en certains endroits, les voyageurs devaient contourner des centaines de monticules couverts d'herbe, qui mesuraient près d'un mètre de haut, et dont chacun abritait une communauté de marmottes des steppes.

Les sousliks étaient la proie préférée des milans noirs, même si les rapaces aux longues ailes se nourrissaient aussi d'autres rongeurs, sans compter les insectes et les charognes. En général, les élégants oiseaux repéraient leurs victimes au cours de leur ascension, mais ils planaient aussi à la manière du faucon ou volaient bas pour fondre sur leur proie. L'aigle fauve, également, appréciait ces petits rongeurs prolifiques. Un jour, Ayla surprit Loup dans une posture qui l'engagea à regarder de plus près. En approchant, elle vit l'un des grands rapaces d'un brun foncé atterrir près de son aire construite à même le sol : il apportait un souslik à ses petits. La jeune femme observa la scène avec intérêt, mais ni elle ni le loup ne troublèrent la nichée.

Une multitude d'autres oiseaux vivaient de la générosité des grandes plaines. On voyait partout sur la steppe des alouettes, des pipits, des lagopèdes, des perdrix, des gélinottes, des outardes et de magnifiques grues d'un gris bleuté, avec une tête noire et une touffe de plumes blanches entre les yeux. Ils arrivaient au printemps pour faire leur nid, se nourrissaient d'insectes, de lézards et de serpents et, à l'automne, traversaient le ciel par grandes formations en V, dans un concert de cris sonores.

Talut, au début, avait réglé l'allure sur le rythme habituel, afin de ne pas abuser des forces de ceux qui marchaient moins vite. Mais il se rendit compte qu'ils avançaient beaucoup plus rapidement que d'ordinaire. Les chevaux faisaient toute la différence. En portant sur les travois les présents, les marchandises destinées au troc, les tentes de peau et, sur leur dos, les membres de la troupe qui avaient besoin d'aide, ils avaient allégé la charge de chacun. Le chef était heureux de pouvoir accélérer le pas, d'autant qu'ils allaient devoir se détourner de leur route, mais, en même temps, cela posait un problème. Il avait prévu l'itinéraire qu'ils allaient emprunter et toutes les étapes, en tenant compte de certains points d'eau de sa connaissance. A présent, il devait tout remanier en poursuivant son chemin.

Ils avaient fait halte près d'une petite rivière, bien que la journée ne fût pas encore avancée. La steppe, par endroits, laissait place à des bois, le long des cours d'eau, et ils dressèrent le camp sur une grande prairie en partie cernée d'arbres. Ayla, après avoir détaché Whinney du travois, décida d'emmener Latie faire une promenade. La jeune fille aimait aider à prendre soin des chevaux, et les animaux, en retour, lui témoignaient un grand attachement. Elles partirent toutes deux sur le dos de la jument, traversèrent un bosquet où se mêlaient les épicéas, les charmes, les bouleaux et les mélèzes et se trouvèrent dans une petite clairière verdoyante émaillée de fleurs. Ayla immobilisa leur monture, murmura tout bas à l'oreille de la jeune fille, assise à califourchon devant elle :

— Ne fais pas un geste, Latie, mais regarde là-bas, au bord de l'eau.

Latie porta son regard dans la direction indiquée,

fronça tout d'abord les sourcils parce qu'elle ne distinguait rien de marquant mais sourit en voyant une antilope saïga, en compagnie de deux jeunes, lever la tête dans un mouvement qui exprimait à la fois la méfiance et l'incertitude. La jeune fille en découvrit alors plusieurs autres. Les cornes en spirale montaient tout droit du front de la petite antilope, pour se recourber légèrement en arrière à la pointe. Le nez large, un peu pendant, accentuait la longueur de la face.

Tandis que les deux femmes, silencieuses sur le dos de la jument, observaient les saïgas, le chant des oiseaux leur parvint plus nettement : le roucoulement des tourterelles, le joyeux refrain d'une fauvette, l'appel d'un pivert. Ayla perçut la ravissante note flûtée d'un loriot doré et la reproduisit avec une telle exactitude que l'oiseau en demeura coi. Latie lui envia ce talent.

D'un imperceptible signal, la jeune femme fit repartir lentement Whinney. Latie tremblait presque d'excitation à l'approche des antilopes, et à la découverte d'une autre femelle avec deux jeunes. Il y eut une brusque saute de vent. Toutes les saïgas relevèrent la tête et, aussitôt, partirent en bondissant à travers bois pour rejoindre l'étendue découverte de la steppe. Une flèche grise se lança à leur poursuite. Ayla comprit alors ce qui les avait alertées.

Quand Loup revint, haletant, et se laissa tomber sur le sol, Whinney paissait paisiblement, et les deux jeunes femmes, assises sur l'herbe ensoleillée, cueillaient des fraises sauvages. Un bouquet de fleurs aux couleurs vives était posé par terre, à côté d'Ayla : des corolles d'un rouge éclatant, aux longs et fins pétales, et des touffes de grandes fleurs jaunes, mêlées à des boules blanches et duveteuses.

Ayla porta à ses lèvres un autre fruit minuscule mais exceptionnellement savoureux.

— Si seulement il y en avait assez pour en rapporter à tout le monde, dit-elle.

— Il en faudrait beaucoup plus. Moi, j'aimerais surtout qu'il y en ait davantage pour moi seule, fit Latie avec un grand sourire. Et puis, je veux penser à ce lieu comme à un endroit qui nous appartient, à nous seules.

Elle mit une fraise dans sa bouche, ferma les yeux pour mieux la savourer. Son expression se fit pensive.

— Ces petites antilopes, elles étaient vraiment jeunes, n'est-ce pas ? Jamais je n'en avais approché d'aussi près.

— C'est Whinney qui nous a permis de venir tout près d'elles. Les antilopes n'ont pas peur des chevaux. Mais ce Loup...

Ayla tourna la tête vers l'animal qui ouvrit les yeux en entendant son nom.

— C'est lui qui les a fait partir.

— Ayla, je peux te demander quelque chose ?

— Bien sûr.

— Crois-tu qu'un jour je pourrais trouver un cheval ? Un petit, je veux dire, dont je prendrais soin comme tu as pris soin de Whinney, et qui s'habituerait à moi.

— Je ne sais pas. Je n'ai pas cherché Whinney. Je l'ai trouvée par hasard. Ce sera difficile de mettre la main sur un poulain. Toutes les mères protègent leurs jeunes.

— Si tu voulais un autre cheval, un petit, comment t'y prendrais-tu ?

— Je n'y ai jamais réfléchi... Si je voulais un jeune cheval, je suppose... Voyons un peu... Il faudrait capturer sa mère. Tu te rappelles la chasse au bison, l'automne dernier ? Si tu forçais des chevaux à pénétrer dans un enclos comme celui-là, tu ne serais pas obligée de les tuer tous. Tu pourrais garder un poulain ou deux. Peut-être même pourrais-tu en séparer un du reste du troupeau et laisser partir tous les autres, si tu n'en avais pas besoin.

Ayla sourit.

— J'ai peine à chasser les chevaux, maintenant.

Lorsqu'elles revinrent au campement, la plupart des Mamutoï, assis autour d'un grand feu, mangeaient. Les deux jeunes femmes se servirent et s'installèrent.

— Nous avons vu des saïgas, déclara Latie. Il y avait même des petits.

— Tu as dû voir des fraises, aussi, je pense, commenta ironiquement Nezzie, qui avait vu les mains tachées de rouge de sa fille.

Latie rougit : elle avait voulu les garder toutes pour elle, se rappelait-elle.

— Il n'y en avait pas assez pour que nous puissions en rapporter, dit Ayla.

— Ça n'aurait rien changé. Je connais Latie et les fraises. Elle en dépouillerait un champ entier sans en offrir à personne, si elle en avait l'occasion.

La jeune femme constata l'embarras de Latie et fit dévier la conversation.

— J'ai cueilli du pas-d'âne contre la toux, pour le Camp qui a des malades, et aussi une plante à fleurs rouges dont je ne connais pas le nom : la racine est très bonne pour soigner les toux rauques et pour faire remonter les glaires de la poitrine, dit-elle.

— Je ne savais pas que tu avais cueilli des fleurs dans ce but, remarqua Latie. Comment sais-tu qu'il y a cette maladie dans le Camp ?

— Je n'en sais rien mais, en voyant ces plantes, j'ai pensé que je ferais bien d'en prendre. Nous-mêmes avons bien souffert de cette maladie. Dans combien de temps serons-nous là-bas, Talut ?

— Difficile à dire, répondit le chef. Nous voyageons plus vite que d'ordinaire. Nous devrions atteindre le Camp sungaea dans un jour ou deux, je pense. La carte que m'a faite Ludeg est très bonne, mais j'espère que nous n'arriverons pas trop tard. Leur maladie est plus grave que je ne le pensais.

— Comment le sais-tu ? questionna Ayla, les sourcils froncés.

— J'ai trouvé des signes laissés par quelqu'un.

— Des signes ?

— Viens avec moi. Je vais te montrer.

Talut posa sa coupe et se leva. Il conduisit la jeune femme jusqu'à un tas d'ossements, près de la rivière. On trouvait des os, particulièrement de gros os, comme des crânes, dans toute la plaine, mais, en approchant, Ayla vit clairement qu'il ne s'agissait pas là d'un amoncellement qui s'était constitué naturellement. On avait empilé les ossements dans un but précis. Un crâne de mammouth aux défenses brisées avait été placé, renversé, au sommet du tas.

Talut le désigna d'un geste.

— C'est un signe de mauvaises nouvelles, dit-il. Très mauvaises. Vois-tu cette mâchoire inférieure et les deux vertèbres qui s'y appuient ? La pointe de la mâchoire désigne la direction à prendre, et le Camp se trouve à deux jours d'ici.

— Ils doivent avoir besoin d'aide, Talut ! Est-ce dans ce but qu'ils ont placé ici ce signe ?

Talut montra à la jeune femme un morceau d'écorce de bouleau noircie par le feu, retenue par l'extrémité brisée de la défense gauche.

— Tu vois ça ?

— Oui. L'écorce est brûlée, comme si elle avait été dans un incendie.

— Ça veut dire « maladie », « maladie mortelle ». Quelqu'un est mort. Les gens ont peur de cette sorte de maladie, et cet endroit est un lieu où l'on s'arrête souvent. Ce signe n'a pas été placé ici pour demander de l'aide mais pour avertir les voyageurs de se tenir à l'écart.

— Oh, Talut ! Il faut que j'y aille. Pour vous autres, ce n'est pas nécessaire, mais moi, je dois y aller. Je peux partir tout de suite, sur Whinney.

— Et que leur diras-tu, en arrivant là-bas ? demanda Talut. Non, Ayla. Ils ne te permettront pas de leur venir en aide. Personne ne te connaît. Ce ne sont même pas des Mamutoï, ce sont des Sungaea. Nous en avons parlé. Nous savions que tu voudrais te rendre chez eux. Nous avons pris cette route et nous t'accompagnerons. Grâce aux chevaux, je pense, nous pourrons faire le chemin en un seul jour au lieu de deux.

Le soleil frôlait la limite de la terre quand les voyageurs du Camp du Lion approchèrent d'un grand campement situé sur une large terrasse naturelle, à une dizaine de mètres au-dessus d'une large et rapide rivière. Ils s'arrêtèrent en voyant qu'on les avait remarqués : quelques personnes les dévisagèrent avec stupeur, avant de courir vers l'une des habitations. Un homme et une femme en émergèrent. Leurs visages étaient couverts d'une pommade à l'ocre rouge, leurs cheveux blanchis de cendres.

Il est trop tard, se dit Talut. En compagnie de Tulie, il se remit en marche vers le Camp sungaea, suivi de Nezzie et d'Ayla qui menait Whinney, avec Mamut sur son dos. Visiblement, leur arrivée avait interrompu une cérémonie importante. Ils étaient encore à quelques mètres de l'entrée du camp lorsque l'homme au visage teint en rouge leva le bras, la main tournée vers les arrivants. Il leur faisait manifestement signe de s'arrêter. Il s'adressa à Talut dans un langage inconnu d'Ayla mais qui avait pourtant quelque chose de familier. Elle avait l'impression qu'elle aurait dû le comprendre : peut-être avait-il une ressemblance avec la langue des Mamutoï. Talut répondit dans son propre langage. L'homme, alors, reprit la parole.

— Pourquoi le Camp du Lion des Mamutoï se présente-t-il chez nous en un tel temps ? demanda-t-il, en mamutoï, cette fois. Il y a dans ce Camp la maladie et une grande tristesse. N'as-tu pas vu les signes ?

— Si, dit Talut, nous les avons vus. Nous avons parmi nous une femme qui est fille du Foyer du Mammouth, une Femme Qui Guérit de grande expérience. Ludeg, le courrier, qui est passé par ici il y a quelques jours nous a parlé de vos épreuves. Nous nous apprêtions à partir pour notre Réunion d'Eté, mais Ayla, notre Femme Qui Guérit, a tenu à passer d'abord par ici pour vous offrir ses talents. L'un de nous était parent de l'un d'entre vous. Nous sommes venus.

L'homme se tourna vers la femme qui se tenait près de lui. Elle était visiblement la proie d'un profond chagrin et elle dut faire effort pour se reprendre quelque peu.

— Il est trop tard, dit-elle. Ils sont morts.

Sa voix se perdit dans un gémissement, et elle reprit, dans un cri d'angoisse :

— Ils sont morts. Mes enfants, mes petits, ma vie. Ils sont morts.

Deux autres personnes, lui prenant chacune un bras, l'entraînèrent.

— Ma sœur vient de connaître une triste épreuve, reprit l'homme. Elle a perdu en même temps une fille et un fils. La fille était presque une femme, le garçon avait quelques années de moins... Nous sommes tous plongés dans la tristesse.

Talut secoua la tête en un geste de sympathie.

— C'est une bien grande épreuve, en vérité. Nous partageons votre chagrin et vous offrons toutes les consolations possibles. Si vos coutumes s'y prêtent, nous aimerions rester pour joindre nos larmes aux vôtres quand ils seront rendus au sein de la Mère.

— Nous apprécions ta bonté et nous ne l'oublierons jamais, mais il en est parmi nous qui sont encore malades. Il pourrait être dangereux pour vous de rester. Il est peut-être même dangereux pour vous d'être venus jusqu'ici.

— Talut, demande-leur si je peux voir ceux qui sont encore malades. Peut-être pourrai-je les aider, dit doucement Ayla.

— Oui, Talut. Demande si Ayla peut examiner les malades, appuya Mamut. Elle pourra nous dire si nous pouvons rester ici sans danger.

L'homme au visage couvert de rouge dévisagea longuement le vieil homme assis sur le cheval. La vue des chevaux l'avait stupéfait mais il ne voulait pas paraître trop impressionné, et il était si assommé de chagrin qu'il avait oublié sa curiosité, le temps de servir de porte-parole à sa sœur et à son Camp. Mais, à la voix de Mamut, il reprit soudain pleine conscience de l'étrange spectacle : un homme assis sur le dos d'un cheval.

— Comment se fait-il que cet homme soit monté sur le dos d'un cheval ? se décida-t-il à demander brutalement. Pourquoi le cheval le supporte-t-il ? Et cet autre, là-bas ?

— C'est une longue histoire, répondit Talut. L'homme est notre Mamut, et les chevaux obéissent à notre Femme Qui Guérit. Quand nous en aurons le temps, nous serons heureux de tout vous raconter, mais, avant tout, Ayla voudrait examiner vos malades. Peut-être sera-t-elle en mesure de les secourir. Elle nous dira si les mauvais esprits s'attardent encore parmi vous, et si elle peut les maîtriser, les rendre inoffensifs, ce qui nous permettrait de rester.

— Tu dis qu'elle est habile. Je dois te croire. Si elle peut commander à l'esprit du cheval, elle doit posséder une puissante magie. Laisse-moi aller parler aux autres.

— Il y a un autre animal dont tu dois connaître la présence, dit Talut, qui se tourna vers la jeune femme :

— Appelle-le, Ayla.

Elle siffla. Sans laisser à Rydag le temps de le lâcher, Loup s'était déjà libéré de force. L'homme sungaea et quelques autres spectateurs, abasourdis, virent le jeune loup arriver vers eux à toute vitesse, mais ils furent encore plus surpris quand l'animal s'arrêta aux pieds d'Ayla et leva vers elle un regard qui la questionnait. A son signal, il s'allongea sur le sol, mais son regard attentif, fixé sur les étrangers, mettait ceux-ci mal à l'aise.

Tulie n'avait cessé d'observer avec soin les réactions des Sungaea et elle eut tôt fait de constater que les animaux apprivoisés avaient fait sur eux grande impression. Ils avaient grandi le prestige de ceux qui les accompagnaient et du Camp du Lion dans son ensemble. Par le simple fait d'être assis sur un cheval, Mamut avait gagné en ascendant. On le considérait d'un œil circonspect, et ses paroles avaient porté avec une grande autorité, mais la réaction envers Ayla était plus significative encore : on la regardait avec une sorte de respect craintif, presque révérencieux.

Celle Qui Ordonne se rendit compte qu'elle-même s'était accoutumée à la présence des chevaux mais elle se rappelait encore son appréhension, la première fois qu'elle avait vu Ayla avec eux. Il ne lui était pas difficile de se mettre à la place de ces gens. Elle était présente quand Ayla avait mené au Camp du Lion le minuscule louveteau et elle l'avait vu grandir, mais, en le regardant avec des yeux étrangers, elle comprenait que personne ne pourrait le considérer comme un jeune animal joueur. Son apparence était celle d'un loup en pleine force, et le cheval était une jument adulte. Si Ayla était capable de plier à sa volonté des chevaux fougueux, de maîtriser l'esprit de loups indépendants, quelles autres forces ne pouvait-elle dominer ? Surtout quand on l'annonçait comme la fille du Foyer du Mammouth et comme une Femme Qui Guérit.

Tulie se demandait comment ils seraient reçus à la Réunion d'Eté mais elle ne fut pas surprise le moins du monde quand Ayla fut invitée à examiner les membres du Camp qui étaient malades. Les Mamutoï s'installèrent pour attendre. Ayla, à son retour, rejoignit Mamut, Talut et Tulie.

— Je crois qu'ils sont atteints de ce que Nezzie appelle le mal du printemps : fièvre, oppression de la poitrine, respiration difficile. Mais le mal les a saisis tard dans la saison et avec une grande violence, expliqua-t-elle. Deux personnes âgées étaient mortes plus tôt, mais c'est toujours très triste quand des enfants meurent. Je ne comprends pas bien leur cas. Les jeunes ont généralement assez de force pour résister à cette sorte de maladie. Tous les autres, semble-t-il, ont franchi la période la plus dangereuse. Certains toussent encore beaucoup, et je vais pouvoir les soulager un peu, mais plus personne, apparemment, n'est gravement malade. J'aimerais préparer un breuvage pour venir en aide à la mère. Elle est très atteinte. Sans en être tout à fait sûre, je ne pense pas que nous courons un danger en attendant la sépulture. Mais, à mon avis, nous ne devrions pas séjourner dans leurs habitations.

— J'étais prête à proposer de dresser les tentes, si nous décidions de rester, déclara Tulie. Le moment est trop difficile pour eux pour, au surplus, les encombrer d'étrangers. Et ce ne sont pas même des Mamutoï. Les Sungaea sont... différents.

Ayla fut réveillée, le lendemain matin, par un bruit de voix, pas bien loin de la tente. Elle se leva vivement, s'habilla, regarda au-dehors. Plusieurs personnes creusaient une tranchée longue et étroite. Tronie et Fralie, assises auprès d'un feu, donnaient le sein à leurs petits. Ayla leur sourit, alla les rejoindre. L'odeur d'une infusion de sauge montait d'une corbeille à cuire. Elle en remplit une coupe, s'assit après des deux femmes pour savourer le breuvage brûlant.

— Vont-ils les ensevelir aujourd'hui ? demanda Fralie.

— Oui, je pense. A mon avis, Talut n'a pas voulu leur poser directement la question, mais j'ai eu cette impression. Je ne comprends pas leur langage, même si j'en saisis un mot de temps en temps.

— Ils doivent être en train de creuser la tombe. Je me demande pourquoi ils la font si longue, dit Tronie.

— Je n'en sais rien mais je suis contente que nous partions bientôt. Nous avons eu raison de rester, je le sais bien, mais je n'aime pas les ensevelissements, déclara Fralie.

— Personne n'aime ça, dit Ayla. Si seulement nous étions arrivés quelques jours plus tôt.

— Même ainsi, tu ne peux pas savoir si tu aurais été capable de faire quelque chose pour ces deux enfants, remarqua Fralie.

— J'ai tellement pitié de la mère, commenta Tronie. Perdre un enfant est déjà cruel, mais deux à la fois... Je ne sais pas si je pourrais le supporter.

Elle serrait Hartal contre son sein, mais le petit se mit à gigoter pour se dégager.

— Oui, il est bien cruel de perdre un enfant, dit Ayla.

Il y avait dans sa voix un tel désespoir que Fralie leva vers elle un regard interrogateur.

Ayla posa sa coupe, se leva.

— J'ai vu qu'il poussait de l'armoise, tout près d'ici. La racine donne un remède très puissant. Je ne m'en sers pas souvent mais je veux préparer quelque chose qui calme et détende la mère, elle en a bien besoin.

Durant la journée, le Camp du Lion observa ou participa d'un peu loin aux différentes activités et cérémonies. Mais, vers le soir, l'atmosphère changea, se chargea d'une intensité qui gagna jusqu'aux visiteurs. Les émotions poussées à leur paroxysme arrachèrent aux Mamutoï des cris de tristesse et de douleur sincères quand les deux enfants, allongés sur des sortes de brancards, furent sortis d'une habitation et présentés à chaque assistant pour un dernier adieu. Les enfants avaient été revêtus de leurs plus beaux atours, élégamment décorés, comme s'ils étaient habillés en vue d'une importante cérémonie. Ayla ne put s'empêcher d'être impressionnée et intriguée. Des morceaux de fourrure et de cuir, à l'état naturel ou teints de couleurs variées, avaient été soigneusement assemblés en motifs géométriques compliqués, pour faire des tuniques et de longues jambières, rehaussées par des morceaux unis entièrement recouverts de milliers de petites perles d'ivoire. Une pensée fugitive se présenta à Ayla. Tout ce travail avait-il été effectué à l'aide seulement d'un poinçon aigu ? La mince tige d'ivoire percée d'un trou à une extrémité aurait pu rendre service.

Elle remarqua aussi les bandeaux et les ceintures et, sur les épaules de la petite fille, une cape ornée de dessins extraordinaires : ils avaient été, semblait-il, réalisés à partir des fibres moelleuses laissées sur leur passage par les animaux à toison laineuse. Elle aurait aimé palper ces dessins, les examiner de plus près, mais une telle manifestation de curiosité eût été inconvenante. Ranec, près d'elle, remarqua ce travail exceptionnel, fit quelques commentaires sur la complexité des motifs en spirales. Ayla espérait bien en apprendre davantage, avant le départ, peut-être en échange d'une de ses pointes percées d'un trou.

Les deux enfants portaient aussi des bijoux faits de coquillages, de crocs d'animaux, d'os. Le garçon avait même une curieuse pierre de grosse taille qui avait été percée pour former un pendentif. Au contraire des adultes, dont les chevelures étaient en désordre et couvertes de cendres, les enfants étaient soigneusement coiffés : les cheveux du garçon étaient tressés en nattes, ceux de la fille ramassés en chignon de chaque côté de la tête.

Ayla ne parvenait pas à chasser l'impression qu'ils étaient simplement endormis, qu'ils allaient se réveiller d'un instant à l'autre. Ils paraissaient trop jeunes, trop sains, avec leurs visages aux joues rondes, vierges de toute ride, pour être partis, pour être passés dans le royaume des esprits. Secouée d'un frisson, elle porta involontairement les yeux vers Rydag. Elle croisa le regard de Nezzie, se détourna.

Finalement, on apporta les corps des enfants près de la longue et étroite tranchée. On les y descendit, en les plaçant tête contre tête. Une femme, vêtue d'une longue tunique, la tête couverte d'une coiffure particulière, se leva pour entamer une mélopée plaintive, aiguë, qui fit frissonner tous les assistants. A son cou pendaient des colliers et des pendentifs nombreux qui s'entrechoquaient et cliquetaient à chacun de ses mouvements, et, aux bras, des bracelets d'ivoire, larges d'un centimètre. Ils ressemblaient, se dit Ayla, à ceux que portaient certains Mamutoï.

Un battement de tambour, grave, retentissant, se fit entendre : c'était le son familier d'un tambour fait d'un crâne de mammouth. La femme qui chantait de sa voix aiguë commença de se balancer, de se tordre. Elle se dressait sur la pointe des orteils, levait un pied puis l'autre, se tournait dans différentes directions, tout en demeurant à la même place. Elle agitait les bras en cadence, avec une grande énergie, et ses bracelets se heurtaient avec bruit. Ayla avait rencontré cette femme. Elles n'avaient pas pu converser, mais Ayla se sentait attirée vers elle. Ce n'était pas, comme elle, lui avait expliqué Mamut, une guérisseuse, mais une femme capable d'entrer en communication avec le monde des esprits. Elle correspondait, pour les Sungaea, à Mamut... ou à Creb, se dit Ayla, non sans stupeur. Il lui était encore difficile d'imaginer une femme mog-ur.

L'homme et la femme au visage teinté de rouge dispersèrent sur les enfants de la poudre d'ocre, qui rappela à Ayla l'onguent à l'ocre rouge dont Creb avait peint le corps d'Iza. On plaça encore dans la tombe plusieurs autres objets : des segments de défenses de mammouth, qu'on avait redressés, des javelots, des couteaux et des poignards en silex, les figurines d'un mammouth, d'un bison, d'un cheval — moins habilement sculptées que celles de Ranec, pensa Ayla. Elle fut surprise de voir poser au côté de chaque enfant un long bâton d'ivoire, orné d'une sculpture en forme de roue, aux rayons de laquelle on avait attaché des plumes et d'autres ornements. Quand les Sungaea se joignirent à la mélopée plaintive de la chanteuse, Ayla se pencha vers Mamut pour lui demander à voix basse :

— Ces bâtons d'ivoire ressemblent à celui de Talut. Ce sont aussi des Bâtons Qui Parlent ?

— Oui, en effet. Les Sungaea sont plus proches des Mamutoï que certaines personnes ne veulent l'admettre, répondit le chaman. Il y a certaines différences, mais cette cérémonie d'ensevelissement ressemble beaucoup à la nôtre.

— Pourquoi tiennent-ils à placer des Bâtons Qui Parlent dans une tombe qui contient des enfants ?

— On les munit de ce qui leur sera nécessaire lorsqu'ils se réveilleront dans le monde des esprits. Fils et fille de la Femme Qui Ordonne, ce frère et cette sœur étaient destinés à devenir chefs à leur tour, sinon dans ce monde, alors dans l'autre. Il est indispensable de donner des preuves de leur rang, afin qu'ils ne perdent pas leur prestige de l'autre côté.

Ayla, durant un moment, suivit le déroulement de la cérémonie, avant de s'adresser de nouveau à Mamut.

— Pourquoi les ensevelit-on ainsi, tête contre tête ?

— Ils sont frère et sœur, répondit le vieil homme, comme si c'était là une explication suffisante.

Mais il vit l'expression perplexe de la jeune femme et continua :

— Le Voyage jusqu'au monde des esprits peut être long, difficile et chaotique, surtout pour des êtres aussi jeunes. Ils doivent être en mesure de communiquer l'un avec l'autre, afin de se réconforter, de s'aider, mais c'est une abomination au regard de la Mère qu'un frère et une sœur partagent les Plaisirs. S'ils se réveillaient côte à côte, ils pourraient oublier qu'ils sont frère et sœur et s'accoupler par erreur, dans l'idée qu'ils dormaient ensemble parce qu'ils étaient destinés à être unis. Tête contre tête, ils peuvent s'encourager durant le Voyage, sans toutefois se tromper sur leurs liens à leur arrivée de l'autre côté.

Ayla hocha la tête. L'explication lui paraissait logique. Elle n'en regrettait pas moins, en regardant la terre s'accumuler dans la tombe, de n'être pas parvenue en ce lieu quelques jours plus tôt. Peut-être n'aurait-elle pas réussi à sauver ces enfants mais du moins aurait-elle pu essayer.

Talut s'arrêta au bord d'un petit cours d'eau. Il regarda vers l'amont, puis vers l'aval, consulta la plaque d'ivoire marquée de signes qu'il tenait à la main. Il vérifia la position du soleil, étudia, au nord, quelques formations nuageuses, renifla le vent. Finalement, il examina ce qui l'entourait.

— Nous allons dresser le camp ici, pour la nuit, déclara-t-il.

Il se débarrassa de son sac et de sa hotte, s'approcha de sa sœur qui était en train de décider de l'endroit où l'on placerait la tente principale, afin que les autres, contiguës, restent sur un terrain plat.

— Tulie, si nous nous arrêtions pour faire un peu de troc, qu'en dirais-tu ? Je regardais ces cartes que Ludeg a dressées. Je n'y avais pas prêté attention tout de suite, mais regarde.

Il lui montra deux plaques d'ivoire gravées de signes.

— Cette carte indique la route jusqu'au Camp du Loup, le nouveau site choisi pour la Réunion d'Eté, et celle-ci, c'est celle qu'il a tracée rapidement pour nous montrer le chemin jusqu'au Camp sungaea. D'ici, le détour ne serait pas bien grand pour passer par le Camp du Mammouth.

— Tu veux dire le Camp du Bœuf Musqué, fit Tulie, avec un agacement dédaigneux. Ils ont montré bien de la présomption en changeant le nom de leur Camp. Tout le monde possède un Foyer du Mammouth, mais personne ne doit donner à un Camp le nom du mammouth. Ne sommes-nous pas tous des Chasseurs de Mammouths ?

— Mais les Camps portent toujours le nom du foyer du chef, et leur nouveau chef est en même temps leur mamut. D'ailleurs, ce n'est pas une raison pour ne pas faire du négoce avec eux... s'ils ne sont pas partis pour l'été. Ils sont apparentés au Camp de l'Ambre, tu le sais, et ils ont toujours de l'ambre à proposer.

Talut connaissait bien la faiblesse de sa sœur pour les tons chauds et dorés de la résine pétrifiée.

— Et Wymez prétend que, par ailleurs, ils ont accès à un bon gisement de silex. Nous apportons une grande quantité de peaux de rennes, sans parler de quelques autres belles fourrures.

— Je ne comprends pas comment un homme peut fonder un foyer quand il n'a même pas de femme avec lui, mais j'ai dit simplement qu'ils se montraient présomptueux. Ça ne nous empêche pas de faire du commerce avec eux. Mais oui, Talut, il faut nous arrêter chez eux.

Le visage de la Femme Qui Ordonne s'éclaira d'un sourire énigmatique.

— Oui, certainement. Je pense qu'il serait intéressant, pour le Camp du Mammouth, de faire la connaissance de notre Foyer du Mammouth.

— Très bien. Nous aurons intérêt à partir de bonne heure, demain matin, dit Talut.

Mais il considérait Tulie d'un air intrigué, en secouant la tête. A quoi pouvait bien penser sa sœur, avec son intelligence et son astuce ? se demandait-il.

Le Camp du Lion parvint à une large rivière sinueuse qui s'était creusé un lit entre deux rives abruptes de lœss. Talut s'avança jusqu'à un promontoire entre deux ravins et examina avec attention les alentours. Dans la plaine inondable, au-dessous de lui, il vit des cerfs et des aurochs qui, au bord de l'eau, paissaient dans une prairie verdoyante, parsemée de petits arbres. A quelque distance, il remarqua un amoncellement considérable d'ossements, entassés contre une berge haute, à l'endroit où la rivière faisait un coude. De minuscules silhouettes s'y démenaient, et il en vit plusieurs emporter de gros os.

— Ils sont encore là, annonça-t-il. Ils doivent être en train de construire.

Les voyageurs descendirent une pente qui menait au Camp, situé sur une large terrasse qui ne dominait pas de plus de cinq mètres le lit de la rivière. Si Ayla avait été surprise en découvrant le Camp du Lion, elle fut stupéfaite à la vue du Camp du Mammouth. Au lieu d'une seule vaste habitation semi-souterraine et couverte d'herbe, à laquelle la jeune femme avait trouvé une ressemblance avec une caverne ou avec un terrier à l'échelle humaine, ce Camp était composé de plusieurs huttes groupées sur la terrasse. Elles étaient massives et solides, elles aussi, sous une épaisse couche de terre recouverte d'argile, et l'herbe poussait par endroits autour d'elles, mais pas sur les toits. Elles évoquaient pour Ayla d'énormes buttes chauves au-dessus de terriers de marmottes.

En approchant, elle comprit pourquoi les couvertures des huttes étaient nues. Comme chez eux, le Camp du Mammouth utilisait les toits de ses huttes comme postes d'observation. Une foule de spectateurs s'étaient regroupés sur deux d'entre elles, et, bien que l'arrivée du Camp du Lion ait capté leur attention, ce n'était pas cela qui les avait d'abord regroupés sur les toits. Quand le Camp du Lion eut contourné une hutte qui bloquait la vue, Ayla découvrit avec stupéfaction l'objet de leur intérêt.

Talut ne s'était pas trompé. Ils construisaient. Elle avait surpris les remarques de Tulie à propos du nom que ces gens s'étaient choisi, mais, au vu de la demeure qu'ils édifiaient, ce nom lui paraissait tout à fait approprié. Peut-être, une fois fini, cet édifice ressemblerait-il à tous les autres, mais la manière dont ces gens utilisaient les os de mammouth en guise de structure semblait s'approprier une qualité particulière de l'animal. Certes, les gens du Camp du Lion se servaient d'os de mammouth pour soutenir leur habitation, ils avaient choisi certains d'entre eux, les avaient parés à la forme voulue, mais ceux qui étaient utilisés ici n'étaient pas seulement des supports. Ils étaient choisis et disposés de telle manière que la structure tout entière parvenait à traduire l'essence même du mammouth de façon à exprimer les croyances des Mamutoï.

Pour ce faire, ils apportaient d'abord en nombre considérable des éléments semblables des squelettes de mammouths, qu'ils trouvaient dans l'amoncellement d'ossements, au-dessous de leur terrasse. Ils commençaient par former un cercle d'environ six mètres de diamètre, avec des crânes placés de manière à présenter à l'intérieur la surface massive des fronts. L'ouverture était constituée par l'arche familière, constituée de deux immenses défenses recourbées, fixées de chaque côté dans la cavité d'un crâne de mammouth et jointes au sommet. Sur le pourtour du cercle et jusqu'à mi-hauteur, ils élevaient un mur fait d'une centaine de mâchoires en forme de V, empilées, la pointe en bas, sur quatre rangées d'épaisseur.

L'effet d'ensemble de ces piles de V, placées côte à côte, était peut-être le concept le plus significatif de la construction. Elles créaient un motif en zigzag, semblable au dessin utilisé sur les cartes pour représenter l'eau. Mieux encore, Ayla l'avait appris de Mamut, ce dessin en zigzag représentait aussi le symbole le plus profond de la Grande Mère, Créatrice de toute vie. Il évoquait le triangle, pointe en bas, de son sexe, l'expression extérieure de sa matrice. Ainsi multiplié de nombreuses fois, le symbole représentait toute vie, non seulement l'eau, mais aussi le liquide amniotique de la Mère, qui avait inondé la terre et rempli les mers et les rivières lorsqu'Elle avait donné naissance à toute vie. Aucun doute : cet édifice abriterait le Foyer du Mammouth.

Le mur extérieur n'était pas achevé, mais on travaillait déjà au reste de la hutte : on insérait des os du bassin et des vertèbres, en les assemblant étroitement, selon un motif symétriquement et rythmiquement répété. A l'intérieur, une charpente de bois consolidait la structure, et, apparemment, le toit serait fait de défenses de mammouth.

— Voilà l'ouvrage d'un véritable artiste ! dit Ranec, qui s'était approché pour mieux admirer le travail.

Ayla avait prévu son approbation. A quelque distance, elle vit Jondalar, qui tenait la longe de Rapide. Lui aussi appréciait et admirait l'artiste inspiré qui avait conçu cette architecture. Pour tout dire, le Camp du Lion tout entier avait perdu l'usage de la parole. Mais, comme l'avait pensé Tulie, le Camp du Mammouth n'était pas moins stupéfait devant ses visiteurs — ou plutôt par les animaux apprivoisés qui voyageaient avec eux.

Après un moment de stupeur réciproque, un homme et une femme, l'un et l'autre un peu plus jeunes que les chefs du Camp du Lion, s'avancèrent pour accueillir Tulie et Talut. L'homme avait été occupé à traîner sur la pente de pesants ossements de mammouth : il était nu jusqu'à la taille, luisant de sueur. Son visage était couvert de tatouages, et Ayla dut se reprendre en main pour ne pas le dévisager avec trop d'insistance. Comme Mamut du Camp du Lion, il portait un motif en chevrons sur la joue gauche, mais il avait aussi un arrangement symétrique de zigzags, de triangles, de losanges et de spirales en deux couleurs, bleu et rouge.

Visiblement, la femme, elle aussi, avait participé au travail commun : elle avait le torse nu mais, au lieu de jambières, elle portait une jupe sans couture qui descendait juste au-dessous des genoux. Elle n'avait pas de tatouages, mais l'aile de son nez avait été percée, et un ornement fait d'un petit morceau d'ambre poli et sculpté était inséré dans le trou.

— Tulie, Talut, quelle surprise ! Nous ne vous attendions pas, mais, au nom de la Mère, vous êtes les bienvenus au Camp du Mammouth, dit la femme.

— Au nom de Mut, nous te remercions de ton accueil, Avarie, répondit Tulie. Nous n'avions pas l'intention d'arriver à un moment inopportun.

— Nous étions tout près, Vincavec, ajouta Talut, et nous ne pouvions passer sans nous arrêter.

— Le moment n'est jamais inopportun pour une visite du Camp du Lion, déclara l'homme. Mais d'où vient que vous vous soyez trouvés dans les parages ? Ce n'est pas votre route pour aller au Camp du Loup.

— Le courrier qui est venu nous dire que le lieu de la Réunion avait changé était passé par un Camp sungaea. Il nous a dit qu'ils avaient la maladie. Nous avons parmi nous un nouveau membre, une Femme Qui Guérit, Ayla du Foyer du Mammouth, expliqua Talut.

Il fit signe à la jeune femme d'approcher.

— Elle tenait à voir si elle pouvait les aider. Nous en arrivons à présent.

— Oui, je connais ce Camp sungaea, dit Vincavec.

Il se tourna vers Ayla. L'espace d'un instant, elle sentit son regard peser sur elle. Elle eut une brève hésitation : elle n'était pas encore tout à fait accoutumée à soutenir le regard direct d'un inconnu. Mais elle sentit que ce n'était pas le moment de manifester la timidité, la pudeur d'une femme du Clan et elle rendit à Vincavec son regard intense. Il se mit brusquement à rire. Ses yeux gris pâle eurent une lueur d'approbation, et il parut apprécier sa féminité. Elle remarqua alors combien il était séduisant : non qu'il fût particulièrement beau ou qu'il possédât des traits frappants, bien que les tatouages le distinguassent des autres, mais parce que, de toute sa personne, émanaient la force, la volonté et l'intelligence.

Il leva les yeux vers Mamut, à califourchon sur Whinney.

— Tu es donc toujours avec nous, vieil homme, dit-il, visiblement heureux.

Il ajouta avec un sourire entendu :

— Et jamais à court de surprises. Depuis quand invoques-tu les esprits pour attirer les animaux ? Deux chevaux et un loup qui voyagent avec le Camp du Lion ? C'est plus que le Don d'Invocation.

— Un autre nom pourrait convenir, Vincavec, mais ce don n'est pas le mien. Ces animaux obéissent à Ayla.

— Ayla ? Apparemment, le vieux Mamut s'est trouvé une fille digne de lui.

Avec un intérêt évident, Vincavec examina de nouveau la jeune femme. Il ne vit pas Ranec s'empourprer de colère, mais Jondalar, lui, se sentit pour la première fois étrangement proche du sculpteur.

— Ne restons pas debout ici à bavarder, dit Avarie. Nous en aurons tout le temps. Les voyageurs doivent être fatigués, affamés. Il faut me laisser vous préparer un repas et un endroit où vous reposer.

— Vous êtes en train de construire un nouveau foyer, Avarie. Inutile de te mettre en frais pour nous. Indique-nous seulement où dresser nos tentes, déclara Tulie. Un peu plus tard, nous serons heureux de partager un repas avec vous et, peut-être, de vous montrer quelques belles peaux de rennes et des fourrures que nous avons justement emportées.

Talut se débarrassait de sa hotte. Il lança, de sa voix sonore :

— J'ai une meilleure idée ! Si nous vous aidions ? Il faudra peut-être me dire où les poser, mais j'ai assez de force pour porter un os de mammouth ou deux.

— Oui, j'aimerais participer à vos travaux, déclara spontanément Jondalar.

Il fit avancer Rapide, aida Rydag à en descendre.

— Vous élevez là une hutte pas comme les autres, ajouta-t-il. Je n'en ai jamais vu de pareille.

— Certainement. Nous acceptons votre aide avec plaisir. Certains, parmi nous, sont pressés de partir pour la Réunion, mais auparavant, nous devons achever la hutte : il faut tout un été pour la consolider. Le Camp du Lion est très généreux, dit Vincavec.

Il se demandait en même temps combien de morceaux d'ambre allait lui coûter cette générosité, quand viendrait le moment des échanges. Mais il décida qu'achever sa hutte et apaiser quelques mécontents en valaient la peine.

Vincavec n'avait pas remarqué dès le début le grand homme blond, au milieu des arrivants. Il le regarda par deux fois, puis Ayla qui dételait Whinney de son travois. C'était un étranger, comme Ayla, et, comme elle, il semblait à l'aise avec les chevaux. Mais, par ailleurs, le petit Tête Plate paraissait dans les meilleurs termes avec le loup, et il n'était plus un inconnu. Cela devait avoir un rapport avec cette femme. Le mamut et chef du Camp du Mammouth reporta son attention sur Ayla. Il s'aperçut que le sculpteur à la peau sombre ne la quittait guère. Ranec, pensa-t-il, avait toujours su reconnaître la beauté, l'exceptionnel. Son attitude avait quelque chose de possessif. Mais l'étranger, qui était-il ? N'était-il pas lié à la femme ? Vincavec lança un coup d'œil vers Jondalar, vit qu'il surveillait Ayla et Ranec.

Il se passe quelque chose entre ces trois-là, se dit

Vincavec. Il sourit. Si les deux hommes témoignaient d'un tel intérêt, il était probable que la femme n'était encore unie officiellement à aucun des deux. Une fois encore, il la détailla. Elle était d'une beauté saisissante, et c'était une fille du Foyer du Mammouth, une Femme Qui Guérit, selon ses compagnons. Elle avait certainement un pouvoir unique sur les animaux. Une femme de grand prestige, sans doute, mais d'où venait-elle ? Et pourquoi était-ce toujours le Camp du Lion qui se présentait avec quelqu'un sortant de l'ordinaire ?

Les deux Femmes Qui Ordonnent se tenaient dans une hutte de terre récemment construite mais encore vide. L'extérieur était couvert, mais, à l'intérieur, le motif en chevrons ressortait subtilement.

— Es-tu sûre de ne pas vouloir voyager avec nous, Avarie ? demanda Tulie, dont le cou était orné d'un nouveau collier de grosses perles d'ambre. Nous attendrions volontiers quelques jours de plus, jusqu'à ce que vous soyez prêts.

— Non, partez devant. Tout le monde, je le sais, a grande hâte d'arriver à la Réunion, et vous en avez déjà fait beaucoup trop pour nous. La hutte est presque terminée. Sans vous, nous n'en serions pas là.

— Nous l'avons fait avec plaisir. La nouvelle hutte, je dois l'avouer, est tout à fait impressionnante. Elle fait honneur à la Mère. Ton frère est vraiment un homme remarquable. La présence de la Mère est presque palpable, en ce lieu.

Elle était sincère. Avarie ne s'y trompa pas.

— Merci, Tulie. Nous n'oublierons pas votre aide. Voilà pourquoi nous ne voulons pas vous retenir plus longtemps. Vous vous êtes déjà mis en retard pour nous. Les meilleures places vont être prises.

— Il ne nous faudra plus bien longtemps pour arriver là-bas. Notre chargement s'est considérablement allégé. Le Camp du Mammouth est dur en affaires.

Les yeux d'Avarie effleurèrent le collier de l'autre Femme Qui Ordonne.

— Bien moins que le Camp du Lion, dit-elle.

Tulie en tombait d'accord. A son avis, le Camp du

Lion avait eu l'avantage dans les transactions, mais il aurait été malséant de l'admettre. Elle changea de sujet.

— Eh bien, nous vous attendrons là-bas avec impatience. Si nous le pouvons, nous essaierons de vous retenir une place.

— Nous vous en serions reconnaissants, mais nous serons les derniers arrivés, je le crains. Nous devrons accepter ce qui restera. Mais nous vous retrouverons.

Les deux femmes sortirent.

— Nous partirons donc demain matin, déclara Tulie.

Elles s'étreignirent, se donnèrent l'accolade. La Femme Qui Ordonne du Camp du Lion prit la direction des tentes.

— Oh, Tulie, si je ne revois pas Ayla avant votre départ, redis-lui encore nos remerciements pour la pierre à feu, dit Avarie.

Elle ajouta, d'un ton apparemment négligent :

— Avez-vous déjà fixé pour elle un Prix de la Femme ?

— Nous y songeons, mais elle a tant à offrir que c'est difficile.

Tulie fit quelques pas, se retourna, sourit.

— Elle et Deegie se sont liées d'une telle amitié qu'elle est pour moi presque comme une fille.

En reprenant son chemin, elle avait peine à masquer une expression triomphante. Elle pensait bien avoir remarqué que Vincavec prêtait une attention particulière à Ayla. La question d'Avarie, elle le savait, n'avait rien de fortuit. C'était lui qui l'avait inspirée à sa sœur. Ce ne serait pas une mauvaise Union, se disait Tulie, et nouer des liens avec le Camp du Mammouth présentait des avantages. Certes, Ranec possédait un droit de priorité : après tout, ils avaient prononcé la Promesse. Mais, si un homme comme Vincavec faisait une offre, il ne serait pas mauvais de l'examiner. La valeur d'Ayla s'en trouverait pour le moins accrue. Oui, Talut avait eu une bonne idée en proposant de faire étape en ces lieux pour conclure quelques transactions.

Avarie la suivait des yeux. Ainsi, Tulie va se charger elle-même de négocier le Prix de la Femme, se disait-elle. Je le pensais bien. Peut-être devrions-nous, en route, nous arrêter au Camp de l'Ambre. Je sais où la Mère cache la pierre brute. Si Vincavec doit essayer d'obtenir Ayla, il lui faudra tout ce qu'il pourra amasser. Je n'ai jamais connu de femme plus dure en affaires que Tulie, pensait Avarie, avec une admiration accordée à contrecœur. Elle n'avait pas auparavant d'estime particulière pour la grande Femme Qui Ordonne du Camp du Lion, mais, ces derniers jours, les deux femmes avaient eu l'occasion de se mieux connaître, et Avarie en était venue à concevoir pour Tulie du respect et même de la sympathie. Tulie avait travaillé dur avec eux tous. Elle n'épargnait pas les louanges quand elles étaient méritées, et, si elle se montrait redoutable dans les transactions, eh bien, après tout c'était son rôle. Pour tout dire, pensait Avarie, si elle-même avait été jeune et prête à conclure une Union, elle n'aurait pas trouvé mauvais d'avoir quelqu'un comme Tulie pour négocier le Prix de la Femme.

En quittant le Camp du Mammouth, le Camp du Lion prit la direction du nord, en suivant la plupart du temps la rivière. Dans les parages des grandes voies d'eau qui sillonnaient le continent, le paysage changeait continuellement et montrait une grande variété de vie végétale. La marche des Mamutoï les faisait passer des ondulations rocheuses de la toundra et des plaines de lœss à des lacs de forêt peuplés de roseaux, des marécages grouillants de vie aux tertres balayés par le vent et aux prairies herbeuses émaillées de fleurs d'été. Les plantes de ces régions nordiques étaient souvent rabougries, mais leurs fleurs étaient fréquemment plus grandes, plus brillamment colorées que celles du Sud. Ayla en identifiait la plupart, sans toutefois en connaître toujours les noms. Quand elle se promenait à cheval ou à pied, il lui arrivait souvent d'en cueillir et de les rapporter à Mamut, à Nezzie, à Deegie ou à quelqu'un d'autre pour en apprendre les noms.

Plus ils se rapprochaient du lieu où allait se tenir la Réunion d'Eté, et plus Ayla trouvait de prétextes pour s'isoler du reste de la troupe. En été, elle avait besoin de solitude. D'aussi loin qu'elle pût s'en souvenir, il en avait toujours été ainsi. En hiver, elle acceptait de rester enfermée, dans les conditions qu'imposait le mauvais temps, que ce fût dans la caverne du clan de Brun, dans la sienne, dans sa vallée, ou dans la caverne des Mamutoï. Mais, en été, bien qu'elle n'aimât pas se trouver seule la nuit, elle avait souvent aimé s'écarter des autres durant la journée. C'était le moment où elle pouvait donner libre cours à ses propres pensées, suivre ses propres impulsions, enfin soulagée d'une trop grande surveillance imposée soit par la suspicion soit par l'amour.

Lorsqu'ils faisaient étape, le soir, elle pouvait assez facilement prétendre qu'elle voulait chasser, ou bien identifier certaines plantes, et elle faisait l'un et l'autre : elle prenait sa fronde et le lance-sagaie pour rapporter de la viande fraîche. Mais, en réalité, elle avait simplement envie d'être seule. Sans bien comprendre pourquoi, elle redoutait le moment où ils arriveraient à destination. Elle avait maintenant rencontré bien des gens et elle avait été accueillie par eux sans grandes difficultés : son appréhension ne venait donc pas de là, elle le savait. Mais, plus ils se rapprochaient du but, plus Ranec devenait expansif, et plus Jondalar paraissait morose. Quant à elle, elle souhaitait de plus en plus pouvoir éviter cette assemblée des Camps.

Le dernier soir du voyage, Ayla revint d'une longue promenade à pied avec un bouquet de fleurs. Elle remarqua qu'on avait aplani une petite surface près du feu. Jondalar y faisait des marques avec le couteau à dessiner. Tornec tenait un fragment de plaque d'ivoire. Il avait sorti un couteau acéré et il examinait les marques.

— La voici, dit Jondalar. Ayla, mieux que moi, pourra te renseigner. Je ne suis pas sûr que je serais capable de retrouver mon chemin jusqu'à la vallée depuis le Camp du Lion mais je suis certain que cela me serait impossible à partir d'ici. Nous avons fait trop de tours et de détours.

— Jondalar essayait de dresser une carte qui nous permettrait de retrouver la vallée où tu as découvert les pierres à feu, expliqua Talut.

— Depuis notre départ, je n'ai pas cessé de regarder autour de moi et je n'en ai pas vu une seule, ajouta Tornec. J'aimerais bien aller faire un tour là-bas un de ces jours pour en rapporter. Celles que nous avons ne dureront pas éternellement. La mienne est déjà profondément creusée.

— J'ai du mal à évaluer les distances, déclara Jondalar. Nous voyagions à cheval. Il est difficile de dire combien de jours prendrait la route, si on la faisait à pied. Et nous avons fait de nombreux crochets, nous nous arrêtions quand nous en avions envie et nous ne suivions pas de piste bien précise. A plusieurs reprises, j'en suis presque sûr, nous avons traversé la rivière qui passe dans votre vallée, plus au nord. Quand nous sommes retournés là-bas, c'était presque l'hiver, et beaucoup de points de repère s'étaient transformés.

Ayla posa ses fleurs pour s'emparer du couteau à dessiner. Elle cherchait comment s'y prendre pour dresser une carte de la vallée. Elle commença de tracer un trait, hésita.

— Ne cherche pas à la faire d'ici, fit Talut, d'un ton encourageant. Pense seulement à la façon d'y arriver à partir du Camp du Lion.

Une intense concentration plissa le front de la jeune femme.

— Je pourrais vous montrer le chemin à partir du Camp du Lion, je le sais, mais je ne comprends pas encore très bien les cartes. Je ne crois pas pouvoir en dessiner une.

— Bon, ne t'inquiète pas, dit Talut. Nous n'avons pas besoin de carte si tu peux nous montrer le chemin. Peut-être, après notre retour de la Réunion d'Eté, tenterons-nous de faire un tour là-bas.

Il pointa vers les fleurs son menton barbu de roux.

— Que nous as-tu rapporté, cette fois, Ayla ?

— C'est ce que je vous demande de me dire. Je connais ces fleurs mais j'ignore comment vous les appelez.

— Cette rouge-là est un géranium, déclara Talut. Et cette autre est un pavot.

— Encore des fleurs ? fit Deegie, qui arrivait.

— Oui. Talut m'a dit les noms de ces deux-là.

— Voyons un peu. Ça, c'est de la bruyère, et ça, des œillets sauvages.

Deegie s'assit près d'Ayla.

— Nous sommes presque arrivés. Demain dans la journée, a dit Talut. Je meurs d'impatience. Demain, je vais revoir Branag. Après ça, il ne s'écoulera pas beaucoup de temps jusqu'à notre Union. Je ne sais même pas si je vais pouvoir dormir cette nuit.

Ayla sourit à son amie. Il était difficile de ne pas partager un tel enthousiasme, mais, en même temps, la jeune femme était amenée à se rappeler qu'elle aussi serait bientôt unie. En entendant Jondalar parler de la vallée et du moyen d'y retourner, elle avait senti renaître le douloureux désir qu'elle avait de lui. Elle l'avait observé à la dérobée et elle avait la très nette impression qu'il en avait fait autant de son côté. Sans cesse, leurs regards se croisaient fugitivement, avant de se détourner.

— Oh, Ayla, il y a tant de gens que je veux te faire connaître et je suis si heureuse que nous devions être unies lors de la même cérémonie. C'est une chose que nous aurons toujours en commun.

Jondalar se leva.

— Il faut que j'aille... euh... dérouler mes fourrures de couchage, marmonna-t-il, avant de s'éloigner précipitamment.

Deegie vit Ayla le suivre du regard et fut presque certaine de voir des larmes retenues. Elle secoua la tête. Ayla n'avait vraiment rien d'une femme qui allait s'unir à l'homme qu'elle aimait et fonder avec lui un nouveau foyer. Elle ne montrait aucune joie, pas le moindre enthousiasme. Quelque chose lui manquait. Quelque chose qui s'appelait Jondalar.

31

Au matin, le Camp du Lion reprit sa route vers l'amont, sur le plateau, apercevant de temps à autre sur la gauche le flot tumultueux de la rivière troublée par les eaux de fonte des glaciers et charriant des nuages de vase. Parvenus à une fourche, là où deux grands cours d'eau se rejoignaient, ils suivirent le bras de gauche. Après avoir passé à gué deux affluents, presque tout leur chargement entassé dans un bateau emporté à cet effet, ils descendirent vers les plaines inondables et continuèrent à travers les bois et les prairies de la vallée.

Sans cesse, Talut examinait les creux et les ravins qui s'ouvraient dans la rive haute, de l'autre côté de la rivière. Il confrontait le véritable paysage aux symboles tracés sur l'ivoire, dont la signification demeurait encore assez brumeuse pour Ayla. Un peu plus loin, près d'un coude prononcé, se dressait le point le plus haut de la rive opposée : il s'élevait à quelque quatre-vingts mètres au-dessus de la rivière. Du côté des voyageurs, une large étendue d'herbe semée de bosquets se poursuivait sur plusieurs lieues. Ayla remarqua un cairn fait d'ossements, surmonté d'un crâne de loup. Des rochers étaient disposés à travers la rivière selon un aménagement bien précis, dans la direction que suivait Talut.

La rivière, à cet endroit, était large, sans grande profondeur et guéable de toute manière, mais quelqu'un avait rendu la traversée plus facile encore. On avait empilé de place en place des rochers, des graviers, quelques os, on avait aplati le sommet de ces monticules pour permettre de passer à sec.

Jondalar s'arrêta pour regarder de plus près ce dispositif.

— Quelle idée ingénieuse ! remarqua-t-il. On peut traverser la rivière sans même se mouiller les pieds !

— Les meilleurs endroits où construire des huttes se trouvent de l'autre côté : ces trous profonds protègent bien du vent. Mais les meilleurs terrains de chasse sont de ce côté-ci, expliqua Barzec. Ce passage est emporté par les inondations, mais le Camp du Loup en reconstruit un nouveau chaque année. Ils se sont donné du mal encore, cette année, on dirait, sans doute en l'honneur de leurs visiteurs.

Talut donna l'exemple. Whinney, remarqua Ayla, était extrêmement agitée. Elle mit cette agitation sur le compte de la peur devant ce passage coupé d'espaces liquides. Pourtant, la jument la suivit sans incident.

A plus de la moitié du chemin, le chef s'immobilisa.

— Ici, dit-il, la pêche est bonne. Le courant est rapide, il y a plus de profondeur. Les saumons viennent jusqu'ici. Les esturgeons aussi. Et d'autres poissons, les brochets, les truites, les silures.

Il adressait son discours à Ayla et à Jondalar, en particulier, mais aussi à ceux des jeunes qui n'étaient encore jamais venus en ce lieu. Le Camp du Lion dans son ensemble n'avait pas rendu visite au Camp du Loup depuis plusieurs années.

Sur l'autre rive, Talut les conduisit vers un large ravin qui s'ouvrait sur près de huit cents mètres de haut. Ayla perçut un bruit étrange : on aurait dit un fort bourdonnement ou bien un rugissement assourdi. Lentement, les voyageurs poursuivaient leur ascension. A quelque vingt mètres au-dessus du niveau de la rivière, ils parvinrent au bas du large ravin. Ayla porta son regard en avant, et le spectacle lui coupa le souffle. Protégées par les murailles abruptes, une demi-douzaine de huttes s'alignaient confortablement au fond de la très longue cavité. Mais ce n'était pas la vue des huttes rondes qui avait causé la stupeur de la jeune femme.

C'étaient les gens. De toute sa vie, Ayla n'en avait jamais vu un tel nombre. Plus de mille âmes, plus de trente Camps, s'étaient réunis pour la Réunion d'Eté des Mamutoï. En longueur comme en largeur, toute la surface était occupée par des tentes. Il y avait là pour le moins quatre ou cinq fois plus de personnes qu'il ne s'en était trouvé au Rassemblement du Clan. Et tous ces gens la regardaient.

Ou, plutôt, on regardait ses chevaux et Loup. Tout aussi épouvanté qu'elle, le jeune animal se serrait contre la jambe d'Ayla. Elle percevait l'affolement chez Whinney, et Rapide était sans doute dans le même état. La crainte qu'elle éprouvait pour eux l'aida à dominer sa propre terreur devant tant d'êtres humains. Elle leva les yeux, vit Jondalar : accroché à la longe, il luttait de toutes ses forces pour empêcher Rapide de se cabrer, tandis que Rydag, effrayé, se cramponnait à la crinière.

— Nezzie, va chercher Rydag ! cria-t-elle.

Nezzie avait déjà vu ce qui se passait, et l'injonction

d'Ayla était presque superflue. Ayla aida Mamut à mettre pied à terre, avant de passer un bras autour de l'encolure de la jument et de la conduire vers le jeune étalon pour aider à le calmer. Le loup la suivit.

— Je suis désolé, Ayla, dit Jondalar. J'aurais dû prévoir la réaction des chevaux devant tout ce monde.

— Tu savais qu'ils seraient aussi nombreux ?

— Je... je ne le savais pas, mais je pensais bien qu'il y en aurait à peu près autant qu'à une Réunion d'Eté des Zelandonii.

— Nous devrions, je crois, essayer de monter le Camp de la Massette un peu à l'écart, dit Tulie.

Elle élevait la voix pour se faire entendre de tous.

— Peut-être ici, près de la limite du campement. Nous serons un peu loin de tout, ajouta-t-elle en promenant son regard autour d'elle, mais un ruisseau traverse l'enceinte du Camp du Loup, cette année, et il fait un coude par ici.

La réaction de tout le peuple mamutoï était à la hauteur de ce qu'avait imaginé Tulie. On les avait vus traverser la rivière, et tous ceux qui se trouvaient là s'étaient assemblés pour l'arrivée du Camp du Lion. Mais elle n'avait pas prévu que les animaux pourraient être épouvantés par ce troupeau d'humanité.

— Si nous nous installions là-bas, près de la muraille ? proposa Barzec. Le terrain n'est pas très égal, mais nous pourrons le niveler.

— Ça me paraît parfait, déclara Talut. Y a-t-il des objections ?

Il s'adressait plus précisément à Ayla. Elle et Jondalar se contentèrent de conduire les animaux vers l'endroit indiqué, pour les calmer au plus vite. Le Camp du Lion entreprit de débarrasser l'emplacement choisi des rochers et des broussailles, avant de l'aplanir pour y dresser leur vaste tente commune à double paroi.

La vie sous une tente à deux couches de peaux était beaucoup plus confortable. La couche d'air isolante qui se formait entre elles aidait à conserver la chaleur de l'intérieur, et l'humidité qui se condensait à la fraîcheur du soir ruisselait le long de la paroi extérieure, dans ce vide, pour se perdre dans le sol. Les peaux intérieures, glissées sous celles que l'on étendait sur le sol, arrêtaient les courants d'air. La structure ne constituait pas, et de loin, un logement permanent comme l'habitation semi-souterraine du Camp du Lion mais elle était plus résistante que la tente à une seule paroi où les Mamutoï passaient les nuits en voyage. Cette résidence d'été, ils l'appelaient le Camp de la Massette, pour la différencier, où qu'elle se trouvât, du site où ils passaient l'hiver, ce qui ne les empêchait pas de continuer à se considérer comme les membres d'un groupe appelé le Camp du Lion.

La tente était divisée en quatre sections coniques qui ouvraient les unes sur les autres. Chacune avait son propre foyer et était soutenue par de jeunes arbres solides et flexibles qu'on aurait pu remplacer — et cela s'était fait — par des côtes de mammouth ou d'autres os longs. La partie centrale, la plus vaste, devait abriter le Foyer du Mammouth, le Foyer du Lion et le Foyer du Renard. La tente n'était certes pas aussi spacieuse que l'habitation semi-souterraine, mais on s'en servirait surtout pour dormir, et il était rare que tout le monde vînt y dormir en même temps. D'autres activités, personnelles, communes ou publiques, se dérouleraient dehors. Il fallait donc, quand on s'installait, définir les limites d'un territoire, autour de la tente. L'emplacement du Foyer de la Massette, la fosse à feu principale en plein air, avait une certaine importance.

Pendant que les arrivants s'activaient à dresser leur tente et à jalonner leur aire, les centaines de gens venus pour la Réunion commençaient à se remettre du choc initial qui les avait réduits au silence. Ils s'étaient mis à parler entre eux avec agitation. Ayla finit par découvrir la source de cet étrange grondement sourd. Elle se rappelait son arrivée au Camp du Lion et le bruit qui l'avait frappée quand tout le monde s'exprimait en même temps. C'était, là encore, le même bruit, largement multiplié. C'étaient les voix mêlées de la foule tout entière.

Rien d'étonnant si Whinney et Rapide étaient si nerveux, se dit la jeune femme. Ce bourdonnement continuel lui faisait le même effet. Elle n'y était pas habituée. Le Rassemblement du Clan n'était pas aussi fréquenté mais, de toute façon, il n'aurait jamais été aussi bruyant. Les gens du Clan utilisaient peu de mots pour communiquer, et, rassemblés, ils faisaient peu de bruit, mais ce peuple qui s'exprimait verbalement, sauf en de rares occasions, engendrait toujours la cacophonie à l'intérieur d'un campement.

Nombreux furent ceux qui accoururent pour saluer le Camp du Lion, pour offrir leurs services. Ils furent accueillis avec chaleur, mais, à plusieurs reprises, Talut et Tulie échangèrent des regards chargés de sens. Ils ne se rappelaient pas avoir jamais trouvé tant d'amis disposés à leur venir en aide. Avec l'assistance de Latie, de Jondalar, de Ranec et, pendant un moment, celle de Talut, Ayla édifia un abri pour les chevaux. Les deux jeunes hommes travaillaient ensemble mais se parlaient peu. La jeune femme refusait l'aide des curieux : les chevaux, expliquait-elle, étaient craintifs, et la présence d'inconnus les rendait nerveux. Elle prouvait ainsi qu'elle était la seule à exercer une autorité sur les animaux, ce qui avait pour unique résultat d'attirer la curiosité. Très vite, on ne parla plus que d'elle.

A l'extrémité la plus écartée du campement, légèrement en retrait derrière une courbe de la muraille du ravin qui s'ouvrait sur la vallée de la rivière, le petit groupe construisit une sorte de brise-vent. Ils utilisèrent la tente dont Ayla et Jondalar s'étaient servis quand ils voyageaient ensemble, en l'étayant avec de jeunes arbres et des branches solides. L'abri était à peu près dissimulé à la vue des gens qui campaient dans le ravin, mais, de cet endroit, on découvrait largement la rivière et les magnifiques prairies parsemées d'arbres.

Les arrivants étaient occupés à emménager et à aménager leurs emplacements pour dormir, quand une délégation du Camp du Loup accompagnée de quelques autres personnes se présenta pour les accueillir officiellement. Ils se trouvaient sur le territoire du Camp qui recevait, et, même si cela était tacite, c'était plus qu'un geste de simple courtoisie d'offrir à tous les visiteurs la libre disposition des terrains de pêche, de chasse et de cueillette qui appartenaient par droit d'hérédité au

Camp du Loup. Bien sûr, la Réunion d'Eté ne se prolongerait pas sur toute la saison, mais recevoir à la fois tant de gens représentait une lourde charge, et il était nécessaire de préciser si quelque territoire particulier devait être évité afin de ne pas abuser des ressources de la région.

Talut avait été très surpris à l'annonce du changement de lieu pour la Réunion d'Eté. D'ordinaire, les Mamutoï ne se rassemblaient pas dans un Camp. Ils choisissaient habituellement un emplacement situé sur la steppe ou dans la vallée d'une grande rivière, susceptible d'accueillir plus aisément de telles concentrations d'êtres humains.

— Au nom de la Grande Mère de toutes choses, le Camp du Lion est le bienvenu, annonça une maigre femme aux cheveux gris.

En la voyant, Tulie reçut un choc. Elle se rappelait une femme robuste, d'une grâce incomparable, qui avait assumé sans difficulté les responsabilités de sa position de Femme Qui Ordonne. En une seule année, elle avait vieilli de dix ans.

— Marlie, nous apprécions votre hospitalité. Au nom de Mut, nous vous en remercions.

Un homme étreignit les deux mains de Talut, en manière de salut.

— Toujours le même, je vois, fit-il.

Valez était plus jeune que sa sœur, mais, pour la première fois, Tulie remarqua, sur lui aussi, les signes de vieillissement. Du coup, elle prit soudain conscience de sa propre condition mortelle. Elle avait toujours cru Marlie et Valez proches de son âge.

Valez continuait :

— Mais voilà la plus grosse surprise, je crois. Quand Thoran est accouru en criant que des chevaux traversaient la rivière à gué avec vous, personne n'a pu s'empêcher d'aller voir. Et alors quelqu'un a découvert le loup...

— Nous n'allons pas vous demander de tout nous raconter dès maintenant, dit Marlie, même si, je le reconnais, je meurs de curiosité. Vous allez devoir répéter trop souvent votre récit. Nous attendrons donc la soirée : tout le monde en profitera.

— Marlie a raison, naturellement, déclara Valez, qui aurait pourtant préféré connaître l'histoire sur-le-champ.

Il remarqua aussi que sa sœur semblait particulièrement fatiguée. Elle allait vivre là sa dernière Réunion d'Eté, il le craignait. Voilà pourquoi il avait accepté d'accueillir ce rassemblement, quand le terrain initialement prévu avait été inondé par un changement dans le cours de la rivière. Marlie et lui allaient abandonner leur position de chefs cette même saison.

Marlie reprit la parole.

— Servez-vous de tout ce dont vous aurez besoin, je vous en prie. Etes-vous bien installés ? Je regrette que vous deviez loger dans ce coin isolé, mais vous êtes arrivés bien tard. Je n'étais même plus sûre que vous alliez venir.

— Nous avons fait un détour, reconnut Talut. Mais cet endroit nous convient parfaitement. Il est préférable pour les animaux qui ne sont pas habitués à voir tant de monde.

— J'aimerais bien savoir comment ils se sont habitués à la présence d'une seule personne ! claironna une voix.

Les yeux de Tulie s'illuminèrent à la vue du grand jeune homme qui s'approchait, mais Deegie fut la première à l'atteindre.

— Tarneg ! Tarneg ! s'écria-t-elle, en courant se jeter dans ses bras.

Les autres occupants du Foyer de l'Aurochs la suivirent de près. Tarneg étreignit sa mère, Barzec ensuite. Tous avaient les larmes aux yeux. Druwez, Brinan et Tusie réclamèrent ensuite son attention.

Il passa un bras autour des épaules de chacun des garçons, déclara qu'ils avaient bien grandi, avant de soulever Tusie de terre. Ils s'embrassèrent, le jeune homme chatouilla l'enfant qui éclata d'un rire ravi. Il la reposa sur le sol.

— Tarneg ! fit Talut de sa voix tonnante.

— Talut, vieil ours ! répliqua Tarneg, d'une voix tout aussi sonore.

Les deux hommes s'étreignirent. Il y avait entre eux

un grand air de famille : Tarneg, comme son oncle, possédait la stature et la vigueur d'un ours. Mais il tenait de sa mère un teint et des cheveux moins hauts en couleur. Il se pencha vers Nezzie pour frotter sa joue contre la sienne. Après quoi, avec un sourire espiègle, il entoura de ses bras ses formes rebondies, la souleva du sol.

— Tarneg ! protesta-t-elle. Que fais-tu là ? Lâche-moi !

Il la reposa doucement, lui adressa un clin d'œil.

— Je sais maintenant que je te vaux, Talut ! lança-t-il dans un éclat de rire. Sais-tu depuis combien de temps j'attendais ce moment ? Rien que pour prouver que j'en étais capable ?

— Il n'est pas nécessaire de... commença Nezzie.

Talut, la tête rejetée en arrière, se mit à rire à gorge déployée.

— Il en faut davantage, jeune homme. Quand tu seras mon égal entre les fourrures, alors, tu me vaudras.

Nezzie renonça à protéger sa dignité sous des protestations. Elle se contenta de regarder son gigantesque ours de compagnon en secouant la tête avec une exaspération affectueuse.

— Par quel mystère une Réunion d'Eté pousse-t-elle les vieillards à vouloir prouver qu'ils ont retrouvé leur jeunesse ? dit-elle. Enfin, ça me donne au moins un peu de repos !

— Je ne parierais pas là-dessus ! dit Talut. Je ne suis pas encore assez vieux pour être incapable de me frayer un chemin jusqu'à la lionne de mon foyer, tout en déblayant d'autres congères.

Avec une exclamation dédaigneuse, Nezzie haussa les épaules et se détourna sans répondre. Ayla était restée près des chevaux et retenait le loup près d'elle afin qu'il n'effrayât pas les visiteurs par ses grondements, mais elle avait suivi avec un intérêt intense toute la scène, y compris les réactions des assistants. Danug et Druwez paraissaient un peu embarrassés. Sans encore avoir d'expérience, ils savaient de quoi il était question, et le sujet les occupait beaucoup, depuis quelque temps. Le sourire de Tarneg et de Barzec allait d'une oreille à l'autre. Latie rougissait et tentait de se dissimuler derrière Tulie, dont l'attitude disait qu'elle était bien au-dessus de toutes ces bêtises. La plupart des assistants souriaient avec bienveillance, même Jondalar, remarqua Ayla, surprise. Elle s'était demandé si le comportement de Jondalar à son égard trouvait ses raisons dans des coutumes très différentes. Peut-être, à la différence des Mamutoï, les Zelandonii ne croyaient-ils pas qu'un individu eût le droit de choisir le compagnon ou la compagne de sa vie. Pourtant, il n'avait pas l'air désapprobateur.

Au moment où Nezzie passait devant elle pour rejoindre la tente, Ayla vit un petit sourire entendu se jouer sur ses lèvres.

— Tous les ans, c'est la même chose, murmura-t-elle. Il faut qu'il fasse une grande scène, qu'il prouve à tout le monde quel homme il est et même, les premiers jours, qu'il déblaie quelques autres « congères »... bien qu'elles me ressemblent toujours, blondes et grasses. Après ça, quand il pense que personne ne lui prête plus attention, il est tout heureux de passer presque toutes ses nuits au Camp de la Massette... et beaucoup moins heureux si je n'y suis pas.

— Où vas-tu donc ?

— Qui sait ? Dans un rassemblement de cette taille, tu as beau connaître tout le monde ou à tout le moins chaque Camp, tu ne connais personne intimement. Chaque année, tu trouves quelqu'un avec qui tu veux faire plus étroitement connaissance. Pour moi, il s'agit le plus souvent, je l'avoue, d'une autre femme qui a de grands enfants et une nouvelle recette pour cuisiner le mammouth. Parfois, un homme attire mon attention, ou c'est moi qui attire la sienne, mais je n'ai pas besoin d'en faire toute une histoire. Talut peut se permettre de se vanter, mais, pour dire toute la vérité, il ne serait pas très content si je me vantais, moi aussi.

— Alors, tu ne dis rien, fit Ayla.

— Ce n'est pas grand-chose quand il s'agit de préserver l'harmonie et la bonne entente au foyer... et... de faire plaisir à Talut.

— Tu l'aimes vraiment, n'est-ce pas ?

— Ce vieil ours ! commença Nezzie.

Mais elle sourit, et une douceur lui monta aux yeux.

— Nous avons eu nos mauvais moments, au début... Tu sais, quand il se met à crier !... Mais jamais je ne l'ai laissé prendre le dessus sur moi ni m'imposer le silence par la seule force de sa voix. C'est ce qui lui plaît chez moi, je crois. Talut, s'il le voulait, pourrait briser un homme en deux, mais ce n'est pas dans sa manière. Il est capable de se mettre en fureur, parfois, mais il n'y a pas en lui la moindre cruauté. Jamais il ne ferait de mal à plus faible que lui... autrement dit, presque tout le monde ! Oui, je l'aime, et, quand on aime un homme, on a envie de lui faire plaisir.

— Tu ne... tu ne partirais pas avec un autre homme qui t'aurait plu, même si tu en avais envie, même si ça lui faisait plaisir ?

— A mon âge, je n'aurais pas de mal à résister, Ayla. S'il faut dire toute la vérité, je n'ai pas vraiment de quoi me vanter. Quand j'étais plus jeune, il m'arrivait encore d'attendre avec impatience la Réunion d'Eté, pour voir de nouveaux visages, m'amuser un peu et même, de temps en temps, pour aller faire un petit tour entre deux fourrures. Mais, à mon avis, Talut a raison au moins sur un point. Il n'y a pas beaucoup d'hommes qui le vaillent. Non pas à cause de toutes les « congères » qu'il est capable de déblayer mais parce qu'il se soucie de la manière de le faire.

Ayla hocha la tête pour montrer qu'elle comprenait. Mais, aussitôt, elle plissa le front. Que faisait-on, s'il y avait deux hommes qui vous aimaient également ?

— Jondalar !

Ayla releva la tête en entendant une voix inconnue appeler le jeune homme par son nom. Elle le vit sourire, se diriger à grands pas vers une femme qu'il salua chaleureusement.

— Tu es donc toujours chez les Mamutoï ! Où est ton frère ? demanda la femme.

Elle était assez impressionnante, pas très grande mais bien musclée.

Le front de Jondalar se contracta sous l'effet de la

souffrance. A l'expression de la femme, Ayla vit qu'elle avait compris.

— Comment est-ce arrivé ?

— Une lionne lui a volé sa proie, et il l'a suivie jusqu'à sa tanière. Le mâle l'a tué et m'a blessé, expliqua Jondalar, le plus brièvement possible.

La femme secoua la tête avec sympathie.

— Tu étais blessé, disais-tu ? Comment t'es-tu tiré de ce mauvais pas ?

Jondalar se tourna vers Ayla, vit qu'elle les regardait. Il conduisit l'inconnue jusqu'à elle.

— Ayla, voici Brecie des Mamutoï, Femme Qui Ordonne du Camp du Saule... ou plutôt du Camp de l'Elan. Talut a dit que c'était le nom de ton camp d'hiver. Et voici Ayla des Mamutoï, fille du Foyer du Mammouth, au Camp du Lion.

Brecie en resta interdite. Fille du Foyer du Mammouth ! D'où venait-elle ? Elle n'était pas avec le Camp du Lion, l'année précédente. Ayla n'était même pas un nom mamutoï.

— Brecie, dit Ayla, Jondalar m'a parlé de toi. Tu es celle qui les a sauvés, son frère et lui, des sables mouvants de la Grande Rivière Mère et tu es l'amie de Tulie. Je suis heureuse de te connaître.

Ce n'est certainement pas un accent mamutoï, se disait Brecie, et il n'est pas sungaea. Ce n'est pas non plus celui de Jondalar. Je ne suis même pas sûre que ce soit un accent. Elle parle vraiment très bien le mamutoï mais elle a une façon particulière d'avaler un peu certains mots.

— Je suis heureuse de te connaître... Ayla, c'est bien ça ?

— Oui, Ayla.

— Un nom peu commun...

Ne recevant aucune explication, Brecie continua :

— Tu es celle, on dirait, qui... garde ces... animaux.

Il vint à l'esprit de Brecie qu'elle ne s'était jamais trouvée aussi proche d'un animal — d'un animal, du moins, qui se tenait tranquille sans tenter de se sauver.

— C'est parce qu'ils lui obéissent, expliqua Jondalar en souriant.

— Mais ne t'ai-je pas vu toi-même avec l'un deux ? Tu m'as prise au dépourvu, je dois l'avouer, Jondalar. Dans ces vêtements, je t'ai d'abord confondu avec Darnev et, en te voyant conduire un cheval, j'ai pensé que j'avais des visions, ou que Darnev était revenu du monde des esprits.

— Ayla m'enseigne à m'entendre avec ces animaux, déclara Jondalar. C'est elle, aussi, qui m'a sauvé du lion des cavernes. Crois-moi, elle a une manière bien à elle avec les bêtes.

— Ça me paraît évident, dit Brecie.

Cette fois, elle baissait les yeux sur Loup, qui ne se montrait plus aussi nerveux, mais dont l'attention en éveil semblait encore plus menaçante.

— Est-ce la raison pour laquelle elle a été adoptée par le Foyer du Mammouth ?

— C'est l'une des raisons, répondit Jondalar.

Brecie avait frappé à l'aveuglette en supposant qu'Ayla avait été récemment adoptée par Mamut du Camp du Lion. La réponse de Jondalar confirmait ses suppositions. Elle ne lui apprenait toutefois pas d'où venait cette fille. La plupart des gens pensaient qu'elle accompagnait le grand homme blond, au titre de compagne de foyer, peut-être, ou de sœur. Mais Jondalar, Brecie le savait, était arrivé dans leur territoire en la seule compagnie de son frère. Où avait-il trouvé cette femme ?

— Ayla ! Je suis content de te revoir.

Ayla leva les yeux, vit Branag, accompagné de Deegie. Elle ne l'avait rencontré qu'une fois, mais il lui faisait l'effet d'un vieil ami, et il était plaisant de connaître au moins quelqu'un, dans ce rassemblement.

— Ma mère voudrait te présenter à l'Homme et à la Femme Qui Ordonnent du Camp du Loup, annonça Deegie.

— Certainement, répondit Ayla.

Elle était plutôt heureuse d'avoir un prétexte pour échapper au regard pénétrant de Brecie. Ayla avait décelé l'esprit aiguisé qui transparaissait dans les remarques de cette femme et elle se sentait vaguement mal à l'aise en sa présence.

— Jondalar, veux-tu rester ici, avec les chevaux ?

Quelques autres personnes avaient accompagné Branag et Deegie et se rapprochaient des animaux.

— Tout cela est encore très nouveau pour eux, et ils sont plus tranquilles quand quelqu'un de familier est près d'eux. Où est Rydag ? Il pourrait surveiller Loup.

— Il est dans la tente, répondit Deegie.

Ayla se retourna. L'enfant se tenait timidement au seuil de la tente. Elle s'adressa à lui en paroles et par signes.

— Tulie veut que je rencontre Celle Qui Ordonne. Tu surveilleras Loup ?

— Je surveille, dit-il par signes, avec un regard chargé d'appréhension vers le petit groupe de personnes.

Il s'avança lentement, s'assit près de Loup et l'entoura de son bras.

— Regardez ça ! Elle parle même avec les Têtes Plates. Elle doit être très habile avec les animaux ! fit une voix sarcastique.

Quelques personnes se mirent à rire.

Ayla se retourna vivement, et son regard menaçant chercha celui qui avait fait cette remarque.

— N'importe qui peut leur parler : on parle bien à un rocher. Le plus difficile, c'est de les amener à répondre, dit une autre voix.

Les rires éclatèrent de nouveau. La jeune femme se tourna dans cette direction. La fureur lui coupait presque la parole.

— Y a-t-il quelqu'un ici pour dire que ce garçon est un animal ? demanda une autre voix, plus familière.

Ayla plissa le front en voyant s'avancer un membre du Camp du Lion.

— Moi, Frebec. Et pourquoi pas ? Il ne comprend pas ce que je dis. Les Têtes Plates sont des animaux, tu l'as dit assez souvent.

— Et je dis maintenant que je me trompais, Chaleg. Rydag comprend très bien ce que tu dis, et il n'est pas difficile de l'amener à te répondre. Il te suffit d'apprendre son langage.

— Quel langage ? Les Têtes Plates ne savent pas parler. Qui t'a raconté ces histoires ?

— Il s'agit d'un langage par signes. Il parle avec ses mains, dit Frebec.

Il y eut un concert de rires moqueurs. La curiosité d'Ayla s'éveillait. Elle observait Frebec. Il n'aimait pas qu'on se moquât de lui.

— Ne me croyez pas si vous voulez, dit-il.

Il haussa les épaules, fit quelques pas pour s'éloigner, comme si tout cela était sans importance. Mais il se retourna vers l'homme qui avait tourné Rydag en ridicule.

— Mais je vais te dire quelque chose. Il peut aussi parler avec ce loup, et, s'il commande à ce loup de se jeter sur toi, je ne donne pas cher de ta peau.

A l'insu de Chaleg, Frebec avait adressé des signes à Rydag. Les mouvements de ses mains n'avaient pour Chaleg aucun sens particulier. Rydag, à son tour, avait questionné Ayla de la même façon. Tout le Camp du Lion suivait la scène et se réjouissait en comprenant, grâce à ce langage secret, ce qui allait se passer. Ils pouvaient converser devant tous ces gens sans qu'aucun s'en rendît compte.

Sans se retourner, Frebec reprit :

— Pourquoi ne pas le lui montrer, Rydag ?

Brusquement, Loup ne se trouva plus assis au creux d'un bras d'enfant. Loup, d'un seul bond, attaquait l'homme, le poil dressé, les cros à nu, avec un grondement qui fit se hérisser les cheveux sur la nuque de tous les spectateurs. Saisi d'une terreur panique, les yeux agrandis, l'homme fit un saut en arrière. La plupart de ceux qui se trouvaient près de lui en firent autant, mais Chaleg reculait toujours. Sur un signal de Rydag, Loup vint calmement reprendre sa place près de l'enfant. Il avait l'air très satisfait de lui-même. Il se tourna, se retourna à plusieurs reprises, avant de se coucher le museau sur les pattes, les yeux fixés sur Ayla.

Ils avaient pris un risque, se disait intérieurement la jeune femme. Cependant, le signal n'était pas tout à fait celui d'attaquer. Il s'agissait d'un jeu auquel les enfants jouaient avec Loup : une attaque simulée qui était aussi un jeu naturel entre les louveteaux. On avait simplement enseigné à Loup à se retenir de mordre.

Quand Ayla chassait avec lui et qu'elle voulait lui faire lever du gibier, elle utilisait un signal semblable. Certes, il lui arrivait de bondir et de tuer l'animal pour son propre compte, mais cela n'avait rien du signal qui l'aurait lancé dans une véritable attaque contre un être humain. Loup n'avait pas touché l'homme. Il s'était contenté de bondir sur lui. Le danger, c'était qu'il avait eu la possibilité de le tuer. Les loups, la jeune femme le savait, se montraient très protecteurs en ce qui concernait leur territoire ou leur troupe. Ils étaient capables de tuer pour les défendre. Cependant, en regardant revenir l'animal, elle se dit que, si les loups avaient su rire, il aurait ri. Elle ne pouvait s'empêcher de penser qu'il savait ce qui se passait : il s'agissait de jouer un bon tour, et il savait précisément comment s'y prendre. L'attaque n'avait pas été une simple feinte, ses mouvements n'avaient pas donné l'impression d'un jeu. Il avait donné tous les signes d'une agression. Simplement, il s'était arrêté avant la conclusion. Se trouver soudain en présence d'une masse de gens avait représenté une épreuve pour le jeune loup, mais il s'était acquitté à merveille de son rôle. Le seul plaisir de voir l'expression de terreur répandue sur le visage de l'homme valait bien la peine d'avoir pris le risque. Rydag n'était pas un animal !

Branag paraissait un peu choqué, mais Deegie arborait un large sourire, lorsqu'ils rejoignirent Tulie et Talut avec un autre couple. Ayla fut cérémonieusement présentée aux deux chefs du Camp qui les recevait et elle comprit aussitôt ce que tout le monde savait déjà. Marlie était gravement malade. Elle n'aurait même pas dû se trouver là, se dit Ayla. Mentalement, elle prescrivait pour elle des remèdes, des préparations. A voir le teint de la femme, l'expression de ses yeux, la texture de sa peau et de ses cheveux, elle se demandait si quelque chose pouvait encore lui venir en aide mais, en même temps, elle sentait sa force de caractère : elle ne lâcherait pas facilement. Cette résistance pouvait être plus efficace que tous les remèdes.

— Tu nous as offert une remarquable démonstration, Ayla, dit Marlie.

Elle avait remarqué l'intéressante particularité de prononciation de la jeune femme.

— Etait-ce l'enfant ou toi qui commandiez le loup ?

— Je n'en sais rien, répondit Ayla en souriant. Loup répond à des signaux, mais nous lui en avons donné tous les deux.

— Loup ? Tu dis ce mot comme si c'était son nom, remarqua Valez.

— C'est son nom.

— Les chevaux ont-ils des noms, eux aussi ? demanda Marlie.

— La jument s'appelle Whinney.

Ayla prolongeait la dernière syllabe à la manière d'un hennissement. La jument répondit, ce qui fit naître sur les visages du petit groupe des sourires peut-être un peu nerveux.

— L'étalon est son fils, continua Ayla. Jondalar l'a nommé Rapide : dans sa langue, c'est un mot qui désigne quelqu'un qui court très vite et qui aime arriver le premier.

Marlie hocha la tête. La jeune femme la dévisagea un instant, avant de se tourner vers Talut.

— Je me sens très fatiguée, après avoir construit cet abri pour les chevaux. Tu vois cette grosse bûche ? Voudrais-tu l'apporter jusqu'ici, pour que je puisse m'asseoir ?

Le géant fut un instant totalement déconcerté. Cela ne ressemblait pas à Ayla. Jamais elle n'aurait fait pareille demande, surtout au beau milieu d'une conversation avec la Femme Qui Ordonne du Camp. Si quelqu'un avait besoin d'un siège, c'était bien Marlie. Et l'idée le frappa soudain. Mais bien sûr ! Pourquoi n'y avait-il pas songé plus tôt ? Il se hâta d'aller chercher la bûche et la manœuvra lui-même jusqu'au petit groupe.

Ayla s'assit.

— Vous ne m'en voudrez pas, j'espère. Je suis vraiment très fatiguée. Ne veux-tu pas t'asseoir près de moi, Marlie ?

Marlie accepta. Elle tremblait légèrement. Au bout d'un moment, elle sourit.

— Merci, Ayla. Je n'avais pas l'intention de rester ici si longtemps. Comment as-tu su que j'avais des vertiges ?

— C'est une Femme Qui Guérit, déclara Deegie.

— Elle invoque et elle guérit. Voilà une bien étrange combinaison. Je ne m'étonne plus que le Foyer du Mammouth ait voulu se l'attacher.

— J'aimerais préparer quelque chose pour toi, si tu veux bien le prendre, dit Ayla.

— D'autres m'ont examinée, mais tu peux encore essayer, Ayla. Voyons, avant d'enterrer définitivement le sujet, j'ai encore une question à poser : étais-tu certaine que le loup ne ferait aucun mal à cet homme ?

Ayla prit un temps très bref avant de répondre.

— Non, je n'en étais pas certaine. Il est encore très jeune, et ses réactions ne sont pas toujours prévisibles. Mais je jugeais que j'étais assez près pour briser son attaque s'il ne s'arrêtait pas à temps de lui-même.

Marlie hocha la tête d'un air entendu.

— Les gens ne sont pas toujours absolument prévisibles. On ne saurait s'attendre à ce que des animaux le soient. Si tu m'avais fait une autre réponse, je ne t'aurais pas crue. Dès qu'il sera remis, Chaleg va se plaindre, tu sais, pour sauver la face. Il formulera sa plainte devant le Conseil des Frères qui nous la transmettra.

— « Nous » ?

— Le Conseil des Sœurs, expliqua Tulie. Les Sœurs représentent l'autorité sans appel. Elles sont plus proches de la Mère.

Marlie reprit :

— Je suis heureuse d'avoir assisté à toute l'affaire. Je n'aurai plus à me soucier de faire le tri entre plusieurs histoires contradictoires, de toute manière incroyables.

Elle reporta son regard sur les chevaux, puis sur Loup.

— Ils me paraissent parfaitement normaux. Ce ne sont pas des esprits ni d'autres créations magiques. Dis-moi, Ayla, que mangent-ils quand ils sont avec toi ? Car ils mangent, n'est-ce pas ?

— Ce qu'ils mangent d'ordinaire. Pour Loup, c'est

surtout de la viande, cuite ou crue. Il est comme tout le monde, dans l'habitation, il mange comme moi, même des légumes. Parfois, je chasse pour lui, mais il devient très habile à attraper seul des mulots ou d'autres petits animaux. Les chevaux se nourrissent d'herbe et de grains. Je pensais les emmener bientôt dans cette prairie de l'autre côté de la rivière pour les y laisser quelque temps.

Valez porta son regard vers l'autre rive, le ramena sur Talut. Ayla devina ce qu'il pensait.

— Ça m'ennuie de te le dire, Ayla, mais il pourrait être dangereux de les laisser seuls là-bas.

— Pourquoi ? questionna-t-elle, une nuance d'affolement dans la voix.

— A cause des chasseurs. Ils ressemblent à n'importe quels autres chevaux, la jument surtout. Le poil sombre du jeune est plus inhabituel. Nous pourrions peut-être faire passer le mot de ne tuer aucun cheval brun, surtout s'il paraît familier. Mais l'autre... Un cheval sur deux, sur la steppe, est de cette couleur, et je ne crois pas que nous puissions demander à nos gens de ne plus tuer de chevaux. Pour certains, c'est leur viande préférée, expliqua Valez.

— Alors, je resterai avec elle, dit Ayla.

— Ce n'est pas possible ! s'écria Deegie. Tu manquerais tout ce qui va se passer.

— Je ne veux pas qu'il lui arrive quelque chose. Je serai obligée de manquer les festivités.

— Ce serait dommage, dit Tulie.

— Tu n'as pas une idée ? demanda Deegie.

— Non... dit Ayla. Si seulement elle était brune, elle aussi.

— Eh bien, pourquoi ne pas la teindre ?

— La teindre ? Mais comment ?

— Si nous mélangions des couleurs, comme je le fais pour le cuir, et si nous la frottions avec le mélange ?

Ayla réfléchit un instant.

— Ça ne suffirait pas, je pense. Ton idée est bonne, Deegie, mais la teindre en brun ne ferait pas vraiment de différence. Rapide lui-même resterait en danger. Un cheval brun est toujours un cheval, et, si quelqu'un chasse le cheval, il aura du mal à se rappeler qu'il ne doit pas tuer les chevaux bruns.

— C'est vrai, approuva Talut. Un chasseur pense avant tout à la chasse, et deux chevaux bruns qui n'ont pas peur des gens feraient des cibles tentantes.

— Alors, que penserais-tu d'une couleur tout à fait différente comme... le rouge ? Pourquoi ne pas faire de Whinney une jument rouge ? Rouge vif ? Ainsi, elle se distinguerait de tous les autres chevaux.

Ayla fit la grimace.

— Cela ne me tente vraiment pas, Deegie. Elle aurait l'air si étrange. Mais il y a quand même quelque chose à retenir. Tout le monde comprendrait qu'il ne s'agit pas d'un cheval comme les autres. Oui, nous devrions le faire, mais... rouge vif... Attends ! Il me vient une autre idée.

Ayla se précipita à l'intérieur de la tente. Elle renversa son sac de voyage sur ses fourrures de couchage, trouva tout au fond ce qu'elle cherchait. Elle revint en courant.

— Regarde, Deegie ! Tu te rappelles ?

Elle déplia la peau d'un rouge vif qu'elle avait teinte elle-même.

— Je n'ai jamais pu trouver ce que je pourrais en faire. C'était la couleur qui me plaisait. Je pourrais l'attacher sur le dos de Whinney, quand elle sera seule dans la prairie.

Valez sourit, hocha la tête.

— C'est vraiment un rouge vif ! dit-il. Ça fera l'affaire, je crois. Si quelqu'un la voit avec ça sur le dos, il saura que ce n'est pas un cheval ordinaire et hésitera sans doute à le chasser, même s'il n'a pas été prévenu. Nous pourrons annoncer ce soir que la jument qui porte une couverture rouge et le cheval brun avec elle ne doivent pas être chassés.

— Ça ne ferait peut-être pas de mal d'attacher aussi quelque chose sur le dos de Rapide, suggéra Talut.

— Moi, j'ai une autre proposition à faire, déclara Marlie. On ne peut pas faire confiance à tout le monde, et une mise en garde n'est pas toujours suffisante. Il serait peut-être sage, pour toi et Mamut, d'imaginer une interdiction de tuer les chevaux. Une bonne malédiction suffirait sans doute à effrayer ceux qui pourraient être tentés de voir jusqu'à quel point ces animaux sont mortels.

— Tu peux toujours dire que Rydag lancera Loup contre celui qui leur ferait du mal, fit Branag en souriant. Cette histoire doit maintenant avoir fait le tour de toute la Réunion et avoir pris des proportions considérables au passage.

— L'idée n'est peut-être pas mauvaise, dit Marlie.

Elle se leva pour partir.

— Elle aurait l'avantage de pouvoir se répandre comme une rumeur.

Ils regardèrent s'éloigner les deux chefs du Camp du Loup. Tulie, en secouant tristement la tête, alla ensuite finir de s'installer. Talut décida d'aller voir qui organisait les concours : il en envisageait un pour le lancer de la sagaie. Il s'arrêta pour parler avec Jondalar et Brecie, et tous trois s'éloignèrent ensemble. Deegie et Branag se dirigèrent avec Ayla vers les chevaux.

— Je sais exactement à qui il faut nous adresser pour lancer la rumeur, déclara Branag. Avec les histoires qui circulent déjà, même si l'on n'y croit pas entièrement, on évitera de s'approcher des chevaux, je crois. Personne, à mon avis, ne courra le risque de voir Rydag lancer le loup contre lui. Je voulais vous demander... comment Rydag a-t-il su qu'il devait donner le signal au loup ?

Deegie considéra d'un air surpris l'homme auquel elle avait donné sa Promesse.

— Tu n'es pas au courant, n'est-ce pas ? Je ne sais pas pourquoi je crois toujours que, si je sais quelque chose, tu dois le savoir, toi aussi. Frebec n'a pas inventé quelque chose pour défendre le Camp du Lion. Il disait vrai. Rydag comprend tout ce qu'on dit. Il a toujours tout compris. Nous n'en savions rien jusqu'au jour où Ayla nous a enseigné son langage par signes, pour nous permettre de le comprendre. Quand Frebec a fait mine de s'éloigner, il a fait signe à Rydag, qui a posé la question à Ayla. Nous avions tous compris ce qu'ils se disaient et nous savions donc ce qui allait se passer.

— Est-ce vrai ? demanda Branag. Vous vous parliez, et personne ne s'en doutait !

Il éclata de rire.

— Eh bien, si je veux être au courant des surprises du Camp, je ferais peut-être bien d'apprendre ce langage secret, moi aussi.

— Ayla ! appela Crozie, qui sortait de la tente.

Les jeunes gens s'arrêtèrent pour l'attendre.

— Tulie m'a dit ce que tu avais décidé de faire pour marquer les chevaux, poursuivit la vieille femme en arrivant à leur hauteur. Excellente idée. Le rouge tranchera sur un poil clair. Mais tu n'as pas deux peaux rouge vif. En vidant mon sac, j'ai trouvé quelque chose que j'aimerais te donner.

Elle ouvrit un paquet, en tira une peau, la secoua pour la déplier.

— Oh, Crozie ! s'exclama la jeune femme. C'est magnifique !

Elle s'émerveillait devant une cape de cuir d'un blanc de craie, décorée de perles d'ivoire disposées en triangles et de piquants de porc-épic teints à l'ocre rouge et cousus pour former des spirales et des zigzags.

Devant cette admiration, les yeux de Crozie s'illuminèrent. Pour avoir fait une tunique, Ayla comprenait combien il était difficile d'obtenir cette teinte.

— C'est pour Rapide. Le blanc, à mon avis, ressortira bien sur son poil brun foncé.

— Crozie, c'est bien trop beau pour ça. La peau va se couvrir de taches et de poussière et, surtout si Rapide essaye de se rouler dans l'herbe, elle perdra tous ses ornements. Je ne peux pas lui laisser porter ça dans la prairie.

Crozie posa sur Ayla un regard sévère.

— Si quelqu'un est à la chasse aux chevaux et s'il voit un cheval qui porte sur son dos une couverture blanche très décorée, crois-tu qu'il essaiera de lancer une sagaie sur lui ?

— Non, mais tu t'es donné trop de peine pour faire cette cape : on ne peut pas la laisser s'abîmer ainsi.

— La peine est vieille de bien des années, dit Crozie.

Son visage s'adoucit, ses yeux s'embrumèrent.

— J'avais fait cette cape pour mon fils, le frère de Fralie. Je n'ai jamais eu le courage de la donner à quelqu'un d'autre. Je ne supporterais pas de voir un autre la porter et je ne pouvais pas la jeter. Je l'ai traînée d'un endroit à un autre... Un morceau de peau inutile, tout mon travail perdu. Si cette peau peut aider à protéger l'animal, elle ne sera plus inutile, mon travail aura retrouvé un peu de sa valeur. Je veux que tu l'acceptes, en échange de ce que tu m'as donné.

Ayla prit le paquet qu'on lui tendait, mais elle semblait perplexe.

— Que t'ai-je donc donné, Crozie ?

— C'est sans importance, répondit la vieille femme d'un ton brusque. Prends-la, c'est tout.

Frebec, qui entrait en courant dans la tente, leva la tête. Il vit les deux femmes, leur adressa un sourire satisfait, avant de pénétrer à l'intérieur. Elles lui rendirent son sourire.

— J'ai été stupéfait en voyant Frebec se manifester pour défendre Rydag, remarqua Branag. J'aurais cru qu'il serait le dernier à le faire.

— Il a beaucoup changé, déclara Deegie. Il prend toujours plaisir à discuter, mais on a moins de mal à s'entendre avec lui. Parfois, il se montre disposé à écouter.

— Il n'a jamais eu peur de se mettre en avant pour dire ce qu'il pensait, fit Branag.

— C'est peut-être ce qui n'allait pas, dit Crozie. Je n'ai jamais compris ce que Fralie lui trouvait. J'ai fait de mon mieux pour la dissuader de s'unir à lui. Il n'avait rien à lui offrir. Sa mère n'avait aucun prestige, lui-même ne possédait aucun talent particulier. A mon avis, Fralie se sacrifiait inutilement. Peut-être le seul fait de s'être présenté pour la revendiquer parle-t-il en sa faveur. Et il désirait vraiment en faire sa compagne. Sans doute aurais-je dû me fier dès le début au jugement de Fralie : c'est ma fille, après tout. Ce n'est pas parce qu'un homme a connu des débuts difficiles qu'il ne cherchera pas à améliorer sa condition.

Branag, par-dessus la tête de Crozie, regarda Deegie, puis Ayla. A son avis, la vieille femme avait changé, elle aussi, plus encore que Frebec.

32

Ayla était seule à l'intérieur de la tente. Elle jeta un coup d'œil pour voir si elle ne trouvait pas encore quelque chose à envelopper ou à ranger, une bonne raison de repousser le moment de quitter le Camp de la Massette. Mamut lui avait dit que, dès qu'elle serait prête, il tenait à lui faire rencontrer ceux avec lesquels elle avait des liens privilégiés, les mamuti qui appartenaient au Foyer du Mammouth.

Pour elle, cette rencontre faisait figure d'épreuve. Elle était sûre qu'on allait lui poser des questions et la juger pour savoir si elle était digne de rejoindre les rangs des mamuti. A son avis, elle ne l'était pas. Elle ne pensait pas posséder des talents et des dons hors du commun. Si elle était une Femme Qui Guérit, c'était simplement parce qu'Iza lui avait appris à soigner ceux qui souffraient. Il n'y avait pas non plus à ses yeux quoi que ce soit de magique dans ses rapports avec les animaux. La jument lui obéissait parce qu'elle l'avait recueillie toute jeune et qu'elles avaient vécu ensemble dans la vallée. Rapide, lui, était né là-bas. Quant à Loup, elle l'avait sauvé car elle devait bien ça à sa mère, et elle savait que les animaux élevés au milieu des hommes ne leur faisaient pas de mal. Il n'y avait là rien de mystérieux.

Rydag était resté un certain temps à l'intérieur de la tente avec elle après qu'elle l'eut examiné. Ayla lui avait posé quelques questions précises pour savoir ce qu'il ressentait et elle avait pris note, mentalement, de modifier légèrement son traitement. Puis il était sorti et s'était installé dehors en compagnie de Loup pour observer les gens. Nezzie avait raison de dire que son moral allait mieux. Elle n'avait aussi qu'éloges à faire de Frebec. Ce dernier avait eu droit à de tels compliments qu'il avait fini par en être gêné. Ayla ne l'avait jamais vu aussi heureux. Elle savait que son bonheur venait en grande partie d'avoir été accepté par la communauté et elle comprenait parfaitement ce sentiment.

Elle jeta un dernier coup d'œil, alla chercher un petit sac en peau brute qu'elle attacha à sa ceinture, puis en soupirant, elle quitta la tente. Il n'y avait plus personne dehors, sauf Mamut, en train de parler avec Rydag. Quand elle fut à leur hauteur, Loup leva la tête.

— Tout le monde est parti ? demanda-t-elle. Il vaudrait peut-être mieux que je reste ici pour veiller sur Rydag en attendant que quelqu'un arrive.

— Loup veille sur moi, répondit Rydag par gestes, en souriant. Personne rester longtemps quand voir Loup. Je dis Nezzie partir. Toi aussi, Ayla.

— Il a raison, Ayla, intervint Mamut. Loup a l'air content de rester avec Rydag et on ne peut rêver meilleur gardien.

— Et s'il est malade ? demanda Ayla.

— Si malade, je dis à Loup : « Va chercher Ayla », répondit Rydag.

Il utilisa le signal qu'ils avaient appris à l'animal en jouant avec lui. Loup bondit, posa ses pattes sur la poitrine d'Ayla et lui donna un grand coup de langue sur le menton pour qu'elle le caresse.

Ayla sourit, lui caressa le cou, puis lui fit signe de se coucher.

— Je veux rester ici, Ayla. J'aime regarder. La rivière. Les chevaux dans la prairie. Les gens qui passent. Ils ne me voient pas toujours. Regardent la tente, les chevaux. Puis voient Loup. Des gens amusants.

Le plaisir qu'éprouvait le jeune garçon à observer les réactions étonnées des gens les fit sourire.

— Je pense que tout ira bien. S'il risquait quoi que ce soit, Nezzie ne l'aurait pas laissé seul. Je suis prête, Mamut.

Tandis qu'ils se dirigeaient vers les habitations du Camp du Loup, Ayla remarqua qu'il y avait de plus en plus de tentes et de gens. Elle était contente qu'ils soient installés en bordure du campement. Comme ça, au moins, elle pouvait voir l'herbe et les arbres, la rivière et le pré. Des personnes les saluèrent et échangèrent quelques mots avec eux. Ayla observa la manière dont Mamut répondait à leurs salutations.

Une des huttes, qui se trouvait à l'extrémité d'une rangée de six, semblait être au cœur des activités. Aux abords, un espace dégagé devait servir de lieu de rassemblement. Les Camps qui se trouvaient juste à côté de cette clairière ne ressemblaient pas aux lieux d'habitation habituels. L'un d'eux était entouré d'une palissade composée d'os de mammouths largement espacés, de branches et de buissons secs. Alors qu'ils longeaient cette palissade, Ayla s'entendit appeler par quelqu'un qui se trouvait de l'autre côté.

— Latie ! s'écria-t-elle en se rappelant soudain ce que lui avait dit Deegie.

Tant que Latie était encore dans le Camp du Lion, le fait qu'elle ne doive avoir aucun rapport avec les hommes ne limitait pas trop ses mouvements. Cependant, maintenant qu'ils avaient rejoint la Réunion, elle était totalement isolée d'eux. Un certain nombre d'autres jeunes filles se trouvaient avec elle et elles s'approchèrent en gloussant. Quand Latie présenta Ayla à ses compagnes du même âge, celle-ci eut l'impression qu'elles avaient un peu peur d'elle.

— Où vas-tu, Ayla ?

— Au Foyer du Mammouth, répondit Mamut à sa place.

Latie hocha la tête, comme si elle était au courant. Ayla aperçut alors Tulie. Debout à l'intérieur de l'enclos dressé autour d'une tente décorée de motifs à l'ocre rouge, la Femme Qui Ordonne était en train de discuter avec d'autres femmes. Elle agita la main en direction d'Ayla et lui fit un grand sourire.

— Regarde, Latie ! s'écria une des amies de la jeune fille d'une voix excitée. Une pied-rouge !

Tout le monde s'arrêta pour regarder et les jeunes filles pouffèrent. Ayla elle-même observa avec intérêt la femme qui passait d'un pas nonchalant et elle remarqua que la plante de ses pieds nus était d'un rouge profond et brillant. Elle avait entendu parler de ces femmes, mais c'était la première fois qu'elle en voyait une. Même si elle semblait tout à fait ordinaire, il y avait quelque chose chez elle qui attirait les regards.

La femme se dirigea vers un groupe de jeunes gens qu'Ayla n'avait encore jamais vus et qui flânaient près d'une rangée d'arbres, de l'autre côté de la clairière. Ayla remarqua que son attitude changeait au fur et à mesure qu'elle s'approchait d'eux : le balancement de ses hanches s'accentuait, son sourire devenait plus langoureux et on remarquait plus encore la teinte rouge de ses pieds. La femme s'arrêta pour discuter avec les jeunes gens et son rire limpide flotta dans l'air. Tandis qu'ils s'éloignaient, Ayla se souvint de la conversation que Mamut avait eue avec les femmes la veille de la Fête du Printemps.

Les Pas Encore Femmes, ces jeunes filles qui n'avaient pas encore été initiées aux Plaisirs, étaient l'objet d'une surveillance constante — et pas seulement de la part de leurs chaperons. Ayla remarqua que des groupes de jeunes gens se pressaient maintenant non loin de la palissade derrière laquelle se trouvaient Latie et ses compagnes dans l'espoir d'attirer le regard de ces jeunes filles qui, pour leur être interdites, n'en étaient que plus désirables. A aucun moment de sa vie une femme n'était l'objet d'une telle attention de la part de la population mâle. Les jeunes femmes profitaient de ce statut tout à fait exceptionnel et des marques d'attention qu'il suscitait et elles aussi, elles étaient fascinées par les représentants de l'autre sexe, même si elles prenaient bien garde de n'en rien montrer. Elles passaient d'ailleurs leur temps à jeter des coups d'œil furtifs hors de la tente ou de la palissade, en direction des jeunes gens qui paradaient, d'un air faussement dégagé.

Même si certains de ces jeunes gens finiraient par former un jour un foyer avec une des jeunes filles qu'ils regardaient pour l'instant de loin, il y avait très peu de chances que l'un d'eux soit choisi pour cette première et importante initiation. A cette occasion, on faisait appel à des hommes plus âgés et plus expérimentés. Les jeunes filles et les conseillères plus âgées qui partageaient leur tente discutaient entre elles des candidats possibles. En général, ces hommes étaient consultés en privé avant que la décision finale soit prise.

La veille de la cérémonie, les jeunes filles qui avaient séjourné ensemble dans une tente à part — parfois deux, quand elles étaient trop nombreuses — sortaient en groupe. Quand elles rencontraient l'homme avec lequel elles désiraient passer la nuit, elles l'entouraient et le « capturaient ». Les hommes capturés accompagnaient alors les initiées — rares étaient ceux qui se dérobaient. Cette nuit-là, après quelques rituels préliminaires, les hommes et les jeunes filles pénétraient dans la tente que n'éclairait aucune lampe, tâtonnaient dans l'obscurité jusqu'à ce qu'ils se rencontrent et passaient la nuit à explorer leurs différences et à partager les Plaisirs. Ni les jeunes filles ni les hommes n'étaient censés savoir avec qui ils allaient s'accoupler mais, dans la pratique, ils le savaient presque toujours. Des gardiennes plus âgées étaient là pour s'assurer qu'aucun homme ne faisait preuve de brutalité et elles pouvaient donner leur avis dans les rares occasions où celui-ci s'avérait nécessaire. Si, pour une raison ou une autre, certaines jeunes femmes n'étaient pas ouvertes à la fin de la cérémonie, on ne blâmait jamais personne et elles avaient droit à une seconde nuit rituelle, moins agitée que la précédente.

Ni Danug ni Druwez ne seraient invités sous la tente de Latie : d'abord parce qu'ils étaient parents et ensuite parce qu'ils étaient trop jeunes. D'autres femmes, initiées aux Premiers Rites les années précédentes, et tout particulièrement celles qui n'avaient pas encore eu d'enfants, pouvaient décider de représenter la Grande Mère lors de la Réunion et d'enseigner Sa voie aux jeunes gens. Après une cérémonie spéciale en leur honneur et une retraite qui durait toute une saison, on leur teignait la plante des pieds en rouge, avec une teinture qui résistait à l'eau et s'effacerait avec le temps, pour montrer qu'elles étaient à la disposition des jeunes gens pour les aider à acquérir de l'expérience. Un grand nombre d'entre elles portaient aussi des bandes en cuir rouge autour de l'avant-bras, de la cheville ou de la taille.

Même s'il était inévitable qu'elles plaisantent avec les jeunes gens, ces femmes prenaient leur tâche très au sérieux. Elles faisaient preuve de compréhension vis-à-vis de la timidité naturelle et de l'impatience des jeunes gens et leur apprenaient à se comporter tendrement avec une femme en prévision du jour où ils seraient choisis pour les Premiers Rites. Pour montrer à ces femmes à quel point Elle appréciait leur offrande, Mut en bénissait un grand nombre. Même celles qui avaient déjà été unies à un homme sans avoir d'enfant étaient souvent enceintes avant la fin de la saison.

Juste après les Pas Encore Femmes, les pieds-rouges étaient les femmes les plus recherchées par les hommes, quel que soit l'âge de ces derniers. Pour le restant de ses jours, rien ne pouvait stimuler autant un Mamutoï que d'apercevoir l'éclair d'un pied teint en rouge, à tel point que certaines femmes teignaient leurs pieds en rouge pour être plus attirantes. Même si les pieds-rouges se consacraient tout particulièrement aux jeunes gens, elles pouvaient aussi choisir d'autres hommes. Et quand l'un d'eux réussissait à partager la compagnie d'une pied-rouge, il considérait cela comme une grande faveur.

Mamut entraîna Ayla vers un Camp qui n'était pas très éloigné de celui des Rites de la Féminité. La tente de ce Camp n'était pas différente de celle des Camps familiaux. Par contre, tous ceux qui se trouvaient là étaient tatoués. Certains, comme Mamut, portaient simplement un motif en chevrons bleu foncé tatoué en haut de la pommette droite : trois ou quatre V superposés et imbriqués les uns dans les autres. Ce tatouage rappelait à Ayla les maxillaires inférieurs de mammouths qui avaient été utilisés pour construire la hutte de Vincavec. Certains tatouages étaient plus élaborés que celui-là, surtout ceux des hommes. Ils comportaient non seulement des chevrons, mais aussi des triangles, des zigzags, des losanges et des spirales bleu et rouge.

Ayla se félicitait qu'ils se soient arrêtés au Camp du Mammouth avant de venir à la Réunion. Si elle n'avait pas rencontré Vincavec, elle aurait sursauté en voyant ces visages tatoués. Mais aussi fascinants et compliqués soient-ils, aucun de ces tatouages n'était aussi élaboré que celui de Vincavec.

Elle fut frappée par le fait que, bien qu'il y ait une majorité de femmes dans ce Camp, on n'y apercevait aucun enfant. Ceux-ci avaient dû être confiés aux Camps familiaux. On voyait bien d'ailleurs que les enfants n'avaient pas leur place ici : les adultes venaient là pour se retrouver, discuter sérieusement, accomplir certains rites — ou jouer. Plusieurs personnes étaient en train de jouer avec des os marqués, des bâtons et des pièces d'ivoire dans l'aire extérieure du Camp.

Mamut s'approcha de l'entrée de la tente, qui était ouverte, et gratta le cuir pour prévenir de son arrivée. Ayla jeta un coup d'œil par-dessus son épaule dans la tente, le plus discrètement possible, pour que ceux qui flânaient à l'extérieur ne remarquent pas sa curiosité. Mais eux aussi l'observaient. Cette jeune femme que Mamut avait non seulement accepté de former mais qu'il avait adoptée, excitait leur curiosité. On disait que c'était une étrangère, qu'elle n'était pas mamutoï et qu'on ne savait même pas d'où elle venait.

La plupart de ces gens étaient allés faire un tour du côté du Camp de la Massette pour jeter un coup d'œil aux chevaux et au loup et ils avaient été très impressionnés par ces animaux, même s'ils n'en avaient rien montré. Comment pouvait-on dompter un étalon ? Ou obliger une jument à se tenir tranquille quand il y avait autant de monde autour ? Et que dire de ce loup qui vivait avec eux ? Pourquoi se montrait-il si docile vis-à-vis des gens du Camp du Lion alors qu'il se conduisait comme un loup normal avec les étrangers ? Personne ne pouvait s'aventurer à l'intérieur du Camp du Lion à moins d'y être invité et on disait qu'il avait attaqué Chaleg.

Le vieil homme fit signe à Ayla de le suivre à l'intérieur et ils s'assirent tous deux près d'un grand foyer où brûlait seulement une petite flamme. De l'autre côté du feu était assise une femme énorme. Elle était si grosse qu'Ayla se demanda comment elle avait fait pour se déplacer jusqu'ici.

— Je t'ai amené ma fille pour te la présenter, Lomie, dit le vieux Mamut.

— Je me demandais quand tu viendrais, répondit-elle.

Puis avant d'ajouter quoi que ce soit, elle déplaça une des pierres chauffées à blanc en se servant de baguettes, y jeta des feuilles qu'elle venait de sortir d'un paquet et se pencha vers la pierre pour respirer la fumée qui s'en dégageait. Ayla reconnut l'odeur de la sauge, et moins prononcée, celle du bouillon-blanc et de la lobélie. Elle regarda la femme de plus près, nota qu'elle avait des difficultés respiratoires et se dit qu'elle devait souffrir d'une toux chronique, certainement de l'asthme.

— Utilises-tu aussi la racine de bouillon-blanc pour confectionner un sirop contre la toux ? lui demanda-t-elle. Cela devrait te faire du bien.

Ayla avait hésité à parler la première, alors qu'on ne l'avait pas encore présentée, mais son désir d'aider cette femme avait été plus fort que sa crainte d'être incorrecte, et finalement il s'avéra que c'était la chose à faire.

Lomie sursauta, releva la tête et la regarda avec un certain intérêt. Mamut ne put s'empêcher de sourire.

— Elle aussi, c'est une Femme Qui Guérit ? demanda Lomie à Mamut.

— Je ne crois pas qu'il y en ait de meilleure qu'elle. Même pas toi, Lomie.

Ce n'étaient pas des paroles en l'air, Lomie le savait : Mamut respectait ses talents.

— Et moi qui croyais que tu avais adopté une jolie jeune femme simplement pour agrémenter tes vieux jours, Mamut !

— C'est en effet le cas, Lomie. Ayla a soulagé mon arthrite d'hiver et toutes sortes d'autres douleurs.

— Je suis heureuse d'apprendre qu'elle a des dons cachés. Elle est pourtant bien jeune pour cela.

— En dépit de son âge, elle a encore plus de dons que tu ne peux imaginer.

— Tu t'appelles Ayla, dit Lomie en se tournant vers elle.

— Oui, je suis Ayla du Camp du Lion des Mamutoï, fille du Foyer du Mammouth et... sous la protection du Lion des Cavernes, répondit Ayla, comme Mamut lui avait conseillé de le dire.

— Ayla des Mamutoï. Ayla... hum... C'est un son inhabituel, comme ta voix d'ailleurs. Pas désagréable. Simplement différent. Les gens doivent te remarquer. Je m'appelle Lomie, Mamut du Camp du Loup et Femme Qui Guérit des Mamutoï.

— Première Femme Qui Guérit, corrigea Mamut.

— Comment serais-je Première Femme Qui Guérit, vieux Mamut, si elle est mon égale ?

— Je n'ai pas dit qu'elle était ton égale, Lomie, mais que personne n'était meilleur qu'elle. La formation qu'elle a reçue est assez... inhabituelle. Elle a été initiée, par... quelqu'un qui avait de profondes connaissances dans certains domaines. Sinon, comment aurait-elle pu reconnaître l'arôme subtil du bouillon-blanc, masqué en partie par la puissante odeur de la sauge ? Elle a aussi diagnostiqué la maladie dont tu souffres.

Lomie ouvrit la bouche pour parler, hésita, et préféra ne rien répondre. Mamut continua :

— Il lui a suffi de te regarder pour le savoir. Elle possède un talent exceptionnel pour diagnostiquer une maladie et une connaissance surprenante des remèdes et des traitements. Par contre, elle n'est pas capable, comme toi, de découvrir la cause d'une maladie, d'agir sur cette cause et d'aider ceux qui veulent guérir. Grâce à toi, elle pourra apprendre beaucoup si tu acceptes de la former, et je pense que toi aussi, tu apprendras à son contact.

— C'est ce que tu veux ?

— Oui, répondit Ayla.

— Si tu sais déjà tant de choses, que pourrai-je t'enseigner de plus ?

— Je suis une Guérisseuse. Cela fait intimement partie de ma vie. Je ne peux pas faire autrement. J'ai été formée par quelqu'un qui était comme toi... une Femme Qui Guérit de premier ordre et elle m'a dit qu'il me faudrait toujours approfondir mon savoir. Je serais heureuse si tu acceptais de me former.

Ayla était sincère : elle avait envie de pouvoir parler avec quelqu'un, de discuter des traitements, de développer ses connaissances.

Pourquoi pas, pensa Lomie, touchée par la foi et l'élan de la jeune femme.

— Ayla a un cadeau pour toi, dit Mamut. Fais entrer ceux qui le désirent et ensuite, nous fermerons le rabat de la tente, si tu veux bien.

La plupart de ceux qui se trouvaient dehors à leur arrivée avaient profité de leur discussion pour entrer et ceux qui attendaient encore, debout devant l'ouverture, se précipitèrent à l'intérieur, bien décidés à ne rien rater. Mamut ferma alors le rabat et l'attacha. Puis il dessina de la main sur le sol un grand cercle en ramassant une poignée de terre dont il se servit pour éteindre le feu. Il ne faisait pas totalement sombre à l'intérieur de la tente car la lumière pénétrait par le trou à fumée et à travers les interstices des parois en peau. La démonstration d'Ayla allait être moins spectaculaire que dans la complète obscurité de l'habitation du Camp du Lion, mais cela n'empêcherait pas les mamuti de reconnaître les extraordinaires possibilités du cadeau qu'elle avait apporté.

Ayla défit le petit sac en peau, fabriqué par Barzec, et elle en sortit les matériaux inflammables, la pierre à feu et le silex. Quand tout fut prêt, elle marqua un temps d'arrêt et, pour la première fois depuis de nombreuses lunes, elle eut une pensée silencieuse pour son totem. Elle ne lui demanda rien de précis, imaginant simplement une grande étincelle, capable d'impressionner les mamuti présents, afin que Mamut obtienne l'effet escompté. Puis, à l'aide du silex, elle frappa la pyrite de fer. Bien que l'obscurité ne soit pas totale, l'étincelle fut bien visible. Ayla frappa à nouveau les deux pierres et cette fois-ci l'étincelle mit le feu aux herbes sèches. Un instant plus tard, un nouveau feu brûlait dans le foyer.

Les mamuti s'y connaissaient en matière d'artifices et ils avaient l'habitude d'impressionner leur auditoire avec des tours de passe-passe. Ils se vantaient d'être capables de deviner comment ces tours pouvaient être accomplis. Il en fallait beaucoup pour les surprendre. Mais la démonstration d'Ayla les laissa sans voix.

— La magie est dans la pierre à feu elle-même, intervint Mamut alors qu'Ayla replaçait les deux pierres dans le sac en peau, puis remettait celui-ci à Lomie. Mais la manière d'en faire sortir le feu a été dévoilée à Ayla, continua-t-il sur un ton différent. Je n'ai pas eu besoin de l'adopter, Lomie. Elle était destinée à faire partie du Foyer du Mammouth et a été choisie par la Mère. Elle ne peut que suivre sa destinée. Mais maintenant, je sais que j'ai été choisi pour en faire partie moi aussi, et j'ai enfin compris pourquoi il m'a été donné de vivre aussi vieux.

Ses propos firent courir un frisson dans l'assistance et tout le monde en eut la chair de poule. Mamut venait de toucher du doigt le vrai mystère, l'appel plus profond que chacun d'eux, dans une certaine mesure, avait entendu au-delà de l'apparat attaché à sa fonction et d'un cynisme fortuit. Vieux Mamut était un phénomène. Le fait qu'il soit encore en vie était magique à lui seul. Personne n'avait jamais vécu aussi vieux. Au fil du temps, il avait perdu jusqu'à son nom. Chacun d'eux était un mamut, le chaman de son Camp, mais lui, on l'appelait Mamut, tout court : sa vocation et son nom ne faisaient plus qu'un. Tous ceux qui se trouvaient là étaient persuadés qu'il n'avait pas vécu aussi longtemps sans raison. S'il disait que c'était à cause d'Ayla, cela signifiait qu'elle était en plein cœur des profonds et inexplicables mystères de la vie et du monde autour d'eux, ces mystères auxquels chacun d'eux avait pour mission de se mesurer.

Lorsqu'ils quittèrent tous deux la tente, Ayla était encore préoccupée par les paroles de Mamut. Elle aussi, elle avait senti une tension soudaine et avait eu la chair de poule quand il avait parlé de sa destinée. Elle n'aimait pas être l'objet d'un intérêt aussi marqué de la part de forces qu'elle ne pouvait contrôler. Que Mamut ait parlé de sa destinée l'effrayait. Elle ne se sentait pas différente des autres et ne voulait pas l'être. Elle n'aimait pas non plus les commentaires qu'avait suscités sa manière de parler. Dans le Camp du Lion, personne n'y faisait plus attention. Elle avait fini par oublier que certains mots lui échapperaient toujours, malgré tous ses efforts.

— Ayla ! C'est là que tu es. Je t'ai cherchée partout.

Elle aperçut les yeux noirs et rieurs et le large sourire de l'homme auquel elle avait donné sa Promesse. Chassant les pensées qui l'obsédaient, elle lui sourit en retour et se tourna vers Mamut pour voir s'il avait encore besoin d'elle. Il lui dit en souriant qu'elle pouvait aller faire un tour dans le campement avec Ranec.

— Je voudrais te faire rencontrer quelques sculpteurs, lui dit Ranec en l'entraînant, le bras posé autour de sa taille. Certains d'entre eux font un merveilleux travail. Nous avons toujours un Camp près du Foyer du Mammouth. Il n'est pas réservé qu'aux sculpteurs : tous les artistes s'y retrouvent.

Ranec semblait très excité. Comme elle, un peu plus tôt, quand elle avait appris que Lomie était une Femme Qui Guérit. Même s'il y avait toujours une certaine rivalité à propos du talent et du statut de chacun, seuls ceux qui pratiquaient une même activité étaient capables d'en comprendre toutes les subtilités. Si Ayla désirait discuter des mérites comparés du bouillon-blanc et de la petite pervenche dans le traitement de la toux, par exemple, elle ne pouvait le faire qu'avec une Femme Qui Guérit et ce genre d'échange lui manquait. Elle avait noté que Jondalar, Wymez et Danug pouvaient passer un temps fou à discuter des silex et de la taille des outils et elle se rendait compte que Ranec, lui aussi, se réjouissait de rencontrer ceux qui, comme lui, travaillaient l'ivoire.

Alors qu'ils traversaient la clairière, Ayla remarqua Danug et Druwez, debout au milieu d'un groupe de jeunes gens qui traînaient autour d'une pied-rouge en riant nerveusement. Quand Danug l'aperçut, il lui sourit et, après s'être excusé, traversa rapidement l'herbe sèche et piétinée pour la rejoindre.

— Je t'ai vue lorsque tu discutais avec Latie, Ayla, lui dit-il. J'aurais bien aimé te rejoindre car je voulais te présenter quelques amis. Mais nous n'avons pas le droit de nous approcher du Camp des Filles Qui Gloussent...

Il s'interrompit et rougit, gêné d'avoir employé devant Ayla le sobriquet que les jeunes gens donnaient au Camp dont l'entrée leur était interdite.

— Ne t'en fais pas, Danug. C'est vrai qu'elles gloussent pas mal.

Le jeune homme se détendit.

— Ce petit nom n'est pas bien méchant, reconnut-il. Es-tu pressée ? Peux-tu venir maintenant pour que je te présente mes amis ?

Ayla lança un regard interrogateur à Ranec.

— Moi aussi, je comptais lui présenter des gens. Mais nous avons le temps. Nous pouvons commencer par tes amis.

Danug les entraîna à sa suite. La femme aux pieds rouges était toujours au milieu du groupe de jeunes gens.

— Je désirais faire ta connaissance, Ayla, dit-elle quand Danug eut fait les présentations. Tout le monde parle de toi, se demande d'où tu viens et pourquoi les animaux t'obéissent. Tout ça est tellement mystérieux que je sens que nous allons en parler pendant des années. (Elle sourit et fit un clin d'œil à Ayla.) Suis mon conseil. Ne leur dis pas d'où tu viens. Laisse-les se poser des questions. C'est bien plus amusant.

Ranec se mit à rire.

— Elle a sûrement raison, Ayla. Dis-moi, Mygie, comment se fait-il que tu aies les pieds rouges cette année ?

— Quand Zacanen et moi nous nous sommes séparés, je n'ai pas voulu rester dans son Camp. Mais je n'étais pas sûre, non plus, de vouloir retourner dans le Camp de ma mère. J'ai donc choisi de devenir pied-rouge. Cela m'a permis de trouver un endroit où vivre pendant quelque temps et si la Mère décide de me récompenser avec un enfant, je n'aurai pas à me plaindre. Tiens, ajouta-t-elle soudain, ça me fait penser à quelque chose. Sais-tu que la Mère a donné un enfant de ton esprit à une autre femme, Ranec ? Tu te souviens de Tricie ? La fille de Marlie ? Celle qui vit dans le Camp du Loup ? Elle avait choisi d'avoir les pieds rouges l'année dernière et cette année, elle a un petit garçon. La fille de Toralie avait la peau noire comme la tienne, tandis que ce garçon à la peau claire et des cheveux roux comme les siens. Mais il te ressemble beaucoup, il a le même nez que toi et exactement tes traits. Elle l'a appelé Ralev.

Ayla regarda Ranec en souriant d'un air bizarre. Elle remarqua que son visage semblait encore plus sombre qu'à l'ordinaire. Il rougit, songea-t-elle. Mais pour le savoir, il faut bien le connaître. Je suis sûre qu'il se souvient de Tricie.

— Si nous y allions, proposa Ranec en la prenant par la taille, comme s'il était brusquement pressé de traverser la clairière.

Mais Ayla lui résista un court instant.

— Cette rencontre était très intéressante, Mygie, dit-elle. J'espère que nous aurons à nouveau l'occasion de parler ensemble. Puis, se tournant vers le fils de Nezzie, elle continua : — Cela m'a fait plaisir de rencontrer tes amis, Danug. (Elle lui sourit ainsi qu'à Druwez, un de ses sourires à vous couper le souffle.) J'ai été heureuse de faire votre connaissance, ajouta-t-elle en regardant chacun à leur tour les amis de Danug.

Le jeune homme la regarda s'éloigner en compagnie de Ranec.

— J'aurais bien aimé qu'Ayla ait les pieds rouges, avoua-t-il avec un soupir.

Un murmure d'approbation suivit cette déclaration.

Quand Ayla et Ranec passèrent devant la grande hutte cernée sur trois de ses côtés par la clairière, la jeune femme entendit le son d'un tambour et un autre son qui lui était inconnu. Elle jeta un coup d'œil en direction de l'entrée, mais celle-ci était fermée. Au moment où ils allaient pénétrer dans un autre Camp qui se trouvait en lisière de la clairière, une femme leur barra la route. Elle était plus petite que la moyenne et sa peau d'un blanc laiteux était parsemée de taches de rousseur. Ses yeux bruns, pailletés d'or et de vert, brillaient de colère.

— Tu es donc arrivé avec le Camp du Lion, Ranec, dit-elle. Pourquoi ne t'es-tu pas arrêté à notre hutte pour dire bonjour ? En ne te voyant pas, j'ai pensé que tu t'étais noyé dans la rivière ou que tu avais été écrasé par les sabots d'un troupeau, ajouta-t-elle d'une voix venimeuse.

— Tricie ! Je... euh... J'avais l'intention de passer mais... il a fallu installer le Camp.

Lui qui avait un tel bagou d'habitude, il semblait avoir perdu sa langue et s'il n'avait pas eu la peau noire, son visage aurait été en cet instant aussi rouge que les pieds de Mygie.

— Tu ne me présentes pas à ton amie, Ranec ? demanda la jeune femme d'un air sarcastique.

— Si, bien sûr. Ayla, voici Tricie, une de mes... amies.

— J'aurais aimé te montrer quelque chose, dit Tricie, en ignorant grossièrement les présentations. Mais je suppose que ça n'a plus d'importance maintenant. Une Promesse qui n'est pas officielle ne signifie pas grand-chose. Je suppose que c'est la femme à laquelle tu vas t'unir lors de la Cérémonie de l'Union de la saison.

Il y avait dans sa voix une note douloureuse, en plus de la colère.

Ayla avait deviné quel était le problème, elle plaignait Tricie et se demandait comment elle allait s'y prendre pour sortir de cette situation délicate. Elle s'avança vers elle et lui dit, les deux mains tendues :

— Tricie, je suis Ayla des Mamutoï, fille du Foyer du Mammouth du Camp du Lion et sous la protection du Lion des Cavernes.

Cette présentation en règle rappela à Tricie qu'elle était la fille d'une Femme Qui Ordonne et que c'était le Camp du Loup qui accueillait cette année la Réunion d'Eté. Cela lui conférait des responsabilités.

— Au nom de Mut, la Grande Mère, le Camp du Loup te souhaite la bienvenue, Ayla des Mamutoï, dit-elle.

— On m'a dit que tu étais la fille de Marlie.

— Oui, répondit Tricie.

— J'ai eu l'occasion de faire sa connaissance. C'est une femme remarquable. Je suis heureuse de te connaître.

Ayla entendit le soupir de soulagement de Ranec. Elle lui jeta un coup d'œil puis, regardant par-dessus son épaule, aperçut Deegie qui se dirigeait vers la hutte où elle avait entendu le son du tambour. Elle se dit soudain qu'il valait mieux laisser Ranec seul avec Tricie.

— Ranec, j'aperçois Deegie, dit-elle. Il y a quelque chose dont j'aimerais parler avec elle. J'irai voir les sculpteurs plus tard, ajouta-t-elle en le quittant brusquement.

Quand elle fut partie, Ranec réalisa soudain qu'il ne pouvait plus se dérober : qu'il le veuille ou non, il allait être obligé d'avoir une explication avec Tricie. Il jeta un coup d'œil à la jeune femme debout en face de lui : malgré sa colère, elle semblait bien vulnérable. La saison précédente, ses longs cheveux roux et ses pieds rouges la rendaient doublement désirable et elle était, elle aussi, une artiste. Ranec avait été très impressionné par la qualité de son travail. Ses paniers étaient d'une beauté exquise et la natte d'une qualité exceptionnelle qui se trouvait chez lui sortait de ses mains. Elle avait pris tellement au sérieux son offrande à la Mère qu'il n'était pas question qu'elle commence par accorder ses faveurs à un homme expérimenté. Et cela n'avait fait que décupler le désir de Ranec.

Malgré le désir qu'il en avait, il ne s'était pas engagé officiellement vis-à-vis d'elle. Tricie n'avait pas voulu. Comme elle s'était consacrée à Mut, elle craignait, en cas de Promesse officielle, que la Mère se sente offensée et la prive de Sa bénédiction. La Mère ne devait pas être si en colère que ça, se dit Ranec, puisqu'Elle s'est servie de l'essence de mon Plaisir pour que Tricie ait un enfant. Il supposait que c'était ce que Tricie voulait lui montrer : cet enfant de son esprit qu'elle pouvait maintenant amener dans son foyer. Dans d'autres circonstances, cela l'aurait rendue irrésistible. Mais Ranec aimait Ayla. S'il en avait eu les moyens, il les aurait demandées toutes les deux. Mais il était obligé de choisir, la question ne se posait même pas. A la simple pensée qu'il risquait de perdre Ayla, son estomac se contractait sous l'effet de la panique. Il la désirait plus qu'aucune autre femme.

Ayla appela Deegie et, quand elle l'eut rattrapée, elles se dirigèrent ensemble vers la hutte.

— J'ai vu que tu avais rencontré Tricie, dit Deegie.

— Oui. Mais elle semblait avoir besoin de parler avec Ranec. Quand je t'ai aperçue, j'ai sauté sur cette excuse pour les laisser seuls.

— Je comprends qu'elle veuille parler avec lui. La

saison dernière, tout le monde disait qu'ils avaient l'intention de s'unir.

— Je ne sais pas si tu es au courant, mais elle a eu un bébé. Un fils.

— Non, je n'en savais rien ! J'ai tout juste eu le temps de saluer tous ceux que je connais et personne ne m'a rien dit. A cause de l'enfant, le Prix de la Femme va être encore plus élevé. Qui te l'a dit ?

— Mygie, une des pieds-rouges. Elle dit que c'est le fils de son esprit.

— C'est la seconde fois que cela lui arrive. Avec les autres hommes, on ne peut jamais dire avec certitude de quel esprit il s'agit. Mais avec lui, on ne peut pas se tromper, à cause de la couleur.

— Mygie a dit que ce bébé avait la peau claire et les cheveux roux. Mais que son visage ressemblait beaucoup à celui de Ranec.

— C'est très intéressant, tout ça ! J'ai l'impression qu'il va falloir que j'aille voir Tricie, dit Deegie avec un sourire. La fille d'une Femme Qui Ordonne se doit de rendre visite à la fille d'une autre Femme Qui Ordonne, surtout lorsqu'il s'agit du Camp qui nous offre l'hospitalité. Tu m'accompagneras ?

— Je ne sais pas... Oui, je pense que je viendrai avec toi.

Elles avaient atteint l'entrée en forme d'arche de la hutte d'où s'échappaient un peu plus tôt ces sons étonnants.

— Je comptais m'arrêter à la Hutte des Musiciens, expliqua Deegie. Je suis certaine que cela va te plaire, ajouta-t-elle en grattant la peau qui fermait l'entrée.

Tandis qu'elles attendaient qu'on vienne leur ouvrir, Ayla jeta un coup d'œil autour d'elle.

Au sud-ouest de l'entrée se trouvait une palissade, fabriquée avec sept défenses de mammouth et d'autres os, entre lesquels on avait entassé de l'argile pour la renforcer. Probablement un brise-vent, se dit Ayla. Le campement était situé dans une cuvette et le vent ne pouvait venir que de la vallée où coulait la rivière. Au nord-est se trouvaient quatre énormes foyers en plein air et deux aires de travail. L'une d'elles était réservée à la fabrication des outils en os et en ivoire, l'autre à la taille des silex que l'on ramassait non loin de là. Ayla ne fut pas surprise d'y voir Jondalar en compagnie de Wymez et d'autres Mamutoï, hommes et femmes, qui travaillaient la pierre.

Comme on venait de soulever la tenture en peau, Deegie fit signe à Ayla de la suivre. Mais quelqu'un les arrêta.

— Tu sais que nous ne laissons pas entrer les visiteurs quand nous répétons, Deegie.

— Mais, Kylie, c'est une fille du Foyer du Mammouth, expliqua Deegie, un peu surprise.

— Elle n'a pas de tatouage. Comment peut-elle être une mamutoï si elle n'est pas tatouée ?

— C'est Ayla, la fille du vieux Mamut. Il l'a adoptée.

— Un instant, je vais voir...

Elles durent attendre à nouveau, malgré l'impatience de Deegie.

— Pourquoi ne m'as-tu pas dit que c'était celle qui a les animaux ! s'écria Kylie quand elle revint. Entrez, leur dit-elle.

— Tu aurais pu te douter que jamais je n'aurais amené ici quelqu'un qui ne convienne pas, dit Deegie.

Il ne faisait pas sombre à l'intérieur car le trou à fumée était plus grand que d'ordinaire et laissait entrer la clarté. Néanmoins, après l'éclatante clarté du soleil, Ayla eut besoin d'un certain temps avant de pouvoir détailler celle qui les avait accueillies. Comme elle était beaucoup plus petite que Deegie, elle avait d'abord cru qu'il s'agissait d'une enfant. Mais en la regardant de plus près, elle s'aperçut qu'elle était légèrement plus âgée que Deegie. Elle était petite et très mince, ce qui l'avait induite en erreur. Mais elle avait une démarche souple et gracieuse et l'assurance d'une femme faite.

La hutte lui avait semblé grande de l'extérieur, mais intérieurement, elle était beaucoup moins spacieuse qu'elle ne l'avait imaginé. Le toit était plus bas qu'à l'ordinaire et la moitié de l'espace était occupé par quatre crânes de mammouth, partiellement enterrés dans le sol et placés de telle façon que les cavités des défenses se retrouvent sur le dessus. On avait placé dans ces cavités des branches pour servir de supports au toit qui menaçait de s'effondrer. Ayla se dit que cette hutte devait être très ancienne. Les montants en bois et le toit en chaume étaient devenus grisâtres avec le temps. Le sol avait été balayé et on y voyait encore la trace des anciens foyers.

Entre les supports en bois, on avait tendu des cordes auxquelles étaient accrochées des tentures qui devaient servir à diviser l'espace et qui, pour l'instant, étaient relevées. Toutes sortes d'objets tout à fait étonnants étaient suspendus à ces cordes ou aux chevilles qui traversaient les montants en bois : vêtements colorés, coiffes à la forme fantastique, colliers de perles d'ivoire et de coquillages, pendeloques en os et en ambre et d'autres choses encore, totalement inconnues d'Ayla.

Il y avait du monde à l'intérieur. Quelques personnes, assises près du feu, étaient en train de boire une infusion. D'autres, installées sous le trou à fumée, là où on y voyait le mieux, cousaient des vêtements. Ceux qui se trouvaient à gauche de l'entrée étaient soit assis, soit agenouillés sur des nattes à côté d'os de mammouth décorés de lignes et de zigzags de couleur rouge. Ayla reconnut aussitôt un fémur, une omoplate, deux mâchoires inférieures, un os du bassin et un crâne.

Malgré l'accueil chaleureux des occupants, elle eut l'impression que leur arrivée les avait interrompus en pleine activité. Deegie devait avoir le même sentiment car elle dit aux musiciens :

— Ne cessez pas de jouer à cause de nous. J'ai amené Ayla avec moi pour qu'elle fasse votre connaissance. Mais nous attendrons que vous ayez fini.

La femme qui était agenouillée en face du grand fémur commença à frapper en mesure sur son instrument avec un andouiller de renne qui avait la forme d'un marteau. Les sons qu'elle produisait n'étaient pas seulement rythmés. Chaque fois qu'elle frappait le fémur à un endroit différent, la hauteur et le timbre du son variaient. Ayla regarda l'instrument de plus près pour essayer de comprendre ce qui produisait cette sonorité surprenante.

Le fémur, long d'environ soixante-quinze centimètres,

n'était pas posé directement sur le sol mais placé horizontalement sur deux supports. L'épiphyse de l'os avait été retirée ainsi qu'une partie du tissu spongieux afin d'élargir le canal médullaire. Sur le dessus de l'os, on avait peint à l'ocre rouge des bandes en zigzag régulièrement espacées, semblables aux motifs qui ornaient presque tout ce qui sortait des mains des Mamutoï, depuis leurs bottes jusqu'à leurs constructions. Mais dans ce cas précis, ces bandes avaient une fonction autre que décorative ou symbolique. Après avoir observé pendant un certain temps la musicienne, Ayla fut persuadée que ces motifs lui servaient de repères, lui permettant de savoir à quel endroit elle devait frapper pour produire le son qu'elle désirait.

Ayla avait déjà entendu les Mamutoï jouer du tambour et Tornec frapper sur une omoplate. Les sons qu'ils en tiraient étaient variés mais c'était la première fois qu'elle entendait une telle gamme de sonorités musicales. Les Mamutoï semblaient penser qu'elle possédait des dons magiques mais leur musique lui semblait bien plus magique que ce qu'elle faisait. Un homme se mit à frapper l'omoplate de mammouth, semblable à celle de Tornec, avec un marteau en andouiller. Le timbre et la sonorité de l'omoplate étaient plus aigus que ceux du fémur, mais ce son complétait et mettait en valeur la musique que jouait la femme sur le fémur.

Cette grande omoplate, de forme triangulaire, était haute d'environ soixante-cinq centimètres. La partie la plus large de l'os — près de cinquante centimètres — reposait sur le sol et l'homme tenait son instrument par l'extrémité supérieure, la partie la plus étroite de l'omoplate. Elle était peinte elle aussi de bandes zigzagantes et parallèles de couleur rouge. Chaque bande était large comme le petit doigt de la main et d'un dessin parfaitement régulier. L'intervalle entre ces bandes était toujours le même. Là où l'homme frappait le plus souvent, au centre de la partie inférieure de l'os, les bandes étaient effacées et l'os était poli par l'usage.

Quand les autres instrumentistes se joignirent aux deux premiers, Ayla retint sa respiration. Au début, subjuguée par ces sons complexes, elle se contenta d'écouter. Puis elle concentra son attention sur chacun des musiciens.

Le vieil homme qui frappait sur la mâchoire inférieure n'utilisait pas un marteau en andouiller mais un morceau de défense de mammouth, d'environ trente centimètres, dont l'extrémité la plus large avait été taillée en forme de boule. Seule la moitié droite de la mâchoire était peinte en rouge, comme les autres instruments. La partie gauche de la mâchoire était posée sur le sol et l'homme ne tapait que sur la partie peinte, celle qui n'était pas en contact avec le sol, si bien qu'il tirait de son instrument un son clair, pas du tout assourdi. Il tapait avec son marteau en ivoire aussi bien sur les bandes parallèles peintes à l'intérieur de la mâchoire que sur le bord externe de celle-ci ou alors il le laissait courir sur la surface inégale des dents pour créer des sons stridents.

L'autre mâchoire, qui provenait d'un animal plus jeune, avait été confiée à une femme. Elle avait cinquante centimètres de long, et trente-cinq centimètres dans sa plus grande largeur, et la partie droite était peinte de bandes rouges en zigzag. On avait retiré une des dents de la mâchoire pour créer une cavité, large de cinq centimètres sur douze, ce qui modifiait la sonorité de l'instrument et augmentait son registre aigu.

La femme qui jouait sur l'os de bassin avait posé une des extrémités sur le sol et tenait, elle aussi, son instrument verticalement. Elle laissait retomber son marteau en andouiller surtout au centre de l'os qui était légèrement incurvé à cet endroit. Cela faisait caisse de résonance et lui permettait d'obtenir des sonorités particulières. D'ailleurs, les bandes rouges peintes à cet endroit était entièrement effacées.

Ayla connaissait déjà les sons plus graves, puissants et résonants qu'un jeune homme tirait du crâne de mammouth. Il jouait de cet instrument aussi bien que Deegie et Mamut. Il tapait sur le front et la boîte crânienne qui, au lieu d'être décorés de bandes en zigzag, étaient ornés de lignes ramifiées, de marques discontinues et de points.

Quand les musiciens eurent fini de jouer, ils se mirent à discuter. Deegie se joignit à eux. Quant à Ayla, elle se contentait de les écouter, essayant de comprendre les termes inhabituels qu'ils employaient sans intervenir dans la discussion.

— Ce morceau a besoin d'être équilibré et il manque encore un peu d'harmonie, dit la jeune femme qui frappait sur le fémur. A mon avis, nous devrions introduire un pipeau avant les danses de Kylie.

— Je suis sûre que tu pourrais convaincre Barzec de chanter cette partie, Tharie, dit Deegie.

— Il vaudrait mieux qu'il n'intervienne qu'ensuite. Kylie et Barzec ensemble, cela ferait trop. Ils vont se faire du tort. Je crois que le mieux ce serait d'employer un pipeau à cinq trous. Essayons, Manen, proposa Tharie à un homme à la barbe soigneusement peignée qui venait de les rejoindre.

Tharie recommença à jouer et cette fois les sons qu'elle tirait du fémur semblèrent presque familiers à Ayla. Elle était heureuse de pouvoir assister à cette répétition et ne demandait rien d'autre que de continuer à écouter les musiciens. Cette expérience toute nouvelle pour elle l'enchantait. Le pipeau qu'utilisait Manen était une patte de grue dont on avait creusé l'intérieur. Quand il se mit à en jouer, les sonorités obsédantes de l'instrument rappelèrent à Ayla la voix surnaturelle d'Ursus, le Grand Ours des Cavernes, lors du Rassemblement du Clan. Seul un mog-ur était capable de produire un tel son. C'était un secret auquel seuls ils avaient accès et qu'ils se transmettaient. Eux aussi, ils devaient utiliser un instrument comme celui-ci, songea Ayla.

Puis Kylie se mit à danser. Elle portait autour de ses bras des bracelets semblables à ceux de la danseuse sungaea. Chacun d'eux était composé de cinq cercles très fins en ivoire de mammouth, larges d'un centimètre. On avait gravé sur chacun des bracelets des marques en diagonale qui rayonnaient à partir d'un losange central, si bien que lorsque les cinq bracelets étaient réunis apparaissait un motif d'ensemble en zigzag. On avait creusé un petit trou à chaque extrémité pour pouvoir les attacher ensemble et, lorsque Kylie faisait certains gestes, ils cliquetaient à l'unisson.

Kylie restait sur place : soit elle adoptait des positions incroyables dans lesquelles elle se figeait un long moment, soit elle faisait des mouvements acrobatiques qu'accentuait encore le cliquetis des bracelets. Les mouvements de cette jeune femme forte et souple étaient si gracieux et si coulants qu'ils semblaient aller de soi. Mais Ayla savait qu'elle n'aurait jamais pu les faire. Elle était tellement transportée par la performance que, quand Kylie eut terminé, elle laissa libre cours à son enthousiasme, comme le faisaient si souvent les Mamutoï.

— Comment fais-tu, Kylie ? C'est extraordinaire ! Les sons, les mouvements, tout ! Je n'ai jamais rien vu de pareil.

Kylie et les musiciens sourirent : ils étaient heureux que cela lui ait plu. Maintenant que la répétition était terminée, ils étaient plus détendus. Le moment était venu de se reposer et ils voulaient en profiter pour satisfaire leur curiosité. Ils avaient très envie d'en savoir un peu plus sur cette femme mystérieuse qui n'était pas mamutoï et semblait venir de nulle part. Tout le monde alla s'asseoir autour du foyer et, après avoir ranimé le feu, on mit des pierres à chauffer et de l'eau à bouillir dans un récipient en bois pour préparer une infusion.

— Il est impossible que tu n'aies pas déjà vu quelque chose comme ça, dit Kylie.

— Jamais, protesta Ayla.

— Et les rythmes que tu m'as montrés ? intervint Deegie.

— Ce n'est pas la même chose. C'étaient de simples rythmes du Clan.

— Des rythmes du Clan ? demanda Tharie. Qu'entends-tu par là ?

— Le Clan, ce sont les gens qui m'ont élevée... commença Ayla.

— Ces rythmes ont l'air simples, mais ils ne le sont pas, l'interrompit Deegie. En plus, ils suscitent des sentiments très forts.

— Voulez-vous nous montrer ? demanda le jeune homme qui avait joué sur le crâne de mammouth.

Deegie regarda Ayla.

— On essaie ? lui demanda-t-elle. Puis elle se tourna vers les autres pour leur expliquer : Nous avons déjà un peu joué ensemble.

— Je ne sais pas ce que ça va donner, dit Ayla.

— On verra bien, répondit Deegie. Nous avons besoin d'un instrument qui rende un son sourd, étouffé, sans résonance, comme si on tapait du pied sur le sol et il faudrait qu'Ayla emprunte le tambour de Marut.

— Je pense qu'en enveloppant mon marteau dans un morceau de peau, cela devrait marcher, dit Tharie en proposant son instrument.

Les musiciens étaient intrigués. Tout ce qui était nouveau les intéressait. Deegie s'agenouilla sur une natte en face du fémur à la place de Tharie et Ayla s'assit en tailleur en face du tambour. Elle le frappa pour l'essayer, puis Deegie frappa à son tour sur le fémur à divers endroits jusqu'à ce qu'Ayla lui fasse signe que le son était bon.

Dès qu'elles furent prêtes, Deegie commença à frapper sur le fémur lentement et régulièrement, en produisant toujours le même son mais en modifiant légèrement le tempo jusqu'à ce qu'Ayla approuve d'un signe de tête. Ayla ferma les yeux et quand elle sentit qu'elle était prête à suivre le battement régulier de Deegie, elle commença à taper sur le tambour. Le timbre de celui-ci avait trop de résonance pour reproduire exactement les sons dont elle se souvenait. Il était difficile, par exemple, de recréer le bruit sec d'un coup de tonnerre : le staccato des battements du tambour faisait plutôt penser à un grondement continu. Mais Ayla avait déjà joué sur un tambour de ce genre et elle en avait l'habitude. Elle ne tarda pas à tisser en contrepoint du battement régulier de l'instrument de Deegie un rythme étrange, qui ne semblait obéir à aucune loi, une série de sons détachés les uns des autres et dont le tempo variait. Les deux rythmes étaient si distincts qu'ils semblaient n'avoir aucun rapport. Cependant, un battement plus accentué du rythme d'Ayla coïncidait, une fois sur cinq, avec le battement régulier de Deegie, comme sous l'effet du hasard.

Les deux rythmes suscitaient un sentiment d'attente

et même, à la longue, une légère anxiété. Et puis soudain, alors que cela semblait impossible, les deux femmes se mettaient à jouer à l'unisson. Tout le monde était comme soulagé. Puis, à nouveau, elles reprenaient chacune leur rythme et la tension montait un peu plus. Juste au moment où cela risquait de devenir insupportable pour l'assistance, Ayla et Deegie s'arrêtèrent, après un dernier battement, laissant planer une attente. Puis, à la surprise de tous, Deegie y compris, un sifflement nasillard se fit entendre, semblable à celui de la flûte, un son surnaturel et obsédant, qui n'était pas mélodieux à proprement parler et qui fit courir un frisson dans l'assistance. Quand il se tut sur une dernière note, le sentiment d'être détaché de ce monde se prolongea longtemps encore.

Pendant un certain temps, personne ne dit mot.

— Qui a joué du pipeau ? demanda Tharie finalement, en sachant très bien que ce n'était pas Manen.

— Personne, répondit Deegie. Il n'y avait pas d'instrument. C'était Ayla qui sifflait.

— Comment peut-elle siffler comme ça ?

— Ayla peut imiter tous les sifflements, expliqua Deegie. Il faut entendre ses chants d'oiseaux ! Les oiseaux eux-mêmes s'y laissent prendre. Ils s'approchent d'elle et viennent manger dans sa main. Cela fait partie de ce qu'elle sait faire avec les animaux.

— Veux-tu nous montrer comment tu imites le sifflement d'un oiseau, Ayla ? demanda Tharie d'une voix incrédule.

Même si l'endroit lui semblait mal choisi, Ayla leur fit entendre une partie de son répertoire, soulevant l'étonnement de l'auditoire.

Quand Kylie lui proposa de lui faire faire le tour de la tente, elle se sentit soulagée. La jeune danseuse lui montra des costumes et d'autres accessoires. Elle descendit une des coiffes pour la lui montrer de près, et Ayla s'aperçut qu'il s'agissait en réalité d'un masque. Presque tous ces accessoires étaient d'une couleur criarde. Mais la nuit, à la lueur du feu, les couleurs des costumes devaient bien ressortir et sembler aux spectateurs pratiquement normales. Une femme venait de sortir de l'ocre rouge d'un sac et était en train de le mélanger à de la graisse. Cela rappela à Ayla la pâte d'ocre rouge dont Creb s'était servi pour enduire le corps d'Iza avant qu'on l'enterre et elle frissonna. On lui avait dit qu'on se servait de cette pâte pour colorer le visage et le corps des musiciens et des danseurs et elle remarqua aussi de la craie et du charbon de bois.

Ayla aperçut un homme en train de coudre des décorations sur une tunique à l'aide d'un perçoir, et elle se dit que sa tâche serait moins compliquée s'il possédait un tire-fil. Elle leur en ferait porter un par Deegie un peu plus tard. Elle ne voulait pas leur en parler de crainte d'attirer à nouveau l'attention sur elle. Kylie lui montra des colliers en perles et d'autres bijoux, puis elle alla chercher deux coquillages coniques et les plaça devant ses oreilles.

— Dommage que tu n'aies pas les oreilles percées, dit-elle. Ils t'iraient très bien.

— Ils sont très jolies, reconnut Ayla en remarquant que les oreilles de Kylie et son nez étaient percés.

Kylie lui plaisait. Elle éprouvait même de l'admiration pour elle et sentait qu'elles auraient pu devenir facilement amies.

— Emporte-les, lui proposa Kylie. Tu n'as qu'à demander à Tulie de te percer les oreilles. Et tu devrais aussi te faire tatouer, Ayla. Comme ça, tu pourrais aller où tu veux sans avoir besoin d'expliquer que tu fais partie du Foyer du Mammouth.

— Mais je ne suis pas vraiment une mamutoï.

— Je pense que tu en es une, Ayla. Je ne connais pas très bien les rites, mais je suis certaine que Lomie n'hésiterait pas si tu lui disais que tu es prête à te consacrer à la Mère.

— Je ne crois pas être prête.

— Peut-être. Mais ça ne saurait tarder. Je le sens.

Quand Deegie et Ayla quittèrent la hutte, celle-ci se dit qu'elle avait eu une chance extraordinaire : rares devaient être ceux qui avaient accès à ce qui se passait dans la coulisse. Même maintenant qu'elle en avait découvert certains secrets, la Hutte des Musiciens restait un endroit mystérieux, plus magique et plus surnaturel encore que ce qu'on imaginait quand on ne la voyait que de l'extérieur. En passant devant l'aire réservée à la taille du silex, Ayla regarda si elle voyait Jondalar, mais celui-ci n'y était plus.

Elle suivit Deegie à travers le campement en direction du fond de la cuvette, saluant au passage des amis ou des connaissances. Elles arrivèrent alors à un endroit où étaient installés trois Camps au milieu des buissons et en face d'une clairière. L'atmosphère y était différente du reste du campement. Les tentes étaient déchirées et mal dressées, les trous mal rapiécés, quand ils l'étaient. On avait abandonné entre deux tentes un quartier de viande rôtie qui dégageait une odeur nauséabonde et qui était couvert de mouches. Des ordures traînaient un peu partout. Les enfants qui les regardaient passer auraient eu besoin d'une bonne toilette : leurs vêtements étaient crasseux, ils étaient mal peignés et couverts de poussière. L'endroit était sordide.

Ayla aperçut Chaleg qui flânait devant une des tentes. Il ne s'attendait pas à la voir et elle surprit ses yeux pleins de haine. Cela la bouleversa : seul Broud la regardait ainsi. Puis Chaleg changea d'expression. Mais le sourire faux, malveillant qu'il lui adressa était peut-être encore pire.

— Allons-nous en, dit Deegie en reniflant avec dédain. Mieux vaut savoir où ils sont, comme ça on peut éviter l'endroit.

Elles allaient faire demi-tour quand elles entendirent des cris. Deux enfants sortirent en courant d'une tente. La fillette devait avoir onze ans et le garçon tout juste deux ans de plus qu'elle.

— Rends-moi ça ! hurla la petite fille en courant après le garçon. Tu entends ? Rends-le-moi !

— Attrape-moi d'abord, petite sœur ! cria le garçon en secouant sous son nez l'objet qu'il tenait à la main.

— Donne-moi ça ! cria la fille en se lançant à nouveau à sa poursuite.

A voir son sourire, le garçon éprouvait un malin plaisir à mettre sa sœur en colère. Mais quand il se retourna à nouveau pour la regarder, il buta contre une racine et tomba de tout son long sur le sol. Sa sœur se jeta sur lui et se mit à le bourrer de coups. Il la frappa au visage et un flot de sang jaillit de son nez. Elle cria de douleur et le frappa sur la bouche, lui déchirant la lèvre.

— Donne-moi un coup de main, Ayla ! dit Deegie en se précipitant vers les enfants.

Elle n'était pas aussi forte que sa mère, mais elle était grande et bien charpentée et quand elle agrippa le garçon, celui-ci ne put lui résister. Ayla retint la petite fille qui profitait de l'intervention de Deegie pour essayer d'atteindre à nouveau son frère.

— Est-ce que vous vous rendez compte de ce que vous faites ? demanda Deegie d'une voix sévère. Vous devriez avoir honte ! Comment pouvez-vous vous battre ainsi ! Entre frère et sœur, en plus ! Maintenant, vous allez venir avec moi. On va régler ça tout de suite.

Elle tira le garçon qui n'avait aucune envie de la suivre par le bras et Ayla entraîna la petite fille qui se débattait dans l'espoir de s'échapper.

Les gens qui s'étaient approchés pour regarder les suivirent alors qu'elles se dirigeaient vers le centre du Camp avec les deux enfants couverts de sang. Le temps qu'elles y arrivent, tout le monde était au courant et un groupe de femmes les attendaient. Il y avait là Tulie, Brecie et Marlie, les Femmes Qui Ordonnent qui composaient le Conseil des Sœurs.

— C'est elle qui a commencé… cria le garçon.

— Il m'a pris mon… intervint la fille.

— Taisez-vous ! dit Tulie sévèrement, les yeux brillants de colère.

— N'essayez pas de vous justifier ! intervint Marlie d'une voix dure. Vous êtes assez grands tous les deux pour savoir qu'on ne doit pas se battre. Et si vous ne le saviez pas, vous allez l'apprendre. Apportez les lanières en cuir ! ordonna-t-elle.

Un jeune homme se précipita à l'intérieur d'une des huttes. La petite fille semblait pétrifiée d'horreur. Le garçon se débattit pour se libérer. Il réussit à échapper à Deegie et se mit à courir. Mais Talut, qui revenait du Camp de la Massette, le rattrapa et le ramena vers les femmes.

Ayla se faisait du souci. Les deux enfants étaient blessés, ils avaient besoin de soins. Et qu'allait-on leur faire ?

Tandis que Talut tenait toujours le garçon, un des hommes s'approcha avec une des lanières et il s'en servit pour attacher le bras droit du jeune garçon contre son corps. La lanière n'était pas suffisamment serrée pour arrêter la circulation mais l'enfant ne pouvait plus bouger son bras. Une autre personne attacha le bras droit de la petite fille de la même manière.

— Mais... il m'a pris... dit-elle en pleurant.

— Peu importe ce qu'il t'a pris ! s'écria Tulie.

— Tu pouvais t'y prendre autrement pour qu'il te le rende, continua Brecie. Tu n'avais qu'à venir au Conseil des Sœurs. Les Conseils sont faits pour ça.

— Que se passerait-il si on avait le droit de frapper les autres sous prétexte qu'ils ne sont pas d'accord avec vous ou parce qu'ils vous ont taquinés ou pris quelque chose ? demanda une autre femme.

— Il faut que vous appreniez qu'il n'y a pas de lien plus fort que celui qui unit le frère et la sœur, intervint Marlie tandis qu'on attachait la cheville du garçon à celle de la fille. C'est le lien de la naissance. Pour que vous vous en souveniez, vous allez rester attachés l'un à l'autre pendant deux jours. Et vous ne pourrez pas bouger la main dont vous vous êtes servis pour vous battre. Vous allez être obligés de vous aider réciproquement maintenant. Pour marcher, dormir, manger ou boire. Vous allez apprendre que vous dépendez l'un de l'autre et que vous vous devez une aide mutuelle jusqu'à la fin de vos jours.

— Et, en vous voyant, tout le monde saura ce que vous avez fait ! annonça Talut suffisamment fort pour que tous les assistants l'entendent.

— Deegie, dit Ayla à voix basse, ils ont besoin qu'on les soigne. Le nez de la petite saigne toujours et le garçon a la lèvre enflée.

Deegie s'approcha de Tulie et lui parla à l'oreille. Cette dernière acquiesça.

— Avant de retourner dans votre Camp, vous irez

avec Ayla au Foyer du Mammouth pour qu'elle examine les blessures que vous vous êtes infligées.

Dès que les enfants voulurent marcher, ils eurent droit à leur première leçon de coopération : avec leurs chevilles attachées, ils étaient obligés d'avancer à la même allure et dans la même direction. Deegie et Ayla les emmenèrent au Foyer du Mammouth et, après les avoir nettoyés et soignés, elles les regardèrent repartir en boitillant vers leur Camp.

— Ils se sont vraiment battus, dit Ayla alors qu'elles revenaient vers le Camp de la Massette. Mais le garçon avait pris quelque chose à sa sœur.

— Peu importe ! dit Deegie. Elle n'avait qu'à s'y prendre autrement pour qu'il lui rende. Il faut qu'ils apprennent qu'il est inadmissible de se battre. Comme on ne le leur a pas enseigné dans leur Camp, il fallait bien que quelqu'un s'en charge. Je pense que tu as compris maintenant pourquoi Crozie était si réticente quand Fralie a voulu s'unir à Frebec, ajouta-t-elle.

— Non. Pourquoi ?

— Frebec est originaire d'un de ces Camps. Les trois Camps ont des liens de parenté. Chaleg est le cousin de Frebec.

— Mais Frebec a changé.

— C'est vrai. Mais je ne lui fais toujours pas confiance. Je réserve mon jugement tant qu'il n'aura pas fait ses preuves.

Ayla ne pouvait s'empêcher de penser aux enfants et elle était persuadée qu'il y avait une leçon à tirer de cet incident. Le jugement avait été rapide et sans appel. On ne leur avait pas donné l'occasion de s'expliquer et personne n'avait semblé s'inquiéter de leurs blessures — elle ne savait même pas comment ils s'appelaient. Mais c'est vrai qu'ils n'étaient pas gravement blessés et qu'ils s'étaient battus. Ils n'étaient pas près d'oublier la punition. Personne ne les avait brutalisés, mais ils risquaient d'être longtemps marqués par l'humiliation qu'on venait de leur infliger.

— Deegie, dit-elle, le bras gauche de ces enfants est libre. Qu'est-ce qui les empêche de détacher ces liens ?

— Tout le monde le saurait. Aussi humiliant cela

soit-il pour eux de se déplacer ainsi dans le campement, ce serait encore pire s'ils se détachaient. On dirait qu'ils sont habités par les esprits malins de la colère, qu'ils sont incapables de se contrôler et qu'ils ne peuvent même pas apprendre à s'entraider. Tout le monde les éviterait et ils auraient encore plus honte.

— Ils ne sont pas près d'oublier la leçon.

— Ni eux ni les autres enfants. Ils vont tous se tenir tranquilles pendant un petit bout de temps.

Ayla avait hâte de retrouver l'atmosphère familière du Camp de la Massette. Elle avait rencontré tellement de gens et vu tellement de choses qu'elle avait l'impression que la tête lui tournait. Néanmoins, quand elles repassèrent devant l'aire où on travaillait le silex, elle ne put s'empêcher d'y jeter un coup d'œil. Cette fois-ci, Jondalar y était. Mais elle vit aussi une autre personne qu'elle ne s'attendait pas à trouver là. Mygie avait rejoint Jondalar et elle le contemplait avec adoration. Elle exagère, se dit Ayla en remarquant la pose suggestive de la jeune femme. Jondalar ne devait pas partager son avis car il lui souriait, un grand sourire qu'elle ne lui avait pas vu depuis longtemps.

— Je croyais que les pieds-rouges devaient se consacrer à la formation des jeunes gens, dit-elle, en songeant que Jondalar n'avait plus rien à apprendre en la matière.

Deegie avait remarqué l'expression d'Ayla et elle savait pourquoi elle fronçait les sourcils. Elle la comprenait mais elle se mettait aussi à la place de Jondalar : pour lui aussi, l'hiver avait été long et difficile.

— Lui aussi, il a des besoins physiques. Comme toi, Ayla.

Ayla rougit brusquement. C'était elle qui avait commencé : elle avait partagé la couche de Ranec alors que Jondalar dormait seul. Pourquoi était-elle bouleversée à l'idée qu'il puisse partager les Plaisirs avec une femme pendant la Réunion d'Eté ? Elle aurait dû s'y attendre. Il n'empêche que cela ne lui plaisait pas. Elle aurait de loin préféré qu'il partage les Plaisirs avec elle.

— S'il cherche une femme, c'est aussi bien qu'il aille avec une pied-rouge, continua Deegie. Elles ne peuvent pas s'engager. A moins qu'il tombe amoureux, cela ne durera pas plus longtemps que la saison. Cet hiver, ce sera fini. A mon avis, il n'est pas amoureux de Mygie et cela lui fera du bien d'aller avec une femme. Il sera plus détendu et il aura les idées plus claires.

— Tu as raison, Deegie. De toute façon, ça n'a pas d'importance. Il doit partir après la chasse au mammouth et moi, j'ai donné ma Promesse à Ranec.

Ensuite, se dit-elle, j'irai chercher Durc et je le ramènerai ici. Il pourra devenir mamutoï et partager notre foyer. Peut-être ramènerai-je aussi Uba pour qu'il ait une compagne... Et je vivrai ici au milieu de tous mes amis, avec Ranec, qui m'aime, et avec Durc, mon fils... et Rydag, et les chevaux et Loup... Et jamais plus je ne reverrai Jondalar, conclut-elle, le cœur soudain empli de tristesse.

33

Rugie et Tusie se précipitèrent en riant à l'intérieur de la tente.

— Il y en a encore une autre dehors, annonça Rugie.

Ayla baissa aussitôt les yeux, Nezzie et Tulie échangèrent un regard entendu, Fralie sourit, et Frebec aussi.

— Une autre quoi ? demanda Nezzie bien qu'elle sût parfaitement de quoi il s'agissait.

— Une autre « légation », répondit Tusie d'un air supérieur, comme si elle en avait par-dessus la tête de toutes ces bêtises.

— Entre les délégations et tes devoirs de gardienne, tu risques d'avoir un été bien rempli, Tulie, dit Fralie en continuant à couper de la viande pour Tasher.

Elle savait que Tulie était en réalité très fière de représenter le Camp du Lion à un moment où celui-ci suscitait un tel intérêt.

Tulie et Ayla sortirent puis Nezzie les suivit au cas où on aurait besoin d'elle. Frebec et Fralie s'avancèrent vers l'ouverture de la tente pour voir qui arrivait. Frebec alla rejoindre les trois femmes, mais Fralie resta pour garder les enfants qui risquaient d'importuner les visiteurs. Un groupe de gens attendait à l'extérieur du territoire qui, aux yeux de Loup, appartenait au Camp du Lion. Il en avait marqué les frontières invisibles avec son urine et le surveillait étroitement. Les gens n'avaient pas le droit de pénétrer dans ce territoire à moins que quelqu'un que Loup connaissait leur fasse signe de s'avancer.

Loup se trouvait entre la tente et les nouveaux arrivants. Il défendait son aire en grognant et en montrant les dents et aucun des visiteurs ne se risquait à passer outre. Ayla lui fit signe d'approcher, puis elle utilisa le geste « ami » qu'elle avait mis toute une matinée à lui apprendre. Pour lui, cela signifiait que, contrairement à ce que lui dictait son instinct, il devait laisser pénétrer des étrangers. Même s'il tolérait plus facilement les visiteurs qui venaient régulièrement au Camp du Lion que les inconnus, il leur faisait néanmoins comprendre qu'il n'aimait pas la compagnie et semblait toujours soulagé quand ils s'en allaient.

De temps en temps, pour l'habituer à la foule, Ayla l'emmenait faire un tour dans le campement, en le gardant à côté d'elle. Quand les gens la voyaient passer, marchant en toute confiance à côté d'un loup, ils la dévisageaient d'un air étonné, ce qui la gênait beaucoup. Mais elle n'en continuait pas moins à l'emmener à l'intérieur du campement, car elle jugeait ça indispensable. Loup ne vivrait plus jamais parmi ses congénères. S'il devait partager la vie des gens, il y avait certaines choses auxquelles il fallait qu'il s'habitue. Les êtres humains aimaient la compagnie, même celle des étrangers et il leur arrivait de se rassembler et de former alors de très grands groupes. Et il fallait que Loup l'accepte.

Mais Loup ne passait pas tout son temps au Camp de la Massette. Il lui arrivait aussi d'accompagner les chevaux dans le pré ou de partir faire un tour tout seul. Il aimait aussi se promener avec Ayla, avec Jondalar ou Danug, et même, ce qui semblait étonnant à beaucoup, en compagnie de Frebec.

Frebec l'appela et se dirigea avec lui vers l'abri des chevaux pour qu'il n'importune pas les visiteurs. La présence de Loup rendait les gens nerveux et cela pouvait avoir un fâcheux effet sur les délégations envoyées par des hommes qui recherchaient l'alliance d'Ayla. Ces hommes ne désiraient pas s'unir à elle, ils savaient qu'elle avait donné sa Promesse à Ranec. Ils ne cherchaient pas une compagne, mais une sœur. Les délégations qui se présentaient au Camp du Lion venaient faire des offres pour l'adopter.

Tulie avait beau connaître parfaitement les coutumes de son peuple, avant son arrivée à la Réunion d'Eté, elle n'avait pas envisagé cette éventualité. Quand, pour la première fois, une femme de sa connaissance, qui n'avait que des garçons, était venue la voir pour lui demander si elle était prête à accueillir favorablement une offre émanant de son Foyer et de son Camp pour adopter Ayla, elle avait soudain compris ce que cela impliquait. Elle avait expliqué un peu plus tard au Camp du Lion :

— J'aurais dû me douter qu'une femme libre, belle, de statut élevé et comblée de dons, allait attirer la convoitise de ceux qui cherchaient une sœur, surtout maintenant que le Foyer du Mammouth l'a adoptée. Habituellement, celui-ci n'est pas considéré comme un foyer familial. A mon avis, à moins qu'Ayla le veuille, nous ne devons accepter aucune de ces propositions, mais ces offres, à elles seules, font monter sa valeur.

Tulie ne se tenait plus de joie en songeant à quel point Ayla contribuait à la renommée et à la prospérité du Camp du Lion. Mais, au fond d'elle-même, elle aurait presque préféré qu'Ayla n'ait pas donné sa Promesse à Ranec. Si elle avait été libre de tout engagement, le Prix de la Femme aurait alors été stupéfiant. D'un autre côté, elle aurait été alors perdue pour le Camp du Lion. Mieux valait conserver le trésor plutôt que le perdre à tout jamais, même en échange d'un bon prix. Tant que la valeur d'Ayla ne serait pas fixée d'une manière définitive, la spéculation pouvait encore faire monter le Prix. En plus, les offres d'adoption faites à Tulie ouvraient toute une gamme de possibilités. Il pouvait très bien s'agir d'une adoption de pure forme qui ne l'obligerait nullement à quitter le

Camp du Lion. Si son frère éventuel avait de bons appuis et de l'ambition, elle pourrait même devenir Femme Qui Ordonne. Et si Ayla et Deegie étaient toutes les deux des Femmes Qui Ordonnent, comme elles avaient des liens de parenté directs avec le Camp du Lion, cela accroîtrait considérablement l'influence de ce dernier... Voilà à quoi pensait Tulie tout en se dirigeant vers la délégation qui venait d'arriver.

Ayla savait maintenant que les différences dans les motifs qui ornaient les vêtements et les bottes permettaient de déterminer à quel groupe de Mamutoï on appartenait. Bien qu'on utilisât toujours les mêmes motifs géométriques de base, la prépondérance d'un de ces motifs — celle des chevrons sur les losanges, par exemple — et la manière dont ils étaient agencés, permettaient de déterminer sans erreur possible l'appartenance à un Camp et les liens de parenté qui existaient entre celui-ci et d'autres Camps. Malgré tout, contrairement à Tulie, Ayla n'était pas capable de deviner au premier coup d'œil, à partir de ces motifs et des relations personnelles des visiteurs, quelle était leur place exacte dans l'ensemble de l'édifice hiérarchique et leurs liens de parenté à l'intérieur du groupe.

Le statut de certains Camps était si élevé que Tulie aurait été prête à se montrer moins exigeante sur les dons en nature en raison de la valeur inestimable d'une telle alliance. Les propositions de certains Camps, au statut moins élevé, méritaient réflexion, à condition que ceux-ci soient prêts à payer le prix fort. Compte tenu des offres qui avaient déjà été faites, la délégation qui venait de se présenter méritait à peine qu'on discute avec elle. Une telle alliance ne présentait aucun intérêt. En conséquence, Tulie se montra très aimable avec eux. Néanmoins, elle ne les invita pas à entrer et ils comprirent qu'ils n'offraient pas assez et qu'ils arrivaient trop tard. Le fait qu'ils se soient déplacés pour faire une offre présentait néanmoins certains avantages. C'était une manière de s'allier au Camp du Lion, ce qui augmentait du même coup l'influence de ce dernier : le Camp du Lion ne l'oublierait pas.

Alors qu'ils étaient en train de plaisanter dehors,

Frebec entendit Loup grogner et il le vit soudain filer en direction de la rivière.

— Ayla ! cria-t-il. Loup a vu quelque chose.

Ayla siffla très fort, puis elle se précipita dans le sentier qui menait à la rivière. Loup revenait, suivi par un groupe de visiteurs. Mais ceux-là, il les connaissait.

— C'est le Camp du Mammouth, annonça Ayla. J'ai reconnu Vincavec.

Tulie se tourna vers Frebec.

— Essaie de trouver Talut, lui dit-elle. Il faut que nous les accueillions correctement. Et profites-en pour prévenir Marlie ou Valez qu'ils sont enfin arrivés.

Frebec acquiesça et partit chercher Talut. La délégation qui était venue faire une offre décida de rester pour assister à ce qui allait suivre.

Vincavec marchait en tête du Camp du Mammouth. En apercevant Tulie, Ayla et la délégation, il comprit aussitôt ce qui se passait. Il se débarrassa de son sac de voyage et s'avança vers eux en souriant.

— C'est de bon augure, Tulie, que tu sois la première personne que je rencontre, car c'est justement toi que je désirais voir, dit-il en prenant ses deux mains et en frottant sa joue contre la sienne, comme le faisaient les amis de longue date.

— Pourquoi tenais-tu tant à me voir ? demanda Tulie en souriant, incapable de résister au charme de Vincavec.

Il fit comme s'il n'avait pas entendu et demanda :

— Pourquoi tes invités sont-ils en grande tenue ? Sont-ils par hasard venus en délégation ?

— Nous sommes venus faire une offre pour Ayla, expliqua une des visiteuses avec dignité en faisant comme si son offre n'avait pas été refusée. Mon fils n'a pas de sœur.

Vincavec ne mit pas longtemps à faire le tour de la question et sa décision fut vite prise.

— Moi aussi, je compte faire une offre, dit-il, une offre en bonne et due forme, mais ce sera pour plus tard. Pour l'instant, je tenais à te dire, Tulie, afin que tu puisses y réfléchir, que j'aimerais m'unir à Ayla. Se tournant vers l'intéressée, il lui prit les deux mains et ajouta : — Je veux m'unir à toi, Ayla. Je veux t'emmener avec moi et que tu fasses de mon Foyer du Mammouth autre chose qu'un simple nom. Il n'y a que toi qui puisses faire ça pour moi. Tu m'apportes ton Foyer, mais en échange, je te donne le Camp du Mammouth.

Ayla était stupéfaite. Vincavec savait qu'elle était déjà engagée. Pourquoi lui demandait-il de devenir sa compagne ? Même si elle en avait envie, pouvait-elle brusquement changer d'avis et s'unir avec lui ? Pouvait-on si aisément rompre une Promesse ?

— Elle a déjà donné sa Promesse à Ranec, dit Tulie.

Vincavec regarda la Femme Qui Ordonne dans les yeux et lui adressa un sourire de connivence. Puis il fouilla dans sa sacoche, en retira sa main fermée, l'ouvrit devant elle et lui montra les deux magnifiques morceaux d'ambre poli qui étaient posés au creux de sa paume.

— J'espère que le Prix de la Femme qu'il t'a proposé est élevé, Tulie, dit-il.

Tulie écarquilla les yeux. L'offre de Vincavec lui coupait le souffle. Il lui avait effectivement demandé de dire son prix, et de le dire en ambre, si elle le désirait, mais elle ne lui avait pas répondu, pas de manière aussi précise en tout cas.

— Ce n'est pas à moi de décider, répondit-elle, en fermant à moitié les yeux. C'est à Ayla de choisir.

— Je sais. Mais accepte cet ambre. C'est un cadeau que je te fais pour te remercier de m'avoir aidé à construire mon habitation, dit-il en lui tendant les pierres.

Tulie était au supplice. Elle ne pouvait pas accepter. Si elle le faisait, il aurait barre sur elle. Mais c'était à Ayla de décider : Promesse ou pas, elle restait libre de faire son choix. Quand Tulie s'empara de l'ambre, Vincavec eut une expression de triomphe et elle eut soudain l'impression de s'être laissé acheter pour deux morceaux d'ambre. Il savait qu'elle repousserait maintenant toutes les autres offres. Il ne lui restait plus qu'à convaincre Ayla. Il ne la connaît pas, songea Tulie. Qui pouvait se vanter de la connaître ? Même si elle était maintenant mamutoï, elle restait une étrangère.

Qui pouvait prévoir ses réactions ? Tulie jeta un coup d'œil à l'homme tatoué qui observait intensément Ayla, puis elle examina le visage de celle-ci. Aucun doute : Ayla semblait intéressée.

— Tulie ! Comme je suis heureuse de te revoir ! s'écria Avarie en s'approchant d'elle, les mains tendues. Nous arrivons bien tard. J'ai l'impression que toutes les bonnes places sont prises. Tu ne pourrais pas nous indiquer un endroit où dresser notre camp ? Où se trouve le vôtre ?

— Ici, répondit Nezzie en s'approchant pour saluer à son tour la Femme Qui Ordonne du Camp du Mammouth.

Elle avait suivi avec beaucoup d'intérêt les propos qu'avaient échangés Tulie et Vincavec. Ranec n'allait pas être heureux d'apprendre que Vincavec voulait faire une offre pour Ayla. Mais Nezzie n'était pas sûre du tout que Vincavec parvienne à convaincre Ayla, aussi élevée soit l'offre qu'il comptait faire.

— Vous êtes installés ici ? s'étonna Avarie. Si loin de tout ?

— Nous avons préféré nous installer à cet endroit à cause des animaux, dit Tulie, comme si elle avait délibérément choisi cet emplacement. Quand il y a trop de monde autour, cela les rend nerveux.

— Si le Camp du Lion s'est installé ici, pourquoi ne ferions-nous pas de même, Vincavec ? proposa Avarie.

— Cet endroit n'est pas mal, dit Deegie. L'avantage, c'est qu'on n'est pas les uns sur les autres.

Elle se dit que si le Camp du Mammouth s'installait à côté du leur, il y aurait alors presque autant d'animation qu'au centre du campement.

— Je ne crois pas qu'on pourrait rêver meilleur endroit que le voisinage du Camp du Lion, répondit Vincavec en souriant à Ayla.

Talut s'approcha alors pour saluer les deux chefs du Camp du Mammouth.

— Vincavec ! Avarie ! s'écria-t-il d'une voix aussi tonitruante que d'habitude. Vous voilà enfin ! Qu'est-ce qui vous a retenus ?

— Nous nous sommes arrêtés plusieurs fois en chemin, répondit Vincavec.

— Demande à Tulie de te montrer ce qu'il lui a apporté, intervint Deegie.

Tulie était gênée : elle aurait préféré que Deegie ne dise rien. Elle ouvrit la main et montra les deux morceaux d'ambre à son frère.

— Ces pierres sont magnifiques, reconnut Talut. Je vois que tu as envie de faire du troc, Vincavec. Je te signale que le Camp du Saule a apporté des coquillages blancs en colimaçon.

— Vincavec désire autre chose que des coquillages, intervint Nezzie. Il veut faire une offre pour Ayla... pour son foyer.

— Mais elle a donné sa Promesse à Ranec, dit Talut.

— Une Promesse n'est qu'une promesse, intervint Vincavec.

Talut regarda Ayla, puis Vincavec, puis Tulie, et éclata de rire.

— Nous ne sommes pas prêts d'oublier cette Réunion d'Eté !

— Si nous arrivons si tard ce n'est pas seulement parce que nous nous sommes arrêtés au Camp de l'Ambre, expliqua Avarie. Nous avons aussi été obligés de faire un large détour à cause d'un lion qui semblait suivre la même direction que nous. Il avait une crinière du même roux que tes cheveux, Talut. Nous n'avons pas vu sa horde. Mais mieux vaudrait peut-être prévenir les gens que des lions rôdent pas loin d'ici.

— Il y a toujours des lions par ici, dit Talut.

— Oui, mais celui-là se conduisait d'une manière étrange. D'habitude, les lions évitent les gens. Mais ce lion-là, on aurait presque dit qu'il était dans nos traces. A un moment donné, il s'est tellement approché de nous que je n'en ai pas fermé l'œil de la nuit. Jamais encore je n'avais vu un lion des cavernes aussi énorme. Rien que d'y penser, j'en tremble encore.

Un lion énorme, avec une crinière rousse..., songea Ayla en fronçant les sourcils. Ce n'est qu'une coïncidence, ajouta-t-elle pour elle-même en haussant les épaules. Il y a tellement de lions qui sont gros.

— Quand vous serez installés, rejoignez-nous à la clairière, proposa Talut. Nous avons commencé à parler de la chasse au mammouth et le Foyer du Mammouth est en train d'organiser la Cérémonie de la Chasse. Un autre Invocateur ne serait pas de trop. Si tu as l'intention de jouer un rôle de premier plan lors de la Cérémonie de l'Union, je pense que tu auras besoin d'un bon morceau de mammouth, Vincavec !

Avant de les quitter, Talut se tourna vers Ayla.

— Puisque tu comptes participer à la chasse, tu ferais bien d'aller chercher ton propulseur et de venir avec moi, lui proposa-t-il.

— Je vous accompagne, annonça Tulie. Je dois voir Latie au Camp de la Féminité.

— Ces silex sont vraiment d'excellente qualité, dit Jondalar. Ils conviendront très bien pour fabriquer des burins, des grattoirs ou des drilles.

Un genou posé sur le sol, il était en train d'examiner un silex gris et lisse au grain très fin. Pour arracher le rognon siliceux à sa gangue crayeuse il s'était servi d'un morceau d'andouiller, prélevé sur un animal qui venait d'être tué et qui avait donc conservé son élasticité, tout en étant suffisamment solide pour ne pas se casser. Cet outil avait fait office de pic, puis de levier. Il prit alors son percuteur et frappa sur le silex.

— Wymez dit que les silex que l'on trouve ici sont parmi les meilleurs, dit Danug.

Jondalar fit un geste en direction de la falaise verticale, qui surplombait la rivière, et avait été érodée par les eaux bouillonnantes. La plupart des blocs de silex, enveloppés dans une croûte blanche et opaque, faisaient saillie par rapport à la pierre calcaire, légèrement plus tendre.

— Les silex sont toujours meilleurs quand on va les chercher dans leur gisement d'origine. Celui-ci me rappelle la mine de Dalanar. Dans notre région, c'est lui qui a les meilleures pierres.

— Le Camp du Loup pense que ces silex dépassent de loin tous les autres, intervint Tarneg. La première fois que je suis venu ici, Valez était avec moi. Il fallait l'entendre s'extasier ! Comme ce gisement est juste à côté de leur Camp, ils considèrent que l'extraction leur est réservée. Tu as bien fait de leur demander la permission avant de venir, Jondalar.

— C'était la moindre des politesses. Je sais ce que Dalanar resssentait vis-à-vis de sa mine.

— Qu'est-ce que ces pierres ont de spécial ? demanda Tarneg. J'ai souvent vu des silex dans les plaines d'inondation des rivières.

— Il arrive en effet qu'on trouve de bons nodules dans les plaines d'inondation car ils viennent juste d'être arrachés à leur gisement d'origine. Et évidemment, ils sont plus faciles à ramasser : on n'a pas besoin de les arracher au rocher. Mais les silex ont tendance à sécher quand ils restent très longtemps en plein air. Et les éclats sont alors plus courts et moins réguliers.

— Quand les silex sont restés trop longtemps en plein air, Wymez les enterre dans un sol humide pendant un certain temps pour qu'ils soient plus faciles à tailler, dit Danug.

— Moi aussi, il m'est arrivé de le faire. Mais tout dépend de la taille du nodule et depuis quand il est à l'air libre. En général, ça marche mieux avec les petits nodules, ceux qui sont à peine de la taille d'un œuf. Malheureusement, bien souvent ces nodules-là ne valent pas le coup qu'on les taille, à moins qu'ils soient d'excellente qualité.

— Nous en faisons autant avec les défenses de mammouth, dit Tarneg. Nous les enveloppons à l'intérieur d'une peau mouillée et nous les enfouissons sous de la cendre chaude. L'ivoire change : il devient plus dense mais il est plus facile à travailler ou à cintrer. Nous utilisons aussi cette méthode pour redresser une défense.

— Je me demandais comment vous faisiez, dit Jondalar. (Il se tut un court instant, plongé dans ses pensées.) Mon frère aurait été intéressé par cette méthode, reprit-il. Il fabriquait des sagaies. Il était non seulement capable de faire une hampe parfaitement droite, mais il connaissait aussi les propriétés du bois, il savait comment le cintrer ou lui donner une certaine forme. Je suis sûr qu'il aurait parfaitement compris les techniques que vous utilisez pour travailler l'ivoire. Je comprends mieux pourquoi Wymez a eu l'idée de chauffer un silex pour faciliter la taille. C'est un des meilleurs tailleurs de silex que je connaisse.

— Toi aussi, tu excelles dans ton métier, Jondalar, dit Tarneg. Wymez lui-même ne tarit pas d'éloges à ton sujet. Et pourtant, il est plutôt avare de compliments, d'habitude... J'ai d'ailleurs une proposition à te faire. Je vais avoir besoin d'un bon tailleur de silex pour le Camp de l'Aurochs. Je sais que tu as parlé de rentrer chez toi. Mais c'est un long voyage. Peut-être serais-tu prêt à changer d'avis si je te proposais de faire partie du Camp de l'Aurochs ?

Jondalar plissa le front. Comment refuser l'offre de Tarneg sans l'offenser ?

— Je ne sais pas quoi te répondre, dit-il. Il faut que j'y réfléchisse.

— Je sais que Deegie t'aime bien, reprit Tarneg. Et tu n'auras aucune difficulté à trouver une femme pour fonder un foyer. J'ai remarqué que les femmes te tournaient autour, même les pieds-rouges. D'abord il y a eu Mygie, puis les autres pieds-rouges ont toutes trouvé une bonne excuse pour venir faire un tour dans l'aire des tailleurs de silex. C'est peut-être parce que tu es nouveau par ici. Les femmes sont toujours intéressées par les étrangers. Surtout quand l'étranger en question est grand et blond. J'ai l'impression que pas mal d'hommes aimeraient bien être à ta place. Cela ne leur déplairait pas qu'une pied-rouge s'intéresse à nouveau à eux. Mais cette fois-ci, c'est le tour de Danug, conclut-il en adressant à son jeune cousin un sourire entendu.

Danug avait rougi et Jondalar lui aussi semblait gêné. Aucun d'eux ne releva la plaisanterie.

— Réfléchis à ma proposition, dit Tarneg. A l'automne, Deegie et Branag seront unis, et nous allons pouvoir attaquer les travaux. Je ne sais pas encore si nous construirons une seule habitation, comme le Camp du Lion, ou des cabanes individuelles pour chaque famille. Dans ce domaine, je suis un peu vieux jeu : je préfère les habitations communautaires. Mais les jeunes aiment mieux vivre uniquement avec leurs propres parents. Et je reconnais que, quand on se dispute avec quelqu'un, on est content d'avoir sa propre cabane.

— Je suis très touché par ton offre, Tarneg, répondit Jondalar. Mais je ne veux pas que tu te fasses des idées. Je vais rentrer chez moi. Il le faut. Je pourrais invoquer toutes sortes de raisons pour justifier mon départ, te dire, par exemple, qu'il faut que je revienne pour annoncer le décès de mon frère... Mais la vérité c'est que, même si je ne sais pas très bien moi-même pourquoi je pars, je suis néanmoins persuadé qu'il faut que je le fasse.

— Est-ce à cause d'Ayla ? demanda Danug d'un air soudain soucieux.

— En partie, reconnut Jondalar. Quand nous vous avons rencontrés, j'espérais la convaincre de rentrer avec moi. Et maintenant, elle va partager le foyer de Ranec... J'ai l'impression que je vais faire ce voyage tout seul. Mais cela ne modifie pas ma décision. Il faut quand même que je rentre.

— Même si je ne comprends pas bien ce qui te pousse à partir, je tiens à te souhaiter bonne chance, dit Tarneg. Que la Mère te protège durant ton Voyage ! Quand comptes-tu nous quitter ?

— Juste après la chasse au mammouth.

— Puisque nous parlons de ça, je crois qu'il vaudrait mieux rentrer, dit Tarneg. C'est cet après-midi que nous organisons la chasse.

Ils prirent le chemin du retour en suivant la rivière qui se jetait dans le cours d'eau, juste à côté du campement. A un moment donné, comme les parois se resserraient, ils commencèrent à escalader les rochers. Ils étaient pratiquement sortis de la gorge quand, soudain, au détour d'une corniche, ils tombèrent sur un groupe de jeunes gens. Deux d'entre eux étaient en train de se battre et les autres leur criaient des insultes ou des encouragements. Druwez était parmi les spectateurs.

— Qu'est-ce qui se passe ! s'écria Tarneg en se précipitant au milieu du groupe pour séparer les combattants.

L'un d'eux avait la bouche en sang et l'autre, l'œil tout enflé.

— Ils faisaient juste... un petit combat, répondit un des jeunes gens.

— Oui, ils... euh... s'entraînaient en vue des épreuves de lutte, précisa un autre spectateur.

— Vous appelez ça un petit combat ! s'écria Tarneg. Vous étiez en train de vous bagarrer, oui !

— Pas vraiment, intervint le garçon dont l'œil était enflé. C'était simplement pour s'amuser...

— Toi, tu as l'œil au beurre noir et l'autre a les dents cassées, et tu appelles ça s'amuser ! Si vous vouliez juste vous entraîner, pourquoi êtes-vous venus dans un endroit où vous saviez bien que personne ne vous verrait ? Vous l'avez fait exprès. Et maintenant vous allez m'expliquer ce qui se passe.

Aucun des deux jeunes gens ne voulut répondre.

— Et vous, alors ? demanda Tarneg en regardant les autres. Que faites-vous là ? Ma question s'adresse aussi à toi, Druwez ! Que vont penser ta mère et Barzec quand ils sauront que tu assistais à une bagarre ? Tu ferais mieux de me dire la vérité.

Comme personne ne se décidait à ouvrir la bouche, Tarneg leur dit :

— Je pense que je vais vous ramener au campement avec nous et laisser le Conseil décider de votre sort. Les Sœurs trouveront bien un moyen de vous faire passer l'envie de vous battre. Cela servira d'exemple pour les autres. Il est possible qu'elles vous interdisent de participer à la chasse au mammouth.

— Ne leur dis rien, Tarneg, supplia Druwez. Dalen essayait simplement de les arrêter.

— Les arrêter ? Que veux-tu dire ? Je crois que le moment est venu de m'expliquer pourquoi vous vous battiez.

— Je crois le savoir, intervint Danug. C'est à cause du raid.

— Quel raid ?

— Quelques personnes ont parlé de lancer un raid contre un Camp sungala.

— Tu sais bien que les raids ont été interdits. Les

Conseils ont décidé de partager le feu de l'amitié avec les Sungaea et de faire du troc avec eux. Un raid contre eux risquerait de remettre ces accords en cause. Qui a eu une idée pareille ?

— Je ne sais pas, répondit Danug. Un beau jour, tout le monde a commencé à parler de ça. Quelqu'un a découvert un Camp sungaea à quelques jours de marche d'ici. Les membres de l'expédition comptaient dire qu'ils partaient à la chasse et, au lieu de ça, ils auraient détruit le Camp, volé leurs réserves de nourriture et les auraient chassés. Je leur ai dit que ça ne m'intéressait pas, que je trouvais ça complètement idiot et que cela allait attirer des ennuis à tout le monde, eux y compris. Nous nous sommes arrêtés dans un Camp sungaea avant de rejoindre la Réunion et je sais qu'ils viennent de perdre deux enfants. Je ne sais pas si c'est ce Camp-là où un autre qui devait être attaqué, mais je suis certain que les Sungaea ont dû être bouleversés par ces décès. Il ne faut pas en profiter pour lancer un raid contre un de leurs Camps.

— Danug peut se permettre de parler comme ça, intervint Druwez. Personne n'osera le traiter de lâche car tout le monde a bien trop peur de se battre avec lui. Mais quand Dalen a dit qu'il ne participerait pas à ce raid, certains lui ont dit que c'était parce qu'il avait peur. Il leur a répondu qu'il allait leur montrer qu'il n'avait pas peur de se battre. Nous n'avons pas voulu le laisser seul, de crainte que les autres se mettent à plusieurs pour lui fiche une raclée. C'est pour ça que nous sommes là.

— Lequel d'entre vous est Dalen ? demanda Tarneg. (Le garçon qui avait la bouche en sang s'approcha.) Et toi, comment t'appelles-tu ? demanda-t-il à celui qui avait un œil au beurre noir.

Le garçon refusa de répondre.

— Il s'appelle Cluve, répondit Druwez. C'est le neveu de Chaleg.

— Je sais ce que tu essaies de faire, dit Cluve, l'air buté. Comme Druwez est ton frère, tu vas rejeter tout le blâme sur moi.

— Je ne vais pas rejeter le blâme sur qui que ce soit,

rétorqua Tarneg. Je vais demander au Conseil des Frères de trancher. Vous serez tous convoqués, mon frère y compris. Et maintenant, je crois que le mieux, c'est que vous alliez vous nettoyer. Si vous revenez à la Réunion dans cet état, tout le monde comprendra que vous vous êtes bagarrés et les Sœurs finiront par le savoir. Inutile de vous dire quelle sera leur réaction si elles apprennent que vous comptiez faire un raid chez les Sungaea.

Les jeunes gens se dépêchèrent de filer avant que Tarneg change d'avis. Mais, pour gagner la rivière, ils se séparèrent en deux groupes et Tarneg prit note de ceux qui accompagnaient Cluve et de ceux qui entouraient Dalen. Puis ils reprirent tous les trois le chemin du retour.

— Il y a quelque chose que j'aimerais bien savoir, Tarneg, dit alors Jondalar. Même si c'est le Conseil des Frères qui s'occupe de ce problème, crois-tu vraiment qu'ils n'avertiront pas les Sœurs ?

— Les Sœurs n'ont aucune indulgence pour ceux qui se battent et elles ne leur trouveront aucune excuse. Les Frères auront une attitude différente : certains d'entre eux ont participé à des raids quand ils étaient plus jeunes et ils se sont bagarrés une fois ou deux, ne serait-ce que pour se défouler. Cela a bien dû t'arriver à toi aussi, même si tu n'étais pas censé le faire, non ?

— C'est vrai, reconnut Jondalar. Et moi aussi, je me suis fait rappeler à l'ordre.

— Les Frères feront preuve d'une certaine indulgence, surtout vis-à-vis de Dalen, qui s'est battu pour la bonne cause. Même s'ils lui reprochent de n'avoir parlé à personne de ce raid, ils lui trouveront quand même des excuses. Tandis que les Sœurs pensent que la violence entraîne la violence — et peut-être ont-elles raison. Cluve, quant à lui, a vu juste sur un point au moins : Druwez est mon frère, il n'a pas poussé qui que ce soit à se battre et il n'était là que pour donner un coup de main à son ami. Ça ne me plairait pas qu'il ait des ennuis à cause de ça.

— Est-ce que tu t'es déjà battu, Tarneg ? demanda Danug.

Le futur chef regarda son jeune cousin un court instant avant d'acquiescer.

— Une fois ou deux, dit-il. Peu d'hommes avaient envie de se mesurer à moi. Je suis plus grand que la plupart des hommes, comme toi, Danug. En plus, même si les gens refusent de l'admettre, ces combats organisés ressemblent souvent à de véritables bagarres.

— Je sais, répondit Danug pensivement.

— Mais au moins, ils ont lieu devant tout le monde. Personne n'en sort gravement blessé et n'éprouve le besoin de prendre sa revanche. (Tarneg leva les yeux pour regarder le ciel.) Il ne doit pas être loin de midi, dit-il. Plus tard que je pensais. Nous ferions bien de nous dépêcher si nous voulons savoir comment va être organisée la chasse.

Quand Ayla et Talut eurent rejoint la clairière, ils gagnèrent une légère éminence, située sur un de ses côtés, où on se réunissait quand les participants n'étaient pas trop nombreux et qui était utilisée aussi bien pour des rencontres improvisées que pour les assemblées officielles. En arrivant, Ayla parcourut la foule des yeux pour voir si elle n'apercevait pas Jondalar. Depuis qu'ils étaient arrivés, ils ne se voyaient pratiquement plus. Jondalar quittait le Camp de la Massette très tôt le matin et ne rentrait que tard le soir, quand il rentrait.

Les rares fois où Ayla l'apercevait de loin, il était toujours en compagnie d'une femme, jamais la même. Si elle se trouvait avec Deegie, elle ne pouvait s'empêcher de faire quelque remarque désobligeante au sujet de ses nombreuses partenaires. Elle n'était pas la seule à avoir remarqué l'attitude de Jondalar. Elle avait entendu Talut dire qu'après s'être privé pendant tout l'hiver, il mettait maintenant les bouchées doubles. Nombreux étaient ceux qui commentaient ses exploits, la plupart du temps avec humour, mais parfois aussi avec un sentiment d'admiration un peu équivoque, impressionnés par son apparente vigueur et son charme évident. Ce n'était pas la première fois qu'on parlait de l'attirance qu'il exerçait sur les femmes, mais cette fois-ci, il s'en moquait.

Quand on plaisantait devant elle au sujet de Jondalar, Ayla riait comme les autres. Mais la nuit, lorsqu'elle était seule, elle se demandait, les larmes aux yeux, ce qui n'allait pas chez elle. Pourquoi ne la choisissait-il jamais ? Néanmoins, elle ressentait un certain soulagement en voyant qu'il changeait sans cesse de partenaire : c'était la preuve qu'il n'avait pas encore trouvé qui que ce soit pour la remplacer.

Elle ne pouvait pas savoir que Jondalar se débrouillait pour rentrer le moins souvent possible au Camp de la Massette. Quand il ne dormait pas à l'intérieur de la tente, il oubliait plus facilement qu'Ayla et Ranec dormaient ensemble — pas dans la même couche toutes les nuits, puisque de temps à autre Ayla éprouvait le besoin de dormir seule, mais jamais très loin l'un de l'autre. En général, Jondalar passait ses journées dans l'aire réservée à la taille du silex, ce qui lui permettait de rencontrer des gens et, bien souvent, d'être invité à manger. Pour la première fois depuis de longues années, il se faisait des amis sans l'aide de son frère et découvrait que ce n'était pas aussi difficile qu'il l'avait cru.

Les femmes lui fournissaient une bonne excuse pour ne pas rentrer de la nuit ou alors très tard, quand tout le monde dormait. Aucune d'elles ne lui inspirait de sentiment profond et, comme il était un peu honteux de profiter de leur hospitalité, il se débrouillait pour qu'elles n'oublient pas de sitôt la nuit qu'elles passaient avec lui. Beau comme il était, elles s'imaginaient qu'il allait être plus soucieux de son propre plaisir que du leur, mais Jondalar était trop habile pour ne pas les satisfaire pleinement. Et lui aussi, cela lui faisait du bien : il n'avait plus besoin de refréner ses désirs et il ne se torturait plus à essayer d'y voir clair dans ses propres sentiments. Ces femmes lui plaisaient, mais comme lui avaient plu toutes les femmes avec lesquelles il avait partagé les Plaisirs avant de rencontrer Ayla : d'une manière superficielle. Il était avide de sentiments plus profonds qu'il avait toujours recherchés et qu'aucune femme n'avait réussi à éveiller en lui — à l'exception d'Ayla.

Ayla l'aperçut au moment où il revenait de la mine

du Camp du Loup en compagnie de Tarneg et de Danug et, comme chaque fois qu'elle le voyait, les battements de son cœur s'accélérèrent et sa gorge se noua. Elle remarqua que Tulie s'approchait des trois hommes et qu'elle repartait avec Jondalar tandis que Tarneg et Danug venaient à la réunion. Talut leur fit signe de venir le rejoindre.

— Je désire te poser quelques questions sur les coutumes de ton peuple, Jondalar, dit Tulie lorsqu'ils eurent trouvé un endroit tranquille pour parler. Je sais que, comme nous, vous honorez la Mère. Mais avez-vous aussi une cérémonie d'initiation à la féminité que l'on accomplit avec douceur et compréhension ?

— Les Premiers Rites ? Oui, bien sûr. Comment pourrait-on ne pas s'inquiéter de la manière dont une jeune femme est ouverte la première fois ? Chez nous, le rituel est un peu différent, mais le but est le même.

— C'est parfait. J'ai discuté avec un certain nombre de femmes qui te tiennent en grande estime et tu m'as été recommandé plusieurs fois. Mais, plus important encore, Latie aimerait que ce soit toi qui l'inities. Qu'en penses-tu ?

J'aurais dû m'en douter, se dit Jondalar qui avait commencé par penser que Tulie voulait simplement le questionner sur les coutumes de son peuple. Ce n'était pas la première fois, loin de là, qu'on lui demandait d'initier une jeune fille. Dans le passé, il avait toujours été séduit par ce genre de proposition et ne s'y était jamais dérobé, bien au contraire, mais cette fois-ci, il hésitait à dire oui. Ne risquait-il pas d'éprouver à nouveau ce terrible sentiment de culpabilité en songeant qu'il avait peut-être profité de cette cérémonie sacrée pour assouvir son besoin de sentiments plus profonds qu'inévitablement elle faisait naître ? Il était tellement perdu en ce moment, qu'il craignait de ne pouvoir maîtriser ces sentiments, particulièrement avec quelqu'un comme Latie, qu'il aimait beaucoup.

— J'ai déjà participé à ce genre de rituel, Tulie, et je suis très sensible à l'honneur que vous me faites, Latie et toi, mais que je ne pense pas pouvoir accepter.

Même si nous ne sommes pas vraiment parents, j'ai vécu au Camp du Lion tout l'hiver et je considère Latie comme ma sœur.

Tulie acquiesça.

— C'est vraiment dommage, Jondalar. Pour tout un tas de raisons, ça aurait été idéal. Tu viens de trop loin pour que nous puissions être parents, mais je comprends que tu aies fini par considérer Latie comme ta sœur. Même si vous n'avez pas partagé le même foyer, Nezzie t'a traité avec la même affection que si tu étais son fils, et il ne faut pas hypothéquer l'avenir de Latie. Aux yeux de la Mère, rien n'est plus abominable que l'homme qui initie sa propre sœur. Si tu te sens le frère de Latie, cela risque en effet de souiller cette cérémonie. Tu as bien fait de me le dire.

Quand ils revinrent vers le lieu de réunion, Talut était en train de parler, Ayla assise à côté de lui.

— Vous avez déjà vu à quelle distance Ayla pouvait envoyer une sagaie grâce à ce propulseur, était-il en train de dire. Mais j'aimerais que Jondalar et elle vous montrent quel usage on peut faire de cette arme dans d'autres circonstances, plus convaincantes. Je sais que la plupart d'entre vous aiment utiliser pour chasser le mammouth une sagaie plus grande, munie d'une pointe spécialement fabriquée par Wymez. Mais le propulseur d'Ayla présente aussi des avantages. Certains chasseurs du Camp du Lion l'ont déjà expérimenté. Grâce à cette arme, on peut lancer des sagaies de la taille voulue à condition de savoir s'en servir — exactement comme lorsqu'on lance une sagaie à la main. La plupart d'entre vous savent se servir d'une sagaie depuis leur plus tendre enfance. Et je suis certain que quand vous aurez vu comment marche cette arme, vous aurez envie de l'essayer. Ayla m'a dit qu'elle avait l'intention de l'utiliser pour chasser le mammouth, et je pense que Jondalar fera de même. Comme ça, tout le monde pourra apprécier la qualité de cette nouvelle arme. Nous avons parlé de faire un concours, mais celui-ci n'a pas encore été organisé. Je pense que nous pouvons en prévoir un pour notre retour de la chasse. Un grand concours avec toutes sortes d'épreuves, conclut Talut.

Tout le monde semblait approuver cette proposition.

— C'est une excellente idée, dit Brecie. J'avoue que si ce concours durait deux ou trois jours, cela ne me gênerait nullement. Nous avons travaillé sur un Bâton Qui Revient. Grâce à cette arme, certains d'entre nous ont réussi à tuer plusieurs oiseaux d'un seul coup. En attendant, nous devrions laisser les mamuti décider du meilleur jour pour le départ et lancer quelques Invocations pour attirer les mammouths. Si nous n'avons rien d'autre à nous dire, je vais regagner mon Camp.

Les gens étaient en train de se disperser quand, soudain, l'attention de la foule fut attirée par l'arrivée de Vincavec et de son Camp dans la clairière, puis de Nezzie et de Rydag. Très vite la nouvelle se répandit que le mamut et chef du Camp du Mammouth était prêt à payer le Prix de la Femme qu'exigerait Tulie pour Ayla, en dépit du fait que celle-ci avait déjà donnée sa Promesse à Ranec.

— Il revendique le droit d'appeler son Camp « le Camp du Mammouth » simplement parce qu'en tant que mamut il fait partie du Foyer du Mammouth, était en train de dire à sa voisine une femme qui se trouvait à côté de Jondalar. Mais tant qu'il n'est pas uni, il ne peut avoir de foyer. C'est la femme qui apporte le foyer. Il veut s'unir à Ayla uniquement parce qu'elle est fille du Foyer du Mammouth, comme ça il fera accepter son soi-disant Camp du Mammouth.

Jondalar se trouvait par hasard à côté de Ranec quand celui-ci avait appris la nouvelle. En voyant son visage changer d'expression, il n'avait pu s'empêcher d'avoir pitié de lui. Il était bien placé pour savoir ce qu'il ressentait. Et il ne s'en réjouissait pas car il savait qu'il aimait Ayla. Ce qui n'était nullement le cas de Vincavec : il voulait s'unir à Ayla pour servir ses propres ambitions.

Ayla, elle aussi, avait surpris certains commentaires où son nom revenait régulièrement. Elle n'aimait pas surprendre des conversations à son sujet. Si elle avait encore vécu au sein du Clan, elle n'aurait eu qu'à fermer les yeux pour ne plus voir les gestes. Mais là, elle ne pouvait pas se boucher les oreilles.

Et soudain, elle n'entendit plus rien, si ce n'est les paroles injurieuses de quelques enfants et les mots « Tête Plate ».

— Regardez-moi cet animal, habillé comme un être humain ! dit en ricanant un garçon plus âgé que les autres en montrant Rydag du doigt.

— Ils habillent bien les chevaux, pourquoi pas les Têtes Plates ! lança un autre, en riant encore plus fort.

— Elle prétend que c'est un être humain, renchérit un troisième. Il paraît qu'il comprend ce qu'on dit et qu'il peut même parler.

— Si elle pouvait faire marcher son loup sur ses pattes de derrière, elle dirait certainement aussi que c'est un être humain.

— Tu devrais faire attention à ce que tu racontes. Chaleg a dit que le Tête Plate pouvait lancer son loup sur n'importe qui et qu'il lui avait ordonné de l'attaquer. Il compte d'ailleurs en parler au Conseil des Frères.

— S'il est capable de pousser un animal à vous attaquer, est-ce que ça ne prouve pas justement qu'il en est un lui-même ?

— Ma mère dit qu'on ne devrait pas avoir le droit d'amener des animaux à la Réunion d'Eté.

— Mon oncle dit que les animaux ne le gênent pas, à condition qu'on les tienne à l'écart. Mais il dit qu'à partir du moment où ils amènent ce Tête Plate aux assemblées et aux cérémonies, on aurait dû leur interdire de venir à la Réunion.

— Eh toi, Tête Plate ! Fiche le camp d'ici ! Retourne chez les animaux !

Au début, Ayla était tellement ahurie qu'elle n'avait même pas songé à réagir aux insultes des enfants. Mais quand elle s'aperçut que Rydag baissait les yeux et qu'il reprenait, tête basse, le chemin du Camp de la Massette, elle vit rouge et se précipita vers les enfants.

— Comment pouvez-vous être aussi méchants ! s'écria-t-elle en réfrénant à grand-peine sa colère. Comment osez-vous dire que Rydag est un animal ! Vous êtes aveugles ou quoi ? (Quelques personnes s'approchèrent pour voir ce qui se passait.) Vous ne voyez donc pas qu'il comprend tout ce que vous dites ? Comment pouvez-vous être aussi cruels ? Vous devriez avoir honte !

— Pourquoi mon fils devrait-il avoir honte ? demanda une femme en prenant la défense de son rejeton. Ce Tête Plate est un animal et il ne devrait pas avoir le droit d'assister aux cérémonies en l'honneur de la Mère.

D'autres gens s'étaient approchés et parmi eux se trouvaient la plupart des membres du Camp du Lion.

— Ne fais pas attention à ce qu'ils disent, Ayla, lui conseilla Nezzie, dans l'espoir de la calmer.

— Un animal ! Tu oses dire que c'est un animal ! cria Ayla en se tournant vers la femme. Rydag est un être humain, comme toi !

— On n'a pas le droit de m'insulter ainsi ! se défendit la femme. Je ne suis pas une Tête Plate.

— Non, tu n'en es pas une, en effet ! Une Tête Plate serait plus humaine que toi ! Elle aurait pitié de Rydag et se montrerait plus compréhensive !

— Comment le sais-tu ?

— Je suis bien placée pour le savoir, répondit Ayla. Ils m'ont recueillie quand je me suis retrouvée seule au monde et ils m'ont élevée. Je serais morte si une femme du Clan n'avait eu pitié de moi. Je suis fière d'être une femme du Clan.

— Non, Ayla, non ! entendit-elle Jondalar crier.

Mais plus rien ne pouvait l'empêcher de continuer.

— Ce sont des êtres humains, reprit-elle. Et Rydag en est un lui aussi. Je le sais car j'ai un fils qui est comme lui.

— Grande Mère ! gémit Jondalar en se frayant un passage dans la foule pour s'approcher d'elle.

— Elle a bien dit qu'elle avait un enfant comme ça ? demanda un homme. Un esprit mêlé !

— Je crois que cette fois-ci, ça y est, Ayla, remarqua Jondalar à voix basse.

— Elle a mis au monde un monstre ! s'exclama un autre homme en s'approchant de la femme avec laquelle Ayla venait de se disputer. Tu ferais mieux de t'éloigner d'elle. Si elle a réussi à attirer ce genre d'esprit en elle, il peut très bien se glisser à l'intérieur d'une autre femme.

— C'est vrai ! Toi aussi tu ferais mieux de t'éloigner, conseilla un autre homme à sa compagne manifestement enceinte.

Le visage déformé par la répulsion et la peur, d'autres personnes commencèrent à reculer.

— Le Clan ? demanda un des musiciens. Quand elle a joué pour nous, il me semble qu'elle a dit que c'étaient des rythmes du Clan ? C'est donc des Têtes Plates qu'elle voulait parler ?

Lorsqu'Ayla jeta un coup d'œil autour d'elle, elle faillit céder à la panique et fuir pour ne plus voir ces gens qui la regardaient avec un tel dégoût. Elle ferma un instant les yeux et prit une profonde inspiration. Puis elle releva fièrement la tête et défia du regard ceux qui l'entouraient. De quel droit disaient-ils que son fils n'était pas un humain ? Du coin de l'œil, elle aperçut Jondalar qui se tenait à côté d'elle. Sa présence la rassura.

Puis deux autres hommes s'approchèrent. Elle tourna la tête pour sourire à Mamut et à Ranec. Puis Nezzie à son tour vint la rejoindre, et Talut, et même Frebec. En un rien de temps, l'ensemble du Camp du Lion se trouva à ses côtés.

— Vous vous trompez, dit Mamut à la foule, d'une voix si puissante qu'on avait du mal à croire qu'elle puisse appartenir à un homme aussi vieux. Les Têtes Plates ne sont pas des animaux. Ils sont humains et ce sont des enfants de la Mère au même titre que vous. Moi aussi, j'ai vécu chez eux un certain temps et j'ai chassé avec eux. Leur guérisseuse a soigné mon bras et, grâce à eux, j'ai découvert ma vocation. La Mère ne mélange pas les esprits. Il n'y a pas de cheval-loup ou de cerf-lion. Les gens du Clan sont différents de nous, mais cette différence est insignifiante. Des enfants comme Rydag ou le fils d'Ayla n'auraient jamais pu naître s'ils n'avaient pas été humains, eux aussi. Les monstres n'existent pas. Ce sont simplement des enfants.

— Je me moque de ce que tu dis, Vieux Mamut ! s'écria la femme enceinte. Je ne veux pas mettre au monde un Tête Plate ou un esprit mêlé. Si cette femme en a eu un, cet esprit peut encore très bien rôder autour d'elle.

— Tu n'as rien à craindre d'Ayla ! répliqua Mamut. L'esprit qui a été choisi pour ton enfant est déjà en toi. Il est trop tard pour y changer quoi que ce soit. Ayla elle-même n'a pas attiré l'esprit d'un Tête Plate en elle pour avoir un enfant. C'est la Mère qui en a décidé ainsi. Vous savez comme moi que l'esprit d'un homme n'est jamais bien loin de l'homme lui-même. Ayla a grandi au sein du Clan. Quand elle est devenue une femme, elle vivait encore avec eux. Le jour où Mut a décidé de lui donner un enfant, Elle ne pouvait choisir que parmi les hommes avec lesquels elle vivait, et c'étaient tous des hommes du Clan. L'esprit qu'Elle a choisi était celui d'un homme du Clan. Ce qui est normal. Mais ici, il n'y a pas d'homme du Clan, que je sache !

— Que se passerait-il, Vieux Mamut, s'il y en avait un ? demanda une des femmes.

— Pour que la Mère choisisse son esprit, il faudrait qu'il soit tout près d'une femme, qu'il partage son foyer. Même si les gens du Clan sont humains, il y a néanmoins quelques différences. Il n'est pas facile de mêler deux esprits qui ne sont pas tout à fait semblables. Quand Ayla a voulu un enfant, comme elle n'était entourée que par des hommes du Clan, la Mère n'a pas eu le choix. Mais ici, les Mamutoï sont très nombreux, et si une femme devait avoir un enfant, la Mère commencerait par choisir l'esprit d'un Mamutoï.

— C'est toi qui le dis, vieil homme ! lança un des hommes. Mais je ne suis pas sûr que ce soit vrai. Je préfère que ma femme ne s'approche pas d'elle.

— Pas étonnant qu'elle ait le don avec les animaux ! lança Chaleg. C'est facile quand on a été élevée par des animaux.

— Ça veut peut-être dire aussi que leurs pouvoirs magiques sont supérieurs aux nôtres, rétorqua Frebec.

Son intervention provoqua un certain malaise dans l'assistance.

— Je l'ai entendue dire que cela n'avait rien de

magique, que tout le monde pouvait en faire autant, rappela le mamut du Camp de Chaleg.

— Pourquoi personne n'y a-t-il pensé avant ? lui demanda Frebec. Tu es un mamut. Si c'est à la portée de tout le monde, pourquoi ne montes-tu pas toi aussi à cheval ? Comment se fait-il que tu n'aies pas, toi aussi, un loup qui t'obéisse ? Pourquoi ne siffles-tu pas comme Ayla afin que les oiseaux descendent du ciel pour venir manger dans ta main ?

— Pourquoi prends-tu son parti, Frebec ? lui demanda Chaleg. Au lieu de défendre ta propre famille et ton propre Camp ?

— J'aimerais bien qu'on me dise à quel Camp j'appartiens ? A celui qui m'a rejeté ou à celui qui m'a accueilli ? Mon foyer est celui de la Grue. Mon Camp est celui du Lion. Ayla a vécu près de nous pendant tout l'hiver. Elle était là quand Bectie est née et la fille de mon foyer n'est pas un esprit mêlé. Et si Ayla n'avait pas été là, jamais elle n'aurait vécu.

En entendant Frebec, Jondalar sentit une boule au fond de sa gorge. Il avait beau dire qu'il appartenait maintenant au Camp du Lion, il fallait un sacré courage pour s'opposer à son propre cousin, ses propres parents et le Camp où on était né. Jondalar avait du mal à le reconnaître. Lui qui, au début, l'avait accusé d'être un fauteur de troubles, de quel droit lui avait-il jeté la pierre ? Qui avait eu peur de ce que les gens diraient si Ayla parlait de son passé ? Qui avait craint d'être rejeté par sa famille et par son peuple s'il prenait le parti d'Ayla ? Frebec venait de lui montrer à quel point il pouvait être lâche. Frebec et Ayla.

Quand il l'avait vue surmonter sa panique et leur tenir tête, il s'était senti fier d'elle. Puis le Camp du Lion s'était rangé à ses côtés, ce qui l'avait beaucoup surpris. Ceux qui comptaient, c'étaient ceux qui vous appréciaient.

Jondalar avait de bonnes raisons d'être fier d'Ayla et du Camp du Lion. Mais il en oubliait qu'il avait été le premier à se précipiter à ses côtés.

34

Le Camp du Lion revint au Camp de la Massette afin de discuter de cette crise inattendue. La suggestion initiale de s'en aller sur-le-champ fut rapidement abandonnée. Après tout, ils étaient mamutoï et c'était la Réunion d'Eté. Tulie s'était arrêtée au Camp de la Féminité pour y prendre Latie afin qu'elle puisse assister à la discussion et aussi pour lui dire qu'elle risquait maintenant d'entendre des réflexions désobligeantes au sujet d'Ayla ou du Camp du Lion. Elle lui avait demandé si elle désirait repousser les Rites de la Féminité. Latie avait pris la défense d'Ayla d'une manière véhémente. Puis elle avait annoncé qu'elle regagnerait le Camp réservé à la cérémonie et aux rites et qu'elle ne laisserait personne dire du mal d'Ayla ou du Camp du Lion.

Ensuite, Tulie avait demandé à Ayla pourquoi elle n'avait pas parlé de son fils plus tôt. Celle-ci lui avait répondu qu'elle n'aimait pas en parler car cela lui faisait trop de peine et Nezzie était intervenue pour dire qu'elle était au courant depuis le début. Mamut avait reconnu que, lui aussi, il le savait. Même si la Femme Qui Ordonne regrettait qu'Ayla ne s'en soit pas ouverte à elle, elle ne lui reprochait rien. Si elle avait été au courant, cela aurait-il changé quoi que ce soit à ce qu'elle pensait d'Ayla ? Elle aurait moins surestimé son statut et sa valeur potentiels et aurait certainement rabaissé ses prétentions. Mais son attitude en aurait-elle été modifiée pour autant ? Cela changeait-il vraiment quelque chose à ce qu'était Ayla ?

Rydag était bouleversé et déprimé et Nezzie eut beau faire, elle ne réussit pas à le consoler. Il ne voulait pas manger, refusait de sortir et se taisait, acceptant tout juste de répondre aux questions. Il restait assis sur ses fourrures dans l'endroit le plus sombre de la tente en serrant Loup contre lui.

Quand Ayla s'approcha de lui, Loup leva la tête et remua la queue.

— Est-ce que je peux m'asseoir à côté de toi, Rydag ? lui demanda-t-elle.

Il hocha la tête en signe d'assentiment. Ayla s'installa à côté de lui et commença à lui parler. Elle parlait à haute voix et accompagnait automatiquement ses paroles de signes, tout en se disant qu'il faisait tellement sombre à cet endroit que Rydag devait avoir du mal à voir ses gestes. Pouvoir s'exprimer avec des mots présentait un réel avantage : on ne parlait pas mieux qu'avec des signes et des gestes, mais on n'était pas limité par l'impossibilité de voir ce qu'on était en train de vous dire.

Elle retrouvait là la même différence qu'entre les armes de chasse du Clan, les épieux qui permettaient seulement de porter un coup et les sagaies que l'on pouvait lancer à distance. Avec ces deux types d'armes, on ramenait de la viande, mais la seconde offrait beaucoup plus de possibilités. Ayla avait constaté à maintes reprises à quel point les gestes et les signes pouvaient être utiles, tout spécialement quand on devait se communiquer un secret ou avoir une conversation intime, mais elle trouvait que parler avec des mots était infiniment supérieur. Le langage verbal permettait de s'adresser à quelqu'un situé hors de votre vue — soit éloigné, soit caché par des obstacles naturels —, ou d'imposer le silence à une large assemblée. On pouvait très bien s'adresser à quelqu'un qui avait le dos tourné et parler tout en ayant soi-même les mains occupées. Et on pouvait même chuchoter dans l'obscurité.

Ayla resta un long moment assise à côté de Rydag, sans lui poser de questions et sans parler, simplement pour lui tenir compagnie. Puis elle se mit à lui parler du Clan.

— Cette Réunion me rappelle un peu le Rassemblement du Clan, lui dit-elle. Ici, même si je suis comme tout le monde, je me sens malgré tout différente. Là-bas, j'étais vraiment différente : plus grande que tous les hommes... une femme grande et laide. Quand nous sommes arrivés au Rassemblement, cela a été vraiment horrible. A cause de moi, ils ne voulaient pas laisser le clan de Brun s'installer. Ils disaient que je ne faisais pas partie du Clan. Mais Creb leur a dit que j'en faisais partie et ils n'ont pas osé le contrer car il était mog-ur.

Heureusement pour lui, Durc n'était qu'un bébé. Tous les gens pensaient qu'il était difforme et le dévisageaient. Tu connais ça, Rydag ! Mais Durc n'était pas difforme. Il tenait à la fois du Clan et de moi, un mélange des deux, comme toi. Ou plutôt comme Ura. La mère d'Ura faisait partie du Clan.

— Tu dis avant : Ura s'unira un jour avec Durc ? demanda Rydag en se tournant vers le feu pour qu'Ayla puisse voir ses gestes.

— Oui. La mère d'Ura était venue me voir et c'était d'accord. Elle était heureuse d'avoir trouvé un garçon qui était comme sa fille. Elle craignait qu'Ura ne puisse jamais avoir de compagnon. Pour être tout à fait sincère, moi, je ne m'étais pas tellement souciée de ça. Je m'estimais déjà heureuse que Durc ait été accepté par le Clan.

— Durc est du Clan ? demanda Rydag par gestes. Il est esprit mêlé, mais du Clan ?

— Brun l'avait accepté dans le Clan et Creb lui avait donné un nom. Broud lui-même ne pouvait pas lui retirer ça. Et lui mis à part, tout le monde l'aimait. Même Oga, la compagne de Broud. C'est elle qui l'a nourri au sein quand j'ai perdu mon lait, en même temps que Grev, son fils. Ils ont été élevés ensemble comme deux frères et ils s'entendaient très bien. Vieux Grod avait fabriqué un petit épieu pour Durc, juste à sa taille, continua Ayla en souriant à ce souvenir. Mais celle qui l'aimait le plus, c'était Uba, ma sœur, l'équivalent de Rugie pour toi. C'est elle qui est la mère de Durc maintenant. Je lui ai confié mon fils quand Broud m'a obligée à quitter le Clan. Je suppose qu'il est un peu différent d'eux. Mais il fait partie du Clan.

— Je hais ici, intervint Rydag, les yeux brillants de colère. Je souhaite être Durc et vivre avec le Clan.

Sa véhémence l'effraya et, bien après qu'elle eut réussi à le faire manger et qu'elle l'eut mis au lit, elle continua à penser à lui.

Durant toute la soirée, Ranec remarqua qu'elle n'était pas à ce qu'elle faisait. Elle s'interrompait soudain en plein milieu d'une activité pour regarder dans le vide ou alors son front se plissait sous l'effet de la réflexion.

Ranec se doutait que ces pensées devaient lui peser et il aurait bien aimé pouvoir la réconforter.

Cette nuit-là, tout le monde décida de dormir au Camp de la Massette et quand vint le moment de se coucher, il y avait foule à l'intérieur de la tente. Ranec attendit qu'Ayla soit sur le point de se glisser à l'intérieur de ses fourrures de couchage pour s'approcher d'elle.

— Veux-tu partager mes fourrures cette nuit, Ayla ? lui proposa-t-il. Voyant qu'elle fermait les yeux et fronçait les sourcils, il ajouta aussitôt : — Je ne veux pas dire pour les Plaisirs, à moins que tu en aies envie. Je sais que tu as eu une journée difficile.

— Elle l'a été encore plus pour le Camp du Lion.

— Je n'en suis pas sûr. Mais ça n'a pas d'importance. Je voudrais t'offrir un peu de réconfort : mes fourrures pour que tu n'aies pas froid, et mon amour pour que tu ne te sentes pas trop seule.

Ayla hocha la tête et se glissa à côté de Ranec. Cela ne suffit pas pour qu'elle s'endorme et elle n'arrêtait pas de bouger. Ranec s'en rendit compte.

— Qu'est-ce qui t'inquiète ? lui demanda-t-il. Veux-tu en parler avec moi ?

— Je pense à Rydag et à mon fils. Mais je ne suis pas certaine que le moment soit venu d'en parler. J'ai encore besoin de réfléchir à tout ça.

— Il vaudrait peut-être mieux que tu retournes dans tes fourrures ?

— Je sais que tu désires m'aider, Ranec. Et ça me fait du bien. Plus encore que tu ne pourrais l'imaginer. Pour moi, c'est très important que tu sois venu me rejoindre pour prendre ma défense. Et j'éprouve aussi une profonde reconnaissance envers le Camp du Lion. Tout le monde a été si gentil pour moi, si merveilleux. Trop, peut-être... J'ai appris tellement de choses grâce à vous et j'étais si fière d'être une Mamutoï, de pouvoir dire que c'était mon peuple. Je m'imaginais que les Autres — ceux que moi j'appelle les Autres — étaient tous comme ceux du Camp du Lion. Mais je me rends compte maintenant que je m'étais trompée. Comme dans le Clan, la plupart des gens sont gentils, mais pas tous. Et même ceux qui le sont ont des idées bien arrêtées dans certains domaines. J'ai besoin de réfléchir aux projets que j'avais faits...

— Et pour réfléchir, tu seras mieux dans ta propre couche. Vas-y, Ayla. De toute façon, tu ne seras pas très loin de moi.

Jondalar avait observé de loin toute la scène et quand il vit qu'Ayla quittait la couche de Ranec pour se glisser dans la sienne, il éprouva un curieux mélange de sentiments. Il était soulagé à l'idée que cette nuit-là il ne grincerait pas des dents en entendant le bruit qu'ils faisaient alors qu'ils partageaient les Plaisirs. Mais il se sentait aussi désolé pour Ranec. S'il avait été à sa place, il aurait voulu serrer Ayla dans ses bras pour la consoler et aurait été peiné de voir qu'elle préférait dormir seule.

Lorsque Ranec se fut endormi et que tout fut silencieux à l'intérieur de la tente, Ayla se leva sans bruit, enfila une légère pelisse pour se protéger du froid nocturne et sortit dehors, dans la nuit étoilée. Aussitôt, Loup s'approcha d'elle. Elle se dirigea alors vers l'abri des chevaux. Whinney salua son arrivée en soufflant doucement et Rapide hennit à son approche. Ayla les caressa, les gratta, leur parla avec des gestes. Puis elle passa ses bras autour de l'encolure de Whinney et serra la jument contre elle.

Combien de fois déjà Whinney avait-elle été l'amie dont elle avait besoin ? Et que penserait le Clan en voyant ses amis ? Deux chevaux et un loup ! Mais même si la présence des animaux la réconfortait, elle avait néanmoins l'impression qu'il lui manquait quelque chose. Pas quelque chose : quelqu'un. L'homme qu'elle désirait tant. Et pourtant, il ne l'avait pas abandonnée. Il avait été le premier à s'approcher d'elle. Avant même que le Camp du Lion prenne sa défense. Surgi de nulle part, Jondalar s'était soudain trouvé à ses côtés, prêt à la défendre contre tous. Malgré le dégoût qu'elle leur inspirait. Cela avait été encore pire qu'au Rassemblement du Clan. Cette fois-ci, ce n'était pas parce qu'elle était simplement différente d'eux. Ils avaient peur d'elle et la haïssaient. Jondalar l'avait prévenue et il avait essayé de l'y préparer lorsqu'ils vivaient ensemble dans la vallée. Mais même si elle avait vraiment su ce qui l'attendait, cela n'aurait rien changé. Elle ne les aurait pas laissés s'acharner sur Rydag ou dire du mal de son fils.

Ayla n'était pas seule à ne pas trouver le sommeil. Jondalar était dans le même cas. Il l'avait vue se lever et, debout à l'entrée de la tente, il la regardait de loin. Ce n'était pas la première fois qu'il la voyait serrer Whinney dans ses bras. Il était content qu'elle puisse se consoler avec les animaux, mais il souffrait de ne pas être à la place de la jument. Malheureusement, il était trop tard : elle ne voulait plus de lui. Et il ne pouvait pas le lui reprocher. Brusquement, il voyait clair en lui-même et ses propres actions lui apparaissaient sous un nouveau jour : il avait été l'artisan de sa propre perte. Au début, il avait voulu se montrer beau joueur et la laisser choisir entre Ranec et lui. Mais ce n'était qu'un prétexte. En réalité, il s'était détourné d'elle parce qu'il crevait de jalousie. Comme il souffrait, il avait voulu la faire souffrir à son tour.

Reconnais qu'il n'y avait pas que ça, se dit-il. Même si tu souffrais, tu aurais dû penser à la manière dont elle avait été élevée. Pour elle, le fait que tu sois jaloux ne signifiait strictement rien. Quand elle a rejoint la couche de Ranec cette nuit-là, elle se comportait seulement en bonne femme du Clan. C'était ça le problème : son passé au sein du Clan. Tu en avais honte. Tu avais honte de l'aimer. Tu craignais de devoir affronter une scène comme celle qui a eu lieu aujourd'hui. Tu ne savais pas si tu supporterais qu'on la traite ainsi. Tu avais beau dire que tu l'aimais, tu n'étais pas certain que tu prendrais son parti. Ce qui est honteux, ce n'est pas de l'aimer comme tu l'aimes, mais ta lâcheté. Et maintenant, il est trop tard. Elle n'a plus besoin de toi. Elle est assez forte pour se défendre toute seule et tout le Camp du Lion est venu à sa rescousse. Non seulement elle n'a pas besoin de toi, mais tu ne la mérites pas.

Finalement, comme il faisait froid, Ayla se décida à rentrer. Elle jeta un coup d'œil à l'endroit où était couché Jondalar : il était allongé sur le côté, la tête tournée vers la paroi de la tente, et elle ne put voir son visage. Au moment où elle se glissait dans sa couche,

Ranec tendit la main vers elle dans son sommeil. Ayla savait qu'il l'aimait. Et elle aussi, elle l'aimait à sa manière. Elle resta étendue sans bouger à écouter la respiration régulière de Ranec. Au bout d'un certain temps, celui-ci se retourna et sa main disparut.

Ayla aurait bien aimé s'endormir, mais elle ne pouvait s'empêcher de réfléchir. Elle avait pensé aller chercher Durc et le ramener au Camp du Lion pour qu'il vive avec elle. Maintenant, elle se demandait si c'était vraiment la bonne solution. Serait-il plus heureux en vivant ici avec elle que s'il restait au sein du Clan ? Ne risquait-il pas de souffrir s'il vivait parmi des gens qui le haïssaient ? Des gens qui lui diraient qu'il était mi-bête, mi-homme, qui le traiteraient de Tête Plate et de monstre ? Il faisait partie du Clan et, là-bas, on l'aimait. Même si Broud le détestait, cela ne l'empêcherait pas de se faire des amis lors du Rassemblement du Clan. Il était accepté, avait le droit de participer aux cérémonies et aux concours — peut-être même avait-il hérité des souvenirs du Clan.

Si elle ne le ramenait pas ici, pouvait-elle retourner dans le Clan pour vivre avec lui ? Maintenant qu'elle avait vécu avec ses semblables, accepterait-elle de se plier à nouveau au mode de vie du Clan ? Jamais ils ne lui permettraient de garder des animaux. Pourrait-elle renoncer à Whinney, à Rapide et à Loup pour n'être plus que la mère de Durc ? Durc avait-il vraiment besoin d'une mère ? Quand elle était partie, ce n'était encore qu'un bébé. Mais il avait grandi et Brun devait maintenant être en train de lui apprendre à chasser.

Il avait déjà dû tuer du petit gibier et le ramener à Uba pour le lui montrer. Ayla sourit en imaginant la scène. Uba devait être fière de lui et elle avait dû lui dire qu'il était un grand chasseur.

Durc a une mère ! se dit soudain Ayla. Uba est sa mère. C'est elle qui l'a élevé, qui a pris soin de lui et elle a dû soigner les bobos qu'il s'est faits lorsqu'il a commencé à chasser. Comment pourrais-je lui enlever Durc maintenant ? S'il n'est plus là, qui prendra soin d'elle quand elle sera vieille ? Même quand il était un bébé, ce sont les autres femmes du Clan qui se sont occupées de lui car je n'avais plus de lait.

De toute façon, je ne peux pas retourner là-bas pour aller le chercher. J'ai été maudite. Aux yeux du Clan, je suis morte ! Si Durc me voit, je vais lui faire peur. Et tout le monde réagira comme lui. Et même si je n'avais pas été maudite, serait-il heureux de me voir ? Se souviendrait-il même de moi ?

Il était encore très jeune quand je suis partie. Actuellement, il doit se trouver au Rassemblement du Clan et il a certainement rencontré Ura. Même s'il est encore un peu jeune pour ça, il doit commencer à penser au moment où elle deviendra sa compagne. Il doit penser à son futur foyer — comme moi. Même si j'arrivais à le convaincre que je ne suis pas un esprit, il faudrait que j'emmène aussi Ura. Et ici, elle serait affreusement malheureuse. Cela va déjà lui être difficile de quitter son propre clan pour venir vivre dans celui de Durc, mais si elle est soudain obligée de vivre dans un monde complètement différent du sien, ce sera terrible pour elle. Surtout qu'elle n'y rencontrera que haine et incompréhension.

Et si je revenais dans la vallée ? Et que j'y ramène Durc et Ura ? Mais Durc a besoin de vivre avec des gens... et moi aussi. Je ne veux plus vivre seule. Pourquoi accepterait-il de vivre tout seul dans la vallée avec moi ?

J'ai pensé à moi et non à lui. Ce ne serait pas une bonne chose pour lui de vivre ici. Il ne serait pas heureux. Je me réjouissais qu'il vienne vivre avec moi, mais je ne suis plus sa mère. Sa mère, c'est Uba. A ses yeux, sa vraie mère est morte et peut-être est-ce mieux ainsi. Son monde, c'est le Clan, et que ça me plaise ou non, le mien, c'est ici. Je ne peux pas revenir dans le Clan et Durc ne peut pas venir vivre ici. Il n'y a pas un seul endroit dans ce monde où mon fils et moi puissions vivre ensemble et être heureux.

Le lendemain matin, Ayla se réveilla aux aurores. Elle s'était endormie très tard et s'était réveillée plusieurs fois pendant la nuit après avoir rêvé que la terre tremblait et que des cavernes s'effondraient. Elle se sentait mal à l'aise et déprimée. Elle aida Nezzie à mettre l'eau à chauffer pour la soupe du matin et à moudre des céréales et elle en profita pour parler avec elle.

— Je suis vraiment désolée d'être la source de tous ces ennuis, lui dit-elle. A cause de moi, le Camp du Lion va être maintenant tenu à l'écart.

— Ce n'est pas de ta faute, Ayla. Il fallait faire un choix et nous l'avons fait. Tu as pris la défense de Rydag et il fait, lui aussi, partie du Camp du Lion, à nos yeux en tout cas.

— A cause de ce problème, je me suis soudain rendu compte de quelque chose, expliqua Ayla. Depuis que j'ai quitté le Clan, j'ai toujours pensé que j'y retournerais pour chercher mon fils. Mais maintenant, je sais que ça n'est pas possible. Je ne peux pas le ramener ici, ni retourner là-bas. J'ai l'impression de l'avoir perdu à nouveau, et cette fois-ci à jamais. J'aimerais pouvoir le pleurer, mais j'en suis incapable.

Nezzie était allée chercher des baies qu'ils avaient ramassées la veille et elle était en train de les éplucher. Elle s'arrêta de travailler pour regarder Ayla.

— Tout le monde connaît des déboires dans la vie et tout le monde perd ceux qu'il aime. Toi, tu as été séparée des tiens alors que tu étais toute jeune. Et pour toi, ça a été une véritable tragédie. Mais tu ne pouvais rien y faire. Si tu t'étais reproché quoi que ce soit, cela aurait été encore pire. Wymez se reproche continuellement la mort de la femme qu'il aimait. Je pense que Jondalar se reproche celle de son frère. Toi, tu as perdu ton fils. C'est toujours très dur pour une mère de perdre un enfant, mais il te reste au moins un espoir : tu peux te dire qu'il est certainement toujours en vie. Rydag a perdu sa mère... Et moi, un jour, je vais le perdre.

Après le repas du matin, Ayla quitta la tente. Elle s'aperçut aussitôt que la plupart des membres du Camp du Lion restaient aux abords du Camp de la Massette. Elle jeta un coup d'œil au Camp du Mélèze, le campement d'été du Camp du Mammouth, installé la veille non loin du leur. Comme elle croisait par hasard le regard d'Avarie, elle fut un peu surprise de voir que celle-ci ne détournait pas la tête. Elle se demanda ce qu'ils ressentaient à l'idée d'avoir dressé leurs tentes aussi près du Camp du Lion.

Avarie s'approcha de la tente que son frère avait désignée comme étant celle du Foyer du Mammouth, gratta la peau pour s'annoncer et entra sans attendre qu'il l'y invite. Vincavec avait déplié la fourrure dans laquelle il s'enveloppait pour dormir si bien que celle-ci recouvrait près de la moitié du sol. Au milieu, il avait placé un appuie-dos, une peau magnifiquement décorée, tendue sur un cadre en os de mammouth, dont les montants avaient été attachés ensemble avec du cuir brut. Il était installé sur les fourrures, mollement appuyé contre l'appuie-dos.

— Les avis sont partagés, annonça Avarie.

— Je m'en doute, répondit Vincavec. Le Camp du Lion nous a donné un sérieux coup de main pour construire notre hutte. Quand ils sont repartis, tout le monde les considérait comme plus que des amis. Et Ayla, avec ses chevaux et son loup, était vraiment fascinante — et même un peu terrifiante. Maintenant, si on se réfère à nos vieilles coutumes et croyances, le Camp du Lion abrite un monstre, une femme malfaisante, qui attire les esprits animaux des Têtes Plates comme le feu attire les papillons la nuit, et qui les répand sur les femmes qui se trouvent autour d'elle. Qu'en penses-tu, Avarie ?

— Je ne sais pas quoi te dire, Vincavec. J'aime bien Ayla et, pour moi, elle n'a rien de maléfique. Cet enfant ne me semble pas non plus être un animal. Il est malingre et ne peut pas parler, mais je suis sûre qu'il nous comprend. Peut-être est-il humain et les Têtes Plates aussi. Il est possible que Vieux Mamut dise vrai. Quand la Mère a donné un enfant à Ayla, elle a choisi l'esprit de l'homme qui était à côté d'elle. Je ne savais pas qu'elle avait vécu dans une bande de Têtes Plates et que c'était aussi le cas de Mamut.

— Mamut a vécu si longtemps qu'il en sait plus qu'une vingtaine d'hommes réunis et il se trompe rarement. J'ai dans l'idée que ce qui vient de se passer n'aura pas vraiment de conséquences fâcheuses, Avarie. Il y a quelque chose chez Ayla qui me donne à penser que la Mère veille sur elle. J'ai l'impression qu'elle sortira de cette épreuve plus forte encore qu'elle ne l'était déjà. Nous devrions aller voir si le Camp du Mammouth est prêt à prendre fait et cause pour le Camp du Lion.

— Où est Tulie ? demanda Fralie en jetant un coup d'œil à l'intérieur de la tente.

— Elle est partie raccompagner Latie au Camp de la Féminité, répondit Nezzie. Pourquoi ?

— Tu te souviens de cette délégation qui a proposé d'adopter Ayla juste avant l'arrivée du Camp du Mammouth ?

— Oui, répondit Nezzie. Ceux qui n'avaient pas assez à offrir.

— Ils attendent dehors et demandent à nouveau à voir Tulie.

— Je vais voir ce qu'ils veulent, proposa Nezzie.

Ayla attendit à l'intérieur de la tente car, à moins d'y être obligée, elle n'avait aucune envie de voir ces gens. Un instant plus tard, Nezzie revint.

— Ils désirent toujours t'adopter, Ayla, lui annonça-t-elle. La Femme Qui Ordonne de ce Camp a quatre fils. Ils veulent que tu sois leur sœur. Elle a dit que si tu as déjà eu un fils, c'est la preuve que tu peux avoir des enfants. Ils ont augmenté leur offre. Peut-être pourrais-tu sortir et leur souhaiter la bienvenue au nom de la Mère.

Marchant l'une à côté de l'autre d'un air décidé, la tête haute, les yeux fixés droit devant elles, Tulie et Latie traversaient le campement sans prêter attention aux regards curieux de ceux qu'elles croisaient.

— Tulie ! Latie ! Attendez-moi ! cria Brecie. J'allais justement t'envoyer un messager, Tulie, expliqua-t-elle quand elle les eut rattrapées. Nous aimerions que vous veniez dîner avec nous ce soir au Camp du Saule.

— Merci, Brecie. Je suis très touchée par ton invitation. Naturellement, nous viendrons. Je savais qu'on pouvait compter sur vous.

— Nous sommes des amies de longue date, Tulie. Parfois, on croit aux vieilles histoires uniquement parce qu'elles sont vieilles. Le bébé de Fralie m'a l'air absolument normal.

— Et pourtant, elle est née trop tôt, intervint Latie, prompte à prendre la défense de son amie. Bectie n'aurait jamais vécu si Ayla n'avait pas été là.

— Je me suis toujours demandé d'où elle venait, dit Brecie. Tout le monde disait qu'elle était arrivée avec Jondalar et comme ils étaient tous les deux grands et blonds, les gens se contentaient de cette explication. Mais moi, je savais qu'il y avait quelque chose d'autre. Je me rappelais que, quand nous avons sorti Jondalar et son frère des sables mouvants, près de la mer de Beran, elle n'était pas avec eux. En plus, je trouvais qu'elle n'avait ni l'accent mamutoï, ni l'accent sungaea. Mais je ne comprends toujours pas comment elle s'y prend pour faire obéir ces chevaux et ce loup.

Alors qu'elles marchaient à nouveau en direction du centre de la cuvette pour rejoindre les huttes du Camp du Loup, Tulie se sentait nettement mieux.

— Combien ça fait ? demanda Tarneg à Barzec après le départ d'une autre délégation.

— Presque la moitié des Camps ont fait un geste pour se réconcilier avec nous, répondit Barzec. Et je pense que nous pouvons encore compter sur l'appui d'un ou deux Camps.

— Mais il en reste encore une bonne moitié, intervint Talut. Et certains d'entre eux sont vraiment montés contre nous. Il y en a même quelques-uns qui exigent que nous partions.

— Oui, mais vois un peu de quels Camps il s'agit, dit Tarneg. Chaleg est le seul à avoir dit que nous devions quitter la Réunion.

— Ce sont des Mamutoï, rappela Nezzie. Et même les graines dispersées par le mauvais vent peuvent s'enraciner.

— Ça ne me plaît pas que nous soyons divisés, dit

Talut. Il y a des gens honorables des deux côtés. J'aimerais trouver un moyen d'arranger les choses.

— Ayla est dans tous ses états. Elle dit que c'est à cause d'elle que le Camp du Lion a des ennuis.

— Tu veux parler de ceux que nous avons surpris près de la ri..., commença Danug.

— Elle veut parler du frère et de la sœur qu'Ayla et Deegie ont surpris en train de se battre, intervint Tarneg.

Un peu plus, songea-t-il, et Danug leur parlait de la bagarre d'hier.

— Rydag est bouleversé, continua Nezzie. Je ne l'ai jamais vu comme ça. Chaque année, la Réunion d'Eté est un peu plus difficile pour lui. Il ne supporte pas la manière dont les gens le traitent. Mais cette année, c'est encore pire... Peut-être parce qu'il est beaucoup mieux intégré maintenant au Camp du Lion. J'ai peur que tout ça ne soit pas bon pour lui. Même Ayla est inquiète à son sujet et moi, je le suis d'autant plus.

— Où est Ayla ? demanda Danug.

— Dehors, avec les chevaux, répondit Nezzie.

— Quand ils l'ont traitée de femme-animal, elle aurait dû prendre ça pour un compliment, dit Barzec. Elle sait vraiment y faire avec les animaux. Il y en a même qui pensent qu'elle peut parler avec les esprits dans l'autre monde.

— Malheureusement, il y en a aussi qui disent que cela prouve seulement qu'elle a vécu avec des animaux, rappela Tarneg. Et ils l'accusent d'attirer des esprits dont on se passerait volontiers.

— Ayla continue à dire que n'importe qui est capable d'apprivoiser les animaux.

— Elle a tendance à minimiser ses mérites, dit Barzec. C'est pour ça que certains y attachent si peu d'importance. Les Mamutoï sont plutôt habitués aux gens comme Vincavec. Lui, il ne se prive pas de vous rappeler la haute idée qu'il a de lui.

Nezzie jeta un coup d'œil au compagnon de Tulie en se demandant pourquoi il tenait Vincavec en si piètre estime. Le Camp du Mammouth avait été un des premiers à se ranger de leur côté.

— Tu dois avoir raison, Barzec, dit Tarneg. En plus,

on s'habitue tellement à avoir des animaux autour de soi. Cela semble tout naturel. Ils ne sont pas différents des autres animaux, sauf qu'on peut s'approcher d'eux et les toucher. Mais quand on y réfléchit, on se rend compte que c'est presque insensé. Pourquoi ce loup obéit-il à un enfant malingre qu'il pourrait facilement dévorer ? Pourquoi ces chevaux acceptent-ils qu'on monte sur leur dos ? Et comment se fait-il que quelqu'un ait pensé à essayer ?

— Ça ne m'étonnerait pas que Latie essaie un jour, dit Talut.

— Si quelqu'un doit le faire, c'est bien elle, intervint Danug. As-tu remarqué où elle est allée en arrivant ? Elle s'est précipitée vers l'abri des chevaux. Ils lui manquaient plus que nous. J'ai l'impression qu'elle est amoureuse d'eux.

Jondalar avait écouté la conversation sans faire aucun commentaire. Aussi douloureuse et avilissante que soit la situation d'Ayla maintenant qu'elle avait dit par qui elle avait été élevée, dans une certaine mesure, c'était moins grave qu'il ne l'avait imaginé. Il était étonné qu'elle n'ait pas été condamnée plus durement. Il s'attendait à ce qu'elle soit agonie d'insultes, chassée et bannie. Ce tabou était-il plus fort chez les Zelandonii que chez les Mamutoï ? Ou était-ce lui qui se faisait des idées ?

Quand le Camp du Lion avait pris son parti, il avait cru qu'il s'agissait d'une exception et qu'ils étaient plus indulgents à cause de Rydag. Lorsque Vincavec et Avarie étaient venus apporter leur appui, il avait commencé à réviser son jugement et maintenant que de plus en plus de Camps se rangeaient du côté du Camp du Lion, il était obligé de réexaminer ses propres croyances.

Jondalar, pour comprendre des concepts tels que l'amour, la pitié et la colère, se basait uniquement sur ses propres réactions. Il n'était pas fermé aux discussions philosophiques ou spirituelles, mais cela ne le passionnait pas. Il acceptait sa position au sein de la société sans s'interroger à ce sujet. Mais Ayla avait bravé la foule avec une telle dignité et une force si tranquille, que cela n'avait fait qu'accroître le respect qu'il éprouvait pour elle. Et maintenant il s'interrogeait.

Il commençait à se dire qu'il ne suffisait pas qu'un certain nombre de personnes jugent mauvais un certain type de comportement pour que celui-ci le soit. Quelqu'un pouvait très bien refuser une croyance populaire et défendre ses principes personnels sans que tout soit perdu pour autant. Au contraire, cette personne pouvait sortir grandie de l'affrontement. Ayla n'avait pas été bannie par le peuple qui venait de l'adopter et la moitié des Mamutoï, non seulement l'acceptait, mais pensait qu'elle était une femme au talent et au courage exceptionnels.

L'autre moitié n'était pas de cet avis, mais pour des raisons diverses. Certains Camps sautaient sur l'occasion de s'opposer au puissant Camp du Lion pour accroître leur statut et leur influence à un moment où ceux-ci étaient menacés. D'autres étaient naïvement persuadés qu'une femme aussi dépravée n'avait pas le droit de vivre parmi les Mamutoï. A leur avis, elle personnifiait d'autant plus les esprits malfaisants que cela ne se voyait pas. Elle ressemblait aux autres femmes, était plus attirante que la plupart, et les avait dupés grâce à des tours qu'elle avait appris quand elle vivait avec les Têtes Plates. Ces monstres avaient même réussi à en persuader certains qu'ils n'étaient pas des animaux, mais des humains.

Aux yeux de ces Camps, Ayla représentait une véritable menace. Elle avait elle-même reconnu avoir engendré un bâtard, mi-humain, mi-animal, et elle mettait en danger toutes les femmes de la Réunion d'Eté. Quoiqu'en dise Vieux Mamut, tout le monde savait bien que certains esprits mâles étaient toujours attirés par la même femme. Le Camp du Lion avait autorisé Nezzie à garder ce petit d'animal et il fallait voir ce qui leur était arrivé ! Ils vivaient maintenant avec des animaux et cette femme, ce monstre, cette abomination qui avait dû être attirée par cet esprit mêlé. On devrait chasser le Camp du Lion, un point c'est tout !

Tous les Mamutoï avaient entre eux des liens très étroits. Chacun d'eux comptait au moins un parent ou un ami dans chaque Camp. A cause de ce qui venait de se passer, ces liens risquaient d'être rompus à jamais. Beaucoup de gens, comme Talut, en étaient catastrophés. Les Conseils s'étaient réunis, mais ils avaient été incapables de trancher et cela s'était terminé par une querelle générale. C'était une situation sans précédent et les Sœurs et les Frères n'avaient pas les moyens d'y remédier.

Le chaud soleil de l'après-midi ne parvenait pas à chasser la sombre atmosphère qui régnait dans le campement. En remontant en compagnie de Whinney le sentier qui rejoignait le Camp de la Massette, Ayla découvrit l'endroit où on était venu chercher l'ocre rouge et cela lui rappela sa visite à la Hutte des Musiciens. Bien que les musiciens aient repris leurs répétitions et qu'une célébration soit toujours prévue après le retour des chasseurs, personne ne s'en réjouissait plus vraiment. Même l'enthousiasme qu'éprouvait Deegie à la veille de la Cérémonie de l'Union et celui que ressentait Latie à la pensée qu'elle n'allait pas tarder à devenir une femme avaient été considérablement refroidis par les dissensions qui menaçaient de faire éclater la Réunion d'Eté.

Ayla avait proposé de s'en aller. Mais Nezzie lui avait répondu que ça ne résoudrait rien. Ce n'était pas elle qui était à l'origine de ce problème. Son intervention avait fait apparaître au grand jour le désaccord profond qui existait déjà entre les deux factions. Le problème datait de l'époque où elle avait amené pour la première fois Rydag. Bien des gens continuaient à penser qu'on n'aurait jamais dû l'autoriser à vivre avec eux.

Ayla se faisait du souci pour Rydag. Il souriait rarement et ne plaisantait plus, même avec elle. Il avait perdu l'appétit et devait mal dormir. Il appréciait qu'elle lui parle du Clan, mais se joignait rarement aux conversations.

Au moment où elle installait Whinney dans l'abri, elle aperçut Jondalar dans la prairie en contrebas. Il montait Rapide et se dirigeait avec lui vers la rivière. Ces derniers temps, son attitude avait changé : il était moins distant, mais semblait très triste.

Sur un coup de tête, Ayla décida d'aller faire un tour au centre du campement. Le Camp du Loup avait indiqué que, comme il accueillait la Réunion d'Eté de cette année, il ne pouvait pas prendre parti pour les uns ou pour les autres. Mais Ayla savait qu'il soutenait la position du Camp du Lion. Elle ne voulait pas avoir l'air de se cacher. Elle n'était pas un monstre, une abomination, les gens du Clan étaient des êtres humains, Rydag et Durc, aussi. Elle tenait à faire quelque chose, à ce qu'on la voie. Elle pouvait très bien rendre visite au Foyer du Mammouth, retourner à la Hutte des Musiciens ou aller discuter avec Latie.

Elle s'engagea résolument vers le centre du campement, saluant de la tête ceux qui lui disaient bonjour et ignorant les autres, jusqu'à ce qu'elle aperçoive Deegie qui sortait de la Hutte des Musiciens.

— Ayla ! Justement, je comptais aller te chercher ! On t'attend quelque part ?

— Non, répondit-elle. J'ai simplement voulu m'éloigner un peu du Camp de la Massette.

— Tu as très bien fait ! Je vais rendre visite à Tricie et voir son bébé. J'ai déjà essayé à plusieurs reprises de la voir, mais à chaque fois, elle était sortie. Kylie m'a dit que cet après-midi elle était au Camp du Loup. Tu m'accompagnes ?

— Oui, répondit Ayla.

Elles se dirigèrent toutes les deux vers la hutte de la Femme Qui Ordonne.

— Nous sommes venues te rendre visite, Tricie, et voir ton bébé, annonça Deegie à l'entrée.

— Entrez, leur proposa Tricie. Je viens juste de le coucher, mais il ne doit pas encore dormir.

Alors que Deegie prenait le bébé dans ses bras pour lui parler et lui faire risette, Ayla s'était tenue un peu en retrait.

— Tu ne veux pas le voir, Ayla ? demanda Tricie en la défiant du regard.

— Bien sûr que je veux le voir, répondit-elle.

Elle prit le bébé et l'observa un long moment. Sa peau était si blanche qu'elle semblait presque translucide et ses yeux d'un bleu si pâle qu'on aurait presque dit qu'ils n'avaient pas de couleur. Ses cheveux rouge orangé étaient bouclés, comme ceux de Ranec, et, de visage, il lui ressemblait tellement qu'Ayla se dit que ce petit Ralev ne pouvait être que le bébé de Ranec. Ranec avait mis cet enfant en train, aussi sûrement que Broud avait fait pousser Durc dans son propre ventre. Elle ne put s'empêcher de se demander si, quand ils seraient unis, Ranec et elle, elle aurait un bébé comme celui-là.

Elle parla au bébé qu'elle tenait dans ses bras. Il leva la tête vers elle, intéressé, presque fasciné, lui sourit et se mit à rire de plaisir.

— Tu ne trouves pas qu'il est beau, Ayla ? dit Deegie.

— Il est beau, n'est-ce pas ? demanda Tricie à son tour, sur un ton coupant.

— Non, il n'est pas beau, répondit Ayla, au grand étonnement de Deegie. Personne ne dirait une chose pareille. Mais j'ai rarement vu un bébé aussi adorable. Aucune femme ne pourra lui résister. Il n'a pas besoin d'être beau. Il a vraiment quelque chose de spécial. Tu as bien de la chance, Tricie.

— C'est ce que je pense aussi, répondit celle-ci, soudain radoucie. C'est vrai qu'il n'est pas beau. Mais c'est un bébé extraordinaire.

Soudain, elles entendirent courir et crier dehors, elles se précipitèrent.

— Grande Mère ! se lamentait une femme. Ma fille ! Il faut que quelqu'un aille à son secours !

— Que se passe-t-il ? demanda Deegie. Où est ta fille ?

— Un lion l'a prise ! répondit la femme. Là, plus bas, dans le pré ! Faites quelque chose !

— Un lion ? demanda Ayla. Non, c'est impossible !

Quelques hommes armés s'étaient déjà mis en route et elle courut à leur suite.

— Ayla ! Où vas-tu ? lui cria Deegie en essayant de la rattraper.

— Je vais chercher la fillette, lui répondit-elle sans se retourner.

Massée en haut du sentier, la foule était en train d'observer les hommes qui descendaient en hâte vers la rivière, une sagaie à la main. Bien en vue au milieu de la plaine verdoyante située de l'autre côté du cours d'eau, un énorme lion des cavernes, à l'abondante crinière rousse, était en train de tracer de larges cercles autour d'une fillette qui était trop terrorisée pour bouger. Ayla examina le lion pour être certaine de ne pas se tromper, puis elle se précipita vers le Camp du Lion. En la voyant, Loup bondit vers elle.

— Rydag ! appela-t-elle. Viens garder Loup ! Il faut que j'aille chercher cette fille.

Dès que Rydag fut sorti de la tente, elle ordonna à Loup : « Reste là ! », puis elle le confia à la garde de Rydag et alla chercher Whinney.

Elle enfourcha la jument et descendit le sentier. Quand elle rejoignit la rivière, les hommes armés de sagaies étaient en train de traverser. Elle les contourna, et dès qu'elle se retrouva sur l'autre rive, lança Whinney au galop pour rejoindre le lion et la fillette.

Ceux qui se trouvaient en haut du sentier l'observaient, très étonnés.

— Que croit-elle pouvoir faire ? demanda quelqu'un d'une voix coléreuse. Elle n'a même pas de sagaie. La petite n'a pas l'air blessée. Mais foncer sur ce lion avec un cheval risque de l'exciter. S'il tue cette fillette, ce sera de sa faute.

Jondalar avait entendu cette réflexion, comme la plupart des membres du Camp du Lion qui se tournaient maintenant vers lui d'un air interrogateur. Il préféra ne pas leur faire part de ses doutes et se contenta de regarder Ayla. Il n'était sûr de rien, mais elle, elle devait savoir ce qu'il en était. Sinon, jamais elle n'aurait emmené Whinney.

Quand Ayla et Whinney arrivèrent à sa hauteur, le lion s'immobilisa en face d'elles. Il portait une cicatrice sur le nez, une cicatrice qu'Ayla reconnut aussitôt.

— C'est Bébé, Whinney ! cria-t-elle en se laissant glisser sur le sol.

Elle se précipita vers le lion sans penser un seul instant qu'il risquait de ne pas se rappeler d'elle. C'était son Bébé. Elle était sa mère. Elle l'avait recueilli quand il n'était qu'un jeune lionceau, l'avait élevé et avait chassé avec lui.

Le lion n'avait pas oublié cette femme qui n'avait jamais eu peur de lui. Il s'avança vers elle sous le regard horrifié de la fillette. L'instant d'après, Ayla se retrouvait plaquée sur le sol, serrant dans ses bras son cou épais, tandis qu'il drapait autour d'elle ses pattes antérieures pour l'étreindre.

— Oh, Bébé, tu es revenu ! Comment as-tu fait pour me retrouver ? demanda-t-elle en essuyant les larmes de joie qui coulaient sur ses joues contre la crinière du lion.

Elle finit par s'asseoir et sentit que le lion lui léchait le visage avec sa langue rapeuse.

— Arrête ! dit-elle en souriant. Si tu continues à me lécher la figure, il ne va plus rien me rester.

Elle le gratta aux endroits qu'il aimait et il se mit à grogner de plaisir, puis il se coucha sur le dos, lui offrant ainsi son ventre. La fillette les regardait en écarquillant les yeux. Elle était très grande pour son âge et avait de longs cheveux blonds.

— Il me cherchait, lui expliqua Ayla. Je pense qu'il t'a prise pour moi. Tu peux t'en aller maintenant. Marche, mais ne cours pas !

Ayla continua à caresser Bébé tandis que la fillette rejoignait un homme qui l'attendait et se jetait dans ses bras. L'homme poussa un soupir de soulagement et l'emmena en direction du sentier. Les autres reculèrent un peu, mais leurs sagaies étaient toujours pointées en direction du lion. Jondalar se trouvait parmi eux, son propulseur de sagaie prêt à entrer en action. Debout à côté de lui, il y avait un homme plus petit, à la peau noire. Talut était là, lui aussi, ainsi que Tulie.

— Il faut que tu t'en ailles, Bébé. Je ne veux pas qu'on te fasse de mal. Même si tu es le lion le plus énorme de la terre, une sagaie peut t'arrêter.

Pour s'adresser à lui, Ayla avait utilisé un langage bien particulier, composé de signes et de mots du Clan, ainsi que de sons d'animaux. Bébé avait l'habitude de ces sons et il connaissait parfaitement le sens de ces signes. Il roula sur le côté et se remit debout. Ayla l'attrapa par le cou et soudain, elle ne put y résister. Elle grimpa sur son dos et s'accrocha fermement à sa crinière. Ce n'était pas la première fois qu'elle faisait cela et elle savait comment Bébé allait réagir.

Le lion banda ses muscles, il bondit en avant, et l'instant d'après il filait à toute vitesse, aussi vite que s'il pourchassait une proie. Bien qu'Ayla ait déjà chevauché le lion, elle n'avait jamais réussi à diriger sa course. Il allait où il voulait, l'autorisant simplement à s'y rendre avec lui. Cette chevauchée sauvage était toujours très exaltante et elle aimait cela. Accrochée à sa crinière, le visage fouetté par le vent, elle respirait avec délice son odeur forte d'animal des grands espaces.

Elle sentit qu'il ralentissait — les pointes de vitesse d'un lion ne duraient jamais longtemps, contrairement au loup, il n'avait pas d'endurance. Puis il fit demi-tour et revint vers Whinney qui les attendait en broutant tranquillement. Elle hennit à leur approche et remua la tête. Aussi forte et inquiétante soit l'odeur du lion, elle n'en avait pas peur car elle avait aidé Ayla à l'élever et elle le considérait un peu comme son propre petit. Bien que Bébé soit plus grand qu'elle, plus long et plus lourd, elle savait qu'avec lui, elle ne risquait rien, surtout lorsqu'Ayla était là.

Lorsque le lion s'immobilisa, Ayla se laissa glisser sur le sol. Elle le serra une dernière fois contre elle, puis elle leva le bras et le lança en avant, comme si elle lançait un caillou avec sa fronde, pour lui indiquer que le moment était venu de partir. Tandis que Bébé s'éloignait en balançant la queue, des larmes inondèrent son visage. Quand il grogna, un grognement qu'elle aurait reconnu n'importe où, elle lui répondit par un sanglot. A travers ses larmes, elle vit l'énorme félin disparaître dans les hautes herbes. Elle savait que jamais plus elle ne monterait sur son dos, qu'elle ne reverrait jamais plus ce fils sauvage et invraisemblable.

Soudain, les grognements s'interrompirent et l'énorme lion des cavernes poussa un formidable rugissement qui s'entendit à des kilomètres alentour. Son adieu fit même trembler la terre.

Ayla fit signe à Whinney et elle regagna le campement à pied. Elle ne voulait pas remonter tout de suite sur Whinney, elle désirait conserver le plus longtemps possible le souvenir de sa dernière chevauchée sur le dos du lion.

Quand Jondalar réussit à détacher ses yeux de la scène qui venait d'avoir lieu, il regarda ceux qui se trouvaient autour de lui. Pour avoir déjà éprouvé le même genre de sentiment, il savait ce qu'ils étaient en train de penser. Des chevaux et même un loup, passe encore, mais un lion des cavernes ! Puis soudain, il eut un grand sourire, un sourire de fierté et de soulagement. Qui oserait maintenant mettre en doute ce qu'il racontait ?

Les hommes s'engagèrent sur le sentier à la suite d'Ayla. Ils se sentaient un peu ridicules avec leurs sagaies qui n'avaient servi à rien. La foule, massée en haut du sentier, recula pour laisser passer la femme et la jument. Complètement abasourdis, les Mamutoï la regardèrent se diriger vers l'abri de Whinney avec un respect mêlé de crainte. Même ceux du Camp du Lion qui étaient pourtant au courant, grâce à Jondalar, avaient du mal à en croire leurs yeux.

35

On l'avait prévenue qu'il faisait parfois très froid la nuit, et Ayla avait soigneusement choisi des vêtements chauds pour la chasse. Ils allaient approcher le gigantesque mur de glace qui bordait le glacier. A sa grande surprise, Wymez lui avait apporté plusieurs pointes de sagaie particulièrement réussies, et il lui avait montré les avantages de celles qu'il avait spécialement conçues pour chasser le mammouth. C'était là un cadeau inattendu qui, ajouté à l'étrange comportement des Mamutoï et aux louanges excessives dont elle avait fait l'objet, commençait à causer quelque embarras à Ayla. Mais le sourire chaleureux de Wymez la mit à l'aise. Il lui expliqua qu'il avait prévu ce cadeau depuis qu'elle s'était promise au fils de son foyer. Elle demandait à Wymez d'emmancher les pointes à des hampes adaptées au propulseur quand Mamut entra sous la tente.

— Les mamuti aimeraient te parler, Ayla, déclara-t-il. Ils veulent que tu les aides à invoquer l'Esprit du Mammouth pour qu'il nous assure une bonne chasse. Ils croient que si c'est toi qui lui demandes, il nous accordera davantage de mammouths.

— Mais, Mamut, je t'ai déjà dit que je n'avais aucun pouvoir particulier, protesta Ayla. Non, je ne veux pas parler aux mamuti.

— Je sais, Ayla. Je leur ai pourtant affirmé que si tu possédais le don d'invoquer les esprits, tu n'avais pas d'expérience véritable. Mais ils ont insisté. Tu comprends, ils ont vu le lion te porter sur son dos, et ils t'ont entendue lui ordonner de partir. Alors, ils sont convaincus que tu pourrais influencer l'Esprit du Mammouth, même si on ne t'a pas appris à développer ton don.

— Mais c'était Bébé, Mamut ! C'est moi qui l'ai élevé. Jamais je ne pourrais faire la même chose avec un autre lion !

— Pourquoi parles-tu de ce lion comme si tu étais sa mère ? demanda une voix qui provenait de l'entrée.

C'était Lomie, qui s'avança sur un geste de Mamut.

— Serais-tu vraiment sa mère ? reprit-il.

— D'une certaine manière, oui. C'était un bébé quand je l'ai recueilli. Il avait reçu un coup de sabot sur la tête, alors, je l'ai soigné, je l'ai élevé et je l'ai appelé Bébé. Le nom lui est resté même s'il a grandi depuis. Il faut me croire, Lomie, je ne sais pas commander aux animaux.

— Alors comment expliques-tu que ce lion soit arrivé à ce moment crucial, comme par miracle ? demanda Lomie.

— Il n'y avait rien de miraculeux, c'était un hasard. J'imagine qu'il avait senti mon odeur, ou celle de Whinney, et qu'il s'est mis à ma recherche. Lorsqu'il était parti avec la lionne qu'il s'était choisie, il revenait me voir de temps en temps. Demande à Jondalar.

— S'il n'est pas sous ton pouvoir, pourquoi n'a-t-il pas blessé la fillette ? Elle n'avait pourtant aucune relation maternelle avec lui. Elle a raconté qu'il l'avait renversée et elle croyait qu'il allait la dévorer. Mais il s'est contenté de lui lécher la figure.

— Je pense qu'il l'a épargnée parce qu'elle me ressemble un peu. C'est avec moi qu'il a grandi, pas parmi les lions, et il considère les humains comme sa famille. D'ailleurs, quand il ne m'avait pas vue depuis longtemps, il sautait sur moi et, si je ne le retenais pas, il me renversait, c'était sa manière de jouer. Ensuite, il voulait que je le câline, que je le gratte.

Pendant qu'Ayla parlait, la tente s'était remplie de mamuti. Dissimulant un sourire malicieux, Wymez fit quelques pas à l'écart. Ayla n'était pas venue à eux, ils étaient donc venus à elle. Il se crispa quand il vit Vincavec s'approcher d'Ayla. Ranec serait malheureux si elle décidait de s'unir à Vincavec. La demande d'Union de l'Homme Qui Ordonne avait foudroyé Ranec. Wymez ne l'avait jamais vu dans cet état. Et il dut s'avouer qu'il était lui-même bouleversé.

Vincavec observait Ayla pendant qu'elle répondait aux questions. Il se laissait rarement prendre au dépourvu. Après tout, il était chef et mamut, familier des intrigues du monde matériel comme des déguisements des pouvoirs surnaturels. Mais comme les autres mamuti, il avait été élu par le Foyer du Mammouth à cause de sa passion pour l'exploration des domaines inconnus, sa soif de découvrir les raisons profondes qui régissent toutes choses au-delà des apparences, et les mystères auxquels il ne trouvait pas d'explication le troublaient, la manifestation évidente d'un pouvoir surnaturel l'inquiétait.

Depuis leur première rencontre, Ayla l'intriguait. Il émanait d'elle un mystère, une force tranquille qui le fascinaient. On aurait dit que son courage s'était fortifié des épreuves qui avaient jalonné sa vie. Vincavec en avait conclu que la Mère la protégeait, et qu'Ayla surmonterait toujours l'adversité. Il n'avait aucune idée des méthodes qu'elle employait, et les résultats qu'elle obtenait le surprenaient au plus haut point. Il savait que personne n'oserait affronter Ayla, ni ceux qui l'avaient recueillie. Personne n'oserait lui reprocher son éducation, ou médire sur le fils qu'elle avait mis au monde. Elle possédait de trop grands pouvoirs. Qu'elle les utilisât dans des buts bénéfiques ou maléfiques était accessoire. Ce n'étaient que les deux faces d'une même substance, comme l'été et l'hiver, le jour et la nuit. Mais personne ne voudrait encourir les foudres de sa colère. Puisqu'elle pouvait commander un lion des cavernes, où s'arrêtaient ses pouvoirs ?

Mamut, Vincavec et les autres mamuti avaient été élevés dans le même milieu, ils avaient baigné dans la même culture, partageaient les mêmes croyances profondément ancrées et qui gouvernaient leurs mœurs et leur philosophie de la vie.

Ayant peu d'emprise sur les événements, leur vie avait été tracée une fois pour toutes. La maladie frappait au hasard. Certes, les soins la combattaient, mais certains mouraient tout de même et d'autres non. Les accidents étaient tout aussi imprévisibles, et lorsqu'une personne isolée en était victime, l'issue était souvent fatale. Les climats impitoyables et les brusques changements météorologiques dus à la proximité des glaciers gigantesques provoquaient inondations ou sécheresse qui modifiaient considérablement l'environnement naturel dont ils dépendaient. Un été trop froid ou trop pluvieux retardait la croissance des plantes, diminuait la population animale et modifiait les migrations. Les chasseurs de mammouths en souffraient parfois cruellement.

L'organisation de leur univers métaphysique s'inspirait du monde visible, et leur procurait les réponses à des questions insolubles autrement, et qui, à défaut d'explications acceptables, auraient alimenté des angoisses insurmontables. Mais malgré son utilité, toute structure est limitative. Dans leur univers, les animaux erraient en liberté, les plantes poussaient d'elles-mêmes, cela avait toujours été et ils n'imaginaient pas de changement possible. Certes, ils savaient où trouver telle ou telle plante et connaissaient les habitudes des animaux, mais ils n'imaginaient pas qu'on pût influer sur la faune ou la flore. L'idée que les plantes, les animaux et les humains puissent posséder des capacités de mutation et d'adaptation ne les effleurait pas. Par conséquent, ils ignoraient que ces capacités étaient leur unique chance de survie.

Ils ne concevaient pas que le pouvoir d'Ayla sur les animaux qu'elle avait élevés fût naturel. Personne n'avait jamais essayé d'en apprivoiser ou d'en domestiquer.

Conscients de la soif de leur peuple d'explications susceptibles d'apaiser l'inévitable angoisse due à cette surprenante innovation, les mamuti avaient interrogé leur système de croyances afin d'y trouver une réponse rassurante. Ayla n'avait pas simplement apprivoisé des animaux, bien au contraire. Elle avait prouvé l'existence d'un pouvoir surnaturel dont personne n'avait soupçonné l'existence. Son pouvoir sur les animaux ne tolérait qu'une seule explication : elle communiquait avec l'Esprit originel, donc avec la Mère Elle-même.

Vincavec, Mamut, ainsi que les autres mamuti, étaient intimement convaincus qu'Ayla était davantage qu'une mamut, Une Qui Sert La Mère. Une présence surnaturelle l'habitait, à moins qu'elle ne fût l'incarnation même de la Mère. C'était d'autant plus plausible qu'elle ne faisait pas étalage de ses pouvoirs. Vincavec était arrivé à la conclusion qu'Ayla était vouée à un grand destin, et il souhaitait ardemment y être mêlé. Elle était l'Elue de la Grande Terre Mère.

— Toutes tes explications sont méritoires, assura Lomie avec conviction après avoir écouté les protestations d'Ayla, mais acceptes-tu de participer à la Cérémonie d'Invocation, bien que tu prétendes n'avoir aucun don particulier pour communiquer avec les Esprits ? Nombre d'entre nous sont convaincus que tu favoriseras la chasse si tu acceptes d'invoquer l'Esprit du Mammouth avec nous. En quoi nous porter chance pourrait-il te nuire ? Les Mamutoï seraient si heureux !

Ayla était obligée d'accepter, mais l'adulation dont elle faisait l'objet lui déplaisait. Elle n'aimait plus se promener dans le campement, et elle attendait avec impatience le départ de la chasse prévu pour le lendemain. A l'excitation de sa première chasse au mammouth s'ajoutait le soulagement d'échapper un moment à tant d'adoration.

Lorsqu'Ayla se réveilla, la lumière du jour commençait à filtrer par l'ouverture triangulaire de la tente. Elle se leva sans tarder en prenant garde de ne pas déranger Ranec, ni les autres, et se faufila dehors. La froide humidité de l'aube imprégnait l'air, mais elle constata avec satisfaction que les essaims d'insectes avaient disparu. Le soir précédent, ils pullulaient.

Elle s'avança jusqu'au sombre bassin d'eau stagnante, chargé de vase et de pollen, terrain idéal pour les nuées de moucherons, cousins, mouches noires, et surtout pour les nuages de moustiques qui s'élevaient comme des volutes bourdonnantes de fumée noire. Les insectes avaient pénétré sous les vêtements, laissant sur la peau des traînées de cloques rougeâtres, ils s'étaient agglutinés autour des yeux, et introduits dans la bouche des chasseurs et des chevaux.

Les cinquante hommes et femmes choisis pour participer à la première chasse de la saison avaient donc atteint les pénibles mais inévitables marais. Sous la surface amollie par les fontes du printemps et de l'été, la terre gelée en permanence empêchait l'eau de s'infiltrer. Là où la fonte accumulée était trop importante pour s'évaporer entièrement, les eaux dormantes stagnaient. A la saison chaude, on ne pouvait parcourir de grandes distances sans rencontrer des sols spongieux, de grands lacs ou de petits bassins d'eau de fonte, bourbiers marécageux où se reflétait le ciel chargé de nuages.

Ils étaient arrivés trop tard pour traverser les marais ou les contourner. On avait dressé le camp à la hâte et allumé des feux chargés s'éloigner les hordes volantes. La première nuit, ceux qui n'avaient pas encore vu Ayla utiliser sa pierre à feu avaient poussé les exclamations de surprise et de crainte habituelles, mais maintenant tous y étaient habitués et avaient décidé tacitement qu'elle serait responsable de l'entretien du feu. Des peaux de bêtes cousues ensemble pour faire une seule grande tente leur servaient d'abri dont la forme dépendait des matériaux utilisés pour la charpente. S'ils trouvaient un crâne de mammouth avec ses défenses intactes, ils l'utilisaient pour maintenir le toit, sinon, un saule nain, souple mais robuste, faisait l'affaire. Si on ne trouvait pas d'autres supports, on avait parfois recours aux sagaies. Cette fois-ci, ceux qui partageaient la tente avec les chasseurs du Camp du Lion avaient disposé la peau de bête sur un poteau de faîtage incliné, dont une extrémité s'enfonçait dans le sol pendant que l'autre était calée dans la fourche d'un arbre.

Une fois le camp installé, Ayla avait exploré les marais alentour et découvert avec plaisir une petite plante aux feuilles vert foncé en forme de main. En creusant avec soin, elle avait dégagé le réseau de racines et de rhizomes, en avait ramassé quelques-unes pour les faire bouillir afin d'obtenir une lotion calmante pour les yeux et la gorge des chevaux, et dont l'odeur chassait les insectes. En la voyant badigeonner ses piqûres de moustiques avec la lotion, des Mamutoï lui en avaient demandé, et elle avait fini par soigner les piqûres de tous les chasseurs. Avec la racine pilée et de la graisse, elle avait fabriqué une pommade qu'elle comptait utiliser le lendemain. Ensuite, elle avait trouvé un massif de pulicaires et en avait arraché quelques-unes qu'elle avait jetées dans le feu. La fumée, ajoutée à l'insectifuge que constituait la combustion de pulicaires, garantirait près du foyer un espace protégé.

Mais dans la fraîcheur humide du matin, les insectes calamiteux restaient inactifs. Ayla se frictionna pour se réchauffer, dédaignant l'abri de peaux et sa tiédeur bienfaisante. L'œil rivé sur l'eau noirâtre, elle s'aperçut à peine que la luminosité gagnait le reste de la voûte céleste, dévoilant les reliefs de la végétation enchevêtrée. Elle sentit une fourrure chaude qu'on posait sur ses épaules. Elle s'en enveloppa et des bras l'enlacèrent par-derrière.

— Tu as froid, Ayla. Tu es restée dehors longtemps, dit Ranec.

— Je n'arrivais pas à dormir.

— Qu'est-ce qui ne va pas ?

— Je ne sais pas. J'ai un mauvais pressentiment, mais je ne peux pas l'expliquer.

— Je te sens mal à l'aise depuis la Cérémonie de l'Invocation, Ayla. Est-ce que je me trompe ? demanda Ranec.

— Je n'y avais pas pensé, mais tu as peut-être raison.

— Pourtant, tu n'y as pas participé. Tu t'es contentée d'y assister.

— Je ne voulais pas participer, mais je ne sais plus. Il s'est peut-être passé quelque chose, dit Ayla.

Après s'être restaurés, les chasseurs plièrent le camp et se remirent en route. Ils tentèrent d'abord de contourner les marais, mais cela exigeait un long détour et ils y renoncèrent. Talut et certains maîtres de chasse sondèrent des yeux l'épais fourré marécageux enveloppé dans un brouillard froid et débattirent avec d'autres chefs du chemin à suivre. Ils optèrent finalement pour le passage qui semblait le plus praticable.

Le sol détrempé céda la place à une boue tremblotante. De nombreux chasseurs ôtèrent leurs bottes et avancèrent nu-pieds dans l'eau vaseuse. Ayla et Jondalar conduisaient les chevaux inquiets avec de multiples précautions. Des lianes et les longues barbes des lichens gris-vert pendaient des bouleaux rabougris, des saules et des aulnes nains, si serrés qu'on aurait dit une jungle arctique. Il fallait faire attention où l'on mettait les pieds. En l'absence de sol ferme, les arbres étaient mal enracinés et poussaient en formant des angles les plus inattendus, rampaient même, parfois. Les chasseurs éprouvaient les pires difficultés à se frayer un chemin parmi les troncs morts, les broussailles, les arbustes entremêlés, les racines cachées sous l'eau et les branches qui piégeaient les pas sans méfiance.

La progression était lente, épuisante. En milieu de matinée, ils firent une halte pour se reposer. Tout le monde était en sueur. Reprenant sa route, Talut accrocha une branche particulièrement tenace d'un aulne et dans une explosion de colère rare, il attaqua furieusement l'arbre à la hache. Le liquide rouge suintant de l'entaille de l'arbre blessé apparut à Ayla comme un signe de mauvais augure.

Enfin, ils retrouvèrent le sol ferme sous leurs pieds. De grandes fougères, des herbes à hauteur d'homme poussaient sur la riche clairière à la lisière du marais.

Ils obliquèrent vers l'est pour éviter les terres humides, remontèrent les flancs de la dépression où stagnaient les marais et arrivèrent en vue du confluent d'une grande rivière et de son affluent.

Talut, Vincavec et les autres chefs des Camps s'arrêtèrent pour consulter leurs cartes gravées dans l'ivoire et firent encore quelques marques sur le sol.

A proximité de la rivière, ils traversèrent une forêt de bouleaux. Pas ces bouleaux robustes et élancés des forêts tempérées, mais des arbres rabougris par les conditions climatiques rigoureuses. Comme taillé, modelé en toutes sortes de formes étonnantes, chaque arbre avait une grâce particulière, fragile, mais les branches frêles, pendantes, étaient trompeuses — Ayla essaya d'en briser une, elle était dure comme un tendon — et sous le vent elles fouettaient la végétation environnante.

— On les appelle les « vieilles mères ». — Ayla se retourna et vit Vincavec. — C'est bien trouvé. Cela rappelle qu'on ne doit jamais sous-estimer la force d'une vieille femme. Ceci est un bosquet sacré et les bouleaux protègent les somuti, poursuivit Vincavec, le doigt pointé vers le sol.

Les petites feuilles vertes et tremblantes des bouleaux laissaient passer des taches de soleil qui dansaient légèrement sur le tapis de feuilles épais.

Ayla remarqua, pointant sous la mousse au pied de certains arbres, de gros champignons rouges mouchetés de blanc.

— Ce sont ces champignons que vous appelez les somuti ? demanda-t-elle. Ils sont vénéneux. On peut mourir si on en mange.

— Oui, bien sûr, à moins de connaître les secrets de préparation. Mais seuls ceux qui ont été élus peuvent impunément explorer le monde des somuti.

— Ont-ils des vertus curatives ? Je n'en connais aucune.

— Je ne peux te répondre, je ne suis pas un Homme Qui Guérit. Tu devrais interroger Lomie.

Soudain, avant qu'Ayla pût esquisser un geste, il avait pris ses deux mains dans les siennes et la dévisageait. Ayla eut l'impression qu'il la fouillait des yeux.

— Pourquoi m'as-tu combattu à la Cérémonie de l'Invocation, Ayla ? J'avais préparé la voie pour une compréhension mutuelle, mais tu m'as résisté.

Ayla était déchirée, en proie à un étrange conflit intérieur. La voie chaleureuse de Vincavec était irrésistible, et l'envie lui prit de se perdre dans la profondeur de ses yeux noirs, de flotter sur les étangs aux fraîches eaux noires, de s'abandonner à ses désirs. Mais un besoin impérieux de rompre le charme, de se soustraire à son influence et de sauvegarder son identité, l'emporta. Au prix d'un effort douloureux, elle détourna les yeux, et surprit Ranec qui les observait à la dérobée. Il s'éclipsa vivement.

— Tu avais peut-être préparé la voie, mais je n'étais pas prête, dit Ayla en évitant le regard de Vincavec.

Il éclata de rire. Elle croisa alors son regard et s'aperçut que ses yeux qu'elle avait crus noirs étaient en réalité gris.

— Bravo, Ayla ! Tu es forte. Je n'ai encore rencontré personne de ta valeur. Tu es digne du Foyer du Mammouth, digne du Camp du Mammouth. Accepte de partager mon foyer, déclara-t-il en jetant toute sa persuasion et sa séduction dans sa proposition.

— Je me suis promise à Ranec, objecta Ayla.

— Mais cela n'empêche rien, Ayla. Si tu le souhaites, tu peux l'amener avec toi. Je ne serai pas fâché de partager le Foyer du Mammouth avec un sculpteur aussi talentueux. Prends-nous tous les deux ! Ou c'est moi qui vous prendrais, s'esclaffa-t-il. Ce ne serait pas la première fois. L'homme ne manque pas de charme non plus !

— Je... je ne sais pas, bredouilla Ayla qui dressa l'oreille en entendant un martèlement étouffé de sabots.

— Ayla, intervint Jondalar. Je descends à la rivière

avec Rapide lui brosser les jambes pour le débarrasser des plaques de boue séchée. Veux-tu que j'emmène aussi Whinney ?

— Je m'occupe d'elle ! déclara Ayla, sautant sur le prétexte pour fuir Vincavec qu'elle trouvait fascinant, un peu trop effrayant pour son goût.

— Tu trouveras Whinney là-bas, près de Ranec, dit Jondalar avant de se diriger vers la rivière.

Perplexe, Vincavec regarda le géant blond s'en aller. Quel rôle jouait-il ? se demanda l'Homme Qui Ordonne. Ayla et lui sont arrivés ensemble, et il comprend les animaux aussi bien qu'elle, ou presque. Mais on ne dirait pas qu'ils sont amants, et ce n'est pas parce qu'il a peur des femmes. Avarie m'a avoué qu'elles raffolaient toutes du Zelandonii. Elle m'a aussi assuré qu'il ne couche jamais avec Ayla et qu'il ne la touche même pas. On prétend qu'il a refusé de participer aux Rites de la Femme sous prétexte que ses sentiments sont trop fraternels. Considère-t-il Ayla comme sa sœur ? Est-ce pour cela qu'il a interrompu notre discussion, et qu'il a adroitement incité Ayla à rejoindre Ranec ? L'air soucieux, Vincavec se plongea dans ses réflexions. Puis, il arracha quelques gros champignons et les suspendit avec une cordelette aux branches d'une vieille mère afin de les faire sécher. Il les récupérerait au retour.

Ils traversèrent l'affluent et atteignirent une région plus sèche où aucun arbre ne poussait dans les marais épars. Les piaillements des oiseaux d'eau les prévinrent de la proximité de l'immense lac de fonte. Ils installèrent le camp non loin du lac et certains chasseurs s'y rendirent pour rapporter à manger. On ne trouvait pas de poisson dans les étendues d'eau provisoires, à moins qu'elles ne fussent irriguées par des rivières ou des torrents permanents. Mais parmi les racines des hauts phragmites, des joncs, des carex et des queues-de-renard, grouillaient les têtards des grenouilles vertes et des crapauds sonneurs.

Répondant à un mystérieux signal saisonnier, une impressionnante masse d'oiseaux, aquatiques principalement, était venue du nord se joindre aux lagopèdes, aux aigles royaux, et aux harfangs des neiges. Le dégel du printemps qui réveillait la croissance de la végétation, et faisait revivre les marais où prospéraient les roseaux, invitait des nombres incalculables d'oiseaux migrateurs à s'attarder le temps de bâtir leurs nids et de se reproduire. De nombreux oiseaux se nourrissaient des larves des batraciens, ainsi que de quelques adultes, mais aussi de tritons, de serpents, de graines, de bulbes et des inévitables insectes, ou parfois de petits mammifères.

— Loup se régalerait ici, dit Ayla à Brecie en observant un couple d'oiseaux qui décrivaient des cercles dans le ciel. (Sa fronde était prête au cas où les oiseaux daigneraient s'approcher suffisamment du rivage. Elle refusait de se mouiller pour aller chercher le gibier que ses pierres atteindraient.) Je lui ai appris à rapporter les proies, et il fait beaucoup de progrès.

Brecie avait promis à Ayla de lui montrer son Bâton Qui Revient et elle était curieuse de voir l'adresse tant vantée d'Ayla à la fronde. Chacune avait été très impressionnée par les talents de l'autre. L'arme de Brecie était taillée dans un fémur coupé en diagonale, débarrassé de son épiphyse, et affûté pour obtenir un côté tranchant. Il décrivait un vol circulaire et si on visait une compagnie d'oiseaux, il pouvait en tuer plusieurs d'un même jet. Ayla trouvait le Bâton Qui Revient supérieur pour chasser les oiseaux, mais sa fronde avait davantage d'usages. Elle pouvait, par exemple, tuer aussi des mammifères.

— Puisque tu as emmené les chevaux, pourquoi avoir laissé le loup au camp ? demanda Brecie.

— Loup est encore jeune, dit Ayla. Je ne suis pas sûre de son comportement en face des mammouths et je ne voulais pas risquer de le voir gâcher la chasse. Les chevaux, c'est différent. Ils nous aideront à rapporter la viande. Et puis, Rydag se sentira moins seul avec Loup. Ils me manquent tous les deux.

Brecie aurait bien voulu demander à Ayla s'il était vrai qu'elle avait mis au monde un fils affublé des mêmes tares physiques que Rydag, mais elle préféra s'en abstenir. C'était une question trop délicate.

Les jours suivants, ils poursuivirent vers le nord et le paysage changea. Les marais avaient disparu, et avec eux le tintamarre des oiseaux. Le sifflement du vent traversait les vastes plaines où aucun arbre ne poussait, brisant le silence de gémissements inquiétants et sinistres. Le ciel se couvrit de nuages gris qui empêchaient le soleil de percer et cachaient les étoiles, mais il pleuvait rarement. Au contraire, l'air devint plus sec et plus froid, et le vent coupant desséchait jusqu'à la buée exhalée par l'haleine. Parfois, en fin d'après-midi, dans la monotonie grisâtre des nuages, une brèche s'ouvrait laissant filtrer l'éclat resplendissant d'un coucher de soleil avivé par la réflexion sur les cieux saturés d'humidité. Sidérés par la beauté du spectacle, les voyageurs restaient sans voix.

C'était une terre aux vastes horizons. Les collines moutonnantes se succédaient sans pics rocheux pour en briser la perspective, ni la verdure des roseaux pour rehausser les gris, les bruns et les ors poussiéreux. La plaine semblait s'étendre dans toutes les directions, sauf au nord où un épais brouillard enveloppait l'horizon et effaçait les distances.

La nature du terrain était un mélange de vertes steppes et de toundra gelée. Des touffes d'herbes résistantes au gel et à la sécheresse, les herbacées aux racines profondes, les arbrisseaux nains de sauge et d'armoise mêlés à la bruyère cendrée, les rhododendrons miniatures, et les fleurs de myrtilles dominaient le pourpre délicat de la lande. Des buissons d'airelles, à peine hauts de dix centimètres, promettaient néanmoins une récolte abondante, et des bouleaux rampaient au sol comme des vignes.

Mais les deux types de climat n'étaient guère profitables aux arbrisseaux nains quelque peu clairsemés. Dans la toundra, l'été était trop froid pour la germination des graines. Dans les steppes, les vents hurlants, qui absorbaient l'humidité avant qu'elle ne se déposât, balayaient les plaines et contrariaient la pousse des arbres aussi efficacement que le froid. Soumise à la combinaison des deux, la terre restait à la fois gelée et aride.

Une contrée encore plus morne attendait les chasseurs à mesure qu'ils approchaient des épaisses brumes blanchâtres. Des rochers nus et des éboulis jonchaient le sol. Des lichens s'y cramponnaient, croûtes squameuses jaunâtres, grises, brunes et parfois orange vif, plus près de la pierre que de la plante. Quelques rares herbacées fleuries et des arbrisseaux nains persistaient, alors que l'herbe épaisse et les carex dessinaient de larges tapis verts. Même dans cette contrée sauvage et désolée, battue par des vents glacials et desséchants, la vie continuait.

Des contours se détachèrent bientôt de la brume opaque. Larges plaques de roches entaillées, longues traînées de sable, de pierres et de graviers, rochers tombés de nulle part, comme déposés par une invisible main géante. Le sol caillouteux était lavé par les eaux, menus ruisseaux ou torrents bouillonnant d'une manière anarchique, et plus les chasseurs avançaient, plus l'humidité de l'air était sensible. Des langues de neige sale subsistaient dans les recoins ombragés, et dans une dépression près d'un gros rocher, une couche de neige encerclait un petit bassin où des blocs de glace en suspension enrichissaient l'eau de vives couleurs bleutées.

Dans l'après-midi, le vent changea, et quand les chasseurs installèrent leur campement, une neige sèche s'était mise à tomber. Déroutés, Talut et les autres se réunirent pour analyser la situation. Vincavec avait invoqué plusieurs fois l'Esprit du Mammouth sans succès. Tous avaient espéré voir les mammouths bien plus tôt.

Cette nuit-là, allongée dans ses fourrures, Ayla entendit des bruits mystérieux qui semblaient émaner des entrailles de la terre : grincements, gargouillis, grognements. Elle n'arrivait pas à les identifier et ignorait totalement leur provenance, ce qui la rendait nerveuse et l'empêcha de s'endormir. Vers le matin, la fatigue l'emporta et elle sombra enfin dans le sommeil.

Lorsqu'elle se réveilla, elle devina qu'il était tard. La lumière était anormalement vive et tout le monde avait déserté la tente. Elle ramassa sa pelisse et s'apprêtait à sortir quand elle s'arrêta, bouche bée. Le vent avait nettoyé la brume qui descendait du glacier. Par l'ouverture de la tente, elle apercevait le gigantesque mur de glace qui s'élevait si haut que son sommet se perdait dans les nuages.

Sa taille le faisait croire plus proche qu'il n'était en réalité, mais d'énormes blocs, jadis arrachés à la muraille de glace, formaient des monticules à quelques centaines de mètres à peine. Autour des blocs de glace, plusieurs Mamutoï assemblés lui donnèrent une échelle de la véritable taille de l'immense barrière de glace. Le glacier offrait un spectacle d'une incroyable beauté. Dans la lumière du soleil — Ayla s'aperçut que les nuages ne cachaient plus le soleil — des millions de cristaux scintillaient de toutes les couleurs prismatiques, avec une dominante du même bleu irréel qu'elle avait vu la veille dans le bassin. Les mots manquaient pour décrire ce spectacle. On restait confondu devant tant de splendeur, de grandeur, et de puissance.

Comprenant qu'elle avait raté quelque chose d'important, Ayla acheva de s'habiller à la hâte. Elle se versa une coupe d'un liquide recouvert d'une mince pellicule de glace et qu'elle prit pour de l'infusion. Elle découvrit qu'il s'agissait d'un bouillon de viande, hésita, puis vida la coupe avec plaisir. Elle se servit ensuite une louche de céréales grillées sur une épaisse tranche de rôti froid, et rejoignit le reste des chasseurs à grandes enjambées.

— Ah, tu as fini par te lever ! remarqua Talut en la voyant arriver.

— Pourquoi ne pas m'avoir réveillée ? demanda-t-elle en avalant sa dernière bouchée.

— Il n'est pas sage de réveiller quelqu'un qui dort aussi profondément, sauf en cas d'urgence, rétorqua Talut.

— L'esprit doit prendre son temps pour ses voyages nocturnes, afin de revenir frais et dispos, intervint Vincavec qui s'était approché pour la saluer.

Il esquissa un geste pour lui prendre les mains, mais

elle s'esquiva, frotta rapidement ses joues contre les siennes, et s'en fut examiner la glace.

A l'évidence, les énormes blocs avaient dû tomber avec fracas. Ils étaient profondément enfoncés et le sol portait encore les traces de leur chute. On devinait aussi qu'ils étaient là depuis des années. Du sable, moulu sur la roche par le glacier et déposé par les vents, recouvrait la surface d'une couche de poussière grisâtre, striée çà et là de langues de neige compacte. La surface elle-même était grêlée et rendue poreuse par les incessants gels et dégels. Quelques petites plantes tenaces s'étaient enracinées dans la glace.

— Monte, Ayla ! appela Ranec. Fais le tour, tu grimperas plus facilement.

Elle leva les yeux et l'aperçut debout en haut d'un bloc légèrement de guingois. Quelle ne fut pas sa surprise de voir Jondalar à ses côtés !

Ayla s'exécuta et gravit une série de dalles et de blocs. La poudre de roche qui recouvrait la glace rendait la surface moins glissante, et avec quelques précautions on pouvait escalader sans risque. Arrivée au sommet, Ayla se campa face au vent, les yeux fermés. Les rafales la poussaient comme pour tester sa résistance et le glacier proche grondait, craquait et menaçait. Elle leva la tête vers la lumière intense qu'elle voyait même à travers ses paupières closes et sentit sur sa peau la bataille cosmique que se livraient l'astre céleste et le froid glacial de la muraille gigantesque. L'air, lui-même, frissonnait, indécis.

Elle ouvrit les yeux. Le glacier envahissait l'espace. L'énorme, la formidable et majestueuse étendue glacée rejoignait le ciel et couvrait la terre à perte de vue. A côté, les montagnes paraissaient insignifiantes. La vision de l'extraordinaire glacier la remplit d'enthousiasme et lui inspira une crainte révérencielle. Jondalar et Ranec épiaient sa réaction.

— Je l'avais déjà vu, dit Ranec, mais je pourrais le voir autant de fois qu'il y a d'étoiles dans le ciel, je ne m'en lasserais jamais.

Ayla et Jondalar approuvèrent.

— Il faut prendre garde, cela peut être dangereux, ajouta Jondalar.

— Oui, le glacier bouge, précisa Ranec. Parfois il s'étend, d'autres fois il se retire. Ces blocs sont tombés quand il était là. Au début, ils étaient bien plus gros. Ils ont rétréci, comme le glacier. Tiens, il me semble qu'il était plus loin, la dernière fois. Sans doute avance-t-il de nouveau.

Perchée sur son promontoire, Ayla embrassa l'horizon du regard.

— Oh, regardez ! s'exclama-t-elle en pointant un doigt vers le sud-est. Des mammouths ! Un troupeau de mammouths !

— Où cela ? s'écria Ranec en proie à une grande agitation.

La fièvre embrasa les chasseurs. Talut, qui avait sursauté en entendant parler de mammouths, s'était empressé d'escalader le bloc de glace. Il atteignit le sommet en quelques enjambées et, la main en visière, scruta l'horizon dans la direction qu'avait indiquée Ayla.

— Elle a raison ! hurla-t-il, incapable de contenir son émotion. Les voilà ! Voilà les mammouths !

Ce fut une ruée. Tout le monde se bousculait pour voir les énormes bêtes aux défenses gigantesques. Ayla se poussa pour laisser sa place à Brecie.

Un incontestable soulagement accompagnait la fièvre qui s'était emparée des chasseurs. Les mammouths se montraient enfin. Pour des raisons qui resteraient mystérieuses, l'Esprit du Mammouth avait décidé d'autoriser ses créatures temporelles à se présenter devant celles que Mut avait choisies pour les chasser.

L'une des femmes du Camp de Brecie raconta à l'un des chasseurs qu'elle avait vu Ayla en haut des blocs de glace, les yeux clos, offrant son visage aux vents dans une Invocation muette. Et lorsqu'elle avait rouvert les yeux, les mammouths étaient apparus. L'homme prêta l'oreille d'un air entendu.

Ayla se préparait à descendre de la pile de glace quand Talut s'approcha. Elle ne l'avait jamais vu sourire avec une telle ferveur.

— Ayla, tu as fait de cet Homme Qui Ordonne le plus heureux des hommes, déclara le géant à la barbe rousse.

— Mais je n'ai rien fait, protesta Ayla. Je les ai aperçus, c'est tout.

— C'est beaucoup. Quiconque les aurait vus le premier aurait fait de moi un homme heureux. Mais je me réjouis que ce soit toi.

Ayla lui adressa un sourire de gratitude. Décidément, ce géant lui plaisait beaucoup. Elle le considérait comme un oncle, un frère ou un ami, et elle ne doutait pas qu'il éprouvât les mêmes sentiments envers elle.

— Tu étais sur le point de descendre, Ayla, mais que regardais-tu ? reprit Talut.

— Oh, rien. J'examinais la forme de cet amas de glace. Tu vois, là où nous sommes montés il s'incurve, et il repart de l'autre côté.

Talut jeta un bref regard circulaire, puis étudia plus attentivement l'agencement des blocs de glace.

— Ayla ! Tu as encore fait des tiennes ! s'écria-t-il alors.

— Qui ? Moi ?

— Oui, tu as rendu cet Homme Qui Ordonne très, très heureux !

Son rire était contagieux, elle y succomba à son tour.

— Et peut-on savoir ce qui te réjouit, cette fois-ci ? demanda-t-elle.

— Tu as attiré mon attention sur la forme particulière de ces blocs de glace. On dirait presque un cul-de-sac. Presque, mais nous pourrons l'améliorer. Ah, maintenant je sais comment nous chasserons ces mammouths !

Il n'y avait pas de temps à perdre. Les mammouths pouvaient décider de disparaître, le temps pouvait de nouveau changer. Les chasseurs ne devaient pas gaspiller leur chance. Les chefs se concertèrent et dépêchèrent immédiatement des éclaireurs étudier la configuration du terrain et l'importance du troupeau. Pendant ce temps-là, on bâtit un mur de glace pour fermer le canyon afin de former un enclos percé d'une seule entrée. Au retour des éclaireurs, les chasseurs se réunirent afin de mettre au point le meilleur plan pour attirer les mammouths dans le piège.

Talut expliqua comment Ayla, montée sur Whinney, les avait aidés à capturer un bison. On l'écouta avec intérêt, mais tout le monde arriva à la conclusion qu'un cavalier sur son cheval ne pouvait forcer à lui seul les mammouths à se diriger vers le cul-de-sac. Son aide serait utile, mais il fallait employer un moyen plus sûr.

Ce moyen, c'était le feu. A la fin de l'été, les orages embrasaient souvent les champs desséchés, et les mammouths, qui ne craignaient pas grand-chose, avaient du feu une peur salutaire. Toutefois, à cette saison il serait difficile d'enflammer l'herbe. Les chasseurs devraient effrayer les monstres avec des torches.

— Avec quoi fabriquerons-nous les torches ? demanda quelqu'un.

— Avec de l'herbe sèche et des bouses de mammouth liées ensemble, dit Brecie. Une fois trempées dans de la graisse, les torches s'enflammeront en un clin d'œil.

— Nous pourrons utiliser la pierre à feu d'Ayla pour les allumer, ajouta Talut au milieu de l'approbation générale.

— Il faudra allumer les feux à plusieurs endroits et dans un ordre précis, dit Brecie.

— Ayla a donné une pierre à feu à chaque foyer du Camp du Lion, expliqua Talut. Nous en possédons plusieurs. J'en ai une, Ranec aussi. Jondalar a la sienne.

Talut se prit à regretter l'absence de Tulie. Il savait qu'elle aurait apprécié le prestige que la possession des fameuses pierres accordait à son Camp, d'autant qu'elles étaient rares.

— Mais si nous réussissons à les effrayer, comment être sûrs que les mammouths fuiront vers le canyon ? demanda une femme du Camp de Brecie. La région est vaste.

Ils élaborèrent un plan simple et efficace. Avec des blocs de pierre et de glace, ils construisirent deux rangées de cairns qui partaient du canyon en s'élargissant. Avec son énorme hache, Talut brisa sans peine les blocs de glace en morceaux facilement transportables. Derrière chaque cairn, on disposa des torches en cas de besoin. Sur les cinquante chasseurs, certains choisirent de rester à l'abri des cairns pour recevoir le premier assaut. Les autres, les plus rapides — car en dépit de leur masse imposante, les mammouths couraient remarquablement vite sur de courtes distances —, se séparèrent en deux groupes pour encercler les monstres laineux.

Brecie décrivit certains comportements des mammouths, ainsi que leurs points vulnérables, aux plus jeunes qui n'avaient pas encore eu l'occasion de les chasser. Ayla écouta attentivement et les suivit dans le canyon de glace. La Femme Qui Ordonne du Camp du Wapiti dirigerait l'assaut frontal de l'intérieur, et elle tenait à inspecter le piège et à choisir sa place.

En pénétrant dans l'enceinte de glace, Ayla remarqua le soudain refroidissement. Comme ils avaient allumé du feu pour faire fondre la graisse et qu'ensuite ils avaient transpiré à couper l'herbe et charrier les blocs de glace, elle ne s'était pas rendu compte du froid. Pourtant, ils étaient si près du grand glacier qu'au petit matin l'eau était recouverte d'une fine pellicule de glace, et chacun portait sa pelisse dans la journée. A l'intérieur de l'enclos l'air était glacial, mais Ayla était trop émerveillée par la beauté austère du lieu pour s'en soucier. On se serait cru dans un autre monde, un monde de glace où dominaient le bleu et le blanc.

Comme dans les canyons rocheux proches de sa vallée, de larges blocs, récemment arrachés des murailles glacées, jonchaient le sol, hérissé d'arêtes tranchantes et d'aiguilles d'un blanc étincelant qui prenaient dans les crevasses ou dans les coins ombreux de riches tons bleu vif qui lui rappelèrent soudain les yeux de Jondalar. La surface arrondie de pitons plus anciens ou de blocs éboulés, polie par le temps et recouverte de fins gravillons apportés par les vents, était une invite à l'escalade et à l'exploration.

Pendant que les autres cherchaient les endroits où se poster, Ayla se laissa tenter par l'escalade. De toute façon, elle n'attendrait pas les mammouths dans l'enclos. Whinney et elle, de même que Jondalar et Rapide, aideraient à pousser les créatures laineuses vers le piège de glace. La rapidité des chevaux serait fort utile, et Ayla et Jondalar prêteraient chacun sa pierre à feu à l'un des deux groupes de chasseurs. Ayla remarqua que les gens se rassemblaient devant l'entrée du canyon. Elle siffla Whinney qui sortait du campement avec Rapide et Jondalar. La jument accourut à l'appel de la jeune femme.

Les deux groupes de chasseurs partirent à la rencontre des mammouths en décrivant un large cercle pour les approcher par l'arrière sans se faire remarquer. Ranec et Talut s'étaient postés chacun derrière une rangée de cairns convergeant vers l'entrée du canyon, prêts à allumer les feux. En passant devant eux, Ayla salua Talut et adressa un sourire à Ranec. Vincavec avait pris place du même côté que Ranec. Ayla lui fit un signe amical.

Accompagnée par d'autres chasseurs qui observaient un silence tendu, elle marchait devant Whinney, sagaies et propulseur rangés dans un panier avec un jeu de torches sur le dos de la jument. Chacun se concentrait sur la chasse, priant avec ferveur pour sa réussite. Ayla se retourna vers Whinney, puis observa le troupeau devant elle. Les mammouths paissaient toujours dans le pré où elle les avait aperçus du haut de son promontoire. Tout s'était déroulé si vite qu'elle avait à peine eu le temps de réfléchir. Ils avaient abattu un travail considérable en peu de temps.

Elle avait toujours rêvé de chasser le mammouth et elle frissonna à l'idée de participer pour la première fois de sa vie à cette battue grandiose. Pourtant, en y réfléchissant, elle trouvait la situation grotesque. Comment des créatures aussi minuscules et fragiles osaient-elles s'attaquer aux énormes bêtes laineuses munies de défenses puissantes ? Et pourtant, simplement armée de quelques sagaies, Ayla était prête à affronter l'animal le plus colossal que la terre abritait. Oui, mais elle possédait aussi l'intelligence, et pouvait compter sur l'expérience et la solidarité des autres chasseurs. Et sur le propulseur de Jondalar.

Le nouveau propulseur qu'il avait fabriqué pour lancer les lourdes sagaies qu'on utilisait pour chasser le mammouth serait-il efficace ? Ils l'avaient essayé, mais elle n'était pas encore familiarisée avec l'engin.

Elle aperçut Rapide et le groupe de chasseurs qui avaient contourné le troupeau par le côté opposé, et avançaient maintenant vers les mammouths qui semblaient s'être mis en marche. Comprenaient-ils que les humains tentaient de les encercler ? Le groupe d'Ayla avait accéléré l'allure. La tension atteignait son paroxysme. On fit circuler le signal de préparer les torches. Ayla les sortit vivement du panier de Whinney et les passa à la ronde. Quand tout le monde eut sa torche, le chef de la chasse donna l'ordre de les allumer.

Ayla ôta ses moufles et s'accroupit devant une pile de graines pelucheuses et de bouses de mammouth séchées. Ses compagnons de chasse s'approchèrent, anxieux. Elle frappa le silex sur le morceau de pyrite de fer gris jaunâtre, mais l'étincelle mourut. Elle recommença. L'amadou sembla prendre. Elle frappa encore les deux pierres l'une contre l'autre, aspergeant l'amadou d'étincelles et souffla pour obtenir la flamme tant attendue. Une brusque rafale de vent vint à son secours et le feu jaillit soudain de l'amadou et de la bouse émiettée. Ayla ajouta quelques morceaux de suif pour activer la combustion, et se releva pendant que le premier chasseur tendait sa torche au-dessus de la flamme. Lorsqu'ils eurent tous allumé leur torche, ils se dispersèrent.

Aucun signal précis n'annonça le commencement de la poursuite qui débuta lentement en ordre dispersé, chaque chasseur avançant sur les mammouths en poussant des cris et en agitant sa torche fumante. Mais les Mamutoï étaient des chasseurs aguerris habitués à chasser ensemble, leurs mouvements anarchiques prirent bientôt une tournure plus ordonnée et les colosses laineux s'ébranlèrent vers les cairns.

La femelle dominante du troupeau sembla discerner une intention agressive dans l'apparente confusion, et elle se retourna contre les chasseurs. Ayla fonça vers elle en hurlant et en agitant sa torche. Elle se souvint du jour où elle avait poursuivi seule une bande de chevaux. Tous les coursiers sauf un avaient réussi à s'échapper... non, songea-t-elle, il y en avait deux. La jument était tombée dans la fosse et le jeune poulain louvet avait regardé sa mère se débattre vainement.

Le barrissement strident surprit Ayla. Elle se retourna à temps pour apercevoir la vieille femelle expérimentée lorgner vers les insignifiantes créatures porteuses de l'odeur du danger, et foncer dans sa direction. Mais la jeune femme n'était pas seule. Jondalar était à ses côtés, bientôt rejoint par plusieurs Mamutoï. Les adversaires étaient trop nombreux pour la vieille femelle. Elle leva sa trompe et barrit longuement pour avertir ses congénères du danger et recula.

La parcelle de foin séché sur pied se trouvait sur une hauteur, à l'abri des ruisselets qui dévalaient du glacier à la saison chaude, et malgré les brumes il n'avait pas plu depuis des jours. Poussés par le vent, les feux qui avaient servi à enflammer les torches s'étaient répandus dans la prairie. L'odeur de terre et d'herbe brûlées parvint aux mammouths qui comprirent immédiatement le danger. La vieille femelle ne cessait de barrir, et les autres mammouths joignirent leurs cris affolés aux siens tout en se ruant dans un grand bruit de piétinements vers un danger inconnu encore plus grand.

Une rafale de vent contraire rabattit la fumée sur les chasseurs qui poursuivaient le troupeau. Ayla, qui s'apprêtait à monter Whinney, jeta un coup d'œil sur la prairie en feu qui avait effrayé les monstres. Elle s'attarda un instant, fascinée par les flammes crépitantes qui dévoraient la prairie, jetant des gerbes d'étincelles et crachant une épaisse fumée âcre. Elle savait que le feu ne représentait pas une menace réelle. Même s'il réussissait à traverser le terrain aride parsemé de rochers, le canyon de glace l'arrêterait. Ayla remarqua que Jondalar avait déjà enfourché Rapide et poursuivait les mammouths paniqués. Elle se hâta de le rejoindre.

Elle dépassa une jeune femme du Camp de Brecie qui courait, haletante, et s'approcha des mammouths. Une fois engagés dans la voie qui les conduisait droit au canyon, il leur serait difficile de l'éviter, et les deux femmes se sourirent en voyant le troupeau s'élancer entre les deux rangées de cairns. Ayla harcela les énormes bêtes.

Elle vit derrière les cairns les torches qui jalonnaient le chemin juste devant les monstres à la foulée pesante. Les Mamutoï n'avaient pas allumé les torches trop en avance de peur que les mammouths ne rebroussent chemin. Ayla approchait de l'entrée du canyon de glace. Elle fit dévier Whinney, empoigna ses sagaies et sauta de cheval. En posant le pied au sol, elle sentit la terre vibrer sous le pas lourd des mammouths qui se précipitaient sans le savoir dans le piège mortel. Elle se rua vers l'enclos sur les traces d'un vieux mâle dont les défenses se croisaient devant son front. Des brasiers installés à l'entrée du canyon furent aussitôt allumés pour empêcher les monstres de faire demi-tour. Ayla contourna un foyer et pénétra dans l'enclos glacé.

L'endroit avait perdu sa beauté sereine et austère. Les barrissements affolés se répercutaient sur les murailles de glace et revenaient en écho, déchirant les oreilles et agaçant les nerfs. Fiévreuse et tendue, Ayla ravala sa peur et engagea sa première sagaie dans le propulseur.

La femelle dominante s'était avancée jusqu'à l'extrémité de l'enclos et cherchait une ouverture par où conduire son troupeau. Mais Brecie l'attendait, perchée sur un bloc de glace. La vieille matriarche dressa sa trompe et barrit de rage et de frustration pendant que la Femme Qui Ordonne au Camp du Wapiti projetait sa sagaie dans la gueule ouverte du monstre. Le barrissement mourut dans un flot de sang qui jaillit de sa gorge et inonda la glace d'un jet rouge encore fumant.

Un jeune chasseur du Camp de Brecie lança une seconde sagaie qui traversa l'épaisse peau et se ficha dans l'abdomen de la vieille femelle. Une autre sagaie perça le ventre de la femelle agonisante qui poussa un profond râle pendant que ses boyaux grisâtres se répandaient sur le sol gelé. Ses pattes de derrière s'emmêlèrent dans ses propres viscères. Déjà une autre sagaie fendait l'air, mais elle heurta un os et rebondit. Celle qui suivit, plus heureuse, se glissa entre deux côtes.

La vieille femelle sombra, les genoux à terre. Elle tenta de se relever, mais s'écroula sur son flanc. Sa trompe se souleva une dernière fois dans un ultime effort pour avertir ses compagnons, et retomba lentement dans un mouvement presque gracieux. Brecie frappa de sa sagaie la tête de la vaillante femelle, loua son noble combat et remercia la Grande Mère pour le sacrifice de l'animal qui permettait aux Enfants de la Terre de survivre.

Brecie ne fut pas la seule à remercier la Mère d'avoir accordé à Ses enfants le sacrifice d'un mammouth. Des équipes de chasseurs s'étaient formées et chacune s'acharnait sur la bête qu'elle avait choisie. Tous prenaient garde de se tenir à l'écart des défenses et des piétinements des mammouths. Le sang ruisselait des blessures et les bêtes mourantes réchauffaient la glace qui regelait aussitôt, formant des plaques rougeâtres où les glissades se firent nombreuses. Le canyon retentissait des cris des chasseurs et des barrissements des mammouths, amplifiés par les murs scintillants qui répercutaient chaque son.

Après avoir hésité, Ayla se dirigea vers un jeune mâle dont les épaisses défenses incurvées formaient une arme menaçante. Elle introduisit une lourde sagaie dans le propulseur et soupesa l'engin. Elle se souvint du conseil de Brecie qui recommandait de viser l'estomac, l'une des parties les plus vulnérables des mammouths, et elle avait été très impressionnée par l'éviscération de la vieille femelle. Elle visa soigneusement sa cible et propulsa sa sagaie avec force.

L'arme fusa et se planta dans la cavité abdominale du jeune mâle. Mais elle regretta de ne pas avoir visé un point plus vital. Une seule sagaie dans le ventre ne provoquait pas la mort immédiate. La blessure rendit le jeune mâle fou de rage, et il se retourna contre son agresseur. Il claironna un barrissement menaçant, et fonça tête baissée sur Ayla.

Ayla avait lancé sa sagaie d'une distance respectable, et ce fut cette distance qui lui sauva la vie. Elle abandonna sagaies et propulseur et se précipita vers un bloc de glace. Mais son pied glissa quand elle voulut l'escalader. Elle rampa à l'abri au moment où le mammouth heurtait la paroi de toutes ses forces. Les défenses massives se fichèrent dans l'énorme bloc de glace qui se brisa en deux, arrachant un cri d'effroi à la jeune femme. Avec un barrissement de rage, le mammouth s'acharna sur la glace, essayant d'atteindre la créature tapie derrière. Soudain, deux sagaies volèrent et se plantèrent dans le mammouth en furie. L'une s'enfonça dans sa nuque, l'autre brisa une côte avec une telle force qu'elle pénétra jusque dans le cœur.

Le mammouth s'affaissa près de l'amas de glace. Le sang ruissela de sa blessure et forma une énorme flaque rouge fumante, qui se refroidit et gela immédiatement. Encore tremblante, Ayla sortit en rampant de sa cachette.

— Tu n'es pas blessée, Ayla ? s'enquit Talut qui arriva à temps pour l'aider à se relever.

— Non, ça va, bredouilla-t-elle, haletante.

Talut empoigna la sagaie qui s'était fichée dans la poitrine du colosse, et l'arracha d'une puissante secousse, faisant jaillir un nouveau jet de sang. Jondalar les rejoignit à ce moment précis.

— Ayla, j'ai eu peur qu'il te tue ! avoua-t-il, le visage décomposé. Tu aurais dû nous attendre. Tu n'es pas blessée, tu es sûre ?

— Non, tout va bien, mais heureusement que vous étiez là tous les deux, fit-elle en souriant. Oh, comme la chasse au mammouth me plaît !

Talut observa Ayla avec intérêt. L'alerte avait été chaude. Le mammouth avait failli l'emporter, mais elle ne semblait pas terrifiée outre mesure. Sans doute légèrement nerveuse, ce qui était bien normal. Il hocha la tête en souriant et reporta son attention sur l'état de sa sagaie.

— Ah ! Elle n'a pas souffert ! s'exclama-t-il. Je vais m'en resservir, ajouta-t-il en retournant dans la mêlée.

Ayla suivit le colosse du regard, mais Jondalar ne la quittait pas des yeux, le cœur encore tremblant. Il avait été à deux doigts de la perdre ! Le mammouth avait failli la tuer ! Les cheveux ébouriffés, la capuche défaite, les yeux brillant de fièvre, elle haletait et l'excitation la rendait encore plus attirante.

Il la trouvait si belle ! C'était la seule et unique femme qu'il eût jamais aimée. Que serait-il devenu s'il l'avait perdue ? Un fourmillement familier lui parcourut les reins. La peur de la perdre avait réveillé son désir, et il eut une envie irrésistible de la prendre dans ses bras. Il la voulait. Il la désirait plus que jamais. Il aurait pu la prendre ici même, dans le froid glacial, sur le sol ensanglanté du canyon.

Elle lui jeta un coup d'œil, surprit son regard, et le charme irrésistible de ses yeux bleus aussi limpides que l'eau du bassin gelé la bouleversa. En devinant son désir, un feu ardent la dévora. Elle l'aimait davantage qu'elle n'aimerait jamais. Elle s'avança vers lui le corps offert, attendant impatiemment ses baisers, ses caresses, son amour.

— Talut vient de me raconter ! s'écria Ranec qui accourait, la voix rauque d'inquiétude. C'est ce mammouth-là ? Ayla, tu n'es pas blessée, au moins ?

Ayla regarda Ranec sans comprendre, et vit un voile obscurcir le regard de Jondalar qui se recula d'un pas. Elle prit alors conscience de l'inquiétude de Ranec.

— Non, Ranec, je vais très bien, fit-elle, bien qu'elle fût loin d'en être persuadée.

Désemparée, elle regarda Jondalar arracher sa sagaie du corps de l'animal et s'en aller.

Elle ne m'appartient plus, elle n'est plus mon Ayla, et c'est de ma faute ! songea Jondalar. Soudain, il se souvint de l'incident le jour où il avait monté Rapide pour la première fois et il fut accablé de honte et de remords. Il avait fait une grave faute ce jour-là, et pourtant il aurait pu recommencer. Il valait mieux pour Ayla qu'il s'efface devant Ranec. Il avait tourné le dos à Ayla et s'était mis à la fuir. Il ne la méritait pas. Il avait cru qu'il commençait à accepter l'inévitable, et qu'un jour, après être rentré chez les siens, il réussirait à oublier Ayla. Il commençait même à apprécier l'amitié de Ranec. Mais il comprenait maintenant que la douleur ne le quitterait jamais, et qu'il ne pourrait pas oublier Ayla.

Il aperçut un jeune mammouth, le dernier qui avait, on ne sait comment, échappé au carnage. Il lança sa sagaie avec une telle fureur que l'animal en tomba à genoux. Ensuite, il sortit du canyon. Il voulait être seul. Il s'éloigna suffisamment pour se trouver hors de la vue des chasseurs. Alors il se prit la tête à deux mains, serra les dents et essaya de se calmer. Il s'agenouilla et tambourina sur le sol gelé à grands coups de poing.

— O Doni ! s'écria-t-il d'une voix brisée. Tout est de ma faute. C'est moi qui l'ai rejetée. Je n'étais pas seulement jaloux, j'avais honte de l'aimer. J'avais peur que mon peuple ne la juge indigne de moi et qu'on me renie à cause d'elle. C'est moi qui ne suis pas digne d'elle, et pourtant je l'aime. O Grande Mère, je l'aime, tu en es témoin. Doni, j'ai besoin d'Ayla ! Les autres femmes m'indiffèrent. Doni, rends-la-moi ! Je sais qu'il est trop tard, mais je t'en supplie, je veux qu'elle me revienne !

36

Lorsqu'il dépeçait les mammouths, Talut était véritablement dans son élément. Torse nu, transpirant abondamment, il maniait sa lourde hache comme s'il s'agissait d'un jouet d'enfant, et brisait les os et l'ivoire, tranchait les tendons, fendait la peau épaisse et dure. Il aimait cela, et prenait un plaisir d'autant plus grand qu'il exerçait sa puissance physique pour le bien-être de son peuple, et allégeait ainsi la tâche d'autrui. Il travaillait le sourire aux lèvres et utilisait son impressionnante musculature comme personne. On ne pouvait le voir à l'œuvre sans se réjouir.

Mais dépouiller la peau épaisse des gigantesques monstres exigeait un grand nombre de participants, et il en irait de même au Camp lorsqu'il faudrait nettoyer et curer les peaux. Les rapporter demandait déjà beaucoup d'efforts, ce qui justifiait le tri rigoureux. Ils n'emportaient que les meilleures peaux. Ils sélectionnaient la viande avec encore plus de soin, ne conservaient que la viande bien grasse, et abandonnaient le reste.

Ce n'était pàs du gâchis. Les Mamutoï portaient les charges à dos d'homme, et le transport des bas morceaux leur coûterait davantage de calories qu'ils n'en gagneraient à manger de la viande maigre. Grâce à une sélection judicieuse, la viande nourrirait de nombreuses bouches et ils ne seraient plus obligés de chasser avant longtemps. Ceux qui vivaient de la chasse ne tuaient jamais inutilement. Ils étaient proches de la Grande Terre Mère, savaient ce qu'ils Lui devaient et ne gaspillaient pas Ses ressources.

Pendant que les chasseurs dépeçaient les mammouths, le temps resta dégagé et l'écart de température entre le jour et la nuit s'accentua. Bien qu'ils fussent près du glacier, le soleil chauffait suffisamment quand il perçait pour sécher la viande la moins grasse et l'alléger pour le transport. Mais les nuits appartenaient aux glaces. Le jour de leur départ, le vent changea et le ciel se couvrit de nuages épars à l'ouest. La température chuta d'un coup.

Lorsque les chevaux d'Ayla furent chargés pour le retour, les Mamutoï les apprécièrent enfin à leur juste valeur. Les travois furent l'objet d'un intérêt particulier. Nombreux étaient ceux qui s'étaient étonnés de l'insistance d'Ayla à emporter les longues perches. Ce n'était pourtant pas des sagaies ! A présent, ils comprenaient et manifestaient leur approbation avec force gestes. L'un des Mamutoï s'amusa même à tirer un travois à moitié chargé.

Impatients de rentrer, les chasseurs se levèrent de bonne heure, mais la matinée était déjà bien entamée quand ils se mirent en route. Vers le début de l'aprèsmidi, ils avaient gravi une colline en empruntant un chemin de sable et de graviers jonché de rocs que le glacier avait déposés dans une de ses avancées antérieures. Ils se reposèrent au sommet d'où Ayla contempla le glacier dépouillé de son linceul de brume. Elle ne pouvait en détacher son regard.

Scintillant au soleil, une barrière de glace aussi haute qu'une montagne s'étendait à perte de vue, délimitant une frontière infranchissable. C'était véritablement la fin de la terre.

Ses bords inégaux recelaient des accidents de terrain mineurs, et une escalade aurait révélé des pendages et des crêtes, des séracs et des crevasses, importants à l'échelle humaine. Mais à l'échelle du gigantesque glacier, la surface était uniformément plate. Le vaste glacier inexorable recouvrait un quart de la planète de sa carapace scintillante. Lorsque la troupe des chasseurs s'ébranla, Ayla ne cessait de se retourner pour admirer le glacier que des nuages et une brume montante commençaient d'habiller d'un voile mystérieux.

Malgré leur chargement, les chasseurs avançaient plus vite qu'à l'aller. L'hiver modifiait assez la topographie pour qu'un nouvel itinéraire eût besoin d'être exploré chaque année, mais la voie du retour leur était connue maintenant. La chasse avait été réussie et l'atmosphère était à la joie et à la bonne humeur. On se hâtait de rentrer à la Réunion d'Eté et personne ne semblait plier sous le poids de son fardeau, excepté Ayla. Le pressentiment qui l'avait taraudée à l'aller se faisait maintenant plus pressant, mais elle évita de mentionner ses craintes.

Le sculpteur avait du mal à réfréner son enthousiasme. Seul l'intérêt constant que Vincavec continuait de porter à Ayla l'inquiétait, et il en éprouvait confusément une vague appréhension. Mais Ayla restait sa Promise et ils rapportaient la viande pour la Cérémonie de l'Union. Même Jondalar semblait s'être accoutumé à l'idée de leur Union, et par une sorte d'accord tacite, Ranec devinait que le géant avait pris son parti contre Vincavec. Le sculpteur appréciait les nobles qualités du Zelandonii et une espèce d'amitié s'ébauchait entre les deux hommes. Néanmoins, Ranec voyait une menace potentielle dans la présence de Jondalar qui pouvait encore faire obstacle à son bonheur. Ranec avait hâte que le Zelandonii les quitte.

Ayla n'attendait pas la Cérémonie de l'Union avec autant de plaisir et se reprochait son manque d'enthousiasme. Elle savait combien Ranec l'aimait et ne doutait pas qu'elle pût être heureuse avec lui. Elle se réjouissait d'avoir un jour un enfant qui ressemblerait à celui de Tricie. Dans son for intérieur, Ayla était certaine que

Ralev était l'enfant de Ranec, et non le produit d'un mélange d'esprits. Elle était sûre qu'il avait introduit l'enfant dans le ventre de Tricie grâce à son essence en partageant les Plaisirs avec elle. Ayla aimait bien la jeune femme rousse et éprouvait de la pitié pour elle. Elle envisagea de partager Ranec et son foyer avec Ralev et Tricie, si cette dernière y consentait.

Mais la nuit, seule dans le noir, Ayla se laissait aller à penser qu'elle serait heureuse de ne pas vivre au foyer de Ranec. Elle avait évité de partager sa couche à l'aller, sauf en de rares occasions où il semblait soucieux de l'avoir près de lui, non par désir physique mais pour être rassuré. Au retour, elle n'avait pu se résoudre à partager les Plaisirs avec le sculpteur et ne cessait de penser à Jondalar. Elle retournait toujours les mêmes questions dans sa tête, mais ne trouvait aucune réponse.

Lorsqu'elle repensait à la chasse et à l'accident qu'elle avait évité de justesse, et qu'elle revoyait le regard douloureux d'inquiétude de Jondalar, elle se disait qu'il l'aimait encore. Mais alors, pourquoi avait-il été si distant tout l'hiver ? Pourquoi avait-il cessé de trouver ses Plaisirs en elle ? Pourquoi avait-il fui le Foyer du Mammouth ? Elle se souvint de ce fameux jour dans les steppes, la première fois qu'il avait chevauché Rapide. Lorsqu'elle pensait au désir de Jondalar, à son envie d'elle, et à son propre corps brûlant de le recevoir, un besoin de lui la dévorait qui l'empêchait de dormir. Elle ressentait avec amertume le rejet de Jondalar, et ne comprenait plus ce que voulait vraiment le Zelandonii.

Après une journée particulièrement longue, Ayla fut l'une des premières à quitter le foyer au sortir du repas. Elle rentra sous la tente après avoir rejeté d'un sourire, en prétextant la fatigue, la demande silencieuse de Ranec de partager ses fourrures. L'air désolé du sculpteur la rendit mal à l'aise. Mais elle se sentait réellement lasse et n'était plus sûre de ses sentiments. Avant d'entrer sous la tente, elle aperçut Jondalar près des chevaux. Il lui tournait le dos et elle l'observa, fascinée malgré elle par son corps musclé, l'aisance de ses gestes, et par son port altier. Elle le connaissait si bien qu'elle l'aurait reconnu à son ombre. Elle remarqua aussi que son désir s'était éveillé en le regardant. Haletante, empourprée, elle se sentit irrésistiblement attirée vers lui.

Non, se dit-elle, c'est sans espoir. Si je m'approche, il s'éloignera, il trouvera une excuse et ira discuter avec quelqu'un. Elle pénétra donc sous la tente et se glissa dans ses fourrures, encore bouleversée par cette rencontre.

Elle était fatiguée, et pourtant le sommeil la fuyait. Elle tournait et se retournait, se défendant du désir qui la torturait. Pourquoi s'intéresser à lui puisqu'il semblait l'ignorer ? Mais alors que signifiaient ces regards ? Pourquoi l'avait-il tant désirée ce jour-là dans les steppes ? On aurait dit qu'il ne pouvait pas lutter contre son attirance pour elle. Une pensée lui traversa l'esprit et la fit frémir. Et s'il ne supportait pas cette attirance ? Peut-être voulait-il s'en défaire ?

Le rouge lui monta au visage, mais de dépit cette fois. A voir les choses sous cet angle, tout s'éclairait, ses fuites et ses esquives. Donc, il luttait contre l'envie qu'elle provoquait en lui ? En repensant à toutes ses tentatives pour l'approcher, pour lui parler, pour le comprendre, alors qu'il ne songeait qu'à la fuir, elle se sentit humiliée. Il ne m'aime pas, conclut-elle. Il ne m'aime pas comme Ranec. Jondalar prétendait m'aimer, et parlait de m'emmener avec lui quand nous étions dans ma vallée, mais il ne m'a jamais proposé l'Union. Il n'a jamais dit qu'il voulait partager son foyer avec moi, et ne m'a jamais demandé de lui donner des enfants.

Pourquoi est-ce que je continue à m'intéresser à lui alors qu'il se moque de moi ? se demanda-t-elle, les yeux brûlants de larmes. Elle renifla et s'essuya d'un revers de main. Pendant que je ne pensais qu'à lui, il cherchait à m'oublier, se disait-elle, rageuse.

Ranec, lui au moins, il m'aime, et il sait me donner les Plaisirs. Il est bon, il veut partager son foyer avec moi. Pourtant, je n'ai pas été très attentionnée. Il fait aussi de beaux bébés, comme celui de Tricie, par exemple. Je devrais être plus gentille avec Ranec et oublier Jondalar, se promit-elle. Mais pendant que les pensées défilaient dans sa tête, elle éclata en sanglots. Elle avait beau faire, elle ne pouvait nier l'évidence : oui, Ranec est bon et généreux, mais Ranec n'est pas Jondalar, et c'est Jondalar que j'aime.

Ayla ne dormait toujours pas quand les Mamutoï vinrent se coucher. Elle regarda Jondalar entrer et le vit jeter un coup d'œil de son côté d'un air hésitant. Elle l'observa un moment, puis détourna la tête. Sur ces entrefaites, Ranec arriva. Elle s'assit et lui sourit.

— Je croyais que tu étais fatiguée, s'étonna-t-il.

— Oui, je le croyais aussi, mais je ne trouve pas le sommeil. Pourquoi ne pas partager tes fourrures, après tout ?

Le sourire radieux qui illumina le visage de Ranec aurait fait de l'ombre au soleil lui-même...

— Heureusement que rien ne m'empêche de dormir quand je suis fatigué, fit Talut avec un sourire complice en s'asseyant sur ses fourrures pour défaire ses bottes.

Ayla remarqua que Jondalar faisait grise mine. La douleur se lisait sur son visage, et il rejoignit sa couche l'air abattu. Soudain, il fit demi-tour et sortit d'un pas vif. Ranec et Talut échangèrent un bref regard, et l'homme à la peau foncée se tourna vers Ayla.

Lorsqu'ils atteignirent les marais, ils décidèrent de les contourner. Ils étaient trop chargés pour s'aventurer dans la vase. On consulta l'itinéraire de l'année précédente gravé sur une plaque d'ivoire, et la décision fut prise de changer de cap le matin suivant. Talut pensait qu'on ne perdrait pas de temps à contourner les marais, mais eut du mal à en convaincre Ranec que le moindre retard contrariait.

La soirée qui précéda leur changement de direction, Ayla fut plus sombre que d'habitude. Les chevaux avaient été nerveux toute la journée, et ils ne se calmèrent pas quand Ayla les bouchonna. Quelque chose se préparait, Ayla n'aurait pas su dire quoi, mais elle ressentait un étrange malaise. Elle tenta de distraire son inquiétude en marchant longuement dans la steppe.

Elle aperçut une compagnie de lagopèdes et chercha

sa fronde, mais elle l'avait oubliée. Soudain, sans raison apparente, les oiseaux s'envolèrent, pris de panique. Un aigle royal apparut à l'horizon. Avec d'amples mais lents battements d'ailes, il filait nonchalamment en suivant les courants d'air. Pourtant le rapace rattrapa les oiseaux qui volaient à tire d'aile à moindre altitude, et piqua brusquement sur une victime qu'il étouffa dans ses serres.

Ayla frissonna et retourna vivement au camp. Elle s'attarda après le repas, parlant avec les uns et les autres pour évacuer son angoisse, mais rien n'y fit. Lorsqu'elle se coucha, le sommeil la fuit longtemps et fut ensuite peuplé de rêves troublants. Elle se réveilla souvent, et vers l'aube elle était de nouveau éveillée et ne put se rendormir. Elle se glissa hors de ses fourrures, sortit de la tente et alluma du feu pour faire chauffer de l'eau.

Pendant que le ciel grisâtre se colorait lentement, elle but son infusion matinale en regardant distraitement une fleur en ombelle séchée qui se dressait sur une mince tige près du feu. Au-dessus du foyer, on avait suspendu sur trois sagaies en faisceau un quartier de mammouth à moitié mangé, hors d'atteinte des animaux maraudeurs. Sortant de sa torpeur, Ayla reconnut enfin la fleur de la carotte sauvage, et apercevant sur un tas de bois une branche cassée au bout acéré, elle l'utilisa comme bâton à fouir et creusa la terre de quelques pouces pour dégager les racines de la plante. Elle vit d'autres fleurs en ombelle et pendant qu'elle les déterrait, elle aperçut des chardons, croustillants et juteux une fois la tige débarrassée des épines. Près des chardons, une grosse vesse-de-loup encore blanche et fraîche attendait d'être cueillie au milieu de petits lis aux nouveaux bourgeons croquants. Quand les chasseurs se levèrent, un grand panier de soupe enrichie de céréales les attendait en mijotant.

— Mais c'est délicieux ! s'exclama Talut en se servant une seconde louche. Qu'est-ce qui t'a décidée à nous faire cuire une si bonne soupe ?

— Je n'arrivais pas à dormir. Je suis sortie prendre

l'air et j'ai vu toutes ces bonnes choses qui attendaient qu'on les cueille. Ça m'a permis... de ne pas penser.

— J'ai dormi comme un ours des cavernes, déclara Talut qui étudia attentivement Ayla en regrettant que Nezzie ne soit pas là. Qu'est-ce qui ne va pas, Ayla ?

— Rien... enfin, si. Mais je ne sais pas ce que c'est.

— Serais-tu malade ?

— Non, ce n'est pas ça... Je... je me sens bizarre. Les chevaux aussi sont nerveux. Je ne sais pas ce qu'il y a.

Soudain, Ayla laissa échapper sa coupe et se figea, grimaçant d'effroi, les yeux rivés sur le sud-est.

— Talut, regarde ! s'écria-t-elle en désignant une colonne gris-noir qui s'élevait dans le lointain et envahissait le ciel d'un nuage sombre. Qu'est-ce que c'est ?

— Je n'en sais rien, avoua l'Homme Qui Ordonne, aussi effrayé qu'elle.

— Moi non plus.

Ils se retournèrent en entendant cette voix. C'était Vincavec.

— Cela vient des montagnes du sud-est, articula le mamut en essayant de cacher sa frayeur.

Un Homme Qui Ordonne, mamut de surcroît, ne devait pas montrer ses peurs, ce qui n'était pas toujours facile.

— C'est sans doute un signe de la Mère, reprit-il, rasséréné.

Ayla était persuadée qu'une terrible catastrophe venait de bouleverser la terre pour qu'elle vomisse ainsi avec une telle ardeur. La colonne grise devait avoir des proportions incommensurables pour paraître aussi énorme de si loin, et le gigantesque nuage qui se formait au-dessus s'avançait, menaçant. Des vents violents se levaient qui le pousseraient bientôt vers l'ouest.

— C'est le lait des Mamelles de Doni, annonça Jondalar en zelandonii d'une voix neutre qui reflétait mal son trouble.

Tout le monde était sorti des tentes et contemplait avec effroi l'éruption terrifiante et l'énorme nuage de cendres volcaniques en effervescence.

— Co... Comment as-tu dit ? demanda Talut.

— C'est le nom d'une sorte de montagne, expliqua Jondalar. Une montagne qui vomit. J'en ai vu une cracher des cendres quand j'étais petit. Nous l'appelons les « Mamelles de Doni ». Le vieux Zelandoni nous a raconté une légende sur elles. Celle que j'ai vue se trouvait au loin sur une chaîne centrale. Un homme qui voyageait près de la montagne nous a ensuite expliqué ce qu'il avait vu. C'était très intéressant, mais l'homme était vert de peur. Il y a d'abord eu de petits tremblements de terre, et le couvercle de la montagne a été projeté en l'air. Ensuite, la montagne a craché le même nuage qu'ici. Ce n'est pas vraiment un nuage, c'est de la poussière, ou de la cendre. Celui-ci, fit-il en montrant le nuage qui s'étalait vers l'ouest, semble s'éloigner. J'espère que le vent ne va pas tourner. Lorsque les cendres retombent, elles recouvrent tout. Et la couche peut être très épaisse.

— Cela doit se passer loin d'ici, remarqua Brecie, on n'aperçoit même pas les montagnes, et il n'y a aucun bruit, ni grondement, ni tremblement de terre. On ne voit que cette énorme vomissure et l'immense nuage noir.

— Tant mieux, dit Jondalar. Si les cendres tombent, nous serons peut-être épargnés. Nous sommes assez loin.

— Tu parlais de tremblements de terre ? Les tremblements de terre sont un signe de la Mère, déclara Vincavec qui ne voulait pas paraître moins savant que l'étranger. Ce que nous voyons en est certainement un aussi. Les mamuti devront méditer sur ce qu'ils ont vu, et interpréter le message.

Ayla comprit seulement qu'on parlait de tremblements de terre, et les tremblements de terre étaient ce qu'elle craignait le plus au monde. Elle avait perdu sa famille à l'âge de cinq ans dans une violente déchirure de la croûte terrestre, et un autre tremblement de terre avait tué Creb le jour où Broud avait prononcé sa Malédiction Suprême et l'avait chassée du Clan. Les tremblements de terre avaient toujours présagé une perte irréparable, un changement dramatique dans sa vie. Elle éprouvait toutes les peines du monde à se contrôler.

Une chose familière surgit alors dans son champ de vision, et l'instant d'après une boule de poils gris se précipita sur elle, sauta à son cou et appuya ses pattes pleines de boue sur sa poitrine en même temps qu'elle sentait une langue râpeuse sur sa joue.

— Loup ! Oh, Loup ! Que fais-tu ici ? s'exclama-t-elle en le caressant. (Soudain, elle se figea.) Oh, non ! C'est Rydag ! Loup est venu me chercher, me ramener près de Rydag ! Je dois y aller, il faut que je parte tout de suite !

— Laisse le travois et le chargement du cheval, tu reviendras le chercher plus tard, conseilla Talut.

Le visage de l'Homme Qui Ordonne du Camp du Lion témoignait de sa douleur. Rydag était le fils de son foyer au même titre que les enfants de Nezzie, et Talut aimait beaucoup le garçon. S'il n'avait pas été aussi lourd, Ayla lui aurait offert de l'accompagner en montant sur le dos de Rapide.

Elle courut dans la tente pour s'habiller et y trouva Ranec.

— C'est Rydag, annonça-t-elle.

— Je sais, fit l'homme à la peau foncée. Je t'ai entendue. Laisse-moi t'aider. Je vais mettre une outre d'eau et de quoi manger dans ton sac. Auras-tu besoin de tes fourrures de couchage ? Je vais les préparer, assura-t-il pendant qu'Ayla nouait des cordelettes autour de ses bottes.

— Oh, Ranec, comment te remercier ? tu es si bon !

— C'est mon frère, Ayla.

Bien sûr ! se dit-elle. Ranec aussi aime Rydag.

— Oh, excuse-moi, je ne sais pas où j'ai la tête. Veux-tu m'accompagner à cheval ? Je pensais le proposer à Talut, mais il est trop gros. Rapide te porterait si tu veux.

— Moi ? Monter sur le dos d'un cheval ? Jamais ! s'écria Ranec, médusé.

Ayla sourcilla. Elle ne savait pas que les chevaux l'effrayaient à ce point, mais en y repensant elle se souvint que Ranec était le seul qui n'avait jamais demandé de faire un tour à cheval.

— Je ne saurais pas le guider, et... et j'aurais peur

de tomber. C'est bon pour toi de monter sur le dos des chevaux, c'est l'une des choses que j'aime chez toi, Ayla. Mais je ne monterai jamais sur le dos d'un cheval... J'ai davantage confiance dans mes jambes. Je n'aime déjà pas les bateaux.

— Il faut pourtant que quelqu'un l'accompagne, intervint Talut qui s'était avancé jusqu'à l'entrée de la tente. On ne peut pas la laisser rentrer toute seule.

— Elle ne sera pas seule, dit Jondalar.

Il avait revêtu ses habits de voyage et se tenait près de Whinney, la longe de Rapide à la main.

Ayla poussa un profond soupir, puis se renfrogna. Pourquoi voulait-il l'accompagner ? Il refusait toujours de rester seul avec elle. Il se moquait bien d'elle. Ayla était heureuse qu'il vienne, mais elle ne le lui avouerait jamais. Elle s'était assez humiliée comme cela.

Pendant qu'elle installait les paniers de charge sur le dos de Whinney, Ayla remarqua que Loup lapait de l'eau dans l'écuelle de Ranec. L'animal venait déjà d'engloutir une demi-écuelle de viande.

— Je te remercie de nourrir Loup, Ranec, fit-elle.

— Ce n'est pas parce que je ne monte pas sur les chevaux que je n'aime pas les animaux, répliqua le sculpteur, vexé.

Il se sentait diminué. Il n'avait pas voulu lui avouer sa peur des chevaux. Ayla prit un air entendu et lui sourit.

— Nous nous reverrons au Camp du Loup, dit-elle en l'embrassant.

Elle trouva qu'il l'étreignait avec une ferveur exagérée. Elle embrassa aussi Talut et Brecie, donna l'accolade à Vincavec et enfourcha Whinney. Loup emboîta immédiatement le pas des chevaux.

— J'espère que Loup n'est pas trop fatigué, après avoir couru jusqu'ici, dit Ayla.

— S'il est fatigué, il pourra toujours monter avec toi sur la croupe de Whinney, dit Jondalar qui essayait de maîtriser son étalon nerveux.

— C'est vrai. Où ai-je la tête ?

— Occupe-toi bien d'elle, Jondalar, supplia Ranec. Quand elle s'inquiète pour quelqu'un, elle oublie de prendre soin d'elle. Je veux qu'elle soit prête pour la Cérémonie de l'Union.

— Je prendrai soin d'elle, Ranec, promit Jondalar. Ne t'inquiète pas, tu n'auras pas à te plaindre de la femme que tu ramèneras à ton foyer.

Ayla les regarda à tour de rôle, devinant les sous-entendus sans les comprendre.

Ils chevauchèrent à vive allure jusqu'à la mi-journée, et firent ensuite une halte pour se restaurer. Ayla s'inquiétait tellement pour Rydag qu'elle aurait continué sans s'arrêter, mais les chevaux avaient besoin de se reposer. Elle se demandait si c'était Rydag qui avait eu l'idée d'envoyer Loup. C'était l'hypothèse la plus plausible. N'importe qui aurait envoyé un humain. Seul Rydag pouvait imaginer Loup assez subtil pour comprendre le message, partir à sa recherche et la retrouver. Mais Rydag n'aurait agi ainsi qu'en ultime recours.

L'éruption volcanique effrayait Ayla. La colonne avait disparu mais le nuage envahissait toujours le ciel. Pire, il s'étendait. Les étranges convulsions de la terre faisaient ressurgir des peurs si profondément ancrées en elle qu'elle était en état de choc. Seule l'urgence qui la poussait à rejoindre Rydag au plus vite l'aidait à garder ses esprits.

Mais malgré ses craintes, ses peurs et ses angoisses, elle trouvait encore le temps de penser à Jondalar. Elle redécouvrait le plaisir d'être en sa compagnie. Elle avait tant rêvé de chevaucher côte à côte avec lui, escortée de Loup ! Pendant leur halte, elle l'observait à la dérobée, avec toute l'habileté des femmes du Clan qui apprennent très tôt à dissimuler leur curiosité. Le regarder la réconfortait et elle mourait d'envie de se lover dans ses bras. Mais sa récente interprétation de l'inexplicable comportement de Jondalar, et la hantise d'être rejetée l'incitaient à cacher ses sentiments. Puisqu'elle ne l'intéressait pas, il ne l'intéressait pas non plus, ou du moins s'efforcerait-elle de le prétendre.

De son côté, Jondalar observait Ayla, cherchant un

moyen de lui parler, de lui dire combien il l'aimait, de regagner son amour. Mais elle semblait l'éviter et il n'arrivait pas à croiser son regard. Il comprenait son inquiétude pour Rydag, qu'il partageait d'ailleurs, et n'osait pas s'imposer. Il hésitait à étaler ses sentiments dans un moment aussi pénible, et après l'avoir évitée tout l'hiver il ne savait plus comment l'aborder. Il échafaudait les plans les plus fous : poursuivre leur route sans s'arrêter au Camp du Loup, et la conduire jusqu'à chez lui. Il savait pertinemment que c'était impossible, que Rydag avait besoin d'elle, et qu'elle s'était Promise à Ranec. Elle avait décidé de s'unir au sculpteur à la peau foncée, alors pourquoi le suivrait-elle ?

Ils ne s'attardèrent pas. Dès qu'Ayla décida que les chevaux étaient assez reposés, ils repartirent. Ils n'avaient pas beaucoup progressé quand ils virent un homme accourir. Il leur fit signe de loin, et en s'approchant ils reconnurent Ludeg, le messager qui leur avait annoncé le nouvel emplacement de la Réunion d'Eté.

— Ah, Ayla ! s'exclama-t-il en les rejoignant. C'est toi que je voulais voir. Nezzie m'a envoyé te chercher. J'ai de mauvaises nouvelles : Rydag est malade... Mais... mais où sont les autres ? fit-il en regardant autour de lui.

— Ils nous suivent, expliqua Ayla. Nous sommes partis en avant dès que nous avons su.

— Mais comment l'avez-vous su ? On n'a pas envoyé d'autre courrier que moi.

— En effet, dit Jondalar. Mais tu oublies que les loups sont encore plus rapides que les humains.

Ludeg remarqua alors la présence de Loup.

— Il n'était pas à la chasse avec vous. Que fait-il ici ?

— Je crois que Rydag l'a envoyé me chercher, dit Ayla. Il nous a trouvés de l'autre côté des marais.

— Heureusement, renchérit Jondalar. Tu aurais pu rater les chasseurs. Ils ont décidé de contourner les marais. Chargés comme ils sont, ils se déplaceront mieux sur terrain sec.

— Ah ! Ils rapportent de la viande de mammouth !

Les Mamutoï seront contents. Dépêche-toi, Ayla. Heureusement que tu n'es plus très loin du Camp.

Ayla blémit.

— Veux-tu que je te ramène sur Rapide ? proposa Jondalar. Nous pouvons monter à deux.

— Non. Je vous retarderais. Vous m'avez déjà évité une longue course, je peux rentrer à pied.

Ayla fit galoper Whinney d'une traite et sauta de cheval en arrivant à la Réunion d'Eté. Elle était déjà sous la tente avant qu'on apprenne son retour.

— Ayla ! Te voilà enfin ! s'écria Nezzie. J'avais peur que tu n'arrives pas à temps. Ludeg a dû courir vite.

— Ludeg n'y est pour rien, c'est Loup qui nous a trouvés, dit Ayla en ôtant sa pelisse et en se précipitant près de la couche de Rydag.

Elle reçut un choc en le voyant. Ses mâchoires crispées et les rides de son front étaient plus éloquentes qu'un long discours. Rydag souffrait beaucoup. Il était pâle, les yeux cernés, pommettes et arcades sourcilières saillaient sous la peau tendue, et il respirait avec difficulté. Retenant à peine ses larmes, Ayla interrogea Nezzie qui se tenait à côté du lit.

— Qu'est-il arrivé ?

— Si je savais ! Il allait bien, et tout d'un coup les douleurs l'ont pris. J'ai essayé tout ce que tu m'avais recommandé, je lui ai donné son remède, mais rien ne le soulage.

Ayla sentit qu'on lui effleurait le bras.

— Content toi venue, fit Rydag par geste.

La scène lui en rappelait une autre, laquelle ? Où avait-elle vu ces efforts pour obliger un corps trop faible à se mouvoir ? Iza ! Elle était morte de cette manière. Ayla rentrait d'une longue randonnée, et d'un long séjour au Rassemblement du Clan. Cette fois, elle s'était seulement absentée le temps d'une chasse. Qu'était-il arrivé à Rydag ? Il était tombé malade si vite ! A moins que la maladie ait couvé depuis longtemps ?

— C'est toi qui as envoyé Loup me chercher, n'est-ce pas ?

— Moi savoir lui te trouve, fit l'enfant. Loup intelligent.

Epuisé, Rydag ferma les yeux. Ayla détourna la tête. Elle ne pouvait pas le voir souffrir, lutter à chaque respiration.

— Quand as-tu pris ton dernier remède ? demanda Ayla lorsqu'il rouvrit les yeux.

— Remède soulage pas Rydag. Rien soulage, fit-il d'un air triste.

— Qu'est-ce que tu racontes ? Tu n'es pas guérisseuse, comment sais-tu que cela ne te soigne pas ? C'est moi qui sais, fais-moi confiance, dit-elle d'une voix ferme.

— Non, Ayla. Je sais, insista-t-il.

— Bon, je vais t'examiner, mais je vais d'abord te chercher un remède, expliqua-t-elle en luttant contre les larmes.

Il toucha sa main avant qu'elle ne parte.

— Toi pas partir, réussit-il à signifier entre deux respirations qui lui arrachèrent des grimaces de douleur. Loup ici ? demanda-t-il alors.

Ayla siffla et celui qui empêchait Loup de rentrer sous la tente ne put le contenir. L'animal était là, il bondit sur le lit de Rydag et lui lécha le visage. Rydag sourit. Ah, ce sourire sur un visage du Clan ! Ayla ne put en supporter davantage. Elle ordonna à l'animal exubérant de descendre, craignant qu'il n'étouffât le jeune garçon.

— Moi envoyé Loup. Moi veux Ayla, fit Rydag. Moi vouloir...

Il ne semblait pas connaître les mots qu'il cherchait.

— Que veux-tu, Rydag ? l'encouragea Ayla.

— Il a essayé de me le dire, intervint Nezzie. Mais je n'ai pas compris. J'espère que tu réussiras, cela semble tellement important pour lui.

Ayla regardait le jeune garçon intensément. Il faisait de gros efforts pour se souvenir.

— Durc chance. Lui... accepté. Ayla, moi vouloir... mog-ur.

Ayla aurait bien voulu l'aider mais elle ne comprenait pas.

— Mog-ur ? fit-elle par gestes. Tu veux sans doute dire l'homme qui règne sur le monde des esprits ? repritelle tout haut.

Rydag approuva d'un signe de tête. Mais le visage de Nezzie reflétait une expression insondable.

— C'est cela qu'il veut ? demanda-t-elle.

— Oui, je le crois, confirma Ayla. Ça t'aide à comprendre ?

Nezzie eut un geste de découragement, puis un éclair de colère brilla dans ses yeux.

— Je sais ! fit-elle. Il ne veut pas être un animal. Il veut marcher dans le monde des esprits. Il veut qu'on l'ensevelisse... comme un être humain.

Rydag approuvait vigoureusement.

— Mais c'est un être humain ! assura Ayla, perplexe.

— Non, fit Nezzie. Il n'a jamais compté parmi les Mamutoï, ils ne l'accepteraient pas. Ils ont dit que c'était un animal.

— Alors, il ne sera pas enseveli ? Il ne pourra pas rejoindre le monde des esprits ? Qui a décidé cela ? s'écria Ayla, furieuse.

— Ceux du Foyer du Mammouth, expliqua Nezzie. Ils n'autoriseront pas les funérailles.

— Ne suis-je pas la fille du Foyer du Mammouth ? Moi, je l'autorise ! annonça-t-elle.

— C'est inutile, Ayla. Mamut serait d'accord, lui aussi. Mais le Foyer du Mammouth doit approuver, et il refuse.

Rydag avait écouté plein d'espoir, mais en comprenant qu'il n'aurait pas de funérailles il parut abattu. En voyant la tristesse inconsolable de l'enfant, Ayla entra dans une rage indignée.

— Nous nous passerons de l'accord de ceux du Foyer du Mammouth, ce n'est pas à eux de décider si Rydag est humain. C'est un être humain, qu'ils le veuillent ou non. Autant que mon fils l'était. Qu'ils gardent leurs funérailles, Rydag n'en a pas besoin. Quand le moment sera venu, je lui donnerai une sépulture à la manière du Clan, comme je l'ai fait pour Creb, le mog-ur.

Rydag marchera dans le monde des esprits, vous pouvez me croire !

Nezzie lança un regard vers Rydag. Il s'était calmé. Ou plutôt, apaisé. Les rides, la tension s'étaient effacées et son visage témoignait de sa sérénité. Il toucha le bras d'Ayla.

— Je ne suis pas un animal, fit-il par signes.

Il allait poursuivre, mais Ayla s'aperçut que la douleur qui déformait son visage avait disparu avec son dernier souffle. Ses souffrances étaient terminées.

Pas celles d'Ayla. Elle leva la tête et vit Jondalar, qui avait autant de chagrin qu'elle, ou que Nezzie. Ils tombèrent tous trois dans les bras les uns des autres.

Ils n'étaient pas les seuls à montrer leur peine. Du sol s'éleva un couinement, suivi de quelques jappements qui se prolongèrent en un long hurlement plaintif. Loup reprit son souffle et hurla à la mort. Des Mamutoï s'étaient rassemblés autour de la tente mais hésitaient à entrer. Même Ayla, Jondalar et Nezzie cessèrent de pleurer et écoutèrent en frissonnant la plainte du loup. Nul n'aurait pu rêver d'élégie plus poignante.

Après avoir séché ses larmes, Ayla s'assit, immobile, près du petit corps chétif. Les yeux rougis, elle revoyait sa vie dans le Clan, son fils, et sa première rencontre avec Rydag. Elle aimait Rydag. Il avait fini par occuper la place de Durc. On lui avait retiré son enfant, mais grâce à Rydag, elle pouvait imaginer comment il grandirait, à quoi il ressemblerait et comment il penserait. Quand une tendre repartie de Rydag la faisait sourire, ou quand elle se réjouissait de son intelligence, elle imaginait Durc avec les mêmes qualités, la même compréhension. Avec Rydag, le lien ténu qui la rattachait encore à Durc disparaissait. Et elle pleurait ses deux enfants.

Nezzie avait autant de peine, mais elle devait songer aux vivants. Rugie grimpa sur ses genoux, déçue que son compagnon de jeu, son ami, son frère refusât de jouer avec elle. Il ne faisait même plus de mots avec ses mains. Danug était allongé sur sa couche, et pleurait, la tête cachée sous une fourrure. On envoya prévenir Latie.

— Ayla ? finit par dire Nezzie. Que doit-on faire pour l'ensevelir dans les règles du Clan ? Il faut commencer à le préparer.

Perdue dans ses souvenirs, Ayla ne comprit pas tout de suite qu'on s'adressait à elle.

— Comment ?

— Il faut le préparer, répéta Nezzie. Mais que doit-on faire ? Je ne connais pas les coutumes du Clan.

Bien sûr ! Les Mamutoï ne pouvaient pas les connaître, se disait Ayla. Surtout ceux du Foyer du Mammouth. Mais elle les connaissait, elle. Elle récapitula les funérailles auxquelles elle avait assisté, et réfléchit à ce qui conviendrait le mieux pour Rydag. Avant d'être enterré selon les coutumes du Clan, il devait être introduit dans le Clan. Donc, avant tout lui trouver un nom, et lui faire une amulette contenant un morceau d'ocre rouge. Ayla se leva précipitamment et sortit.

Jondalar la suivit.

— Où vas-tu, Ayla ?

— Si Rydag doit rejoindre le Clan, il faut que je lui fasse une amulette, expliqua-t-elle.

Avec une rage contenue, elle traversa le campement d'un air digne, passa devant le Foyer du Mammouth sans un regard, et se dirigea tout droit vers l'aire des tailleurs de silex. Jondalar la suivait, se doutant de ce qu'elle voulait faire. Ayla demanda un nodule de silex, que personne n'osa lui refuser, jeta un regard circulaire, aperçut le percuteur qu'elle cherchait et nettoya un endroit pour se mettre au travail.

La voyant préparer un silex selon les méthodes du Clan, les tailleurs de pierre, intrigués, s'approchèrent le plus discrètement possible. Ils craignaient de déclencher ses foudres, mais ne voulaient pas gâcher la chance qui s'offrait. Après que les origines d'Ayla avaient été dévoilées, Jondalar avait essayé de leur montrer les techniques du Clan, mais il manquait de pratique. Et lorsqu'il parvenait à tailler un silex à la façon du Clan, les Mamutoï mettaient sa réussite sur le compte de son adresse personnelle. Ils ne comprenaient pas qu'il utilisait une technique différente.

Ayla décida de fabriquer deux outils, un couteau et un poinçon, et de les rapporter au Camp de la Massette pour y coudre l'amulette. Elle réussit à tailler un couteau tranchant, mais tremblante de colère et d'émotion, elle éprouva les pires difficultés à façonner le poinçon. Elle rata son premier essai et le nombre de curieux qui l'observaient accentua sa nervosité. Elle sentait que les tailleurs de pierre évaluaient les techniques du Clan et elle se reprochait d'être une piètre ambassadrice de leur savoir et elle s'en voulait de tenir compte de l'opinion des Mamutoï. A sa deuxième tentative, elle brisa encore la pierre. Elle en pleurait de rage. Entre deux sanglots, elle vit Jondalar agenouillé à ses pieds.

— Est-ce cela que tu veux ? demanda-t-il en lui tendant le perçoir qu'elle avait fabriqué à l'occasion de la Fête du Printemps.

— Mais c'est un outil du Clan ! Où l'as-tu trouvé ?... Ah, je sais. C'est celui que j'ai fabriqué !

— Oui, j'étais allé le rechercher. Tu ne m'en veux pas ?

Ayla était déroutée, surprise et contente à la fois.

— Non, bien sûr. Mais pourquoi l'as-tu récupéré ?

— Je... je voulais l'examiner.

Il n'osait pas lui avouer qu'il l'avait gardé en souvenir, au cas où il repartirait sans elle, ce dont il était de plus en plus convaincu. Il ne le souhaitait pourtant pas.

Elle rapporta les outils au Camp de la Massette, et demanda à Nezzie un morceau de cuir souple. Après le lui avoir donné, Nezzie la regarda coudre la bourse de cuir.

— Ces outils ont l'air grossiers, mais ils sont très efficaces, remarqua Nezzie. A quoi servira la bourse ?

— C'est l'amulette de Rydag. J'en avais fabriqué une pour la Fête du Printemps. J'y glisserai un morceau d'ocre rouge et je nommerai Rydag selon les règles du Clan. Il lui faudra aussi un totem pour le protéger et l'aider à trouver son chemin dans le monde des esprits. J'ignore comment Creb découvrait le totem des gens, mais il ne se trompait jamais... peut-être pourrais-je partager le mien avec Rydag. Le Lion des Cavernes est un totem très puissant, difficile, mais excellent protecteur. Rydag a besoin d'être bien protégé.

— Puis-je faire quelque chose ? demanda Nezzie. A-t-il besoin d'être préparé ? Habillé ?

— Moi aussi, je voudrais me rendre utile, fit Latie qui apparut sur le seuil accompagnée de Tulie.

— Moi aussi, dit Mamut.

Ayla s'aperçut que tout le Camp du Lion s'était réuni sous la tente et offrait son aide. Seuls les chasseurs manquaient à l'appel. Elle se sentit pleine de reconnaissance pour ce peuple qui avait recueilli un étrange orphelin et l'avait accepté comme l'un des siens. Et une colère froide la révolta en pensant à ceux du Foyer du Mammouth qui n'accordaient même pas des funérailles convenables au jeune garçon.

— Que quelqu'un me rapporte de l'ocre rouge pilé, celui que Nezzie utilise pour teindre le cuir, et qu'il le mélange dans de la graisse pour obtenir un baume. Il faudra lui en enduire le corps. En principe, on devrait utiliser de la graisse d'ours des cavernes. C'est l'animal sacré du Clan.

— Nous n'avons pas de graisse d'ours des cavernes, déplora Tornec.

— Il n'y a pas beaucoup d'ours des cavernes dans cette région, expliqua Manuv.

— Pourquoi ne pas utiliser de la graisse de mammouth ? suggéra Mamut. Rydag ne faisait pas seulement partie du Clan, il était moitié mamutoï, moitié Clan. Et le mammouth est sacré chez les Mamutoï.

— Tu as raison. Rydag était aussi mamutoï, nous ne devons pas l'oublier.

— Doit-on l'habiller, Ayla ? insista Nezzie. Il n'a jamais porté les nouveaux vêtements que je lui avais faits cette année.

Ayla réfléchit, et donna son accord.

— Pourquoi pas ? Quand on l'aura enduit d'ocre rouge, comme on fait dans le Clan, on l'habillera avec ses plus beaux vêtements comme pour un Mamutoï. Tu as eu une bonne idée, Nezzie.

— Je n'aurais jamais pensé que ceux du Clan utilisaient l'ocre rouge pour leurs morts, avoua Frebec.

— Je ne savais même pas qu'ils enterraient leurs morts, renchérit Crozie.

— Ceux du Foyer du Mammouth l'ignorent aussi, dit Tulie avec une moue de mépris. Ils vont être surpris.

Ayla demanda à Deegie l'un des bols en bois qu'elle lui avait offerts comme cadeau d'adoption. Il était taillé à la façon du Clan, et elle voulait y mélanger la graisse de mammouth et l'ocre rouge. Ce furent Nezzie, Crozie et Tulie, les trois anciennes, qui enduisirent le corps de Rydag de baume, et qui l'habillèrent ensuite. Ayla mit de côté une noix de baume, et glissa un morceau d'ocre rouge dans la bourse qu'elle venait de confectionner.

— Et pour le linceul ? fit Nezzie.

— Un linceul ? Qu'est-ce que c'est ? demanda Ayla.

— Chez les Mamutoï, pour transporter le corps nous l'enveloppons dans une peau de bête, ou dans une fourrure. Et il reste enveloppé quand on le met en terre.

Ayla craignit qu'en parant Rydag de beaux habits et de bijoux les funérailles fussent plus mamutoï que Clan. Les trois femmes attendaient anxieusement sa réponse. Ayla les regarda tour à tour. Oui, Nezzie avait raison, il était bon de l'envelopper dans une fourrure ou dans une peau. Elle dévisagea alors Crozie.

Elle se souvint d'un coup d'un objet auquel elle n'avait plus pensé depuis longtemps : la couverture de Durc, celle dont elle se servait pour le porter quand il était bébé. C'était le seul objet inutile qu'elle avait emporté en quittant le Clan. Pendant de nombreuses nuits, lorsqu'elle s'était retrouvée seule, la couverture de Durc avait été son unique lien avec un passé rassurant et avec ceux qu'elle avait aimés. Combien de fois s'était-elle endormie avec cette couverture ? Combien de fois la couverture avait-elle séché ses pleurs ? C'était le seul souvenir qu'elle gardait de son fils, et elle refusait de s'en séparer. Mais allait-elle conserver cette couverture toute sa vie ?

Ayla remarqua que Crozie l'observait et elle se souvint de la cape blanche que la Mamutoï avait confectionnée pour son fils. Elle l'avait conservée plusieurs années, mais avait accepté de s'en séparer pour le bien-être de Rapide, pour qu'elle lui serve de couverture. Celle de Durc ne serait-elle pas plus utile à Rydag dans son voyage dans le monde des esprits ? Crozie s'était déchargée du poids de la mort de son fils, n'était-il pas temps pour elle de suivre son exemple ? Elle avait la chance que Durc fût bien vivant, lui.

— J'ai quelque chose pour l'envelopper, dit Ayla.

Elle courut où elle rangeait ses affaires et sortit une peau qu'elle déplia. Elle porta la vieille pièce de cuir souple à sa joue, ferma les yeux et se recueillit un instant. Puis elle retourna auprès des trois femmes et tendit la peau à la mère de Rydag.

— Voilà, fit-elle. C'est un linceul du Clan. Il appartenait à mon fils, et il protégera Rydag dans le monde des esprits. Je dois te remercier, Crozie, ajouta-t-elle.

— Me remercier de quoi ?

— De tout ce que tu as fait pour moi, et de m'avoir convaincue que les mères doivent apprendre à oublier.

— Hum ! grogna la vieille femme, essayant de garder une mine sévère alors que son regard trahissait l'émotion.

Nezzie prit la peau et en recouvrit le corps de Rydag.

Il faisait déjà nuit. Ayla avait envisagé de faire une simple cérémonie sous la tente, mais Nezzie lui demanda d'attendre le matin et de conduire la cérémonie au grand jour pour prouver à tous la condition humaine de Rydag. Elle espérait aussi que les chasseurs seraient de retour. Personne ne voulait que Talut et Ranec manquent les funérailles.

Le lendemain en fin de matinée, on porta le corps dehors et on l'étendit sur la peau. Le bruit circulait qu'Ayla conduirait les funérailles de Rydag selon les coutumes du Clan, et, curieux, de nombreux Mamutoï s'étaient rassemblés et il en arrivait d'autres. Le bol d'ocre rouge et l'amulette à côté d'elle, Ayla commença à invoquer les esprits comme elle avait vu Creb le faire, quand un brouhaha l'interrompit. Au grand soulagement de Nezzie, les chasseurs rentraient enfin, rapportant des chargements de viande de mammouth. Ils avaient tiré les travois à tour de rôle et, conquis par les avantages des traîneaux, avaient échafaudé des projets d'aménagement pour les rendre plus maniables aux humains.

On ajourna la cérémonie le temps d'entreposer la viande, et Talut et Ranec furent rapidement mis au courant des événements. La mort du jeune garçon pendant la Réunion d'Eté des Mamutoï posait un cruel dilemme. On l'avait traité de monstre, d'abomination, d'animal, et on n'enterrait pas les animaux. On stockait leur viande. Seuls, les humains bénéficiaient de funérailles et on n'avait pas l'habitude d'attendre plusieurs jours avant de les ensevelir. Malgré leur refus d'accorder des funérailles à Rydag, les Mamutoï savaient bien qu'il n'était pas un animal. Ils ne révéraient pas les esprits des Têtes Plates comme ceux des cerfs, des bisons ou des mammouths, et personne n'avait envie de stocker le corps de Rydag à côté d'une carcasse de mammouth. C'était précisément son aspect humain qu'ils trouvaient monstrueux, et qu'ils refusaient de reconnaître. La solution imaginée par Ayla et ceux du Camp du Lion satisfaisait donc tout le monde.

Ayla se percha sur un monticule et commença la cérémonie, essayant de se remémorer les gestes de Creb. Elle ne connaissait pas le sens exact de tous les signes, qu'on enseignait uniquement aux mog-ur, mais elle en savait assez pour expliquer au Camp du Lion ce qu'elle était en train de faire.

— Je commence par invoquer les esprits, dit-elle. L'Esprit du Grand Ours des Cavernes, du Lion des Cavernes, du Mammouth, et tous les autres, et aussi les Esprits Ancestraux du Vent, de la Pluie et du Brouillard. A présent, je vais le nommer et l'accueillir parmi le Clan, expliqua Ayla en ramassant le bol d'ocre rouge.

Elle plongea un doigt dans la pâte rouge, et dessina un trait vertical sur le front de Rydag qu'elle prolongea jusqu'à la base de son nez. Puis elle se releva et fit quelques gestes en même temps qu'elle traduisait :

— Cet enfant s'appelle Rydag.

Le ton de sa voix, la tension qu'ils lisaient sur son visage concentré sur la remémoration des signes qu'elle avait vus faits par Creb, et sa façon étrange de parler fascinaient les Mamutoï. Le récit d'Ayla en haut des glaces appelant les mammouths circulait dans toutes les bouches, et personne ne mettait en doute son droit à conduire cette cérémonie, ou toute autre, malgré l'absence de son tatouage de mamut.

— Voilà, poursuivit Ayla, je l'ai nommé selon les coutumes du Clan, mais il a besoin d'un totem pour l'aider à trouver son chemin dans le monde des esprits. Je ne connais pas son totem, je vais donc partager le mien avec lui. L'Esprit du Lion des Cavernes est un totem très puissant, mais Rydag le mérite.

Elle souleva la jambe droite de Rydag et, avec la pâte d'ocre rouge, traça quatre lignes parallèles sur sa cuisse.

— Esprit du Lion des Cavernes, l'enfant, Rydag, est placé sous ta protection.

Elle glissa ensuite l'amulette, attachée à une cordelette, autour du cou du cadavre.

— Rydag a été nommé et accepté par le Clan, dit-elle en espérant de tout son cœur que cela fût vrai.

Ayla avait choisi un emplacement à l'écart du campement, et le Camp du Lion avait demandé et obtenu du Camp du Loup la permission d'enterrer Rydag à cet endroit. Nezzie enveloppa le petit corps raidi dans la peau de Durc, et Talut souleva l'enfant et le porta dans son dernier refuge, ignorant les larmes qui inondaient ses joues.

Tous ceux du Camp du Lion entouraient le trou à peine creusé, pendant qu'on jetait divers objets dans la tombe. Nezzie apporta de la nourriture qu'elle plaça à côté du corps. Latie ajouta le petit sifflet préféré de Rydag. Tronie déposa les osselets de cerf enfilés sur un anneau tressé avec lequel Rydag amusait les bébés du Camp du Lion qu'il avait gardés l'hiver précédent. Il adorait s'occuper des nourrissons, c'était sa manière de se rendre utile. A la surprise générale, Rugie accourut avec sa poupée favorite et la jeta dans la tombe.

Au signal d'Ayla, chaque Mamutoï du Camp du Lion ramassa une pierre et la déposa précautionneusement sur le linceul, construisant peu à peu le cairn qui recouvrirait la tombe. Ayla commença alors la cérémonie proprement dite, sans traduire les gestes qu'elle faisait. Elle utilisa les mêmes signes que Creb avait faits sur la tombe d'Iza, et qu'elle avait reproduits pour honorer Creb quand elle l'avait trouvé sous les décombres de la grotte. Elle se lança ainsi dans une danse gestuelle dont l'origine remontait à la nuit des temps, et dont la beauté majestueuse en étonna plus d'un.

Ayla n'employait pas les signes simplifiés qu'elle avait appris à ceux du Camp du Lion, mais ceux plus complexes que chaque position du corps enrichissait de nuances subtiles. De nombreux signes étaient si ésotériques qu'Ayla n'en connaissait pas le sens profond, mais elle utilisait aussi des signes plus courants que le Camp du Lion comprenait. Ils s'aperçurent donc que le rituel était destiné à faciliter l'accès à l'autre monde. Mais les autres Mamutoï voyaient seulement une danse gestuelle où les bras et les mains dessinaient des mouvements gracieux qui évoquaient l'amour et la perte, le chagrin et l'espoir mythique de l'au-delà.

Enthousiaste, et les joues inondées de larmes comme tous les membres du Camp du Lion, Jondalar contemplait la danse silencieuse en se rappelant le jour — qui paraissait si lointain — où elle avait tenté, dans sa vallée, de lui expliquer quelque chose d'important avec cette même grâce. A cette époque, alors qu'il n'avait pas encore compris la nature idiomatique de cette curieuse danse, il avait pressenti que ses gestes recelaient un sens caché. Maintenant, il s'étonnait de son ignorance passée et se laissait charmer par la beauté du rituel.

Il se souvint de l'attitude qu'elle adoptait au début de leur rencontre, assise par terre, les jambes croisées, la tête courbée, attendant qu'il lui touchât l'épaule. Même lorsqu'elle avait su parler, elle avait persévéré dans cette position qui l'embarrassait d'autant plus qu'il avait appris qu'il s'agissait d'une coutume du Clan. Mais elle lui avait expliqué qu'elle ne connaissait pas d'autres moyens de faire comprendre ce qu'elle ne pouvait pas dire avec des mots. Il songea en souriant qu'il n'y avait pas si longtemps, elle ne savait pas parler. Maintenant, elle s'exprimait couramment en deux langues : le zelandonii et le mamutoï. Trois, en comptant le langage du Clan. Elle avait même appris quelques expressions sungaea au cours du peu de temps qu'elle avait passé avec eux.

En contemplant le rituel du Clan, envahi par les souvenirs de leurs amours dans la vallée, il la désirait plus que jamais. Mais à côté d'Ayla, il aperçut Ranec, aussi captivé que lui, et chaque fois qu'il regardait la jeune femme, il ne pouvait éviter l'homme à la peau sombre. Depuis son retour, Ranec ne quittait plus Ayla, et il avait clairement fait comprendre à Jondalar qu'elle était toujours sa Promise. Jondalar avait essayé de parler à Ayla et de lui exprimer sa douleur devant la mort de Rydag, mais elle n'avait pas semblé sensible à ses efforts pour la consoler. Elle était submergée de chagrin, qu'espérait-il ?

Soudain, toutes les têtes se tournèrent. Marut, le tambour, frappait sur le crâne de mammouth tendu de peau. On jouait de la musique aux enterrements mamutoï, mais le rythme lancinant qui venait de s'élever ne ressemblait pas à ce qu'ils avaient l'habitude d'entendre. C'étaient les rythmes étranges et fascinants qu'Ayla lui avait enseignés. Les rythmes du Clan. Manem, le musicien barbu, reproduisit alors avec sa flûte l'air qu'elle lui avait sifflé. La flûte et le tambour épousèrent les mouvements de la danse rituelle d'Ayla qui s'enrichirent d'une dimension aussi évanescente que la musique elle-même.

Arrivée à la fin de son rituel, Ayla décida de recommencer, accompagnée cette fois par les musiciens qui se mirent à improviser. Grâce à leur talent, ils transformèrent la mélodie simple du Clan en un rythme plus complexe qui n'était ni Clan ni mamutoï, mais un mélange des deux. Ayla ne put s'empêcher de penser qu'il s'agissait là d'une musique à la mesure de Rydag, lui-même mélange de Clan et de mamutoï.

Toujours accompagnée par les musiciens, Ayla recommença une dernière fois le rituel funéraire. Elle s'était mise à pleurer sans s'en rendre compte, mais elle voyait bien qu'elle n'était pas la seule. Les yeux gonflés de larmes étaient nombreux parmi les Mamutoï du Camp du Lion.

A la fin de la troisième danse, un nuage sombre venant du sud-est avait obscurci le ciel. C'était la saison des orages et les Mamutoï coururent s'abriter. Mais à la place de l'eau, une poussière légère s'abattit sur le campement, et la pluie de cendres tomba de plus en plus fort.

Plantée près du cairn de Rydag, Ayla sentit la caresse des cendres volcaniques sur son visage, ses cheveux, ses épaules. La poussière l'enveloppa, s'accrochant à ses bras, ses sourcils, ses cils même, et la transforma en statue grisâtre. La cendre recouvrait tout, les pierres du cairn, l'herbe, et jusqu'à la poussière du chemin. Ceux qui étaient restés près de la tombe disparurent bientôt sous le ton uniforme du linceul gris qui, comme la mort, effaçait toutes les différences.

37

— C'est affreux ! gémit Tronie en secouant une fourrure au-dessus d'une rigole. Je passe mon temps à nettoyer, mais cette cendre s'insinue partout, dans la nourriture, dans l'eau, dans les habits, dans les lits. Pas moyen de s'en débarrasser !

— Il nous faudrait une bonne averse, ou une tempête de neige, déclara Deegie en jetant l'eau qui avait servi à laver la peau de la tente. C'est bien la première fois que j'attends l'hiver avec impatience.

— Cela ne m'étonne pas ! ricana Tronie. Mais n'est-ce pas surtout parce que tu vas t'unir à Branag et vivre avec lui ?

— Tu as deviné ! fit Deegie avec un sourire radieux.

— On dit que ceux du Foyer du Mammouth ont voulu reporter la Cérémonie de l'Union à cause de ces cendres, c'est vrai ? demanda Tronie.

— Oui, et aussi les Rites de la Féminité, mais personne n'a accepté, répondit Deegie. Et puis, Latie et moi, nous refusons d'attendre. Les cérémonies auront lieu pour ne pas aggraver le malaise qui s'est installé.

Tu sais, beaucoup de Mamutoï pensent qu'ils ont eu tort de s'opposer à l'enterrement de Rydag.

— Oui, mais tous ne partagent pas cet avis, intervint Fralie qui approchait, portant un panier rempli de cendres. De toute façon, quoi qu'ils aient décidé, quelqu'un y aurait trouvé à redire.

— Il fallait avoir vécu auprès de Rydag pour comprendre, dit Tronie.

— Et encore ! fit Deegie. Je n'avais jamais réussi à le considérer tout à fait comme un être humain avant l'arrivée d'Ayla.

— A propos d'Ayla, elle n'a pas l'air aussi impatiente que toi de s'unir, tu ne trouves pas, Deegie ? fit Tronie. Je me demande ce qui ne va pas. Est-elle malade ?

— Non, je ne crois pas, répondit Deegie. Pourquoi ?

— Je la trouve bizarre. Elle se prépare à l'Union, mais ça n'a pas l'air de lui faire plaisir. Pourtant, elle reçoit beaucoup de cadeaux. Elle devrait se réjouir, comme toi, Deegie. Chaque fois qu'on parle d'Union, tu affiches un sourire béat.

— Tout le monde n'attend pas la même chose d'une Union, remarqua Fralie.

— Elle était très proche de Rydag, expliqua Deegie. Elle le pleure autant que Nezzie. S'il avait été un vrai Mamutoï on aurait reculé la Cérémonie de l'Union.

— Moi aussi, j'ai de la peine, assura Tronie. Rydag me manque... Il était très gentil avec Hartal. Nous éprouvons tous du chagrin, même si je suis soulagée que ses souffrances aient enfin cessé. Mais je crois que c'est autre chose qui tracasse Ayla.

Préférant ne pas s'appesantir sur la question, elle omit d'ajouter qu'elle n'avait jamais compris pourquoi Ayla s'unissait à Ranec. Deegie était sûre qu'en dépit des apparences, Ayla était toujours éprise de Jondalar, bien plus que du sculpteur. Or, ces derniers temps, Ayla n'avait manifesté qu'indifférence envers le Zelandonii.

A ce moment-là, Jondalar sortit de la tente. Il paraissait soucieux.

Plongé dans ses pensées, Jondalar répondait par un vague signe de tête aux gens qui le saluaient sur son passage. Son imagination lui jouait-elle des tours, ou Ayla l'évitait-elle réellement ? Il l'avait fuie pendant longtemps, mais maintenant qu'il essayait de lui parler en tête à tête, il n'arrivait pas à croire qu'elle l'évitât à son tour. Bien qu'elle eût promis de s'unir à Ranec, il persistait à penser qu'elle lui reviendrait dès qu'il cesserait de la fuir. Il l'avait toujours sentie réceptive, mais elle s'était refermée ces derniers temps. Il avait décidé d'avoir une explication franche avec elle, mais elle n'était jamais seule et il n'arrivait pas à trouver le moment propice.

Il vit Latie approcher. Il s'arrêta pour la regarder, étonné des changements qu'apportaient les Premiers Rites. La démarche tranquille, elle souriait à ceux qui la saluaient. Elle n'était plus une enfant, ne gloussait plus comme une gamine empruntée. Elle possédait maintenant l'assurance d'une femme.

— Bonjour, Jondalar, fit-elle en souriant.

— Bonjour, Latie. Tu m'as l'air bien heureuse.

Et bien jolie, songea-t-il. Ses yeux trahissaient ses pensées. Latie perçut son émotion, et, retenant son souffle, lui rendit son regard sans équivoque.

— C'est vrai, je suis très heureuse, dit-elle. J'avais envie de me promener un peu toute seule... ou avec quelqu'un qui me plaît... Et toi, où allais-tu ? demanda-t-elle en se rapprochant.

— Je cherche Ayla. Sais-tu où elle est ?

Déçue, Latie soupira.

— Oui, dit-elle tout de même avec un sourire amical. Elle surveille le bébé de Tricie. Mamut la cherche, lui aussi.

Profitant de la belle journée ensoleillée, Mamut et Ayla étaient assis à l'ombre d'un bosquet d'aulnes.

— N'en veux pas à tout le monde, Ayla, disait Mamut. Certains ont essayé de s'opposer à leur décision. J'étais de ceux-là.

— Mais je ne te reproche rien, Mamut. Pas plus qu'aux autres, d'ailleurs. C'est leur aveuglement qui m'exaspère. Pourquoi les détestent-ils à ce point ?

— Peut-être que la ressemblance les inquiète, alors

ils mettent l'accent sur les différences... Tu devrais aller au Foyer du Mammouth avant demain, poursuivit-il. C'est indispensable si tu veux t'unir. Tu es la dernière, Ayla, tu sais.

— Oui, j'irai.

— Tes atermoiements encouragent Vincavec. Il m'a demandé aujourd'hui même si je croyais que tu étudiais sa proposition. Il m'a dit que si tu craignais de rompre ta Promesse, il allait offrir à Ranec de cohabiter avec lui. Cette offre augmenterait ton Prix de la Femme et élèverait considérablement votre statut à tous trois. Qu'en penses-tu, Ayla ? Accepterais-tu de vivre avec Ranec et Vincavec ?

— Vincavec m'en a déjà dit deux mots à la chasse. Je dois d'abord en parler avec Ranec.

Son manque d'enthousiasme pour toute solution, quelle qu'elle fût, désorientait Mamut. Avec le deuil, le moment était mal choisi pour une Union, pensait-il. Mais craignant qu'Ayla ne soit harcelée, il ne voulait pas lui conseiller d'attendre. Ayla regardait ailleurs, et Mamut s'intéressa à ce qui retenait l'attention de la jeune femme. Il vit Jondalar se diriger vers eux. Nerveuse, Ayla faillit s'esquiver, mais elle n'osa pas interrompre brusquement sa conversation avec Mamut.

— Ah, te voilà ! Je te cherchais partout. Ayla, il faut que je te parle.

— Tu vois bien que je suis avec Mamut, fit-elle.

— Oh, nous avions terminé, dit Mamut. Si tu veux parler avec Jondalar...

Gênée, Ayla hésita.

— Nous n'avons plus rien à nous dire, finit-elle par déclarer en fuyant le regard de Jondalar.

Jondalar blêmit. Ainsi, elle l'avait évité ! Et maintenant elle refusait de lui parler.

— Je... euh... je, excusez-moi de vous avoir dérangés, bredouilla-t-il, confus.

Il serait rentré sous terre s'il avait pu. Il s'éloigna vivement.

Mamut observait Ayla. Manifestement troublée, elle suivait des yeux Jondalar. Mamut la raccompagna au

Camp du Lion. Songeur, il s'abstint toutefois de tout commentaire.

A l'approche du Camp, ils eurent la surprise de voir Nezzie et Tulie venir à leur rencontre. La mort de Rydag avait secoué Nezzie. La veille, elle avait remis à Ayla les remèdes qui lui restaient, et elles avaient pleuré ensemble. Nezzie ne voulait pas garder ces tristes souvenirs, mais elle n'osait pas les jeter. Ayla avait compris que, Rydag mort, Nezzie n'avait plus besoin de son aide.

— Ah, Ayla ! s'exclama Tulie. Nous te cherchions.

Elle se réjouissait comme quelqu'un qui prépare une surprise, ce qui était inattendu de la part de la Femme Qui Ordonne. En échangeant des regards complices, les deux femmes déplièrent un objet devant les yeux ébahis d'Ayla.

— Toute Promise a besoin d'une tunique neuve, déclara Tulie. D'habitude c'est la mère de l'homme qui la fabrique, mais j'avais envie d'aider Nezzie.

C'était une tunique de cuir jaune d'or aux ornements d'une rare beauté. Certaines parties étaient brodées de perles d'ivoire dessinant de merveilleux motifs, rehaussés de petites perles d'ambre.

— Oh, comme c'est beau ! s'extasia Ayla. Et quel travail ! Rien que la fabrication des perles a dû vous prendre des jours et des jours de patience. Quand l'avez-vous faite ?

— Nous l'avons commencée dès que tu as annoncé ta Promesse d'Union, dit Nezzie. Viens dans la tente, et essaye-la !

Ayla regarda Mamut qui souriait. Il était dans le secret, lui aussi. Les trois femmes pénétrèrent sous la tente et se dirigèrent vers le foyer de Tulie. Ayla se déshabilla mais ne savait comment porter la tunique. Tulie l'aida à l'enfiler. La tunique s'ouvrait devant, et se fermait avec des garnitures en laine de mammouth rouge.

— Tu peux la porter fermée comme ceci, expliqua Nezzie. Mais le jour de la cérémonie, tu devras l'ouvrir comme ça, fit-elle en détachant le haut. Quand elle s'unit, une femme doit exhiber fièrement ses seins.

Les deux femmes se reculèrent pour admirer la Promise. Quelle poitrine magnifique ! pensa Nezzie. Une poitrine faite pour allaiter. Dommage qu'Ayla n'ait pas de mère, elle serait fière de sa fille.

— Pouvons-nous entrer ? demanda Deegie en passant sa tête par l'ouverture de la tente.

Les femmes du Camp entrèrent à sa suite admirer Ayla dans sa tenue de cérémonie. Ayla comprit qu'elles étaient toutes dans le secret.

— Ferme la tunique, maintenant, conseilla Nezzie, et sors la montrer aux hommes. Il ne faut pas la porter ouverte en public avant la cérémonie.

Ayla obtempéra et déclencha des murmures émerveillés chez les hommes du Camp du Lion. Des Mamutoï d'autres Camps étaient venus se joindre aux admirateurs. Vincavec, dans la confidence, avait tenu à être présent. Lorsqu'il la vit, il se jura de s'unir à elle, même s'il devait la partager avec une dizaine de Mamutoï.

Un homme, qui n'était pas du Camp du Lion, bien qu'on le considérât comme un de ses membres, assistait aussi à la scène. Jondalar avait suivi Mamut et Ayla, incapable d'accepter la rebuffade qu'il avait essuyée. Danug l'avait prévenu de ce qui se préparait et il avait attendu dehors avec tout le monde. Lorsqu'Ayla était sortie, sa beauté l'avait bouleversé, mais son visage s'était peu à peu crispé dans une expression douloureuse. Il avait perdu Ayla ! Elle montrait à tous qu'elle s'unirait à Ranec le lendemain. Hébété, il décida de ne pas assister à son Union avec le sculpteur à la peau noire. Il était temps pour lui de s'en aller.

Ayla avait remis ses habits de tous les jours et était repartie avec Mamut. Jondalar se précipita sous la tente, et fut soulagé de la trouver déserte. Il rangea les affaires qu'il comptait emporter, et les enroula dans sa fourrure de couchage. Il décida d'attendre le matin, de dire au revoir à tout le monde et de partir aussitôt après le repas. D'ici là, il ne préviendrait personne.

Jondalar passa la journée à rendre visite à ceux avec qui il avait sympathisé à la Réunion d'Eté, mais sans dévoiler ses intentions. Le soir, il s'attarda auprès des membres du Camp du Lion qu'il considérait comme sa famille. Il savait qu'il ne les reverrait jamais, et les adieux s'annonçaient difficiles. Il voulait parler une dernière fois avec Ayla, mais l'occasion ne se présentait pas. Enfin, il la vit se diriger en compagnie de Latie vers l'auvent qui abritait les chevaux, et leur emboîta le pas.

Leur conversation resta superficielle, mais la tension qu'elle devinait chez Jondalar intimidait Ayla. Lorsqu'elle le quitta, il resta bouchonner l'étalon. La première fois qu'il avait vu Ayla, elle aidait Whinney à mettre bas, et cette vision l'avait profondément troublé. Jondalar se rendit compte qu'il aurait du mal à quitter le jeune étalon pour lequel il éprouvait des sentiments qu'il n'aurait jamais cru possibles.

Finalement, il retourna sous la tente et se glissa dans son lit. Mais le sommeil le fuyait. Il repensa à Ayla, aux jours heureux passés dans sa vallée, à leur amour naissant lentement. Non, il l'avait tout de suite aimée ! Il avait simplement mis du temps à le reconnaître, et c'était pourquoi il l'avait perdue. Il regretterait toute sa vie d'avoir rejeté son amour. Comment avait-il pu être aussi stupide ? Il n'était pas près de se le pardonner. Jamais il n'oublierait Ayla.

La nuit fut longue et pénible, et aux premières lueurs de l'aube, il n'y tint plus. Il ne pouvait se résoudre aux adieux, et décida de partir sans dire au revoir à Ayla ni aux autres. Il ramassa ses affaires en silence et se glissa dehors.

— Tu as choisi de partir à l'aube, murmura Mamut. Je m'en doutais.

Jondalar se retourna, surpris.

— Je... euh... je dois partir. Je... je ne peux plus rester davantage. Il est temps que... euh... que je... bégaya-t-il.

— Je sais, Jondalar. Et je te souhaite un bon voyage. Un long chemin t'attend. C'est à toi de décider ce qui est le mieux pour toi, mais souviens-toi de ceci : comment choisir quand il n'y a pas de choix ?

Sur ce, le vieil homme rentra sous la tente.

Jondalar resta un instant interdit, puis il se dirigea

vers l'auvent des chevaux. Qu'avait donc voulu dire Mamut ? Pourquoi Ceux Qui Servent la Mère tenaient-ils toujours des propos obscurs ?

Lorsqu'il vit Rapide, Jondalar fut pris d'une envie subite de partir avec lui, d'emporter au moins l'étalon. Mais Rapide appartenait à Ayla. Il caressa les deux chevaux, flatta l'encolure de Rapide, aperçut Loup et lui frotta tendrement le cou. Puis il se mit vivement en marche.

Lorsqu'Ayla se réveilla, le soleil inondait déjà la tente d'une lumière dorée. La journée s'annonçait belle. Elle se souvint alors que c'était le jour de la Cérémonie de l'Union et se renfrogna. Elle s'assit et examina la tente d'un regard circulaire. Quelque chose n'allait pas. A son réveil, elle jetait toujours un œil vers Jondalar. Il n'était pas là. Tiens, se dit-elle, il s'est levé de bonne heure ce matin ! Un sombre pressentiment lui noua la gorge.

Elle se leva, s'habilla, sortit se laver et chercha une brindille pour se nettoyer les dents. Près du feu, Nezzie la regardait d'un drôle d'air, renforçant le pressentiment d'Ayla. Elle lorgna vers l'auvent. Whinney et Rapide semblaient tranquilles, et Loup était couché près d'eux. Elle retourna sous la tente et l'inspecta. La plupart de ses occupants étaient déjà dehors. Elle remarqua alors que la place de Jondalar était vide. Sa fourrure de couchage et ses affaires avaient disparu. Jondalar était parti !

En proie à une panique soudaine, Ayla se rua dehors.

— Nezzie ! Jondalar est parti ! Il n'est plus dans le Camp du Loup, il est parti pour de bon. Il m'a abandonnée !

— Il fallait s'y attendre, tu ne crois pas ?

— Mais il ne m'a même pas dit au revoir ! Je croyais qu'il resterait jusqu'à la Cérémonie.

— C'est justement ce qu'il a voulu éviter, déclara Nezzie. Il n'a jamais accepté que tu t'unisses à un autre.

— Mais... mais... il ne voulait pas de moi. Que pouvais-je faire ?

— Tout dépend de ce dont tu as envie.

— Je voulais aller avec lui ! Comment a-t-il pu m'abandonner ? Il disait qu'il m'emmènerait. C'est ce que nous avions décidé. Qu'advient-il de nos projets, Nezzie ? demanda-t-elle en éclatant en sanglots.

Nezzie la prit dans ses bras et essaya de la réconforter.

— Les projets changent, Ayla, la vie change, tout change. Et Ranec dans tout ça ?

— Ce n'est pas moi qu'il lui faut, Nezzie. Il devrait s'unir à Tricie. Elle l'aime.

— Et toi ? Lui aussi t'aime.

— J'ai essayé de l'aimer, Nezzie. J'ai vraiment essayé, mais c'est Jondalar que j'aime. Et il m'a quittée, fit-elle entre deux sanglots. Il ne m'aime pas.

— En es-tu si sûre ?

— Il m'a quittée sans même me dire au revoir. Oh, Nezzie, pourquoi est-il parti sans moi ? gémit Ayla. Qu'ai-je fait de mal ?

— Tu penses avoir mal agi ?

Troublée, Ayla réfléchit.

— Il voulait me parler, hier, et j'ai refusé.

— Pourquoi ?

— Parce que... parce qu'il ne voulait plus de moi. Tout l'hiver, j'avais envie d'être avec lui et il me fuyait. Il ne m'adressait même plus la parole.

— Donc, il voulait te parler et tu as refusé ? Ce sont des choses qui arrivent, constata Nezzie.

— Mais je veux lui parler, Nezzie. Je veux être avec lui, même s'il ne m'aime pas. Mais c'est trop tard, il est parti. Il est parti tranquillement, sans me dire au revoir. Non, c'est impossible ! Il n'a pas pu faire cela !... Il ne peut pas être... loin...

Nezzie la considérait d'un air amusé.

— Tu crois qu'il est déjà loin, Nezzie ? Je marche vite, tu sais. Je pourrais le rejoindre. Tu crois que je devrais essayer de le rattraper et lui parler ? Oh, Nezzie ! Je l'aime !

— Alors, cours-lui après, mon enfant. Si tu l'aimes, va, rejoins-le. Avoue-lui tes sentiments. Donne-lui au moins la chance de s'expliquer.

— Oui, tu as raison ! fit Ayla en séchant ses pleurs. Oui, c'est ce que je vais faire. Tout de suite !

Et elle s'élança sur le sentier. Elle traversa la rivière en effleurant à peine les pierres du gué, arriva dans le pré et s'arrêta. Elle ne savait pas quelle direction Jondalar avait prise. Elle devrait le suivre à la trace, et cela risquait de prendre trop de temps.

Soudain, Nezzie entendit deux sifflements stridents. Elle sourit en voyant Loup filer devant elle ventre à terre, et Whinney dresser les oreilles et suivre le quadrupède. Rapide s'élança derrière eux. Amusée, Nezzie observa le loup dévaler la colline en bondissant.

Lorsque Loup rejoignit Ayla, elle lui parla, étayant ses paroles de gestes du Clan.

— Cherche Jondalar, Loup. Cherche !

Le loup renifla le sol, l'air, et choisit une direction. Ayla remarqua alors des brins d'herbe foulés et des brindilles brisées. Elle enfourcha Whinney et partit au galop.

Pendant qu'elle chevauchait, des questions l'assaillirent. Que lui dire ? Comment lui faire comprendre qu'elle attendait qu'il l'emmène ? Et s'il refusait de l'écouter ? S'il ne voulait pas d'elle ?

La pluie avait nettoyé les arbres et les feuillages des cendres volcaniques, mais Jondalar marchait sans se préoccuper de la beauté des prairies et des bois, resplendissants sous le soleil d'été. Il avançait sans but, se contentant de suivre la rivière, mais chaque pas qui l'éloignait du Camp l'assombrissait davantage.

Pourquoi l'ai-je quittée ? Qu'est-ce qui me prend de voyager seul ? Peut-être devrais-je faire demi-tour et lui proposer de venir avec moi ? Mais elle refuse de te suivre, Jondalar. C'est une Mamutoï, elle est avec son peuple. Elle a préféré Ranec. Oui, elle a choisi Ranec, mais lui as-tu laissé le choix ? Qu'avait dit Mamut ? Il avait parlé de choix. Ah, oui, « Comment choisir quand il n'y a pas de choix ? ». Que voulait-il dire ?

Jondalar s'était arrêté. Exaspéré, il se remit en marche quand soudain, il comprit. Je ne lui ai jamais laissé le choix. Ayla n'a pas choisi Ranec, pas au début. La nuit de l'adoption, oui, elle a eu le choix... et encore !

C'est le Clan qui l'a élevée, et on ne lui a jamais appris le sens du mot « choix ». Et je l'ai rejetée. Pourquoi ai-je refusé de lui laisser le choix avant de partir ? Parce qu'elle ne voulait pas t'écouter, Jondalar.

Non, parce que tu avais peur qu'elle en choisisse un autre. Cesse donc de te mentir ! Elle a fini par se lasser et a refusé de t'écouter. Mais c'était parce que tu avais peur qu'elle en préfère un autre, Jondalar. Tu ne lui as jamais laissé le choix. Ah, tu peux être fier de toi !

Pourquoi ne retournes-tu pas la laisser choisir entre Ranec et toi ? Ose donc faire ta proposition ! Elle se prépare pour une cérémonie importante. Qu'as-tu à lui proposer ?

Tu pourrais rester. Tu pourrais même cohabiter avec Ranec. Le supporterais-tu ? Accepterais-tu de la partager avec Ranec ? Plutôt que de la perdre, accepterais-tu de rester parmi les Mamutoï et de partager Ayla ?

Jondalar réfléchit longuement. Oui, se dit-il enfin, s'il ne pouvait pas faire autrement. Mais ce n'était pas ce qu'il voulait. Il voulait l'emmener chez son peuple et s'y installer avec elle. Les Mamutoï avaient accepté Ayla, pourquoi les Zelandonii n'en feraient-ils pas autant ? Certains d'entre eux l'accepteraient, mais les autres ?

Ranec peut s'appuyer sur le Camp du Lion et sur de nombreuses filiations. Mais toi, tu ne peux même pas lui offrir ton peuple, ni tes filiations. Les Zelandonii risquent de la rejeter, et de te renier. Tu n'as que toi à lui offrir.

Que deviendraient-ils si les Zelandonii les rejetaient ? Nous irions ailleurs. Nous pourrions revenir ici. Hum ! C'est un long voyage. Il serait peut-être plus judicieux de rester ici, et de s'y établir. Tarneg cherchait un tailleur de silex pour le Camp qu'il voulait fonder. Et Ranec dans tout cela ? Mieux encore, et Ayla ? Supposons qu'elle refuse ?

Perdu dans ses pensées, Jondalar n'entendit pas le bruit des sabots et sursauta quand Loup bondit sur lui.

— Loup ? Que fais-tu ici ?...

Médusé, il vit Ayla descendre de Whinney.

Elle s'avança, timide, craignant qu'il ne lui tourne le dos. Comment lui expliquer ? Comment le forcer à l'écouter ? Et s'il refusait de l'entendre ? Elle se souvint alors de l'époque où elle ne savait pas encore parler, et de la posture qu'elle avait apprise avec le Clan pour demander la parole. Elle se laissa glisser au sol avec grâce, baissa la tête et attendit.

Jondalar la regardait sans comprendre, puis la mémoire lui revint. C'était son signal. Lorsqu'elle désirait lui communiquer quelque chose d'important et qu'elle ne savait pas comment s'exprimer, elle utilisait la posture du Clan. Pourquoi adopter cette posture ? Que voulait-elle lui dire de si important ?

— Lève-toi, fit-il. Ne fais pas cela !

Il se souvint alors du geste approprié et lui tapota l'épaule. Lorsque Ayla releva la tête, il vit ses yeux gonflés de larmes. Il s'agenouilla pour les sécher.

— Pourquoi pleures-tu, Ayla ? Que fais-tu ici ?

— Jondalar, hier tu as essayé de me parler et j'ai refusé de t'écouter. Maintenant, ce que j'ai à te dire est difficile à expliquer. Je me suis assise à la manière des femmes du Clan pour que tu m'écoutes. Promets-moi de ne pas partir avant de m'avoir écoutée.

L'espoir faisait battre le cœur de Jondalar au point qu'il n'arrivait pas à articuler un son. Il se contenta de hocher la tête et prit les mains d'Ayla.

— Au début, tu voulais m'emmener mais je refusais de quitter ma vallée, commença-t-elle avant de s'interrompre pour reprendre son calme. Maintenant, je te suivrais n'importe où. Avant, tu disais m'aimer, mais j'ai l'impression que tu ne m'aimes plus. Pourtant, j'ai toujours envie de partir avec toi.

— Ayla, relève-toi, je t'en prie, dit-il en l'aidant. Je croyais que tu préférais Ranec. L'aimes-tu ?

— Non, je ne l'aime pas. C'est toi que j'aime, Jondalar. Je t'ai toujours aimé. Je ne comprends pas ce que j'ai fait pour que tu cesses de m'aimer.

— Tu... tu m'aimes toujours ? Oh, Ayla ! Oh, mon Ayla ! s'exclama-t-il en la serrant dans ses bras de toutes ses forces.

Il la contempla avec amour comme s'il la voyait pour

la première fois. Ayla leva son visage vers lui, et ses lèvres qu'il prit dans un élan passionné.

Dans les bras de Jondalar, Ayla était bouleversée de sentir son amour, son désir. Elle essaya de réfréner ses pleurs de crainte qu'il ne se méprenne encore, mais les larmes ruisselèrent sans qu'elle pût les contenir.

— Ayla ! Mais tu pleures ?

— Oui, c'est parce que je t'aime. Je ne peux pas m'en empêcher. Cela fait si longtemps, et je t'aime tant !

Il baisa ses yeux, ses larmes, ses lèvres fraîches et fermes qui s'entrouvrirent pour accueillir sa langue.

— Ayla, est-ce vraiment toi ? fit-il. J'ai cru t'avoir perdue par ma faute. Je t'aime, Ayla, je t'ai toujours aimée. Il faut me croire. Je n'ai jamais cessé de t'aimer, mais je comprends pourquoi tu as cru le contraire.

— Je sais. Tu luttais contre ton amour, n'est-ce pas ?

Les yeux clos, il approuva d'un air douloureux.

— J'avais honte d'aimer une femme du Clan, et cette honte me dégoûtait. Je n'ai jamais été heureux avec personne comme avec toi. Je t'aime, et quand nous étions seuls tout allait pour le mieux. Mais quand nous nous sommes retrouvés parmi d'autres gens j'étais gêné... chaque fois que tu te conduisais en femme du Clan. Et j'avais toujours peur... que tu dévoiles ton passé. J'avais honte qu'on apprenne que j'aimais une femme qui... que j'aimais un... un monstre, finit-il par avouer, bien que le mot lui coûtât.

» On me disait toujours que je pouvais avoir toutes les femmes, qu'aucune ne se refuserait à moi, pas même la Mère en personne. Et c'était vrai. Mais avant de te connaître, je n'avais jamais rencontré de femmes qui me plaisent vraiment. Que dirait-on si je te ramenais chez moi ? Si Jondalar peut choisir la femme qu'il veut, pourquoi la mère de cette Tête Plate... pourquoi ce monstre ? J'avais peur que les miens te rejettent... et qu'ils me renient aussi, à moins... à moins que je ne me range de leur côté contre toi. Et si j'avais eu à choisir entre toi et mon peuple, je craignais de les préférer à toi.

Ayla l'écoutait intensément.

— Je n'avais pas compris, dit-elle.

— Ayla, fit-il en lui prenant le menton et en l'obligeant à le regarder. Je t'aime. Je découvre seulement à quel point tu comptes pour moi. Et je sais que si j'avais à choisir entre mon peuple et toi, c'est toi que je choisirais. Je veux vivre là où tu vis.

Ayla tenta encore de refouler ses larmes, mais en vain.

— Si tu veux vivre parmi les Mamutoï, je resterai avec toi et je deviendrai un Mamutoï moi aussi. Si tu acceptes que je te partage avec Ranec... je suis prêt.

— Est-ce ce que tu souhaites ?

— Si c'est ce que tu veux... commença Jondalar.

Mais il se rappela les paroles de Mamut. Il prit garde de laisser un choix à Ayla.

— Ce que je veux, c'est vivre avec toi. J'accepterai de rester ici si tu le souhaites. Mais ce que je voudrais par-dessus tout, c'est que tu m'accompagnes chez les miens. Là, je serais heureux.

— Que je t'accompagne ? Tu n'as donc plus honte de moi ? Tu n'as plus honte du Clan, ni de Durc ?

— Non, je n'ai plus honte. Au contraire, je suis fier de toi. Et je n'ai plus honte du Clan, non plus. Rydag et toi, vous m'avez appris quelque chose de fondamental, et peut-être est-il temps que je le fasse comprendre aux autres à mon tour. J'ai découvert tant de choses que je veux rapporter à mon peuple. Je veux qu'ils voient le propulseur, qu'ils connaissent les méthodes de taille de Wymez, tes pierres à feu, et le tire-fil, qu'ils voient les chevaux, et Loup. Alors, peut-être croiront-ils celui qui leur expliquera pourquoi le peuple du Clan appartient aussi aux Enfants de la Terre Mère.

— Jondalar, le Lion des Cavernes est ton totem, déclara Ayla d'un ton définitif.

— Tu me l'as déjà dit. Comment en es-tu si sûre ?

— Je t'avais prévenu qu'un totem puissant est difficile à vivre. Si tu surmontes les épreuves qu'il t'impose, il t'apprendra beaucoup et te donnera encore plus. Tu viens de subir une épreuve pénible, mais as-tu à t'en plaindre ? Nous avons vécu tous deux une année difficile, mais j'ai beaucoup appris, sur moi, sur les Autres. Ils me font moins peur. Toi aussi tu as appris beaucoup sur toi, sur le Clan. Tu as réussi à surmonter la peur que tu éprouvais à l'égard de ceux du Clan, et tu as cessé de les détester.

— Tu as sans doute raison, et je suis content qu'un totem du Clan m'ait choisi. Mais je n'ai rien à t'offrir, Ayla. Je ne peux pas compter sur mes filiations, ni sur mon peuple. Je ne sais pas si les Zelandonii t'accepteront, je ne peux donc rien te promettre. Mais s'ils te rejettent, nous irons ailleurs. Pour toi, j'accepte de devenir mamutoï, mais je préférerais rentrer chez moi, et que Zelandoni nous lie l'un à l'autre.

— Est-ce comme l'Union ? demanda Ayla. Tu ne m'as jamais proposé l'Union. Tu m'as demandé de te suivre, mais jamais de fonder un foyer.

— Ah, Ayla, je suis impardonnable ! Pourquoi est-ce que je m'imagine que tu sais déjà tout ? Peut-être est-ce parce que tu connais tant de choses que j'ignore, et que tu apprends si vite ! Il faut que je trouve un moyen de te faire comprendre ce que les mots ne peuvent exprimer.

Avec un sourire amusé, il s'assit, jambes croisées, devant Ayla, mais ne pouvant se résoudre à courber la tête, il la regarda. Il la vit décontenancée et mal à l'aise, comme lui-même lorsqu'elle adoptait la posture des femmes du Clan.

— Jondalar, que fais-tu ? Un homme ne doit pas s'asseoir ainsi devant une femme ! Il n'a pas besoin de demander l'autorisation pour parler.

— Ayla, j'ai une demande à formuler. Acceptes-tu de m'accompagner, de t'unir à moi, autoriseras-tu Zelandoni à nouer nos liens, me feras-tu l'honneur de fonder un foyer avec moi, et me donneras-tu des enfants ?

Ayla se remit à pleurer, honteuse de tant de larmes.

— Oh, Jondalar ! J'en ai toujours rêvé ! A toutes tes questions, je réponds oui. Maintenant, relève-toi, je t'en supplie.

Il s'exécuta et l'enlaça tendrement, plus heureux que

jamais. Il l'embrassa, la serra comme s'il craignait qu'elle lui échappe, et qu'il la perde une seconde fois.

Il l'embrassa encore, et sentit croître son désir. Elle le sentit aussi, et son corps offert répondit à l'attente ardente de Jondalar. Il se dégagea et se débarrassa du sac de voyage qu'il portait toujours sur le dos. Il sortit une peau de bête et l'étendit sur le sol. Croyant à un jeu, Loup se mit à bondir sur lui.

— Ah, Loup, tu nous déranges, tu sais, fit-il en regardant Ayla.

Elle ordonna au loup de s'éloigner, et sourit à Jondalar. Il s'assit sur la peau de bête et l'invita à le rejoindre. Troublée, elle obéit, impatiente déjà.

Il l'embrassa avec douceur et caressa ses seins dont il retrouvait avec délices les rondeurs fermes à travers la fine tunique. Ayla frémit sous les caresses familières. Elle ôta vivement sa tunique. Jondalar la coucha sur le dos et joignit ses lèvres aux siennes. Haletante, elle sentit la bouche du Zelandonii glisser sur sa gorge et sucer bientôt un mamelon érigé pendant qu'il caressait l'autre d'une main experte. Traversée d'aiguillons de feu, Ayla ne put étouffer un gémissement de plaisir pendant que son puits avide brûlait d'être comblé par la virilité de l'homme qu'elle aimait. Elle pétrit ses bras, son dos musclé, sa nuque, empoigna ses cheveux. Un instant déroutée qu'ils ne fussent point bouclés, elle l'oublia bien vite.

Il l'embrassa de nouveau, la fouillant gentiment de sa langue qu'elle suça avec délice. Elle retrouvait avec plaisir ses baisers à la douceur experte. C'était comme la première fois, elle le redécouvrait et s'apercevait avec enchantement à quel point il la connaissait. Ah, comme il lui avait manqué !

Elle était parcourue de frissons. Il déposa des baisers sur ses épaules, jouant une musique délicate sur ce corps qu'il aimait tant. Il étreignit son sein sans crier gare et lui arracha un cri, puis il caressa les mamelons érigés et elle gémit de plaisir.

Alors, il s'assit, la regarda longuement et ferma les yeux comme pour s'imprégner d'elle.

— Oh, Jondalar, je t'aime tant ! Tu m'as tellement manqué !

— Je mourais d'envie de toi, mais j'ai failli te perdre par ma faute. Comment ai-je pu être si bête ?

Il l'embrassa encore, la serra dans ses bras comme s'il craignait qu'elle lui échappe. Elle l'étreignit avec une ardeur égale. Soudain, ils ne purent attendre davantage. Il lui dénoua sa ceinture et elle ôta ses jambières d'été pendant qu'il défaisait les siennes et se débarrassait de sa chemise.

Il enlaça sa taille et enfouit sa tête contre son ventre, puis descendit entre ses jambes et baisa son mont soyeux. Il écarta ses cuisses pour admirer les pétales de rose dont il goûta le parfum salé. Elle poussa un cri et se cambra pour qu'il explore de sa langue le moindre repli, chatouillant, suçant, mordillant, avide de lui procurer les Plaisirs. Dire qu'il s'en était privé si longtemps !

C'était Ayla, son Ayla, son parfum, son goût de miel, et le membre turgescent de Jondalar se tendit, prêt à éclater. Il aurait voulu attendre, faire durer le plaisir, mais Ayla était trop impatiente. Haletante, gémissante, elle l'implora, l'empoigna, et dirigea la hampe durcie dans son puits en feu.

Il la pénétra en soupirant bruyamment, glissa son membre gonflé au plus profond de son intimité dont les lèvres chaudes et humides l'enserrèrent avec force. C'était son Ayla, aussi parfaitement faite pour lui que lui pour elle, celle qui pouvait engloutir son membre tout entier. Il resta un instant sans bouger, se délectant de la chaude étreinte de son puits. Comment avait-il pu imaginer la quitter ? La Mère l'avait faite à ses mesures, exprès pour lui, afin qu'ils L'honorent dignement, et qu'il La repaissent de leurs Plaisirs comme Elle le commandait.

Il se retira, et sentant son impatience, plongea de nouveau son membre dans son puits d'amour en imprimant un lent mouvement de va-et-vient. Bientôt ils furent prêts tous les deux, et il accéléra ses mouvements, lui arrachant des cris de jouissance pendant qu'une vague déferlante les emportait, qui les laissa pantois, frissonnants et comblés.

Le repos qui suivit faisait partie des Plaisirs. Ayla aimait sentir le poids de Jondalar sur son corps apaisé. Elle ne le trouvait jamais trop lourd. D'habitude, il se relevait le premier, alors qu'elle aurait voulu le garder encore un instant. Là, elle sentait avec ravissement sa propre odeur sur le corps de Jondalar, attestant des Plaisirs qu'ils venaient de partager. Elle préférait ces instants de plénitude totale, quand, les Plaisirs accomplis, il était toujours en elle.

Jondalar aimait sentir le corps d'Ayla sous le sien, cela faisait si longtemps, si bêtement longtemps ! Dire qu'elle l'aimait ! Comment pouvait-elle encore l'aimer après qu'il se fut conduit avec autant de stupidité ? Le méritait-il ? Jamais, jamais plus il ne la laisserait lui échapper.

Finalement, il se retira, roula sur le côté et lui sourit.

— Jondalar ? fit-elle au bout d'un moment.

— Oui ?

— La rivière n'est pas loin, allons nager, comme autrefois dans ma vallée. Nous rentrerons au Camp du Loup après la baignade.

— Bonne idée ! s'exclama-t-il.

Il fut vite debout et l'aida à se relever. Loup les regardait en agitant la queue avec frénésie.

— Oui, tu peux venir aussi, lui dit Ayla, ramassant ses affaires et courant vers la rivière.

Ils plongèrent dans l'eau, imités par Loup, réjoui de participer enfin à leurs ébats.

Après avoir nagé et joué dans l'eau avec Loup, les chevaux reposés et restaurés, Ayla et Jondalar s'habillèrent. Ils se sentaient revigorés et mouraient de faim.

— Jondalar ? fit Ayla.

— Oui ?

— Montons à deux sur Whinney. J'ai envie de sentir ton corps contre le mien.

Sur le chemin du retour, Ayla se demandait, mal à

l'aise, comment expliquer la situation à Ranec. A leur arrivée, il l'attendait, l'air malheureux. Il l'avait cherchée partout. Tout le monde était prêt pour la Cérémonie de l'Union, participants et spectateurs. Les voyant chevaucher Whinney ensemble, Rapide suivant derrière, Ranec les accueillit d'un œil sombre.

— Où étais-tu ? demanda-t-il. Tu devrais déjà être habillée.

— Ranec, il faut que nous parlions.

— Ce n'est pas le moment, répondit-il au comble de l'inquiétude.

— Nous devons parler, Ranec, c'est important, insista-t-elle.

Il ne pouvait se dérober. Ayla pénétra d'abord sous la tente et prit un objet dans ses bagages. Ils se rendirent ensuite à la rivière et marchèrent au bord de l'eau. Finalement, Ayla s'arrêta, et sortit de sa tunique la sculpture d'une femme représentée dans la forme transcendantale d'un oiseau. C'était la muta que Ranec avait taillée pour Ayla.

— Je dois te la rendre, déclara-t-elle en lui tendant la figurine.

Ranec sursauta comme sous l'effet d'une brûlure.

— Que veux-tu dire ? C'est impossible ! Tu en as besoin pour le foyer, pour la Cérémonie de l'Union ! s'écria-t-il d'une voix que l'appréhension faisait trembler.

— C'est pour cela que je dois te la rendre. Je ne peux pas fonder de foyer avec toi, Ranec. Je m'en vais.

— Tu... tu t'en vas ? Non, tu ne peux pas ! Tu n'as pas le droit. Tu es ma Promise, Ayla. Tout est prêt, la Cérémonie a lieu ce soir. Tu as promis de t'unir à moi. Je t'aime, Ayla, tu ne peux pas partir. Tu ne comprends pas ? Je t'aime !

— Je sais, fit-elle d'une voix douce, attristée par tant de douleur. J'ai promis et tout est prêt. Pourtant, je dois partir.

— Mais... mais pourquoi ? Pourquoi es-tu si pressée ? s'étrangla-t-il.

— Parce que je dois partir tout de suite. C'est la meilleure saison pour voyager, et une longue route m'attend. Je pars avec Jondalar. Je l'aime, Ranec. Je l'ai toujours aimé. Je croyais qu'il ne m'aimait plus...

— Quand tu croyais qu'il ne t'aimait plus, j'étais assez bien pour toi, n'est-ce pas ? C'est cela ? Pendant que nous étions ensemble, tu ne pensais qu'à lui ? Tu ne m'as jamais aimé !

— C'est faux ! J'ai essayé, Ranec, la Mère m'en est témoin. J'ai beaucoup d'affection pour toi, et je ne pensais pas toujours à Jondalar quand j'étais dans tes bras. Tu m'as parfois rendue heureuse.

— Oui, mais pas toujours. Je n'étais pas assez bien. Toi, tu es la perfection même, mais je n'étais pas assez parfait pour toi.

— Je ne cherche pas la perfection, Ranec. J'aime Jondalar. Combien de temps m'aurais-tu aimée en sachant que j'en aimais un autre ?

— Je t'aurais aimée jusqu'à ma mort, Ayla, et même au-delà. Tu ne comprends donc pas ? Je n'aimerai plus personne autant que toi. Tu ne peux pas me quitter !

Les larmes aux yeux, Ranec l'implorait. C'était la première fois que l'artiste au charme irrésistible suppliait quelqu'un.

Ayla comprenait sa douleur, et aurait bien voulu l'atténuer. Mais elle n'avait rien à lui offrir. Son cœur appartenait à Jondalar.

— Je suis navrée, Ranec. Excuse-moi. Tiens, reprends cette muta, fit-elle en lui tendant la statuette.

— Garde-la ! cracha-t-il. Je ne suis peut-être pas assez bien pour toi, mais je n'ai pas besoin de toi. Je peux choisir qui je veux, ici ! Va, pars avec ton tailleur de silex ! Je m'en moque !

— Non, je ne peux pas la garder, dit Ayla en déposant la statuette à ses pieds.

Elle le salua et retourna au campement. Le cœur gros, elle longeait la rive, attristée par la douleur de Ranec. Elle ne souhaitait pas son malheur, et aurait préféré qu'il ne souffrît pas. Elle se promit de ne jamais plus se laisser aimer par un homme qu'elle n'aimerait pas en retour.

— Ayla ? rappela Ranec.

Elle se retourna et l'attendit.

— Ayla, quand pars-tu ?

— Dès que mes affaires seront prêtes.

— Tu ne m'as pas cru, j'espère ? Cela ne m'est pas égal que tu partes.

Devant son visage défiguré par la douleur, Ayla faillit le prendre dans ses bras, le consoler. Mais elle se retint, de peur d'encourager son amour.

— J'ai toujours su que tu l'aimais, Ayla. Mais je t'aimais. Je te désirais tant que j'ai refusé d'en tenir compte. J'ai fait comme si tu m'aimais, et je croyais qu'avec le temps cela finirait par être vrai.

— Je suis sincèrement désolée, Ranec. S'il n'y avait eu Jondalar, je t'aurais aimé. J'aurais pu être heureuse avec toi. Tu es si bon, et tu sais me faire rire. Je t'aime, tu sais. Pas comme tu le souhaiterais, mais je t'aime.

— Je t'aimerai toujours, Ayla, déclara-t-il d'une voix lourde d'angoisse. Je ne t'oublierai jamais. J'emporterai mon amour dans la tombe.

— Non, ne dis pas ça ! Tu mérites mieux que cela.

Il éclata d'un rire amer.

— Ne t'inquiète pas, Ayla. Je n'ai pas envie de mourir, pas encore. Un jour, j'aurai un foyer, une femme qui me donnera des enfants. Peut-être l'aimerai-je. Mais ce ne sera plus la même chose, je ne pourrai plus jamais aimer comme je t'ai aimée. Cela n'arrive qu'une fois dans la vie d'un homme.

— T'uniras-tu à Tricie ? demanda Ayla, alors qu'ils repartaient vers le campement. Elle t'aime, tu sais.

— Ça se peut. Maintenant qu'elle a un fils, elle sera très demandée, et elle a déjà reçu de nombreuses propositions.

Ayla s'arrêta et regarda Ranec bien en face.

— Tricie sera une bonne compagne pour toi. Pour l'instant, elle te fuit, mais c'est parce qu'elle t'aime trop. Mais il y a autre chose que tu dois savoir. Son fils, Ralev, c'est ton fils, Ranec.

— Tu veux dire qu'il est le fils de mon esprit ? s'étonna Ranec. Oui, ça se peut.

— Non, Ralev est ton fils, le fils de ta chair, de ton essence. Il est ton fils autant que celui de Tricie. Tu l'as fait naître dans son ventre en partageant les Plaisirs avec elle.

— Qui t'a dit que j'avais partagé les Plaisirs avec Tricie ? demanda Ranec, gêné. L'année dernière, c'était une pied-rouge très dévouée.

— Je l'ai deviné en voyant Ralev, et je te dis que c'est ton fils. C'est comme cela que commence la vie, et c'est pourquoi les Plaisirs honorent la Mère. C'est dans les Plaisirs que commence la vie, Ranec. Je te promets que c'est vrai, et cette promesse-là ne sera jamais rompue.

Ranec réfléchit, le front plissé. Quelle étrange idée ! Les femmes devenaient mères. Elles mettaient des enfants au monde, des garçons et des filles. Mais comment un homme aurait-il un fils ? Se pouvait-il que Ralev fût son fils ? Oui, puisqu'Ayla l'affirmait. Elle portait l'essence de Mut, elle était peut-être l'incarnation de la Grande Terre Mère.

Jondalar vérifia une dernière fois ses bagages, et conduisit Rapide sur le sentier où Ayla faisait ses adieux aux Mamutoï. Déjà chargée, Whinney attendait patiemment, mais Loup courait avec fébrilité de l'une à l'autre, comprenant que quelque chose se préparait.

Lorsqu'elle avait été chassée du Clan, elle avait quitté ceux qu'elle aimait avec une infinie tristesse, mais n'avait pas eu le choix. Quitter volontairement ceux du Camp du Lion, sachant qu'elle ne les reverrait plus, la bouleversait davantage. Elle avait versé tant de larmes depuis le matin qu'elle croyait ses yeux asséchés. Pourtant, à chaque ami qu'elle embrassait, les pleurs se remettaient à couler.

— Talut, hoqueta-t-elle en enlaçant le géant aux cheveux roux. T'ai-je déjà avoué que c'était ton rire qui m'avait décidée à vous visiter ? Les Autres m'effrayaient tant que j'étais prête à retourner dans ma vallée. Et je t'ai vu rire...

— Eh bien, tu vas bientôt me voir pleurer ! Je ne veux pas que tu partes, Ayla.

— Moi, je pleure déjà, dit Latie, et je ne veux pas

non plus que tu t'en ailles. Te souviens-tu de la première fois où tu m'as laissée caresser Rapide ?

— Je me rappelle le jour où elle a fait monter Rydag sur le dos de Whinney, dit Nezzie. Il n'avait jamais été aussi heureux.

— Les chevaux me manqueront, soupira Latie en embrassant Ayla.

— Tu auras peut-être un poulain à toi, un de ces jours, suggéra Ayla.

— Les chevaux me manqueront aussi, fit Rugie.

Ayla la souleva et déposa un baiser sur ses joues.

— Alors pourquoi n'aurais-tu pas aussi ton poulain ? Oh, Nezzie ! s'écria-t-elle. Comment te remercier ? Tu sais, j'ai perdu ma mère quand j'étais toute petite, mais la chance m'a souri. J'ai eu deux mères pour la remplacer. Iza s'est occupée de moi quand j'étais enfant, et tu as été la mère qui m'a aidée à devenir femme.

— Tiens ! fit Nezzie en lui tendant un paquet et en s'efforçant de retenir ses larmes. C'est ta tunique nuptiale. Je veux que tu la portes le jour de ton Union avec Jondalar. Il est un peu mon fils, tu sais. Et toi, tu es ma fille.

Ayla étreignit Nezzie une dernière fois, et se retourna pour admirer son grand gaillard de fils. Quand elle prit Danug dans ses bras, il lui rendit son étreinte sans réserve. Ayla sentit sa force virile, la chaleur de son corps, et son émoi physique.

— J'aurais aimé que tu sois ma pied-rouge, lui glissa-t-il à l'oreille.

Elle se dégagea et lui sourit.

— Danug ! Tu seras un bien beau géant ! Tu seras bientôt aussi grand et aussi fort que Talut.

— Quand je serai plus vieux, j'entreprendrai peut-être un long voyage, et je vous visiterai !

Ayla étreignit ensuite Wymez, mais elle n'aperçut pas Ranec.

— Je suis désolée, Wymez, assura-t-elle.

— Moi aussi, fit-il. J'aurais aimé que tu restes avec nous. J'aurais aimé voir les enfants que tu aurais apportés à son foyer. Mais Jondalar est un homme solide et bon. Puisse la Mère te sourire dans ton voyage !

Ayla prit Hartal des bras de Tronie et s'amusa de ses gazouillements. Manuv lui présenta ensuite Nuvie pour qu'elle l'embrasse.

— C'est grâce à toi qu'elle est vivante, Ayla, dit Manuv. Je ne l'oublierai jamais, et elle non plus.

Ayla l'embrassa, puis Tronie, et aussi Tornec.

Frebec prit Bectie dans ses bras pendant qu'Ayla disait adieu à Fralie et aux deux garçons. Elle embrassa ensuite Crozie qui se raidit bien qu'Ayla la sentît trembler d'émotion. La vieille femme l'étreignit ensuite, et une larme coula sur sa joue.

— N'oublie pas la recette du cuir blanc, recommanda-t-elle.

— Non, c'est promis. Et j'ai toujours la tunique. Mais souviens-toi, Crozie, ajouta Ayla avec un sourire malin, ne joue plus jamais aux osselets avec un membre du Foyer du Mammouth.

Crozie la dévisagea d'un air surpris, et éclata de rire. Loup les avait rejoints et Frebec lui grattait le poil, derrière les oreilles.

— Cet animal me manquera, déclara-t-il.

— Et cet autre te regrettera ! fit Ayla en le serrant dans ses bras.

— Moi aussi, je te regretterai, Ayla, répliqua-t-il.

Ayla se retrouva au milieu des membres du Foyer de l'Aurochs, submergée par les embrassades de Barzec et des enfants. Tarneg aussi était là avec sa compagne. Deegie attendait à l'écart avec Branag, et les deux jeunes femmes tombèrent dans les bras l'une de l'autre, pleurant de plus belle.

— C'est encore plus difficile de te quitter, Deegie, déclara Ayla. Tu es la seule amie de mon âge que j'aie jamais eue, et tu me comprenais.

— Eh oui, je n'arrive pas à croire que tu t'en vas. Je ne saurai jamais laquelle de nous deux aura un bébé la première.

Ayla se recula pour contempler la jeune femme d'un œil critique.

— C'est toi, fit-elle en souriant. Tu l'as déjà commencé.

— Je me posais la question ! Tu en es sûre ?

— Oui, certaine.

Ayla remarqua Vincavec qui se tenait à côté de Tulie. Elle effleura ses joues d'un baiser.

— Tu me surprends, Ayla. Je n'aurais pas cru que tu choisirais celui-là. Bah ! A chacun ses faiblesses, dit Vincavec en lançant à Tulie un regard entendu.

Vincavec était vexé de s'être aussi lourdement trompé. Il avait complètement omis le blond Zelandonii de la compétition, et il était quelque peu en colère après Tulie, quand bien même avait-il insisté pour qu'elle les acceptât, qui avait pris ses deux pièces d'ambre en sachant pertinemment qu'il n'obtiendrait rien. Il avait fait des remarques pleines de sous-entendus, stigmatisant sa faiblesse pour l'ambre, et lui reprochant de les avoir acceptées sans rien donner en échange. Comme il lui en avait fait ostensiblement cadeau, elle ne pouvait pas les lui rendre, mais il se vengeait par ses remarques mordantes.

Avant de s'avancer vers Ayla, Tulie s'assura d'un coup d'œil que Vincavec les observait, et elle étreignit la jeune femme avec chaleur.

— J'ai quelque chose pour toi, annonça-t-elle. Tout le monde sera d'accord, j'en suis sûre, tu les porteras mieux que personne, dit-elle en glissant deux magnifiques pièces d'ambre identiques dans la main d'Ayla. Elles iront très bien avec ta tunique nuptiale. Tu pourrais les porter aux oreilles, par exemple.

— Oh, Tulie ! s'exclama Ayla. Je ne peux pas accepter. Elles sont splendides !

— Accepte-les, Ayla. Elles t'étaient destinées, fit-elle en dévisageant Vincavec d'un air triomphant.

Ayla remarqua que Barzec souriait, et que Nezzie hochait la tête d'un air approbateur.

Jondalar avait lui aussi de la peine de quitter le Camp du Lion. Les Mamutoï l'avaient accueilli avec chaleur, et il avait appris à les apprécier. Ses adieux se déroulèrent dans les larmes. La dernière personne qu'il salua fut

Mamut. Ils s'enlacèrent et se donnaient l'accolade quand Ayla les rejoignit.

— Je dois te remercier, Mamut, dit Jondalar. Je suis sûr que tu savais depuis le début que j'avais une leçon à recevoir. J'ai appris beaucoup de toi et des Mamutoï. Je sais maintenant ce qui est essentiel et ce qui est superficiel, et je connais aussi la profondeur de mes sentiments pour Ayla. Toute ma réserve s'est dissipée. Je la défendrai contre mes pires ennemis, et contre mes meilleurs amis.

— Tu dois savoir autre chose, Jondalar, déclara Mamut. J'ai deviné que son destin était avec toi, et quand le volcan s'est réveillé, j'ai compris qu'elle partirait bientôt. Mais souviens-toi de ceci. Le destin d'Ayla est plus grand qu'on le croit. La Mère l'a choisie, et elle devra affronter de multiples épreuves. Toi aussi. Elle aura besoin de ta protection, et de toute la force de ton amour. C'est la raison de la leçon dont tu avais besoin. Elle a fortifié ton amour. La vie de ceux qui ont été élus est parfois dure, mais elle est aussi riche de profits. Prends soin d'elle, Jondalar. Souviens-toi que lorsqu'elle s'occupe des autres, elle oublie de penser à elle.

Jondalar promit. Ayla étreignit le vieil homme, au regard mouillé de larmes, qui souriait.

— Ah, si Rydag était encore là ! soupira Ayla. Il me manque. Moi aussi, j'ai beaucoup appris. Je voulais retourner près de mon fils, mais Rydag m'a fait comprendre que je devais le laisser vivre sa vie. Comment te remercier, Mamut ?

— Les remerciements sont superflus, Ayla. Nos routes devaient se croiser. Je t'attendais sans le savoir, et tu m'as procuré de grandes joies, ma fille. Tu n'étais pas faite pour retourner avec Durc. Durc était ton cadeau au Clan. Les enfants apportent leur lot de joies et de peines, et il est bon de les laisser suivre leur propre chemin. Mut, Elle-même, laissera un jour Ses enfants suivre leur voie, mais si nous La négligeons, notre sort sera douloureux. Si nous oublions de respecter notre Grande Terre Mère, Elle nous retirera Ses bénédictions, et cessera de nous nourrir.

Ayla et Jondalar enfourchèrent leur monture, et agitèrent les mains en signe d'adieu. Presque tout le campement s'était rassemblé pour leur souhaiter un bon Voyage. En s'éloignant, Ayla cherchait Ranec. Mais il avait déjà fait ses adieux, et n'aurait pas supporté de les recommencer en public.

Elle allait s'engager dans le sentier quand elle le vit enfin. Il était seul. Ayla s'arrêta et lui fit un dernier signe, le cœur lourd.

Ranec lui renvoya son adieu d'une main, mais dans l'autre il serrait contre sa poitrine la petite statuette d'ivoire dont il avait sculpté avec amour, élégance et sensibilité, chaque courbe, chaque ligne, chaque entaille. Il l'avait sculptée pour Ayla, espérant façonner un être magique qui l'attacherait à son foyer, comme il espérait que son esprit étincelant et ses yeux rieurs lui gagneraient son cœur. Mais pendant que Ranec, artiste pétri de talent, de charme, d'esprit, regardait la femme de son cœur s'en aller, son sourire s'était figé, et ses yeux noirs rieurs débordaient de larmes.

DANS LA MÊME COLLECTION

FRANCESCO ALBERONI
Le choc amoureux

BERNARD ALLIOT
L'adieu à Kouriline

JEAN ANGLADE
La bonne rosée
Le parrain de cendre
Les permissions de mai
Une pomme oubliée
Le tilleul du soir
Le tour de doigt
Qui t'a fait prince ?
Les ventres jaunes
Le voleur de coloquintes

MARIE-PAULE ARMAND
La courée
La courée 2

GEORGES ARNAUD
Le salaire de la peur

GEORGE J. ARNAUD
Les moulins à nuages

EMMANUELLE ARSAN
Emmanuelle

ARTHUR
Mon école buissonnière

SUSAN AZADI
Fugitive

PHILIPPE DE BALEINE
Les éléphants roses de Bangkok
Le petit train de la brousse
Le nouveau voyage sur le petit train de la brousse
Voyage espiègle et romanesque sur le petit train du Congo

BETTE BAO LORD
Une mosaïque chinoise

MICHEL BAR-ZOHAR
L'espionne du diable

RENÉ BARJAVEL
Les chemins de Katmandou
Les dames à la licorne
Le grand secret
La nuit des temps
Une rose au paradis

MICHEL BATAILLE
L'arbre de Noël

LAURENT BECCARIA
Hélie de Saint Marc

PIERRE BELLEMARE
Les crimes passionnels (2 tomes)
Nuits d'angoisse (2 tomes)
La peur derrière la porte (2 tomes)

Isi Beller
Le feu sacré

Aïcha Benaïssa/ Sophie Ponchelet
Née en France

Erwan Bergot
Les 170 jours de Diên Biên Phû

Patrick Besson/ Danièle Thompson
La boum

Janine Boissard
Les trois amours de Napoléon

Geneviève Bon
La poupée du loup
La saison des bals

Gilbert Bordes
Le roi en son moulin

Roger Borniche
Borniche story
La cible
La filière
Kidnapping

Nancy Bosson
Maîtresse détresse

Huguette Bouchardeau
George Sand
Rose Noël

Pierre Boulle
La baleine des Malouines
Contes de l'absurde
L'épreuve des hommes blancs
Un métier de seigneur
La planète des singes
Le pont de la rivière Kwaï
Le sacrilège malais

Olivier Bourgois
La chambre d'Icare

Philippe Bouvard
Contribuables, mes frères

Jean-Denis Bredin
L'affaire

J.-D. Brierre/ M. Fantoni
Johnny Hallyday

André Castelot
Talleyrand

Ève de Castro
Les bâtards du soleil
La Galigaï

Antoine de Caunes
C'est bon mais c'est chaud

Cavanna
Maman au secours !

Jacques Cellard
Les petites marchandes de plaisir

François Cérésa
La Vénus aux fleurs

Gilbert Cesbron
Il est minuit, Docteur Schweitzer

Jean Chalon
Chère Marie-Antoinette
Le lumineux destin d'Alexandra David-Néel
Les paradis provisoires

Simone Chalon
L'enfance brisée
L'enfance retrouvée

Françoise Chandernagor
L'allée du roi

Jung Chang
Les cygnes sauvages

Charlie Chaplin
Ma vie

Lowell Charters
Cœur de tonnerre

Jean-François Coatmeur
Des croix sur la mer

Jean-Pierre Coffe
Le bon vivre
Le vrai vivre
Au secours le goût

Comtesse de Paris
Blanche de Castille

James F. Cooper
Le dernier des Mohicans

Claude Couderc
Les enfants de la violence
Mourir à dix ans

Claude Chourchay
Jean des Lointains

Georges Coulonges
La liberté sur la montagne

Jacques-Yves Cousteau/ Frédéric Dumas
Le monde du silence

CharlElie Couture
Les dragons en sucre

Henri Crouzat
Azizah de Niamkoko

Marie-Thérèse Cuny
La petite fille de Dar El Beida

Marie-Christine D'Welles
Folle... moi ?

Pierre Dac
Les pensées

Dalaï Lama
Océan de sagesse

Michel Damien
Raymond Pin, vingt ans dans la forêt

Alexandra David-Néel
Au pays des brigands gentilshommes
L'inde où j'ai vécu
Journal (2 tomes)
Le Lama aux cinq sagesses
Magie d'amour et magie noire
Mystiques et magiciens du Tibet
La puissance du néant
Le sortilège du mystère
Voyage d'une parisienne à Lhassa

Miles Davis
Autobiographie

Didier Decoin
Béatrice en enfer
Il fait Dieu

Jean François Deniau
La Désirade
L'empire nocturne
Un héros très discret

Jean-Paul Desprats
Le marquis des éperviers
Le camp des enfants de Dieu
Le secret des Bourbons

Lilas Desquiron
Les chemins de Loco-Miroir

Raymond Devos
À plus d'un titre

Françoise Dolto
L'échec scolaire

Françoise Dorin
Va voir maman, papa travaille !

Kirk Douglas
La danse avec le diable

Loup Durand
Daddy
Le jaguar

Adrienne Durand Tullou
Le pays des asphodèles

Boris Eltsine
Jusqu'au bout !

Philippe Erlanger
La reine Margot

Guillaume Fabert
Autoportrait en érection

Albert Falco/ Yves Paccalet
Capitaine de la Calypso

Faty
Mémoires d'une fouetteuse

Jean-Louis Festjens/ Pierre Antilogus
Le guide du jeune couple
Le guide du jeune père

David Fisher
Ultime otage

Leonore Fleisher
Fisher King
Rain Man

Jean-Charles de Fontbrune
Nostradamus historien prophète

Dian Fossey
Gorilles dans la brume

Jean-Pierre Foucault
Est-ce que la mer est belle ?

Dan Franck/ Jean Vautrin
La dame de Berlin
Le temps des cerises

Peter Freeborn
Un homme sous influence

Ava Gardner
Ava

Charles de Gaulle
Mémoires de guerre (3 tomes)
Mémoires d'espoir

Virgil Gheorghiu
La 25e heure
La vie de Mahomet

Mep Gies
Elle s'appelait Anne Frank

Françoise Giroud
Alma Mahler
Jenny Marx

Françoise Giroud/ Günter Grass
Écoutez-moi

Almudena Grandes
Les vies de Loulou

Michel de Grèce
Le dernier sultan
L'envers du soleil
La femme sacrée
Le palais des larmes

Luanshya Greer
Bonne Espérance

Jean Grémion
La planète des sourds

Joëlle Guillais
La Berthe

Jan Guillou
La fabrique de violence

Sacha Guitry
Les femmes et l'amour

Caroline Guttman
Le secret de Robert le Diable

Marek Halter
Argentina, Argentina
Le fou et les rois
La mémoire d'Abraham
Les fils d'Abraham
Un homme, un cri

Joséphine Hart
Dangereuse

Bill Hayes
Midnight Express

Jeanine Henry-Suchet
La fontaine couverte

Katharine Hepburn
Moi, histoire de ma vie

Catherine Hermary-Vieille
Un amour fou

David Heyman
Jackie

Alice Hoffman
La ville qui avait peur d'une enfant

Stephane Hoffmann
Château Bougon

Jerry Hopkins/ Daniel Sugerman
Personne ne sortira d'ici vivant

Thomas Hoving
L'affaire Vélasquez

Claire Hoy/ Victor Ostrovsky
Mossad

Christopher Hudson
La déchirure

Nicolas Hulot
Les chemins de traverse

Denis Humbert
La malvialle

Jill Ireland
La brisure

Susan Isaacs
Une lueur dans la nuit

Christian Jacq
Champollion l'Égyptien
Maître Hiram et le roi Salomon
Pour l'amour de Philae
La reine Soleil

John Jakes
Nord et Sud (5 tomes)
California Saga (2 tomes)

Annette Kahn
Robert et Jeanne

Brigitte Kernel/ Éliane Girard
Les mecs

Olivier de Kersauson
Fortune de mer
Mémoires salées
Vieil océan

Michael Korda
Les monstres sacrés

Roselyne Laele
Marie du Fretma

Jean-Yves Lafesse
Les grandes impostures téléphoniques

Françoise Lalande
Madame Rimbaud

Alexandra Lapierre
L'absent

Éric Laurent
Tempête du désert

Éric Laurent/ Pierre Salinger
La guerre du Golfe

Marie Lebey
Un ange en exil

André Legal
L'or des sables

Capitaine Legorjus
La morale et l'action

Christian Lehman
La tribu

Marty Leimbach
Le choix d'aimer

Serge Lentz
La stratégie du bouffon

Marie-Laure de Léotard
Nous les bourgeoises

Ira Levin
Sliver

Michel Lévine
La comtesse de Monte-Cristo

Agnès L'Herbier
La vie aux trousses

Betty Jean Lifton
Janusz Korczak : le roi des enfants

Jean-Marie Lustiger
Dieu merci, les droits de l'homme

Jennifer Lynch
Le journal secret de Laura Palmer

Savador de Madariaga
Christophe Colomb
Hernán Cortés

Betty Mahmoody
Jamais sans ma fille

Michèle Manceaux
Le fils de mon fils

Raymond Martin
Souvenirs d'un médecin légiste

Ronald Mary
Tout ce que vous pouvez faire pour sauvegarder l'environnement

Bruno Masure
À pleins tubes
Le dictionnaire analphabétique

SYLVIE MATHURIN
Le temps passe... le cœur reste

ROBERT MATTHIEU
Échec à la dictature fiscale
Le racket fiscal

JACQUES MAZEAU
De l'autre côé de la rivière

RAYMONDE MÉNUGE-WACRENIER
Zabelle

ROBERT MERLE
Fortune de France
En nos vertes années
Paris, ma bonne ville
Le prince que voilà
La violente amour
La pique du jour
Le jour ne se lève pas pour nous
L'idole

MAX MEYNIER
Quoi de neuf mon cœur ?

CLAUDE MICHELET
Cette terre est la vôtre
Edmond Michelet, mon père
J'ai choisi la terre
La grande muraille
Rocheflame
Une fois sept
Des grives aux loups
Les palombes ne passeront plus
L'appel des engoulevents

JAMES A. MICHENER
Alaska (2 tomes)
Caraïbes (2 tomes)

RACHID MIMOUNI
De la barbarie en général et de l'intégrisme en particulier

HUGUES DE MONTALEMBERT
À perte de vue

HUBERT MONTEILHET
Néropolis

MARCEL MORIN/ FRANÇOISE WISSEN
La planète blanche

ELVIRE MURAIL
Bingo !

ANNIE MURAT
Le servan

ZANA MUSHEN
Vendues

JEAN-FRANÇOIS NAHMIAS
L'homme à la licorne

GEORGES N'GUYEN VAN LOC
Le Chinois

HAING N'GOR
Une odyssée cambodgienne

Bess Nielsen/ Marco Koskas
L'étrangère

Bruno Ouachee
L'asticot

Michel Peissel
La Tibétaine

François Périer
Profession menteur

Nathalie Perreau
L'amour en soi

Michel Peyramaure
La passion Béatrice

Colette Piat
Adieu Moïse

Bernard Pierre
Ils ont conquis l'Himalaya

Le roman du Danube
Le roman du Mississipi
Le roman du Nil

Bernard Pouchèle
L'étoile et le vagabond

Mario Puzo
Le parrain

Yann Queffélec
La femme sous l'horizon
Le maître des chimères
Prends garde au loup

Nancy Reagan
À mon tour

Françoise Renaudot/ Marcelle Routier
L'enfant né à la fin d'un monde

Georges Renault
La mort de Marie

Griselidis Real
Le passé imaginaire

Françoise Rey
La femme de papier

Jean-Michel Ribes
J'ai encore oublié Saint Louis

Pierre Richard
Le petit blond dans un grand parc

Valérie Rodrigue
La peau à l'envers

Nadine de Rothschild
Le bonheur de séduire, l'art de réussir

Marie Rouannet/ Henri Jurquet
Apollonie

Francis Ryck/ Marina Edo
Les genoux cagneux

**JOSEPH SAADE/
FRÉDÉRIC BRUNNQUELL/
FRÉDÉRIC COUDERC**
Victime et bourreau

CAMILLE SAFERIS
La manuel des premières fois

THÉRÈSE DE SAINT-PHALLE
L'odeur de la poudre

SAN-ANTONIO
Béru Béru
Béru et ces dames
Les clés du pouvoir sont dans la boîte à gants
Les cons (2 tomes)
Faut-il tuer les petits garçons qui...
Histoire de France vue par San-Antonio
Le mari de Léon
La sexualité
Le standinge selon Bérurier
Un tueur kaput
Les vacances de Bérurier
La vieille qui marchait dans la mer
Y a-t-il un Français dans la salle ?

BÉATRICE SAUBIN
L'épreuve

NATHALIE SCHWEIGHOFFER
J'avais douze ans...

ÉDOUARD SCHURÉ
Les grands initiés

FANNY SEGUIN
L'arme à gauche

CLAUDE SEIGNOLLE
Le diable en sabots
La malvenue
Marie la Louve
La nuit des Halles

JACQUES SERGUINE
Cruelle Zélande

ALEX SHOUMATOFF
Qui a tué Chico Mendes ?

CHRISTIAN SIGNOL
Les amandiers fleurissaient rouge
Antonin, paysan des Causses
Les cailloux bleus
Les chemins d'étoiles
Marie des brebis
Les menthes sauvages
La rivière Espérance
Le royaume du fleuve

MITCHELL SMITH
La cité des pierres

WILBUR SMITH
Au péril de la mer
Le léopard chasse la nuit
L'œil du tigre
L'oiseau de soleil

ANDRÉ SOUSSAN
Octobre II

Cathy Cash Spellman
L'Irlandaise

Bram Stocker
Dracula

Paul-Loup Sulitzer
Les riches (I)

Haroun Tazieff
La terre va-t-elle cesser de tourner ?

Jean-Pierre Thierry
Bon appétit, messieurs !

Jean-Michel Thibaux
L'or du diable

André Tilieu
Brassens auprès de son arbre

Denis Tillinac
L'hôtel Kaolack
Maisons de famille
Un léger malentendu

Caroline Tiné
L'immeuble

Alfred Tomatis
Les troubles scolaires

Henri Troyat
La clef de voûte
Faux jour
La fosse commune
Grandeur nature
Le jugement de Dieu
Le mort saisit le vif
Les semailles et les moissons (5 tomes)
La tête sur les épaules

Léon Uris
Exodus

Anne Vallaeys
Coup de bambou

Valérie Valère
Laisse pleurer la pluie sur tes yeux

Jean-Marc Varaut
L'abominable docteur Petiot

D. Varrod/C. Page
Goldman, portrait non conformiste

June Clark Vendall
La vie sauvage

Françoise Verny
Le plus beau métier du monde

Charles Villeneuve/ Patrice de Meritens
Les masques du terrorisme

Rudolph Vrba/ Alan Bestic
Je me suis évadé d'Auschwitz

Mika Waltari
Les amants de Byzance

Jean le Pérégrin

KIM WOZENCRAFT
Rush

WRIGHT
Christina Onassis

XXX
Constance
Souvenirs d'une gamine effrontée

JACQUES ZELDE
Gribiche

Achevé d'imprimer en Avril 1996
sur les presses de Maury-Eurolivres S.A.
45300 Manchecourt

POCKET - 12, avenue d'Italie - 75627 Paris Cedex 13
Tél. : 44-16-05-00

Dépôt légal : avril 1994.

Imprimé en France